何绍基日记（一）

［清］何绍基　著
尧育飞　毛健　整理

岳麓書社·长沙

湖湘文庫
续编

湖南省湘学研究院重点项目《〈何绍基日记〉整理与研究》（19XXB01）

湖南省社会科学院（湖南省人民政府发展研究中心）哲学社会科学创新工程资助项目

《何绍基与晚清碑学研究》（23ZYB05）阶段成果

序言　何绍基日记的文献与史料价值

何绍基（1799—1873），湖南道州（今永州道县）人，字子贞，号东洲，晚号蝯叟。道光十六年（1836）进士，授翰林院编修，国史馆总纂，历充福建、贵州、广东乡试主考官。咸丰三年至五年（1853—1855）任四川学政，后因谤罢官。晚年主讲济南泺源书院、长沙城南书院、浙江孝廉堂，主持苏州书局。何绍基通经史、小学、金石学，为晚清宋诗派代表人物，同时以书法著称于世。撰有《东洲草堂诗集》《东洲草堂文钞》《惜道味斋经说》《说文段注驳正》等。何绍基在经学、诗歌、金石学、书法艺术等领域均有很大成就。同时，何绍基身经嘉庆、道光、咸丰、同治四朝，一生宦游经历丰富，他既为许多重要学术、文化事业的发起人，亦为同时期相关政治、经济、军事、文化教育活动的见证人。何绍基根据其亲身经历与所见所闻，逐日记录日记，日记涉及当时的政治事件、学术思想、仕宦交游、文学艺术、科举教育、宗教文物、风土民情等内容，可以说是晚清社会的一个缩影。

一、何绍基日记的流传与馆藏情况

近代以来，名人日记可谓汗牛充栋，但每部日记经历战乱动荡的年代，流传至今实属不易。何绍基本人亦有不慎丢失自己日记的情形，比如他早年的一部日记《蝯叟乙未归湘日记》曾有失而复得的经历，该册日记结尾有翁同龢题跋："《蝯叟乙未归湘日记》一本，余以数十钱得于打鼓担上。蝯叟知之，索观甚急，后仍还余。余谓叟'王氏琼箫同行'一语，何遽涂去耶？叟亦大笑。松禅记。"王氏琼箫系何绍基所纳妾。翁同龢去世后，该册日记又辗转流入他手，收藏者居为奇货，幸被有识之士收藏得以保存至今。

时至民国，对何绍基日记关切尤深的当属湖南书法名家谭泽闿，1935 年，他便摘录何绍基日记中有关鉴赏、收藏书画碑帖方面的内容，并陆续发表于《青鹤》期刊第三卷、第四卷之中。录文前有谭泽闿题跋："蝯叟日记，存者三十余册，每册面皆有叟自题记名，然脱阙已多。丁巳秋，余见之张韵农许，未皇假读。韵农卒后，遂散落他手，廿年来往往遇之。每从友人借观，辄录其中有关金石书画者于册，随手摘钞，都未诠次。顷散帙检得，因录副付《青鹤》刊布，以见一斑。"[①] 从谭氏题

① 张小庄：《清代笔记日记绘画史料汇编》，荣宝斋出版社，2013 年，第 302 页。

记可知，何绍基日记在民国年间尚存三十余册，每册均有何绍基亲笔题名，为张韵农私人收藏，其中日记虽有脱漏，但大体完整。张韵农去世后，何绍基的日记散落各地，谭泽闿辑录的十七则有关书画图册收藏的日记条文，是日记内容的极少部分，大都出自何绍基道光、咸丰年间的《钓鱼台寓园日记》《蝯叟乙未归湘日记》《嘤鸣日记》等。然而谭氏摘录的区区小部分日记资料，居然分别录自南京、北京、杭州、济南、江阴、常州、无锡等地，可见当时日记已经散落相当严重，收集齐全几乎不大可能了。

1944 年，谭泽闿又见到四册何绍基日记，照样摘录其中关于字画、碑帖鉴赏方面的资料十三则，发表于《学海》月刊第一卷，后有谭氏题记："乙亥春，余曾摘录所见蝯叟日记中之有关谈艺及风趣语，付之《青鹤》杂志刊布，忽忽十年矣。今夏有友人出四巨册见示，盖已改装，乃叟晚年游粤、赣、苏、杭时所记。惜中有阙佚，因仍如曩例，摘录于册。适太疏先生有《学海》月刊之辑，录副奉寄，以续前钞。"①

在近代学者的日记或回忆录中，亦偶尔看到关于何绍基日记的踪迹，杨树达先生《积微翁回忆录》记载："李肖聃七十生日，与王疏安、柳午亭、方叔章合寿之于方宅。叔章案上有何蝯叟《题襟日记》一册，乃清同治十一年辛未七月至十月游

① 张小庄：《清代笔记日记绘画史料汇编》，荣宝斋出版社，2013 年，第 304 页。

扬州所记。一日不过数行，字迹老成，似不经意为之者。”①《题襟日记》乃是何绍基晚年最后一部日记，该日记最后一句是“余病矣”。此后，何绍基再无心力记录日记，同治十二年（1873）七月廿日逝世于苏州寓所。

现存何绍基日记手稿，分别藏于北京、上海、湖南、台湾、香港等地图书馆或私人收藏机构，学者翻阅十分不便，对相关资料的收集、抄录、整理是十分艰难的。而且何绍基日记原稿基本是以行草书写就，时间久远，保存至今，日记文本难免有损泐、漫漶之处，对日记内容的释读和研究本身就是非常困难的，需要综合运用历史学、文字学、文献学及书法等方面的专业知识。目前存世的何绍基日记大体收藏情况如下：

（一）藏于湖南省社会科学院图书馆的何绍基日记共 9 册，其中题署《何绍基日记》的有 3 册，其余 6 册分别为何绍基自题名的《谱轩日记》《西甎日记》《使蜀日记》《法华小舫日记》《东洲草堂日记》《蝯叟题襟日记》。

《何绍基日记》时间分别为道光十四年（1834）五月至十二月初六日，道光十五年（1835）三月十一至十三日：内容记录何绍基与何绍祺、何绍京两弟从北京回湖南参加乡试之事。道光十九年（1839）五月十六日至十二月初四日：记录何绍基被任命为福建己亥年乡试正考官，主持福建乡试的过程，并记录与福建等地方官僚、士人阶层的交游唱和情况。道光二十三

① 杨树达：《积微翁回忆录》，北京大学出版社，2007 年，第 226 页。

年（1843）闰七月十二日至道光二十四年（1844）七月二十五日：记录了何绍基任职翰林院，在京城与姚石甫、魏默深、朱伯韩、汤海秋、张石州等朋僚的日常交际生活情况，以及任贵州乡试副考官，赴贵州主持乡试之事。

《谱轩日记》记自咸丰元年（1851）闰八月，至十二月止（此册未收录）。主要记录何绍基回乡寓居长沙，料理家族坟茔之事，以及与长沙友人之间的交往。

《西甎日记》记自咸丰二年（1852）七月二十五日，至咸丰三年（1853）三月十六日止。主要记录了何绍基寓居北京时的日常生活及与京城官宦、友人之间的交往。尤其是详细记录了咸丰帝两次召见何绍基的过程及君臣之间的谈话内容。以及何绍基任四川学政，主持四川各州县的童生考试等公务活动。

《使蜀日记》记自咸丰四年（1854）正月初八日，至九月二十二日止。内容为何绍基担任四川学政期间主持各州县文教，与四川官僚、师友之间日常的交流与生活，以及对时局的记录。

《法华小舫日记》记自咸丰十年（1860）二月二十五日，至咸丰十一年（1861）三月十三日止。记录何绍基在山东济南泺源书院日常执教、与山东师友交际生活，以及社会政局变化，并记录告别山东友人，返回湖南长沙的经历。

《东洲草堂日记》记自咸丰十一年（1861）三月十四日，至同治元年（1862）二月初五日止。记录了何绍基晚年讲学长沙城南书院，与罗汝怀、郭嵩焘、王闿运、吴敏树、胡恕堂等大批湖湘人士的交往。记录了从长沙返回故乡道县探亲访友的过程。此时何绍基已不在朝廷任职，但仍然密切关注曾国藩领导的湘军与太平军之间的战况及各类政治问题。

《蝯叟题襟日记》记自同治十年（1871）七月二十六日，至十月二十七日止。记录何绍基应丁日昌约，赴吴门，寓居苏州金狮桥巷。又经曾国藩等人邀请，主持扬州书局，校刊大字《十三经注疏》，时浙江杨石泉中丞亦聘请何绍基主讲孝廉堂。《蝯叟题襟日记》是现存何绍基晚年最后一册日记。

（二）中国科学院藏何绍基日记手稿共计4册，题署《草堂日记》。记道光二十年（1840）八月十一日至道光二十二年（1842）四月三十日间事。主要记载何绍基从北京护送其父何凌汉及胞弟何绍业灵柩归湘并安葬事，壬寅年东下金陵事。旁及地理、风俗资料颇多。中间何绍基回道县老家，有访碑诸事。并有其与李星沅通信事不少，记载何绍基对鸦片战争信息的关注。

（三）湖南博物院藏何绍基《种竹日记》1册，由陈松长、刘刚整理，于1998年上海书店影印出版。该册日记记自道光二十七年（1847）六月初一日，至道光二十八年（1848）九月二十日止，主要记录何绍基供职国史馆期间，在京城日常生活中的方方面面。

（四）民国年间流入台湾的5册何绍基日记手稿，由台湾"国家图书馆"收藏，世界书局于2012年汇集影印出版，题名为《何绍基手写日记》。台湾书法界元老马寿华先生曾为日记作序文，对何绍基日记评价颇高："正值子贞以进士官编修，时除外放如赴黔主持考政外，余均留居京师，所记内容大都与当时名公巨卿、文人墨客诗酒交游并品鉴金石书画，及每日必习字，俱雅事也。足见其生活高洁潇洒，且文字简练浅显而典雅，耐人寻味，至为可贵。子贞书法置基于颜、柳，而上溯大小篆，南北碑无不心摹手追，深入堂奥，行草之妙，为一代冠，昔贤早有定鉴。此五册日记，悉以行草写出，笔意飞动，字画遒媚，有渴骥怒猊之势，威凤祥麟之姿，尤为难能可贵。若明窗展玩，观其书，更味其语，盖两得之矣。”这5册日记在时间和内容上可与湖南等地图书馆藏何绍基日记相互衔接。分别为道光二十四年（1844）七月二十六日至十二月三十日记：内容为何绍基奉命担任甲辰科贵州省乡试副考官，由京城赶赴黔省主持乡试之事，日记所记与何绍基《使黔草》诗集内容相互契合。道光二十五年（1845）正月初一日至十二月二十九日记：内容为何绍基任职国史馆期间，与在京城的友人、同僚广泛交流、吟诗唱和，游玩琉璃厂肆，鉴赏碑帖字画等日常生活的情形，以及发起校刻《宋元学案》，祭祀顾祠等文化活动，并详细记录了道光皇帝召见何绍基的对话过程。另外还有咸丰九年（1859）五月十四日至十二月三十日记，咸丰十年（1860）正月初一日至二月二十四日记。

（五）上海图书馆藏何绍基咸丰至同治年间部分日记，载于《上海图书馆藏稿钞本日记丛刊》，国家图书馆出版社2017年影印出版。其中有《蝯翁日记》，是何绍基早年的一册日记，该册记自道光乙未年（1835）六月二十二日，至十一月十五日止。内容主要是何绍基从北京回到湖南长沙参加乡试的经历，多涉及沿途游览名胜古迹、拜访友人、吟诗唱和、鉴赏字画等事。此次是何绍基第六次归湘应试，也是他最后一次参加乡试。民国元年（1912）邓实、缪荃孙将该日记辑入《古学汇刊》，原题名为《何蝯叟日记》，由上海国粹学报社印行。另一部分日记起止时间为道光三十年（1850）三月二十八日至咸丰元年（1851）闰八月初六日，题名《何道州日记》。主要内容为何绍基从京城报国寺出发，奉送其母灵柩回湖南，葬于长沙望城九子山之事。上海图书馆藏何绍基日记有署名“小松”的收藏者题记，跋文对何绍基书法艺术评价甚高，并且指出何绍基书法用笔深得金石文字精髓，评论精辟中肯。

（六）中国国家图书馆藏何绍基《东洲草堂日记》2 册，不分卷。记自咸丰二年（1852）正月初一日，至七月二十五日止。主要记录何绍基寓居武昌，后从武昌乘船过江西、浙江、山东，最后抵达北京寓所，沿途拜会赵静山、王子兰、沈槐卿、吴晴舫、常南陔、魏源、杨石卿等师友以及鉴赏金石书画的经历。

（七）香港近墨堂书法研究基金会收藏何绍基日记手稿 2 册。该 2 册起讫时间分别为：道光二十六年（1846）元旦至道光二十七年（1847）五月二十九日；咸丰八年（1858）三月二十三日至咸丰九年（1859）五月十三日。故简称《丙丁日记》《戊己日记》。特别重要的是，这两种日记中，《丙丁日记》上承《何绍基手写日记》中甲辰、乙巳年部分，下接湖南博物院所藏《种竹日记》；而《戊己日记》则下接《何绍基手写日记》

中已未、庚申年部分，保证了日记的完整性。为研究何氏的文化境遇及其交游、思想性情、书法，乃至为研究当时的政治、经济及社会生活等提供了第一手珍贵的资料和线索。

以上何绍基日记手稿共计20余册，60余万字。《何绍基日记》的价值主要体现在两个方面，一是书法艺术价值。何绍基是晚清著名书法家，日记文本生动展现了何绍基书法艺术的特征与流变，文本即是优秀的书法作品和珍贵的历史文物。二是文献史料价值。此次对现存何绍基日记进行系统整理，是对大部分何绍基日记的首次披露，新史料的发现与公开，是创新史学研究的重要基础，必将为晚清社会生活史、政治史、科举制度史、学术史等领域的研究提供一份新的珍贵文献史料。

二、何绍基日记从亲历者的角度记录了晚清科举制度的动态运作

何绍基日记保存了大量晚清科举制度方面的纪实史料，这与何绍基本人的经历息息相关。《蝯翁日记》记录了何绍基道光十五年（1835）从京城回长沙参加乡试的过程。《道光十九年日记》记录何绍基担任正考官主持福建乡试的经历，同年其父何凌汉被任命为顺天乡试主考官，父子同时主持京城、地方乡试，一时被传为佳话。《道光二十四年日记》记录何绍基被任命为副考官主持贵州乡试的过程。《使蜀日记》记录何绍基咸丰四年（1854）担任四川学政期间主持各州县文教的经历。

《法华小舫日记》《东洲草堂日记》《蝯叟题襟日记》则分别记录了何绍基主讲济南泺源书院、长沙城南书院，主持扬州书局及主讲浙江孝廉堂的事迹。简而言之，何绍基日记内容既有本人参加科举考试，又有主持乡试，主管地方教育，书院主讲培养科举人才的丰富经历，从独特的角度记录了晚清科举制度的动态运作。日记内容可与相关传世文献相互印证，是研究清代科举制度的珍稀文献。

何绍基历任福建、贵州、广东乡试主考官，其中担任甲辰年贵州乡试主考官是何绍基最顺畅最有成就的一次出使。这在何绍基《使黔日记》中有详细而完整的记录，又为后人留下《使黔草》诗集，成为研究晚清贵州历史文化发展的重要文献。

清代各省乡试主考官，分配有正考官、副考官两名，直接从具有进士出身的翰林、科道等京官中选拔。具有担任主考官资格的官员，还需要参加一场选拔考试，这就是清朝创制的考差制度。凡考试之年，考试试差，成绩合格者才能正式担任地方乡试主考官。在道光二十四年（1842）四月十六日何绍基就参加了试差考试，他在当天日记中记道："入内，卯正始上殿。考试差者，共二百二十余人。"

在任命为贵州乡试副考官后的第八天，何绍基就领到二百两盘费银，这与清代科场条例的规定是相符合的。"清政府之所以给考官发路费，且数倍于他们的年俸，显然是要求他们保持清正廉洁。清政府的原则是，既然朝廷给考官以足够的补贴，就不允许以任何名义额外收受。"[①] 领到预付的路费，意味着主考官即将离京奔赴考试地，如果考官滞留京城时间太长，有可能导致串通嘱托、泄露考试机密。乾隆三年（1738）礼部议定：各省主考起程日期，云南、贵州、四川、广东、广西、福建、湖南七省以十日为限。[②] 又据《大清会典事例》记载：至乾隆五十七年（1792），规定各省考官任命下后一律于五日内起程，遂成定制，后沿袭未改。如没有按期出发，多是有自然灾害或战乱等突发原因。但据何绍基日记原文，五月初一日任命为主考官，直至五月二十四日才起程，中间长达二十三日之久，而且其间并无可以延期的突发事件等原因，这显然与科场条例规定的考官起程日期不一致。原因何在？也许是清政府后期对科场条例规定的起程日期执行相对宽松，并不严格要求考官在法定的时间内起程，考官本人在某个合理的期限内到达目的地即可。

清代乡试时间定于秋八月举行，又称"秋闱"，共考三场，首场开考时间为八月初九日，各级考官应提前三天进入贡院。八月初六日，何绍基大早便催促仆人将行李从公馆送往贡院，在当天的日记中对贡院布局以及诸位考官有详细记载。内监试由陈文衡（福建人）担任，负责纠察阅卷事宜，属于内帘官。内收掌由满洲人佛德担任，掌管试卷的分发和收取。同考官共

① 李世愉、胡平：《中国科举制度通史》（清代卷·上册），上海人民出版社，2017年，第85页。

② 光绪《钦定科场条例》卷九《乡试考官·直省乡试正副考官·附载旧例》。

八人，分别是许朴（浙江嘉兴人），章诒燕（江苏江阴人），严锡珍（四川巴县人），朱毓文（浙江海盐人），竺陈简（浙江奉化人），毕埜珍（江苏太仓州人），朱右贤（四川荣昌人），郑凤鸣（顺天宝坻人）。这些考官有两个共同点：一为他们都不是贵州人士，也都不曾在贵州为官，可见乡试严格遵守了地方回避原则；二为他们都是通过科举考试的举人或进士，不是科举出身的官员无论级别多高，均无资格担任乡试的考官。在贡院内组织考试的各类官员中，只有担任内收掌的佛德为满洲人，其余均为汉人，这也是一个值得注意的现象。通过竞争激烈的科举考试，汉族知识分子纷纷脱颖而出，清末地方行政权力逐渐被汉族官员掌管。

科举考试发展到晚清已经十分成熟，地方乡试遵循既定的程序，有条不紊地进行。各考官进驻贡院后，先是举行开考仪式，官员身着朝服，同内监试、同考官祭祀魁星。魁星是中国古代神话中主宰文章兴衰之神，科举考试中被奉为主中式之神。在参加科举的儒士心目中，魁星具有至高无上的地位，取得高第即称作“夺魁”。何绍基曾经还担任过主持福建省乡试的副考官，发现黔省组织乡试的这些程序与闽省不同，闽省乡试并无祭祀魁星之礼。

清代乡试时间定于秋八月举行，又称“秋闱”，共考三场，分别定于初九日、十二日、十五日。从日记内容看，这是一次组织严密、程序严谨而又相对公正公平的选拔人才的考试。试题均由主考官拟定，同考官不参与命题。主考官命题，必须围绕“四书五经”的内容拟定。每场考试完毕之后，接着是紧张严谨的阅卷。阅卷完毕，并不意味这次乡试已经结束，之后还有刷印闱墨、录取、发榜、磨勘朱卷等重要程序。其中磨勘朱卷特别费心费神，可见清代乡试程序颇多，不容丝毫闪失。磨勘，即对中式的试卷进行复核，这是乡试录取工作之后的一个重要程序。考官把中式者的三场资料，分为朱卷、墨卷及考生个人信息，进行逐个核对，看有无疏漏或不合规之处。此外还需检查卷内语句、书法有无犯规犯忌之处，如发现问题，中式者除名，考官革职。在日记中，有多处记录磨勘试卷的情况，如“细勘朱卷，甚费心目，竟日未得半也”“磨勘朱墨卷，目为之病”“磨勘小疵，愈勘愈多。功令烦苛，致典试者许多顾忌，可叹也”。从日记中可知，主考官与同考官一起磨勘试卷，大约花费了六天的时间才完成此项工作。

从日记内容看，何绍基出使黔省，可谓得天时地利人和之便。此次乡试参考的贵州籍士子共三千六百名，巡抚贺长龄亲自担任考场监临官，与主考官何绍基默契合作。这次贵州教育史上规模空前的乡试顺利完成，经过严密的阅卷、录取程序，发榜时中举者达四十名之多，为贵州地方科举史上的盛事。何绍基主持甲辰年贵州乡试，大批贵州青年士子金榜题名，脱颖而出，为贺长龄抚黔大力发展文教事业画上了一个完美的句号。

三、日记详细记录了道光、咸丰皇帝召见何绍基的对话内容

在现存的何绍基日记中，详细地记录了道光、咸丰帝召见何绍基的过程与对话内容，这在日记以外的文献史料中是很难见到的。

道光二十五年（1845）八月十九日，道光帝在勤政殿的东书房召见何绍基，君臣之间谈话内容极为简洁，大多为日常生活琐碎之事，几乎没有涉及国家大事。道光帝主要询问了何绍基的家庭情况，还特意问何绍基“汝父亲过去几年了?”说明道光皇帝对何绍基的父亲何凌汉念念不忘。何凌汉是嘉庆、道光年间朝廷大臣，曾先后担任顺天府尹、大理寺卿、都察院左都御史、兵部右侍郎、礼部左侍郎、工部尚书、吏部尚书、户部尚书等要职，地位显赫，为嘉庆、道光两位皇帝器重。何凌汉于道光二十年春二月初五日逝世，年六十九，皇帝震悼，特旨赠太子太保，赐祭葬，谥“文安”。接着道光帝又询问何绍基供职国史馆的情况。

自道光十八年（1838）何绍基授翰林院编修，至道光二十五年任国史馆总纂合计约八年，在国史馆的主要工作是编撰《人物志》《河渠志》。道光二十年至道光二十二年何绍基因父丧丁忧三年，丁忧三年是没有俸禄的，故何绍基回答“食俸五年”。君臣对话的详细情节见于道光二十五年八月十九日日记内

容。咸丰帝召见何绍基的过程详见于《西甎日记》，尤其详细记录了咸丰帝两次召对何绍基的过程及君臣之间的谈话内容。

何绍基于道光三十年（1850）三月扶其母亲灵柩南回，于咸丰元年（1851）正月安葬于湖南长沙县回龙坡，旋回道州老家，处理完家族先人坟墓、祠堂义学、族谱等事后，于咸丰二年七月初六日回到京城。七月二十六日，咸丰帝在勤政殿召见何绍基，咸丰帝询问的问题都比较简单，基本上是了解何绍基的籍贯、个人科举经历以及家庭成员的情况，与当年道光帝召见何绍基时所问内容大同小异。从问答过程来看，咸丰帝对何绍基个人基本情况并不怎么熟悉，何绍基的父亲何凌汉虽是嘉道年间重臣，但已经去世多年，其影响力逐渐淡化。

另外，咸丰帝这次召见何绍基，还有一个重要的历史背景，正是太平军兴起之时。何绍基老家道州地处湖南、广西交界，北上可抵永州，南下即可达广西，是广西进入湖南的要冲之地。太平军行动迅速，湖南前任提督余万清已自全州移守道州，闻太平军将至，开城门南逃江华，一直逃到衡州。道州署知州王揆一与游击瞿我谦见余万清已逃，也弃城不守。太平军迅速兵临道州城下，兵不血刃占领道州，在水南门扎营，于附近要隘处增筑土城，巩固防御设施。

道州失守后，咸丰帝大为震怒，谕内阁着总督程矞采将余万清及王揆一拿问。因为信息传递并不顺畅，咸丰帝问何绍基"尔家乡被贼蹂躏是怎样光景了？"具体情形何绍基也不知晓。至于太平军对道州何绍基的老家破坏程度如何，咸丰四年

（1854）何绍基在四川学政任上，他的两个堂弟从道州来，何绍基在咸丰四年五月廿七日日记中写道：“晡时，勤儒、升儒两堂弟自道州来，慰悉一切。前年贼破州城，占据吾家，未伤一人，先期俱避匿乡间亲戚处。然启暲叔与守先侄在家未出，贼亦善处之也。”“两弟说：鹤鸣轩门口两大桂树，为贼所砍，可叹可叹，数百年物也。”可见何绍基从堂弟谈话中仅得知太平军占据他老家时，只砍掉两棵桂花树，没有伤害人，并没多大损失。也许是两弟不想刺激何绍基，没有将真实情况告知。直至同治元年（1862），何绍基再次回道州老家扫墓，见祖屋已是一片废墟，对曾经修复的祖屋、鹤鸣轩私塾等建筑被太平军焚毁，深表痛惜。回到家乡，只能在塾师的小书房借宿几天。何绍基在《东洲草堂诗集》中又曰：“壬戌（同治元年）春始回州扫墓，瞻寻鹤鸣旧社，惟环秀亭尚在，其余屋庐荡尽，林木一空。盖壬子之夏，俱毁于粤逆矣。”可见早在咸丰二年太平军占领道州后，何绍基老家祖屋已经被付之一炬，破坏殆尽。同治元年何绍基最后一次回到家乡，已经垂垂老矣，无力再次修复祖屋了。

咸丰帝这次召见何绍基，还特意问他“曾放过学政未有？”此前何绍基并没有任学政，此次召见的结果就是任命何绍基为四川学政。在奏对之后不久，即八月初六日，何家就得知喜讯，何绍基被任命为四川学政。在当天日记中有完整记录：“仍着人听宣，辰初归。考官麟梅谷、朱桐孙、吕鹤田，同考中，同乡止孙芝房。早饭后，出至厂肆，先由大街一路拜客，子愚着仆送信家中，报四川学政，由园中章京友人送信来。余仍至栗春坪处，遇丧归。知初六日内阁奉上谕：四川学政，着何绍基去，钦此。家中先道喜，今日尚不见上报，因军机散甚迟也。晚间人不甚适，倦甚。”

咸丰二年八月初九日咸丰帝于乾清宫之西书房再次召见何绍基。此次召见与上次相隔不足半月，应是何绍基被任命为四川学政，按照程序，前往四川任职之前向咸丰帝谢恩。这次君臣之间讨论的问题较多，内容也比较丰富。咸丰帝首先问何绍基回到京城的这些日子看什么书，接着又问经史方面读哪些书，《十三经注疏》哪家最好，随后又问《说文》、朱子性理及小学等书是否都看过，而且还谦虚地问何绍基隶书学什么帖好。从询问何绍基的问题来看，咸丰帝应该是一位颇有传统学术修养的皇帝。何绍基博学多才，通经史，旁及金石学，尤精小学，曾耗费大量精力撰写《说文段注驳正》，因此奏对时答道“《说文》是曾用过功的”。何绍基在学术研究上颇有成就，为同时代学者所敬重。同时何绍基又以书法著称于世，他的书法继承阮元的碑学思想，推崇临摹汉碑，甚至连咸丰帝都认可何绍基篆字、隶字都会写。谈论学问之后，咸丰帝还简要地询问了何绍基的家庭情况。

咸丰帝最放心不下的还是当前的局势，当时太平天国运动在湖南境内风起云涌，清军节节败退，何绍基家乡道州已被太平军占领。由于路程遥远，通信不畅，咸丰帝很难掌握完整、具体的信息，难以明了当前局势以及南方诸省面临的重重危机。咸丰帝对驻扎在衡阳的湖广总督程矞采的表现极其愤怒和不满

—程矞采面对太平军凌厉的攻势，惊慌失措，仓皇逃跑，造成两湖地区人心惶惶，局面几近失控。面对突如其来的太平天国运动，咸丰帝显然束手无策，主要原因在于难以及时掌握充分的信息，难以预测事态发展的趋势。太平军在短短三个月内就占据大半个湖南，此时咸丰帝已清楚八旗军基本丧失战斗力，不堪重用，由地方办团练的措施不知效果如何，所以他问何绍基“省城的团练，还好办不好办”。咸丰帝还担心太平军与地方会匪勾结一起壮大势力，同时他又难以准确评估太平军的战斗力，所以他无奈地问：“贼到底利害不利害？”何绍基掌握的关于太平军的信息亦非常有限，难以为咸丰帝客观分析局势并提出有效对策，只好作模棱两可的回答，咸丰帝也不再继续追问有关局势的问题。这次召见主要是因为何绍基即将赴四川担任学政，于是咸丰帝问何绍基有关四川的文风、学术问题，并且告诫他要严格管教手下的胥吏、差役。这次召见从辰正三刻入到巳初三刻后出，奏对时间足足有两个小时。这是咸丰帝召见何绍基时间最长的一次，也是最后一次。不久，何绍基踌躇满志地踏上了前往四川学政任上的旅程。

四、日记内容保存了大量有关金石文字的史料

何绍基平生嗜好金石文字之学，在《东洲草堂金石跋》文中及以在金石为题材的诗歌中均有体现。尤其在日记中，何绍

基大量记录了日常生活中广泛搜集历代石刻碑帖，进行鉴赏、临摹、考证的经历。在日记中，经常提及的碑帖有《化度寺碑》《瘗鹤铭》《雪浪盆铭》《刘熊碑》《爨使君碑》《道因碑》《麓山寺碑》《孟法师碑》《法华寺碑》《礼器碑》等，何绍基遍阅秦汉、魏晋、隋唐以来的石刻碑帖，题写了大量颇具学术价值的跋文，在金石学领域取得独特的成就。数种珍贵罕见的碑刻，因为原石刻已经毁损，幸有何绍基精心收藏，其拓本得以流传于世。

在清代碑学史上，何绍基是一个不可忽视的人物。无论与友朋雅集，或者个人休闲的日子里，甚至是在旅行途中，赏碑、访碑、拓碑、收藏、临摹碑帖是何绍基最大的爱好，这种高雅的兴趣成为何绍基学术生活中极其重要的一部分。何绍基身边聚集了一批志同道合的朋友，他们在金石学方面有颇深的造诣，相互之间鉴赏各自的珍稀碑帖藏品，进行学术探讨，是他们日常交流的共同旨趣。

何绍基对碑学的研究达到痴迷的程度，数十年如一日地关注珍稀碑刻。如对《瘗鹤铭》的用心，在他的日记中有完整的记录。《瘗鹤铭》是刻于镇江焦山西麓崖壁上的一处著名摩崖石刻，道光二十年十月三十日，何绍基路过镇江焦山，立刻上焦山观摩并亲自制作《瘗鹤铭》拓片。道光三十年五月初三日，何绍基再次路过焦山，故地重游，想起十年前焦山观赏《瘗鹤铭》往事，感慨万千。

何绍基与《法华寺碑》亦渊源颇深。《法华寺碑》全名

《秦望山法华寺碑》，为李邕于唐开元二十三年十二月所书，石碑原在浙江山阴秦望山，该碑久佚。《法华寺碑》世传只一剪裱孤本，何绍基得之于吴门韩履卿处，因何绍基收藏而流传下来。何绍基在日记中记录了他寻觅、考证《法华寺碑》的经历。

咸丰八年八月廿三日：忌辰。客来止王子梅一晤，说有《法华寺碑》残本，或者是原刻耶。

八月廿九日：王子梅来。子梅《法华》残本不知何日来也。

十月初十日：问子梅索来《法华寺碑》，佳山堂冯氏故物，非原石，而较我处翻本为胜，可资对勘也。

十月十二日：《法华碑》补钩竣事，尚有数十字须补耳。

十二月初十日：补钩《法华碑》字完，因遍检《萃编》及《两浙金石》《越中金石志》《复初斋集》考之。

十二月廿二日：重订《法华寺碑跋》，草一通竟。

咸丰九年七月初十日：夜收拾《法华碑跋》，千六百字改成八百余字，好不费力。

七月十一日：下午写《法华跋》，书丹于石。

八月廿八日：陈三刻《法华碑跋》竣，殊精采可喜。

从日记中可知，何绍基从王子梅处得知有《法华寺碑》残本，开始以为是原石拓本，经过目鉴定，认定是佳山堂冯氏故物，非原石拓本，不过仍然有一定价值，于是对《法华寺碑》残本进行考证、补钩，并撰写《法华寺碑跋》。

何绍基在《东洲草堂金石跋》卷五《跋重刻李北海书法华寺碑》中说："去春在吴门，韩履卿丈崇以此宋拓本见诒，携至济南，手自钩摹，令老仆陈芝勒石，虽于神理未能微肖，然规模粗具矣。”该跋作于咸丰九年正月，可知何绍基从韩履卿处获得宋拓本《法华寺碑》是在咸丰八年春，这是何绍基见到的最佳的《法华寺碑》拓本，亦即流传至今我们所能见到的《法华寺碑》拓本。

何绍基精于金石学，深受其老师阮元的影响。阮元搜集先秦钟鼎彝器，撰《积古斋钟鼎彝器款识》，何绍基为之逐字校勘，订正舛误。阮元尊崇北碑，何绍基更是将碑学思想发扬光大，并运用于书法实践。在何绍基周围，聚集了同时代一批学术涵养精深的知识分子，探讨、鉴赏、收藏金石碑刻是他们日常交流的共同话题。在日记中，有关何绍基访碑、寻碑、临碑、赏碑，以及校勘、钩补、购买、制作拓本、收藏碑帖的活动十分频繁，内容异常丰富。可以毫不夸张地说，何绍基及其同时代的金石学家，他们可谓阅尽中国历代碑帖，而何绍基的书法艺术，亦从金石文字之中获益甚多。

五、何绍基日记中充满了浓浓的亲情、友情和乡情

日记是个人情感的真实流露，喜怒哀乐均体现其中。何绍基日记，是一部温情脉脉的日记，里面饱含了对亲人的挚爱和思念，对友人的关心和热情，还有对故乡情真意切、如梦如幻的留恋和向往，从中可以看出何绍基是一位感情丰富的儒雅

之士。

高祖父母、祖父母、父母、伯父母等长辈以及恩师的生日或忌辰，兄弟、姐妹、妻子的生日，儿孙、侄儿、侄女等晚辈的生日、成长和教育等细节，何绍基在日记里均有准确的记录，几乎每年都没有遗漏。

正月十二日：内子生日，不能不痛七姨姊也。

二月初五日：父亲忌日，二十年矣。

二月二十九日：韶女生日。

三月十一日：午拜华甫亲家生日。

四月十三日：杏儿生日，十四岁矣。

六月初七日：母亲生日，怆思何极。

六月十二日：子愚生日，不知家中是何光景。

八月二十五日：严寿日。

九月初五日：伯父生日，若无丙申五月廿日之事，今七十八岁寿辰矣。

十月十七日：今日子敬生日，夜梦见之，话甚久。

十一月十四日：越云侄女生日。

十二月初五日：与子毅生日，可怜也。

以上亲人的生日，于日记中随意检索而得，以月份顺序稍作调整。几乎所有至亲、师友的生日，都可以在日记里查寻到。何绍基兄弟之间关系非常亲密，可谓兄友弟恭。兄弟四人，依次为何绍基、何绍业、何绍祺、何绍京。何绍基与何绍业是孪生兄弟，两人志趣尤为相合，可惜绍业于道光十九年英年早逝。

何绍基在《仲弟子毅哀辞》中悼念："冀我兄弟，或共长久。何期今日，松摧竹陨。孪生之儿，兄强弟弱。风雪一朝，形单影只。痛乎！痛乎！"何绍基每念及子毅，悲怆异常，如在道光二十五年十一月二十日日记中，何绍基写道："今日子毅忌辰，可伤也。"

何绍基的交游十分广泛，他先后在翰林院以及国史馆任职，身边聚集了一批意气风发、志同道合的朋友。尤其是道光年间何绍基在京城里发起的顾祠祭祀活动，参与人均与何绍基交往密切。如道光二十六年二月二十五日的顾祠春祭，何绍基在日记中记录："到者徐星伯太守丈、叶东卿丈、陈颂南给谏、陶查仙司马、郑浣香明经、梅伯言农部、王朡轩大令、戴筠帆水部，刘宽夫、黎月乔两侍御，赵伯厚宫赞、罗椒生太仆、沈朗亭少成，吴子序、翁祖庚、汪醇卿三编修……"以上参加顾祠春祭的人物大都有在翰林院任职的经历，并在朝廷担任要职，他们推崇顾炎武的学术思想和精神品格，意图将顾炎武树立为文化或学术上的一面旗帜，以此改变晚清陈腐、封闭、落后的学风。何绍基作为顾祠祭祀的积极发起人，在日记中对顾祠建造、祭祀的全过程有简洁完整的记录，通过考察历年参与顾祠祭祀的官员身份，亦可窥见何绍基在京城朋友圈的交际情况。

此外，何绍基主持福建、广州、贵州地方乡试，担任四川学政，主讲山东、长沙、江浙等地方书院期间，与大批地方官员及士人结下深厚的情谊。何绍基对朋友的感情是真诚的，绝不是停留在喝酒、雅集、唱和等应酬层面，更多表现在对友人道德品格的敬仰，以及在学术研究上的惺惺相惜。如咸丰九年十月廿九日日记，“晚饮朱致堂先生处，肴酒甚精，为之醉饱。有王子兰第三子同坐，见之怆泪。问其书版，则《广雅疏证》在天长祠堂内，恐难保存，余俱在京寓无恙，然不如《广雅》之精也”。王子兰即王寿同，王引之之子，道光二十六年进士，咸丰元年署湖北按察使，咸丰二年太平军攻破武昌城，王子兰及其儿子王恩晋殉难。何绍基对王引之著作《广雅疏证》赞誉有加，与王子兰素来友善，日记中多处提及王子兰，如今见到故人之子，回忆往事不禁潸然泪下。

在何绍基的朋友圈中，还有一群比较特殊而且关系特别亲密的朋友，就是道光、咸丰年间以曾国藩为首的湖湘士子群体。曾国藩、左宗棠、彭玉麟、胡林翼、郭嵩焘、李星沅、贺长龄、贺熙龄、罗泽南、邓显鹤、罗汝怀、魏源等湘籍人物的名字经常出现在何绍基日记之中。从日记中可以看出，何绍基与魏源关系尤其密切，两人可谓知己。道光二十四年三月十七日，“早过默深，见其《海国图志》稿数篇”。咸丰元年二月廿三日，“问南坡要《海国图志》，今日即看起”。三月初七日，“自廿三上船看《海国图志》，至初三日毕”。何绍基应该是最早阅读《海国图志》的读者之一，他应该清楚《海国图志》的价值，可惜何绍基并没有向世人宣传《海国图志》，其国内影响仅止于朋友圈。

湖南道州是何绍基的第一故乡，这里是何绍基一生魂牵梦萦的地方。何绍基八岁时随父母离开道州入京城生活学习，成年之后数次回到故乡，据日记内容生动记录，何绍基每次回乡都是愉悦的旅行，充满了浓浓的乡情；而每次离别家乡远行都是怀着恋恋不舍的心情，留着淡淡的乡愁。

在日记中，何绍基对故乡口味情有独钟：“到月乔处，吃家乡腊肉，小山、子愚俱往，午正后始散。”“晚饮林章浦处，冬酒红而有味，居然吾乡风韵也。”“沈月泉太守送冬笋，余以此吾湘土物，遂转赠汪广文。”

对故乡习俗常怀敬畏之心，“上祭者多有祭文，极恭敬，礼生六人，少闲，吾乡古意尚存也”。“想念京寓、长沙坟山、道州家祠，俱有清明祭奠，我俱不与，怆怆而已。”对故乡风景赏心悦目：“河路亦渐收窄，山明水秀，真近吾乡光景。”甚至身在他乡，见到与故乡相似的风光，就会无意识地勾起对故乡的思念：“十里至罗家桥，一路李子树多，似吾道州光景。”“过小河涧数次，有似吾乡泷河路。”“清湖地方甚大，街市如吾乡矣。”

听闻家乡人士有所成就颇为欣慰：“吾乡孙芝房、胡光伯、周杏农、徐寿蘅俱升官，殊为增色。”

与家乡父老告别之时，依依不舍的乡情溢于言表；危难关头，时时刻刻担心故乡遭受劫难。“又行廿五里至新市泊，回望湘山上流，故乡宛在，不胜怆企。又现在粤西用兵，不知我家乡父老怎样惊惶，以紧接壤也。”“宝庆失陷，贼云得往蜀，衡州、长沙可虑之至，何吾乡之不幸也。粤西贼猖獗。”“吾乡廖纯斋明经从家乡来，问悉历年情事，可悲可慰。”

何绍基博学高文，早为儒林所重。世人对何绍基的认识，大都只注重他的书法艺术。何绍基在经史学、文学、小学、金石学等方面的学术成就，往往被他书法艺术的光芒所掩盖，真正理解并研究何绍基学术思想的人并不多见。同时代的曾国藩亦高度评价何绍基的学问与书法："盖子贞之学，长于五事，一曰《仪礼》精，二曰《汉书》熟，三曰《说文》精，四曰各体诗好，五曰字好。此五事者，渠意皆欲有所传于后，以余观之……若字，则必传千古无疑矣。"通过阅读日记，我们仿佛可以穿越历史的时空，回到那个面临三千年未有之大变局的时代，走进古人的内心世界，更加全面、深刻地认识一个真实的何子贞。何绍基日记客观真实地反映了晚清社会的风貌，记录的相关内容是研究晚清政局、科举制度、士大夫阶层的日常生活与学术活动、经史学、金石学、文学及书法艺术的基础史料。故通过整理、研究何绍基日记，不但有助于我们理解何绍基本人的学术思想和成就，还可以此为切入点，深入了解掌握晚清社会历史、文化学术发展的走向与特征。

毛　健

2023 年 9 月 10 日

目　录

道光十四年

道光十五年

道光十九年

道光二十年

道光廿一年

道光十四年

五月

十五日（1834年6月21日）

早起，到刘子敬大令处，观所藏《化度寺碑》，及梁永阳王萧敷并王妃两墓志。《化度》未为精本，程春海师题为宋翻，盖不误。因忆旧年在伍紫垣孝廉处见所购宋拓原本《化度寺碑》，精古异常，信为稀世宝，有王梦楼题跋最多，比徐星伯丈所得覃溪藏本，胜之倍蓰。闻叶东卿丈亦有一本，仅胜星翁本耳。若刘君此本，又在两本之次。其萧氏两志，则真奇迹，撰人徐勉详书官爵，且系以奉敕撰，已为创例。文章巨丽，约皆千字内外，志墓所罕见者。葬于白下黄鹄山，则南朝之物，金陵萧氏之碑外，不图复见此宝也。装池之制，与予藏《信行禅师》薛稷书者一样。据子敬云，俱系长垣县王氏物。诸此两帖外，我又得其郭忠恕青绿山水，有董香光跋者。又所藏有唐人写经，笔笔藏锋。乃四川地方有塔，为雷毁，中藏经本，散布人间者。

又唐画应真像，踽踽欲动，木石奇朴，有王孟津跋甚佳，亦王氏物也。又有手卷，是香山、东坡、南宫笔札，俱精，而南宫诗札尤妙。其首句云："秘笈大开千古到，雪图小挂满堂寒。"子敬又云：去年由汴起身时，乞于杨海梁中丞，将开封府学、陈留县学两处宋二体石经之嵌于壁者，令人起出，视其背面。开封者，背面系本朝人刻字。陈留者，背面亦刻二体字。而《周礼》六段，忽得十二段。真艺林佳话，惜尚未见拓本耳。到春海师处，深谈六书、八法之奥。到东卿丈处，晤昆臣，索还大字《麻姑坛记》，是予秘宝也。因面还所借《凤墅帖》四本，尚有四本未及见。是跋竹汀先生得二本，以为希有，跋尾中喜载之。而东卿乃得八本，岂非古福。宋人笔札，萧疏简远，维绝诣者少，而正自不俗。到许珊林处，承赠司马迁象，及烈士要离、汉梁伯鸾石刻，俱苏州新出土物也。离寓后，作书，由正大差局寄倪朗峰。晚间，父亲到书房同饭，熊雨胪、周药舲适来，遂留饮，饮后，从平台看月。

十六日（6月22日）

早起收拾，巳正后起身。堂上下均清吉，即游子之幸也。子毅同陈东之、陈竹伯、熊河亭送至南星门外"小有余芳"小叙，陈谷堂亦赶来作别。是日行三十余里，黄村宿，闻前路固要，河难过，水手颇索钱多，因从南路厅胡君处索一兵护送。晚间烦躁，不能寐。子敬、子愚两弟，亦同携仆二人，王德、钟祥也。

十七日（6月23日）

丑正起身，六十里，至浑河，河水虽已落，然尚不小。渡后，五里至固安尖。三十五里至曲沟宿。适遇邻车有至苏州者，复作书与倪朗峰，即托带去。申刻微雨。

十八日（6月24日）

子正起身，车夫迷路，四十余里，孔家马头尖，已是辰正矣。雨潦才干，车行荦确。又四十五里，雄县南关外宿，买活鲫鱼，食甚美。到店未初，颇热，似昨日，苍蝇之声如雷，可厌之至。作第一次家书，托唐姓淮安人带去。又与陈东之一札。

十九日（6月25日）

子初二刻起身，月色甚好，过十二连桥，水光清照，真佳境也。行七十里，卯正至任邱尖。又五十里，未正，至二十里铺宿。下半日多绕道，间有泥水，此间大约前两日得大雨也。苍蝇比昨少些。

廿日（6月26日）

子正起身，月已高出矣。行七十里，辰初至臧家桥尖，地有户部税局。又五十里，富庄驿宿，日中甚热，得风稍解。未正多到店，食炙鸽，颇美。饭后，与子敬看赶集，已散矣，看人饮马归。过新起当铺，屋极高壮，尚未毕工也。

廿一日（6 月 27 日）

子初二刻起身，七十里，漫河尖。又五十里，刘智庙宿，住双合店，即去夏大帮住宿遇庙会处也。自昨日下午后，云阴茂密，今日酉刻后得雨，去夏亦在此遇骤雨，却不碍行。

廿二日（6 月 28 日）

子正多起行，云未开也，二十里，至德州河边，则云开日出矣。摆渡过河，天色已明，又四十里，苦水铺尖，买蜡十五斤。又六十里，腰站宿，天气甚热，申初二刻到店，洗脚颇快畅。此间自三月二十日（4 月 28 日）透雨后，昨晚才得小雨一番。

廿三日（6 月 29 日）

子正起行，云气甚黑而无雨，乍露月而旋伏矣。六十里，新店尖，屋窗明媚，差有野趣。五十里，茌平宿。有福建靖江人蔡君同宿，将至其兄兰仪县署也。谈台湾用兵始末，颇悉大意。作家书第二封。

廿四日（6 月 30 日）

子初二刻行，沙路平坦，六十里，至东昌府东关外打尖不就，遂由石路过闸板，石路新修未毕，乃铺户各认门前分修也。至龙儿湾永泰店尖颇久，四十五里，沙镇宿。行树林田稼中，极有趣。镇后有太公庙，荒废不可理，而庭宇甚豁。比来晚甚热，不可睡。

廿五日（7月1日）

子初二刻行，子敬覆车二次，因车夫睡着也。第二次几伤其足，行路之难如此。五十里，十八里铺尖，莘县地。又六十里，郭滩宿，晚热稍轻。

廿六日（7月2日）

子初一刻行，云阴大风，车灯屡息，却亦不甚凉也。五十五里，濮州东关外尖。又四十五里，董家口宿，濮州地。到店最早，与子愚同剃头。

廿七日（7月3日）

子初行，五十里，高庄尖。又六十里，东明集宿。住新开同升店，主人刘姓，十八年军功，得六品衔。子三人，一文二武，皆秀才也。出大纸，索书数幅，送家酿酒，晚餐顿饭，却甚草草也，甚热。

廿八日（7月4日）

子初三行，六十里，黄家集尖，路东元升店甚好，素饭颇可食。雨，几不能行，勉强行二十五里，至瓜子营，同行蔡君先到，适兰仪尉杨心甫在此请乡绅，因无店可住，遂闯入，客为雨来者，才四五人。晚间两席，留我同饭，乐得小饱，仍同宿。是日冒雨行，车上衣物俱湿。

廿九日（7月5日）

卯初行，淘汰泥水中，二十余里，至河涯，上船东行，张帆，顺东风，西行抵岸，过堤，兰仪北关外尖，蔡君别去。尖后，行六十五里，泥水甚大，抵陈留县南关店，已昏黑矣。从兰仪借一马引路，马夫，陈留人也。到店后，令牵马，余骑诣学，访刘星槎广文，同看宋二体《周礼》石经。露处在地，将嵌置矣，然在宫墙外，终未良策，但此后两面均可拓矣。归店已二鼓。

卅日（7月6日）

卯正行，五十五里，至朱仙镇，路犹昨也。到店后，遂打算舍车，到同心堂药铺，得老板崔姓者，令其子引至官船局写船，归道车夫妥当，即拉车至舟所，卸行李，登舟。时已夜，一夜安眠，且免泥涂之苦。

六月

初一日（7 月 7 日）

早开船，河小，故舟不甚疾。樟市、小坡，皆尉氏县地，颇有市声。河行多从草桥下过，夜未泊，行百数十里。

初二日（7 月 8 日）

行至莫滩，周家口数里泊，竟日屡小雨。

初三日（7 月 9 日）

早，到周家口，船家安桅，买菜，耽搁一二时。由小河出大河，上水行，拉纤，至晚才二十余里耳。

初四日（7 月 10 日）

拉纤行，略有顺风，所过扶沟、西华两县地。

初五日（7 月 11 日）

早阻雨，旋复行，暮离郾城三四里而泊。

初六日（7月12日）

早，过郾城，城下见铁牛在城边，盖厌胜物也。是日直向北行，遇南风颇迅，酉正到北舜渡矣。与子敬到骡行，雇得五骑，遇骤雨，归船。子敬后至，一僧送来，雨竟夜。

初七日（7月13日）

收拾骡背，巳初始行，甚难骑，路亦泥泞，过河两次，午间甚热。八十里，至薛家店，甚草草。慈寿之日，又不与称觞之乐，竟日仅得一餐耳。

初八日（7月14日）

卯初行，昨日人惫甚，今渐好矣。二十五里，过小河，又二十五里，保安驿尖。大路久断行车，弥望皆泥潦，三十里石路，至扳倒井，最崎岖难走，又三十里，至裕州东关宿。店家廖姓，即丁亥与子愚同刘观亭丈、郑六丈在州牧周鉴湖处度岁处也，转瞬七年，三丈俱逝矣。即所携两仆，亦都不存，可叹也。晚间，得月，极佳。

初九日（7月15日）

卯初二刻行，先不得路，后走河涯，甚好。五十里，至赊旗镇，又数里，至河边，又徒步数里，至马头渚，裕州两小河会做一河处也，写得船时，已申正矣。秋船长而狭，而此间已为大船，不能好坐也，骑骡三日，且乐得休息。连日途中吃西瓜甚多。

初十日（7 月 16 日）

舟行，午间极热，又多眠，盖前几日辛苦使然。浅阁处甚多，竟日闻抬船声，晚泊兰台，唐县管。离县二十里，两岸颇热闹，渡船一只，往来如织。子敬上坡买菜，旋买不饦当晚饭，因老板为未刻具点心，遂未备晚餐也，可笑之至。泊处陆路距赊旗七十。

十一日（7 月 17 日）

行至唐县，陆路二十里，子敬上坡买瓜菜等物。旋扬帆顺风行，然浅滩屡见，不能速也。晚泊下屯，距唐县陆路四十五里。是日甚热，午未后，尚不能解。

十二日（7 月 18 日）

行竟日，至石家台泊，新野县地，对岸即襄阳地也。是日热甚，晚间，密云大风，不可得雨，暑氛不解。子愚是今日二十六岁生日，无以为乐，呼杯酒，咬芹菜根数十寸耳。

十三日（7 月 19 日）

行不甚热，以对风，风得入舱也。至大水桥，舟子上坡到家去，少泊即开，雷雨至矣。行至双沟，雨甚，遂泊，至晚，方住点。夜间少凉，月不得畅明。

十四日（7月20日）

天尚阴，早行，过北河口，申酉间到新打洪，舟难前进，以对风无桨也。子敬看船去，暮归，复与子愚同去说定，归来二鼓矣。

十五日（7月21日）

移舟近钓钩边，即昨晚所看也。舟子以前有客未辞却，请少待。迟至未初，知事无就，坐轿往拜樊城张司马，不值。过河到襄阳县，阮大令着差来看船，至晚未得。到襄阳，至周介夫家眷公馆内，见其十岁儿。此间于四月初三日早，大风巨雹，水上舟无一完存者。伤损人数甚多，闻上至郧阳，下至仙桃镇一带皆相似。阮公云：襄阳连年风浪异常，加此风雹，又夏间走沙愈甚，故樯帆较前稀少多矣。襄阳县署甚破漏，更甚于介夫作令时。来差张玉。

十六日（7月22日）

敬、愚携差觅船，得襄扁子。饭后过船，待老板至，午后方归，则坚以船不得重载，难于开行为辞，不得已，雇得安化大沙窝，傍暮过船。是日甚热，吴司马来回拜。

十七日（7 月 23 日）

舟人因搭货未能开，予同子敬于午间雇轿往谒隆中武侯像，中有三顾堂，草庐亭。山门甚凉，门前两山，道人说是旗鼓二山也。草庐故迹在寺后，明时，襄藩起三坟占其地，遂移于下，并六角古井，亦埋壁间，有程春海师、吴荷屋丈诗刻，道人合秀说：香火田有二百余亩。隆中在襄阳西二十余里，先数里，有广德寺，地敞而无趣。归来，舆夫怂恿坐小舟，舟行下水甚疾，而余对风首凉，不甚适。归过樊城，至跨鹤楼，已昏黑，匆匆复买得一案四几，回船，起更后矣。

十八日（7 月 24 日）

早，坐小舟，欲至米公祠，至文秀堂书坊问知，上有五里余，遂不果往。仍至跨鹤楼，楼高，而不甚便于登览，在樊上为杰阁耳。道士礼仁两兄弟，老籍常德，因嘉庆初年白莲教之难出家者。归船早饭，午刻开船，不半里而泊，因有舟子未来，又似有风报也。襄阳两岸石堤，系郑芝泉太守倡修，修后圮，圮后复修，修后已圮第三次，修好则太守已去世，至今襄民思之，美政甚多。舟又行不十余里，遇浅沙，舟大摇兀不可行，乃返棹，曳纤数里，得泊。大风竟夜。

十九日（7 月 25 日）

早，风未息，舟行谨慎，十余里，至董家湾小泊。见有舟行，复行，风水皆顺，但太大耳。至小河口泊，陆路距樊城六十里，水路九十里。泊后，上坡，街颇长，无甚可买者。晚间风更大，水长至四五尺，一夜不静。

廿日（7月26日）

风未息，舟移泊半里许，晚间风定。

廿一日（7月27日）

早，风少定，舟行甚速，行百五十六里，风大，小泊复行。前舟浅阁，同行俱泊，既而复行，至赤河宿。上坡，无可买者，写得家信，并与周介夫太守书，觅人送去，不可得而罢。是夜，梦在长沙，到一旧识字画铺，出观两研，一甚大，颇好，而价过昂。又出观南园画马小册二本，首册襄南园墓志，后仅一马，前款书为李友均作，后署友钱沣。第二册每页或一马，或二马，共六页。其马皆写意，树石坡坨，笔极生动，爱不能释。醒时，则开船矣。

廿二日（7月28日）

风平水顺，行过石牌、沙阳，至长乐湾泊。约行二百余里。江行始食鱼。

廿三日（7月29日）

无风，行过泽口、岳口，至仙桃镇泊，约得二百数十里。

自樊城换船以来，今日为热。

廿四日（7月30日）

行极顺，当约三百里，过蔡店数里，听江洋宿，有风而热，且多蚊，丑刻开船。

廿五日（7月31日）

早，至夏口大王庙茶楼前泊，上坡剃发。早饭后，偕子愚过江，至黄鹤楼，因独行拜讷制军丈，托寄第四封家书。到张翰芳伯丈处讨免单，并书扇，又为画梅。到邵丹溪观察师处，借出京后京报，回至黄鹤楼，看报送还。张又遣使送卷费，回船后，邵师送食物四匣。讷丈遣官送米、腿各物。洪君国桓送糟鱼、火腿，子敬所善也。子敬买物，亦归船矣。晚热，问张丈借观宋拓《争坐位》，知尚在都，未携出也。

廿六日（8月1日）

天明开船，六十里，至荆口，由小河行三十里，入湖荡，约行四十里，入嘉鱼峡。又三十里泊，因船轻，避却大江，又免得东郭老牌州两望泊处，他船多系前二三日开行，或由摇头沟取小路，两日乃到者，亦快事也。共约得百五十里，抵大路二百余里。

廿七日（8月2日）

廿八日（8月3日）

廿九日（8月4日）

七月

初一日（8月5日）

初二日（8月6日）

初三日（8月7日）

初四日（8月8日）

到长沙，上坡，至师大有行早饭，寻张第蓉，知子敬于昨日由湘阴肩舆先到矣。看定徽州会馆屋子，即移行李去。

初五日（8月9日）

初六日（8月10日）

第蓉来开课，作文一篇。晚间，宗祥来，知行李船到矣。

初七日（8 月 11 日）

行李及二仆上坡，余即出门往各处拜候，晚归发热。

初八日（8 月 12 日）

昨服一医生发散药，今遂愈。

初九日（8 月 13 日）

张紫垣丈及胡咏芝来，同邀看同善堂房子，在堂之后，略有水榭，然不便住也。归来，不能早饭，知病复作。

初十日（8 月 14 日）

病起以后，遂成疟疾，黎月乔荐一医来，服药一剂。第蓉荐一老者来，服其药数剂，亦不得愈。子敬亦发疟，每余安静日，则其发病日，呻吟互答，苦不可耐。余后服杨紫卿药，乃渐轻爽，然未全愈也。

廿五日（8 月 29 日）

余病已似痊。因徽馆潮湿空阔，房值又昂，乃移住天妃宫，辛卯年所住处也，所种芭蕉二株，一荣一萎矣。是日，子敬仍发病，晚乃安。闻学院停止补录遗才，余到紫卿处作禀，李摩石兄书之，至号房报递。则第蓉及唐广文两人，亦因不补录，欲通禀也，得信，均明日早携笔砚来。

廿六日（8 月 30 日）

补录遗，除兄弟三人外，即第蓉、芷芗两学博，五人坐官厅中，颇清静，外间大号，则两书院决科也。五人题是：“博我以文”二句。“天香云外飘”，得“香”字。科目策。子敬文大为学使岳文峰先生所赏。归来遇雨，余在场中，惧寒甚，仍病发也。

廿七日（8 月 31 日）

以后，病仍发，每日一次矣，较轻于昔也。请江华杨蛟门二兄来视，服药亦略见效，后因亲往买卷，病复剧。

八月

初八日（9 月 10 日）

进头场。先到贡院东杨翁处少憩，入辕门后，病发，风甚。入场时，已头炮，人不复可支，得杨荔农及子敬来收拾一切，吃饭一碗而睡。

初九日（9 月 11 日）

午前遂草毕三文。病发，至头炮始安。想得诗一首。

初十日（9 月 12 日）

写毕出场，而病至矣。

十一日（9 月 13 日）

病少轻，入场时，得李品三兄提篮。早入，又得高小湖送茶吃，甚好，出场大雨。

十四日（9 月 16 日）

得辜君赠药末服之，颇难于口。是日，遂不发病，略愦愦而已。

十六日（9 月 18 日）

出场甚早，病不复来。

十八日（9 月 20 日）

病复至，服蛟门药，不甚效矣。

廿二日（9 月 24 日）

服彭星台补药方，是日病止。

廿五日（9 月 27 日）

严寿日。拜祝后，同子敬出城，往圭塘，乡景殊清，先过雨花亭看桂花，桂两株，甚大，然枝柯采尽矣。圭塘饭后，入城，到浏阳门周家二姊处，知陶子立兄于子刻得子，即往贺。归来，客一席。

九月

初一日（10月3日）

李季眉兄弟邀晚饭，归遂不适。

初二日（10月4日）

病又欲发。

初三日（10月5日）

子刻榜发，子敬得中第六名，弟兄小饮而睡。早起，贺客至，自后无日无客，无日不作书，而余于未末申初后，无日不发病。子敬则于八月初六愈后，至十四日复发，至二十五日全愈矣。

初五日（10月7日）

伯父寿辰，晚亦有客。

初八日（10月10日）

早，出城，访王平舫于舟中，昨来约看所藏石田画卷也，冒大雨往，不值。到贺六丈处拜其太翁寿。是日尧农太母寿，子敬去。是日病止。

十一日（10月13日）

贺柘农丈招饮，同座者欧坦斋丈、彭棣楼编修、徐瓶山与耦耕、丹麓两丈也。

十六日（10月18日）

子敬送两主考行。

廿四日（10月26日）

上船，是日早起仍作书，早饭后，到各处话别，到船时，天已晚，人亦倦矣。师笙陔送席在船，同座者，张辅垣世叔，及王瀛新同年也。计自七月初四（8月8日）到省，恰好八十日，其不病者，才十几日耳。生三十六年，此为第一次，保身之难，可不畏哉。往来朋旧，绝少新知，其相与谈议者，若贺、欧三丈，张第蓉、刘雨耕、沈栗仲丈、邓湘皋丈、叶星樵、晏筠塘、杨子卿、汤小语、劳嶰筠，皆犹故态也。于吴荷屋中丞丈处得《白驹谷题字》二种，郑氏云峰山刻字，此为巨甚。黄虎痴纂成《颜鲁公文集补遗》，搜采甚博，近又为中丞纂《筠清馆金石志》。湘皋丈方自辑古文，嘱题其《耦耕》《听雨》各图。胡竹安大令金石碑板亦富，多是黄小松旧物，盖与中丞分得之。蒋伯生明府者，汉画象尤多旧拓精本，若焦城村朱鲔墓等刻，皆余所未睹。王二樵渔，湖州人，藏古专颇富，出示拓本，率为题数句云："我行苕霅上，芒屦几曾停？薜剥城边月，（宋景定修城专）波涵井底星。（二十八宿井专）今宵灯影白，满眼甓痕青，何日鸳湖去？毡椎子细听。"与二樵同住之胡万本号湘琳，即玉谭先生泽汇之子，刻石颇精也。栗翁每数日必见过，好谈书、诗、画、时文，无官气，前曾署道州，得民心。省中善书者，推栗翁。李伊卿广文，则已信笔去矣。阙雯山岚，年七十，画工笔精厉，殆必传也。人有古意，惜未与习耳。杨紫卿病中与往反数诗。小涪许我作好画，未得也，亦苦病。

廿五日（10 月 27 日）

早开船，走横风，不百里泊。

廿六日（10 月 28 日）

过湘阴。

廿七日（10 月 29 日）

顺风，过洞庭湖，泊城陵矶，遣张捷回长沙去。

十月

初一日（11月1日）

晚泊处，离武昌三十里。

初二日（11月2日）

早，舟泊夏镇大马头，觅船竟日不得。

初三日（11月3日）

同子敬渡江，谒讷制府丈，留早饭，见《京师题名录》，知陈竹伯中矣。子敬往张翰山丈及邵丹溪师处，余先俟于黄鹤楼，旋同渡江，风大恐甚，至晴川阁下，过铁门关，问道蒋湘帆家，其子十六岁矣。由月湖步堤上到船，晚间即雇定满江红船。

初四日（11月4日）

早起，过载后，同子敬往晤板子巷对过住之洪石甫五兄（国柱），邀同游梅子山，仍饭其家。晚归，赠大墨四梃。

初五日（11月5日）

余渡江访陈执甫，不知住处，展转至申正始得寓处，不值。

到蔡黄楼庚兄处，晤陆东为世兄，执甫寻来，两人游刘园，回寓晚饭，黄楼、东为皆至，二更后，同到李丹楼处久谈，归写扇数柄，丑正睡。

初六日（11 月 6 日）

早，余独游洪山，出东门，约有八里，石壁峭上，浮图插空，略有杭州南高峰光景。石色苍润，红叶烂如，归来早饭，已是未初。到黄楼处作大字，又回寓作字。陈韵石舍人约晚饭而甚迟，饭时已子刻。

初七日（11 月 7 日）

到唐角，觅舟不得，坐小艇，望见对岸，我船才开也。即到船，行六七十里，阳逻司泊，属黄冈，有司官。高阜上有庙。

初八日（11 月 8 日）

行百余里，至黄口泊，武昌县管。三人同上西山，山背路甚逼侧难行，行至浓树中始抵庙，庙前后光景极幽。始归，循山门，路好走，过寒溪寺，到江边，坐小艇归船，已上灯矣。山层叠曲，至红树绿云，掩压无数。引路人，皮姓农夫也。

十七日（11 月 17 日）

子敬生日。舟行十里，到荻港泊，繁昌县地。早间小醉，晚少吃饭一碗。

十八日（11 月 18 日）

风大，不能行，行五里，至鹊起矶而泊。偕两弟及舟人陟矶，矶上有庙，有塔，塔无顶，盖受风未毕工而止也。及黄公阁，塑黄得功象。

十九日（11 月 19 日）

风仍不止，与子敬到荻港庆云楼吃点心，即雇肩舆，行五十里，到繁昌县，访欧若潮大令。伊系十六日生日，县民为寿，送扁、伞，并演剧，是日为第四日，晚间，同席观剧者，有何某、胡心源农部（文柏），二鼓而散。若潮风采如昔，官声尚好，良慰人意。其同县郑三兄品三，号和斋，亦同席。

廿日（11 月 20 日）

早，与和斋出衙吃点心，遂雇舆出东门，和斋返衙，邀欧世兄辈来追，坚不回去。径行七十里，一更后始到芜湖，住南普济寺，每人宿食日百二十文，颇清爽也。

廿一日（11 月 21 日）

到江口，看我船未到，过河，由西门外行至宁澜观。观中多下棋人，遂看饱而行。至一书坊，遇子敬，旋遇王德来，知我船昨至澛港，距此十五里耳。晚，借得棋子，与子敬一盘。眠颇冷，饮百益酒，奇劣。

廿二日（11 月 22 日）

早，子敬到陈兄（名敬之）处，知郑和斋昨由繁昌到伊处，我船亦一早到江口，遂上船，则和斋先在，陈兄、欧世兄又同来。过关后，已未刻，即开行，五十里，至梁山泊。

廿三日（11 月 23 日）

风颇好，行百数十里，未初即抵南京之上河，与子敬上坡，到街上雇舆，余去清凉山、随园、三山街。清凉山果是佳处；随园亦幽致，惜不得登楼；三山街书坊，未遇佳物。到邢园，已昏黑。邢醴泉（崑）方与谌翁以方围棋，因同晚饭，醴翁出示诗稿，为绰略看一过，作五古题其首。睡至四更时，子敬来，同被宿。则因先到邢园，又至户部街汪家，复出城到莫愁湖上，晚归，饭于某处而回也。

廿四日（11 月 24 日）

早，流目邢园，大局自佳，多颓败矣。桂香草堂有袁简斋题联云："旧地怕重经，记当年丝竹宴诸生，回头似梦；名园难遇主，看此日楼台逢哲匠，着手成春。"款落斗山先生，即醴翁之父也。联乃王梦楼书，极秀逸无比。到制军号房，问魏默深兄，知已回苏州。即出仪凤门，到船已巳时矣。子敬游孝陵，未刻方到。开船行，至老虎颈泊。

廿五日（11 月 25 日）

顺风行，未时便到金山下泊。子敬上坡，寻洪二兄，不值而返。晚间风甚，与子愚谭至丑刻方寝。余曾到大马头、小马头问船，俱一只无有，因镇江口无水，须到丹徒闸，方有到苏船也。

廿六日（11 月 26 日）

两弟留镇江换船北行，而余独往苏，洪二兄之仆李姓送我至丹徒闸外，舆行三十余里，方得觅船，船行不十里而夜，竟夜行。东南风，雨不歇。

廿七日（11 月 27 日）

早，过闾城，买食物。暮过常州。竟日雨，晚饭时始住。船竟夜行，晴。

廿八日（11 月 28 日）

晴。走顺风半日，过关后仍阴，抵暮到太子马头。即步至元妙观前，寻倪朗峰，引至姚碧海公馆内住，碧海押运未归也。伊叔陪晚饭，（从楷，号斐堂，行四）。

廿九日（11 月 29 日）

早，剃发，吃点心，出门到玉照堂看帖，无甚佳者。有

《瘗鹤铭》轴，尚有“华阳真逸撰”五字，为可宝耳。到青莲室买虚白斋笺，不可得，买信笺。到凤仪堂买扇。即进城到倪朗峰处访问蘧，出观二十九字拓本，尚佳。问蘧馆王月锄处，有花园，略可。遇杨龙石于园中，亦奇事也。龙石得宋拓《大观》残帖极佳，又“六畜蕃息”瓦当拓本甚妙，桂未谷题跋亦有趣。同问蘧、朗峰到汪心农处，心农令孙，号槐堂，出示数物。壁上悬“试砚斋”额，梦楼书也。又联云：“思合万类为一己，每以内观当外游。”跋云：“姚姬传撰，梦楼书。”又陈曼生丈书联云“丹篆以前无石鼓，黄山之外有樵人”。亦奇恣。偕问蘧看古董店数处，步至沧浪亭而别。拜梁世兄，归饭。李乘时处信物未到，如何如何！

卅日（11月30日）

早，到默深兄处，知其在海州，晤其弟行五者。回至元和县，黄兰坡及陈登之、何崧皋处，林少穆中丞丈处。回寓后，即送前件来，余仍出门访李也卿。到刘家花园，光景殊佳，楼台俱趣，惟人少，不得住屋，多空颓矣。壁间石刻极多，皆唐宋人迹。到梁子完处晚饭，同席者，有史世兄昆玉及蓬莱董君。

十一月

初一日（12 月 1 日）

问蘧、龙石同来。有萃古斋送字画来看，滂喜园送黄荛圃手校《周礼》来，是去年五元买定而未携去者，今价昂，不可得矣。到玉照堂看宋拓《大观帖》《潭帖》，均甚妙。明人尺牍四册，亦佳，内有邹迪光（愚谷）数札，即蔡黄楼处所见作书画卷子者，黄楼误以为郭迎光也。买得老徐《宋拓十七帖》及河南书《禅院记》。到龙石处，方为我作牙章，甚好。回寓后，到中丞丈处晚饭，席间出观米、董、刘各墨妙。《天马赋》极奇恣。唐荆川草《武当道人拳歌》奇好。晚归，朗峰携各帖来看，有柯丹邱《竹谱》册，真巨观也。

初二日（12 月 2 日）

早，书帖铺有数人来，竟无佳品。到元和南坡大令处早饭，晤同乡许公玑，王问山及何崧皋、桂五爷，皆同席。风甚大，饭后到苏守汪方川丈处，即出城赴倪兄请席，二更始归。

初三日（12 月 3 日）

出胥门，游穹窿山，过灵岩而西，山寺深邃，出山门，从右手行，至山巅，望太湖并各山俱妙，归时已暮，来去约九十里矣。方川丈送席，与姚四丈薄酌后，看早间张楚珍送来《梦楼写词》册子，颇生感叹。

初四日（12月4日）

早，张楚珍同缪氏子来，携《化度》《元次山》两种，皆非至佳物。出门回拜桂五大令，到林丈处观字画卷，留早饭。至南坡处，写对条数件。至子完处。至陈石甫处，出观顾氏《方舆纪要》手改本，信奇物也，安得一副本耶！谭《毛诗》，出观数段，甚精核，惜尚未印成书。又言金诚斋（鹗）讲三礼最好，因驳康成，人多不信，出示其《军制考》，真不朽之业，全书当在阮制军处，问伯申尚书可知。石甫处只两本，现抄副未毕也。归途风颇大，林丈送书帖数种。倪兄携《十七帖》来，有文文肃跋题，为南唐澄心堂本，然未可深信。

初五日（12月5日）

楚珍、朗峰俱来。旋到毛一亭孝廉（端海）处看碑版字画，中有魏鹤山字卷为上品，余多次者，携其《智永》《九成》各种归。陈石甫寻我到一亭处，因同归共饭，饭后，已午后。未正到阊门外李乘时信行，知长沙信件尚未到，好生烦闷。赴梁子善席，未竟而归，颇寒，早起为林丈题石庵书《庐山记》册子。（林少穆丈出示石庵相国书《庐山记》卷子，命作诗书后。何绍基）“忆昨泊浔阳，蹑屩登庐山。中途乃却走，风雨相追奔。(前月游庐山，至东林寺，遇雨而返。) 飘飘清夜梦，长绕香炉烟。扁舟捷于鹭，拍浪栖吴门。觥觥林丈人，持节抚此民。威惠既摩判，文字括流源。银烛为我张，酒杯能使温。图史出奇匼，手眼罗球珍。就中书律精，批引劳绳斤。为言当代笔，惟有东武尊。欣然出缇袭，相与参骨筋。横帧若云舒，细字宛珠连。真韵澹逾即，古光深可扪。渊哉书意远，气如敷浅原，颉颃五岳形，吐纳九流川，幽奇閟泉石，暗霭成氤氲。知其心手际，涵抱气化元。适然写此记，意象宛肖焉。心神我已移，面目喜遇真。平生嗜八法，颇亦厌拘牵。安得万里景，归此一腕悬。行观海门潮，更袖岱岳云。登峰欲造巅，溯水当求津。请看复饮游，谆谆果其缘。山阴有法乳，何日许重论?”

初六日 (12 月 6 日)

到顾东雅处看碑版，无甚佳者，有文肃曾祖志铭，小字甚精。义门手卷亦好。归饭后，诣一亭处，观其十余件，有梦楼小横册亦妙。归寓，作大字数十件，晚饭后，灯下《尚书》数幅。

初七日 (12 月 7 日)

张楚珍引看缪氏物，在颜家巷，主人卧云先生，书房树石，颇有趣。碑版无极品，《智永千文》，则朗峰曾携至者，的系宋拓。到汪铁芸处，不值。到问蘧、龙石处，见问蘧所藏《裴岑碑》，原石拓，极佳。龙石亦得一本，而未在此。复至南坡处，不值。归来病寒，不饭。李乘时信行人来。子完送物未收。

初八日（12月8日）

早，着人到信行取物，竟日未出门。问蘧来，楚珍、一亭先后至。朗峰夜至，小酌。是日，人较昨为愈。一亭携示开皇《兰亭》，梦楼跋妙而且多。然《兰亭》余素未究心，无从定高下也。写大字数件。

初九日（12月9日）

早，收拾行李，即出门，到陈芝楣方伯处，适在病假，未晤。到观前回，早饭后启行，顺路至一亭处，买其小字《麻姑记》。谭片时，即行登舟，复等南坡遣送之仆封姓者，久之始至，北风大，开船二鼓后始抵关。姚二世兄、倪朗峰送上船，黄南坡送润笔四包。梁子完前送物未收，兹复遣人候于船。燕菓云："以为堂上旨甘。"因代领，并茶一小篓。芝楣方伯送程仪，未收。

初十日（12月10日）

早，过关，得顺风行。午间，用斑苗方，病愈。至无锡，舟人泊船买米，望惠山，晴烟葱蒨，可爱也，竟日夜行。

十一日（12月11日）

早起，则已过常州四十余里矣。西北风大，纤行颇费力。

午刻，至丹阳河，小船多，拥挤可笑。读《倪文正传》，为思陵陈三计，而意归于钞法，卒之糜费数巨万，而钞不行。蒋臣因之得罪。因忆洞庭山友人王亮生，日谈钞法，得《文正集》，见钞币说，大得意，谓己见与古贤合，而岂知彼时未能行耶。未正后，得轿，即起岸行，二十五里，至马林吃饭，乘月行三十五里，至镇江西门外马号，时已二鼓，即到江边觅船，久之始得一小茅船。皓月横江，微风送棹，苍茫四望，不觉江之为大，而船之为小也。鸡鸣后，抵瓜洲泊。

十二日（12月12日）

早，过由关，甚拥挤。午后，至扬州南关外泊。上坡，至宛虹桥都天庙洪翁问信，知两弟船尚在此，而子敬于昨日起身往苏寻我矣，可笑之至。余回舟，换船，过关，至缺口，会大船，仍移行李入焉。吴丽伯、胡仲安相遇于船头，同子愚到洪处便饭。归船，话至丑初方寝。

十三日（12月13日）

早起，收拾箱中书帖各物。饭后，同子愚到吴丽伯处。余剃头后，同丽伯由丁家湾到文明桥一带看字画古董店，不见佳物。出，教场饮茶，归船，王二兄方与子愚奕也。今日到万安宫邹家访六舟上人，知昨日渡江归矣。无缘一握晤，如何如何！

十四日（12 月 14 日）

早饭后，到东关外黄过园太爷处，不值。同子愚、丽白到洪处，即回船，北风大，甚冷。

十五日（12 月 15 日）

早饭后，到丽白处，三人同谒史阁部墓祠，在北门（广储门）外。归，看古董店，至宝晋斋，（教场街）晤项芝房（源），看其碑拓数种，买《石鼓》《道因》《庙堂》三种归。昨日得尤水村画梅，颇有致。

十六日（12 月 16 日）

雨，到丽白处奕。午后回船，适黄个园送程仪，璧。仍到丽白处，小饮归。

十七日（12 月 17 日）

早，金香署（芸）来拜，黄宅代办人也，失足坠河，衣帽沾濡，不及面而去。当即往回看，知已睡矣。晤个园之甥吴次峰，同到庄园一游，屋子颇多，水竹尚少，归。早饭后，闻子敬到都矣。都天庙中受风寒，不能即到船，当服发散药，晚间得汗，余与同宿洪处。子愚亦不甚适。

十八日（12月18日）

子敬好些，子愚亦得汗。洪春谷为子敬用药敷衬耳风。早饭后，与子愚、丽白到项芝房处，残书剩帖，四壁都是，却无佳者。芝房夙好收藏，今为饥迫，销卖殆尽矣。是日，买其旧拓《乙瑛碑》及梦楼十一字联。子愚归船，予与丽白饭于仿郇处。仍与子敬宿洪处。

十九日（12月19日）

早，到船收拾，即到洪处作别，子敬已乘肩舆由它路回船。吴丽白、洪春谷、王寿谷俱到船送行。项芝房同店之吴蕴奇携金涂塔拓卷求售，以六元得之。上有谷人、石君芝、田船山诸老题咏，小有致耳。此塔予旧有拓本，不如此之有造塔年月题字。塔于乾隆末入内府，故此拓本为可珍尔。未刻后开船，四十里，邵伯埭宿，好月。

廿日（12月20日）

五更行，顺风，百二十里，至界首小泊。子愚得药后，复行竟夜。

廿一日（12月21日）

过淮关，先十余里，有盘船者，尚未曾见，诃之而散。申刻，到靖江浦官厅前张家马头泊。余过河，步寻碧霞宫，访许松溪，并晤杨某，出观字画十余件，有石庵册子尚佳。上灯后，坐小车访黄瀛帆舍人于钦差馆，知以艰归，昨十六甫行也。回船宿，子愚渐愈。

廿二日（12 月 22 日）

早，由大街看古董店数处。仍到碧霞宫看物数件，有周天球小蝇头楷，衡山、香光、石田大画卷，梦楼楷书，陈迦陵《滕王阁赋》，俱可。又文信国临崔子玉楷字、祝枝山楷书宫词百，真赝难决矣。午后回船，知子敬上坡未回，即收拾行李，子敬恰归。冒微雨到王家营，徐君琮着役听差，住高家店内郑荣昌车行，子敬发家信。

廿三日（12 月 23 日）

看车，收拾行李，车每套四钱八分，是共轿车五两。天竟日阴，午间略晴。

廿四日（12 月 24 日）

晴。辰正开车，三里过盐河，三十里，渔沟尖，颇贵。又四十里，至重兴宿，已上灯矣。

廿五日（12 月 25 日）

五十大里，仰化集尖。土人呼阎家集。又五十里，顺河集宿，是日食肉饱。

廿六日（12 月 26 日）

五十里，新店尖。四十里，雁头宿。子敬翻车，车帷湿矣。雁头有宝塔村，北有观音庙，不小。早间，始晤绍兴王诒斋（夔元）孝廉，式庵观察丈之子也，晚亦同店住。

廿七日（12 月 27 日）

早，行三十里，过沂河，引辔过。又三十里，官湖尖，尖后八里，船渡沂河，过邳州城外。又过河两次，到伴城宿。计四十里。昨日尖处，见壁上西泠许金桥诗："店鸡腷膊城鸦嗲，都与行人说晓赛。"又西泠女士许婉如诗云："阿谁情处忙于我？辘辘车声过板桥。一样晓风残月夜，有人消受在江南。"皆可诵也。晚间点钱，失去钱一捆。

廿八日（12 月 28 日）

马连屯尖，阴平宿。

廿九日（12 月 29 日）

南沙河尖，界河宿，行百六十里。

十二月

初一日（12月30日）

自昨晚，雪未住，且行，兖州尖。独进南门，出西门，至店，高鲁桥宿，是日行百四十里。

初二日（12月31日）

行百里，冒雪至东平州尖。尖后，遇朱椒堂漕帅丈，略走谈，巾席萧然，屏绝供顿，人不知为钦使也。知父亲已赐紫禁城骑马。晚至旧县宿。合三日共包程一站。

初三日（1835年1月1日）

过东河，河甚迟迟，车多而船一而已，又甚小，他车有坠河者。河边饮村酒取暖，至桐城驿，尖次。遇常南陔侍御之二世兄，略一话而别，至茌平宿。

初四日（1月2日）

五十五里，新店尖。五十五里，腰站住。

初五日（1月3日）

与子毅弟三十六初度。早行，至苦水铺尖。尖后，至德州，闻河不好过，遣人持帖告李刺史，及到河边，则刺史至矣。亲督修桥，二时许，桥成，乃过。河边遇孙镜塘师，因同宿留智庙。刺史馈有肴酒，甚佳。孙师出葫芦中绍兴酒，尤妙。

初六日（1月4日）

七十里，漫河尖。又六十里富庄驿宿。

道光十五年

三月

十一日（1835年4月8日）

辰正后，同杨季子出西便门，至白云观，观屋五层，有树根钵，上有纯皇御笔题赞。观为元世祖时建。为邱祖师立，有邱祖殿，山东栖霞人，从柰曼部落为世祖召致者。出门甚宏敞，西北行，至八里庄，入摩诃庵。庵为明太监赵政所立，中有太监墓数堆。庙中松颇殊妙。出庙正西行，望见石景山。至北新安一路，沙石相杂。望西南诸山，如数螺纹。渡浑河桥，即桑干河也。季子云：桑干发源塞外察哈尔山中，为南洋、东洋两河所汇，流至保安州，为桑干，入中国，在房山，北绕京师，西南为芦沟桥河也。过河，西行十五里，过大峪新房，至门头沟县丞衙门，衙门即店也。此地本置巡检，因前十年有一巨案，遂改为县丞，以资弹压。与庞各庄县丞对换，庞各令为巡检矣。丞林君未在家，晤其叔林小逋，弟林蝶栩者。留宿对门店中，晚，留饭。饭前同步上山，看煤窑，一路石径上山，夹路人居，铺户十余里不绝，以至山顶。煤窑约二十处，挖煤者，安油火于头以入，持锹斫取，内或深三四里许，遇有坠石岗崖，人无影响矣。开窑者，皆山西富户，以钱典人采煤，遂终其身，不得脱也。

夜有月，而无处可望，四山黢黑，与季子酣眠。醒时，天明，催肩舆不至，约正辰、巳之交，仍乘车下山，至新房，有随役所识土人焦姓者，携酒榼饮路东南。行正南，又正西行，至石厂，歇车徒步，行荦确。六里，至建坛寺。寺为唐武德五年立，规模极轩敞，松树多而妙，平台长广，大可游憩，有活动松一株，摇旁枝而正干动，无他异也。登后堂高处，望桑干如目前，河南北诸峰，错列雄异。寺门候雇肩舆不得，仍走下，至石厂，复西行三里，至西峰寺。山门闲野，大似虎豹。入寺，寺僧惟二人耳。寺中银杏，宋时物，前十余年，垂荫数亩，今残萎，而树尚岿然。同院有紫荆、木瓜各树。寺后有龙池，水穿寺中出，池右有高台，昔建亭之所，五洞在焉。右有罗睺岭，北为松陀岭，南即马鞍山。明正统间，内侍陶镕重修。碑记两通，今日不复能上山，即息于此。夜，月色甚好，同步中庭，至山门，觉空旷怆戚。复回，听竹里泉声，乃寝。

十二日（4月10日）

早，肩舆雇到，颇迟，行过罗睺岭，回首望浑河左右，剧有形势，过太平庄南村，约十七八里，至潭柘寺。寺以多柘得名。今余枯木一段，擎以木架而已。寺门两松颇大，中亦有古银杏。辛夷花大开。殿阁五层，至最高处，见两边山，不能见旷野，因已入山窝，光景略如济南龙洞矣。寺中水从东北岭上来，由左手行宫环流茂竹间。

入寺院啜茶，下山，由旧路行，大略平直，其峻上者，才数里耳。山谷间间有桃、李花，余皆荒枯无秀润处，乃知东南山水佳处，不在处处作波折，只是随处润致耳。回到石厂，套车行，向东北，焦姓者别去。渡浑河南桥，前日所过者北桥也。由北新安向东南行，未及登车，遂徒步上石景山北，沙石峻漫难行，至顶上，入北天门，跻顶高处，四面空阔，此山斗起，南望浑河，绕缭千里，平原西北，则皆山重岭复，知京师形势雄固，天府之国，到此可一览悉矣。由东天门下山，看石洞。上车行，至北新安，向东南行，至枣林，方餐面，赶入城，已昏黑。便门内，石堆络绿，盖亦山也。

以上为湖南省社会科学院图书馆藏，题名《何绍基日记》

六月

廿二日（1835 年 7 月 17 日）

将出都，雇车后，走别李石吾、陈云心、程春海师。归，收拾行李，雇轿车一辆到汴梁，京钱六十五千文，价极昂矣。

比日即用及筹备经费事例，捐官出京者纷纷，车少故也。

廿三日（7月18日）

午刻方起行，叩辞大人后，三、五两弟送行。出南星门，至小有余芳略叙，张石州同年先在，陈云心兄后至，杨季子、王芷庭亦至，酒十余行而别。子毅未来，家中不闲也。道中略有泥泞，三十里到黄村，已将暝矣。店门南首书声甚喧，往睨之，先生即店主，李姓，名公馥，山东招远县人。案头读《山东辛卯乡试录》，知山东已得雨，此间雨透，大秋甚好，麦收仅二分耳。晚间屋顶落土，又蜻蛲飞舞，彻夜不能眠。

廿四日（7月19日）

约四鼓起行。沙路又时泥泞，不能速也。过河，巳刻后尖固安。寄弟一封家信，交王大令赓递去。六十五里尖，又四十里曲沟宿，到店约申正。天气不甚热，田事畅茂可喜。

廿五日（7月20日）

起身比昨早些，车夫迷路，到宫家营误绕北行，将至曲沟。余看小日晷、指南针，始觉往返多走三十余里，可笑也。四十五里孔家马头尖，尖次大雨，雨少住即行。雨渐息，途中积水颇大，四十五里雄县南关宿。买鱼不鲜，吃他做甚。

廿六日（7 月 21 日）

天明起身，大路走不得，绕道七十里，任邱尖，又五十里廿里铺宿。尖次，遇叶小舟世兄。晚间，又与陈世兄廷飏同来，亦分发四川者。早尖，遇壬辰出都之车夫郝姓，因寄弟二封家书去。

廿七日（7 月 22 日）

起身早，二十里至河间府，城门久而始开。又五十里成家桥尖，又五十里富庄驲宿。尖后假寐，遇贺藕庚丈北行，未及一晤，后遇董耀骑马来，始悉，甚怅怅也。到店甚早，小钠约同帮行，因马病后至。是日颇热。昨日廿里铺店中见岭南张昼锦云亭壁上书，极有笔妙，素未闻其人也。系大双店。晚甚热。

廿八日（7 月 23 日）

起行才半夜，七十里漫河尖，六十里刘智庙宿。小钠后至，因作书与王鲁之、周子坚、陶子立。小钠明日即从德州往济南也。作家书弟三封，交济南府入京家人带去。

廿九日（7 月 24 日）

四鼓行，四十里至四女寺，过河。因德州路不好走，故走此也。又二十里苦水铺尖，又六十里腰站宿，双花店穿堂有江南许书侯题壁诗，略可。

卅日（7月25日）

六十里新店尖。开窗见水，展卷怡人，饭餐亦好。因雨来久歇，摘马齿苋一束，此地人俱不吃，说有毒，亦奇。又五十里茌平宿，因与前车同住，店甚湫湿，多蝇。细雨竟夜。途中食鲜苹果、沙果，甚妙。晚饭吃马齿苋，极佳。

闰六月

初一日（7月26日）

雨不住点，仍尖店中，开车时约巳午之交矣。行六十里至东昌府珠市宿，店屋闲敞可喜。连日有一人同行，未及与谈，因在茌平将分路，询悉旗下桂三兄龄，系秀楚翘丈之侄，由笔帖式降捐从九，分发贵州，兹将往苏州，打算盘川西去也。六月十五日掣分发签，贵州三十签，只掣出一支，即桂兄也。若于限内到黔，将来补缺不难，亦怪事。

初二日（7月27日）

同店山西李姓煌二车同行，亦往汴梁者，由城外行，石路新修平坦，三十五里沙镇尖。行潦中行竟日，又三十五里至莘县。又十八里至十八里铺宿。下半日晴，遇水甚多，几至入车箱。早间大雾。昨夜梦陶云巢四兄持其诗稿刻本见示，佳作甚多，中有答友人调（去声）字韵长篇尤妙，末有云台相国题词，款署“灵药院阮”。

初三日（7月28日）

天明起身，路甚好走，六十里至郭滩尖。又六十里濮州宿，到时已昏黑矣。作弟四封家书，托丁刺史寄去。“野渠流水马蹄白，村落夕阳牛眼红。”刺史送卷写壁。

初四日（7月29日）

刺史着役送上船，其实已先雇定，与同行者共三车，每车六百大（文）。是日早起，行约七里至河边上船，行约十六七里至新庄套车，卅里至董家口尖，又十八里至临卜集住。竟日行水中，甚当心，车屡有坠于水者。晚食鸡，白煮失味，可恨。

初五日（7月30日）

雇引路人，行三十里至高庄（菏泽）。将至庄，水深，卸行李而渡。尖后又二十里至柳泉集（东平）宿。四围水光，柳色极浓映，可爱。晚云作雨恐行人。与李君同屋宿。行竟日，不过数十里，车行水中，屡须提扶。过一小庄，遇老翁常姓，年七十七，问作何生活，曰：“无事做。”见余吃冷水，曰：“出门人可吃冷水乎？”

初六日（7月31日）

卅里东明集尖，绕路太多，有一大庙，不知为何。又三十里住三村柳，长垣所豁，距县九十。问王吏部，知已式微。理发。看月，光景剧妙。

初七日（8月1日）

卅里瓜子营尖，是去年杨星甫请客处。予有句云“停车看大雨，飞梦渡黄河”，未成篇也，今忽记起。又廿五里过黄河，李君因吃茶落后。过河后兰阳茶尖，申刻便行，沿堤西去。两边万柳成云，路直如绠。月出后到埽头集宿，又行五十里矣。李君遂未来。饭后看月，凉甚。

初八日（8月2日）

早行四十里入东门，到开封府。问知周仲甫住开封营左，即往卸行李居焉。与仲甫早饭后，剃头。（作家书第五封，交仲甫，说即日有人便也。）出门，到汤薇堂处，并晤雒山大兄，知有现成驮轿在关庙内，只须大钱三千文，又收拾须二千五百文。即属雒山饬工收拾。旋至易屏山师处，方写《感应篇》。炎天作精楷，亦奇。留吃点心，师以酒相陪，久谈，辞去。至李静堂年伯处，未遇。仍至薇翁处晚饭，因遍观道署，较前八年李双圃丈在此任时增饰多矣。前园为假山，有亭，后园作一阁，甚高。二堂旁左右起两鸽子楼，皆黎云屏丈缔构者。晚归。

初九日（8月3日）

早访雒山宅晤史鼎卿承璺，陛臣之兄，讲求金石文字，余前曾见其所著金石书，虽闻见未确，是有心人也。三人同至孟庙，到会文堂帖铺，是从前买《信行禅师碑》处，见梦楼书“我肉众生肉”一首，字剧佳。到文光堂，书甚少陋，因回署。薇翁烹鸭留饭，饭后小眠，与鼎卿同回周寓。余复谒杨桂山廉访丈处。归寓，奉陪屏山师、静堂丈、鼎卿兄晚饭，仲甫请客也。

初十日（8月4日）

早，独游铁塔。敲僧门，不开，钟卧地甚巨。还过两湖会馆，即云屏丈前创息机园址也。丈去官，改为会馆，屋半颓圮矣。地当万柳原，殊有趣。回至雒山，更同诣文庙，到崇圣祠看宋嘉祐二体石经，只余一面，是《礼记》，“其”字篆皆作“箕”，“於”字皆作“乌”，古意可掬。其一面是《尚书》，嵌入墙内，守庙者云已被人磨去刻他碑，故嵌之，然此语未可信。当仍出之以释惑，或与陈留之一石同，未可知也。别雒山归寓，适周三爷家珏、胡香舲来共早餐，是十九出京的，昨日方到此。桂山丈促入署，面后出所藏字画见示。陈伯羊画《渼陂行》并写诗，吴仲圭竹子卷二，周东村山水，沈石田短卷，皆佳。香光卷有一佳者。石庵六幅大楷行书殊为罕见，款署子佩者，桂山丈之太翁也。出署催轿马，仍入晚饭，同席者蔡、蒋、王、邵诸先生，蒋子潇，甲午副榜；邵朴山，辛酉世兄也。子朴三弟淳，四弟滨，幼韩五弟潮，皆得晤。子朴诗笔有超妙气，年十七耳。

十一日（8月5日）

仲甫看检验出城去，余写对子十余件、扇九柄。至巳刻，驮轿始至。午初后起身，出南门五十里至朱仙镇，周、胡两君对门住。去年在此下船，光景一瞬耳。是日倾跌一次。夜雨达旦。

十二日（8月6日）

雨住，行三十里骡病不前，休息久之，复行十八里至尉氏西关尖，与周、胡同尖。倾跌三次。尖后四十里直至朱曲，人马平安。可喜。白煮鸡才百卅文，亦有味。两君车后至，夜往谭，冒雨归。雨竟夜。

十三日（8月7日）

早行，仍细雨。十八里过河，盖洧河也，土人谓双西河，过处名古家桥，桥无船有，因雨尖焉。复行二十里至小召，马夫欲住矣。既晴复行，三十五里至许州北关外宿，周、胡两君来同饭，买绍酒一斤，乃土酒耳，勉强可吃。饭后，同看月，久之始别。明晨分路，我向武昌，两君襄阳也。夜未雨。

十四日（8月8日）

早行卅五里大石桥尖，临颍管，又卅五里临颍县西关外宿，路泥不小，行人寥寥。到店，不见日，约未刻耳。为欧坦斋丈书泉山墓表，一千二百余字，去年宿诺也。又到城内看城隍庙，归，晚饭。时复细雨，畅雨达旦，转大。

十五日（8月9日）

早起，屋漏催客起也。不得行，细雨廉纤。午后稍住，写字无气力，如何如何。

十六日（8月10日）

早行，有广西都司田君同行，渠改轿为骑，余雇人引轿。三十里至王家店尖，后雇马车。十八里至郾城北关外吕家店，卸驮轿后，住汤薇堂广文丈署，则二三兄均不在家。因即作书致薇丈、仲甫并家书一纸付门斗，驮轿即交还汤处。单骑行，汤母送路菜，收香片、皮蛋，着役送至河边。河颇大水，过去已昏黑。即住南头骡店，掌柜张姓，山西凤台县人，极道陶季寿丈好官也。小火计读小说《云英记》，咿唔达旦，亦奇。住处名鲁岸河。夜细雨。

十七日（8月11日）

早无雨。行卅五里至九拱桥，水大难行，扶掖人甚众，行李骡坠水中，衣尽沾湿，年年南走，不免此一困，可笑也。过水，到李庄铺即尖，晒衣未尽干。行十五里将至西平，又渡河，有船还至县南关，则田君先已住此。昨日别后谓将相及于遂平，岂竟到此便会。说前路水大不可行，姑入店，已满。后有书房，有花木之趣。卸襆被，则日出，因曝焉。同店又遇王大令列，云南人，大挑分发广西，略谈一会。

十八日（8 月 12 日）

早有镳骡四十余行，遂同行，前后五六帮会齐，有百数十骡，绕道行，六十里至遂平，中间无尖处也。尖时未初矣。余不奈乘骡，雇一车行，误走西关，几乎全车坠水，以是扛起迟迟。渡河后，至八里铺已暮，家人久候，遂宿焉。无可食者，且入店。即雷电大作，霆声甚猛，约一时后，雨止日出矣。

十九日（8 月 13 日）

早行，泥水极大，却不碍事，连昨晚共四十五里。至朱毛店尖，尖后绕西行数里，归大路四十五里，确山县北三里店宿。走访王毅庵大令，是己卯冬在山西凤台县署同拜坡公生日者也，后复见于京师，今忽忽十八九年。话及季寿丈昔日风雅，深为怅怅。毅庵年五十九矣，旋即到店回拜，送路菜及晚餐。呼车夫田姓者，板责焉。雇轿每站一千五百大。上半日大晴，下午后阴。县西廿里北泉寺有颜鲁公像，是当日被害处，天晚不能往看矣。范滂亦此地人，荀淑为朗陵令，即此县也。毅庵送甲午分房同门卷，属书团扇而别。

廿日（8月14日）

坐小轿行，凉甚，几不能耐。五十里信安店尖，确山县管，即尖即行。四十里明港驿宿，轿之快非骡所及，然路干则然，不可长恃。与王厚存同店。早间有细雨。

廿一日（8月15日）

行时四更，四十五里富羊店尖，才巳初耳。又四十五里信阳州住，竟日无雨而阴，极为凉爽。王厚存赠普洱茶三团。

廿二日（8月16日）

行廿里天明，又四十里李家寨尖。田、王两君皆住此。余尖后行四十里至东阿店宿，过武胜关十五里，湖北应山县地也。道中蝗子甚稠，见村人数十持竹帚去打蝗虫。闻往南前月甚盛，又关南均未得雨，年景遂与河南迥逊，只隔一关耳。今日石路高低难走。

廿三日（8月17日）

仍乘残月行，三十里至广水镇，又卅里至郭店尖，应山县地。又四十里小河司宿，孝感县地。途中遇蝗虫甚多，田禾存者鲜矣。午后颇热。路有高低，比昨为善。已睡，闻邻马有进京者，黄州守使也。起作弟七封家书。夜四鼓大雨一刻，眠中狂喜。

廿四日（8 月 18 日）

天明始行，因夜雨故也，间有积水矣。四十里泥秋店尖，太无可吃，比前数里之刘店喧寂迥殊。又四十里杨店宿，尖前见蝗，尖后更甚，西望几于蔽天，各村鸣钲持帚者殊甚惶惶。

廿五日（8 月 19 日）

行六十里双庙尖，又四十里甚大至滠口宿，尖后飞蝗蔽天，骇人闻见。滠口顿饭甚贵，而有鱼颇可食。庭后见山。

廿六日（8 月 20 日）

天明起身，一里即上船，行十里登陆，又卅里至夏镇，步行寻船，约十里方至大马头，知钓钩帮都在外江，小河水大，不能泊也。与王德渡河，至月堤，雨来疾走，趋晴川阁，未至，见杨泗庙，因避雨焉。入门，一翁询问姓名，即同乡蹇吉甫先生也。不见几廿年，不复相识，欣然道故，喜出望外。雨止，命仆往取行李来。蹇翁即为雇定兜夫，连抬行李共七名，每名一千六百三十三文，到岳州凡五百里。两人衔杯对雨。晚间凉爽袭人，望对岸武昌灯影，昼不能到也。望东南飞蝗如乌云亘数里。

廿七日（8月21日）

收拾行李，忽大风报，武昌黄鹤倏然不见，雨脚巨如梃，江水骤长数尺。午刻雨住，风太大，亦未能行也。今日景尤奇，独游晴川阁，复至龟山顶后，风大不能步立。归与吉甫酌，颇畅。

廿八日（8月22日）

早，收拾行，过江，六十里至京口驿尖。又卅里至上沙湖，住张崇义店，不佳。夜雨。

廿九日（8月23日）

早冒雨行。至老官嘴雨大尖，物极妙，有腊肉。雨住，下船，行六里，因堤岸路崩，绕道太远也。又五十里嘉鱼住，将至县。度山涉水，不为爽快，山色甚好。

七月

初一日（8月24日）

早起，渡涧至十溪头尖，至新堤住，约行九十五里到店，几二更。

初二日（8 月 25 日）

轿夫不前，雇夫不就，王德率两挑搭船行，四十五里罗山尖，又三十里白□矶宿，肩舆过杨陵矶，山极峭厉。过山后十五里极大。王德船路亦迟迟，后余数刻方到店也。店绝清洁，又得佳酒，读《陆贾传》，快绝。王德仍由船路来。

初三日（8 月 26 日）

早行二十余里至荆河脑边，江由城陵矶绕道走冷水铺，约三十余里至岳州，进东门，到汪家已未刻矣。汪亲母于前数日携老满归来，将于冬月完昏也。蔼卿丈留午饭，子均兄留销夜。殊困矣。

初四日（8 月 27 日）

丈又留住一日，为子均辈作书竟日。天热，不曾出去一步。两先生一向南湖三兄，一李五兄，早晚同席。

初五日（8 月 28 日）

坐兜子起行，出城坐船，到郭镇市。晚至青墙住，甚早。兜夫怕热，不肯行矣。

初六日（8 月 29 日）

早行，百余里至□□店不佳。对门何家祠堂，有父亲探花扁。

初七日（8 月 30 日）

早行。六十里至湘阴，约未刻矣。与王德看得乌江子，即开行。遇顺风行七十里而泊。

初八日（8 月 31 日）

无顺风，拉纤，六十里至长沙，已申酉间矣。到浙绍馆，无空屋，闻天妃宫有屋，令仆携行李去。余到第蓉处，值其庆寿，有客二席，即晚饭焉。又至莘皆处，一话，归寺。倦困，而夜不能眠。

初九日（9 月 1 日）

早饭后出门，至得吾、蔗丈处，第蓉处拜其严寿，过尹臣处，至李亲母处，刘廿丈雨耕处吃点心。到清泰街张六叔处，归。到陶十二嫂处、贺八丈处。师笙陔未遇。出南门，到陈尧农处。归饭后出去寻湘皋丈未值。遇云渠丈及谭兄，又到紫卿处，遇李子完，同坐看月。二鼓初始归。夜热，不能睡。

初十日（9 月 2 日）

未出门，邓七兄、九兄来。晚话紫卿处。

十一日（9月3日）

张六叔来。作弟八封书，交尧农处。

十二日（9月4日）

因天不雨，闭南门城，禁屠，闻今年如此者屡矣。筠潭、子卿、志完晚来。

十三日（9月5日）

早饭后，偕筠潭走南门街到湘皋处，时已移居贡院街也。丈留饭，因到张六爷及刘宅，看湘丈古文。晚归。

十四日（9月6日）

移屋到旧住处，芭蕉高二丈余，辛卯秋手植者也。李二兄、刘荻舲、陈五峰、罗艺甫来。晚饭艺甫处。

十五日（9月7日）

到贺丹麓丈处借书。到星陔处不值，星陔来亦不值。看月，到紫卿处。闻石梧放广东学差。

十六日（9月8日）

得闰月廿三日家书第三封。到李宅道喜。谒吴荷屋丈不值。到长沙令陈服杼处。夜雨。

十七日（9 月 9 日）

大雨。服杍来，冒雨去。

十八日（9 月 10 日）

雨住，步出。至筠潭处，不能入，门口泥深也。到紫卿处吃炒米、油茶，饱甚。昨夜庙中失衣物。

十九日（9 月 11 日）

同张辅垣丈晤师笙陔。到各处。晚苏石来，同至子卿处，因上城看江帆而归。苏石别去，到子卿处话。至二鼓归。午间，唐应云处便饭，食羊肉甚美。李西台来，不遇。

廿日（9 月 12 日）

早到李宅，遇张六叔，共饭。同到蒋维扬处，路遇洪六兄、黄三兄，甚喜。归。又出，到师家，至陶家，归。胡湘琳、周彦昭来话。周十三爷来，陈柏心来，未遇。廖捕厅晚来，带扬名去。

廿一日（9 月 13 日）

早仲宾三叔来寓。昨晚陶云巢之子世桢着人来索借银，今早付廿金去。午间谒吴中丞丈，到陈柏心、王太守、彭丈处。借观吴丈翁氏响拓《定武兰亭》，旧拓《皇甫碑》《石鼓文》，董临《麻姑》《女史箴》。然不如《东坡帖》二本为最妙，帖杂刻坡自书诗文，奇恣各出，不知是何刻本。

廿二日（9月14日）

张六丈邀同出游，到辜垌处。星陔处，师笙陔来。周彦昭、李西台、劳嶰筠、杨子卿来。道州仰祖五爷诸君来。

廿三日（9月15日）

胡蕴之竹林及罗五、张三玚应来。为同寓书扁字数番。与笙陔到皇仓街。晚饭后到雨耕叔林丈处。

廿四日（9月16日）

雨。得吾处晚饭。发弟九封书，交周十三爷。

廿五日（9月17日）

廿六日（9月18日）

录科。

廿七日（9月19日）

廿八日（9月20日）

三叔补录科。发弟十封书，交应云。王锦亭太守送席。唐应云、胡苏石、徐半帆同饭。甚热。

廿九日（9月21日）

发十一封书，送抚署。

八月

初一日（9月22日）

舅爷来。得吾处午面，仲安晚饭。

初二日（9月23日）

初三日（9月24日）

买卷子。

初四日（9月25日）

早到同德堂，为汪大伯借银归。写字极多。同陈四到张家看南园字。晚归，作十二封书，明日交听芝也。

初五日（9月26日）

交家信与听芝，会三百金交汪大伯。晚复附一信，内有子立家书。

初六日（9月27日）

到周二舅爷处，遇小雨归。过鸿亭丈。得吾处进谷。

初七日（9月28日）

到雨耕、叔林、少梧处。归过得吾处，岱青、汪丈、湘皋丈来话。夜雨。

初八日（9月29日）

三叔、七叔先进场，余入场时上灯矣。进东辕门，甚拥挤，坐尽里头竹字号，一身淋雨沾湿。得陈福兹大令着人接入，得少方便耳。同号无熟人。

初九日（9月30日）

天明后题目出："季康子问政"一节，"天地之道，可一言而尽也"，"既而幡然改曰与我处畎亩之中，由是以乐尧舜之道"。赋得晓汲清湘然楚竹，得"然"字。午刻草稿毕，昏莫誊真毕。福兹送炭、菜、沙水。三场同。

初十日（10月1日）

一早出场。饭后冒雨到各处闲话。

十一日（10 月 2 日）

入二场，亦雨。余字号。

十二日（10 月 3 日）

大雨竟日。“雷雨作而百果草木皆甲坼”，“太保乃以庶殷攻位于洛汭。越五日，甲寅，位成”，“叔在薮，火烈具举，袒裼暴虎，献于公所”，“秋八月壬午大阅”，“祭坊与水庸”。上灯时写完。

十三日（10 月 4 日）

早出场，走寻星陔不遇，到湘皋丈处，到雨耕、季眉处。到文光堂买《全唐诗》。烛间手自检清，分定本数，共卅六本。

十四日（10 月 5 日）

入场颇早，大约申初也。是日始晴。凤字号。

十五日（10 月 6 日）

天晴。经、史、《说文》，闰朔，九江。灯初完。

十六日（10 月 7 日）

早出场。

十七日（10 月 8 日）

张辅垣叔请饭，陪湘皋丈，同席虎痴、笙陔。竟日大雨。归时二鼓矣。

十八日（10 月 9 日）

本拟到岳麓游山并祝欧坦斋丈生日，雨阻不果。前日已送大寿对一付去。

十九日（10 月 10 日）

雨。午后少晴。

廿日（10 月 11 日）

捡点寄家银物，共寄去银三百数十两，又寄三、六叔婆点心各一匣。中饭后三叔、七叔、舅爷同上船去，甚难为别也。罗研生、杨紫卿来话。研生同榻宿。

廿一日（10 月 12 日）

李星房、李季眉来，共饭。饭后秉烛同行。余过荪石处，围棋二局而归。

廿二日（10 月 13 日）

得吾处约荪石、第蓉、紫卿、应云、仲安同饭，索诗。荪石后至。

廿三日（10月14日）

同张得吾、师笙陔乔梓同往圭塘，为师家定坟地，丈尺前三丈六，后、左、右各三丈。早间饭师三爷处。午间田舍饮，甚畅适。晚归，胡雪门来话，仍饭笙陔处。为湘皋丈写其叔父墓志。

廿四日（10月15日）

早到应云处看兰，剧香妙也。前日所看素心兰已花谢而果生矣。绿叶易成荫，可慨也。拜梁星台老师达时，及回拜两胡世兄廷槐、礼箴。沈栗翁处少坐后午饭，后作书。到应云处晚饭，同席者星陔、得吾、西台也。

廿五日（10月16日）

父亲寿辰，跪祝后出门。到栗翁处话，湘皋丈、毛青园、凌荻州、罗研生先后至。紫卿来，为阍者所拒，可笑也。午刻方散。归寺，则第蓉、叔林、雨耕皆在。益吾又来收拾行李，至莫方息。为张玉夫写石。得家书，弟三次。（九叔夜至，住一夜，付银物送归，于廿六日别去。）

廿六日（10月17日）

捡行李及书字，早饭后方清。吴中丞荷屋丈连日催邀，因于午后入院署，与虎痴同屋，虎痴之弟子李扬卿亦同屋。虎翁每夜归家耳。荷丈来话。

廿七日（10 **月** 18 **日**）

荷丈出金石字画各数十件来，为题跋各件，以后按日送来，随到随看随题，剧鲜暇也。晚饭长沙县陈福兹处，同席者邓湘皋丈、宋于庭、胡雪门、沈栗翁、虎痴也。谈颇洽。

廿八日（10 **月** 19 **日**）

廿九日（10 **月** 20 **日**）

出门，饭得吾处。

卅日（10 **月** 21 **日**）

荷屋招饮又一村，出玉杯、玛瑙碗劝客，余几醉矣。以玉杯饷焉。是日写家书弟十三封，是廿日所写，今又补数纸耳。前日得家书，堂上下均平安，惟陈东之病，殆不可救。今日作书，泪堕不可止也。晚看荷丈所藏宋椠苏诗施顾合注本，作七古一篇。

九月

初一日（10月22日）

寄家信并洋□五个，交折差，闻十八日可到也。

初二日（10月23日）

凌荻洲入署，省城中少年穷经之士也，复谨默少言语，深可爱敬。申刻，荷丈自携《定武兰亭》出示，海内弟三本，是荣芑本也。果是奇宝。

初三日（10月24日）

午后出抚署，距廿六日午后整七日，为看金石字画约四百余件。其碑帖类《兰亭》，自枕秘本外，尚有八十余种，大约人间本亦具在是矣。《李怀仁碑》《梁鉴碑》《曲阜隶碑》《受禅尊号碑》《宋广平碑》《绛帖》《全鼎帖》一本，《阁帖》二本，皆至精品。画有范华原、郭河阳各妙迹，《南唐按乐图》、王叔明《葛仙移家图》《伏生授经图》《秋山行旅图》，倪云林山水，俱妙甚。明书画家如文、董、唐以下不具论。

余为作诗十余首，题跋约三十余事，为题《衡岳开云图》《补梅图》《浮山观瀑图》，皆中丞小照也。《浮山诗》廿五首，余为小字画于轴，因附鄙句。王二樵属题专拓轴及唐人写经册子、《栗园学诗图》，皆诗也。邓湘皋丈《松堂读书图》，罗研生出示周忠介公书《寒月篇》扇面，系为人介觞之作也。中丞丈苦留在署候榜，而余岳游之愿甚，果不能留矣。因题董翁论书卷子，叙及雅谊，有“回忆深灯古纸，剧评疾跋，何仅三宿之愈耶”云云。书竟，不禁怃然。出署后到湘丈处晤辛阶、七星、秋耘共话，写对数付。旋至张宅。晡饭后即上船，开行约卅余里而泊。

初四日（10月25日）

行约近百里泊，过湘潭。

初五日（10月26日）

伯父寿辰，年七十二，须发未白也。行近百里泊。微雨。

初六日（10月27日）

行过朱亭，仍湘潭地也。

初七日（10月28日）

行至头炮，到衡山县，上坡到署，刘稚泉大令下乡验看，晤其大郎德纪，留饭，住书房。谭湘芷家元馆焉。本约五更起身，雨不住，凡再起，与湘芷谈至五鼓后睡。

初八日（10 月 29 日）

早雨不住，且大。早饭后与黄天池云鹏同行，三十里至岳庙，莫矣。竟日雨。

初九日（10 月 30 日）

早冒雨上南岳，三十里登祝融峰，真大气象，惟云海一白无际，目不见十步外，为可怅也。回至上封寺饭，饭后下山。至岳庙，催轿夫即行，至署时上灯后矣。稚泉于昨午回署，因得畅谈。灯下见题名录，余无名焉，殊不闷闷。与稚泉及二客畅饮而罢。

初十日（10 月 31 日）

起，不甚爽快，山上受风凉也。辰巳之交，稚泉携一题名录来，余名在弟一，知昨录系伪刻。初七日夜梦见题名录，余名弟一，父亲适从外来，邀客同话，余因同诸客行至一处，满地石阑干，数十百曲折，说是陈榕门相国旧迹，殊不可解。今科初八发榜，正梦时也。同榜中熟人极少，张年伯璞昭，辛酉优贡，今始获中。孙少梧之子鼎臣才十余岁，中矣。稚泉留午饭，后雇夫轿，行十里而天黑。秉烛行廿里至解头铺住。风雨不息，泥泞甚大。

十一日（11月1日）

雨中行，竟日甚苦，夜然火把行，五更至湘潭。遇一倒利船，即登舟行。

十二日（11月2日）

舟行，申刻到省寓张得吾处。剃头，即拜房师杨蕴生先生家麟。两主考、抚台俱未见，抚署请主考也。到星陔处话。（得家信）

十三日（11月3日）

早拜房师，两主考吴崧甫师、王春绶师，俱得见。吴中丞丈亦同见，即饭署内。饭后约午初赴鹿鸣燕，同至者同年十二人，三拜三揖者五次，先谢恩，九叩首。归来，得吾备饭，荪石、辅垣来，话至夜分。

十四日（11月4日）

早拜龚学台、赵臬台、善化俞三兄、陈西霞，长沙县陈福兹、盐道梁。到小东街雨耕处午饭。至贺丹鹿丈处，值篆轩回家，出都九十日矣。归，饭后，紫卿处话。学使面致慎亲供事，臬使深谭育婴堂事。

十五日（11 月 5 日）

早到蔗丈、荪石处，见吴、王两老师，商量进呈录。到抚署晤各先生，见杨老师。谕朱卷不必此地刻，师已得署永兴委也。归寓，写请客帖。到雨耕处晚饭。月色极好。

十六日（11 月 6 日）

早不出门，写对数十付。各同年来。汤小涪、杨子卿、师笙陔、胡仲安都来话。晚间胡世兄、叶世兄请酒。散后到星皆处话。

十七日（11 月 7 日）

写字半日，到贡院见晴舫、春绶两夫子。归来，王二樵、庄叔夏、严松舟、李扬卿、凌荻舟、黄虎痴来晚饭。

十八日（11 月 8 日）

未出门，写字半日，益吾、允臣来话。请杨蕴生师，严丽生丈、胡雪门、胡蔚堂、叶桐卿作陪。灯下为两座师拟诗稿，作书竟日。

十九日（11 月 9 日）

早收拾衣箱，将付座师携去也。到张六叔处，归宿，王、庄、萧、藻臣来。客去，作书。晚约欧坦斋丈、贺柘农丈。劳星陔、张得吾同饭。陈服杍大令后至。贺丹麓丈未来。小雨，寄弟十四封家书。

廿日（11月10日）

早送箱到吴老师处，作字数十幅。荪石、彦昭来话，到贡院送行。欧坦斋丈处拜寿，今日请也。师星陔处晚饭，同席者仲安、辅垣、得吾。闻赵菊言丈以钦使来南，廿六七可到省。

廿一日（11月11日）

早拜杨、贾两州刺史，皆未晤。贾君病闻颇剧，方署事归，杨将往代也。出北门十里，至陈家渡送吴、王两座行。归，星陔、弟容、荪石小话，即赴陈五峰席，同席者宅伯及陈大兄、二兄也。欧坦丈处晚戏，乱设无谓。

廿二日（11月12日）

早作书半日，会同年，同年到者卅二人，饮酒极畅洽。

廿三日（11月13日）

早，李丽生送家中寄衣来，一棉一薄裘，可笑也。移入院署，看金石字画，题记并诗。

廿四日（11月14日）

早作书，看古董。姚子经来，为画小照。晚看米襄阳、吴居父、王孟津各妙墨，仇实父《清明上河图》、孟津画《建兰萎后复生卷子》，又宋拓《米帖》《淳化帖》第四卷，王石谷大册子，宋元人画册、诗翰册，均奇妙。杨刺史送会试文书来。

廿五日（11月15日）

早作书后，出院署，拜赵菊言丈于楠木厅，奉钦使来也。到柘农丈处，回张寓，仍出门，到杨老师处。杨本州处送行。辜三铺早饭后回寓，同人公饯，有剧，至者廿二人。中丞师送文书来。菊丈送席。

廿六日（11月16日）

早起出门，各处谢步辞行。南至碧湘街，东至浏阳门，北至长沙县，西至太平街，张□村观察处一话，陈五峰处早饭。刘家廿婶、七姊处点心。唐应云处晚饭，今年方食蟹也。晚归，作书，得胡竹安带来弟五封家书，七月十一日发。八姑寄到绒花两匣，中丞送行送礼。坦斋丈送物，龙湘桡送物，璧。刘稺泉差人送程仪，璧。张文裳送礼，璧。昨日交第十五封家信，今日折差行矣。钦差已发折，大约明日可行。宋于庭大令赠诗。

廿七日（11月17日）

早作书后，师三、辜三来，得吾留共饭，饮酒甚洽。何积之太史来，匆匆别去，时方由江南抵家，病五十日甫愈也。午间假寐颇凉。胡竹安刺史送到八姑寄伊姊及十二嫂花匣。到竹安处，还走谒菊言丈，留同饭。见北闱题名录，湖南中十人，下场者才廿七人耳。熊雨胪同年得南元，辛卯湖南两优贡，遂同年中一解元、一南元，尤佳话也。许印林世兄中矣。归寓，人颇不适。

廿八日（11月18日）

早，收拾行李，得吾以园名请，余方作书，因题约“写园”，亦聊写心也。行李下船已未申之交。与得吾别后，到赵竹泉廉访处久谈。到宋迁庭处，已出省。到吴中丞师处，谢谢并还《十七帖》。前从中丞索坡帖，中丞未允而以此帖塞望，不敢受也。到吉祥巷徐宅送喜。上船时，子卿、荪石、宅伯俱先至。笙陔、得吾后来。（按：此处涂去“王氏琼箫同行”）钦使赵丈卯初行，往澧州审案去。

廿九日（11月19日）

早，师三爷来送行，余尚未起也。开船十余里而泊，北风太大，不可行。看卢昇之诗，甚有格调。

十月

初一日（11 月 20 日）

五更行，竟日风息，有日。晚泊湘阴扁担峡。

初二日（11 月 21 日）

开船至芦陵潭，阻风，泊。琼箫始学写字。竟日晴。

初三日（11 月 22 日）

五更开船，行十余里，北风大，不能前，亦无可泊。回舟数里而泊。风竟日甚大。

初四日（11 月 23 日）

舟行比昨略好，将至磊石泊。晴暖。

初五日（11 月 24 日）

伯母六十九寿辰。午开行，竟日风小日晴，及暮而泊，北望君山，已在眼中。榜人云，距南津涧七八里耳。湖水不甚大。

初六日（11月25日）

舟行十余里，天明而起。舟过扁山，余因乘小舟上山，山无可游。复买舟，十余里至君山，山有六七寺，茶竹幽异，闻周围三四十里。至一寺中，见淳祐五年十二月所作铁梢二，各重千金［斤］。厨屋中有大铁缸，嵌壁者半，以接壁外水，索题勒不可得，俗呼千人锅。又有万人床，一大木床耳。寺中买君山茶，二两百文。见南园先生一联云“闲堂半可分龙住，活句时应与客参”。过柳毅井，下陡陂，缒而下。回舟，顺风至岳州，上我船，即上坡，到汪家见姻母，与子均兄弟一饭而别。王平舫处不及拜矣。南门街灯彩颇盛，做皇会也。学使将按临，棚厂满矣。登舟即发，行至荆河脑泊，甚喧，有灯火。

初七日（11月26日）

五更开船，最早。余梦石黼庭丈化去，余与龙伯华先生及一江南翰林检其书册，余曰：“石丈天分高处亦思入风云。”江南人曰：“吾以为形同木偶耳。”余为愤诧。还梦子毅弟大不好，一恸而醒。船至嘉鱼峡泊，有雨。今日约行二百余里。

初八日（11月27日）

早雨细，开船后日出，午间向南行，顺风数十里，东郭脑泊。今日共百五十里。

初九日（11 月 28 日）

早开船，南行数十里，旋北行。申初泊年鱼套。即肩舆谒讷制府丈、邵丹溪观察师二处，遇宋云皋观察丈。到张翰山方伯丈处，带纸求书。天黑，下船，出汉阳门，走望山门也。城内做皇会极盛，人壅阏不可行，登舟后即放船。过黄鹤楼，楼上灯光烛霄，沉雾不能隔。至小河口泊，月色为雾所映，却无风无云。

初十日（11 月 29 日）

早移船至乌王庙，腾行李到贾家骡店住，雇骡轿成。看书十余叶耳。灯下作书，寄虎痴、得吾。今日邵师着人送卷金，领；讷丈送程仪，璧。

十一日（11 月 30 日）

早着王德渡江送信，至张丈处。丈还着人来送联幅扇并卷金，湖北闱墨，王德尚未到彼也。讷丈复遣人来，只好领谢。骡轿价八十金，共四头，虚者一头。有本省武举曹姓到店，是九月廿六出京者，言途中颇多警也。

十二日（12 月 1 日）

早装骡子清楚，王德买东西回，即起行，约午初矣。骡轿似乎可以，廿里外即上船，到滠口已月出久。晚饭甚迟，却菜尚好，为汉镇所未有。有王仆（宁远人，杨君之仆）搭帮行。

十三日（12月2日）

天明起收拾，行四十里至双庙。早素饭，晚有肉，然相距太近，晚不能餐矣。早饭后（未刻），一睡至莫。轿中颠簸使然，月色渐好。

十四日（12月3日）

早行六十里至杨店，剃头后，于未正雇肩舆西行。五十里至孝感，看屠可如方伯丈，丈留饭并宿。贡官、隐官、书官、郴官出拜，宣官后出，谈至三鼓寝。庭中月色殊佳，小如八弟往京山，不得晤。

十五日（12月4日）

天明起，屠大伯陪面，即行。天气阴而微风，约百里至小河司，则婢仆已先至。早间屠丈满儿出见，去年六十六岁所生儿也。孝感令赵振清官甚好。杨店至小河九十里，小河水路可至夏镇。六月前后水大可行，秋后水太小，难行船。

十六日（12月5日）

五更起行，月色极佳，而坡陀可惧。天明后霜颇大，四十里郭店尖，又卅里广水宿，到店未初，店甚少而小且陋。今日暖。

十七日（12 月 6 日）

天明起行，三十里东河店尖，路尚好。尖后三十里波坨难走，坠轿一次，路又大。过武胜关后不止十五里，约廿余里方到李家寨宿。店门外看山甚峭。今日是子敬弟卅五初度也。店中药酒佳。

十八日（12 月 7 日）

天大明方行，路略好，三十里潘家湾尖，尖后路大平，三十里至信阳州南关外宿，将到时有小河乱流而渡。州中买黄铜手炉。今日甚暖。

十九日（12 月 8 日）

起甚早，约行近卅里始天明也。出山，得土路，其适可想。四十五里富羊店尖，又四十五明港驿宿，竟日晴。过水两次，皆人引骡而渡，木桥极高而长。

廿日（12 月 9 日）

五更起行，北风奇冷。将至尖次，马惊舆坠，甚可惧也。四十里信安店尖，尖后途遇王毅庵明府，未及话也。四十五里确山县北三里店宿，颇冷，饭又迟。

廿一日（12月10日）

起行十里而天明，冷比昨为减，无风有霜也。四十里至朱毛店尖，尖后有微雪。四十五里遂平县北关外宿，有雪数十片。惠方伯回湖南，住间壁店内。

廿二日（12月11日）

起身即天明矣。北风竟夜，上路便风小，不甚寒而水皆成冰矣。四十五里廿里铺尖，尖后过九拱桥，桥势连延，清流夹道，长几二里，极有意致。夏间大水坠骡时不知桥在何处，可笑也。四十五里郭家店宿，同店有山西蒲县骡轿四乘，由南昌来者。店饭殊不妙。竟日晴。

廿三日（12月12日）

早起，廿余里过鲁岸河，河不甚好过，两岸高而水颇宽也。又廿余里由郾城县之东行，至王家店尖，尖后晴暖异常。四十五里临颍县宿，即夏间阻雨所住屋。

廿四日（12月13日）

天明方行，四十五里草店铺尖，甚草具也。又廿里过许州城东，又卅五里小召宿，到店昏黑矣。因要走汴梁，故从许州南，与直走卫徽者分路。天色大暖无风，几坠舆者两次。

廿五日（12 月 14 日）

天明，行卅余里至古家桥，渞水过桥，出门来弟一次也。又十七八里朱曲尖，尖后四十里尉氏县西关外宿，前后屡住此店，而屋宇、菜饭益佳矣。今日早大风，颇寒，午后差平和。

廿六日（12 月 15 日）

天未明，行五十里朱仙镇南头尖，已午刻矣。尖后五十里，行甚纡迟。骡夫不甚识路，又时阻水也。至汴梁南关外，城门闭矣。绕七八里至西关外店住，南关无店。天色晴暖。

廿七日（12 月 16 日）

早起，独出，进西关，步至周仲甫寓，尚未起也。谈，即留早饭，请蒋子潇来同饭，见河南题名录，郭竹圃中矣，然而年将六十。子潇亦中，出仲甫门。饭后谒杨桂山丈，晤介廷弟兄，丈赐《皇清经解》一部，即自检理，久之始清，即载归。丈曰以是为贺仪也。归店后，嘱仲甫送肴酒来，甚妙。雇轿车一两，买汴绫包头六个，白枣十斤，俱未来。王德冒寒，不爽快。

廿八日（12 月 17 日）

到仲甫处晤杨大兄积煦，昨日来拜，并送食物，欲托带银也。昨雇车未妥，另雇妥帖，买油纸包书。早饭后回店，复带王德入城觅药。余复出拜李五爷、聂七爷、于八爷、杨大兄、史鼎臣、汤雒山，雒山得晤谈。到会文堂，无所得。复至仲甫处，携杨寄二百金归店，仲甫仍送酒菜。王德渐愈。李五丈送尖礼。

廿九日（12月18日）

早到仲甫处，仲甫已出门，独饮，看京钞，知北闱事甚纠缠多故也。仲甫归同饭，即回店检点。复出门，到仲甫处，作书数件。到雒山处晚饭。归，几不得出城，天才黑耳。雒山索买《八柱兰亭》，云系内府所刻，裱好者不过二金。仲甫嘱觅《愿学编》。

卅日（12月19日）

早，至仲甫处，旋同出城，至店，李五丈、杨和甫俱来，适余将行也。客去即行，廿里到河边，耽阁许久始得渡，此处只两只船也。又廿五里董家堤宿，将上灯矣。竟日一餐耳。

十一月

初一日（12月20日）

天明后起身，北风。四十里延津县北关外宿，因王德感冒未愈，令乘驼轿缓行也。到店午刻耳。因写小楷七百余。入县城，一无所看，买得皮袜头一双耳。琼箫求习篆书，亦可喜。

初二日（12 月 21 日）

行卅里始日出，并不知寒，共四十里，龙王庙尖，只一茅店耳。风大甚，又沙深不便马足，又四十里卫徽府西关外宿。城外水光剧妙，因忆己卯年过此时，城为水绕，廿里外不能前进，但见阴雾沉沉。闻今岁河工亦几有警，水尚未退完也。写小楷五百余。

初三日（12 月 22 日）

早行，绕路甚纡，山石荦角，五十里淇县尖，北风又甚冷也。尖后石路仍多，廿五里过淇水关渡桥，见河流极清驶。又卅五里泥沟驲宿。月出复没，街灯遍亮，见野烧剧大。淇县有贤圣六七君祠，康叔祠，淇水关有“荣光行左”石额。又过一庄，上题“古大赉”三字。

初四日（12 月 23 日）

起比昨迟，而路极好走，又南风不冷，车帘不下。行五十里魏家营尖，回忆旧题，不审在何店矣。尖后十五里至彰德府。府城中行甚久，出城四十五里丰乐镇宿，尚未上灯也。无饭，且吃面。今日过西史二公旧治处。早过汤阴县岳庙，又过文王羑里城，问西门君祠堂，土人无知者，可叹也。

初五日（12 月 24 日）

起甚早而路颇迂。磁州城阻水，车不能径通也。行五十里独敦铺尖，向来尖此不闻有此铺名。又五十里邯郸南关外宿，尖后石坡难行，到店殊冷。丁亥年子毅在此破疮，今八年余矣。食鸡、羊肉颇佳。

初六日（12 月 25 日）

行甚早，约卅里始天明。五十五里搭连店尖，尖前过永年县，堡卡甚修整，尖后廿里沙河县，又卅五里邢台县宿。宿即丁亥年同子毅随李丈所住处也。尖时奇冷，朱砚冻矣。晚间尚好。

初七日（12 月 26 日）

行四十里天明，共六十里，金鸡店尖，殊草草。又六十里柏乡县宿，沙路甚费力。百廿里约有百卅里。此系东路，有西路远十里，而无沙，车行转便，此随骡夫走耳。骡轿卧一次，车过水几坠。

初八日（12 月 27 日）

天亮行，因王德不爽快也。五十五里赵州大石桥尖，又四十五里栾城县宿，到店起更后矣。月色好，灯笼多。天不冷，比昨晚为妙。惟沿途来，只磁州前后略见些积雪耳。

初九日（12 月 28 日）

早行五十里十里铺尖，尖后渡滹沱桥，草桥也。桥平若砥，冰莹如镜，殊可观。十里至正定府，城郭壮峻而城内荒凉之至。宝塔伟丽，风冷不去看大菩萨矣。尖后六十里富城驿宿，即新城铺。

初十日（12 月 29 日）

天明起身，四十五里过新乐河，河二，一无桥难过，一驼轿，用钱二百五十文。尖西关外，从来未曾尖此也。尖后五十里至定州西关外，天暮月出。又卅里不大，清风店宿，仍定州管，竟日无风，天气极暖，午间尤甚。

十一日（12 月 30 日）

天有风，行不甚迟，六十里方顺桥尖，又六十里保定西关外宿，同行之王二、张大俱别去。晚食汤羊、烧鸡，皆可口。王德总不大好，自汴梁至此未骑骡矣。

十二日（12 月 31 日）

早入西门，到南司署访封荦生，即早饭，先剃头，看谢信庄所藏傅青主草书十幅，极龙蛇飞舞之致，然亦有太近散漫者。早饭同席者有吴竹泉、顾贞木、吴开周三位。饭后到信斋处看所藏数种，有姜西溟卷子尚佳。出署，同走关庙前，城隍庙前古董铺数家，无甚可观。同到方铁珊经历署看黄石斋先生诗卷、《麻姑记》，又《长沙帖》第二、第四两册，有黄小松题跋，张叔未册极韶秀，不似如今古怪也。回，仍饭署中，看荦生《皇甫碑》、竹泉小楷帖，有孙退谷各跋。出城不得出，回署讨帖，始复开门，才头炮耳。琼箫人不适，早睡矣。闻有考中书信。

十三日（1836年1月1日）

天明行，五十里安肃县北关尖，车夫迷路，走西北，绕道多矣。又六十里白河宿，道中遇骆驼及驼轿二，马车甚多，盖系喇嘛回藏者。天气晴暖无风，昨日一天雪意归乌有矣。顿饭每人百八十，竟无肴可食，而白米饭殊妙。

十四日（1月2日）

天明始起，王德病困起迟也。六十里松萝店尖，地炕甚暖，惜天气不寒耳。又卅里涿州北门外宿，城中热闹。到店尚未上灯，阴云似有雪意。

十五日（1月3日）

天大风奇冷，沙甚。未明起，略明行。四十五里豆店尖，羊锅殊解寒也。又五十里长新店宿。自上路以来算今日最冷。过良乡县，城东遇拿车者，诃斥之去。

跋

《蝯翁乙未归湘日记》一本，余以数十钱得于打鼓担上。蝯叟知之，索观甚急，后仍还余。余谓叟“王氏琼箫同行”一语何遽涂去耶？叟亦大笑。松禅记。

此《蝯叟乙未归湘日记》，都四十五叶，自六月廿二出都始，至腊月十五止。其间湘闱发解，梦见榜花，自是道州一段科名佳话，不应作寻常记簿观也。（书出沈均斋旧藏）秉衡从兄得之松禅亡后，今岁遗书散出，为旧山楼后人廉价购获，流转苏沪，待价而沽，辗转因缘，数倍其值，始得返吾汶阳，不随《长江》（明初刊本）、《水云》（并荛圃藏跋）诸集俱去（为有力者攫去），我兄有知，其亦许我护持心愿胜彼后裔多多耶。

丙寅中秋前十日记于姑苏桃坞寓庐初园居士

道光十九年

五月

十六日（6月26日）

辰初三刻报到，奉旨，福建正考官着何绍基去，副考官着蔡家玕去。是日同放者，广东正考张芾，副考潘铎。广西正考江国霖，副考阿彦达也。张系乙未世兄，潘木君壬辰前辈，现任兵部郎中。江系戊戌新探花，阿系壬辰进士，吏部主事。做折稿就。父亲已到衙门去，因着人送至户部衙门，阅定后，子毅写折。其递笔帖式，酉初方来捧折匣去。父亲饮秀楚翘丈处，薄暮归，同乡请，主人为陈尧农，彭棣楼、陈庆覃、劳四、胡润芝、黎四、何根云同席。

十七日（6月27日）

丑刻起，寅初随父亲赴园递折谢恩，在桥南行九叩首礼。父亲须俟圣驾出，看箭时当面碰头，命余先出，因到福庆堂早饭。午后，谒穆、潘、王三师相，穆师尚未散值。到潘师处，久候始归，师谕云：途中不可预拟题目，南方樟柳神，往往度知漏泄也。王师处与张小谱同见，谈时文甚久。早见在朝房，晤罗萝村学士师、慧裕亭同丰、赵容舫前辈，又汤敦甫中堂丈来话，从园归。过凤冈处，到家申刻矣。家中道喜。父亲即在园住，因明日户部值日也。

十八日（6 月 28 日）

父亲值日，蒙召对，归来已午初矣。余于一早到张劢庵处、陈云心处，拜倭艮峰前辈，未得其处而返。蔡玉山前军处（己卯）共商一切事宜，是日定启程日期二十九日也。彭棣楼处借《星轺便览》。晚间，乙未世兄七人公请在劢庵处，与小谱、根云同席，主人则劢庵、凤冈、兰检、椒生、吟筠、小笠、鹤田也。主人多小恙，席散甚捷，是日到许吉斋师处。

十九日（6 月 29 日）

拜毛伯雨师、潘芸阁师、姚伯印师、蒋丹林太史、陈伟堂师、邢五峰师、罗萝村师、朱致堂师、卓海帆师，姚蒋邢朱卓俱见。又晤劳九、陈尧农、王世叔、潘星斋、绂庭兄弟，归时已酉正后矣。

廿日（6 月 30 日）

谒见吴师母，到颂南处，过琉璃厂，到李芝龄师处，等至四刻，不得见而去，据云：老爷未出，到书房，不敢回也。晚赴许吉斋师席，子丹、晓帆同坐，甚热。

廿一日（7月1日）

午间，胡润芝、李古廉、李少峰、韦竹坪、伍璃甫请，席设胡宅，慧裕亭同座。

廿二日（7月2日）

过琉璃厂，买得乾隆《己丑缙绅》一部，甚有趣。送子丹行，已于巳正行矣。庄琪园请香山馆，与玉山前辈同席。是日，父亲与诸翁丈公请钟四丈，在湖广会馆。

廿三日（7月3日）

买羽帽、尖靴等。杨挹兹处早饭归。傍晚看陈庆覃、汤海秋、彭棣楼、杜兰溪俱晤，知李高衢于清晨病逝，可叹也。

廿四日（7月4日）

早，拜马馆监督洪锡璜于元通观，丙戌庶常前辈等人，辛酉拔贡年伯也。到徐星伯丈处，是日热甚。四川：叶觐仪、杨培。湖南：邵灿、桂文耀。

廿五日（7月5日）

甚热。

廿六日（7月6日）

走别潘少白先生于全浙新馆，握手不能为别，少翁将于七月间出都，未卜能复相见否，勉勖甚至。到陈书庭处少坐，魏琴三未遇。闻张石州来，访之不得其住处，胡荪石亦到矣。今日热略减。家君在书房晚饭（明日同），有雨意。

廿七日（7月7日）

自家收拾行李。早出门，访李少峰，因到华甫处早饭归。

廿八日（7月8日）

收拾行李毕。到玉山前辈处，许吉斋师处辞行。家君书房晚饭，汪致轩，黎月乔同席。

廿九日（7月9日）

巳刻，骡子先行，系自雇，每头十金，共三头。书箱、衣箱、礼物扇对箱各一。仆子辈箱一。其一头为仆辈阁被套之用。编修应得色马一、引马一、骑马七。兹骑马止用六，因添色马一，添扁箱书也。交午初起身，到普福堂，毅、敬弟及翰城、芷庭、裕泉送行，吃茶瓜。又遣董顺回家取表，待至未初方行，申正到长新店尖。又三刻行，酉正三刻到良乡宿。遇骤雨数阵，颇清爽。住处逼狭陋殊甚，与玉山前辈同店。

卅日（7月10日）

丑刻即起，收拾骡马，至天明行，三十里，豆店尖。与长辛店之尖，皆自吃，无人支应也。与玉山同吃鱼，甚美。尖后，四十里，涿州宿，与玉山异店居，到店未午正也。州牧李君（宣范）来拜，是贤差老也。肴酒甚佳，饮数杯，遂睡。时戌初，至子初方醒。玉山前辈嘱书团扇，余求画折扇，移时赐到，赋诗为谢。王六回京，付褥子及家信去。“写心不贵浓，求趣不在广。舒卷一握中，忽有松涛响。松根石巉秀，松外水清放，更看山外山，云意殊莽苍。我行二百里，到眼成枯壤。云行何太闲，空际自来往。何当数寸松，化作龙百丈。云生鳞甲间，快雨吐其掌。是时我与君，聊可息尘鞅。更当觅长绢，乞画电雷象。何为酒杯间，徒作云霓想。”

六月

初一日（7月11日）

子刻起行，行四十余里始天明，共六十里，新城县尖。县令郭君来见（宝勋、号忠山，行二），四川泸州人，由内阁中书改捐知县来署此地。备纸墨索书大对及扇各一。又七十里，雄县宿。县令高君（午）、陕西鄜州副榜，伊胞兄名发，辛酉拔贡。丁卯年，父亲在广东时，其兄为州判。是日与玉山前辈同店宿，买得鱼共食甚美。琦制军中堂着弁张国珍持画来候，随即复之。玉山同到店后，快雨移时，稍觉凉爽，夜间仍热。

初二日（7月12日）

寅初启行，略有泥泞，过十二连桥，桥下水甚浅涸，从来过此，未有若是桥亢者，可叹也。三十里，郑州尖，自备，仍与玉山同食鱼，不及昨日之美。又四十里，任邱宿，到时将午初耳。剃发，留须。县令朱述曾不在家。"人到中年意思殊，自然珍惜到髭须。鬑鬑乍可称男子，冉冉先愁化老夫。王事要持筋力健，炎尘莫把鬓毛污。生憎青镜无情甚，一笑相逢失故吾。"玉山前辈有和诗。晚饭后，朱子明明府来拜（行五），年五十四，人甚清朴，系干臣中丞胞叔。夜甚热。

初三日（7月13日）

丑刻行，□十里，河间府尖。河间县褚裕仁来，未见，其幕友索书联三付。堂中设冰，仍不解热。又□十里，献县宿。县令蔡廷态未来见。今日早晚肴俱佳，俱与玉山同坐。晚酒两壶，不少，饮后遂睡。河间于前两日得大雨，大道积水甚盛，肩舆多绕路，换肩者不慎，几坠舆矣。

初四日（7月14日）

丑初行，四十里，至富庄驿尖，天明未久也，地属交河县。

尖甚迟延，因办差人先未赶到耳。又四十里，阜城县宿，刚交午正。县令张椿年（秋岩，行二）来迎，并谒见求书扇。是日极热，住处太狭，玉山前辈来诗，有“暂驻不如走”之句，余和之云：“逢茶胜得酒，迎风胜好友。先生原少安，村外雷声走。”时田中望雨甚迫，而阴云似有雨意也。作家书第二次。

初五日（7月15日）

子刻即行，□十里，景州尖。州牧广甹，系楚翘年伯之侄，来见，人甚朴也。又□十里，至南留智庙，属德州，有茶尖，与玉山同吃西瓜，甚畅。又□十里，至德州，州牧舒化民自庵，江西人，迎谒。肴甚丰。公馆透风，而热不解。粮道蒋明远，砺堂相国之侄，芸青之堂兄也，遣人持帖来候，云今日甫押粮船回署。

初六日（7月16日）

子刻行。□十里尖，尖次大雨，约一时许方住，冒积水行，颇周折，幸路无多耳。□十里，至平原县宿，公馆开敞，为出京第一处，有树石之胜，又兼雨后风清，炎歊涤尽。县令欧阳珖（香榭，行一），广西庚午举人，来谒。后与玉山前辈畅谈，出扇索玉山作《快雨图》，甚清妙。晚肴亦佳。戌初睡，丑初始醒，凉爽宜眠，此第一夜也。

初七日（7月17日）

寅初行，因有积水，不敢早行，不意路已好走。欧明府城外送行，七十里，禹城城外尖。遥叩慈寿，玉山索吃寿面，因买一斤，就驿飧食之，甚佳，山东面本甲于天下也。又四十五里，晏城宿，属齐河县，公馆尚好。忆自壬午随慈舆至学政署到省前一日住此，以后曾再至，今三至矣。"阿翁病后能强饭，阿母年来渐白头。一品未忘贫苦业，诸孙难慰暮年愁。"孙军、三五弟未得子，余孙又多疾。"宫衣拜别犹含泪，使节虽荣亦远游。五夜寸心如月白，君亲恩重要兼酬。"

初八日（7月18日）

丑初行，廿五里，至齐河茶尖，因须换马也。天尚未明，县令张同声迎谒。玉山请许二兄（朝保）来谈，少顷行。又廿五里，杜家庙尖，将到时，古树悬崖，居然理安九溪十八涧光景，真奇妙也。县令史翰迎谒（瀛舟，行五），略问及子立光景，甚慰。又卅里，山店茶尖。又十五里，至张夏镇，是长清县丞驻处，陶子立先遣人来问，是否可以相晤？可谓高极。余因先至伊署，因与公馆间壁也。舅兄舅嫂及如嫂均好，清官出花后，更结实，吾鲁人、季寿两丈人才得有此孙耳，可慰可叹也。署中极高敞，屋后种园，皆南蔬，因邀子立与宋七兄（号子文）到公馆共饭，索其园蔬蕹菜、冬苋、红苋菜汤，俱爽口之至。戌正别去，作家书第三次。玉山亦有家书来附入。夜雨，枕上闻之，益安睡，知非天明不能行也。

初九日（7月19日）

寅正后始行，泥水既大，山石亦劣，甚难行，五十里，长城尖，仍是长清办差，连昨尖共三顿矣。又三十里，茶尖，县令姜宫绶来迎（玉溪，行大）。又三十里，泰安宿。署守承恩（少竹，行二），英竹泉丈之子也，来谒，谈甚久。姜君来谒，晚饭时，天已暮矣。少竹送小菜四篓、火腿二只。

初十日（7月20日）

天将明行，五十里，崔家庄尖，仍泰安境也。又六十五，羊流店宿，羊叔子之流风也，今讹为杨柳店矣。今日涧水最多，舆夫脱袜穿袜，甚少闲暇，亦可笑也。过汶水颇大，羊流店，新泰管。早间承守来，送《快雨诗》四首，未及录。问前巡检周君，于九年去任矣。

十一日（7月21日）

天明行，六十里，新泰县尖，泥泞甚大，昨日大雨也。县令张涵，号泳叔，行大，迎谒，凤台人，因问及己卯年季寿丈时事，知卫来庵老尚课徒，李麟任做教官耳。训导于世兄湘兰来会，后又送于城外。今日系玉山前辈五十初度，见示自寿诗二首，依韵奉和："奕奕须眉半百年，立朝风骨最超然。人言铁面生原冷，我信金心炼始贤。客舍望云长念母，笔端飞雨欲回天。未妨行路逢初度，岱岳千寻寿色悬。前辈风裁觌面新，皇华并辔几由旬。偶然得趣互相赏，那复畏人嫌我真。驿骑投林知向夕，村鸡隔坞又催晨。一杯相祝无常语，莫负堂堂百岁春。”又二十里，敖阳宿，仍新泰地。天气潮湿作雨，体中似有不适，蚊子极多。

十二日（7月22日）

天明时尚雨，夜睡甚佳，不能不起。冒雨行，而雨止，一路泥泞，甚难行，五十五里，拱极店尖。先十五里，过蒙阴县换夫马，尖时午正后矣。县令刘元恩，金门先生之子，往省未来。又五十五里，朵庄宿。路略干，又绕陶垆河行，故到店尚不晚。柴世兄春植迎谒，年伯现任沂水令（文江），世兄以来入分发山东，来帮办一切，在此庄已一月余，收钱粮、修公馆，尚未毕。因留共饭，并邀玉山前辈同坐，吃豆付、苋菜极佳。今日过河不计次数。有《望岱诗》。

十三日（7月23日）

天大明乃行，柴世兄送（号心农，行一）。四十五里，青驼寺尖，属兰山县。又四十五里，半城宿。天晴，路不甚大，未正到店矣，但店不佳耳。与玉山同饭，饭后见月。

十四日（7月24日）

天明行，四十五里，沂州府南关外尖，先过沂水，府城甚大，过考棚墙外，想起昔年望查楼前论文之乐。熊东崖前辈太守（遇泰）来晤，因留同饭。又四十五里，李家庄宿。时刻过河，积潦极盛，半城湖十里，幸尚无大水，然行路以来，以今日为最当心矣。将到宿处，仍过沂河，河面约有三里。午后颇热，作书二封，与邵丹溪廉访师及刘詹岩学使。早尖时，副将德泰差人来候。

十五日（7月25日）

天明行，泥泞水潦，至今极矣，几无十步干者。舆坠两次，幸俱不在水中耳。六十里，十里铺尖，去郯城尚十里也。尖后又六十里，红花埠宿。下半日路极干，好走，出人意外。与玉山同店共餐，看月已圆满矣。郭什哈张、吴二弁遣归，赏盘川四两，扇对各一。

十六日（7月26日）

行五六里天明，六十里，峒峿驿尖。又六十里，中和集宿，宿迁县地。下半日，数十里，无村庄，亦少禾稼，盖山地荒卤也。盗贼易伏，令人心悸。县令易南谷（卓梅），同乡人，晚间来拜，光景尚可。夜看月，不思睡。玉山早就寝矣。

十七日（7月27日）

玉山前辈行甚早，余随后方起，五十里，仰化集尖，仍宿迁地。南谷遣人办清馔数事，极为爽口。又五十里，重兴集宿，店颇陋。龚明府（兆琪），合肥人，芝麓尚书之后。问办差家人，知赵文璠于去年去世，唐养斋之子已有孙矣。昨闻南谷说：云汀丈于六月初二日去世，可为浩叹。又闻钟云亭制军丈议处开缺，因失去印也。周敬修升闽督。牛镜塘丈转豫抚，不知的否？

十八日（7月28日）

早行，四十里，至鱼沟尖，有积潦，路颇长。鱼沟属清河。又三十五里，至王家营，向来到此必宿，故有供顿。余与玉山约，今日必上船，遂于未刻吃饭，申刻到清江浦，舟中一切，临时皆预备得矣。麟见亭河帅前辈差人接，清河令唐汝明来谒见。溜子知每人有三船，坐船、火食船、轿船各一，坐船每站水脚价十二千大，余二者各六千大，闻不必全付，约七八折，闻之令人愧叹，冲途地方，官岂易做耶！唐令号黼卿，行大。夜雨热极，不得眠，四鼓后，开窗见微月，热稍解。旧仆王德来谒，前荐至盐城令彭雪嵋处，因人多告假来也。夜作书，荐与江春涛观察。

十九日（7月29日）

卯正开船，过淮关，至山阳，四十里，马头尖。火食船相隔，非泊不能得食，因令宋贵移至坐船，以后即在后舱作饭较便也。山阳令张用熙差接。又六十里，宝应宿，到岸甚迟，天已昏黑。李世兄世霖（号雨生，行一）来，范楼明府之侄，丁西乡榜也。将到岸，明府自来（萼），二月方来署此，补缺尚早也。送席，收。又送酒四、腿八，收酒二，余璧。因问孔宥函比部同年在家否？亥刻，宥函来谭，至子正方在，近诣精进，不欲仅作诗人。又得悉张渊甫近状，甚慰。杨季子闻李月汀太守请去，不审定否？昨在清江，陈静庵来，株守此间，毫无生路，老朴可慨也。晚雨一阵而过。玉山前辈画团扇见赠，甚妙，因属又函书其一面，其近作题画诗也。夜热不甚剧。午间清衣箱、书箱，衣箱见水，衣大半糜湿矣，幸书俱无恙耳。

廿日（7月30日）

天将明行，然热未解也。竟日未泊，到高邮州时，已天黑矣，风不顺，拉牵难也。州牧朱淦泉（荣桂，行一）来谒，与玉山同年，因留共饭，来邀往同坐，余因热先回船。蚊甚酷，仆子辈俱未寝。

廿一日（7月31日）

四更即行，少凉爽矣，日出后，仍不甚热，为数日来所希。到扬州，已申初后矣。江都令罗煜差迎，又送礼，未收。甘泉令卢元良差迎，玉山之姻也。温东川太守前辈来会，余方剃头，因邀入晤，谈甚久，玉山同来话，适写得第五次家书，即托东川寄京。问魏默深消息，不可得。杨季子已得盐法志局馆，可慰也。东川送礼，收茶叶、糟鱼。卢明府来，未晤，在玉山处坐。

廿二日（8月1日）

五更行，玉山有小事，未即同行，到高明寺前泊。入寺，积水满院，登塔至极顶，七层，廿余丈，足力上下尽彀矣。仁庵和尚上塔，塔上望江南诸山，极雄伟，金、焦甚小，北见扬州城屋。旋同润之和尚到罨尽室竹前坐，将回船，而玉山复来，仍邀同入寺，大殿前久坐，颇凉。巳刻到船，吃饭，即开行。到江口，有风未得渡，风定后，不得红船，觅办差人，不可得，玉山呼船头至，系之，余用勒令饬其传红船送渡，以赎愆。当时红船到齐，过江来，天已昏黑，有乌云白电起于前，甚可悸，幸赶入口，而亦未雨，到镇江泊。太守高容声（佩苍，行八）、县令曾承显差接，都统于兆祥差接，俱即差送。夜与玉山同函致书东川，说过江无人照管云云，本来可恶。

廿三日（8月2日）

五更行，竟日，河身甚狭，两岸坡陀，又值对面风，行颇费力。一百里，至丹阳泊。县令吕湘（帆九，行大，壬午乡榜），江西人，迎谒。马头在县城西关对面，少泊，仍欲前行，甫移舵至城下，而雷雨大至，遂宿焉。热甚，蚊甚。

廿四日（8月3日）

五鼓行，南风尚可解热。申刻，到常州，毓恂甫太守衡，及阳湖令、武进令俱差接，太守送礼，收西瓜、茶叶。在玉山船上食藕，甚佳。旋开船，数里至（脱二字）皇亭下泊。因见树竹幽森，遂登陆，极幽奇之胜，遇吕万庭（俣孙，行五），系尧仙之弟，又其子茂修，因设佳肴，邀同坐。与玉山对饮，薄醉迎凉，上灯后回船。少顷而尧仙来，谭至子初方去，夜甚热。

廿五日（8月4日）

半夜开行，未免太早，竟日南风。未刻，到石塘湾，见有竹树，即泊舟上岸，乃关帝庙，旁有孙氏所修花园，亭阁竹石，梧桐、松柏、紫荆、枇杷俱有，桂树尤多而大，竹一园，极修修有致。同玉山啜茶久坐，做点心同吃，乃回舟，风略定，开行。离无锡二三里，小金山对河泊。上岸，入慈云寺，荷花池极大，僧云：有三十余亩宽。荷花尚未开毕，临池久坐，吃茶，剥莲子。萤火满湖，飞扬不停，亦有趣也。夜凉。

廿六日（8月5日）

天明行，杨太来见，送水果四色。晨凉、午热俱剧，无南风也。申刻，过浒墅关，行过大桥，到文昌阁下泊。旁有竹林，极繁茂，与玉山往坐茶话，兼理发，至暝方回船，夜仍热。署抚裕鲁山前辈差接，理问洪子香差人来候，署元和令蔡维新差接。旧仆陆嵩来求见荐。

廿七日（8月6日）

五更时开行，辰巳间泊苏州胥门外马头。苏守汪丈云任及三县差接，并送席，牛镜塘中丞丈亦着人来。今日卯刻已启行，同城官饯于虎邱白公祠，洪子香来，杨龙石来，兴致精神，比前转胜，现将往江宁去，因李方赤方署守也。倪朗峰不在家，其徒弟来，因托寄第六封家书。申刻后始开行，玉山买朝冠也。酉刻到宝带桥，有亭阁之胜，黄南坡所修立也。陶云汀丈，陈芝眉前辈俱有联扁，有乙未亭，因古迹而名之者，亦适以乙未成也。亭一角临江，开轩凉敞，因移盏蔬与玉山同酌，薄暮回岸，久坐始上船，夜稍凉，可睡。今日子香送物，收西瓜，尚好。杨太又致苦瓜、蕹菜，鲜而且多。

廿八日（8月7日）

天明行，昨日早凉，今亦然，且午间热，亦不甚久也。吴江令周朗园同年（沐润）差接，酉刻泊平望，朗园已差人预备小船迎，游莺脰湖，设席，凭栏与玉山同酌，极畅。湖光一片，愈黑愈妙，夜静，回船仍热，候少凉，方睡，已交子初矣。

廿九日（8月8日）

天明行，起看开船，极清旷，何此乡之多水也。六十里，嘉兴府西茶禅寺下泊。未到时，经历刘玉衡迎谒，持乌中丞帖护送，据云：向例如此。尚须送至衢州，力辞，想未可得，无非调剂之意。嘉兴守王大元（寿昌）来拜，嘉兴令毓秀（行大），秀水令刘肇锜（甲子年伯）来谒，既去，始由马头开船至寺下也。熊墨樵大令（兆麟）前任秀水，现在丁艰，在玉山船上同坐，因共游茶禅寺，寺无可观，竹路亦芜秽甚，天无风，极热。傍晚到岳王祠，屋甚精而太密，庙门外借棹凳，三人同饭。墨樵步归去。王吉甫县佐（协人）来谒，山东历城世兄，送礼，收扇二匣。夜极热，蚊太多，不知如何睡法。今日立秋。

七月

初一日（8月9日）

天明行，不凉。七十余里，至石门镇，又廿里，至石门泊。县令侯万福，丁丑进士，闻年过七十矣，差接，送礼，收红烛。午、未甚热，傍晚觉清爽，而玉山谓热未尝解，亦奇。两岸多运水车灌稻，亦望时雨矣。夜闻前岸吹笛，度曲声甚美。

初二日（8月10日）

天明行，六十里，至塘西，少泊又行，卅余里泊，距关十二里，昼夜皆剧热。泊后，与玉山上岸，坐梅树下，吃瓜、酒，热转甚，夜不敢寝，四鼓后，始就枕。南边天有电光，竟不见云雨。田间水车声比昨更喧聒，可叹也。

初三日（8月11日）

天明行，起来时已将到关矣，收拾行李俱清楚，辰刻到马头。汪蕙伯、梁翰平来一晤，到公馆，路颇远，殆将午初矣。公馆虽高敞，而热竟不解，剃头后略好些。晚间，徐新斋来，留同饭，甚畅。夜奇热，不可当，玉山前辈终夕未睡也。夜作家书第七封，又复吴荀立一函，谢送茶笔。又一封寄子愚，都交新斋代寄。乌中丞敬斋、宋湘帆方伯（其沅）、周石生前辈臬使（开祺）、宋国经俱差接。钱唐李汝霖，仁和署令徐侣樵年伯也。吴康甫、唐雪航俱差候。

初四日（8月12日）

早起，先发行李上船去。新斋来邀，从湖上到灵隐寺，天气云阴，甚凉，冷泉亭上，快雨忽来，为数十日来未有之乐，与玉山、新斋遍历各处，仍到亭上，吃好酒好素餐，余向不能食香油，而今日素食，竟妙香莫比，兼快雨陆续数番，心目耳鼻都为一爽。小醉后，肩舆到六合塔前，上船已申初矣。新斋送苦瓜、鞭笋均如约。两县送水礼。船共三个，仍照前坐。灵隐方丈僧洽川，盖俗僧也。开行约廿余里而泊，榜人曰：是称驮山矣。

初五日（8月13日）

天明行，巳刻到富阳，连昨日得百里。王令丕显迎谒，五台人，因问悉五台山共五座山，县在其西南也。县丞于学东、典史葛汝球禀接，未见。县送礼，收烛炭。又五十里，包家集泊。今日为玉山写赏扇十柄。

初六日（8 月 14 日）

天明行，一路山奇水清，兼以风凉，甚适且畅。桐庐县马头午泊，县令李志钧差接，未来谒，除廪给外，另有印票，有发役护送云云，不解何指。想系照例，然前此俱未见也。又开船，不数里而雨大至，行十里而泊，与玉山并舟谭宴。闻船娃唱四季调，有鼎澧间竹枝词意，殊有野趣也。夜间大雨数阵，船篷俱漏，眠者多移被，喜凉甚，仍得佳睡耳。

初七日（8 月 15 日）

早起，雨止，而未晴，又滩路有甚窄处，舟人邪许声殊聒人耳，十里外方静，妙。又十里，到钓台下泊。因登庙观览，遂与仆辈上钓台，路滑，甚难行，汗浃衣透矣。复下至祠堂，见子毅、子敬两弟兄先后题诗，因借笔次韵作四句。啜茶回舟，玉山前辈到庙而止，不能登矣。忆余辛卯冬于三更后乘月蹑露径涉两台，今未及十年，脚力远逊。玉山将长余十年，其脚力更可想。他日五岳之游，济腾之具安在乎，可为一慨也！小雨复大雨，船窗凉快已极，未到杭州时，岂料有此分福耶？舟行五十里，至乌石滩泊，与玉山畅饮至子初始别。竟日小雨未止。

初八日（8 月 16 日）

大云、大雨、大滩、大风，船行苦呼，不可闻，不十里泊。对岸即建德马头，而不能前往。严州守陈泰来，厚甫丈之子，及建德令谢曾祺差接，并无家人来着，简甚，即行未泊。仆子买菜，到府城有六七里，进东门，酉刻方归。

初九日（8月17日）

早行，过滩以后，便平澹，间有迂折耳，或遇石山，舟过其下，殊可怕也。晨起凉甚，着三单，午后少热，晴故也。八十里，许埠泊，兰溪令李棣通差接，离马头尚十里。今日行出斗山，山渐平远，玉山前辈画一路泊舟清妙处，已得六幅。而余诗苗不一茁，今日发愤挥洒，得《渡江》《竹林》《皇亭》《孙氏园》《宝带桥》五篇。适委员刘君环枢（行二）画扇来献，即书《竹林》一篇答之，玉山作画于其背。入夜尚热，有蚊。闻船娃说：近两年海塘仍渐坏，潮益大，杭州难泊船，伤人舟不少。江山船将有日稀之势。

初十日（8月18日）

早起，颇不凉。到兰溪马头久泊，买得菜蔬及熏犬臂，闻此间火腿每廿卅只中必得犬臂一只，方成味，故价最高，尝之苦咸，不中吃，盖能收盐味耳，其香妙已尽在群脔中也。早饭后，仍行，四十余里，袁家堰泊。

十一日（8月19日）

颇热，无乃有老伏乎？行四十余里，龙游泊。县令陈元谦，陕西人，五月来署事，差接差送，甚勤，送水菜蔬料鸡皂各件俱齐备，为水路中所罕见，另送礼，全璧。又十余里，龙兴店泊，连次上滩可怕，因令即泊。夜看月，听滩声，殊不枯寂。玉山招饮，怕醉，不敢往。

十二日（8月20日）

颇热于昨日。舟行浅涩，申刻骤雨，少凉，旋如故也。陈令来送谒（小凡，行一，己卯优贡，教习，山西猗氏人），言到衢州，仍当走水路，且到时再说。夜泊樟树潭，闻有大樟树，助明太祖战功者，惜不能登岸一详问之。

十三日（8月21日）

天未明行，辰刻已到衢州矣。西安令金世兄（士瑮）迎谒，金衢严道德兴（焯庵，行二）、衢守汤敬亭二兄后俱拜晤于舟次，守备、千总来，俱未见。玉山船早饭后上坡，到考院住，已巳刻后矣。张小樵世兄（家彰）为邑丞，来谒，谭甚久。郭镇台宏升，亦同乡人，来拜。收拾行李，将马鞍、茶篓，前途可损之物，寄存小樵处。晚邀敬亭同饭，写家书第八封，封置钟云亭制军丈家中所寄衣包上。

十四日（8月22日）

未能行，因留住一日。行李收拾既未完，仆辈有小恙须将息，又计算日期尚多一两日也。早饭俱敬亭送肴，甚佳。敬亭晚来同酌。午间，余世兄（菊农）来谒，借观六月十二以前京报，知李少峰放湖北副考，太仓馆同会五人，乃四人得差，亦佳话也。日间极热，晚饭后仍不解。月下为敬亭书“廉泉”“廉堂”扁额，系其府署刻石者。

十五日（8月23日）

未明即起，天明行，镇道府县及小樵俱送行。由小路，卅五里，百云街，又五十里，清湖镇宿，系江山县管。江山令倪翁（份）因张罗前制军钟云亭丈差事，未迎谒，玉山不得轿夫，可笑也。途遇云亭丈，数言而别。东山云起，有雨意，而未见雨点。清湖地方甚大，街市如吾乡矣，皆石路高屋也。夜不甚热，略得睡。

十六日（8月24日）

天初明行，三十五里尖。过三风岭，树木极幽映，江郎山远望两峰，一尖一重，近看则三五峰，已过则一峰耳。又四十余里，（漏二字）宿，先过竹林前小憩，过桥后，有林木丛蔚处。过窑岭，甚陡峻，车夫云：是犹其小也，明日方过大岭矣。一路稻田深茂，山空泉出，则必有水田，次第依山而下，有小至三四尺一畦者。水声汩汩不休，清人心耳，惜天气太热为苦。将到宿处，闻雷，疑有雨，而竟不果。早起时，张小樵着人送潘湘门前辈信。夜蚊极喧，赖有帐耳。甚凉，梦修《后汉书》云云。

十七日（8 月 25 日）

天明行，五里，即上仙霞岭，直上五里，到关庙歇，寺僧迎入，游浣霞池，见周栎园先生诗，及吴荷屋师、汤敦甫丈和韵。又二里，始下行，复过岭，至念八都尖，屋极狭小，甚热，仍江山县管。尖后行，（脱二字）里，过大竿岭，出浙界矣。又过枫岭，一路景致似理安、灵隐一带，然竹渐少，不若仙霞之尽是竹也，惟岭路之竹，不能休憩，殊为可惜。过五显岭，大雨骤至，避雨茅亭中，约三刻余始行。岭极高，下岭便住九牧公馆。雨后，百道飞泉，耳目不暇给赏，奇妙非凡，虽玉山画妙，不能到也。公馆亦清佳，后有菜园，摘苋蕹作羹。

十八日（8 月 26 日）

天大明行，略有山，且高，但不甚长耳。廿五里，渔梁尖。过血紫塘一带，绝壁陡立，树石苍然，泉声古异，是妙境也，而血紫之名，惨创特甚。以后渐平坦，四十五里，住蒲城西关外公馆，不如尖处了，尚有菜园也。早尖后，手摘苦瓜五枚，携至蒲城食之。县令杨承泽迎于五里亭，具执事，又有巡检迎到公馆后，巡捕汪上甲、方晋德谒见，持吴甄甫抚军、魏□江制军以下拜帖来。今日热，不定得眠否？求如昨夜难矣。楼上有文昌阁，饬役扫净，乃登楼，屋逼狭，无甚可观也。

十九日（8月27日）

早，起身稍迟，过仙羊岭甚高峻，卅三里，临江塘尖。桥楼临大河，河路可以到省，故示我周行中，无陆路矣。尖后，十余里，过大湖岭，亦高远，仍过小平岭数处。五十里，石陂塘宿，所至皆见山，今日甚热。

廿日（8月28日）

行甚早，然早已热矣。过塔岭、荷岭，俱甚高，又夹路皆深草，暑气逼人，不可耐。三十里，过塔岭，即交瓯宁界。又廿里，马岚桥尖。尖后过桥，竟日皆傍河行路，草茀不修，过小岭亦多。五十里，营头塘宿。宿处系巡司旧街，衙后屋荒圮，故留大堂为公馆。未到宿处数里，舆夫忽群逐一卖烟土伙，共六人，俱逸去，未获。日长行惫，乃复管此闲事，然足见地方颇认真耳。夜雨未畅，睡后仍得数阵，凉甚，宜作梦也。

廿一日（8月29日）

早起，等行李夫，行略迟，仍上山下岭。四十里，油源塘尖，交建阳界五里矣。尖处屋临江，而甚热，又三十里，建阳宿。先过建阳县北拱辰桥，极长广，亭阁宏丽，桥上有对云：不消斜日呼舟急，难尽东风化柳情。殊佳妙也。县南朝阳桥，但存大石基，仍须舟渡矣。渡后，便到公馆，飞阁临江，舟行上下，群峰对面，起伏有致。开轩不凉，从未正候至酉初后，始得清风快雨，洒然满屋。与玉山吃水酒畅谭，身入图画久矣。前有扁题：皇皇者华之堂。县令陈盛韶所题。中有汪雨原、阿雨宣联语。畅雨竟夜，枕上闻檐溜声，安排明日住一天矣，五更雨止。借县志来看，乃未刻本，朱子墓在大林谷。蔡西山九峰墓，俱在境内。

廿二日（8 月 30 日）

早行，无日而阴，颇凉适。仍过一二岭，三十五里，宸前尖。又四十五里，叶坊宿。路短，通不过六十余里耳。依河沿行，不甚热。未刻，便到宿处，公馆屋多欹斜，又不透风，半夜雨，乃凉甚，而玉山仍不得眠也，屋子逼仄使然耳。

廿三日（8 月 31 日）

起太早，因天太阴，外边人都先起也。天大明行，颇凉，亦略过岭，四十里，建宁府北尖。公馆极开敞可喜，地属瓯宁，而对河即建安，夫马系两县分给，而建安者，久候不得，因留巡捕江尉守候，而吾辈先行。又四十里，太平塘宿。一路皆高山倚河，草石盈路，有岩洞绝胜处，惟径仄难行耳。有三仆后至，因夫不够，坐小舟来也。此河可直到省，下水船，颇快。夜极凉。

廿四日（9 月 1 日）

早行，过岭，尚不甚高，而雨滑，水草间，略当心。四十里，大横尖，有五十里有余，卯初行，至午正方尖也。又四十里，延平府城外二里宿。行廿余里，过邱墩岭，陡极，人面朝天，旋即面水，过河后，十余里，便到府，府境大抵皆山，无数里平者，自入闽境即然矣。署守齐差候，城尉都司等差接。徐松龛前辈观察差接，闻已赴省当外监试去矣。晚飧得洞笋，奇隽不可言。公馆靠山，不如日间清风载途，秋气扑人也。

廿五日（9月2日）

五十里，金沙塘尖。五十里，清风岭宿。路极长，且山路高峻险陡。早间，办差人发价迟延，起身已晚，匆匆尖后，到清风岭时，天昏黑矣。仰面行数里，余遂困惫，到行馆即睡，不思晚飧。玉山独酌，亦不畅也。昨夜买得洞笋三十斤（九百大），早间大吃一顿。

廿六日（9月3日）

早行，仍过山两三次，六十里始尖黄田。又五十里，水口驿宿。过茶岭、花岭，亦高，而比昨日为陀坡矣。花岭顶上有数段平直处，到高极处，忽见江流，清风又来，心目殊快。自浦城来，无日不走山，无日不傍江，这两日江影离合，盖山极高深处，则不见江耳，山顶见江，岂不大妙。过塔岭宝塔门，即见水口，一小段落，宛转窄崖，久之始到。人多如蚁，路狭如线，到大公馆，戌初后矣。今日俱古田县管，署令蔡观龙（杭州人，候补同知）差候，侯官、闽县差役接。唐三兄黄裳署闽县。夜大雨，得凉。

廿七日（9月4日）

早起，今日不行，明日还未必行也。因向来都是初一日进城，而水口至省，一天半可到，船小难住，乐得在此多住一日也。傍晚，细雨连绵，仍觉热。

廿八日（9月5日）

早阴，午后略晴，不甚热，无雨。写扇数柄。

廿九日（9月6日）

辰刻即早饭，饭后下船，船甚小，仆辈所坐更小，每船容两人耳。两边各占四舟，又巡捕二人，各占一舟，可谓琐碎。开行四十里，至小箬，少泊。又行四十里，至叶洋泊。叶洋，舟子呼为大叶，而小若为小叶，叶箬双声，故得也。午间亦热，晚尚凉，四面见风，中碎玻黎作声，天然来韵。青果成林，极芳香。

卅日（9月7日）

丑刻即开船，余不复能寐，仍令泊始寝。天明行，三十里，云是大梁头。此间舟子语音不可解，亦不知是哪三字也。大南风，不可行，遂泊。申初后行，申正泊，又二十里矣。山渐平远，江面亦宽，船倚沙岸，过玉山船，少坐即回。晚饭后，并坐船头凉话，星明水净，恨不得月也。

八月

初一日（9月8日）

五更行，有一段江面忽狭，余俱爽旷。黎明，起坐船头，烟雾乍开，清妙无比。卯正后，即抵洪塘桥泊。武巡捕来谒见，将军、督抚以下俱有帖差接。辰初三刻，上轿行，行向东南，渐向北，入西门，又东又南，乃至公馆，与玉山异居，寂莫之至。轿皆绿帷，非所当坐，而相沿以此迎使者，仓卒无可更也。屋颇热，而少蚊，令巡捕各处回帖。晚借甄甫中丞处京报，犹是六月初头之本。晚飧得鲜龙眼，甚隽妙，惜太甜，不能多吃。觅荔支未得，是恨事。藩署移得各照例文件，共廿六件。中有十科进呈录，首卷即己卯科，父亲典试录也，恰隔十科，父子并持节此邦，亦希有事，真佳话也，敢不感惕！

初二日（9月9日）

将已裱好对三十九付（大十、小廿九）交汪君付铺安轴。天甚热，不思握笔。董仆自发疟后，于今日如断。

初三日（9月10日）

从常南陔借《庾子山集》未得。札致玉山前辈为蓝拜垫事，两日不见，积想增寂矣。天比昨更加热，薄暮畅雨。唐勉斋明府送水果四色，收酒荔支及大梨，本欲得蜜煎荔支，或尚存鲜味，乃可得者皆酒浸，失真面目矣。梨巨如大碗，甚可观，不必其味之佳也。

初四日（9月11日）

晨起，忽箭风，右腰不能屈伸，颇苦也。自昨晚透雨竟夜，今尚不晴，仍得数阵，午后，凉气袭人，而余适病腰，美事难兼，亦可叹也。满屋是蚁，寝食不相离，公馆半系空屋旧宅，故致是耳。

初五日（9月12日）

阴凉，昨晚雨后，令将前庭布棚撤去，今日得见赤日，却不热也。收拾箱物。

初六日（9月13日）

早，发行李，已是巳初矣。饭后，静候，直至午正二刻后，抚军处三速帖方来，坐亮轿至抚署，入宴，始得与吴松甫师、吴荷屋师、常南陔前辈、吴甄甫前辈相见，魏制军、常年伯、王平善兼前辈皆初会，惟典礼间不能多话耳。宴后，到贡院，路甚远，仍走狮子楼等处，入内帘，已未正，将申初矣。徐松龛前辈同入料理，粗毕，抚军及提调隔门少坐。晚邀松龛，玉山两前辈共饭。

初七日（9月14日）

晴而不热。晚请侯、霍、郭、张四君饭，与玉山共作主人，酒甚佳，薄醉得眠。

初八日（9月15日）

早饭后，到内监试处，写刻题目，邀同考包、郭两君及内收掌张子实同看视，松龛、玉山俱同在。竟日各门俱封，未正刻毕，共三副版刷印，至亥初齐送出龙门，刚亥正耳。午间甚倦，晚饭不能下咽，饮神曲汤五碗，神气顿清，为多日来所未有。

初九日（9月16日）

请同考四君。外间借来《国朝经解》一部，手为清理。书题今日毕。

初十日（9月17日）

抚军送席，前初八日亦送席，文司马亦送席，雷同不能吃，送松龛前辈处。晚在玉山处请包、郭、陈、何、胡五君饭，最后饮烧酒，便有醉意矣。

十一日（9 月 18 日）

早饭后，到松龛处，守刻题目，戌刻刷毕，玉山先回，与松龛待至子正送出方归，啜粥就寝，已丑初矣。

十二日（9 月 19 日）

将策题清出，交松龛处。请同考五人来写，戌刻方毕，仍饭松龛处。外间进卷二千。

十三日（9 月 20 日）

午后，方上堂阅卷，因昨日进卷后，未清出房数，今年新法，每十本为一分，以免偏枯，内收掌督查半日方得清楚也。

十四日（9 月 21 日）

方刷印8 2题3，2不能9快3，6寅初方送出，闻外间散题尚未天明也。

十五日（9 月 22 日）

早，各房贺节，上堂一揖，监临以下俱贺，花衣从今日止矣。

廿日（9 月 27 日）

送席二桌，因留诸君共饭。

廿二日（9月29日）

各房多有看毕头场者，渐次不上堂，而余与玉山、松龛仍终日在堂上也。连日阅卷，中间酌改应刻闱墨，目力甚费，至字号、田字号卷，止得全付玉山前辈矣。平华、南陔两前辈送一品菜，并四盘四碗；剧清妙殊常。连日外边俱送席，但取悦观耳。

廿三日（9月30日）

午后，各房头场卷都毕，后场各自归屋者，不复上堂矣。数日来每灯下及五更起来搜落卷。

廿四日（10月1日）

看二场荐卷。

廿五日（10月2日）

严寿辰，玉山、松龛两前辈来贺，因留共面。晚间，适有送席，颇畅饮。荷屋师、芸阁丈、司道俱会于相门口。

廿六日（10月3日）

看卷后，晚饭，玉山处饭后，复到西边同考处，叙饮甚欢，经醉矣。

廿七日（10 月 4 日）

头场落卷毕，接搜二场。

廿八日（10 月 5 日）

搜二场落卷。

廿九日（10 月 6 日）

搜二场落卷。请张子实来。

九月

初一日（10 月 7 日）

同前，接搜三场。子实，少汾来。

初三日（10 月 9 日）

三场搜毕。二、三场排出卅余本。令各房补荐头场。

初四日（10 月 10 日）

定草榜名次，仍送至玉山前辈处再勘正，更易数本，大致定矣。每合定一次，辄得雷同卷，可恨也。

初五日（10 月 11 日）

将各卷及草榜底交松龛处核对。

初六日（10 月 12 日）

尚有更动，午后始定。吃早晚饭，等外间写榜，候至酉正刻方写榜，约计恩、拔、副、岁、优贡生廿人，而副榜为多。廪生廿名。监生十名。附生廿余名。听制军及学院师说：甚多知名之士，心中甚慰。写至丑初后方毕，榜出时丑正矣。

初七日（10 月 13 日）

将卷分与各房重加圈点，并收拾磨对一切。余与玉山将落卷全数清出发还。

初八日（10 月 14 日）

抚军来拜，因而都统、学台以次俱来，不得静息。而卷子收拾尚未毕，颇怨心。抵暮，各房将卷送齐，与玉山对写取中字。常南陔来，留同晚饭，饮甚乐。饭后覆勘朱墨卷，子正后始毕，颇觉心大作。

初九日（10 月 15 日）

早，制军来，一面。收拾行李，同饭玉山处，饭后，玉山先行，余于午后始行，出龙门，快不可言。拜将军、都统、抚军、学台师。顺路登乌石山，山径颇峻，游人极多，拥挤不前，闻此山上惟重阳及中秋者最盛也。到般若台看李少温笔迹，及绍圣王若愚篆字题石，俱雄伟之至。山顶风极大，不能久立，所谓引啸甚也。东南见海色鲜碧，带淡黑。西望雨水，大抵山多耳。下山后，拜吴荷屋方伯师，即到南陔处，解衣畅饮，二鼓后始归。吴小舫世兄陪游乌石山。

初十日（10月16日）

回拜各署。何杰夫来话。松龛、勉斋来饭。

十一日（10月17日）

各房考来回拜，都见，同事一月，忽觉风尘搅人，谭次，依依不释，信文字因缘之重也。中如陈少香、郭少汾、何兰浦、黄栋云、张子实、胡镜舫尤各有诗才文癖，可敬也。午刻，蔡玉山前辈来，因同赴抚署鹿鸣宴，新贵到者六十人，为从来未有之盛。宴后，到内厅少坐，更衣出，归寓。题荷屋师所写《仪征师相授经图》五古一篇。题就出门，拜廖年伯及林、何各处，到藩台处便饭，同坐者吴学使师及南陔也。荷师出犀角及玉杯劝客，饮极欢，饮后，看画卷数事归。

十二日（10月18日）

早，到南陔处，再勘朱墨卷，将解部也。又检定毛病数处，甚矣！校书如扫落叶，即勘卷亦然也。巳刻，赴公请席，席设藩署。督、抚、司道，魏丽泉制军、吴甄甫抚军、吴荷师方伯、常芸阁臬使丈、王平华、徐松龛、常南陔三观察，皆同馆前辈也，加以二客，乃十同馆共席，信为希有盛事。平华前辈因病未到。都统额君及将军嵩九爷，非同馆耳。将军亦因病未到。由巳至亥，端坐饮酒观剧，天甚热，人甚苦，中间散步一回，看园中六鹿，甚有清刚之气。早间见京钞：知父亲放顺天主考。甄甫交来家信三件，知母亲于七月患病已愈矣，然不知真否？不知真已愈否？

十三日（10月19日）

各门生有来拜者。吴小舫世兄、黄漱六同年来，共早饭。何杰夫同年送菜，殊觉不必，当告令知也。晚到吴松甫师处便饭，适唐勉斋亦送菜，俱送至吴师处，复邀荷屋师、南陔前辈作陪。

十四日（10月20日）

荷屋师处早局，因画小照也。芸、荷两公授经图前题诗，有“图末倘许附骥”之语，今日遂补一小像于上。画者施姓，不起稿而成，有五分像。复作余与荷屋、松甫两先生象为一幅，重为墨缘重聚图，纪湘中旧事也。最后一像最似，当携以行耳。晚到侯官县署，系首郡戴昆禾世叔及两首县，及十二房考，内收掌公局，共五席，饮极欢，且劲与诸君盘桓周浃，因想龙门中文字因缘，甚依依也。松龛前辈本不入局，余特嘱两明府拉作陪客，酒旨肴佳，前面之部滨剧，不审所唱何出？目不及瞬也。

十五日（10月21日）

各署来贺望，俱回帖。林镜帆庶常处晚饭。雨甚大。

十六日（10月22日）

晚赴中丞吴甄甫前辈席，厅前后皆蕉竹阴翳，面临乌石山，因请主人移席廓下，看山饮酒，甚有佳致。既而云起雨来，山色转妙，烛间呼杯，见前山如墨，中有光迹，画理所无也。

十七日（10月23日）

见门生后，各处回拜。制军魏丽泉丈处晚席，速客甚早，司道各丈均先到余处坐叙，方赴席，行小令极多，颇醉。

十八日（10月24日）

早，吴师处带见小门生，旋到南陔处送年伯母行，闻明日归里也。到郭古樵世兄处饭，同席者郭少汾、石麟士，不敢饮酒。归寓后，少歇，至未初，待玉山、芑田不至，皆游舆鼓山约也。因小帽便衣出城，至山足，已酉刻，张亨甫已先到，玉山、芑田继至。芑田者，叶云谷丈之子，而荷师婿也。夜宿渔泉寺，阴雨可虑。

十九日（10月25日）

丑刻后，亨甫起见月，遂呼余起，即披衣，命肩舆行，不暇吃点心矣。出山门后，迷路复回，捉得引路僧，复行，玉山亦至，不一二里，路险仄不可行，玉山遂返。余破险行，且走且乘，未至小顶峰，已天明矣。忽有路，忽无路，但闻溪水乱流，谷云纷合，至小顶峰少坐石山上，从此遂无人行迹。草棘从生，余抠衣直上，一僧一舆夫掖以行，遂至山颠，坐危石。僧云：此龙头也。面东看海，不可见，风大极，云涌，坌四出。既而朝暾忽明，而东方海兔仍无所辨，望东北来，峰峦万态，至此为一结顶，僧云：本山为十三龙。其实何止。下山，从西北行，由下院，仍走昨日上山之路而归。归时，玉山，亨甫、芑田皆待我望我忆我久矣，遂共早饭，已午刻。饭后，同游忘归石、响泉寺（亭）、水云亭、吸水岩，访宋以来题名，得才翁以后篆题五处，惟徐鹿卿请雨志，称在大顶峰者，不可得耳。响泉亭中龙口中泉，挹而吞之，甚甘冽。微雨路滑，又回到舍利堂看舍利子，佛牙巨甚，长五六寸大，方三四寸，奇极。下山径归，过桑溪欲游，因天晚而止。入城到寓，温泉令人挑来一洗沐，甚快活。林香溪来，少坐去。夜作诗二首，未毕，寝。

廿日（10月26日）

荷屋师请，辰刻席，因闻新制军将到署，制军魏丈定廿三日行，司道不得闲，余亦因客至杂沓，午刻，方得出门赴席。

玉山、松龛同席，松龛即须行，申刻出城去，余亦归，与玉山同到南陔处索饮，因其夫人昨日生日也。南陔固不答，乃散。

廿一日（10月27日）

写字半日，门生至者渐多。南陔处约便饭，至暮方去，酒不甚多，而颇有醺意。饮后，即案作字甚多。

廿二日（10月28日）

早，仍写字，并看各门生送来书，忙极，又看荷师处送各字画卷。出门，送制军行，不遇，即赴常芸阁臬丈席，本与松龛同请，松龛被制军催到任，遂不及待也。行令甚多，颇醉，诸丈亦多情极矣。常丈命书大扁二桢，大幅一，归时，将丑初矣。

廿三日（10月29日）

早起，送制军行，一晤谭而别，并寄家信。旋到梁平仲处，登楼看山，甚妙远。园中石色蕉阴，竹气花光，俱饶秋趣，出字画卷纵观，有黄山谷书太白诗卷，奇妙。兰亭甚多，有《瘞鹤铭》“不知其纪也王”六字及“华阳真逸”四字拓本佳，上有翁、阮题记者。有唐小楷一本，中《阴符》《麻姑》《破邪》各种，甚妙。属平仲请亨甫，陈美文来共饭，饭后，同游白塔寺，楼上少坐。旋到九仙山，至九仙观，皆步行。石势纵错可喜，高处，西瞰城市，东望鼓山，江海足娱目也。归仍过郑少谷迟清堂遗址，今为詹氏堂矣。回寓后，书扇数柄，亨父来对酌，纵谭至子刻别去。

廿四日（10 月 30 日）

早不闲，各处扇对俱至，送完，到荷师处早饭，不敢多饮。归，剃头后，赴学使松师席，玉山及荷师、芸丈、陔兄同席，酒后清谭拉杂，休倦，归寓时丑初矣。雨。

廿五日（10 月 31 日）

题写仍不闲，常南陔请城外西湖开化寺饮，午初方出门。过抚军处，已行。即出城，湖光已秋，人意乍冷，湖中渔船，上下如织，惜不得置身其间也。到寺，则抚军、学使师、方伯师及主人俱已到。玉山、芸丈后至，同游寺后山亭，草树苍苍，水光三面。旋集宛在堂畅饮，薄暮入城，便过甄甫中丞处，剧谭而归。

廿六日（11 月 1 日）

行李渐收拾，写字，扇、对各数十件，腕欲脱矣。荷师屋来话别。晚赴抚军便饭之约，与玉山、主人三人耳，谭甚洽，饮不至醉，雨中归。

廿七日（11 月 2 日）

司道各丈请西禅寺，胡蝶会，因行李未清，差人往辞，并告玉山同辞免。书纸未毕者，各还原纸。不能辞者，概涂毕。行李既清，适首府县送席，即送南陔处，与同一饭，饭后，围棋两局，子刻归，各处差人辞行。

廿八日（11月3日）

起，题荷师苏帖，此帖本长沙帖贾持示师云：曾问子贞索卅金不可得，今以归公者。遂如数付之。时师为湖南抚军，余入谒，师曰：子何其坐失瑰宝也？出示余，乃大诧，盖贾人借端索售耳。不知此帖实希世物，盖成都西楼本，世所无有也。余因要之曰：若乡试得隽，当以为贺。公曰：诺。余既领解，公乃靳之。丙申，公入都，获屡观焉。今复观于闽中，故不能无题识。中有桑下之恋，息壤之约云云，亦可笑也。丁生（斌）黄石斋先生榕城讲业底稿，亦妙迹，为题跋者。何生广熹出示尊人何氏学二本，又闽书数十册，亦何氏著者。林生昌彝所著《礼纲通领》共六七十本，止送二本来，略为一看耳。王生绍燕尊人，系甲子年伯，著沿革表，甚详实。又闻有宋名人列传，共三百人，亦伟作也，未得见。陈美文（乔枞）、英（恭）甫先生哲嗣，赠《左海全集》，又自著《经义》二册，极精辨。索题《鳌峰载笔图》，即恭甫丈掌教时修省志事。因省志未竟，知耽延至今，而各稿多散失矣。余有“即令书局甄文地，最忆名山载峰年”。为此也。

辰正后，见行李俱清，即出门辞行，到都统处一面，将军、臬台、盐道、首府、两县处，廖五丈处均未晤。晤林思堂丈，到学使师处便饭，饭后，已未初多，即辞出，到玉山处同行，出西门，至五里亭，抚军以下至首县、褚宣台前辈皆在，茶再进而别。不数步，各门生公送，设席，花酒粲然，为进一觥而别。将到船，各房考送别，船中不能容坐，俱揖于船头，各门生亦俱到一揖去。惟丁斌、何广熹、林昌彝、王绍燕、何价又上船来少坐。又丁斌之父丁□亦同来。又杨回日、周祖惠来。既别，遂开行，夜不知泊处。

廿九日（11月4日）

早起甚迟，夜眠颇佳也。竟日得顺风。夜，唐勉斋来话送，知制军桂九爷船不甚远矣。晚饭后，行数里，桂丈船迎来，遂泊。桂丈来拜，旋与玉山同回拜，至玉山船少坐，归。距水口六七十里。

卅日（11月5日）

早风顺速，巳正方起，起写扇十柄。署古田蔡云岩（行二）司马迎谒，申初到水口驿，仍住前次公馆，而秋色晴爽，人意适然矣。司马及县佐章玮（行二）俱来谒，遣人持帖回拜。桂制军差官送肴。吴中丞遣人送至此。到公馆后，写扇五柄。家人辈收拾行李将竟夜。

十月

初一日（11月6日）

发行李，甚耽延，辰正二刻始得行，蔡署令来谒送，并致程仪。天色晴朗，上下山坡甚险，五十里，黄田尖。又五十里，清风岭宿。尖后，路略好些，比前来时，草之烧开者多矣，故途得少宽。午后少热。清风系南屏管。

初二日（11月7日）

辰初起身，下山路尚远，五十里，金沙塘尖，又五十里，延平宿。徐松龛前辈，沈海如太守（汝瀚）来拜，因留同饭。副将灵德来拜，永安教官魏绍瓶世兄来话，出所著《夏小正校并注》托带京交子毅看者。因道府留明日住，遂打算住一日。

初三日（11月8日）

早剃头，又前任南屏令宝惠来谒。约巳正方出门，不数十步，过河，进城，拜南屏署令周（脱二字）、副将灵德，沈太守。魏绍瓶处少坐，诗扇一握奉赠。赴松龛前辈处席，与海如太守同请，两县令作陪，先吃面，旋登楼，名“看剑阁”，谓前临剑水也。东西两水，至此合流，两岸山高，如屏障叠起然，城中皆山，路径坡陀，太守署尤高绝。下楼，即就坐观剧，名集庆班，有善歌者，名玉莲，粗有昆调。申初上席，饮至子正方归。

初四日（11月9日）

辰初后行，过丘墩，甚险，而山水光景颇佳也。四十里，大横塘尖。又五十里，太平塘宿。下半日路多山，又曲狭处不少。早尖时，食得葛根，此间名葛瓜，宛然家乡风味，问知出在延平府，过是无有矣。因以一洋付办差人姜姓，令买得送建安公馆。太平系建安管。

初五日（11月10日）

早行十里，建宁府西尖。建安令朱溎，前署瓯宁令石同年（凤扬、号瑞岐）来谒，曾镇台同拜。嘉太守恒（应溪）来拜。尖后，与瑞岐同游归宗岩，沿山路仄逼而入，渐见岩洞，两边石色奇古，树木苍深，落叶满径，有洞题“仙灵窟宅”。旁有朱竹君先生乾隆甲子六月七日题名。又上行，始入庙，名归宗慈仁寺，极顶有亭，俯瞰江水，后有蝙蝠洞，闻中甚宽，天晚，不复得入，即下山行，已昏黑矣。民壮取民田中竹篱笆，束为苣握，兀行，至亥正后二刻始到叶坊公馆，约尖后行七十里矣。石同年共饭甚乐，丑刻方别去。夜发信至星村。

初六日（11 月 11 日）

早行，四十五里，辰前尖。遇抚军折差回来，带有子敬与甄甫书，中言及家中堂上下安状，甚慰甚慰。见《顺天题名录》，胡荪石、杨漱云俱隽矣。闱墨略看极好，当即作一纸与甄甫。尖后行，卅五里，至建阳，水南皇皇者华之堂。罗子扬大令（镛）来谒，因与商量游武夷之事。旋偕玉山谒考亭书院，出西门，五里余，四山环绕，颇开敞，后有十贤楼，高可望远。朱子裔孙，尚有七秀才，俱来谒，迎入啜茶后归。过令署见覃溪对云：奉一心以为师，观万物有生意。颇妙也。回公馆晚饭后，子扬出纸墨索成，挥洒十余付。

初七日（11 月 12 日）

丑刻起，收拾已清，等至卯初方行。乘二人轿，携舆夫一，又铺盖扛一，甚冷。出北门，行二十里，天甫明，而昨日所发之千里马已得，蓝同年回信来矣。又五十里，将口塘尖，借王氏屋为公馆，小书案极多，知县书香人家。又过村三四，惟黄金铺略大，黄土尤热闹。约四十余里，乃见溪流，舆中望见大王诸峰矣。蓝少笏同年早于巳刻舣舟相待，因下船坐话，舟行山水光中，不觉其暮。暮至武夷宫，规址尚大，而楼庙荒凉，仍下船晚饭，即住此，夜眠佳甚。

初八日（11月13日）

天明开船，烟雾初开，船如天上，望铁板、玉女、大王诸峰，俱峻绝，最妙是卧龙潭，岩洞深奥，别有天地。架壑船二，置岩炉中，一头落空，果是仙迹。虹桥版则处处有之。到文公讲堂，亦空广矣。乘肩舆行，至天游半腰，遂步行，先至云窝，披荆棘入，又到小九曲，峦环有致，乃上天游也。至胡麻涧一带，树石颇幽秀，到一览亭，诸峰在眼，留题姓名。上有联云：世间有石皆奴仆，天下无山可弟兄。

下山，又沿前面石壁仄行后上，有洞门，泉鸣涓涓，坐久之，遂入，是小桃源也，有田数亩，中一寺耳。沿旧路出，因循至品石岩，少笏有书房在等，出纸索书，并题扁曰"翥鹤轩"。王县丞苦留饭，余颇嫌拘苦，勉强应酬。至莫，乘肩舆至星村，少笏之兄一笏出晤，谭少顷，又出酒肴，三人共谭，乃寝。此番之游，梁平仲赠图，张亨父指示胜处，罗子扬遣仆护送，蓝少笏舟迎陪游，皆妙缘也。问少笏借《武夷山志》四本，约明年春后寄还。武夷之雄浑不及诸岳，妙在一溪由西而东，随山曲折，两岸峰峦，争奇献秀，令览者目不给赏，足不给登，所谓"无山可弟兄"者，正为是耳。

初九日（11月14日）

寅刻起，与一笏兄弟别，即行。廿里，始天明，又廿里，至崇安县。县令华云陛来谒（壬午举），典史梁来谒，教官、千总俱候，问候。换夫迟至两时辰，未初方行，坐兜儿，而执事送，外间尚虚文，而不得实用，大都类似。行十里，至姊妹桥，坐竹阴中，听出涧鸣泉，别有佳趣。行六十里，至李口宿，借邱家屋住，主人出见，则嘉庆七年恩雨堂先生所取秀才也。崇安办差人杨姓，长沙人。夜有月色。

初十日（11月15日）

寅初起，迟至卯正方行，候轿夫也。方出村，而天明矣。一路高山叠嶂，不计其数，有岩洞极妙者，红叶满山，又有杜鹃花一丛，方盛开，真异事也。小草结红果，酸甜可食，土人谓之水妙。行六十里，洋溪尾尖，洋溪者，山名也。尖后，山更多而险，将近浦城十余里，方平矣。村中觅火把甚费事，觅旧竹自为之。近五里，差接，方得火把，到公馆亥正矣。杨令未来。门人徐哲（文伊）、黄蕙田（香塍）来话，因留同饭。李世兄基、朱世兄竹林来拜，祖世兄旭亦来，遂至丑初方得眠。

十一日（11月16日）

寅初即起，候民壮至，卯初后方行，行七十里，至九牧尖。又四十里下，廿八都宿，知玉山前辈尖此，行不久也。地方小，不堪住，将就一寐，却有味。

十二日（11月17日）

亦寅刻起，候火把不得，办差人真难言也。卯初后启行，出门便走黑路，乃觅烛，然灯笼行，甚艰涩。十里，方得火把，足已上山矣，又数里，乃天明。过仙霞岭，小雨润须，石路不甚稳实，共行七十里，至江郎街尖，与玉山一晤。玉山先行，余尖后五里，上江郎山，乘小兜，约四五里，至山脚，有坡陀，至斗绝处，石径曲折，共二十一县，林木幽翳，路极峻狭，到开明寺，啜本山茶及泉，甚佳。望所谓江郎山者，东一峰，上下俱方，最高望之，在云际中。峰下瘦上重，西峰斜出，与中峰中隔一线，所谓一线天也。东峰腰有岩洞，谓之钟鼓岩，甚空，能作声。闻尚有虎跑泉，及周鸿胪书馆。山顶柏林短茂，惜时迫，不及上。又有雾气。下山数十步，回首望之，云散，山色全现，不忍遽别去。数十里外望之，左右诸峰，莫与并者。尖后，四十五里，清湖宿，火行十里方到。县令倪丈（玢）来谒，仍住江家店。

十三日（11月18日）

五更行，未十里，天明矣。火把之难得，甚于金玉也。十五里，至城南，折而西行，到木莲洞，洞颇宽，而泉石少趣，上有正学书院。倪丈来陪，余乃独上蒲褐山顶，顶高斗，不可到，仍有洞，西向，攀援至顶峰之足而止。其上洞题：天然石室。乃万历间刻者。入城回拜县令，未入署。行，共五十五里，柏仪街尖，路甚远。又三十里，至衢州，仍住督署，即考棚也。县令余菊农世兄来谒，署镇台阿克敦布来拜。秋间主人德观察入都，汤敬亭太守、张小樵县佐入省，郭镇台署宁波提督，俱不得晤矣。得子愚弟捷第七名信，可喜之至。

十四日（11 月 19 日）

五更起，出小南门，游烂柯山，距城廿余里，将到，过小河，先至庙，由庙后仄路上，至天然桥下，高二三丈，宽长七八丈，飞桥峻立，空洞无物，由左手扪石上，侧身俯看一线天，乃岩上有岩，中路天光一线洞达，长一二丈，隙才宽寸余耳。复攀援至最高顶，石亭隳矣。下山，遇菊农来，坐石上话。后看宋后诸石刻，有徐文长上胡梅邻平倭诗刻，乃当日平倭后，凯宴于此也。菊兄携酒肴来，早餐后，入城回拜署镇及县令。又到府署，在峥嵘山上，地势颇佳，未点缀耳。秋间为汤太守写“廉堂”“廉泉”二扁，今已刻木及石矣。回公馆，写四十余联。菊兄来，三人共饭，去后，作致南陔书，交巡捕，文武两捕俱明日回闽矣。柯山寺前又有陈恪勤公祠，公当日曾为西安令也。拜谒公像，正值僧人修理，因捐十洋，付菊兄，又赏武巡捕十元。月色甚皎。“大鸟三生，半世勋名为令始。飞虹百尺，几回诗酒看山来。”

十五日（11 月 20 日）

早，玉山前辈拜客去。余作书与平仲。行李下船去。余两人早饭后行，阿署镇及余世兄来送行，开船时亦未初矣。水浅滩阁，行至莫，泊樟树潭，才廿里耳。睡兴甚浓，零星不断。

十六日（11月21日）

寅刻开船行，七十里，至龙游县。县令秦世兄纯照（介庵，行四）迎谒，送席及程仪，当时到彼船回拜，即别。又行四十里，至杨家潭泊。月色更好，晚飧后，坐船头，殊清妙。

十七日（11月22日）

大天亮方开船，余即起矣。往往过滩，为石所阁，兰溪令着役抬获而过。五十里，至兰溪，已未刻矣。金华守联英（秀峰），署兰溪令赵鹏程（鲲生，一）、经历丁溥（少香，三，辛酉世兄，乃兄嘉藻，现茂名令）、县丞赵洙（文波，一）、典史张在文俱先后迎谒。联守送水礼，丁世兄送十肘，俱收。赵令送礼仍收肘、烛、炭，船家耽延颇久，又行廿里，遂泊。县着家人押滩夫送至此。地名香头。今日子敬生日，夜梦见之，话甚久。风起极大，船舷竟夕有声。

十八日（11月23日）

风定便寒，回想昨日仅能单衣，其变幻速矣。行七十里，过滩数次，甚费抬扛之力。申初始抵严州，陈茹香太守来谒，知此郡南明新安河，从安徽来者，今所行桐江，则在郡东南也。县令谢景祺（杏旃）、乙卯举人，大选得此。吕尧仙同年来，便送往太守处也。谢客后，行不数里而泊。余于午间作闽中信九函，窗门未关，遂觉冒寒，略有热，服神曲汤三大碗，便清爽就睡。

十九日（11 月 24 日）

起甚早，甚适，而大风决汤，知舟有竟日泊矣。酌数杯，苦无肴。午后，汤敬亭太守船来拜，少顷，李晋卿学使到来拜，又回两处拜，俱谭久之，两君别去。薄暮，玉山邀吃晚饭，谭颇久。敬亭带到九月初五子敬家书，知杏侄恙仍无效，此子聪颖，向亦结实，乃疮疥之疾，拖延两年，元气削矣，可虑可叹。自出门来，所接家信，不曾见子毅一字，令人想望不已。

廿日（11 月 25 日）

风小住，遂行，下半日，顶风大，下水曳纤，薄暮风止，乃摇桨，将二鼓，始抵桐庐，今日亦得九十余里。县令李垚钧（惕斋，行三）未在家，差人来，水脚外，一无所致，小菜俱无。余自午后忽发痉甚久，既而热极，得汗解，知其疟也。早饭全吐，晚未饭，仍睡，竟日冷甚，窗风射人，不可挡。午过乳香岩，望之佳。过钓台下。

廿一日（11 月 26 日）

早晴，而风仍不小，余病亦愈。欲上九里洲，乃已过去，可惜也。洲距桐庐廿里耳。申刻，至富阳，县令李鸿（春渚，行七，邹平人），戊戌进士，来谒，王吉甫世兄来谒，知已被参矣。李令送席，而水脚钱甚迟吝，每边船价一千二百文，船夫每名卅六文，与玉山共八船，船上要算八十夫，而办差人只给六十夫之价，因唤令照上站付给，乃仍照八十夫付之，其实止多七百廿文耳。送席糜费，无可食者，而水脚则如此艰难，外边习气之可厌如此。行数里泊，夜不适，早睡。

廿二日（11月27日）

疟作甚剧，申正后到马头，勉强起来，上轿行，十余里，至公馆，在总督衙门，自中丞以下俱迎，旋即来拜，余病不能会也。王子仁署杭守来看我，因荐李令（枝青）诊视，其方不可服。龚砥庵来，开一方服之，甚安。

廿三日（11月28日）

疟退，可起来。子仁一早来看，并送褥子。服药二剂，皆砥庵方。梁翰平、徐新斋、孙璜溪世叔及镜师之子（锡麟）、萧林村、汪尊伯、唐雪航、吴荀慈、潘带铭、范令两年伯俱来，谭甚畅，余亦藉以遣归。署仁和王兰甫前辈（燕堂）、钱唐傅松泉（延涛）、罗沁吾（源一）、韦端夫（逢甲）、张渭渔（兆熊）三同年、黄紫垣（爵绶）世兄、张小樵世兄均晤。余自将军、中丞以下来候问者，都不能见也。织造瑞廷送菜，璧。范丈多年不见，精彩如昔，论诗极谦而壮。又常州吴圣俞（咨）持伯厚书来拜，是其甥也，篆隶画图书俱精，是佳士。今日略见太阳。

廿四日（11 月 29 日）

疟不来，愈矣。昨日诸友仍来闲话，惟书联在地都被攫去，为可笑耳。许芷卿世兄（兰身）来晤。孙午泉同蕚伯来。沈、庄两笔客及怀德堂书坊均来。食子仁所馈羊肉及中丞所饷豆付，甚妙。

廿五日（11 月 30 日）

转健矣。各官仍来候问，诸友亦来。胡书农年伯来拜。潘带铭来，因要代写拜客帖，金让水处百廿八金，并小谱所交清单，托带铭送去。未初，余方出门，到将军、中丞、藩、臬、道各处。到学使署看桃李门，两旁成材矣，是父亲当日视学时命植者，可慰也。定香亭竹愈茂水愈幽矣，余俱如故。到子仁太守处索点心吃，然烛归。书联数十，奇将军（明保）、乌中丞（尔恭额）、宋方伯（其沅）、周臬台石生前辈（开麒）、署运司桂太世叔（菖）、本道宋国经，温处道陶鹿泉前辈（士霖）。

廿六日（12 月 1 日）

早，发行李。巳初出公馆，拜胡书农丈，姚里庵世兄。即出城，将军，中丞以下送于月城，少坐即别。将到马头，拜陈厚甫丈，须眉雪白，谭兴尚健也。到船时，午初二刻矣。府县零星来谒送，迟至未初，吴荀慈始着舆来接，即行，沿城外西行，至仰山楼，仅午泉到耳，高似孙监院索点心吃后，蕚伯、雪航、荀慈先后到。余必欲游西溪，临时张罗灯烛乃行，由陆路走秦亭山，过北高峰后，西行至步头下船，仍西行，溪水夹竹木，幽妙不可言，渐入芦花荡回旋，将暮，到交芦庵，陈硕甫亦赶到。硕甫前日闻余来，有信见问，今闻此游，故来晤，伊住此不远也。庵扁题为香光笔，遗墨尚存。侍僧出卷子，因书卷后，前仅香光、眉公、得天各大字，尚无人题也。又一卷，系何春渚辈探梅卷，余题一绝于后。又一卷，系阮芸台师相辨香光误书交芦之交为茭，惟山舟不误。又有题名卷子单，录来游岁月，余不复题矣。到俞鸿锦家宿，耕者舍耳，而屋宇宽敞雅洁。晚飧甚美，飧后纵谭，亥正上楼宿，谭聒相闻，竟夜甚乐，黎明即起矣。与硕甫订太湖之游已定。

廿七日（12月2日）

早起，到庄后，竹木尤幽妙，上船与主人别。烟雾空蒙，南望山色，一二十里不绝，皆西湖后面也。巳刻，到关上，上大船，周芋生昨到此候我久矣，为言太湖之游，乃力劝阻，余计遂辍。与诸君同饭，午泉、蓴伯、雪航、荀慈别去。硕甫携襆被并所著书，并一小舟来，知余不游太湖，遂亦归去。所著《毛诗传疏》，专宗毛，而以西京诸说照证发挥，康成将无坐处，真绝学也。硕甫饭后与芋生均别去，余遂行，至塘西泊。

廿八日（12月3日）

早行，午刻至石门，船不能速，顶风拉纤也。玉山前辈尚在此。县令侯万福将卸事，水脚迟迟不得，候至申初后方行，仅至石门镇而泊。昨日今日俱晴。

廿九日（12月4日）

天将明始行，得顺风。七十里，至嘉兴。署守于尚龄（磻溪）、署嘉兴徐铁孙同年（荣）、署秀水王丕显、候补县丞谢兰生（厚庵）、经历刘玉衡俱来谒。铁孙来送，再晤，送铜器数事及程仪。午间，上官世兄（懋本）来一话，九月廿八日出都的。又廿余里，王江泾泊。谢丞送南雅丈遗集，谢系南翁之甥也。

卅日（12月5日）

天将明行，天甚晴，过茶禅寺、莺脰湖，皆夏间泊舟纳凉处也。至松陵驿，署吴江韩彦倬（米舫，一）、署震泽吴时行（雨亭，一）来谒，送席，未收。又十里，长桥泊，甚早。

十一月

初一日（12月6日）

巳刻到胥门泊。裕鲁山署中丞前辈、署藩张筠村、署臬王梦湘前辈、太守汪梦塘，元、长、吴三首县，俱来迎晤。龚世兄自琛、杨龙石兄、洪子香兄俱来见。上坡拜客，已未初矣。

到抚、藩、臬、府、县各署，天已昏黑，始到子香处看所托买绣货及衣料及风帽、皮马褂、手脚炉、烟等物，到船已亥初矣。中丞以下俱送程仪。王亮生夜来谭。

初二日（12月7日）

晨起，六舟和尚、孙柳君、吴戒轩世叔及乃叔来拜。即出门拜汪铁云，看所藏《皇甫》《九成》，而皆不知《米帖》绍兴刻之妙。龙石处看云麾两础及堂溪石刻旧拓，俱为题记。又元康二年陶器一事，如插花小瓶，甚奇隽。到徐问蘧处，少新奇物。到沧浪亭六舟处，看所得怀素《智永千文》小草书墨迹，甚妙浑，有牧仲以下诸跋，真古墨也。毛一亨未得晤。王亮生处买书数种，傍晚归，周八兄候我于船，黄南坡、毓星甫先后来，谭甚久，客去甚倦，子香来送各物。

初三日（12月8日）

早，拜潘顺之、补之，得观《升元帖》，右军迹甚妙，是宋拓无疑。承赠三松老人墨刻，回到阊门仁和店买绸绉等百数十洋。回船后早饭，杨太来迎，旋雇小舟，携仆游虎邱，无可赏玩。遇清江汪姓人，六口不能归，助以二洋，两小上船行。至十里亭，大船未到，仍溯洄行，遇大船，行至关外泊。夜畅雨，倪朗峰来。

初四日（12月9日）

朗峰来谭一日，为题《鬓影图》，琳萧女史照也。问蘧交《清鉴阁图》及味雪主人照，六舟彝器皿俱题一就，交朗峰带去。买得《津逮秘书》及江《尚书》、吴棫《韵补》。竟日雨，到无锡泊。署金匮孙逢尧（易堂，行一）来迎谒。行至小金山下泊。

初五日（12月10日）

天将明行。连日余起甚迟，夜间热烦，不得佳眠也。午初，黄蓉石同年（玉阶）船来，丁外艰归也，送赙仪，往还即别去。暮，谢汇川世兄（克一）迎谒，署通判。阳湖、武进两县令俱未来谒，称有事也。吕尧仙来，求为年伯书墓志，因留同饭，顷已送赙仪，交汇川带去矣。上坡谒李申耆丈于龙城书院，颇形老态，然眼光手力，尚不懈也。谭少顷，即下船仍行。余于子初睡矣，船丑初泊，约又得廿余里。

初六日（12月11日）

早晴，午后阴。申正后，至丹阳，署令吕帆九迎谒，因作书寄张冈甫，托付急足去，送阅江西闱墨，殊不觉佳也。竟日与粮艘左右，行走殊费力。晚饭后，仍开船行，有小雨旋止。又行十里，至七里庙泊。

初七日（12月12日）

天将明行，早起，比昨转晴。为黄南坡书《宝带桥碑》，纸生劣，不可书，遂止。书吕尧仙所属之墓志铭，字太多，未得毕。至徒阳闸，丹徒令王德茂迎谒。将至镇江，粮船拥挤难行。竟日阴寒。作书与府学教官陆方山，索其所买《苏诗注》，系闻之王亮生者。高佩玱太守来拜，陆方山（嵩）来拜，知《苏诗注》乃仁和王文诰所著《苏文忠公诗编注集成》也，于坡公年谱最熟。朱建卿来晤，赠与炭敬。亥坪大令，佩玱太守俱送肴。孟渎河靠圌山处，有石颇险。太守面交九月卅日家书。买膏药百张。

初八日（12月13日）

早，闻榜人云西北风大，船不得（脱一字），因即起觅小轿，向东沿府城北，约三四里，游北固山，先至小北固山房，登楼眺江，甚超远。楼下有米颠《研山图》，及苏、米两先生石刻像，又到听松亭，松三四株，甚特立，石峰曲录，幽奇有致，以上诸景，皆前令曾文敳（承显）近日所修也。复往北，至大北固，是甘露旧址，凌云亭眺望尤远，亦曾君所修。以外殿屋俱圮，以盘局太大，难收拾矣。多景楼当在其地。此山形如北东南，书院在其下，曰宝晋书院，仍米老斋名也。进北门西转，到府学，拜陆方山（嵩），坐少顷即行，出西门，回船，仍不行，因令仆辈觅红船往金山去。余剃头，仆等薄暮始归，玉山船上晚饭，吕氏墓志写完，即从马号寄南坡处转交。潘太从嘉兴告假省母，今日始由松江赶到。夜颇寒，风更大。

初九日（12月14日）

晴，而寒风仍大。船不行，竟日静坐看书，午间，书联幅数件，墨小冻不和矣。粮艘渡江而南者，终日不绝，喧聒殊甚，而我舟半步不移。

初十日（12月15日）

昨晚不得眠，听粮船渡江而来者不绝，遂竟夜。五更风转大，知今仍不得过江矣，果然果然。喜日色甚佳，覆读江艮庭征君《尚书》，甚有别趣。玉山来话，夜饮甚适，今日新试大锅也。不料阻风，遂至第三日。亥初风息，遂令开船，乃大小各船挤塞江口，拉撑一个时辰，浅阁不得行，乃耽歇候潮，余亦就寝。

十一日（12月16日）

卯初刻潮来开船，顺流斜行，卯正始抵北岸，沿岸西行，辰初二刻多，方至瓜洲口。星斗满天，东风甚细，中流命酌，祛寒得暖。辰正就寝，巳正方起。吴太老师舟至，因即往谒，并送菲敬、闱墨。承赐《刘子全集》四套。行至未初，到扬州驿次泊，江都令罗煜，甘泉令卢元良先后来谒，李星楣来话。即上坡，拜沈莲叔都转、樊太守师仲、两县、阮中堂师。师自到家忽两年，精神如旧，嗜学未倦，惟足疾不愈耳。赐《算学启蒙叙》。又拜徐松泉前辈（培深）、谢蕉石前辈（学崇）。黄又园兄弟、洪世伯、杨季子俱来晤。到魏默深处买皮袍各物，即留饭，陈静庵、杨季子同席。二鼓回船，周焕章来话。辞莲叔、季子席，定明早行也。阮师来回拜。

十二日（12 月 17 日）

天明行。吴丽白来拜，余未起，而船人谢之，可恨也。水急溜，风顶船，极难行，两县派摆滩船，以便逆流，费力之至，从辰至酉，行廿五里而泊。闻魏丽泉制军前数日在前路被抢，甚骇异。洪五兄国柱来回拜，现在查盐差事，故昨日不在家也。凡遇开坝之处，水急如箭，须小船将纤牵并夫先带过，然后拉船，船悬渺茫中，偏侧而行，令人心悸。夜风更大，船终夕摇兀。

十三日（12 月 18 日）

天明后行，过开坝处凡七八次，水溜可畏，每纤须十五六人拉之。下半日渐平，顺风，今早息，颇比昨为和缓，船得行六十里，至露筋祠前泊，薄暮始到。至祠中眺览，碑扁字俱不可得识矣。庙两层，不为大，门前三大树，鸟来绕匝，足见灵异，旁树皆无之。买鱼极贱。月色甚佳。

十四日（12月19日）

天明行。得顺风，行湖中，颇适，然而不能快也。午间，至高邮，县令朱淦泉差接，本官不在家。将至泊处，船头与盐船触碰，盐船人群起嚷骂，将盐包送放船头，接差人坐小船来，被其七拖八扯到船上去，致将手指挫折一个，因唤彼船一识事者来，姑令船人到彼陪礼，我船方得前进。吏目□□，千总王朝纲来谒，因告以接差人被托事，应将动手人枷责，当时即到彼船拘两人去，不知如何发落。我船浅阁坯舵，即时收拾，又候水脚甚迟，申初方启行，廿里，清水潭晚饭，月色上矣。夜行甚好，子正至界首泊。夜得南风。

十五日（12月20日）

余起颇迟，早饭时，午初后矣。天气甚暖，又连日吃羊肉，故眠佳也。船行不快，酉初方至宝应，县令罗登瀛（伯仙，行一）来谒，陈警庵（铎）亦来话，皆同乡人，警庵方作客于此也。发水脚又耽阁许久，真无法之事。戌初行数里，纤夫多逸去。自雇十二名，竟夜行，有月。余丑初方寝，仆辈收拾什物也。

十六日（12月21日）

天明到淮安少泊，县令张用糈差接，旋行，有顺风。约午初，遇淮安守赵兰友丈（廷熙），辛酉年伯也，往还谭少顷，仍行。未初抵清江浦泊，赶紧上坡，而朱纬斋观察前辈（襄）已来，少坐，余拜客去。至麟见亭前辈河帅，何亦民前辈海防司马、曹子固两编修处，俱会。其祝立斋司马、沈敦田、沈临川两司马，俱未晤。江春涛六兄观察亦未值。唐桐舫明府处未入，还。由闸而北，即渡黄河，酉刻至王家营公馆，仆辈带行李陆续俱到。玉山因收拾未清，仍住舟中也。

十七日（12 月 22 日）

早，嘱办差人代雇大车三辆，无四套，皆五套者，每套四钱八分，一天约共百四十余金矣。赶紧检点，午后装车，申刻渐次毕。余因寄江苏清江各处对联约廿余付，皆大联也，午间方动笔，又客时后来，至灯下始毕。孙云槎司马（海东司马，名坦）其子中北闱，与老五同年，则云槎年伯矣，来拜，送礼。陈静庵来，索致春涛书，当时即为挥付。孔又函来，留共饭并宿，谭至丑初后方寝。见亭处索得淮河图，亦往年本。非近年迹也。余用跟马三匹、色马四匹、符七马之数，而玉山札来，言色马不得过二，遂撤去二色马，然亦不知其言所据。玉山夏间出京时，即系三色马，乃竟忘却，亦奇。今日冬至，想家中主吃馄饨也。

十八日（12 月 23 日）

寅正起，闻玉山已早起矣。卯初一刻行，五更略寒，二十余里，天始明，卅里，至渔沟尖，大车未到。尖后行四十里，重兴宿。至渔沟之先，便不甚好走，泥泞殊甚。尖后更甚，直至上堤后十余里，方好走。天阴酿雪。闻恩小山少宰、何雨人廷尉出钦差往福建，于十二日启行。大车三更方到，车覆，宋贵伤右臂矣。重兴属桃源，县令仍龚君也。

十九日（12月24日）

寅初起，寅正行，□□里，仰化集尖。办差者迟来，迟至一个半时候方行，又□□里，至宿迁关外宿。易南谷来晤，得见湖南闱墨。留南谷与玉山同饭，酒极佳，玉山吹笛，殊妙，近子初方散，玉山颓矣。因大车迟来，嘱南谷出溜子，沿途派役护送。至寅初大车到，余即起，而玉山尚睡至寅正三刻始行。

廿日（12月25日）

寅正三刻行，风颇大，觉寒矣。六十里，峒峿尖。巡检曹用之谒见。又六十里，红花埠宿，郯城地面矣。下半日，路泥泞转多，轿夫又皆生手，颇费力，竟日阴风，午后雨数点耳。峒峿仍宿迁管。

廿一日（12月26日）

寅初起，寅正二刻方行，等舆夫也。玉山因候行李车，未及同行。五更颇寒，天明后，东北风转大，路甚泥淖，绕道颇多。将至郯城，县令刘德信迎接（云南元江人，丙子乡榜），由东门进城，出北门。舆夫等换班者不至，遂阁轿于途。因差人由东边大道寻得郯城舆夫来，始得行。此本换夫之地，而大路不进城，故致歧也。六十里，十里铺尖。又六十里，李家庄宿。下半日有雨，泥泞更甚，轿中甚当心。李庄属兰山县管矣。玉山未到，想是住十里铺了。二更时，闻玉山到矣。

廿二日（12月27日）

一夜雨不止，泥不可行，寅刻起来，止乐得多看几页书耳。天近明方行，出村一里耳，而泥冻苦行者，过沂河，风猛极，雪扑天而下。过河后，连泥带冻，风号饕雪虐，肩舆欲飞去，舆夫惫甚，有冻僵者。廿余里，入一茅屋，玉山吃烧酒，不足解寒也。又廿余里，到沂州。兰山令赵鹏程（行四，号锦川）迎接，辰初三刻起身，到公馆申初矣，势不能前进。魏丽泉丈差人来，知尚滞此间也，来拜一晤。赵令先来谒，余即入城，拜县令，访府教授贾琅（青圃），即同到明伦堂，看齐天统五年造象碑，共二，其一尤古朴。到普照寺，寺荒废久，余碑石甚多，见都中拓碑人正在拓柳碑也。旷院中有造象石幢甚古异，上有羊钟葵名。又一石伏地上，上磕有张名，仅一方块，殆唐石也。到琅邪书院看隋开皇时碑。与青圃别。欲到考棚，而门者不在，不得入。出南门，回拜魏丈，归寓，晚肴佳。风止颇寒。

廿三日（12月28日）

辰初起，登陆来此为饱睡矣。起甚冷，辰正方行，天大明矣。过沂河，满河皆冰，打冰过船，水急如箭，而人马足俱滑甚，马尤不肯上船。余过河后，许久未见仆马来也。五十里，半城尖。先过半城湖，妙在冻破，不难走，然车仍难行也。尖后，四十五里，青驼宿。把总叩迎，置炭盆矣，仍兰山管。下半日过小溪数次，好在冻冰，不甚难走。

廿四日（12 月 29 日）

天未明行，冷极，因风大也，十里，垛庄尖。巡检柳如松叩迎，沂水令张昌（问竹，行大，河南，辛巳举人，大挑）迎谒。熊东崖太老师太守来晤，从前过此，不知为晴舫师师也。尖后即行，玉山后来。又五十里，拱极城宿，过河俱有桥矣。然路泥且冻，不好走，幸到时天未黑。玉山前辈到时昏黑矣。夜剧寒，明日拟天明行矣。

廿五日（12 月 30 日）

辰正方行，不似昨日之冷，十二里，蒙阴东城外换夫马。又四五里，过福建钦差恩小山少宰、何雨人少廷尉，问知家大人安状。共五十余里，敖阳尖。尖后，见东方有山甚秀蔚，舆夫云是清凉山也，寺洞极多。惜我不得往一游耳。二十里，新泰宿，仍住前盐店，县令张涵（咏叔、行三）迎谒，求书，顺便写赏对十余付。天气冷略好些。下半日路亦平坦些。闻河往北雪更大，田家所乐，行人可云苦耶！

廿六日（12 月 31 日）

寅初起，寅正行，轿夫甚妥速，卅里，始天明。又卅里，杨柳店尖。又六十里，崔庄宿，泰安管矣。过玉山处谭，甚远，盖三日不相见矣。一路积雪尚五六寸。

廿七日（1840 年 1 月 1 日）

寅初起，寅正三刻方行，一路皆积雪，如玉山上行，亦不甚冷矣。天将明时，大冷，一刻余耳。将至泰安，有山坡矣，路又滑，四十余里，泰安尖。姜玉溪大令迎谒，因留游岱，因玉山无游兴，不便独留，甚欲一看经石峪，只好割爱拉倒。承少竹署守不在家，尖后即行，六十里，长城宿，长清管矣。玉溪差人持武梁祠画像来索题，系黄小松拓藏本，酒后为题四百余字，拓本非全者，墨色视近本为旧耳。一路望山上积雪，如太古铁色。

廿八日（1 月 2 日）

寅初起，寅正三刻始行，山坡雪冻，路之难行极矣。巳刻到张夏尖，尖后，到子立署内一谭，即行，换轿而别。五十里，至杜家庙，酉正矣。托爱山中丞差人持书来，文运司丈同之。邵丹畦臬使师差接，新升皖藩。晚飧后，作复书共三封。昨晚见子敬与子立书，知慈恙果愈，而子毅所苦尚不得痊，一夜不得眠矣。

廿九日（1月3日）

寅正二刻行，路不甚好走。二十里，至齐换夫，天已明矣。又廿五里，晏城尖，县令张公赶来一见。又五十里，禹城桥宿，与玉山同居店，而玉山不甚适。李世兄清廉来话，教官也。孙令树之见。饭后，得初十日家书，知子毅病甚急，不觉失声一恸，奈何奈何！夜梦与同寝，详述病状，言脉知母当可愈，不知然否？

卅日（1月4日）

寅正行，廿里铺尖，平原令欧君出迎，共五十里。又廿里，到平原换马夫，未进公馆。又卅里，曲柳店宿，因作家书，交德州牧舒自庵速寄去。竟日不思食，思老毅不置也。如天又酿雪何！

十二月

初一日（1月5日）

丑正起，寅初行，五十里，天明，至德州尖。舒自庵刺史迎谒，换号车，买灰面，补玻黎，颇延时刻。尖后，十里，至景州换夫，州牧广世兄未及迎我而谒玉山于公馆。又十里，漫河宿。得子敬书，从自庵处交来，仍廿九日信，在昨信之前。住处办差人甚枯懒。

初二日（1月6日）

寅正行，临行甚难，幸昨在德州自买火把四十枚，行廿里，阜城县换夫，夫系临时去觅，耽阁许久。又四十里，富庄驿尖，交河县管，署令胡世兄原村也。尖后四十里，献县换夫，署令郭忠山兄迎，前任新城者。又卅里，商家林宿，供顿迟到，余先吃羊肉烧酒矣。

初三日（1月7日）

寅初起，迟至卯正方行，办差人无如何，但言夫马难催齐耳。五更颇寒，天明卅里，河间换夫马，褚君来迎。又廿里，廿里铺尖。玉山后到，因同饭，甚畅。又五十里，任邱宿。县令朱子明来迎谒，因发溜子，定走固安一路去。广东考官，只迟半站。昨夜作书与小谱，嘱令略缓行矣。今日途遇李叔之子，知李叔于七月病故。问家中消息，伊不知也。办差人颇用心。

初四日（1月8日）

寅初起，寅正二刻行，玉山已于丑正行矣。夜气极寒，为途中第一次。四十里，至鄚州，天渐明，舆夫小飧，乃追及玉山。又卅里，雄县尖。县令姚长庆迎谒，因与商走固山事，迟默不相应。家人示无用，尖后行。六十里，龚家营宿。顿饭安顿百六十大，甚爽快。未刻甚热。

以上为湖南省社会科学院图书馆藏

道光二十年

庚子八月十一日（1840年9月6日）通州上船起，九月十一日（10月6日）泊武城，十月十一日（11月4日）在高防头龙王庙，十一月十一日（12月4日）泊和州太阳河，十二月十一日（1841年1月3日）泊新堤。布帆安稳。苗疆、十二张末行回疆、十五张朕回疆、十六宫□奸、将随同、廿张恩赏、廿一张营兵两处、廿六补宗□二字特擢、卅二正月植、六回疆。祭文四（硫）、八粘（翀）、十二黔改默、廿三补撷字、廿八珪误洼、挽联三乍见乍误年。自六月间，即有湖广满江红船来说，因循未敢即定也。至七月十二日（8月9日），余冒雨出城，到通州看船，本雇来四车，乃雨潦塞涂，无一步成路者，屡次掀播，仅得到船，已申刻矣。遂宿舟中。船户胡光明，船颇开敞，议价给至二百廿金，未定。十三日（8月10日）早遂行，心已定此船，河中亦无第二大船矣。由闸路乘舟至东便门，骑驴至前门城根，路上不可行。自前门坐车归报国寺。船户同来，遂定价，约于八月半后行。时雨水极大。自六月十三日（7月11日）下起，至山来已……船户忽来催说水落船大，宜急行，遂定八月十一日（9月6日）下河矣。余方叙述吾父文安公行事未竟，亦由各衙门查各稿件稽迟，不得到手，遂于数日催齐赶办，日夜不敢息。一面脱稿即付誊写。初七日，桂儿进小寓，初八日进场，初十日出场。申刻祖奠。是日行李一切先令李淦押送下船。

八月

十一日（9月6日）

五更即起，收拾毕，天明，久之杠夫始到。家中自母亲、伯娘以下皆来送。起灵时，约卯时也，又兼子毅弟柩同行。乌乎！痛死我矣。乙未会榜、己亥乡榜、己卯福建、己亥福建，凡路祭四处。出东便门，子敬以病目忽剧，不能前送。乌乎！可怜也。天热，石路无平处，至定福庄已申初矣。赶紧行至西关外，以溜子未下，阑住不许入城，因兵部勘合已到州衙而武营不知也。自来到通州者，大抵如斯。入城遣人持片……市，一□不……虑，幸平安过来，然火把前进。戌时出东关，至马头。通州牧刘元禧等设祭棚上祭，惟马头颇窄，扶柩登舟，幸平安也。安灵后，热更不解。杏官、鼎官饭后倒地便睡，余与子愚却难睡，千头万绪，都到心来矣。通永道存观察（兴）不在家，差人送奠敬。

十二日（9月7日）

早起仍热，收拾一切。早饭后，子愚率两侄由闸路回去。老母年高，敬弟多病，握手恸念，不能别矣。未正雨来，回思昨日，万幸万幸，吾父之庇儿辈者至矣。余自去年腊月初七日由闽抵家，时因未复命，家中不令知毅弟消息，而余于十一月十九日在宿迁一路行馆中，即梦其来作别也。先住云心处，因蔡玉山邀住文二兄处，遂同住彼。五鼓入内，汤敦翁、祁竹翁均来问唁，余乃知毅弟果死矣。□□□□朝房不敢问家事。是日上奏。召对归。哭吾老毅。万念已灰冷矣。不料今年二月遽罹大故，时吾父以风寒微疾猝然告终，万分仓卒，勉强成礼，于三月初十日移殡报国寺，余即侍居于侧。日月易迈，月琯五更，刚刚百五十天，遂扶灵輀南下，仗吾父冥庇，或者归路平安，登山妥速也。行前数夜，俱梦老毅帮同扶父柩行。噫！真有灵耶？即知吾弟正累吾扶其柩耶？真有灵者，当扶持归帆安稳也。雨不住，入夜更奇大，船顶多漏处，以黄蜡涂其罅，颇好些。滂沱竟夜。

十三日（9月8日）

早起大晴，河水骤长二尺余。早起清书，《皇朝通考》六十六本：考一田赋、考二田赋、考三田赋、考四钱币、考五钱币、考六人口职役、考七征榷、考八征榷、考九市籴、考十市籴、考十一土贡、考十二国用、考十三选举、考十四选举、考十五选举、考十六学校、考十七学校、考十八学校、考十九学校、考廿职官、考廿一职官、考廿二郊社、考廿三郊社、考廿四郊社群祀、考廿五宗庙、考廿六宗庙、考廿七群庙、考廿八群庙、考廿九王礼、考卅、考卅一、考卅二、考卅三、考卅四王礼、考卅五王礼、考卅六乐、考卅七乐、考卅八乐、考卅九乐、考四十乐、考四十一兵、考四十二兵、考四十三兵、考四十四兵、考四十五兵、考四十六刑、考四十七刑、考四十八刑、考四十九刑、考五十经籍、考五十一经籍、考五十二经籍、考五十三经籍、考五十四经籍、考五十五经籍、考五十六帝系、考五十七帝系、考五十八封建、考五十九封建、考六十象纬、考六十一象纬、考六十二物异、考六十三舆地、考六十四舆、考六十五四、考六十六四。至暮。

早饭后遣王升回京，送回杜诗一部，不知子敬目疾愈否。又凌笏山世兄于十一日天明在子愚屋睡，起来忽若中风者，即送归厚堂处，亦不知好否也。竟日晴，午后又热，但不甚耳。入夜阴，不见月。鼠大如小狗，声亦宏。

典一食货、典二食货、典三食货、典四选举、典五职官、典六职官、典七礼、典八礼、典九礼、典十礼、十一礼、十二礼乐、十三兵、十四兵、十五刑、十六刑、十七州郡……

十四日（9月9日）

早，捡出段《说文》……曹稼生所寄赠，今十余年矣。时与稼生未相识也。壬辰始相晤于姑苏。余所手批段本，临行时未得捡全，遂携此本上船，是年来父亲阅看之本。手泽如新，间有点注。每一披诵，当如承提命耳。弟十五卷建首中倒子字之字，此乃作反子字，恐系错误也。清“三通”毕。夜阴，略见月，而旋蔽矣。王升回船。得家信，子敬目愈矣。

十五日（9月10日）

榜人河快尚来贺节，可悲也。作家信第二次，由通州署发去。夜月颇佳。州署送一狸奴，色斑黑，似虎豹。夜间，毛子安静矣。

十六日（9月11日）

天未明开船，甚浅，挤船倒行，因多回流，不能径行也。过张家湾后，更多浅处。水程七十里至下水口泊。

十七日（9月12日）

行仍多浅滞，亦约六十余里至上码头泊。将暮，细雨如织，夜半后方止，极凉。

十八日（9月13日）

早行十余里至河西务。作家书交彭云墀□□马专人进京去。云墀司来，因言天津，现□兵三千名……前去往丰润、奉天等处，于初四日仍回津门，头目见制军，说要回鸦片价二百万方可了事，即林少穆丈在粤东所搜烟箱也。制军入奏，不知如何办法。伊等畏冷，西北风起即归去，所虑者在将来耳。水居恶寒，鱼龙冬蛰，水遇寒则冻，皆是理矣。沈涧泉世兄来话甚久，即住云墀处，是其考案首门生也。借京报，阅至十二日（9月7日）

止。未刻复行，约卅余里至火烧屯泊。夜月甚大，比昨稍暖。

十九日（9月14日）

晴，行过蔡村，船始安柁，前此无柁也，然仍倒行。申正后，抵杨村，粮船铺满，皆江西帮也。船老榜，甚不安顿。夜冷。剃发。

廿日（9月15日）

晴。船边昨夜失去厢板两片，亦奇。夜间打更人守枕边，未曾少歇也。夜比昨暖。

廿一日（9月16日）

晴，仍不行。巡检王曾沂来谒（秦泉），因索看□村图，又着人问司马绣谷□□□□及县丞也。酉刻，江西粮船帮交卸……第一船旗号写敕封鄱湖福主，余俱尾行。晚饭时，河西务彭云墀专差递信人回，得家书，知安状一切，并黄倩园、王芷庭俱有信。在通州开船时有一信从通州署去，知家中亦有复信，竟未来到矣。管号人于早间送船价大钱六千来，因兵部勘合上写有船一只，大船应领价如此。通州因扰他马头，是以未领，河西务及此杨村俱武清县属，两□俱发付也。船户要先到天津买格答菜载舱，据云每斤十余文，过江后可得加倍之利，此船大约百石不为多也。舟泊西岸，粮船泊东岸，忽然清净。见月尚大。

廿二日（9月17日）

晴，望家中信尚不来，真闷闷也。天气颇复热，恐又将作雨。存虚谷观察来吊，从天津回查沉溺船只也。初六日丁沽大风，粮艘坏一，剥船坏八九只，他处有风，却不大。问天津事，大略如前所闻矣。□□□粮船……闻□□□□泊此已将头鼓矣。着人往要一差护送，即派一郭什哈姓解者来。

廿三日（9月18日）

郭什哈来，漕标外委解兆祺也，亦带一人同来。早饭后，司马绣谷来话，因谈及地理，似有所得者。兼为存观察索书，因书联幅赠观察及绣谷。绣谷赠画一幅又《地理宝鉴》一本，云是朱磬斋太守所传，系秘本，刻好后止印三本，遂毁板，云恐泄天机也。又刘子敬有一仆于地理亦超俗，又言凡地理家知河洛者为通品，因言蒋氏《地理辨证》最好，宜买看也。

廿四日（9月19日）

早起方作家书，将付旧仆刘福带去，而李得携家书并父亲行述来，刻刷错字尚不多，而板刻极不佳，赶紧校两过。又开成四年井口拓本，系余在报国寺中从西便门内城根移来者，拓来五十张，俱不佳，不如我前手拓□□□书中言□□好手。夜热甚……耳。子敬目疾渐就愈，幸老人均安，可慰。桂儿闱作寄来，尚妥当。又寄来《家庙碑》，无前半，后半及侧皆重出，只算半张耳。作书与印林、孟慈、漱芸并阮仪征师，并寄归，乞作神道碑也。查六兄（汝经）船来过话，便饭，新放江苏拣发知府，不半月遂出京，可谓爽快。送酒、腿各一，俱领。夜少不适，又作家书，子刻方睡。

廿五日（9月20日）

父亲生辰。若无二月初五（3月5日）

之事，今日正当舞彩称觞矣。乌乎！痛哉！早奠面，一恸不能起立矣。李得一早雇驴归，即开船行，始将船头向前行。一路水多曲折，兼有树林掩映也。买鱼极贱，好鱼止廿文外一斤。泊小关之西，水甚大，四望浩然。丑刻大风报起，披衣急起，然烛叩灵，呼榜人添橛下矛，约三四刻乃定。风报往北去矣。就睡，至寅正，风报复来，幸得雨少息。半夜……

廿六日（9月21日）

风不息而船不安泊，曳纤……午夹粮艘中泊，着人讨关。新盐政德公顺甫到任也。舟过其署前，过关泊，风始息，甚喧聒也。

廿七日（9月22日）

天津令张君着年者人来送祭席，继又送上、中席各一，说要来亲奠。待至暮，不来矣。肴不佳，而船价纤夫答应甚爽利。作第五次家书，交张君送须榷使、琦节相、陆立夫前辈、张又轩太守丈及张君五处行述各一本。买得北门天成号毛边纸一刀。船上为粮船伤去纤团，又半夜伤损后舱棚柱，舟子不老成，泊回流中，无怪其然，真可恼可惧也。

廿八日（9月23日）

秋分节。早候纤夫，巳刻方开行。曲曲折折行不四十里，至杨柳青泊。县纤三十名，行尚无阻，惟水大又急溜多，上水不易行耳。昨晚舟人载入格答菜三百廿包，每包约百斤，每斤此地廿二文，南方可得□□□文。发暴财，遂□□船从……

廿九日（9月24日）

仍昨纤夫，行颇早，路亦较直，惟水更浑，盖漳河本浑，又加长水也。两边田亩都在水中。行十里，头炮至静海县西门外泊。署令古世兄（韵）送祭送奠，亲来祭，因谈及现议办灾查勘，三百余村庄无不在水中者，而方伯尚不甚决意办灾也。县东四十里有道河一道，从沧州来入海，据传即古九河同入海处。滹沱在其西，大清在其北，运河流其中，宜乎为水所潴矣。作第六次家信，内有蜂窠石二块，系老五所需，闻日内无寄物便。

卅日（9 月 25 日）

早，古兄来送行。风愈吹愈大，强曳行廿五里至陈官屯而泊。正趁集，闻人多而地方却荒凉也。阅县志，知高文端（尔俨）、宫太史（梦仁）系静海人，前此无人物志书，至载高氏诰封文数十叶，执笔时之枯窘可想。时蒙世祖赐□□□□后，其夫人姜氏□□亦有祭……南三门，东城无门，亦奇。琦相放广东钦差，讷近堂丈移直督矣。夜，风更大且冷，仆人俱睡，余独坐至半夜，风少息方就枕。五更，风定矣。

九月

初一日（9 月 26 日）

早风微日明，顺风行，一路向南也。十里至流河驿，换纤夫，属青县管矣。又十里至青县泊东岸，县城在对河。黎令（极新）不在家，着人送祭席。黄文廉世兄（沂）、典史钟（沅）来晤，各送酒一、醋一、肉一，谈话别去。竟日不遇粮艘，夜泊始见，从西岸陆续前进矣。午间见吴伯新宗丞丈，船从后来。青县亦苦水。

初二日（9月27日）

早起稍迟，日满窗矣，因夜间颇冷也。行廿五里至兴济镇换夫，本县城而改归青县，遂荒落矣。又二十里至北花园，一路又赶上粮船，甚喧。又廿里沧州泊。黄丈（育楩）刺史迎祭甚丰而敬，……至《破邪详辨》《神教详辨》二部，然觉年高精□□□□。

初三日（9月28日）

早开行时甚喧嚷，因粮艘多泊在此，早间全开动也。今日路极曲折，舟人云所谓九望沧州也。一路两岸俱有柳阴成团矣。三十余里至砖河驿换纤夫，又行十八里至□□口泊北岸，其南岸即南皮管。到砖河时黄丈着人送到《沧州志》，灯下阅之，知地本名长芦，移沧州于此，其旧城在州东四十里，有周世宗时铁狮子，大略尚在，头足多缺废矣。本朝第一个榜眼吕缵祖系沧州人，前代宿知者有高达夫，亦州人。州有北减水河、南减水河，皆从运河中分出，泄水入海者。州距海百三十里。夜甚冷。

初四日（9月29日）

早行亦喧。开窗见两峰树色含露极重，船沿甚滑，五更大露也。十里至柳林寺，寺圮矣，无僧一人。又卅里泊头镇宿，东岸南皮廿五里，西岸交河□□□□应差而余舟泊西岸……

初五日（9 月 30 日）

父亲去世七周月矣。今日又是伯父生辰，何如怆痛。竟日晴而有对头风。十里过东光，在东岸，县城离河二里余。又□□里至连镇泊，属吴桥管。县令张棣送奠敬，而应纤夫甚艰难。子初方泊，为纤夫等讲究到丑刻方清楚。夜，风颇大，舟子有争骂者，戒饬之。夜梦伯父出现真容，来拜谒者皆揖答，异哉！

初六日（10 月 1 日）

早行甚喧，与粮艘争路也。风大，行数里泊。泊处靠高坡，极稳。晴日取暖，看书，剧静。酉刻，风少缓，仍行至十五里湾泊，距昨泊处十五里也。德州舒刺史着人差探到此。

初七日（10 月 2 日）

晴而有风，五更即行。□□里至桑园换夫，入德州界矣，地名单称柘园，想本名桑柘园，各据其一也。又□□里至□□屯泊。子正后大风报，披衣，命加橛缆……雨。舒自庵遣仆来迎。

初八日（10 月 3 日）

晴风。开船嚷甚，粮艘两岸占住纤路也。申刻到德州泊。舒自庵来上祭，因托寄第七次家书。又寄王春绶运司师信往济南去。复借看京报，知九月初一以前事。闻自庵说闽、粤两督俱巡抚护理，不知桂、鄂两又是如何矣。等差役，至酉正后始开行。又十里而泊。

初九日（10 月 4 日）

天晴无风，亦不寒。□□里至四女寺小泊，上岸，约数十步而返。足不履土忽数十日矣。过故城未泊，仍行。前日量船沿到水面二尺七寸，舱里平船沿量到底五尺三寸五分，除去底板三寸，又除去水面上二尺七寸，船实吃水二尺三寸五分。今日量河中间有六尺，水是已销落时也。上灯后，乘月行，廿里至贾家林泊，今日共行八十五里。

初十日（10 月 5 日）

晴，无风，惟水路极回折，东西南北时时转向。□□里至曾家口，有游击……子兵□疲惰，托游击另发……里烂泥浅泊。闻前日同行之杭州卫旗号船，昨日在此间被粮船水手劫去银物，已拿获七人，水手之可恶如此。连日有粮船占住两岸，不肯让路，差官解外委颇出力得用。夜月甚明。五更风大。

十一日（10 月 6 日）

晴，风未息，开船后少安矣。行□□里至夹马营换武城纤夫。行□□里，风太大，遂泊。风定复行，至武城城外泊。县令厉君秀方（壬午举）来上祭，因谈及县境运道百廿里，每年四月后挑浅极辛苦而费钱，田空后便安枕无一事，民气甚淳朴也。闻林、邓两丈均交部严议，不知如何矣。时事信难言也。

十二日（10月7日）

晴，竟日无风，舟行拉纤，最为安稳，路得百里，亦从来所无。夜泊汪家浅，临清州管。夜月，无片云。

十三日（10月8日）

行廿里至临清马头，李与三兄随中丞到登州料理夷事未回，着令郎……直牧、汪承镰司马（晓堂，行二）另来祭。得九日……于初一日未刻得孙，四世同堂，老母或可一笑，恨吾父不及见矣。灵前哭告，慰痛交并也。见《山东题名录》，乙酉拔贡世兄赵淑身、李涛得中，又孟继尧、黄念畇亦老人所心赏者也。拔贡共中九人，余亦多是廪生。东墨虽未见，必佳可知。过闸恰好因粮船在后也。等第二闸甚久，因买得桃三枚，大如巨碗，惜不多，闻须城内大街方多。一枚五十大钱，想是欺生昂价耳。剃发。酉初后过第二闸，左右各余一尺。过临清关泊。汪晓塘云此间户关税粮食，或南歉北丰，或北歉南丰，均税得盈足，近年多是两歉，李与三为关税亏空将两万矣。查三兄船到，两三日候闸，至今方得过。粮船上闻劫小船之案又有一起，由漕帅过宽之故。过闸后，因头船不赶上帮，帮官予杖责，然此岂小官所能振作全局乎？至今人说周敬修为漕帅时，无腰牌而上岸者准□□究，闹事者杀无赦。有脱帮者立……复遇矣。寄第八封家信，从州署去。今日所过为板闸、砖闸，未到板闸与漳河别矣。剃发。

十四日（10月9日）

行甚迟，舟子皆酣眠也。四十余里过戴家闸，又廿里至□□换夫，而清平县应差人不至，自雇纤夫行。又过□□闸，俱先系通板，不临时起板也。河身束窄，舟中安稳之至，不似闸外矣。河岸有道士索钱，口呼“独木桥好走，大字缺了半边，巾字在中间”，说是讨钱买命，然独木桥勾与布字何涉？子初过梁家乡闸，溜急，船阁闸中许久不能挪进。呼岸上人帮忙添缆方得进，甚可虑矣。又行三四里，梁家浅泊。丑初方睡。

十五日（10月10日）

半阴。行□□里过□□闸，又□□里过□□闸，又过□□闸泊东昌府城外。船家收拾物件，遂住此。聊城县无人来，纤夫廿人不足数，又恐其逸去，遣李淦至署索一差来押护。晚饭时小雨，夜雨甚□□□。

十六日（10月11日）

未晴，故开船甚迟。水曲折……城也。粮艘相左右，廿里过李海务闸。又十二里周家店闸。又十二里七级下闸。过闸即泊，风甚大，又有雨也。

十七日（10月12日）

阴风小雨，三里过七级上闸，又十五里过阿城下闸，又三里过阿城上闸泊，是阿城镇也。买顶上阿胶十斤，每斤一千六百大。风大，不得行，既而少息，遂行。十二里过荆门下闸，又一里余过荆门上闸。又十里张秋镇闸，粮船紧跟，小船如鲫。临泊时挤当，甚费事。午后，雨止而风未尝息也。买毡袜。

十八日（10月13日）

早，风定日出，大晴而寒，左窗不能开矣。行不久，风起，忽顺忽逆，大约是东北风，而河流屈曲，又粮船极多，前后相望。酉初至安山，换夫，东平州管，无人照应也。今日廿二里过戴家二潮闸，又三十余里过安山闸，俱无闸板平水过。自临清戴闸后，俱系通闸，无待放板处者。又八里，夜泊见月，地名□□。

十九日（10月14日）

风息，日出而寒胜昨日。□□□二里过靳家口闸，又十八里过袁老口闸，又十二里过开河闸，地方颇稠密。又十二里北柳杜泊。一路见远山，又左右岸高如岩濑，富春一带水路间山势也。开河交汶上境，县令沈澄，夫价、水脚俱清楚。今日过开河闸时临时下闸板六块。

廿日（10月15日）

开行五里至南旺，因至分水龙王庙，汶水正交会为盐河，此分令西来而析为两路，七分北流，三分南流，适左右有蜀山马场诸湖水为之消长，故能久也。永乐间，工部尚书宋礼奉命来此，用老人白英之计分汶济运。我朝顺治年间立庙，雍正年间封宋尚书为宁漕公，白老人为永济之神。庙颇开敞，近年又新建一楼，东眺甚远。僧人福田（号广布）陪坐，朴甚，联以联语而别。过寺前闸、通济闸，共七十余里，至济宁，过草桥闸，泊南门外□□□□人，刺史往省，着人送祭席。徐□□□署运道，黄蘅洲世兄任运河同知，俱送奠、上祭。桓生丈之子邺，去年顺天副榜门生也，亦同来。桓生丈父子先去，蘅洲同饭，而丁瑶泉州同来谈甚久，名宗洛，老于著书。州署送到重阳前一日家书，知觐觐已大愈，余俱适。从蘅洲借近报及《顺天题名录》，钱子万昆玉俱捷，潘老三中矣，余少认识者。杨铎（硕卿）世兄送到龙石旧年见寄信。蘅洲兼送水礼。

廿一日（10月16日）

早，蘅洲来谈，别去。余早饭后上坡，到城东南角之太白酒楼，楼下多元人碑刻，有杨桓书篆字碑颇好。外有周天球刻诗，又李文晦刻诗。楼即元李公建也。旁有刘公《瑞麦图》石刻，亦元时事。下楼，西行至南城门楼，楼下皆军器，云是武库也。又到城北铁塔寺。铁塔本七层，元时徐姓及其妻所造，建后又有人加两层为九层。寺后有武平元年薛匡生造石佛，高七八□□山松得之，置于寺中，并补上身为木匣。又西北行，到渔山书院，印林竟不待我一晤，可恼也。见所书书院《增拨膳田碑》甚方重，刻尚未毕。院两间壁即考棚，棚屋甚坚敞。又到城西普照寺，寺大而多圮，先见唐宝历间石幢刻经，字多漫废。开前阁门，见齐碑、唐碑各一，石质古茂，造象深秀而字迹难读矣，然其拓本则余早有矣。出西门，又绕到城东书铺，买《仪礼章句》。归船，则硕卿在此久待，出示各专拓册、名人赤棱卷、大黄布卷，俱为题记。大黄黄字印林识为横，充也之义，甚新。硕卿言及城内郭梅臣家收藏甚富，因同往看，见《郭有道碑》尚佳，然此碑未闻有原刻也。《衡方碑》好，并有覃溪“衡方碑”款巨幅，又刘石庵手钞《历代改元考》，后半本真迹，前半非手迹也。文字册平平。高且园画猎图（大卷）□□奇古，小松《访碑图》六幅却无甚意思。法帖铺持《麓山碑》来，碑阴、侧及覃溪小字跋甚有趣，而正碑换却，又价昂，不得买也。李家有小松所得武梁画象唐拓，即梅臣从前卖与李氏者。欲往观而梅臣力言其难，遂中止，心甚歉歉也。旋与梅臣、硕卿别。回船，酉初已过。天井闸复过，在城闸而泊。硕卿送济宁碑拓十种，又新出钟鼎文三种（在城内李家）。食蟹甚大。第九封家信交蘅洲去，中有老人毡袜，又印林书一包，又复赖仁宅书一件。昨日书差来道送奠也。

廿二日（10月17日）

早开行，而粮船在前面布满，尾之迟行，不五六里泊，等过闸也。孟慈之次郎延熙（仲恪）来，留早饭，别去。未刻，张亨父来，坐小湖筏子从后来也，即别去，说到扬州相会。过□□闸，甚平快，河东有李氏花园，墙外望之，林亭秀出，闻住家眷，不便往探也。未过石佛闸，遂泊，为粮艘所阂，今日共行十四里耳。

廿三日（10月18日）

半夜行，因后头粮船要过闸来也。数里遂泊，天大明方行。天晴日暖，前后皆粮船，无可赶路者。舟子买鱼数十斤腌之。两岸多溃堤新补处，以两边皆湖水宽漫弥望也。过闸□次，至仲家浅闸，有仲夫子庙在道右。欲往，适过闸甚疾，遂不果。共行□□里，泊南阳镇。

廿四日（10月19日）

五更避粮船，遂行。天阴，且竟日小雨。两岸多破堤，湖水弥望无际。村屋多在水中，真可悯也。夜泊珠梅闸。

廿五日（10月20日）

隔一日不写便将日子忘却，可戒也。午间，汪世兄（之栋）来晤，年伯名（汝弼）之子，做孔府屯官，闻知冶山上公近状及伯海公子尚无子，衍圣公向多过继袭爵者，今公之得伯海，为最难事，而伯海乃难得同，亦奇也。屯租每年四五万金，近来多疲赖，不能如前之丰富矣。过夏镇，水多浅，犹忆壬辰北闱过此抬船时也。汪孟慈着人送。寄默深信，伊患腹痛，不能来一晤。与在济宁不得晤印林同，皆临登舟时发一信者，天下事之不可料如此。过彭口间，泊荒水闸，两面皆大水，闻前路溜急，不敢行，幸缆系石堤上。竟夜风浪作声而舟甚平稳。半夜小雨数点，旋见月。买梨。

廿六日（10月21日）

早行船倒曳，避急溜也。水大有风，又一路闸多冲坏，幸旁有月河可行。申刻至万年闸，风太大，不能复行，遂泊。步行看闸水不没者，石两层在外耳。往来船只无走闸者。闸左有杨勤悫公祠亭，即三公祠。三公者，明尚书舒□□、刘东星、李化龙也。僧人纾满，号得源，方读《梁史》，与谈，甚有学者气。近作《怀净土诗》三十首，亦有好句。河南临漳人，出家四十年，今五十一岁矣。回船后，来送小菜，甚佳。又作一诗索字，因赠对联。

廿七日（10月22日）

早开行，阴晴不定，船仍倒行。过□□闸小泊，又行，船始顺转矣。过侯迁闸，因月河更溜，不敢行，遂由闸走，石露半块，触船底，可怕。溜急难防也。又六里过高庙，又六里至台庄，过闸左，见闸俱在水中，偶露石面，欹斜不整矣，遂泊。同泊者有船昨夜在此被盗也。五更，大风起，可悸。作霜降节矣。

廿八日（10月23日）

风不止，冷甚，作书与蘅洲、硕卿、印林，交闸官徐达报寄去。买葱、面、柿、栗。午后风略定，又日大晴，步上坡，往北行，街颇长，仅北有横街，大约布铺、粮食铺、果铺，甚富而朴，可想山东风气，是省境第一村落也。酉初开行，始用橹，疾如飞鸟。二十里河清闸外泊。夜仍风，作冷。

廿九日（10月24日）

大晴，无风，然寒矣。一路平静，摇橹而行。所过万家庄一带，树色整齐，每行相间即种庄稼。约行廿余里，树色如一，亦从来所未见，若皆系官树用培堤防者，则官长亦勤矣，可敬也。至窑庄，得九十里，泊。

十月

初一日（10月25日）

早甚冷，日出后略好。对面风不小，舟不得开。黄琴山太守船从后来，过舟相晤，旋往回，看字画数件，属题《墨缘图》，图前文衡山与琴山信一幅，不知琴山何人。琴山以同号，故有此图。又题《包孝肃书偶然作诗》五古四首墨迹，又属录诗底于后。草书奇诡，两人对证，尚不可识者三十字。首篇《赵女》，次《楚园》，三《田舍》，四《日夕》，五《陶潜》。又见赠《罗荆轩画册》，精好，有石庵题诗一首。又出示黄子久《楚江秋晓图》，题首四篆字萍庵和尚苇如所书也。琴山来晚饭，言其朋友有吴县陈彬华能填词。

初二日（10 月 26 日）

早开船十里，风起大，不可行，遂泊，地名三湾，河有曲折也。晴暖，至申正风少息，始复行。卅里至皂河泊。琴山船今日想去远矣。

初三日（10 月 27 日）

早行，大雾，雾后大暖，此酿霜也。五十里至宿迁，方未正。作第十次家书，送易六兄处，始知南谷往清江去，令兄海云五兄（卓祝）来送祭奠，知自济宁以来传牌溜子全断矣，因托其另起一溜子往前路去。旋过关，风大作而粮船有来者，不相见四日矣。

初四日（10 月 28 日）

伯母七十四寿辰也。昨夜梦见随父亲拜孔子圣诞，事甚奇，似乎阮云台师将来当入两庑也。竟日顺风而不大，上半日微阴，午未后大晴奇暖。平稳抵重兴泊，时方申正，行百余里矣。粮船全在此数十里间。闻黄河坝暂开仍闭，水尚大于运河也。

初五日（10 月 29 日）

晴暖更甚，几不能着棉衣。半纤半帆，约申正到杨庄二坝外泊，粮船住满。闻黄河南坝尚未开，过须明日巳刻。河帅方来祭，坝放开，粮船连续渡黄，即泊河之东岸静候矣。步至头坝，见黄河矣。

初六日（10 月 30 日）

晴而暖更甚，令人体中不适。巳刻见对河开坝，即开船，至头坝塘中，船浅阁，许久始得行，幸溜不甚急耳。出河口，曳向西岸，行三四里方放舟而渡。有差筏子来，下矛中流，甚迅，不一刻而至东岸。将入坝口，被粮船水手斫断缆绳，船即溜下，矛绳亦断，急另下矛而获安。从容入口，出头坝，入拦清堰塘，同泊粮船渐次而来。抵暮时，全挤满矣。着差官通知麟见亭河帅，并告以断缆人。旋有人持帖来候行，达民前辈、曹子固世兄、沈君□鹏俱着人来候。清河县唐黼卿（汝明）着役四人伺候。

初七日（10 月 31 日）

押运弁邱光三查得昨日断缆水手来，板责写意而已，帮官之祖护水手，可叹也。早饭后，李世兄谟及罗三爷登瀛之孙来。既去，即步行前往看闸。先到天妃庙，南对洪泽湖口，庙中有鱼肋骨，长将一丈。道光十五年大鱼出于湖滨，其高如山，一渔父梯登其脊，见朱字批云“此鳔鱼，在此一千二百年，为害不小”云云，因剥取其肉，众人脔割，仅剥得一肋，而风潮来拥鱼去，因存此一肋于庙中。见亭河帅为之记也。坐一手车，冒雨阅五坝，至头闸，见水溜甚大，闻比常年为平，然可悸也。由二闸过，甚平。闻三闸亦如头闸，不复去，因雨不住也。仍回，由捷路至天妃庙外，少憩，见大钟委地，字甚多，皆客民施钱名姓，系正德庚辰四月所铸献者。回船来，定由陆路奉柩行矣。即作书与唐黼卿大令，差官解肇祺告假回淮安。余宗山刺史兄（崇本）解铜住此五月矣，来上祭，知即住天妃庙而我不知也。留与便饭，谈其治绩，甚可听。云南出铜处即有金，金为铜母；出铅处即有银，银为铅母。然银常出，每一锅铅百斤必有三四两银。其铜矿若见金，则铜已绝矣。至及翡翠，皆缅甸国外所出，土人带至腾越厅换茶叶等物。皆璞矿也，剖之方得玉得翠，亦甚难遇，故渐贵矣。易南谷遣人来面说一切，乃约我明年坐宿迁书院，大奇也。今日得小雨竟日，而热仍不解。

初八日（11月1日）

早，黼卿着人来，早饭后即同看龙王庙，定东厢房屋，令雇夫子等，明日起灵。旋即回船，方巳初，而船头人满，恰是大风骤起，我船为粮艘所挤，将脚筏子挤碎，当时着人问河帅要一差官来护，而风大不息，我心痛极。船头又铳岸，欲即起坡而不能。雨来少定，又苦不大。入夜，风雨互作，呼更人来往相闻，粮船俱不准有灯火，又须二人支更也。三更后，雨稍大，竟夜不敢睡。五更雨止。

初九日（11月2日）

天明即起传夫，风略小，即挪船收拾。起柩行时已辰初矣。幸路不远即到，安妥，方上早供也。早饭后，往高坟头看马头，又到三闸，看闸口斜形，闻每年军船失事总在十只内外，现有铜船沉失者二，即余宗山同帮之船也。到天妃庙，晤宗山久谈，又见其三、五、六、七诸郎，皆文慧可爱。知云南昆明湖在西城外，宽数十里，省城有菜海子在府署旁，亦有亭台各胜。其点苍在大理府，极高大，尽石头，中间有洞穴，出大理石者。苍山下即洱海，广百余里矣。普洱茶乃夷人带来叶片，至普洱府造成，其团子及大圆者不如散片及圆扁者佳也。宗山留吃点心。归，风冷，入夜少定，仍竟夜未息。闻塘子内呼声可悸。

初十日（11月3日）

早极冷，独步至黄河边，见正在筑坝矣，而河外泊粮船又满，等二塘也。早饭后，雇小筏子，由高坟头顺流至清江浦看闸，即回，便上禹王台。台下有正统年间碑，乃本是慈灵宫耳。和尚云禹王于某年调繁来此，故立为禹王庙，其慈灵本神不知调繁何处。语殊新俚也。归寺已申刻，少歇，又到塘南看起土，因将开拦清堰坝也。亥刻，塘岸草堆失火，军船有哭声。

十一日（11月4日）

早饭后，坐小车到头坝渡河，到九龙王庙前看洪泽湖，处处皆滩洲，载船泊者甚多，西南一望，水乃弥淼无际耳。下晚到塘南，看放水，由高趋下，如悬瀑然，约半时许即就平矣。又到三闸，抵暮归。见粮船渐次出塘，我船亦夜泊四坝头。过五坝，即头闸也。灯下，余宗山来谈，冒雨步行去。旧仆王德来。

十二日（11月5日）

竟日雨，不甚大耳，然未尝住点也。我船巳刻下三闸，泊高坟头下，妥当之至。各粮船闻俱妥迅也。申刻坐小车到三闸，看过船，途泥颇大，雨沾衣履。

十三日（11月6日）

竟日雨不止，未出寺门半步。嘱县差将船边马头打好。易南谷又有信来。余宗山亦着人来问讯。

十四日（11月7日）

早雨住而天未晴，不能不行矣。早饭后，将书籍、行李先下船，等夫子，至午后方得奉柩行，泥水甚大，从庙到上马头有二里，抬夫全不合法，可惧之至。到船收拾，便申刻矣。

十五日（11月8日）

早开船，因未晴也。巳刻过清江闸，从此无闸过，一大慰也。到马头泊，清河令唐黼卿差人知会河帅，定于十七日辰刻率属公祭，止得待之。曹子固来祭。孙丈（德坦）来送奠。黄瀛帆司马、唐大令俱来晤。叶筠潭丈船同泊来话。下午往谈，借里河厅处京报，看至九月二十日，程省斋放荆州守矣。今日知浙江定海县尚为夷所据，渐荼毒居民。绅民递呈于伊节相，请里外夹攻，而节相奉庙谟，按兵未敢动，奉请宸断。桂杏农观察以办兵差自缢，宋湘帆方伯署浙抚，受急病死。乌中丞拿问治罪，气象极不佳也。上灯时，何亦民前辈来，黄司马见示《湖南题名录》，熟人中止李星帆耳。永州府祁阳中一人，姓柏。夜大月。

十六日（11月9日）

阴。旧仆王德前荐与江春涛观察者，观察死，此仆遂流落在此，因令同行南去，以从前无大过也。午后，先到河北友益堂、大西堂两书铺，无可观者。过河，到普应寺，颇闳整，系唐贞观间建，明时重修，今数年内复修者，然无古碑据也。到一书铺买得《武夷山志》及《明儒学案》钞本，两书共钱五百文耳。到慈云寺，大而荒矣。复至碧霞宫访从前卖碑人，知已回扬州。冒雨回船，知赵兰友观察丈、沈云湖观察（鹏）来船未晤。朱纬斋前辈亦来也。唐黼卿送程仪，真费心矣。

十七日（11月10日）

阴雨。公祭已午初矣。河帅及各道均看开塘去，未来，止何亦民前辈及任、陈两司马到耳。旋上坡，各处谢步，共十四处。泥甚，难行。未刻回船，剃头，复行，雨仍未住，不数里泊。（十一次家信交唐大令。）

十八日（11月11日）

开船时溜仍大，船倒行到淮关小泊，复行。未刻至山阳。淮安守恩（龄）在病假，山阳令张用熙县考，俱未来祭。漕帅朱荫堂丈来祭，同者通判世昌。上坡谢步，便路到韩侯祠，殊不冠冕，并碑无之。过淮阴市，买《江宁金石志》归。漕帅差官解肇祺从杨村送至此，颇为出力，此后无用着处，故令其去，犒十六金及对子三付。昨自清江起一传牌，每站均照例拨兵二护送，到地头交印花，今山阳来者一差耳，兵则未见。夜，因雨早泊二步头福缘禅林旁。夜略有月。

十九日（11月12日）

仍阴，但未雨耳。巳正到宝应泊。孟湘南大令（毓兰）来祭，即南涧世兄（毓藻）之嫡堂兄也。皆中解元，信为佳话。湘南昔亦在直隶做知县，丁艰服满，始于今年到此耳。问孔宥函同年，知侍年伯北上，有差入京也。又四十里泛水泊。未刻，略见日而旋阴。

廿日（11月13日）

下半日见日矣。早行，粮船甚拥挤。未刻，遇一太平船争路，颇可恶。申正后，到高邮南门外泊，无人照应。着差换班，始有人来问讯。州牧朱淦泉（荣桂）亦太啬简矣。去年北旋时为盐船争闹事，该牧亦不过问，今犹故态耳。

廿一日（11月14日）

阴，偶见日耳。水溜，颇不好走，半倒半顺，过邵伯埭后，更为粮船所苦。泊南马头时，已起更矣。王春绥师往广东臬司任，船正泊此，因往见。旋蒙过船来奠，谈次深以粤事难办为忧也。江都令周丈（际华）差接，系子余前辈、子佴世兄之尊人。

廿二日（11月15日）

早，着人送书与默深。周八兄来自仪征。默深旋来，知其随伊节相到镇海，凡官卒皆思一战恢复，而节相与余将军固执不肯，故愤愤归也。适得家书，亦言近日王定九相国师力主战议，似有转关，然锋威已挫矣。杨小蔓世兄（乃实）来祭奠，现署兴化，光景尚尽心。项芝房来，老弥健矣。余上坡，到阮师处，叩领《神道碑》，已撰就，而师于七月廿三失足跌坠，致足软，左手欲废，动辄须人，言论精神亦似不如前也。赐近刻算学书七种，皆罗茗香所订者。到黄又园处谈亦久。回舟则赵伯厚、吴丽白皆坐候，同晚饭，别去。

廿三日（11月16日）

早，吴丽白来，同早饭。黄小园来奠。阮八世兄奉师命来，旋得手札并篆书扁、楷书联，又《研经室全集》见赐。午初，与丽白同游辕门桥一带古董铺，买得陈启文八分小对甚佳，"乔木幽人三亩宅，南楼老子一床书"，又书三部。雨大，不可步，肩舆至默深处，伯厚同话。观所得夷地图，刻板极精。复同饭，有陈静庵。静庵病矣，神采却比去年好些。我忽病腰吕痛。

廿四日（11月17日）

丽白仍来同饭。黄春谷年伯（承吉）来，老健著书，可敬也。徐晓村先生之子宝光来，知其家运坏且窘甚，赠廿金去。为阮师书联云"召太保乃知民德，卫武公告之诂言"。诂言者，依《说文》也。丽白别去。余上坡谢各处步，即到小园处看玲珑山馆，有石甚佳，园亭亦好，却非原本矣。又园来，同看碑帖各件，有《天发神谶碑》《颜家庙碑》《智永千文》均佳。灯次，为书联扁各件。今早得家书，从莲叔处来，知桂官取誊录，亦幸也。

廿五日（11月18日）

早，闽臬徐仲升前辈来奠，沈莲叔都转亦来。吴丽白同项芝房来，共早饭后，即同步上坡，进小东门，至新城。过镶门桥，至彩衣街，复入大东门，由盐政衙前归，走南门大街回船。南门大街石路直至北门，名阿公街，系河都转捐银五万修此也。买得班、范、陈三史及《小学考》等书，书甚价廉也。芝房处买得“亦寄庐”三大字。有《圣教》拓本佳，梦楼有跋，先有匏庵、香光跋者。余素不喜此帖，又价昂，故置之。今午赵伯厚来，余因上坡与作别。伯厚即回常州去。丽白赠好印色，芝房赠大印色盒，皆致佳。

廿六日（11 月 19 日）

早，作第十二封家信，交李淦去。吴丽白来送，即开行。李淦之戚方升替工，同行。风平浪静，顺势过江，泊七里港，金山在对面，此港可通龙潭。仍竟日阴，午间略见日，自杨庄以来半月余矣。

廿七日（11 月 20 日）

早饭后，带班、范二书坐差筏子往镇江，因清晨下雨，路甚泥泞。至西门外文盛堂书铺装订，又前往多文堂，知此间书坊无足观览，仍回文盛堂，看其拆线。阅《宾谷都转集》一过方行。顺船到金山浴日堂性空上人处坐，从方丈处取东坡玉带来观，上有高庙四次南巡所题诗。乾隆廿余年间，毗卢阁被火，此带抢出而伤其后五块，上命补好。玉色旧极。性空言今年金、焦两山俱由山顶坠石，打碎禅堂，便因雨大，然实异事也。下山后往西去，看郭景纯墓碑，东向金山，题“晋赠弘农太守郭璞之墓”，万历三十三年河东□□州黄吉士立者。怪石嵚崎，直无路可上也。回船已申刻矣。买得膏药。

廿八日（11月21日）

自五更大雨后，遂大风不息。早饭后，仍欲作焦山拓《鹤》之行，毡椎纸墨均于昨夜备好，坐小船向马头，风浪骇人，止到大马头便上岸，踏泥步行数里，方至小马头。上茶楼，看江雨殊未止。雇定红船往焦山，那知上了红船，老榜说虑大风，实不能去，因在船中写字半幅。坐小轿，由抬湾一路归，尽是泥泞，又兼细雨。沿山路行，土人曰是银山也。三仆迟迟始步归。夜极冷。

廿九日（11月22日）

早，风大不息，冷甚矣。船门俱不敢开，船上树头桅，收拾许久始定。方裕到文盛堂取书，李淦自扬州回船，得丽白回信。抵暮，风乃少息。

卅日（11月23日）

早，不闻风声，急起披衣，即率仆辈坐筏子至大马头，雇红船往焦山拓《瘗鹤铭》，又非前七年所拓时面目，因十三年春被一俗僧挑剔，令清楚，遂与前此殊观也，然不等干即扑墨，尚有古润，若俟干再加墨，则少味矣。自辰至午，止拓得一分耳。夏间山颠坠石，将禅堂、经楼打碎，瓦砾木植满地皆是。到仰止轩，观椒山先生手札四通，阮仪征师送藏此山者。又定陶共王定，亦阮师送存卷册，俱敬题数行。又忠愍临《云麾》卷乃赝鼎耳，余故未题。又观周无专鼎、诸葛铜鼓及水晶朴两大件，是张芥帆河帅送来者。向东过自然庵，到石壁庵观张樗寮《金刚经》石刻，又吴琚《心经》石刻残字佳。至宋翻《鹤铭》，固不佳。近人重刻鲁公书《东方赞》尤谬也。六舟和尚在鹤铭原处得唐太和题名拓，黏庵壁，适裕鲁山前辈来，余暂避。因鲁山署督来查事，余不便晤，且有他官也。旋即去，余亦上船，从未末行至酉正，始抵大舟，逆水逆风难行也。王升早间不愿随去，因留视船而致坠舱底，伤其腰足，岂非数耶？

十一月

初一日（11月24日）

仍是西风，不得开船。上半天甚冷，晡后转南风，渐暖矣。着役送寄黄南坡太守信，从丹徒县（龚润森）处去。南坡属书《宝带桥记》，此时方交卷也。闻福建典试慧秋谷通政、路小洲编修两同年已到马头，作书往问并索得闱墨来，惜相距十里，不能过从也。

初二日（11 月 25 日）

大晴，为廿日所未有。西南风大，仍不得行。秋谷、小洲今日必早过江去矣。余去年由闽还，在此阻风三日始渡，何秋、小之幸也。未刻后，坐小筏子由小河西南行，即往龙潭之别路也。行至二十里铺，步至竹中，闻书声，有蒙师姓富，学生十余人，皆读《大学》《上论》者。旋至一小山，上种新松皆满，俱长不二丈耳，是即五洲山之麓。足力倦，不复登五洲而回。午后甚暖。

初三日（11 月 26 日）

晴暖，风仍不顺，不得行。午间，坐小船往金山江天寺，为正殿面西有夏桂洲、宋仪两大碑，和“大江东去”词者。殿后有王孟津“飞岩惊帱”四大字，巨方五尺。“帱”盖“涛”之误，甚不可解。由香橼□至江天阁，折至秀峰，为山尖，四望江帆上下，殊有远意。下至黄鹤楼，略见竹，有卖帖者，无佳本。下楼至玉带桥、朝阳洞，此径最幽异，为金山后面向东也。桥即东坡留带处矣。顺路东出，回廊倚水，进小门南折，又到浴日楼，因小阿弥引路者名明文，即性空之弟子也。出寺门西行，到行宫多□□方丈道华住东坡阁，未得见高宗诗刻。至远帆楼，极开拓，当年阅水师并看灯嬉处也。有园竹梧等，尚无恙，房屋多败损矣。闻船上锣声，知东南风起，赶紧回船，即刻开行。风虽不大，却甚安速。开行时申初后，至亥正过老河井而泊。

初四日（11月27日）

早风息，撑篙久之，抵新河口，距仪征县城尚有五里也。午初后阴，又西北风起，不能行矣。书联集《鹤铭》云："事词不朽，丹黄仙篆；亭石翔掩，江天岁华。"赠默深者。其金山联集坡句："人生安得如汝寿，江神见怪惊我顽。"焦山仰止轩联集《鹤铭》云："吾事未遂，上荡真宰；其词不朽，留表此山。"二联交丽白转送者。申刻后，周八兄（焕章）来，因留同饭，强欲令泊濂溪祠前，余未许也。

初五日（11月28日）

仍西北风，又阴矣。早坐小筏子东至老湖引，尽茅屋而江中盐船俱满，盖盐包上船处也。回复溯私盐沟而上，至捆盐洲看捆盐人，或打包，或过戥，或包小包，人多极。望仪征县城不可见，闻尚在东北二里许也。回船早饭后，周八兄来，并其二子（德立、德厚）来。德立嗜画，惜未见之。各索写影格一张去。天复雨，周兄既去，乃复偕颜五兄（叙堂）、萧五兄（济川）来上祭，并幛列名者八人，皆同府人也。周焕章仍同饭，雨住去。

初六日（11月29日）

风仍如故，殊闷闷也。午后，焕章来邀，同坐小筏往城里去，无可观玩。到旧察院街，□可想见当日喧哗也。南门小如瓮耳。仍回船，则德立持纸在船，即为书对并条幅，晚间着人送去。

初七日（11月30日）

早，东南风起，即行。焕章同其次子来送，即留同早饭。行十里，风息，遂泊。焕章父子别去。南岸一望，芦花无际，有钓钩船泊在前，即去年子愚所坐者。夜略有见。

初八日（12月1日）

早，仍不得行。巳刻，船户欲油其跨板，甫移舟向空阔处，忽顺风起，遂行。风不甚大而船行颇迅。过段腰口，南面即栖霞山也。酉刻入夹山，向南行，系江中有洲，洲内路也。盐船吃水深，仍走洲外。戌正抵下关泊。

初九日（12月2日）

大顺风，而文武汛差皆迟至午后方对来，风转大，不得行，可惜也。申正略小，遂开行。戌初至库当夹泊，已四十里矣。有雨，不甚大。

初十日（12月3日）

行四五里至双闸口泊，风忽转西南也。邓介槎船后来，同泊，彼此过谈，遂至暮。夜大月，风顺而不敢行。见粮船衔尾前去矣。三更风更大，幸同帮有四大船缆相连属也。

十一日（12月4日）

五鼓即开船，余亦披衣起矣。真正东风，船行甚速。午初风忽住，不能行，勉强拉纤至针鱼嘴西数里泊矣。对江采石矶，不能去也。酉正，大风起，各船俱行，余以风虽顺而太大，不准行，船户以江边不可靠，坚请行，廿里至太阳河泊，已是旁风，进口时甚费事也。夜大月，昨日介槎约一路同泊，不意今日遂相失。

十二日（12月5日）

风不顺且大，故不行。阴，至午后雨。早寒，得雨乃暖矣。问剃发人，知地属和州，距城十五里，有太阳河可至城下。

十三日（12月6日）

早，有小顺风，即行。风渐长，船亦渐快。过牛头河，想是牛渚之讹也。过东梁、西梁山，两山夹江如擘门，真有形势。西梁上庙树尤佳也。南折，又过四合山，山上亭甚大，周回皆见之，久乃别去。风息，曳纤行，距芜湖五六里而泊矣。夜月大。

十四日（12月7日）

早到芜湖泊。李复堂前辈（恩继）署道讨关后来送奠。晏心田世兄（淳）来祭，芜湖令也，言补此已二年。城内丰备仓乡绅捐建者，并无颗粒，而乡绅议论公事于此聚集，于官事颇多掣肘也。船家买米耽阁，因买酒四坛，并炭鸡千个。作第十三次家书，并寄孟慈书，均交樊又甫太守，由芜湖道署去。申初开船，而介槎先生船才进口，未过关也。顺风十里到澛港泊，尚早。戌刻风报不小。

十五日（12月8日）

阴，东北顺风，天明后开船，竟日未住。九十里至荻港。又六十里至铜陵泊，因孔馥园世兄（传藤）昨日着人在芜湖迎来也。今日风略大，小船难行，其人遂未赶归。亥刻，馥园来吊，话至子正始去。船左右皆饥民，船昨日到此，皆高、宝一带来者，男女一千三百余人。馥园现筹截令归去，且将头望四人叩在署中，令其押众行，尚不定明后日能去否也。今日所走路多是夹河，正江在西边。夜略有月，风未息。

十六日（12月9日）

早，巳初开行，因馥园说要来祭，乃未及来，而饥民船满左右，不能安泊，故行也。挂帆十余里，风息矣。又十里过杨山矶，石壁赤立，三四里上有线路，为纤夫而设者。又数里至大通镇泊。今日共行卅里耳。宋小墅前辈丁忧，梅生观察丈逝也。过船来话，知戴可亭相国去世矣。馥园着人来送奠仪，并马世兄（秀儒）一封，即手作复书去。

十七日（12月10日）

早闻邻船开行，船人□起，亦行，连开船锣也忘却。竟日顺风。夜又有月，遂行二百里，于亥正抵安庆泊。日间过那吒矶，石立江心，殊为峭异，惜有庙覆之耳。江边各庙僧于风浪中坐小船乞钱，掀簸可虑。

十八日（12月11日）

无风，不得行。步上坡，进西门，即八卦门直走，至四牌楼，寻书铺不得。折回，过司门口，仍出西门，左手转至钩而口，有书铺，然甚俭陋，无足观。回船早饭后，仍无风。又到大观亭，光景殊不如昔，有李海初联云："秋色满东南，笑赤壁以来，与客泛舟无此乐；江声流日夜，问青莲而后举杯邀月又何人"，殊有气概，不意其遽死也。邓石如石刻余忠宣墓二诗，篆法究非正派，未免恶习。夜月大。府县俱有人来探听，却无下文。自铜陵来无县署文书矣。

十九日（12月12日）

晨无风。早饭后，忽有风，遂行。风不大而帆力足，九十里至东流县泊，方暮也。泊次，见邻船天灯（又名三星灯）因烛化烧落，亦可惧也。

廿日（12 月 13 日）

子毅弟死一年矣。孪生弟兄，我为独生儿，忽忽一岁。昨夜梦得异石十二方，约长尺余，广七八寸，厚三寸余。持而摇之，闻水声在石中。子毅作篆题曰“浪石”。复见长鼍出于室中，家人围观，鼍直前噬庭中豕，余足踏而将杀之，哀呼求命，余遂醒，聊记于此。早起，无风，船不得行。步上坡，进东流县西门，直行过县门口及学宫前，有青云路在学宫旁，沿而上，则学后平山也。下山西行，仍出西门。又北行至菊红亭，有靖节先生像及纯阳阁、太白楼，地可瞰江而屋院逼窄，殊不疏爽。靖节祠有其裔孙廷琇联语曰：“义熙存甲子以还，巾惟漉酒，琴不张弦，余韵满空山，今日如逢怀葛；规矩溯高曾而上，庭尚横柯，篱犹绕菊，晚香因俎豆，此间即是柴桑。”颇佳也。

廿一日（12 月 14 日）

无风，不得行。下午，南风报颇大，晴暖如春。相遇之邓介楂、宋小墅船俱未到。

廿二日（12 月 15 日）

南风不息，仍不行。天甚暖，几不可裘矣。午后南风甚大，阻三日矣。

廿三日（12 月 16 日）

五更顺风起，即开船。余即披衣起，方将卯初也。四十余里到华阳镇。又五十里至小孤山。山势圆秀，寺宇层叠而上，惜不在此泊也。又五十里过彭泽县。又六十里过湖口。彭蠡水南来，八里江北汇，而舟行者为夹江，直由西去。三江之会，水大无涯。入夹后风更大，至十八号泊，船仍摇簸不定，前后皆铜船聚泊，然风势可悸。余坐至丑正就枕，仍不能眠。卯初仍起。天明，开船矣。

廿四日（12 月 17 日）

开船后风稍小。自湖口来，江面渐窄，眼界略平静矣。四十余里至九江泊，讨关未过。步上坡，至赵公桥，由大新门入至务本堂书铺，买得《柳集》及《四库简明目录》。旋入西门，寻庾楼，因在府署后，不得入，即由署右上城。至西门楼，见有崇祯十二年所铸守城炮，长约四尺。下楼出城，至书铺取书。由龙池古寺过烟水亭。有楼，上设陶靖节、白香山、李少室、周濂溪、王阳明五先生木主。（镜波楼有明崇祯年碑，被水啮损下半段）南亭槛尚有致，水名南门湖。身无一文，从龙池寺僧永高真修借钱四文，为过渡船之用。回船因风止，不得行。此间冬笋买二十六七文一斤矣。作第十四封家信，由九江关福观察寄京去。（早间舱板断损，李淦足踏板坠下，可惜也。）

廿五日（12 月 18 日）

早开船，风不甚大。又出江口，因昨夜来船挤滞，良久始得出。风渐转北，帆力弱矣，兼之拉纤。午正后始抵卢家嘴，三十里耳。遂泊，因此后向西北行，须东南风方好也。此小河向黄梅县去，先后泊船甚多。午间大雨，泊后更如注。雨息，风仍甚。

廿六日（12 月 19 日）

风昨夜竟夕未住，丑刻方眠，亦不寐也。辰刻开行，船浅于沙上，久始得去，而风仍大猛。又西北行，不宜北风，未廿里，泊叶家灶铺面下数家，不能躲风，多加缆而船仍抑扬，不得静。午间风大，时飞雪数点，亦其时矣。竟夕风不住，阴寒亦甚。丑刻方寝。

廿七日（12 月 20 日）

早，风少定，开船才数里，西南风大起，不可行。欲进汊河已不得，即下矛而泊。风冷甚，砚将冻矣。临晚移船拢岸，共系六缆方少静。

廿八日（12 月 21 日）

天明，风略定，即呼船人移船向前二里许，至铺前洲口泊。转南风，又西风。今日甚冷。

廿九日（12 月 22 日）

冬至节，风仍不顺，不得行，复泊一日。见岸上有移茅屋者，不一时，顶、壁、门、灶、柜之属皆移至，遂生小屋一座。冷比昨为轻，风不大也。昨应梦先公商定集名，前此无夜不梦，惜未按日记之。起甚早，并不觉日之短也。自镇江以来，有黄明府（维桐）□船，同行同泊，亦同乡人，而从未通问。闻船上人云彼舟中客不愿相见，故遂从罢。

卅日（12 月 23 日）

早闻开船即起，天未大明也。有顺风，至橙子镇，风忽回，遂回帆，棹至龙坪泊。午日甚暖。申正后，有风顺，复行。戌刻抵邬穴泊，得廿余里，比不走好。

十二月

初一日（12 月 24 日）

子正，大风起，船桅鸣动，急呼榜人起，则断不可复泊，因令扯一半叶帆行，船遂平稳。四十五里至田家镇，风略平，令少泊，仍不可眠。至天明行，风乃顺利之至，因东风极难得也。巳刻，抵蕲州泊，为封差也。江心钓鱼台因山作台，峙出江流，气势雄杰，惜未及往登。上坡，至禹王宫、阅江楼，有石壁尚峭削。沿街进西门，至父子侍郎牌坊而返，仍顺东南行。过道士洑，一段山势俱秀削。过黄石港，又过石灰窑，一路皆山也。出夹河，至巴河港内泊，闻此小河可至罗田□巴河，为故人陈秋舫之居，中状元而遂死，思之一慨。今日共行一百八十余里。早间过龙蟠矶，青松丹壁，回合映抱，甚佳。昨一夜未眠，今遂倦，早睡。

初二日（12 月 25 日）

早，仍有风，行过武昌县西，树木蒙密，回忆当年游寒溪寺也。共卅里到黄州府泊，无靠船处，偎岸系维。因须对武营护差，即步上坡，至赤壁坡公祠、二赋堂，并谒于清端公像。诗刻甚多，却少佳者，都是寺屋，不见山矣。可叹也。问竹楼，知今在南门内，不及往。开行，不数里，风遂止，曳纤行。又共卅里，至三江口外泊，船人争论泊处甚喧，可恶。上灯后，自步至三江口营房处看。

初三日（12 月 26 日）

无风，曳纤行，向北兼向东，又向北，渐向西北，共三十里至团风镇泊。此处最为周折者。巡检陶廷梅来见，年八十二，有曾孙二人矣。耳目尚佳，然老态可怕。今日复暖。此地出萝卜，二文一斤。

初四日（12 月 27 日）

天明许久始开船。东南风顺利，向北兼向东北，渐向西，至沙□泊小河中。此河入黄陂县去者。约共行有八十里矣。江夏令何渭珍差人接。

初五日（12 月 28 日）

孪儿生日，今止一耳，又衔恤，痛何如也。顺东风西南行，十五里过青山，山树丛蔚。又三十里至武昌暂泊。作第十五封家书，遣人送交伍实生中丞丈处。旋荷差人送十月十七家信来，发信日即子敬初度日，亦奇也。家中自母亲、伯母均安适，尚为曾孙作满月，聊足慰老怀耳。林廉访差接，申正过江，泊襄河口内，较为稳妥也。署汉阳令赵世兄（德辙）差接，夏干园前辈太守亦差探，然俱未来。船泊时，着人持锚缆到江中流测水，共深十丈零二尺，挑除斜势一丈余，约深九丈。江流愈往下愈深。昔闻人说武昌江深四五十丈，心窃疑之，若果然则九江以下当如何深耶。今亲测之，乃得其概也。此间夏水大极，比辛卯年止低一尺五寸，而此刻水落，则较常年为甚，约比常年嘉平月河面窄了四五丈矣。此处为周敬修制军审李太守入情实事，有钦差麟梅谷、吴瀹斋两侍郎来讯结。闻太守得活，则制军当得失入处分。又闻其郎君为他事下狱。制军有威武而过于严断，昔作漕帅，约束水手极得名，于地方则非所优也。若因此斥退，才具亦正可惜。

初六日（12 月 29 日）

早，因船户有事，不得即行，止好且泊。榦园前辈来谭，知夷尚未退出定海，真不得安帖矣。干园请入署，余因从未入人公署，兼此间杂聒，不敢片刻离船，因辞之。旋着李元送程仪来。孙方伯着人送奠。何江夏送水礼，收二色。陈东平司马（坡）来奠。昔为我州牧，甚有名，不见七八年矣。闻在此官声亦甚佳也。因言及少穆丈于被议后仍上一折，论夷事，极恺切，当索其底也。署令赵世兄差人送祭幛。买冬笋，十六文一斤；黄牙白，四文一斤；油鱼，三百六，比扬州贵四十文；墨鱼，一百八十文。

初七日（12 月 30 日）

早，顺风开行，向西南直去矣。卅里至串口。又卅里金口。又四十五里东江脑泊。将泊之一二里，向北行，逆风拉纤甚费力。船户胡光明未上船，各水手佳者亦多散去。老榜之不得力如此。三更，光明回。

初八日（12 月 31 日）

雇短纤曳行。此间有北行十余里，所谓望也。出望后，顺风行，约卅里余至牌洲。走夹河内，沙滩水浅，不足四尺，而船亦彀过，然榜人甚当心，不如走正江为妥，但稍远耳。至上牌洲泊。赵静山世兄（德辙）差人送奠，因作书复，并致书陈东平司马。二更小雨。

初九日（1841年1月1日）

早向东行，带北风，十余里仍顺风，九十里过嘉鱼。上夹口，候对差人不至。酉初复行。十余里至龙口泊，江面不狭而沙滩浅处颇多，非从前江势矣。竟日阴。

初十日（1月2日）

大风，船户说不好走，遂未开船。午间雨冻珠旋，下米头雪。至夜，风仍不息。坐至丑刻方眠，仍不寐。

十一日（1月3日）

风少和，雪已住。开行，过六矶口、祭风台，恨不得上去，共行六十五里，至新堤泊。上坡，到闸边看水，系由内小河出江，恐其驶而渴也。既为之闸，复树石以拦其前水，遂涌起六七尺如银花然，内河可往樊城矣。对差人到来，因趱至前路，复折回也。新堤建一楼颇大，未成而止，上已挂扁，云“东跨黄鹤，西控岳阳”，其言夸矣。

十二日（1月4日）

早，大晴见日，而甚冷，然墨尚未冻也。顺风西南行，四十里至罗山。又廿里至白鹿矶。矶石三四棱，出江面，好在无庙盖之。又卅里至荆河口，水势颇大。又廿里至岳州西门，岳阳楼下泊。因南星涧水涸，不可泊也。着人告汪宅，老七、老八来船，知老二、老满俱往柳城任去，蔼卿丈到广东翁源任，九日而殁，官途可叹。去冬十一月殁，今年已回矣。两兄在此同晚饭。吴瀹斋少农丈差人送奠，闻暂护湖广督印，周敬修制军已褫职，裕余山中丞升湖督。夜，有参将率守备等四人来行礼。

十三日（1月5日）

因船户会吃、答价，住一天。半阴，作寒。巴陵县吕（裕安）来拜，旋送路菜。闻吴瀹斋丈已放湖南巡抚矣。有汪三丈（高士）之子老九来，与□姻翁为亲兄弟之子也。申刻上坡，谢参将、大令步。到汪家，看其大哥、群儿共二十余人。又老二于前日得孙，姻丈为见曾孙矣。出城，上岳阳楼，新修，颇好，惟最高楼为老道茶所，殊不爽雅，真可厌也。仙梅亭、望湖楼俱新修。出城，回候吴中丞、易比部、九兄，俱不求会。回船，则汪氏七、八两弟来上祭，仍同饭而别。

十四日（1月6日）

船户事未清，风又转西南，止好又住矣。有汪府之戚李明试（绩堂，四）来祭。与芝房丈亲家，即四门亲也。谈及临湘地师陈全德专讲峦头，人亦朴雅，且留意焉。汪老七来送路菜。午间奇冷。上灯后，王平舫广文来，云及益阳周姓地理尚佳，胡云阁丈所信也，而忘其名。

十五日（1月7日）

南风，不得行。天晴转暖。早晨，上坡至河街文德堂、三让堂两书铺。三让无可观，文德堂颇有几本书。买得《梅氏丛书》一部，一千八百钱耳。下午，复步至宝塔前，沿岸归。沙石上碎螺蚬枯者极多，皆长水时所积孕者也。夜大月。

十六日（1月8日）

南风虽不大，仍不得行。钦使船仍回至南门前，由陆路去。午饭后，夔守廖鹿柴来奠，亦丁艰归粤。知陈卓堂于前月廿四日始接任也。鹿柴前在水曹，为老人所最赏识，朴实任事人也。言及白盐、赤甲、瞿塘、滟滪之胜。滟滪堆石高数十丈，山脚系三足支水中者，果奇也。复过船回奠，适杨诚村军门船北去，闻升陕甘督，不审确否，若果尔，则又踵忠武后矣。

十七日（1月9日）

西南风，不得行。甚晴暖。船前木渐拆尽矣。午后，汪老七来（勋伯）谈，求挂屏。夜月，不甚清。

十八日（1月10日）

早有东风，少顷，即转东南风，各船俱开动，我未敢行也。竟日暖。老七、老八来索字，留同饭而去。

十九日（1月11日）

寅正后，乘残月，顺风开船。披衣起看，有烟雾，不见君山，湖水落甚，尽成河形，无不见岸处，向来未遇也。行百五十里至白鱼岐泊，上有石塔七层，在龙王庙旁。庙中无僧道，嘉庆十八年新修，又丙戌重修，有新碑记七八坐，不及遍观矣。晨起冒风，下午不甚适，戌刻即睡。闻雨声风势少歇。

廿日（1月12日）

天明行，过云田□、芦陵塘，有河，西南往益阳，通常德路，此为湖口，今则□入河流矣。东南行至浅滩，上不得过。曳纤扯锚，约二时方过，已申正矣。过湘阴县，至扁担峡口泊。停滩时，彭十八（申甫）同年北上搭铁船，搬滩不得行，过来一话，托送口信与府围后义顺烟袋铺。岳州葬事，棺底不漆，土不筑，而两旁及前后砌砖为郭。彭十八兄说以樟树叶泡水做三合土，比糯米尤坚实。

廿一日（1月13日）

天明开船，甚顺利。入三十六湾，水窄而多浅，又不能走，风殊为费力。过湾河口后略好。至清水望，又欹侧而行。拦江沙浅多处，俱在乔口以南，为从来所未见，从前但知乔口有浅耳。江山之势，日有变迁，况人事乎。酉初后，抵大西门泊，风雨更大矣。着人付信与刘穉泉明府、唐应云二兄。穉泉着役来，又着仆来照应。风雨仍大，终夜摇兀，不敢安寝。

廿二日（1 月 14 日）

早到铁佛寺看屋，嫌其潮暗，未定而归。早饭后，到洪恩寺，定得南屋，甚开敞，先定金刚院遂不用矣。唐应云来看，并着人送到家信。晚间，熊河亭、刘穉泉来。又李梅生来，询悉一切。复得家书。张振之学使上船。吕丽堂署道过来拜，适余再到洪恩寺去，故未得面。

廿三日（1 月 15 日）

早差人告知各衙门于廿四日厝殡也。裕余山制军行，差人道念。熊大兄来早饭。张辅垣世叔来即去，因同河亭到洪恩寺审视，即留李淦去彼督其收拾。张第蓉来，未得晤。张见臣之弟老八来。先是，得吾二兄来，旋知是今日生日也。晚间熊世兄启咏来，日间旧仆杨太、张捷来。夜半大风雨，甚忧虑，恐明日如此也。

廿四日（1 月 16 日）

五更时风定星出，天大晴朗。船中收拾，一早全清。候执事人等，至巳初始奉先公柩及毅弟柩行。进大西门，出南门，到洪恩寺，约有八九里。晴后路便好行，兼且无风，吾父有灵如此，何不多享寿几年，且慰且痛也。午初安灵，得吾、辅垣诸先生咸集，张学使来，孙司马来。行李起坡，至晚方齐，因人客未断也。今日小年矣，怆极怆极。刘雨耕来，痛悉七姨姊于前月病逝，此番竟不得一面。内子亲姊妹二人，今遂独矣。如何如何。夜仍不安寝。半夜大雨如注。

廿五日（1月17日）

仍阴雨不开，昨日真大幸也。抚、藩、臬、道公祭，于未刻行礼。吕丽堂太守又独祭。客来络绎，至暮乃罢。书物收拾将清矣。

廿六日（1月18日）

竟日雨不住，好在风不甚入屋耳。杨韫山师来，道貌胜前，官声极古，政教也罢了，止累重不知如何办法。作十六次家书，送至中丞处。

廿七日（1月19日）

冒雨入城，各处谢步。得吾房屋更新矣。晤雨耕、第容、韵楼、李年伯母、西台及沈栗翁、应云，共廿八处。归寺，已暮矣。稺泉明府来，季眉兄弟来，俱未晤。

廿八日（1月20日）

雨连日，夜不停声。昨夜大雷，亦奇事也。今日大寒节矣。张紫垣世叔来。胡雪门、叶桐卿来上祭。恒太守来上祭。

廿九日（1月21日）

早行，雨少住。轿夫走醴陵坡，甚窄滑。归浏阳门大路，三十里至兰陵渡河，此河北流至北门外五里归湘者也。又八里至麻坛，又五里至指路碑处，问蚌塘，遇黄姓孩童，引向伯父坟。周九佃夫来导，坟前一恸，遂隔音尘者五年矣。坐南向北，山势尚好，惟面前塘水似不甚顺眼，明年再来看也。天色不早，即行。踏泥买烛，约头鼓后赶至兰陵万家店住。屋黑如漆，被褥可想。与舆夫烧柴烘衣，吃甜酒数杯。就寝，略得睡便醒，而舆夫坚卧，至天大明始起也。

卅日（1月22日）

天大明行，雨变为雪矣，比昨殊冷。三十里至浏阳门，由城内行。午刻回寺，黄泥粥中过了一天半，却未害冷，可幸也。张振之、刘稺泉、叶桐卿诸君尚纷纷馈岁，慰我怆寂，亦可感也。由直隶、山东带回梨、柿、枣、楂各食物今日分送张太师母、李姻伯母、张得吾、张第蓉、刘禹耕、唐应云、杨韫山师、熊河亭、刘二十婶各处。昨日铺地板。作十七次家书，夜雨未住。

道光廿一年

正月

元旦（1841年1月23日）

天阴，雨。一日无客，悲寂自叹，仍照京中年事作水饽饽上供。

初二日（1月24日）

有拜年客矣。桐卿、季眉俱来。

初三日（1月25日）

客来多，竟日少暇。午后欲晴。李梅生在此晚饭。

初四日（1月26日）

早，步行至城南书院，回憩颍流亭。天雾解而日出，遂大晴。

初五日（1月27日）

早复阴，且有雪矣。早步至江边，水清浅甚。杨韫山师来。胡湘琳来，索先公诗墨，将刻入楚碑中也。闻常德兵将到，顿宿于颍流亭次，即在寺门前。问中丞要妥弁来弹压，差蓝朝栋来。夜，作寄道州书，报回籍日期也。南店尾及芷庭银信都交去，脚子姓彭，辜铺所说。作书致署道州薛文超，浙江人。

初六日（1月28日）

脚子来，领信去即行，来回说明七千文。第十七次京信仍取回，闻除折差外，无可寄信处也。河亭来早饭。

初七日（1月29日）

早大晴，见日。昨夜本见月也。作书与何积之，邀其来。脚子姓刘，杨太所觅。杨世叔（家楷，号模山）同两世兄来（又恂、又懿）。张六叔同蕃官来，张老四来，告困，少有所照。唐应云许惠兰花二盆，何日去取，旋即付来，并玻黎二块，是明日矣。青皮秋梨七百余枚，止百五十枚差好耳，仍不送讹友。

初八日（1月30日）

暖，遂阴。客来五六次，遂竟日少闲。夜雪，蔗农丈来，蒋奇男之世兄亦来。

初九日（1月31日）

雪不住，至夜仍落。今日无一客来，寺中亦无游人，雪太大也。因□午庄同年明日北行，破例往回拜。踏雪持伞，身上甚暖。便到文光堂书铺，殊无善本书，仍冒雪归。本意过元宵方谢步也。夜雪大。

初十日（2月1日）

大雪未住，计当深一尺许矣。南方雪易化，存地上者四寸耳。午初雪住，令仆辈掬置火上化成水，各得两坛，为早茗之需。屋后竹有被雪压倒者。今日无一客来，甚静。

十一日（2月2日）

昨夜见微月，而今乃无日出，然雪不下矣。有风，颇冷，但不冻墨，比北方总暖也。王司马（宾）来奠，由湖北告病归。

十二日（2月3日）

内子生日，不能不痛七姨姊也。竟日阴寒，无客至。夜微见月，下半夜暖。

十三日（2月4日）

大晴，日色极明，雪化雨声，山寺如注，亦奇境也。李载庵来，共食面，为谈地学，殊爽直可人也。先公行述欲另刻一板，昨夜校清一本，今日付陈如崧去。月夜，本寺有龙灯出去。夜暖。

十四日（2月5日）

天阴，尚未雨，雪融亦未毕也。夜小雨，复微见月。

十五日（2月6日）

竟日阴，有小雨。龙灯至半夜尚有来者。陶子立处看坟人许姓来叩，在新开铺，亦系耍龙灯来。未到寺中，我不管他，遂罢。

十六日（2月7日）

早饭后，进城谢步。得吾、应云、杨老师、河亭、临川处俱少坐，余则投片而已。归已暮。夜仍阴而暖。

十七日（2月8日）

总作十七次家书未毕，又得嘉平十九日京信，出江后信俱未到京，可怪也。信由杨临川四兄交折差，内有伊寄银信一节。粤东夷匪警报日闻。永州尚仁庵太守来，言彼中三炮台已失其二，现有钦差奕山及隆云章尚书、杨诚□通侯为参赞前往，而林丈尚未见起用，是彼夷所最畏慑者，奈何奈何。今日阴。

十八日（2月9日）

早饭后，杨老师、张第容来，师笙陔又郭粹庵、张赤山同年来。即出门，进城各处谢步，到北门外文昌阁姨姊灵前一奠，可痛也。进北门各处谢步。至禹耕处少坐，仍归，又暮矣。今日大晴。

十九日（2月10日）

早微阴，竟日时阴时晴，殆难晴准也。午间，诸客沓至，沈栗丈来，携开成井阑拓本去。李老九家亮（号半农），莘农四姻叔之子来，照应姻母汪恭人柩也。因言张恭人坟柩久知朽烂，当谋重敛。然则老毅前配之棺必类是矣，可痛可痛，宜急易敛方妥也。曹福明日回贵州，因作书致双圃丈。

廿日（2月11日）

大晴。得吾来奠，因留饭，食面。

廿一日（2月12日）

饭后，李载安来，少许，河亭至，张辅垣、紫垣世叔来奠。余星堂丈来奠。河亭、紫垣、辅垣及蕃侄、荻舲同饭。饭后，与河亭同步至后山而别。

廿二日（2月13日）

早起，与紫翁同渡河，至坦子平，西南行至李家山，又南行至灵泉寺而反。

廿三日（2月14日）

脚子由道州回，得鲁泉七叔回书并薛州尊书，知回籍呈子已递，系写正月廿八日到籍。早饭后，到应云处，复各处谢客。余星堂丈说有张书田先生（再彝）之子地学专恃目力，而不多看书，想是有天分者。阴，薄雨，微雨。

廿四日（2月15日）

大晴，寺中有亡僧，付荼毗会者数十人，可叹也。熊韵楼来奠，即作书约鲁泉叔于三月间来省，信交韵楼去。柳七星之子（堃）来。刘稺泉送席，不可解，然不能却，尽可惜耳，却本不佳。

廿五日（2月16日）

五更即起，舆夫天大明始来。到蚌塘看墓，龙脉不见真切也。复到老虎坡看生基，未得其后龙过峡处。雨来，遂行。到兰陵搭得于姓倒扒船（一百七十文）。三十里至怀夕渡，已定更后矣。上岸，五里至小马门，闻放二炮，由城外绕南而归。幸雨时止时作，故赶回耳。

廿六日（2 月 17 日）

到应云处，即各处谢步去。到得吾处、次原处。天妃宫手植芭蕉尚好，惟补绿轩扁甚污黑矣。遇出兵，甚威武。

廿七日（2 月 18 日）

发第十八次家信，因李乘时信行有银脚子去也。（何积之回信到。）下午得家中人日书，大都言夷决裂事耳。熊河亭来早饭，复来宿。

廿八日（2 月 19 日）

与河亭过河去，到云界湖湾看子谦兄坟也。戊戌秋一别，遂此一抔土，可痛可痛。饮乡里酒一盏，头疼，急归，半夜始愈。河亭即住彼矣。

廿九日（2 月 20 日）

步至应云处，因其初头往江西去也。旋至栗仲丈处借《经典释文》。与谢蓉裳谈地学，约初八日同看山也。归寺后，应云来上祭，载庵亦同来，旋别去。张文裳来作别，将往粤东，家中窘甚，约过节时送钱去。新任善化令沈君（洽）来祭。夜大风雨。

二月

初一日（2月21日）

大风少住而雨脚不停。孙仲乔（颐臣）来。

初二日（2月22日）

雨且雪，甚冷。李西台、季眉及眉生来上祭，因留晚饭。

初三日（2月23日）

荫云行，往送，未值。归寺，来别。载庵送至跳马涧，说明日方回。余进城谢客，暮归。熊河亭来宿。觐觐今日出嫁矣。(得十三日家书。)

初四日（2月24日）

早，张紫垣丈来。早饭后，与河亭三人步，从山后看黄土岭陈家坟园，余、贺各坟园。到马云庄花园内少坐，饮白沙井水，旋同至社坛街而别。李半农在此，与商前二娣柩事，约一日内有回信来。

初五日（2 月 25 日）

初六日（2 月 26 日）

大阴雨。早饭后往金盆岭杨家回拜，留款半日而别。禹村、铁心学书之意甚勤也。走省龙正干都向东去矣。雨竟夜。

初七日（2 月 27 日）

载庵昨晚来宿，谈至半夜，今日出地学书，对雨看之。张学使来作别。

初八日（2 月 28 日）

早雨住，与载庵即行，由朱张渡过河。新到川兵，兵船沿岸如鲫也。午间到小冲，又到大冲，回到李家，吃饭后，绕出谷山后，望见尖山。到谭家山看地。至载庵家中住。

初九日（3 月 1 日）

早饭后到香草堂。过尖山脚，又到郭师桥午饭。回头至延寿庵后，再看前日所看之地。雨来急行，由中渡过河，风甚大，可怕。回寺已上灯矣。竟夜雨。

初十日（3 月 2 日）

雨不住竟日。作第十九次家书，交抚署。（说明日有折差行。）

十一日（3 月 3 日）

雨如昨日。两日与载庵谈地学书，无一客来，惟欲看山去未能也。

十二日（3 月 4 日）

雨未住，午后方歇，而风甚大。进城谢步，归。夜略有月。

十三日（3 月 5 日）

早薄阴，旋见日。早饭后，与载庵同过河上尖山，山路陡而尚可行。石曜奇崛，山顶平如一席，坐谈久之，方下。到载庵家。饭后看香草堂水口，罗星师象甚佳。

十四日（3 月 6 日）

雨，不能上谷山去。门对尖山，时忽不见。午后，到高椅坡略一看，回至乾八山，小憩归。

十五日（3 月 7 日）

雨不住，到高椅坡后过峡处细看，至戴公祠，又过龙姓家午饭。连日宿李家，载庵呼其子出见。出题课之。

十六日（3月8日）

雨小住而阴云不开，止好回去。同载庵回寺。

十七日（3月9日）

早进城，至唐家，过登隆街。又至西长街，寻七星未遇。过第蓉处，留吃点心。至得吾处，未遇。归。

十八日（3月10日）

早，载庵来，即过河归去。竟日雨不住，且甚冷，令人缩栗。时过惊蛰，忽春寒若此，意者天之刨割夷乎？体中受寒，不甚适。左胁作痛。

十九日（3月11日）

竟日风雨，冷如昨日。

廿日（3月12日）

风雨比昨少差，而亦时止时落。寺门望隔江山却无云雾掩覆，举头则满天云雨也。或者明日可晴乎？

廿一日（3月13日）

雨略住，过河去而雨复来。宿载庵家。

廿二日（3 月 14 日）

竟日大雨，未尝出去半步。李龙同晚饭。

廿三日（3 月 15 日）

早饭后，同到高椅坡一看，殊觉有疵。午后雪珠迸下，傍晚雪大，遂竟夜，甚冷。

廿四日（3 月 16 日）

雪住，略见日而旋阴，因即回寺住，久亦无益也。申初到寺。雨竟夜极大。郑辛田给谏来。

廿五日（3 月 17 日）

入城谢步，季眉、得吾处谈久之，雨仍不绝。闻粤东消息不佳，关提台、祥镇台俱死于王事，虎门已失去矣。第二十次家书交杨四兄，折差说廿七方行。

廿六日（3 月 18 日）

雨大，寒略减。杨蕴山师来索作书与李花潭，时已补应山令也。师已改教，无归资，嘱其佽助。熊大兄来晚饭，言及左姓外科甚好，住樊西巷。

廿七日（3 月 19 日）

竟日阴而未雨，或者可望晴乎。上半日极冷，下午略好些。柳世兄来，约同至胡百顺木行。与地师吴文彬谈，自改祖坟三穴，止一穴有骨四根，余二穴皆泥一堆，可惨也。杨临川送回第廿次家信。折差未必到京，故不带信去，其实因杨四兄托寄银两而却回，可叹也。家信之难达如此。

廿八日（3 月 20 日）

竟日未雨，午间略见日色，亦不算晴，而寒气顿减矣。问蒋维扬要书单。维扬名环，以一穷秀才从前刻《国史 · 功臣》《名臣》《贰臣传》等书，以利学者也。复往江南载书而归，多长沙书坊中所无，固是豪士。

廿九日（3 月 21 日）

雨复竟日不住。自昨日来河水大长，船都泊入菜园内，低坟多在水中矣。今日是李家起土日子。

卅日（3 月 22 日）

仍雨竟日。夜忽见星，且甚暖。

三月

初一日（3月23日）

无雨，亦不见日。着人至竹子冲者说瓦店铺一带长大水，须渡船方可过矣。

初二日（3月24日）

早，着王德到麻林桥李老九处，因前娣氏重改殡事也。早饭后，到荫云处，一话即归。竟日未雨。

初三日（3月25日）

雨竟日，却不似前此之寒矣。李载庵抵暮来。陈如嵩刻先公行述，今始刻竣，迟延可叹也。

初四日（3月26日）

荫云来早饭，即同到荫云处，有所待，竟日未得成。明日是其母寿日，人客如织，花园中枯坐大半天而归。王德自李家归，得半农回书，知娣氏改殡，棺底坏而其中无损，止易被褥而已，殊可慰。

初五日（3月27日）

早饭后欲往松树嘴去，适雨小住也。坐兜行，出北门，至陈家渡过河，雨大来，风极冷，仍渡河回，出城十里矣。入北门，至紫垣丈处，看刘雨耕，方病足，小愈矣。早间访蒋维扬，谈少顷而别。

初六日（3月28日）

起稍迟，昨夜不眠也。早饭后入城，到师笙陔处、唐应云处、李季眉处。回到天心阁看省龙，到浏阳门开幛而入也。到沈栗丈处。出城看熊雨胪，归寺已暮。家中绍濂弟及士林侄同来看，问家中光景，怆慰兼之。载庵夜来宿。

初七日（3月29日）

载庵一早到杨家山去。四弟、大侄饭后往城中。张老四来索助，因初十须上馆，无铺盖也。今日始闻四弟说鲁泉叔于二月十一日去世，闻之惨痛。家庭多故，仗吾叔支持一切，自三叔、十叔于去年逝，四伯父亦于今年二月逝，凶信叠闻，复有七叔之事，从此诸父行仅一二人矣。闻广东杨侯以奇兵制胜，英事将定乎？

初八日（3月30日）

阴雨竟日。两弟侄做起讲二，俱有秀气，殊慰望也。陈屏南来，少坐。

初九日（3 月 31 日）

雨甚大而略住。早饭后进城，得吾处少坐。看从前住处，俱有仓装谷，殊为惋叹。第蓉处吊慰，见其尊人。杨临川辜铺，到临云阁书坊、三让堂书房买书未就。到应云处，未值，即归。载庵来晚饭，出城时遇大雨，街上水骤溢。得二月十六家书。子敬言嫁女之凄凉，闻之惨淡。琦相查抄锁拿，大快人心。又闻杨果勇侯于十七日出三路奇兵，大获全胜，竟已有歼旃之势。国家太平之福方长矣。

初十日（4 月 1 日）

雨竟日，甚冷，人人思烤火。载安来宿。

十一日（4 月 2 日）

天晴见日。自初四以来，将四十日不见日矣。然又时阴时阳，但不雨耳。熊河亭来饭。先是，李枚生来，因与同到寿田丈墓所，顺步至对面太乙寺而回。

十二日（4 月 3 日）

早起，同弟侄往谒蚌唐伯父墓，路泥泞甚，不好走。登穴上却看得明白。回到兰陵吃饭，雇乌江子船，由淮西渡上坡，入小乌门，出南门，归寺二鼓矣。幸一日时见日，途中飘雨数次，尚不至沾湿。暮后略有月，故未免灯烛。

十三日（4月4日）

复阴，又将雨矣。早饭后，步入城，路遇陈屏南，谈久之。过应云处，遇苏州马姓者持鲁公《竹山联句》墨迹来，可想见之。到李家，与西台谈。到三让、令德两书坊，归寺，天甚黑，对河山尽为云掩尽矣。夜大雨。

十四日（4月5日）

清明节。吾父之逝，遂再阅清明矣。痛切痛切。早饭后，谭同年来，邀往城南书院后山。高峰寺看地形，甚开敞。小雨时止时作。归，周姓说有苏帖，过几日送阅。今日忽患胯下痛。

十五日（4月6日）

胯痛殊剧，士林侄为开方服药，用丁香、炮姜等，亦无效也。

十六日（4月7日）

痛如昨，李景春、丁植两茂才来。早饭后，用麦麸拌醋包熨较减痛矣。刘稚泉来，留食面饭而去。夜大雨达晓，有雷。

十七日（4月8日）

早雨，饭后忽晴，有日色。弟侄归去，寄归行述二百本，祭挽文八十本，寄蓬仙叔信一封，付回柿饼廿斤、梨六十个、枣十斤、阿胶各一斤，其三里红坏尽矣。午后进城，得吾不在家，闻弹压难民去。到维扬处取《名臣传》一部归（三千六百）。接得河西信。复入城，到荫云处，适得吾、霁南、唐三俱在。三君去后，甫数语而季眉来。余归寺值大雨，将起更矣。维扬说用烧酒糟炒敷腰胯，果然好方。闻粤事甚险，省城盖被围矣。

十八日（4月9日）

大晴，为两月来第一次。痛腰略好些。午饭后出北门，十里至陈家渡，又十里至高岭，看枞树嘴生基，尚清秀，但不厚大耳。丈尺内被蔡家葬却一坟，因无人经管也，并界石全毁去矣，可恶可恶。饭铺前看尹家坟，乃小富地，无秀气。饭时有人持舒家滩地图见示，不见佳妙。归沿大河入北门，到荷亭处，归寺戌初矣。

十九日（4月10日）

早起，先到小西门看晏筠唐，即过河到小冲。由右手过山，到青石沟看张大兄，登山看其葬母地，留午饭。由大路归，便路看龙王岭杨家所买茔地。归寺，又往苏家巷商议，二鼓始出城晚饭。竟日大晴。晚阴，夜雷，雨复竟夜。

廿日（4月11日）

雨未住，筠唐来，遇雨久谈。同到浏阳门外，过峨眉小饮，到蒋家段看地。雨大，不得下田，遂归。中途雷雨风大极，而兜子不可住，浑身透湿。至南门街饭店略歇足，仍冒大雨归寺，急换衣，风雨遂竟夜。筠唐自入城去矣。

廿一日（4月12日）

早，载庵来，知山事有成矣。同饭后，进城，到得吾处，文光堂催书。出浏阳门，至杨家山。午饭田父蒋姓。回到苗家湾，走白沙井一路归。得研孙书。

廿二日（4月13日）

天明即起，与载庵同行，至龙王市始遇荫云，同到谭山下。下山，到李家庄屋食鸡蛋。归过霁南处。唐宅遇西台，知粤中消息果好。

廿三日（4月14日）

早，看陈尧农，子敬寄到书二包。晏三兄来，共早饭。有地师胡椿林，系杨老师所荐，忽自来拜，自称精于地学，负书十一大本，皆手钞者。单宗蒋氏三元，余不敢信也。又自言年将九十，恐未必，老态殊可怕耳。与筠唐到栗丈处，遇毛青园共谈。天黑欲雨，各散，归而复晴。作廿次之三家信，交抚署。

今日因托稚泉饬差护山，着人探候，至晚方得。

廿四日（4月15日）

早，过河到李家庄屋。吃饭后，上山周视，有未释然者，复到老载处邀同上山一看，事定矣。

廿五日（4月16日）

早饭后，仍到山上一看，即由尖山下，复看一地，颇有致。

归寺时，季眉同两友来看帖。闻谭家早间有人来，前事似有摇动。

廿六日（4月17日）

闻山中人哓哓，不知其族人如何隔阂。凡事有定，只好别作打算矣。老在午后来，亦将束手。我寻荫云，未值而归。写对联数十付。阴雨。

廿七日（4月18日）

小雨不晴。早饭后，独至蒋家段王家庄屋看地，不见束气处，未可据也。

廿八日（4月19日）

过荫云处，即过河北行，看地两处，均不惬意，到小冲吃午饭，归。出门时遇德和等，甚多事。今日复患腰疼。

廿九日（4月20日）

腰痛甚，未出门。坦丈来，亦不得侍，可怅也。紫垣叔来晚饭。雨复落，遂竟夜。

闰三月

初一日（4月21日）

早饭后，河亭来，共晚饭而去。李梅生来，知其初三日往县应试也。昨服药，晚间发风团，遍身奇蛘。今日大晴。载庵二鼓来。

初二日（4月22日）

晴。午后复阴，然不雨也。师笙陔来，约看山，答腰痛风蛘未愈，不能定期。辅垣丈来，同吃点心而去。丁净吾来，问知昨日来，言唐倬伊祖竹心先生曾作永州教官也。

初三日（4月23日）

大雨竟日。腰仍未全愈。曾六来。

初四日（4月24日）

晨雨忽晴，遂见日。至暮，王实堂（汝诚）自广东解差来，知彼中仍以和为主。和者，通商也。夷不能陆居而我师不能水战，岂陆则我胜，在水则彼强？相持多日，迄未正战，而我兵将被炮死者已数千人，将就了局，亦属无奈也。

初五日（4月25日）

雨甚大，竟日不住点。晏筠唐来，将暮方去。大风奇雨竟夜，后山大树有失根者，可悸之至。

初六日（4月26日）

早闻昨晚河中坏船极多，损失舟中人知数者六十余，真是怪风。今仍不息也。午间，胡湘琳来，致陶世兄书，求书文毅公入祀贤良祠碑。雨少住，即入城，回谢数客。荫云、实堂俱晤。到府学宫周视，得吾、霁南俱在，吃点心归。今日冷甚，仍穿大毛褂矣。风夜息。

初七日（4月27日）

阴寒有雨，难过得狠。王实堂来作别。今日看书坐久未动，腰胯不如昨日。河水大长，船近寺门，不得下乡，徒深焦急。

初八日（4月28日）

阴寒如昨，大裘亦不甚暖也。国老师着人来别，即作第廿二次家书付去。早饭后到船送行，即过河，河水极大，又唐家湖水亦大，须过渡，到瓦店铺，一路雨不住点，将昏黑始至竹子冲宿。

初九日（4月29日）

早饭后，同载庵往凤头坡看地。归，午饭后，上谷山螺蛳就，真大观也。是日晴竟日，山间琢石声出于山胁。螺蛳就者，谷山之中根上平宽而枝脚由南、东、北三面去。

初十日（4月30日）

早到九子冲看地，即由尖山发脉者也。早饭后归，河水更大，甚难过。到家，得三月十七家书，知孙孙于十五日出天花夭殁，可伤也。河亭来宿。

十一日（5月1日）

大晴，甚热。唐荫云来话。胡老四来。体中疲倦甚。

十二日（5月2日）

晴热。胡湘琳来，为陶文毅书碑事。

十三日（5月3日）

阴而尚未雨。筠唐来话。得载庵买地信，甚慰。

十四日（5月4日）

雨而凉。入城，过书院晤贺柘农，又到荫云处、杨老师处。到太平街苏州会馆对门石头铺，买得谷山石研归。得芰亭书。沈栗翁说生香馆砖。

十五日（5月5日）

晨风，大雨竟日。着人至尖山问信。陈姓刻字两兄弟来，住清泰街文会堂。作第廿三次家书，交郑莘田给谏去。

十六日（5月6日）

大雨竟日，冷，仍棉袍、棉马褂矣。杨福田约看地，且荐地师吴姓。申初，雨少住，遂往金盆岭一行，即归，尚未暮也。雨仍不住，风亦大。

十七日（5月7日）

冒雨晤筠唐，即过河，至尖山下宿。

十八日（5月8日）

到尖山左右看地，凡六七处，俱不甚惬意。自得一女开九子之梦，即注意于九子冲。又前日所看风头坡地，复以朝北而疑之，既而解曰：风头者，一女也；开九子者，仍当以九子冲为主也。

十九日（5月9日）

雨竟日，地事未成。夜复得梦，已得地而图上无穴，疑未得穴也。语载庵，亦遂疑之。

廿日（5月10日）

载庵从九子冲归，果然说前穴非是，向前乃得地。雨未住。

廿一日（5月11日）

雨未住。载庵往郑家，说山事有成矣。予连日为课其次子，苦闷。急读《国语》《小雅》。

廿二日（5月12日）

早到郑家屋后看所说地，果然平妥有秀气。其子毅葬处即在竹子冲向尖山一穴，亦尚放心然。早饭后归，到岳麓书院，谒坦斋丈，年七十七，甚健，有曾孙六人矣。留午饭。过河归寺。廖家表弟斐秀、松秀于廿日来看。(四次信)

廿三日（5月13日）

往金盆岭，杨氏兄弟约看新买山场，颇有幽致。回寺后，仍入城，到蒋奇男、李莘翁钓楼馆、唐荫云处而归。

廿四日（5 月 14 日）

载庵巳刻到寺，同往前山一看而归。恒太守来话，刘荻舲、朱同年来，又罗一憨子来。客去，即过河去细阅九子岭地。到李家住。

廿五日（5 月 15 日）

早，由宅后山周视而归。早饭后即行，到寺未末矣。罗沁吾、蒋惟扬来。两次到荫云处，均未值。今日热晴。

廿六日（5 月 16 日）

早，陈宅上祭。归，辅垣、笙陔来谈。楚同年来。大雨至夜。连晴四日复雨，真闷人也。

廿七日（5 月 17 日）

早，陈宅送葬后，即先到拗子塘坟场晤易地师。冒雨归，遇李晓村刺史往彼。甚矣，地学之难也。风雨竟夜。定明日卯时入窆，又草亭向北，可念之至。余为竟夕不寐。归途晤荫云。

廿八日（5 月 18 日）

雨甚大，午后略小些。邓老七来话。

廿九日（5月19日）

半晴。早过河，至郑家山，已午刻矣。山路兜竿断，临时借易始行。载安后来，同饭郑兰亭处。屋极大而少人住。午后，至李家宿。两表弟行。

卅日（5月20日）

早归，河水大长，又南风大，甚难过。两表弟昨日上船，闻尚未能回也。到霁南处，托其择日。载安同其子来宿。

四月

初一日（5月21日）

作第廿五次书，折使今日方行也。到应云处，又到得吾处，遇霁南，三人同步至学宫而别。闻粤事先通商而后奏，奉严旨不准，而商则已通，且通者尽鸦片，日内省中烟火贱矣。可叹也。陈五峰来住。（五）

初二日（5月22日）

雨竟日。撰先公墓志。

初三日（5 月 23 日）

初刻墓志。雨。

初四日（5 月 24 日）

入城谢各处步。问荫云觅磁板。小雨。

初五日（5 月 25 日）

刻磁板《老毅志》就。大雨竟日。

初六日（5 月 26 日）

雨住而尚阴。

初七日（5 月 27 日）

早起，子毅殡，由颍流亭下，登舟，直至龙王涧入口，到磨桥始陆行。乡夫甚不平稳，当心之至，幸天大晴，路透干。未刻，到载安处西偏屋内住下。余因劳热，不甚适，痛老毅之长归矣。

初八日（5 月 28 日）

早行，到龚家湾定杠，因昨日误用乡舆也。归寺，未刻后矣。得闰月十八日家书，甚慰。

初九日（5月29日）

客已渐来上祭，因恐明日拥挤，转致今日不闲也。筠唐来。大晴竟日。

初十日（5月30日）

客来不绝，佛殿及对面屋俱铺设。酉刻，祖奠，收拾竟夜。

十一日（5月31日）

卯正后，请柩起行，一切尚为早备。入南门，走坡子街，出大西门，府县有路祭。上船时甚耽阁，人亦拥挤之至。龙杠卸下，止罩子过河。至磨桥，换龚家湾杠，灵巧异常，行田间小路最便。申初刻，到郑家山棚内安灵。五峰同来。

十二日（6月1日）

晏筠唐来。早饭后，到竹子冲开窨子。

十三日（6月2日）

竹子冲开金井，未刻竣事。酉刻，葬老毅，即督工筑旁土。夜宿墓下屋。

十四日（6月3日）

仍看筑。下午归草庐，乡客来往不息。

十五日（6月4日）

早到毅墓处。午后，张得吾、刘霁南来。归，看开窨子。

十六日（6月5日）

开金井，土色愈下愈好，甚慰也。天色正大晴。申刻起柩时，忽阴云有风，上山少待，即下肂。夜宿柩旁，仍大晴。

十七日（6月6日）

大晴。筑土竟日。宿草棚下。

十八日（6月7日）

阴雨不大。计自初五日大晴，至十七日诸事适毕而天复阴，真幸幸也。

十九日（6月8日）

往竹子冲看碑阴。

廿日（6月9日）

午后，毅墓竖碑，雨未住，申刻，祀土神时，雨住，乃建碑。第廿五次家书着董顺送抚署，未归。（廿六）

廿一日（6月10日）

午晴。陈五峰归去。董顺回，知今日卯时已发折，并闻粤中夺获夷人火轮船一、铜炮一，我人亦被炮伤无数，系初一事也。

廿二日（6月11日）

雨。到毅墓请石工。

廿三日（6月12日）

到各处拜邻社李满爷、李寿山、沈三爷（小帆）、关山垻陈三爷、李金玉父子、郑大先生。归寓。张辅垣、紫垣世叔、师三爷来，早饭去。

廿四日（6月13日）

复阴雨。

廿五日（6月14日）

早饭后，踏泥路过河。到洪恩寺写墓志，僧留饭。到得吾处宿，霁南同坐。

廿六日（6月15日）

城内谢步。禹耕复病，可怜也。闻粤耗殊不佳。

廿七日（6月16日）

早饭后，出南门拜尧农，即到金盆岭杨家少坐，即行，至晏筠唐处晤邹叔稷，携湘潭王船山先生书，殊无佳处。叔稷好学之士，得见为幸。冒雨归山，熊河亭在此。

廿八日（6月17日）

雨不住。孔秀归去。

廿九日（6月18日）

为河亭撰《子谦墓表》。州牧办差人两付、存道台差一付、刘福一付、查太守仆一付。裕制军、署中丞王□□廉……府，长沙县、善化县、同知、粮运、学院、沈栗翁，各候补县须考。□六爷、张得吾、唐应云、刘禹耕、张第蓉、张之臣、贺八爷(大、二)、□三爷、项四爷、余心翁、李亲家、杨紫卿、熊大爷。……此石刻□□□□先于此者□□共买山地。又云选此不他盖为后邱之□也。题大书为之相阴阳而得。昆弟六人将同为小宅于此，友于可□，□不着姓名何也？朴也。大江南两京石绝少，况又摩崖大书，信为奇货。余昔到绍兴，手拓禹陵窆石，及欲再访此刻，为雨阻而止，至今未能忘也。默深兄往游，何不一往寻之？拓本复命不陶乃述而许忠。（隶书）古韵、廉沂、黎极新、钟沅《青典》、黄育楩《沧州》。送行述单，查文经、琦相、张又轩、张椿年、陆立夫、德顺《天津□□》。

五月

初一日（6月19日）

天稍晴，河亭入城去。昨夜雨，今夜仍雨，闻河水复大长矣。

初二日（6月20日）

不雨而阴，潮闷颇甚，闻河水入大西门及草潮门矣。郑氏两侄来，课其起讲，即留与乃祖同饭。

初三日（6月21日）

晴而热，南风极大。谢同年来话，家苦竹塘，往南去数里也。陈梁诸考童来。至□□。□僧送到四月人来。郑家给米，每人半升。□系合田□团，按田出米，数年来未尝歇也。夜甚凉。

初五日（6月23日）

乡间无节意，买得杨梅、枇杷、桃、苦瓜上供。近邻诸童生集课，共五人，李章灿、陈逢恩、陈选、梁楹、李先昭也。今日甚凉爽。沈小帆之子来拜节。小帆屡饷食物，可感可感。

夜阅课作。

初六日（6月24日）

晴热。许茂才定理号堂来。午后，步至沈小帆处，出观董香光字卷，甚佳。生纸涩墨，难于圆熟，故无平日习气也。手札册多梁仲泉、百菊溪两先生札，与小帆尊人雪友先生者，亦可珍也。夜，兰亭携馔来谈，有月，甚热，蚊闹，竟夜不寐。

初七日（6月25日）

辰时立先公墓碑并表归窆，倏已两旬矣，无夜不梦。尚属妥适者，且怆且慰也。晴热，傍晚有雷，小雨一阵。是日兰……庄事，颇难议也。一日□□□后□□□般会，闻有百三十余席，演戏十余本，可云盛会。

初八日（6月26日）

晴热。午后沈小帆来话，谈粤西山峰之秀拔，不审何日得往游也。夜有月。

初九日（6月27日）

晴，甚热，乡中客来不绝。是日石罗围起手矣。夜热甚，且蚊多难寐，阴无月。

初十日（6月28日）

早阴，寿山翁约早饭，其姻朱老及龚三同座。午间甚热，小雨一阵。夜无月，是日郑家田屋业成契，尚未定局。

十一日（6月29日）

阴热，午后大雨沛然。叶介唐来，系闰三月十六日出都，求写大扁数方。夜凉甚，雨未息。

十二日（6月30日）

未晴。介唐早饭后去，做堂屋隔扇，因系冲涂，不便坐也。午后绍休、绍箴两堂弟来，亦弃儒学贾，可叹也。得家中四月十七日书，甚慰，云粤事得了且了，又是太平世界，似乎彼中已宁息者，而省中尚……，要紫苏子。大雨竟夜。……长水天气也。陈家两学生来，课诗一首。买得鲥鱼，生平初见鲜者，果然细致，味亦不过尔尔。作第廿六号家书。夜复雨。紫苏子寄去。

十四日（7月2日）

着人送家信往抚署（误作廿十六）。绍休、绍箴两弟于早饭后过河去。李老七送到闰月晦日家书并会墨，系送到洪恩寺转致者，内有黎月乔京信，因复交老杨送抚署。祭文刷印百本送齐矣。晡时与兰亭同步至田坝周围一看，雨不住，持伞归。

昨、今家信俱无子愚字，可怪也。雨竟日。张得吾着杨打杂送果食。

十五日（7月3日）

阴，大雨竟日。二陈、李、梁四人来作课。石工、土工俱停。

十六日（7月4日）

雨略住，土工贴草皮，而石工仍停，因盖瓦石未到也。刘盛堂送到闰月卅日家书，亦无子愚字，然后四月十一日书有之矣。到……归步至西边看水势屈□□甚□□到陈家门口见荷花，乡间少有种此者。张紫垣丈属题张少伯画竹，为杨竹师作者，题数字去。夜晴，有月。紫垣谓地不佳，而赞李嗣昌地，嗣昌实绝坟也。

十七日（7月5日）

早大晴，为小帆题董卷及画帐。早饭后适送去，而小帆来，话至过午而别。与石工定碑式，高八尺，广三尺八寸，螭首龟趺，在外，皆石尺也，比裁尺每尺少二寸。丁、黄、龚三秀才来，皆沈家教读师。今日小帆送来伊尊人雪友先生《经说》二册。夜闷热，不可睡。

十八日（7月6日）

早阴雨一阵，旋住，午后晴。是日交二数与兰亭。午后甚热，夜颇凉而复阴矣。是日自己收拾子毅墓志，刻手甚不佳也。遣人至陈如嵩催所刻先公墓志，得拓本归，亦瘦弱之至。当初当以纸书双钩付石较为得劲，悔之悔之。

十九日（7月7日）

亦雨，甚热。

廿日（7月8日）

……作课，余未来。小帆着……画，午后步往，兰花盛开，止两盆耳。看帖十余本，看画，有蓬心山水幅甚佳。西席丁君颇习知碑版。吃点心，归。河亭来宿，亦遇雨。

廿一日（7月9日）

河亭住此，雨大雷大，山水声甚宏。载庵过河去。休、箴两弟复来别，给钱八千去。

廿二日（7月10日）

半阴晴。河亭回去。杨禹村铁星来，杨世叔来，同吃面去。蕴山师往衡州去，约下月初起身归滇，尚短盘川，嘱为措办也。闷热甚，夜稍凉，西南方电影如织，想彼又大雨矣。

廿三日（7月11日）

未雨而亦不见晴，闻廿一日白鹤山下出蛟，水淹屋一座、田数十区。问小帆借画。小帆旋过我，留与郑翁同饭。今日不甚热，夜复大雨。

廿四日（7月12日）

竟日阴而不雨，甚凉。陈如嵩堂收捡……陈氏兄弟送园蔬。小帆同……雨，二陈、一梁、一彭来课。大雨竟夜，为前此所无。山水大发，枕上闻之可悸也。

廿六日（7月14日）

早雨奇大，山水陡发，没菜园，将入屋，急令决围墙，水乃入田，而菜园墙已冲倒丈余矣。四面水声如海涛震耳。午后忽大晴见日。载庵来，大塘冲事清矣，因吴、李两家争坟山，吴谓李侵吴，李谓吴侵李，实则两家皆窃葬，乃载庵私山也。两家结讼多日，花钱不少，官诘契据，皆不得据，载庵被传去投契，断山归主。乡愚之好讼若此，可叹也。

廿七日（7月15日）

晴，竟日未雨。午间李章灿来，课诗一首，其赋颇有笔意。石工今日安墓门，石柱斜欹，须别竖。自石工动手以来，诸事粗心，要我将就，乃知乡下石工真不可靠。载庵力保，也是外行耳。

廿八日（7月16日）

……坳看小帆所买地，缘小……然殊不解其佳处，来回约八九里。甚热，不可耐。

廿九日（7月17日）

晴热，然不似作雨天之闷人也。已入初伏两日，亦是时节矣。

六月

初一日（7月18日）

晴热比昨更甚。陈、李三人来作课，不避热，可嘉也。墓志于申刻入土，自丈做享堂，基址未定准，与载庵、百石餐于田畔，就风凉。绍箴弟复来借钱卅千去，盘川、本钱俱罄，何苦学生意，可怜亦可恼也。附一字收回回澜公祭田百金，为买田计，并请启铨叔领首事。

初二日（7月19日）

晴热甚，定山中中线，拔树十余株，殊为可惜，然无如何也。夜热。

初三日（7月20日）

晴热，似比昨差可耐些。买王家石、木、砖瓦已成而复散，今日另谋矣。大小树共拔去三十余棵。有秀才张六来谈。李百石馈蚌肉，甚鲜美。今日因刘刻字过河作弟……署。

初四日（7月21日）

……事，热殊甚也。午后，杨蕴山师来，要黄州信，并写册页，呵京烧酒一钟去。绍濂弟复从湘潭来。薄暮起风，有雨一阵，惜不大耳。夜蚊多极。今日闻蕴山师说林、邓二丈俱遣戍，可叹可叹。

初五日（7月22日）

早，绍濂饭后行。梁、彭二生来作课。小帆饷西瓜。

初六日（7月23日）

竟日有风，得不甚热，与昨同也。惟乡间人日日醉午酒，不怕热，为不可解。

初七日（7月24日）

母亲寿辰，不得叩膝前，但深悬慕，且日久不得家书矣。甚热，因无风也，夜尚凉。

初八日（7 月 25 日）

无风，热甚。享堂开地脚，竟日往来，汗浃不得干也。兰亭、载庵于日暮时催砖去。夜热难睡。

初九日（7 月 26 日）

早起祀山神，卯初开工也。今日极热，行坐皆不可耐。

初十日（7 月 27 日）

有南风，不甚热。李满爷来，为道石匠多运到麻石二百余丈，已无用处，不知何所……陈家三次送园蔬，苦……后极热。

十一日（7 月 28 日）

微有风，热尚不至剧，然不必昨日凉矣。洪恩寺送到五月十七日家书，一切清适，甚慰。着人送信到城去。闻蕴山师将行也。得荫云书，知粤事不可问，而乡勇奋志杀贼。

十二日（7 月 29 日）

子愚生日，不知家中是何光景。午后极热，有板塘坳李生来，课诗而去。到竹子冲。

十三日（7 月 30 日）

热如昨日，惟早间稍凉耳。午后，寿山三人来，说石匠多运石头事。

十四日（7月31日）

早，与载安、兰亭同步至杨林冲，看竹树山颇有致，相去一里余。竹有极大者，早饭后遂热不可耐。竟日摕松枝作棚，又苦屋黑。夜热不能寝。

十五日（8月1日）

两陈生来作课。热更甚矣。晚阴稍凉，不见月色，自正月十五以来都如此。

十六日（8月2日）

早雨，未甚畅耳，然亦凉意，足解苦热。……吾处，应云、季眉俱晤。送……准可登舟矣。夜宿张家。

十七日（8月3日）

早寻梅蒋圃不遇。回看罗研生，并晤陈岱云，习颜书者，画竹有笔意。到维杨、小涪、栗翁处，仍到应云处，看画数十轴，有王绍廷、马、董山水各种，佳。有持陶密公楷迹来售者，给价未成而去。夜仍住张家。梅蒋圃、曹又白、罗研孙先后来话。栗丈处借八大山人画册归。

十八日（8月4日）

早起过河，到山才上早供，土工异舆亦可谓速矣。到山即雨，尚不甚密。夜大雨，通宵未曾住点，系心新砌之墙，不能成寐。又腹泄数次。今日兰亭、载庵为说成杨林冲田屋小段，欲为二娣阴地也。

十九日（8月5日）

发第廿九次家书，由荫云处去。腹泄未止，颇苦，睡味重。研孙下午来，起谭似好。

廿日（8月6日）

自昨日来遂阴雨，与研生竟日谈，夜及幽明之事，殊令人难成寐。

廿一日（8月7日）

……所买菜果各色，而天……无味矣。借到各画幅。

廿二日（8月8日）

为研孙作字，竟日不雨，亦不甚热。今日立秋。

廿三日（8月9日）

早仍为作字，饭后研孙冒雨去后，雨更大，遂竟日，念其必返，而竟不复来，恐今日不能到城也。理出阮师所作神道碑文，半夜方毕。金玉老相送园蔬。

廿四日（8月10日）

仍雨，甚大，却有作辍，不似昨日之不歇气也。午得研孙手札，知昨日到城。

廿五日（8月11日）

雨竟日不住。昨夜有戴公庙龙灯来，谓之清吉灯，因田中有起蚕处，故禳之也。雨之累人，不独农夫，连日砖不到山，砌匠止好歇手，享堂不知何日得竣工矣。

廿六日（8月12日）

砌工未来矣，刘姓砖不到也，样砖及前次砖俱大，后来砖遂小多了，而乡里人抗诈难说话，真可叹也。今日书碑第一石，伏石面书颇觉疲苦，真无用之至。竟日小雨不大。

廿七日（8月13日）

……刘姓砖窑，即到竹子冲归□□□砖□□□矣。熊河亭来，小帆、百石、载庵俱来，话久之，河亭、小帆同晚饭。夜不能睡，今日刻碑动手，张、于两石工。

廿八日（8 月 14 日）

李、陈两生来作课。尚不甚热，晴。

廿九日（8 月 15 日）

早到万福桥，归过关山嘴，树山极好，盼眺久之，四围绿荫皆座平宽。是日享堂竖磉柱。

卅日（8 月 16 日）

比昨日热些。河亭午间冒日行。夜尚凉。王大吉逊园来，一饭去。同小考朋友也。

七月

初一日（8 月 17 日）

比昨又热些。闻黄荆园朱家昨夜有逃荒人数百住宿炒［吵］闹，至于拆屋伤人，有垂毙者。闻省中流民来有七八千，草潮门将为闭市。湖北水灾年年不绝，或且甚剧，至此不安静，可叹可叹。螺海老表同美勒姐夫来。

初二日（8月18日）

作第卅次家书，着董明送进城去，并买朱纸等件。渐复热矣。

初三日（8月19日）

□□昨又□□□恐将复前。得六月七日□□可慰。□□□子敬说墓前石人、石马可以不用，令我好生踌躇也。

初四日（8月20日）

一早往白沙洲，过河，到丁子湾看石像生等件，均已齐全，人、虎尚好，惟马嫌低、羊太小耳。风大，赶紧过河而归。望齐家山于廿里外，近看却不甚大也。甚热。

初五日（8月21日）

热如昨。柳世兄从城内来，索书而去。老表索书数件。

初六日（8月22日）

两老表行，约共赠将卅金，然不满其望也。送客后往竹子冲，载庵留早、午饭，因久坐，并为文告毅墓而归。湘潭文春谷兄来，持子立书求荐馆。春谷者，内子姨表兄也。

初七日（8月23日）

春谷回城去。昨夜居停被窃衣物不少，并前石工棚内，见两次矣。小帆催《万福桥记》，即为删润去。今日极热，自前日来打谷扬土矣。送第卅一次信交荫云。闻□□□准有折差行也。

初八日（8月24日）

□□时享堂上梁，一切都为顺适。自为文告毅墓，后山下一切安贴矣。甚热。许生来送课作。

初九日（8月25日）

南风大而仍热。杨铁星来，索写对联兼呈近赋，因留宿。夜凉，坐颇久。

初十日（8月26日）

铁星早饭后去。甚热。南风仍大。李捕衙遣四役来缉郑家窃贼。刻字人刘姓回去。

十一日（8月27日）

写第四碑石。竟日无客，甚难得也。月下，沈小帆来，小饮而去。夜凉，有北风。

十二日（8 月 28 日）

阴凉，有北风。早饭来，李半农梁来商量葬事，甚妥便也。约十六日由伊处起殡，十七八可到白沙洲，我处定于十八日探领，十九日着夫役往接。半农吃午饭去，说粤事全翻和局，现在已撤之兵沿途截留，奈何奈何。琦相失计于前，杨侯复失策于后，叹慨而已。小帆馈脯蔬。薄暮小雨一阵，夜微有月。

十三日（8 月 29 日）

第卅二次信交荫云去，闻日内有火□□也。午间□石匠来，因同到铁石塘看碑，石工颇艰巨，取大碑，四面起沟将二尺深，又要无石断肋文。石工云自作此技以来，未有此番工程之巨者。信乎？夜甚凉，添刻石人，亦张姓。

十四日（8 月 30 日）

郑家尝新谷，请早餐，甚迟。午刻到竹子冲毅墓上烧锞祭奠。与载庵同午饭，甚热。归，上祭，得六月初九日子敬书。

十五日（8 月 31 日）

早饭，起身过河。午前到城，得吾、霁南晤于府学宫，吃点心。到荫云、西台处，甚热。夜宿张家，月色殊好，为今年望月第一次也。闻河南河决，抚台上城办事。

十六日（9月1日）

五更吃饭，顶南门城出，到蚌唐伯父坟上祭奠，前后光景妥帖。周九佃留餐吃祭余，时方巳正。午初行，热极。沿途歇息，约申酉间到西台处晚饭，邀应云同坐，梅生新□学，贺客颇多也。

十七日（9月2日）

着胡三买菜先归，早饭。为九侄改削文字，仍冒热出。看尧农、第蓉、雨耕、临川。雨耕病好，可慰之至。第蓉老相见矣。仍到季眉处吃凉粉，回忆儿时饱啖，将四十年，今乃再见，味亦略相似也。到梅蒋浦处观朱年伯所藏各古董字画，多佳品。夜携方正学、王叔明、董香光三画幅归。霁南、得吾共饭。

十八日（9月3日）

天明即起，饭后行。北风，大凉。过河无渡船，雇小舟而过，到山将巳正矣。着王德往白沙洲探李氏娣柩，薄暮归，知已泊洲□矣。竟日大北风，极凉且阴。夜竟冷。

十九日（9月4日）

五更后雨不绝，尚不大耳。北风甚大，着人往白沙洲迎柩，天明即行。早饭后与载庵、兰亭同往杨林冲山屋看打草棚。午后开窨子，有石脉宽约半尺，亦奇也。申刻，柩到山。安灵后与佃夫一饭，在山照料。□归，天遂昏黑。竟日风凉，夹衣合式矣。

廿日（9月5日）

天明起，吃点心后到杨林冲山，先祀土神。辰刻下窆，土色甚佳，一线红色约三四寸宽，两边俱黄色，可见有气也。天阴无风，一切顺适，即在山早饭。午初归，李蓟门秀才来，送其姑葬也。留午饭，兼持文、董、张、陈字迹索题。晡时见日，旋复阴。蓟门由墓归即回城去。

廿一日（9月6日）

早，与兰亭、载庵同至板塘冲之西南潘家冲看刘家屋场，田盘颇佳，惜屋向西耳，此系尖山之西南护障，另为一枝者。伊两人留彼午饭，我自归访谢同年于苦竹塘，不遇。回至吴家花园，至杨林冲墓次，回山午饭。即到小帆处，其兄大先生与黄、龚两西席同席，盛馔，殊非所安也。

廿二日（9月7日）

阴凉，北风。遣人进城买酒，借到王仲叔大令藏书十四册，映云代借者。载安乃郎来课。

廿三日（9月8日）

山上复动工挑土。早到杨林冲一看，墓堆已就矣。归，饭后书陶文毅公贤良碑。小帆来话，去后，湘农及黄、龚两先生来，竟日□北风甚凉。

廿四日（9月9日）

阴凉，微雨时作，秋气满山矣。沈闻衣来吊。彭佃送蕹菜一篮。

廿五日（9月10日）

风雨竟日，凉，大约是长水天也。刻字人刘字来，因令持第卅三次信送。《陶文毅公碑》交胡湘林，并买锡板纸也。换李木匠来打样子。夜，院上号房来送信，说月底有折差，复作书一封。

廿六日（9月11日）

阴凉竟日，幸无风耳。享堂前田今日动手填起，前二娣墓碑写石，闻蔡玉山前辈观察到省，仆人求荐者纷纷，何苦何苦。得映云信，知患脐突未愈，殊为念念。

廿七日（9月12日）

早有微雨，饭后，沈家谢闻衣步，归吃炒饭一碗。复出往南，到盐龙寺，遇门人梁楹在彼设帐，坐许久。前写“妙德莹然”扁已做好矣。归，沈小帆同文侄、湘农及龚、丁两西席，丁、李两茂才来话。小帆即留同晚饭，适□□得兼共啖之。小帆归，甫出门，遂雨。

廿八日（9月13日）

阴雨竟日。新换李木工同郭伙计来丈地，扯线，谭砌匠同在。雨中经营，午后方毕，而载、兰两君出去吃酒，夜方回也。定用石头做地基矣。

廿九日（9月14日）

早冒雨过河进城。午餐后到映云处，所苦脐痈已渐愈矣。得京寓七月二日书，甚慰。京抄中阅悉粤事于六月四日大风将夷船与马头全行吹坏，扫除一空，浮尸满海，真异事也。唯汴城河决，为患甚巨耳。潘廉浦老师尚未到省，蔡玉山前辈留饭。夜宿张家。

八月

初一日（9月15日）

雨不住。到北门张辅垣世叔一话即归。玉山前辈、振之学使同来便饭，并邀尧农前辈。

初二日（9月16日）

早剃发，与得吾同早饭。雨略住，遂行。过河，幸无风，未刻到山吃炒饭一碗，仍同载庵往韩家屋周视山场。归过万福桥□沈小帆，说定牯牛山石头。回，夜有雨。做凉粉不成，可哂也。映云处代买菜物送来。

初三日（9月17日）

阴竟日，略有雨耳。张振之学使着人送香烛。夜甚凉。

初四日（9月18日）

阴而无雨。神道碑第二石到山。张振之学使来谒墓，因留午饭而去。暮往水口冲张家看屋场，约西北行七八里，载庵宿此。

初五日（9月19日）

黎明起饭，往白鹤山去。西南行，过罗家冲，出白叶铺大路山势堆垛，颇不好走。白叶铺，又十里始抵白鹤寺，寺门外景殊佳，而佛屋未敞雅也。出寺后向左行，路迂险，至山庙处，望山顶石崖悬立，不复可上，遂下山。至白叶铺饭，饭后，由大路至巴巴山，转长田湾。至板塘坳，归路平直无险阻矣，但稍远二三里耳。

初六日（9月20日）

从新丈量，前栋地盘定矣。往南三四里，至白水塘看山场归。竟日阴，暮有雨。前日移树一株于田畔，都说不得活，今乃生气勃□殊甚，可慰也。老杨看胡百顺木柱料，二鼓方回。

初七日（9月21日）

山上填石基并筑土，自昨日起第一大碑，六十余人曳之，闻吴石匠足为石伤，奈何奈何。每日行一二里而已。载庵、兰亭为下手，山事两日来甚费力。今日成契，已夜半矣。

初八日（9月22日）

一日静甚，无一客来，止载郎来作课耳。河亭暮到来，买树未到。

初九日（9月23日）

早饭后过河，到胡百顺木行，闻树子知昨日一早下河，因西水上涨，致一日不能廿里耳。过洪恩寺，遇臬署高、俞诸君集此赏桂，拉入座吃点心，别去。至金盆岭，铁星在家。九兄旋归，一饭行。至尧农处，与玉山前辈同饭，同席者有黄树皆编修、徐□□，皆初面也。夜过映云处谭，宿张家。

初十日（9月24日）

早至蒋浦处，并晤杨杏农，同饭后，与杏农到府学宫看碑式，并新制乐器。□遐龄街至洪家井陈岱云处。至皇城堤，访汤小涪，小东街寻晏云唐，俱不值。到营盘街熊河亭处，吃鸡蛋两个。走杨风拐角出东长街藩司前至钓楼公馆，晤季眉叔侄。至晏家塘访沈栗翁，已往湘潭去矣。师笙陔不值。文光堂看书，善化学宫大树下久坐。至映云处夜饭，小帆、梅生、少云同坐，映云忌口，在旁看着。席散，少云为小帆画扇，梅生题诗，俱少年秀笔也。余亦为题闲话几句。回得吾处，谈至夜深方寝。街上恭办万寿，灯烛满城，闻京师今年停办万寿。

十一日（9月25日）

早，谢学使步。与得吾同饭后即行。过河，风渐大，未初到山。杨杏农随后来，夜话甚久。梅、曹两广文馈羊臂。

十二日（9月26日）

杏农索书半日，午初别去。载庵过河买砖瓦，着人到城买物，并借到《长沙府志》。午后风极大，壁上画俱飞舞。

十三日（9月27日）

早，载庵来，今日拆正屋石门。小帆率□子令侄来看作书。吃水饽饽去。夜风甚大。

十四日（9月28日）

第卅五号家书交映云去，十六有火牌行也。石门全卸下，享堂做沟。载庵来算清土工、木工、小工各帐并酒肉各帐，甚也。风比昨更大，入夜风定月明。（卅五）

十五日（9月29日）

早供月饼席，兰亭处饭。大碑第二石柱今日到山，与兰亭同往金塘看了一回。夜邀寿山翁及子与孙来饭。饭后月忽明，到小帆处谈，归时月大开，山色清异暗淡，非画可到。日间谢春亭同年来，丁逊斋持颜帖数部来索看。

十六日（9月30日）

写神道第二碑，其第三石今日到矣。午后李蓟门、刘春禧来，春禧名康，住宁乡檀树湾，收藏书帖颇富，人亦颖慧。罗洋山下砖今日初来，亦大小不一样，真淘气也。

十七日（10月1日）

砖来，参差费事。第二碑补写完。

十八日（10月2日）

早饭后往乌山，先至乌龙庵，由寺后上山，四面皆水脚田路，望湘江由北转，惜有烟雾，不见洞庭也。由北首下山，甚斗峻。至狮子石、鹰嘴石、望母洞，下山行至竹子冲午饭，载庵不在家，即归。小帆同丁先生来同饭。刘姓坟葬狮子口下，杀风景矣，况言地乎。

十九日（10月3日）

寅初即起。饭后趁月行，廿里至桥头铺，日始东升也。石塘冲、萝卜冲、过龙洞一带，高山长溪，略有武夷光景。复过岭至华林禅寺，寺宇颇宽敞，却无甚异景。后堂有会昌二年《尊胜经》拓板本尚旧，问系由玉皇殿来者，知客僧即玉皇殿僧也。四山环绕殊有致，惟阴气盛，的是方外局面。回到桥头铺午饭，由板唐坳归。至杨林冲墓所，归时申初矣。谢春亭同年来，因留宿。沈小帆昨晚约同去而天明始到，宜其迟误矣。

廿日（10月4日）

早，春亭早起看九子山去，早饭后别去。巳刻安石门限。张辅垣世叔、师笙陔来，午后去。

廿一日（10月5日）

早饭后往三沙矶，舆人误行，纡道六七里。至陈氏砖窑买定三千夹砖，路遇四川二人甚狞狠，想见出阵虽无勇而兵气难戢也。得应云回片，火牌五十日未回头，望家信殊切。绍纹、绍濂着脚子来讨信，不务读书正业而思为贸易，令我闷闷。

廿二日（10月6日）

作回书，令脚子去，须查油行事，俟自回州再说也。薄暮，闻间壁人伐树，急往看，则已倒大树数株，可恨之至，即令人搬取过来，大约速宜清庄矣。

廿三日（10月7日）

早着人致谢函于杨果勇侯，闻在水落洲住多日，昨日已扬帆去矣。早饭后往刘家砖窑，复往李文锦家，遂留午饭，因遍看屋后山围，种树多橘，养菊如矮康。塘边有见人羞，手拂之，叶遂低敛，久乃复展，真奇怪也。回山，诸郑来，为昨事缓颊，未允。

廿四日（10月8日）

文竹塘及陈光顺两处俱送砖，石虎一只先到山矣。有易生、季生同梁生来许家洲。许姓来，言许家洲自其始祖于康熙年间撤闽兵安抚驻洲上，种洲地为世业，遂有今洲名，当初名窑步洲也。近日出元隆三年墓志一石，惜未拓本，遂复埋之矣。蓟门遣人持来文、董各迹，为题去。有董迹《玄览师》一轴，吴匏庵游穹隆、玉遮各山诗记一轴，皆暂留玩，以其别有风趣也。老九于昨日到来。

廿五日（10月9日）

父亲冥寿，正七十寿矣。怆痛何极。享堂前栋已刻竖架，尚大致妥帖。熊河亭来。

廿六日（10月10日）

竹子冲午饭，甚热，天将变阴矣。夜得八月初三日家书，甚慰，惟时事颇殷，粤闽夷务未熄，黄河大溜，由陈留、杞县东南直出洪泽湖，江淮河浑而为一，竟不知将来能复故道否矣。

廿七日（10月11日）

五更小雨，竟日阴。午间书《万福桥碑文》。周塘李生文锦来，小帆及其友侄来话。石马一只到山。

廿八日（10月12日）

五更大雨，天明乃住，土木工照常。河亭午后回去。作书与振之学使。夜雨。

廿九日（10月13日）

昨雨竟夜，五更大雨如注，上半日未曾住点，下半日始歇，砌匠耽阁半日。

卅日（10月14日）

卯刻上梁，午刻安门。一早期起，雨竟住矣。阴风竟日，不开耳。为文祭土神及土木、石工各祖师，保平安也。

九月

初一日（10月15日）

天不雨，且有晴意。作第卅六次家书，交杨临川并语胡东有补买树两根也。载公昨为买砖不到，往白沙洲，今日无信，不知如何。夜作书托得吾买纸筋。

初二日（10月16日）

天欲晴而未果。杨铁星、张雨人先后来。午饭立石柱，酉刻始定。铁星要写关庙扁“一点丹心”四字而去。熊世兄来宿，课以起讲、诗各一。夜有雨。

初三日（10月17日）

熊侄早饭后去。阴雨甚，开土工颇费力。初拆屋后围垣，前栋安瓦，为蔽雨也。初更时大雷电，雨如倾河，甚可骇也。雷渐缓而雨竟夜，闻山水声殷屋。下午为兰亭书联数十付。

初四日（10 月 18 日）

早雨住，有风，申刻见日。食柚子佳。（阅《史记》起。）

初五日（10 月 19 日）

伯父生日，若无丙申五月廿日之事，今七十八岁寿辰矣。本拟今日叩兰陵墓，雨不住，不得往，为位而奠焉。小帆下午来。竟日阴，略有雨。

初六日（10 月 20 日）

雨竟日，午后更大，不可解。余工俱歇，止木工未住耳。

初七日（10 月 21 日）

雨不住，风极大。午后小帆来，接去写碑及联数件，留饭，食菠菜，甚鲜，亦此时希物也。肩舆来往，风揭起，可哂也。送还前借书画各件。

初八日（10 月 22 日）

早雨歇矣，昨夜仍未停，但差小耳。竟日晴，夜略有月意，田水声甚壮。

初九日（10 月 23 日）

天晴准矣。早饭后往城去。过河风极大，可悸。到胡百顺木行，东有不在家。进南门，到学宫，不遇一人。到张家，得吾他出，与少□吃点心后，到映芸处，父子俱出门去。往坡子街辜家，问往永州船。詹彦文处买小砚。回晤映芸，得八月十六日家信片，甚慰，并得余宗山借银信片。回张宅晚饭，胡东有来，为说定杉树百根。又与得吾商定石工、瓦头并桐油行事。课九郎起讲。与得吾、霁南登城看月，从城孔中上下者不绝，殊可叹也。知初三夜雷击饭馆灶。

初十日（10月24日）

早过河回山，风息矣。得八月十六日初发家信，系在昨日信前者。闽粤事俱平定，河溜径走安徽入洪湖，捐例在所必开，尚未议定条款，朱纬斋前辈由河道径升东河督矣。午间，兰亭处饭后与在庵同往铁石塘郑家竹山场一看，兼到香草堂而归。夜梦悸怆。

十一日（10月25日）

大晴竟日。砖瓦到山不歇。午间，潘廉甫先生来，五弟房师，与余皆丹溪师门人也。未刻别去。谈及骆道长及颜制军参奏粤东事，殊为慨然。

十二日（10月26日）

天晴而忽阴。屠老八着人来吊，并寄杏官靴帽，来人鲁恺，先到洪恩寺，闻僧人说我回州，遂寻至道州住十日，又下来，行路欠肥帐如此，问知屠府一切平安。老八共有七子，年才卅三耳。今日写对子极多。沈小帆同两西席来，留饭，并虎臣、兰亭、在庵同坐。夜有雨数点。

十三日（10月27日）

天小晴，略阴风。复屠小如书，鲁纪行矣。昨日恭书谕祭文碑未完，今日接写，并御碑文俱缮毕。字大，颇费力也。潘廉甫先生处借到梁、颜各折底，粤事可慨之至。果勇侯一时名将，晚节乃至于此耶？得吾回书，言换帖事殊不易易。应云言黄花市田。

十四日（10月28日）

早饭后写神道碑第三石，共九百余字，幸无客来，因有小雨也。

十五日（10月29日）

天阴，时复见日耳。作赵竹泉方伯、何祥垣都转、王睢园直牧复书，并与刘稚泉大令、吕丽堂太守书各一对。兰亭处午饭，食新菌，甚鲜。计不尝此味将二十年矣。郑家写总契。

十六日（10月30日）

早晴。饭后往沈家，晤闻衣、问香、草堂丈人。到竹子冲看毅墓，载安不在家，即归。写字半日，闻出谕帖各纸留此。

朱家送酒鸭。

十七日（10月31日）

早饭后别墓过河，山中事安排数日，想略可放心。到店家卸行李，晤尹臣，多年不见矣。旋到应云处，遇王仲叔大令。坡子街问船到李家，知石梧眷回家，三郎两年不见，长高尺余矣。唐家晚饭。归，与得吾后园看月，子初方寝。卅七次家书送院上。

十八日（11月1日）

早剃发。饭后，到映芸处并到小瀛州拜王仲叔，未值。园亭水荀之胜，城中第一处也。潘廉甫处叩谢，并送奠。出小西门，到柴马头看得刘三有鼓篷船，定十二千钱，饭钱四十文。河干泥泞甚大，五更后大雨也。归张家，胡东有来，与霁南、得吾同饭。到学宫一看。下半日雨，入夜更大。

十九日（11月2日）

自昨夜大雨，至今晨更大如注，而得吾处早饭亦甚迟，因其妹适董家者于丑刻病故，甚忙痛也。巳正饭后，收拾行李下船，余到映云处别。到船买菜后，未初开船，天大晴，三十里东洋港泊，见月甚大。

廿日（11 月 3 日）

开船甚早，尽曳纤行，未刻至湘潭泊。多年不泊此转，盖阛咽帆桅无数也。买菜后复行二十里泊。

廿一日（11 月 4 日）

比昨更晴，午间颇热矣，欲卸棉衣也。舟多向东北行。过马家河，颇喧盛。约行七八十里，未至渌口，十里象石嘴泊。

廿二日（11 月 5 日）

竟日阴，午后雨不住，尚可行。过观音岩，甚清致。过贯田，又二十余里，梅冲泊。今日约行八十余里也。雨，泊。午后有顺风可珍之至。夜大雷雨。

廿三日（11 月 6 日）

半晴雨，行浅滩时见船底有声，山色愈清奇，入佳境矣。过贯田、朱亭，至三江嘴泊。夜雷雨比昨更大，可畏也。

廿四日（11 月 7 日）

早雨不住，略开即泊，大雨倾盆，风亦猛恣，午初平息。曳纤行，旋即顺风，到衡山路泊，买菜后好顺风，天亦晴朗。曲折东南，面面望岳，回思乙未重阳岳游，忽忽七年，中间许多人事也。过雷家司，有河通茶陵、攸县。又行十余里，老粮仓泊。老粮仓者，想系从前上四郡运粮时积输之处，后经陈中丞以路险奏停，尚余此仓址耳。今日共约行六十里。

廿五日（11月8日）

顺风行而小阴雨，但不大耳。午间到霞岳寺，上坡步，街颇长，小雨。归船复行，至幕鱼市，过七里滩，向北曳纤行十余里，乃复转南行，顺风。入夜二鼓至耒河口泊，上游水长，一片黄浪，力甚猛，然免却多少滩头也。今日约行一百一十余里。

廿六日（11月9日）

小雨，行约十里，至衡州府，望合江亭，树石团峭，旧游忽十四年矣。舟人买物耽阁，至午后方开行。廿里至中原渡泊，今日共得卅余里耳。风雨竟日未大住。

廿七日（11月10日）

小雨竟日。顺风行约百余里，至大鱼湾泊，颇寒，亦不知何日立冬也。

廿八日（11月11日）

阴，时有雨，又竟日，计不见日者五日矣。廿余里北行至柏方驵小泊，买菜无所得。复行六十里至河洲泊。夜，仆子买得肉归。今日甚寒，行约百里，向北行者三次，幸尚有北风，曳纤处不甚多也。

廿九日（11月12日）

阴，无大雨，寒如昨日，竟日所过多悬崖峭壁，石气苍雄可观，而向北行处多对北风，曳纤上滩甚为可悸。日暮乃向东南，顺风十里而泊。今日共行六十里至归阳。昨夜梦父命写福字两个，先则中间大，后写中小乃可观，谕令悬之享堂也。梦甚异。竟夜大风。

十月

初一日（11月13日）

颇寒，仍阴而未雨。归阳六十里至白水，又十五里柴步头泊。两山一川，树石多峭异，然崖壁不似昨日之可怕矣。

初二日（11月14日）

寒少减，阴不见日，时有小雨。向北行处多，左手有石岩甚幽异也。四十余里至祁阳县泊。上坡买冬笋、花生等物。舟人复久耽阁，仍开行六七里，浯溪对岸泊。有雨，又暮，不及往游矣。不见日八天，雨竟夜。

初三日（11 月 15 日）

早雨不歇，移舟泊浯溪下。冒雨拓得颜碑十余字，因碑石湿透，择干处拓之，止得“匹马北方独立一”及“盛德之兴也”。登吾亭、峿台，水石幽异如旧游，而元、颜两公祠则易明府学超新修者也。至中宫寺，问有拓得碑否，乃无之，遂回船。早饭，雨住遂行。至滴水岩，回环秀杰，惜不及往眺矣。至二十四矶下泊。下午忽见日影，旋复阴，夜小雨。

初四日（11 月 16 日）

伯母黄太夫人七十五寿辰。早略有雨，午后晴见日，可照人也。竟日过山壁，石窍玲珑处极多，皆黄鱼司以南也。约共行有六十里至黑狗滩泊，石势奇变，恨不能图画也。

初五日（11 月 17 日）

早过滩，约十里到冷水滩，得顺风，行六十里至永州浮桥边泊。先十五里至老埠头，湘河向南去，入潇水向东南行也。雨住，上坡，入西门，到府署拜谢尚仁庵太守，并晤洪宅伯。回船后，太守来晤。雨脚不住。

初六日（11 月 18 日）

早收拾行李，洪宅伯来同早饭。兜夫来甚迟。夫头陈本阳今日忽然不去，延至巳正方行，共两兜两挑行。过河廿五里寯家桥午尖，又卅里至雷音宕住，赶泷牌不能到矣。途中有石头山甚奇俏，舟子带回菜坛、酒瓶、茶碗、帐竿。作一字寄荫云并李淦去。昨闻尚太守说浙夷事决裂，裕鲁山制军有阵亡之信。奕冢宰、文孔修复带兵到浙，又赛将军带兵西去，未知何故。

初七日（11 月 19 日）

早行，廿五里至相见湾打尖。又四十五里，五里牌何家店宿。一路山坡险陡，有役夫被山上石落打坠二丈余，血流被面，幸未落水，襆被亦未沾湿。陈二亲兄来何店，同饭。

初八日（11 月 20 日）

早行二十里至角江口尖。早间过源源亭、澮怀亭，俱新修者。尖后行过熊山，何家赤源铺边遇何显昭先生，话久之。过斜皮渡、五里亭，以上下树无一株，平原将七八里，至州北门外转左行，到家，将申刻矣。叩祖宗堂后即叩四伯父、七叔父灵位前。西院、东院各伯叔兄弟，均相见，虽苦贫而人丁殊不凋零。止是我简在公以下人太少耳。晚饭绍濂弟处。

初九日（11 月 21 日）

做灶未得竣，人客纷至，不得闲暇。午后过二家，叩谒各位伯公、叔公。晚饭东院共两席，自启钧三伯父、飞熊三叔以下共十六人同坐，子初方散。闻十三叔公谈粤事。

初十日（11 月 22 日）

早午俱饭四伯娘处，晚自起火作饭。写对子数付。郑表爷、黄璧山来。夜间西院二家各位伯叔公、伯叔兄弟来话。

十一日（11 月 23 日）

设灵上供，伏念吾父主讲鹤鸣轩者九年，今灵爽想不能舍此也。早饭后到清明堂细看，商定修理事。洪老八来。何代权、代樽兄弟来。周四姑爷来。

十二日（11 月 24 日）

午后拜州尊邓蕙畴刺史、游击孙□□、捕厅□□□、两学李老师、石老师。到周家坊濂昭姑丈处。归，写字如昨日，甚多。阴雨。

十三日（11 月 25 日）

邓州尊、两学师来回拜，捕厅彭玉清来拜，俱会。孙游击来未遇。午后，敬谒祖父母墓。墓堆及罗围俱有损塌处，急宜修培。又谒曾祖妣周太夫人墓，粹庵叔公墓，六伯爷、九爷墓，千七公墓，七叔婆墓，归时已暮。濂昭姑丈陪老师在此，略话即去。鹤鸣轩中旧生儒与先公同时者仅姑丈一人矣。连日夜话，今夜尤夜深方得睡。

十四日（11 月 26 日）

早饭后往谒曾祖度昭公墓，由泥湾过板桥，出小江口南行，略向西约十里至甘溪铺，又二里到墓。叩奠后，同绍箴弟走后龙鬼子岭周视，来龙甚旺而对岸太近且高，似朝不出也。回到甘溪铺，何开龙饭铺午餐后，向西北行四五里至永明大路头塘。又西行约二里至鸡公岩，看子敬所买地，朝向有致而穴脉难寻。回至周克明四姑爷处茶饮。归，晤赵姊夫，同饭绍魁弟处。夜小雨，今日阴竟日。

十五日（11 月 27 日）

早，孙游击来会，问以勒四讨盐店事，据云以修城也。客去即行，由下关过渡，走宁远大路到龙江桥，左手行一里余，叩谒高祖简在公墓，碑已仆而墓围亦为水洗，急宜修培矣。田屋一刘姓、一陈姓。陈金桂屋内煮饭吃后，向西南行。至东园看地，所谓猫儿头、猫儿身、猫儿尾，山场甚宽，大约坐西北朝东南，可得穴也。由东南路归，过虎子岩小憩，回家已昏黑。过东岳宫一看，归。郑家表嫂来，老表卖田，出门七年不返，田虽卖而饷不去，累及妇人者多年，真可叹也。夜，客甚多。清明堂太平醮，今夜还愿。

十六日（11 月 28 日）

雨，不得出，写字竟日，得联百余副也。赵实天、廖斐秀老表同晚饭。

十七日（11月29日）

早，斐弟同饭即去，余亦坐兜行。由水南行十二里至石马。石马者，明黄公葬处，有故石马在也。唤升儒同行，又十五六里至泥湾洲，谒享水公墓。墓前石耀被佃夫蒋士元茅铲毁烧灰，大出情理之外，止中间一石尚在，左右两峰俱碎剥矣。睹之惨甚，不知涕泗之横流也。又墓左界被邹姓光（亮月）告状谋占，家中人都不理论，奈何奈何。冒雨竟日，衣鞋湿透。四伯娘处晚饭，南唐尾老表钟護同饭。

十八日（11月30日）

小雨不住。清理享水公墓田契券。早饭后往州署面恳传究铲石、占地两案，久话，归，并托其培植州北树木也。绍纹五哥、士大侄请吃面，面后往黄泥坝西汝亭公墓叩谒，地名峦头岭。左手粜米塘，右手东瓜岭，住屋两座，一姓陈，一姓王者。归家已暮。宗荣公子孙门请饭，志谷曾叔祖年七十九尚健饭，饭至，共三席。州尊送菜，送诸位伯娘、婶娘食之。

十九日（12月1日）

早起作书，饭后，往岣娄岭，为七叔觅地。得一处癸丁兼丑未，可用。复由后龙开灰窑处归。同去者箴儒及左妹倩也。午后写字极多。得京中九月十三日书，信脚忽由省来，殊为骇悸。披阅，则平安信也。夜饭谦儒弟处。

廿日（12 月 2 日）

清明堂修理动工，公议出首事七人监理。阴雨竟日。作第三十八号家书，并作书与映芸，交脚力朱姓。早饭启周叔处。晚饭贤儒弟处。罗石匠来，定碑两块。

廿一日（12 月 3 日）

早，脚力行。无雨而阴。周濂昭丈来，同饭四弟处。许四来，说宾兴事，并要写《重修学宫碑》。夜饭康二哥处。公议回澜公祭田事，康兄醉矣，三鼓始得归。草出四伯父堂祭文。

廿二日（12 月 4 日）

早为四伯父开丧，以九叔之子恩儒为嗣，九婶初不甚愿，数言遂决，亦可敬也。接连堂祭，余自为文上祭，念老人之凋谢，感继嗣之骤成，能无悲慰。午食后到岣娄岭覆视前看地，转迟疑矣。夜饭书房中，大厅柩前过夜，余子正归。今日晴而甚冷。作书与先儒兄弟，为通儒过继事。

廿三日（12 月 5 日）

早客甚多。巳刻，十二爷为四伯父题主，巳正起柩出门，午初到山，午正下建。地系我定，而地师蒋姓复移易其处，不甚可解也。未初，神主入祠堂。余未终席而归。车头周庚爷来，言语殊不近理。晚饭，绍纹五兄、士林大侄处坚约难却，非所愿也。

廿四日（12 月 6 日）

清明堂周视。早饭后，行十八里到娄田，过濂溪夫子故居处，有大祠，旁有二碑，一系《濂溪故居新庙记》，欧阳玄撰，一系《濂溪故居大富桥记》，淳祐年间也。又八里到搭村，未进街。又八里到小坪，见舅娘，甚健，表妹足疾渐愈。遂英长得好。遂英者，斐秀初六日得子，余为取名也。到后园哭舅爷一场，万念怆集矣。饭后到月岩，见淳祐及至正各碑，多古气。嘉定八分碑极佳。有仆石在地，有三两君徐步前行者，字颇好也。晚与斐秀、勤政老表同饭。各位舅爷老表都来，余上前各一看，分不清楚也。写对至半夜后方睡。

廿五日（12 月 7 日）

善勤表姊夫请早饭，饭后即别去。外出云溪山谒外祖父母墓，双松宛然而路荆棘甚。下山，饭李家，杏花妹夫也。与斐弟别于月岩，即归。仍过濂溪故居，见田中高峰先生寿祠之记，系淳熙年间物，宜移庙中也。归家已暮。绍濂弟生日留夜饭，饭后写对子，至子正后方散。

廿六日（12 月 8 日）

满爷处早饭，写对数十。午饭十三叔公处。各处劝捐，为清明堂事也。复由马王庙去后龙一带，谒回澜公妣墓，碑系嘉靖丙寅，字存者少而中有先公名，甚不可解。斐秀弟未行。表姐夫、黄老表同晚饭，饭后写对数十。

廿七日（12月9日）

与斐弟同早饭。早写对数十，即同行。到虎子岩觅地不得，斐弟别去，我往南塘尾，四位老表在家，其一未归，打荞麦去也。表侄麟祥已上学矣。有六爷及周二叔同席。归过水南，黄六亲兄及老四之二子俱不在家，与日乾子老三一晤而已。归家已暮。老四邀与二姑爷、四姑爷同饭。

廿八日（12月10日）

为学田事检理半日，午间立契，系绍濂弟白泥塘田分出谷卅二石也。打石之佃夫经州尊传责，着人来告，即请开释，其邹光月一案尚未得审，因作书促之。夜饭启垠叔处。夜甚热，大风。斐弟复来。

廿九日（12月11日）

阴雨，昨日热极也。早写捐，午间清各项义田券契，特置小箱收贮。夜饭七婶处。

卅日（12月12日）

仍阴雨，清出《重修学宫记》，题瑞堂叔遗像。周元成老表来问七叔处借字，遍检未得。小坪勤政、贤秀两表兄来。夜饭十二叔处，甚倦。

十一月

初一日（12月13日）

阴雨，甚寒。小坪两表兄去，而螺海两老表来，一神赐，一则有义也。书碑未完。昨失去笔二支，用之四五年矣，可惜也。夜仍饭十二爷处。

初二日（12月14日）

早写碑，甚冷。饭后往小坪去，到尚早而雨不住。草堂祭文，晚饭后写对子四十余付。烧柴烤火，夜深始寝。

初三日（12月15日）

早作文祭辑侯舅父，怆痛殊甚也。早饭后迁柩，为点主，以素服行事，礼成即起柩。我随送，甫出门，雨雪并集，寒气甚重。行至洪家宅，不可复前行，小憩打铁屋内。为斐秀觅庙屋暂停舅柩，我遂冒雪归。过濂溪故里，庙中买草烤衣，久之始行。雪下如澍，持伞冻重不可卷舒，到家已上灯，足僵甚，幸得酒而渐热矣。

初四日（12 月 16 日）

不雪而小雨未住。早饭后，往州署，为泥湾洲事也。学署、游府署俱谈片刻而返。钧三伯爷处午饭。望儒处晚饭，今日敬备一切，明日祔祀也。

初五日（12 月 17 日）

阴雨。辰刻，奉神主入祠堂，赞礼者凌汝、凌雯两叔也。一切事濂弟办理。羊豕庶肴，两伞、两锣而已。文系自撰也，凄惨可知。祭后按启字辈分肉，回澜公以下凡四十三分。午后写字极多。雨声长注，客来不绝。夜约三位叔父十一、九、十二及勤、贤、箴、京同饭。

初六日（12 月 18 日）

天晴有日，而寒风颇劲，惟南方风力较柔，劲其外而中不甚冷也。午间到白泥塘哭仲宾三叔，先儒弟兄留饭。与蓬仙叔、石葳弟同往，兼到青棠岭为鲁泉叔相定葬地，归时已暮。安儒弟处晚饭。散后，到书房为廉泉弟、守先侄作大字极多。斐秀表弟偕十三表弟来宿。

初七日（12 月 19 日）

仍阴。两老表午间始去。表妹夋赀亦至。周庚爷复来。周修园表兄来。廉泉处午饭。饭后写字极多，兼清一切公账。晚到濂昭姑父处饭，归来尚早，方二鼓也。

初八日（12 月 20 日）

箴儒处早饭，饭后同凌雯叔往鬼子岭谒玉泉公墓，墓左手水槽新开塘二口，查知杨姓田业也。即往草鞋坪杨文锡处，借看契纸，其旧契云下塘田二号，新契云小塘二口，皆伪造耳。即袖归，勒令填塘换契，应允乃返。午饭满叔处，夜饭谦谦处。写字极多，各火炉说话亦不少。（邹光月占地一案，今日审结。光月杖枷，光绍杖余，具结如令，可恨可叹。）

初九日（12 月 21 日）

早清理各件，祭田契箱交翼堂叔，账簿交满叔。宗荣公田簿交回志穀曾叔祖，未了账单交濂弟，并清明堂捐簿亦付之。巳未叩辞祖堂及伯叔弟兄而行。相从送至东岳宫，甚为恋恋。纹兄、濂弟、林侄送至五里亭而别。今日天色大晴而冷，三十里赤源铺午尖，江村宿，见陈义门姻翁及三爷、四爷、周鉴堂先生、五峰兄弟等。新屋不复相识，高下陂陀，颇费力也。夜饭后早睡，因昨一夜未眠故，然甚冷。有挑夫一人未到。

初十日（12 月 22 日）

早起，写对子、条、扁尚不甚多。大伯娘前叩奠，早饭后即行三十里。午尖，又卅里单干宿。挑夫仍未到。天复阴，尚不雨为幸。

十一日（12月23日）

早行十五里，泷牌尖，酸咸甚好。又廿里窝家桥午饭，酸咸更好且多。又十五里至婆婆岭，又五里过河，又五里到府城。进城寻店不得，因往府署尚仁庵太守处宿。宅伯兄同饭。夜谈，知浙事，绍兴已被兵矣。

十二日（12月24日）

早起剃发，与宅伯早饭后到河边看船，太守着人为定胡姓船，小而敞，不可坐，因易王姓船，小鼓篷，钱十千。太守复赠船价。到高山寺镇永楼濂溪书院，过紫卿家。归署，写大字十余件。蒲象山来，小话。太守请夜饭，陆裔峰、林小溪、洪宅伯同席。夜归船，复赠锡盒大砚。今日挑夫赶到，物件如数而失去钱四掰文。专人回州取对子本。

十三日（12月25日）

阴寒，风大。开行十五里至老埠头，久泊，风略小，始复行。至冷水滩，买笋不可得。又行至黑狗滩，船浅阁沙石上，撑支许久不能动，遂泊焉。

十四日（12月26日）

早阴，午后晴见日。出浅后畅行，过黄鱼司、滴水岩，一路石壁不似来时之峭厉，以不傍石岸行也。遇杨鹄臣船，因过谈久之。紫卿昨由白水坐兜回永，因迫欲会我，转成舛错，可叹。鹄臣托办就职事照并咨付来。过祁阳，乘大月，复行二十里，至凤皇滩泊。夜与董仆谈时事，遂不寐，鸡鸣后始睡，梦伸纸写对子云“新冷始将花迸发，闲居且与竹为邻”，不甚可解。老母自磨墨，命书联；父持瓜汁与啜，命作云诗。醒后一痛。

十五日（12 月 27 日）

仍阴，甚寒。向南行处多。午后冷尤剧，曳被抱膝而坐，然看书尚得三十叶也。百余里至归阳泊，买酒菜。夜无月星。

十六日（12 月 28 日）

早起见日出，遂大晴竟日。六十里到河洲，甚早。又六十里至大鱼湾。又卅里月大，至芋头滩泊。今日共行一百五十里。午前冷甚，午后稍和。

十七日（12 月 29 日）

早略阴，旋即见日，大晴，且无甚风，不甚冷也。申初刻至衡州府，仆子停船买菜，余因闲步至回雁峰寺。坐南向北，揽全城内外之胜，有高左□右书“回雁”二字尤别趣。其“雁峰”两大字康熙年间人书。下山后觅岳屏书院，向西行里余方到，殊少趣，即回船。仆子买得水酒、肉等物，不觉至醉。有查盗者船来，余令仆停，欲问其原委，遂遁去，亦可叹也。今日中途遇安南贡使巴杆船十五六只。夜行六十里至一字塘泊，今日共行一百八十里。

十八日（12月30日）

早大晴，竟日不阴。近日所仅遇也。至衡山县小泊。舟人卖米，却甚不多，才两三石耳。北风太大，不便行，然亦未甚歇。夜泊三江嘴。今日约行百二十里。

十九日（12月31日）

竟日阴风雨，不甚寒。五更即开船，过朱亭、贯田，至昭陵滩上，不复能行，风太大也。今日约共约行百里。

廿日（1842年1月1日）

晴而大风，不得顺利。竟日行，过石灰窠数处，过马家河桥洲。至湘河口泊，约共行一百廿里。夜风奇大，幸船泊入涟河内，稍得平静耳。梦吾父赐书扇，跪而受之，扇上小签“刘沄敬求法书”，殊不可解。复梦文武官两人决狱，亦奇。

廿一日（1月2日）

早风略小，行十里至湘潭，到十总王济泰家。访邹叔稷，阅所校定王船山先生书，甚多古义，半是叔稷成人之美也。半溪出晤，多年不见，竟忘却矣。因留早饭，饭后，谈久之，相送到船，遂别，余即开行，已午正矣。风复大。至张公石小泊，复行共三十里，至昭山泊。王半溪（士全），船山先生族裔，现为刻遗书，请叔稷校正。

廿二日（1月3日）

五鼓开行，五十里天明，已至猴子石矣。昨闻叔稷说猴子石者，殆即跌石也，未知确否。一路雪意甚浓，尚未挥洒。早饭后，到小西门即上坡。过霁南、得吾，到映云处。得家书，知吾母以下皆已出京，暂往金陵矣。同小帆到天心阁刘猛将军庙，问邓湘翁，翁适已于昨日开船回宝庆。下阁，到沈栗丈处看小涪画册。到坡子街访陈庆覃，不遇。夜，得吾、霁南、载庵同饭，商知王德被殴事，颇费踌躇。

廿三日（1月4日）

早起，往晤庆覃，详述都中事情。夷匪猖獗，然尚据宁波。又台湾已得胜仗，乃因天津防守，虽无匪船，圣心忧虑，以致京中甚觉张皇。可奈何！到映云处早饭，仍回得吾处。午初方行。过河到山，已申刻矣。享堂工程尚未尽竣，而种树百余株，甚可观，为坟茔护庇，皆沈小帆、郑虎榜、郑兰亭、陈氏兄弟门人之力也。

廿四日（1月5日）

阴寒，微有雨。吴、张两石工俱到山，商催一切工程。分赠小帆、兰亭、在庵各乡味少许。客陆续来看。

廿五日（1月6日）

早往毅墓，即在彼饭。在庵未在家。饭后，到沈家及郑虎榜、陈门生处。归，小帆与丁君来话。今日石人安置，上距墓前二十六丈。李翁□玉傍晚来，送桂、桃各小树。从映云处借到京报，到十月初头，未见宁波失守事。今日早略见日，旋复阴。

廿六日（1月7日）

阴雨，甚寒。石人、石马、石虎、石羊俱摆妥，并种树数株。约李在安、沈小帆、陈老相、郑虎榜、郑兰亭晚饭，客来迟速陆续，而我与载安先上席矣。

廿七日（1月8日）

阴寒甚。山中种树。小帆处送来棕四、石□一、海青一。杨林冲彭佃来，说有人偷伐树株，因作谕帖付之。

廿八日（1月9日）

早饭后往城，有日，稍和暖。是日先将大碑拉至享堂门前方行。到大西门，步向草潮门各麻行问价，约贵者十二千，差者九千一石也。访熊河亭不值。杨临川处看报。李梅生处小坐。应云一晤。回至得吾处。河亭来话，复有在安、霁南同饭。夜与河亭同榻宿。

廿九日（1 月 10 日）

早起，同到府学宫。出南门，晤陈尧农，留饭。知陈筠心已早过省回家，王芷庭亦回州去矣。回得吾处，即问砖窑大方砖，知各窑砖胚俱于十月、十一月间冻坏，无现成砖也。过河回山，看种树。郑虎榜送香橼树一对。陈门人送桂、冬青各小柯。

十二月

初一日（1 月 11 日）

天半阴晴而不甚冷，砌匠九人，毕工者七人，尚存二人耳。补做沟道。看小工种树。杨砌匠送树数柯，两大桂树移栽甬道。

初二日（1 月 12 日）

大晴。着人催得吾处麻力，因初八日可竖第一大碑也。种竹二十竿，种桂、柚、梅各树。砌匠做龛台动手，木匠做龛动手。早饭郑□大处。李文锦来夜饭，尝兰亭甜酒，甚有道州风味。

初三日（1 月 13 日）

杨林冲李氏娣墓立碑，午初方毕事。小帆、虎榜、在安、兰亭来晚饭。小工拉树未归。

初四日（1月14日）

天晴见日。打碑地基。熊大兄来。夜，小雨一阵。灯下围棋。

初五日（1月15日）

四十三初度，怆甚怆甚。着人往毅墓焚纸钱。改塘基动工。

初六日（1月16日）

着董顺进城买石黄、大墨等物。竟日阴风而不甚冷。小帆处送樟树二、小柏树四。朱同年偕伊侄月轩来，旋往兰亭处去。汪老七（允文）来，怆坐。芝房丈于九月十二日病逝南宁同知署内，老七从家往粤迎柩过此，索一书与吴菊裳，并送赙十金而别。李春轩来话，留与河亭同晚饭。

初七日（1月17日）

大晴，为近日所罕见。山中做碑座，砌庭沟，木工则于昨日竣事矣。林世兄（经光）专人来索致书方伯，难之。夜间，麻力取到而铁锭子未来，奈何奈何。（大麻力两根，长三丈四尺，每根用麻五十斤，小挽子十八根，每根一斤。）

初八日（1月18日）

阴寒颇甚，却是南风天也。杨临川处附来报四本。杨杏农书来，并《九子山记》一篇，甚古致。铁锭子午初始到，申刻方得竖立。谕祭文碑搭架甚坚，引麻力曳碑，悬空落笋。午后，雨不绝，夜尤甚，并起大风。

初九日（1月19日）

雨住而风未停。昨夜逃荒人五十余住夹巷内，甚喧唧，可怜也。给钱，今早始往沈家去。复林世兄书给来使回去，并盘川五两。与映云、临川各札。河亭兄午初入城去。未刻到小帆处啜栗、柿各少许，即同赴载庵席。薄暝归。风大竟日。沈家有结红子开黄花，盆植殊佳，当觅其种。

初十日（1月20日）

阴而寒减，风定故也。小帆送到樟树二枝、茶陵松秧八把。茶陵秧瘦小，少旁须，本地秧则多须，然不如茶陵秧之易于成林者。其根锐而直下，故上发者直而速也。今日兰亭始亲督塘工，工勤快多矣。竖华表不得平正，久乃定。夜得子愚十一月十六日家书，知母亲于十八日自京起程。得应云复书并十一月半前邸钞。祁司徒，许司马，阿、李两司寇，沈大中丞同时赏穿朝马，从来无此多人者。近日老成凋谢，大位亦多新陟者矣。（付陈吉堂钱挥廿五千）

十一日（1月21日）

天晴而日至午后方明朗。栽松秧四把，而或谓仍系本地秧耳。且过两年方能准，人言果难凭定也。神道碑前三石俱曳上享堂，塘基已筑，动手矣。今日写字极多，两月字账几乎清楚。夜饭时，陈三、老相、郑虎榜、兰亭同酌数盏。

十二日（1月22日）

竟日阴，复杏农书寄去，从得吾对门左聚堂陈家去也。午间试安大碑，头仍卸下，刻未竣也。建神道碑第一、二石。写条幅极多。薄暮小雨，载庵来晚饭。

十三日（1月23日）

阴雨甚寒，山中忙竟日。泥深没屐齿矣。刘姓来拓碑，竟不得干。孔秀遣伊弟来。薄暮，安左首龟座，因神道碑第三石尚未竣事。夜然烛，令诸匠刻字。

十四日（1月24日）

黎明即起，催齐各工，竖立右首大碑。收拾检点至午初方竣事。丈量马头形址略定。兰亭移到松柏树各四株，趁雨雪透湿种之。张老四着人送信并纸来。李淦得十一月十五信，知子敬于十一月初九过扬州矣。虽无家信，不啻有也。虎榜、兰亭、载安来。晚饭后，邀魁大来，批销屋后生基。竟日雨雪交加，寒气颇甚，夜复大风。老刘拓得两大碑样本，尚无大谬。

十五日（1月25日）

雨雪住矣，然未大晴也。孔三早行，今日马头起工，塘基复接做。郑家老满为其母做佛事，用道士吹笙唱经，今日起头，乡愚无知，徒悦生人之耳目，花钱不计也。

十六日（1月26日）

不雨亦不见日，然寒气减矣。小帆处午饭，同坐者载庵、虎榜、闻衣也。甜酒甚浓，腊梅盛开，香亦烈。（夜略见月）

十七日（1月27日）

昨夜大雨，早起雨住。写大碑额字，刻石主字。午后见日。小帆处移来栀子、腊梅各一，植享堂庭中。又从龙家转索梅树一窠甚大，并紫竹二，苗尚稚。问韩漆匠为做扁事。夜又雨，比昨更大。

十八日（1月28日）

早雨不住，午后时雨时住，兼有雪珠。韩漆工来商扁式，令木匠锯杉木板，用火烤之，待干透方可用也。载安来，晚饭去。二鼓雷雪电交作，继以大雨，下半日寒甚。今日刘光銮来结砖瓦账，所开账与我收砖瓦数目、日子无一符合者，竟不解所开何事，因照我账付钱，比伊数多给钱二三十千也。雨竟夜。

十九日（1月29日）

早雨不住，午后时住时作，寒气颇甚。木工做扁胚，石工安两御碑额，雨水泥泞，遂至薄暮始竣事。

廿日（1月30日）

雨住而阴，寒气之甚，为今年所未有。石工幸不停。神道碑四石次第安就，俱倚北面，南中留龛地，亦适合也。拆两大碑架，竟日未毕。连日湖北逃荒民曾宿门内者，顷得应云信，似闻崇阳有民变，想亦灾民为之耳，可奈何。又闻浙信不佳，余姚亦归夷手，可叹可叹。

廿一日（1月31日）

早冒雨雪，寒甚。过河，到得吾、荫云、梅生处，知崇阳今已被戕，典史、教官尽节，把总降贼，可叹也。贼首一和尚、一武举。中丞于明日寅时带兵往岳州防堵，以崇阳与临湘接壤也。见桂儿与梅生书，借悉一切，稍慰。夜宿张家。罗恒泰船行来。

廿二日（2月1日）

早到荫云处清账，并买纸墨、菜。回张家吃面后起行，一路雨住时作，到山薄暮矣。

廿三日（2月2日）

雨自夜接昼，遂竟日。清理书籍。山中工人甚发奋，然亦甚艰迫矣。关山嘴陈老相请午饭。祀灶。

廿四日（2月3日）

早晴有日，午后仍阴。促木石各工，阑干、马头俱于申酉间竣事。作文谢山神。兰亭、载安、虎榜、陈三老相来晚饭。

廿五日（2月4日）

早洒扫飨堂，请先公石主入堂。羊豕庶羞上祭，幸天晴日朗，为多时所无也。早饭后过河到城。闻崇阳贼复掠通城，抚军驻湘阴防守。到尧农处，值请客，念园、庆覃、柘丈，皆京师来者也。晤沈栗翁。夜宿张家，与得吾同往四兄处，问苏州消息。复自往汤右尊处，裕制军促令即往武昌，因约伴同于廿七开船。

廿六日（2月5日）

早到荫云处，归写信，尚太守、邓刺史、杨紫卿、洪宅伯及凌□叔、绍濂、绍箴弟、凌汝叔各一封。仆辈、行李均于昏黑时到齐。郑兰亭同来，因将小帆、载庵两信付之。往应云处晚饭，聘三同坐，新从建昌署归。开南城麻姑山光景剧清佳。归寓，开一切账目。夜深始寝，而所雇船尚未到，奈何奈何。

廿七日（2月6日）

早料理一切，不得出。张学使来，一话即出门，到刘盛堂处奠，晤张星楼、金同年、谢同年。

廿八日（2月7日）

早出门，应云处早饭，为写对子数付，赠我王孟津直幅。饭后，到杨堤塘刘禹唐处，七姐于十二月初二葬矣，在南门外黄土岭。第蓉处复久坐。归，张六叔师生皆同饮。买刀四把，为防身计。噫，京朝官出都者甚多，我之买刀意与彼殊矣。应云赠福橘并《练兵实纪》。

廿九日（2月8日）

早偕得吾往学宫，上魁星楼。回寓早饭。谭九和船到，即收拾行李。上船，与得吾作别。学使处谢步。应云处一话。到李家，见桂儿与梅生书，知伯母以下于十一月廿日抵金陵，住钓鱼台公馆，而子敬无一字来，殊不可解。即上船，而晏筠唐来，一话去。检点一切，约申初始开行。至三沙矶泊。

卅日（2月9日）

得南风，行甚便。日色时隐时现，午后不冷矣。过湘阴，遇粮道船，知抚军已往岳州去。至红毛滩，船浅阁，有拨船拨起煤铁各数十石，仍不得动，遂泊焉。四无人烟，舟悬江心，幸无风报耳。

道光廿二年

正月

初一日（1842年2月10日）

早起泣叩，匆匆离墓，怆惶不可言，倏已六日矣。天晴，顺风，约行二百里，至布袋口泊，湖面颇宽，比前年过湖水大多矣。入夜尤暖。

初二日（2月11日）

晴而有雾。早起过湖，风甚大，至荆江口渐平和矣。共百六十里至新堤泊。过岳州，粮船排列。天太暖，恐有风报，故泊颇早也。至夜，北风报起，雨甚大，竟夜波浪声喧，船尚稳实。

初三日（2月12日）

北风太大，午前雨不住，不能行。午后复冷矣。上水船极多，渔舟亦夥，爆竹声甚闹。

初四日（2月13日）

风雨如昨，船不得动。买鱼极贱，大鱼廿余文一斤，醋太不佳，镇江独流之类也。

初五日（2月14日）

阻风雨不行，开船三四里，复回原处。

初六日（2月15日）

早有雪，催开船后，雪转大，趁旁风行。午间晴见日，得西风，甚利。过石头口、六机口、龙口、嘉鱼县，至小州头泊，约行百六十里。闻此处不久米船被抢，舟子颇有戒心，然载铁无虑也。夜微月，时有响动，不成寐。

初七日（2月16日）

早晴，午后半阴矣。得风行而周折殊甚。牌洲东郭脑本多□也。共百十里，弥陁洲泊，盖即小沙湖矣。鲟鳇鱼长嘴大口欲啮人，已买得，旋还之，不忍其有灵性也。

初八日（2月17日）

东北风打邪，行竟日未息。百里余到武昌塘角泊，闻制军以下、提督以下均出省防堵，亦无确信也。作一书寄南京，夜暖。

初九日（2 月 18 日）

塘角泊。至申刻，舟子始得关票开行。约五十里至五龙口泊，时风大天黑，颇费事。武昌泊船，乞钱米者不绝，闻崇阳城中人不多，而我军未能前进，四郭皆山也。夜起大风报，舟舵摇响竟夜。

初十日（2 月 19 日）

雨水节矣。风报未息，不得行。有小船抢风行者，皆上水也。甚冷。李淦患症，于仙拈方中得一方，捡药未得。

十一日（2 月 20 日）

早开行，风顺，船由南行，至叶家洲，遂不顺风，止好泊矣。共四十余里耳。

十二日（2 月 21 日）

早开行。天晴见日，为今年第一次也。过黄州府，城楼清照，武昌县甚喧，还在过年也。共百五十里至兰溪驲泊。昨夜遇邻船广西西隆州放炮鸣锣竟夜，殊为不必。

十三日（2 月 22 日）

早，大晴，得西北风顺利，过散花料，不知其地名所指。

过道士洑，江流曲折。过蕲州钓鱼台，水比前年大。至田家镇一带，山石峭秀，有永州及严州光景。至鞭鱼峡泊，共约行将二百里。两面山青，一条水窄，船泊甚多。月明夜静，难得之至。夜间抠窗贼来几回，颇难寐。

十四日（2月23日）

早阴，不久即大晴。西南风而向东南行，不为甚顺，尚不碍行。江势曲折。过邬穴、龙平、卢家嘴。至九江关前泊，着人往魏观□丈（襄）处讨关并借阅京报。得夷匪欲得奉化，已退出余姚之信。奕相闻将驻嘉兴，不审今年头如何矣。闻石梧升江西藩司，或可于道中相见。夜大月。见山东托中丞办大炮折底，重八千斤者，装药二十五斤、铁子廿斤，六千重者、四千、二千重者以次降。

十五日（2月24日）

大晴。巳时得免单，即开行。得南风，至湖口县转北风，仍邪行至金刚料，在江心泊，约得百里耳。彭蠡出江，一片水极大，恰即有山障之，与庐山为前后映带，真是天造。庐山上雪积未化。夜半阴晴，月色微略，元宵难得月如此。

十六日（2月25日）

早阴。开船过彭泽县。山城空阔，屋占平地而三面皆斗山，然是古县也。小孤秀峭可观，因坐小往，登石阶，太窄而斗。

到圣母殿，足已酸疲，且寺屋寒，满目少所见，亦不欲上绝顶矣。有阮师诗幅，亦舟过未登山之作也。摇橹行过华阳镇，至东流县泊，共得百十余里。遇陈福兹太守，将往浙营也。往返谈至子刻方别去。申刻至夜雨未绝。福兹说奕相移驻嘉兴，颜鲁舆制军褫职。福兹叔善六壬，言夷事须夏秋间方了，想仍是和局也。姑记于此。夜有抠窗者，不甚得睡。

十七日（2 月 26 日）

早大雾，开行。福兹早已解缆矣。午间雾散日出，大晴。过安庆，不泊。得西风行，过李阳河那吒矶。至棕阳口泊，上洲散步。月出，未甚朗。今日共得二百余里。福兹未到，想在皖城寻徐柳臣太守去矣。柳臣前守颍州，大兴水利，闻甚得功效，甫调首剧，即致星使审案，幸无大谴责耳。（夜闻舟人失□）

十八日（2 月 27 日）

打邪风行。午间风长浪涌，即泊。是猪婆峡，又名凤皇夹。得三十五里耳。午后风更大，暖热。舟来益多，颇喧，多尘土。

十九日（2 月 28 日）

半阴晴。开船甚早，过池口驿，见池州宝塔，过大通，竟不知船未走峡里也。到铜陵泊，水比前年小矣，洲岸长出许多。共得一百余里。天无大风，船重人少，不能摇橹，搭船之闷人如此，止是平稳得极。

廿日（3月1日）

开船两次，俱去而复回。天阴黑，风雨大来也。着人问孔馥园，已调阜阳县去矣。福兹船昨夜住此，今早遂去未回，船轻快也。

廿一日（3月2日）

早开行，约有廿余里，北风大而北不可行，复折回走顺风，仍泊铜陵。雨竟日。食鱼冻佳。

廿二日（3月3日）

昨大雨竟夜，今早雨住而风仍不顺，遂复竟日。想不到在此已是三天。

廿三日（3月4日）

早开船行，风渐大，东北风也。三十里至沙洲夹，不可复行，遂泊，而后来船渐多，泊至三四十里。此地属无为州管，北距州四十里，风长浪涌，船不得安静。至夜更摇簸，且大雨达旦。

廿四日（3月5日）

早雨未住点，午后雨歇，风亦略小。大家开船打邪行，午正至戌初中间，向南行，顺风一段，到鲤鱼料泊，论正路止得十五里耳，实则走了四十里矣，比不走好。轻船走夹里去。夜大风雨，不安睡。

廿五日（3 月 6 日）

风早大，见上水船去极多。雨复竟日，不得行。夜风仍大。

廿六日（3 月 7 日）

同上。

廿七日（3 月 8 日）

早开行十余里，至荻港，又五里至板子矶。东北风大，不可行，遂泊。先开各船陆续俱回矣，因携一仆回至荻港。上坡，过三栅门，至义和饭铺前雇小轿，行十五里至旧县住。主人方人清（次夷），老童生而行医者，家有田谷数百石而俱在水中，遂开店铺，仍带着行医、读书也。今日乘轿，一路所见皆田在水中，高山都被冲坏，房屋一片瓦砾，人民稀少，奈何奈何。饭后，课以一诗，因摆茶，一话而寝。

廿八日（3 月 9 日）

早启行，三十里横山桥尖，地方颇热闹。又三十里至澛港，过河，水溜甚，河以北便是芜湖地矣。方筑圩，人如蚁分段，以工代赈也。十余里至芜湖。河南一片瓦砾。至浮桥，适过船，不得过桥，即住汪元吉店。着人问晏心田，已卸县篆，在公馆也。今日被北风吹得身热头痛，不能晚餐，即寝矣。

廿九日（3月10日）

早起，步至心田处，借得轿子。早饭后行，留书与周芝生观察，为船上讨快不讨关也。临行遇晏柘乡，辛卯同年，四川人，行二。出北门，一路水灾后情形如昨日。至太平府南门外过浮桥。此河由东坝来，南与漕港通者也。到府前觅店不可得，因造太守舒苏桥前辈处宿。苏桥前奉调到军营，告病而归。奕相国由苏州往嘉兴度岁后方往杭州，谦恭下士而莫展一筹，至前所闻在苏州行乐等等，则皆谣言也。石梧仍调苏藩矣。符世叔（瀚）得晤见，示星图二幅，三更始寝。

卅日（3月11日）

与苏桥早面后行。天大晴，转西南风，二十里至采石。步至荷包山，仍回大路，过慈湖、铜井，至江宁镇宿。共八十里，甚大也。过桥始入店。自太平府以北田埂干露矣。

二月

初一日（3月12日）

早行二十里至板桥尖，又十里蟠龙庙，小憩。又三十里至南京南门，城外十余里尽竹林，一大观也。进城即转西行，至寓处，幸母亲、伯娘以下均清吉，无小恙。子敬、子愚俱强壮，为一慰藉也。惟吾母痛我舅、二娣痛其父、三娣痛其伯母、内子痛其娣，不复能□□。已着轿夫回芜湖。致一札与心田，夜来话，至子正后方寝。闻浙事颇有头绪，夷船闻奕相至杭，各处俱退步，若果尔，真太平气象，第不审确否。

初二日（3月13日）

天晴，西南风大，或者晴定矣。为汪芝房丈设奠。周子坚来，谈叙半日，言及芋生、定庵、小云皆后吾子毅相随而逝，伤感何可言。舒苏桥着人送藕粉。午间到房东钱同年处一话。黄倩园来晤。与石梧书。子坚袖杨季子书，为荐馆事。

初三日（3月14日）

自五更甚冷，遂闻雨声，天明阴矣。早饭后清理书籍，移前厅铁梨木长案来，案底有字刻云“康熙戊子闽署置”，计一百三十五年矣，一古董也。钱三兄来回晤。未正，与子敬冒雨步过南门口雇船，东北行约十里，到子坚处，看邓石如墨迹，即饭焉。夜归。亥初，雨未歇点，却不大。

初四日（3月15日）

大晴，竟日清书未完，写联扇数件。符禹门世叔来觅馆。子坚来，携到石斋、青主字卷，俱精妙。尊丈侍郎遗墨，俱索题跋也。

初五日（3月16日）

晴。先公忌辰，瞬两周年矣，辞墓忽已四十日，不知山中佃人料理如何，怆念无极。午后，陈椝生先生来，杏、鼎、联、彤、祥俱上学，令桂儿移坐伴我。连日盼船不到，渐焦急。

初六日（3月17日）

晴。书籍捡理渐就绪矣。周子坚处送满月礼，伊得孙也。子愚说汪致轩来信，正月廿八我师各路获胜仗，改道宁波西门已收复，真国家之福也。子坚来作别，勒写对，为写“曾从古佛国中过，又坐大鱼身上行”，殊雅切。与苏桥书交张太去。

初七日（3月18日）

晴。早饭后与子敬携桂儿、杏儿步行西北转东，复向北，过江宁县署。至三山街尽头，雇驴西行。至朝天宫后阁，俯视满城光景。出寺吃点心，到邢园水边，梅花不多而艳。回思旧游，忽九年矣。子尹归，谈话少顷，老翁已归道山久矣。出北行至随园，红梅盛开，树色深翠，柳谷、香雪海、紫雪轩俱到，且坐。出向东北行，至妙相庵、屈子祠，庙屋闳敞而树石尚少。见石庵书联云“花底振衣清似鹤，灯前书字小如蝇”，字甚佳。出寺即归，路约七八里矣。两稚骑驴，殊轻便，不似我两人之累重。街前问卜，为船事，断云明日午刻可到。

初八日（3 月 19 日）

早阴复晴。符世叔来话。午间船果到，李、董两仆来，一切平妥，甚慰甚慰。黄石琴来，署藩司，已到任也。谈知正月廿九日寅刻大兵改入宁波，复退出城，未为全胜。水战则焚其大船一、火轮船三、杉板船十余，夷帅义律早归去，现在有大头目在彼而夷匪都有归志，离心二意，想不日可全荡平矣。闻崇阳、通城事尚未净，虽得胜仗，然何迟迟也。李石梧信来，言浙事陆战我胜，水战贼胜，与石琴话又不符，不解何故。

初九日（3 月 20 日）

晴。午间与子愚出南门，至报恩寺，有刻寺图云，吴赤乌年间建，唐显庆重修，明永乐重修，我朝嘉庆间重修。永乐时修，用帑二百四十余万。然赤乌时尚无造塔作佛寺事，盖相传者妄也。登琉黎宝塔，至五层而止，以上封闭矣。下塔茶憩，复步至竹院两寺，从敏学上人索得古多节杖，看半泉上人围棋，同步竹园，叹赏一番。归，甚热。夜作书与石琴，为符世叔事。见邸钞，湖北连获胜仗。噫！彼敷鸿耳，乃铺张武功若是。

初十日（3 月 21 日）

晴。借得京报阅之，从倩园处来。周子坚来，留晚饭，剧谈，送其乘月舟行，至夫子庙而别。仍坐小船归，卧船中被风，头痛。

十一日（3 月 22 日）

迟起，头痛，至午间始愈也。甚暖，两棉都觉难受，昨日已春分也，尚未闻雷。夜作书与子立、鲁之、默深，交子坚带去。

十二日（3 月 23 日）

晨饭，出门到署，方伯黄石琴、江宁县李介亭、彭龄、唐九爷（镆）处未会，黄南坡太守处一谭。周子坚处晤其世兄，汤雨生都尉处、蔡友石丈处、冯晋惠之世兄处、周子愚观察俱晤话。杨小参、黄笏庵及樊幼甫太守、黄蒨园、方伯雄，严、易两同乡，汤同年瑞均回拜。承恩寺寻符世叔未得而归。竟日雷雨，未甚住，继以大风，雨始小些。一晴半月，今日出门遂值大雨，怪哉。

十三日（3月24日）

雨住而未晴，步至街头，泥泞而归。寻得邓姓裱画人来，又顾晴崖刻字人，甚可厌。夜食螺蛳。

十四日（3月25日）

晴。早步至状元境书铺。吴孚言铺买得扫叶山房“廿一史”，连装订四十二千文，廿日去取草定本。到东头南转，在抱梓堂刘松亭古董铺买得板桥兰竹横幅，周忠介画竹一幅，共三千三百文。仍由旧路出扇□坊，至后桥雇驴，至四松庵，登楼一眺，是即博山图也。受庵僧曰：“得非何子贞，欲寻潘少白先生乎？”大奇大奇。旋晤少白先生，住此十六月矣，爱其花竹，四时不歇。腊梅树下于去岁产灵芝，果奇瑞也。茶点，别去。至清凉翠微亭，风大猛，不久停。傍城墙出旱西门，南而西而北而西，至莫愁湖，寺屋淹圮而湖曲有情景，花柳映春，是一佳境。回入水西门，约二三里到家，少翁处见牛镜塘制军信，云闻大西洋有灭吉利之信，不知确否，然果确，则侵内地之夷船将不复归，恐为困兽之斗，奈何。

十五日（3月26日）

天晴。取回周、郑两画幅，皆奇妙也。邢子尹来话。石梧书来，言浙事甚不佳，大帅退守杭州，下文不知如何。夜，与子敬邀钱三兄步月至夫子庙，月地宽大之至。坐小船归，小酌。

十六日（3月27日）

早阴，午间见日，风大，复阴。冯世兄（元熠）、汤丈（义宾）、汤雨生都尉来晤话，知退守杭州之信非确也。作长沙信，唐应云、张得吾、杨裕田、陈尧农、刘雨耕、李在庵、郑兰亭、沈小帆各一件，总交应云处。并取山中书箱，由李乘时信行也。李淦回家去。寄阮相国师信并碑拓等物。晚复石梧书。

十七日（3月28日）

半晴，竟日大风。早写影格三纸。饭后，禹门来，为荐馆事，大约难矣。同步至邓裱铺一看，见杨升庵条幅，未审确否。归，作周忠介画竹石记。子愚往汪三处，得浙中信归。菊人夜至。子尹来，约十九日看字画。今日捡砚、笔、墨箱。

十八日（3月29日）

半晴。方伯雄来话。汪老三来。今日彤云生日，十岁矣。捡蔡友石丈所刻陶贞白（删除一行“大帅退守杭州，下文不知如何”）馆坛碑以校集中文，多所是正，并补脱句。子敬从外归，得浙信，大帅于初七日退守杭州，因初四日文参赞在慈溪战败也。真奈何奈何。“搔蛘不着赞无益，入木三分骂亦精。”郑板桥书联，汪三说。

十九日（3月30日）

早步至邢园，子尹未起，催促久始出。李仪庭携所藏字画册卷轴来，绰略观之，约百四十五件，顷刻毕事。拣出石涛、八大画各一，余少佳者。出示乃翁醴泉丈诗集，有余甲午年题词诗一首，尚恍忽记忆之。未刻一饭，归，甚热。黄石琴来，言东河于初七合龙，王定九师相于十一日起程回京矣，是可庆也。留观正月廿八日以前京报。

廿日（3月31日）

杏侄辈除服，子毅死遂廿七月满，我已多活三年头矣。作书与张渊甫。邢子尹处送帖来，还即璧还。早间作书与石琴，为符丈馆事。夜，黄倩园来饭，见二月初头京报，闻城内怀清桥有屋倒躺廿余间，压毙数人，亦奇事。

廿一日（4月1日）

半阴晴，甚热，棉衣不可耐矣。符世叔来话。杨季子由扬州来寓。邓子久来话。夜雷雨，热郁当有此，尚不畅耳。今日作《井天记》，殊累赘。帐子中蚊虫甚多，何其早也。

廿二日（4月2日）

早起剃发。雨住而未晴。午间，街头小步，烦热而归。约符禹门丈晚饭，槃生、季子同坐。子敬从致轩处回，说将军回杭，兵勇散尽，不知如何设措。晚风大，凉甚。

廿六日（4月6日）

昨夜畅雨，今日仍阴，时有点滴。作书与石梧，中有与倪朗峰字问班书《地理志补》也。旋得石梧廿三日书，言东河工竣，而林丈行不免谪戍，甚不可解。符丈来。

廿七日（4月7日）

早，画小照人吴一峰来，不得似也。陈雪峰之子伯辅来，因同步至秤托巷张容原（宝德）家，看孙渊如校订《金石萃编》，又所得宋板《说文》半部，即平津馆覆刻底本，笔法、行数一切肖之，不易一处，而底本乃分为二，其半部闻在苏州也。元大德二年建康路造铜权有古意。归至孝顺里陈家，到雪峰灵前一拜。伯辅出乃翁所撰《访碑录重编》《补编》，较孙书增多，又分省府县，殊佳也。归后，石琴来，言元帅于十五回守绍兴，兵未散也，散者义勇耳。现请增兵，而刘玉坡中丞则奏请伊相复来，不审如何计议。得张渊甫复书并唐经幢本。

廿八日（4月8日）

晴而热。早饭后出城，至能仁寺吊周芋生。同寺僧万纯周览山势。院中有覆水梅，云六朝物，古干枯立，县枝高耸，亦已巨矣。掘笋十六枝见赠。至天界寺，寺基甚广而俱隳坏，有明碑，三山林瀚撰文，起意云：“太祖高皇帝定鼎金陵，所崇者六经圣人之道，乃召寺僧，谕以佛寺不当与民居杂处，择清敞地重建此寺。”立言殊妙。到宋郓国公坟，又南至邓宁河王坟，坟地甚高敞，御碑、石人马等俱无恙，然闻其子孙微矣。泗州人今有十七世孙邓贤良新立碑，乃芜关一书吏耳。东北行至普德寺，寺后山高秀，有抱负，僧长耀导游，石楠树极可观。此间坟顶植之，可辟虫虺，我乡无此也。登雨花台一览，下至海公祠，有八分书《忠介本传》，有笔势。入城，至侯府，晤汪致轩，吃点心。拜汤雨生、蔡友翁，俱未晤。同赴十老会去。至蒋山寺、鸡笼山、旷观亭、见后湖。回拜周道源，未晤。回仙桥古董铺一看。到邓子久万竹园，竹上白鹭栖满，奇观也。借灯笼归寓，吃晚饭，与季子、子敬、子愚同酌，颇醉。石琴处送夷报。

廿九日（4 月 9 日）

晴。得石梧书。禹门、子尹先后来话，子尹言及诗人陶子静（定申）住油市。容原、伯辅来。容原赠《天监井字》，太漫漶，言《三公山碑》别有八分一碑新出者，又言得《裴岑碑》。韶韶生日。

卅日（4 月 10 日）

晴。季子早饭后去，回扬州，托代求吴熙载图书，并买《地名分韵》《纪元编》两书。彭雪嵋自江都来，即当归去，因欲回盐城县任也。

三月

初一日（4 月 11 日）

晴。早饭后出门，至油市访陶子静，晤谈久之。至古林庵看鹭鹚，竹松皆满，一鹭一巢，又无上覆，长颈长脚，本难巢栖，幸不畏日雨耳。寺僧云春分来，秋分去。方丈然修未在家，与化铎及学书僧人一游，书联二付而别。寺后壁海棠生于砖缝皆满，亦奇。东南到陶谷，有三鹤主人张澄斋，未在家。至邢园吃点心。南捕厅访甘石安（祺仁）弟兄，未晤，晤其七弟心农。由状元境书坊归，将暮矣。

初二日（4 月 12 日）

晴而热。寄唐应云、张得吾、杨杏农书。严近村来，知夷人添来船四十只到宁波，伊相已奉命复来矣。陶子静来晤。

初三日（4 月 13 日）

晨，与子敬携桂、杏往万竹园看鹭鸶，真奇观也。上竹山，见前面火起，不久遂熄灭矣。午后得石梧书，无非为浙事慨叹耳。今日雨生请凭虚阁禊叙，辞不往。

初四日（4月14日）

晴。甘祺仁来晤，知其弟石安系张筱谱门生也，集有古今金石诗三千余首，已成稿矣。邢子尹来，围棋，索书。汪致轩来晚饭。余体中忽不适，昨夜眠受风也。买得《天发神谶碑》，尚佳。

初五日（4月15日）

上月忌日供。张澄斋来晤，问我归批《史记》，伊从温明叔学士处转过，明叔则从余所得本转过者也。昔余得此本于内城护国寺书坊，借石士侍郎丈所过姚姬传先生旧本校之，则余本精审多矣。然归太仆阅《史记》之法，余亦不甚心服也。汤雨生都尉来，持两帖见示，又属题其尊人孝义公遗照也。与石梧书，董顺回京去，寄黎月乔、魏条三、赵子舟书各一封。雨生说诗人赵昆峰住石灰巷。

初六日（4月16日）

自昨夜得小雨，今日略凉爽，阴竟日。周八兄（本巍）来，留与小饮而别。见杏官所苦，言有草药所疗，出城觅之未得。吕未入朝佐，从江苏来，带到石梧信并笋脯，信云闻花旗国与夷争产烟地，战于吕宋，夷大有挫损，现掣宁镇船往接应。果尔，则内地事将靖矣。恐仍是谣言，且何以又来船四大只也。周氏兄弟及魏世兄来（炳礼）。

初七日（4 月 17 日）

阴凉。子愚往邢园，子敬亦出游。张石安来话。赵四弟来。作书与梅生。闻各处花园牡丹有信矣。庭前芭蕉萌芽日茁。

初八日（4 月 18 日）

晴矣，有风。见子毅病危时诗字册，甚感怆也。石琴送京钞来。题汤孝子弃稿书后。昨日作芋生墓志。

初九日（4 月 19 日）

雨住，仍阴。绣球花开欲满矣，惟芭蕉不甚长耳。得阮师相回书，并赐书联语、斋额，又圹记及《湖光山色阮公楼诗》，知有再续集之刻，未竣工也。来书谆谆，以他年神道碑为属，感叹何似。晡时步至张容园处，见赠《亭林年谱》及《金陵时事编类》。欲雨，即归，遂滂沛矣。

初十日（4 月 20 日）

雨住矣。旋得晴。早饭后，与方伯雄至甘氏津逮楼看书，见宋板《金石录》，甚佳。又《李太白集》，春陵杨子见注，不知春陵是那一个也。有兮中作大□钟，大字下一字不可识。释者谓是夹字，恐未的。石间牡丹盛开，而甘家正请客，蔡友翁、邢子尹俱在，共十余人。余与伯雄辞归。黄石琴来便晚□，樊棋。又甫太守送酒，甚佳。

十一日（4月21日）

晴。榘生为张家持书单来看，皆大部书，无需用者。又付来中平二年大篆字《府君碑》，颇旧。午后往张子实大令家，晤其大郎，知子实尚官平和县。子实名葆采，古余先生之子，好古，有家风。己亥余使闽充内收掌者也。得石梧书，浙事亦无消息。

十二日（4月22日）

早起剃发。晴。子愚出门，子敬会李嘉山。书坊送书来。张世兄愿（孟龚）来，持示蜀侍中《杨公阙》及《裴岑碑》。夜月佳。

十三日（4月23日）

榘生邀同子愚向西北行，至护国庵看牡丹。来青阁远眺略佳，说有南门东之西莲庵竹子多，欲往看。黄南坡太守送酒菜，甚佳。约黄倩园、邢子尹晚饭，子尹不到。付孟龚廿金。天甚暖。

十四日（4月24日）

晴。与石梧书。符世叔来话。午后，到红纸栏伍诒堂处看孙渊如、袁随园两君诗札之类颇多，恨无碑拓。据云曾以《华山碑》卖与张古愚先生，海内第四本，此真奇闻，未闻此帖有第四本也。不知子实携出去否，当索问之。带得《校官碑》及《张乐酬诗图》归。过邢园，与子尹小酌，归复饮，乃寝。

十五日（4月25日）

早起，与子敬骑驴，行约十里，到汪郧楼家（度），牡丹各色俱备，兰植地上，蕃盛香妙，有一鹤步来步去。园中部置殊佳，有石笋，从龚芝麓故塔影园移来，上刻“驻鹤”二字，传为顾媚书，一古迹矣。同步至台城下晚香庄，有塘甚大，友石义庄也，却未整理，壁间悬李复堂、石道人画俱佳。天晴，大暖，即归。见京钞，知夷逆首犯朴姓已于去年八月炮毙，近捉获夷匪及奸细甚多。耆介春放钦差大臣，非复杭州将军矣。

十六日（4月26日）

热甚作潮，阴矣。早饭后，陈雪峰处作吊，归遂雨，竟日廉纤，苦不畅也。梅蕴生晨来晤。

十七日（4月27日）

得雨后稍凉，然日已出而潮烦未解。为甘实庵作《金石题咏景编叙》，捡金石零星拓本付装池。吴履吉（坦）先生之世兄（会）来拜。下午阴凉。

十八日（4月28日）

晴，风，早凉午热。石琴来，知夷复至四十船果谣言，闻现在瘟疫大行，或者天心厌乱乎？张渊父之子耜（次耒）带到天监井拓本。吴东生来晤。

十九日（4月29日）

甚热。作书上阮师，并与李淦信，交管升带去。张次耒来。

廿日（4月30日）

作书复渊甫并寄折扇去，交次耒处。杨季子书来并《地理韵编》《纪元编》两书，熙载刻印四方。天极热如夏，殊不可解。作字与石琴。今日无客。

廿一日（5月1日）

检理金石小拓件，分排安顿付装池，遂致竟日，皆徐问蘧、六舟和尚、曹秋舫、吴圣俞、吴康甫所赠。惜乎旧所蓄赵晋斋本及汪孟慈、何夙明所赠本均未带来，不得一例装池也。倪朗峰寄到《地理志注》两本、书目一本。晏心田世兄差人来求字。申刻，大风疾雨，遂透凉。（眉批：复季子书。来人回去，带回印二，又石四方。）

廿二日（5月2日）

半阴晴，风不甚大。写字极多。方伯雄来话。与石梧书，李淦来，尚未接到我信也。子愚买得酒杯三，甚佳。夜，复晏心田书，交来差去。

廿三日（5月3日）

晴，凉甚。作书与默深，交李淦带归。午后，往张家吊，子实死矣。回拜梅蕴生。到皇城内东北半山寺，荆公故园也。有泉从钟山来，铜管安城下导入寺，作声，即往宫中去，宫中无之，但余故址耳，乃明基也。寺有古柏二，传为荆公手植者。归过状元境、石渠阁。

廿四日（5月4日）

早起，欲往雪谷，不果，无舆夫也。阴天大风，幸而未去。作书寄吴瀹斋抚军丈、王菽原方伯，俱交应云处。又作书复倪朗峰，交石梧处。黄子湘来晤。汪老二来晚饭。早间与榘生访张雪鸿园，未开门，因至花盝冈看西园，对面即所谓吴园也，但余古柳数株，澄潭一曲，颇佳。

廿五日（5月5日）

早起，稍不静。邓裱匠来，检拓片，守视竟日。作书与六舟、木庵，交马艺林世兄，正署歙县也。由石琴处去，得石琴回字，言郑鼎臣焚烧夷船事已入奏矣。苏州艺海堂书坊来，无甚佳本。致默深书。

廿六日（5月6日）

伤风，尚不大愈。拓片至申刻方毕事。甘石庵送钟鼎拓片来。李叔虎从湘中来，重三日起身，廿余日到，可谓速矣。连得石梧书并茶、蕃之饷，当即复一纸去。来书言沙川、宝山一带复有夷船游奕，或者亦是谣言耶？

廿七日（5月7日）

着人迎石梧两姬，携其七郎来。早饭后，陈心农三兄来，午饭后去。余送至新桥，顺步到张容园处，见孙氏《重刻徐鼎臣许长史井记》，篆书颇佳，云从赵晋斋处得旧拓本者。又《孔彪》《李孟初》二拓均精，借得《萃编》四本归。魏默深来，匆匆一话，借银百六十两而去，在龙潭新买地也。今日闻心农说，知陈云心于去年十一月到家，数日即作古，友朋凋丧若此，慨何可言。今日烦热殊甚。

廿八日（5月8日）

石梧眷别去。连日得书，知镇江口水涸，不得进船，先拟在此地觅小船，今竟不必到彼自雇也。黄石琴来，正值与子敬小酌，吃鲥鱼，遂同酌谈。知夷人大疫，又谋首郭士利被毒酒死，揆帅计也。得石梧书，知伊、耆两公已过苏矣。鲥鱼者，黄笏庵所饷，味不过尔尔，较之去年五月十三在九子山所荐者似不如也。

廿九日（5月9日）

早与子敬到黄子湘处，即同游方家河干园，峭石澄潭，殊幽奇，惜园房多坍败耳。到承天宫青莲社寻符禹门世叔，见所造日晷，合直景、倒景图景为一器，颇精，惟按各省分度数，难移易耳。黄石琴饷鲥鱼二。检字画箱。

四月

初一日（5月10日）

晨起即行，由南门东北入皇城，出朝阳门至孝陵卫，饭于饭铺。东北行至灵谷寺，寺门外树木千章。入寺，与沙弥长元遍游，志公塔甚高而梯仄，惜不能望远，看周辟邪钟、元至元二年铸篆字勒记。泰定钟楼管钥人不在，不得入，从外望之。引山泉迸入，竖竹倒流出，亦小技耳。西院有芍药。出寺西行，至孝陵，登陵山一望。既出，到碑楼看神功圣德碑。曲折行，看石狮、狁、象、驼、虎、马，每皆两对，二伏二立，立者皆牡。石柱二，在西者击其上如宫钟声。石人八行，路多邃热。归至利涉桥，遇东岳会，极繁喧。归寓园，才未正耳。周温甫在此。余宗山来。今日赵老四、汪老二来饭，赵四生日也。子愚有不快事，可叹可叹。

初二日（5月11日）

自五更小雨，至天明地犹未湿，午后仍晴。剃发甚早，移床堂屋，苦夜热蚊多也。与石梧书，中有与王亮生书，问沈小畹“班书注”。

初三日（5月12日）

潮热甚。得石梧廿八、廿九两书，说烧船事竟属子虚。周老八同王三福来，一话去。得蒋誉侯信，知筀陔丈于正月廿六日卒于汉阳寓舍，可悲也。夜极热，半夜雨，廉纤达旦。睡醒闻之，甚为麦慰。

初四日（5月13日）

透雨竟日，天甚阴黑。王受亭、周焕章来，因留午饭。与石梧复书。昨日得李淦来信。

初五日（5月14日）

早上供。雨时住时作，时复见日。汤雨生来，言鸡鸣寺下窟室甚宽大。

初六日（5月15日）

雨不住，颇复望晴矣。得石梧初三日书，言逆船已退出宁波，有用小船分扰苏杭、扬子江之说，不审消息如何。若果尔，则疮痏之疾，日耗元气，尤难奈何矣。周焕章来，晚饭去。得张孟龚书。

初七日（5 月 16 日）

阴，旋晴，日甚炅，午后复阴。王受亭、周焕章来。焕章送药草名蒲公丁，又名凉伞草，治瘰疬、肿毒等症。符丈来一话，送日晷一个。石琴处借得京钞。

初八日（5 月 17 日）

晴。受亭、焕章来别，所要书之五扁、四屏、十二联、二祠联、二十九扇俱齐，即付交。五扁者，夏口濂溪祠自去春被回禄，现在新修，其中有先公及彭丈、熊兄三扁补做，又二扁则余所新题于夏镇及仪征两处祠馆者也，一“风自依然”，一“欲天下拙”。石琴来话，知宁波退出，是廿六七日事，且有初二日退出镇海之信。夷人其将潜遁乎？与蒋誉侯唁书并奠八金去。夜有月。

初九日（5 月 18 日）

晴阴相半。潘少白先生来，草帽畸驴，殊有逸致也。步访汪梅村（士铎）于金沙井巷，未值。门对皆篆书，果奇士矣。八十文买得《乙丑年搢绅》六本。

初十日（5 月 19 日）

晴复阴，有风。汪梅村、张容园来话。梅村讲《水经》地理，能为诗，容园则专嗜金石文字也。三省堂后小竹数十枝，一春觅笋不得，今日忽见巨笋直上二丈余，已成大竹，尚未尽脱箬箨，甚奇。更奇在大家不曾看见也。母亲、伯娘都来看，因小饮亭中，孙男女俱侍，适值大雨，饱看之。

十一日（5月20日）

早阴，往邢园少坐。至陶谷，登楼。至雨生处少坐，蔡丈处吃切糕，俱不遇。五人至黄南坡处谈颇久，归。与季子书。与石梧书。

十二日（5月21日）

晴，甚热。章观察（廷榜）来拜。得应云三月十□书并书箱三只俱到。得石梧书、王亮生书、沈小帆书并郑兰亭信，说及九子山中树竹俱活，亦有损失者。

十三日（5月22日）

杏儿生日，十四岁矣。检拓片。天阴风。致轩来。晡时同子敬、桂、杏坐船到夫子庙状元境，买得桂未谷《印考》《仓颉碑》《武荣碑》。帐铺人姓桂。今日闻乍浦于初九日失守，乃知宁波退出，垂涎在彼，地处杭、嘉、松之间，大非妙事，奈何奈何。得季子书。

十四日（5月23日）

祖母郑太夫人忌辰。黄石琴来，知乍浦事尚无的信，但闻夷人上岸，陕甘兵方与接仗，或者有捷音也。晡间闻城门早闭，遂有盘获奸细，病亦久矣。夜月甚佳。昨日得觐云侄女书，殊可怜念。与石梧书，中有与亮生书，问沈小宛班、范书注，《水经注》等。母亲早饭苦鱼刺，孙妇咒水愈。

十五日（5月24日）

晴而不暖。午后与子敬到武定桥，子敬上坡，余至状元境，问智永《智永千文》，不得见，归。酌，闻乍浦失守，苏州三日始得信，且甚安静，亦非好事也。

十六日（5月25日）

甚冷，重棉上身矣。得石吾书，言乍浦失守，都统不知下落，巡道退保嘉兴，闽勇竟为贼用，可愤之至。竟日雨未住。与唐应云书，中有与小帆、兰亭、载安、临川各信。

十七日（5月26日）

冷如昨，天晴矣。邓子延来检拓本，遂竟日，得吴丽白寄到《字诂》三本，国朝黄生撰，采入“四库”者也。黄倩园来，知乍浦于十四日尚闻接战失陷情形，不审何若。子愚先出，子敬同倩园出。

十八日（5月27日）

早起一饭，坐船由南门桥、武定桥、文德桥北过数桥，又转西过太平桥、北门桥，又转北至石桥蔡年伯处，吊其次配，上祭者甚多。友丈白衣冠，如丧嫡妻也。观所藏字画。任元谋龙岩，金时人，画书韩公《秋怀诗》卷子，纵横奇妙，胜《古柏行》。《古柏行》相传为宋人，不知实任君书也。祝京兆《金刚经》精妙。鲜于伯机《张公神道碑》稿，极肃穆。其怀素、二米则赝鼎也。仇石洲《东园观奕图》，清笔非凡。板桥《兰竹册》十二幅，厚逸可爱，此册借归。汤雨生、汪郯园、邢子尹俱相晤。归至夫子庙，到抱梓堂看古董，携八件归。有黄石斋画最好。得洪子香书。倪朗峰寄来《地理志补注》。黄石琴信说浙西兵进援，颇有杀退夷船之势。

十九日（5月28日）

着人送回各件，止留石斋、蓬心、孟津三件。符丈来话。与石梧书。旋得石梧书二。

廿日（5月29日）

风比昨更大，昼夜不息，可怪也。晏心田之侄来。刘松亭言有太清楼、星凤楼《家庙碑》各古拓当送阅。与开甫书，索《元靖碑》。容园来看颜书《放生池》钩本，留饭，食松菌甚美。

廿一日（5月30日）

风大，已四日矣，不审是何祥也。邓姓来检版片，竟日毕。

作《裴岑考》一篇，真破空独得，与前日作《司徒残碑考》同也。得唐应云四月初头信。食黄花鱼。

廿二日（5月31日）

风略秀气些。午间步至夫子庙后松亭处看字画，太清楼拓佳而太少，文《楚词》小楷精绝，而余又素不喜其笔也。石渠阁定旧书、聊复尔尔斋检得数小片归。石琴饷黄花鱼，已不似昨日之美矣。子愚看汪少海丈去。乍浦失后杳无消息，大奇大奇。

廿三日（6月1日）

早，风小矣。写联幅甚多。石琴来。乍浦半月无消息矣。

廿四日（6月2日）

大晴，极热。早饭后出门，黄石琴处谢步。晤汪少海丈，观所上耆将军书。十年不见，亦觉老矣。遇刘瀛客二兄，旋即往拜。二子出见，于园中一游，尚少竹耳。（回拜章观察，见玉坡中丞折底）。到博山园，与潘少□□楼看渊明祠，上复三层楼，有制军□□□□。回屋里，久谈而别。黄鹂冈何家拜汪梅村，兼晤茂垣同年。胡竹村来，因得一话，问其《仪礼疏》尚未毕业也。归，知邢子尹来。夜与石梧书。有倪信。复应云书，谷单付去。

廿五日（6月3日）

热。两得石吾书。得石琴字，知浙中和议可成，伊、耆已归。杭州若果尔，得小休息，然彼夷多占马头，尚不定如何布置也。刘瀛客来。黄笏庵来。

廿六日（6月4日）

罗理问带到苏藩书。李戟门来，雷州守舟行过此也，因邀石琴来同饭。严近村来，亦同坐。汪少海丈来，我未晤。复得元和井拓，比前拓者远胜矣。戟门住此。

廿七日（6月5日）

早，戟门早出，上塔去。余复睡，昨日多饮也。午间，戟门别去。子敬附书与邓行，为前债事。

廿八日（6月6日）

辰初一刻，儿妇免身得男，甚可庆也。一切平安之至。余昨梦一和尚来，今早仆子王贵荐□□□官来拜，占佳兆也。何同年其盛来。竹村先生来，赠《研六室文钞》，谈《仪礼》通洽，虚己之至也。早间与石梧书，报喜。今日极热。

廿九日（6月7日）

热极不可耐。杨小来话。少海丈惠绍酒大坛。得石吾廿六日书，言夷因骨劳侵扰，撤兵船归援，耆帅回粤任追剿，想犹是退出宁郡折中谓所奉旨也。未刻云阴，略有雷，既而大雨畅透，炎氛一洗，雨遂竟夜。

卅日（6月8日）

孙孙三朝，取名钟曾，以钟山也。雨住，一切平善。蔡友石丈、汤雨生、黄笏庵、汪致轩俱来贺，因……

以上为中国科学院图书馆藏，题名《草堂日记》

道光廿三年

闰七月

十二日（1843年9月5日）

早雨未歇。苏赓堂侍御处一话，云得史阁部书《归去来词》卷子，未及索观。归饭后，写大字多。为李季云侍御题元人丹荔图诗，无款董画诗。晚赴吕尧仙席。子愚游南星门外怡园，闻有水可坐船，亦佳也。

十三日（9月6日）

早上馆。　《松文清传》初稿已完。接办陈忠愍化成□□□□《一统志》副本。馆中到者，比前为多。未刻到杨墨林处写大字各件。韩季卿、冯鲁川俱在。吃全羊件数极多，然同一膻味也。傍晚阵雨。

十四日（9月7日）

早阴。庄卫生处一话，罗椒生未遇。买酒二坛。酒店后园中石榴甚盛，摘取五枚而返。午间复出。访陈卓堂未遇。倪梅生处、杜蕉林处一话。归写大字、小册、各扇件。晚约庄卫生星使、甘实安员外、赵伯厚宫赞、阎镜泉侍御、吕尧仙、张石州两同年小饮。得子敬初九日到雄县信。

十五日（9月8日）

竟日未出。天气晴好。止早间略阴耳。兰花发两枝，清香来至。检阅《陈迦陵诗集》。写大字多。得子敬初十日河间府信。夜月佳，与致轩、菊士话。

十六日（9月9日）

早上馆。同到馆者四人而已。未刻与伯厚步出午门。伯厚曰：莫又有大考也？三月初六日亦两人步出午门出城，而初十大考之旨，故有此语。到秋曹看牛镜堂制军丈，出示在江南奏底三册。余因作《陈军门传》，须查其奏也。回家吃南瓜点心。张粲庭来话。晚饮赵心泉处。兰花盛开，有重台者一朵。竟日晴。

十七日（9月10日）

早访王曼生，托查陈军门事迹。早饭后复出。屠燮臣处话。金湘门丈处，见张桂岩大幅画，殊静妙。吴松甫师处久话，归。未正到报国寺，冯鲁川做东。伯厚、石舟来甚迟，难等难等。月上方散。王曼生来夜话。盆兰开二枝，甚香。

十八日（9月11日）

早甚凉，秋气深矣。剃发后，寄子敬书，由彭雪眉处去。早饭后，杨子言来。出门，陈淮生处，罗椒生俱晤话。黄琴隝得孙，三朝道喜未值。归写大字多。晚苏赓堂拉往刘晓川处，乙未世兄十三人饯椒生星使也。兰又出一箭。竟日晴，而夜月颇阴。与刘午峰书。

十九日（9月12日）

早上馆，遇苗仙露，于小市共话。今日到馆者，多至十余人。午正后始饭归。撰序一篇。复出拜两客。过魏条三，对小雨共话。庭前秋篱花草甚有致。陆解元飞《黄山图》，余昔题一绝云："梦里黄山醒后图，居然奇秀到天都。谁知云海苍茫外，灵气仙风不可摹。"竟已忘之，兹得见，因记于此。夜无月，五更雨。

廿日（9月13日）

早冒雨出门。陈卓堂处小坐。什锦花园伊相国开吊归。过古迹斋，取《钞选唐诗》四套。选固佳，而批字亦清妙。有紫琼道人印，未知谁何。赵心泉处剪兰二枝归。雨仍未住。得子敬苦水铺信（敬信）。午后晴。写大字。申刻复出，看程子渔守恭丁内艰也。月乔处话。王翰桥移居，殊幽雅。归饭后，王曼生来。到祝荀伯处，为房子扣俸事。

廿一日（9 月 14 日）

早起，桂儿录科也。余竟日未出，作卷子书甚夥。白纸□不一，难尽好写耳。夜与曼生同请卓堂、寿臣，倚歌《游园》一折。今日与陈福杍、胡荪石（寄挽联）、唐印云信。

廿二日（9 月 15 日）

早到华甫处话。归与印林书。晚请金湘门年伯，朱朵山、王若溪、邱小屏、赵心泉、汪致轩同坐。何根云来，略话去。

廿三日（9 月 16 日）

早上馆。午饭后，拜麟见亭前辈、钟云亭河帅丈。到慧裕亭寓问年伯好。归少憩。周芝台阁学处观奕。夜饭后归。得子敬德州十三日信（敬信）。

廿四日（9 月 17 日）

早往廖玉芙大□师处，时奉使治东河也。到易问斋处，又赵心泉处，剪兰而归，条三处话。下斜街花局买兰花归。早饭后书扇及联幅颇多。海秋来话。灯下为赵平山同年撰其亡室墓志。又写程子渔母挽联。夜作书与黄石琴廉访、潘德畬观察，系月乔所浼也。

廿五日（9月18日）

早送卓堂行，未晤。归饭后，蕙西、子序、石舟、心泉相继至。石舟属桂儿樵《唐大安宫图》。晡时子嘉处看楚君小虫国手弈。归，条三来便酌。

廿六日（9月19日）

早到馆。《陈化成传》做成。到馆者寥寥数人。午初无饭吃，因提调俱未到也。同伯厚往翰林院，与清秘诸君同饭，酒甚佳，酌其五碗。看架上集部书。匆匆而出。过厂肆归，得子敬十四日住莘店书（敬信）。晴而颇热。闻河南黄河断流，未审何故。

廿七日（9月20日）

早。收检史稿。午间为程木庵题彝器拓本，得诗一首。题卷首“惜道之味”四篆字，用洨长语也。拜客数处。至武吟斋仪曹处，见余数年前书联云：“香含鸡舌彤云返，韵写龙鳞玉露鲜。”龙鳞韵者，吴彩鸾所写唐韵，因吟斋夫人能诗，故有此句。余久忘之，聊记于此。孙兰检、黄琴隝处话。归写大字多。

廿八日（9月21日）

早。徐白华前辈、章荻帆舍人两处作吊。归，饭后，书联扇各件。寄子敬书于苏州。旋得十九日界河驿来书，途中不为阻滞也（敬信）。复程木庵及六舟和尚书，交子渔处。苗仙露来话。晚晤子序，明日下船也。话致轩、菊士处。

廿九日（9月22日）

早上馆，独坐久之。问云来巳正，因共饭。饭后而赵伯厚至，余先出。到安定门，吊萨同年。出城拜吴瀹斋中丞。又王荫芝处奠归。胡小蘧来话，酉正雨。郑小山来，为小西诊脉。

卅日（9月23日）

雨竟日未住点，午间出门，甘石安处话。秋花小院，殊有致。邱迪甫出守松江道喜。彭春农丈病愈矣。蒋婿处话。黎月乔处送行归。晚饮郑小山处，雨至夜更大矣，半夜住。连日闻人言：黄河因函谷以下山崩，分为两路，一从汾绛一带漫溢，一由南阳一带漫溢入襄河。真奇异事。

八月

初一日（9月24日）

晴爽。早寻缪可斋、程容伯，俱不值。黄寿臣处早饭后，同游厂市。买得八大画，鱼山幅，曼生联，香光题画幅，为寿臣买也。午后，唁史吟舟丁内艰，王介名兄丧归。写大字多。

晚饮陶问云处，欢而未醉也。子愚请折桂客，席设致轩处。傍晚时，小山来诊小西脉。

初二日（9月25日）

作中楷幅，书《桃花源记》《归去来词》，竟因人客沓至未竟。学政单下，王晓林、吴松甫两老师处道喜。同年惟蔡麟洲得四川，乙未世兄陈杏江湖南，张小浦安徽，而万藕舲以大考第一竟不得。张石舟托查《宪庙诗文集》，有挽祭阎若璩诗文未查得，想在《雍邸集》中也。祁幼璋来话。

初三日（9月26日）

早上馆。午正饭后出城。翁玉泉处一话，归。客来不歇。复石梧书。闻黄河复归大溜，由漫口出，洪湖甚涨。高堰石工危险，不审若何。

初四日（9月27日）

早与常南陔廉访书，中有与子敬信。复沈朗亭书，与王谷诒书。早饭后各新学使处道喜。林世兄士钤处吊。由厂肆归，复出才盛馆，高小岑堂上寿。归写艺甫横幅竟。复出至吴松甫师，吴瀹斋中丞丈处，均不值。曹西垣来话。

初五日（9月28日）

早晤寿臣、蕉林归。检入闱各事宜。写大字多。根云来宿。

初六日（9月29日）

寅初三起，寅正二刻入午门，听宣。竟颟顸无从探确，但知我不与，而有同年谢方斋、王介名二君、乙未世兄陶问云，余不甚了了也。到内阁又一时许，亦无真正名单，遂大家散归，实不成话。出城见名单矣。张小西病好起来，与桂儿先后入城，住小寓去。晚饭后，到袁午桥、郑小山处话，根云来宿。今日主考正麟魁，副许乃普、花沙纳。

初七日（9月30日）

天阴，间有小雨。潘师母寿辰，王鹿苹母寿，俱往拜。午后到小寓，邀致轩、菊士及桂儿到墨林处，看园□兰桂。小酌而散。余即宿其斋。夜热无月。

初八日（10月1日）

早。到贡院前，天已晴朗。东左，东右，西左，三门三口。西右门迟至戌正后方□。搜检宽松，为从来所未有也。余□月至杨家，园景比昨尤佳。

初九日（10月2日）

早吃点心，即到馆。旋归寓。早饭后，吕尧仙丁内艰，往唁之。归写大字。酉初下园，到根云处已月上矣。往祁春浦尚书处看《大观帖》，帖已在淮生处。久之回根云处食宿。

初十日（10月3日）

寅正即起，与根云同饭。卯初进内贺万寿圣节，行礼后即归。拜衍圣公孔伯海。一别二十年，翩翩少年，今须鬓老成矣。出城到才盛馆定席。归饭，写大字多。作书与黄新甫太守，荐汪汝弼馆地。晚饮赓堂处。

十一日（10月4日）

早。与子愚同往路莲槎处。归饭后贡院送考，点名快极，未初已竣事矣。与海秋同过杨园而归。晚饮刘晓川处。张小西因病移居养息去。汪世兄今日行。

十二日（10月5日）

早到小山、寿臣处。蔼臣晤于途。写大字，清案头书。夜月佳。

十三日（10月6日）

早上馆后，到贡院接场，桂儿已回家矣。早饭后，等二汪未出即归。请孔北海圣公未刻饮。潘星斋、殷述斋、蔡麟舟、两学使作陪，饮甚洽。北海言：近得《鹤铭》古拓全本，有明人题跋甚多。想是奇□矣。傍夜雨不大。

十四日（10 月 7 日）

早料理节帐。早饭后出门，各老师处送节敬。潘星斋绂庭请已刻饭。坐至申正始散归。少憩，至刘宽夫比部处，看《大观帖》。黄寿臣处公请吴松甫师，与蒋心香三人作东，朱朵山、陈秋门作陪。席间唱《游园》《絮阁》曲各折，饮甚畅洽。因吾师将视学浙江，一饯为欢，三年小别矣。中秋日，一家欢度可喜。午刻携册砚独游报国寺，写字、画，秋趣殊佳。赵伯厚忽来，同扰戒和尚伊蒲馔一顿。伯厚去。余仍坐至申正后归。与弟侄饮。乘月出，看汤稼生病，邀郑小山与诊。偕小山至雅集斋一话。归而内子病发，余竟夜不得睡。

十六日（10 月 9 日）

早送北海上公行，握别拳拳可念。到馆无事，未初始饭归。汪致轩、菊士、白晓庭，在此轰饮。汤海秋、黄树皆后来。客皆畅醉。

十七日（10 月 10 日）

因所请二十日之客，现改今日，二十日无席也。适王若溪请我今日，下场门，即附一席。与寿臣、心香，公请吴世叔。世兄□□有事先去。李寄云说：新得项易庵画册，极精妙。夜步月访汪致轩兄弟，俱已睡。因步至条珊处，主人未归。然烛看《辽史拾遗》一本而归。

十八日（10月11日）

早往东头拜客，便看小西病，尚未大愈，然差健矣。归早饭后，写大字多。申刻携肴具到西曹与镜翁饮话，苍茫感慨之至。先逢陆雅雨前辈，先行出城，已昏暮。灯下和王菉友六十自寿诗。根云来宿，夜分方寝。

十九日（10月12日）

早由城内拜客，上馆。略检《河渠志》初草底，不审能收拾否也。午初饭后出城。未正赴王菉友、陈雪堂同请之局。夜月佳。昨夜发信寄子敬、应芸于长沙。

廿日（10月13日）

早作书上阮相国师，寄魏默深，均交石州带去。早饭后，略静，撰《罗笑山志铭》。晡时，同条三至厂肆，携《颂天胪笔》《明季北略》两书而归。饮至月上，话致轩处。

廿一日（10月14日）

早回拜数客。饭后，到报国寺作书。晡时步归。晚饮朱朵三处，陪吴松甫师，颇醉。

廿二日（10月15日）

晨起剃发。午间访徐同年不值。彭春农丈处久话，颇言钞法可行，所论不出亮生刍言也。看吕尧仙，归仍出，松甫师处送行。拜李芸舫漕帅。夜饮致轩处。

廿三日（10 月 16 日）

阴。早饭后至张义门外普济堂，同门公送吴崧甫师。午正始到。师行后，顺路游天宁寺、报国寺，与寿臣茶话。归已暮矣。夜风。

廿四日（10 月 17 日）

早到秋曹看牛镜翁，因有不归入朝审之旨，是好消息也。并晤姚石甫一话。出城，则才盛馆乙未乡试同年公请沈砚□、胡小蘧两学使，同年共五席。午饭便归。许畹、莫毅农来晤。

廿五日（10 月 18 日）

先公冥寿，早晚奠。竟日不会客。吕尧仙处开吊。写大字极多。复庄琪园书。得子敬扬州及镇江书。各屋安风门。

廿六日（10 月 19 日）

早上馆。午正始饭。出城，从厂肆归。晚请邱迪甫太守，宋寿甫、单藻林、饶载初、丁薇生、黄寿臣同坐。

廿七日（10 月 20 日）

早回拜毅农不值。才盛馆丙申同年公饯王晓林侍郎师，演春台部，同年到者三十余人。搭席二，请客十人，皆秋战士也。竟日阴，颇冷。

廿八日（10月21日）

寻阅《西河集》。写册叶半本。午间走访张亨甫，剧谈久之。归请阮受卿、蔡春帆、祁幼璋、李晴川、苏松□、郭雨三晚饭，醉。

廿九日（10月22日）

早上馆甚冷。借梁矩亭小棉坎肩方好□。到馆者余与矩亭、竹朋、颖生四人耳。未刻，同到杨家园，看竹、晚菊，围棋一局，酒点赶城□矣。杨介亭、白晓亨、汪致轩、菊士来饮。

九月

初一日（10月23日）

卯刻起出城，到九天庙，同年到者约十人，候送王晓林少寇师。候至午初方到，不免饥寒矣。归，炒饭一碗。即东之万柳堂，汤海秋请陪姚石甫也。风声苇声，树色云气，殊多萧瑟之致。幸谈高而酒美，野树密寞，趣不浅矣。海秋赠石甫诗七律八章，佳。

初二日（10 **月** 24 **日**）

剃发，甚冷。午间检理书帖。写大字多。薄暮到厂肆。过寿臣给谏处，便饭。为书扇幅二事。归途颇受冷，夜不甚适。

初三日（10 **月** 25 **日**）

早上馆。小毛袍套，尚不见暖也。午正饭后出城。书室中安曲尺纸屏，为御风也。致轩、菊士来共酌。与屠小如书，从誉侯处去。夜梦，不审何谓。

初四日（10 **月** 26 **日**）

寒如昨日。午后仍风。作小楷、大行俱多。晡时到天宁寺，吊王小崖母丧。夜约廉浴亭广文，王宜斋比部，陈□□、李晴甫、李书农三舍人，王□山义曹饮。

初五日（10 **月** 27 **日**）

寅正起，卯初，行至前门，门未开也。卯正后，天明日出，城始开。城内人顶门出者殆近千人，顶城入者甚少也。到午门前坐班，本衙门止余一人到耳。归祀先伯父光禄公冥寿。午后温稼生处吊，挽之云："生死太匆匆，回思几日清尊，同证□禅□□□；升沈原澹澹，不料一官水部，惨教归梦断湖山。"归写大字。晚饮苏赓堂处，陪邱迪甫也。散后朱伯韩处，谈诗甚畅。

初六日（10 月 28 日）

早上馆，来者人极多，从来所罕也。午刻饭后出城。由厂肆归。约英毅农、张西丰、何小峰、王翰乔、牟一樵、周华甫晚饭。

初七日（10 月 29 日）

早送邱迪甫太守行。归作小楷扇册。午间到天宁寺公祭王□母，同年到者共八人耳。归写大字。晚饮郭雨三、翁玉泉两处。俱未多饮。因先吃羊肉面，遂饱却半日，可叹也。

初八日（10 月 30 日）

晨过魏条山处，问李西台校官事，知注册候选，无庸领照也。吕丽堂太守处话。石芸生处话。归写大字甚多。看《毛西河集》，颇少同意处，止《毛诗》名物有佳处耳。夜月，致轩来酌。河南试差今日始放。

初九日（10 月 31 日）

早上馆共到五人，嘱提调行片内阁，要河道图。归见报录人。申刻饮梅伯言处。南官二人，阮受卿得隽，殊可喜也。晚至厂肆。

初十日（11月1日）

早见题名录。阮受卿、王子兰、许吾田、黄子寿，俱获隽。皆有根底者。各处道喜。夜月佳。与致轩小酌。桂儿复挑誊录。

十一日（11月2日）

早到东安门内朝房磨勘。共派四十人。翰林二十四人。每人分卷七套。至午正，无应议签。与赵伯厚同出城，饭于裕兴居。复闲游，泥饮颇醉。复蔡凝堂书。

十二日（11月3日）

早起未出门。午刻，文昌馆廉浴亭广文请一饭。步归，写大字甚多。留汪氏兄弟饭。菊花多本，殊与竹气相映成妙。

十三日（11月4日）

早到馆。顺路回拜范雍亭凤谐，由南汇令保举来都，从练立人处见余书相慕访谈，书道殊有领会。申刻到才盛馆，周云浦同年祖母寿也。酉初回家。少憩，仍赴马湘帆前辈席。石甫、伯韩、海秋、亨父、庚堂、伯言同座，仍前约也。颂南、少鹤不至。得子敬吴门八月十九日书。

十四日（11月5日）

早出门，拜数客，俱未起也。刘宽夫比部处，看覃溪所藏

《鹤铭》三本，各有趣。唐林纬乾藻书札拓本极旧。宽夫云："岂吴匏庵刻？"余意明人刻石，未必有此手段也。晚汪致轩、菊士、桑十、子英、杨介亭、白晓庭来饮。蔡麟洲后至，菊院轰饮，客无醉者。

十五日（11月6日）

早送陈杏江、蔡麟洲两学使行。至姚石甫处，适已将登车，与伯昂阁学师同游西山去也。与亨父一话。汤海秋处、祁春翁处道喜。归，为兰检阅酌前序，晡时毕。汪家亲戚李万松来夜饭。步月至厂市。过周鹤舲，复留饮数盏，酒极佳，从朱霞峰借酌。

十六日（11月7日）

早过张世兄耜处一话。到馆午正后始饭。出城访张润农不值。归，晚赴李晴川席。散后，倪梅生处一话。

十七日（11月8日）

早不出，写大字多。午后一出，到厂，归。琴隝携乃郎子寿来拜，新获隽也。夜话苏赓堂处。

十八日（11月9日）

早到东头拜客。饭刘佩泉处。归夜饮。刘小竹司马寄禅院，秋多月色，健甚，宜□醉也。

十九日（11 月 10 日）

早上馆人极多。因新选协修者俱到也。拜奕相国、王篆友、许吾田。出城到誉侯处，为阁学丈传事也。归，祖母郑太夫人冥寿，上祭。夜仍饮小竹处。有度曲者，主人颇有闲趣，春酒甚佳也。他客止寿臣耳。

廿日（11 月 11 日）

早未出，剃发。早间到才盛馆，丙申公请刘蘅洲太守，缑鹿仙大令也。未正后归。晚至姚石甫处谈，因留饭。亨甫、伯言均在座。归过郑小珊处。昨夜子正，子愚得一女，大小平安，可喜。

廿一日（11 月 12 日）

早未出。饭后，到东头张润农处话。回拜数客归。写大字多。夜饮苏松龛处。

廿二日（11 月 13 日）

早到东安门内。磨对覆试卷，幸无参错。顷刻而毕。伯厚来早酌。招云侄女三朝也。天宁寺王师母处开吊。归，约刘蘅洲、缑鹿仙、谢方斋、朱霞峰、王介铭、翁玉泉饭。客来参差错落，殊可叹也。

廿三日（11月14日）

早上馆，撰成蒋阁学丈传即归，未及饭也。无客来，甚静。得子敬九月朔杭州书。

廿四日（11月15日）

作九老图记并诗，又文待诏秋庭读画图诗，皆为李季云作也。午间天和馆拜陈栗堂同年慈寿，未坐而出。晤周介夫观察，谈甚久。归，夜翁玉泉处餐菊，饮甚畅。

廿五日（11月16日）

早静。午间，文昌馆毛芾村侍郎前辈娶妇道喜。归作小楷。黄寿臣、孙兰检来便饭。夜雨。

廿六日（11月17日）

雨未住，不甚大也。早到馆。午刻出城，拜徐似樵年伯寿于文昌馆，饭后归。晚请方西山运使、董柯亭观察、易念园、杜兰溪、黄正斋、郑小珊饭。得湖南榜信。

廿七日（11月18日）

早过海秋处。归夜饮条三处。子遇、伯厚同坐。

廿八日（11 月 19 日）

早到秋曹，与牛镜翁话。即留早饭。归阅孟襄阳诗。夜饮徐似樵年伯寿酒，甚醉。子愚与根云饮晓川处。归更迟矣。

廿九日（11 月 20 日）

早上馆。人多而饭迟，不及待。归来，未初始饭。夜约姚石甫、王箓友、牟一樵、赵伯厚、朱伯韩饮。石翁阅历宦海，兼综学术，谈次口如悬河，意气甚壮也。张亨甫因病不到，为送酒一壶去，根云归亦同坐。

卅日（11 月 21 日）

早到王朡轩处一话。归，至夜不复出，而客来未歇。连日阴寒，不见日矣。子愚与根云饭寿臣处。夜风。

十月

初一日（11 月 22 日）

早看张亨甫病，神清气定，当可渐愈，殊慰藉也。归饭后，写大字多。晚饮赵伯厚处，与王箓友共三人耳，清谈甚乐，他客多为赓堂拦去矣。

初二日（11月23日）

早拜数客，归饭。杨蔼庭请同庆楼陪箓友，回思从前饮此楼，忽忽十余年矣。方西山请文昌馆，归仍赴朱霞峰约消寒第一集。席间，因星伯戏语，甚感愤愤。学道惟治怒字难。然此是性情中所应有，顾发之得当与否耳。

初三日（11月24日）

早过天顺□局买酒。即上馆。午刻出，送箓友行。哭秀楚翘丈。介轩之子中式道喜。西垣留小酌，酒甚佳。归，天风召寒，菊俱入屋。

初四日（11月25日）

伯母寿辰，内外俱客。寿先堂清音。天气太冷，幸无风耳。

初五日（11月26日）

早到周华甫处饭。晤周杏农，殊有才藻。各处谢寿归。傍晚复出谢。从厂市归，夜得石梧书。即到莒珊处话。为换照耳。

初六日（11月27日）

早由顺城门进城到馆。阅《河渠志》初修四本，殊难仿照。午正出，过墨林竹屋小饮，作书。仍拜数客。归已暮矣。郑小珊来，夜话。

初七日（11月28日）

早过李义门处，看所造水雷缺引并说帖。晓川处菊尚可。亨父病殊未退也。归，饭后仍出。吕尧仙处坐。拜数客归。义门及其弟子□、潘德畬之弟子兴，同来饭。刘世兄骧适来，亦同坐。谈夷务竟席。

初八日（11月29日）

竟日未出。检理请寿筵客单，甚冷。

初九日（11月30日）

早晤易念园，下大冰帖归。未时赴园，谒潘师相未见。往根云处吃满月酒。兰检、槐江、椒生俱同往。踏月，与庄卫生谈于诵孙池南山馆。

初十日（12月1日）

卯初起，卯正齐集太后宫。辰初圣驾至，齐班行礼叩万寿。回至根云处即归。饭后到张润农处。张亨父于昨日酉时病逝，可叹。因往松筠庵看殡殓哭之。一切身后事，皆姚石甫为料理，同人俱集。临没之日，自订诗草八本，去取现看遗嘱，皆朱伯韩听而录之，可谓神明不散矣。

十一日（12月2日）

早，拜周伯恬丈仪暐。晤世兄韬甫。答拜数客归。写大字多，因天色颇和也。夜饮梁矩亭处，消寒第二集。菊花尚好，白而大者味尤甘。

十二日（12月3日）

早到报国寺，木叶脱尽，竹光透青。饭后为吕尧仙写古砖册诗，是乙未夏旧作也。翁玉泉约至煤市街公昌号尝酒，其实请客耳。主人胡薇史学正，清江，系甲午同年。归，过黄寿臣话，月色佳。

十三日（12月4日）

未出。检理房屋桌凳。写黄公万祖母挽联，潘德畬母挽联，张亨父挽联。傍晚游厂市，过陈颂南话。黄寿臣处小饮，写对联。今日颇受煤熏，头脑冬烘不适。食生萝卜似好些。

十四日（12月5日）

晴和可耐。祭张亨父于松筠庵，与姚石甫一话。黄公万祖母处奠。王若溪夫人奠毕归。写大字，墨不冻，可喜也。王咲山处道满月喜。刘小明处饮。

十五日（12 月 6 日）

早送李义门行。因托带信，致潘德畬，和隆一项托其代催。兼寄挽联，德畬丁内艰也。归，料理喜事。申初，大冰始到，过礼过庚，同日行也。黄琴隖、郑小山大冰，黄黻卿、徐问斋作陪，孙兰检亦来坐。女客三席，为卿卿开容。

十六日（12 月 7 日）

辰正发轿。午初因婿到门成礼时，约午正矣。天气晴和，人事顺遂，深可喜慰。晚席，外七内四。夜月佳，贺客散颇迟。

十七日（12 月 8 日）

早送李石楼行，仍不值。到松筠庵，与石甫一话。归，会亲约午筵，而华甫亲家，同卢姑爷到已迟，何小峰更迟。兼约条三来，共酌。

十八日（12 月 9 日）

东安门内朝房磨勘山东、山西、陕甘卷，屋向北甚寒，砚冻矣。未初始毕。与伯厚同赴墨林席，园景萧然，登高瞭远。颂南、季卿、鲁川先至，汪心兰后到。饮颇乐，归已暮矣。复与晓庭共酌少许。夜阴。

十九日（12 月 10 日）

早到馆。午正后饭，出西长安门，谒穆师相，因师母仙逝也。一路谢客，归。夜赴寿臣席，与槐江谈甚洽。内子病复发，一日而可。

廿日（12 月 11 日）

招云侄女满月。各处谢客全完。晚约魏条三、曹西垣、黄瀫卿、黄寿臣，吃满月酒。杨介亭亦来。

廿一日（12 月 12 日）

早，回拜吴小谷太守。张粲亭处话。归饭后，写大字多，兼书册叶。晚张星伯处消寒第三集。见梦楼书联与蒋心余云："前辈典型，秀才风味；华嵩品格，河海文章。"颇佳。

廿二日（12 月 13 日）

竟日未出，写字看书。忽得闲趣。晚请何芰亭通守，张粲亭、张翙仪、魏纶阁、李海观四大令，吕鹤田侍御，伍翰屏水部饮。

廿三日（12 月 14 日）

早到馆。午正饭后出。拜奕六中堂，不值。由厂市归。风大，尘，冷。

廿四日（12 月 15 日）

早到条珊处，为代买边鹤也。即同到焉支胡同看房子，独由厂市至厂西门，失车所在。步至米冉胡同，访问云、问斋，俱不值。遂至兰检处饭，乃归。写字至暮。刘五峰来话，刘小竹、姚石甫、黄寿臣来酌。丑初始散。

廿五日（12 月 16 日）

晨至松筠庵与石甫一话，归。早饭后东头拜客。张小酉丁艰，为托陈秉初作伴，并助行资，省得移居费事也。晚吕鹤田处公饯石甫，石翁今日奉恩旨以同知发四川。达镇台亦为哈密办事大臣。可喜也。作书与蔡玉山前辈，为小酉。

廿六日（12 月 17 日）

早送小酉行，即上馆。午刻饭后出，回拜徐稼生。出城，送周伯恬丈行。归，小珊来便饭。鹤舲来谈。

廿七日（12 月 18 日）

早过条珊，共往缁□胡同。归，早饭后，王宜斋请文昌馆，母亲、伯娘以下俱往看剧，华甫还会亲席也。夜饮小竹处。

廿八日（12 月 19 日）

早剃发。早饭后，拜骆籲门、庞作人。归，夜与子愚同赴杜蕉林、林樟浦席。同坐者，皆福建世兄。吴麟台不见二十年，果然老矣。

廿九日（12 月 20 日）

复石梧书。寄西台照去。午间穆师母处上祭，国史馆公局。秀丈处吊。蕴兰墅处话。归已暮矣。夜与白晓庭小酌。子愚同根云赴琴隖席，回颇早。

十一月

初一日（12 月 21 日）

丑正起，即入内送驾，候至辰正圣驾始出宿坛。天不甚冷，同心望雪。与寿臣同出，即饭其处。归颇困。内子病复发。张润农来。访周朗山未晤。午刻日食。

初二日（12 月 22 日）

祖母郑太夫人忌辰。晨过琴隖、五峰处。归，饭后写大字多，因数日未能动笔也。酉正三刻，交冬至节。

初三日（12 月 23 日）

早上馆。午初出。约五峰来，为钟钟开方。仍赴曹颖生文昌馆局。陈素卿说燕亭观察新得晋碑，有拓本。来夜消寒第四集，在谢方斋处，酒甚佳。

初四日（12 月 24 日）

早郭小裳、孙兰检、赵静山三大令处回拜。归饭。午间到才盛馆拜李香畹年伯寿。归看香山诗。入夜，子愚在兰检处作冰人。

初五日（12 月 25 日）

竟日未出。题严小峰前辈《三余读书图》，苗仙露同年画竹幅，黄黻卿一幅。刘子豫来话。又会数客。夜饮徐似樵年伯处。梁矩亭言制熊掌法，不必。

初六日（12 月 26 日）

早上馆。午到会文堂，华甫亲家请，弟侄均往。归饭后，仙露来话，同车送归。回，至庄卫生处话。

初七日（12 月 27 日）

竟日未出，题卷数件。朱伯韩来谈。李季云、吴次平来话。邱小英书寄皮，即复。

初八日（12 月 28 日）

早访刘子豫未晤。一路回拜各典试。至朱伯韩处，索阅其培邦本折底，真忠爱之言也。张雨农慈寿，早面晚饭俱往。午间写大字多。为邵位西题影诗。

初九日（12 月 29 日）

早由朱伯韩、金湘门丈处上馆。甚寒，墨冻。午间饭后出城。由厂肆归。寿珊侄婿上学。为杏、鼎、联三侄课读。请庄卫生，邹云阶、黄恕皆作陪。甚倦早睡，不解其故，想是着凉矣。陈岱云慈寿。何芰亭行。

初十日（12 月 30 日）

甚冷。午间入城。回拜许信臣、匡鹤泉。出城访王朡轩不值，送回《宋元学案》，止留《学案》考略、补遗、叙目，共三件。张石舟交到阮师相手书，《研经室再续集》一册，魏默深回书，及寄公诗草二册。蔡凝堂从保定来。

十一日（12 月 31 日）

早拜客。买箱四个，为贮手卷法帖也。饭后题诗、作字，兼客来不已。晚饮庚堂处，肴佳。

十二日（1844 年 1 月 1 日）

早出即回。午间写大字甚冷。夜消寒第五集，谢方斋、梁巨亭、朱霞峰、王咲山、翁玉泉、徐新斋、张星伯，惟路小舟系初入局。子愚亦同坐。

十三日（1月2日）

早上馆，并送张世兄耜行。有信复渊父，并寄王晓庵祠联去。出城过周朗山处一谈。归饭已申刻矣。夜月佳。得子敬十月初七南昌书。许信臣来言汝州风穴山之奇妙。洛阳令马君，山西人，颇好奇，托其拓六朝造象也。

十四日（1月3日）

早到艧轩处，商量钞刻《宋元学案》，并斟酌序文。朱霞峰处一话，归。午过刘子豫话。夜约邵又村，索蔡凝堂、谢条珊、沈闻亭、樊子安饮，皆辛卯世兄也。邵蕙西□帖。越云侄女生日。

十五日（1月4日）

早未出。午间报国寺奉安亭林先生神主。季仙九处道提学喜。从厂肆归。夜月至树。□□为牛痘事。黄琴隖处谈。早间华甫亲家来，曹西垣来，王艧轩来。写大字多。

十六日（1月5日）

早上馆。午正与又村先生同往翰林院，为子□所诳，可笑也。看牛镜翁，未晤。归始饭。夜与子愚同寿珊酌。

十七日（1月6日）

早回拜汪孟棠通参。兼晤条珊、容伯。容伯处丁龙泓诗编甚妙。午间写大字甚多。晚与小珊请周介夫、赵静山，移樽于介翁处。今日买酒四坛。月色佳而风颇冷。自十二日道众求雪，昨日阴天已晴，今更寒朗，六花难盼。容伯处，见王文成公纪功碑，大字石刻，在庐山。

十八日（1月7日）

甚冷。午间写大字颇多。游厂肆，携《张桐村画册》归。

十九日（1月8日）

早上馆。午间饭后，与竹雨、槐茌，同拜杨简侯。游隆福寺。归，过张星伯，晤曾涤生、赵子舟两蜀使。归，夜饮寿臣处，甚醉。

廿日（1月9日）

起甚迟，戒之。得赖仁宅书。毅弟忌日，四周年矣。

廿一日（1月10日）

早，由横街东行过厂肆拜客。晤李少峰，一话，归。午间写大字多。得唐印云十月廿五日南中书，子敬尚未到省也。晚请戴世兄廷玑、郭小袁、孙翘江、赵静山饭，刘晓川、郑小山作陪。

廿二日（1 月 11 日）

早祝荀伯处道喜，令弟中举也。海秋处话。伯厚、石洲俱未起。归，饭后写字会客。寄唐印云书，中有与子敬书。晚饮王咲山仪曹同年处。消寒第六集。

廿三日（1 月 12 日）

早到馆，砚冻甚。午刻与许信臣先生到杨墨林处饭，酒极佳。腊梅盛开。申刻始散。汤敦甫丈处拜寿。出城少憩。夜饮陶问云处。信臣言：薛曜小楷《金刚经》，可以见赠一分，又龙门造像百余种。

廿四日（1 月 13 日）

早写字。午间略游厂肆。晤蔡树百，归。夜汤海秋、易念园请，席设介夫太守处。归甚早。

廿五日（1 月 14 日）

早至龙兰簃处谈。归写大字多。复出拜数客归。根云来饭，邀兰检、寿臣同坐。

廿六日（1 月 15 日）

黎明，到东安门内朝房，磨勘江南、浙江、江西、福建、湖北、湖南乡试卷。每人分十五套，可谓多矣，幸天不甚冷耳。出城至才盛馆，与矩亭、新斋，三年请得差外伍同年也。归与根云、晓亭同饭。

廿七日（1月16日）

早看范书。饭后出至南海馆，看种第二次牛痘。杨铁庵处阅董画。由厂肆归。蔡世兄来，为钟曾种痘，琴隖处两婴亦来种。海秋来，围棋一局而去。

廿八日（1月17日）

早未出，午间送郭、孙两兄行。赴庄卫生、方塈堂请文昌阁席。夜饮朱伯韩侍御处。

廿九日（1月18日）

早上馆。饭后出城。归，为陈叙斋前辈题跋黄、米、赵三卷子。夜饮毛寄云处，食山东菜殊佳。

卅日（1月19日）

早看范书《马文渊传》。早饭后回拜王秋卿、陈梅庄。归，客来不歇。陈叙斋来，谈及新得黄石斋先生泼墨山水幅，恨不得即见也。夜赴易念园、黄薮卿、恕皆、邹云阶公请，在念园处。孙兰检请根云、晓庭，借庖斋，我不及与。过石洲、雨三，俱已睡。

十二月

初一日（1月20日）

过郭雨三、曾笛生、邓简臣、陈秋门，为房屋事。简臣、征三先后来，事不谐矣。归，午刻始饭。作大字。申刻，赵伯厚、庄卫生请陪叙斋廉访前辈。散后，过条珊话。

初二日（1月21日）

晨颇极冷，午间始和。到东头回拜。由厂肆归，遇子愚，同寿臣、小竹浏览，未能有所得也。夜约梅伯言、马湘帆、吴虹生、甘石安、刘宽夫、陈淮生、张石州、赵伯厚饮。

初三日（1月22日）

早上馆。至东华门，值圣驾至风神庙、云神庙拈香，恭迟久之。至入午初，同伯厚至杨老六处饮酒，后为子言写大条幅十二张，横扁两大字，归已申刻矣。夜饮徐新斋处，消寒第七集。天太暖，想将有雪矣。

初四日（1月23日）

早阴可喜。过朱建卿未起。到寿臣处共饭。两宜轩看字画归，有龚半千卷，长二丈余，极朴厚可爱。板桥兰竹亦佳。傍晚进城，住杨子言处。一日阴云，盼雪不得。

初五日（1月24日）

晴天。辰刻午门前坐班。出城，拜赵兰友年伯寿，归。今日四十五初度，老毅若在，合为九十岁矣。怆叹怆叹！早面后，与新斋往厂肆。晚席，黄寿臣给谏、赵伯厚宫赞，龙兰簃、徐新斋、庄卫生三编修，王咲山仪曹同坐。蒋鹤庄、周寿山两侄婿俱至。复石梧中丞书。天大暖。

初六日（1月25日）

早上馆。饭后始出，已未正矣。谢昨日步数处。至黄征三给谏处看屋即回。过□翁。又到老墙根看屋。过刘小竹处话。归，雪意奇浓，可喜。兰检、根云来共酌。雪至子刻止。

初七日（1月26日）

早到容伯处看雪。城边一带，雪已被风吹将净矣。回拜数客，归。饭后，到龙翰城殿撰处。潘师相处未见。文昌馆同年俱集，赵子丹、杨简侯、徐稼生三典试，李少峰学使请也。申刻归。夜赴袁学三席。仍过心泉处话。许信臣索书与李石梧。

初八日（1月27日）

早剃发。到翁玉泉处。归，至晚未出，风太大。写大字多。

夜冷。

初九日（1月28日）

早上馆。进东华门，忽大风起，尤冷。饭后未初出城。才盛馆黄琴隖请陪陈梅庄。归，独酌后，到陈岱云、何根云、黄正斋三处话月。

初十日（1月29日）

早拜邓嶰筠丈。李少峰、杜蕉林均因早不得晤。归，写大字多。夜饮路小舟处。杨介亭之令郎吉礼，复往贺，又饮，听钧天乐曲三折。大月，归。晤树百，言及再种洋痘，人愈多愈妙。

十一日（1月30日）

早到秋曹看牛镜翁，因留面饭，看帖，久谈。过焦笠泉处，见吴天章字，颇潇洒。赠山西风洞石经一套。许信臣同话，亦得一分。出城，李芝稜师处、卲又村处俱道喜。归写大字。徐霁吟来话，为乙未乡榜同年齿录事。晚请陈梅庄直牧、刘小竹司马，彭松屏、高镜洲两大令，杜蕉林给谏，林章浦铨曹饮，皆己卯福建世兄。镜洲则世兄之子也。

十二日（1月31日）

早过仙露话。看寿臣寒感未愈。博古斋携衡山《赤壁胜游图》巨幅归。夜饮赵心泉处，坐客止余与若溪、玉泉并主人而四。花间痛饮，入无功乡矣。

十三日（2 月 1 日）

早微雪。上馆，不甚冷。午正出拜李梦韶前辈。到会文堂，同年八人公请，客十人。食鲜柑佐酒颇佳。归，仍饮根云处。伯厚、伯韩夜来坐。余未归，桂儿陪话。

十四日（2 月 2 日）

早出门拜数客。晤陈世兄长墉。归饭，复出。还杜兰溪银，与李少峰同话。归，又出。至文昌馆，吊丁诵孙兄丧。看叶东卿，归。根云、昆峰来。夜月佳，昨今俱甚暖。

十五日（2 月 3 日）

早回拜数客，归。饭后写大字多。得子敬长沙书。与绍濂弟道州来书，俱言及义田事，料理难得清楚，可叹也！夜翁玉泉处，消寒第八集。

十六日（2 月 4 日）

早上馆。午刻与根云同出。余至杨子言处饭。出城晤易韫斋。归，与石梧书。立春节与子愚饮春酒。夜晤刘仲实，游厂市，得月归。

十七日（2月5日）

早回拜数客。唁丁箓生。归饭，午静殊难得。未时为钟曾再种牛痘，因前次未出也。文昌馆践陈梅庄约。梅庄旋与松屏同来。并邀寿臣赏三朵花，饮殊畅。月大佳。

十八日（2月6日）

早，东安门内朝房，磨勘广东、广西、四川、云南、贵州、河南六省乡试卷。每人十四套。余于午正毕。到穆师相处，送石吾信，归。

十九日（2月7日）

早上馆。不复灸砚矣。未初饭出，回拜瑞芝生前辈令弟四兄同年。拜杨简侯尊翁年伯。出城至厂肆，遇周朗山，陪同至其家，看董字《天马赋》卷、马远《溪山无尽图》卷、王石谷《惠崇春晓图》卷、唐六如《渔家乐图》卷，又六如小画册，俱静妙之至。归，拜坡公生日。因留兰检、晓庭、条珊饮。

廿日（2月8日）

晨未出。饭后，看石州病，已愈。携其近作《虢季子盘考》归。据长历定为宣王时物，快甚。刘□瞻据《史记年表》，项羽曾都江都，作考一篇亦妙。归写小楷十余行。伯厚、石州拉同游报国寺亭林祠。复共饮朱伯韩侍御处。散后至寿臣处话。风大沙起。

廿一日（2月9日）

早写小楷数十行。饭后，潘中堂师处拜寿。回拜张纯斋太守淳。归，沈世兄敦寿处。夜邀陈颂南、苏耕堂、朱伯韩三侍御，魏条珊农部、罗椒生侍读、张石州同年、赵伯厚宫赞便饭。风益大且冷。

廿二日（2月10日）

早风愈劲矣。进城，陈伟堂师处道喜，新升大宗伯也。出城至翁玉泉处，拜邬赓南，又周芸台得侍郎，赵蓉舫得阁学，俱道喜。曾涤生处话，知王而农先生书已刻成印本来矣。归饭，未刻复出，朱伯韩处看诗，看周介夫病益愈矣。归，作书致叶东卿丈，为公祭事。夜，杨介亭、子朴、桑子英、慎符卿、吴玉泉、康子锡、江竹书、陈云洲、陈砚农、汪竹侯、王心兰、张乐轩，消寒度曲，系子朴、子愚作东。余呼杯静听而已。

廿三日（2月11日）

早看范书数页，写小楷十余行。早饭后，往东头拜客归。写大字。风定，不甚冻矣。夜与子愚饮条三处，赏新买花也。

廿四日（2月12日）

早，带王而农先生书，交同文堂做套。归，写小楷十余行。

饭后写年对。钟曾牛痘已出一颗，可喜也。夜饮王翰乔处，剥橙饱啖，佳。

廿五日（2月13日）

早还郑小山处银。至玉泉处，回拜贾同年、张比部。过刘宽夫新造船屋，甚佳妙。寿臣处早饭。归，送牛雪樵丈年事。写大字多。徐季芳从南来，带得子敬信。未刻赴孙纪堂、方子箴席。丁薇生处吊。

廿六日（2月14日）

算各铺年帐。未刻到树百处、琴鸿处话。归，写大字。夜作《潘师相重游泮宫》诗。

廿七日（2月15日）

早得沅师书，并眉寿图，石刻眉寿老师与张叔□解元，二老共谈齐侯罍，及寿贵砖也。午刻，司徒芷邻、苏庚堂同请，在芷舲处看砚，佳。徐樵生处话。归，与兰检、白八、白九、子愚、根云畅酌。今日复讷制军丈、陆立夫前辈、赵兰友丈书。

廿八日（2月16日）

早，作《吴鉴庵先生重游泮宫》诗。早饭后吊吕锡田。各师处送节敬。归，会数客。晚复出。买得稼书先生诗幅，归。夜酌后，根云、伯韩、海秋来话。

廿九日（2月17日）

早写小楷十余行。饭后到海秋处，取默深所寄到《圣武记》，共四十二部，分得十部。归，客来不歇。申正到条珊处。归，上祭后，吃团年饭，接灶，辞岁。天气奇温，几不容裘，不知明年春节如何矣。海秋携《阁帖》来看。

〔清〕何绍基 著 — 尧育飞 毛健 整理

何绍基日记

㈡

岳麓書社·长沙

湖湘文库
续编

目 录

道光廿四年

道光廿五年

道光廿六年

道光廿七年

道光廿八年

道光三十年

道光廿四年

正月

元旦（2月18日）

寅初起，二刻入内，值上由堂子回宫。于翰林署西，恭候久之，始得过。辰刻，御殿受朝贺。今年同衙门到者颇多。巳初回家拜年。写《和潘师相重游泮宫》诗。午正后出门，各老师处并顺路拜年，城内外俱到。止孙兰检处，下车一谈耳。归，饮春酒，寿珊侄倩同坐。

初二日（2月19日）

早，写《黄庭》册毕。饭后拜年，百数十家。龙兰簃处主人未回，独坐西园中久之。申刻归，吃鱼面。复出拜数十客，归，遂暮矣。今日各铺户祭财神，炮仗最热闹。

初三日（2月20日）

忌辰不拜年。写小楷多。申刻到厂市，为王鲁之买书，止得《宗镜录》一种耳。归，过一樵话。赵心泉处夜饮。

初四日（2月21日）

早复鲁之书，寄去《宗镜录》《指月录》《医宗金鉴》《净土圣贤录》。并寄陶子立书。早饭后出门拜年，由西而东，穷日之力，不免惫矣。归，得子立书。

初五日（2月22日）

早，检理字画，午间方歇，仍未清也。未刻朱伯韩来谈诗甚久。到汇元堂赴何小峰约。归，写小楷不十行。夜饮刘小竹处，果子狸不解所谓。杨石滂新移居庵中，亦得晤。归甚迟。

初六日（2月23日）

早拜客。至翁玉泉处，下请先生帖。张翼南处少坐。周朗山尊慈寿，拜寿吃面。午刻到火神庙，买得《来禽馆集》。郑板桥竹幅题云："新篁几叶知何似，却是空中燕子飞。"殊有逸致。仍出厂东门拜客归。写小字数行。夜饮朗山处，金玉堂清音。

初七日（2月24日）

早剃发。饭后，街南拜年全完。吕鹤田处话。归，写小字数行。方少穆来话。夜请同乡王义亭司马、易念园比部、周华甫农部亲家、曾笛生侍讲、杜兰溪农部，黄黻卿、恕皆两编修昆玉饮。子愚在赵少言处饮。

初八日（2月25日）

早到条三处，为寿文事。朱伯韩来话，留早饭。午间写大字。送鹤田尊人挽联。申刻出门，拜曾笛生祖母太年伯母寿。至厂买得船山诗幅，归。夜饮翁玉泉处，酒后放炮仗，打锣鼓，大有孩童之乐。难得。

初九日（2月26日）

早到翁寓，拜邬庚南先生。归，过赵伯厚、张石州，俱未起。早饭后，先生来，杏、泉、联三侄上学。午刻到厂肆，有董香光直幅未买成。归，作小楷数行。复石梧书。夜请谢方斋、陶问云、朱霞峰、翁玉泉陪先生。月渐佳。

初十日（2月27日）

早写楷册二开。陈岱云断弦往唁。早饭后，至火神庙，买得董字二件。进前门拜客甚苦，路远而风大。止杨子言处一坐耳。归已昏暮。饭后看张石舟、赵伯厚，共话，归。根云来话。

十一日（2月28日）

早作楷。早饭后，进城由前门至齐化门、安定门、得胜门，各路拜客。出顺城门，归。夜约刘子豫、陈颂南、史士良、赵伯厚、庄味笙、张十洲饮。子愚赴兰检席，余未能往也。今日厂肆买得石庵四大字扁。

十二日（2月29日）

内子生日。有女客，唤集秀清音。伯厚、寿臣来晚饭。午间到蔡春帆、翁玉泉两处，拜其慈寿。会馆拜陈忠洁公生日。天大暖，倚歌至夜分，散。

十三日（3月1日）

早，进城拜年，穷日之力，抵暮始返。李竹朋处，张云间大字横幅甚佳。李季云处，张樗寮书苏子由《坟院记》，宋墨精妙，可宝之至。又王麓台画，大小十余轴，俱精。宣炉罗列，静雅无比。归，写小字。夜饮蔡菱洲处，花极多，辛夷盛开，鼠姑有极艳者。食鹌鹑，美。

十四日（3月2日）

早写楷册，临《黄庭》，今年第二次矣。午间，母亲往才盛馆。乙未会榜团拜，余与子愚先后往。余先到文昌馆拜万藕舲学士慈寿。将上灯，出至厂市，携字画几件归，有新罗山人画《举杯邀月图》佳。

十五日（3月3日）

早过徐星斋话。进城至秋曹牛镜翁处，留饭，饮米露虽佳，气往上的。出前门至火神庙，无所得，归。未初赴李晴圃才盛馆席，一饭归。夜饮苏赓堂侍御处。酒后颇困倦。子愚今日消寒会。元宵酒都不在家吃，亦奇。

十六日（3月4日）

早作楷，刘小竹册纸殊佳。早饭后拜客。过厂店，买得钞书目一套，小唐镜一方，到东头一路归。夜赴易念园、汤海秋约。午后天阴无日，夜无月，有微雨。

十七日（3月5日）

早写楷册。饭后进城，兼补城拜年。并买酒，归。兰检来话。

十八日（3月6日）

早写楷册。早饭后到湖广会馆，同乡团拜。天气阴凉，肴极佳，惜演剧二簧太多耳。桂、杏两儿亦往。

十九日（3月7日）

早至条三处，问姻伯母病，服华陀庙仙方而愈，所开方前后极有层次，所谓诚则灵也。丙申同年团拜，在才盛馆，演三庆部。上灯后，有《观音戏目莲》一折极丽。买得酒甚佳，共用三坛而已。母亲是徐新斋家请。子愚是梁矩亭请。桂儿等夜往看灯戏。

廿日（3月8日）

早到李晴川处，为丁松岑求寿文事。由厂市归。魏条三来话。午间拜阮仪征师八十一寿。至石州处话。文昌馆陈淮生请。归家楷册。

廿一日（3月9日）

早到文昌馆，定二月二十七日东楼三席。书坊携得《唐伯虎画谱》归。风大扬尘。午间吕鹤田处吊，董老四处吊。归，写字。夜饮曾笛生处，有湘乡萧礼容石刻草字《学堂谱》，颇有得，惜其人已老耳。

廿二日（3月10日）

早到伯韩处话。过兰检处。归饭。午时进城。卓师相、汤相国丈两处道喜，皆娶孙妇也。申正归，仍至叶宅上祭，有挽联。又送陈岱云夫人挽联，以其封肉疗夫也。夜饭后，到笛生处话，有伯韩、椒生在座，亦饮数盏。夜冷。得子敬常德信。

廿三日（3月11日）

早上馆。午初出城。由厂市归。写大字多。赵伯厚、张石洲、庄卫生、白晓庭来，夜饭。黄寿臣不至。

廿四日（3 月 12 日）

写楷册。到厂肆，周介夫升庐凤道，道喜。归，与子愚往魏家拜太姻母寿。吃面归。庆堂来话。文昌馆赴乔鹤侪席，一饭行。至上斜街，看寿臣新居，甚清敞可爱。归，仍至条珊处，听清音，饮寿酒。忽得大雪，亦奇。

廿五日（3 月 13 日）

早入城，拜裕余山制军。晤星垣世兄。由小山处话，归。昨雪约四寸矣，今日晴亦可喜。写刘□岩尊人挽联、花思白祖母挽联。夜饮赵平山处，冷。

廿六日（3 月 14 日）

早上馆，甚冷。雪后阴晴未定，又有风也。午间归饭。夜至厂肆，过寿臣不遇。心泉处闲话，梅花三盆尚佳，可贵。陈鼎求书。

廿七日（3 月 15 日）

早剃发。刘世兄竹林来。花思白处吊。早饭后，张诚斋太守来，借阅《归批史记》。湖广会馆公请裕制军，演三庆部。未刻，至天和馆，己亥世兄团拜请。归，过汇元堂，定二月二十一日席二棹。根云来宿。阴天夜冷。

廿八日（3月16日）

早阴寒不浅。写《内景经》毕。到条三处，晤西亭一话，归。与陈海阳书。石舟、杏农先后来话。至厂市取对联。夜移樽至寿臣新居饮，晓川、小竹、伯厚同座，倚歌一曲。

廿九日（3月17日）

早，条珊来问医，即上馆。领□办文恭公传，仍为《河渠》底，未及他顾也。两提调俱未至。午正饭后出城。徐保山放太守，道喜。归，刘小竹来查台历。客来不歇。申刻出，看官菜园屋。夜约晓川、琴来，同根云饮。

卅日（3月18日）

早写《西园雅集图记》。午间过郑小山、朱建卿、魏条三、苏赓堂处。归，客来不歇。写大字多。小山来晚饭。庄肖梅至。

二月

初一日（3月19日）

杨杏农来早饭。饭后，彭松屏来。午间王晓林师处拜寿。回拜陈竹伯。又魏征容观察处道喜。送倪丈行。归，风沙大，吹人倦甚。

初二日（3 月 20 日）

早未出。午间，蒋家道喜，侄外孙女传官周岁也。桂儿侍二娣去吃面。晤兰簃一话，归。客来多。夜饮伯韩侍御处，散后，送杨杏农至□店，复一话，归。

初三日（3 月 21 日）

早上馆。午刻饭，复出东华门，拜客。出海岱门，晤庄肖梅话。至会馆拜文昌会。归，复至条珊处，为药方事。夜赴赵心泉席，陪金年伯。

初四日（3 月 22 日）

早阅课文十二篇。早饭后至文昌馆，辛酉年伯团拜，请年侄也。两排共七席。同日王咲山请天和馆，止子愚去耳。归，杏农来晤。

初五日（3 月 23 日）

先公忌辰四周年矣。早雨，旋复雪颇大，地上融□。下半日稍晴见日。夜话条三处。

初六日（3 月 24 日）

早过徐樵生话。即上馆。午刻出城，到汇元堂，黄征三、宋小墅、蔡鼎臣请也，一饭后略坐便归。申刻复出，晤杜兰溪，为梅生□学□卷事。过刘小竹、杨石泼，俱不在家。

初七日（3月25日）

早剃发。闻魏姻伯母于子刻去世，怆叹之至。即往看苕珊，抱头一哭。归饭后，由厂肆回拜数客。拜常南陔廉访不值。由大川店庄卫生处话。道汪梦塘廉访喜。归写丁松岑母寿屏六幅。椒生、誉侯来话。唐天森世兄来。

初八日（3月26日）

早往晤常南陔。寿臣处早饭，饭后，同至报国寺话，同车归。寿臣去后写屏，客来不歇。夜约贺丹麓丈、徐樵生、杨杏农便饭。南陔廉访适来，即同座饮，颇畅。南陔言张叔未之侄有初拓《大观帖》，系砚山斋物。不审何日得见也。得石梧书。

初九日（3月27日）

早上馆，到馆者十余人。午刻饭后出城，由厂市归。兰检处送贺礼。写大字。夜饮兰检处。

初十日（3月28日）

早作楷字横幅。早饭后，魏家上祭。午刻，到湖广馆同乡公请常南陔，演三庆部，酒甚佳。归会数客。夜至兰检处，吃续弦喜酒。

十一日（3 月 29 日）

早，回拜数客。访南陔不值。由厂市归。写字多。李梅生孝廉到来，可喜之至。夜饮刘蓉峤处，醉归。与梅生谈，至丑正。

十二日（3 月 30 日）

起甚迟，昨为酒困也。午间赴黄蔼如上公文昌馆席。庄卫生处辞帖，子愚往。夜饮赵子舟处。复至陈颂南处饮。有月归，林香溪来到，畅话。

十三日（3 月 31 日）

早至贡院送考，学正点名甚爽快。过杨子言处。早饭到馆。午刻出，送裕制军行。出城，赴曹二兄才盛馆席。夜饮寿臣处。

十四日（4 月 1 日）

早过倪梅生，同文堂陶问云，遇小雨。归，饭后至报国寺，小雨不歇，衣履颇沾湿。今日公祭顾亭林先生。并为陈颂南侍御做五十生辰。同集者苗仙露明经，苏庚堂、朱伯韩两侍御，汤海秋郎中、王少鹤农部、赵伯厚宫赞、潘季玉上舍、张石洲明经，庄卫生、冯敬亭两编修，杨杏农孝廉、杨子言上舍、罗椒生侍读，与颂南、子贞为十五人。子贞撰祭文，敬亭写，颂南主祭，伯厚读文。祭后，谈宴极欢而散。天已暮矣，余最后归，一切皆承办也。夜饮袁学三处。大同东河不得合龙，严旨□斥。

十五日（4月2日）

公车来者不歇。同药舲、范□□在此早饭之后，写大字极多，臂腕为之疲茶。因连日耽阁，致积楮难清也。作书寄阮师相，并王而农先生书十套，求师作序，顾祠求作记，祝敬一封，均交张澄斋带去。晚出，送澄斋、南陔行。饮史士良处，酒佳。

十六日（4月3日）

早上馆，午初归饭。李雨门来话。写屏八幅，看茗珊去。王子溪、林香溪两门人来，同夜饮。得倪朗峰书。牛镜翁出狱，豫抚差遣。

十七日（4月4日）

收拾里外沁沟动工。早拜数客。午间，道杜芝翁总宪，牛镜翁出狱，李芝师大宗伯喜。由厂市至汇元堂赴李季云席，又至会文堂赴□鹄臣席。过苏庚堂，携字画归。杨漱云来，并留杏农同饭。

十八日（4月5日）

早写屏。清明上祭。早饭后，侍母至文昌馆，翁家请也。余亦就潘顺之兄弟约，看黄寿臣，唁其兄丧。晤赵伯厚、张石洲，商亭林祠祭文。晤陈颂南，回至文昌馆归。

十九日（4月6日）

早上馆。午刻到会文堂，华甫亲家请春酒也，一饭归。写大字。复出，游厂市，过鹤龄处看字画归。

廿日（4月7日）

早入城，过寿臣，至牛镜翁处，话小山处。至厂市归，写仓家屏完。出拜数客，小山来夜饮。

廿一日（4月8日）

早，华甫新居道喜，有海棠竹子。周芝台处吊其断弦。过周介夫观察，昨已出京。徐樵生处话。到汇元堂请客，刘蓉峤、杨介亭、王翰乔、赵少言、王曼生、赵心泉、蔡菱洲、徐心斋、袁学山、翁玉泉，卓鹤溪辞。有夜剧，余先回，子愚陪至散。

廿二日（4月9日）

早作书寄子敬，由云贵提塘去，昨得万里来书也。虽如面谈，我心如结矣。计此时才得到任耳。苏庚堂转科、陈子鹤得副宪道喜。归，陈颂南请报国寺饮。归，写大字多。夜复饮王若溪处。

廿三日（4月10日）

早杜云□洗马处道喜。牛镜翁不值。上馆。午饭后出城。到各会馆回拜。甚暖。至才盛馆拜庄卫生严寿。归写大字，颇倦矣。

廿四日（4月11日）

早至厂市。归，回拜江龙门不值。早饭后，文昌馆拜丁松岑严慈寿。饭后归。客来多。复往□母亲，是汤家请也。写对子数十幅。夜，刘小竹约饮寿臣处。醉后写大对十余付，更醺醺矣。

廿五日（4月12日）

早晤小山，由厂市取回《钱氏全书》并小册，自书赠牛镜翁者。饭后镜翁来话别，取《楞严》两种去。才盛馆甲子团拜。又辛酉请张诗舲方伯。并赴戚丽伯仪曹楼上席。祝荀伯处拜其严寿。看黄寿臣小郎病。文昌馆拜杨简侯严寿。归写大字。回拜徐戟门、孙丈，归。夜饮荀伯处。

廿六日（4月13日）

早上馆。先到铁仁山前辈处吊。送镜翁行并册叶。归，饭后复出。何杰夫严奠。魏茗珊慈奠。归，赵心泉赠《法苑珠林》。杨漱云夜话。得龙石书并寄。

廿七日（4 月 14 日）

早写大字，剃发。早饭后到文昌馆拜仓少平严慈寿。母亲楼上搭五席请女客。申刻众到才盛馆拜路小舟严寿。仍回文昌馆夜饭。灯后始散。而腹中饥甚，到家进酒一壶，饭一碗。

廿八日（4 月 15 日）

早访晤魏默深。于海秋处看寿臣，并晤石洲。归饭，清《守山阁丛书》。文昌馆赴方子箴席。少坐即归。写大字多。傍晚到丁竹溪处寻印林不值，旋晤于石州处，并郑浣香俱得见，疏快无比。饮王鹿平处。亥正过博古斋遇老贾，约明早有□拓看。

廿九日（4 月 16 日）

早，往看有宣和年制雁足灯，颇有趣。上馆，带《廓尔喀纪略》十本。纪略者，想是未成方略，故无刻本。侯荣唐前辈到副总裁任。午刻，饭后出城，拜邬太先生。归，韶女生日，有馄饨吃。写大字。申刻，文昌馆拜张星伯同年严寿。拜海秋严寿，即留吃寿酒。龙门、石舟诸君俱在座。金玉相晖，饮甚乐。清音至夜分始散。

卅日（4 月 17 日）

早起复倦睡。久之，默深、卫生来早饭。侍母至文昌馆，易家请也。看老贾新得卷册，无佳者。才盛馆饭，张振之、许信臣、罗椒生、龙兰簃得差，四人公请，子愚同在。归，写大字甚多。夜饮黄皾卿、恕皆处。

三月

初一日（4月18日）

早阅课文并会客。早饭后出门回拜。才盛馆刘晓川请。又甘石安请一餐。两谢归，写大字多。夜与邬先生、周寿珊饮。出至厂市，一无所见而返。

初二日（4月19日）

早回拜孙世叔、吴荀慈、□雨山。□雨山处，看邹县葛山图。山，六朝摩崖，信伟观也。归饭后，默深谈甚久。客来不歇。写大字多。夜话石舟，乃默深处。印林带来未谷先生《说文证义》，初次清本。

初三日（4月20日）

早回拜张仲迈。即上馆。午饭后出城，过厂市，带回闵正斋《豆棚闲话图》，及恽道生松竹幅。伍世伯处、陈子鹤尊慈处，俱拜寿。汪梅村未□，条珊处话，归。刘五峰来话。写大字。汪莼伯、贾□园来便酌。

初四日（4 月 21 日）

早拜陆立夫方伯未晤。到讷制军丈处话，即留吃肉，大有古人燔黍捭豚之意，惟苦烧酒醉人耳。归写小字数百。才盛馆拜陈石珊祖寿，一饭归。夜饮仓少平处。

初五日（4 月 22 日）

早过伯厚，遇石洲于路，得观全谢山先生校《水经注》本，殊苦少所发明。看来《水经注》竟不得有善本妙注也。检点衣物。阮七兄、杨漱芝来话。

初六日（4 月 23 日）

寅初起，寅正上车，卯初到午门前听宣。约一二刻许，即得旨。正考官陈□俊，副考官文庆、徐士棻。会试止三总裁，又不派大学士，从来所无也。房考中，同乡得四人。散后，到国史馆。许信臣言：穆相国师，于郑邸见□度康石拓，亦不知真否也。归，返厂市，携□券帖归。伯厚、石洲来索饮。默深、卫生亦至。写楷册。晚回拜梁山□、刘五峰。过赵心泉处便饭。梅生今午进小寓。子愚弟不进场，殊为澹爽。而外人多议论，听之而已。

初七日（4月24日）

晨过杏农、仙露。仙兄谓：“自西徂东”，当作“自东徂西”，方与韵合，殊妙。归写大小字竟日。桂儿看梅生小寓去。大风得雨。

初八日（4月25日）

早，雨住天晴。过赵心泉拜其母寿，未得晤。过古迹斋买得小集三种。到贡院送考。点名甚快，搜检松活，一切平安。午正后归。写楷册。兰检、晓庭来饭。而我在心泉处吃寿酒，亦薄醉矣。

初九日（4月26日）

早上馆颇冷。午初出，到杨子立处饭。园中叶渐成阴，清得有趣。出城过厂市，送熊壁臣行。刘小竹处道喜，以同知拣发广西，借补知州也。与蓉嵋之郎论写字法。过赵伯厚、张石洲。归，周华甫来久话。夜月佳。程蓉伯来话。子愚饮兰检处。

初十日（4月27日）

早小竹来话，并看帖。戚小蓉从饶阳来。早饭后，拜周观察丈，杨介亭慈寿。笛生处话。归，写大字颇多。晚看寿臣乃郎病。饮椒生处。夜洗足而寝。计足不见水，四阅月矣。厂市买得光和□拓本。

十一日（4月28日）

午拜华甫亲家生日。即到举场送场，比头场更松快矣。午正归饭。与杜蕉林游崇效寺，牡丹清息尚早也。大暖不可耐。归，阅蔡香祖孝廉《沧溟出险图》，并书□奇游也。夜赴程蓉伯约。同子愚去。竹几、竹案，殊潇洒。

十二日（4月29日）

早，为李少峰题《退食授经图》《秋灯课读图》《汪写园丛桂堂图》《驻春图》，得诗四首。午间写大字甚多。许信臣来话。傍晚出，回拜数客，归。张振之得司业，道喜。

十三日（4月30日）

早上馆。□□□二人至，甚静。午刻出，至梅生小寓饭。未刻归。写大字楷册。华甫、伯厚、卫生来便酌。酒后同出，步月看云，夜分始返。

十四日（5月1日）

早起倦甚，复少睡方起。黄勿庵司马来，运皇木差，自前年二月在江南一别，今甫至京也。赵心泉来话。傍晚出，至寿臣处，看其三郎病。卫生新居颇宽敞，后院有无字石碑。夜月佳。

十五日（5月2日）

早剃发，写扇。今日寿珊侄婿移寓后院，树色殊清朗也。到臒轩处商量刻《宋元学案》事。归，写条幅。

十六日（5月3日）

早上馆。到者尚有恽老六耳。午刻饭后出城。梅生出场，贺丹翁及余、易、杨、徐诸君同来。共游法源寺，看屋别去。苕珊处共蒨园话，归。杏农来晤。夜饮庄卫生处，酒尚可呵，月不甚好耳。

十七日（5月4日）

早过默深，见其《海国图志》稿数篇。海秋适丧女。黄寿臣三郎已愈。归饭后，回拜各客。晤汪梅村、孙兰检。归，印林来吃点心，见《黄庭》帖跋有刘淇，曰此济宁人也。因检州志，果得之。吾日来为诸客络绎，遂将暮矣。写楷册二开。夜香溪来谈，至子初始去。

十八日（5月5日）

早到厂市，携石谷《梧竹图》，桂岩小山写□幅归。早饭后冒雨出。毛子刚处吊伯雨侍郎师。周铁臣处慈奠。各处回拜。叶昆臣、方少牧处话。归写楷册。又出订席。即过杜兰溪、张石舟处归。

十九日（5月6日）

早。文昌馆定席。上馆甚静。午初出，至宴汇堂拜邢五峰师慈寿。一饭归。写楷册。张石舟来话。傍晚回拜周年伯。过印林不值。夜写扇十余。

廿日（5月7日）

早回拜数客，归。早饭，写大小字俱多。下午到周朗山处，看唐六如、董□翁画册，六如《桃花庵图》、文衡山《蜀道图》均佳。心泉再晤。由厂市归。夜与子愚饮刘蓉峤处。

廿一日（5月8日）

早，印林来晤。余到报国寺归，晤□雨山，连会诸客。早饭后，天和馆赴陈酉峰席，客皆丙申同年。一饭后至报国寺，印林补祭亭林先生，以亡友俞理初、沈子敦、陈东之、张亨父配食。因请数客李启亭、苗仙露、王簾轩、赵伯厚、张石州、陈□亭、魏默深及余也。余呼庖代办。幸天气不太热，人倦甚。

廿二日（5月9日）

早写字。饭后，文昌馆乙未乡榜团拜。汇元堂福建门生公请天和馆。孙兰检请，竟日录录，殊少佳趣。归写楷册数行。复出，至子舟处话。

廿三日（5 月 10 日）

早上馆。午初出，至杨子言处。与伯厚、鲁川同坐。饮后，围棋。余先出城，归。

廿四日（5 月 11 日）

早颇静。默深来早饭。饭后客来不歇。午刻出。汇元堂辛卯同年团拜，共三十二人。宴寿堂查世兄慈寿。晤阮五兄，知南园先生《五马图》尚在此也。文昌馆杜云□、高续□方伯公请晚席，止我一客耳。蒋誉侯处道喜，其次男婚事也。杏农来夜话。

廿五日（5 月 12 日）

写扇甚多。作《郑云麓集序》。午刻出，晤寿臣，由厂市归。默深处看其画五印度图。访印麓，值夜饮。徐戟门来。

廿六日（5 月 13 日）

早上馆。谢云遇赴挑来憩，因查其令曾祖传。午刻出天和馆，郑世兄训芳慈寿。饭后归，甚热。今日大挑头一天，东华门外车满矣。前门口亦拥挤之至。早间先到吴师母处送行。冯鲁川处未起，陈寿卿处一话。吊博霞庵侍郎，与策翁一话，方到馆也。夜林香溪、贺丹翁、黄西斋来话。

廿七日（5 月 14 日）

早到湖广馆、文昌馆。归饭后，写楷册。今日子愚移寓南院，上房裱糊。夜饮杜蕉林给谏处。

廿八日（5 月 15 日）

早，看陈秋门前辈。遇蒋誉侯亲家。厂市买得龙□小诗卷归。饭后看裱糊及木工。写对联多。朱伯韩、魏默深来话。

廿九日（5 月 16 日）

早上馆。至东华门，门者不令仆人入，余遂亦不入。内城东西拜客。出海岱门，至何晓枫处饭。饭后，由各会馆回拜，蔡菱洲处一话。冒雨归，写扇数柄。走看性农，邀同来饭。酒后同做诗一首。此地有兰有竹，得“修”字，颇不好做也。昨日得子敬正月书，今日得石梧书。

四月

初一日（5 月 17 日）

移床北屋。收检一切。又内子病发，甚闷烦也。抵暮回拜黄又园，不值，归。贺丹翁、徐樵生来便饭，颇醉。

初二日（5 月 18 日）

早起，复困睡。午后到文昌馆，请福建门生共三十三人，己卯世兄三人，共六席。散甚早。夜饮刘小竹处。

初三日（5 月 19 日）

阴雨竟日。写条幅，客来而罢。请魏默深、丁俭卿、许印林、郑浣芗、苗仙露、王臒轩、厚堂、赵伯厚、张石洲、林香溪、姚野桥、孙柳君、江龙门、杨性农、李桀庭、陈念亭、汤海秋。雨阻不至者三人：仙露、凌厚堂、臒轩。先辞帖者三人：蒋子潇、汪梅村、潘季玉也。雨透而谈宴亦酣。余亥正后倦睡矣。客在梅生处，未尽散也。

初四日（5 月 20 日）

丑时起，一路泥水至东长安门。天已大明，午门前恭接圣驾，由雩坛回宫也。昨日先得透雨，钦征皇诚感召，年丰可庆。回家未卯正也。午刻至燕喜堂祝三□请，归。一路拜客。风极大，夜眠不得稳。

初五日（5 月 21 日）

写扇。早饭后，蒋宅拜年伯母寿。回拜陈小坪直牧，宋杏友十兄晤话，翁玉泉处话。归，写大字多。清字画箱。晚至厂市，顺看赵心泉新居，留便饭。

初六日（5月22日）

晨，写大字。早饭后作楷十余行。文昌馆请客四席，皆公车也。子愚同往，早四晚二。申刻才盛馆山东乙酉世兄团拜公请，吃酒颇多。归后，至刘晓川处，与寿臣话。吃饭一碗而回。欲做诗而不果也。

初七日（5月23日）

早拜客至东草厂、西草厂，一路回拜江西、山东、山西、贵州四省小门生榜首也。归，早饭后，至文昌馆，同乡乙未同年京官六人公请，客共五席，只到四席。申刻到才盛馆，浙江辛卯世兄公请，湖南甲午同年请饭。归，写大字多。夜赴安香南前辈席。晤许珊林太守，言平度州天柱山铭摩崖上尚有大字一，壁斗绝，不可拓。亦从来所未闻也。杨杏农言：陈石珊处，有旧《皇甫碑》。

初八日（5月24日）

早，回拜数客，晤陈庆覃侍御，新从家乡来也。并晤龙门谈书法。归，饭后写大字多。午后闻默深中式，夜闻梅生中式，狂喜之至。黄寿臣处，写对联，做诗一首，小饮佳佳。石珊处，《皇甫碑》系覆刻本，令人一看索然。

初九日（5月25日）

早见《题名录》。先公门人获隽者甚多。而余福建门生，今三科矣，尚无一人中者，可叹也！默深处贺。孙兰检之乃翁得中，可谓老当益壮。归，写楷折一开。夜设酒为梅生贺。得子敬到云南书。

初十日（5月26日）

早奉派磨勘会试卷，每人七本。余所分阅图南卷极佳，字尤健贯到底。默深诗有："风云千里足，霜雪万山身。"真自道也。出甚早，归家始饭。将暮，出拜罗苏溪方伯、许珊林太守，俱不遇。寿臣处作诗一首。归，杨漱云来夜话。发滇信。

十一日（5月27日）

再访苏溪、珊林，仍俱不遇。写对联将百付，写楷折二开。暮出贺各世兄喜。寿臣处小坐，归。庚堂来话。今日题沈子□所藏张叔未琐札，杨寿芸尊人毅堂丈人手札册子。

十二日（5月28日）

早访苏溪，因同来看帖画数件去。写楷折一开多，写大字对联七十余副。湖广馆公请苏溪，将开晚席，始归。少憩，复至吴老七处拜其母寿，有清音部。归，新进士覆试，梅生早归。

十三日（5月29日）

阴。写扇对各件。与蔡玉山书，为杨荔农馆事。内子病昨复发，今复安矣。申刻出看汪莼伯，遇李春湖丈之子老七。至默深处，遇雷雨猛至，冒雨至寿臣处。少坐，雨住见日，极清爽。归，徐戟门、杨漱云、汤海秋来饭。今日杏侄生日，十六岁矣。早看苏赓堂，昨日得丁外艰信也。

汉邓骘讨羌竹简，又按《云麓漫钞》言：此乃宣和陕右人，得木简，著内。梁师成入石。右礼曹朱子价钩勒于砚上者。予过子价，书杨升庵所寄《苍润轩记》于石，从石二家得之。其词云："永初二年六月丁未朔，二十日丙寅。得车骑将军幕府文书，上郡属国都尉二千石守臣廷议县令，三年十月丁未，到府受印绶，发夫讨畔羌，急急如律令。"后又云："马卅匹，驴二百头，日给。"古词古笔砚之令人慨然。若宋公者，真近时博雅好事之士哉。戊午十一月二十二日雨中记。

十四日（5月30日）

早书坊中送书来阅。有诗龛所藏书一本中采此段，令仆子抄之。检点考具。客仍来话。早饭后下□往根云处。海秋、椒生同住，寿臣须明日来也。本有庚堂，今不能到矣。去年亦此数君子同住此。园中雨后，清旷如秋，止绿荫盈眸，知为夏景耳。今日覆试阅卷，酉刻始下。梅生一等第六，同乡遂无一等。此次有四等十一人，并不列等二人。岱云、槐江、小笠、鼎峰诸君先后来。午间雨余晴。

十五日（5月31日）

早晴。看《庾子山集》。写楷折，竟日得三开。谒潘、穆两师相，俱未见。寿臣晚始来。

十六日（6月1日）

寅初起饭，寅□天大亮，入内，卯正始上殿。考试差者，共二百二十余人。余午刻已将完，因监试者调出怀挟甚□人遂久。国华申刻始出场。家中送四肴来，与诸君共饱啖而睡。“其未得之也”至“无所不至也”。“谦也者致恭以存其位者也”。赋得君臣一气中，得“公”字。

十七日（6月2日）

早独步至池南，不见一人而回。根云起入直。余即归。过王咲山新居。午后，出拜数客，写大字。晚赴刘小竹约。席设寿臣处，倚歌劝客，颇尽欢。酒后，写联幅甚多，俱不劣也。

十八日（6月3日）

早送杏农行已无及。看李少峰宅内光景为惋惋。晤杜蕉林、杜兰溪、张石洲。归，少睡起。写对三十余幅。晡至祝蘅畦侍郎丈处，吃嫁女酒。与伯厚两人酌，妙在无他客。饮后，同至庄卫生处吃饭一大碗而归。许印林来话。

十九日（6月4日）

早到秋曹，看少峰同年。即上馆，更无他人到者。午初出，顺路拜数客而归。写大字未毕，海秋、默深来话。出至胡楚山处道喜。翁玉泉处吃喜酒。夜雨先归。

廿日（6月5日）

早赵尚琦来。余饭后趋至午门听宣。从卯至午无消息。与王蘅皋、梁翰平同至国史馆吃面。得奉派弥封信。出过曾涤生，归。少憩，襆被入城，与梅生同住烧酒胡同关帝庙。

廿一日（6月6日）

寅初起，寅正天大明。送梅生应殿试。至西右门久候。周芝台侍郎散卷。风声严紧。点名完后，余出，作楷册。到杨老六处早饭。午刻至史馆，与受卷弥封诸君同入。受卷处，两翰林、两御史。弥封处，四翰林、两御史。收掌处，四翰詹。申正，始有交卷者。昏黑尚百余卷。受卷与弥缝，至亥初二刻同时毕而出。惟收掌，要与阅卷大臣同住文华殿，须传胪方得出也。共二百十人。除去怀挟一人，共二百九人。殿试查怀挟，二百年来仅见之事。临轩策士，乃亦用此法度。夜与梅生俱困睡。梅生酉正出场，甚写得好。

廿二日（6月7日）

早与梅生同到杨家花园吃点心。又同至陈伟堂大空师处拜寿。归，早饭后，复少睡。写扁数方，写苏庚堂尊人挽联。出，至条珊处话。华甫病。过厂市取来沈小宛注班书二十本，从苏州艺海堂寄至文华堂者。赵心泉处招饮，园林潇洒可喜。

廿三日（6月8日）

早，邀郑小珊来，为伯母诊脉。莼伯、蒨园来早饭。朱伯韩一话出。午间写大字多。晡时回拜数客。蓉峤处一话。夜默深来话。根云来宿。

廿四日（6月9日）

寅正起，卯正入内，候至巳正，圣驾由园回宫。十本头引见，已午初矣。梅生第七，状元孙毓溎，榜眼周学濬，探花冯培元，传胪王景淳。十本中山东、浙江、直隶、广东各二，江西、湖南各一。雨阵阵不歇，归途尤沾渥。复出拜卓中堂寿。归，写大字、小楷。夜饮蔡菱洲处。

廿五日（6月10日）

丑正起三刻行至内，不久即明。寅正二刻，上御太和殿受朝贺。一甲进士三人出班行礼。新进士到者约有百人。出城过厂市，携李耳山画归。赵心泉园亭看晓晴。午刻写大字多。申刻赴园，住根云处。

廿六日（6 月 11 日）

卯正至大宫门候至巳初后，引见于勤政殿。宗人府、内阁、翰林院、国子监，共一百一十九人。明日院调九十九人。回拜根云生日，同乙未世兄吃面。午刻回，甚热。写大字。晡至庚堂处吊。晚与寿臣便酌心泉处，树影清深，酒杯凉润，殊不醉也。

廿七日（6 月 12 日）

早，许印林、李棨庭、刘蓉峤、小竹先后来看碑帖字画，留便饭。并邀张石舟来话。午初方散。余写扇对各件。赵心泉来晚饭。命桂儿入城，送梅生场。

廿八日（6 月 13 日）

桂儿早归，知入场甚早也。余至报国寺少坐。由上斜殿过厂肆归。写扇三十余柄。梅生出场甚早。晚在寿臣处，同请蓉峤、小竹，请赵心泉作陪。金尊宝碗，饮颇欢。酒后，戏为小竹画团扇，其劣可想矣。

廿九日（6 月 14 日）

早，由厂肆上馆，遇许信臣，言洛阳令马老七，新拓龙门造象极多。午刻饭后出城，拜数客。送小竹行，归。母亲于巳初下阶，蹉跌伤足。请王雅泉来看。内服七厘散，外敷整骨，不用手方，恐筋骨不能无损矣。赵心泉请写字，周十一兄请便饭，俱辞谢。

卅日（6月15日）

请雅泉来洗药后敷药，较昨差安矣。写大字甚多，因公车催促也。得石梧书。江龙门、汤海秋来便饭。雨不大。

五月

初一日（6月16日）

母亲夜得佳眠，晨起好多矣。辰初二刻，报来，奉旨云南正考官着晏端书去，副考官朱昌顺去；贵州正考官着万青藜去，副考官着何绍基去。母足未痊，忽得此信，心中如坠石矣。午刻出门，拜万藕舲学士。由厂市归，请李云衢二兄余庆来为老人符治，似乎有效也。小竹约至寿臣处饭，先吃饭归。

初二日（6月17日）

寅刻起，卯时至午门前。辰初，礼部堂官来宣旨。考官五人谢恩。藕舲自到园□折也。回，家中贺喜，客来不歇。潘师、穆师俱见。姚、陈未见，归。李二兄于巳正来。黄蒨园来夜饭。

黄琴隖同侄来，亦善念符寄痛也。

初三日（6 月 18 日）

早，闻林香溪病危，往看，则受暑误服温补剂，致气闭失音欲绝。朱伯韩之友孙恬庵，饮以萝卜汁两次，已醒回，可喜也。复冒雨看李少峰，承赠轿，即舁归，付店收检去。雨遂竟日。江龙门来，钩大《麻姑记》。邀张虎头来，谈刀剑术，夜同饭。万藕舲、庄卫生亦至。根云来宿。李二兄仍来用符咒。

初四日（6 月 19 日）

早，料理节事颇烦。午后出门，各师处拜节。归，李二兄来，老人今日觉得好些，真慰喜也。写大字。夜赴龙兰簃、刘晓川、胡怀荘、祁幼章公请局，在龙寓，殊绚烂也。

初五日（6 月 20 日）

节事全清，甚静。贺节后，写字看书而已。梅生引见得庶常。下半天大雨。雨住出门，拜数客归，饮菖蒲酒，小酣。

初六日（6 月 21 日）

晨，过藕舲、兰簃，俱未起。回至子舟处话。归，写大字。午出，至湖广馆。同乡公请乔见斋方伯，一晤而行。过厂市买纸及扇。

初七日（6月22日）

竟日晴，少见也。藕舲来商各事。请廖先生来，为老人推拿。又王三兄来化符水。午赴曾涤生席。即归，写大字。夜赵兰友年伯处便饭。送苏赓堂行。

初八日（6月23日）

真晴矣。早寻王曼生不值。由厂市归。午间，写赏封。客来。邹云阶来弈。傍晚出即回。夜足痛早睡。

初九日（6月24日）

大晴。母恙渐愈矣。廖君复来治。许云生言□生□法。王素园廉访来晤，八年辰沅道，甚得军民心者。领到盘费银二百两。写对五十余。与石州晤。夜，翁玉泉、赵心泉、钱苹江、蔡菱州公请，在菱州处，薄醉。得子敬三月初九日书。

初十日（6月25日）

写赏扇。黄勿庵来晤。夜，王若溪、邓子久与陈子□公请，酒尚佳。□屋子热甚，听倚歌数折。写寄子敬信。

十一日（6月26日）

早写扇。午，访周朗山不值。到厂市，买对扇等件。归，夜饮甘实庵处。

十二日（6月27日）

早，廖君来。午间，写礼对并扇。夜赴朱霞峰席。酒后赌饭大饱，可笑也。

十三日（6月28日）

早。朱朵山来话。明日行矣。午间写扇。夜至万藕舲、魏默深、黄寿臣三处谈。

十四日（6月29日）

早到厂市裱对。宋莲叔处话。归，写大字，清旧债也。左足敷药。

十五日（6月30日）

写大字多。晡，过新斋、兰簃话。复六舟上人书。为题宋拓麟游朱□长廊醴泉铭，及潭□庵两高僧同注《金刚经》引首。夜，雷雨，无月。

十六日（7月1日）

雨大不住点，午后歇。夜饮蔡春帆前辈处。

十七日（7月2日）

上半日不雨。申刻大雨倾盆。写大字，清积债也。夜饮蒋誉侯亲家园。赵迪斋说所得顾千里校本书颇多。

十八日（7月3日）

晨过厂市，买扇对，携文衡山画《贺季真舟泛图》，甚精澹。检点行李，并写对。约牛仲远、徐惺宇、杨介亭、彭松屏、翁玉泉、桑子实，为仲远饯也。席设子愚小竹院中。无雨有云佳。

十九日（7月4日）

早到馆。因有官书，当交付也。值谢方斋到署提调任。出，至杨子言处饭。频婆果树，结子甚繁，绿阴满院，竹篱兰箭，均可爱。出过厂市，买得小石庵横扁，殊有趣。傅青主草字卷亦佳，但苦价昂，未必能得。雅集斋看帖写对。归，作大字。王曼生携肴来酌，并邀白晓亭、赵少言同坐。根云、子愚，饮刘晓川处。

廿日（7月5日）

写扇甚多。雨不歇，傍晚大。夜饮倪梅生处。

廿一日（7月6日）

竟日细雨，午后略住。申刻吊黄寿臣兄丧。

廿二日（7 月 7 日）

两日内写墓志三篇，兼了各小楷册叶帐。有清音，为慈寿预庆也。午刻到观音院，丙申同年公请。归，大雨所未见。伯母住屋水穿墙入，前后各院水皆满，可悸也。雨住旋干。夜两席，夜幸未雨。客至者，赵伯厚、张石舟、蒋誉侯、周华甫、赵少言、赵心泉、郑小山、黄琴隖、孙兰检。

廿三日（7 月 8 日）

雨时止时作。收检行李。晡时到厂市。归家宴，别浓于酒，醉矣。

廿四日（7 月 9 日）

雨住且大晴。骡夫及兵部号头到颇迟。辰正叩别堂上，慈颜且怆且喜，止行子泪耳。子愚真细心，借以稍解慰也。过报国寺，与戒师一话。出彰义门，至三妙庵，福建门生饯送，饮三盏而别。梅生、寿珊俱同桂儿来送。途中过泥水数次，跌轿一次，然尽有干路矣。长新店茶尖，等骡子到始行。至良乡，已将酉初矣。作楷册十余行。家中送赏刀来，遗失未带者，因付信归。小雨一阵。

廿五日（7 月 10 日）

寅初起，卯初始行。因马到甚迟也。二十余里至宏恩寺，寺凡五层，高松五六丈，低松丈余，俱古劲，错落清阴。前后院，系明太监所修庙也。有本朝行宫，已荒废。又二里豆店尖，尖系自备。又十里至琉璃河桥。又二十里至涿州北关，又将十里穿城至南关外公馆住。刺史吴芸荪丈，子席之叔父，未晤。为写一直幅。今日不遇雨而奇热。王六带轿夫回去，付家信。夜热不得眠。

廿六日（7月11日）

寅正，行路甚泥泞，巳初至高碑店尖，无人应差，向例然也。因两仆骑马落泥水不到，久候始行。遇大雨，未初至定兴县城住。署令杨金骏来谒，河南人，甚详雅。雨复来，略解热。未到县数里有碑，题“祖逖故里”，从前所未见也。晚饭后，雨更大，且不歇矣。

廿七日（7月12日）

早雨住，卯初后始行。一路沙多，泥水不大，四十里至故城，少憩。又三十里安肃县，尖城内，李令焜号同雯，行一，费县人，乙酉世兄名松葆之侄，求写团扇。酒甚佳，惜天热，不敢多饮耳。廿五里至慈航寺茶尖。有古架松，闲院敞洁，方敏恪祠在厅后，漕河古渡处也。又廿五里保定西关外住。公馆极狭热。制军以下差接。衍东之、蔡凝堂来晤，因饭。夜奇热。藕舲处，江西客数人来。寄家信。

廿八日（7月13日）

卯初复行。路比昨更好。四十五里泾阳驿尖。满城县韩同年象鼎，差人办差。北距县四十里。又十五里至方明桥。又三十里望都县城外宿。县令黄同年名赐履，号蔌原，来谒，索书联幅，当是能者。昨日制军遣一郭什哈护送。为衍东之书扇二柄。

廿九日（7月14日）

大晴。早行树阴中。过唐河共六十里，定州尖。王雨农直牧仲槐来谒，官此十三年矣。东坡雪浪盆重刻者，在此地也。又二十五里明月店茶憩。又二十五里新乐县宿，公馆在南门外。县令春和谒见。竟日有风不甚热。出门六日，才得买豆付炒食之，殊堪哂叹。西瓜尝新。夜不甚热。

六月

初一日（7月15日）

寅正后行。过三次河，颇累赘，实止一河，雨大成三也。二十五里马头铺，又过河一次。又二十五里伏城驿尖，属正定矣。又四十五里至真定府，途间积水甚多，舆夫疲老殊可厌也。

梁香初大令谒见，甲午同年，名宝书，能吏也。言城内梁蕉林相国家，收藏尚无恙。有一捐知州梁钺，收古物尚多，惟人品欠佳耳。又有王姓，收藏亦富。岁底归来，当一访之。大雨庭水骤长。香初久坐方去。真定守冯启曾差接。为香初作书颇多。发家信，由近堂制军丈处去。

初二日（7 月 16 日）

昨日大雨竟夜，早起尚不住点。起行时，已辰初头。一路行积水中，幸人夫众多，得不坠泥涂。十里过滹沱河，水流颇急。至二十里铺，与藕舲入麻绳店中，吃面，复行。约四十里，有茶尖。到栾城，将酉正矣。县令李琢之来谒，鈖□，二十年前，曾见于历下，尊人克学，辕巡捕时也。与藕舲各店住。夜热。为琢之书幅，初学画兰。

初三日（7 月 17 日）

寅正后行。风凉晓润，四十里至赵州。换夫马。又十里，大石桥尖。州牧胡允植差接，早餐殊不堪。三十余里至王莽城小憩。又二十余里，至柏乡，穿城出，南关宿，已酉初矣。县令德亨来谒。夜渐凉。

初四日（7 月 18 日）

昨五更雨，至天明不住。早行，泥泞甚。三十余里，过沙河，又二十余里，内邱县尖。县令陈敬猷接送，谒见甚敬，言其兄是余己亥门生也。公馆亦佳，惜乎尖耳。未初行，十八里，圆津庵茶尖。庵中园亭幽异，诗刻甚多，有梁蕉林所题“延绿”二字扁。出京来第一处佳境，从前来往，竟未及至。又十二里，绕东行，避水。又三十里，至顺德府，未至前数里，路烂甚难行，穿城五里余，至南关外右店住。县令陈希敬病假，旧仆赵升、长顺俱在此。闻城东南有孔雀庵，水活竹多，春深吃笋。距康庄五里，并不绕道。归来记得一游，此刻积水难通也。

初五日（7月19日）

寅正二刻行，天大晴，有风甚凉。三十五里，至沙河，穿城过，而县令不管。先过十里铺，新立宋文贞神道石，墓、祠在道西里许。过河，又三十五里，临洺关尖，永年县管。肴颇佳。县令张宝锷，又沈西雍太守送菜来，尖后热矣。三十里，至黄粱仙梦处，荷花盛开，仙梦犹昔，王鲁之题诗尚无恙在。又二十里，至邯郸，绕城西行，至南关外客店宿。署令陈秉信来谒（庆堂、行八），乙未同年，山东荣成人。藕舲过店来，因同饭。夜上表失手，遂停不行。

初六日（7月20日）

早，将行，陈同年来，久话始去。行七十里，磁州城内尖。城自十年地震后，倾圮未及修也。州牧金照来谒，酒肴佳。（师农，行四，钱唐人。）又三十里，渡漳河，入河南界。至丰乐镇，公馆甚开敞，属安阳县，县令朱显曾，淦臣先生之叔也，着人办差尚好。郭什哈回督署，与东之书，寄近堂丈一扇，兼付家信。

初七日（7月21日）

母寿辰，家中之乐可想，第不知足患如何，好生念恋。四十里，彰德府城内尖。未到城，有大生禅寺，竹院清佳。俞云史前辈太守及朱令来晤，托带黔中银信，因作家书，将银寄京去。又七十里，至泥沟驿公馆宿。先是行四十五里，至汤阴县岳庙茶尖，看碑久之。泥沟系汤阴管，县令程廷镜未来见。

初八日（7月22日）

因夜间家人被窃衣物，作札交办差人，由县查取，不知可得否。公馆失物，殊堪诧也。卯初三刻始行，早凉，过淇水桥，忽增河一道，十余年前所无。六十里，淇县公馆尖。县令郎盼（壬年世兄名瞵之堂弟）来谒，复索写册叶，为书山谷《演雅》一章。又五十里，卫徽府西关客店宿。过小河两次，午后甚热，似伏天矣。署令马殿元来谒，癸酉直隶拔贡，由教官升县令者。店热，人困甚，不能作字，画兰。见月一喜。比干墓在城北大道西二里许。夜热，不得佳眠。

初九日（7月23日）

早，卯初后行，后河桥有船舫，似南方也。六十里，新乡县城内公馆尖。县令朱丈士廉未来。又五十里，亢城宿。先是至山西会馆茶尖，到住处二十里亢城，系获嘉县管，县令罗传林。晚吃烧酒数杯。雨来。

初十日（7月24日）

五更时，大雨可怕，与藕舲俱起，然烛看漏，乍歇，天明时复滂沛一大阵，旋止。迟至卯正三刻始行，颇泥泞矣，幸沙路不大碍。五十里至河边渡黄，得东风甚顺。又二十里，潮平铺尖，已申初后矣。夫马不齐，将酉初始行，过贾鲁河，又过汴河，昏黑后然灯乘月行，四十里，至郑州西关外公馆宿，已亥初，一屋分两院住。郑州崔老前辈寿，己丑翰林。潮平铺属荥泽，距县三里，县令蔡鸿翥，俱未来见。

十一日（7月25日）

早行，皆土山夹道为多，古成皋、广武一带也。五十里，郭店驿尖，属新郑，未尖。前遇刘谷仁学使于途，问以湖南事，尚不知有四百里报。又四十里，新郑县城内公馆宿。城北有欧阳文忠墓、子产祠，惜天热，俱未谒。新郑令李鋆未来。文忠墓系丁亥年杨海梁中丞丈重修，时余客大梁，因属书碑记，惜未得一往也。夜热。

十二日（7月26日）

早，卯初行，过洧河，船舫颇多，似南方矣。距周家口二百六十里耳。三十里，惠和集小憩。又三十里，石因驿住，到公馆才午初，亦借息疲乏也。得汤阴程令初九日来禀，知窃物俱获矣。今日是子愚弟生日，甚系思念。

十三日（7月27日）

卯初行。自过河来，寅初不得天亮矣，地异，天亦不同也。五十里，颍桥尖。热。又四十里，襄城县南关宿。城内甚闳，皆石道，从前坐车，都走城外也。桥南路东，醋房张姓，访之未见，曾与谈写字法者。桥西船不与桥东船通波。桥西上游至汝州九十里。桥东船直至周家口。县令石常泰未来见，山西廪贡，年六十余。与藕舲各店住。

十四日（7月28日）

早，腹泄一次。行七十里，叶县尖。先过滍水，县令鹿传洵，号又泉，先迎谒于关庙，复至公馆谒见。公馆宽敞，旁院有竹，惜其在花台耳。又三十里，旧县宿，公馆不大，而梧荫亦妙。夜月佳。

十五日（7月29日）

早行，六十里，扳倒井尖，一路小山坡，石子颇多，有卖圆石及石砚者。扳倒井者，光武之遗迹，有庙。公馆在庙左，有竹石池木之胜。又三十里，裕州城外公馆宿。州牧王垲迎谒，山东定陶，癸未进士，问以宛令李孟初碑，不知也。回忆十八年前，周鉴湖刺史署中谈碑阅古之乐，为一怅也。公馆宽敞，朝南，剃发洗足甚爽。与牛敬翁书。付第七次家信。王牧索书扇。帐褥搜讨臭虫二十余，夜眠一快。

十六日（7月30日）

早行，六十里，入州城，博望驿尖，南阳县管。公馆尚可。过小河两次。又三十里，新店铺同店宿，向西颇热，忽雨来一阵。

十七日（7月31日）

早行，阴，不复凉。三十里，南阳府尖。都镇台、陈太守仲良差接。吴令茂孙迎谒送甚恭，尖行试院，先后俱过白河。问卧龙冈，在郡西南七八里。昔年余往邓州，曾过之。又六十里，瓦店宿。店尚可，略似公馆。先是三十里，屯茶尖。向来在里河店尖，因水冲失公馆，而一路冲陷屋子尚多也。夜奇热，不可睡。

十八日（8月1日）

早行，六十里，新野城南公馆尖。县令韩春卿世兄（潮）谒见，言汴城新出钱忠懿碑，在洛阳者，余未曾见也。邓氏人尚多，其南阳外家乎？阴后故里，在城外杜村，有鸳鸯。尖后三十里，过河两次。遇急雨一阵，新店铺宿。同店住，街上似南方矣。

十九日（8月2日）

早行，太早，天未大明也。一路坡陀，四十里，吕堰驿尖，甚草草。又六十里，过水两次，因昨夜大雨，山河水漫出者，至樊城官店宿。署襄阳福兄绍，丙申同年。江观察绍憘、刘桐坡太守丈俱差接。因轿竿太长，恐将来难上山，饬工收拾去。夜饭有苦瓜、藠头，惟太少耳。入湖北界，便见稻田，一慰乡思也。夜凉佳。

廿日（8月3日）

因收拾轿竿并驮子，住一日。骡夫雇至此，以后由沿途按站运送矣。买得苦瓜、蕹菜颇多，明日便带着走。写楷册，写扇二十柄。发第八次家信，交办差人陈姓。夜有风，凉甚。五更时泄腹。

廿一日（8月4日）

早起，桐坡太守丈来话，言樊城有湖南会馆，要嘱贺耦翁、罗苏溪各捐资买屋，为公车住处。雨畊消息不可得，止知其移住苏家巷矣。行过漾江，风浪甚大，久之，始渡过。襄阳府城六十里，又过河一次，始至□□□尖。庙中陋而热，甚草草。系宜城县管。又三十里，宜城县城内公馆宿。县令蔡君应桓来谒，四川人，从前曾在顺天为先公属吏，光景似循转也。夜凉甚，几不可席。略有蚊。

廿二日（8月5日）

早行，甚凉，见稻田渐多。四十五里，南新店尖，宜城管。又四十五里，利阳驿宿，钟祥县管。今日路平坦，止过小河一次。将到公馆，大雨追逐而至，衣屦有沾湿处，赶至馆，幸开敞。又遇云南火牌，付第九次家信去。雨竟夜，未免愁人。

廿三日（8月6日）

早行，不甚早，雨未住也。冒雨行，一路泥泞，行田径中，尤可悸。兼山坡上下处甚多，可惜一路好稻田，不得静赏也。三十余里，至乐仙桥，有街市而未入。又约三十里，至石桥驿，止得住下。驮子别住他庙。公馆甚浅，后有小菜园，驿系荆门管。晚餐自备，办差人颇不解事，太阴不答也。夜，雨住。

廿四日（8月7日）

早行，过小溪河，旋即上山下山，颇不好走，好在无雨点。三十里，至蓝桥，甚闹热。桥上忽大雨一阵，仍歇。又三十余里，至荆门州，试院开敞，有梧桐树，紫荆花盛开。州牧郭觐辰，江西人。住处因雨潮湿颇剧，复雨竟夜。今日戌刻立秋。

廿五日（8月8日）

早行，出州城，便过一大岭，幸石路甚宽。过岭后，一大平阳直路，四十里，至团林铺尖，尖次狭陋。又五十里平路，建阳驿宿。惜雨后路烂，又绝少村落竹木，舆夫落肩三次，无味之至。巡检刘德晖出迎，公馆亦甚小，且潮漏。一路均未甚断雨。夜，大雨。

廿六日（8月9日）

昨夜雨奇横，可怕。中庭水深尺余，轿子水全入腹，半夜起，呼仆人舁轿，听差人无一应者，可叹也。屋亦多漏。天明后起，雨稍止，架门板出店门而行，途中却不透。泥泞四十里，四方铺尖，已午初矣。又三十里，龙骨桥，始出荆州州界。又二十里，荆州府西门外公馆住。西门、北门俱闭，将军主持，恐堤破江水入城也。民人多从城上梯缒出入，索钱方得过。石首堤已破，江怕伏汛。公安陆路已断，明日须由船去矣。李戟门观察、程省斋太守前辈来话。江陵令升□来谒。雨住，苦潮热，夜不得好睡。

廿七日（8月10日）

未明即起，等行李齐发，已卯初后矣。行十余里，至江口下船，四川膀膀子，各人一支，轿船在外。下船处曰玉路口。溯流十五里，恰得东风，甚便利。过江，入太平口，水程共算二十里。走下水，又五十里，清水泊，公安县界。因发付船价迟延，遂不能复行，地方办差人之可恶如此。竟日晴热。夜热，蚊横甚。

廿八日（8月11日）

开船太早，树根几触船。天明，已至黄金口，行五十里矣。行至瓦窑河，澧州接差人至，署州牧彭君世昌。又行过交溪市十余里泊。今日共行一百八十里。天热如昨，夜亦相同，余腹泄数次。

廿九日（8月12日）

船上拉纤行，因南边长水，水为不流也。行入草湖中，将暮，连发风报两次，可悸之至。得雨，夜稍凉耳。澧州办差人欠水脚。武陵接差人不携一钱，持空帖来。船户索价乃行，甚费排当也。得蔡玉山前辈书，彼此相忆，昨已作一书，复添一纸报之。

卅日（8月13日）

行草湖中，竟日不过廿卅里耳。南风太大，曳纤无路，办差人不管早饭，借船上饭吃之，有腌菜极佳。未时，办差人供一餐，晚便寂然。余热甚，不适，早睡。

七月

初一日（8月14日）

行不久，出湖，入沅水，有路矣，两岸景致殊佳。夜泊牛皮滩，半夜后，风凉。

初二日（8月15日）

早阴凉，竟日不热。将至常德，不十里，遇大风报，船篷揭去，雷雨猛迅。船泊久之，复行，抵岸，天已暮，雨不住点。熊锦峰明府同年来迎晤，旋即上坡至公馆，即旧日考棚也。邓湘皋丈同老九来夜话，感惘之至。并赠《沅湘耆旧集》一部。夜极凉。

初三日（8月16日）

因收拾包竿，住一日。锦峰来话，杨荔农午间持杏农书至，甚慰甚慰。作家书附入致黄新甫太守书中去。书扇对不多。夜留荔农饭，饭后，湘翁与小皋来话，见示《沅湘耆旧集前编》，属为书签。出蓬樵《永州山水画册》，请湘丈写旧作二首于上。夜分始别去。黄海华司马来晤。

初四日（8 月 17 日）

早行，凉甚，一路禾苗竹木，韵趣殊胜。卅里，陬市尖，已入桃源界。又四十五里，桃源县住，过河两次，大约仍沿沅江而行耳。景晴垣大令星迎谒甚敬，住处即沅南书院，即考棚，颇开敞。刘练堂同年沄来晤。晴垣索书联幅扇件，讲院诸生亦索书，写对十余付，幅七八纸，扇六件。

初五日（8 月 18 日）

早行，竹木更茂密。惟山坡上下有甚高斗处。廿余里，至白马渡，渡沅水，又数里，茶尖。因登山至桃源洞处，扪石径，听泉而上，颇费力。竹多，不见桃泉出处，有秦人古洞横石刻，不见洞门以内是何象也。又卅里，过小河一次，至郑家驲住，才午正耳。早凉午热，申刻，大雨一阵，后院有积水矣。和藕舲学士桃源洞诗二首。服眼药三次。

初六日（8 月 19 日）

早行，阴，旋晴而热。皆沿山走，听田水，卅二里，茶尖。又廿八里，郑新店住。巡检周作孚迎谒，问知为杭州人，濂溪之裔也。雷声欲雨久之，暮来一小阵。

初七日（8 月 20 日）

早饭行，尽在山夹水中，始用纤矣。二十五里，茶尖后，出桃源县界，又二十五里少憩。又二十里，过辰龙关，石壁斗立，路狭直上，扼关处宽一丈耳。过关下岭，水皆南流矣。又数里，界亭住，属沅陵县。壁间见朱啸庭隶书、萧芝水行书，如见故人也。晚，大雨狂风，与藕邻作《七夕诗》及《辰龙关诗》，并有赠藕舲二律。

初八日（8 月 21 日）

早饭后行，上大马鞍坡，甚险。以后复过数坡，路殊斗竦。四十里，狮子铺茶尖。又三十里马底铺住，路比前较平。有巡检刘正章迎候。连日因目疾，服药遂愈。今日未雨。

初九日（8 月 22 日）

早行，山路高险殊甚，可悸之至。三十五里，陶饭铺茶尖。又三十五里，路多平者，然尚过高坡四五处，辰州府隔江南岸辰阳驿住。公馆高而在山下，向北，甚热。太守雷震初前辈于昨日送辰州兵往衡州，知耒阳民变尚未尽平息，可叹也。典史董钰迎谒。写扇五柄。公馆依山逼迫，无风。

初十日（8 月 23 日）

早行，四十里，麻溪铺茶尖。又四十里，船溪驿住。住处公馆颇宽，后院有紫荆树，花开茂甚，旁一小庙，奉紫荆花神，亦奇。今日所走路，虽有斗山坡上下，然大致比前两日平坦多矣，殊觉可喜。到公馆后大雨一阵，热。多蚊。夜雨。

十一日（8月24日）

因大雨彻夜，晨起不住，止得歇下。竟日竟不甚住点。得诗数首。清蔬鲜肉，早晚俱佳。

十二日（8月25日）

早行，仍阴，路不险，且石色多润，入辰溪界矣。四十里，至辰溪县城内公馆尖。县令吴垣，乙未同年，送太守护兵去矣。尖后，与藕舲渡沅江游丹山洞，大雨登岩，颇极胜赏，旁有小山寺，僧云：即大庙也。丹山洞深数丈，其下仅容一人，不能入。闻通江可数丈也。石壁甚佳，惜为楼屋遮掩。下山后，仍渡麻阳小河，始登陆。三十里，遇大雨，至山塘住。驿馆逼仄湿漏，天已昏黑。余苦头痛，未餐，归寝。藕舲寂寂可念。

十三日（8月26日）

早行，阴。山坡有险者而不多，石峰多奇秀，胜沅陵远矣。四十里，中和铺茶尖，在留云寺内。有陈古华题“回头是岸”扁额。因茶尖后过桥回头走，仍见这边云树，中隔一溪也。又四十里，路更平，止中间大山坡，亦不甚险。遇大雨两次，行未歇。怀化驿住，芷江县管。巡检出迎。晴。

十四日（8月27日）

早行，一路皆平路，自桃源以来，为最好路矣。十里，过石塘。又三十里，玉树湾，更人烟稠密。又二十里，公平驿住，到公馆才午正耳。在野外，又新造屋甚开朗。石榴巨如碗，甚甘，三钱一枚。后院有榴与桂，桂花无消息也。藕舲丹山洞诗极佳。夜至江边看月，仍同坐前庭。夜数起，冀有月华，不可得。

十五日（8月28日）

早行，皆沿沅江而行，石路颇有高低，不甚好走，然总算平路。四十里，火烧铺茶尖。又二十里，沅州府芷江县公馆住。太守重豫有考事未来，谢小庄大令（廷荣，甲午同年）迎谒，李倬斋教授柬候。申刻，小庄邀同藕舲先到杨远村拔贡家看素心兰，又唐松楼广文家看兰竹，花木清胜，一豁尘想。晚餐时，倬斋来共话。亥刻，震雷大雨，可悸，雨遂不住。

十六日（8月29日）

雨不住，止得住下。见雨忽想种竹，因后院有隙地也。小庄即饬役觅来百余竿，乘雨种之，余题扁为“玉笋堂”，兼有记。午后，作大字多。晚，小庄来，并请倬斋来同饭。有天禄班小剧，颇尽欢。余先醉就睡，客至丑正始散。

十七日（8月30日）

雨略住，即行，一路叶飞云走，兼以雨脚不断。三十里，裴家店茶尖。又四十里，便水驿住。今日山色多云气，甚可玩。

早间出城，即过龙津桥，又名江西桥，跨沅江之上，将长一里，亦大观也。小庄来送行，又送点心，情意周挚之至。夜雨未歇。公馆系巡检衙门，蚊子极多。

十八日（8月31日）

早饭后，过沅江。因夜雨不大，水落一丈余，不然，今日不得渡也。有小溪斗水，冲失人家数十，可叹可叹。过江后，路可行，二十里，至对河铺。以后多山坡卸落，泥草塞路，行走艰难可怕。将至州时，沿江路窄，共四十里甚大，到晃州公馆住。芰亭老宗兄甫于十二日到任，迎晤甚欢。巡检来候，未见。今日路间未断雨，却不甚大。芰亭来同晚饭，并乃郎、侄孙先后来见。苦瓜丸子甚佳。此间即夜郎，芰兄拟创龙溪阁也。枕几俱闻江声，相距极近。公馆佳。

十九日（9月1日）

早行，过沅江，芰兄送行，谢昨夜诗。沿江行，甚险。山坡破落处颇多，二十里，大鱼塘茶尖，晃州管。又十三里，鲇鱼铺尖，玉屏管矣。巡捕刘宝善、陈承禄来迎，皆拣发府经也。又二十七里，玉屏县住。县令刘玉麟（南山，行一）迎谒。公馆后院有柏树及紫兰极大，韩云舫先生题扁曰：“翠柏红苹之馆”。今日轿夫少而且劣，坠舆田间，几乎落水，昨日谆托芰亭，真想不到也。张船山联云：“忽地香来花蕴藉，及时吟罢竹推敲。”今日整晴一日，可喜可喜。

廿日（9月2日）

早行，有山坡，晨雾不大。三十里，羊坪茶尖，属清溪。又二十里，清溪县署住。署令洪九轩，名凤翥，迎谒，本麻□知州也。县东门外又渡沅而西，河身较小矣。到署才未初，见后院有蕉、竹，前庭亦有树，颇有致。晚席甚恭敬，惟不能多吃，奈何！

廿一日（9月3日）

早行，右高山，左深江，一线高低，可悸可悸，前此所未有也。二十里茶尖，又三十五里，渡沅而左，焦溪尖，属镇远。尖后复走当心路，约将十里，方入山溪，虽坡陀而不甚害怕。尖后三十里，镇远府城住。将入城，有桥临绝壁，跨沅而右，极伟观。太守朱德璲，江西人。县令蒋翁时淳，誉侯亲家之叔祖。俱候安，照例不来谒。今日甚热。

廿二日（9月4日）

因有月，起稍迟，出城后，即上高山，过文德关，又连上高坡，有相见坡，两山可相见也。有扁曰："山河壮观"。共三十里，至刘家庄，无办差者，吃鸡蛋两枚而行。又三十五里，路多平，山不甚多。将到县，仍过沅江而左，施秉县城外住。署令庚华迎谒，照例不见。把总以下率兵来迎，中途小雨一阵。和藕舲文德关诗，用昌黎《南岳庙》韵。

廿三日（9月5日）

早，阴，行甚凉。过大高坡几处后，便平坦可喜。三十里，蓝桥尖，公馆悬空，临田水，殊妙。尖后八里，至飞云洞，天下奇观，胜淡岩、月岩矣。旁有月潭寺。行冒小雨，后又过一处，有石额“玉峡晴虹”四大字，惜不得游。尖后三十三里，至黄平州住。州牧彭桂舫，行二（泉楠），湖南人，已卸事。署牧刘元标也。桂舫留联求书。夜凉甚。公馆后院有秋海棠并菊。先去灯笼担子。

廿四日（9月6日）

行不甚早，天阴极凉。过数山坡，路宽不险，二十七里，重安驿尖。尖后过江，二十余里，至大风洞，甚奇朴，妙在有泉出洞中。又十五里，清平县署住。过观音山及诸坡，都不险。院有兰叶梅根菊，县令汪君申禄迎。

廿五日（9月7日）

早行，凉如昨日。过数大坡，路仍好走，四十里，老杨塘尖，平越州管。州牧陈文衡。又四十里，酉阳塘住。中间所历山坡颇险峻。过鱼梁河桥，两边山岩悬峭，大水从峡出，地名响琴峡，有字在石壁也。公馆宽敞，有两院，亦平越州地。夜有小雨，无蚊。今日轿前绊断，乃在镇远所换，应差人之不可靠如此。而旧绊已被换去，幸是平路耳，可怕可怕。

廿六日（9月8日）

早饭后行，将辰初矣。小雨后略有泥水，山坡不甚好走，山沟内窄路，尤当心。五十里未歇气，至贵定已未初后矣。略见日，余阴凉。县令刘宜轩（乙未世兄，嘉嗣）出迎。

廿七日（9月9日）

早行，路不好走。十余里至牟珠洞，僧持炬引入，深曲五六丈，灵奇古怪，中悬一柱与飞云异曲同工。下洞后路稍平，共卅里，新安尖。尖后多高坡，十里后渐平，共卅里。龙里县公馆住，湫隘难居，因商定明日入城，亦因初一进城似未为定例。一路辛路，乐得早歇息也。着巡捕持帖先到省知会，县令程枚出迎。夜雨数阵。

廿八日（9月10日）

雨虽小，然未住也。早行，上坡数处，颇滑。廿七里谷脚尖，尽上坡路。尖后小雨住，坡石不断。卅三里至贵阳，南门外有河桥，入城至公馆，已酉初矣。中丞贺藕翁以下俱差接。不得京信，惘惘殊甚。得子敬七月初八日从广通发来信，娠子消息复虚，可念叹也！传巡捕申严门禁，自发菜单，核开各项花名。公馆太阔落，故宜加谨。夜凉甚。

廿九日（9月11日）

竟日凉，着夹且棉。日中略见日耳。检行李衣箱书箱，俱无恙。藕舲两箱因落水后淹渍日久，衣服半糜损。甚矣，行路之难也。

八月

初一日（9月12日）

阴竟日，时有雨，而不大。罗苏溪方伯昨日到，差人来候。中丞处送到照例文书卅二件，撰策题三通。中丞索题阳明先生遗像册。晚得七古一章。今日更凉，两棉上身矣。

初二日（9月13日）

因提调复派巡捕、管帘官，公馆封条，因令其自行回明另派，以公馆宜谨严也。昨夜雨达旦，渐歇。撰策题三通。夜写京、滇两处家信。

初三日（9月14日）

昨夜雨大，至晨未住，遂蒙蒙竟日。差巡捕送家信交苏溪，当有谢折去也。阳明先生像册写好送交藕丈。夜蒙差人持示子愚六月廿八日寄藕丈书，中有家中平安语，稍慰孺慕。见邸钞，根云得仆少。

初四日（9月15日）

早作小诗望晴，虽未晴，而竟日未雨。从朱丹木处借来邸钞，得知各省试差，止山东、山西、河南未见耳。翰詹召见，前于五月廿二日停止，廿六日复初，至六月初六日复停。未知何故。

初五日（9月16日）

晨起剃发。早饭后检点书箱衣箱。藕丈处送来子敬七月廿日书。有役来，乃因杏农寄滇书有“子贞方谨，可早挈全眷回里”之语，子敬因悬系家中有何事，特着人来问也，可为一笑。即作复书饬该役速回广通。下午检出《沅湘耆旧集》两部，着巡捕分送藕翁、苏溪。藕翁有与子敬书，已无及矣。提调、监试送会同宴帖。

初六日（9月17日）

早，催行李夫进贡院。午初朝服坐亮轿至抚署，谢恩后赴会同宴毕，进贡院。幸而雨住，仍未晴也。藕丈须发苍白，且亦瘦，见老矣。方伯罗苏溪前辈、廉访吴仲云世叔、粮道冯桂山兄、署贵东道朱丹木太守、首府周小湖前辈、学使胡小蘧同年俱晤。入贡院许久，仍朝服同内监试、房考祭魁星，礼毕，升堂掣房分签。散后换蟒袍拜内监试、内收掌及各房考。旋各同来回谒。衡鉴堂屋止一层三大间，两人各住一边，中间为公堂。仆人俱住楼上，楼上中间一间颇敞亮。八房及收掌住堂下，两边厢房各一屋一楼。内监试住东边一小院，有屋三间，不大。刻字匠住其后。书吏住西厢房之南二间。合为一院耳。

内监试

平越直隶州陈文衡，福建人，讷斋，行一，壬午进士。

内收掌

东五，普安县佛德，厢蓝，满洲，普亭三，翻译笔帖式。

同考官

东二，一房天柱县许朴，浙江嘉兴，蕙塍一，己卯举人。

西一，二房署安南县事广顺州章诒燕，江苏江阴，鹭门二，丙子。

东一，三房署开州委用县严锡珍，四川巴县，琴帆二，乙酉举。

东四，四房署安平县仁怀县朱毓文，浙江海盐，鹿宾二，庚辰癸未。

西三，五房毕节县竺陈简，浙江奉化，个园五，壬午解元。

西二，六房署绥阳县毕埜珍，江苏太仓州，雪佣四，戊寅举。

东三，七房威宁州朱右贤，四川荣昌，秋田三，丙申。

西四，八房铜仁县郑凤鸣，顺天宝坻，桐峰四，丙申。

房考先全不知是何人。典试官入内龙门后，抚院方出，内帘官单即时传入。此与闽省不同，又闽省无祭魁星事。

初七日（9月18日）

雨未住而不甚大。与诸房考往来谈晤。讷斋频至，商公事也。同早饭。夜雨大，诸生可念。

初八日（9月19日）

天明，闻外间开点，雨未住也，辰刻雨住。上楼料检一切，见玉尺楼扁，系雍正癸卯四月持衡者沈宗敬所题，旁挂李双圃丈题联云："称从天授人双玉，眼并秋高月一楼。"竟不甚可解。巳刻先刻诗韵，午刻与藕舲同监刻《四书》题、诗题。刻既不快，而此间刻匠不管刷印，刻竣后刷匠始来和泥钉版，耽延甚久。共三版，与藕舲、讷斋各监其一。共刷三千六百纸，子初始完。花衣送交抚军。子正后吃夜饭，讷斋在此共饭谭饮。睡时丑正矣。刻匠六人，写匠一人，刷匠九人，书吏二人，加以我三人，仆二人，共廿三人。棹几之属约廿件，同在一楼也。晤藕丈时，劝言二三场可免搜，颇以为然。雨至暮止。

父母在，不远游，游必有方。

吾学殷礼，有宋存焉。

文王之囿，方七十里，刍荛者往焉，雉兔者往焉，与民同之。民以为小，不亦宜乎？

赋得须臾静扫众峰出，得"峰"字，五言八韵。

初九日（9 月 20 日）

雨住矣，且有日气，或者诗题有验耶？满院吟哦声，中丞命诸同考作拟墨也。清策题稿。讷斋来久话，邀往夜酌，酒殊佳。雨又至矣。过东西屋话，作诗书怀柬同考诸君，用坡公“墨水真可饮”韵。

初十日（9 月 21 日）

黎明，偕同人朝服望阙行九叩首礼。早面、晚席俱同坐，有抚军送席，首府送肴也。复用坡韵一首赠讷斋。抚军有闱中苦雨简两主司诗，即和答。昨日住雨有日气，今日仍雨。二鼓时始闻外间封门也。

十一日（9 月 22 日）

雨仍不住。早饭后发刻经题，请竺个园、朱秋田、佛普亭监刻刷印。两司送席，仍邀诸君同吃。亥正送题出。中丞丈言直隶、安徽、福建、江西各省俱大水，此次黔闱苦雨，亦十年来所未有。夜索《章鹭门诗集》，咏史佳。

十二日（9 月 23 日）

天阴不雨。巳正上堂阅卷，同考诸君毕集。向来黔闱不如此，一坐后各散归房，此次坐阅至酉正二刻始散。荐卷各止阅十本。夜阅各房落卷。有月，喜甚。

鸣鹤在阴，其子和之。

帝曰：咨！四岳，有能典朕三礼？佥曰：伯夷。帝曰：俞、咨、伯，汝作秩宗。

蔽芾甘棠，勿翦勿伐，召伯所茇。

公矢鱼于棠（隐公五年）。

鞠有黄华。

十三日（9月24日）

堂上阅卷，荐卷太少，甚闲暇，且看书也。雨时止时作。首府送席，邀诸君同餐，饮颇畅。灯下阅落卷，得二，藕舲得一。严琴帆、朱秋田和廪字韵俱佳，琴帆尤作手也。

十四日（9月25日）

无大雨而未晴，申刻略见日耳。今日荐卷颇多，阅改闱文数篇，亥初即送策题。与藕丈隔门阈坐话久之。仍阅落卷。子正方寝。雨竟夜。

十五日（9月26日）

早雨更大，未申间晴见日，遂至暮，到黔来第一次也。夜复阴矣。今日荐卷极多。晚间提调、监试送席，约同考诸君共酌，颇欢。内监试与同考合送节礼，茗、腿各色。晨起相揖为贺。北望叩慈节。又日日看"不远游"文字，心绪可想。

十六日（9月27日）

阴，小雨。午后晴，大日出矣。夜月极佳。今日荐卷亦多，屡有佳作。得俞云史前辈书，为兑物事。得唐印云书，知墓树一案，竟为李家把持，可叹也。

十七日（9月28日）

昨夜睡不着，天气燥热之故。今日荐卷复稀。晚饭后甚困，早睡。未见月出也。

十八日（9月29日）

大晴竟日。荐卷亦不多，而佳者未绝。连日删润发刻文字，颇费心力。申刻中丞索一话，因外帘事毕，即回署也。子刻方睡，睡不久，大雷雨，雨遂达旦。

十九日（9月30日）

早不住点。午后住雨而不见日。荐卷更稀，各房已看二场。

廿日（10月1日）

无雨而阴，未刻略见日。得慧秋谷书，并寄示近诗，河事尚无头绪。得佳策颇快目。夜与诸君话，至子刻睡。连日不得佳眠，想是改文用心之故耶？

廿一日（10 月 2 日）

阅二场荐卷，并改文。天颇晴有见，下午复云阴矣。约同考诸君共饭，两席，酒未多饮，散后仍阅文。

廿二日（10 月 3 日）

雨未住，申刻住。收拾经文矣。作第十四次家书。夜眠甚迟。

廿三日（10 月 4 日）

看三场卷，颇有佳者，殊出意外。家书交藕丈处，闻明后日即有折差行也。竟日阴而未雨。

廿四日（10 月 5 日）

不雨，午后大晴。连日各房自搜二三卷，陆续有补荐者。因重二三场，前此所取定头场卷多有移易者。夜食蟹羹，甚佳。蟹系提调、监试所送。蟹佳则食之养人，故好睡。

廿五日（10 月 6 日）

先公冥寿，天半阴晴。

廿六日（10 月 7 日）

晴竟日。收拾策五道，诗几首。所取卷都定。

廿七日（10月8日）

定草榜，有刻文章而被斥者，总以后场为准也。自清诗稿至暮方毕。竟日雨。

廿八日（10月9日）

撰进呈录序，改定闱墨诗，和鹿宾、鹭门谢蟹诗。因邀同人赏菊，外边送来八盆，虽细碎，亦殊有致也。酒佳，饮颇洽。

廿九日（10月10日）

看刷印闱墨，仍理诗稿，移写粗毕。夜与藕舲、讷斋、雪佣、桐峰饮，颇醉。

卅日（10月11日）

写卷内批，因闱墨刻成，合《四书》文、经策得六十余篇，为黔省从来所未有，题诗一律。今日晴。

九月

初一日（10月12日）

细勘朱卷，甚费心目，竟日未得半也。酉刻饭后甫上灯，中丞丈即催请出至至公堂写榜，亥正甫毕，知名之士极多，元二名尤超迈冠时，甚可喜慰。发榜后中丞、学使别去。罗苏溪方伯、吴仲云廉访丈、朱丹木、冯桂山偕来晤话。谭铁梅来话。榜发即雨颇大。睡时子正后矣。

初二日（10月13日）

雨未住，早饭后住。磨勘朱墨卷，目为之病，佑典掌太守来晤。藕丈遣示石吾来书，亦及老母足疾就愈，计日内当可得家书。磨勘小疵，愈勘愈多。功令烦苛，致典试者许多顾忌，可叹也。约典掌来夜饭，同事诸君齐集，惟蕙塍因恙，鹿宾、秋田因不闲，未入座。雨竟夜。得霍绍庭书。

初三日（10月14日）

雨竟日，夜不住。同考诸君俱出，余与藕舲于早饭后移原前边监临堂，房屋较亮洁矣。门生来见者七人。磨勘试卷，小疵愈看愈有。竺个园、毕雪佣来同晚饭，并同勘卷，至子刻方罢。

初四日（10月15日）

见门生。贺中丞丈来话，藕舲先出拜客。余于饭后出，拜抚、藩、臬、粮道、首府、首县、兴义府朱丹木、平越牧陈讷斋、候补经历吴广生，崧甫师之侄，世兄也，谭铁梅、鹿都司。藕丈处看字画数件，苏溪方伯处看数十件，携借九件归。个园、雪佣、桐峰在此磨勘，铁梅后至，同饮至夜分，都醉矣。

初五日（10月16日）

早拜朱荫堂漕帅、花思白前辈并各同考。荫翁处交明带来祭帐、奠金。归，有客。忽发冷，不能坐，解衣复寝。未刻汗出如浆，始起。申刻赴同考及首县诸君公请，席设潮音寺，为城中最高处，演《双凤》《保和》两部，未及十剧即散。归，阅方伯借来各帖画，三鼓后方寝。

初六日（10月17日）

六君子来勘卷。自五更雨未住，闻中丞到黔林山祈晴去，巳午间雨遂住。午正后赴鹿鸣宴，新贵到者约三十人，从来所少也。宴后中丞处一话出，过方伯不遇。归，写对款，读廉访吴丈《花宜馆诗》。首县照例送席，郑莘田观察丈差人送信物来。晚饭后陈讷斋来话。

初七日（10月18日）

作书寄吴松甫师，并闱墨交吴寄梅广生去。别星农前辈。花思伯侍御来晤。午初赴中丞丈席，同席者藕舲学士、小蘧学使、丹木太守。得七月廿日、八月初三两次家书，欣慰无量，自老母以下均清吉也。惟海秋猝病而亡，朋友凋零，可为惘惘。归与藕舲、讷斋同酌。今日大晴，诚祈之效如此。

初八日（10月19日）

早同藕、讷出东门，游东山。郑冶亭大令先在，在城正东，望城中晨雾，其白如练。下山往北，登扶风山，楼阁甚多，有池水放生，旁有奇石紫竹，上有飞阁，为山中最胜处。拜阳明先生祠，系塑像，惟尹荆州乃列旁位，殊未为安也。驯翠阁有孔雀二。下山又北向西至照壁，山高而路颇宽，层栏敞拓，即宝相山也，有洞宾洞。老僧心印，清泉人。上山俱乘亮轿，下山乃易去。仍绕城东入东门，归贡院。午初早饭，写大字。中丞来拜。申刻赴观音寺公宴席，在南门外，临水边。席设鸣玉山房，共六席，演《珍珠塔》剧整本，颇有致，子初后始散。

初九日（10月20日）

早同藕舲、讷斋、冶亭出西门，向北行约五里余至黔灵山，树木蕃盛，石色幽异，曲折而上，尤显敞可爱。至山神祠，则今年因乞雨灵应新建者。出山门，坐小亭，茶饮后下山，由西北，一路木石清古，约三四里至圣泉，传言以消长占休咎。久坐，归已午正矣。申初过仓门口兴发店，看启周叔、绍箴弟，问故山光景，事多不遂心，可叹也。出南门至雪崖洞，亭阁临水，见山殊妙，系朱丹木、冯桂山请小湖前辈、冶亭大令同座，昏黑始散。归，颇倦。

初十日（10月21日）

一早拜杨、陈、刘三山长。伯山丈处一晤话。回拜数客。先到寿佛寺，即湖南会馆，寿佛、文武帝、周子神位前拈香。同乡首事俱集，一茶而散。归，写大字，会客。送十一叔、箴弟盘川，促速归。申刻赴藩署，藩、臬、道公请局。

十一日（10月22日）

早打发子敬来差行，又补送十一叔共两次百卅两。客来，不歇。谭铁梅、竺个园、郑桐峰、胡小蘧同早饭，饭后写大字多。申刻出，至兴发店送行。赴周小湖前辈、郑冶亭大令席，于府署，有剧。子刻归。

十二日（10月23日）

早中丞丈人来，留客久话，惟恐我即成行也，深足感念，本定十五，因改十八，亦由各事俱未清楚也。铁梅来早饭，讷斋来作别，小湖前辈、小蘧学使俱来话。府、县送公礼，丰盛过闽省矣。写大字多，申正出，至苏溪处话，有傅青主画二、马远画直幅一，俱奇妙。赴学使席，归来困甚，亦疲于酬应矣。雨。

十三日（10月24日）

收拾箱子五个装好。天阴雨竟日。申刻赴江西会馆席，拜许真君祠，有剧，饮颇醉。

十四日（10月25日）

早甚冷，门人来不歇。申刻冒雨出，拜小湖前辈生日，不遇。郑冶亭处，不值。吴仲畇丈处话。归，与藕舲小饮。

十五日（10月26日）

各衙门仍贺。望检行李箱颇烦，因各处托带之物总不即来也。申刻始出，至中丞处话，过苏溪便饭，藕舲、畇丈、小湖同坐，观苗碑甚奇，不可识，在武宁州。装入小箱，贵平：五十，少二两一钱；五十，少九钱二分。手匣带。

十六日（10月27日）

检箱，并写大字。客有来者。晚饮小湖前辈处。

十七日（10月28日）

收拾行李并涂大字，忙迫不可言。得印云书。申初出门，各处辞行。晚饮中丞丈处，殷殷劝酌，极尽欢。古谊如云，别怀似雨。归时丑初矣。

十八日（10月29日）

早方伯、廉访来，余两人尚未起也。早饭后催发行李，约巳初始行。出南门，过桥至八蜡庙，中丞、司道、府、县齐集送行，因藕舲学士寄请圣安。行十五里至图云关，门生送者廿三人。共四十里谷脚尖，又卅里龙里县住。陈吉人大令谒见。

十九日（10月30日）

早行三十里新安尖，又三十里贵定住。刘宜轩大令世兄处拜，入署话，旋两次来见。得张西丰书，即作书复。谢巡捕二人，令不必前送，持各衙门帖去。作家书，托藕丈寄京。

廿日（10月31日）

冒雨行六十里，至西阳尖，行李住此。与藕舲由前路北行，共廿五里至平越州，因与讷斋有约也。讷斋及同城游击、教官俱出迎，即住署内上房，菊花烂开，命酒薄醉。

廿一日（11月1日）

早冒雨先至城西隅高真观，有张三丰石刻像。草鞋泉水甚佳，福泉井不过尔尔。登楼眺远，极有致。出南门，西行四里，至仙人洞，愈上愈高，由小洞门蛇行入一洞，西向，下临悬崖。见远景，最妙。然肥躯人不能入也。回至南门外，向东至潮音阁，面山临水，亭槛开朗。茶话，久之始归，写滇信。吴中丞瀹翁、周子俨观察、蒋云青太守、罗六湖观察及子敬处共五封，写扁对各件。夜三人畅饮，颇尽兴，酒佳，殊未觉醉也。

廿二日（11月2日）

早行，雨略住矣。四十里至杨老，讷斋先至，同饭，送客情至如此。过葛镜桥，甚有景致。又卅六里，昏黑，打火把至清平署住，汪舒谷大令迎谒。雨大，行李、仆子可念，五更一仆来，行李及二仆未至。

廿三日（11月3日）

早，行李及仆到齐。昨夜住十里外，因铺司不与火把，致争斗，可叹也。行卅五里过重安江，尖，黄平州管，又卅里，黄平州城内宿。雨脚不歇，到已头炮。行李仆子竟夜未到齐，襆被不来，借被而寝。

廿四日（11月4日）

行李已到者先行，余与藕舲坐候未到，各件至申刻始齐，已不能前进，老程一日，可笑之至。傍晚得晴矣，因与藕舲畅饮消闷，酒后为署中人写大字。

廿五日（11月5日）

五鼓起，天甫明即行，颇冷。卅里蓝桥尖。公馆悬屋如楼，来时桂花未开，今亦止有叶耳。又卅里至施秉，入南门，出北门，公馆宿。申初到。今日天大晴，可喜。庚大令华迎谒。

廿六日（11 月 6 日）

早行，过河，路高低临河，不好走。卅五里刘家庄尖。又卅里至镇远，高岭雄关，幸无雨潦，然路已多冲坏处。行李由船来，闻离施秉城五里有诸葛洞，滩险须盘陆路过。行李到，甚速也。朱绶堂太守德璲、蒋星坪明府丈时淳迎谒，即回拜，镇台荣公玉村病未出，游击、都司迎候，即着仆子看船去。绶堂、星坪来，同饭。

廿七日（11 月 7 日）

因太守坚留，不得行。早起写对联甚多，至午刻方清，尚退却许多纸也。同藕舲先至江西会馆，即万寿宫，又至文昌阁。太守、县令皆在，登小亭，颇宜眺望。又至寿佛寺，即湖广会馆。又入卫城拜崇镇台。仍由对河过桥来，上船少憩。剃发。府县俱送礼物。酉初至府署，赴席，谭饮颇畅，回船亥正矣。朱、蒋两君仍来送，子初寝。水脚溜子屡催不得，可叹可叹！

廿八日（11 月 8 日）

早，因等水脚溜子，巳刻始得开船。船行及办差家人之可恨如此。一路皆急滩，大王滩、猪婆滩为更迅疾，须倒曳纤而下，水程百一十里，至清溪泊，竟日船头在后尾在前，闻此河下水都是如此也。县令洪凤翥迎谒，送席，璧。因昨有溜子来，不必预备，故尔坚却，船上实无安放处也。

廿九日（11月9日）

早开船，山高滩急如昨日。午刻到玉屏，刘令迎谒，少泊，即发，至晃州。今日大约行百多里，或云百廿，或云百四十，水程无凭准也。何芰亭迎晤，即接上岸，到署少坐，同至㵲阳书院，首事诸生迎谒。书院系芰亭创建。回署饮，同坐者向升甫广文（继贤，平江人）。子刻回船宿。

十月

初一日（11月10日）

芰亭、升甫早来船，因留早饭。芰亭赠其家集及各食物，廿里至波洲，始别去。共行百余里至沅州。太守重笠亭豫、芷江谢篠庄大令同年来迎谒，李倬斋广文亦来。旋上岸，回拜笠亭、倬斋。到县署篠庄留饮、观剧，入坐太迟，复留连畅叙，寅正始回船。

初二日（11月11日）

早起催开船，藕舲船稍后开。则篠庄、倬斋来送行并赠物，而余行远矣，主人情重如此。从沅州下便滩少江宽，晨雾得晴，畅行竟日，晚至竹仓泊。篠庄遣使赍纸来索书。

初三日（11 月 12 日）

船暂开即泊，雾大不见滩路也。催舟子行。早饭后为篠庄书联幅十余件，并玉笋堂诗。又寄芰亭通守联二付，皆潕阳书院的。午正后至黔阳县，县令范君上徂迎谒。因水脚迟延，至酉刻方行十里，暮泊白马塘。办差人止讲排场，不管我们走路不走路，十有九如此，吏治之弛，其一端也。

初四日（11 月 13 日）

伯母寿辰，家中称觞，味可想也。早雾阴，开船五十里至洪江，久泊买物。且作小楷十余行。又六十里至安江，又四十余里至新洛河泊。

初五日（11 月 14 日）

早行，阴雨。廿里至腾湾，又九十里至江口，又廿里至堪石塘泊，午后雨更密，入夜滂沱大注。饮芰亭所赠苏酒，得鲜冬笋，复薄醉矣。

初六日（11 月 15 日）

早行，阴。六十余里至辰溪县，已午后矣。望丹山洞甚不险峻，未能再游也。登坡石至会龙祠前石台上望远景。水脚迟发，无可如何也！署令龚自树，季田先生胞侄。又行约廿卅里，麻子石泊。有雨。

初七日（11 月 16 日）

开船迟，风太大难行，不廿里泊石岩下，岩势奇险，可悸，地名岩门口。坡上荷火石者不绝，二三文一斤，装往苏、扬一带。山色俱铁黑，宜其有此。买得鳊鱼，早餐佳。午后风略定，行廿里至泸溪县泊，无人探听，着人到署，水脚久始发给。风复大，不得行，遂住。此县令丙申同年冯君开年竟全不相顾，亦奇。

初八日（11 月 17 日）

风息，细雨，可行，颇寒。午刻至辰州，太守雷震初前辈成朴来晤。上坡回拜，得见湖南闱墨，知刘晓川放荆州守，程有斋前辈因江水破堤，褫职也。复行六十里，至白榕泊。

初九日（11 月 18 日）

早行，寒，殆霜矣。过清浪滩，一滩三四十里，有波波庙。前一段滩甚险，横船皆斜行而下，江中处处见石棱如兽物溯流而上也。尽日晴，得西南风，二百四十里，一更后至桃源。景晴垣明府星迎谒。夜月佳，见《顺天题名录》，同乡周寿昌中南元，隽者熟人甚少。

初十日（11 月 19 日）

天变晴和，略有西南风，小阳春，果然准也。作书寄刘禹庚、张芾蓉、张得吾、张紫垣、熊荷亭、李季眉、唐印云，俱交印云处。未初到常德，庆太守、熊大令兄先后来，闻陆路不可行，定坐原船去。旋得九月初五日京寓书。据折差云，陆路可行，令人无计。上坡，拜府县并黄海华司马、邓湘翁、杨紫卿、杨性农。紫卿一别十年，不料特来一晤，诗已付刻，亦足喜也。回船定，仍上坡，夜至朗山书院，与湘翁、紫晴畅话，海华作东。归船已三鼓。

十一日（11月20日）

早，催行李先上坡，湘翁、紫卿来话，旋入南门至考院，见号屋整齐，堂屋亦高。早饭后客来不歇，有子敬门人陈璐，杏农门人戴□号云巢，戴生以郑少谷书札为挚，求拜门下。晚出至湘翁处话，赴锦峰明府县署席，有剧，子初散。仍至书院，湘翁、紫卿俱睡矣，乃归。寄印云各信交锦峰。

十二日（11月21日）

锦峰早来。刘觉香前辈、赵三兄同年、陈生、汪七弟俱来。杏农来话。巳正后始出，回拜各客。杏农住胡家，其门人出见。至湘翁处饭，未刻归。早午写大字甚多，其不能书者仍多，积纸退去。赠湘翁、紫卿、杏农、汪七、朱世兄、叶心樵各件。晚出仍饮县署，锦峰强邀也。

十三日（11月22日）

早收拾，赶早即出城。锦峰送于城外。至三十里铺，小船渡溪，久始达，先是泥水亦多有之。又卅里大龙驿住，未初即到。自初十来，天色大晴暖。驿屋开敞，有溪，木颇佳。馆后院有双桂，堂左右各一大桂树。写大对子十付。

十四日（11月23日）

早得澧州彭伯凤直牧信，言往公安仍须上船，可笑也。早行，略有山坡，全无泥水。三十里鳌山铺小憩，又卅里复憩，又十五里清化驿住，属澧州。后院双古柏及巴蕉都好。

十五日（11月24日）

早面，行。向北十五里，向东又十五里，到新州，有聚萤台，盖车武子故里也。又东北行十五里至津市，上小钓钩船少憩。渡江北至关庙拜蔡玉山前辈，玉山由州至此相待，因留饮至亥刻散。天奇暖。州判宋君仿祁，玉山又不见四年矣，明日卯时月食，玉山须赶回救护。

十六日（11月25日）

天明开船。下水六十里至汇口，又五六里暮泊，有纤夫，仅得一小站，北风，颇难行也。

十七日（11 月 26 日）

北风大。行四十余里泊潭子口。夜雨，风冷甚。

十八日（11 月 27 日）

北风仍大，午后略小，天亦晴见日，住四水口。行有六十里。傍晚帆为大树所挂，久始得脱，可怕之至。夜雨。

十九日（11 月 28 日）

风雨未住，尚不大耳。公安办差人太谬，一文不发，迟至午刻开行，廿余里已暮，至郑家渡泊，借钱担代，舟人始答应前进。

廿日（11 月 29 日）

行十余里，纤夫如宝，复有大北风报，雨不住，泊于高庙，闭置闷甚。竟夜风浪磨飐，赖诗消遣耳。

廿一日（11 月 30 日）

风雨不歇，行有卅里，泊处沱口过来五里，名朱护口。今日过港关三条，河西去即公安矣。夜风大极。小不适，早睡。

廿二日（12 月 1 日）

早风息些，行有廿里至黄金口，换纤夫，尚不甚耽阁。又廿里李家口泊，风歇日出，甚冷。

廿三日（12月2日）

纤夫来得早，风又不大，行四十里至弥陀寺。此后过一浅滩，回头行，久始过去。将出口，有一横石堤，溜急可怕，纤断，舟触石，幸未破绽。共十五里出江，风平浪静，泊二矶头，已漆黑。夜冷。

廿四日（12月3日）

早收拾，上坡进南门，距马头十二三里。一路水气未退，泥泞还多，城内街道房屋亦尚未全涸。出至考院住，所住一层，系甫收拾出，余屋皆新出水者，可叹也。早饭后剃发，写大字。先是李戟门观察、世兄联秀峰署守英、程省斋前辈、升阶平大令俱来晤。裕东岩制军留赠荆锦，作书复谢。自七月初七李家埠溃口，江水破长堤入城，官衙民房全漂浮，制军前来驻督防江，用扫土合龙，驻两月余始去也。回拜各署。至戟门处晚饭，饮后写联幅扁额。归，复写赏对。得九月廿九家信。

廿五日（12月4日）

早行出北门，复小舟过积水，大桥冲没矣。一路却干爽。五十里四方铺尖，荆门管。又四十里建阳驲住，屋小且陋弊，天阴飘雪数片。饮烧酒数杯，暖，睡。

廿六日（12 月 5 日）

早行，大风东北来，冷矣。五十里团林铺尖，四十里荆门州考院住。进南门先拜州牧郭镜堂，直牧觐辰迎谒，晚酌解寒，风未息，更大。此处有象山书院，陆夫子曾讲学于此。写赏对廿付。

廿七日（12 月 6 日）

五更起。无如抬夫不齐，行李迟发，不能早行也。行过土坡不绝，风大甚冷。六十里颇远，石桥驲尖。又六十里利阳驲住，钟祥县管。下半天风略急，不甚冷。

廿八日（12 月 7 日）

起早而夫不齐。辰正甫得行，风息不甚冷。四十五里过新店，河南星店尖，宜城管。又四十五里宜城，进南门，到公馆住。署令施君均未在家。蔡明府闻被议去官矣。申刻行李到齐，真想不到，施君用小车送行李，亲自来督办，夜分始闻归去。写赏对廿付。

廿九日（12 月 8 日）

早行，无风，不冷。卅里小河太山庙尖。又六十里，中间过小山坡颇多，进南门拜襄阳府刘桐坡丈、襄阳县福同年绍，俱未值。单地山前辈处一话。过濛江已昏黑。到公馆，久始吃晚饭。买书一二种。行李到得不甚迟。

卅日（12月9日）

早称行李，共二千六百斤，定用三套车四两，取轻便可速走也。午间装车毕，与藕舲同至跨鹤楼，在西北方土城上，楼甚高，可瞰远，有洞宾骑鹤吹笛象塑于楼上。乩笔字不可识，泼墨画铁树花不解其意。此间于前年水退时得张文贞父元弼、兄弟景之、侄孚、孙朏、曾孙轸各墓志共六石，轸乃有二也，石新好如初刻者，从僧买得拓本归。过水星台，亦高冈寓。单地山前辈来，将孙纪堂兑项交清，亦承赠张志拓本。夜，徐锡三大兄来话，稼生胞兄。

十一月

初一日（12月10日）

五鼓起，而车行，轿候天明久始行。六十里吕堰驿尖，候车不来，尖后行四十里，新店铺住。自买饭。新野办差人二鼓始至。六车来而一车不来，等至子正，睡矣。着人探迎去。

初二日（12月11日）

探者回，知一车骡困住吕堰。留办差人等候，我们止好行。

风大，过河两次，唐河、白河也。三十里至新野，南关外公馆住。韩春卿来晤，因同早饭，止好在此等车矣。车于申正亦到。回拜春卿，留饮、观剧，酒事佳畅，允出新得画卷示客，酒后忘却。

初三日（12 月 12 日）

行不早。六十里瓦店住，车仍住别店。

初四日（12 月 13 日）

早行，足冷甚。六十里里河尖。早间瓦店驲丞姜□□昨迎谒，今早复送，言河工已动手，而南河高邮复决口，如何如何？又卅里北新店住，本可尖南阳府，须渡两次河，故东行尖里河，署南阳令袁诜。

初五日（12 月 14 日）

早，行李车有练勇四名护送，持锚子鸟枪。三十里白望驲尖，又六十里裕州东北关外住。今日大晴无风，早寒午温。州刺史王垲查乡去，闻小窃等颇多也。先是赵河行馆茶尖，有花木，夜饮烧酒，睡暖甚。

初六日（12 月 15 日）

早行，冷，有西风。路多石，不好走。三十里扳倒井庙左道人院茶尖。蜡梅盛开，有好几树；竹色青翠，池水静定。振声炼师复索联，壁间有小幅兰竹、山水各件，均佳也。盆松甚茂。又卅里保安驲尖，亦有花木，巳未初二刻方到。又卅里旧县住，院有橦树，夜见月。

初七日（12 月 16 日）

大风奇冷，卅里叶县尖，竹色尚佳。鹿又泉大令传洵谒晤，即同饭，不免略耽延。又六十里冒风更冷。襄城南关外住，县令石长泰老未来见。夜雪。

初八日（12 月 17 日）

雪住，早行，冷可知矣，幸无大风耳。四十五里颍桥尖，颍考叔庙有春秋二祭，仍襄城管。又五十里石固镇住，长街石桥可观。长葛令彭元海差迎。酉初到公馆，索火锅，久始得。

初九日（12 月 18 日）

早行，冷。六十里新郑县西关内尖。所过吕祠、欧墓，将到城过溱、洧水。尖次闻李东竹前辈到关外往湖北粮道任也。藕舲往晤，余差人帖候。又四十里郭店住，仍新郑管，此县不发车价，李令鋆不迎谒。竟日行土山曲中。

初十日（12 月 19 日）

行，不甚冷。五十里郑州尖。刺史崔老前辈寿，不在家，吏目刘宜轩迎送。尖后四十里潮平铺住，荥泽县管。蔡令鸿翥来谒，知广西主考，初六过河去，大暖可虑。

十一日（12月20日）

五更风起，知难行矣。勉强行不数里，行李车因风沙眯目，不能至河边，因折回。余与藕舲便由西去，入县北门，拜蔡梦塘大令，看京钞，至十月半前，见广西闱墨。留早饭，黄河鲤鱼极美，红鳞为记，可见波涛中鱼劳致然也。回公馆已未初，风息遂行。廿余里至河沿渡河，因洲多水浅，纡回难迅渡。又行不数里即月出，乘月行廿里，王禄营少憩。又廿八里亢城驲住，获嘉县管。到时已亥正。酒暖就睡。车子寅初始到，罢了罢了。

十二日（12月21日）

不甚早行。一直平路，六十里新乡县东关外尖，未初后矣。申初二刻行，又五十里卫辉西关外住。天气甚暖，剃发后饭。与藕舲各店，蒙来过话。新到令张励堂德荣谒晤，沧州人，久谭始去。借阅河南闱墨。

十三日（12月22日）

子时冬至。早行，奇冷，有风。过姜太公故里，殷太师祠、墓，俱不能往谒。五十里淇县城内公馆尖，郎大令在工上。又六十三里，甚长，泥沟驲住，汤阴县管。月色殊寒。

十四日（12月23日）

黎明行，大北风，冷甚。七十里午正后至彰德府尖，俞云史前辈上工，朱大令迎谒，同饭。牛镜塘丈惠书，知河工捐事颇易集也。未正后行，又四十里丰乐镇住，安阳管。到公馆尚未天黑，为近日所少。在安阳呼各法帖铺来，竟无一片可采者，迥非十八年前光景矣。

十五日（12月24日）

虽早起，而漳河桥为水漫，又冻结，打冰开水而行，甚费事。卅里磁州城内公馆尖，金师农州牧谒晤。买磁人物五对。行又七十里，有八十里远，邯郸南门外住。入城拜莫戟门大令，即饭署内。大月。

十六日（12月25日）

早行，冷而无风。五十里临洺关尖，永年张令及沈西雍太守差候。又卅五里至沙河，又十里即纡道东北行，约廿余里至孔村，俗呼孔雀村，水木清华，惠济寺竹林极佳，有堵阳苗云官书大幅临《书谱》，甚雅重。又西北行十余里，入顺德府南关店住。陈慎甫大令希考来谒，言达活泉、野狐泉泉水合为城北之鸳鸯水，城南白泉即孔村水之上源也。百泉、野狐泉俱东坡刻诗处。

十七日（12 月 26 日）

早行，甚冷。六十里内邱尖，墨全冻矣。又六十五里柏乡住，两县令俱公出，未来。

十八日（12 月 27 日）

早行，月色甚大。五十五里大石桥尖，赵州牧宝世兄琳公出，宾旭丈之子也。又四十五里藁城住，县令李鈖迎谒。

十九日（12 月 28 日）

不甚早行，无风，不觉大冷。说六十有八十里，过滹沱河桥，到正定，许西园大令迎谒。出拜梁石川司马钺，蕉林相国元孙也。老屋仅存，古匵告匮。出示画幅册十六件，有蕉林图廿四幅，可爱，余罕精品。西园陪游大佛寺，回拜县署，即饮署中，同坐者有万云巢大令同年，与藕舲同乡同年本家，饮殊畅。

廿日（12 月 29 日）

五鼓行，有月。四十五里伏城驲茶尖。又四十五里新乐尖，县令春和迎谒。又五十里定州住，住西关外。复入城，东行约有八里至行宫，看东坡雪浪石、雪浪盆铭、雪浪斋铭，真古妙也。回公馆，已将头鼓。与藕舲酌，颇解冷。惟老毅别我五年，思之怆怆。

廿一日（12 月 30 日）

天明始行，途遇王雨农州牧，迎藩台也。旋遇陆立夫方伯前辈，立谈片刻而别。六十里望都东关外尖。先是入城拜黄菽原，不值。尖后卅里住方顺桥，大早，满城县管。韩同年象鼎差迎。

廿二日（12 月 31 日）

五鼓行，卅里至大吉店，遇梁七兄芮，酌，一话。又廿五里至保定，制军以下差接，遂至节署。讷近堂丈留饭，复邀刘五峰、章柏心作陪，畅饮，遂醉。寄家信，对大对，相待殊有逸趣。出署拜臬司陆梦坡，清河道高兰衢两前辈。梦坡处拜谢信斋诚钧，赠我孟津画，甚佳。又倪文正书，亦妙。府经方铁珊先生老而仍健，赠碑拓。两君皆十年不见，快晤可想。又拜清苑令梁香初同年宝书，保定守熊虚谷守谦，即饮府署，有剧。虚谷虽初晤，然其神采意度令我佩服也。亥正后至公馆，闳敞非复前屋。山亭来话。困甚，睡已子正。

廿三日（1845 年 1 月 1 日）

早，天明起。孙、许两世兄来晤，与藕舲坐车至莲池书院，新整饰，甚开拓。万卷楼、藻咏楼、水东楼、花南研北草堂等处皆佳，篇留洞名不可解。督工人施君导游。李芝坡世兄培来话。归，早饭后梁香初及芝坡来送行，写对幅不少，始别。五十里安肃县住，令尹姚心垣世兄忠亮，乙未教习世兄，因留共饭。

廿四日（1月2日）

丑正起，寅初行，卅余里始天明，共七十里至定兴尖。县令王灯未来见。尖后又七十里涿州南关外住。吴芸孙世叔有事往拜，亦未得见。雇定轿夫两班，大钱五千文。

廿五日（1月3日）

天明行，风奇大，轿难支持，可怕，冷不待言矣。四十里豆店散尖，又廿五里良乡茶尖，等马甚久。又廿五里长新店住。王贵持家信来迎，家中老少平安，可喜之至。惟母亲腿疾，竟不得复元，无可如何矣。

廿六日（1月4日）

天明行，巳刻到张萝轩宅歇足。家中一切嘉善。剃发后收拾衣帽，携折匣进城，东华门已闭矣，至杨墨林处住。

廿七日（1月5日）

子刻即起，丑时进东华门，幸与藕舲相遇，有苏拉张姓照应，入景运门朝房。寅初多递折匣，候至卯正入乾清门。蒙召对养心殿，考事俱正考官奏对。臣基荷询及先臣去世年月，并基两次大考名次，得闻差年岁。是日于朝房晤崇雨林中丞，书君元，尚君新放副将，即尚太守本家也。辰正出，巳刻到家，堂前称贺，欢聚可想。午后倦甚，睡一时许。乔星农、龙兰簃、匡鹤泉、王荫芝、黄寿臣、孙兰检、李竹朋诸君来集饮。

廿八日（1 月 6 日）

早，客来多。午后出门，拜老师，城内外未及遍也。石州来，《顾亭林年谱》知已刻成，可喜之至。晚请王实樵、方六兄联选、杨老四、周亲家、郑小山、陈竹伯饮。

廿九日（1 月 7 日）

早，清各件书籍。朱伯韩、庄卫生、牟一樵先后来，遂同饭，颇畅。午后出拜客，暮归。

十二月

初一日（1 月 8 日）

清出各处银信，着人分送。午后出门拜客。至赵心泉处，留便饭。上于今日亲诣坛求雪。

初二日（1 月 9 日）

清送礼物单。午间拜客。于厂市得青主、梦楼两字卷，殊佳。伯厚、小山来晚饭。旋至伯厚处观所批校《明史》。

初三日（1月10日）

早，朱伯韩来谈诗，携《使黔草》本去。午间黄琴隖处吊其兄丧。即拜客，过周朗山，看其新得石田卷、《关河行旅图》，朴厚润胜，绝胜他作，真可宝也。石谷卷二亦佳。

初四日（1月11日）

早，买新印《明史稿》归，即动手看。客来不绝。晚祝赵兰友年伯寿，有清音。为群史轰醉，然尚不至沉寐。

初五日（1月12日）

四十六岁生日，母亲恐我怆念子毅，命早面晚酒，不许出。诸友早晚来集，昨子愚买花八盆，佳。夜有雪。

初六日（1月13日）

早，剃发。校《顾先生年谱》。午后出门谢客，暮归。

初七日（1月14日）

早，校《顾谱》毕，午刻赴才盛馆，潘顺之请一餐。后至报国寺，拜顾祠。杨墨林兄弟请，丙刻散。到龙兰簃处，看根云，甫使粤归也，乙未世兄俱集，共两席，子愚亦往。散后，子愚仍赴杨老三席。

腊八日（1月15日）

与石梧书。诣陈子鹤处，晤李春湖丈之孙翊华，观所藏各帖，其《魏栖吾》《丁道护》两种从前曾见，《孟法师》《李元靖》则今始见，纸墨之旧、翁跋之精，信为至宝也。归已午刻。令桂儿谢各门生步。

初九日（1月16日）

早起即入城，由西而东而北而西而南，四门俱到，惟在墨林处一饭，写对一付，余未歇脚。又镜海丈、笛生、西垣处各一下车。书三兄元放喀拉沙办事大臣，极窘，可念，当为致书石梧照应也。上举行三坛祈雪礼，命阿哥分各处拈香。

初十日（1月17日）

吊蔡八爷母丧，牟一樵丧偶。顺路拜客。晤伯韩及黄氏兄弟。伯韩撰《国朝铙歌》，新乐府成矣。

十一日（1月18日）

晨出，归饭。看《明史》得四十叶，为近日所难得，应酬废学，可慨也。晚吃玉泉生子满月酒。大雪。

十二日（1月19日）

早，至龙爪槐看雪，独坐楼屋，清妙无边。归饭。看书廿叶。薄暮至霁吟处，为诰轴事。伯厚处一话。黄寿臣、孙兰检、罗椒生、郑小山公请，在寿臣处，酒暖花明，引人入醉矣。

十三日（1 月 20 日）

晨起，上史馆，午初出，过厂市，至才盛馆，邢五峰师、翁玉泉两局归，少憩。请余菊农、彭咏莪、方少穆、黄寿臣、翁玉泉酌，颇畅。

十四日（1 月 21 日）

颇冷。早饭后拜客，申刻归。看书廿叶。伯韩来，夜话。

十五日（1 月 22 日）

早，拜客归。未刻，袁午乔、彭咏莪同请在袁宅，两席皆乙未世兄也。连晚月色佳。

十六日（1 月 23 日）

早，到史馆，甚冷。一人静坐，久之将行，少坪来。午初后至墨林处饭，饮数杯，写对数付。出城由厂肆过，归憩。晚饮乔星农处。

十七日（1 月 24 日）

晨，过郑小山、龙兰簃处。哭汤海秋。晤周敬修制军之五世兄。归早饭，赴汤敦甫丈席，见示《游龙杖诗》，命和。过卓海帆相国师处道喜，昨日宣麻，卓师大拜，陈伟堂师转大冢宰协办，自前年五月王文恪师相薨后，悬缺二年半矣。归饭。晚步至藕舲处小饮，话。

十八日（1月25日）

早，进城，伟师处道喜，并拜客。归饭。饭后复出，晤严仙舫，年六十矣，神采如昔，一快也。一路拜客，归，过根云处话。

十九日（1月26日）

早出门，西头拜客。归，饭后到翰林署，陈伟堂协揆师午刻到任，余未赶上，师来太早也。归，过厂市，晚蔡菱州处作坡公生日。玉泉新作苏诗酒筹，极有趣，惟筹令苦迟延，丑正方散。因先散，后玉泉复拉饮也，与萍江、心泉共五人，余子四，妙在无酒意。

廿日（1月27日）

早到署，卓海帆师相辰正到任。归憩。赴陈子鹤处早局，未刻始散。归看书。晚赴张振之席。

廿一日（1月28日）

早拜潘中堂师寿，与季玉、柳君一话。吊戚丽伯父丧。入城拜数客，过石州话。归饭，看史，遂暮。

廿二日（1 月 29 日）

早饭后出门拜客，晤朱朵山，问子敬近状。朵山使滇甫归也。誉侯处一话。

廿三日（1 月 30 日）

早拜客，入城，归饭。拜藕舲生日，晚饮其处。

廿四日（1 月 31 日）

天阴而暖，似酿雪。午后寒。今日看书多。石州、卫生来话。夜赴王翰乔席，剥橙佳。

廿五日（2 月 1 日）

看书竟日，暮出即返。

廿六日（2 月 2 日）

晨起剃发。入城拜数客，过杨墨林处，看字画，有方正学先生画，无可与言，图奇古厚润，生气凛凛，真神物也。出城至严仙舫兄处话，许信臣来，复久坐，归。夜赵心泉请在寿臣处听曲呼杯，年意闲妙。

廿七日（2 月 3 日）

早晚俱未出，写年对。午间拜胡小初侍御。由厂市归，复张小谱、劳星阶、戚小蓉书。

廿八日（2月4日）

晨未出。未刻出拜客。晤边漱石一话。石州来，送到《亭林年谱》一百本。卯刻立春。复崇雨舲、陈问山书。寄陶子立书。夜请朱霞峰、谢方斋、翁玉泉陪邬先生。

廿九日（2月5日）

晨，入城拜穆中堂师生日，拜数客。出城，归饭，看书，殊静。下午潘师处，王师母、程师母处送节敬，归。酌后藕舲来话，打锣鼓。

除日（2月6日）

晨未出，写字数幅。饭后游厂市，自西至东。买得石斋先生小简册，甚妙，梦楼联一付亦佳。其张得天一幅为杜蕉林夺去，亦妙迹也。归，喜无客。与子愚及儿侄辈吃团年饭。数日来，老人颇觉欢喜。钟曾亦善顽要，年光殊不为劣也。子初三刻睡。

道光廿五年

正月

初一日（2 月 7 日）

寅初起，寅正行，卯初至东华门，入内候至辰初。上御殿受朝贺，宣表时足跪地甚苦，此恙可虑也。散后即归家，叩贺新禧。午间少睡。未刻出拜各老师年。晚饮新年酒，如昨日既无一客，先生又未回也。

初二日（2 月 8 日）

晨出拜客。归，早饭后复出。申刻回，复出。今日共拜二百余处。邬庚翁归，晚间陪酌，亦薄醉，早眠矣。今日甚冷。

初三日（2 月 9 日）

忌辰，不拜年。晨过厂市，进前门至墨林处，看帖、写字，并邀颂南同往，早饭，颇有趣。申初回家，看书十余叶。晚赴蔡菱洲请。寒花齐放，冷气稍解。

初四日（2 月 10 日）

晨，拜年十余处。竹朋处见石涛画《蕉山归隐图》，佳甚。归，早饭后复出，由大街绕至前门，南、西俱遍。归，未暮也。

初五日（2 月 11 日）

大风，不见人马。早进顺城门，至德胜门、安定门、东直门、齐化门、海岱门拜客，出前门，止衍老三处、曹西垣处小憩耳。归已昏黑。东河于廿四五日合龙。

初六日（2 月 12 日）

晨，颇静。默斋公生日，上供后吃面两碗，出至火神庙一游。进城赴陈伟堂师相席，堂花极盛。寿卿出示徐天池画卷，有覃溪题诗，剧佳；得天书《鱼枕冠颂》，极有神韵；南阜老人画《弄孙八珠》册，别致得狠。出城，遂晚饭矣。

初七日（2 月 13 日）

寅初，孙女生，大小平安，可喜之至。辰巳间，儿妇发血晕，桂儿着急亦晕厥，久始醒来，一切无恙。早饭后，携鼎、联两侄游厂市，午刻归。未正后进城，赴姚伯印师席。赶城出。

初八日（2月14日）

晨，进城拜客。曾笛生处拜其祖寿。吃面后仍拜客。游厂肆，得沧洲幅、东坡书《金刚经》归。买酒，约陈颂南、朱伯韩、冯鲁川、赵伯厚、张石州、杨墨林、子言饮。看帖后，鲁川、伯厚奕而罢。石梧调吴抚。

初九日（2月15日）

晨，回拜吴菊裳，由临桂县升西隆州引见，官十八年，风采尚如昔，可喜也。归，传三侄儿上学。孙女五朝，取名“荫姑”，因年对有“桐荫春添彩凤枝”，为之先兆也。游厂市归，遂暮。请黄倩园、王臒轩、曹西垣、郑小山陪赓南先生，酒后掷骰子为戏。今日晤田吉生，谈画。

初十日（2月16日）

晨，未出。早饭后拜大街南客毕，从厂店归。得子立寄信物，专役来。得何芰亭诗信。

十一日（2月17日）

一早出门，到东头拜年，本会馆拜谒各神位。仅东过大街至广信茶行，晤萧琳村，留饭。方水云出酒笋，畅饮颇醉，赠茶叶。入城拜客归。过珠宝市。石州来饭，看放花。石州借《坡诗纪年》册子去。与石吾书，筱谱书，王玉带去。

十二日（2月18日）

内子五十生辰，殊令人怕老也。唤诒德堂清音，上房女客多，拜生、拜年相间来。午后翁玉泉处拜其慈寿。晚外间无客，寿臣、小山同饮，清静不喧，花光照人，子刻始散。今日作小楷六百字，新年所无。福建门生早两席。蒋婿早晚至。

十三日（2月19日）

晨出，由下斜街、上斜街进顺承门，城根，过前门、东华门，北至东直门，拜客，出城已午正矣。汇元堂赴何小峰席，未刻始饭，看剧三折。归，少憩。申刻赴杨叠云丈席，丈年七十二，而健如我辈，亦奇也。酒佳。

十四日（2月20日）

各处谢步。兰检处少坐。湖广会馆团拜。申正归，少憩。赴袁学山席，杏侄辈子刻始归。从学山处与曼生、心泉到厂市看灯，至雅集斋茶话，返拜藕舲慈寿。

上元日（2月21日）

晨静，看书多。韩小亭请，巳刻出示方正学先生《仁虎图》，当查《台州府志》，信奇伟也。文五峰所画《顾汝和园亭册子》，覃溪题，均佳。宋版《礼记》精妙。文衡山《豳风图》大笔头，甚厚韵。未正后始散，归，作小楷五行。仍出，赴钱萍江请才盛馆席。回家看放花。

十六日（2 月 22 日）

晨静。巳刻到文昌馆，丙申团拜，三庆部，同年共九席，宴集竟日。夜令儿侄往看灯戏。

十七日（2 月 23 日）

晨静，徐樵生来早饭。饭后写大字多。晡赴赵心泉请文昌馆席。一饭归，少憩。晚赴周朗山席，散后与玉泉同车看月。至心泉寓园，看《聊斋》两段，心泉未归也。

十八日（2 月 24 日）

贵州门生陆续来见。阅邵丹畦师行略毕。午刻到才盛馆，乙未世兄团拜，共九席，晚酌后始归。

十九日（2 月 25 日）

早出门拜年，过寿臣处早饭，顿鲍鱼，甚美。顺路至琉黎厂雅集斋写联二、幅四。到翰茂斋，议刻《宋元学案》事，归。天阴，若雪若雨，甚冷。

廿日（2 月 26 日）

晨静。早饭后拜阮师寿，即归，客来不歇。申刻请王堂阁学、李梦韶廷尉、叶棣如祭酒、许信臣侍讲、曾涤生侍读、孙兰检庶子、杨简侯宫赞。酉正，城内客去，止梦韶、兰检同饮，至戌正散。兰检话子愚处。夜大风。

廿一日（2月27日）

风冷路冻。晨，过严仙舫、徐樵笙话。陈小舫处看其近作，张蕉云处道喜。归，已午初矣。午后复出，为刻《学案》事与䐶轩商量。便路晤龙兰簃、张石州、罗椒生、宋莲叔。至厂市两宜轩，携《蓬心画册》归。

廿二日（2月28日）

风定暖来，晨静，早饭后写大字。午刻到文昌馆，乙未世兄乔星农、李竹朋、龙兰簃、何根云、胡槐江、陈子嘉六人，皆去年典试者也。楼上杨简侯请一餐而归，少憩。晚赴祁春浦大农席。晤陈小莲，木夫先生之婿，去年新中，年五十余矣。

廿三日（3月1日）

早，上馆，甚冷。朱供事携文、董各迹呈阅，无一真者。午初出城，过吴菊裳话。庄梅叔、牟一樵河工记名，道喜。一樵处久话，归。请福建门生十一人，半酌未完，至寿臣处，陪张劢庵轰饮，至醉。

廿四日（3月2日）

晨起，甚冷，复睡，仍冷。未刻，赴陈颂南报国寺席，大雪殊有趣。归，仍请闽士，酒后出字画册卷同观，梁平仲、俞小坡，皆解看也。

廿五日（3月3日）

晨静，吴菊裳来话，汤协揆丈来同早饭，酌十余盏，兴剧佳胜。翁玉泉邀游龙树寺，与苹江三人酌。散后至琉利厂，与赵心泉同游。归，约张劢庵、陶问云、黄寿臣夜酌。

廿六日（3月4日）

晨，上馆。午刻出城，到会文堂，朱镜堂同年请一饭。归，静，甚难得。

廿七日（3月5日）

晨，静，阅书多，写大字多。未刻，才盛馆拜吴引生祖寿，归。由厂肆归。严仙舫来话，留饭。邀朱伯韩同话，畅甚。子愚饮寿臣处。晨起写《经筵讲章》，即送署。

廿八日（3月6日）

晨，阅课卷。饭后写大字。入城吊李世兄维醇内艰。出城，赴文昌馆，祁幼璋请。饭后归，仍写大字。许信臣来，久话。赵心泉来。晚饮祝蘅畦总宪丈处。

廿九日（3月7日）

早，上馆。午饭后出海岱门，道何小峰太守喜。由厂肆过麻线胡同、义兴布店，看帖。归，写大字多。晚饮龙兰簃处。

二月

初一日（3月8日）

晨，静，早饭后拜王晓林师寿。到会文堂，甲子年伯请，祝蘅畦丈承办。母亲命搭楼上女客五席，演《得意缘》整本。午饭后到文昌馆，乔鹤侪请。春农学士丈今早仙逝。绳匠胡同铺户失火。

初二日（3月9日）

晨静，午间到会文堂，李晴川同年请，一饭后行。赵兰友丈处话。过厂市，携董画册归。林勿村来话。

初三日（3月10日）

早，上馆。午初二刻出，过墨林处，饭，看字画。李竹朋来同坐。申刻，出海岱门，至本会馆，拜文昌会。由厂肆归，少憩。杨漱芸来晤。晚饮陶问云处，与椒生、伯韩、振之公请张椒云也。子愚在寿臣处，晚归。

初四日（3 月 11 日）

晨，静。饭后写大字。走哭春农丈，丈得嗝食病，不食不便，而精神不衰，故身后一切事皆自己料理，有自挽诗并联。吊吴虹生兄丧。回拜各客。石州处话。归，写大字。杨漱芸来晚饭，阿郎敬士亦同坐。

初五日（3 月 12 日）

先公忌辰，早晚奠，未出门。惟贵州门人来，则见。写大字多。

初六日（3 月 13 日）

早，上馆，馆中人颇（多），几无坐处。同椒生先出，至翰林院，与清秘诸君同饭，饭后看《永乐大典》，及前明朝报实录，朝报等俱在尘土中，不堪入目，可叹也。出城，由厂肆，贺徐新斋太守喜，归。晚饮陈秋门给谏处。过心泉话。

初七日（3 月 14 日）

孙女荫姑满月，早面，吃得饱。客来未歇。午间过王朡轩，为《学案》事。吊刘宜庵宗丞丧，刘宽夫侍御妻丧。回拜数客，归。夜饯兰友丈于其寓，同者徐新斋、黄寿臣、袁学山、王曼生也，王若溪该班，不能到，张石州陪客，度曲、轰饮，丑初始散。

初八日（3月15日）

晨静，饭后到厂市，与墨林同至宝晋斋，交代《蓬心画册》《翁题砚册》。到才盛馆，己亥世兄团拜公请也。饭后归，风沙颇大。

初九日（3月16日）

晨起，上馆。出城至汇元堂，朱致堂师请也，一饭归。客来未歇。晚请祝蘅畦丈、叶东卿丈、但云湖前辈、万藕舲学士、蒋誉侯亲家，饮甚洽。写大字多。

初十日（3月17日）

晨，过厂市，看书，无所得。过石州、伯厚话。归，饭。写大字。午间至才盛馆，李竹朋请。一饭归，得静。

十一日（3月18日）

为王荫芝作母寿文，看课卷廿三本。客来不歇。出门拜客，晤孙芝房舍人，不见多年矣。晚借蔡菱洲处，请翁玉泉、钱平荘、梁矩亭、赵心泉，子愚偕往，并袖笛信歌为乐，却未醉也。

十二日（3月19日）

晨，出，回拜数客，归。作大字三次。李梅生庶常到，住莲花寺，晚为接风，约徐樵笙、彭松屏同坐，朱伯韩、林香溪后来。樵笙大醉，发牢骚，将丑初始去。

十三日（3 月 20 日）

晨，上馆。午初至墨林处，为颂南侍御作生日也，石州、鲁川俱在，伯厚不来。由厂肆归。晚请庄梅叔、何晓峰、周华甫、杜兰溪、王翰乔饮，晓枫后散，一樵辞。

十四日（3 月 21 日）

晨，拜客。晤仙舫、菊裳归，午刻写大字、小楷，看书略静。晚饮华甫亲家处。

十五日（3 月 22 日）

各省新举人在贡院覆试，新例第一次也。到报国寺，看定顾祠添屋基址。晚饮扬州馆孙同年宗礼处，月色佳。

十六日（3 月 23 日）

晨，上馆。午初饭。以无提调到，故得早些出城。回拜数客，晤庄世兄、易墨村、郑小山。小山出四川审案差，从文孔修总宪去。写大字。顾祠动土开工。晚饮蒋誉侯亲家处，甚迟迟。月中射箭颇有趣。丑初始归，寝。

十七日（3 月 24 日）

晨，阅课卷十余本。门人陆续来见，或者覆试俱妥当乎。午刻同乡公祭刘宜庵宗丞。拜厉彦秋慈寿于文昌馆。赴王竹侯请观音院席。归，已暮矣。写大字多。晚饭后到朱伯韩处话，并与林香溪话。有月而阴。

十八日（3 月 25 日）

早，门生多来见。饭后到会文堂，同年十二人公请陈伟堂、卓海帆两相国师，李芝棱尚书师，朱致堂侍郎师。伟翁阅覆试卷，不能到。申正后始散。送樊又山观察行。

十九日（3 月 26 日）

早，上馆。午初出城，回拜梁三亭。到才盛馆，丙申同年公请徐新斋太守，庄梅叔河差，喻、瑞两明府。是日又乙未乡榜值年请差客。午饭后归，写大字多。晚饮心泉处，酒佳歌缓，入无功乡矣。

廿日（3 月 27 日）

晨起，拜龙兰簃生日。进城，回拜刘讱簃副宪，拜讷近堂制军丈，留吃肉。吊秀年伯母丧。晨寒中人不甚适。午后归憩。晚约徐星斋、徐惺宇、白诗庭作饯，陈云州、王竹侯、张萝轩作陪，饮酒不多，而谭咏甚乐。

廿一日（3 月 28 日）

晨到报国寺，因顾祠添屋，基址须另打，酌移前一丈。归，饭后写大字三次，极多。门人来谒，并客至数次。晚饮朱霞峰同年处，子愚饮心泉处。

廿二日（3 月 29 日）

晨，略静。饭后至顾祠，与梁平仲同往观所藏《鹤铭》《石斋册》二种。归，小憩。至文昌馆，梁子恭、方少牧、樊子安公请也。一饭归，写大字。晚同祝蘅翁丈、谢方斋、王若溪、蒋誉侯公请郑梦白方伯丈，席设祝宅。

廿三日（3 月 30 日）

早上馆，先过罗茗香一话。馆上午初吃饭。出城吊宋寿甫母丧。拜张劢庵廉访。过梁平仲处，看帖、字画，有山谷草书，剧妙，生平未见。涪老真墨迹，此乃确耳。归，晤沈朗亭、张劢庵话。晚饮蔡春帆前辈处，散迟，未醉，可幸可幸。

廿四日（3 月 31 日）

晨，出门，回拜至城内。出过厂肆。归饭。乔星农带见湖南小门生，余得见十四人。午刻赴华甫会文堂席，一饭归。写大字、小楷。牟一樵来作别，何匆遽也！留看《山谷卷》，赵伯厚、张石州同来看。孙芝房、钱子万亦至。钱、张、赵同晚酌，子愚夜始归。今日李千之到来，不见将廿年矣。

廿五日（4月1日）

晨起，剃发。为牟一樵写小楷册，今日申刻行也。并题其所藏傅青主画《乾坤一草亭》轴子。又题名图，字大豁、号君猷所书册，似曾做台谏官，明人迹也。出门送一樵行。到文昌馆，拜顾湘坡严慈寿。游厂市。过心泉处。买酒归。复出，至报国寺，适有泥匠从屋上跌落，久获苏，急买黎洞丸，令服之。归，请周虎亭、陈庆覃、郑小山、张雨农、黄黼卿、徐云渠晚饭。

廿六日（4月2日）

早，上馆。午初出，至墨林处饭，饭后写大横幅二，极费力。出城，拜梅小素同年。归，写大字极多，人倦甚。

廿七日（4月3日）

早，出门拜客。过张润农，阅其近作文字，多讲考据，可敬也。至寿臣处，留早饭，不过十盏，意思醺醺矣。归，写大字极多。李季云侍御来阅字画，兰检来话。晚过厂市，徐新斋邀饮，不醉为幸。

廿八日（4月4日）

晨出，过朗亭话，携旧拓《崔敦礼碑》归。至报国寺看工。

归，饭后写大字。午刻才盛馆拜殷年伯母寿，又拜赵心泉生日。归，申刻朱伯韩处便饭。酉正归，兰簃、寿臣来便饭，听歌，大醉。

廿九日（4月5日）

清明节，因上祭，不能到馆。午正赴园，见潘中堂师，久话，为带见小门生也。风沙不见日，颇冷。酉正回家，晚饮寿臣处。

卅日（4月6日）

早，香溪来话，拜。报国寺看工。归，饭后写大字、小楷，颇闲妙。晚约李千之、张润农、刘廉泉、徐戟门、杨石涝、叶介唐饭，孙芝房辞。

三月

初一日（4月7日）

早出，到梅生处话。到潘师宅，晤季玉。拜杜兰溪慈寿。晤石州、伯厚。归，写贵州贺中丞、罗方伯、吴廉访丈信各一件，交提塘去。写大字。张斗翁来，久坐，余未及晤也。晚约毛寄云、仓少平、田敬堂、曹颖生、陈岱云、祁又璋饭，又璋因有公事未到。早间墨林、子言来看字帖，因同饭。

初二日（4 月 8 日）

早，到顾祠。归，写大字多。张劢庵来话。午正到才盛馆，乙未世兄公请，陪劢庵也，一饭归。晚饮翁玉泉处，皆丙申同年。

初三日（4 月 9 日）

早，上馆。午初出，过厂肆，买得正学先生画，甚喜。金冬心字亦佳。才盛馆杨、徐两年伯请，一饭散。与信臣小坐，归。写大字。晚，星伯、子舟请在赵宅。拜陈子鹤慈寿，任翰屏严寿。

初四日（4 月 10 日）

晨，过星伯处看帖，颜书《干禄字书》拓本，颇旧。归，早饭后吊骆籥门母丧。到宴汇堂，卓师相请一饭。出，至会文堂，拜周莲士堂上双寿。彭咏莪宗丞、张振之洗马处道喜。文昌馆叶棣如请，归。夜眠颇早，亦倦甚矣。

初五日（4 月 11 日）

早，过法源寺，晤子万、戟门。报国寺顾祠厢房工毕矣，归。饭后午刻至才盛馆，贵州门生团拜公请也。未正后至文昌馆，拜车意园慈寿，归。

初六日（4 月 12 日）

早，上馆。听宣，同乡唯曾笛生侍讲，乙未止罗椒生学士，丙申同年得四人。馆上午初饭。出城至厂东门群玉斋看帖，归。写大字多。晚饮李梅生处。

初七日（4 月 13 日）

早，回拜各省新贵，皆先公小门生，共七省，山东、陕甘尚不带见也。徐惺宇选金乡令，道喜。归，写大字多，晚饮庄卫生处。

初八日（4 月 14 日）

以足恙不送考，上半日静妙。申刻至报国寺看工。过寿臣话，伯厚、石州话。见菉友寄来之锡叔液彝字，及翁祖庚所赠之冯姑昏鑃，“鑃”盖即“铫”字，器形奇而字极趣。心泉处拜其慈寿，即留晚酌，有清音，得薄醉。

初九日（4 月 15 日）

晨，过厂市，即上馆。颇冷，因太早也。巳正出，至墨林处饭，兰已开矣，香殊妙也。出海岱门，看华甫新居，回拜数客，归。饮家酿酒数杯，颓然困睡，殊有趣也。

初十日（4月16日）

早，为林勿村撰年伯母寿文，又作石斋先生与乔拓田书跋。午后出门，拜曹镇远、于洵阳、程三水三新大令。宗笛楼、李千之一话。大风沙，归。写小楷数百。晚饮易念园处，均未过十盏，可喜也。

十一日（4月17日）

晨，至顾祠，即过石州处话，归。饭后甚静，写字多。晚饮李海观处，颇醉。

十二日（4月18日）

起迟些。午后出拜客，由厂肆归。晚饮甜酒，得佳眠也。甚热。

十三日（4月19日）

早，上馆，清风，复冷。巳正饭。出城过厂市，买得杭大宗诗字、板桥竹、颠道人水墨，归。晚饮兰簃处，木香花盛开，香颇剧。

十四日（4月20日）

风大，到顾祠，归，写大字多，为龙石题《鹤铭》诗并跋。灯下作小楷，尚可。

十五日（4月21日）

晨，过石州、腰轩。过厂肆，归已暮矣。心泉、松屏、寿臣来晚饭，酒罄矣。

十六日（4月22日）

早，上馆，甚静。午初饭后出城，拜数客。归，久坐。晚出吊王师母。道赵少言续弦之喜，即晚饭。

十七日（4月23日）

晨，过杜兰溪，为乙未团拜事。至寿臣处，早饭，归。午后复出，拜王子坚刺史，由厂肆归。晤万藕舲、李梅生。晚饭后杨瘦芸、朱伯韩、林香溪先后至，话至子初，始散。

十八日（4月24日）

晨起，颇凉，至顾祠。归，饭。写大字。午后出，拜数客。漱芸处见龙石《雪浪盆诗》，有书索和。晚未出。

十九日（4月25日）

早，上馆，微雨数点。午初出，归，颇静。晚由甘实庵处，过厂肆，心泉留便饭。

廿日（4 月 26 日）

晨，会数客。午刻到才盛馆，林勿村慈寿，同年到者颇少，一饭归。兰检来话。

廿一日（4 月 27 日）

早起，东头拜客，巳正始西。将午初，到文昌馆拜陈露平堂上寿。一饭出，到才盛馆拜程楞香慈寿。早吊彭春农丈。晚饮家酿酒。

廿二日（4 月 28 日）

晨，出拜客，归，饭。漱芸诗来。未刻到文昌馆，林树南请。申刻归，足心肿，因贴涌泉膏致此也。

廿三日（4 月 29 日）

晨，静。辰正出，至王师母处公祭。至才盛馆，请客四席。徐戟门、黄蒨园、陈念亭、罗茗香、郑浣芗、蓝田年、钱子万、庄锡纶、杨漱芸、许世兄、胡老六、蒋子潇、于石甫、程仰思、曹同年、梁三亭、周穀臣、张石州、屠小如、陈受卿、黄大哥，郑、罗二老谈算法竟日，申正后始散。本会馆题名，余到时已戌初，少坐即行，饮翁玉泉处。脚心起泡，不良于行。

廿四日（4 月 30 日）

足起泡，竟日不能出，写字极多，做《雪浪盆诗》，用坡韵，三首。浙江世兄送席，因约陈颂南、沈朗亭、李竹朋、李椝庭、陈小莲、庄卫生便饭，惟椝、莲、卫三君至耳，颇畅谈。

廿五日（5 月 1 日）

晨，静。华甫来话，午静。晡至厂肆，并唁徐霁吟同年丁内艰。归，饭后赵伯厚、张石州来夜酌，天大热，不可耐。本初一日换戴凉帽，今日忽有旨，改廿六日矣。

廿六日（5 月 2 日）

早，上馆。午刻出至汇元堂，福建门生团拜公请也。子愚及桂儿俱往，甚热，申初归。晚饭后魏默深至，留饭。

廿七日（5 月 3 日）

晨，静。午间至顾祠，看王臒轩移居寺中，为部置一切也。晡复出，拜数客，归。晚，孙兰检在子愚书房做东，请根云，丑刻方散。梅生今日下园，住石州处话。

廿八日（5 月 4 日）

晨，至臒轩处校《宋元学案》两卷。归，饭。写大字。申刻，林章浦、杜蕉林请在林宅，见坡书“苏门山涌金亭”六大字，元遗山《涌金亭诗》，翁覃溪题咏，殊佳也。

廿九日（5月5日）

早，上馆。风极凉，不久坐，出至墨林处饭，并作书。午正出，至湖广会馆，公请徐梅桥廉访，申正梅桥去。余赶至报国寺，顾祠春祭也。至者潘季玉、魏默深、李棨庭、赵伯厚、张石州、杨墨林、子言。大风得雨，院树有清气矣。

四月

初一日（5月6日）

晨静，作小楷。饭后写大字多。午刻拜玉泉四十生日，未晤。过伯韩、香溪。回拜孔绣山，归。

初二日（5月7日）

晨，作《游龙杖》诗，早饭后至顾祠，与艭轩商量一切，归。晡至厂市，根云请客，兰检、兰簃、寿臣同席，散颇迟，余先睡矣。

初三日（5月8日）

早，上馆。午刻饭后出，拜数客。归，写大字多。买酒，石州来，因并邀桀庭同酌。

初四日（5 月 9 日）

早，看蒋誉侯病。过默深话。携《蠡勺集》，并《定庵遗集》归。即出至文昌馆，请贵州门生七席，福建门生五席，藕舲因病不至。酉初散，余复至会文堂，拜田吉生堂上寿，归。

初五日（5 月 10 日）

早，陈子嘉处贺嫁女。蒋宅拜年伯母寿。文昌馆湖南乙未同年六京官作主人，客十四人。未刻余行至许信臣处饭，戌初始散，归。夜静。子愚同桂儿在蒋家吃寿酒。

初六日（5 月 11 日）

早，上馆。伯厚处道喜，生子满月也。拜客，由厂肆归。徐霁吟处吊。心泉来便饭，杨潄芸后至。

初七日（5 月 12 日）

晨，静。午刻写大字多。晚过石州新居，因与伯厚、卫生四人同酌于新开之荣寿堂。

初八日（5 月 13 日）

晨，出至顾祠。拜数客。由厂肆归，饭。未刻出，至才盛馆，拜王荫芝慈寿。晤甘石安、徐莱峰，归。默深来谈。晚，心泉处便饭，酒殊佳，然不多饮也。风凉。

初九日（5 月 14 日）

晨，上馆，凉。午初出至寿臣处，吃面两碗。归，写大小字多。晡时至厂肆。朱伯韩、林香溪来晚饭，亥正去，送姚伯昂师七十寿对："老圃看花编一品集，高风脱帽写八分书。"

初十日（5 月 15 日）

早，客来多。饭后进城，回拜张羊子，拜姚伯印师七十寿，不请入。看李千之。出城，归，写大字。晚出至厂肆。阅红录，闽黔两省门生无一人隽者，闷极闷极。

十一日（5 月 16 日）

竟日闷不解。早饭后出，贺新进士。过李寄云侍御处，看石斋画松，信厚劲殊特也。携阿文勤《奉使西域图》归。客来不歇。根云来宿，明日磨勘也。兰检、寿臣同来话。

十二日（5 月 17 日）

晨起，子万、漱芸来久话。余作书与隆锡堂太守、徐星城、唐印云，俱为九子山事，交樵生处去。午写大字，连日题记之件颇多。未刻至才盛馆，拜吴老七母寿。至伍燕堂丈处饮，先写联幅。暮归，颇倦。得钱星吾丈论《亭林年谱》信，所驳皆过当。

十三日（5月18日）

早，上馆，甚凉。先拜周虎亭前辈慈寿。午初出，过厂市，归，写大字，忙甚，公车催促也。漱芸来话，今日杏侄生日，因留饮。散后至寿臣处一话。

十四日（5月19日）

晨静，写大字多，并写与龙石书交漱芸去。午刻出至报国寺，与臒轩商订一切。至香溪处一话。会文堂己亥世兄公请，申刻归。灯下复谢信斋书，即往送伊婿陈少泉孝廉行（廷华）。

十五日（5月20日）

晨起，赴园，甚冷，风大。至大树庵，看李梅生、周韩城。娘娘庙晤林镜帆。翰林花园晤醇士、根云。归已申刻矣。

十六日（5月21日）

晨凉，上馆。巳正即出，至华甫处，贺周荇农。湘潭馆，贺袁漱六。归甚静。晚，月食既，子时复圆。伯厚、默深来夜酌，闻檠庭中风。

十七日（5月22日）

晨，看芝房、史楼所写字，拜客归。少憩复出，由寿臣处为作诗，少坐。过厂市，邹云阶请陪许世叔，戌刻归。看檠庭疾。

十八日（5月23日）

晨静，拜数客。归，写大字多，晚至默深处话。回拜洪子齮孙，未晤。

十九日（5月24日）

早，上馆。巳正到子言处饭，写字颇多。拜王子仁廉访。出城，归，写大字、小楷。晚酌心泉处，颇清妙。晚过默深话。

廿日（5月25日）

晨静，未刻至报国寺，诣朗亭处话。看棨庭病，略见好些。

廿一日（5月26日）

殿试，未送考，亦因足恙也。小字写得多。未刻才盛馆拜宋莲叔慈寿，晚顿散，归。饭后看老默出场，仙舫亦至，同话。

廿二日（5月27日）

晨静。午刻陈伟堂师相处拜寿，甚热。回拜单廉泉，谈书律，贻我《瘗鹤铭》新刻本。过厂肆，归。晚邀仙舫、默深、子寿、小舫、芝舫、梅生饭。梅生、小舫新留馆，今日引见也。

廿三日（5月28日）

上馆，午时出。至衍东之处话，留饭。出城时已申刻。由厂肆归。晚饭后至石州、伯厚处话。过默深、开生共话，热甚。

廿四日（5月29日）

晨，为李千之作《莲花桥修禊图》诗。午拜卓师相寿，即到千之处话。出城至厂肆，过李竹朋，小传胪，因足恙未去。同乡萧史楼得状头；金翰皋榜眼，浙江人；吴同年福年探花，浙江人。今年同乡写手甚多，一甲仅得一人，殊为可惜。根云来宿，兰检、寿臣、子愚为做三十生日。余于子初先睡。

廿五日（5月30日）

丑正起，与根云、梅生同饭，即入内。上于寅正二刻御殿受朝贺。三鼎甲率诸进士上表谢恩。出，余至厂肆一游。辰刻至湖广会馆，状元归第，榜、探同来，真是华贵！鼎甲前辈到者十余人，酉初始散。归，倦甚，一饭即眠矣。

廿六日（5月31日）

晨，凉甚。上馆。得雨，极快。出城，过雷春亭给谏，索阅奏稿。到文昌馆，姚白印师请一饭。归，写大字多。晚饮玉泉处。

廿七日（6月1日）

晨静。午间到棨庭处，病少愈耳，未能佳也。曹西园来，为教习报满事，为往谒祝蘅翁，不值。归，与西垣饮。

廿八日（6月2日）

晨，诣蘅丈，归。午间，吴退旃丈夫人寿，在文昌馆拜寿。过赵伯厚、张石州、魏默深、冯探花。至厂肆，又拜沈莲叔都转，归。晚饮袁学山处，为萧琳村饯行，琳村颇醉。钟曾生日。

廿九日（6月3日）

早，上馆，止一人耳。坐至巳正。出，饭于墨林处。写字甚多。出城，过厂肆，得八大、苦瓜各画，甚惬意。借墨林处石溪画，并悬于斋壁。过伯韩、香溪话。心泉、寿臣、晓庭来便饭。

卅日（6月4日）

晨，过默深，晤茗香，拜俞太守，未值，归。午静甚，傍晚出至厂肆，无所得而返。伯厚、石州来夜话，今日汪莼伯至。

五月

初一日（6月5日）

晨出，归。饭后写大字多。晚邀茗香、默深、伯厚、石州、颂南同酌，浣芗、仙舫未来。

初二日（6月6日）

晨静，午写字多。晚请汪莼伯、方少牧、潘带铭、梁子恭、金愿谷、沈朗亭、童肖轩饭。

初三日（6月7日）

因节事忙，未上馆，清节帐。晚为邬先生补做生日，约翁玉泉、孙兰检作陪。默深久话。

初四日（6月8日）

晨，至报国寺，归。饭后，城内外各老师处贺节，未刻归。过厂肆，买得石溪、白阳画，甚快。晚龙兰簃、赵心泉、白晓庭来便饭，高歌痛饮，客俱醉矣。

初五日（6 月 9 日）

早起，拜堂上端节。作大字多。晡时出门。晚约严仙舫、魏默深、李梅生过节，白晓亭亦来，与子愚酌。

初六日（6 月 10 日）

早，上馆。午刻出，过墨林处饭，饭后写字。体中不甚适，归。

初七日（6 月 11 日）

晨，作字多。午过仙舫，不值。过厂肆，归。

初八日（6 月 12 日）

晨，作大字多。未刻拜顾棣园慈寿于才盛馆，归。李海观来晚饭。饭毕，默深、伯厚、石州来酌，夜分始罢。余倦矣。

初九日（6 月 13 日）

早，上馆。午刻出，至才盛馆，王荫芝请。申刻归，寿臣来便饭。

初十日（6 月 14 日）

晨，出拜客。午后静。

十一日（6月15日）

伯父光禄公忌辰。晚赴心泉便饭。

十二日（6月16日）

晨静。腹泄数次。午刻长沙馆请陪萧殿撰，演春台部，酉初始归，甚热。晚饮罗椒生通副处，月佳。

十三日（6月17日）

早上馆，巳正出。由厂肆归。晚乘月话寿臣处。

十四日（6月18日）

静，未出，亦因足疾也。晚饭兰簃处。

十五日（6月19日）

晨出，唁马湘帆。诣罗茗香，茗香旋来早饭去。余出过厂肆，归。根云夜饭作东。

十六日（6月20日）

早上馆，热。巳正出，心泉处便饭，为写小横幅二纸，归。鼎侄生日。

十七日（6月21日）

足疾颇剧。晡出门，即回。医药俱不效，可叹也。

十八日（6月22日）

竟日未出，李海观赠药浸酒。

十九日（6月23日）

早，上馆。午初出城，晤金湘门丈话。心泉处饭，饭后写字数幅，归，极热。晚李梅生请陪朱朵山，归。方运足，默深来话。

廿日（6月24日）

大父章五公冥寿。王朡轩来话。午间过默深，问游西山光景。至厂肆，过高姓外科谈。回至伯厚处话。归，写大、小［字］多。心泉、寿泉来饭。

廿一日（6月25日）

竟日未出，因足恙也，然静得有趣。石州、伯厚夜来话，香溪来话。

廿二日（6月26日）

未出。晚，王曼生在子愚小院请客，有醉者，敬和兄做寿。

廿三日（6月27日）

因足恙，未上馆。晚出。

廿四日（6月28日）

未出门，连日因足恙，静甚。看书兼习画，借自消遣也。

廿五日（6月29日）

未出。晚玉泉来便饭。仙舫来话。

廿六日（6月30日）

未上馆。阴雨大沛，观音院吊卢条岑。冒雨拜数客。至心泉处作字，小饮，归。晚晴。

廿七日（7月1日）

晨静。午出至湖广会馆，同乡公请乔见斋中丞，申正归。

廿八日（7月2日）

早到报国寺，顾亭林先生生日，辰正上祭。到者廿二人，巳初坐席，午初散。石州承办，余因足恙转托也。杨龙石寄到《雪浪盆铭》，果精古。晚与子愚至心泉处便饭。甚凉。

廿九日（7月3日）

仍未上馆，足恙不见差也。竟日未出。

卅日（7月4日）

未出。晚因买酒出，因至寿臣处饭。

六月

初一日（7月5日）

未出。

初二日（7月6日）

未出。

初三日（7月7日）

未上馆。

初四日（7月8日）

买酒四坛，由厂市一游，得画数幅，归。

初五日（7 月 9 日）

未出。

初六日（7 月 10 日）

五娣生日，晚席，暖慈寿。

初七日（7 月 11 日）

母亲寿辰，余因足恙不能行礼，老五偏劳，我陪面，亦觉劳乏。晚客稀，有清音。

初八日（7 月 12 日）

同人公局为慈寿演剧，春台部兼三庆，入局者黄寿臣、赵心泉、方子桢、王翰乔、宋莲叔、何根云、何小笙、陶问云、胡槐江、李海观、翁玉泉、朱霞峰、梁矩亭、梁翰平、孙兰检、龙兰簃。巳集，子散。妙在未遇雨，散后雨即来矣。老人坐竟日，不倦也。

初九日（7 月 13 日）

雨不住点。余自初七始服周朗山同年药，今日复来诊。香侄生日。

初十日（7 月 14 日）

雨住而未透晴。默深、石州、伯厚来晚饭。

十一日（7 月 15 日）

子愚出门谢寿。下午雨。朗山来诊，方中用穿山甲等药，当有效矣。

十二日（7 月 16 日）

仍前方。子愚生日，玉泉、心泉、晓庭、兰簃来饭。

十三日（7 月 17 日）

仍前方。晚兰簃处便饭。默深行。

十四日（7 月 18 日）

昨夜痛，不得眠。朗山来易方。

十五日（7 月 19 日）

午间蒋宅上祭。因拜李双圃丈、牛镜塘丈。周朗山处话。杨老六借《雪浪盆》去。

十六日（7 月 20 日）

未出。陈岱云来晤，郑晴川来奕，双圃丈来。

十七日（7 月 21 日）

未出。来客，未歇。琴隝来奕。

十八日（7 月 22 日）

朱伯韩来话。李海观来晚饭。

十九日（7 月 23 日）

雨。

廿日（7 月 24 日）

大雨竟日，夜作书，寄子敬与马艺林。

廿一日（7 月 25 日）

易宅拜生，子愚去。子愚收拾书房。动工。

廿二日（7 月 26 日）

孙兰检得学士，来话。傍晚游厂市，无所得。至心泉处便饭。归，大雨。

廿三日（7 月 27 日）

早过朗山，不值。至琴隝处话，归。午时李晴川来话。晚候朗山及姜春帆，未至。

廿四日（7 月 28 日）

未出，雨。晚，朗山同春帆来，方同前两日。

廿五日（7 月 29 日）

客来不歇。藕舲晚来，晚饭后至寿臣处。

廿六日（7 月 30 日）

早至春帆处诊，改方，用桃仁、红花。

廿七日（7 月 31 日）

方同昨。雨。

廿八日（8 月 1 日）

春帆来改方，用熟地，服之，不甚佳。雨。

廿九日（8 月 2 日）

仍服前日方，觉好些。

七月

初一日（8月3日）

仍服前方。午后至厂市，得蓬心画、梅道人墨竹卷子，归。雨至夜，大。

初二日（8月4日）

雨住。蒋家开吊，子愚去。申刻寿臣携其婿来见，因留点心。夜雨不久住。

初三日（8月5日）

竟日未雨，而亦不晴，时有毛点耳。山羊血冲酒服。颂南、伯厚来话。

初四日（8月6日）

未雨而阴。春帆来开方。孙兰检、易问斋来。杨子言来。石州来饭。庄卫生午来。寄云南信，藕丈贺信。

初五日（8月7日）

真晴，见日。朱伯韩来话。寄龙石信，并朗峰札。仙舫来话。

初六日（8月8日）

足痛不得愈，计不服药矣。

初七日（8月9日）

早，陈秋门来。同子愚看义园屋。

初八日（8月10日）

郑晴川来围棋。到厂市。

初九日（8月11日）

梁三亭来早饭。

初十日（8月12日）

张翊南、王咲山、杜兰溪先后来话。蔡香祖大令来（廷兰），索题《沧溟出险图》，人朴实，能看书者。

十一日（8月13日）

李竹朋来早饭。罗柏亭来辞行。仙舫夜来话。题孙芝房尊人《采芝图册》。

十二日（8月14日）

出，过厂市。过刘宽夫侍御，看画数件。心泉处饭。

十三日（8月15日）

赵伯厚来。

十四日（8月16日）

上官蓉湖来别，索题《寇莱公墨迹册》，以不确，未敢题也。晚饮寿臣处。

十五日（8月17日）

阎图南、庄卫生、黄寿臣来话。

十六日（8月18日）

十七日（8月19日）

方夔卿来。

十八日（8月20日）

吴子序来话。刘宽夫来说五倍子方。

十九日（8 月 21 日）

酉刻，用五倍子方敷足痛处。翁玉泉、赵心泉来晚饭。

廿日（8 月 22 日）

千之、石州、伯韩先后来。卫生来饭。

廿一日（8 月 23 日）

客来不歇。足疾忽就愈矣。白晓亭、赵心泉、黄寿臣饭。

廿二日（8 月 24 日）

足大佳。祁幼璋来晤，放黄州守也。

廿三日（8 月 25 日）

客来多。未刻闻有治病和尚在贾亮才处，因足恙未尽除，试往访之，不得入而归。杨介亭来晚饭。子愚在心泉处。

廿四日（8 月 26 日）

蔡树百来赠膏药。夜饭寿臣处。

廿五日（8 月 27 日）

出拜数客，因足大愈也。王小园直牧履亨来话。夜饮心泉处。

廿六日（8月28日）

伯母自十五日稍有不适，行止如常也。昨日因梅官随母送归周家，难于为别，未免怆怀，疾似剧矣，延医调理而不肯服药。

廿七日（8月29日）

至厂市，黄倩园来晚饭，赵伯厚、恽次山后至，颇醉。

廿八日（8月30日）

郑晴川来早饭。

廿九日（8月31日）

朱建卿来，伯韩来。未刻，寿臣处喜事，前往道喜，并吃酒，亥刻归。

卅日（9月1日）

陈秋门来，同往看义园屋，留早便饭。晚不甚适。

八月

初一日（9月2日）

因伯母服药不效，渐见疲怯，请姜春帆来看。午间过姚圣常处看帖。

初二日（9月3日）

午刻出，至厂市。

初三日（9月4日）

请春帆来诊，觉好些。寿臣来晚饭。

初四日（9月5日）

朱建卿来，春帆来诊。

初五日（9月6日）

春帆两次来诊，用姜附收汗。

初六日（9月7日）

并邀周朗山来，同春帆诊，用意略同。未刻忽变症，服旋覆代赭汤，得安。朗山意也。

初七日（9月8日）

许芳庭来晤。今日伯母似稍愈。

初八日（9月9日）

邀朗山来诊，以后未再请春帆。以姜附不得手也，傍晚势加剧。双圃丈来话。

初九日（9月10日）

病又好些。

初十日（9月11日）

邀朗山来，据云脉象不佳，难于着手，留一方而去。傍晚刘五峰自保定来，请其诊视，据云脉底尚佳，火气未退，用凉药。

十一日（9月12日）

早，伯母光景佳。午间服药又不对。

十二日（9月13日）

早仍佳，晚辄剧。喧怒不止，竟夜。

十三日（9 月 14 日）

早仍静，晚不静。多怒少眠。每日服药不过一两啜而已。

十四日（9 月 15 日）

早，舌发黑，盖病温全发现也，用大黄、芒硝服，才两啜耳，晚得泄。

十五日（9 月 16 日）

早，泄后大通适，一切均减，服肉汤米饭少许，为多日所未见。竟日不肯服药。

十六日（9 月 17 日）

病复剧，五峰无计，因昨日耽阁也。

十七日（9 月 18 日）

早，五峰留方，别去。请陈竹伯来诊，云止须服芦根汤、小米汤可矣。

十八日（9 月 19 日）

早好些，或者芦根、小米有效矣。余于早饭后下园，过蕴检之花园，不值。谒潘师相，得见。至根云处，同游宝藏寺，归。大风沙。江晓帆住朝房。

十九日（9月20日）

寅初，同晓帆入内，递折，二刻递入。归，憩。卯正同根云入，晤唐子方廉访于朝房。辰正二刻，召对勤政殿之东书房。

蒙问：我几时见过你的？

奏云：上年贵州试差覆命，蒙恩召见。

问：汝前此曾出何处差？

奏云：十九年蒙恩放福建试差。

问：汝考差几次？

奏：考过三次。

问：既然考过三次，得试差两次，中间想必分过房了？

奏云：未曾分房。

问：原来两次得差过，不曾分房。道州是那一府管的？

奏：是永州府管的。

问：永州是与贵州接界否？

奏：是与广西接界。

上云：与广西接界是湖南省之极南了？

奏云：是。

问：汝父亲过去几年了？

奏：过去六年了。

问：汝中间自然回去一回？

奏：是，扶灵柩回去的。

问：已经安葬未？

奏：已经安葬了。

问：尔弟兄几人？

奏：臣共四兄弟。

问：尔排行第几？

奏：排行居长。

问：尔兄弟都做甚么？

奏：二兄弟早已过去了。

问：还有两个兄弟呢？

奏：三兄弟是甲午举人，现在云南做知县。

问：自然是榜下即用了？

奏：未曾得中进士，中举后曾取教习……（语未毕）

问：教习如何就能得知县？

奏：教习尚未得补，因天津捐输议叙得知县的。

问：原来是捐输得的。还有小兄弟呢？

奏：是己亥举人。

问：今年我记得尔家中了一个进士，是否？

奏：不曾得中。

问：自然还在会试？

奏云：是。

问道：是尔这个兄弟自然同在这里了？

奏云：现在同住。

上又云：我记得今年尔家中一进士，原来未有。

问：尔曾派撰文否？

奏：未曾派过撰文。

问：曾办过事否？

奏：不曾派过办事。

问：尔自然在国史馆了？

奏云：现充纂修。

问：曾办《一统志》否？

奏：《一统志》不曾经手。

问：办些甚么？

奏：传、志都曾办过。

问：尔所办志是何志？

奏云：是《河渠志》。

问：《河渠志》已将成书否？

奏：《河渠志》才动手办，成书尚早。

问：难道从前不曾办过么？

奏：不曾办过，于今才动手。

问：所以馆上进书我止见《食货志》等等，未见过《河渠志》。

问：尔已进二十名未？

奏：未曾进二十名。

问：尔资俸也不浅了，何以尚未进二十名？

奏：中间丁艰耽阁了。

问：虽然丁艰耽阁，尔食俸有几年？

奏：食俸五年。

问：食俸五年，还未进二十名。尔曾得京察否？

奏：不曾得过京察。

上俯躬，臣遂出。至根云处一憩。谒穆师，未见。唐子方留便饭于吉升堂。匆匆归，未初后矣。而伯母遽于未初三刻弃世。希冀渐愈，竟成不起，怆痛何可言。诸事皆先已预备，看戌时大殓。

廿日（9月21日）

遍讣告同乡，来唁者不绝。搭棚安灵。

廿一日（9月22日）

卯时成服，同乡先后俱至。

廿二日（9月23日）

刻讣文。黄蒨园来帮忙。早到报国寺。

廿三日（9月24日）

黄蒨园、赵心泉、曹西园相帮料理讣帖。

廿四日（9月25日）

客渐少。

廿五日（9月26日）

头七上祭。又值先公冥寿，可惨也。心泉来帮忙。

廿六日（9月27日）

早到报国寺，看定殡所。又顾祠添屋事商量定准。

廿七日（9月28日）

发题主、陪吊各帖。

廿八日（9月29日）

客来渐少。石州、伯厚来话。今日辰刻顾祠动工添南屋亭也。

廿九日（9月30日）

得陶子立书，八月廿日子时得第三郎，即复书贺之。连日寄张励庵、刘晓川书，又寄常南陔、欧世兄、黄蘅洲吊信并挽联去。未刻同陈秋门到义园，为买屋写契也，未及成而归。

九月

初一日（10月1日）

昨日房契成。

初二日（10月2日）

己亥公祭，到者十八人。颇冷。

初三日（10月3日）

第二七祭。

初四日（10月4日）

巳刻题主，何小笠学士为题主官，龙兰簃、翁玉泉、赵心泉、李梅生襄题。小笠来独早，礼成后即席饭，散时午正矣。寿臣来话。俞同年敏中来久话，解铅到京，行三年矣。

初五日（10月5日）

开吊，发帖仅五百，到者四百余，乙未公祭请陪吊者多止上半日到，下半日余三数人。惟严仙舫未请而在此竟日，古谊可感也。今日先伯父光禄公冥寿。昨夜上斜街吴家失火，白晓亭一甥遭惨，东西邻受惊，幸无风，不至延烧耳。

初六日（10月6日）

补吊者廿余分，午后拆篷。

初七日（10月7日）

半夜收拾，卯初朝祖迁柩。寿珊、梅生赞礼读文，赓南祭杠，起柩时约卯初三刻。由轿子胡同出大街，至报国寺东堂安柩，时卯正三刻。严仙舫亦来送殡，后尚有蒋侄婿、杨子言、周亲家、许信臣、赵少言、张润农、王臒轩，早饭后散。余于晚奠后归。顾祠移入开成井阑。

初八日（10月8日）

五更小雨，晨，阴冷。到庙上早供。顾祠安石刻小象。黄寿臣来晚饭。

初九日（10月9日）

到庙上早供，供后早饭。顾祠秋祭，张石州承办，因我未能与祭也。石州同其侄张斧文大令来寓（名黼荣），索书与许芳庭。

初十日（10月10日）

三七上祭，巳正始行礼，因家中人都去也。张姓写字人来，与老孔同住庙内。

十一日（10月11日）

早饭后出门谢客。因过厂市，吊周鹤舲。

十二日（10月12日）

午后出门，过厂市，遇心泉、玉泉同行，看字画，无所得，归。至顾祠。

十三日（10月13日）

早上馆，自五月初九以后未到馆，瞬四月余矣。巳正后出至墨林处便饭，与石州、浣芗同饭。前厅有称觞客，余不便往，故三人酌于或可轩也。出过厂市，归。晡时到报国寺。晚饭后到仙舫、梅生处话，亥正归。

十四日（10月14日）

未出，写大字多。

十五日（10月15日）

早至顾祠，归。午过厂市。

十六日（10月16日）

早上馆，午刻至墨林处，写字、吃饭。与浣香兄同酌，颇适。归已申刻。玉泉招食蟹，颇醉。

十七日（10月17日）

四七，庙中上祭。晡时出，仍至顾祠。

十八日（10月18日）

早，赵伯厚慈寿，昨日送对及面烛。今早先吃面两碗，归，又吃饭，觉不甚消化。归写大字多，又作小楷。晡游厂市，并谢客。

十九日（10月19日）

早上馆。出至东城谢客。玉泉、心泉来便饭。

廿日（10月20日）

晨至顾祠。归，饭，写大字多。

廿一日（10月21日）

未出，俞秋农来话，闻华甫丁内艰。

廿二日（10月22日）

晨静。午至厂市。晚心泉处便饭。

廿三日（10 月 23 日）

早上馆，归，过心泉处午饭。由厂市回。

廿四日（10 月 24 日）

五七，上祭。今日张、赵各宅喜事，俱不能去。写大小字竟日。晚约邹寿泉、俞秋农、刘宽夫、王子寿、张仲远、吴子序便酌。寿泉画大松，酒后宽夫、秋农俱作画，甚有致。

廿五日（10 月 25 日）

谢客，过厂市。晚至顾祠。

廿六日（10 月 26 日）

早，上馆。午初出至东北城谢客。暮出顺城门，至兰检处，值其会课，留便饭。

廿七日（10 月 27 日）

静。午后过顾祠，至厂市。

廿八日（10 月 28 日）

晨静。写大字多。晡出至蒋誉侯、周朗山处话，归。根云来宿，邀兰检、玉泉、心泉、寿臣同饭。

廿九日（10 月 29 日）

早，上馆，风奇大，幸尚不甚冷耳。午初饭，饭后与根云同出，过厂市，得方正学先生书《西铭》卷子，归。石州来夜话。

卅日（10 月 30 日）

早，杜蕉林、江晓帆、黄琴隝先后来看帖画。饭后写大字至暮，周宅上祭，命桂儿往。晚同根云、子愚饭心泉处，戌正即完，可谓早矣。

十月

初一日（10 月 31 日）

六七，庙中上祭。归，饭颇迟，写大字多。

初二日（11 月 1 日）

晨，出，过虎坊桥，出横街，各家看菊，主人都未起，止兰簃处一茶。归，饭。至刘宽夫处看菊，是其同人诗会也。观谢文节桥亭卜卦砚，有程文海铭刻者。又字画册八十大开，中有傅青主《食枣帖》最佳，因借归。醉后至心泉处吃饭一碗。

初三日（11月2日）

根云早行，因系武传胪，上升殿也，余以粗服，不劳赴。上馆，午初后饭。后出，过厂市，归。兰簃、寿臣、玉泉、心泉来晚饭。

初四日（11月3日）

补拜各客。写大字多。

初五日（11月4日）

早，吃炒饭，即下园。与根云西行，约廿里至香山碧云寺，水自山顶下，颇有趣，略似韬光意致也。兰检后来，同归，到花园已暮矣。

初六日（11月5日）

五更起，卯初至太后宫门外，卯正一刻，圣驾至，行恭进册宝礼，先一叩恭进，后行九叩。除大臣外，小臣到者甚少，因各衙门无知会也。自初三日因有副宪广公失仪，至今议论尚纷纷。早饭后归，晚赴华少京同年约，在寿臣处设席。

初七日（11月6日）

早，过横街，拜客，归。寿臣来赏菊，索午饮，无他客也。申刻出，寿臣睡未醒，余独由厂市东西至心泉处，复酌至醉。

醉后写对子至八十余付，可云畅笔，主人抑何贤也。

初八日（11月7日）

七七，庙中上祭，怆痛深矣。老五为东河捐输事忙了一日，因乔浚泉侍御有东河输钱请移入部库之奏也。余出拜数客，归，写大字多。石州、伯厚来晚饭，酒后同至仙舫处，复酌。石州先去，伯厚醉矣。

初九日（11月8日）

蒋誉侯来话，金榜眼鹤清来拜。早饭后过兰簃，即出厂市，入顺承门，出德胜门，西行至觉生寺，看大钟，信奇制也。至花园，住根云处，兰检、兰簃同至。

初十日（11月9日）

卯初至太后宫门外，卯正三刻，随上行叩祝礼，根云派听戏，余遂归。入德胜门，晤宜雨亭，为子敬捐输事。归，仍交子愚，由银号办去。

十一日（11月10日）

李嘉山、郑晴川俱来晤。饭后，写大字多。赵迪斋、杨子言来。晚至心泉处，为公饯也，殊有别意。

十二日（11 月 11 日）

早起，作小楷。饭后出，送心泉行，顺路拜客，归。陈颂南来话。

十三日（11 月 12 日）

早，上馆。出至杨墨林处，饭，作大字数件，出。兰簃、寿臣来晚饭。余饮宽夫处，归，复酌。

十四日（11 月 13 日）

姚雨人早来话，饭后出门。赓南丁外艰。

十五日（11 月 14 日）

庙中上祭。顾祠工程全完。腰轩移寓其中，甚妥妙也。晚饮玉泉处。

十六日（11 月 15 日）

早，上馆。出城由厂市归。藕舲、梅生来夜话。

十七日（11 月 16 日）

作小楷、大字竟日。竹朋来话。晚饮罗椒生处。散后过宽夫，值其请客，复饮十余盏，归。

十八日（11月17日）

晨作小楷，午作大字。晚看玉泉菊。

十九日（11月18日）

上馆。午正饭，饭后出城。由厂市归，得船山一联云："楼喜静人于此寄，花宜慧眼与同看。"何其妙也。晚看矩亭处菊。

廿日（11月19日）

早起，剃发，甚冷。饭后到周华甫吊。一路拜客，申初归。

廿一日（11月20日）

晨起，至戴筠帆处，久候。蒋心香来，同出西直门，又四五里至广善寺，鄂松廷前辈作东也。同游可园，平远深秀，水光树色，宛在湖乡。宽夫、鹤侪后至，余先行，不及吃矣。未正后回家，申刻出，祁大农断弦作吊。赴李双圃丈席，戌初即散。翁、沈两家喜酒，俱未去吃。

廿二日（11月21日）

作小楷多，午后看陈岱云，病愈矣。周容斋处看坡书《九歌》，归。本立堂买得北监板《廿一史》，甚佳。晚饭后至兰簃处话。昨得子敬滇中书，今日写回信。

廿三日（11 月 22 日）

早，上馆。巳正即出，尚无他人到者。过厂市，淳古斋携二董迹归。写大字、小楷。晚至郑小山处话。

廿四日（11 月 23 日）

早至报国寺。归饭。午间写大小字多。蒋锦秋观察来晤，惜《刘熊碑》《祭侄文》未带来也。寿臣、迪斋、玉泉、矩亭来晚饭，酒佳致醉。

廿五日（11 月 24 日）

早，易念园来话。陈大令希敬来谈诗。申刻吊上官蓉湖于天和馆。回拜李世兄清濂。晚赴筠帆、伯韩、心香局，席设戴宅。

廿六日（11 月 25 日）

早，上馆。撰毛伯雨师传。午正后饭，出城过厂市，见板桥《兰竹》八幅，颇佳，价太昂，难买也。晚赴沈子衡会亲席，散甚早。过杜蕉林，未晤。至石州、伯厚处话。今日送兰簃处寿礼。

廿七日（11 月 26 日）

晨静。到兰簃处拜尊人寿，因吃酒、面，得饱。归，写大字多。申刻赴园，先过蕴检之处话。至根云处宿。

廿八日（11 月 27 日）

卯刻同根云入内，同乡谢豁免粮恩也。久候不见一人，问知并未递折，想是有参差矣。过检之处早饭，酒奇佳。为写庙中联。归，做赵年伯寿叙。晚饮迪斋处。梅生连日感冒，今渐愈矣。

廿九日（11 月 28 日）

早，剃发。午正后，石梧中丞到莲花寺晤话。归，写道州家信，即附折便去。申刻出拜数客。晚约石梧，并彭棣楼、郑小山、严仙舫、黄虎琴同饭。

十一月

初一日（11 月 29 日）

丑正二刻起，寅初行，卯初二刻至根云处。卯正进内，又二刻，与同乡谢恩，行九叩礼。共到九人，即同至吏部朝房吃饭。归，写大字。傍晚至厂市。石梧赴园。

初二日（11 月 30 日）

早，宋□□来晤，为写扁事。午间至厂市，归。孙兰检、张石州先后来话。

初三日（12 月 1 日）

早，上馆。出至墨林处饭。归，写大字。晚，赵迪斋、龙兰簃、赵伯厚、庄卫生、黄寿臣同酌。

初四日（12 月 2 日）

初五日（12 月 3 日）

王鹿苹来。李少白来别。携回青莲墨迹去。

初六日（12 月 4 日）

早，上馆。午后饭，归。

初七日（12 月 5 日）

初八日（12 月 6 日）

矩亭、寿臣来看菊。晚饮迪斋处。

初九日（12 月 7 日）

未上馆，因新协修到馆也。石梧进城来饭，因约仙舫、伯韩、寿臣、子序同酌。

初十日（12 月 8 日）

早，至厂市，兼拜客。归，写大字多。晚赴祝蘅翁席。

十一日（12 月 9 日）

杜兰溪来话，写楷册并大字多。晚请邹云阶、孙芝房、周子佩、周韩城、李梅生、周寿珊，为梅生饯也。余饮十余盏，出，赴王鹿宾席。又至翁玉泉处饮。

十二日（12 月 10 日）

石吾来闲话。刘鉴泉观察来晤。晚饮黄虎卿处。

十三日（12 月 11 日）

早，上馆。午刻出，归，饭墨林处，写大字。晚约陈颂南、刘鉴泉、郑小山陪石梧。

十四日（12 月 12 日）

晨，未明，出彰义门，至九天庙，巳刻石梧方出城，作别。风骤寒，行人可念也。归饭。

十五日（12月13日）

庙中上祭。先出至东头拜客，归。未刻墨林请酌于报国寺，酉刻散，冷甚。晚复饮于矩亭处。

十六日（12月14日）

早，上馆。午刻出，由厂市携字画九件归。根云进城，因约寿臣、玉泉、矩亭、兰簃来酌。先是未刻赴陈西峰之局，酒亦佳也。

十七日（12月15日）

闲暇，写字多，甚冷。

十八日（12月16日）

更冷，屋中两炉，可笑也。

十九日（12月17日）

早，上馆。午初多出，至墨林处饮，饮后写字多。出城已薄暮矣。

廿日（12月18日）

早，作蒋年伯母志文。今日子毅忌辰，可伤也。寿臣召对后来话。薄暮出至李小庵处看《庙堂碑》。晚饮寿臣处，乙未诸兄公请鉴泉也。

廿一日（12月19日）

晨，出，晤陈柳平、洪世兄。过厂市，归。晚请蒋镜秋观察、严仙舫、易念园、陈秋门、王鹿宾同席。

廿二日（12月20日）

早，甚静，写大字多。晚饮胡怀荘处。

廿三日（12月21日）

早，上馆。冷而未为剧也。午初出，由厂肆归。

廿四日（12月22日）

竟日静。晚出拜数客，归。刘楚珍来话。

廿五日（12月23日）

晨静。午出过伯厚、石州、建卿、付云太守处道喜。晚饮迪斋处，饮酒极少。

廿六日（12月24日）

因小极，未上馆。写蒋夫人墓志。写大字多。

廿七日（12 月 25 日）

晨，出拜客。过厂肆。午至顾祠。吊喻少瀛同年于华佗庵。归，写大字。寿臣来晚酌。

廿八日（12 月 26 日）

早，入城，拜鄂云浦中丞、陈受卿吉士，皆不遇。归，写大字。晚饭后过誉侯话，兼晤程玉樵丈。

廿九日（12 月 27 日）

庙中上祭。伯母之丧忽已百日，可痛也。昨夜微雪，今日未刻又雪，未大也。

卅日（12 月 28 日）

冷甚，作字竟日。晚饮曹艮甫前辈处，戴筠帆大醉。

十二月

初一日（12 月 29 日）

早，上馆。出至叶棣如处，拜其严寿，同人公局。归，已申刻。

初二日（12 月 30 日）

早，拜客。

初三日（12 月 31 日）

早，上馆。出至汤协揆丈处，贺其孙纳姻。出城，过厂市，归。剃发后复出，赴宽夫席。又过琴隖处饮喜酒，归。兰簃、槐江、寿臣同便酌。

初四日（1846 年 1 月 1 日）

早，雪。邀刘文石、张雨香早饭，颇迟，寿臣作陪。来客。余赴棣如席，醉矣。鹤侪处请，少坐即行。归，吃饭。复看书至夜分，寝。

初五日（1 月 2 日）

与子毅生日，可怆也。因期服谢客，止蒋、周两婿来同面。午出游厂市。晚饮迪斋处，兰丈七十寿也。

初六日（1 月 3 日）

早，上馆。午正二刻出，归寓饭。今日请客，客俱辞。傍晚出谢步。至玉泉处便饭。

初七日（1 月 4 日）

早，拜客。归，写大字多。约潘树人直牧、李古廉比部、杨昆峰、翁玉泉、沈朗亭晚饭。

初八日（1 月 5 日）

静甚，看书作字多。晚饮袁学三处。过赵伯厚，唁其姊丧。

初九日（1 月 6 日）

早，上馆。午初出，至墨林处饭，归。晚饮玉泉处。

初十日（1 月 7 日）

早，拜客，冷甚。归，作大字多。复各处信四封。晚兰簃处酌。

十一日（1 月 8 日）

早，剃发。午间静。暮过宽夫，归。

十二日（1 月 9 日）

晨，至顾祠。过寿臣处饭，归。矩亭来话。晚过石州，未值。饮玉泉处。

十三日（1月10日）

上馆。午初出城，由厂市归。赴李古廉、翁玉泉、杨昆峰公请局，散颇早。

十四日（1月11日）

早，出拜数客。吊胡春江，暴疾殁也。杜蕉林来别，蒋誉侯来话，牛镜翁来。晚赴同乡周子佩、夏老八公请东麟堂席，两客两主而已。午间写大字多。

十五日（1月12日）

早，庙中上供。归，饭后出。晚间根云来饭，邀玉泉、迪斋、矩亭、寿臣、兰簃同坐。易念园处午饭。

十六日（1月13日）

早，未上馆，□静甚。昨日将撰成《传》底，交昆峰也。晚为杜蕉林、陈岱云、黄蔼馀饯，章浦、寿臣作陪。散后至矩亭处。

十七日（1月14日）

早，未出。饭后过厂肆，归。饯彭棣楼、陶查仙、严敬村，陪客戴云帆、黄琴隖。

十八日（1 月 15 日）

早，剃发。午静，写大字多。晚饮椒生处，散后又酌迪斋处。今日校《宋元学案》起。

十九日（1 月 16 日）

早，至宽夫处，拜坡公生日。由厂肆归，校书、写大字，颇冷。晚赴乔星农席，未终。至宽夫处，客散矣。惟筠帆在座，三人同饮，甚畅。振之生日。

廿日（1 月 17 日）

晨，过兰簃，久候不出，归。写大字，校《学案》。过石州话。

廿一日（1 月 18 日）

早，拜潘师相寿。过阮赐卿话，归。晡时至厂肆。夜风。

廿二日（1 月 19 日）

风大，冷甚。晨至顾祠，归。饭后，过誉侯、少言、镜翁话，归。

廿三日（1 月 20 日）

早，看书，后出晤曼生、小蓝，为勘合事。藕舲处拜生吃面，归。校《学案》。晚饮彭棣楼处。

廿四日（1 月 21 日）

早，为路引事，往晤陈弼夫。回拜刘心斋司马，归。写大字，校书。王曼生来晚饭。

廿五日（1 月 22 日）

晨，校书。午间蒋誉侯来，知觐觐得甥。晚饮黄琴隖处，大风冷。

廿六日（1 月 23 日）

早到庙中，黄寿臣放广东粮道，晡时往道喜。

廿七日（1 月 24 日）

晨，过厂市，回拜数客。晚请汪衡甫、王咲山、袁五乔、聂汝藩、梁海楼、乔心农饭，皆小军机也。寿臣、迪斋饮于北斋。

廿八日（1 月 25 日）

清各帐，颇繁且窘。阮赐卿以《泰山秦碑》及宋拓《华山碑》押银，亦韵事也。晚饮寿臣喜酒。晡时至庙。

廿九日（1月26日）

早出，归。饭后到庙，各处老师辞年。拜穆中堂师寿。晚与弟及儿侄吃年饭。求雪不得，看看年尽了。

以上出自《何绍基手写日记》

道光廿六年

正月

元旦（1 月 27 日）

因期服，不与朝贺。早起，望阙九叩首。家中拜年后，出门，至各老师处贺年。归。晚饮梁矩亭生日酒，作楷三百字。

初二日（1 月 28 日）

晨，作小楷，到庙料理，并拜顾祠。归。饭后，大街南拜年，晤伯厚、石州、玉泉。

初三日（1 月 29 日）

忌辰。庙中上祭后，祭杠、演杠。归，为仆□盘川，甚费力。周寿珊侄倩昨日来。根云来话。寄滇信，又寄印云、季眉信。

初四日（1 月 30 日）

黎明，至报国寺料理。伯母灵柩起程，独龙杠，十六人抬。派李得、王升护送。辰正三刻行。午正二刻，至长新店。蒋家杠同日行。申正到店。晚间颇冷。与誉侯晤话。

初五日（1 月 31 日）

寅正二刻，柩行。夫役皆湖北人，性急也。余叩送后归。辰正一刻，到家。晡时出，拜年。晚饭后，寿臣来酌，至丑正始去。

初六日（2 月 1 日）

晨起，剃发。午间倦甚，复睡。傍晚出，至火神庙，买得曼生、玉方二联归。赴蔡春帆前辈席。陈白沙书幅佳。

初七日（2 月 2 日）

孙女荫姑周晬，上房有女客。晨、午俱出门拜客。过火神庙，无所见。归，写小楷十行。晚，饮迪斋处。

初八日（2 月 3 日）

早出拜客。归。下半日静。校《学案》六十叶。

初九日（2月4日）

晨出，由上下斜街过火神庙归。复裕制军、黄石琴书。晚饯寿臣，请彭咏莪、张振之、李竹朋、罗椒生作陪。

初十日（2月5日）

早起，进城，由顺承门过前门，至墨林处饭。饭后，写对三付。与黄厚园谈扬州事。携石涛画册及陶密庵公字片册归。出海岱门拜客。暮回家，陪邬先生饭。今日上学也。晚倦甚。

十一日（2月6日）

早起，进顺承门，拜西城客竟日。抵暮出。腰脊寒痛，因今日颇冷也。晚，斟宽夫所赠杞菊酒数杯。

十二日（2月7日）

内子生日，上房有女客。余腰疼，竟日眠坐。寿珊婿来早面。晚，饮玉泉慈寿酒。

十三日（2月8日）

晨起，进前门，拜东北城客。赶城出顺治门，已上灯矣。饥寒甚，归家小憩。兰簃请春酒。今日止早晨作小楷数行耳。拜潘木君方伯。

十四日（2月9日）

静，写字多。今儿妇拜万藕舲慈寿。余晚饮沈子衡处。酒散，至厂市，遇焦笠泉、乔鹤侪，在鉴真斋出灯谜。仍过迪斋话，乘月归。得李得初八日望都信，甚慰甚慰。

上元日（2月10日）

晨，补拜十余客，便过厂肆。归已午初矣，静甚。写楷，校《学案》，妙无节意。月佳。

十六日（2月11日）

早，补拜数客。归甚静。母亲请女客一席。申刻，赴王咲山席，与徐星伯丈谈久。归，又赴陈庆覃侍御席。散后，由厂肆过，寂寂殊难耐。归，寿臣在此便饭。今日捡出《敦煌碑》《温泉颂》《铁元始赞》，南园字，共四件，付博古斋装潢去。

十七日（2月12日）

早，吊王鹿平胞叔丧，刘心斋母丧，又补拜数客归。午静。夜有月。

十八日（2月13日）

晨未出，作小字多。捡出《樊敏碑》、陈东之篆联，付装池。午间出，拜数客。过厂市，得蓬心画幅。归。晚静。

十九日（2月14日）

晨静，写刘心斋母挽联。午刻进城，赴墨林席。有高丽使者在座，同人与笔谈，余不耐，默默而已。赶城出。孙兰检、赵少言、王曼生、朱东序同酌于子愚园屋。

廿日（2月15日）

祔祭。午刻出，拜阮师相寿于赐卿家，八十有三矣。闻扬州去腊雪后，旧城脚出烟者数日，不解是何祥也。过厂肆。过竹朋处话，归。寿臣来酌，夜复至。大风。周姻母来饭。

廿一日（2月16日）

大风后甚冷，竟日墨冻，新年所未有也。午间出，晤石州、伯厚。过厂市，胡春江作吊。闻邵又村鸿胪言，史馆裁去纂修十人。归，甚静。夜，考《刘熊碑》，疑未能明也。

廿二日（2月17日）

晨起，剃发，作《刘熊碑考》竟。未刻出，送潘木君，已行矣。过厂市，携未谷联、复堂画册归。杨昆峰早来话。

廿三日（2月18日）

风尚不甚冷，竟日静。晚，请徐星伯丈、陈颂南、王臒轩、张石州、韩小亭、赵伯厚饭。徐、张、韩三君谈蒙古部落及元史，滔滔不绝，以至终席。子愚饮兰检处。

廿四日（2 月 19 日）

晨出，贺朱子良，回拜周啸皋。过厂市，携垢道人画归。午后，静。寿臣子刻来话。

廿五日（2 月 20 日）

晨出，拜数客。蒋家侄外孙满月道喜。吴子序早来话。午静。晡，过厂市。归，看郑小山屋。寿臣来晚饭，玉泉亦来，甚迟。

廿六日（2 月 21 日）

早，寻温家看字画书帖两次，无所见。玉泉处早饭，缑鹿仙同年处道喜。同至玉泉乔梓、张即山至龙爪槐，小憩归。晚，饮路小舟处。仍至寿臣处，即山许赠未谷双钩额。

廿七日（2 月 22 日）

早小雨，阴，竟日静。作《八大山人画小鸟图》诗，为谢信斋题。晚出，贺小山移居。赴朱伯韩席。昨日东河十次捐输奖叙之旨，三弟以江苏同知用，五弟双月知州用，事亦爽快。

廿八日（2 月 23 日）

晨，小雨雪，阴。严仙舫未起，李珊甫丈处久话。晤石州、伯厚，交与《刘熊碑》。见星伯丈十三排乾隆地图，信伟观也。归饭，午静。晚，赴蒋秋鹤、沈朗亭两处席。朗亭处看黄小松手拓《武梁祠画象》，甚精。内曾子一段多出“着号来方”四字。先在博古斋遇陈寿卿谈，言四川重出《冯焕碑》《交阯太守沈君碑》，极佳。

廿九日（2月24日）

晨，雪大雨小，甚阴。竟日未出。晚，赴史士良、宋雪帆席，酒清而新，颇醉，却无苦也。

卅日（2月25日）

晨起，剃发，为潘带铭作书与唐子方。午后，李竹朋来，看帖画至暮。同竹朋、根云、子愚赴蔡鼎臣席。与黄琴隖、王鹿平三人公请也。归甚早。灯下静。

二月

初一日（2月26日）

晨，送带铭行。过寿臣处早饭。竹朋处看画，龚半千卷子佳。过厂肆，得覃翁书《双藤簃诗幅》佳。前已得翁书、桂书“双藤簃”额矣。此更凑趣也。归，静。写《蓬樵画》诗。晚，请宋雪帆、孙兰检、赵迪斋、翁玉泉及根云同酌，因士良、诵孙、稼生皆辞，故成便饭也。

初二日（2月27日）

静，未出。晚，饮兰检处，竟席所谈皆奇闻怪事，惜不得小史录之。

初三日（2月28日）

早上馆，是京察引见第二日，东华门甚拥挤。午初出，至墨林处饭。归过厂肆，无所见。晚，赴邱镜泉、林范亭席，在邱寓。花甚茂密，酒亦佳。寿臣复来我寓与根云谈。我寝已寅初，伊三人卯初始散，根云进内也。寄滇信。

初四日（3月1日）

晨静。未时出，至厂肆，归。晚饭后，过仙舫谈。

初五日（3月2日）

先公六周年忌辰。写大字竟日。石州来晚话。

初六日（3月3日）

晨过厂肆。归，写大字。杨墨林来看帖画。晚，饮兰簃处。

初七日（3月4日）

晨静。午间出，拜数客。归暮。送寿臣行，并携榼往饯，甚草草，益怅怅也。写楷册竟日。

初八日（3月5日）

晨静，剃发。午间出，晤易念园。过厂肆，见《双藤簃图》，惜是受堂图。闻宽夫说《二云图》是张水屋画，在奕溶川处，猝不得见也。归憩，静。晚，请孙定夫、查柳门、缤品三、黄筱园四大令，蒋心香、乔鹤侪两水部饮。是日始服丸药。

初九日（3月6日）

晨静。午出，拜数客。归，写字多。晚，饮玉泉处。

初十日（3月7日）

晨静。午出，归。申刻，由韩小亭处饭归。晚，饮李晴川宅。

十一日（3月8日）

晨出，拜周德煜，以其携某友书来也。仍未晤。由厂肆归。写大字多。暮，赴叶东卿丈席。戌初多即散。晚静。

十二日（3 月 9 日）

晨静。巳刻，到正气阁，涤楼请落成上祭，中祀甲申殉难山阴诸公及新死夷难葛壮节也。祭后，饭于山阴邑馆。未毕，赴湖广馆同乡公请席。申正散。归，静。

十三日（3 月 10 日）

早上馆，子愚补誊录，亦同到馆。入书库一看。午初出，至牛镜翁处饮。周容斋出示明末江南巡按办五人案揭帖。申刻归。晚过椒生，仍赴刘宽夫席。筠帆处有画小照者。

十四日（3 月 11 日）

晨静。午后，过兰簃。往厂肆，黄春泉处试画小照，亦不似也。归，写字多。暮复出，道各处记名喜。槐江处话，归饭。晚月，静。

十五日（3 月 12 日）

晨，进城，道云巢喜。出城，过竹朋。至小山处话。归。午后出，至天韵阁看画。归。晚，乘月，闻黎越乔至都，寻之未得。

十六日（3 月 13 日）

晨起，剃发。清出书，交本立堂做套，第一单去。午间，写大字多。校《学案》，颇忙。申刻，易念园、王鹿平、张雨农请湖广馆陪朱镜翁。戌刻散，至越乔处话。

十七日（3月14日）

晨，清书，第二单去。午间，写大字多。夜，风冷。

十八日（3月15日）

晨，清第三单书去，共二百余套矣。过厂市，得息庐丈人所供观音像，有江铁君篆字《心经》佳。邀陈颂南至天韵阁画小照，颇好，不似我昨日之不像也。严仙舫得复州，道喜去，未归也。

十九日（3月16日）

晨起，上馆。巳正出，至墨林处饭。写字至未正后。出城，回家。晚，与月乔同过仙舫，仍回拜王晓屏，暮归。

廿日（3月17日）

晨，至报国寺，与艭轩话，归。早饭后，拜兰簃生日，仍归。校书。写大字多。晚招饮，戒酒九日矣，今复薄醉。

廿一日（3月18日）

晨起甚寒。午间小睡。晚，饮乔鹤侪处。戌刻散。至宽夫处看画，有叶荣木画《陶诗册》十六开，系周栎园百陶舫中物。

王蓬樵《黄鹤山亭种菊图》，黄小松画《孟庙古槐》，八大山人《松鹿图》俱佳。

廿二日（3月19日）

晨，看仙舫小急，未大愈也。归，饭后出，过厂肆，无所见而返。校书不多。晚，赴邵又村先生席，主人因夫人病，不能陪客，甚萧索也。

廿三日（3月20日）

早上馆，甚冷。昆峰来颇早。遂于午初吃饭。饭后出，过墨林处。从郑浣香借《刘熊碑》钩本，有数十字。吉履庵放朔平守，道喜。出城，过厂市，无所见。拜陆立夫前辈，新升滇抚来京也。归，校《学案》四十叶。兰簃来话。晚，赴韦竹坪、俞麟士两处席。

廿四日（3月21日）

晨起，剃发。午出，过石州、月乔、芝房，由厂肆归。晚，请张即山、朱建卿、宋莲叔、樊子安、沈子衡、翁蕙舫酌。

廿五日（3月22日）

晨静。巳初，到顾祠春祭，到者徐星伯太守丈、叶东卿丈、陈颂南给谏、陶查仙司马、郑浣香明经、梅伯言农部、王朡轩大令、戴筠帆水部，刘宽夫、黎月乔两侍御，赵伯厚宫赞、罗椒生太仆、沈朗亭少成，吴子序、翁祖庚、汪醇卿三编修，王子怀农部，蒋心香、乔鹤侪两水部，冯鲁川、何愿船两比部，韩小亭农部、孙芝房庶常、杨墨林、子言昆季、张石州与余及桂儿也。庄卫生、严仙舫、边瘦石、朱伯韩、潘季玉未到。午正上祭，祭后，四席欢宴。申刻始散。晴天忽风矣，颇暖。梁矩亭、翁玉泉、孙兰检来便饭。

廿六日（3月23日）

晨静。午间出，过月乔话，归。写大字多，校《学案》至暮。赵迪斋邀饮。

廿七日（3月24日）

晨静。午间出，送黄筱原行。贺查柳门。至翁玉泉处，请史心兰画小照。拜陆立夫中丞。归静，与石吾、星皆书各一。晚玉泉处便饭，散甚早。未刻大风沙，天色可怕。

廿八日（3月25日）

风定日晴。写大字多。晨见吴师母。晚作题画、题图各诗四首。

廿九日（3月26日）

晨上馆，甚冷，北风大也。更无人到者，供事亦懒惰，可叹也！午初，饭墨林处，写对数付。北去拜全小汀阁学，巴三爷、衍东之处久话，讷近翁已于昨日出城矣。归晤王雁汀。晚至兰簃处，邀矩亭三人同酌，归尚早。

三月

初一日（3 月 27 日）

晨赴写菊农条幅对子，为桂额故也。送张即山行，作书与印云，交即山去。杜兰溪处拜其严寿，留吃面。过厂肆，至宽夫处话，归。与蔡麟洲书，为《沈君》《冯焕》两碑也。玉泉、迪斋请同子愚吃福兴居，殊索然少味，散早。与老五同酌，作云帆《载笔》《味雪》二图诗。

初二日（3 月 28 日）

晨静，写李珊翁处册。饭后出，贺黎月乔，回拜王雁汀、郭古樵。过两宜轩，买得邓石如联。至大慧寺，己亥世兄公请，吃素颇难耐，因添荤菜，甫得完。归，晚饭后过仙舫话。

初三日（3 月 29 日）

晨起剃发。早饭后拜陈子鹤慈寿、伍琼圃严寿。过玉泉处，邀游龙爪槐。乙未世兄公请吉履庵、李竹朋两太守，因索肴酒上楼，三人同酌，并邀兰簃至，既而诸君陆续上楼来晤。归约申正矣，晚静。

初四日（3 月 30 日）

晨静，饭后会数客。午回拜潘小石同年（铭恩），新选老三之广通。过厂市，携边翁二横看。归。博古斋裱钱马极佳，系梋堂前辈物。晚静。

初五日（3 月 31 日）

晨静，校《学案》忙。午间到顾祠，与臒轩商量校法。归写大字多。晚静。

初六日（4 月 1 日）

早上馆，巳正多即出。遇许信臣，约同至墨林处饭，值人送盆兰，颇清香。看字画，余先行归。薄暮吊万藕舲学士妻丧。晚静。

初七日（4 月 2 日）

早清书，饭后过厂市归。未刻约吉履庵、李竹朋两太守饯，请陈子嘉、杜云巢、费小舲、方伯雄作陪，申正上席，戌初散。有雨数点，旋即见月。

初八日（4 月 3 日）

晨静，风。午刻出，拜数客，由厂东门至迪斋处拜其慈寿，吃面两碗，归。写大字。晚饮迪斋处寿酒，好在客不多也。

初九日（4月4日）

晨静，起颇迟。晚赴林章浦席，始晤古樵，八年不见，觉得老些，兴会犹昔也。根云来宿，邀兰簃、兰检来同酌，子正始散去。有月。

初十日（4月5日）

清明。晨静，早晚上祭。午刻出，到潘师处，晤季玉一话。遇竹朋，知张菊吾善画，访之未遇。过厂肆，送品三行，不值。过伯韩，已移家。归写大字。夜静，跋珊翁赋本。

十一日（4月6日）

阴，有风，似清明时节也。午刻回拜熊柳村于巴陵馆。过槐江处，做诗一首归。晚请梅伯言、曹艮甫、戴云帆、蔡春帆、刘宽夫、周容斋、袁学三饭。

十二日（4月7日）

晨出，晤石州、昆峰，归饭。午间与子愚酌于北园。晡出，过厂肆归。夜静，颇冷。

十三日（4月8日）

晨上馆，蔡小石再充提调到馆，杜云巢亦来，无他友矣。

午初后出城，过厂肆归，静。晚与子愚同赴杨昆峰席。月佳。

十四日（4月9日）

竟日阴，无雨无风。晨静，出拜吴师母六十寿，过霞峰、玉泉处话，归。午出，过兰簃话。看秋门，未晤。归。晚请叶东卿丈、严仙舫、王晓屏、屠老八、黎月乔、郑小山饭，戌正散。月乔、小山话至子初二刻去。

十五日（4月10日）

晨静。饭后到厂买折子，归即写一开。伯韩、季玉来话。夜静，母亲小不适，饮姜汤安睡矣。

十六日（4月11日）

晨已好，知昨两日天复寒所致也。作书与周子坚，交郑星楼带去。过云帆水部话。至厂肆，为季寿丈诗幅。归饭。午间舒苏桥前辈携乃郎来晤。余旋出，至梁巨亭处。又回拜陈省之司马，未晤，前日带子敬滇中信并苍参来也。归写大字甚多。

十七日（4月12日）

晨静。出晤舒苏桥、刘宽夫。到月乔处，吃家乡腊肉，小山、子愚俱往，午正后始散。李晴川处作诗一首。归，作书寄张小圃，为百诗行述事。晚与昆峰、子舟在矩亭处请祝荀伯太守，徐海年、翁玉泉作陪。散后至陈秋门前辈处话别，明日行也。

十八日（4月13日）

晨剃发。午间潘绂庭、刘宽夫来话。作书与李梅生、杨龙石。写大字后出，回拜李满爷、陈颂南。过厂肆，至张振之处晚饭。夜静。

十九日（4月14日）

早上馆，午初出，至黄征三通副处，未晤。晤叶棣如詹事。出城过厂市，到东麟堂，宋莲叔、樊子安请，莲叔、子愚后至，余于酉初未终席归。写小字五行复出，赴朱建卿席，亥刻归，颇倦。

廿日（4月15日）

晨静。午间为杨墨林写其母寿屏，未刻毕。赴翁蕙舫席，客散，主人出，与又村先生一谈。先是过石州、椒生话。晚与玉泉酌于恒源酒店。

廿一日（4月16日）

晨过厂肆，归饭。写大字、小楷，会数客。未刻出，至东头雷春庭给谏处，饭归少憩。晚饮刘宽夫处，得晤张菊如，并看帖画。

廿二日（4月17日）

晨过菊如话，过牛镜翁话，归。午静。未刻至龙爪槐，同年公局请陈栗堂、祝荀伯也，酉初散，风沙起矣。晚饮严仙舫处，得雨数点，颇倦矣。灯下写小字数行。

廿三日（4月18日）

早上馆，巳正即饭，三人同吃。出城过厂市，无所见，归。下午至顾祠，与臒轩商榷《学案》事，归。晚酌巨亭处。

廿四日（4月19日）

晨静。午过厂肆并集雅斋，晤袁学三话。归写大字。晚过兰检，又到朗亭处做诗一首，留便饭。与陶吟筠书。得唐子方书。

廿五日（4月20日）

晨静。午复子方书，并寄□志去。出晤琴隝、陈晋之司马。进城赴孔诚甫席，出城归。少憩。晚饭仙舫处。

廿六日（4月21日）

晨静。午出，过月乔，做诗一首，由厂肆归。晚饮徐荇香处，散后与陈栗堂同年畅谈，复宴。归甚迟迟也。

廿七日（4月22日）

晨静。早饭后到顾祠，安顿开成井阑。归憩，写大字多。晚贺兰簃嫁女、矩亭娶妇，即饮兰簃处。

廿八日（4月23日）

晨静。巳刻出彰义门，至三晋馆，鹿屏、雨农、仙舫三君饯送牛镜翁，请周蔼余翁与余作陪也，未正后始别去。归过天宁寺，甚热，余先归。憩，晚饮巨亭处。

廿九日（4月24日）

早上馆，巳刻出。饭墨林处，为写扁四幅，由厂肆归。热甚，不得雨，真闷人也。晚饮罗椒生太仆处。

卅日（4月25日）

早出，拜翁惠农、郭古樵、王雁汀，皆闽己卯世兄。惠农髯者，不复少年风致。赵子舟处道喜归。午静。下午过厂肆，至朗亭处做诗一首归。

四月

初一日（4月26日）

晨出，午静。晚请舒苏桥前辈、严仙舫、张菊如、李小庵、张石州、杜兰溪饭。散后菊如画扇，石州同话。

初二日（4月27日）

晨静。午刻与石州同到小庵处看帖，《化度》《庙堂》《善才》《启法》四种皆前番看过，米书《方圆庵记》初拓则今日始见也。又□□□为□□□绣《濯足图》，国初诸老题遍，真有趣也。到湖广馆，新旧值年交代，新值年余与汪玉山水部，未终席至玉泉处，公请陈栗堂。

初三日（4月28日）

晨、午俱静。晡时出，至宽夫处，写大字数纸。过厂肆回，饭宽夫处。

初四日（4月29日）

晨静。钟子彬太守处道喜归。晚饮蔡树百处，酒奇好，遂薄醉。又至矩亭处，写大字一幅归。

初五日（4 月 30 日）

因昨与树百酒后习拳，致今日腰痛，可笑也！静而多客。晚阴，小雨。

初六日（5 月 1 日）

昨雨竟夜，今日略大，至未申方住，一快事也！冬春全干，甫得滋润耳。未刻过顾祠，又往晤李竹朋，过厂市归。雨后凉甚。

初七日（5 月 2 日）

雨后甚凉，晨、午俱静。未刻至朗亭处，作文一篇，三刻多成文，可慰也！归值兰检、子愚请赵老二、老四及王曼生、白晓庭、杨映秋饭。

初八日（5 月 3 日）

晨静。午进城，至墨林处，遇石州一话。杨简侯处吊其内艰。出城过厂肆，至胡槐江处饮，遂薄暮。聂汝藩复做东于桥东。

初九日（5 月 4 日）

晨静。午出，至槐江处做诗一首。晤延年伯，谈兴如昔，由戍所初归也。晚请郭古樵刺史、翁惠农大令、王雁汀前辈、林漳浦铨部，皆福建世兄，林范亭农部、梁平仲舍人饮，饮毕分赋荷盖灯诗，以“琴尊间作，山水方滋”分韵，亦佳话也。

初十日（5月5日）

大风沙。午后根云来，知西山、北山连日大雪三尺，亦异事也。天气如此，殆由秋曹现审吏、户两部事太周内耶？外间议论纷纷也。近事惟江南运米由海运至天津，其事由朱伯韩侍御发之，而石梧成之，可喜也。

十一日（5月6日）

早剃发。午间出，拜数客。晤伯厚，又晤石州于淮生处。淮生留吃米粉，颇苦饱闷，归憩。晚出，赴萧史楼、孙芝房席于孙寓，未竟席归。根云做东也，散还早。

十二日（5月7日）

晨走哭李芝龄师。过郑小山话，归饭。小笠来话。午静。未刻出，送子舟行。即出南星门，至三官庙，毕春亭、单藻林、刘□□、乔鹤侪、蒋心香、伍翰屏公请也。散后至兰移处便饭，与巨亭三人话至夜分。

十三日（5月8日）

晨静。午出，回拜数客，过厂市归。杏侄生日。

十四日（5月9日）

祖父章五公忌辰，早晚祭。未刻至槐江处，十六人公请竹朋。早写大字多。晚归饭。连日戒酒而人倦甚，亦由天亢旱然也。

十五日（5月10日）

晨、午俱静。写李芝棱师挽对，并大字。未刻出，晤伯厚、石州，回拜刘平山，晤周容斋，再访张羲文不值，归。李得来信，知伯母柩于二月廿七日到长沙，三月初三日浮厝山地，印云为料理，可慰也。得石梧书。

十六日（5月11日）

早上馆。出，拜延在庵丈，久话。汤宅道喜，□宅回拜。午初至墨林处，午正始坐席于牡丹花院。未初二刻出城，过厂市，携倪鸿宝幅归。少憩，至兰簃处，与袁午乔、袁又泉、何石卿、毕春亭六人公请邢五峰师。甚热，亥初散。家中搭天棚，前日已立架矣。

十七日（5月12日）

晨静，热甚，摘领矣。午至顾祠，为《学案》修补事。过毛子刚、王咲山话。至朗亭处。又吊易问斋母丧。过厂市、天韵阁。归憩。仍做诗于朗亭处，便饭。大风，得雨数点，可惜！

可惜！得辛阶书。

十八日（5月13日）

晨静，饭后剃发。未刻得雨，惜风大，不能渥沛耳。复星阶书，问《信行禅师碑》消息。晚饮邵位西舍人处。

十九日（5月14日）

晨入城，陈寿卿邀看《沈府君》《冯君》两神道也，果佳品；又看《兰亭》《洛神》各帖，不过尔尔；借得八大画册二，归。午静，子言来话。晚迪斋邀便饭。写对十余付。得子敬正月、二月两次书。

廿日（5月15日）

风大，雨亦竟日，晨、午静。晡出，晤苏乔、松龛、尧仙、玉泉。归吃鲜笋。

廿一日（5月16日）

晨静。过厂市，拜祝蘅畦丈七十赐寿，吃面归。午静。晚饮杜兰溪处。

廿二日（5月17日）

晨入城，拜陈伟堂师相寿，并带八大册还寿卿，仍换二册来，吃面归。晤伯厚、石州话。午后静，夜眠颇早。有旨：初六日考差。

廿三日（5月18日）

五更闻雨声，甚快！卯刻起，冒雨出，邀兰簃、玉泉游龙爪槐，并呼子愚往同酌，午后散归。子愚从寺僧买兰五盆。

廿四日（5月19日）

晨静。午出吊戴莲溪外艰，拜卓师相寿，道杜云巢升庶子喜。出前门，车极拥滞。雷春庭赘婿道喜。由厂市归，携得天册子，殊佳。雅集斋写对，见香光《演连珠》楷册，晚年笔也。晚静，得子敬去腊书。

廿五日（5月20日）

晨静。午过兰簃话，到龙爪槐，郭古樵、翁惠农请也，四人共饭。饭后余客及古樵次弟来观弈。后与颂南先行，不等下顿矣。仍过兰移处，做诗一首归。天阴，似又有雨意。写大字，颇凉爽。

廿六日（5月21日）

晨静。早过双圃丈，知即日南归矣。回拜胡晴江归，晤仙舫。早起剃发。夜小雨。

廿七日（5月22日）

晨静。午出，过厂市，又拜数客。回过伯厚、石州话。归写大字多，小楷亦得一开。杨介亭、赵迪斋来晚饭。夜雨。复郑蔓白丈送茶信。

廿八日（5月23日）

晨静。饭后，冯我园年伯处娶孙媳，道喜即归，遇小雨。写大字。晚请李双圃丈、徐海年、雷春亭、彭味之、刘□□、张润农、贾翰生饭，翰生未坐席，谈案颇可听也。复贺藕翁书。

廿九日（5月24日）

晨出，回拜王羲亭，十余年不见矣。叶香士少尉一话，归，午静。晡出，过兰簃话。朱朵山、曹颖生得御史道喜，潘季玉补博士道喜。归晚饭后，袁午桥、万藕舲来话。客去，余至迪斋处话。

五月

初一日（5月25日）

晨出，送苏乔太守行，至巨亭处话，归。午静，晡过厂市，携孟津、得天幅归。

初二日（5月26日）

晨出，送潘师相、吴师母、程师母节敬。朱伯韩处一话。文小岚慈寿，吃面归。张石州邀看碑，即往，买得《郑道昭》各件，并石经峪字四百个归。午后静。

初三日（5月27日）

晨静。饭后送双圃丈行，过厂市归。静而倦，因天气稍热也，甚复盼雨矣。晚看邸钞，有初八日阅卷之旨，向无此旨也。

初四日（5月28日）

晨剃发。饭后拜堂上节。即赴园，住根云处。奇热，终夜不能睡，客来亦不歇。

初五日（5月29日）

夜雨至晨，颇滋润，且凉爽。拜潘、穆两师节，即归。调理笔墨，甚费事。杜兰溪来住。

初六日（5月30日）

寅初起，寅正入大宫门，与考者二百七十人，为从来未有之多。卯初受卷入，与兰簃联坐。卯正出题，巳初即写，午初吃饭，未初写文毕，做诗颇漫，申正多出场。未刻已起大风矣。

晚昆臣方伯来同话，夜甚热。

初七日（5月31日）

晨起凉适，早夜不得睡也。归家早饭，午间少睡。晡时出，晤仙舫、兰簃，因饭于巨亭处。

初八日（6月1日）

晨至顾祠，与臞轩话。过朗亭，病尚未愈也。晤乔星农话，归饭。午静，晡时过厂市，回拜数客归。万藕舲来夜谈。李得、王升回。

初九日（6月2日）

早上馆，出过杨墨林，归饭已午正矣，甚饥也。风大且热。颇静。晚饮于麟士处。

初十日（6月3日）

晨剃发。伯韩来谈。饭后静。出晤藕舲及伯厚、石州，带《史记》两本交石州。叶昆臣方伯来晤。酉初赴园，与根云、兰检话至子正。风大且热，不得眠。

十一日（6月4日）

卯初起，卯正入宫门。辰初三刻，上御贤良门，引见共百五十余人毕，即看箭，将巳初散。过稼生话，饭于根云处。未刻回家。得雷雨一阵，稍凉。兰簃、玉泉来便饭。夜凉，得佳眠。

十二日（6月5日）

晨阴，静。入城回拜，饭后李芝翁师处吊易问斋慈奠。归。午静。申刻至龙爪槐，福建世兄王雁汀、林章浦、郭古樵、翁惠农公请也，未沾酒，而地方甚清凉。得滇中书。

十三日（6月6日）

晨上馆，一人坐至巳正。出城至本会馆，拜关帝会归。晤胡槐江，回拜叶昆臣。归饭，写小楷、大字多。晚玉泉请，在迪斋处，因泻腹，饮五家皮酒，颇相安。

十四日（6月7日）

晨静。午间客来不歇。晚同子愚至东兴居小酌，殊无甚味，惟乘月归颇有趣。椒生来久话，为朡轩书其先光禄补祀土木记。

望日（6月8日）

晨出回拜，至月乔处吃饭两碗。看胡湘琳所刻《迦陵填词图》，略有致耳。午静，作大字、小字俱多，客来不歇。得叶香士书。

十六日（6 月 9 日）

晨上馆，甚静。巳正出，过厂市归。为冯五桥写《竹垞游大房山诗》共十三首，五桥得徐、姜迹而独缺朱迹，故索书补之，欲上石也。晚赴迪斋处公局，散颇迟。

十七日（6 月 10 日）

晨静，曾笛生来话。午静。未刻到南星门外颐园饮，翁玉泉、徐杏香、朱霞峰、梁子恭四同年作东，请陪徐海年也。水木尚好，惜日气炎热难耐。酉刻归，过三官庙少憩。晚饭后张石州、严仙舫、吴子序先后来话，遂至子初，月色招人也。顾祠书俱取回。

十八日（6 月 11 日）

晨出，送王朡轩行，已首涂矣，时方卯正也，立语片时而别。看沈朗亭病，仍未出。归饭，午静。申刻出，拜东头客归，热甚。晨晤杜兰溪。

十九日（6 月 12 日）

早上馆，颇有人到馆者，为子愚交馆费廿金于供事霍坤甫。巳刻出，由厂肆归。申刻大雷雨，甚快。晚饮刘宽夫侍御处，壁间悬中殿廿砖拓，有翁跋，佳。

廿日（6月13日）

祖章五公冥寿。晨拜李世兄（景椿）于朝阳阁，并回拜数客归。午后静。申刻雨，不甚大，然诚祈所感也。傍晚孙芝房、吴子序来话。

廿一日（6月14日）

早进城拜客，出过伯韩、筠帆，旋晤伯韩于振之斋中。伯韩截取回原衙门，言路将如之何？归饭，午静，写字多。晡出，晤严仙舫，送李小庵行，郭粹庵、周偶璋处话，归。赵伯厚昼来话，孙兰检夜来话。

廿二日（6月15日）

晨静。饭后出，至云林阁赴月乔席，席散即归。写大字多，客来不歇。晚阴。

廿三日（6月16日）

昨夜畅雨，因写南边信，未到馆去。唐印云、张得吾、刘霁南、李季眉、杨性农、李载庵、郑兰亭，俱致书去。午间至才盛馆吊孙子芸母丧，文昌馆赵平山母丧。晤伯厚、石州。归写大字多。晚有肴酒，因桂儿明日南旋也。竟日阴。

廿四日（6月17日）

车来甚早，辰初桂儿起程，携两仆王贵、王升去。天色大晴，殊可喜慰。晚饮陈淮生处。

廿五日（6月18日）

晨静。午出，晤石州、伯厚、雁汀，过厂市归。晚饮祁春浦大农处，过吴子序话，归。仙舫来话别，子正始去。

廿六日（6月19日）

晨送仙舫行，即到馆。巳正出，至墨林处饭。过彭咏莪、罗椒生、何根云，三人同小寓，明日京堂考差也。归少憩，赴龙树寺，叶棣如请，宽敞凉适，闲趣不少。

廿七日（6月20日）

晨至顾祠，与戒公久话，归。午间出，晤汪醇卿、赵心泉，心泉才到来也。归静，写字多。根云出场来，与小笠同话。今日题“同民心而出治道论”。赋得岁寒知松柏，得“知”字。诗题真想不到。晚饭后至心泉处酌数觞，子愚、根云先归。

廿八日（6月21日）

寅正至顾祠，卯正后郑浣香、陈颂南、叶东翁、赵伯厚、张石洲先后至。辰正上祭，拜亭林先生生日，即为浣翁称祝、颂南饯行。杨墨林、子言于巳初始到。甚热，谈宴至午正方散。归写大字多。心泉来话，大雨不得去，因留饭。

廿九日（6月22日）

早送徐海年行，即上馆。巳正后出，晤黄征三通副话，借《盛京通志》。赴杨墨林席，本请辰刻，余自谓迟到矣，乃午初二刻始上席，至未正席未及半，余先出城矣。过厂市，无所见归。联侄生日，晚酌三四钟。

卅日（6月23日）

竟日阴而未雨，甚静。杨昆峰午后来话，写小楷、大字未住。

闰五月

初一日（6月24日）

晨出，拜数客，过厂肆归。晤石州，携俞理初《癸巳存稿》两本回。饭后静。晚约玉泉、心泉、兰簃、麟士为销夏饮。夜雨。

初二日（6月25日）

晨静。午间客来不歇，吴竹年来话，放贵州差也。晚出，贺潘星斋得滇差，拜数客归。

初三日（6月26日）

上馆，连日雨，路泥泞难行。巳刻出，过厂肆，至雅集斋看字画数十件，携十一件归，内有石斋、石溪迹，惟鸿宝画册未得携回也。

初四日（6月27日）

竟日静，热甚。写字多，未出。

初五日（6月28日）

晨至厂肆，归饭。刘宽夫来谈，邵世兄来。龙树寺做闰端午，宽夫、小亭为主人，谈宴至酉初方散，甚热。晚饮俞麟士处，为销夏第二集。

初六日（6月29日）

晨静。辰正赴园，潘师相处道喜，未正回家。晚出，晤吴莘畬，过迪斋处便饭。是日得桂儿河间所发第二书，十三日矣。

初七日（6月30日）

晨至厂市归。午写大字多。晚饭后藕舲来话。

初八日（7月1日）

甚热，人倦甚。午正得根云札，知子敬于四月廿三日酉时得子，即道堂上喜，喜甚！晚备喜酌，石洲、藕舲来酌。

初九日（7月2日）

早上馆。巳刻出，至墨林处写字、吃饭。未初出城，由厂肆归。未正赴文昌馆西院，陈九叔、寿卿、杜寄园、云巢、陈酉峰、方子箴公请也，子愚同往，戌初散。

初十日（7月3日）

晨起剃发。竟日静。

十一日（7月4日）

晨过厂市，并拜数客归。午静。申刻至龙爪槐，子愚同往，杜云巢、张振之、许信臣、龙兰簃、孙兰检、胡槐江、何小笠、罗椒生公请，散归。晚赴陈颂南、朱伯韩席，在朱宅。

十二日（7月5日）

晨出，拜马致斋前辈。由厂市归。同乡陈竹伯得广东差，邹云阶得广西差，可喜也。归静，写大字。晚兰簃处销夏集。

十三日（7月6日）

晨入城，访小石不值，回拜景星桥不晤。由观音寺拜客，出前门过厂肆归。少憩，出南星门至诚园，潘季玉请也。归知派署国史馆提调。饭后过吴子序话。

十四日（7月7日）

晨再访小石，留吃面。出德胜门赴园，至根云处早饭。谒潘师、穆师，辞提调不准。回家已酉初矣。至龙爪槐，马致斋前辈请也。回过兰簃处饮，值其请新女婿也。

望日（7月8日）

静。午后蔡小石来话，吃点心。写大字多，寄石梧书，并各信物去，又作书与桂儿。晚蔡春帆处吃苦瓜，散后至心泉处吃酸梅汤、看月。归尚早。

十六日（7月9日）

因未接提调任，故未到馆。竟日静，晡大雨，庭前水满矣。晚饮聂雨藩处。

十七日（7月10日）

晨、午静，写大字多。晚，公请马致斋于椒生处，兼请颂南、宽夫、筠帆、伯韩，甚热。归，子愚院中才设饭，余先睡矣。得子敬生庸儿信。

十八日（7月11日）

晨入城，吊瑞芝生慈丧。归饭，午静。未刻至龙爪槐，高续臣、武吟斋、方伯雄、方少牧、杨□□、刘裕生、徐健堂、□□□公请也。陈宜亭得孙道喜。

十九日（7月12日）

卯刻行，辰初到馆，拜庙后阅稿簿，坐至辰正二刻。天阴黑不辨字，亦无一人来，遂出至子言处饭。午初出城，吊魏丽泉丈嫂丧。归少憩，至报国寺，何愿船请也，酉初归。杨果勇侯开吊。晡大雨雹，庭水顷刻溢矣。晚饭巨亭处。

廿日（7月13日）

静。雨，热竟日。黄琴隖约便饭，胡蕴芝到也，问石吾、子坚及长沙各光景。夜雨大，发滇信。

廿一日（7月14日）

晨静。午出，送邵世兄行，已于昨日行矣。翁惠农处话，由厂市归。得笪江上《山水》，佳。夜雨。

廿二日（7月15日）

阴热。做诗数首，有《题宋芷湾丈诗及尺椟卷》，为戴筠帆作者，盖可珍也。未刻出，吊冯鲁川伯父丧。归。夜雨变大，可怕，得雷方住，已过夜半矣。

廿三日（7月16日）

晨起作字。辰初上馆去，与小石商办长编供事谕单，又清查书籍。惟子序来，三人同饭。午正出，路泥泞，不往它处即归。晡出，吊朱霁堂父丧，访筠帆不值，由厂市携石溪画归。晚小雨，旋歇。

廿四日（7月17日）

晨出，晤魏条三，新从家来也。归饭。午刻出彰义门，至三藐庵看邱镜泉，冰清玉洁受此委曲，可叹也！得桂儿初八日汴梁书。晚至韩小亭处话，翁玉泉处饮，甚热，不敢多酌也。今日未雨。

廿五日（7月18日）

晨过石州话，归写大字。申初赴兰簃席，甚热。戌初归，少憩。至麟士处赏兰，复酌，雨大。

廿六日（7 月 19 日）

晨上馆，看定进写传四篇，《秦承业》《普陀保》《林起凤》《毛式郇》四传，于廿八日进也。又看《食货志》四卷。午刻归，静。今日未雨。

廿七日（7 月 20 日）

晨阴，雨大，旋止旋作，遂竟日。汪醇卿来。晡出，访甘实庵不遇。晤王翰乔。至杨昆峰处话。饭迪斋处。大雨，庭水满矣，冒雨归。

廿八日（7 月 21 日）

竟日静。午后雨。

廿九日（7 月 22 日）

晨过厂市，归饭。写大字多。

六月

朔日（7 月 23 日）

上馆，阴雨，未至沾湿也。出，回拜满提调西、穆二君。

遇大雨，至墨林处小憩。雨点略稀，遂出城归。晚赵宅饭，散颇早。

初二日（7 月 24 日）

条三来话。午初至龙爪槐，汪醇卿同门九人请陪胡润芝也，其八人朱荣实、盛康、叶潢、朱□□、马砺品、李□□、□□□、□□□也，申正散，坐久矣。

初三日（7 月 25 日）

上馆，巳正吃饭，止余与小石兄二人耳。出城，过厂肆归。写大字。甚热，挥汗为劳。

初四日（7 月 26 日）

因孙女荫姑患泄痢，延医调理。写字多。暮访张菊如与筼村，借邢子愿草字册及高南阜画石归。早起剃发。

初五日（7 月 27 日）

晨静。午过伯厚，言邹小儿佳。写大字。极热，为今年第一日。夜得风，凉甚。

初六日（7 月 28 日）

五娣生日，寿珊侄婿、孙兰检来吃面，许信臣来同席。午间清书帖，开门庭，晚暖寿。孙女痢症愈，而招云侄女风症，殊闷人也！

慈寿日（7月29日）

早客多，共百卅余人，上房院有清音。晚客少，因未复邀请，止根云、兰移、藕舲、槐江、迪斋、兰检留此同酌。天大热，而尚比初五为好，申刻小雨一阵，得凉。招云风症治得有效。

初八日（7月30日）

静。晚约颂南、伯厚、石州、漱石、卫生、昆峰、学三、椒生、尧仙饭。未到者宽夫、伯韩、云帆、月乔、朗亭、季玉也。

初九日（7月31日）

早上馆，巳正吃饭，饭后子序来。午初出，由北城至西城，城内谢客全清。香侄生日。兰检、心泉来晚饭。

初十日（8月1日）

晨出，谢大街南客，午饭后谢街西、街北客全完。下半天奇热，几不能餐。得滇信。

十一日（8月2日）

早起谢东城客，归饭。午后静，写大字，热甚。晚赴张星白同年席，见叶氏藏《度人经》甚旧。

十二日（8 月 3 日）

子愚生日，早面，与玉泉、兰簃酌，颇醺醺。因天气欲凉也，晚间客不多，而饮尚洽。

十三日（8 月 4 日）

辰初到馆，为磨校《食货志》并传四篇，殊赏心。未初始出，由厂肆归。写祝、挽各联。复出谢客，并道喜，周芝台前辈典浙试，廉琴舫典湖北试，汪衡甫、汪醇卿典江西试也。晚饮赵心泉处。

十四日（8 月 5 日）

晨至厂市，过何眉士舍人话。归，饭后静，写数扇，题袁年伯《海塘筹御图》卷子。晡出，晤醇卿即归。郑小山来话。天阴有秋意。

十五日（8 月 6 日）

早拜张晓詹前辈，又拜罗椒生堂上双寿，少坐。上馆。巳正饭，午正出城，由厂肆归。晚饮椒生处，又拜俞麟士慈寿。

十六日（8 月 7 日）

早吊杜兰溪，回拜花思白，话，归。拜蔡春帆五十生辰，留面，与陈九丈、蔡心穀饮，微醺矣。归。午后吃西瓜、酸梅汤颇不适，因天气乍凉也。晚饮春帆处，主人以小疾未出。

十七日（8月8日）

晨出，回拜数客，至巨亭处看《黄庭经》，仍常本耳。归饭后竟日静，写大字多。杨椒雨观察来晤话，新放湖南盐道也。晚有月，更凉。复李石梧书，并寄东参各物去。

十八日（8月9日）

晨静。午写大字，剃发。晚饮蔡树伯处。

十九日（8月10日）

晨上馆，巳正饭，午刻出。过墨林处，与丁心斋话。归过厂市，得蓬樵《湘江唱和图卷》归。夜间玉泉、兰簃来便饭。凉甚。

廿日（8月11日）

竟日静。作大、小字俱多，人颇倦。

廿一日（8月12日）

晨静。午间出，贺林勿村同年出守琼州。归静，作小字多。条三来话。

廿二日（8月13日）

早出，拜叶东卿丈寿于天和馆，过魏条三话。回拜黄荆山、史吟舟。晤张石州一话。归。晚过苏松龛，阅所奏拐诱幼孩折底。至玉泉处便饭。

廿三日（8月14日）

早上馆，阅书库。巳正饭，申正出，由厂肆归。小石因病足未到馆，往看之，见壁间所悬吴梅村画中九友诗并九友画，又益以梅村画为十友，皆佳迹也。黄莘农典试江南道喜。归。少憩复出，道陈子嘉典陕甘试之喜。迪斋处一话。杜兰溪处陪吊。归。

廿四日（8月15日）

晨静。饭后出，至厂肆，得梅村所画《桃源图》，与昨事相应，亦奇事也。并携桂未谷《说文序注》交博古斋。归写扇数柄。未刻至湖广馆，与月乔、鹿平、小岚同请杨椒雨观察，戌初始散。酉初时，大风暴雨震动屋木，为从来未有之风色，可怕！可怕！回家来，余院中天棚掀失，南小屋破矣，幸上房俱未受损也。夜小雨复数阵。

廿五日（8月16日）

晨静。拜陈石珊祖慈寿，到心泉处早饭归。棚匠检理破棚，至晡方清。写大字多。

廿六日（8 月 17 日）

早到湖广会馆，同乡公祭李文正、杨忠烈，同人俱未到，先自行礼。上馆，午正出，至蔡小石处，足疾愈矣，用五倍子方也。过墨林处，颂南、石州诸君咸在。少憩，吊特年伯母。出城归。因内子病，甚烦闷。晚赴毛子刚席。

廿七日（8 月 18 日）

晨过石州一话，归。天棚仍搭起，但略小些。午正雨，旋歇。写大字。请王石华为内子诊。赵心泉、翁玉泉来便饭。

廿八日（8 月 19 日）

晨静，写大字、小楷多。未刻至陶然亭，玉泉、霞峰同请客，皆同年，颇畅，惟天色复热。此亭自壬寅秋圮后，今年粤东卢君福普始重修之，规模非旧矣。根云来晚饭，饭后谈笑至丑刻下园去。夜雨大。

廿九日（8 月 20 日）

早到馆，午刻散。出城拜数客，由厂市归，得字画数件。内子所苦渐愈。

卅日（8月21日）

晨静。午出，晤潘绂庭、季玉，回拜史椒圃归。

七月

初一日（8月22日）

早到馆，小石兄尚未来，知足恙未全瘥也。午刻出城归。晚饮吴子序处，席间子愚着人告知，得桂儿闰月廿五武昌书，同人皆为一快慰，盖四十六日不得信矣。

初二日（8月23日）

竟日静，天甚热。晡至厂市，由果子巷一路至兰簃处，留便饭，饭后谈至子刻归。

初三日（8月24日）

早过条珊话，即上馆。午刻散，过方伯雄，看陆家石园，布置尚佳，壁间见童二树画荷，比梅花远胜矣。看蔡小石兄足疾，尚未健步耳，壁间悬名画甚多。出城由厂市归。晚矩亭、槐江来话，石州来话。王石华来诊甚迟，内子所苦复增也。

初四日（8月25日）

竟日静。校书、写字，甚有味。晚饮心泉处，酒后作大幅书，不知水墨是何光采。

初五日（8月26日）

竟日静。晚约陈福林、郭古樵、翁惠农、王雁汀、庄牧亭、赖均甫、沈翰宇饭，皆闽人。申刻雨一阵。

初六日（8月27日）

辰刻到馆，归颇迟。天阴。晚饭后过心泉处。

初七日（8月28日）

热，内子所苦不见好，殊闷闷也！竟日未出。晚请叶昆臣、魏条珊、沈子衡、胡润芝、郑小山、黄琴隖饭。

初八日（8月29日）

晨出，拜数客，看刘宽夫，吊其弟丧，徐云渠祖母丧。归午静，写大字多。晚胡槐江请便饭，甚清妙。

初九日（8月30日）

早到馆，小石兄足疾愈，亦到馆矣。午刻同出，至叶棣如詹事处饮，申刻余先出，归憩。晚赴江梅卿、沈朗亭公请席。

初十日（8月31日）

家中上供，迎先神。竟日未出，校书、写字多。晚饮烧酒数杯，无客自酌，为近来希有事也。晨剃发。

十一日（9月1日）

早送翁惠农行，回拜周宣史。归。饭后静。条三自园来，留共小饮，佳。

十二日（9月2日）

晨出，拜数客，由厂肆归。午静，晡过石州、伯厚处久话。至蔡树百处，看《黄庭经》，因酌焉，大雨中快饮。归过仓少平话。

十三日（9月3日）

早过石州话。昨夜得张小圃书，前属其索取《阎百诗行述》等，今寄来，可喜也！即到馆，小石足恙复发，不能来。午正与伯厚同出，至杨老六处，写字数幅。归，遇墨林于厂肆。内子病自昨日来就愈矣。昨得石梧书。

十四日（9月4日）

晨静，午出即归。上供，焚楮币包。夜月，佳。

十五日（9 月 5 日）

晨至厂市。归。午静。晚公饯孙兰检典试河南。根云来同酌。

十六日（9 月 6 日）

早上馆，午刻出。由厂肆归，静。

十七日（9 月 7 日）

竟日静。早过曼生，为兵部查折稿事。

十八日（9 月 8 日）

晨出西便门，至平则门外圆广寺，吊杨简侯。入平则门，吊许信臣妻丧。归。饭后赴尧仙、星田、寿卿、雪帆公请局，晚复赴朗亭、翰平、子衡、少牧局，皆陪朱筱鸥也。酒后写大字多。寄湖南信。

十九日（9 月 9 日）

晨到馆，午刻出城，由厂市归，遇吴逊甫于博古斋。归写大字多。晚赴赵心泉便酌，散甚速。

廿日（9 月 10 日）

桂儿生日。余晨出，拜数客归。午静，晡复出。归，兰簃、巨亭、心泉、昆峰来酌。

廿一日（9月11日）

竟日静。写大字、小字多，《学案》第三次校全毕。晚过石州，已睡。至倪海槎处看画，承赠石刻《钱南园先生守株图小像》。

廿二日（9月12日）

晨静。出拜张雨农堂上八旬双寿，吃面。归少憩，复出，本会馆拜曾文恪公生日。回拜熊世兄于木厂胡同，与雷春庭久话，归。晚出，过伯厚、石州，与伯厚同饮雨农处。大雷雨，旋晴。

廿三日（9月13日）

早补拜月乔生日，实是廿一日也。即上馆，午刻出，仍过厂市归。晚间兰簃约便饭，耳闻有不快事，可叹也！夜不得寐，晤张小珣丈。

廿四日（9月14日）

早过石州话，为聚珍书事。过迪斋不值，归饭。未刻赴朱筱鸥松筠庵席，谈碑论画于松竹间，颇有趣。归，石州来同饭，酌十余。同至淮生处，见年大将军时文稿。

廿五日（9 月 15 日）

晨静。未刻至厂肆，又过陈福林处话。归。心泉邀便酌，酒佳甚。

廿六日（9 月 16 日）

早上馆，遇雨，尚不大耳，申刻归。苕三、越乔来便饭。

廿七日（9 月 17 日）

竟日静。观音院吊许信臣室。

廿八日（9 月 18 日）

晨至厂肆，兼拜客。归写大字多，勘《陶园年谱》。晚同子愚赴王翰乔席。

廿九日（9 月 19 日）

晨静。饭后过石州、晴川、心泉。归写大字。晚心泉处便饭。

八月

初一日（9月20日）

早上馆，小石仍未来。午刻出，晡静。晚饭后过兰簃话，问分献事。

初二日（9月21日）

丑时五弟得女，余晨出未知，归饭始知也。午间复出，申刻报广东学政，旋知其诳，因全单一早已出也。根云来宿，午峰、石州、伯厚、卫生、愿船同饭。

初三日（9月22日）

早上馆，小石仍未至，足疾殊可念也！午后由厂肆归。晚兰簃、心泉、根云同饭。

初四日（9月23日）

寅初二刻母亲忽患痰闭症，汗出、心中作难，脉甚微细，服姜汤两次，吐痰出乃渐解。巳刻郑小山来诊，用化积运痰等药，甚合。为明日分献，走求兰簃、尧仙相代，俱不敢代。学政全单出，根云山东，咏莪福建，椒生安徽，兰簃山西，巨亭湖北，同人得者可云盛矣！申刻进城，住国子监敬思堂。母亲所患就愈多矣。

初五日（9月24日）

丑正起，候至寅正，卓师相来主祭，余与罗鸣庵分献，至卯初二刻礼成，跪拜行走，节颇烦，兼以敬恭，汗浃衣体矣。卯正由国子监出，辰初二刻到家。母恙大愈，可庆也！

初六日（9月25日）

卯刻入内听宣。到小石处坐，途间遇大雨，至小石处复大雨，雷声震人。到馆与小石、颖生同饭，饭后雨不住，公事毕后久坐始出。晚迪斋、玉泉来便饭，上灯时复大雨，几不成餐也。晡出，晤巨亭一话。

初七日（9月26日）

晨静。旋拜潘师母寿，与石州、兰簃话，归饭。午复出，贺咏莪、椒生、晓帆。与宽夫久话。归。写大字多。

初八日（9月27日）

晨静。午刻写大字。至厂市。申初赴园，住根云处。

初九日（9月28日）

卯初起，卯正至宫门，引见于勤政殿，基名在十七，蔡小石打头得司业。饭后谒潘、穆两师相，为请派署国史馆提调事，两师相意在不派，余以不能独当固请。午正同根云、矩亭、槐江游黑龙潭，往返四十里，酉初回。夜集共八人。

初十日（9月29日）

寅刻起，卯初入内祝万寿。卯正二刻，上御正大光明殿受贺。礼毕出，至朝房，即同小石至根云处。余归，巳刻回家。杜蕉林观察晚来，留便饭，因邀王雁汀、郑小山同叙。

十一日（9月30日）

早送蕉林行，由厂肆归，携得石斋先生与杨玑部倡和诗小册。午静。晚饭独酌，月出。因访石州不值，过迪斋酌。写笺幅字十余方。

十二日（10月1日）

晨出，回拜葛壮节之子以简，新选阶州直牧。何愿船处话。归饭。午出，晤王雁汀、杜兰溪、张润农归。

十三日（10月2日）

晨上馆，雁汀到署提调任，兰簃、巨亭、晓帆三学使到馆。午刻出，小石处贺。出城由厂肆归。写大字多。

十四日（10月3日）

晨清算节帐。早饭后客来不歇。午出，拜潘师相、邢老师、吴师母、程师母节。程师之孙八岁，体气颇不见强。至龙爪槐看六舟上人，获观所藏各古墨，有素师《小草千文》，即己亥过吴门所曾见者，信妙迹也。携八大、石溪、云卿三画归。晚饭独酌。

中秋节（10月4日）

静。晡至厂肆，携八大、石涛、梅道人、方壶四画归玩，殊不负佳节也。晚，家宴后静寂看月。子愚出，看月去。

十六日（10月5日）

早过厂肆，即上馆。午刻出，同雁汀、卫生至墨林处话，归。邬先生出场。儿妇生日。

十七日（10月6日）

晨静。午出，拜数客归，雨。申刻下园，住沈朗亭处，即根云寓也。朗亭病肝气，上书房每日卯入午正出，不易支也。亥刻得月。

十八日（10月7日）

卯初起，卯正入内，引见于勤政殿。开坊者六人，编检十人，叶棣如少詹得讲官，同人往吃贺酒于福庆堂。余即归，写大字。晡时出。晚为心泉、麟士接场，春帆、迪斋、巨亭同酌，春帆酒后画扇二。

十九日（10月8日）

早伯母丧周年上祭，除期服，惨惨甚！午初上馆，未正后出，与雁汀同话于小石处。出城由厂肆归，薄暮矣。作字数百，而石州、鲁川同黄子冶来话，留酌看帖。

廿日（10月9日）

晨静。饭后出，拜数客归。午正后至才盛馆，乙未世兄秋团请也，申刻归。晚饭后至兰移处，遇诸友均在，闲话后命酌，归已子正。

廿一日（10月10日）

晨过陈露平处看帖，有《太清楼》一本，二王迹甚佳，申凫盟、杨思圣、王孟津诸手札并明贤各札均好，携两册归。午间感凉，略睡，起写大字。晚约龙兰簃、梁巨亭、罗椒生、何根云四学使，邱迪甫太守酌，彭咏莪学使辞。

廿二日（10月11日）

晨出，晤沈子衡话，为赵隣事，过厂肆归。午复出，晤张小珣丈，商量年谱事。桂祥严寿，请汇元堂，未坐归。写大字多。晚为小石题《冶春》《咏寒》二图，填词二阕，真初学步也。止记得少时为周节庵丈填一词，不知说甚，今忽十年矣！

廿三日（10月12日）

早慈体复不适，似中风痰者，服姜汤渐解。请小山来，仍用枳桔二陈汤，过午渐就愈。不能到馆。晚赴雁汀席，草草归。小山夜深去。

廿四日（10月13日）

慈体益安。晚间郑小山、赵迪斋便饭。夜雨。

廿五日（10月14日）

先公冥寿。

廿六日（10月15日）

早到馆，午正出。归憩复出，至天和馆，拜王翰乔同年严寿，一饭归。

廿七日（10月16日）

起早，静。写大字多。午至慧秋谷处拜其严寿，申刻出。

廿八日（10月17日）

晨过厂肆，午静。拜数客，晚饮叶昆臣处。

廿九日（10月18日）

早到馆，未刻出。晚酌兰簃处。

卅日（10月19日）

竟日静。写字多。俞麟士生日。

九月

初一日（10月20日）

早上馆，雁汀未至。为供事查书潦草，出谕嗣后不准写行草。出，过小石话，归已申正。麟士处小饮。

初二日（10月21日）

晨出，拜东边客归。午静，写大、小字。晚饮蔡春帆处。

初三日（10月22日）

早入顺承门，道曹西垣得子喜，至讷宅吃肉。午初到馆，未正出。申刻到杜家拜芝翁寿。归写门庭联。麟士请夜饭。

初四日（10月23日）

竟日静，校《学案》。

初五日（10月24日）

先伯父冥寿。午间出，过厂肆，得覃溪《金石录诗卷》。过石州话，属题石斋先生诗册，示我黄端木《孝子寻亲图》。晚玉泉处便酌。

初六日（10月25日）

梁巨亭、龙兰簃、何根云三学使醵金送戏，为我堂上欢，因请内客四席，外客四席，于北院演三庆部。客来者赵迪斋、黄琴隖、樊子安、陈酉峰、乔鹤侪、翁玉泉、王翰乔、胡润芝、俞麟士、胡槐江、黎越乔、慧秋谷、魏条珊、朱霞峰、蔡菱舟、郑小山。复醵金为次日之局。今日散时未亥正也。未上馆，雁汀来话。

初七日（10月26日）

晨过厂肆，得覃溪与芸台师诗札卷，为冯鱼山得《施顾苏诗注》全本，欲促师刻于羊城，究不知此物果在世间否，前此未闻也。归饭，巳正开席，子初散。戴云帆、梁海楼补入座。

初八日（10 月 27 日）

晨至厂市，为装订书也，归饭。午间至才盛馆，赴杜芝翁寿筵，一饭归。写大字。淮生、伯韩来弈棋。晚玉泉、霞峰请陪三学使。

初九日（10 月 28 日）

早进东安门磨勘，本衙门共派卅二人，每人七卷。北风颇冷。午初到馆，为承发张叔瑾稽误咨文事，斟酌惩办。出颇迟，回家已申正矣。雁汀约便饭，佳节匆匆过去，然风阴不开，即欲游亦无甚味也。

初十日（10 月 29 日）

早过秦澹如，即小岘先生少子也，索小岘诗文集一部。过厂肆，复至蕴芝处话，归。饭后午刻至曹西垣处酌生男喜酒。遇雪，甚奇。未正后出城送根云行，殊难为怀。归少憩，贺美恒来，二十年未话矣，因留便饭，并邀小山、润芝来同酌。微雪，遂竟日。

十一日（10 月 30 日）

晨起剃发，樊子安来话。午间写大字多。冯小渔来晤，知得小松手拓《武梁祠画像》十三册，为东翁索去，恨不得见也。晡出，过迪斋，送巨亭行，道张吟舫出守喜，晤伯厚、石州，贺沈彦征得隽。至厂肆，过宽夫处话，留便饭。今日冷矣。

十二日（10月31日）

晨静。午刻进城，拜陈伟翁师母寿。过李寄云处，遇棣如、小石，同看画，见香光大幅极佳，翁藏《渊明像》有未谷题。由后门出东华门，到杨墨林处拜其慈寿，吃面两碗，看人下棋。风大。出城。

十三日（11月1日）

早上馆，裁去承发二缺，人浮于事也。未刻出。汪七舅弟来都，为觅馆地事，家况可怜也。晚同酌。题姜开先画册诗。

十四日（11月2日）

晨静。午间回拜数客，因畅游厂肆，得未谷题朱晓村画，及句山字幅。晚饭后至条珊处话。

十五日（11月3日）

早上馆，颇冷。午正始饭，未刻回家。申初到文昌馆，己亥世兄秋团公请也，酉初归。

十六日（11月4日）

晨过厂肆，归。午间写大字多。晚作《黄孝子寻亲图诗》。

十七日（11月5日）

晨至厂肆书坊，归。至黄黻卿处拜其夫人生日，吃面后看奕。归写大字。晚赴郑小山席。

十八日（11月6日）

早至东安门内，核对覆试卷。出，过贺美恒话，承赠《唐公房》《邓太尉》两碑。归憩。拜赵伯厚慈寿，留面。归，晡时出，拜数客。晚兰簃来话别，因邀迪斋、玉泉、麟士同便饭。

十九日（11月7日）

早上馆，未刻出，因门前有内务府人刨坑三尺深，行文询问去。出城至本会馆，贺聂世兄捷长郡馆，贺彭、童两君捷常德馆，回拜胡光伯，小马神庙拜张大潮。归剃发，已昏黑。步香南招饮，散后至兰簃处送行。

廿日（11月8日）

招侄生日。竟日静，惟晡时过厂肆，回晤石州话，归。风大，甚冷。得石梧初二日书，尚未得擢制军信，闻山东已大雪。赵伯厚带见。

廿一日（11月9日）

早条珊处道嫁女喜。归饭。到报国寺顾祠秋祭，到者叶东翁、郑浣香、潘季玉、庄卫生、王子怀、赵伯厚、冯鲁川、祝老八、何愿船、杨子言、张石州承办，并予共十二人，未刻散。归，写大字。晚翁宅道娶妇喜，留饭。晡至六舟处话。

廿二日（11 月 10 日）

晨至厂肆。归，作《蒹葭阁诗》，即写上。午间写大字。申刻至玉泉处观剧，戌初归。为六舟题《安国师塔铭残字册》。

廿三日（11 月 11 日）

晨上馆，午正出。归憩，看《通典》。申刻出，至文昌馆拜夏石珊慈寿，一饭归。夜冷。

廿四日（11 月 12 日）

晨静，午作大字多。许信臣带见。申刻至天和馆，拜陈西峰慈寿，戌正方归，同人多在也。晚写罗饭牛画册，查初白诗。

廿五日（11 月 13 日）

早过厂肆，为裱帖事。晤贺美恒话，归饭。未刻条珊处请迎郎酒，申初归。

廿六日（11 月 14 日）

早上馆，颇冷。未正方出，由厂肆归，得《周公瑕书吴九华传》小楷石刻本，殊佳。王海楼来晤，讲《毛诗》极有门径。晚迪斋处便饭。

廿七日（11月15日）

晨冷，午间剃发。复李石梧及梅生书，美恒来话。晡过厂市，请朱医。过月乔话，往南拜客，贺俞林士移居，杨□翁署漕帅归。

廿八日（11月16日）

竟日未出，而客来不歇。朱医来看杏侄疮症。午间写大字多，题罗饭牛画册。

廿九日（11月17日）

早进顺城门，回拜许信臣、英琴南，顺天府拜叶昆臣、俞年伯，齐化门回拜毓晓山、徐星庵师。午初方到馆，申初出，由厂肆携尤水村扇面归。少憩，赵伯厚来话。出，吊夏阶平内艰。饮王雁汀处，看棋。

卅日（11月18日）

晨静。午间复张励庵、何根云、陶子立、严仙舫、魏默深各书。午后到潘师处，晤季玉话。贺朱致堂师。吴莲芬处话，归。晚饭翁蕙舫处。

十月

初一日（11月19日）

早上馆，颇冷。未初出，少憩。出，拜谢方斋五十生日。晚请贺美恒、易念园、陈庆覃、黄虈卿、恕皆饭，翁玉泉入座，胡润芝辞。

初二日（11月20日）

晨、午静。晡出，陈庆覃、黎月乔阿郎得隽，孙芝房之弟隽，俱道喜。念园请晚饭。

初三日（11月21日）

早，先到西宅吊。上馆，未正出，归少憩。王世兄（祺海）慈寿在才盛馆，拜郑小山生日，过王咲山话，留入座。

初四日（11月22日）

早送贺美恒行，由厂肆归。伯母黄太夫人冥寿。晡出回拜，晤张石州，门楼胡同看屋归。午写大字，夜写小字，俱多。

初五日（11 月 23 日）

晨、午俱静，了字帐不少。晡出，走上下斜街，宗涤楼处话。遇雪不大，今日是小雪节也，觉冷。至迪斋处索酒饮，甚畅暖。午剃发。

初六日（11 月 24 日）

早上馆，未刻出。至文昌馆，乡榜同年公请仓少坪、胡润芝两太守也，申刻归。晚俞麟士、蔡春帆、赵迪斋、翁玉泉来子愚屋看菊，酌殊佳。觉倦，睡甚早。

初七日（11 月 25 日）

晨静。午间在步香南处公请陈九爷，申刻散。孙兰检由河南典试回，来晚饭，并邀槐江来。

初八日（11 月 26 日）

晨静。饭后出，由下斜街上斜街出，贺张翊南补缺。至厂肆，晤王雁汀归。王堂侍郎、杜继园、云巢昆仲、俞麟士午便饭。晚静。

初九日（11 月 27 日）

早上馆，未刻出，过厂肆。申刻至文昌馆，汤同年昆玉请，略酌归。与石琴、德畬、雪樵、筠帆书。

初十日（11 月 28 日）

卯初进城，绕“金鳌玉蝀”入内，西华门至长信门外行礼，叩祝皇太后万寿。向来俱到园行礼，此次系特旨，命三品以下在内行礼也，然到者颇少矣。

十一日（11 月 29 日）

晨静。得石涛画卷，甚得意。午过厂肆归。晚至小山处贺纳姬，即便饭。回过琴隖处看棋。月色佳。

十二日（11 月 30 日）

晨静。午间客来未歇。晚请程省斋、史椒圃、步香南、吴莲芬、胡润芝、郑小山酌。

十三日（12 月 1 日）

早上馆，天气暖，不似冬令也。未刻出，过杨墨林，小憩归。条珊及子箴先后至，久话去。晚饮香南前辈处。

十四日（12 月 2 日）

晨剃发，仍不冷。午写大字多。晡出，回拜苗仙露兼数客归。今日棣如处局，因棣翁典武乡试入闱。余亦有事，不及进城。

十五日（12 月 3 日）

早到馆，为查漕运事，使人闷闷之，可叹也！归写大字多。晚饮小山喜酒。

十六日（12 月 4 日）

早磨勘山东、山西、河南、陕甘卷，午初出，由厂肆归。王翁请，申刻酌。归来方戌初，而人颇倦，不能看一字矣。

十七日（12 月 5 日）

晨静，作小字。午初过厂肆，至吴莲芬处饭，饭后同莲芬看南横街屋，复饮于春帆处。晚至玉泉处又酌，幸未醉也。

十八日（12 月 6 日）

晨静，午未出，写大字多。晚赴李朴园丈席，雅令甚多，文人乐事也。壁间联云“酒债寻常行处有，画眉深浅入时无”，自集句也，殊妙！

十九日（12 月 7 日）

早过王雁汀一话，即上馆。未刻出，回拜冯晓渔，前日为写尊人墓志也。到才盛馆，陈相国师请，一饭归。过石州话。晚静。上穿貂褂。

廿日（12月8日）

晨出，吊李子迪丁艰，回拜数客归。午正到文昌馆，拜陈太师母寿，吃面归。未正后下园，住蕴兰墅花园，已昏黑矣。

廿一日（12月9日）

卯初起，卯正行，至大宫门内，辰初谢折下，行礼者止笛生、恕皆及余三人而已，岳、常、澧蠲缓钱粮谢恩也。仍饭兰墅处。谒穆、潘两相国师，商量史馆画一大臣传，并办三品以下列传，二百年来未动手也，均允行。归寓已申正矣。

廿二日（12月10日）

晨过厂肆归。午后静，下公请叶昆臣帖。

廿三日（12月11日）

早过廉浴亭，为琴舫借衣事也。即到馆，补承发二人，并与雁汀商折稿。未刻出，回拜黄征三。到天和馆，杜继园、筠巢请也。申正归，夜静。

廿四日（12月12日）

早到本立堂，为装订《纯庙实录》底本事。与雁汀一话，归。竟日静，晚与杨昆峰、韦竹平请许季眉世叔，翁玉泉、徐荇香、梁子恭作陪。夜被煤熏者，颇恍忽，至今晨。

廿五天（12 月 13 日）

早尚尔也。午间出，拜兰检严寿。过厂肆归，过宽夫一话。晚饮袁学三处。桂儿于申正后到家，可喜之至！

廿六日（12 月 14 日）

早上馆，未刻出。客来不歇，遂至暮。晚静。

廿七日（12 月 15 日）

晨静。未刻拜侯叶唐前辈，不值。晚请叶昆臣作饯，张振之、高续占、孙兰检、赵伯厚作陪。何小笠、刘裕生辞帖。

廿八日（12 月 16 日）

晨晤叶唐少宰话，为史馆事也。午静。晡出，至才盛馆拜吴次平慈寿，到汇元堂赴孙莲溪席。归饭，晚静。

廿九日（12 月 17 日）

早上馆，未刻出，归静。

十一月

初一日（12 月 18 日）

巳刻到湖广会馆，同乡公请叶昆臣方伯，演春台部。大风奇冷，而乡人甚乐，客至尽兴，子正方散。睡时已丑初矣。

初二日（12 月 19 日）

早到雁汀处，为折稿事。午间剃发后，拜黄黼卿四十生日归。晚饮迪斋处。今日风定，甚冷。

初三日（12 月 20 日）

早上馆，与雁汀将折稿看定，为办理大臣传画一，并补办三品以下臣工列传为二百年来缺典，并前人折底四个。出馆后同谒穆师、潘师而归。晚饮杨临川处。

初四日（12 月 21 日）

晨静。午间出，拜数客归。晚赴玉泉席。

初五日（12 月 22 日）

晨、午俱静。写大、小字多。晡出拜客。夜静。

初六日（12月23日）

早上馆，清出第一次、第二次画一大臣列传，将付装订也。未刻出。晚至才盛馆，乙未公局。

初七日（12月24日）

早题《曹剑亭先生书金经册》，并条珊所藏山舟联补字。未刻至天和馆，赴邓鹄臣席。归，回拜数客，晤石州一话。晚赴尧仙席。

初八日（12月25日）

晨进顺城门拜客，晤许信臣看画。归饭后复出，至雁汀处。厂肆携鸿宝、石斋两先生及友夏、千子尺椟归。得谢信斋书。晚饮迪斋处，吃鹿尾。

初九日（12月26日）

早上馆，清出第二次画一大臣传，自一百九卷以后均系散本，似未经画一者，大不可解，因即分清本子，饬馆吏速装定。未刻过厂肆归。王世叔来话，出赴俞麟士席，申正后归饭。夜静。

初十日（12月27日）

晨静，风定甚冷。午过厂肆。晚请胡槐江太守，陈子嘉、余郁溪、陈露平、郑小山同坐，武吟斋临时辞帖。过石州话。写大字。剃发。

十一日（12 月 28 日）

晨静。午刻出，回拜数客归。润芝来夜话。

十二日（12 月 29 日）

晨、午俱静。晡出，拜迪斋生日，横街拜数客归。甚冷，作书炙砚矣。

十三日（12 月 30 日）

早上馆，未正出，少憩。晚与子序、伯言、伯韩，公请钟官城、何愿船。余复赴王鹿宾席。

十四日（12 月 31 日）

晨静。午过石州话。送昆臣行。归写大字多。晚请王敬一世叔，冯小亭、毛子刚、张翼南、匡鹤泉、胡荪石同坐。

十五日（1847 年 1 月 1 日）

早上馆，午正后出，由厂肆归。客来不歇，遂至暮。晚过张小谱话。归有雪意，而月复出，可叹也！

十六日（1月2日）

晨过龙树寺，与六舟上人话，见所作石墨各诗。过翁玉泉、朱霞峰话。归饭。午刻出，送王敬一世叔行。过苗仙露话，见所勘《集韵》本。至才盛馆，乔星农请也，申刻归。

十七日（1月3日）

晨静。饭后邵蕙西来话，赴边瘦石席。未正后至文昌馆，吴莘畲、毛子刚同请也。黎月乔、赵迪斋来晚酌。

十八日（1月4日）

晨静，剃发。午间客来多，写大字多。晚静。看琴隖病。

十九日（1月5日）

早上馆，未刻出，至穆师处未值。出城过焦醴泉处，看《澄清堂帖》佳，《黄石斋先生与蔡玉卿夫人合璧字卷》精古，先生书记侍讲书一段，夫人书先生诗已到本朝矣，后有覃溪、芷湾诸跋。谒潘师得见，知前递折片，穆师止愿办画一大臣传，不愿办三品以下传，无可如何也！归，晚饭后过厂肆，过小山、润芝话，知润芝得家信，有胞叔丧，贺柘农丈去世，可慨也！

廿日（1月6日）

毅弟忌日，怆怆竟日！早上磨勘班江南、江西、浙江、福建、湖南、湖北，每人分卷十八套。余午正一刻出，至东兴居吃点心，东头拜客归。晚静。

廿一日（1月7日）

晨回拜数客，唁曾笛生祖母丧，归饭。午写大字多。晚与张润农、陈宜亭、杨临川公请永州新守徐玉珊，散颇早，得静。

廿二日（1月8日）

早回拜汪衡甫大京兆，周视后面园亭，先公题扁如故，惟园景荒寂耳。过杨简侯不值，至墨林处话。赴叶棣如、方伯雄、蔡小石公请席，在小石处。出城已酉初，回家小憩。至刘宽夫处，同人公请韩小亭太守也，小亭言有新出傅青主画，涎甚。归值胡槐江、俞麟士、赵迪斋在北斋便饭，复酌近廿盏而罢。

廿三日（1月9日）

早上馆，未初出，由厂肆归。写大字、看书，略静。晚拜槐江生日，即留饮，颇醉。

廿四日（1月10日）

早蕴兰墅来话，余忽病目肿，点青盐水两次，果愈。申刻出，至才盛馆乙未公局，与陈慈甫方伯一话，归。晚赴蔡菱州席，散甚早。

廿五日（1月11日）

早过石州，取《旧唐书》。晤吕鹤田，得印林书。归饭，写大字多。晡过厂肆，为订《旧唐书》也，见青主画，想即是小亭所见否？哭袁学三郎中，几日不见，遽于廿三日作古矣！归，晚饭后至迪斋处小酌。今日得子敬扬州来书，初一日已至邗上。

廿六日（1月12日）

早上馆，午刻同王雁汀、穆晴轩、方伯雄到皇史宬，正殿石室共五门，中间石台上尊藏《实录》《圣训》，金匮黄绫袱，约共百五十余匮，检“大臣传”在西配庑，移至史馆查检，因馆中所藏列传本未曾装订，致散漫也。出城归。夜静，剃发。

廿七日（1月13日）

早复石梧书。午出，送陈慈甫方伯行，回拜数客归。夜静。

廿八日（1月14日）

寅初起，寅正至雁汀处，同入东华门，至景运门内朝房，候至辰正三刻，引见于养心殿，朗亭第四得讲官。出，至史馆，与雁汀、伯厚三人共饭。出，过厂肆归。写大字。晚麟士处便饭，归甚早。

廿九日（1月15日）

早上馆，砚冻矣，饭后出。墨林请酒，为作字数纸，候客甚迟，余吃数肴先出城。回家小憩，出赴沈子衡亲家席。

卅日（1月16日）

晨静。午出，至厂肆，携青主《题夏玉禹画卷》，文甚奇诡，不可句读。晚赴黎月乔、陈庆覃两侍御席，在庆覃处。

十二月

初一日（1月17日）

早上馆，知画一大臣传允办，而三品以下传，因从前未曾办过，无庸议矣。兹事大有关系，可慨也！未刻出，拜叶棣如慈寿。申正至穆师宅，未得见。归。晚饮蔡春帆前辈处，散甚早，因与香南前辈弈。晡时过杨昆峰话。

初二日（1月18日）

晨起删润奏稿。午间谒穆、潘两总裁师，力辞提调，似可得允也。晤张石州、翁玉泉、史心兰归。

初三日（1月19日）

早上馆，知提调已允辞矣。午刻饭后出，过厂肆，至才盛馆赴袁学三席，申刻归。饭后陈子嘉、郑小山招饮。

初四日（1月20日）

晨静，剃发。午出，过王雁汀。请李五画小照。归酌堂上酒。

初五日（1月21日）

四十八岁生日，毅弟亡忽忽八年矣！早有蒋、周两婿及黄三兄共面。午间游厂肆，群玉斋送石斋、青主两幅来。晚拜赵兰友丈寿，迪斋处公送清音，饮颇畅。携夏禹玉卷归。

初六日（1月22日）

早得子敬书，知昨夜住固安，即着仆往接。余入城，曾笛生祖母、倭艮峰胞兄开吊。归饭。至申初，子敬到家，别三年半矣，喜慰可想！晚赴何小笠、贾次帆两处席。

初七日（1月23日）

母命补做生日，呼清音来，客有胡槐江、王曼生、王鹿苹、翁玉泉及余兄弟三人一席，为竟日叙。复陶吟筠、莫戟门书。

初八日（1月24日）

晨出谢步。归，饭后复出，过厂肆归。写大字。晚李紫庭年伯招饮承庆堂，归甚早。

初九日（1月25日）

甚冷，颇静。写大字多。晚饮何愿船处，散后偕石州游厂肆。

初十日（1月26日）

晨静。午出，至吴松甫师处，晤八世叔。朱致堂师处道喜，放顺天学政也。与吕尧仙一话，归。晚约郑浣香、苗仙路、胡筱山、赵伯厚、张石州、何愿船便酌。刘宽夫未至。

十一日（1月27日）

晨过厂肆。午静，写大字。晚条三来便饭，并邀方少牧。今日琴隝请，不得去。

十二日（1月28日）

晨静。午间出，拜数客，见吴老师。遇张小浦，邀同到张振之处酌，振之言鹭平又得邢子愿字册，当往观也。

十三日（1 月 29 日）

早到馆，巳正出，至蕴兰墅处不值，与衍东之、陆大令同饭。过杨墨林处写字。出城，回家少憩。晚赴宋雪帆、史士良公请，在史寓。

十四日（1 月 30 日）

竟日静。昆峰来话，月乔来话。

十五日（1 月 31 日）

早进东安门，磨勘云贵川广五省乡试卷，甚冷，墨冻矣。出颇早。午静，写大字。晚请张小浦、吕鹤田、胡槐江、万藕舲、廉琴舫、王清如饭，蔡春帆晚来。子愚处月色佳。寄石梧书。

十六日（2 月 1 日）

晨静，午题《度西先生像赞》。过厂肆归。晚饮萧史楼酒于琴隝处，与子寿弈。过麟士、昆峰，俱不值。

十七日（2 月 2 日）

晨、午静，写大字多。未刻出，万藕舲处缴帖，不能吃。至孙兰检处酌，归复饮蔡春帆处。

十八日（2月3日）

晨、午静。未刻赴匡鹤泉席，申刻祁春浦大农席，酉刻俞麟士席，酒后作大字。

十九日（2月4日）

早上馆，午刻饭后出。过蔡小石话，看画，出城过厂肆归。复出，刘宽夫斋中拜坡公生日，两席十五人，甚畅洽。酒后临《马券帖》，殊有趣。

廿日（2月5日）

晨静。午间出，送胡槐江、胡润芝两太守行。童薇砚母丧开吊。谒吴松甫师，久话，归。作书与唐印云，寄贺柘农丈挽联并同乡公幛、与陈秉初书。

廿一日（2月6日）

晨、午静，写大字多。晚雁汀处便饭，同子敬往，酒后看棋。

廿二日（2月7日）

晨起进城，晤孔诚甫，携未谷横幅行。戚小蓉宛平未遇，拜宝中堂丈未见。至墨林处饭，申初归。送徐毓珊太守行。

廿三日（2 月 8 日）

卯正起，辰初到翰林院，署宝中堂掌院到任，巳正方到，散时午初后矣。拜万藕舲生。归饭复出，张润农未晤，拜沈贡九司马。看房屋。过谢方斋归。晚吃藕舲酒。

廿四日（2 月 9 日）

晨、午静。晡出，拜数客。晚吃小年酒。

廿五日（2 月 10 日）

晨、午静。未刻步香南处饮，龙望如昨日到京也，问悉广东情景，与香翁弈。晚赴陈淮生席，散后看李海门国手弈。

廿六日（2 月 11 日）

早出门拜数客。午进城，与左景乔一谈。大风沙，颇冷。归，晚饭后黄琴隖复招饮。复叶香士书。

廿七日（2 月 12 日）

早至吕鹤田处话，吊王杏农兄丧，晤王荫芝话。归饭，写大、小字竟日。复钱香杜书。晚与子愚饮玉泉处，与霞峰公请。

廿八日（2 月 13 日）

早剃发。午至厂肆，借昭文张《自怡悦斋书画录》归。过宽夫话，言新得《四朝宝绘录》。归，写字多，戴醇士来看帖。晚酌，陪邬庚南先生也。夜至淮生处，看与李海门弈。

廿九日（2月14日）

早各师处辞岁，送节礼，穆师处拜寿。归，早饭后不复出。晚家宴后作小楷百余字。

道光廿七年

正月

元旦（2月15日）

寅加起，寅正行，卯初至东华门内，候至辰初。上御太和殿受贺，向无此迟也。回家拜年。巳正后睡，至未初起。未正出，拜各老师年，酉初回家。家宴，颇有酒意。写小楷。

初二日（2月16日）

晨静。饭后进城，拜各老师年，出城归。少憩复出，拜横街一带年。晚静，与寿臣书。

初三日（2月17日）

晨静。午间出，大街东西俱到。过厂肆，游人已集。归，雁汀来一话。与子敬小酌，点心后复出，大街南拜客。今日风甚冷，略见雪意，惜无成功也。晚静，得雪。

初四日（2 月 18 日）

晨静。钱香杜来早饭。午出，至文昌馆赴俞麟士席，夜始归。写小楷共五百余。雪午后住，共计约三四寸。

初五日（2 月 19 日）

竟日静。晡出，访杨海琴仍不遇，过石州话，赴冯小亭局。雪后颇冷。

初六日（2 月 20 日）

风甚冷，墨冻竟日，须炙砚也。写小楷多。和王雁汀《蛤蚧诗》，子敬同作。晚与子敬、子愚饮条三亲家处。

初七日（2 月 21 日）

晨静，孙女荫姑生日。午刻至火神庙，拥挤不可耐，买得《怀麓堂集》归，又携得明崇祯署街道杨所修揭帖稿。晚赴樊子安、方少牧、梁翰平公请局，在樊寓。又赵笛斋处局，颇略醉矣。

初八日（2 月 22 日）

因骡伤足不能驾车，静竟日，写字多。今日先生上学。晚留蒋誉侯、郑小山同酌，张小浦来话。子愚处有别客。

初九日（2 月 23 日）

晨静。包得一车，午初出，过厂肆，得高西园蕉幅、李复堂五松图，板桥题极有趣。前门拜客，路不得通。申正归，侍母酌，甚暖。

初十日（2 月 24 日）

寅初起，寅正行，卯初至内，在朝房。辰初圣驾出宫，宿天坛斋宫，明日祈谷也。出东华门拜客，至墨林处饭，饭后往北而东而南。申正出城，过厂肆归。夜静。

十一日（2 月 25 日）

补拜街南北客，午静。夜饮孙芝房处，散后过厂肆，同小山话月乔处。

十二日（2 月 26 日）

内子生日，有清音。午间出，拜蔡春帆、翁玉泉两家慈寿。晚客有陈云州、王竹侯、慎符卿、翁玉泉、孙兰检。

十三日（2 月 27 日）

早到顾祠拜年。至钮松泉处看帖，回拜数客归。午至文昌馆丙申团拜，拜时止廿二人矣，有灯剧。归酌数方睡。

十四日（2月28日）

早进城拜年，至汪衡甫京兆处，值其慈寿，饮佳酒数盂，出城已申初后。湖广馆陈庆覃、黎月乔同请。散归晚饭。早拜万藕舲慈寿。张星白处看《化度寺碑》，撰文题薛元超本，覃溪谓从《圣教序》后款移入者也，语实不确，然是近今翻本。

十五日（3月1日）

晨静，剃发。午过松筠庵，晤叶香士，仍拜数客，过厂肆归。晚与子敬酌，颇畅。拜兰检生日。

十六日（3月2日）

晨回拜张稚春解元，叔未解元之子也。叔未先生有书来，年八十尚能作小字。稚春、受之俱未晤。过苗仙露不值。与石州一话，归。午静。晚吃玉泉春酒局。五更大风，竟日奇冷。

十七日（3月3日）

湖广团拜，演三庆部。余先到，与汪玉恬商酌一切，同乡到得甚齐整。晚有灯戏。余先行，赴迪斋席，迟迟始散也。

十八日（3月4日）

晨静，午间写大字。未刻赴东麟堂，同乡周黼庭、周韩城、陈宜亭、陈石珊、张润农、杨临川公请也。归饭，请小山来，为荫姑看看。早间潘绂庭托售《张少伯画册》殊佳，在今人不易得也。

十九日（3月5日）

早进前门拜客，午初至馆，饭后出城归。荫姑好些。刘蕉云处晚饭。小山来夜话。

廿日（3月6日）

早东城拜客归。拜阮师寿，八十四矣。归饭后写字，并看李刚主先生《友善帖》，从仙露借来。申刻至才盛馆，乙未世兄团拜请也。儿侄往看灯，归亦早。今早忘却王荫之请，可笑！可笑！

廿一日（3月7日）

早到厂肆，送蓬心画册、石斋诗册，与雁汀一话，归。饭后送朱霞峰行，已行矣。归写字。未刻赴张翼南席，申刻归。约易念园、李晓村、黎月乔、王鹿苹、郑小山、胡荪石便饭，陈庆覃、黄琴隖未来。大风而暖。汪老七患时症，小山为开方。

廿二日（3月8日）

晨静。午正出，至会文堂，郑韵斋请。由厂肆携陈白阳、罗饭牛两画归。过湖广馆，王鹿苹、文小岚、周子佩、黄正斋四人公请也。因看定池子墁砖事。收拾馆中。办书例未完。

廿三日（3月9日）

早进顺城门，过西直门，出入德胜门，往东而北而南拜年。申刻至墨林处一饭后，为高丽使者作大字。出城由厂肆归，少憩。赴戴筠帆、朱伯韩同请局，行云帆新制酒筹，集前人诗语为之，颇佳，然而醉矣。

廿四日（3月10日）

大风，甚冷。早到湖广馆，同乡公奉张文忠公像入神座，叶东翁因携文忠书《大宝箴》卷子示同人看，王孟津跋，去腊买得，亦佳话也。行礼后设面。余归被寒，不甚适，写大字数纸。申刻复至湖广馆，陈竹伯、邹云阶请也。子敬昨日感冒，服小山方得汗，今日验看。归复不适矣，小山又来，余亦服药一道。作书与石梧。

廿五日（3月11日）

晨静。清《明史稿》，于午初送同文堂。即赴陈子鹤席，于文昌馆，一饭归。少憩到才盛馆，赵笛斋请也，夜始归。

廿六日（3月12日）

早过雁汀，即上馆，改定纂传画一各例交出也。午刻饭后出，过厂肆，携八大、石溪、瓜畴三画归。风冷甚。暮出，殷述斋处吊其外丧。过蒋誉侯亲家话。晚小山来，酌五加皮酒。

余酒后睡着，未及送客，亦可笑也。然体中觉适矣。

廿七日（3月13日）

晨静。午出，拜十余客，归写大字。晚饮誉侯处。

廿八日（3月14日）

晨静。午刻出拜客，由厂肆过，至汇元堂，杨临川、张润农、陈宜亭、文小南公请也。子敬往午门验看，晚静。

廿九日（3月15日）

风沙。晨静。午间出，晤芝房、铁星、润农、兰检，归写大字。晚条珊来饭，携八大画去。

卅日（3月16日）

晨静。黔士来谒者五人。午间写大字多。申刻出，至文昌馆，乔鹤侪请也。出拜数客归。今早剃发。

二月

初一日（3月17日）

早入东华门，偕雁汀至文华殿、演礼殿，后为主敬殿，最后为文渊阁，阁前有石桥，阁左右及阁后有石山、石洞、石井及松柏成林。出，至史馆少坐。过墨林处饭，写大字。出城至天和馆，王咲山请，坐而未吃。复至才盛馆，拜车云渠严寿。暮归，晚静。

初二日（3 月 18 日）

丑正起，寅初行，寅正至馆，与雁汀、伯厚同话，天明至文渊阁前桥西，值阁事及校理诸君先后至，候至辰初二刻，上御经筵于文华殿，讲毕由主敬殿至文渊阁茶宴，宴毕上由阁后出回宫，侍班者俱散，巳初后矣。午静，过梁吉甫话。晚约庄卫生太守、史士良、张石州、吕星田、方子箴便饭，吕尧仙、赵伯厚未到，孙云溪辞。夜小雨。

初三日（3 月 19 日）

雨润未干，晨气清佳。出，至湖广会馆拜文昌会，并查墁地工，商量木工，过胡雪门话。归饭，午静。复出，拜数客，贺萧仲香学使归。翁玉泉、陈淮生来夜饭，甚迟迟。

初四日（3 月 20 日）

早仙露同伊令来，取刚主册去。雪奇大而不冷。午间静，黔士渐来见。晚史椒圃观察道喜，吕鹤田处饮。

初五日（3月21日）

寅正起，卯初行，卯正至朝房，又三刻午门坐班，同衙门派六人，止余一人到耳。归上供，先公忌辰，竟日不见客，殊静。小山来夜饭。

初六日（3月22日）

早上馆，不遇一人。巳正出，至湖广馆，查墁地、修门各工。归饭，午后静。晚与润农、芝房三人公请吴晴舫师，蔡春帆、曹艮甫两前辈作陪，戌正上席，丑初二刻始散，清谈半夕未住也。

初七日（3月23日）

晨、午俱静。写大字、小楷，题吴荷屋师所模高房山《山村图卷》。晚饮陈露平处，看邢子愿两札、钱南园先生书撰业师志铭。又饮蔡鼎臣处，归亦不甚迟也。

初八日（3月24日）

晨剃发。客多，闽士甫到一人。午刻贺陈伟堂师太师母赐寿，少坐即出城。至天和馆拜李紫亭年伯寿，寿联云“跌宕诗怀犹绮岁，商量春事又花朝”，真别致。少坐即归，静。晚约胡雪门、王山甫、周宜园、朱伯韩、倪梅生、吴湛溪、伍翰屏饭，与梅生奕。

初九日（3 月 25 日）

早杜宅道喜，石樵先生赐寿也。归饭，午静。未刻出，赴方伯雄会文堂席，又毕春亭才盛馆席。晚归，得瞿京之、张得吾信。

初十日（3 月 26 日）

晨会客。午出，过石州、伯厚、仙露话。由厂肆归，雪浪盆另裱也。未刻后静，子序、小山来话，梁孝廉带根云信来。晚鹤田邀便饭。子敬未刻下园。今日得石吾书，晚得唐应云书。

十一日（3 月 27 日）

晨静。午间出，至蔡春帆处，看黎二樵画，因晤新化孝廉，知邓湘翁近状，并《大麻姑》摹刻本，未毕工也。张星白处年伯开吊。至李晓村处，同黄恕皆三人至杨梅竹斜街秋玉堂起数，可发一笑！归，子敬引见回来，知月乔引见不得意。晚往晤，并晤雁汀归。

十二日（3 月 28 日）

晨会数客，即出拜客，由厂肆归。午静，题张文忠公书《大宝箴》后。晡出，问伯厚太夫人病，服小山方已就愈矣。至虎方桥，一路拜客归。黄倩园来晚酌，小雨竟夜。

十三日（3月29日）

小雨不住，真可喜也。早拜蔡树百生日，即上馆，看《画一传》。饭后出，至墨林处，为书大卷子约七八丈，不知如何裱法。墨林弟兄十七日回家，余初不知也。过小石，晤乃郎一话，出城。归，少憩。晚饮树百处，颇醉。

十四日（3月30日）

晨、午静。晡出，与宽夫话，由厂肆归。郑小山、孙兰检、龙望如、俞麟士来，酌于北斋。客散迟，余先睡矣。

十五日（3月31日）

早会客后入城，拜讷近堂制军丈，并与衍东之话，壁间董书小幅殊佳。出城至才盛馆，甲子团拜请年侄也，一饭归。少憩复出，吊刘豫生兄丧。至会文堂赴廉琴舫席。

十六日（4月1日）

晨静。午刻出，至才盛馆辛酉团拜，年伯来止四人，年侄四席，可谓盛矣。一饭后过厂肆，与雁汀谈，携董卷归。至文昌馆，王翰乔请。归饭后静。今早剃发。

十七日（4月2日）

早静。六舟上人来话，索观《姜行本碑》原石本也。饭后出，至会文堂杜芝翁请，缴帖即到才盛馆，与小山、念园三人公请本省同乡共四席，而早二晚三，人都齐到矣。子敬赴袁午桥请，子愚李寄云、宋雪帆请，皆同此处。散颇早，归饭。晚静，细雨竟日。

十八日（4月3日）

早阴，客来未住。午初出永定门，午正至十里庄茔地，焚纸钱于各小冢。文小岚、李赉予后至，同请陈忠洁公墓祭后小酌，于老边屋内。同至江察门向东行，过角楼，至肃王坟看架松，一铺宽，一奇矫，余亦茂蒨也。进沙窝门，回至湖广馆，到家已酉正矣。晚静。今早石州来，袖沈子敦《落帆楼集》一本去。

十九日（4月4日）

早过冯鲁川话，见赠南海馆所刻《坡帖》，即荷屋师在长沙所得《西楼帖》也。到馆，看《画一传》五篇。午初出，过厂肆。归饭，谭湘芷来话。申刻出回拜，善化馆少坐，一路拜客，止周容斋处一话。过伯厚，知未刻内艰矣，可怜也！至迪斋处，问碑石事，留便饭，戌刻归。晚请。

廿日（4月5日）

清明节。早会数客后出，至西直门外极乐寺，候齐集。巳正至畏吾村，拜李文正公祠并墓，墓前有碑，覃溪所记，乃西涯祖冢也，西涯墓大约在是间耳。同乡到者九人，叶东翁、雷鹤皋、文小岚先生。寺中共酌者惟张剑潭、萧史楼、黄皳卿、恕皆兄弟及汪玉恬与余两值年共六人，饮颇欢，未正始散。过文昌馆一饭，汪衡甫、黄征三请也，归尚早。早、晚上供。晚饮甜酒。

廿一日（4月6日）

晨静，饭后林香溪到来。午间出，吊赵伯厚母丧，久话。至文昌馆拜叶棣如慈寿，才盛馆甲午团拜公请，酉正后归。夜静。

廿二日（4月7日）

早饭后入东安门，至朝房核对新科覆试卷，巳正毕。到小石处，看董香光《芦乡秋霁八人合璧卷》，自香光外，惟陈廉最佳；又明人尺椟卷，有王阳明、陆子深、钱牧斋各迹；又明宁献王权画《子母兔卷》，俱有趣。出城至才盛馆一饭，熊秋白、周子佩、黄正斋请也。归写大字多。晚访吴次平，为顾祠碑石事。

廿三日（4月8日）

晨起过吕鹤田，未起。上馆，看传五篇。巳正二刻出，过厂肆。至吴老师处，未得见。归饭，写大字并赵母挽联“文定溯家风，兼恭毅垂型，允宜荻画传经，悉根忠孝；清明感春露，怆孤哀衔恤，岂料榆羹侍膳，顿隔人天”。晡出，至华陀庙吊筠帆弟丧。回拜数客，晤吴荀慈、吕尧仙、张石州，至周铁臣处晚饭。

廿四日（4 月 9 日）

晨静，剃发。午后客来不歇，六舟来别，杨海琴久话。梁老三来，知茝林丈刻金石字画题跋已竣，辑本朝书谱已尺余册矣。晡出，晤程云琴同年，为碑石事。晚与麟士、望如、迪斋酌。

廿五日（4 月 10 日）

客来不歇，数日内黔、闽两省门人次第至矣。午间写大字多。晚饮金愿谷及俞麟士处，颇觉醉矣。

廿六日（4 月 11 日）

晨出永定门，吊郭梅卿同年母丧，遇汤敦翁题主。归，送六舟行。归饭，写大字多。晚饮王雁汀处，又赵笛斋处，饮多而竟不醉。

廿七日（4 月 12 日）

客来多。午间出，回拜各公交车。晤阮世兄（恩海），师相之长孙，朴雅有家学。过厂肆归，晚与子敬饯。

廿八日（4 月 13 日）

晨起客不歇，直至午初。子敬行，以同知往江南也，余与儿侄送至“小有余芳”而别，未刻归。少憩出，至才盛馆，应徐辅亭及李嘉山席，与苗仙露、吴子序话，子序请仙露也。仍过厂肆。归，写大字。晚静，甚热。

廿九日（4 月 14 日）

早拜王雁汀五十寿。上馆，看传五篇，与王蘅皋同吃面。出，过厂肆，到吴晴舫师处、吴梅梁师母处，两处带见贵州小门生也。过伯韩话，归写大字多。晚静。今日更热，止可夹衣。

三月

初一日（4 月 15 日）

早回拜东头客，晤汪梅村，问知胡竹村近状。到东头晤刘佩泉、谢□□、刘豫泉，回晤阮受卿。归饭已午正。移画柜于上房北厢，收拾尘土动手也。复出，至湖广馆，与汪五兄请新值年张剑潭、曾涤生，而管帐仍郑小山也。热甚，草草终席而归。漱芸在此便饭。侄女羡儿病疹甚重，大烧数日未退，可虑！可虑！

初二日（4 月 16 日）

客来未歇。午静，写大字多。羡儿服傅先生方，有转机矣。晚饮林章浦处，又俞麟士处，醉矣。早剃发。

初三日（4 月 17 日）

起迟，因沾酒也。收拾卧处房间。晡出，拜陈子鹤慈寿、伍濬圃严寿，贺周子佩续弦，回拜陈子嘉、王清如。热极，忽发风土，晚似有雨，凉而未得点滴。怅怅！得子敬固安书，言江南、山东俱得大雨。子嘉说河南、陕西俱得雨。

初四日（4 月 18 日）

早客多，郭粹庵来便饭。饭后出，吊武吟斋母丧、胡莲舫亲丧，赵伯厚处陪吊，未正归。客复来多。晚请李瓮斋年伯、王笑山、路小舟、梁翰平、李古廉、翁玉泉同座，甚热。

初五日（4 月 19 日）

早过陈念亭话，归。早饭后大风雨土，不可耐。写大字多。晚静。

初六日（4 月 20 日）

卯初至午门外，候至辰初始听宣旨，实亦听不见也。潘师、杜芝翁、朱桐轩、福元修四总裁房考，大都前次乡会房也，同乡止恕皆一人。散后即到馆，看传五篇毕，无第二人来，遂出。过宽夫话。归，饭后静。

初七日（4月21日）

竟日静。石州来一话，借去金石书数种，为印林钞序跋也。熊璧臣来。寄石梧书，贺宫保衔也。

初八日（4月22日）

晨静。午出，拜迪斋慈寿，过汪醇卿话，潘师宅道喜，回拜璧臣未晤，由厂肆归。晚酌迪斋处，未饮几杯也。

初九日（4月23日）

晨上馆，巳刻出，携复堂画册归。写大字多。孙兰检来话，何小笠、王雁汀、袁午桥来。

初十日（4月24日）

早剃发，竟日静。写大字多。

十一日（4月25日）

晨至厂肆，交书与本立堂。归饭，风甚大。王荫芝来话，见示监试录，可谓用心人。又说新出《微子墓碑》，想是假的。

十二日（4 月 26 日）

竟日静，写大字多。廉琴舫来话，俞麟士来晚饭。

十三日（4 月 27 日）

早到馆，巳正出。至蔡小石处吃面，看画。出城甚热。归静，写大字。

十四日（4 月 28 日）

早拜吴梅梁师母寿，顺路拜客。至郑小山处，留饭，小饮。归静。晚出，过吕尧仙、倪梅生、黄琴隖处话。

十五日（4 月 29 日）

早出城，至天宁寺看唐子方，因留饭，与吉秋渔、邓鹄臣同坐，四人止我一人饮酒耳。子方擢湖北藩司来京也。归少憩，赴戚小蓉席于东麟堂，由厂肆归。晚静。

十六日（4 月 30 日）

竟日未出，写大字多。晚请史鸾坡、萧翰溪、曹颖生、邓鹄臣、李寿珊饭，誉侯、璧臣俱辞，刘五峰来同坐，即宿此。

十七日（5 月 1 日）

早与五峰别面，五峰行，余出拜客。归饭，写大字。仍出，过教场胡同，经厂肆到才盛馆，拜孔老九慈寿归。夜静。

十八日（5月2日）

晨静，剃发。午间写大字后出，晤漱芸、石舟归。晚请望如、菱洲、子安接场，迪斋同坐，客来极迟，散不得早，余乃倦矣。

十九日（5月3日）

早上馆，巳正出。拜黄矩卿前辈堂上双寿，一饭行。贺邓鹄臣取儿媳喜。到才盛馆，乙未乡榜同年团拜，酉刻散，归饭。

廿日（5月4日）

冯小亭带见湖南小门生，见太师母，竟日至者十三人耳。它客亦骆驿不绝。晡时始出，至厂肆回。过藕舲、云渠处，各一话。

廿一日（5月5日）

晨静。午出，由厂肆前后拜客。至天和馆，浙江辛卯世兄团拜请也，一饭行。过石州，为顾祠春祭事，闻祝蘅畦大宗伯丈以面奏回避另试被严议，为怅慨也！晚静。

廿二日（5月6日）

晨静，饭后客多。巳正出，至会文堂，吴松甫师请，一饭归。写大字，客来不歇，唐子方来话。晡出，至文昌馆，拜黄莘农宗丞慈寿。过厂肆，至黄琴隖处饭，与子方谈。

廿三日（5月7日）

早拜陈西峰严寿，到馆。午初出，至宴汇堂，贵州门生卅一人公请，甚恭敬。申正散归，少憩。夜饮西峰处寿酒。谷臣处请未能到。

廿四日（5月8日）

晨、午静，写大字多。晡出，拜王君（樾）慈寿于文昌馆，归饭。夜与琴隖往外廊营俞宅送唐子方行，清话至子初后始归。雨声未住，可喜也。子方明早行。

廿五日（5月9日）

晨静。午刻出，过石州话，送邓鹊臣乃叔寿联，请同府诸君饭（杨石芳、屈又山、刘裕泉、廉泉、陈老四、聂三、李赉予）。

廿六日（5月10日）

早到顾祠办春祭，客来甚迟。与祭者叶东翁、苗仙露、李古廉、包孟开、冯鲁川、黎月乔、刘宽夫、吕鹤田、吴子序、王子怀、张石舟、阮南疆、孔绣山、陈念亭、张润农、洪子龄、杨漱云、吴□□、王霞举、丁□□、陈朴生、汪梅村、刘开生、林芗溪、傅青余、杨铁星，齐集者廿四人。其未到者潘季玉、翁药房、甘石安、陈淮生、吕尧仙也。宴集至午始散。回家少憩，至会文堂拜邓鹄臣阿叔寿，申正拜吴松甫师母寿，即留观剧，至夜分始散。

廿七日（5月11日）

晨出，拜数客，本馆题名道喜。午静，写大字。请乙未同年同乡，与芝房、云渠共东，同年到者谢和甫、黄冶堂、李劭青、楚百翘、蔡岳屏、黄鹤汀，辞帖者罗云台、储森廷、郭萃庵兄弟、孙芝房兄弟也。

廿八日（5月12日）

晨静。午出，吊沈砚农父丧、何□□母丧归。由厂肆拜客归。请贺八爷、左景乔、李禹门、龙世兄、余楫之、陈凝甫、杨铁星饭。

廿九日（5月13日）

早上馆，巳正出。由厂肆归饭，午写大字多。是日请阮受卿、阮南疆、杨漱芸、张稚春、受之、黄小园、毛世兄饭。

四月

初一日（5月14日）

晨静，写扇数柄。饭后过厂肆，到湖广馆搭席请己亥同年同乡，晡散。晚静。

初二日（5月15日）

晨静。饭后送还黄石斋诗卷、王虚舟论书卷子，取张二水、王孟津字画合卷，程青溪《卧游图》第□□卷。至天和馆，福建门人公请，又湖南甲午请，一饭至宴寿堂，拜王清如慈寿。仍至才盛馆，与玉泉、翰平、笑山请庄梅叔。晡归，晚静。藕舲来夜话。

初三日（5月16日）

晨静，饭后过厂肆。未初到湖广馆，请福建己亥门生，到者廿五人，并请王雁汀、蒋拙斋及黄、何、萨、魏世兄，带字画数件去同看，饮颇乐，散已酉刻矣。归少憩，赴吴淞甫师席，有剧，夜深散。

初四日（5 月 17 日）

竟日未出，包孟开、徐柳臣先后来话。午后雨廉纤，至夜转大。

初五日（5 月 18 日）

雨止而风大，甚凉。早访李季云，值其引见未归，久候得晤，看香光《暮云春树长卷》及程青溪《纪梦册》，董卷云树妙极，又看陆包山着色三轴，归已午初矣。张小浦带见江西癸卯通家。晚请李少白、李慕山、阎老三、周如城、庄锡纶、李宝婴饭。

初六日（5 月 19 日）

早到馆，巳正归饭。午刻出，至龙爪槐，与藕舲同请贵州门人，卅一人五席。客散后同至陶然亭，值小雨。归过龙望如，谈粤事，甚可虑。过玉泉，数语而归。

初七日（5 月 20 日）

写大字多。晡拜林树南慈寿于文昌馆，即归，仍写字。

初八日（5 月 21 日）

晨拜数客，归写字，题许有介画册诗。晚请朱秦川、吴荀慈、萧琳村、王槐亭、黄小梅、洪筱乡、□□□、吴冠斋饮。

初九日（5月22日）

早到馆，巳刻出。回拜蒋世兄，新选黔西州也。出城过厂肆，晤吴世叔。归甚静。晚迪斋招饮，过石州、麟士处。

初十日（5月23日）

进士榜发，福建门生中四人，黔士无一隽者，可叹也！写字更忙，因公车将散也。午出，道各处喜。

十一日（5月24日）

早起至东安门朝房，奉派磨勘，每人六卷，多者七卷，殊省力也。巳刻出，过厂肆归。写大字后仍出门拜数客。

十二日（5月25日）

汪勋伯生日，早面未完，李戟门、魏条三来便饭。客去余静，晡时出，归与勋伯酌。睡着，醒凉甚。

十三日（5月26日）

早上馆，巳刻出，回拜东城客。归饭后写大字。杨漱芸来别，适邵位西、鲁兰岑、何愿船先后来，遂同酌畅话。

十四日（5月27日）

晨、午静。惟大字为公车催促，不得歇。晡过兰岑话。

十五日（5月28日）

晨进城贺杜筼巢得学士，孔诚甫分房，许滇翁世兄中会元。归饭。午写大字、小楷。晚俞麟士来饭，为子愚解闷。子愚忽病足，因风寒感动湿气也。

十六日（5月29日）

早出，至厂肆，归饭。未刻赴园，住沈朗亭处。晚酌，叶棣如、张小圃、吴薇客、邵位西同饮，甚畅。夜步月上新亭，与棣如话，归。

十七日（5月30日）

卯刻起，写对数付。卯正至内，候至辰初三刻，开坊者六人，编检十人，引见于勤政殿，张振之侍讲得讲官。出，请客于福庆堂。午刻仍至朗亭处，散馆等第单：同乡一等四人，二等一人。此次一等廿名，为从来未有之盛。十五日散馆，“拟杨子云《长杨赋》不拘韵”。赋得无弦琴，得“琴”字。未刻归，看毛希铭字。晡出，过石州、伯厚话，回拜严仙舫。

十八日（5月31日）

晨过厂肆，至朱朵山处贺嫁妹，虹舫年伯之遗女也，嫁姚九世叔。归饭，午写大字，会客。晡出，至姚宅贺喜，因至徐寿蘅处、曾涤生处，归雨。

十九日（6月1日）

早过王雁汀话，上馆。巳正出，过魏条三不值，归。子愚所患今日略见好些，仍服小山方也。晚与玉泉饮迪斋处，写《阮修传》。

廿日（6月2日）

晨至午门听宣殿试差使，吕鹤田留饭于礼科。晤李季云、奕溶川。候至午初见名单方归。客来不歇，季云来看画，借《浯溪志》去。晚静。

廿一日（6月3日）

早剃发。小山来为子愚诊，子愚已能步矣。午静，写大字多。晡出，至书铺即归。晚静。早间祝蘅畦丈处拜寿，并道各处留馆之喜。

廿二日（6月4日）

早至李季云处，约看倪鸿宝画，客多未及检出，殊怅怅也！陈伟堂协揆师处拜寿，吃面后出。写字多。子愚足渐可步。

廿三日（6月5日）

早到馆，巳正出。由厂肆归，龚画幅尚未得买定也。晚知吴子序对簿事，难过之至。约沈翰宇、丁子存、许鸿于、毛希铭来课。

廿四日（6月6日）

早过梅伯言话。松筠庵晤张受之及明机上人话。昨为受之题《空斋昼静图》，时方手刻杨忠愍疏草也，携借明苏应制集存古印本归。午刻陶然亭乙未世兄公请，陪刘鉴泉廉访，甚热。归途遇雨，到家后雨遂不止。今日酉初交芒种节，此雨极佳也。今日小传胪，同乡无鼎甲。

廿五日（6月7日）

丑初起，丑正行，冒雨入东华门，至内已黎明矣。寅正一刻，上御太和殿受朝贺，新进士到者约不过廿余人，因雨阻也。出，至小石处，同棣如、小笠话，吃点心。出城，归饭。早间雨住，午遂大晴。

廿六日（6月8日）

早到报国寺，与戒师商量种竹事。归饭后会数客，萧琳村来别，为作书与子敬去。题吴西谷丈《邗江寄寓图》。晡请王杏农、高小岑、张子威、萧伯香、锡鹤亭、吴次垣饭，城内客多，戌初即散。晚静。

廿七日（6月9日）

晨静。午刻出，拜数客。过厂肆，至天和馆，鄂松亭前辈请也。未刻得初一日大考信。申初行，过王蘅皋、邓鹄臣话，归。晚饭后至伯厚、石州处话。龚半千大画十二幅买成。

廿八日（6月10日）

晨至王雁汀处话。归饭，午后静。晚过万藕舲话。

廿九日（6月11日）

未上馆，雨不歇。刘仲实请文昌馆清酌，散颇迟。过厂市归。

卅日（6月12日）

早饭后赴园，住朗亭处。甚热，多蚊。

五月

初一日（6月13日）

寅初起，寅正至贤良门，候至卯初上正大光明殿，题是“远佞赋以清问下民常厥德为韵”“君子慎独论”。赋得澡身浴德，得“行”字。病目写字颇苦，然无一笔错。酉刻出，至朗亭处酌，略醉。朗亭、棣如以尚书房师傅奉旨免考，真快活也。棣如、铁梅、筱浦先后来谈。

初二日（6月14日）

辰至棣如处，亭间独坐，久之客渐来，主人亦归，遂留便酌。与朵山对饮，晨酒殊易醉也。为棣如书扇。未刻阅卷人出，余名在二等四十名，王雁汀一等一名，可喜也。回至朗亭处，为郭丹来写联幅各件。夜凉，好睡。晡时诗廊少坐，因日间写诗廊扁也。

初三日（6月15日）

晨坐诗廊，清景尤妙。过筱浦处一话，与朗亭别归，到家未辰正也。午出，晤雁汀、月乔、宽夫归。张石州来索饮，因邀陈淮生来共酌。甚热，不可耐。

初四日（6月16日）

早各处老师送节敬，午写大字多。晚过俞麟士，新收拾园亭奇妙，因留酌。酒后为作书，题“疑野轩”扁。

初五日（6月17日）

晨拜节。饭后子愚亦能出门矣。余于午刻独游丰台，至中顶庙前玉泉营，回至万泉寺看竹。归。晚间酌，无它客。

初六日（6月18日）

早上馆，巳刻出，由厂肆归。夜过麟士处话。

初七日（6月19日）

晨出，拜数客归。邢子尹来。晚便酌，并邀黄蒨园来。

初八日（6月20日）

寅初起，至东华门，进景运门，候至辰正，上御乾清宫，引见大考翰詹。出，到馆吃面。出，回家。申刻赴伍琼圃、翰屏兄弟席，它客未至，遂行。赴雷春亭席，散后过麟士话，吃饭一碗而归。

初九日（6月21日）

未到馆，而客来不歇。写大字多。晡过厂肆裱糊屋。

初十日（6月22日）

竟日静。夏至节。

十一日（6月23日）

晨静。午出，蔡鼎臣处断弦作吊。因拜数客归。写大字。

十二日（6月24日）

拆做书屋西墙。午间出，拜数客归，写扇。子尹来，同游厂肆，至暮归。夜雨。

十三日（6月25日）

早到馆，巳正后出。至伯雄处，与子尹同饭。甚热。归，腹中不适，小极，服神曲汤。

十四日（6月26日）

腹疾愈矣。子愚痛复发得剧，仍不能步。知派小教习。

十五日（6月27日）

晨至丰台叶园，畅游归。午后雨。杨昆峰、姚韬庵来话。晚赴陈蔼臣席。

十六日（6月28日）

晨静，午过厂肆。鼎儿生日，晚小酌。今日客来不歇。

十七日（6月29日）

会客甚多。写大字。

十八日（6月30日）

晨出拜客，由厂肆归。午后客多。雨大。晚郑小山来，与子愚诊，留便饭。

十九日（7月1日）

早上馆，大雨不住点。午初出，甚静。晚吃麟士便饭。

廿日（7月2日）

祖母郑太夫人冥寿日，早晚上供。策公爷请会文堂，申刻归。因与祝蘅翁、叶东卿及主人三老谈宴，不敢早归也。晚龙望如做东，在麟士处，酒后作书，回家太迟。

廿一日（7月3日）

晨不能早起，可叹也！午静，廖卓峰太守来晤。

廿二日（7月4日）

晨静，愿船来话。午出拜客，晡后静，写大字多。

廿三日（7月5日）

早上馆，巳刻出，过蔡小石不遇。出城，由厂肆归，得《多宝塔》一本甚佳，且价廉也。晚请蔡麟洲，出守肇庆，邵又村先生、姚韬庵、方少牧、樊子安作陪，甚热。

廿四日（7月6日）

早至顾祠，与戒师谈。归，潘绂庭、朱伯韩、冯弼甫、邢子尹先后来晤。午后赴陈云洲天和馆席。甚热。晚得雨，有雹，不解热。

廿五日（7月7日）

晨静。午至文昌馆，丙申同年公请蔡麟州太守、郭雨三宫赞也。申刻归，少憩至厂肆，无所见。回过戴醇士处谈画，近画益超迈矣，见黎二樵画佳绝。

廿六日（7月8日）

晨静，午甚热。未刻福建新中门人四君请陶然亭，热不可耐。晚陈淮生、邢子尹来便饭。

廿七日（7月9日）

早到顾祠，归饭。午静。晡出，晤石州，至厂肆东拜客。晚静。

廿八日（7月10日）

早至松筠庵，寻张受之不值。到顾祠拜亭林先生生日，共到廿人，此次愿船承办。饮后看伯韩、伯言诸君围棋。归与仙路话。晚请易念园、周铁臣、雷春亭、陈蔼臣、陈庆覃饭。太热，殊草草也！

廿九日（7月11日）

早到馆，已热。巳刻出，过厂肆，到家早饭。午写大字多。

晚静。

以上为近墨堂书法研究基金会藏

六月

初一日（7月12日）

晨静。饭后，何杰夫来晤。邢子尹来便饭。写大字。

初二日（7月13日）

早，李晓村来晤。为书志铭事。午过厂肆，赴陈酉峰席，颇热。晚静。

初三日（7月14日）

未到馆，因送礼者已纷纷至也。黄蒨园来晤。竟日未出。

初四日（7月15日）

晨过厂肆。午后写大字多。北院搭戏台，为六、七、八、九四日彩觞也。

初五日（7月16日）

挂屏幛各件齐。晡时雨，夜大雨，奇热。

初六日（7月17日）

雨未住，热亦甚。乙未会榜送戏，不能开台。拜寿者络绎。早面、午酒均两席而已。是日本定春台部。

初七日（7月18日）

母亲八十寿辰，客极盛。演春台部，至子初方散。天色大晴而热。是日乙未乡榜。送戏价。

初八日（7月19日）

演三庆部。是日己亥世兄送戏。客比昨少多了。甚热。

初九日（7月20日）

演三庆部，各榜及诸友送戏。客更少，略得清疏。热未解也。连日余兄弟公服陪客，今晚便服酌，薄醉矣。

初十日（7月21日）

奇热，似比前几日为甚。赖仁宅从河南来。徐辅亭补拜寿。今日之热，京师所罕见也。

十一日（7月22日）

早过厂肆，甚热。晚出便门，到园，住蕴兰墅寓园。亥初后始到，而热不可耐，彻夜不能睡也。

十二日（7月23日）

早，引见于勤政殿，王雁汀学士得讲官。凉风忽起，余即趁凉归。子愚生日，尚赶上早面也。望如、麟洲来晚酌。

十三日（7月24日）

出门谢客，晚集萧史楼寺寓。

十四日（7月25日）

晨静。午间写大字。晡出谢客，至迪斋处，留便饭。陶子立着人来。

十五日（7月26日）

晨静。午出谢客，拜俞麟士慈寿。晚招饮，月色佳。

十六日（7月27日）

刘豫川、张晓峰、唐鹤九、叶介唐、孙芝房先后来看帖、看画。遂傍徨至暮，一快事也。

十七日（7月28日）

进城谢客，归甚倦。

十八日（7月29日）

晨静。午刻，赴顾湘坡席，未刻归。少憩，又赴周芝台少寇席，遂至夜。

十九日（7月30日）

进城谢客，由厂肆归，连东城、北城全到矣。晚静。

廿日（7月31日）

晨静。送李晓村行。午初，赴丁饴伯请陶然亭，颇热。归，写大字多。晚饮王雁汀新居，与林章浦同请也。酒后大雨如注，棋、字不绝。雨少歇，即归，已丑初后矣。雨遂竟夜。

廿一日（8月1日）

早，闻仆人𣃁水声，知庭院水高尺余矣。少顷，雨复至，遂竟日。北院屋多漏者。子愚买鹤二只，甚有风趣。

廿二日（8月2日）

雨不住。午刻，晴片时，往天和馆拜叶东卿丈寿，来往雨中。过麟士处，看园中积水，大有野意，但少芦雁等等耳。

廿三日（8月3日）

晨至厂肆。午静。晚，饮龙望如处。

廿四日（8月4日）

晨静。午间，郑小山来为堂上诊脉，因受暑也。拜吕鹤田慈寿，甚热。晚，请赖仁宅司马、王雁汀、林章浦、步香南同坐。

廿五日（8月5日）

晨至厂肆。归，张晓峰携乃郎来看画，至未刻始去。条珊来话，索题董字画卷也。夜分少凉，复童文川书，并致李戟门书。明晨着王楷往通州船上取子敬所寄箱物也。

廿六日（8月6日）

早过厂肆，上馆，敬携乾隆十年副本归。湖广会馆公祭张文忠、李文正、杨忠烈三公，共两席，巳正散。得石梧由滇中寄到《爨使君碑》。得龙石书。

廿七日（8月7日）

早出门拜客，归。竟日热，写大字，汗透。复龙石书，复陶子立书。

廿八日（8月8日）

早至东头，晤向筠舫谈，温明叔前辈亦得晤。回拜各客。归饭。热，不复出，仍写大字。王楷于廿六往通州接取三娣衣箱，廿七先回寓，今日始由务上取箱物回。

廿九日（8月9日）

早起，顺路拜客。到馆，巳正出，由厂肆归。热甚，写大字不能多。申刻小雨，赴毛子刚席，及王菱堂前辈席。

卅日（8月10日）

晨至慈仁寺顾祠，竹子佳茂可喜。一路西头拜客，归饭。午间复出。晚饮步香南前辈处，陪仁宅也。

七月

初一日（8月11日）

早起进城。归饭。写大字多。晚，过石州话，马砚珊丈话。王雁汀处便酌。写字、看棋，稍凉适。

初二日（8月12日）

晨起，到庶常馆，大教习文孔修前辈开课，分教者亦各出题。照例，大教习做东，同饭，甚热。未刻归，写大字多。

初三日（8 月 13 日）

早送仁宅行，已无及。过条三话，即上馆。巳正出，拜客，由厂肆归。午正始吃早饭也。戚小蓉来便饭。发子敬信。今日甚潮热。

初四日（8 月 14 日）

竟日静，写大字多。陆虹江观察来晤。午间，许信臣来话。晡出，迪斋借《文纪》来。

初五日（8 月 15 日）

晨至厂肆，送《阁帖》交博古斋归。张受之来话。晚，知赵心泉来，即往话。过仙路谈。

初六日（8 月 16 日）

晨至厂肆，送二碑付装也。归饭。午静，写大字多。蔡麟州太守、童文川司马来话。晚饮迪斋处。

初七日（8 月 17 日）

阴凉竟日。晨静。午出，回拜童文川，由厂肆归。士良、逸斋来话，心泉来便饭。

初八日（8 月 18 日）

早入城，问王小崖疾，出。晤宽夫。归饭，写大字多。晚静，桂、杏往拜周婿生日。

初九日（8 月 19 日）

晨上馆，巳刻出。至天和馆拜陈雪州严寿，归饭。未刻，赴宋雪帆、史士良席。归，少憩。晚，请童文川、赵笛斋、心泉、翁玉泉、龙望如、俞麟士饮。在子愚院中凉酌，殊畅也。

初十日（8 月 20 日）

晨静。午写大字。晡出，至厂肆归。石州、愿船来酌。今日接神，早晚上供。

十一日（8 月 21 日）

晨至厂肆，仍为二碑事。归饭。午刻，赴曹颖生侍御席，未终席归。史士良处拜其慈寿。酉初，至天和馆，雪洲请也。一饭出，晤文川话，归。

十二日（8 月 22 日）

静，写大字多。晡出，哭杨昆峰同年，于昨日巳时去世，年甫四十，好友，可叹也。过心泉，留便饭。

十三日（8月23日）

早过厂肆，即上馆。出吊庆世兄瑞丁外艰。过蔡小石处，贺得孙。遇李季云，同面。归，写大字。得石梧书，六月廿六已抵两江任矣。晚，翁玉泉请在麟士处，兰花已开，可念可念，惜夜阴无月耳。小石处石溪画直幅奇妙。

十四日（8月24日）

竟日静。酉初，烧包上祭。晚饮霞峰处，新从沈中归也。

十五日（8月25日）

晨静。饭后，写大字多。午刻，到松筠庵，教习庶常尹□□、崔雪湘、苏□□、帅逸斋、丁饴伯、徐寿蘅公请来，因病未到。因与张受之商量刻杨忠愍疏笔，并邀受之同坐。申刻归，久憩。晚饮麟士处，与望如同请也。有月。午间拜吴松甫师生日。

十六日（8月26日）

晨至厂肆。午静，写大字。晡出，拜数客。陈庆覃给谏请在蔡树百处，散后仍至心泉处饮，然不能多酌矣。作诗送迪斋行。

十七日（8月27日）

竟日静。晡出城，到天宁寺送迪斋。秋气盈园矣。

十八日（8月28日）

晨至厂肆，归饭。午刻松筠庵酌，己亥世兄方子箴、吴次垣、萧伯香请也。归静。子刻，大风可怕，得雨旋定。

十九日（8月29日）

早上馆。分《画一传》清本。出，由厂肆归。静。二娣生日。

廿日（8月30日）

晨至厂肆。午静。未刻，请德达泉、吴次垣、孙云溪、许云生四位世兄及许鸿于、丁丈存、毛希铭三门人。晚过藕舲话。桂儿生日。

廿一日（8月31日）

晨静。午间藕舲来，为荫姑开一方。是日写大字多。龙望如请陪邢五峰师。

廿二日（9月1日）

早至会馆拜曾文恪公生日。看何晓峰，以丁艰归也。午静，写大字多。申刻，到才盛馆拜文小岚严寿。夜饮心泉处，颇倦。

廿三日（9月2日）

晨静，拜小山夫人生日，与鹤田一话，归。竟日静。

廿四日（9月3日）

晨静。饭后出，拜王堂前辈寿。由厂肆归。晚请吴子苾廉访，叶东翁、苗仙露、刘宽夫、吕尧仙、张石舟、杨海琴作陪，皆谈金石友也。

廿五日（9月4日）

晨起，进顺承门，出德胜门。看吴子序，将任军台也。便路回拜慧秋谷、花楣孙、杨简侯、方伯雄。归已申初矣。晚至兰检处，陪吴子苾，乙未公请两席。

廿六日（9月5日）

晨静。午间，至厂肆归。请陆次山、龙翰城、万藕舲、黄蒨园、魏条三、卓鹤溪、李载芬饭，辞帖者顾湘坡、翁药房、蒋申甫也。

廿七日（9月6日）

晨静。午间写大字多。晡出，晚静。

廿八日（9月7日）

晨静。午后，请教习门生苏砚西世兄、尹殷儒、丁饴伯、帅逸斋、崔云湘、徐寿蘅。客散后，赴孙兰检席。

廿九日（9月8日）

晨、午静。朱筱鸥来，带得子敬寄物到。晡，吊杨昆峰。看魏条三女病。

八月

初一日（9月9日）

晨静。看史馆《画一传》。午初到馆，少坐即出。静。

初二日（9月10日）

早到庶常馆，张小浦大课。饭后，候至未初二刻，而诗片尚未交齐，可诧也。至黄辛农太常处，拜其慈寿。归少憩。龙望九处便酌，颇适，而酒不多也。谢方斋来，说吴世兄事甚奇闷。羡儿周晬。

初三日（9月11日）

晨静。午到厂肆，过伯厚、石州话。晚静。今日甚凉。

初四日（9月12日）

晨、午静。晚同子愚到麟士处，赏新放桂花。

初五日（9月13日）

晨静。午到才盛馆拜邵位西慈寿，一饭出。过厂肆归。张受之、金兰坡来。

初六日（9月14日）

早到兰坡处，看字画，携廿五件归，午静。晚赴望如鱼生局。回家，有黄倩园在此饮，客颇醉。

初七日（9月15日）

因吃鱼生不受用，竟日不得适，可笑也。竟日未吃饭。阴，小雨。

初八日（9月16日）

早，补拜潘师母寿。兰坡物留下八大、冬心、西园各一幅，未谷、鱼山、梦楼各一联，余送还。过厂肆归。

初九日（9月17日）

早到馆，带回乾隆十二年副本。午静。申刻，戴太师母处吊，即下园，住张小浦处，新葺池上，屋极佳，乃擅一园之胜。小浦并邀棣如、朗亭、云巢同饭。

初十日（9月18日）

黎明，赴至大宫门内，候至卯正。上御正大光明殿受朝贺。小浦赴同乐园。余至朗亭处，与醇士、笛生谈。仍至小浦处。旋至棣如处饭，饭后甚热，午正归。到家，将申初矣。傍晚看伯厚。

十一日（9月19日）

晨至龙泉寺送伯厚，已无及，赶至前门，仍不及。即入城，回拜朱致堂师。送德达泉行。吊慧秋谷丁外艰。进后门，至李季云处看画。陈寿卿处看帖。回家早饭，已未正矣。静一时许。赴毛子刚晚席。

十二日（9月20日）

早至兰坡处，归饭。午后静。

十三日（9月21日）

早至庶常馆回拜。出至松筠庵，与受之、冠英、意庐话。

花思白放沂州守道喜。归饭。午写大字多。晚静。

十四日（9月22日）

晨，料理节帐。午间出，拜老师节。吴松甫师处话。归，晡时到松筠庵看画。晚至麟士处便酌。独至龙树寺登楼看月。

中秋日（9月23日）

晨起，家中贺节。饭后，出游报国寺，看顾祠油饰工程。出至崇效寺，过义园归。写对联廿付。夜月佳。

十六日（9月24日）

儿妇生日。午间过厂肆。晚，朱霞峰处饮年嫂生日酒。亥刻月食。

十七日（9月25日）

晨、午静，写大字多。晡至松筠庵，朱啸鸥留便饭，为写大字。吴冠英、金兰坡及心泉和尚与雏僧意庐俱求字，并画兰、石、竹各件，亦奇兴也。早间苗仙露来索写《说文统系图记》并团扇二。

十八日（9月26日）

早起，收拾史馆传十篇。午写大字多。仙露来，邀同石州、愿船小饮时丰斋。归已上灯，吃开水饭一碗。

十九日（9月27日）

晨送孙璈舟行，过陆次山话，即上馆。午刻吃饭，出过厂肆，又晤朱建卿话。为增葺《沈文悫传》事。归，写大字多。夜，到郑小山处话。昨日邸钞，喀什喀尔被回贼攻围，七月廿二日事；甘督布彦泰授定西将军剿办，文庆署甘陕督事。两月来太白昼见，殆应此耶？得唐印云书。

廿日（9月28日）

晨，过松筠庵，为筱鸥作书数件，承赠铁生画翠玲珑馆图册。有东渚大宗诸先生题咏，亦有趣也。归饭。午间复出，拜数客。陆次山来话别，赠徐子容画册，画笔殊别致，少加遒炼即石溪矣。

廿一日（9月29日）

晨静。午写大字后，过厂肆，并拜客。申初，到尧仙处，与雪帆、寿卿四人公请小鸥也。晚静。

廿二日（9月30日）

晨、午静。午后客多，写小字，做小诗，不得歇。发各省信，手书八件。

廿三日（10 月 1 日）

晨静。午入城，吊慧秋谷。出，道衡大兄浙粮道喜。回拜陈肇莘应聘。晚静。勘《校官碑》，为陆次山跋帖后。

廿四日（10 月 2 日）

晨静。午过厂肆，看黎越乔恙，尚未全愈也。归，晚静，灯下看帖。

廿五日（10 月 3 日）

先公冥寿，早晚上祭。朱伯韩来话，知告假将归矣。午送小鸥行，已不及。写大字多。晚静，过樊子安、梁子恭谈。小酌，大风。

廿六日（10 月 4 日）

晨静。为李季云写旧作诗于蓬樵《三吾胜异图》后。午过戴醇士，谈画，新作《龙湫观瀑图》甚奇。到文昌馆，乙未秋团请也。未饭，归。晚静。

廿七日（10 月 5 日）

晨静。午间出，送花思白太守行，兼拜数客。归，写大字。晚，约王菱堂少空、龙望如大令、孙兰检学士、俞麟士比部饭。风大。

廿八日（10月6日）

晨静。午出，贺沈子衡截取。回拜周容斋、邹云阶。晚静。

廿九日（10月7日）

早收拾史馆传底。午刻到馆，带出乾隆十三年副本。由厂肆归。袁漱六请晚饭。

卅日（10月8日）

晨静。午间写大字多。晚拜俞麟士生日，不值。到望如处便饭，先至吴晴舫师处。早剃发。

九月

初一日（10月9日）

晨静。饭后写大字。晡出，拜数客。至魏条珊处看见折底，为河南办赈捐输事。酉刻，日食不见。

初二日（10月10日）

晨静。饭后，道王荫芝娶妇喜。贺许滇翁得光正。出城，归。晚，赴王子怀、张石洲、方子佩、何愿船公请席，又戴筠帆席，皆请朱伯韩也。酒多矣。

初三日（10月11日）

起得迟。午至文昌馆，丙申同年秋团。酉刻，赴曹艮甫席。席散，仍回文昌馆，少坐而归。

初四日（10月12日）

晨至厂肆。午静，写大字多。申正二刻，赴园。经朗亭处。饭后，走寻叶棣如、张小浦，均已睡而复起。

初五日（10月13日）

卯正起，入内，为讲官引见也。忽闻不带引，宝中堂奉派监射也。辰初归，巳正到家。先伯父冥寿。昨日文孔修大司马、张兰阯少寇奉旨往河南查灾。闻郑小山、韦竹坪均出小钦差。晚赴方少牧、魏条珊公请席，又王爱堂前辈席。今日条珊早来，同至石州处，又同游厂肆。

初六日（10月14日）

晨至谢公祠查书籍。午间写大字多。晚饯朱伯韩，请曹艮甫、戴云帆、戴醇士、张石州、曾笛生、刘蕉云作陪，梅伯言后到，客颇畅谈饮也。

初七日（10月15日）

晨静。午间赴边袖石席，仍陪伯韩也。天甚暖，归静。饭后，梁子恭、樊子安来便酌。与子敬书。吴丽白从杨州来。

初八日（10月16日）

阴雨竟日，可喜也。晡，过苗仙路话，归。晚赴倪梅生、步香南两处席。

初九日（10月17日）

卯正起，二刻到顾祠，与秋祭者三十人，愿船承办，而到独迟，闷人也。是日兼为朱伯韩公饯，分韵陶公《九月闲居诗》也。余即席得一诗送伯韩。宴集至未刻方散。归，写大字。申刻，到文昌馆拜丁竹溪慈寿，观剧至夜。

初十日（10月18日）

晨静。午刻，赴陈寿卿请文昌馆席。未刻，吕鹤田请陪吴殅舫师。夜间家人有斗者，儆之。

十一日（10月19日）

晨静。午至厂肆。晚静。午间写大字多。

十二日（10月20日）

晨入城，拜陈伟翁师母寿，吃面。出城。午间写大字。申刻将赴园，又接知会，明日带引讲官仍撤。晡出，拜徐星伯丈。到陈淮生、朱霞峰处话，问淮生借得吴才老《韵补》，因仙路借去我家藏本缺页颇多也。石州来话。

十三日（10月21日）

早，将《韵补》交与仙露。过厂肆归。午间写大字。晚约吴丽白便饭，邀孙兰检、陈淮生同坐，月下鹤舞，极清妙。

十四日（10月22日）

竟日静，写大字多。各书自谢公祠移归，清理就次。

十五日（10月23日）

收拾史馆各传。午刻到馆，未刻出，由厂肆归。有雅鉴斋人持傅青主书前后《出塞》卷子，后有傅仁书《兰雪霏言序》一篇，亦青主作，而书者傅仁，不知是何人也。晚饭后至张石州、何愿船处话。

十六日（10月24日）

与子敬书，交吴丽伯带去。仍清书，未尽完也。夜月极佳。

十七日（10月25日）

晨静。午过厂肆，拜数客归。晚过翁玉泉话，因便酌。今日看《长编十六年春夏二季》。

十八日（10月26日）

阴雨竟日。早饭后，至黄琴隖处执柯。饭后至刘宽夫处久坐，仍送庚帖至黄家。未刻归。晚饮宽夫处，对菊畅酌，亦薄醉矣。为潘季玉作《隆庆龙香御墨诗》。

十九日（10月27日）

招云生日。晨静。午至史馆，未刻出。至蔡小石处看菊并看画。出城，过厂肆，携玉方直幅四幅归。《赖古堂集》颇旧。贺俞麟士移居。晚王雁汀招饮。

廿日（10月28日）

晨静。午间写大字。未刻出，至文昌馆拜汤梧生慈寿。即赴陈淮生、子嘉同请局，有蒸豚甚佳。归静。夜，淮生处陪先生上学酒。得石梧书。

廿一日（10月29日）

晨静。午间清各书籍，送旧《韵府》及戴氏书交本立堂收拾。晚，同勋伯酌，天颇冷矣。

廿二日（10月30日）

竟日静。写大小字俱多。

廿三日（10月31日）

三娣生日。早面后，到松筠庵，潘星斋兄弟请陪周容斋，星斋有诗，余亦和作。

廿四日（11月1日）

早拜陈西峰慈寿。归饭。午至厂肆。申刻，赴园，到朗亭处已上灯矣。棣如、小浦均来同酌，酒后写字多。

廿五日（11月2日）

卯正起，入内。辰正后，引见。钮松泉以第六名得讲官。回至小浦处早饭。仍过蕴兰墅处话。大风卷尘。归，进平则门，回拜毓太守、祁老十。出城归。晚，拜朱霞峰生日，留酌。

廿六日（11月3日）

晨静。午后，翁玉泉邀看菊。拜邵又村五十生辰，昨日送礼去酌。晚仍饮其斋，人倦甚。回家早睡。

廿七日（11月4日）

晨静。午刻过厂肆，并回拜屠小如，贺魏条珊得员外。归。

晚，玉泉来便酌，云洲未来。

廿八日（11 月 5 日）

晨、午静。晡赴周杏农席，久候，客始齐。本请午刻也，乃至夜。

廿九日（11 月 6 日）

晨静。午间写大字多。申刻，邢五峰师请。晚静。

卅日（11 月 7 日）

晨静。午拜数客，看王鹿平以疏忽被议也。过石州话。归，写大字。晚，饮乔鹤侪处。

十月

初一日（11 月 8 日）

辰刻立冬。晨静。午过厂肆归。晚，玉泉处赏菊，以朗亭入城也。与石梧书。

初二日（11 月 9 日）

晨静。午刻，到灵石会馆拜宋文湖夫人寿，一饭归。静，看《画一传》。竟阴，大约将酿雪矣。

初三日（11 月 10 日）

晨起，庭院俱湿，想夜间雨也。仍阴。午到馆，不久即出。回拜朗亭。唁林树南丁父忧。归写大字。晚赴蒋申甫席。又黎越乔处饮。

初四日（11 月 11 日）

伯母冥寿。午间写大字。晡出，拜数客。晤石州，一话，归。

初五日（11 月 12 日）

晨静。午间至厂肆。晚，请董静崖、杨树堂、张静山、沈子衡、方少牧、朱霞峰、魏条三饮。

初六日（11 月 13 日）

静。午刻到才盛馆，卓鹤溪请也。不久坐，即归。

初七日（11 月 14 日）

未出，而客来多。写大字多。晚，赴戴醇士前辈席。

初八日（11 月 15 日）

早剃发。午到厂肆。晚，曾笛生处饮。酉初二刻，儿妇添孙，大小顺适之至。

初九日（11月16日）

晨静。朱季直之令兄时斋少尉育来，因问吴子兰碑事，颇详。午间写大字。晚饮贾薰谷处。

初十日（11月17日）

皇太后万寿，三品以下在长信门外行礼，与上年同，想当着为令矣。午刻，次孙三朝，取名万曾，惟胎火大，不能吮乳。晚王菱堂、王雁汀两前辈来便酌，现约藕舲、兰检，均未到。吴荷屋师母处拜寿。

十一日（11月18日）

晨静。午出，拜数客。晚拜佘先生，请为万曾推拿，先已得一方，能吮乳矣。俞麟士处请酌，同子愚去。

十二日（11月19日）

晨、午静。晡出拜客，即归。写大字。

十三日（11月20日）

晨静。看《旧唐书》第四日矣。午刻出，拜客，过厂肆。前日见《李楷洛碑》于古迹斋，今觅之，无有矣。归。晚饮菱堂前辈处。夜风，遂冷。

十四日（11 月 21 日）

晨有客。饭后，到石州处拜潜邱先生生日。余昨日先得一诗，因买得《尚书疏证》五卷本，后有潜邱自跋，为刻本所无，故喜而有作也。午酌散，薄醉矣。晚饮谢方斋侍御处。

十五日（11 月 22 日）

晨静。午刻到史馆，商酌大臣表体例。换乾隆十四年副本归。查顺治八年秦富川令殉难事，无可考，因寄云得其绝笔手谕，石州考订也。回看黄恕皆，病喉闭，险甚。晚，检《医宗金鉴》，着仆人去看。王楷说用牛肉片敷颈必效，亦捷方也。

十六日（11 月 23 日）

着人去看，已得方外敷，能说话矣。晨、午静。胡蔚堂来晤。

十七日（11 月 24 日）

晨静。午出，拜数客归。吴松甫师来话。

十八日（11 月 25 日）

石州来话。午间，鹤田来。写大字多。晚间，王菱堂前辈设樽于北斋做东，并邀麟士、西峰、兰检同酌。

十九日（11 月 26 日）

起颇迟，昨日沾酒也。未正后，赴园，住朗亭处。到棣如处，有客，同酌。

廿日（11 月 27 日）

卯正起，入内。同乡谢酈缓岳州、澧州钱粮恩，共到七人。诸君先已行礼，余补叩而出，即归。写大字多。晚饮麟士处。

廿一日（11 月 28 日）

早过蒋誉侯亲家，并看史士良病愈。大风冷。归，晚饮黄琴隖处，为题樵程《青溪卧游图卷》得一诗，即携付之。午拜刘燕庭，不值。

廿二日（11 月 29 日）

竟日未出，且看书、写字。新孙胎风不得愈，延至亥刻，遂夭殁，可叹也。因装匣送瘗义园。竟夜不得睡着。今日蒋心香请晚饭，不能到。写蒋申甫尊祖家传。

廿三日（11 月 30 日）

晨静。午出，拜数客，归。蔡小石来谈，看残菊。写赵伯厚尊人墓志毕。晚饮任琼甫处。

廿四日（12月1日）

晨静。午出，至岳阳馆吊张晓樵丧。归，与苗仙露话。晚静，颇冷。

廿五日（12月2日）

晨静。未刻，过厂肆归。刘宽夫处看万年少画《秋江别思图》，送顾亭林归唐市所作，时顺治八年，年少已出家为隰西草堂道士，名慧寿，亭林方为贾舟行也。归少憩，仍出。饮宽夫处，戌刻散。同琴鴖拜孙兰检尊人寿，复酌，然不醉也。

廿六日（12月3日）

晨静。午刻到史馆。出城由厂肆携《礼书纲目》归。暮至松筠庵，宽夫做东而后至。见张受之为陈素卿拓渔阳郡铜孰鍑，乃始建国。饭帻甚别致。

廿七日（12月4日）

晨静。饭后，藕舲来话。未刻，到文昌馆拜方少牧堂上寿。风大且冷，自昨夜半起，今遂竟日。晚饭后，俞麟士招小饮。酒后为写字。

廿八日（12月5日）

晨起，母亲不甚适，有感冒，服药一帖而愈。竟日静，晚赴方子佩消寒集。归甚早。

廿九日（12月6日）

慈体大佳矣。晨静。午间出，拜数客。晚，请刘西园、丁薇生、倪梅生、梁小楼、戚侣白、李春醴饭。散后，仍赴王雁汀学士席。

卅日（12月7日）

晨静。午间条珊来，久话，去。晚，路小舟处消寒局，藏书多已回家，存此十余架耳。

十一月

初一日（12月8日）

晨静。午写大字多。路小洲借书目去。樊子安、向筠舫来话。晚在玉泉处公请史鎏坡太守。母亲晚间复不适，因脱衣感寒也。寅初起来。

初二日（12月9日）

急服发表药，得汗。王石华来诊，感冒已退矣。石华晚复来，已就愈。

初三日（12月10日）

母亲服调理药，大佳。午出，拜数客。梁子恭处写对。由厂肆归。

初四日（12月11日）

竟日静，大风，冷。

初五日（12月12日）

风仍大，更冷矣。午静，晚饮玉泉处。

初六日（12月13日）

晨起，剃发受冷，殊不适。午写大字多。晡出，拜周荇农慈寿。晚静。

初七日（12月14日）

晨、午静。晡出，拜数客归。《滕王阁序》写完，陈淮生所属，将刻置阁上，补覃溪旧迹也。

初八日（12月15日）

晨、午静，写大字。晡出，贺陈淮生娶妇，陈小鹤娶妇，张雨农严寿。夜饮淮生处。

初九日（12月16日）

晨静。午间出，送胡蔚堂行。由厂肆到文昌馆。毛子刚、吴莘畬请，又戚侣白请也。申刻归，与黎月乔、陈庆覃、曾笛生公请常南溪廉访。

初十日（12月17日）

晨、午静，写字多。晡拜裕制军六十赐寿于才盛馆。石华晚来开方。午间万藕舲来，为内子诊脉。

十一日（12月18日）

晨至厂肆。午写大字极多，遂至暮。晚，方子箴请在麟士处。

十二日（12月19日）

晨、午静，祝子虞司马来晤。晚，玉泉处消寒集。夜雪大，可喜之至，三年才见此景耳。

十三日（12月20日）

晨剃发。午刻上馆，无甚事也。出过条珊处，未晤。吴松甫师处久话，归。饭后，至龙树庵赏雪。同小洲、麟士、玉泉酌。雪后大月，奇观也。

十四日（12月21日）

越儿生日，请石华来诊脉。晚请朱仲清、王子怀、方子佩、吴冠英、张受之、杨子言饭。

十五日（12月22日）

晨静。午至松筠庵，属冠英画小照于《顾祠秋禊图》中，果然有气韵也。过石州话，归。晚饮陈庆覃处。

十六日（12月23日）

晨静。午写大字。晡出，拜黄正斋慈寿，贺杨子言续弦，酌数盏而归。

十七日（12月24日）

晨静。午出，至天和馆，张小浦、陈子嘉、孙兰检、陈杏江四人公请也。申刻，赴祁春浦大农席。席间出示上赐古壶拓本，似是杜举也。归，戚小蓉来，夜复与酌。

十八日（12月25日）

晨静。复石梧书。午写大字。未刻至才盛馆，小蓉请也。归仍写大字。早间吊张石州兄丧，晚朱霞峰处同年销寒集。

十九日（12 月 26 日）

晨静。午出，吴师署少司马道喜。过王雨楼、陈淮生话。归，晚静。

廿日（12 月 27 日）

晨静。午写大字。晡请向筠舫、蒋老九、周荇农、袁漱六、张润农、王鹿平饭。晚看郑小山，由河南查赈归也。今日毅弟忌日。

廿一日（12 月 28 日）

晨静。午写大字。风大，甚冷。戚小蓉、吴冠英来话于北斋。游厂肆，晚吃梁海楼、路小洲两同年生日酒于海楼处。

廿二日（12 月 29 日）

冷而风定矣。午间写大字多。晡出，过王雁汀、韦竹坪话。竹坪亦同河南差旋也。

廿三日（12 月 30 日）

晨作书与陶子立，有来差并带银件去。午入城，拜汤协揆丈寿，即回。拜叶棣如、黄辛农、蔡小石、方伯熊。出城，到蒋九、向三及沈朗亭处话。归家遂暮矣。

廿四日（12 月 31 日）

晨静。午，进城拜杜石樵太翁寿。过许信臣处看画。毛西河山水幅自题一段论皴字，仇石州工草大幅，二合为一，真奇观。谛视之，疑是唐明皇同诸王看鹳鸰也。又石涛、冬心幅俱佳。陈小莲、崔青蚓册均精特。归，静。

廿五日（1848 年 1 月 1 日）

大风，可怕。吕鹤田来话。午间写大字，晚拜孙芝舫慈寿。赴黄琴隖销寒集。

廿六日（1 月 2 日）

风定，晨、午静。晡出，吊苏松龛丁外艰。即到玉泉处借其地作丙申销寒弟六集也。谢方斋、路小洲、李晴川、伍琼甫、朱霞峰、翁玉泉、王笑山、吕尧仙均至，梁子恭不至。

廿七日（1 月 3 日）

晨静。戴醇士来话。午刻至文昌馆，吴次平、何伯英同请也。看剧，至晡而散，以坐间皆素心也。

廿八日（1 月 4 日）

晨过厂肆。午刻，请蔡小石、黄莘农、叶棣如、沈朗亭、张小浦、方伯熊酌，遂至暮。

廿九日（1月5日）

晨过石洲话，酌酒数杯，不设肴果，殊足取暖。贺乔星农记名。归写大字。晚，辱翁玉泉、朱霞峰、梁子恭、樊子安四君为我做生日，甚畅叙也。子愚同往。

十二月

初一日（1月6日）

晨静。午刻至文昌馆，范眉生大令请，主人尚未至，因即上馆。馆上出，拜棣如前辈慈寿。申初出城，夜静。

初二日（1月7日）

晨静。饭后，至厂肆，即归。写大字至暮。写信数封。夜静无风。

初三日（1月8日）

早唁林镜帆丁内艰。回拜数客，归。晚赴刘宽夫侍御消寒集。午间自摹万年少为顾亭林画《秋江别思图》，图系小石藏本。宽夫处见汪文瑞《松泉图》，图首“松泉”二大字系高宗宸翰，董东山画图极幽妙。饮颇醉。

初四日（1 月 9 日）

大风。早剃发。午间写大字。未刻，赴沈子衡席。先至厂肆，携阮师题《夷船图》及严藕渔画竹鹤。归由子衡处。散后，仍拜樊子安严寿，复酌数盏而归，方亥初也。

初五日（1 月 10 日）

四十九岁初度。早间客俱不请进，惟郑小山来同面。午刻清音来。晚有路小舟、翁玉泉、戚小蓉、朱霞峰、梁子恭同席，甚冷。午过厂肆。

初六日（1 月 11 日）

晨出谢客，归。饭后，仍出谢客。吊苏松龛。归，写林年伯母挽联并别大字。晚，子恭处消寒集。风定后甚冷。

初七日（1 月 12 日）

早，蒋树堂来话。午间静，写大字，竟日未出。复彭松屏、舒苏桥、龙兰簃书。

初八日（1 月 13 日）

晨静。饭后到东头，回拜陈屏南、黄鹤汀、蒋树堂。过沈朗亭话，由厂肆归，天色已暮。晚与吴冠英、梁子恭酌于北斋，同至文昌馆看剧，半折而返。

初九日（1月14日）

丑正三刻起，寅正行，卯初至景运门内朝房，上于卯正三刻御门。同乡谢鬬缓恩，共到六人。辰刻到史馆，小憩，出。同饭于菜厂胡同之四义堂，归。是日孙女荫姑以病久不愈，寄拜观音坐前，从慈命也。晚请王菱堂前辈、王雁汀前辈、陈杏江、郑小山、孙兰检、蒋誉侯。誉侯令鹤庄侄婿来。先是，请祝蘅丈、祁春浦、李铁梅前辈、杜寄园、云巢、陈九叔、陈寿卿，皆辞，请客之难如此。

初十日（1月15日）

晨至厂肆，回拜杨临川慈寿，归。午刻，林镜帆处陪吊，送挽联云："警旦佐名臣，最难家服崇膺，案举无殊寒素日；承欢皆硕彦，岂料苍晖暂隔，星奔望断点苍云。"申正归，夜吃临川处寿酒。过石州话。

十一日（1月16日）

无风而甚冷，竟日未出。朱建卿来，久话。

十二日（1月17日）

晨静。饭后剃发，写大字多。晡出，谒吴晴舫师，借新买汲古阁宋本影写《集韵》归。乔星农请晚饭。

十三日（1月18日）

早进城，吊和兰庄断弦，晤王映芝话，归饭。午静。申刻，至湘潭馆，拜陈恪勤公生日，主人黎月乔、刘佩泉、袁漱六，将画图征诗，以馆中有恪劝公手植古槐也。酉后，仍至翁惠舫处饮。天阴欲雪，作札与汪衡甫为参价。复李石梧书。

十四日（1月19日）

早复唐子方书。午间写大字。晡出，拜数客，归。晚静。

十五日（1月20日）

晨静。未刻，赴熊伯袁席，请陪大冰也。送奁至蒋宅，归。晚，李晴川处消寒集，雪意颇浓，尚未下也。

十六日（1月21日）

晨、午静。蒋家喜事，家中儿女去者多人。晡出，过张石州话，孙兰检处贺移居。赴王笑山席，雪大，可喜之至。晚复至誉侯亲家处吃喜酒。

十七日（1月22日）

晨静。午至厂肆，归写大字。晡至陶然亨，玉泉、霞峰招同小洲、晴川赏雪，夜乘大月归，无风，然亦冷矣。

十八日（1月23日）

晨静。午至文昌馆，蒋誉侯请也。过厂肆，归。晚饮黎越乔处，今日作陈恪勤公生日诗。

十九日（1月24日）

晨静。饭后到馆，出，过厂肆归。李雪樵来晤，一别十八年矣。乔鹤侪请在宽夫处，坡公生日。

廿日（1月25日）

晨静。写各处信。午刻，程容伯、朱建卿、童起山三人公请，陪张诗舲，在容伯处。晚静。

廿一日（1月26日）

五更起大风，甚冷。晨静。午刻出，拜潘师相寿于才盛馆。回拜雪樵，晤条珊归。晚饮沈朗亭处，路远且冻。归，仍酌烧酒，始睡。题董香光《青山白云卷》，条珊物也。

廿二日（1月27日）

天明雪，午正止。李雪樵闻赴，往唁之。回晤黄琴隖，由厂肆归。晚，吕尧仙处消寒集。

廿三日（1 月 28 日）

晨静，午间出，拜万藕舲生日，不值。晤陈淮生，一话，归。夜祭灶，风大。

廿四日（1 月 29 日）

甚冷，风至下半天方息。午出，贺毕春亭得员外，由厂肆回。拜涂世兄，瀹庄丈之子也。归，请向筠舫、陈屏南、胡光伯、汪勋伯吃小年酒，鄢耕南先生未归饭。

廿五日（1 月 30 日）

晨静。午间写大字。晚，与小洲做东，在小洲处，客止霞峰、玉泉而已。寄子敬书。

廿六日（1 月 31 日）

晨静。午间写年对。申刻，丁薇生、倪梅生公请。散后，过玉泉话，甚冷。

廿七日（2 月 1 日）

早，剃发毕，雪花满地矣。午间仍写年对。晡出，过黄琴隖，为严仙舫领照事。过厂肆，无物可览。归，遂暮。雪飘洒竟日。

廿八日（2月2日）

早送李雪樵行，归饭。竟日回年信，无少暇。冷甚。

廿九日（2月3日）

早拜穆中堂师寿。归饭，补写年对。出，至各师处辞年，吴晴舫师处话，由厂肆归。开节帐。夜吃小年酒。

除日（2月4日）

风尚不甚冷，由亥刻即新春也。午间出，至松筠庵，与受之一话，归。饮年酒，老人自前月来体中平复，欢笑时多，荫姑亦似就愈，年景果然可喜。老三江南书来，一切平善，亦慰甚也。

道光廿八年

正月

初一日（2月5日）

寅初起，到内太早且冷。候至辰初，上受呈朝贺，出即归。拜家中年，睡一时许。未刻，出拜年。夜饮新年酒，无它客，惟汪勋伯同酌。

初二日（2月6日）

晨静。午初出，入城拜年。未正归。风太大，土重难耐也。

初三日（2月7日）

忌辰，未拜年。潘老师加太傅衔道喜。到顾祠上香，归，风大且冷。

初四日（2月8日）

早，进城拜年，风大且冷。午正，至蔡小石处，与方伯雄同请也。申刻出城，顺道拜客。归被风，不甚适。亥正即睡。

初五日（2 月 9 日）

早剃发，颇冷。午间出，拜数十客，即归。晚请吴松甫师、张诗舲方伯、戴醇士、张小浦、程容伯、蒋誉侯酌。

初六日（2 月 10 日）

早，大街南拜年归。午静。晡出，拜十余客，即归。夜静。

初七日（2 月 11 日）

拜大街北年。过厂肆、火神庙归。申刻，樊子安、梁翰平同请，又俞麟士请，两局相连，迟散，未醉也。

初八日（2 月 12 日）

早，出街西拜年归。饭后，先生上学。午间，到东头拜年。归静。

初九日（2 月 13 日）

寅初起，二刻上车。寅正三到东华门，至景运门内朝房，一人久坐，到得太早也。辰初，同乡共七人，叩谢常、澧、岳借给籽种恩。出，同饭于东来馆，肴佳。归过厂肆。午后静，请王石华来为老人诊脉，薄暮始来。晚同子愚饮朱霞峰处。

初十日（2月14日）

晨静。饭后入城，拜东城年，吊武愚亭年伯，由西城归，已昏黑矣。

十一日（2月15日）

晨静。石华来。午间出，过厂肆，补拜西街各客。阮受卿母丧，李古廉断弦，俱作吊。今日厂中买得高江村、陈句山两集。灯下浏览，江村诗果佳，向未之见也。

十二日（2月16日）

内子五十三岁生日，有女客听清音，外间惟两婿。晚间翁玉泉来饭。一早，余到会馆拜陈忠洁公生日，拜翁玉泉慈寿归，遂未出。

十三日（2月17日）

有风，甚静。晡时过张石州、孙兰检话。看郑小山，感冒未愈也。

十四日（2月18日）

早进城，西头拜年。未刻至顺天府署，拜汪衡甫慈寿，即留面。出城归，少憩，至才盛馆，潘星斋弟兄请，一饭归，已酉初矣。晚拜万藕舲慈寿，吃酒。

上元日（2月19日）

晨静。午刻到文昌馆，丙申同年团拜，拜时廿二人耳。夜剧未竟，余先归。拈得值年。

十六日（2月20日）

请郑小山来为堂上诊脉。午过厂肆，至天和馆陈西峰请，申刻回家。复出，至文昌馆，乙未世兄团拜公请，一饭归。自酌，看严次公词，甚好。

十七日（2月21日）

进城拜年，西城，全完矣。归，梁翰平来晤，值年帐件俱收清。晚饮黄琴隖处。

十八日（2月22日）

晨静。午刻至文昌馆，乙未乡榜同年团拜也。申刻归。晚至湖广会馆，同乡团拜。亥初归，未散也。石梧团拜费交张剑潭。

十九日（2月23日）

晨过王雁汀、张诗舲话。归，作字至申刻。出至文昌馆，毛子刚请也，晚吃翁次竹娶儿妇喜酒。

廿日（2 月 24 日）

晨静。午唁崇鼎臣丁外艰、方酉山外艰。至才盛馆，甲子年伯团拜请也。祝蘅畦大人作主。申刻归。晚饮梁稺季生日酒。

廿一日（2 月 25 日）

晨静。午出，高续占处吊周莲士慈奠。归写大字。晚饮胡光伯处。亥初归，风。

廿二日（2 月 26 日）

大风竟夜，至今未息。晨静。午刻，翁药房处饭，酒甚佳，颇茗艼矣。拜戴云帆生日，未遇。到会文堂拜翁玉泉、蕙舫堂上双寿，灯余始归。

廿三日（2 月 27 日）

晨静。饭后到蔡鼎臣、方酉山两处吊，即入东北城拜年，惟延在庵年伯及街东之处各小坐，颇冷。申正，回家少憩。晚饮王笑山同年处。

廿四日（2 月 28 日）

晨静。午间写大字多，自临《烟雨归耕图》后国初名人诸题记。俞麟士来晚饭，郑小山后至，同酌。

廿五日（2 月 29 日）

临图卷竟。未刻出，至厂肆。申初，至文昌馆，俞麟士、方子箴同请也，酉刻归。晚复酌于俞家，掷《升官图》为戏，余先归矣。

廿六日（3 月 1 日）

晨至厂肆归。发辛酉公请知单。午间写大字。申刻，文昌馆赴黄琴隖席。归，仍饭。请陈先生。

廿七日（3 月 2 日）

晨静，饭后写大字。张石舟、匡鹤泉来话。蒋树堂来，为会馆事，甚烦琐。未刻出，吊罗芙洲与李梦韶前辈，周蔼余丈一谈。芙洲藏南园先生墨迹至多，此后不审何归，芙洲无子，可叹也。申刻才盛馆，赴庄牧亭席，归颇迟。石州说要刻山谷墨迹。

廿八日（3 月 3 日）

晨静。蒋树堂来，仍为馆项事，留早饭。饭后罗□□来，为引见也。未刻出，拜数客。过松筠庵，与受之、冠英话，过厂肆归。

廿九日（3 月 4 日）

晨静。饭后，进城拜年。至宋雪帆处，遇雨沾湿，携其两柚子到北城，唁慧秋谷。至东城吊瑞芝生断弦。出城，到家昏黑矣。夜静。

二月

初一日（3 月 5 日）

晨静，李晴川来话。午间拜李紫庭年伯寿。梦韶前辈具帖请饭。遇书太常谈别后两年关外光景及昨日选秀事，殊为一快。又同张诗舲陪紫丈到福兴居一叙。夜归，颇醉。连日林堃率新仆毛凤清书帖。

初二日（3 月 6 日）

早，石梧处送来贡余春笋三篓，甚佳。因忆去年送贡余笋七篓，全冻坏，无一枝好者。此番堪解馋也。未刻，玉泉、霞峰同请，两席皆同年。晚仍酌于北斋，子愚与兰检同请王菱堂前辈、陈西峰、方子箴。

初三日（3 月 7 日）

早起，到本会馆拜文昌会，顺便拜东头年。回头仍到湖广馆，文昌会有面席。归已午初，写大字至暮。晚酌于西峰处。

初四日（3 月 8 日）

寅初起，寅正行，卯初至史馆，少憩。黎明，至文渊阁，同人徘徊松石间，至辰正多，上御经筵校理迎侍茶宴班，散时辰正三刻矣。到史馆吃面，今年比去年暖多了。大白风毛，甚热。至午门，迎玉牒进呈，顺路出东安门，由厂肆归。少憩，到文昌馆，因请策公爷、鄂松亭前辈、徐辅廷、宋雪帆，与子愚同往，蕴束之兄弟俱辞帖。晚间客去，梁子恭留看夜剧，系杭州公局，熟人极多。因倦先归，然时候已不早矣。

初五日（3 月 9 日）

先公忌日，竟日未出，写大字多。

初六日（3 月 10 日）

早进城，拜持方山年伯七十赐寿。进东华门，由后门至经版库，拜陈师相太师母寿，因上年是日赐寿，遂移为今日也。面后，拜许信臣五十生日，系明日事。出城，归少憩，至才盛馆，辛酉年伯团拜公请。申正归，约苗仙露、张石舟、冯鲁川、杨谒亭、边漱石、贾薰谷、何愿船同酌，杨子言后至，谈饮颇酣畅。

初七日（3月11日）

蒋老九早来，清会馆垫项去。午静。未刻出，唁周芝台侍郎，因芝生廉访仙逝也。回拜俞秋农之世兄邦焘。至陈子嘉处，与倪梅生同请，看楚君国手奕，上席遂迟。戌刻散，归少憩。赴谢方斋同年席。亥刻归。

初八日（3月12日）

晨静。午刻写大字。出至文昌馆，赴边仲思席才盛馆，刘怀京席。晚静。

初九日（3月13日）

晨静。巳初到才盛馆，辛酉年侄请年伯九位，到者卓师相、冯少宗伯丈、李紫庭太翁、恒直牧、恒郎中、延将军、窝郎中、永太守，各丈惟阿少农丈未到。年侄到者廿五人，公项不足，张诗舲补五十千，适敷用也。散后，诗舲来夜酌，并邀子恭作陪。是日，余搭二席请潘星斋、季玉、戚小蓉、赵梁眉、吴次平、唐溥渊、陈淮生、毛子刚、吴辛畬、俞西垣、杨子言，辞帖者蒋云青、熊伯原、潘绂庭、何伯英。

初十日（3月14日）

晨静，午静。申刻到才盛馆，黄莘农宗丞、汪衡甫京兆同请也。归少憩。晚赴何愿船席。

十一日（3 月 15 日）

晨出，拜数客。朱建卿处看帖画各件。吊周芝生廉访于才盛馆，归。未刻，吊梁海楼母丧。由厂肆归。写大字多。晚饮乔鹤侪处。

十二日（3 月 16 日）

昨夜儿妇昏厥，旧疾发甚久，可念。由孙女病累所致也，今早平静，急延医，服药矣。风冷，可惜花朝矣。申刻至会文堂，徐荇香请。归，晚静，更冷。

十三日（3 月 17 日）

晨静。午刻，到史馆。出，回拜蒋云青，贺青墨卿督江苏学，由厂肆归。早间孔绣山来，知在茌平被劫。李石梧折差来，在德州被夺，折子外全去矣。东事尚如此，可叹也。拜树百生日，不值。

十四日（3 月 18 日）

晨静。午间出，过厂肆。至会文堂，翁次竹请，一饭归。写大字多。陈淮生来晚饭。

十五日（3 月 19 日）

晨静。午刻到松筠庵，遇吴补之与二班军机诸君公请张诗舲，遂拉入席，暮始归。即赶入城，住王引芝处。

十六日（3 月 20 日）

丑初起，丑正到太常寺，丑正二刻月初亏，分六班救护，除前后两次九叩外，中间跪者九次。卯正一刻始散。寅初即食既，以后未再见月矣。归饭。午刻，至会文堂，翁次竹请。晚，张诗舲来饮，聂汝藩、程容伯同坐。吴补之来而未酌，余俱辞，皆昨日主人也。

十七日（3 月 21 日）

晨静。午间写大字多。申刻到文昌馆，鄂松亭前辈请，主人醉矣。夜静。

十八日（3 月 22 日）

晨静，会数客。午刻至陶然亭，何愿船请陪李铁梅仓督，客到甚迟。酉正未散，先回。仍赴梁子恭文昌馆席。是日堂上命搭五席，请女客。夜风。

十九日（3 月 23 日）

风甚冷。晨未出。午间乙未世兄十三人公请在龙树庵，为余与许信臣、乔星农三己未做生日，而余初不知来意，可笑也。主人陈子嘉、何小笠、袁午桥、毕春亭、张振之、孙兰检、杜芸巢、陈杏江、吕鹤田、丁薇生、黄琴隖、乔鹤侪、蒋心香，鹤田、振之未到。晚静，题王鹿平《扁舟归养图》。

廿日（3月24日）

晨静。连日老人患痢，今愈矣，起居一切无恙也。午刻文昌馆陈九叔及寿卿、宋雪帆请，一饭行。归少憩，杨子言请报国寺。晚静。

廿一日（3月25日）

早请小山来为老人看脉。饭后，到何晓峰处贺嫁女。回拜周同年，过戴醇士处看画。归，晚静。

廿二日（3月26日）

晨静，会数客。午出，李铁梅请会文堂，一饭出。回拜客。晡至文昌馆，己亥世兄团拜公请，饭后归。晚仍往观剧，石州、仙露均晤。

廿三日（3月27日）

晨静，饭后写大字奇多。晡出，由厂肆，携老莲画册归。送张诗舲行。晡后静。

廿四日（3月28日）

晨静。董柘乡来晤，得子敬书。泾阳樊孝先来谈，甚豪快也。晡至文昌馆，杨蔼亭请，因邀仙露同话，而余先归。晚饮誉侯处。归颇早。荫姑染风瘟也。

廿五日（3月29日）

晨静。撰王子怀祖志铭，代松甫师作。大风沙。未刻出，赴文小岚席。归，晚饮张润农处。

廿六日（3月30日）

早，石州着人来，促往视之，其夫人以两日病遽逝矣，一女病疹，乃郎亦病在床，可怜之至。帮同料理，心甚烦，又因内子病发数日，荫姑，未即全愈也。晡出，回拜数客，仍至石舟处。晚饮林章浦处，冬酒红而有味，居然吾乡风韵也。晚间内子病甚，不静。丑正方寝，桂儿过夜。

廿七日（3月31日）

王雅泉看荫姑疾，来甚迟。午出，至石舟处，由厂肆归。晚饮陈庆覃处。内子病略静。

廿八日（4月1日）

晨静。午间出，拜数客，由厂肆归。晚饯叶东卿丈、曹艮甫、戴云帆、蒋心香、乔鹤侪、孙兰检作陪，客来早，散亦早。

廿九日（4月2日）

晨、午静，写石舟夫人挽联云："孝真灭性，贤哉恭毅家风，最怜骥子惊啼，何处觅严师慈母；情至生文，怆然靖阳亭长，正拟鹿车共挽，望中惟野水孤云。"兼写大字多。晡出，至石舟处，知乃郎服朱可斋药，渐愈矣。回拜董蔗乡同年。

卅日（4月3日）

晨静。午出，拜数客。谒吴师，请朱可斋来为荫姑看。晡后静，内子病未愈，日来更似中邪，请李二兄来画符，亦不灵也。

三月

初一日（4月4日）

清明节，早晚上供。天气寒而风。晚饮陈弼夫处。亥正归。子初儿妇发厥，连四次，遂竟夜。连服苏合丸灵宝，丹方清楚。内子病亦更不清白，可叹也。亦服苏合丸，似有解意。

初二日（4月5日）

雨竟日，畅甚，天救斯人，时症当退矣。内子又服高丽清心丸，更就清白矣。儿妇服石华药，亦安静。今日任燕堂丈寿筵系余承办，晚往饮酒，早归，泥潦满途矣。

初三日（4月6日）

晴。早到馆，取书回。早饭。内子病已大明白。过石舟，知乃郎病竟难愈，奈何奈何。文昌馆拜陈子鹤慈寿归。晚赴周蔼余丈，席，晚。

初四日（4月7日）

晨静。内子病渐愈。请石华来看儿妇脉，昏晕症时发也。会文堂应□□席。归静，晚饮蒋心香处，颇醉。因与艮甫、翰屏及主人四人轰饮也。

初五日（4月8日）

早，知石舟乃郎于昨日化去，叹息之至。饭后往看，久谈归。未刻，松筠庵应陈寿卿请，主人未到，乃郎病也。张受之病数日，服朱可斋药似愈矣，而未也。晚静。

初六日（4月9日）

晨静。午间写大字多。晚静。

初七日（4 月 10 日）

晨静。饭后出，拜数客。至石舟处，为其夫人开吊，而佳儿随之，无可说也。郑朗如师开吊，止一女在帷，怆亦甚矣。

初七日（4 月 10 日）

早拜客，至东头。午间写大字多。晚，四值年请罗鹿泉、董柘香、翁次翁三外官，朱霞峰、翁玉泉、梁子恭作陪，谈饮甚畅。

初八日（4 月 11 日）

晨静。午间写字。晚，霞峰处便饭。

初九日（4 月 12 日）

晨过石舟，商量移寓事。午间冠英来。知受之病势日剧，即为请郑小山去看。王雁汀夫人病剧，世兄来问医药喉结方，付之，并针少商穴，得效。因服小山药。晚请叶东卿丈，饯其粤东之行也。

初十日（4 月 13 日）

晨静。午间写大字。夜静，小山来，因邀同往松筠庵看受之病。

十一日（4月14日）

晨起即写字，至午未息。回拜数客。晤程兰川，携蜀石经拓本归，为生平所未见也。与石舟话。晚，同年六人在孙芝房处请吴晴舫师。

十二日（4月15日）

晨静。饭后客来，不歇。未刻到陶然亭，与许信臣、乔星农回请十九日之客。甫入席，太常仙蝶来降，上手者惟余与信臣、小笠，任人摩须玩翅而不惊，黄质黑章，四足。至客散，蝶乃去，真奇缘也。归憩。晚饮雷西垣处。

十三日（4月16日）

大雨竟日，静甚。申刻到袁午桥处，公请邢五峰师及周泉世兄，泥潦难行，雨亦未住。席散后，到朱霞峰处赏雨，并邀玉泉酌。受之病转剧，日日去看，未得治法。

十四日（4月17日）

早剃发，饭后到松筠庵。郑小山、张果泉为受之诊，均无法，须臾舌胎忽黑。王稚泉来，以大凉剂下之，当有转机矣。入城，杜石樵丈处拜寿。出过厂肆，至天和馆，应古海初局。归，夜酌于陈淮生新居园屋，两人清谈甚浃。兰川处携《灵岩碑》归。

十五日（4月18日）

晨到龙树庵，丙申同年六人公请潘太傅师，巳初入席，师去，午正矣。仍与玉泉、霞峰、小洲、尧仙、子恭畅叙，余因请客，先归。晚请董柘香、李晴川、王鹿苹、黄黻卿、张润农，惟李昺冈未到。晚得冠英字，知受之病有起色，喜甚喜甚。

十六日（4月19日）

晨看受之病。到石舟处话。归饭。午刻，出南星门，到诚园，与杭州诸君子酌于水亭。黄蒨园做东也。申初赴园，酉正后始到。饭于朗亭处，与杨雨泉、谢笠云、郭丹来酣叙。醉后，至叶棣如处谈。

十七日（4月20日）

早至宫门，候至辰正，引见于勤政殿。许信臣得讲官。到棣翁处吃面，与李铁梅、吴新之同坐。归途甚热，少憩，到三官庙，附入甲午局，请姚伯昂师也。归未昏黑。夜赴柘香席于翁宅。

十八日（4月21日）

晨看受之。午间写字多，客来不歇。送董柘香、郑桐峰行。晤邓星槎，不见十八年矣。午间写字多。叶桐卿来话。晚至俞麟士处便酌。大风。

十九日（4月22日）

晨静。午间，拜数客。归闻石舟移寓西邻，往谈，归。晚过雁汀话，饮誉侯处。

廿日（4月23日）

晨静。午间写大字。出，晤石舟。进城，回拜凤大令兄。出过厂肆，回拜翟君齐，文泉之子也。归，晚饮路小洲处。小洲借宋李诫《营造法式》影钞原本，珍可宝爱。与石洲商量即刻入《连筠簃丛书》中。为周子完看时文。

廿一日（4月24日）

晨过石舟，归饭。到文昌馆，偕毛子刚、陈子嘉公请乙未教习世兄，到七客，钮松泉、黄蒨园、贺星槎、杜云生、吴莲芬、吴式甫、郑锡侯，辞帖者沈朗亭、吕尧仙。归憩，复出，看张受之病。应俞茗溪前辈席，归颇早。亥正即睡，倦甚也。

廿二日（4月25日）

晨过厂肆，晤条珊。归饭。午间静，写大字。晚为石舟温居，仍在我屋。为王子怀饯行，苗仙露、梅伯言、冯鲁川、陈淮生、吕鹤田、何愿船同坐，潘季玉后至，亦入席。

廿三日（4月26日）

晨至张润农处，闻受之卯刻逝矣，可慨也。到馆。归过厂肆，拜陈西峰严寿。归饭，已午刻矣。晡看受之，为一哭，怆怆，即归。吊徐星伯丈。夜，西峰处请寿酒。

廿四日（4月27日）

晨静。饭后忽不甚适，服子愚黄面药，觉清爽些。静甚，何晓峰本请今日，辞。

廿五日（4月28日）

早，冠英、条珊来话，同过石舟处话。归饭。午刻过厂肆，拜数客归。戴醇士、程兰川来看帖。兰川买得吴荷翁忠义堂朱钩全本，乃乙未年从余钩本出者，可喜也。晚静。巳正，子愚得女。

廿六日（4月29日）

早静。辰刻，为鼎侄订姻李昺冈之女，冰人黄瀓卿、唐鹤九。鹤九乃代杜兰溪也。辰正过庚，巳刻庚帖回，家中道喜。未刻，文昌馆拜曹颖生慈寿，一饭归。甚热。晚请大冰并亲家黄恕望，孙芝房、邹云阶作陪。

廿七日（4月30日）

晨剃发。午间季云三朝道喜。写大字多。晡出，回拜昺冈并谢宾。过厂肆，话玉泉处。有相人叶通判颇奇异。归饭。戚小蓉来话。

廿八日（5月1日）

晨、午静。写大字，撰《秦公华钟考》，为程兰川藏本，《积古斋》所称周公华钟也。其实是秦武公器。晚饮黄澂卿兄弟处，又邹云阶处，两处俱畅，遂至醉矣。

廿九日（5月2日）

卯正，至慈仁寺顾祠春祭，兼饯王子怀，何愿船承办。潘季玉、边漱石、苗仙露到，人为极少。归，写大字多。晡至龙树庵，吊张受之。

四月

初一日（5月3日）

母亲早起痰闭不适，连服姜汤乃安，吐出痰涎也。午后乃大适胜常，化痰药阁三日遂有此。晚拜玉泉生日，遂留饮。

初二日（5 月 4 日）

鼎侄出疹，服子愚药。早过厂肆，为觅人画《营造法式》图也。午过石洲话。归静，撰《秦公钟铭考》。

初三日（5 月 5 日）

早至崇效寺看牡丹，开到七分矣。见壁间徐星伯丈所嵌置《王君墓志》，有吴荷屋师题记，又翁覃溪题。朱竹垞手植丁香，吴兰雪补种海棠，皆有题记。西院牡丹黑者已无，尚有紫者一窠在西来阁前。归来方卯正也。午间出拜数客。俞麟士来晚酌。

初四日（5 月 6 日）

晨静，石洲来话，为同到李季云处也。午间写大字后，冒大风进城。到季云处，看画卷数事。同酌者石舟、鹤田，后来者月乔。出城，归少憩。夜饮甘石安处，两次俱觉醉矣。文昌馆失骡，今日赔来，仍老骡耳。

初五日（5 月 7 日）

晨静。饭后客来不绝。未刻，赴陈西峰席。申刻，朱霞峰请，遇善相人叶衡甫通判，与谈，仍江湖满地耳。归，困甚。

初六日（5 月 8 日）

晨静，午间财盛馆。拜林范亭堂上寿。归少憩，到东头拜客。晤向筠舫、黄鹤汀。归，晚静，搭天棚。

初七日（5月9日）

早到金版库，陈中堂师师母仙逝，唁寿卿，怆怆。归。饭后写大字多。未刻，文昌馆拜李薇生同年慈寿。少坐，应刘宽夫局。仍归饭。晚，步月过石舟，兼访杨海琴话。

初八日（5月10日）

越云病忽剧，早间谵语后遂无一字。疹闭不得出，用外敷喉闭法，竟不效，于亥刻化去，十八岁矣。此侄女贤甚，乃归疫劫耶？老人悲感，夜不得寐矣。二娣实可悯恻也。

初九日（5月11日）

卯时，为入敛上祭。余于巳刻先往石榴庄开地，即与铁侄墓近接。午刻发殡，未初到，申初下葬，申正归。前吾家小墓共五冢，有须补碑者。酉初后归。

初十日（5月12日）

巳刻，杏侄得病，喉闭不能言，用宽夫侍御所施药枣，始得嚏，吐痰涎而喉开，大泻大热不止。请郑小山来，连服凉剂而未解。

十一日（5月13日）

小山来用通小水方，不应。午后，万藕舲来用方，仍泻不止，烧不退，脉渐坏，可奈何。

十二日（5月14日）

脉坏至无矣，人尚起卧自如，泻略少些。午后，藕舲凡三至，殊无主意。晚间，戚小蓉、郑小山来，同立方，知无用矣。三君子夜分始去。

十三日（5月15日）

杏儿自昨来自知病不起，竟日夜所说皆慰藉谆嘱之语，令人不忍闻见。延至辰正后，略糊涂。巳初一刻去世，痛极痛极。一切俱先各预备，酉初入殓，酉正后始出殡。送至报国寺西屋停灵。余傍黑归。两幼相去五日间，真如风雨之疾，岂非奇惨。娣氏悲恻，可悯之至。是日即杏侄廿岁生日也。

十四日（5月16日）

祖父章五公忌辰。余晨到毕春亭处问房屋事。归后，未复出。毕春亭、陈子嘉来话。夜小雨。

十五日（5月17日）

早到石榴庄看越儿墓，乡间略润泽。归饭。汪致轩未刻到京，一别五年矣。俞麟士晚来，同便饭。

十六日（5月18日）

北院房屋通裱动手。午刻过义园，遇雨归。石舟两次来，与致轩同饭。

十七日（5月19日）

晨、午静。晡，回拜钱榆皋、钱梦兰、汤太守。看朱莲浦房子归，不够住。

十八日（5月20日）

竟日未出。陈淮生来晤，从天津归也。

十九日（5月21日）

早到寺，为杏侄设奠。归饭。午至厂肆。

廿日（5月22日）

连日因卿侄病颇险，幸获渐愈矣。

廿一日（5月23日）

越儿二七，可怜之至。竟日未出，亦未会客。

廿二日（5月24日）

竟日未出。石州来话。

廿三日（5月25日）

早剃发。条珊来话，知大郎病，请小山同子愚去看。午间至陈师相宅陪吊，少坐即归。

廿四日（5月26日）

晨静。午拜卓师相寿。出城，拜数客归。黄辛农来话。

廿五日（5月27日）

早，苏蕉林来，为求篆志铭盖也。午过厂肆，拜数客归。

廿六日（5月28日）

晨、午静。申刻，樊子安请陶然亭。席间知魏家侄婿病剧，即往看。回寓后，约子愚、小山同往酌方，亥正始归。

廿七日（5月29日）

晨至魏家，药未见效也。条珊复来。午间出拜数客。到程兰庄处话。石州来话。

廿八日（5月30日）

晨至十里庄看越儿坟，种树培垣已就，才三七耳，怆何如也。归饭，写大字多。申刻，梁馨士请陶然亭。归，知魏家仲郎病殁。

廿九日（5月31日）

早，剃发后，到魏宅，大郎渐愈，条珊自不甚适，脉气殊不佳，其三郎亦病矣，奈何奈何！

五月

初一日（6月1日）

早闻条珊病忽剧，午间到彼，遽已作古人，奇怆奇怆。其叔及其戚朱四兄亦均病矣。杭人均集料理棺敛事。晚在石州处遇冯鲁川，即同便饭。

初二日（6月2日）

写朱亮甫尊人墓表毕。梁子恭、曹西垣来话。

初三日（6月3日）

早哭条珊，未令大郎、三郎知也。与邵惠西久坐。归，午后静。为两先生补做生日。石州来。

初四日（6月4日）

晨静。午间各处老师处贺节、送节礼。晡同翁玉泉至龙树庵，与僧人商量开湖事，未得把握。归饭玉泉处。得雨，凉甚。

初五日（6月5日）

堂上贺节，转增凄怆。未刻到厂肆，买得板桥兰一幅、滚灯一个。夜酌，倦甚。

初六日（6月6日）

晨静。午间出，回拜牟农星、朱九香。由厂肆归。

初七日（6月7日）

题顾子山比部《乞画图》，石州和之，余复次韵奉答。午间拜数客。

初八日（6月8日）

程兰川来晤。至魏宅，知叔太爷及朱四兄均病逝，令人不忍闻见。午静。晚，石舟来饭。

初九日（6 月 9 日）

早上馆，出城，到魏宅。归。饭后，客来不歇。申刻，黄莘农宗丞请新居，即淮生旧屋，园篱幽厂，属题"菜香书屋"及"双井别业"二扁者也。归已暮矣。

初十日（6 月 10 日）

早寅正二刻，往园问潘师相疾，已愈矣。过蕴东之，未值。归饭。午间静。晡至宝应寺，看陈寿卿。

十一日（6 月 11 日）

伯父光禄公忌辰，又杏侄四七也。晨至报国寺，归上供。午间吊吴霁峰丈归。得雨，凉甚。晚携肴具同张石洲、汪致轩、汪勋伯至龙树院看烟雨，归时亥正矣。

十二日（6 月 12 日）

晨静。竟日写大字多。晡出，过厂肆，淮生、雁汀、石舟先后来话。饭后至麟士处，与致轩便酌，并作字，颇有趣。

十三日（6 月 13 日）

早剃发。午出，拜数客归。申刻，翁玉泉约游南顶。出永定门约七八里，水边桥畔，游人嬉戏，殊有野趣。归饭陈栗生云洲处，甚畅。

十四日（6月14日）

晨过周铁臣，将出河南差，审案也。过方子佩谈。归饭。午后静。

十五日（6月15日）

晨、午俱静，写大字多。未刻，致轩请客，零星谈宴至暮。麟士复邀至陶然亭看月，更酌，夜分始返。

十六日（6月16日）

鼎侄生日。许信臣来话。午间出，拜数客。晤杜兰溪、骆籥门。归，申刻。玉泉、霞峰同请，颇热。暮归，倦甚。

十七日（6月17日）

晨静。午间写大字多。未刻，祝蘅翁请，出门遇雨一阵，颇奇。石州同回。

十八日（6月18日）

报国寺上供，树阴甚凉。归看义园工程。午间静。孙兰检、汪致轩同晚饭。

十九日（6月19日）

晨、午静，大雨，雷。晚饮杨海琴处，看画数种，同席伊少沂善书，彭益斋太守，江西人，乃辛巳北旋时同行侣也，相遇颇奇。

廿一日（6月21日）

晨静。鹤田来晤。午至厂肆，回拜数客。胡荪石来话。为少沂题文，清书卷。

廿二日（6月22日）

晨静。午雨，写大字多。晚饯致轩、兰检，玉泉、麟士作陪。

廿三日（6月23日）

晨静。饭后进城，吊锡子受内艰，贺戚小蓉升西路喜。回拜许滇生。出城至松筠庵，晤心泉上人。吴冠英从海淀归，催其画债。在西华门遇大雨。

廿四日（6月24日）

晨静。午作大字。晡出，过厂肆。归静。

廿五日（6月25日）

热甚。午间写字后，吊申世兄归。静。晚，何晓枫约便饭，在誉侯处，黄琴隝处不能到矣。早间庙中上供，儿侄辈去。

廿六日（6月26日）

晨、午静。申刻，赴刘宽夫席。散后，至陈西峰处闲话。

廿七日（6月27日）

寅正二刻，出永定门，至十里庄，看越云坟，转瞬已断七矣，不堪涉想也。归，饭后写字。未刻，至文昌馆，杜寄园、云巢兄弟请晚席。归，郑小山来便酌。夜间热。

廿八日（6月28日）

顾祠生日祭，饮福后，与仙露、石州、愿船、星农诸君即事赋诗，过午始散。甚热。晚静。

廿九日（6月29日）

晨静。午过厂肆拜客。晚请牟星农、苗仙露、陈卓人、汪醇卿、徐莱峰、张石洲、冯鲁川酌，辞帖者伊少沂、梁吉甫也。

卅日（6月30日）

晨静。午写大字多。朱时斋、伊少沂来晤，俞麟士来话。

六月

初一日（7月1日）

晨静。午出南星门，至中顶东岳庙，每年止此一日有会，为御史禁止，剩有看会人极多耳。晚，黎越乔、路小洲来便饭。

初二日（7月2日）

晨过厂肆，因拜客。午间写大字，颇热。晚，请王雁汀处，同人论诗相持，亦近来希有也。同席者伊少沂、林岵詹、江翊云、郑小山诸君子。

初三日（7月3日）

早过厂肆，拜数客。午写大字。石洲来话。晚至宽夫处，送乃郎子重行，将往肃宁做教官去也。

初四日（7月4日）

竟日静，写字多。石州来话。有雨意而不果。早间题伊墨卿丈《西溪消夏图》，张宝岩所画甚清妙，即送少沂行。

初五日（7 月 5 日）

匡鹤泉、吴莲芬来话。鹤泉借醇士画册去。收拾书房，为初七日称觞也。子恭、麟士来便饭。

初六日（7 月 6 日）

五娣生日，早面晚酒，晚无客。甚热。

初七日（7 月 7 日）

慈寿日，早面五席，晚两席，惟女客颇多。有清音夜唱软包剧。今日不甚热。

初八日（7 月 8 日）

竟日静，惟过石洲一话。

初九日（7 月 9 日）

早到史馆，出谢客，到本衙门，耆介春协揆午刻到任也。香儿生日。晚出谢寿，到松筠庵，杨立斋孝廉请也。

初十日（7 月 10 日）

晨、午谢客，前门以西俱清楚矣。子愚游十刹海。

十一日（7月11日）

城内谢客全清。方子箴处拜其严寿。与子愚饭麟士处。

十二日（7月12日）

子愚弟四十岁生日，早面晚席。午后，余赴陈淮生看棋之约，又雷春庭看帖之约。酉正归。戌初，上席甫半，内子忽以微疾化去，骇痛，出意外也。今年运气至此耶！布置竟夜未歇。

十三日（7月13日）

申时入殓，幸阴不甚热。停柩于我书房之中屋。

十四日（7月14日）

有客来。甚热。三日祭成服。

十五日（7月15日）

客来多。天热。

十六日（7月16日）

早到报国寺看屋。三弟由常州总运到家，岂意如此惨凄乎。

十七日（7月17日）

料理讣帖。

十八日（7 月 18 日）

头七祭。

十九日（7 月 19 日）

无客。

廿日（7 月 20 日）

廿一日（7 月 21 日）

廿二日（7 月 22 日）

连日雨。

廿三日（7 月 23 日）

廿四日（7 月 24 日）

廿五日（7 月 25 日）

请王爱棠前辈题主，孙兰检、梁子恭、黄倩园襄事。黎月乔后到，已成礼矣。二七祭。

廿六日（7 月 26 日）

送奠分者多。

廿七日（7月27日）

开吊。申刻后大雨，旋住。

廿八日（7月28日）

客有补至者。晚堂祭，到庙收检各件。

廿九日（7月29日）

辰初发引，停灵报国寺之后厅云深松老处。桂儿移住灵右。

七月

初一日（7月30日）

早晚到庙饭。

初二日（7月31日）

收拾书房。晚到庙，同桂儿饭。

初三日（8月1日）

三七祭。午、晚两到庙。

初四日（8月2日）

移书架至庙，以厅甚闲厂，乐得贮书也。晚到庙。

初五日（8月3日）

移书。晚到庙。

初六日（8月4日）

移书。谢步。晚饭庙中。

初七日（8月5日）

谢客。午、晚到寺。

初八日（8月6日）

谢客。

初九日（8月7日）

谢客。未到庙。

初十日（8月8日）

谢客。晚到庙。四七早祭。

十一日（8月9日）

静。翁玉泉、俞麟士晚便饭。

十二日（8月10日）

周月祭。午至厂肆，晚到庙。

十三日（8月11日）

静。晚，吕鹤田处便饭。作吴师寿叙。

十四日（8月12日）

补谢客。

十五日（8月13日）

到庙早饭。晚拜吴晴舫师五十寿。

十六日（8月14日）

补谢客。晚饭庙内。

十七日（8月15日）

静。写各处回信。五七祭。

十八日（8 月 16 日）

静。晚饭谢方斋处。

十九日（8 月 17 日）

二娣生日，未备面也。午至厂肆。晚到庙。写大字多。

廿日（8 月 18 日）

桂儿生日，可怜念也。午、晚到庙。

廿一日（8 月 19 日）

写大字多。晚饭翁玉泉处，未终席。复至蒋亲家处。

廿二日（8 月 20 日）

写大字多。郑晴川从南来。

廿三日（8 月 21 日）

写大字，字债稍清矣。晚到庙。

廿四日（8 月 22 日）

朱小鸥来京，旋同饭于普应寺，陈寿卿作东也。见所刻印谱极佳。翁祖庚放贵州学政来话。六七祭。

廿五日（8月23日）

写字多。晚约朱啸鸥、陆□□、吕尧仙饭。

廿六日（8月24日）

静。晚到庙。

廿七日（8月25日）

拜客。午写字。

廿八日（8月26日）

写字多。晚到庙。

廿九日（8月27日）

朱小鸥来早饭。午出拜客。

卅日（8月28日）

陈竹伯来早饭。午写字。晚到庙。

八月

初一日（8 月 29 日）

早剃发。王雁汀来话。七七祭。

初二日（8 月 30 日）

早、午写字。晚到庙饭。

初三日（8 月 31 日）

写字多。晚鹤田处便饭。

初四日（9 月 1 日）

早到庙饭。晚乔鹤侪处饭。

初五日（9 月 2 日）

汤敬亭来话。张小浦来话。晡出拜客。

初六日（9 月 3 日）

早到史馆，程兰川来话，分发江苏也。傅松岩太守兄来晤。

初七日（9月4日）

早拜潘师母寿。到劳星陔廉访处，未遇。星陔旋来。刘五峰来引见也。晚约星陔便饭，黎月乔、苗仙露、张石州同坐。

初八日（9月5日）

早剃发。竟日静。

初九日（9月6日）

写字。未刻到园住沈朗亭处。

初十日（9月7日）

万寿圣节，行礼后即归。晚在庙饭。

十一日（9月8日）

向筠舫来便饭。午间写字多。晚在庙上祭，悲怆可知。连日料理柩行，少暇时也。

十二日（9月9日）

黎明，灵柩起程。送桂儿同汪七兄行，一路甚迅速。酉初到通州船次，通永道李戟门同州牧王君来上祭。过朱筱鸥船上谈，即回本船同饭。

十三日（9月10日）

料理船上事，未得回。午间，筱鸥约便饭，并写字复回船。戟门请晚饭。宋莲叔来，未遇。

十四日（9月11日）

早仍携桂儿回城。未时到家，料理节事，忙甚。罗麓泉同年来话。

十五日（9月12日）

各位老师处贺节。晚，堂上酌，甚寂怆也。

十六日（9月13日）

写字，并写江南各信，因子敬将行也。

十七日（9月14日）

仍写字，至未刻罢。晚约黄蒨园、翁玉泉、樊子安饭，为子敬作饯也。

十八日（9月15日）

早饭后送子敬行，至东便门回。

十九日（9 月 16 日）

写信并长沙送人各扇对。

廿日（9 月 17 日）

桂儿往通州，余送至便门回。所带家人孔秀、阎顺、王升、老闫，定于明日开行也。

廿一日（9 月 18 日）

早、午写字多。夜在陶然亭公饯俞麟士。是日刘鉴堂先生到馆，名道衡，河南甲午副榜同年，课韶女、钟孙。

廿二日（9 月 19 日）

郑晴川来，请分发也。周寿珊侄婿来早饭。松筠庵赴张翼南、王荫芝、孔诚甫、吴老七请，皆山东乙酉世兄，陪傅松岩太守也。晚为鉴翁置酒。

廿三日（9 月 20 日）

晨静。午入城，陆静轩请。由厂市归。晚黄莘农约便饭。

廿四日（9 月 21 日）

晨、午静。晚，刘五峰、凌荻舟来便饭。散后，同至黎月乔处话。

廿五日（9 月 22 日）

先公冥寿，早晚祭。午间到厂市。石州来话。

廿六日（9 月 23 日）

竟日静。晚至厂肆。

廿七日（9 月 24 日）

早，东头拜客。午至松筠庵，潘季玉请也。晚归，子恭、子安、蒨园在园便饭。

廿八日（9 月 25 日）

拜客竟日。

廿九日（9 月 26 日）

刘五峰来早饭。午后静。

九月

初一日（9 月 27 日）

石州、伯雄、月乔先后来话。午至厂肆，黄子寿请饭。

初二日（9 月 28 日）

早、午作字。过厂市。

初三日（9 月 29 日）

拜陶凫香丈，未遇，即到馆。归，送顾子方及魏世兄行。数日因条珊亲家遗藏书画被人偷去数件，为访得而不到手，可叹也。晚陈淮生处请，与登之一话。

初四日（9 月 30 日）

曹西垣来作别，将南归也。竟日静。

初五日（10 月 1 日）

先伯父冥寿。徐谦木树楠世兄来话。向筠舫、孙兰检来晤。晚请王衰生大令、王雁汀学士、郑锡侯编修、江翊云给谏、林章浦郎中、沈翰宇庶常，皆闽人也。

初六日（10 月 2 日）

边潄石、朱建卿来晤。汪衡甫来晤。竟日未出。

初七日（10 月 3 日）

赖仁宅之侄以森来，得仁宅书。王雁汀处陪王衰生，主人有刘心房、林岵瞻、何杰夫，公请也。晚至乔济翁处，公请黎月乔，主人、客来俱甚迟。

初八日（10 月 4 日）

冯展云得山东学政，来晤。午间写字。晚拜客。

初九日（10 月 5 日）

早，顾祠秋祭，散已午正后矣。晚至陶然亭。

初十日（10 月 6 日）

早到本衙门，麟梅谷前辈掌院到任也。晡出，拜数客。

十一日（10 月 7 日）

早进城，陆静轩方伯雄同请。出过厂肆。晚，黄琴五处陪月乔。

十二日（10 月 8 日）

郑晴川来辞行，分发直隶，借盘川去。月乔来话别。晚同子愚饮乔济翁处。

十三日（10 月 9 日）

晨、午静。陈杏江来话。祝子伟来拜。午间写字。晡下园住朗亭处。

十四日（10 月 10 日）

同乡谢鬫贷恩。行礼后即归。

十五日（10 月 11 日）

善化人蔡君传枢来，问知张得吾兄仙逝，俱未得其讣，怆怆久之。晚间，为月乔作饯，约翁玉泉、蒋誉侯、黄琴五同酌。月色佳甚，余得五古一篇赠行。

十六日（10 月 12 日）

晨静。午携聩侄送月乔行，甚怅。月乔以言官不得意而去，同学故人日少一日矣。晚，子愚处有便饭客。杨海琴来话。独至陶然亭，与老僧一茶而归。

十七日（10 月 13 日）

早至厂肆。午静。晚赴孙云溪席。

十八日（10 月 14 日）

苗仙露来别，将赴冯展云之聘也。晡至厂肆。

十九日（10 月 15 日）

写字多。晚请苗仙露、吕次闲、刘子豫、张石州、冯鲁川赖。

廿日（10 月 16 日）

早、午写字。谢方斋处公请盛凯亭、夏子龄。晚，冯鲁川饮，饯仙露也。酒后，为仙露题《寒灯订韵图》，得五古一篇。明日仙露行矣。

以上原件藏于湖南博物院藏，题名《种竹日记》

道光三十年

道州书法如龙跳天门，虎卧凤阁；又如长松拔地，盘旋夭矫，气象万千。观其用笔，无一不从金石文字中得来，洵推国朝第一大家。论者谓其平日服膺颜鲁公，足为鲁公入室弟子，固无不可；即谓与鲁公并驾齐驱，亦何不可。此日记六册，系其衔恤南旋，水陆舟车，随意挥洒之作。其时正抱鲜民之痛，在道州何尝经意，而天趣独绝，落墨便是不凡。余尝谓道州即污染墨点亦有来历，非阿谀也。拜读一过，五体投地。

小松

三月

廿八日（5月9日）

巳初刻奉母柩由报国寺起程，独龙杠绿罩，十六名夫，共三班四十八名。神主楼一抬，诰封牌、入城牌共二对，帐篷一架、行李三套、车二辆、轿一乘，以车不能随杠也。自十二月初五见背，廿七日移殡寺中，侍居灵屋，恰周三月而行。因人客酬应太烦，精神为惫损，几有不胜丧之恐。此番起程，年世谊俱未通知，惟贵州门人不知何以得信，于昨日来上公祭。今早有王曼生、赵少言来送，蒋鹤庄侄婿来送。家中男妇俱来上果供送行。子愚弟及桂儿同至长新店。带家人四人：孔秀、王贵、李淦、陈芑。承办杠轿者赵秀也。未正到新店。丙初，上供。戌初，饭。甚热，为城中所未有。

廿九日（5月10日）

丑初二刻起，丑正二刻行，五弟、桂儿送灵后归去。五十里豆店尖。一路山沟，绕道迂远。巳正后始尖，午初后行。又六十里涿州南之南皋店宿，共百一十里，而绕道有廿卅里。戌初方到。行李车折轴于流黎河石桥上，戌正后始到。换枣木轴，京钱五千五百文，可谓廉矣。闻有卖轴人在桥边候此生意，故近年车夫多愿出南星门，亦可见桥久不修，不便行旅也。作弟一次书。

卅日（5月11日）

丑初二刻起，寅初十分始行。杠夫昨颇乏矣。四十里至新城，大令玉珩不在家，差人伺候，公馆祭席，送席，想是良乡借马时致有溜子信来也。又四十里白沟河小憩。又四十里雄县南关外宿。周云峰大令奇昌差人伺候如前，惟席棚稍低耳。竟日风凉而土大。第二次家书，交办差人。

四月

初一日（5月12日）

寅初三刻行。卅里过郑州，已有市矣。又四十里任邱尖，伊瑟庭世兄铿额来上祭，一话去。又五十里廿里铺住。河间令何香伯遣人办祭，到时已亥初。行黑路有十里，幸平安也。早凉，午后甚热。

初二日（5月13日）

天明始行，因杠夫连日大站颇乏也。廿里至河间府北关外，王升甫太守、何香伯大令来路祭，一话别去。城内预备公馆，未入。又卅里高家林尖，献县差伺。尖后，卅里至献县南关外住。上供后，李同文大令焜来上祭，乙酉世兄松葆之胞侄，一话去。饭后，发第三次家书，交马号候折差带去。此间尚未得春雨。

初三日（5月14日）

仆辈一夜未睡，都怕迟也。复静候至寅初三刻行。约五六里即天明矣。早凉极，觉衣薄。四十里富庄驲尖。交河雷令五福差伺，停杠处无棚，止此处耳。又四十里阜城县住，署令蔡懋昂县考未来，家人差伺。今日申初到公馆，惟杠夫落杵二次，不免欹斜，可惧也。麦田干甚，昨日献县店壁上有楚澴李蓉镜黼臣题诗，颇有致："止有同尘真妙法，世情谁喜太分明。"上两句言风沙大也。"若说风流真个事，圣狂一念苦分明。"上六句言多妓也。"三上应无宰相书"，上三句言逐功名也。不记得全，漫录于此。

初四日（5月15日）

子正即闻催起，算一夜未静。直至寅初二刻方成行，天未明，时冷极，又甚于昨日。五十里景州尖。鲁卓泉刺史杰，江夏人，差伺王禄来见，去此十五里名鲁家庄，即日入京，因付第四次家书去。又六十里德州南关外住，路颇远，到时昏暮矣。汪竹千刺史上祭。景星桥观察催船未回。河水干，豫东粮艘恐将误事。在京闻誉侯说竹翁有恙，今问知无所苦也。汪、景俱送奠仪。

初五日（5月16日）

不见吾母四阅月矣，悲怆何极！天明始行，甚寒。午初，曲流店尖，平原管，徐大令顺昌差伺。尖颇久，日午太热也。未初行卅里至平原东关外，少憩。又十五里廿里铺住。晚风解热，稍可。饭后见月，昨日此间有劫车事。天再不雨，民气可虑。

初六日（5月17日）

寅正二刻行，天大明矣。五十里禹城桥尖。又四十五里晏城住。天热，行不能速。到时戌正，齐河办差人迟到，自打店。买菜颇鲜，然早尖禹城庖人却甚佳也。一路见梨枣林颇多，近山气象如此。夜作书与陈慈甫中丞，并附第五次家书去。齐河令姚锡华差人亦来，姚令江南辛丑进士。禹城令史性仁，溧阳拔贡。今日卅二人一班，共一班半递换。

初七日（5月18日）

舁夫昨日多受热者。寅初二刻起，已天明。寅正二刻始行，廿五里齐河县。入北门，出东门外店茶尖。店内见邳州女士芮蓝玉题壁，略云："妾本儒家女，以贫卖为李侍卫妾，携至京，大妇不容，遂见逐。侍卫遣老仆送回沛县，誓以破镜重圆，自矢相守以报侍卫。时己酉重九后二日。"其诗有云："照镜剧怜尘满面，临妆无复婢梳头。"余平平。又廿五里走山沟，避大道，迂甚。午初二刻至杜家庙尖。今日止走半站，以休夫力。店小而院大，即己亥使闽尖处也。云意时作，而雨不可得。此处林木颇盛，觉不甚热。

初八日（5月19日）

昨日早歇，今日舁夫起得早。行十里始天明也。十五里至开山，行山沟中，渐入石陂陀路。过大长桥，桥下无水，由未得雨也。共五十里，章复尖。长清令章文津师舟差伺。慈甫中丞差人前来照应，已往前去矣。尖时方巳初多，将午初行，又四十里长城宿，仍长清地。满眼皆山，尚未见岱顶。竟日阴云，欲雨不雨，且得凉爽。杠行石坡路极稳且速。昨、今俱自搭帐篷。

初九日（5月20日）

昨一夜细雨，奇凉，薄枕被禁不住，五更住点。天明始起，寅初三刻行。卅里新庄小憩。石坡小水，时时担心。又卅里颇长，到泰安府南门外住，方交午初。三日两站也。法敬堂太守丰阿、张寿泉大令延龄同来祭。陈慈甫中丞差家人王成上祭。青州都统奉命祭告岱岳，于昨日到，闻祭告尚未定日也。司徒芷邻都转、花思白观察俱有奠信来，复信，即交去，并复谢慈甫书，交其家人带回。第六次家书亦令带去。此间春夏无折便，闽浙折弁均走湖路也。午后大晴，甚热，夜凉。

初十日（5月21日）

丑初起，寅初始行，未三里天明矣。路极好走，雨来仍不碍行也。四十五里崔庄尖。店后小园林木幽茂，雨不住，尖久歇。巳初始复行。风大，雨止矣。廿五里花马湾小憩，山势开敞，一望圆秀。又卅五里羊流店住。新泰令李天涛（松崖，癸酉孝廉，大挑），差伺。到店申正，下半日路颇长，过小水数次，又有山坡，俱甚平稳。回首望岱，已不得见。

十一日（5月22日）

昨夜早睡，今天明始起，即行，甫寅初也。至翟家庄小憩，说已走卅五里，恐无此短路也。又廿五里新泰西南关外尖盐店，屋院大而陋，海棠三树却不小。尖后廿里敖阳住，仍新泰县差候。风凉甚，午不知热，所过河皆无水。左看敖山青云山，右见蒙、峄诸山。一直东行，略带南耳。乃知此路直走弓弦，而湖路弓背，故路大得多也。到敖阳才未初。昨、今两日俱有民壮护行。

十二日（5月23日）

丑正起，寅初行，天微明耳。早凉，路平而舁夫极缓，由昨日久歇转疲也。四十里蒙阴南关外尖，巳初一刻矣。文鲁斋大令颖迎送于郭外，亲来祭。公馆宽而门口逼窄。尖后廿五里□□小憩，又卅五里垛庄住。沂水令王廷荣差巡检柳如松代祭。午后路颇长，到店酉初二刻矣。有月而躁热，将有雨乎？一路俱苦旱也。今日山陂陀时有之，无高斗处。

十三日（5月24日）

天明行，寒，有风竟日。山坡不少。四十五里青驼寺尖，方巳初耳。巳正二刻尖后，山坡更大。午间热。卅里大峪小憩。又廿五里伴城住。两处俱属兰山。张云骞大令应翔，湖北钟祥，拔贡。晚风稍凉，有月，昨日作第七次京信，适有火牌差带去。

十四日（5 月 25 日）

丑起，寅初行。路极平坦。廿五里鹅庄小憩，又廿里沂州府尖。先过河一次，即沂河也。德松斋太守峻及副将以下均迎送于郭外，尖在南关外。诸君上祭后甚热。陈耀曾典史，祁阳人，候县委；家兰（佩芬），海安人，吴履吉先生门人也。尖后行，风沙大，甚热。又五十里过河，闻上游有沂水、费县两水合成此沂河，故比早间所过水大多了。住李家庄，仍兰山管。张云骞大令早间公出，晚差人致书兼送奠仪。灯下作书复谢去。夜热。

十五日（5 月 26 日）

昨夜大雨，天明后少住，即行，已寅正矣。途间复大澍数次，泥水中行，甚平稳。无路可避，舁夫转小心尽力也。逢村即小憩，共六十里。住十里铺，已申正矣。崇翰臣世兄亮，己亥，由县来祭，即同饭。饭后去，已暮。写对十付。今日止一餐而已。午后大晴，故夜颇凉，惜屋多树，阴黑少味，见榴花。今日半站。

十六日（5 月 27 日）

寅正行，路极好，间有小泥淖。十里至郯城东关外。翰臣来送，一话别去，仍差人护行。六十里不大，说止有五十里耳。到红花埠住。今日仍半站，午正即到，舁夫要休息，养气力也。

翰臣说两江昨日有四百里、五百里折各一次，不知是何紧急事。住处斜对门有折差总局，因作第八次书付管号人。杠上要钱，而钱店距此向南十二里，因从烧锅铺易钱，价仍不减也。院树有阴，想蔡玉山。

十七日（5月28日）

丑初二刻即行。乘大月行廿里始天明，共六十里，峒峿驿尖。又六十里宿迁县东顺河集住。先过永济桥下，桥七十二孔，每孔相去丈有余。桥下为六塘河，有纯庙御诗碑二石，四面皆刻满，历次南巡皆有诗也。现在六塘河无水，闻夏秋之间由骆马湖泄水入海，此桥为往来要途矣。任秋岚大令辉第，根云河南门生也，来祭，一话。见《会试题名录》，杨性农、杨敬士、慎符卿俱隽。闽、黔、粤门人各二而已。秋岚说上海民居失火，延烧洋楼，夷人说话，故有昨日五百里。

十八日（5月29日）

丑正一刻行，十余里而天明。走小路，而舁夫颇迟。五十里尖仰化集，又五十里亦走小路，至重兴住，桃源县管。吴仲仙同年大令棠，行二，来祭，一话去。属其致书，南边州县无供应，着李淦、王贵先往清江雇船。得子敬弟廿七日清江留书。

十九日（5月30日）

天大明始行，夫疲路远，四十里鱼沟尖。又卅余里过盐河，有板桥渡，过至王家营，杨至堂河帅、清河于大令差接，备公馆，未入，恐天迟也。有职员严廷华拦接，说杠夫多，清江街走不过去，请暂憩设法。余坚却不住，即渡黄。申正三刻上船，酉初即到南岸。起杠，少憩，行。又五里至清江浦，街窄拥挤，亦由观者多也。到马头请灵上船，安顿尉帖，已上灯矣。自河帅以下俱差候，晚回。左青峙大令来祭。杨石卿来话，知许印林已归沂，不得晤，怅怅。夜热。

廿日（5月31日）

早，于前峰大令醇儒来祭，罗椒生门生，山东平度州人，说今年会元邹石麟，亦同榜生也。杨至翁河帅来祭，谈久方去。石卿复来，同饭。午后彭雪眉来祭，带到子敬留书，子愚四月二日京寓书，又许印林书，并寄奠。知印林现移书局于青江，刻桂《说文》，定今年毕工，而光景窘迫，可念也。曹子固联桂、黄小帆钦鼐两司马来祭。子固新调宿北同知。小帆者，瀛帆之子，现山盱同知也。路小洲给谏、熊存东通判先后来。桂星垣淮海因病未来，差人候。客来皆久话，兼热甚，颇困乏。赵秀除正项杠价外，共借用大钱贰百卅千文，到京交还。然此行一路平安，渠甚吃苦，听说可感也。

廿一日（6月1日）

回拜各客俱遍，除不进衙署外，得晤者雪眉、石卿、小洲也。石卿处晤高北平均儒，说顷，已上船叩奠，系先公浙江进学门人。又晤黄树斋前辈，将入京也。石卿赠我《小松访碑图》。小洲处晤梁海楼，因为书两扇，索小洲画，即便饭。兼约雪眉来，四丙申一聚。晡时大雨，饭毕，已上灯矣。仍由河南至河北回拜小帆，一晤。回船，知树斋及谭桐舫祖勋均到船，而桐舫处不及谢步矣。作弟九次家书，交雪眉。

廿二日（6月2日）

早开船，起颇迟，实疲乏也。过淮关，关监督全福差候，又淮安府恒廉、山阳县陈兆夥均差候。船到马头，未泊。昨又坚托于清河复札致河运勿预备一切，看来得免矣。惟河帅派两小武官送行，坚辞之，而面请留一人，止得从之，究属累赘，不大便。又此次太平船无腰门，出进必走前门，真闷甚。由老三交李福（清河办差）先雇定，余仓卒过河，不料其如此蠢，而李淦、王贵亦均未见到也。东南风顶头，船倒行，七十里泊平河桥。雪眉、小帆均请今日吃饭，不及告以行期，止算不到耳。夜雨甚畅，忽甚凉。

廿三日（6月3日）

开船颇迟，竟日屡泊。我固不急，两舟子又有病婴也。过宝应，未泊，王令筠节差人迎送。夜泊界首，得百廿里。昨日杨叠云漕帅丈差送奠分，今日检出小箱中各书。

廿四日（6月4日）

行不过四十里，至马棚湾泊。风大，不能行矣。课两仆作小诗，温书亦自可。

廿五日（6月5日）

早行十余里耳。南风暴，大可怕，仍泊。午后，来雨一阵，而风不息。王贵入高邮城买菜，往东南，有八里远。州牧范凤谐差接。

廿六日（6月6日）

风略定，曳纤行。午间忽来北风，遂挂帆行。遇铜船北上，耽阁许久。复行，戌初抵扬州城南赵家渡泊。李淦与伊甥陈鸿回家去。陈鸿本入京寻事，学跟官，遇李淦拦回。余见其颇文气，因留试用也。作第十次书，交李淦带上坡去。夜凉甚。

廿七日（6月7日）

早供后，府县上祭。甘泉令陈容斋第诵、江都令姚桐川维成先来，吴红生太守（前江都令）、许大令道身后至，俱一话去。余于巳正上坡寻周子坚于旧院署，久候不归。到杨季子处，而子坚亦来，遂同步出，用点心。因至袁门桥一带字画古玩店流览，见明时龙香御剂蓝、绯、朱三锭，索价太昂，未买成。日暮别去，余回船上。晚供后，罗茗香来奠，久话去。魏默深署海州运判，刚离扬到任去。不得一晤，与不晤印林同一怅怅。子坚却出意外也。

廿八日（6月8日）

早供后即饭，因子坚、季子约今日舟游也。两君来已迟，复具飧。杨大令承忠、谢默卿司马元淮、许季眉世叔乃常先后来祭。谈次，知现在淮南改票盐，已有新章，何其速也。大约刘星房都转住扬州，而联秀峰、姚石甫分住九江、湖口，各带委员数人去。客去，与季子、子坚同便衣行约二里余，上船。出南北水关，向城西北，过小秦淮。沿岸茶亭极佳，西北行，先至云山阁、小金山、五鼎亭各处。刘孟瞻后相晤（文淇），同至平山堂，"谷林堂"三大字阮师所题，东坡旧题也。平山堂尚署六一款。闻十六年前所见板桥巨画已为前方丈失去。与季子复至观音山一憩。回船，至郝忠烈祠饭。饭毕，至桃花庵问石道人，寺僧无知者矣。平山堂有阮师存大砚。时天色将暮，回舟，半路与三君别。余独舟回大船，已将上灯。茗香来，约玉清宫之集。洪子香着人来说明日上祭。

廿九日（6月9日）

早雇轿上坡，回拜罗茗香，吴虹生，陈、姚、许三大令，谢默卿、黄小园、又园昆玉。衙门中本不进去，余未晤。其得晤者许季眉丈、杨季子、周子坚、熊竹村丈，洪子香未晤，晤其老五，言子香即回苏，欲同行也。孟瞻亦他出。到梅花书院晤梅伯言，新来主讲，真本色也。伯言处遇王令甫观察，知乃弟子兰亦在此。先是到康山哭阮太傅师，送奠敬，挽联：“大清二百年来，更谁儒术事功，包罗万有；夫子自千古矣，从此经生才士，景仰何人。”与五、七、八三世兄一晤，相向哭也。到玉清宫，同集者孟瞻，阮氏五、七两兄。季子后来，茗香作东，为阮师神道碑事。阮氏欲余撰书而署汤、祁两协揆款，与吾师十年前面托语意不符，且余不能为人代笔，故力辞以心绪烦杂，无能为也。饭后，同至东园，乃南巡时行宫内阿哥所，亭屋幽敞，水石极胜。近为制军行馆。久憩始别。回船甚热，大吃水果，饭。夜乃凉。拟明日一早行矣，而黄小园来，坚约明晨一饭。季子为买得前日所看三龙香饼子来（五元半），真古得有趣。此次扬州所得止此，及子坚赠青主字卷耳。府学宫看阮师所存中殿廿七八两石，又一石字更奇古，不可识。又师所刻石鼓，从天一阁本摹出者，恐当较杭州本为胜耶？文汇阁、上方寺未去，怅怅。又园半夜着人来送奠仪，并书两种。

五月

初一日（6月10日）

早，黄小园来祭，一话后即同上坡。余回拜李二兄馀庆、岑秋舲淦，秋舲者，即刻《旧唐书》岑绍周提举建功之子。绍周刻成即寄我于京师，绍周旋殁，秋舲与从弟仲陶（镕）复刻成《旧唐书校刊记》及《旧唐书逸文》，昨来赠我，未晤。今答谢，仍不晤也。到小园处剃发，书扇，乃饭。季子同坐。饭后到小玲珑山馆，即屋后也。石树清奇，惜无水耳。缅想全谢山、厉樊榭、金冬心诸老游集之盛，而马氏兄弟儒雅好事，真为神往。今此园，小园已质诸查耕麓，查尚未来住也。未正回船，复上坡回谢王令甫、阮氏兄弟，均于早间来奠，余不在船也。回船即开行。十五里至高明寺泊，尚早。入寺，见塔身尚存，而屋檐俱毁于廿四年。行宫一片瓦砾，余佳石数峰兀傲蔓草中。回船晚饭，候子香不至，想未开船矣。高明寺即三叉河，西去往仪征有江西粮道船泊此，当是邹忠泉，却未来看。

初二日（6月11日）

早行，东南风不小，迟迟曳纤。午后到瓜州，不能渡江而泊。展阅青主书陈右元诗卷，为右元评改秋诗卅首，殊有趣。后有包慎伯跋，乃妄贬青主云：前见其数帧，擢居能上，若早见此卷，当处以□□矣。真谬诞也！青主书意岂慎翁所能解耶？申刻，洪子香到船，谈久，复过其船，话无锡，快甚精洁。别去。子香渡江，约明日相见。

初三日（6月12日）

辰初渡江，四渔舟曳护，有东南风，折戗行。宛转久之，至西门外泊，在金山东五六里，非昔年泊舟咫尺金山处矣。变迁如此，才十年外耳。子香亦今早始渡，同泊京口驿前。早饭后，雇小轿同游。先至象山洞之前石公山，阮师题“石公山房”，为韫公题。梦楼题“小有天”于石崖上。登楼看江外，无它奇景。与焦山止隔江，有红船三只，为往来渡处。即上船翦江，顷刻抵焦山，先至自然庵。净波与子香同乡，遂导游海云庵、水晶庵、松寮阁诸胜。看《瘗鹤铭》石，别来复十年矣。仰止轩拜椒山先生像，观阮师所存轩中椒山诗字卷，复题记于后，因及松筠庵刻疏稿事也。旧题联集《鹤铭》字云：吾志未遂，上荡真宰；其词不朽，留表此山。尚悬像旁，无恙也。观周鼎及定陶鼎，方丈月辉同看。妙诠者，借庵弟子，闻能诗，秘不见示。赠借庵诗钞二本。至焦仙洞、观音阁，斜至山坡，见米老题“法芝”“仲宣”处，又陆放翁题字处。仍回至自然庵，一饭小酌，盘桓久之。石壁香林不复到，仍翦江渡望城行，至北固山多景楼、海岳庵，观坡、米两公像，并研山阁。沿山麓至甘露寺，旧迹罕存，孤亭亦毁。望江最胜处，现在有邹君动工修葺也。回船后，丹徒令张介石元揆来奠，文和公之曾孙也。子香入城拜客，候其同飧，久未回。

初四日（6月13日）

早，入城谢介石步。街市填壅，有旗物做都天会，傩蜡意也。回船，饭后，为会船所阻，不能远行，仍同子香觅肩舆看山去。先过支家园屋，未毕工，有池、楼诸处，离南门三四里耳。西南行，共十里余至招隐寺。石径入，深树曲折，有天然趣。登昭明太子读书台，方事修葺也。四面皆山，嫌不开敞，下至虎跑泉，水色颇清。行坡路，斗斜而上，至师子窟，寺后一洞不大，僧倚松导游望湖亭，南望练湖，东见圌山。亭本名鸟外，甲午岁，赵兰友丈与张稼村同重葺，更名望湖也。甚敞豁，如目光好，可见数百里外也。八公洞说太险，寺败不去矣。下坡就归路，至竹林寺，层层倚山而上，楼屋多且闳敞。有曼生联云："孤竹瘦于尊者相，野云白似道人衣。"甚佳。雪谷上人已退堂矣，年六十余，出《竹林寺图》，张崟画，有洪稚存、曾宾谷诸老题记。余题字数行，劚笋而去。雪谷自道近诗，有"屋缺补疏竹，楼危瞰远江"句，殊佳。出寺下山，东北行，望金、焦、北固俱明白。过米元章墓，在草中，有祠，门已锁，不得开。过周濂溪先生祠，一片土耳，可叹也！旁有张文贞祠，尚无恙。至鹤林寺，前有寄奴泉，水甚甘。廊间石刻多，无甚古者。后有杜鹃楼，无其花也。圆具上人方葺破败，恐非易易。出旧修寺记卷子，为题一段而别。到南门闸登舟，移泊至都天庙前，前有船桥，为赛会而设，各舟不能过矣。与子香上坡，至庙看联扁，乃张睢阳庙也。何时为都天神专管漕运事耶？与子香同食竹林寺笋，甚鲜。夜庙会，喧阗至天明始散。

初五日（6 月 14 日）

舟子自作粽送来，并枇杷、小桃、鸭蛋。上供，怆痛，昨梦何可得也？梦母病而移榻无恙。舟竟日忽行忽住。至大新丰泊。东南风未住也。子香今晨开船后前进矣。夜奇热，又行，泊张官渡，距丹阳廿里。共行七十里。

初六日（6月15日）

早，至丹阳买菜，久泊。连日俱买得笋，闻此时已过矣。黄花鱼甚美，与京师气候不同如此。晚泊奔牛镇，属常州武进县，共得八十里。晡时小雨，夜稍凉，而苦蚊。

初七日（6月16日）

东南风劲，船行甚缓。卅五里到常州泊，已午正矣。到府署谢严仙舫，门者传命固请，今不能破例进署也。寻赵伯厚，说到苏州去。武进张芸门大令亦往省。回船后，仙舫来唁。去后，余剃发。晚，仙舫复来祭，送奠仪，移庖来，共饭。仙舫升淮海道，未到任。又以京中保举，须北上，现办赈未完，故未卸事。常州民捐赈至将三十万千钱，尚义可知。酌次，伯厚忽来，云自杭州甫归，知寿臣处已得余将小住杭州信。伯厚三年不见，亦觉苍苍。仙舫亦更有老意。自言精力渐差，报称非易。谭至夜分始别去。伯厚后行，欲往金陵，邀陈硕甫到杭同我住。第十一次书交仙舫寄京。夜凉。

初八日（6月17日）

早行，船篁拥挤，呼嚷可悸，屡行屡泊，竟日行廿五里。晚泊漆氏堰。东南风太大也。仙舫复差役送联幛至，可谓情文稠叠，然舟中无悬挂处也。昨祭席甫见杨梅，连日舟中无菜买，并萝卜、蕹菜、鱼俱无之，此间盖旱矣。问仙舫，说河南大旱，我过山东亦久无雨。夜凉甚。

初九日（6月18日）

东南风不顺，晡又雨，行不过廿里，泊处无地名，大约是苏林铺。雨声遂竟夜。奇凉，盖厚被。

初十日（6月19日）

仍不顺风，频行止，至洛社镇泊，此处红醋甚佳，不比镇江、扬州黑醋可厌，惟一路无小菜，止有苋菜耳。这两日买得豆腐，晚雨潇潇达旦。

十一日（6月20日）

早，雨未住，舟子睡不起，因催促开行，雨已渐住。卅里到无锡，已午正矣。雨复来，望惠山不能去。过城小泊，忽西北风起，雨亦住，复行约有五十里，未及关而泊。今日约共得八十里。伯父光禄公忌日。

十二日（6月21日）

雨住，有顺风，到浒墅关，久泊，方过，到苏州胥门泊，已未初矣。上坡寻洪子香，知于初八日到省。得子愚四月十三日书，子敬留书，四月廿日从苏回湘也。得默深书，颇谬。金兰坡处看傅青主题邢琬画册、陆朗夫先生画册，佳，然必须与其家书大册同售，故难到手。遇顾湘舟于坐间，昔年通书，彼此均未接到。到朱筱鸥处问其病，初愈，见于卧侧。谈画甚适，为我留得孟津画兰卷，又石涛小景卷，俱精绝。过韩履卿，话及三十年前在蒋伯生燕园同叙，为写蘖庵扁，其同梦境。知伯生所藏各器，零落尽矣。过杨芸士处，瞑归。

十三日（6月22日）

早，过履卿，看李西涯篆隶行草诗卷、董香光画册、黄忠端《孝经》册，俱佳。问碧山银槎杯，乃兄桂舲先生以殉葬矣。然闻尚有一器在浙也。到顾湘舟处看吴中画派册，吴中墨妙册共十余大册，所见书画将百件，略有赏心即索题跋，腕为困矣。饮次，陈硕甫、姚紫恒同坐，硕甫就制军馆，不意其在家也，得晤出于意外，现为栗翁刻郝氏《尔雅疏》，未竟也。晚过程兰川，不得晤，怅怅。湘舟乃侄号季台。

十四日（6月23日）

先到筱鸥处。即叩谢各处曾送奠及幛者。自抚军傅秋坪前辈以下，共将四十家，不进衙门，素不识者不会。乃遇大雷雨。于兰坡处看颜书《元静碑》，未买就，石涛画册及唐高公佛堂碣均买成。兰坡留饭，又看字画多。雨少住，仍谢客。到练笠人处，大雨不能走，留便饭，纵谈诗字，酒颇多酌，可悔也。（此处删去一行“早间闻制军陆栗老前辈到岸，往谢，晤谈后方上坡”。）

十五日（6月24日）

早，余同年、黄菉溪两大令来奠。傅秋坪前辈来奠，一谈去。制军陆栗夫前辈早间到岸，由松江阅兵，过此阅兵也。往谢一话，即入城去。到筱鸥处，久憩，剃发，为题各件。过珊林、云乃处，不遇。湘舟处看字画，仍留饭。宋元名贤尺椟卷精极。倪鸿宝画梅竹寒雀直幅，乃奇迹，恨不夺之也。晚饭杨芸士处。芸士、履卿、顺之、筱鸥同做东。筱鸥遣乃侄伯兰来。潘顺之到船，我未见也。梁吉甫、沈竹宾陪客。竹宾画笔清出，昨与芸士言欲与相晤，因腹泄先去。雨竟日，不大住。

十六日（6月25日）

早，谢汪艮山前辈步、陆栗夫前辈步，均未起。入城，到洪子香处，便饭后，同坐小舟，冒雨游木渎钱氏新旧两园。问系竹汀先生本家。新园幽曲，老园开敞。登楼，看灵岩上方诸山，雨蒙烟茂，一奇景也。回舟，出杏春桥，到石湖，虽不得上山，而波云无际，人到画中不觉，未易得也。舟中为子香书扇五柄。入夜，归过横塘，江水长逆流，颇费篙纤，力靠大船，仍饭于小舟中。子刻，子香始别去。舟中看《顾涧蘋集》，芸士所赠。

十七日（6月26日）

早，黄菉溪来，知子敬于初三已到南昌，则此时已抵长沙矣。与黄寿臣一书，即交菉溪。今晨作京寓及长沙两书，分交信行。栗夫前辈来，谈至午正始去。过上坡，到小鸥处便饭。兰坡处《元静碑》买成。湘舟处题看各件，买成大《晚香堂苏帖》《郑板桥兰卷》《黄孝子画轴》。过毛逸亭一话，老态，未多谭。到梁吉甫处为题《渔洋尺椟卷》，皆与林吉人商酌写《精华录》也。蜀石经《左传》一册，惜兰川处《诗经》册此次不得见也。《石斋先生画花卉卷》奇韵天成，得未曾有。吉甫本约便饭，同坐者芸士、履卿、伯兰、笠人。归船亦亥正矣。制军送佛手柑、福橘各二槃，橘至此时亦奇矣，尚鲜香也。

十八日（6 月 27 日）

早，由阊门外谢客入城，路远而客少。到湘舟处憩，仍看字画数件。遇毛叔英，出数件索题，无特出者。午时到子香处早饭。同到太子马头，上小船。先到白公祠，多颓败矣。到虎邱，至韦公祠，即仰苏楼旧址，恶僧不安静，僧逐而楼毁，前年始就其地为韦苏州建祠。东南望甚敞，烟雨空蒙，见城中塔影。出至观音堂，到御碑亭，看虎邱山背，回至千人石上，槃桓久之。下坡，回船，游舫渐集，尚余端午景也。略见繁华景意。复上坡，看子香买花，珠兰两盆，栀子一盆，才六百文耳。茶壶一个，到去三百文。到五人墓前，小人家芜陋甚，宜辟治。上船，到回流处久憩，同酌。子香不能饮，看我独酌，渐回船。子香到阊门别去。睡时刚子初，天欲放晴，西北霞起，而夜仍无月，凉甚凉甚。

十九日（6月28日）

早，上坡，陈硕甫处谈《毛诗》意义，尚有数小种未刻，其《毛诗音》颇有泥古嗜奇之病。湘舟同到辟疆园，登楼，看所藏书，又见王渔洋夫人画册、《柳如是题诗》，诗画俱精奇。恽南田《深柳书堂图》，吴渔山补成者，皆可珍异。湘舟赠杜东原画轴，聊以为别，非我所剧赏也。许珊林得晤，看宋拓《夏承碑》，真宝物，亦湘舟家藏，现珊翁双钩刻木。晤陈登之，知林少穆丈有"迅速来京办理直隶水利"之旨。到洪子香处便饭，为写大寿字。携孙渊如《春秋集证》未成本去。到船即开行，亦未时矣。今日晴，制军甫获阅兵，又因有夷船到天津，回至松江，不定入口与否，在此候确信。运司刘星房前辈昨晚到，盐务方办起，不知功效如何。制军日前谈到开烟禁、小钱禁，皆要务救急法，去兵，亦关大计。其谋国之心，甚挚也。行约廿余里，尹山桥泊。过宝带桥，时已暮，不及到乙未亭。

廿日（6月29日）

南风不顺，午初到吴江，觅小舟入，至长寿庵后访杨龙石老友，左手足病废，耳更聋，以笔谈，精神却尚如十年前也。乃郎成进士，入词林，家中为报录人所窘，余送卅金，不无补也。见赠《鹤铭考》初印本，山谷《浯溪诗》。为题《义熙铜鼓铭》，铜鼓有字，真希见。又题《萧忠武碑》旧拓本，为伊内侄王雪亭元直书扇而别。夜泊平望吴江荡上长寿庵后杨宅。

廿一日（6月30日）

风雨不住，曳纤未歇，夜至嘉兴府泊，本不要泊马头，而署秀水丁少芗溥差伺，遂泊。少芗来祭（辛酉世兄，丹阳人），后常锡堂太守亦来，乃隆恩奉先帝朱笔改“常恩”，昔守长沙，余曾通信，候相见，颇爽。雨竟夜。

廿二日（7月1日）

早，常、丁两处谢步。过前署秀水江岷樵处剃发。早饭，岷樵同乡旧好不知余至也。饭后，命小舟同至鸳鸯湖，登烟雨楼，敬观纯庙御笔画烟雨楼图卷，并题诗，有睿庙为皇子时及成哲亲王和韵，和珅、梁国治、董诰三相国和韵，五律。时楼下□久憩，雨小住，行到马头，复肩舆至陈园，本岳倦翁园，曹倦圃曾得之，今归陈氏，分为中、东、西三园，水石树皆幽奇，亭桥楼屋俱布置疏密，有奇趣。古树甚多，不仅一鸭脚树也。回至公馆，复出，谢朱述之大令步（嘉兴令朱绪曾），即回，饭岷樵处，邀述之同坐。述之好收秘本书，书气满面，亦牧令中希品也。赠家集一部。岷樵令三弟号汝舟亦同坐，初从家乡来，谈新宁用兵事，使人闷闷，然昨闻陈登之说，其事已了，不审确否。回船后，岷樵来奠，话至夜分始去。

廿三日（7月2日）

早开，而舟子延医，少耽阁，细雨不绝，得顺风，乃向西行，故东风便也。卅里至本觉寺东坡三过题诗处，石刻在东屋之壁，内有空翠亭，外有咸通经幢二，阮太傅师联云："寺中惟唐代二幢是峨眉仙人未过前物，壁上有宋贤三律乃空翠亭僧初梦时诗。"亭旁竹色高秀。回船后，仍顺风行。晚泊石门县，今日得百里，近日所少见也。张啸亭大令见家缙，仪坡本家，知仪坡乃郎得拔贡。又署巡检姚复辉来见，同乡人也。早间有监利人李□□，候补府经，押贡入京，带有致轩寄子愚信物，知致轩住螺师门内灵芝巷。

廿四日（7月3日）

早，舟子仍延医，开行略迟。沿途俱未添短纤，石门令强送六人，将至塘西，有跨塘地方桥圮石在，水成急溜，船不得上，折旋当心，久始得过。短纤与有力焉。过塘西，未泊，江心有文昌阁，从前似未见也。晡时，黄寿臣廉访差两仆来，送到子敬、子愚南北信，知为我定屋于净慈矣，作书致寿臣，令来人先回。我船今日总不能到关也。晚泊王家庄，距杭州三十里。

廿五日（7月4日）

早开，辰正后到马头，仁和令黄潄庄兄、钱唐杨晓东均先来谒晤，言净慈不肯停灵，与昨寿臣来纪所说不合，心甚踌躇，赶紧上坡，先看张庄，屋潮而小屋多。与寿臣、晓东久憩。上船，由湖心过，到净慈西南角独秀峰之侧，新屋五大开，前后进，极干燥。六舟方丈金石旧交，亦毫无不肯，遂定住此。余菊农太守亦来，同看屋。回船，已昏黑。净慈到北新关有廿里远，又来去坐船，船大走迟，且得与寿臣谈两次耳。晚，第十三次京信交折差，即夜行。

廿六日（7月5日）

早起收拾，辰初后请灵上杠起坡，执事杠夫俱两县预备，沿城行，平稳。时有积水，久雨之故。时见日光，无雨点，为近日希见事。巳正到净慈安停。寿臣与杨大令上祭。余菊农来奠，林芗溪从京来。客去后，布置房间，渐妥。黄漱庄同乐世兄蘅来。傍晚，汪蘅甫方伯、胡小初观察同来，话久别去，天已暮矣。下半天细雨时作，天复阴。夜仍大雨。抚军吴甄甫前辈今早勘海塘浸漫工程，夜即回江浙，雨俱未歇。官场相顾，有惧色，天心尚未悔祸耶。寿臣带近日邸钞来，郑小山放登州府，吕尧仙先放高廉道。

廿七日（7月6日）

似有晴意，屡见日而仍阴，可虑也。汪致轩来早饭。韩树年都转来唁。六舟上人见示六一撰王文正墓志草稿卷，又言城中秀才王安伯收藏颇富。林香溪来别，赠以盘川，并《顾涧宾集》《黄九烟集》各一部。香溪现钞《龚定庵集》也。夜，大雨一阵。

廿八日（7月7日）

有晴意。早饭后入城，至各署谢步，共十一处。以不入署，甚速。到汪致轩处吊，因晤乃兄奋斋，乃弟心梅，并子侄共六人，均出见。久话，归。晚餐食蕈，惜为姜味夺，庖人真妄也。闻汪老三说湖南、广西、贵州三省交界猺务用兵事已全平，湖督、黔抚、粤抚俱进宫衔。仆子俱游湖去。今日算无雨而长阴。

廿九日（7月8日）

早，剃发未毕，吴康甫来，苦况如昔，赠砖拓本，有新得者，犹故好也。留早饭去。午间，肩舆到灵隐，阮氏书藏而楼门不开，司事僧它出，怅怅。到直指堂而返。山门外冷泉亭、飞来峰，恍如十二年前重游光景，西行至韬光。同昶江上人登炼丹台，祁止祥书联，宋之问句云："楼观沧海日，门对浙江潮。"看西湖、钱唐江均了了，却不见海。展梦瑛、梦禅所画图，有石庵、芸台诸老题咏，后有姚伯印师画《感旧图》。步竹而下，真仙地也。西至天竺，通然上人导游梦泉，乃三宝为巡抚时一梦得泉，然云："每年冬至㪺此泉入京，为元旦祭祀之用。"此语不知的否？下山归寓，已暮。康甫言严州、绍兴水大出蛟，钱唐江水汹汹，可悸。今日雨住第二天，而不见日。早间，龚定庵之世兄衫来，光景亦苦甚苦甚。

六月

初一日（7月9日）

是月不堪想，痛甚痛甚。复竟日阴，可虑。巳刻出，到大殿礼佛。入城，晤梁敬叔一话。许吉斋师往苏州去，未得见。即回寺，因寿臣前日说今日来也。候至暮，不至。夜雨声达旦。灯下阅定庵诗，可删者盖多矣。

初二日（7月10日）

晨静，安间壁疲慢甚，此间工役最难缠也。同年密云路来吊，姚韬庵世兄来吊。署将军固都统庆来祭，戊子孝廉，由刑部京察出为办事大臣，升科布多参赞，移此，官迹颇奇。未刻，棹小舟冒雨往三潭印月、金沙港，过岳王坟，坟向东，庙向南。过凤林寺，至苏小小墓，茶于圣因寺，由湖心亭返，绕西南行，看莼菜。归寺，知同乡李溶、吴英樾来上祭，又汪致轩、心梅兄弟来祭。雨转大，可若何？

初三日（7月11日）

祈晴不得，今日从天竺请大士到海会寺，中丞以下迎于昭庆寺。入城供奉，以便早晚拈香，此杭州求晴雨旧例也。作第十四次书，交正大局。六舟上人来上素供，旋过方丈谈。六舟说有米南宫翻刻《鹤铭》，在焦山米、陆题名之间，曾手拓之。出其手拓，《国山碑》下半截露出字颇多，知此碑亦磨古碑而刻者，有瑞字、廿字、炳字，极明了也。入城，到城隍山宝书堂，书堂、积书堂半皆相识于廿年前者，携《翁山诗外》全本归。又到旧府前看字画古玩店，无可采者。遇大雨，少憩于乾元及多古斋两处。归，知梁敬叔来唁。阴雨，至暮少开，似有收潮之意，而夜雨，遂未住点。

初四日（7月12日）

早雨大，且阴黑，屋中不见小字，气得此一泄，或者可望晴乎？午间到宗镜堂、法堂、藏经楼，俱有坍损，恐难修复。五百应真殿叩仰纯庙，有黄伞；睿庙无量光罗汉，有黄伞；成庙首光焰，手执如意，无伞，塑像。我道光御容实面长而癯，殊不甚似也。归后，龚海床（名太思，即定庵子）来谈六书、古均，殊有心得，然古人窠臼，翻书取信不易也。今日为六舟题《佛祖三经注》，宋人墨迹，复见示米刻《鹤铭》。晚过方丈，又见吴云壑焦山石上诗刻，此二种均从前未见者。午后，雨渐希，夜未雨，可慰。

初五日（7月13日）

真晴矣！方早饭，而梁敬叔携石斋先生撰书《张天如墓志铭》楷卷来，遂同饭。饭后同出寺，途遇黄寿臣廉访来，仍回寺。寿臣索早饭。六舟来共话，寿臣饭后眠我榻，我遂出门。入钱塘门，一路谢客，得晤者同年密得之、同乡李锦湘与汪致轩兄弟。晡至敬叔处，而寿臣已先至，约同便饭也。敬叔出示各迹，有《山谷墨迹尺椟》佳，又郭允伯《西岳华山碑》，由朱笥河家归梁氏者，十四年前曾见于京师，时尚属朱氏者也。入夜忽大雨一阵，想不到，出城已亥刻，须问将军留城门，方得出。

初六日（7月14日）

早，朱伯兰来，因同饭，携示黄梨洲先生撰书《母寿序册》。客去，偕六舟同出，到石屋洞看题名。雨后，石泉涓滴不绝，出洞西南行。逾杨梅岭，至理安。道能方丈陪游松颠阁。出示箬庵、天隐两法语卷，题于卷后，皆崇祯年间迹，甚有书家意矩。久憩，出，回游烟霞洞，看千官塔，乃南宋时就石岩作塔，造千官像，各有题名，好事极矣！六舟云此断不能拓，拓费□而不值钱也。洞比石屋更深邃，人迹罕至，一僧，苦极。南望钱唐江及隔江山，如在几案。下山，过法相寺轶三上人，六舟法弟也。看定光佛肉身相，吴越王时来寻师于草蓬间，师云真佛子在净慈，王去，师圆寂矣。遂创寺塑此象焉。轶三留饭，同酌，回寺，已暮矣。

初七日（7月15日）

母亲寿日，想年年称庆，痛何极也。早供后，朱仲清来，同饭。吴康甫来上祭。江岷樵从秀水来，索早饭，话过午。仲清、康甫久话于六舟禅室。余剃发后，汪致轩、少白来祭，因留晚饭，戌刻别去。城门紧，不能秉烛也。

初八日（7月16日）

朱仲青约城隍山早饭、看帖画，而学使吴晴舫师着人来告，说从天竺回当来唁。竟日不得出，东西晒，热甚。申正，师来吊。酉初二刻始去。余即到城隍山文昌庙与仲青桥梓一叙，看大字《麻姑坛》，系翻本。文衡山《拙政园图三十二景册》，甚佳。赶紧出城，门已半掩。

初九日（7月17日）

早饭后，入城谢客。仲青处久憩，为乃郎伯兰写联扁数件。遇王安伯一谈。过汪致轩处坐。姚韬庵处话。访安伯不值。城隍山书店久坐，携数部回，无佳本也。甚热。

七月

初二日（8月9日）

龙津小泊，余干县管，距县十五里。刘大令士伟差迎并着役护送，一路俱有兵壮护行，夜间颇放心也。又廿里霸口住，东西岸俱有人家。今日止得六十里，而舟人说是九十里，竟日不歇，想是书本路程靠不住。将至龙津，有一水分流往饶州去。

初三日（8月10日）

开船甚早，未寅初也。风小无滩。天明，行廿里耳。风不顺，摇橹少力也。以后，尽曳纤行，共六十里，到瑞洪。一路水不深，而河相连，盖是湖地，水未退。闻余干县尚查水灾也。西风，不得过湖，且住此。地方甚热闹，然止买得猪肉耳。住时未正，夜暖。默叩灵前，明日要东北风，好过湖也。

初四日（8月11日）

五更，东北风起，寅正三刻开船，主仆俱起，先一路渺茫甚，后渐遇草洲浅阁，以后汀州露沙痕处颇多，船屈曲行，鱼鳞细浪，顺风而无大波。午初，至赵家围。过湖算完。直至焦溪口泊，共得百七十里。距省城十里。作第廿次家书，预备明日发。夜暖，不好睡。

初五日（8月12日）

寅正后开行，一路看江景，西往吴城，东往饶州、全湖，直到省城下，真大观也。小泊买菜，旋至滕王阁下泊，邓原甫太守先来唁，因将廿次京信交去，并属其札致宜春令，预为料理陆行事。南昌县张同年赋林、新建令彭老前辈宗岱同来唁，因言公祭在明日，余告以明日再不能等，此间实无一事也，于是公祭移到午后。约申时，陆虹江方伯、恽濬生廉访、熊璧臣观察、蒋玉峰观察丈、王观察训及首府两县同祭于坡上采棚。璧臣来，话于舟中。盛凯廷太守同年、崔正甫观察、郑芝生世兄、刘仲实世兄先后来，遂至暮后方得憩。而晚热，又打更人甚烦喧，不得睡。沈西墉署九江道，未来，有书至。并得韩小亭信。陈玉堂大令送奠分，明日来。闻璧臣说广西军事未清。徐仲深制军现带兵往。而英德亦有军务。夷务甫清，内盗如此，如何如何。闻张石卿擢滇抚，吴尧仙升蜀臬，皆飞得诏。厚甫送来子敬五月初十广信府信。

初六日（8 月 13 日）

早，上坡谢客。先到徐柳臣处一话，住徐廉峰之壶园屋子，殊开敞。看其《九成》《智永》《绛帖》，皆佳。旋各署及公馆谢步，共十四处。张小浦学使已出棚，而早有信到京，亦往候之。陈玉堂处一话，此外均不会。回船，将巳正。即开船至螺墩一看，回船至昨处不远，始转西南行。走赣河，顺风上水，水面宽。暮泊市汊司，得六十里耳。倦甚，夜得睡。

初七日（8 月 14 日）

黎明开船，顺风，晴暖。而江流曲折，沙滩时见。未刻到龙头山，因至龙山书院。呼门不得一人，门外少憩而已。远看极有致，近看无意境。旋过丰城县，以无差接，不泊。趁风至渡船埠住。离丰城四十，今日共得九十五里。南昌护送人去矣，而丰城护送者不见到。夜有月，旋起大风报，可悸。令船夫加缆。至五更，风静。

初八日（8月15日）

天大明始行。三十里到樟树镇，已午初矣。步上坡，街市颇繁喧，买得东坡墨拓一纸，九十日春光词也。船上买菜，行下滩，甚费力。十里入临江河口，是小河，向西行，与南去向赣州者分路矣。沙滩多，难走之至。行至暮，到回龙寺泊，河口距此十五里耳。丰城护差人说昨日顺风走过去了，此刻又从清江回头来迎。因令傍船宿，守夜。大风报如昨晚，殊不可解，总由午间太热。

初九日（8月16日）

天明开船，沙滩不好上者数次，五里路走了一个半时辰。辰正到临江府，适值军营操演，遂列队迎于江干。到马头，史太守麟善、陈简斋太（大）令纪麟同祭于江干，即来舟共话，因托简斋代觅小船二只更换前去，止得住此。上坡谢步。回船，剃发，检点零物入四篾篓，以归简易。小船灯下始到，因需到樟树镇去唤也。问太守借京钞来看，薛道士案已结，文孔修、福元修与谢方斋均革职。方斋同年无余罪，为幸也。周敬修到京，召见十余次，尚未见差使耳。到小船去看，其一支即王贵早间所看之旧船耳，可叹可叹，亦止得将就。

初十日（8月17日）

早间为船价耽阁，一经官便添出行用及衙费，转贵矣，因唤船户当面谕悉，不用行票，始得成行。请灵先过船，行李船后过，巳初开行。一路沙滩多，不好上，中间船户买米耽延半时，三十里滩头泊。申正后，天未黑也。夜风奇大，呼护送之管家民壮，则皆到别村看戏去矣。简斋所用人不可靠如此，奈何！

十一日（8月18日）

天明开行，亦得东北风，而船不尽向西南也。阴冷，觉不甚适，恐有雪意。穿上小棉袄好些。过滩不少，幸无石耳。六十里罗坊泊，过浮桥，有水北司巡检金淦来唁，山阴人，略话去。夜风，比前稍静，惟船摇摆殊甚，似吾乡倒（舟伐）子，无如何也。

十二日（8月19日）

天大明行。天暖，西风不顺，曳纤竟日，午刻略歇。申正到新喻县东关外，过浮桥泊，止得五十余里。沙滩多，不好上也。县令张元矩不在家，差送祭席。福建进士，秋堂，行四。

十三日（8月20日）

早行，一路坝多，石滩亦不少，有几处大似下水时满天星也。渐入分宜境，山高水狭，夜泊处名东山峡，天已大黑。说走了八十里。阴寒竟日。

十四日（8月21日）

早行，辰正到分宜。高石卿大令（梦麟）二兄迎祭，甚整齐。两次到船，兼送奠仪。潍县人。谈及严介溪，乡评颇好，袁州四县免漕及分宜大石桥皆其遗泽，现在家中尚有秀才、举人，县城对面山上有树及寺，即钤山堂址。山名钤山，水名秀水。宜春令蒋矩亭差探，因作札付去。酉初到江山岭下泊，分宜到此五十里，今日共得七十里有余。石滩三处甚可怕，此外坝极多，赖有行李船先上，以绳曳此船而过。晴，而我伤风，不甚适。买得冬笋，每斤卌五文。

十五日（8月22日）

大西风顶头，而船行较平。一路皆坝成滩，水浅，不好走，却不甚耽险也。袁州府各官差迎，共得六十里。申正到袁州府小北门外石桥南泊。蒋矩亭大令予检、沈月泉太守兆溶先后来唁。都司景星同来，署副将穆齐贤感冒未来。矩亭言夫役未齐，明日请住一日。夜送肴点，意殊殷殷。善画兰，因从索赠。夜大风，船摇撼，蓆篷透冷，不得眠。寅初，风略定，始睡着也。

十六日（8月23日）

风定而雨。夫役不齐，并行李亦不能发。巳刻公祭，太守、都司、宜春令、汪广文同行礼。广文者，巽泉太老师之孙时夫，行二，元祥。午后上坡，回拜各处。出入于北门。大石桥在北门外，县□又在石桥北，往西五六里至化成岩，楼上有李文饶神主。石洞幽奇，惜楼阁不甚得法。石壁上宋人题名不能尽识。冒雨回船，少憩，仍到汪时夫学署，西偏院落有兰竹群花，屋亦清敞。看矩亭画兰，余作字，两人互奏而时夫与张赠淘旁观。赠陶名怡龄，桐城人，乙丑世兄，弟在矩亭署中。两人亦俱文雅，即同饭。矩亭做东。雨不住，无如何。剃发。

十七日（8月24日）

雨不歇，行李先发，共十七号。早饭后，同时夫、赠陶往游宜春台（旁有昌黎书院），地尚敞，南、东、西三面入望无际。好在眼中无高山也。茶话后，出南门，至珠泉，泉出如珍珠，汩汩上升。亭左右皆蔬畦，殊有野趣。时夫云此寻春处也。宜春台下有昌黎书院，退之曾作袁州刺史，此系府书院。入城，出北门，至学廨。时夫做东，中有袁高士祠，谓袁京也，东京时人，无甚事迹可考。客同昨日，与矩亭互为书画，比昨尤酣恣。矩翁为作两丈横卷兰花，信杰作。余为书集《争坐》《禊叙》各联。矩亭亦诧为希有。夜仍四人同席。雨声一阵，殊闷闷。五更雨住，副将穆齐贤来唁。

十八日（8月25日）

寅初起，收拾。作书寄石梧与子敬，交矩亭处。候至卯初，襆被方行。卯正，请灵，杠系八人抬，甚不放心，乃行走甚速，步从赶不上。出西门外，又二里，矩亭、时夫公祭。余已走约六七里，赠陶先别去。此次行李夫、杠夫皆矩亭支应，却之不肯。四十里罗河桥尖，草草即行。申刻后，雨不止，又五十里卢溪，住三义行。天黑甚，颇扰扰。萍乡办差人又迟来，此五十里有六十里长。夜雨住，仍阴。

十九日（8月26日）

寅初起，写信与子敬，又寄严仙舫书，因李淦所继之子李镛求荐严处也。现在宜春蒋矩亭处签押，乃父欲其近乡，故荐之。卯正起身，无雨无日并无风。五十里至萍乡西南城外下船，昨日已遣仆先来看船。马紫岩大令九功，河南伊阳人，迎谒，上祭。又来见，须鬓如雪。旋复送席，又送一日船□价四千，此船小小而每站四千文，然不愿领其情也。上船后，作书谢矩亭，又作字与子敬，令孔秀由陆路先往长沙。请灵后，料理清楚，申正始开行，约行有十里长荡泊。逢下滩，后必阁浅，而溜急，须折旋回滩口方行，此处持篙者颇费力。

廿日（8月27日）

五更冷甚，果然霜降节准也。晨雾，至辰正后始开，约四十里至湘东。家人买菜，空手而回，除却牛肉，一切无有。又行约五六十里，至大王滩泊。一路过坝有极斗者，如运河之下闸也。午后晴暖。

廿一日（8 月 28 日）

寅初一刻即闻开船，真早也。滩多，过坝后必回折，临到坝，水面平缓，故不能多得路程。卅余里至醴陵，已巳正矣。雷子木大令铎差迎，到岸上祭。又来话两次。怀宁人，丁酉拔贡，朝考后来省，补缺于此。又送席，惟送船价不收。上岸谢步，兼谢把总步。回船即开，已午初后。见传钞，知车意园升工侍，邵又村得阁学，万荔门升大理，祁幼章升吾湖南藩矣。广西贼甚猖獗，湖南提督带兵防堵去，吾永郡恐不得高枕，如何如何。闻孔秀昨日由此换小船去，今日不审能到省否。醴陵开船后过坝滩多，惟大石滩与石坳嘴两处，满河屼嵲大石，船行一线，曲折沟中。又溜急，可悸可悸。夜泊辰湖涧，离醴陵四十五里。子木除民壮外，又添派快班二人，据云拿贼方猛，不敢不紧。

廿二日（8 月 29 日）

天明开行，一路下，滩比昨少些，水面亦宽，惟仍过乱石江两处，耽心。将出渌口，忽浅阁，不易行，乃天然锁钥也。行舟未歇，而到渌口已申初后，何止四十余耶？少泊，买菜，舟人取桅柁。醴陵人护送者到此即返。又行廿五里至新市泊，回望湘山上流，故乡宛在，不胜怆企。又现在粤西用兵，不知我家乡父老怎样惊惶，以紧接壤也。渌口尚买不得冬笋，亦奇。前日在袁州，沈月泉太守送冬笋，余以此吾湘土物，遂转赠汪广文，不想数日来所到处俱买不出。

廿三日（8月30日）

竟日北风，尚不大耳。六十五里至湘潭，已申初矣。颇觉萧然，尽小船，无大船，惟河冲甚长，我舟行未泊。过湘潭，又廿五里鹞子岩泊。天尚未大昏黑，恐起北风。此处靠山稳便。今日望子敬省中信来，不可得，念念甚。

廿四日（8月31日）

丑初即开船，不解舟子何故如此早。余即不能睡，延至寅初方起，许久，方得天亮，而月明尚未敛也。晓雾蒙蒙，有小北风，天有阴意。到东边涧买菜，才行廿余里耳。雾散天晴，畅行四十余里。巳正到省南门外之林官渡。西看尖山不可见。先公墓在其下，瞻念增痛。上坡，入南门，晤唐印云，知子敬弟住湘北会馆，即往寻，说到洪恩寺。到洪恩寺，说未来。寺僧慧性尚相识，昔年先公停殡于此寺之东屋，今仍定此屋，亦事有一定耶？回船，船上人说林官渡难避风，因移泊小西门外，喧杂，无如何。又上坡寻子敬，得相见，无恙，慰极慰极。作家书一纸，明早折差行也。过李石梧亲家处，晤乃三郎叔虎，一话，归。周子俨观察来唁，春介轩方伯差仆来问，皆先公门人也。子敬到船，时予尚未回。现料理明日起坡事，吕丽堂署臬差候，善化令易小坪兄差人照应。

廿五日（9月1日）

昨夜雨不甚住，五更始歇。寅初起，收检，卯初上供后，吃饭。移泊南湖涧，就马头候至辰正，请灵起坡。子敬已从洪恩寺来，李石梧、唐印云来。平稳而路近，到洪恩寺安殡后，巳时矣。石梧、印云早饭，张即山来，杨铁星来，话间掀幔，为烛所然，急拉息，亦大可怕矣。客去，与子敬同饭，料理一切，遂至暮。陈秉初直牧来话，石梧次郎仲云早间在此，亦多年不见矣。晡时雨，夜间遂未住点。

廿六日（9月2日）

阴雨竟日。陈秉初午来，同饭。骆籥门中丞前辈、车云渠学使、春介轩署藩、周子俨观察、署长沙府陆咸升、静轩之弟署长沙县王葆生、善化易小坪先后来公祭。谈及粤西、东两省匪徒正在用兵，湖南、东南两面皆须防堵，不知可早战定否，念吾道州在两省之间，可虑之至。未正后，公祭事始竣。张雨堂兄弟来，李西台季眉来祭。雨连日，夜未住，却亦不大。省间尚苦缺雨。

廿七日（9月3日）

雨竟日，午后更大。早饭后剃发，印云于午刻移乃祖母殡迁葬，由船去，与子敬往祭并送。陈尧农来唁，梅药浦、毛文毂、龙湘桡先后来。张即山来上祭，索字两纸去。尧农、湘桡、药浦俱廿年老友，精采尚都好。此番来省，最怆忆者，张得吾、张第蓉俱已逝也。得吾乃郎雨堂及老九亦来唁。夜雨未歇，然晡时闻雷，或当开霁。

廿八日（9月4日）

晨雨，忽小住，复来不歇，复住。早饭后，出门谢客，即进城。申初，回寺。陈尧农、龙湘桡、李季眉、仲云俱获晤。见李年伯母，精神兴趣俱健甚。寓中东院水亭奇妙，各处衙门谢步清楚矣。回寺，时黄兰坡、曹西垣适来唁，上祭。子敬陪客。申正，往妙高峰，湘桡、尧农同请便饭。登亭，正对岳麓，而尖山竟不得见，怆怅而已。同坐者石梧、雨胪、南坡与子敬弟。散时戌初后。夜雨奇大，可怕。

廿九日（9月5日）

早雨不住，早饭后始小住。杨铁星兄弟来，徐信臣及樵笙之子来。前长沙守雷震初前辈来。未初，方出门谢客。梅药浦谈字。张雨堂兄弟晤老六、老九，痛念乃翁待我之诚恳曲至，园屋皆我熟游，不禁大恸。得见老嫂，亦悲不自胜也。刘霁南亦老矣。陈秉初处属教乃郎写字法。回过贺世兄处，藕庚丈不复可见，乃郎已服阕，闻史馆本传成。未昏暮，出城。张即山处携《南雷文定初集》归。即山现钞其全集，不审几时得见全的。午后果未雨止，犹阴云不开。庭前桂树、茶花俱因雨落尽。

卅日（9月6日）

雨小些。子敬下乡看地去矣。套间屋漫地版已毕，而阴暗不解。午初出门，回谢各处步。得晤者贺律云，不见廿年矣。辜晋升店内略坐。李石吾处坐水阁，仲云出各藏物赏阅。《黄石斋先生尺牍册》佳甚。《董香光临自叙卷》两字一行殊遒峭，异常迹。《沈石天画册》奇纵，亦希见者。余则平平。闻所收尚多，迟日再来看也。石吾即留共饭，烟水蒙蒙，天易入暮。归途过黄兰坡，不遇。徐信臣处少坐，亦新造屋子。出城，已上灯，不复思食。夜雨零星，不甚住而不大。五更后，不闻雨声矣。夜睡好。

十月

初一日（11月4日）

雨住而天阴，未申间日出，晡时仍阴。裱糊套间屋，匠人文甚濡滞，可厌。因南方不尚裱屋也。贺十五送来蔼丈奏稿十六本，属为拣定。张雨堂弟兄来上祭。汪老七从岳州来，知侄女卿卿消息，今年人尚好过去年，惟寿珊婿不知作何事耳。周药舲来，宁乡广文，多年矣，不复谈命。沈彦珍来，牧兰，知栗仲丈精神尚健，今年七十九。

初二日（11 月 5 日）

雨住而阴，药舲来索书。余出门，到湘桡处换轿。尧农仍不得晤也。入城谢客，晤周药舲、熊河亭、熊雨胪。荷亭病隔食，精神照常，而甚可虑，此病最苦而难好。雨胪同年乡居而设馆于城内，风采如昔，怀抱之旷可知。到湖北会馆，子敬尚未回。吃面后，过汪老七处。到唐印云处，遇宋于庭明庭［府］，七十四矣，精采如十五年前。到沈栗仲丈处，见于内厅，足不良而兴致甚好，忽谈等韵，云从校《广韵》《玉篇》来。出城已暮，雨亦至。

初三日（11 月 6 日）

时阴时雨，雨却小甚。早饭后，到金盆岭杨裕田九兄处，与雨村、铁星兄弟同话，居然我旧游宛尔也。铁星复随我到福田十兄处，茅屋亦幽敞，新分出，未造屋子，谈不久即行。回寺，午正后耳。刘君康来喧，乃宁乡之好古者，问知云巢舅兄老况清佳。客去，余入城，至子敬处，遂同晚饭。夜回寺。

初四日（11 月 7 日）

黎明即饭，冒雨，由大西门过河，至望城坡尖。时雨更大，俟雨略小，行。而一路泥埂，可怕。午正二刻，到九子山，父亲茔上一去十年，甫因衔恤来看墓，痛何极也。一切俱尚安帖，惟右手树木成林，前年为人伐尽。看山人郑兰亭不管事，可恼可恼。去年已换龙姓看山种田，似还老实。总之，无人在家，靠人是难的。杏侄即葬在右侧，怆甚怆甚。飨堂工程均坚固，惟庄屋多而欲圮，急宜谋更筑也。午、晚两奠于墓前，心中默祷若平安者，当见日出，果然两次俱日出，满山晴亮，少顷复阴矣。

初五日（11月8日）

早叩墓后，绕山西北行，约四五里，至竹子冲，哭奠于子毅弟墓，山主即地师李载庵夫妇，俱没，止余一子，田屋俱归它手矣。雨今日未下，时复见日，又东北行，约十里余至石塘冲贺家龙，哭奠于亡室陶安人墓。去年十一月葬，看地人蒋先和，即住于墓山下之茅屋，算是我家屋也。山势颇有情理而开敞。与蒋君并罗君同饭，饭后，与蒋君同西北行，二三里至白云寺后看一地，地在高山上，虽雄，无用也。仍下山行，不好走，多斗绝处，赶紧行。十五里至龙王市，已暮。过河后，昏黑矣。入大西门，至子敬处，则从昨晨出北门看地，今尚未回也。然灯回寺，院中篱笆安好，自成院落，较便矣。

初六日（11月9日）

早饭后入城谢客，到刘承泌处，雨耕姨兄之子也。雨耕殁已多年，存此子，闻甚□，而今日又不得晤，为念。晤景喔垣直牧，郴州案结，将回任去。张星楼未遇，一路至石梧处，与三郎叔虎久谈，就晴窗剃发，水阁菊花山鹤，阑及邻家，大池小圆亭，俱入幽境。仲郎出画轴廿件，有佳品。石梧、西台同饭，梅生嗣子补孝出见，抱与酒果，毫不觉生疏，可爱也。饭后，到子敬处，甫从回鸾岭看地归。携灯出城，少憩即睡。明日当往河东扫墓去。

初七日（11 月 10 日）

丑正起，将行，雨声来。少待，至寅初方行，已泥泞载途。十里方天明。一路冒雨，又十里至花桥，又十五里至瑯陵。路远且烂，殆有廿里，尖。饭后仍冒雨行。过麻塘，北转，共有十里至蚌塘周家屋。换油鞋，持伞上山，叩奠伯父健园公墓。形势甚佳，惟树木仍不大长。周氏老翁年八十，健甚。旋向东南，约有五里，至老伏坡叩奠伯母黄夫人墓，地颇苦沮洳，多荒草。看坟人易姓，亦殊愦愦，不懂话。雨不住，行至郎陵，复饭。过河后雨住，路亦不大烂。到花桥即点灯笼行，浏阳门外闻放头炮，回寺将二鼓。

初八日（11 月 11 日）

晨静，书屋初可坐。饭后，宋于庭明府来唁。神充趣足，真不似七十外人。丁伊辅前辈来，不见十余年矣。叶辰生、齐慎庵两明府来祭，皆先公小门生也。子敬同食粥，看帖。余入城谢客，俱未晤。惟晤张晓峰于季眉处，因同登平台四眺。晓峰军功保举，以知县即选，要入京。回寺已暮。晚餐剥蟹，不佳。今日晴。

初九日（11月12日）

雨住且见日，然甚暖，恐仍欲雨也。蒋先和来共早饭。谈理气亦有理，然不甚懂也。黄惺溪前辈之世兄来唁，始知惺翁即停柩于前边屋子，因即往一哭。午正入城，至石梧处，主人未归。在上房太夫人处坐，命食橘。石梧归，导至芋香山馆楼上，屋宇重深，书亦富，因捡得沈氏新刻《昭代丛书》三套借阅，次第送换也。至东院，而张晓峰及子敬弟来，同晓峰至水月林鹤阑，一路闲步。陈尧农、劳辛陔来，始就坐。辛陔调粤西藩，驰驲出都，召对十二次，甚服英明也。散时将二鼓。晡时雨一阵。

初十日（11月13日）

暖更甚，小阳春果不错也。早略静而汪勋伯来同饭。杨铁星来，约看山，即订十三日往。贺世兄瑗来，柘农丈之次子。胡小山之桂、张第蓉乃侄恩注来。李西台之子来。欲早出门，为客牵连，至申时甫得入城。止宋于庭、丁伊辅两处一谈。于庭处遇蒋奇男，它处不能去，天已暮。至子敬处饭，同饭者曹西垣、汪勋伯，食颇多，而亦无不适。过唐印云处，一话回寺。

十一日（11月14日）

晨静。不久，汪世兄俊兴复来，无故来看我学应酬也，因申戒之。午饭后，张晓峰来，复为设饭。出字画同观。午刻，余入城谢客，见张第蓉之乃翁丈，年八十二，尚健如常。程炳堂、黄鹤汀均来。过劳星陔处，与石梧、问鸥及主人同饭，久话始散。晤齐慎庵明府，荐汪老七馆，即答应，亦爽快也。寻季眉不遇，与晓峰一谈。过子敬寓，不遇，相遇于南门街，即出城回寺，未黑将黑。季眉送菊布置，夜分罢。

十二日（11月15日）

晨静。劳辛阶方伯过晤，久话。陈尧农来，同话，饮粥而别。辛阶驰驿，今日须住湘潭也。尧农同早饭后去。余看书至未刻，入城，过印云家，到其西园，荒芜，有菊，拟从乞取。到子敬寓，今日为庆治侄订姻，攸县龙湘桡之女。午时过庚，大冰陈尧农、唐印云，陪客李石梧并新亲家湘桡，同邀一酌。雨不住，酉正散。余与尧农、湘桡同出城。昨日得九月十八日京信，其日系为彤云侄女缔姻于杭州吴孝廉观礼，折差即日行。作廿二次家书一纸，交子敬处寄。

十三日（11月16日）

昨夜雨达旦，晨起，仍不晴，得静。午初，同子敬往金盆岭，杨家少憩，偕雨村、铁星同至石人境，看地面中步草土间有形势，而穴未遽得也。子敬云地脉已结它处矣。回至杨家，裕田、福田两兄留饭，匆匆一酌。见天暮，速行。回寺，已昏黑，衣履俱湿。余复酌数杯，子敬不复思食。少坐，入城，雨不住。早间湘桡送阅南园先生幅，墨将脱尽，略存笔路耳。近日钱迹极少矣。

十四日（11月17日）

雨竟日不住，寒意至矣。晨静甚，午间，李少四来，谈学字法，亦有志也。未刻，冒雨至城南书院，与龙湘桡话，陈尧农未遇。尧农明日到李家去题主，因托带挽联并席敬去。挽双圃丈云："济时未了，出处超然，七十年鹤戏鸾翔，倏从兜率乘真去；衔恤遄归，典型邈矣，五千里山回水折，空向渔樵问渡来。"仍冒雨回寺，夜大风振林，至旦，雨住，仍风，阴不解。

十五日（11月18日）

晨静，复小雨不歇，却不大。午间，子敬来商，话。得钟子宾太守书，即复去。未刻入城，晤叶辰卿，一谈。至张晓峰处剃发。季眉不在家，回寺，尚未昏黑。夜雨不大，移菊。

十六日（11月19日）

晨静。子敬着人来，因作札与齐慎庵，为汪老七馆事也。余旋入城，至湖北会馆，写字数件。看洞庭宫屋子。到石梧处看京报，吃蕈油煮面，甚咸。石梧同至晓峰处，已与季眉同饭矣。何太早也。邀晓峰到子敬处晚饭，饮新酿壶娘酒。饭罢出城，到寺，未上灯，雨大，遂竟夜。

十七日（11月20日）

晨雨不住，署臬吕丽堂观察来奠，久话去。今日子敬五十生日，同上供，同饭面，心绪怆怆。杨铁星来同坐，饭后同子敬到马筠庄，园在白沙井之北，倚山为池阁。登楼，眺岳，尽云烟耳。菊事方盛。入城，至小瀛洲访王仲琡，为门者所尼，久乃获入。景暒恒在焉，同穿桥亭，看水，曲折幽蒨，有奇石佳柳，大似邢园。水之佳，不用说矣。别去，又同至怡园，上楼临水，殊胜东堂，菊花山一色红烂，于酒店为宜也。今日整灶，无可得食，冒雨出城。回寺，雨声竟夜。子敬想看地去，余欲往乔口去，俱不果，奈何奈何。

十八日（11月21日）

竟日夜雨不住，将长水耶。上半日甚静，午后，张海屋来话，去。余入城谢吕丽翁步。携廿三次家书交张晓峰，咨文未到手，尚无行期。唐介吾约便饭，与子敬同吃，无它客。挑花盆八个来寺。余回寺，才上灯。不久，夜雨大。胡雪门司马来唁，余未归也。

十九日（11月22日）

雨竟日不住，且时下大雨。檐溜如银竹也。晨静，至午后来往俱无矣。申时，子敬来，因同上供并晚饭。同剥一蟹，甚大，仍未甚肥也。雨大，一事不可为。夜，雨住。

廿日（11月23日）

大晴见日，逢庚如此准也。晨、午俱静，贺十五持耦丈行状来。未正后入城，胡雪门处话，到湘北馆遇汪咏恬，知子敬买地事得半矣。同饮后，余先出城，南门外一路灯采，肩舆不甚好走，因秋间火灾作醮事也。

廿一日（11月24日）

晨静。早饭后，入城谢客，黄海华、夏憩亭、景晖垣均未晤。张辅垣丈亦不在家，晤乃郎一话，住清泰街路西烟霞庵南间壁，庵今为客寓，故难问也。到石梧亲家处，写大字于听雨轩，天忽大暖，始裘难耐，字歇。晚饭，熊雨胪同年、李西台二亲家同坐。出城，尚不甚晚。

廿二日（11月25日）

五更起饭，天明行。出大西门过河，风斗起，甚大。舟中浪涌骇人，颇悔早行也。龙王涧过河后仍沿湘水行，一路水啮堤处，尤可悸。四十里至白沙洲尖，尖后风更大，徒步亦艰。又十里新康住，店中四壁皆风，又与豕为邻，竟夜呼呼作声。

廿三日（11月26日）

早行，十里至静涧尖。风大如昨。又十五里至乔口，过河，八里至沙田围杨家。问周家姻母，已移回周家围老屋，所谓分湖洲也。杨家屋林竹奇茂，屋亦华敞，惜离城远耳。复过河水鸡口河西北行，约卅里至周家。一路田埂不好走。申正方到，卿卿侄女比在都时瘦些，却也还好。看亲家母待媳妇光景，围炉共话，亦都亲洽。侄婿奇珊它出，近不耆学，甚望之。同屋住者有卢、余两姑爷，皆华甫之婿。寿珊乃兄有四子矣。二娣所寄与女儿一箱一包均交清。余代潘德畲还华甫五十两，又未交者不记确数矣。乡间无菜可买，杀鸡一握，呷酒半饱。仍话于火炉，亥刻方睡。

廿四日（11月27日）

寅初起催饭，饭毕，天大明，行卅里至乔口尖。风比昨小些而有雨，亦殊搅人。行至新康，舆夫复尖，行至白沙洲，已大昏黑，止好住下。店中应客者姑妇耳，男子不管事，大奇大奇。

廿五日（11月28日）

早尖后行，曲折南东，走过山坡两处，均廿里。至九子冲，叩先公墓。商酌右手培沙形势。入屋午餐。先是，过关山嘴寻陈家学生父子均未值，后乃翁及学生鸿恩先后来，言及墓右及墓后竹树成林，均为郑兰亭所毁，可恨可痛。晡时西去，到沈家，闻衣、晓帆两兄俱在粤西就幕，未回。晤闻衣之孙三人，其老七已入学矣。前空地已作花园，有横屋甚雅洁。归冲后奠墓。晚餐未毕而李淦自洪恩寺来。

廿六日（11 月 29 日）

卯时起，辰初上山，叩告山神并告先墓，携锄动土。即派李淦住此监工，佃夫之子龙大似尚明勤，交与料理。龙家于廿二日为次儿娶妇，至今女客尚有住此者，故不甚便。亏得本看廿二动工，改廿六也。早饭后行，天气晴和，有日无风无雨，前数日无日不风，甚苦甚苦。望城坡仍尖。午正后到湖北会馆，知子敬于昨日回城，地事得大半妥矣。剃发后，出城回寺。陶云巢老舅兄于昨晚来此住，年七十四，精采尚好，不见十四五年矣。问知宁乡岳父母坟茔安好为慰。谈至亥刻方寝。早间山上大霜，故得晴。

廿七日（11 月 30 日）

竟日未出，便与云翁话也。家族弟老四绍奎子星来，同早饭。午间为云巢写对联各件，而汪勋伯来，与子星亦各索书。勋伯先去，蒋先和来，乃四人同晚饭。子星、先和持灯回城。检数物赠云巢，蒙以季寿丈字四幅见饷，可珍之至。因话及己卯赘于凤台县署，见丈字，不多讨。实不料庚辰春别去，旋即作古人也。绍奎来此数日，知广西事不定，虑家山不至惊扰，稍可放心。

廿八日（12 月 1 日）

早饭后，云巢先行，老而尚健，再见可期也。静坐一时许。

巳正后出门，晤龙湘桡。入城，各处谢步，因访贺律芸、张氏兄弟，均不值。张辅垣丈仍不得遇。前日与乃侄辈来奠也。熊雨胪处久话，并吃包子。郭粹庵亦未得晤，此次数同年如张星楼、黄鹤汀均未晤也。谢丁伊辅前辈步，晤俞岱青前辈话，须发皓然，神致丰健；有十孙，足娱老；不想书院，可谓知足者。近日两榜公无人不想书院，好为人师，可为一叹。访唐印云，不值。回寺，从湘桡借《明史稿》八十本。

廿九日（12月2日）

晨静。子星弟来早饭，收拾贺藕丈行状稿。黎月乔前辈来久话，同至李寿田丈墓一看。据云真是地，果事后有先见之明，其实寿丈殁时，石梧兄弟俱成立矣。子敬看地回，匆匆即入城去。鲁世兄公树来，大挑分发，丁艰起复也。晚饭后入城，与子敬话，地事大概定矣。

卅日（12月3日）

晨静。早饭后，将出门，刘禹耕之子承泌（子衡）偕其姊夫陈崧（新海）来。禹耕丙午年殁，是子有清气，当得成就。客去，余入城谢步。晤鲁兄，过黄南坡处，拜月乔。遇张少衡，七十六岁，不过如五十许人，时文健手也。一饭去。贺果斋处兼晤笠云，知有刻石人傅姓，颇佳。到子敬处商地事。子敬明日五更当再去细阅。回过宝墨斋，问前日所见春湖书联，乃东乡人朱姓所裱，“仙墨法书分桂上露，清言妙理来松下风”。想是春翁自占句也。出城回寺，令舆夫以兜子往子敬处。复罗研生书，交月乔与潘德畬都转书。

十一月

初一日（12月4日）

甚冷，霜大也。晨静，绍奎弟来，同早饭，即下船回州。因附书到家中去。复向筠舫书，寄黄寿臣书交李乘时行。竟日无客，苦日短，不能多看书。晚饭时，汪泳田来，为买地事。子敬未回，余不能为定主意。

初二日（12月5日）

竟日未出，心地更静。写大小字俱不少。午间，邹叔稷来，近年在贵州修贵阳大定、思南各府志，出示所著《湘中考古录》。贺世兄（柘翁之子）、舒二世兄（苏桥乃郎）先后来。许拔贡泽洋来，由京师回州去。清《明史稿》为四十本。

初三日（12月6日）

半阴晴。晨静，李仲云来早饭，看帖画，并携石斋尺牍册来要题。新小京官陈士杰来，桂阳州人，同府拔贡，道州许宁远、骆孟郢，永明何宗海，东安周后生，祁阳黄寅宾同来，无非求书而已。客去，余步入南门，与印云话。遇张星楼同年。至理门街旧书铺，由藩署后街东南转至石梧亲家处。晚饭，着人问子敬，知未回。回寺后知子敬上灯后到寺入城去。早间剃发。

初四日（12 月 7 日）

早即入城，觅子敬，已出去，候久方回。地事知尚未甚定。早饭后，余谢客，晤舒仲和、邹淑稷、余星翁、宗山皆病足，不良于行，可叹也。出北门，到文昌阁吊张雨农，接丁之丧。少坐入城，至浙绍会馆，晤修慧上人，看前后屋，计初住此今廿六年矣。陈峻霖、陈士杰俱未晤。出城回寺，李老四来看写字，因留晚饭方去。

初五日（12 月 8 日）

五更起饭，天明行，已卯正矣。辰初，过大西门河，辰正到望城坡尖。巳初到长善庵。巳正二刻，到九子岭叩墓后，与李淦丈量左右沙，将补右以配左也。今日到工者四十九人，大约可至六十人。天久晴，难得也。四庄屋午尖，郑兰亭父子来见，亏得它看山，将树斫尽。午正，从山中行。申正二刻，到湖北会所。子敬早出城，到寺，余即出城。城门闭久始开，人极拥挤，兜子几破。问系收拾门锁闭城，可谓蠢极。路遇子敬，数语。回寺，杨紫卿寄到所刻柳集。

初六日（12 月 9 日）

晨静至午，难得之至。除为两仆课书外，自家看注疏将四十叶。徐礼斋来话，此外无客。昨日客多甚，故今日静也。申初二刻入城，寻杨性农不遇。性农以新庶常归，到省有人来，因约到湖北馆，同饭子敬处。而李石梧、西台俱来，遂同酌。酒甚佳，印云所赠，到长沙第一喜也。客去，余出城，回寺，写字至亥初二刻，睡。五更时闻雨声一阵，念及九子岭工程，妙在雨不大而旋止。

初七日（12 月 10 日）

晨静。饭后入城，晤贺律云、陈伯符兄弟，至小东街晤周仙峤同年，为查湘潭案奉制军委，与刘桐坡世叔同来，遂住桐翁屋中。桐翁未在家，桐府西栋新做过，顿殊旧观矣。到营盘街，张子晋往山东去，姨侄女泰官出见，生三子。长者已出考，惟家境清寒，问知乃翁周克生柩已到家，乃弟同母回，孤稚尤可悯也。至李季眉处，谢其日前着人到山，未得晤。雨来，赶出城。作家书一纸，送子敬处。见京钞，知淮南票盐已行有成效。吴甄甫中丞还顶戴，因海塘复堵合也。广西大获胜战，大有肃清之意。此次折差回，无家信。昨闻杏农说子愚病了一场，前家信中亦未提及，好生挂念。杨九兄、十兄傍晚来话。

初八日（12月11日）

半夜醒后不能复睡，起。晨静，午饭后入城，到子敬处，知石梧京报此次由黄黼卿寄来，故我家不知，而各处亦俱无信也。未刻，到李家，与西台及仲云兄弟话。写字一阵。往东院看水闲话。冒雨至子敬处晚饭，因子敬明日下乡去，去看地也。杏农夜来同坐。余饭后先出城，看画作字，亥刻方歇。

初九日（12月12日）

昨夜雨不甚住，甚念子敬。起，五更行也。晨静，蒋先和来话，午间，黄鹤汀同年来话。祁阳杨秀才来晤，客去，写大字。杨杏农来话，同晚饭，去。夜看《明史稿》，至亥正后歇。杨裕田兄弟约今日看山去，不果往。

初十日（12月13日）

阴雨竟日。晨静至午。午后入城，至湖北会馆剃发，颇冷。过黄南坡处话。黎越乔不在家。出城回寺，已暮。闻石梧昨日得幼子。

十一日（12月14日）

雨时时大，且风大作寒。子敬看山未回，真可念也。我捡得竟日静，看书写字俱多。竟日未来一客。夜冷，昨夜梦甚可踌躇，然不似也。

十二日（12月15日）

雨住见晴。晨静，午间，张辅垣丈、贺笠云先后来，同吃点心。胡雪门来话，粤东、西俱无消息也。蒋先和来，说跳马涧南有一处山可看。子敬从山中来，即入城去。晚至石梧处饭，性农同坐，肴颇佳。散后乘月同尧农到书院，并与湘桡话。归，复作字。睡时将子正矣。

十三日（12月16日）

晨、午俱静，略有阴雨耳。李世兄鹏来，说是李年伯焕然之子，殊似不甚安静者。师笙陔来，略见老态。未刻入城，看熊大兄隔食病，大有起色。竟日守着一棺油漆收拾，亦达观之至老。子敬处遇黎越乔来，一话去。与子敬同饭。

十四日（12月17日）

五鼓起，卯正天明即行。辰初大西门过河，辰正到望城坡尖，巳初到长善庵憩，巳正二刻到九子山叩墓后，看培沙工程，得四分矣。做工人六十四名为度，好在天气好也。商量种竹树。拆破屋一。饭后，午正行。申正一刻多到湖北会馆，与子敬同饭。唐印云同坐。

十五日（12月18日）

晨静，饭后，刘子衡携文字来，张星楼同年过话。子敬来商买木料事。午后写大字。十五弟绍桢字榦臣，从家乡来，将往新化学官王芷庭乃岳处去也，因以襆被来宿。余入城回拜师笙陔，至印云处饭。戌正出城，城门几闭，何其早也。归与十五弟话，至夜分睡。

十六日（12月19日）

晨静，出一文一诗题课十五弟。午间入城，回拜王象山丈恒。过熊大兄话，赠以药饵。过杨性农话，访贺仲肃不遇。出城回寺，晚与十五弟话及家乡诸事凋零，文风大颓，殊不可为怅也。子敬今日五鼓下乡去。灯下作书与王芷庭广文，十五弟之妇翁也。长沙、善化两大令来，余未归。

十七日（12月20日）

晨静。饭后，送十五弟行。邹叔稷来话，写字多。晡时入城，寻印云不值。至石梧处饭。仍过印云。遇左季高共谈。头鼓回寺。

十八日（12月21日）

五更起，黎明行，十里至石马铺，十里洞庭铺，候印云至，同行十里白田铺尖，由左手小路行，过黄金岭，共约十五里，至黄谷境内，与子敬同看龚家山，徘徊久之，去。同向东南行，至青山塘，至印云家庄屋宿，屋左山势殊佳，同去一步，似有所得。晚餐田主甚殷勤，夜睡草床，暖甚。

十九日（12月22日）

天明，仍同看昨所步山，过岭，看后开幛处，甚雄厚也。回至庄屋饭，饭后同行，约七八里，与子敬分路，已过关刀岭矣。共得廿里。至佛日寺，印云新改葬其祖母处，圆紧得势，久憩行。约十余里至跳马涧，吴家饭铺主人盛设，盖为印云也。子敬后来同宿。甜酒、腊肉俱佳，而屋壁有风，不如昨日之暖。

廿日（12月23日）

早仍饭于吴家，索其腊肉一方归。同人同行十五里至白田铺憩，回过石马铺后，余从雨花亭后分路，过金盆岭，至金盆寺中小憩。下坡，到杨裕田处话。铁星从它处归，乃翁邀看临江口生基，回，同酌。而福田十兄来，说城中喧传石梧放广西钦差，明日午刻行。子敬旋有人来，亦答知此事。回寺一转即入城。至石梧处，系十二日亥刻发廷寄，昨十九日亥刻到。林少穆丈行至潮州作古，石梧代之。周敬修署广西抚，未到任。劳九暂署。郑梦翁已褫职也。石梧谢折已发。余即出城回寺。周寿珊侄婿于十八日到此住下。

廿一日（12月24日）

晨静，课周婿一文一诗，颇肯用心。午初刻，李西台、季眉来，同至寺门外送乃兄石梧宫保行。余赠荔支一小匣，取利用行师也。并信一纸。陈尧农亦同来送，殊惘惘，有别离意，兼念母切也。杨性农来，同一茶。性翁复一话，余作书后入城。至子敬处饭，剃发，为周家地事略有耑绪。

廿二日（12月25日）

仍课周婿作，竟日未出。罗一憨子来，昔年为我寻钱南园先生字颇多，今殊希矣。晡时陈秉初、鲁连初同来，因留饭去。

廿三日（12月26日）

晨静，饭后送周婿行，往湘潭去。天姿尚好，勉以勤学，似有感悟。午后，子敬来话，说明日仍看山去。余未刻入城回拜善化易小坪大令。到李家看年伯母，不免闷闷也。与西台一话。回拜胡雪门不遇。至子敬处晚饭将毕，性农、西垣先后来谭。余先出城回寺。陶云巢乃郎世楷来，知云巢兄廿八日别去，初八日作古，一面千古，奇甚奇甚。难为怀也。赠《荣木堂集》及腊鸡并手书，叹叹。尚是生前作，盖绝笔也。陈鸿往九子山去，即回。

廿四日（12月27日）

早送陶家内侄行。晨静，子敬早出，着人送来王而农先生遗书，叔稷带到，王半溪所赠，求为书祠堂扁联也。即检理分卅四本，又读《通鉴论事》，分七本。午后，陈门生逢恩来，李仲云来话，见探报，知前月廿九向提督在粤西得大胜仗矣。道此粤东无消息。未刻入城，回拜邹叔稷兄弟。陈如嵩铺问先公行述版子，尚无恙，将刷印也。到北门晤郭粹安同年，黄治堂同年处难寻，寻着又不遇。回拜长沙令王君葆生，至湖北馆候汪先生不至。出城时过印云不遇。今日冷甚，甚念子敬。

廿五日（12月28日）

比昨不冷些，竟日静，未出。午间杨福田同伊令表徐姓来，说东山有一地佳。李菊生同年来，山东即用，改教，新选永州教授也。昨日李淦家有平安信来，今着人送九子山去。子敬于头炮后回来，到寺即进城去。

廿六日（12月29日）

天甚暖。饭后，蒋先和来，邹叔稷来。罗憨子送字画来看。张星楼来话。未正入城，到子敬处少憩。至理问街梁家书店，无可采，仍至湖北馆晚饭。曹西垣、张耦翁、李仲云先后来同坐，见京报。前月廿八日奉严旨：穆、耆两相均以前后误国，穆革职，耆降员外。新天子英断如此，真天下臣民之福也。惟折差回而无家信，徒深念念。

廿七日（12月30日）

晨静。早饭后即入城，晤印云。至子敬处，知地事均未有成局，年已近，止好从容，此心稍定。过李家，晤西台、季眉话，因至季眉处看字画。徐天池花卉五段极佳，查二瞻两山水幅迥异恒笔。钱南翁书幅有“酒倾百榼鸢肩客，醋设三杯羊鼻公”句，不知谁人绝句也。回至子敬处，一话出城。杨雨村、铁星兄弟来话。

廿八日（12月31日）

晨静。午间子敬来话，有武陵人罗谦，字朗秋，刻印章来见，景喔垣门人也。江华王炳来（四川，未入流），起复请咨过此，问知我郡情形安帖。客去，携两仆看白沙井，便游马氏园，云庄不在家，四郎少筠出见客。菊事已过，而景象转幽矣。一茶去。入城，至天心阁，登高眺远。湖光岳色俱至。至子敬处晚餐，刘霁南同坐，余先出城。

廿九日（1851年1月1日）

五鼓起，天明行。过河，略有风，大雾不解。至尖山下遇李淦回，说土工已毕，仍随余至九子山。叩墓后，周阅新工，略嫌板滞，此半月不来之过也。看明年春雨后何若耳。午餐后回，申正，至湖北馆，子敬未回。遇罗一憨子，缠了一顿。出过印云，不遇，即回寺。体中不甚适，晚饭后却好了。

十二月

初一日（1月2日）

是何月也，怆甚怆甚。子敬来，同奠后，同饭。印云来，为我诊脉，无病何诊，且服厚朴一剂耳。未初入城，至李家，晤西台，就暖剃发。仲云归，见示钱对："书非药物能医俗，家近云山亦养年。"过黄南坡处，尝酒，说从江南新运来好酒，清而仍新，遂留晚饭，邀陶少云与子敬同坐。少云初得晤。陈尧农先去。饭罢后，王仲琡、郑莲舟来，余即出城。

初二日（1月3日）

风作，冷且阴，竟日未出。晨静，午间陶少云、邹叔绩及零陵赵尚兰来，住家省城矣。乃翁曾署道州游击，故话类吾州也。叔勣明日即行，就辰州府馆去。李季眉、张即山同来，看帖画，俱内行，不易得，因同饭，上灯后去。夜风更大，其作雪乎？

初三日（1月4日）

晨静，阴冷，写字，看书，俱得味。子敬来话，同饭。甚冷。未刻，彭丽生同年申甫来，久话去。余旋入城。过介吾、印云处叩谢，为青山塘地事也。印云得晤，复同饭于子敬处。汪泳恬来共饭，冷，不免炙炭。戌初出城回寺。

初四日（1 月 5 日）

晨霰颇大。饭后，唐介吾来，沈世兄其秀来，闻衣之孙，晓帆侄孙也。问知粤西信来，贼匪散而颇难收拾。客去，静甚。晚雪。

初五日（1 月 6 日）

母丧周年矣。痛痛，日月如驰。子敬同祭后同饭，门人杨铁星来共饭。张即山来，杨裕田、福田两君来祭，彭世兄承恩来祭，棣楼乃郎也。今日雪大至数寸，南方所罕见。先公行述添数行，交陈如嵩去刻。竟日阴寒甚，昨日马云庄送腊梅二窠，香色俱不如京师，人功少耳。院后腊梅树颇大，而为山树所掩，郁不得舒，亦有数耶？

初六日（1 月 7 日）

晨午静，积雪未化，冷甚。唐介吾、印云兄弟写青山塘契来，可感之至。申初入城谢客，到李家，与西台、仲云一话，上房中少坐，东水阁看雪。至子敬处晚饭，同坐者介吾、印云、西台、季眉也。余先出城，看书至子初寝。

初七日（1 月 8 日）

晨静。午初后入城谢客，晤刘子衡、陈伯符兄弟。陶少云、张辅翁俱晤。哭熊荷亭大兄，回送陈秉初行，未遇，明日即北行矣。至子敬处少憩，作书复谢杨紫卿，交季眉处。旋到怡园，上东楼，极高敞，比午间上胡问鸥家楼尤有致也。今日西台、季眉同约在怡园饭，即山、印云同坐，子敬亦来。余先出城，又得紫卿书并板鸭、凉菽二事。灯下复作书谢之。竟日阴，雪化路湿。

初八日（1 月 9 日）

晨静，蒋先和来同饭。饭后即同行，南去白田铺尖，未至跳马涧一二里，看一地石耀化气，略有意思，惟前面龙虎难揣度耳。绕山后看，甚好。至跳马涧廖家饭店宿，已上灯矣。夜眠冷。

初九日（1 月 10 日）

早尖，菜丰，可愧。饭后，先和别去。余东行看所谓皇坟者，想系前代藩王遗墓，无形势可看。过关刀铺，有关庙，东北行至青山塘复看唐家山地，与彭姓茶憩即行。出唐家段水口，一敞平阳，真大开大合也。由青山塘行十五里至东思涧少憩。又十里至东山尖，饭铺荒陋甚。尖后行十余里，至李双圃丈葬处，哭拜之。石工先做齐全，棺阁土面，谓之“堆金葬”，殊无甚道理，不思葬者藏乎？与王姓一话，茶憩于庄屋而别。此地在阿弥岭下，十年前李老九曾导我来看者。又十里到浏阳门，至子敬处，适汪泳恬从乡间来，即同饭。余宿此。

初十日（1月11日）

五鼓起，天明同子敬行，出北门八里，至骆驼嵴过河，又数里劳忉河，过河少憩。行过高岭尖，尖后行，约迂回将十里。同汪泳恬看袁家山，略可而无甚大局面，酌量久之，方行。与子敬过右手岭，看一地，甚合意。余先行回城，少憩，仍即出城，回寺，已上灯矣。饭后得子敬回城信，所说事未得即成，怅怅。竟夜不好睡。

十一日（1月12日）

晨静，早饭后入城，到子敬处，已着人到昨所看处，或可有成也。且剃发。午正出，回拜谢客。左季高、易雨林处俱晤。春介轩廉访处谢步，留札。至李家，与西台、仲云一话。回至湖北馆，同曹西垣到间壁俞仁和栈，尝得好酒，同子敬回。西台叔侄亦来，遂同酌。周莲臣来，为熊兄地事，一话去。余出城，尚不迟。作家书一纸。看范书，至亥正睡。今日半阴晴。又晤沈栗翁一话，话间遇王丽生，栗翁说是一谈学问人，匆匆未及谈到。

十二日（1月13日）

晨静。饭后，子敬信来，说即下乡去。明日方回也。午后，步至湘梣处话，见其次郎、三郎，知长郎皞臣尚未回。张六叔来话，留晚饭。杨福田来，同坐。半阴晴，不大冷。亥初后睡。

十三日（1月14日）

早发廿五次京信，不得家信者六十日矣，徒增悬念。午间入城，晤印云，到湖北馆。子敬未回，回拜齐明府不值。至李家，将京信交仲云，说明日即可发。西台叔侄留饭，饭顷，知子敬回来，即至湖北馆同饭。山事虽无成局，渐多端绪矣。

十四日（1月15日）

晨静。午间，子敬来，杨福田与铁星、蒋先和来，为要献地事。福田先去，先和与子敬谈山，话后亦去。铁星久话，吃粥去。余写大字一阵。晡时入城，至子敬处饭。龙湘梣同坐。出城尚早。看书，至亥正后方睡。今日从李家借到《青照堂丛书》。

十五日（1月16日）

五更雨，天明住，已而复雨，竟日未出。甚静。湘梣来便饭，子敬同坐。

十六日（1 月 17 日）

阴雨未歇。晨静。饭后入城，先到子敬处，即回拜洪西堂、江大令承诰，补宁远令蒋维杨处话，索《倪鸿宝集》，未寻得。回至子敬处，知乡中客怕雨未来。出城回寺。

十七日（1 月 18 日）

晨静。饭后入城，至子敬处久坐，遇黄南坡来话，尝酒二坛。到李家看花园，北方一带新屋曲折，敞朗有致也。至贺仲肃处看钱字对，久谈，仍回李家。晚餐后过子敬处，一话，归。雨声竟夜。

十八日（1 月 19 日）

雨复竟日，却不大也。日渐觉长，计冬至到此日长四刻矣。山事未成，竟日未出。子敬亦不得来。复石梧亲家书，粤西事尚无头绪也。陈鸿于十六日得扬州信，其父病逝，初出门人即遇此变，可悯可悯。闻新行票盐日内可到。

十九日（1 月 20 日）

早起入城，到子敬处，山事似有头绪，同饭后，余回寺，阴雨竟日，雨不大耳。今日屈家人同黄治堂在子敬处饭，议买山事。晚间子敬信来，说事成矣。

廿日（1月21日）

早入城，与子敬一话即归寺。早饭，雨脚不住。未正入城，到李家话。旋到子敬处，写契人未散也，上灯后始竣事。屈家人与治堂俱冒雨去。余与子敬邀刘霁南、贺笠云、仲肃兄弟同酌，酒觉多矣。冒雨回寺。

廿一日（1月22日）

晨起稍迟，夜却好睡，亦太暖也。雨仍不住，午间，龙皞臣自京回来晤，余世兄肇来话。申正后入城，晤印云，方为新坟事与多事人淘气。长沙陋俗，于茔地最甚，凡有人买成片地，则必有人出来挑逗讹钱，即日内子敬买得袁家地，亦致动县差而多周折也。到子敬处。子敬它出，久始回，即同饭。

廿二日（1月23日）

雨住，而天未开，阴沉沉竟日，甚冷也。晨至金盆岭杨家裕田九兄冒寒同饭，而不适，先退。余与雨村、铁星兄弟话而别。泥路烂得不像，回寺，忽觉背寒，急令添盆炭。陈伯符来话，子敬来商量下乡事，如天未晴准何？李世兄世芑来唁，因问及星房兄弟及双丈、邵夫人光景。晚饭，忽添小半碗，为近日所稀，胸中久隔阂，其将开乎？黎越乔着人持书来，送蔬脯，即复谢。又作书与潘德畬，为会项事，由子敬专差去。

廿三日（1月24日）

晨静。饭后入城，与子敬一话，回拜余世兄、李世兄、诒斋。回至贺仲肃处话。过季眉不遇。王仲叔小瀛洲久坐，果佳境。新晴恰好，仲翁说惜前次大雪未来也。到李家，至上房，仍涉园。至子敬处饭，曹西垣同酌，今夜住此。

廿四日（1月25日）

寅正三刻起，卯正行，天甫开明也。与子敬同出北门，至高岭尖，遂至回龙坡看所开平盘，妥当之至。旋至屈家山看土色，久之，竟未得佳土。刘霁南、黄治堂亦同来看，又至庄屋后，看形势极好，当有佳土。余一饭先回城，子敬与刘、黄两兄住下，细看山。余入城，已戌初。至仲肃处便饭。仍住湖北馆。小年夜，不得亲上供，甚怆怆也。夜暖，仍不甚适。

廿五日（1月26日）

卯初起，卯正行。天阴，幸无雨耳。河西路泥甚，巳正二刻始到九子岭。祭墓后，看新卓土围已有被雨冲者，可叹也。西手田中大石今不得再敲，止少收谷一石耳。午正行，申正二刻到湖北馆。子敬已回，方与霁南、咏恬饭，知大局定在回龙坡矣。余至贺笠云处饭，戌正出城回寺。

廿六日（1 月 27 日）

大雨竟日，天气大暖，真春到矣。晨静。午刻，子敬来话，申初方去。晚至尧农处便饭，临时邀湘桡来同话，油菜苦，甚佳，又湖北菘佳。亥正回寺，雨未住也，且更大。钞《说文》起。

廿七日（1 月 28 日）

虽天不晴而雨已住。晨午静，张蔗泉同年来，从常宁书记回家，言彼间有匪首，恐将不靖，殊可虑也。未正入城，过文光书店，段《说文》一部四千三百文，此书价真贱，而每年止销得三四部耳。至湖北馆剃发，子敬回，西台亦来同饭，看新到京钞，陶问云放衡州府，王荫芝升兴泉永道，上春考取军机章京未补人员，忽复引见，不得记名者五人，未解何意。袁午桥劾广西抚郑梦白丈疏稿甚厉，而石梧到粤即保留，梦翁平日精细认真，此番料理亦方得手，人才未可轻弃也。一劾一留，不审如何。

廿八日（1 月 29 日）

雨住，且见日，其果晴乎。晨静，午间季眉来话，久坐去。蒋先和来，新丁父忧，求助去。贺仲肃来看帖去。晡时入城，谢张蔗泉同年步。齐慎庵已得补宁乡部覆，前荐汪老七馆地，乃干修耳，令人愧愧也。先过龙湘桡话。晚同子敬到李年伯母处饭，园亭周历，西台、季眉同酌。出城尚早。夜雨。

廿九日（1 月 30 日）

寅初二刻起行，到花桥天明，已廿里矣。又十五里朗陵尖，又十五里蚌塘叩奠伯父墓。又七里到老□坡叩英伯母墓，转身不二三里即浏阳大路，仍至朗陵尖。尖后过河，到寺将上灯耳。舆夫三人勇甚，雨脚不住而不片刻停，故得早回，葬略淹已如此。子敬今日到九子山叩墓，晚间送到十月十六、十二月初十两番京信，一切平安。子愚患耳聋已愈，前此却未闻。桂儿寄到文字，香儿、韶儿、钟曾均寄小诗来，家中都说我近发脚疾，真奇语，不审所自。

卅日（1 月 31 日）

雨竟日未住，昨晚有常德兵来，住前殿，县中无办差人，致索水不得，颇嚷嚷，后安贴矣。晨静，饭后，铁星来话。未刻，子敬来。晚间同奠后同饭，即宿此。常德兵夜间已去，闻登舟矣。见京钞，陈颂南仍补御史，苏赓堂仍补给谏，林少翁谥文忠，特笔也。子愚信中称上每用一人，必从旁探问，左右大臣皆栗栗。夜雨且夹雪，不大住。

何绍基日记

（三）

[清] 何绍基 著

尧育飞 毛健 整理

岳麓書社·长沙

湖湘文库

续编

目　录

咸丰元年

咸丰二年

咸丰三年

咸丰四年

咸丰八年

咸丰元年

正月

元旦（1851年2月1日）

早起，同子敬叩灵，上供后同早饭，寺中萧寂，不闻爆竹，离城远且天阴雨也。痛思吾母之逝，三年头矣。何日月之速也。午间，李季眉、仲云先后来。杨雨村、铁星同来。晚供后入城，与子敬同饭。贺笠云来共话，今日敬撰墓志，灯下复为笠云撰其先人墓志。夜雨住。

初二日（2月2日）

晨静。早饭后子敬来，并刻石人傅姓兄弟来。刘霁翁来，春介轩廉访来，言成皇帝诗集刻成，此次颁赏单，所不得赏者内惟倭艮峰、彭咏莪，外惟琦静庵、张诗舲、陈云谷、徐松龛、杨蝶翁，真令人畏服。海口塌下数百丈，黄河水骤落，回空军船不灌塘，票盐畅行，苏杭米大贱。京师得大雪数次，皆祥瑞也。胡雪门来，将署郴州去。适瞿彤云来，留同酌数杯，吃芋头去。午后阴甚，不见字。晚雪雨交作，灯下作篆字。亥初睡。

初三日（2月3日）

昨夜雨雪声竟夜，晨起仍阴。午间，雪子兼落。刻石人来，打格子，写墓志，得十余行耳。客来不住也。律云久话去。余旋入城，饭子敬处。张耦翁、唐印芸同坐，吃生番菽。晡时又多吃芋头。晚间，腹不静。

初四日（2月4日）

雨住而阴甚。申时立春，竟雨，殊佳也。鲁莲初来，同早饭。贺仲肃来，洪西堂、唐介吾先后来。子敬来。志石第一块送至湖北馆去，兼拓子毅志石，十年前所刻，未入墓者。晚至子敬处话，同饭，无客。鲁兄赠《临淮王北齐碑拓》，尚旧，齐吉货一枚，亦青州新出大瓮装者，为古隧中物，古人铜器送葬，后世所忌。

初五日（2月5日）

子敬往元丰坝去。志石第二块一早写完即送去，胡尉之桂来，李西台来，同话。午后入城剃发。看刻石人已动手，青石街宽条面颇佳。午前见日，晡复阴，晚饭时仍晴。子敬已下乡去。

初六日（2月6日）

黎明行，走城外绕北门，到元丰坝、回龙坡，路泥甚。午初方到山上搭屋。到张氏屋，即少憩。汪咏恬、王波督工。遇黄治堂来，余先行。子敬候印云来，饭后始归。余入城至李家，候年伯母与仲云一话。仍至子敬处同晚饭，归。上半日见日，晡复阴。

初七日（2月7日）

五鼓行，到大西门，天始明。过河，河宽长水，连日雨使然。又春来也。河西路烂甚，春潮不干。到九子山，叩墓后饭。飨堂屋瓦多碎，椽子亦有软失者矣。申正后回到子敬处看刻字人，每日每人可得五十余字，止怕快而不精耳。晚饭后出城，竟日阴，防雨而未下，或可拗成晴天乎？

初八日（2月8日）

阴，不雨如昨。怆寂甚，竟日未出。各处借银，俱不得确信，殊闷闷也。平日为人忙何事耶？题石斋先生册，仲云所藏，与陈无技、无涯兄弟及仲冶各尺牍也。自廿九回来，左臂寒痛，今转剧。夜睡难转侧，又挟春气耳。唐印云、张仲辅先后来。

初九日（2月9日）

阴，不雨，如昨。山中方搭茅屋，可幸也。题石天外画册、鹤铭幅，并邹衣白草字册，俱还仲云去。子敬午间来话，晡入城，吊叶辰生丁外艰，回拜数客。晤季眉一谈，至子敬处，同西台晚饭，商量一切。

初十日（2 月 10 日）

昨夜雨一阵，今日阴，时有小点。晨静，饭后入城，到子敬处篆志首。出，至各处谢客廿余处，晤黄治堂，回至子敬处点心。过刘霁南、贺笠云话。复由西南谢客，出城，至龙湘桡处一话，归。夜雨达旦。

十一日（2 月 11 日）

竟日雨，不甚住。检点书籍什物。子敬来叩灵，先下乡去。廿六次京信交李家。张蔗泉、周莲城先后来。晡时入城至李家，留便饭。与西台、仲云同话，见年伯母，群稚环集，亦年景也。不知吾家诸小儿作何光景。闻郑小山升南汝光道、周介夫调延榆绥道，陈云谷中丞褫职，为袁午桥参劾，而张小浦查奏也。冒雨出城，两次访印云俱不值。夜雨奇大。

十二日（2 月 12 日）

雨不住点，时复奇大。龙灯收拾许多，不得出来。午后入城，晤印云，为明日杠夫及马头事。到湖北馆，看墓志篆盖将刻完，说定四百分，每分四十八文，到店中去拓。遇黄治堂一话，出城，到南湖洄看船，老榜滕嘉祥船尚稳，亦不甚新。雨竟夜，探问马头无人管照。两次问印云，徒劳耳。甚闷闷。

十三日（2月13日）

寅初二刻起，收拾一切，卯正天明，行李下船，候杠夫，等至辰正始请灵起行。既无马头，亦无跳板，借小波船跳及渡船一只，平安上船。风大，开行后顺风上水，至小河始曳纤行，不数里，纤绳断，可悸。船稳住，即就东岸泊，距龙王市尚二三里，且煮饭吃，无肴酒耳。夜冷。

十四日（2月14日）

风平息，可摇橹行，船中一餐。午间至三沙矶，复逆行，过河，入捞刀河口。至白马寺，子敬来叩迎。舟行过桃花涧，至楚家湖口，人夫等俱乡间预备，陆行约四五里至回龙坡山间草庐，停殡上供后，李西台祭山神，周莲城赞礼读祝文。金井开好，土五色，到底，且有入脉晕，与九子山一样，真奇异也。

十五日（2月15日）

丑时即然灯，伺候一切，寅初三刻奉灵上山，安厝后，痛坐柩侧。候卯正二刻，天大明，汪咏恬来定向线，艮山坤向，兼寅申。土工动手，柩旁用三合土细筑。午间，西台、莲城俱回城去。雨来矣。此一日半之晴，万幸也。与子敬同住草庐奉主，朝夕奠。

十六日（2月16日）

雨阴不止，晡时筑土平棺，棺上覆以大盖，约离棺二寸，以便筑顶，如此似差安妥。痛叩别棺，柩侧住四百日，顿隔幽冥矣。至是时惟恐不早成坟。咏恬在此督工，亦颇知此意。

十七日（2月17日）

阴雨不歇，土工不住。作京信，送李仲云处。得回音，知十九有折弁行也。刘霁南午间来，遂同餐，晚亦与咏恬同饭。

十八日（2月18日）

早阴，后旋晴，时见日。石工运石，亦次第到山。无雨，客多，皆乡中人来看地者，议赞纷然，长沙习气也。晡时到青龙手前山看茔城，形势果好，前夜梦中有“翡翠帘开燕子窝”句，今年似燕子归巢，张两翅欲止之势，外面水□之字盘折。亦得理致，不局促也。夜见月出，屈满老来话。

十九日（2月19日）

子敬早与咏恬看地去，为子毅也。午间尚晴。晡后阴且冷矣。霁南早饭后回城去。刻碑人来，因与商量打格，遂至暮。城中人还，得黄治堂书，仍为屈家田事。子敬、咏恬晚归。夜有雨，且雷且雪，雨水节矣。

廿日（2月20日）

晨光照草屋，大雪一白，方未止也。写墓表，作篆，两石即动手刻。午间，请乡间客，皆借物之人，咏恬代作东。子敬一陪。余踏雪泥至前山看江山雪意，步田陇而回。连日卖菌人不绝，有风味，然不如秋冬间之香芳。山上今日停工，雪太大，且土工已将竣事，待石工也。屈甫田、存诚兄弟书来，为田业分半事，即复之。我仍止受半山，既无用，借钱又难，权且如此。

廿一日（2月21日）

子敬入城去。天阴寒甚，又炭罄，酒将匮矣。咏恬午间到屈家去，至晚回，坟工做成平顶。夜间子敬着人回，酒炭并至，与咏恬酌，未免多些，恐亦难继也。写中碑。

廿二日（2月22日）

刻石共六人，齐动手。晨与咏恬及张七老□饭于庄屋。饭后，步至右手山顶，比左手山略高，树木奇茂，有大梅花，山间梅开颇多也。午晴见日，未刻，方与张七、魏大二老话于芋子盘间。子敬归。今日致书屈氏要银契两退，无回音，说明日来晤。

廿三日（2 月 23 日）

晨阴有雨意，与张、魏、汪三老及子敬同饭于庄屋。午间大晴，同子敬到咏恬家，在花石坳，距此十里，乃走湘阴大路也。因同至万家冲、小塘冲两处看地，小塘冲临湘江，庄屋开敞，主人李翁出，应客甚恭。山上有周家九峰先生墓，介夫之高祖也。回饭于咏恬家，甚饱。归山，已上晚供，然烛，与子敬谈酌，至亥初方憩。

廿四日（2 月 24 日）

阴，不暖甚。墓表石刻完。子敬往袁家山看龙去。山中打量种杉秧。先刨出下菜枯饼。咏恬今日未来，老满亦归去。

廿五日（2 月 25 日）

天未明起。卯正黎明，奉神主行，哀何极也。至大西门过河，望城坡尖，河西路不好走，幸天色大晴。未正到九子山请主安于先公飨堂。申正复荐熟，中间往杨林冲奠毅弟元配李孺人墓，少憩于庄屋而归。佃夫龙叟于申正适得第三孙，自言到此屋一年，添一牛，娶一妇，今添一孙，意甚喜也。晚与龙叟田边看水，大暖，欲凉矣。茔城草木生意勃勃。

廿六日（2 月 26 日）

夜雨，五更头至天明，辰初方行。借笠子，雨时止时作，到竹子冲祭子毅墓。复东北行，约十五六里至石龙冲奠亡室陶安人墓，就庄屋作饭，摘菘煮之，有土膏味，又雨后也。蒋先和不在屋，闻今日葬其父于跳马涧。午正行，望见湘水往南，过田垄，约十余里至龙王涧。过小渡船后不一里，至河边过河，至湖北会馆。申初三刻矣。少憩，出，回拜易念园太守一话。至李家，见太母。仲云出石梧信两件，粤西事尚无头绪。园亭一览，与西台饭未毕，归陪黄治堂话。亥正后方别去。午时，潘德畬广东回信至，知屋须三数，于十一月寄京，粤东贼亦尚如毛也。

廿七日（2月27日）

五更起，饭后静坐，舆夫天明始起，卯正三刻始行。过印云处，打门不开。过治堂一话，即出北门。路泥泞甚，过捞刀河后，舆杠欲折，换借马兜，行至屈家，见存诚一话，甫田不在家。回山见墓，痛极。连日子敬率诸仆拓墓表。同饭后，子敬入城去。未申间，微雨复作。咏恬傍晚来，与张七老三人共饭。晚晴。

廿八日（2月28日）

早大晴。卯初三刻，恭立墓表，自敬山神，即扶建正碑。巳初仍阴，午刻雨旋止旋作，遂至暮。子敬着人送来正月八日京信，一切如昨，可慰，惟十一月初六京信竟不到矣。汪咏恬看袁家山去，遂未来，回家有事也。买得鸠三，上供后，同张七晚餐。此物不食荤腥，虽小而肥，多肉。半夜后雨大，山路更烂。

廿九日（3月1日）

早，雨未住，但略小耳。午初，治堂来话，城中人至，即付字去。雨时大时小，遂至暮。张七老一早出门去。傍晚，同咏恬回来，遂共晚饭。雨竟夜。

卅日（3月2日）

早，雨大，时小些，遂复竟日。土、石工俱不甚得力，无如何也。子敬信来，说屈家山田事无足计较，良然良然。惟借钱费事，可厌耳。与显扬、咏恬夜酌。雨声半夜后渐稀。

二月

初一日（3月3日）

雨意略秀气，麻沙作阵。辰初奠朔，看石工，竣事不远矣。惟泥泞愈甚，久雨烂途也。饭后，巳初一刻，叩墓辞山，行不三里，兜舆落水，水从左袖手湿矣。一路泥洼，屡憩。早过古开福寺，入山门，破败到底。入城，至湖北会馆，已未初后。贺仲肃方与子敬话，久始去。夜与子敬饭，雨复作。夜过黄南坡，已它出。熊雨胪来。

初二日（3月4日）

竟夜雨，今日忽住，且日出数次，真可慰也。南坡来，余兄弟方早餐，暂话而去。午间料理书帖等物。未刻，易念园来话。子敬它出，又不获见。午后遂静，而天易阴，不知明日若何。

初三日（3月5日）

子敬大早到回龙去，兼看屈家山。余午间出谢客，晤张雨堂昆弟。唐印云处春兰甚清香，李季眉处花多。看童二树画山水轴，气魄未充，不如昔在蔡小石处所见山水小册也。至定王台晤熊雨胪，遇彭□□同话。至李仲云处，与彭乙山都司同话于年伯母房中。乙山与石梧表兄弟，为贵州都司，投效广西。其子外委战殁，得恤。乙山奉差来湖南，明日仍往粤，言金田匪止数里村舍负隅，建国号曰天德，真不值一哂。距浔州府四十里，中隔大黄河，闻现有四月粮，人二万，除女稚外，能战者七八千耳。回寓看书。晚酌李家，陪乙山。作书寄石梧，今日晴。

初四日（3月6日）

大晴。竟日未出。午间季眉来话，晡时鲁莲初来话，晚邀曹西垣来酌。戌刻，子敬自乡间回，目颇被风热。

初五日（3 月 7 日）

先公忌辰。黎明行，过河时有风，将到山，雨来矣。飨堂奠后，复叩墓。午后行，雨止欲晴。申正回寓。熊雨胪、左季高来便饭。

初六日（3 月 8 日）

早行，出北门，巳初到回龙坡叩墓。石工未毕，未必能甚速也。与咏恬、显扬同午饭后行。申初二刻回寓。静得一时许。子敬与治堂久话。晚，同子敬饭南坡处，谈及盐价甚贱，而引不销。广西正月十八日向提军师入金田，乘胜进入，伏雷发，伤兵百余，官十四人。

初七日（3 月 9 日）

早，子敬往九子山去，余出小西门晤黎越乔于舟中，即从此赴朗江书院也。过龙湘桡，未起。陈尧农已住书院，亦未晤。入城，至李家，与仲云同早饭，游憩园亭，到老五新屋，明日成婚也。西台一话，归。蔡心穀来，侍乃翁树百回粤过此，树百访我于洪恩寺，未值。湘桡、仲肃来话去。子敬暮回，余又出小西门看树百，兴致飞舞如昔。遇刘桐坡世叔，同一话。致叶崑臣一书，潘德畬一书，交树百。回城，与子敬吃斑鸠，不见佳。午前晴，午后大风，渐阴，雨来竟夜。

初八日（3 月 10 日）

晴得怪。午后大晴见日。早饭后子敬谢客出，余写大字一阵。铁星处取回《晚步堂帖》一套。子敬归，张辅翁来小酌去。傍晚，与子敬同过小瀛洲。新柳初垂，洲蔬满绿，与仲瑕司马久话。复至颐园，登楼眺远而回。晚饭未毕，周莲丞来同话。

初九日（3 月 11 日）

晨静，辰正二刻行，出北门，过捞刀河，先到林家冲看地，回东南，行三里至彭家巷，又二里半至回龙坡叩墓后午饭，商量建碑线度。有风，不易定，若先用木片，从茔城作椿志，岂不省事耶？汪咏恬来，知袁姓生基与屈家山事仍未定局，难哉难哉。晚并约张七同饭，今日晴，大暖，天必变矣。

初十日（3 月 12 日）

卯正起，辰初上供后饭。巳初一刻建前碑，巳正妥帖，即令右阑干。郭石匠动工，江石匠事竣矣。看做土拜台，有苏姓、袁姓人来，为生基事，讫无成说，大约多索钱耳。未初一刻多，起身回城。高岭至劳刀河渡处七里，骆驼嘴至北门七里，皆舆夫步，五千步也。过张六叔，不值。回寓少憩息。晚，同子敬至印云处便饭，念园太守作客，徐礼斋亦同做东。亥刻归。今日大风，阴。午间，山中微雨。城中夜雨不大。

十一日（3月13日）

子敬着人往咏恬处。晚得回信，知屈、袁两家事仍无着也。周婿来早饭，肯从左季高学，因往季高处商定。季高慨然念故人之子，难得难得。王仲琡约申刻饭，与子敬往。主人自饭，久不出，余拂衣归，继复来请，仍往酌。雨中甚凉，印云同坐，然一往复间，无甚意味矣。

十二日（3月14日）

晨静，寿珊来同饭，饭后，李仲云来，余携寿珊往左季高处上学。天晴见日，书房雅亮，陶少云亦佳主人也。余复出门至余宗山话，病不见愈，不能多说话。步寒甚，可怜可怜。到沈栗翁处，健于去年。弹琴，讲小学，兴致转胜，满屋书史，外皆兰也。回拜安福令恩明府，已下船赴任去。归写大字，晚请季高先生，约南坡、少云、寿珊陪，笠云碰来，亦同坐。客早来，看帖一晌方入席。戌刻散，得石梧书，粤西事自正月十八遇伏后，兵将颇怯，可虑。栗翁说刻大字《麻姑记》人名唐继桐，新化人。

十三日（3月15日）

子敬一早到山去，竟日阴。余觉闷闷，写贺蔗翁墓志毕，倦矣。晡，至李家，新娘子出见。因请熊羽胪来，同饭于水阁。仲云君约陪。午间，张星楼来话。

十四日（3月16日）

写贺静轩丈墓志。笠云尊人也。阴雨竟日，陈尧农来，带到左景乔书并顾祠秋祭诗。瞿彤云来话，子敬申刻回寓。余出谢客，钟子宾调守长沙，前日到任，王楚田调善化县，俱先来也。晤齐五兄，一话，归。同子敬饭，鲁莲初来话。子敬说袁家生基已用葬矣。真闷无益。

十五日（3月17日）

晨静，饭后，同子敬出城，至城南书院。晤尧农、湘桡，俱携儿读书其中，可羡也。久憩，行。余至金盆岭，杨家九兄留饭，而久不得吃。与雨村、铁星谈，为出诗文题。饭毕，已未正矣。回至洪恩寺，少坐，见屋凄痛。回寓，写大字对十付。晚与子敬至季眉处饭，茶花各色全开，极盛，殆无两处。雨胪、即山同坐，观陈恪勤公像卷。竟日阴，而无大雨。廿八次家书今日由臬司陈叔良折差去。

十六日（3月18日）

昨夜奇雷、大雨，可悸。早，雨住。午后晴矣。辰初一刻行，一路泥水。午初到回龙坡叩墓，石阑干工程尚无竣日也。袁家葬处虽近，尚不碍，然乡间人之狠獀如此，如何住得？午正奠后一饭行，时未初一刻。酉初回寓。刘霁南来同饭，斑鸠甚美。饭后，三人同至对门清湘茶园，临水极佳，惜檐深不见月，独步至李家水阁，与仲云话，而月为露掩矣。

十七日（3 月 19 日）

晨静，剃发。饭后，仲云来话，杨雨村携文来阅。午后出，晤左季高谈。张星楼、黄南坡均不遇。归，写大字。晚，与子敬酌。竟日阴，雨不大，欲晴未透。闻粤西贺县为土匪所破占，距吾州甚近，可虑之至。

十八日（3 月 20 日）

晨静，略捡行李。贺仲肃来谢，黄治堂来，与子敬话。午后，同子敬出小西门看船，写定成姓巴杆船。因过城南书院，与湘桡话，兼看其三子作课。入城，至坡子街，点心、馄饨不如京师廿年前玉茗也。至唐介吾处一话。回寓，屈家有信来，明日可清庄。写大字，遂暮。晚饭后，同子敬至南坡处话，遇一山西人，能言青主字，希见之至，其人梁姓。

十九日（3 月 21 日）

大风，阴，由昨日过暖也。子敬捡各田屋契，余买纸不得佳者。归，子敬从小铺买许多回，不让大店也。而翰珍斋纸却匮矣。子敬出谢客。张辅翁、陈伯符、陶世兄（云巢子）、姚雨人次第来，闷烦不可耐。黄南坡来邀同到西铺食面，不能去。晚，李西台来饭。贺立芸来共坐。春介轩来辞行。曹西垣来别。

廿日（3 月 22 日）

昨夜风大，楼板响动。卯正一刻行，出北门，走河边，风大，几不能乘兜。冷，亦似雪天矣。巳初到山，叩墓后上奠，叩别慈灵，痛切痛切。草屋中饭，看郭石匠工，大约还要几个日子。汪咏恬来话，据李淦说昨日屈家清单已有，尚未迁去。午初二刻，由山中行，一路风略息，由陈家渡。申初到寓，久憩。晚，同子敬饭。李西台处，上水中亭而回。饮于荷厅，天凉无月，阴云弥望。夜冷。

廿一日（3 月 23 日）

早出，送介轩廉访行。回拜长沙陈明府、前善化令易小坪。过贺律芸，携《广舆记》回。早饭后，收拾行李，写廿九次京信，复邓年伯信。写对扁各十余件。王石崖先生自题句云："六经责我开生面，七尺从天乞活埋。"船山先生自题句云："到老六经犹未了，到头一点不成灰。"邹叔勣代王半溪索书者。晚饭贺仲肃处。同子敬往季高、南坡、少云、仲和、笠云同话，竹纸印《经世文编》八十本，从仲肃索得。阴雨竟日，夜大雨如注，雷亦有声。曹西垣来，不遇主人，自酌而去，同介轩入都也。钟子宾太守来话。

廿二日（3 月 24 日）

晨出，回拜子宾。冒雨至怡园，黄南坡约食燔豚，迟出，甚佳。杨杏农昨日来，季眉、鹤汀与子敬皆同坐，水阁清寒，有围炉意，午正方散。过印云一话，遇黄海华司马同年，说昨、今两日皆有柳州五百里折报过去，想有紧急。即至李家问，无家书来。而仲云说向提军前被枪伤，不知如何。回寓，发行李下船。晚，子敬约季高、杏农同饭，南坡后至，说粤西事不妥，大约亦不尽可信。汪咏恬来宿，与子敬谈至夜分。余先倦睡，冷雨无春气。南风仍然。

廿三日（3月25日）

冷甚。早上天心阁，沿城一眺，烟雾不甚开。回寓，同咏恬、子敬饭，咏恬去。今日屈家田事图价，同来者十余人，乡间之累赘而猥琐可想见也。余上船，知介轩已行。子敬来送行。五月之聚，大事妥办，而联床之意转凄切难别也。午初后，子敬别去。余开船行，时曳纤，时顺风，六十里暮云司泊。竟日阴，晚将泊时，雨一阵。问南坡要《海国图志》，今日即看起。

廿四日（3月26日）

昨小雨竟夜，篷漏，书有湿者。间壁船上打牌，吾船中人盖有往者，时闻舷边来往也。晨冷，更甚于昨日。曳纤行，亦有顺风，多西行。午初，到湘潭，舟人久泊，可恶。大约是买盐包。未初二刻后，方开行。日出，寒不解。行卅里项家塘泊，寄信与子敬，交乌江子船上去。

廿五日（3月27日）

竟日阴寒，晨雨，不碍行，午间见日，复阴，无风。曳纤，忽东忽北。下午后方向南行。所过朱洲索溪寺，俱不素悉。未晚泊渌口，计去年过此恰五阅月，情事亦异矣，然九月底水比今时大多了。一路菜贱而无鱼可买。夜雨一阵。

廿六日（3月28日）

早尚阴，饭后大晴且暖，一路山色秀静。过观音岩，不得一登览为怅。水形渐多曲，西、东、南俱有，共得九十里，至朱亭略泊，买菜。仍行三里而泊。夹岸多见桃李，梨花有香。今日曳纤而时遇顺风，不大，朱亭地方不小，有书院。舟子云是两县共的，然则过朱亭即衡山管了。

廿七日（3月29日）

晨起，大晴。然先向北行，则小北风，午后东南、西南行，则南风，竟日不顺风，曳纤费力。过石岩数处有致，夹河村落花光时来。晚泊杨家园，距衡山县水程十五里，水渐浅，滩渐多，竟日开窗，受风，晚稍不适。

廿八日（3月30日）

早阴，南风。不好走，曳纤行，勉强十五里，大南风报奇狂无比，颠簸遂竟日。望衡山县咫尺，不能过河去。午后晴热亦甚，由重裘而棉，且不可耐。岳色为云阴遮掩不可见。晚风仍大，子正忽息。

廿九日（3月31日）

早略有风，且行十余里，南风又大雷。家司对河泊，写信寄子敬，菜花成山，奇景也。未刻风略小，行至老粮仓，泊石磐旁。上坡剃发，剃发人何姓，说昨日南风报坏小拨船三只，算今年第一次大风。回船转北风，已将暮矣。船上人必欲行，说可回家。船行后风更大，可悸，天又黑矣。至峡里市泊，今日共得四十五里。中间过一矶头颇尖险，似城陵矶虎渡口也。船家说今日走有六十里，未必未必，夜风大。

卅日（4月1日）

阴而无雨，时有数点。老榜不回船，且等着。老榜来，水手不到，且有散去者。风又大将来，虽顺无用。上坡，走了一回。申刻风小些，促令开行。老榜又回家去矣。约行有卅余里，季家塘泊，比不走的好。一路向西北行，后转西南。船上人又说今日走了有五十里，无考证。

三月

初一日（4月2日）

天大晴，早行。曳纤甚平稳。河路亦渐收窄，山明水秀，真近吾乡光景。晡时得顺风，好在不大，共九十里。到衡州府石鼓书院前小泊。上坡，到书院，至合江亭，阮师旧书联已无之，问肄业诸生，无知者。余之到此亦隔廿年矣。诸生闻余来，磨墨索书，为写一联别去。上船，复开至铁炉门街泊，见有盐道船，恐系周子俨在此，既探知，已由此往耒阳去。石鼓为蒸、湘合流处，蒸水从西南来，湘水东南来，合流二三里，耒水从东来注之。亥刻，大北风报可怕，不减衡山县南风报，子初息。

初二日（4月3日）

竟日阴。早开船甚迟，不知老榜何事也。开行后得顺风，偏西走，后即向南行。午后向东北行甚久，晡向正南行，真顺耳。过新塘，至香炉山下泊。自衡郡来，水渐狭且清，秀气。今日行将百里，夜复大风，船摇动不安。

初三日（4月4日）

雨。行，风不大。早饭，至焦牙河口小泊。过柏坊，船多是装煤处，故多钓钩等船，此河内为巨舶矣。两岸石势多奇秀者，树茂水清，止苦北风，而路忽西忽东，忽北忽南。顺帆颇少，然到柏坊已六十里。又过来十一二里，地名鲤鱼塘，雨，大风少息，且早泊，免得攲侧。夜雨小些，子正后雨住。

清明日（4月5日）

想念京寓、长沙坟山、道州家祠，俱有清明祭奠，我俱不与，怆怆而已。不雨而阴竟日，四十余里过河洲买菜。过常宁河口，方到河洲也。时向南行，得顺风。晡过大浦塘，仍前行。傍右手高山下，同一小拨船泊，问知距归阳止廿里。两日来水面新燕群飞。

初五日（4月6日）

昨夜无雨无风，近暖，知将晴矣。今晨仍阴，午时晴，有日。晨，行船约七八里至让山塘小泊，又十五里归阳司泊，买菜。余步上坡，至唐家祠堂，致堂、诗甫之扁在焉，即其本家也。江边细石极多，选无佳者。又行十五里黄泥塘，又十五里潘家铺，又行约十余里荷包塘泊，忽北忽东，顺风益少，亦少风也。晚饭雨来，遂竟夜。

初六日（4月7日）

晨尚雨，不大，而云雾满山，一奇观也。曳纤行过白水柴步头观音塘。午间晴了一阵后，复阴。闻往上尚短雨，往下苦多雨。石势多奇逸成形，非衡州以下所有，买鱼难得，而水中时闻泼剌声。晚泊曹家塘，距祁阳八里，临泊前过一矶，石壁奇诡横肆，为一路所未见。夜暖，殆不得晴。

初七日（4月8日）

晨起，阴，有小雨。开船不久即至祁阳泊。买菜耽阁颇久，船上亦买酒肉也。行又数里，泊浯溪，游憩，题记于亭柱。古树视十年前摧伐多矣，可叹也。看《中兴颂》，谒颜、元祠，至中宫古寺。回船时午，晴见日，颇热。复行不住，至暮折江塘泊。遇石壁奇峙如昨，此处距县四十五里，初夜雨。自廿三上船看《海国图志》，至初三日毕。初四日起阅《柳子厚集》，紫卿新刻本，三日半，今午毕，俱有加墨、辨订。甚矣，舟中之静也。两仆读书学诗，亦专勤之至。晚间阅《经世文编》起。舟子云距永州尚有一百二十里。

初八日（4月9日）

夜，小雨未住，天明开船，尚雾、雨，遂竟日不晴。河宽水浅，向南时多，石势多奇，百态千状。晡至高溪寺泊，上坡看乃屈子祠。石岸亦有致。开船，雨不住。未至冷水滩，数里泊。今日大约行有四十余里不止。天暖甚。

初九日（4月10日）

早阴，有雾。行至冷水滩。早饭后大晴矣。午间至蔡家市，复小泊。酉正至老步头，潇湘合流处也。古湘江馆无余迹矣。入潇江，江水狭且浅，知吾乡雨不足。夜有月，为近来希事。戌正三刻到永州西门外泊。作札与胡蔚堂大令兄，问知李仲云尚未到。

初十日（4月11日）

早上坡，步至濂溪书院，雨滑不好走。访紫卿，不住书院，有陈生导至其家，得晤，不见复八年矣。神采胜昔，盖道腴耶？同步至所修新屋，在百花井，尚未毕工，且可住下。胡蔚堂来，久话去。移行李上坡，至晡方明白。蔚堂邀晚饭，因至零陵县署，本不宜入署，至好，无如何。同坐者紫卿及欧阳敏斋之侄。蔚堂乃郎甫七龄，出见客。夜大风报，可悸。雨却不久，本来暖得过骤。

十一日（4月12日）

早作卅次京信，并寄子敬信于长沙，交蔚翁寄省去。到府学拜李东垣，拜徐玉珊太守，方往江华防堵去。与东垣一谈归。过紫翁处早饭，回，且谈闲话，看木工做活。午间，紫翁携饭来同酌。天热，颇难耐。同紫卿过河，到愚溪深处，又至柳子祠。复至钴鉧潭，游憩而回。江山深远，世间何处复有此耶？晚同紫翁酌，月上且高矣。同乘月肩舆至芙蓉别馆，茶憩于石桥上。荷池静澈，大月在上，久坐而归。计不到此廿四年矣。仍乘月归。连日食小笋，好风味。

十二日（4月13日）

早饭后同紫兄往共城山，上镇永楼，登高眺远，信奇观也。树石清深，昔游宛在。止少李摩石作乞丐声风趣耳。下山至濂溪书院谒周子祠，春海师题联云："悟后图书真见圣，生前俎豆始康功。"久憩，回，闲话闲睡。紫翁门人来寻话者颇多，余无一事。李东园广文来话。蔚翁送物，收笋及腊肉。今日紫卿肴中，小笋白煮鸡最佳也。晚同看月于其屋门前之大坪。天晴，甚热。

十三日（4月14日）

天阴，北风起矣。早吃粉后出门，到胡蔚堂处，已过河，风神庙拈香去。余因至碧云庵，过圮桥至思范堂，绕池东行，归至唐公庙，小憩一回。同紫卿饭，饭后，蔚堂来久话，知提军日前遇回兵二百。昨复有文书来催转，粤事盖未即了也。客去，即与紫兄出东门，北转至绿天庵，庵后石有奇气。草圣亭屋嵌石刻尚无恙，而屋子将圮矣。西北隅木阴清深，为一寺胜处，得一亭乃佳耳。出，向东南行，至竹林寺。万树苍清，寺居其中，复绝人世。与紫兄憩榻小眠。余从寺右步上山，看树石绕山左，出而回，入东门，南行至零陵学宫，新修者，与首事三人一话，归。少憩，食粉。晚独与大郎至高山寺，步上华严岩看石洞，奇旷无际。归，与紫兄及令坦同饭，然烛写对子数付。闲话至亥正方寝。紫兄今日算移入新居，一砚一箧而已，全家尚未能来。竟日凉。

十四日（4月15日）

早起，冷，同饭后出，过府署后万石冈，即西冈也。石不多，非古矣。走道士岭，至昔年寓处，甚芜不治，转瞬廿五年矣。出北门，一路石坡，至司马塘，池水渟涵宽远。龙公祠在其西北，步过大路，东行，缘石岫上，一路奇崛，遂尽山之坡。至镇龙庵前，树石更幽异，无人迹。再行，则到镇永楼下，苍秀拔起，从城外更好看也。循小石路至大路。与紫兄会同入城。余复独至考棚内，想见秀才时风味。归甫午正，吃笋丝粉。写对子一阵，看书，闲话。晡时复饭。同出，过三亭学舍，即子厚所作《三亭记》处。树石幽奇可爱。屋子不甚多耳。到碧云庵，胡蔚翁请便饭，客有署零陵广文周君烈，善化人。凉甚。水树暮色苍然。归时亥初矣。亥正后睡。周君见示先公为黄理堂丈书小楷册二开，有余十年前跋记。

十五日（4月16日）

早，爆竹声颇多，阴雨。早饭后雨大。过紫兄处话。归，紫兄旋来新屋。雨不住，不得出，遂作竟日谈。晚忽盛设，不可解。郎婿同坐，蔚堂送酒一坛。晡时写对数付。今日算饱食三餐，无所用心。早间买笋，连壳剥出，比本去壳者鲜多了。雨遂复彻夜。

十六日（4 月 17 日）

雨住尚阴。早饭后写大字一阵，连日索书者骈至，皆不知何氏子，大半紫兄书院门生也。午后过河，南行至朝阳岩，到寺前，由山石径斜仄，绕江曲折，至洞，乃大开廓，右洪水从洞中出，不测其源，果奇境也。复往南，至群玉山头看石，千形万状，不能尽究。回头至愚溪李树下石溪边，久憩而归。陪我者长郎也。陈家兄弟来，为树子事，公私不清，在此理论。问知亲翁健甚，凌淇叔来话。晚，与紫兄酌，作字，问江华消息于蔚堂两人。遣仆去，始得复书，知初五日粤东来兵会剿贺县贼，被伙匪伤兵二百余，一副将，一参将。又都司二，守备一，千、把四，俱阵亡，而贼却散往怀集，入广东去。其浔州贼颇有好消息。

十七日（4 月 18 日）

阴晴相半，无雨。早饭后闲话，蔚翁来谈一阵。张观察前晚到，昨晨即行，明日有兵二百来，将来书，有新调江西、湖北各兵一千，永州一带兵差方盛，冀得早竣事方好也。未刻，同紫兄到天后宫，少坐，即往蒋大司马祠，新建，尚未毕工。开朗宽圆，江山入眼，一奇观也。与首事一话，知蒋姓所建，而地系府学官地。右手即府学西斋，下有《息壤碑》及《太平寺基界碑》。大约城中不登高而宜远眺无过于此矣。两人憩坐许久。晴日出方回。紫兄命酒，先醉，余写县学各扁后方晚饭，饭后写对子，复久话。睡时子初二刻。

十八日（4 月 19 日）

晨阴，毛雨。早饭后大雨，遂竟日。闲谈，泛览郡志，中东京碑惟吾州蒋、熊二碑耳，而不可得一字，不知尚有可访否。洪、欧、赵皆著录，不应此时拓本全无也。晡时冒雨出，回拜府学西斋江君朝锋，初到任者。零陵学周伟堂烈，住碧云庵。得晤，一话，归。晚同酌，大雨、雷，竟夜达旦。凌淇叔来别去。江村陈氏兄弟为木排事复来舍，颇不喜所为也。

十九日（4 月 20 日）

竟日阴雨，少客，略静，写大字多。午后，同紫兄出南门，到教场少憩。开敞平远，雨景殊佳。余独步至三里亭，听水声，沿潇江回岸，离江约四五十丈，水小甚美。小汉河中得鲫鱼二尾归。登南门城楼一眺，入城，过零陵县前大塘，水北屋子殊有致。由碧云庵西石路至县学宫前，大塘边遇雨逐人来。归路遇衡州兵，今日甫到，大约明早行往江华去。晡复写大字。晚酌紫兄所藏酒，亦佳。夜不甚好睡。

廿日（4 月 21 日）

雨住且晴见日。雇兜夫及挑夫到道州，每人八百四十文，共八人，连长沙来者共十人，后又添二人。刘世兄来，筠庄年伯曾孙也。出诗题课之，尚有清气，已入学矣。写大字不少。

陈惟勤复来索书。夜饭肴多而紫兄以足痛不饮，与乃郎乃婿一谈。夜与紫兄话，将子初方寝。紫翁连日因乃婿石麟祥木簰事，颇烦心。吾乡人好做此生意，又多秀才为之，动辄欲官为弹压，见利忘义，积渐使然，士业荒矣。

廿一日（4月22日）

晨起，作书与子敬，交蔚堂去。收捡兜杠等，与紫兄一饭而别。巳初一刻多，过零陵县署。蔚堂下乡未回，出南门，过南津渡，婆婆岭少憩。廿五里至淡岩。从大路入，不过一里，即到寺。敲门入，洞门在寺后。入洞深曲开朗，黄山谷诗刻勒痕如新以外，宋人题记诗句俱明白且多。由山深，无人伤损也。果然奇伟，盘桓久之。岩水下滴如雨，寺僧出干蔬，送茶，甚佳。出洞，行过窝家桥。至五里牌，午尖，已未初矣。尖后行，山洞石峰更奇矫，惟无从遍涉深处，而猪婆洞、年鱼岭、媳妇娘石山等石皆佳甚，不得其本名也。出水岩雄且幽，水声出岩下如雷至。林木茂深，田水滑汯，耳目不暇给。天晴阴相半。午后热。酉初到泷泊宿，屋高敞而地甚湿。大雨竟夜。

廿二日（4月23日）

雨未住且行，复添夫一名。冒雨十里，早尖，又卅里午尖。又廿里濂溪湾陈叙堂二兄处住，水阁临江，极为幽敞。十年不见，亦鬑鬑有须矣。门人周幼庵课徒于其家，同来晚酌。雨大，溪流声急。今日泷河路多逼仄，宜修矣。先二里过木垒谒沈将军庙，亦荒地，宜修整。

廿三日（4 月 24 日）

雨大，不可行。主人出纸索书，亦得廿余件。午间，义门亲翁由江村来，七十八矣。健甚，比十年前好些。同饭而别。家无子侄在家，我亦未便往住，得此一晤，两便。子敬寄物当面交清。晡时冒雨过河，到晓堂丈新居，在山腰石坡，五百四十级始到。烟雨满望，家居所希。晓翁健甚，逸趣犹昔。食蛋茶而别。晚仍饭于水阁。

廿四日（4 月 25 日）

早饭后行，雨似住而未住，中途大雨，幸今日路就平坦，四十里赤园铺午尖。尖后八里过斜皮渡，水大长矣。一路渐晴见日。酉初二刻到家，叔弟辈迎于途，入门叩谒祠堂神，叩见伯叔父，诸弟辈次第见，不能尽识也。住鹤鸣轩老书房前厅，晚间诸父与弟兄设两席相饷，饮家乡酒颇过多，情话长所致然也。得子敬□中省两封，甚慰。睡时子正矣。雨大入屋。

廿五日（4 月 26 日）

早起，到各房院中叩见伯叔父母，饭于贤儒弟处，不甚适。归复睡，骨节疼倦，盖被雨湿所致。晡时渐轻，起，一饭。晚睡，骨节仍不解痛。复得子敬信，知毅弟旧葬处已移出，棺完好如新。外间水蚁之说真不解所自，大慰大慰。

廿六日（4 月 27 日）

早饭后，到上头本家各处叩见各位叔祖父母、伯叔父母，文贲叔公八十四，启铮伯父八十，启璋伯八十二矣，俱健极。启铮伯设饭于新屋，少憩。遍看新屋一番，屋起廿年，不能归住，徒虚设耳。回馆，许春如来话，小坪老表、斐秀、松秀与表侄□英、表姊夫某来。螺海邓老表来，为族中命案牵连，差役作贱，多日不敢回家矣。晚与诸位表兄饭。

廿七日（4 月 28 日）

早起，同邓表弟饭后行，走北门外东阳观，西北行，到十里桥走广西大路，进牛路口，入螺海，约卅里，到其家。差人满屋，总差六人，散差廿四人。兜夫在外，每日三餐，在此等凶手。凶手远逃，事逾半月，岂有向尸亲坐索之理。如此下去，破家必矣。因唤差来饬问一回，并作草字，令呈州尊酌示，或可少静。余一饭行，先去，走大路极崎岖迂远，过板桥多。回来走小路，极平坦，近得五六里。一路山奇石秀，皆玲珑嵌空，惜无佳名，止呼为观音坐莲、八仙下棋、蛮头岭、和尚岭诸名目耳。和尚岭者，相传寿佛在此坐数山头，忘却本坐处也。由西门街沿河回家，好在竟日未遇大雨。晚，与斐秀同十二叔、箴弟饭，饭后，叔弟侄辈来话。子初寝，雨来且大，遂潇潇竟夜。

廿八日（4月29日）

早雨，尚未息。早饭后寻九叔，往岣娄岭贩鞋。石子路不好走，过四叔公墓前一叩。前为水隔，不得到山而回，而汗已浃背矣。少憩，欲出，文赏五叔祖来话，甚久方去。余步至屋院寻满叔，十二叔约它出。神堂屋度审一阵。晡，同箴弟复往岣娄岭，□石路绕出山脊庙后，复下行，始到祖父母墓前叩谒，不至此又十年，茔城尚好，坟顶观音竹一丛，比昔年更茂，惟石罗围急须补做，方免后来侵占。与箴弟久话。仍绕路，由左手回来，往过马王庙一带，水不清深，洗马洲亦葱蔚可观。回寓，周十八兄迪哲与何氏兄弟代月、代樽来话，去。晚饭后，诸父弟侄来，话到子初。大雨复竟夜。

廿九日（4月30日）

早雨住，饭后静一阵，难得。午间拜王槐轩，署州尊，揆一，河南新乡人，乙未同年，人爽快，可有为。出示广西官兵现驻扎图，股匪转多，督师、提镇均以办理迟延请处分，石梧可念也。晤学师李尹卿平衡一话，黄学师久等不出，可怪之至，余出，不复相待矣。冒雨归。少憩，士林侄与容昌叔来，诸叔弟侄次第来，满翁同饭。聚话至亥刻散。雨渐歇，今早作书寄子敬，交槐轩刺史。

四月

初一日（5 月 1 日）

早，神堂叩香，雨住矣。周视堂宇。饭后，往清明堂看，是壬山丙，神堂乃癸山丁也。李、黄两学师来晤。午间略静，下午，王州尊同年来，久话去。果有用才，不易得也。今日换戴凉帽，天色仍大凉，不能脱棉，雨所致耳。箴、贤两弟同晚饭，雨复达旦。黄表弟送甘蔗六支，甚肥壮紫厚。剃发。

初二日（5 月 2 日）

雨未住。早饭后雨住矣。启昌五伯爷来话，八十有四，尚健步，日前足病，余为开五倍子方，果即见效。许四兄来话，长余二岁，须发白，尚有老亲，可羡可羡。西门郑家表嫂来，自老表出门不回多年，两子已大，无以为家，可悯可悯。傍晚雨来旋止，谈至亥正睡。

初三日（5 月 3 日）

五更后雨，被窃，穴墙，失去酒壶、衣物等件，计钱不多，然可戒也。告捕厅知到，不知能捕获否。洪六、洪七两兄来久话，因雨不得即去也。得子敬三月廿四日省中书。内有子愚上巳日日书，一切俱慰忠，惟皆望我早回京，亦想念甚耳。江浙俱苦雨，恐又成涝势。粤西事无端绪，调各省兵。晚约三爷飞熊、九爷启贤，晚因买得大鳊鱼也。箴儒同坐。散后，诸君来，谈不甚久。夜仍雨。

初四日（5月4日）

雨竟日，不甚大耳。早饭后，捡出裁料，分送诸父及兄弟侄并诸姊及嫂娣。作寄子敬书，与紫卿书，俱交胡蔚堂分致，交槐轩州尊加封去。昨日所得子愚与桂儿书俱不及钟曾一字，殆非佳兆耶。买枇杷，小而贱，尚未大熟，然风味却不错。叔爷兄弟来谢谢纷纷。夜倦早寝，心绪大难，梦中多哭。雨复不止，衣物潮霉有气味，不好过得狠。

送裁料单：飞熊三爷呢，鉴二爷沈，镐十爷绸，和七爷沈，顺满爷呢，昌五爷沈，裕四爷沈，九爷呢，十二爷呢，十三叔公羽，荣畅二爷沈，裴五爷滇，锡四爷纱，复六爷沈，神赐七爷沈。绍先弟兄羽，聘望弟兄羽，谦儒弟兄羽，绍濂呢，安儒绸，绍礼绸，绍伟弟兄门，绍益弟兄羽，绍纹弟兄绸，庆林纱，毛宰弟兄纱，火保弟兄纱，绍兴弟兄绸，士林弟兄茧缎。外凌瀛四叔绸，守先侄绸，两人清明堂监工添入。箴儒呢，勤儒羽，升儒滇，恩儒沈，书儒绸，贤儒尼。外留舅娘绸，老表绸，邓老表被面，黄瀛老表绸。四十件全。

送背面单：大伯娘、十三伯娘、五娘、孔孔、四伯娘、六娘、七娘、八娘、九娘、十一娘、十二娘、三娘、绍濂嫂、先嫂、香嫂、英嫂、通嫂、谦嫂、恂嫂、惇嫂、礼嫂、铭嫂、箴儒嫂、书儒嫂、楷嫂、老表一，庆娥、五伯爷二女各一。三十件完。

初五日（5 月 5 日）

雨日夜不住，如何如何。饭后到西院中一行，十二叔自廿九往桐溪口买树，至今未回，为雨阻滞也。具呈交槐翁，丁忧回籍日期要报部也。斐秀表弟来即去。晚间，贤儒持鸡、笋、桂鱼来饷，因留九叔、十二叔共饭。十二叔买树甫回，饭后交十二叔长平文银贰百两。夜雨奇大，不好睡。

初六日（5 月 6 日）

早雨小些，出门看水，水间石峰俱漫漫。昨夜雨，长水将五尺也，方未已，可虑。午间，水更大，由上游来也。我家所买树，由永明来者有一二簰被水大冲到下关，幸而泊住，俟水消方能拉回。午前小雨，午后交夏令后，不复雨，或可晴平。写对子卅付，亦觉腕笨矣。心绪不佳，复劳神致是。

初七日（5 月 7 日）

竟日不见雨，午后日出，或者真晴矣。蛮头寨买大树未回，念念。因永明所买皆无过三尺围也。早饭后剃发。作书寄李石梧、徐毓珊，俱交槐翁去。写对廿八付。周永朴弟兄来晤。晚间，陈立恩亲兄、洪家宅妹夫胡、新屋地外甥周先后来。槐翁差人来，得江华信，三省兵勇均屯怀集，事似得手也。夜见月，旋阴。

初八日（5月8日）

甲子金奎日。辰时，清明堂、神堂屋、鹤鸣轩三处敬土神，动工修葺。振南十二爷管总帐，启贤九爷、凌雯满爷、凌瀛四爷、绍箴四弟、绍权九弟、守先四侄分监各工料。砌匠一卢一邓，木匠周、龙、唐。匠人来求者甚多，临时开单圈定。午间，绍益三哥处出九伯爷、九伯娘殡送奠分。未刻请余题九伯娘神主，伯爷主系十二叔题。上祭者多有祭文，极恭敬，礼生六人，少闲，吾乡古意尚存也。守先处饭，题主人与礼生共一席。南塘尾老表黄中濩来。晡，雨中步至各处看动工，商酌一回。晚与黄老表同飦。夜雨。

初九日（5月9日）

雨不住，可奈何，复竟日。水甫消落，又将长矣。与盛堂表弟饭后催令行神堂屋，恭请祖宗神主，移新屋书房安奉。回，送九伯爷、娘葬，过马王庙而回。书房土木工俱动手，与十二爷商量建亭子地。午后仍饭于守先侄屋。饭后客来，无非索书耳。写对十余付。三哥处送谢题主礼，收羊肘、猪肘、粑粑，如何吃得完。夜，十二爷处饭，陪陈亲兄吃过年果子，别致得紧。雨彻夜。

初十日（5 月 10 日）

早雨不止，约陈亲兄便饭。镐叔，瀛叔，惇儒，恂儒两弟，守先侄同坐。饭后，周视各工程，渐就条理。丈量神堂屋后地，推进五丈五尺，规模粗定矣。清明堂推前一丈，两边做门，改路于照墙后，大致如此。惟大树尚未到，殊着急。午后雨止，晡见日，大晴。写对子十八付。王槐翁州尊札示差单：赛鹤汀相国为钦差总办大臣，都统达洪阿、巴雅尔俱钦差大臣，带领将弁兵役、炮械前来堵剿粤西贼匪，于一月廿五、廿六、廿八，四月初一，分四起出京，鹤翁初一行也。闻将驻扎永州，粤西近无消息，想见京师风声不小。晚，与九爷同酌。螺海周叔爷来，知邓老表家早已安静，凶手未得，现有差线寻向灌阳去。夜有月，真好事。到宅门前看月一回。

十一日（5 月 11 日）

大晴有日，然晨雾何为者？各处工匠来颇迟，因作字催之。午间客多，水南黄三亲兄自永来晤，知日华仅余一孙，才两岁。二哥无后，三哥有两小儿，家萧索甚。客去，往祖父母坟上去，祭奠回，复阴雨。写对子廿付。晚约书儒、谦儒、恩儒、恺儒、绳儒、怡儒诸弟饭，皆敬且和，蔼如也。九爷、满爷、十二爷、瀛四爷、守先侄来夜话。今日晚始设席。贤弟铺中为监工诸君早晚饭处。雨复竟夜，虽不大而可虑。洪宅伯送来蒲象山书。

十二日（5月12日）

早仍雨，饭后午晴，各处看工。水南黄佩棠亲兄来，四叔之子也。与龙□商量亭子颇费唇舌，其人自用不□说。晡时复雨矣。王槐翁州尊来话久，因为谈周家承袭博士，不宜久旷。箴弟买大树，今第三日矣，甚念甚念。石匠蒋姓疲病，不见来，可恶可恶。泥湾黄表弟送来鸡及瓜子，复同伊叔及乃郎来话。雨竟夜，夜与监工诸君饭于书房。

十三日（5月13日）

雨不住，不大，申酉间晴了一阵。各处工俱不大顺，便竟日行泥泞中也。早饭后剃发。绍箴买树回，知木簰行至搭村被人阑阻，请州署出差三人持签同箴弟去。写对子十八付。黄表弟为卖树事来两次。晚仍与监工六人同饭。黄仙满复来入坐，两日来食洞笋香美。

十四日（5月14日）

早尚阴雨，后渐住，遂不雨，然砌匠来颇迟。昨差有一人回说搭村人要自送木来，不准洪家潭人送，因作字付绍箴弟，由搭村人护送。午间，搭村唐表兄运新亦为此事来，复作一字去，而此君不甚爽快，难说话也。北路何焕采之父来，其子武举，庚子同北上，曾在京会过，久坐去。十二爷所买永明树今日续来。晚饭，监工人同坐，请文贫五叔公来酌，族老，八十四，健甚。散后，余倦极。泥湾老表之子来，十六岁，完篇矣，名吉泰。夜有月而微云，启柏叔送黄瓜。

十五日（5月15日）

早到新屋书房谒祖先。各处看工后回。早饭后写对子一阵。何显昭先生来，年八十二，辛酉补廪，乙酉出贡，将往应乡试，可得钦赐，精神甚好。同来者昨日本家也。绍魁弟从省来，带到子敬三月廿九信，中有二月十五日京信，一切平适，或者钟曾无恙乎？徐毓珊郡伯从江华回，到州住考棚，差人来候，天已黑不能往还，晚局请文罙十一叔公首坐。竟日未雨，亦不出日，于土木工相宜。箴弟从搭村回，树子明日可到。亥正，镐十爷亦回。夜月有云。

十六日（5月16日）

早起，到考棚拜谢徐太守，谈及粤西事，贺县贼已退回广宁巢穴，是广东地。武宣一股盘踞万余人，更难收拾，如何如何。回过三贤祠，看五如石。太守旋来拜，久话去，即上船往永州去。午间写对子一阵。周亲翁克曜来，言及从前在此书房受业于先公时事，成古话矣。洪家潭树子陆续来，亦无大木可为正柱者。竟日大晴不阴。晚局请贳叔公为首坐。散后，门前看大月，畅话，为近事所仅见。

十七日（5月17日）

寅正起，卯初行，已大明。往甘溪铺叩谒曾祖父度昭公，墓前虽促而后龙和厚，讲地者宜多赏之。癸丁向而碑不对，斟酌添之，诰封碑并拜台处宽四尺，深二尺，碑则高三尺一寸，宽一尺七寸，可配也。来去俱在铺中小憩，约离城十五里。先由西门过桥，背清水桥西南去。书儒弟同往。回时午初，回拜州尊，一话，归。周修园表兄相候，绍濂弟亦来。修园在院中午饭，后仍来一话。江村陈义门姻丈、因阳观周四姑爷来，同晚饭。夜出题请姑爷做，居然灯下成篇，老而不荒。夜热。邹叔勷被冤入狱，书来复之。

十八日（5月18日）

晴。陈姻翁、周姑丈同早饭后别去。主人不得闲，不能不催客行也。今日是鼎鼎婚期，不知京师已同此晴爽否。扈里洞朱老表来，蒲象山从永明来，傍晚又来，为求馆事，难与料理也。王六、左七来，凌溥叔，字子惠，来两次。螺海老表与其同年弟来。竟日应酬，嫌烦矣。

十九日（5月19日）

寅初二刻起，寅正三刻行，由南门过浮桥，至水南转东，行约十四五里龙江桥，叩谒简在公高祖墓，土色不佳，易消塌，不得收拾，且熟筹之。归过鼓子岩游憩，回家，方巳正后。作清明堂上梁文。左七、左八、子惠叔、修圆表兄同来，宝成亦来，种田废学，无复少时矣。秀木匠候铁箍箍柱，柱系四合成，候至夜方成功，颇急人也。晚饭独与邓老表饭，监工诸君俱因忙不得到，且有闹梁之俗。夜不好睡，余早睡矣。

廿日（5月20日）

寅初起，大月，无纤云。寅正祭梁，十二叔赞礼，满叔读文。卯初上清明堂梁，上坐、中坐、门楼三梁同时由前而后，一切妥当，好在天气晴朗。又书房建亭安顶亦敬神。午间编犒土木匠并主人，共十六席。余与监工七人酌于新书房，惟神堂屋散工不与，止请匠头，因另日上梁也。帖字于牌楼柱，以重修祠堂并非新建，敬谢贺客，以免烦扰。晚仍与诸叔弟饭于我屋。今日写对五十余付，天大热。得子敬十三日省中□，将离省往江南矣。票盐不大行，于国计何。

廿一日（5月21日）

寅初起，寅正后乘月行，出门即明矣。过河，直向南，过七里冈，至石马，到升儒田舍小憩，行，共约廿二三里，至泥湾洲鹿三略佃夫屋。复行二里始至享水公墓叩奠，地方宽而气局紧，青乌家佳作也。酉山卯向。登眺久之。回至鹿家，与书儒弟一饭后行。过木拐井，饮泉甚甘寒，方热极，午日当天也。雷声作，阴，恐有雨，行颇速。未正到家，不雨复晴。作书寄子敬、子愚两弟，由荫云处寄，交槐翁加封去。洪七兄留帖在此，晚请白四兄饭，少酌而散。

廿二日（5月22日）

夜闻雷而未雨，晨起阴凉，午前仍晴热。自昨日来，各处工程颇觉疲散，监工诸君亦多应酬别事，殊可慨闷。今日忽派余修马王庙，动工日已定，余未能应也。以祠堂为重，它非所愿耳。洪萃山来话。扈里洞朱老表又来，无甚话说。晚饭于十二爷处，陪白先生。洞笋煮团鱼，兼有大鸟，名曰草鹅，大约是鹰之属也。酒甜而剧醉人。

廿三日（5月23日）

早晴热，旋阴。往谒简在公配赵太夫人墓及胞叔祖崇朴公墓。遇雨，归，雨更大。清明堂酌定阁西边及照墙地址，大厅屋前商量做八字墙及石长凳。午后大晴，写对子廿六付、扁二方，甚热。晚，南塘尾黄大老表来，夜并请昌五伯爷、启柏八爷、绍魁弟，同九爷、十二爷、满爷饭。

廿四日（5月24日）

早同黄老表饭，客去，余同满爷持簿到高头屋查录嶂公以下子孙，将为谱稿也。午初方回，作札问州尊借钱四百千，因现在拆饷之时，州署钱多，而我换银不能得钱也。槐翁即令遣夫挑钱来，真爽快。闻螺海凶手已拿到。周修园来话。黄仙浦来送物，因其子喜泰先来，余令作文诗，仙浦意令即受业，而余不好为人师也。写对卅余付、扁二方。晚，赁叔公同门内公约饭，共四席。绍魁弟屋中办，嫌有官排场，又天太热，不能多食。晴，整日有南风。夜热，蚊多，不得睡。

廿五日（5月25日）

竟日大热，人困甚，因夜失眠也。各处工程踊跃，而砖不能继，令人急急，监工人分路寻买尚不应手。昨日唐家人来愿卖我书房西边树园归我，议定价八千，未成契者，因其弟兄未到齐也。晚，与监工诸君同饭，外请文煊叔公、绍益三哥，又斐秀表弟来同坐。丑刻闹贼，后雨且大。

廿六日（5月26日）

晨雨，雷未住，斐秀早饭后行，为开刊迎轴事宜一纸去，约其初八先着人来。申村蒋家妹夫来，竞爽五爷之婿。喜泰来，领文字去。启梅、启晟两族叔送谱底来。绍焕、绍魁两弟司□，俱为谱事也。午后仍晴，而河水长矣。□□添请镐十五爷、绍盈六哥。夜凉，蚊多，砌匠歇工一日。

廿七日（5月27日）

早阴，旋晴，同箴弟上岣娄岭叩谒享水公妣墓、度昭公妣墓，一宜培坛，一宜补碑。向北行，过老虎冲，至绍濂弟处见六婶娘，背山面水，佳境也。惜母子两人太寂寂，濂弟尚无子也。饭后行，往南约三里至白泥塘，见三婶娘，健甚，尚能饮啖。绍先、绍生两弟索书对数付，复同饭。今日两午餐。未正归。申正到家，新屋中人多极，皆闲看者，拥挤不通，节事近也。书房亦然。陈博君姻叔来同晚饭，共九人，酌于前院。今日土木工俱奋。□唐家地买成，共八千耳，而我书房遂有西园，与东园相配，亦快事也。夜凉少蚊。

廿八日（5月28日）

早，与博君丈同饭。将军庙郑表两人来，甚黏滞难耐。襜五伯爷两次来。启培叔之婿蒋益光来，问知将军塘石马神蒋才扬庙有蒋君碑，尚是东京石，恐未必然。即当访之。蒋才扬者，才扬亦两姓，与蒋公相友，故合立庙。此语非古也。启渠叔为谱事复来，螺海表弟学初来，又同其外甥与堂弟来，为命案事也。今日撰明早上梁文，客不歇，匆匆甚。写对子卅余付。神堂屋对："日月光华清明广大，诗书俎豆富寿炽昌。"□新书房对："秀气钟台阁，名村蔚栋梁。"扁云："增其式廓""立中生正"。晚餐□□到者止十二爷、满爷，外约白先生、绍□弟，因令□□□人都去张罗也。

廿九日（5月29日）

丑正起，二刻祭梁，十二爷赞礼，满爷读文，交寅初上梁，上座、中座俱妥帖。归，仍小睡，颇清凉，有阴意。未刻忽大雨一阵，旋复晴。午间，到大厅饭，款待匠人也。写对子卅付，丐者喧至，可厌。晚，请容畅叔、绍纹五哥、士林方侄，监工者九爷、十二爷、满爷、守先来，余皆陪匠人。晚睡。

卅日（5月30日）

竟日晴热，虽□南风不解也。英儒来，写得谱事数条，殊为难得。诚儒来，便说不出，且嘱令记之问之。洪七兄来，久话去。廉泉弟付来《史记》，前日借来看的，阅《礼记》二卷。晚，监工诸君为匠人请去，止九爷同诚儒、英儒在此饭。□诚儒酒后与满叔为义团事争论相斥，酒之宜戒如此。两日来闻李石梧有□□□中之信，不知确否？素有□疾，恐得□耗，可叹可怆。晚如老人何。

五月

初一日（5月31日）

晨起谒神堂。竟日晴热，看《礼记》两卷，与十二爷、满爷斟酌神堂屋中座开旁门。得子敬省中四月廿二日信两封，有初二日京信，钟曾有请安帖，甚慰甚慰。子敬初发一信，时尚未得京信也。穆荫学□大军机，赓堂疏谏未允。穆君同史馆数年，有才而颇欠安详也。晚，请鉴六爷饭。监工者满爷与箴弟均未来。

初二日（6月1日）

阴凉，能不雨乃妙也。早饭后，黄表侄带白副爷之子，送到三月廿六日子敬信，内有京报单一纸。杨诒堂视滇学，唐镜海丈内召，徐稼生还编修；调云贵、湖南兵三千，寿春兵一千，赴广西；严仙舫、姚石甫均广西差遣，此事殆未有了期也。襘五伯爷为谱事来，八十四岁，老秀才，欲科举，可得钦赐。周□官丈来，濂昭姑丈之弟，昔痛风□后愈，□□□院中十二爷处知茶□□□□玉泉公墓地为其所占，余十年□□□□□矣者。今来商请办法，看龙船客多□□□□屋都是，亦一景也。晚饭兼请文贊叔祖暖寿，初四日八十四岁生辰，先儒从爷同来同饭，竟日凉，不雨，晚如秋矣。

初三日（6月2日）

仍阴，时有毛雨，不湿地也。午间两边木工争树，几致斗，解谕而罢，一家活而分彼此，无如何也。监工诸老亦渐孏缓，好午酌，不常在工次矣。襘五伯爷诗稿见示，而前人事迹无所记忆。许四兄来话，言从前有默斋公诗，本钞付洪七兄带省，入《沅湘耆旧集》，洪兄遗失之，今默斋公竟未得见。前启曜十三伯爷有之，作古后，不知尚存否。晚飦约飞熊三叔，问之不知，殊为慨然。

初四日（6月3日）

寅初二刻起，天明行，由水南走申桥东南行，至石马神访蒋公碑，不可得。禬五伯之言盖仿佛耳，且《隶释》后无道此碑者，我痴□□□□□蒋、豺、杨三王并刊一龛，蒋公……而庙貌华敞，香火方盛，乡人难与正□至□□，先代封号、券书，乃出元嘉，行述乃□□江都之六代，孙叔远皆可笑鄙。又东南□秀木山，拜一士公墓，拓其碑文，归过桐油坪，拜述君高伯祖墓，拓其碑。午饭仍回蒋公庙，吃过，申桥问周十八兄，则于廿日回家。南义学今年修整，十八兄亦未往主讲也。申正后，回书房。西岭本家叔爷辈及左家妹夫来，一晤去。来晚饭者止九爷、十二爷、箴弟、守先侄。夜微雨。

初五日（6月4日）

早起，神堂叩谒，痛怆甚。归，闭门不见客，亦因看龙船人多，止好躲着，然竟日打门不歇。修谱作字甚有暇。子惠二叔同左氏兄弟来送食物，因为写扁也。“推忠蠲瘼”四大字送王槐翁。西岭□民公献者。除盗安良得民心也。晡时神堂上供，归得紫卿书，中有邓湘翁两书，知姚石甫廿七至永州，约湘翁□□□□□相会。廿八日得石梧凶耗。石梧□□□□与归邵矣。余目前实亦不能往也。石梧以□□日□殁于军，十六日柩船已由武宣开发，忧□□致，良为悯恸，然为奉母而归，为王事而殁，□□无愧矣，也罢了。晚饭□左八、子惠叔、十二爷、满爷、恂儒同坐。夜雨。

初六日（6月5日）

晨雨，雨止仍阴，催买树去。今日龙船无声，少静矣。龙舟原是古俗，然亦苦太闹，前日王老秀才之子以弄船殁于水，不得其尸，亦可怕也。两仆陪我，静极，绝□□去一看。邓砌匠停工等砖，奈何。周四□□贡金兄、小坪老表同钟英瀛表、襜五伯爷、江村陈五峰之子先后来，不得静。修谱、作小字既多，目痛矣，不免服药戒酒。晚炰鳖。昨子惠叔所馈也。九爷、十二爷、满爷、绍魁弟同饭，饭后久话散。竟日阴，凉甚。

初七日（6月6日）

早阴不开，凉甚，秋深不过如此。早饭后小雨一阵。即□，到州署与槐翁话，仍是借钱。……写“推忠蠲瘼”扁已挂上，因……委得。悉粤西武宣贼伙窜至□州，看……散意。周敬修以总督衔为钦差大臣，□忠泉擢广西巡抚，数月前尚粮道也。群□毕集，事当易了乎。回寓修谱，客亦不住来，不能尽记。晚，贺五叔公同绍魁弟馈肴酒并启柏叔来饭，九爷、十二爷、满爷同坐，两日戒饮，一滴不尝，为目痛也。夜凉甚。

初八日（6月7日）

晴热，为目痛□不出。午间写大字卅九付，螺海老表来，□□伯爷来。小坪廖勤政表兄之子来迎。晚住此，九爷、十二爷、满爷同饭。满爷先来看帖画，所论出人，天分高甚，不易得也。吃苦瓜、川笋，不甚得味。

初九日（6月8日）

寅初二刻起，灯下同表侄饭，天明行。车轴往小坪走土墙，避搭村也。斐秀具黄亭与有功□。数人备执事迎于土墙，皆骑马来。□□六七里，始至小坪，方巳时耳。……读。……五年，贻赠外祖父为承德郎，□□□院□□二级，外祖母为安人，今始携回送到也。神堂告祭，其告文亦余撰就带来。□□□后与诸舅及表兄弟柏□，舅爷辈尚存四老。入内见舅母，年八十，尚健饭。惟以病窘哭告，无它语。斐弟近并志窘矣。午饭后到书房小憩，写对子约四十付。晡至月岩，奇境愈看愈好，归已天黑，饭于表姐夫□□铺中。晚住养正斋书房，无蚊有风。

初十日（6月9日）

早起，同斐弟往宝龙寨，岩洞曲幽，玲珑天表，空中楼阁，世所未有。寻先公题壁墨迹，不可得。前次尚有也。上易下难，约石坡四百余，高而斜，故难下，通身汗透矣。回至书房，略憩，便于振常表兄处饭，后周视各处，幼时读书堂去年被火焚，兼伤横……药□□也。甘蔗园书……书房写大字又一阵，惫甚。……公请于大厅，共三席，余不饮，吃□□□饭一盂先退，收拾行，与舅母话一阵，诸老送行，难为别，约秋凉来也。廖家近年丁财甚旺，殊为可慰。山水奇秀，不粗恶，本佳境。携廖氏族谱及先公祭外祖父母幛归。天热有风，买得小笋十九斤，每斤六文，每斤廿五两，惜天热要赶吃也。到屋，请九爷、十二爷来同吃。

十一日（6月10日）

先伯父光禄公忌辰，忽忽十八年矣。早饭后陈蔡心来，由广□□差至，将便道回郴州也。谈石梧病状及临终光景颇悉，遗折中有“贼不能平，不可谓忠；养不能终，不可谓孝”两语，乃病重时笔授者，真可痛也。午间写大字，修谱，鲁般屋有本家弟绍魁来，与商谱事，似明白人。到州衙回拜葵心兼与槐翁话。□书房李相公及白家妹夫请饭，余以□□佳肴不能多吃。主人……先散回，茶泡饭。大月……来别，因同饭，去。复江葵庄昨夜信，今夜□□□也。午间，修谱未出。箴儒、守先前日到松溪尾所买树，复因过陈家渡坝阻滞，今日请满爷回复二爷去。□□句好话，遂开放来，然来回已四十余里，晚间请来同饭。箴、守俱在。树于戌刻到来。英儒送诗片。惇儒送到一士公照并契纸箱，皆关谱事。暲三爷亦送诗片，甚热。晚雨一阵，不解热，□家望雨复急。

十三日（6月12日）

早阴有南风，□□属作书寄京寓。又唁西台书，又寄周子俨书，为叔勲事。京信封入李家信内，均交州署去。昨日所到树子，今日已盘上坡，颇糟蹋得多，木匠不知爱惜，截长作短，锯大成小，不能处处有人在行看视也。竟日不□，晡后凉，晚饭后雨，更凉，如秋矣。写对□十付。

十四日（6月13日）

阴凉。午间□□□耳。竟日不甚出，谱分……写对卅余付，晚请整如族伯……兼请晚亭叔与诸叔弟同坐。李季眉由……来句赐祭仪注，知石梧凶信，四月廿五到家，适年伯母寿辰后也。

十五日（6月14日）

昨夜大雨达旦，今日仍雨不止，但不大耳。早叩谒神堂回，竟日颇静，无客来也。龙江桥人来卖砖，价昂未成。砌匠因雨停一日。写挽石梧联："修短何常，且完却一生忠孝；荣哀并极，祇益增九陛□劳"。扁，并执陶林作书。复季眉并印云。夜有月意，可晴。

十六日（6月15日）

竟日阴，时有小雨，不碍土工，砖亦渐渐来，可慰。早饭后潘满带信回长沙去。午间，绍兼三兄抚鲁般屋族侄，为子请饭，立合约。余为书约，取名庆旋。鲁班屋一支本由东门去也。庆娥妹□书房一话，闻兑兑、祥祥诸妹俱归矣。鲁班屋绍魁弟送草谱来，甚清晰。晚无□□□监工者同饭。

十七日（6 月 16 日）

……出日，晡复阴，然不雨也。砖……得力。魏廷选、周大文两老先生来谢□□□□，莲涛湾陈二兄来，洪葺山来，七叔之□□祥美同来，修谱正忙，不耐应酬。今日复不甚适，足软，艰于步。□□受湿气也。魏君求作南义学碑记，云有志书，迟日送来阅，果佳事。近年义学中入庠人极盛。晚与诸君酌，无客。

十八日（6 月 17 日）

因连日足软，又时觉仿佛。修谱用心，牵动潮湿耳。且歇□□□，艰于步。不废看书也。魏文田复同谢□来，送《道南书院志》一本。黄肇同、周选哲丈来，俱老态矣。午前，雨一阵，旋大晴。斐秀表弟来，一话去。

十九日（6 月 18 日）

早出一走，后遂不复出。士林侄来，为看脉开一方，受湿无疑，且挟积滞也。看太白、香山诗选，□大略定，写对廿余付，整如伯偕李君来。□东洲山，过小船至者，书房中今日齐□□□先生坚以足疾辞……也。州署送到子敬四月廿日长沙□□□，甚，后廿二日书早到矣。尧农丁母忧而前□□□来，人竟不知道。晚饭，九爷、满爷□有客未到。夜热，半夜闻响动，□无事。月色满天，亦有□□。

廿日（6月19日）

惜足，竟日未出。上半日修谱，下半日写大字，且闲着，比日前头目清些，服药有效。又士模侄以白酒浸鲜红牛膝根饷我，早晚饮两次，亦当见效也。仙浦表弟同郑家老侄来，将□□挥子还它，赠钱二千，去。晚饭，大家不多酌。天热故。箴儒复买树去。

廿一日（6月20日）

早静，士林侄复来诊脉，因同饭，饭后仍不能出。摩研谱事半日。鲁般屋族侄绍洛来，绍铠弟□同姐夫李秀才思武来。复向州署借到饷钱四百千，并前共一千二百千矣。槐翁复□□□□前扰贺县而亡去之。贼……意，不知如何。晡服药后，忽大惫□□□□过表之故，苍术、羌独活、天麻齐到。可□□。晚餐遂不能共诸老吃，煮燕菜少许，取□，夜还安顿。

廿二日（6月21日）

晴热，足仍软，而神气少清，可放心矣。不敢再服发表，自酌清解方服之。周厚卿表兄来话，今日拆卸书房门楼，坐堂屋直看江山，聊一快耳。英儒从白泥塘来，为送窃贼到州署。斐秀表弟从乡来，为振常表兄欲为子捐官事，我实不懂此原委办法，竟日不看□一字，以节劳，然转闷闷。多睡，夜安静。

廿三日（6月22日）

晴热，农家望雨颇急。夏至节已初二刻，石岭凤翔大叔公同伊满子来话，许四兄、洪六兄同来。许四为诊脉，说已无病。闻柳州一支复打□□伤官弁多，可叹可叹。闻石梧柩已于前日过永郡矣。写对子卅余付，竟日未看谱□□□□孙来看我，尚健如昔也。英儒□□先后来。夜陪诸老酌数杯。□味，亦将□□□□。夜用满爷草药煎水洗脚。想佳□□□□。

廿四日（6月23日）

辰初，书房门楼上梁，请满爷行礼，余足不敢远步也。昨夜雷雨，辰刻住后仍雨。砌匠停工，诸父同弟侄仍买树去，晡回，未买成。小坪老表送小笋一石来，又买得洞笋，且炰鳖，请凤翔叔公晚饭，余口味渐佳而头眩不见愈。看《礼记》两本，遂复不甚适。夜大雷雨，畅极。

廿五日（6月24日）

雨意未止，砌工略可动手。早饭后，请许镜潭四兄来诊脉，殆是阳虚头眩也，开方意在滋和，想全法镜兄说有《适情集》及简在公诗草，并吾家各先人行述，果尔，可感也。洲背本家三人带草谱来，文绪叔公、从元族兄、瘦□族侄并有老谱，明朝物，不全本，未带来，索之，不知是何宝。满爷来看《道因碑》，大有悟，遂携去看。移前庭石榴树，由西而东，趁此雨候，当可活。写对廿付。看《左传》数卷，且停谱事。谦儒、恂儒两弟请陪大叔公，余不能去，乃移樽来就，谈颇妥帖，不作难矣。夜凉。五鼓热，新雄鸡善鸣。

廿六日（6月25日）

早仍阴，竟日未雨。午后见日，山水黄浊大发矣。知上游雨大也。作书寄胡蔚堂、杨紫卿。绍传弟持五叔试帖诗本来。周大文丈来话，大叔公来，满爷邀看清明堂水法，匆匆去。四姑娘同岱英妹来，今日平平如昨晚，复不甚适。同诸父饭后仍（不）适，第不知何日方能出屋步。

廿七日（6月26日）

竟日晴而不大热，人觉渐健矣。早饭后，洪七兄来话，带有罗艺甫信。周选招丈持周家谱来求叙。廖表侄来商捐小官事。子惠二叔携西岭草谱并老谱来话，各处谱底已齐，恨不得即动手了之也。午后，许四兄来诊脉，并蒙带来简在公、石溪公诗草，可感可感。满爷陪许兄到清明堂、神堂屋两处斟酌放水处。余仍少憩眠，亦觉说话多伤神，可哂也。晚同诸父餐，比昨好多了。

廿八日（6月27日）

晴而不大热，早□甚适，晡服药后忽复不适，不解何故，岂有疟意耶？子惠叔来话去。有杉木桥本家士昌之子来话，卖琉黎瓦人无端送到瓦六十余，每块六文，余不要，乃续恳，可怪，力却之。绍传弟送来瑞堂叔小诗本。箴弟说前博士承宗表叔之夫人来，为继子事要见我，总由不知过继仅亲房之例也。令箴弟转告之，当可定矣。晚餐后仍（不）适。夜热。

廿九日（6月28日）

晴，不大热，有南风。客来少。整如伯来话。黄仙浦表弟为碑事来两次。晡时刘四爷之子来，缠了一阵。觉复不适，晚餐谈，酌后仍（不）适。守先侄买树回。今晨因各木匠爱雕琢，见好讨厌，出字扣工以警之。晚云无雨，农田望泽。

六月

初一日（6月29日）

早，不能到神堂叩朔，具香烛而已。竟日疲苶不可当，直是苦极。客来不能起足，南义学谢君来迎，如何得去。今日并《左传》嬾看。□贺五叔公晚来话。晚不能陪诸老兄，一盂即睡。大汗湿被，一觉后食燕菜少许，极甘美。复睡至天明。

初二日（6月30日）

天晴，竟日爽健，为近日所无，惟足力尚软耳。早饭后许四兄来诊，亦云似疟非疟，用厚朴、青皮、子苏，言尚须汗也。服药后乃未汗。午间，有游学者湘乡秀才李景志来，课以诗。守身似怀玉，得“山”字。圈四句，赠钱四百文去。“坚持征晚节，慎守凛时艰。”似有意相勖者。写对廿八付，看《左传》八十张。晡倦矣。晚陪诸公，餐好，止不敢多吃荤耳。闻赛中堂带兵，已于廿八日由永州过，即赴粤西矣。

初三日（7月1日）

竟日晴，时忽作阴，非雨候也。闻田多坼成龟壳矣。奈何。上半日甚适如昨。晡服药后，不适。晚餐始适。何济川宗兄来，能文之士，课以诗，不做而去。吾州人不肯做诗，能者尚如此。细叩之，下牛阑何姓恐非吾宗也。五伯爷之婿周家岭姐夫来家，粗可过。许春如来，赠熏腰四，柑□尤难得。先儒弟来，螺海表弟书来告贷，弗能应。

初四日（7月2日）

五鼓大汗，或者病解乎？竟日适，做得《写经换鹅诗》五首，因许春如送诗来，少佳句，戏拈之。廖元粹同草鞋坪杨姓人来，为玉泉公墓地事。东阳观蒋表兄同伊侄来，廉泉弟来。晡时贲叔公、禬伯爷同来看清明簿，久话。余方不适。晚素饭，添廉泉入坐。不得雨。提督昨日来，今日仍往江华去。闻周敬修休致。

初五日（7月3日）

晴竟日，□热。无甚客来。鲁班屋绍魁弟来，廖元粹兄送桑白皮来，说煮鸡吃可已疟也。今日疟来甚轻，将愈，未服药。书房大门甫安上。晚至门外少坐，观江景，不到此半月矣。可笑也。

初六日（7月4日）

热为第一日，几案俱炙手，何甚速也。晨起，强行至清明堂及大厅前，看两处牌楼俱不合意，病在好高大，不知其为住家也。令改之而仍迟迟，果人之难悟如此。紫卿自平田着人来邀游九疑，疾甫愈，又如此暑天，如何能去，即付复书。许四兄来诊脉，说可不服药，见赠祖父与叔祖同入学拜客帖子，真吾家古墨，可宝可感。许兄且有诗纪事，将来装潢成韵事也。洪七兄来话，三人同午饭，久话去。晚饭后与十二爷、满爷同步庭前看月，近来新事，庭前新扫净也。龙匠可恶，已遣去。

初七日（7月5日）

母亲生辰，朝夕奠于室，怆何极也。到清明堂酌定照墙及石路丈尺，归，疲乏汗出，未复元也。午间，王槐翁来话，知贺县一股匪已散将尽，吾州可安枕，即象州大股大约日就蹙矣。云吾州四民止有士农，无工商，此语良是。盖技艺人皆零、衡人，铺中掌柜必江西人。我州人者浑沦不用心，田谷虽多，不够吃也。得胡蔚堂书。写对廿付，手力怯甚。晚饭后，门前看月，如不雨何。高头屋来商义田事。

初八日（7月6日）

阴晴相间，热不甚，而人不适，困甚。整如伯、仙浦表弟来话，九叔、十二叔、满叔、守先侄均到甘溪铺去，为玉泉公墓地被侵事，晚始回。箴儒出门数日，亦回，乃同晚饭。饭后，门前纳凉，有月，忽阴，其雨候乎？睡至子正，风来，雨一阵，丑正大雷雨，遂至天明，大快也。农家望此迫极矣。

初九日（7月7日）

早，雨脚未住，河水大长，农家大快，岁可有秋矣。午前雨住，阴凉如秋。上半日人乏甚，后渐适。写对廿付，看《左传》数十叶。亭上安阑干。

初十日（7月8日）

河水仍长，黄浊不清。天晴而凉，苦不适，竟日不出，止早间到清明堂一走，至大厅前，排楼苦高，匠人艰于改削，真可嫌也。押令改之，说等明日，亦由家中诸老亦爱高大，不知住家门两边排楼不宜高起也。从州署借饷钱四百千，并前一十六百千，槐翁复札现须报解，因作书□荫云，速筹，内寄子愚信，久不得两弟书矣。信并即交槐翁去。《左传》粗看完，晚与诸君酌话，月到屋中矣。江村陈亲家来，螺海老表来。

十一日（7月9日）

午前雨一阵，不大耳。人仍不适，未得出。邓表弟复来，何济川、江村亲家先后来。好求说公事，讨厌之至。周幼庵来，课诗一首而去。清明堂木匠完工，吃歇工酒。明日才结帐也。洪家树买树复被搭村阑阻，何苦定要买那里树子耶？启模叔来，说高头屋义田事，大约两边话都有偏见。甚矣！家庭之难料理也。

十二日（7月10日）

卯初二刻，恭奉母亲神主祔入神堂，痛哭而已，因病不能遍告族人。竟日人颇适，客亦少。午间，许四兄来诊脉，中无毛病，谓可服调补药，久话去。嗣儒从新化回，得芷庭书，令诚儒、惇儒清神堂各木主，或有宜补者。周四姑爷来一话。篯儒为昨日树事往搭村，晚未回。昨晚大雨，奇快一阵，今日晴，真好。

十三日（7月11日）

人竟日适，多日禁肉，昨晚食鸡，脉安知非破忌之力乎？周姑爷来，索写对十余付去。为黄老表写碑，朱不够而罢。人客颇多，渐不耐烦。未得少眠憩也。晚，阴雨一阵，旋见月。

十四日（7月12日）

晴，惟晡时大风雨一阵。石匠朝阳讨厌，然数百千工，余不能强从也。洪家宅树竟不得出，搭村人之蛮至此。做得《道南书院记》一篇，颇简。龙木匠昨日住工矣。晚饭黄老表同坐，在此看刻碑也。饭后，门前看大月，真奇观静境也。

十五日（7月13日）

神堂叩谒，步渐健矣。饭后看安大门口下马石，石匠来炒一回，为朝阳也。洪家宅买树人亦同来讲话，因请十二爷、满爷去一行，都不甚愿。龙木匠结帐去。竟日无外客来。晚阴未雨，今日起伏，觉热，尚三□□也。晚饭后，亭上看月，大佳境，天下所罕。

十六日（7月14日）

晴热无雨，十二爷、满爷同箴儒、绍魁往搭村为树子事，晚未回也。先儒送老鸭子，余不欲而渠即自伤之，止得吃了。晚与九爷、守先同食。午间唐姓人来求扁送礼，收米、鳖，不愿也。为凌瀛叔写扁四块。陈鸿自昨日发寒热，似不甚剧。黄家表侄来，作一文一诗去，虽不见佳，可谓听说。

十七日（7月15日）

竟日晴，晚雷，阴，未雨。陈鸿病闹，请许四兄来，用达源饮，□高见通矣。余午后仍委顿，仍疟影耳，不可解也。槐翁送来头二次试差单：蔼舲广东，从家门过；椒生福建，稼生副之；蔡芸士滇副也罢了。象州一股，我兵得胜仗。贺县小股，闻将往宜章去，亦未必也。十二爷、满爷晡回，树子不来，止好仍问州衙讨差去。草鞋坪杨姓来，甚可恶，后□不立限，即填塘矣。

十八日（7月16日）

晴热，人大适，为近日所希。写对子卅六付，在近日为极多也。石匠来算帐，所欲太奢，可厌之至，亦略增犒赏耳。陈鸿病差减，今日砌工亦歇，砖不到也。争贵争贱，工料两难，家中做事，费事多矣。

十九日（7月17日）

晴，甚热，为陈鸿病剧，竟日不放心，甚不适也。许四兄托病不来。午间，士林大侄来，用防风通圣散，大黄、石膏、芒硝，此吾所知，其用麻黄、荆芥、薄荷下汗，□□在北方少见也。至暮，得大便，可解矣。三爷斋学请作陪，略坐即回。士大复来看，谓宜再服一剂。晚，止与十二爷、满爷、守四一叙，颇放心矣。

廿日（7月18日）

晴热甚。陈鸿上半日清楚，服药第三剂，大解不少，当得通畅，而舌苔不退。申刻忽大发作，大烧大汗，喘迷相并，可虑之至。余亦急甚。傍晚忽一解而各症俱息，又得雨一阵，□清楚好过。士林侄晚到，今日不必服药，令吃井水，饮粥少许，此番算救活此子矣。晚睡凉，起来一次。

廿一日（7月19日）

晴热甚，陈鸿仍发疾，盖疟也。比昨发得早而较轻，不骇人。士大侄在此守看，仍服前方一剂，后始改方，不复用芒硝、□耳，本治疫而得疟，疟亦借此轻减。医道不易易如此。西瓜尚好，余食数片，不甚受。晚餐不佳，七兄来晚饭，食鸠不如长沙之矣，彼春初耳。

廿二日（7月20日）

晴热，晡阴，雨一小阵，殊失所望。陈仆竟晏静，能食粥矣，乃傍晚复发，遂呻吟竟夜，余为不能眠也。士大侄早晚在此，且宜从容酌治耳。箴弟、守先侄昨日买树去，今日未回。余因不甚适，亦服药一剂。两处工程看砌沟、打墙脚。明日土王不复可为此矣。食鸠比昨佳，今日六君子汤盖误。

廿三日（7月21日）

晴热不可得澍，阴云而已。闻东南乡连日大雨，何其偏也。陈鸿所苦未正复来，遂至暮，奈何奈何。□莱菔子建油等方，静，又敷莱菔、葱姜，□心胃痛处，又用斑苗法，敷之，不知何物见效，一夜安静，可慰。或自此转关乎。余于天将明，疟意复加，起来，脉数。今日收拾西轩，将为迟日避热处。

廿四日（7月22日）

晨起，见陈鸿好些，大放心矣。仍为敷昨日两项，冀今日不复发也。申刻，杨紫卿兄来下榻，出于意外，邀我游九疑也。兼得葵庄大令书相招，余如何能去。陈鸿疾大发，紫卿为主方，用黄连。

廿五日（7月23日）

黄连见效，夜甚静，余亦服药，香荟、紫苏等。与紫兄竟日谭。午后用竹叶等，去黄连。满爷与大侄相陪，连日皆同。

廿六日（7月24日）

竹叶方重用生地，病益解。而晡时疟发，不似昨日之轻，幸晚间仍静。

廿七日（7月25日）

去生地，用桂梗、杏仁，病益解，可大放心。食粥三次，紫兄早欲行，余强留之，乃住三日，亦佳缘也。惜为药方添闷耳。言此间山水世所希有，劝余早休官也。紫兄此次得举孝廉方正，品学本为众服，县中不一钱而能举之，葵庄殊难得也。

廿八日（7月26日）

与紫兄晨餘后酌方，并开游九疑路程。紫兄上船时约巳时矣。为作对字并复葵庄书去。三日之聚，别亦惘惘，本来难得也。今日热极，闻雷无雨。傍晚，同满爷步至东岳宫，有千步余，一里大路虽尚可往还，足力已乏，然两月来无此好感矣。守四侄昨日回家，箴弟同树子回，今日尚不到。

廿九日（7月27日）

人好，陈仆亦安，昨晚发疟，大约隔日疟矣。树木砖瓦俱不到，工匠闲闲。周又庵来，因同晚饭，雷阴不雨。

七月

初一日（7月28日）

早叩谒神堂。忽已秋来，两月不得京信一字。午间写字过多，又庵来别去，遂大不适，亦因昨日吃永明子姜过多，性发散也。九爷、满爷来晚饭，余数酌即先饭，且早睡。夜汗多。箴弟昨晚已回，说树子尚未来也。

初二日（7月29日）

人略适，仍苦倦汗。午间斐秀送到振常表兄借钱二百廿四千文。申刻雨一阵，不大。晚饭比昨佳。陈鸿午间飦半碗矣。晡时病仍来，不剧。或者将愈乎？

初三日（7月30日）

如昨未出。绍濂弟接绍鼎子庆溶为嗣。午间请客四席，弟兄咸在，余坐片时即回。陈鸿疟发复剧。雷阴不雨，小沾湿一阵而已。

初四日（7月31日）

颇凉，有秋意，闻四乡雨大。陈鸿大有好意，早午吃饭半碗。士大侄用敷药并贴手药。晡时轻发一阵，不作难也。江葵庄寄到《九疑志》。晚大雨一阵，惜为时不久耳。夜甚凉。

初五日（8月1日）

仍不热。余殊不适，总由汗多之故。南方住不惯，年年苦此，恨不得秋到也。《医方集解》中有桑叶带露焙干煎米饮方，饮之当效否？

初六日（8月2日）

□□好些，人苦倦，竟日未出一步。油漆人来□工料去，南义学人复来接，未能往也。晚餐却健。

初七日（8月3日）

热极，日气蒸甚，难耐。余服药似有效。陈鸿两餐饭而疟仍来。夜热甚。

初八日（8月4日）

热极，晡云不雨，闷极闷极。树子到来，书儒昨去迎回，而箴儒、守先仍未回也。蒲象山来别，下省去。陈鸿病来甚轻。雨一阵，不大。

初九日（8月5日）

晴热，风不能解，雨不得畅下。守先回来，箴儒未到。

初十日（8月6日）

足软，不能到神堂，就书房中堂迎祖先上供，早晚如之。晴热，风极大。螺海表弟来，余精神渐长。陈鸿疾仍发。晚间满爷为迎神送饭。

十一日（8月7日）

热，大风可悸，作雨不得，又可虑也。余竟日适，为近日所少。晚雨小阵，夜甚凉。

十二日（8 月 8 日）

不大热，先秋也。午正三刻，湖南立秋，大风小雨一阵，可惜好云□。陈鸿所苦大减，可愈矣。

十三日（8 月 9 日）

阴晴无常，然竟不得雨。余昨食南瓜粉肉，今不适，口腹宜慎。陈鸿止小来一顷刻，明日想必止矣。

十四日（8 月 10 日）

热极，笔砚皆炙手，南方炎景乃如此耶。晚供后自焚锭于书房，悲怆痛心，不能随大众公奠也。陈鸿仍小发作一阵。夜餐，月大而热，河边亦不凉。

十五日（8 月 11 日）

比昨更热，无可躲处，幸连日井水六一散甚有效，人清爽起来。陈鸿今日疟止矣。晚餐后热不解。昨梦程春庐先生过访，今日发卷见其论《会典》地图里差书，大奇大奇，从前并未见过也。傍晚，乌云起，月仍出矣。斐秀表弟来，为搭村事。

十六日（8 月 12 日）

热未极，午后忽阴雷风，未初大雨，惜不久，然亦解炎意。雨过仍热，略好些。晚阴，旋见月。夜凉适，问卢万明号借到竹簟八个。

十七日（8月13日）

□凉颇甚，秋阴可爱。饭后，周四姑爷来一话。早间到神堂屋一走，足力仍怯，不解所谓。日来觉身上实无病矣。陈鸿初服调理药，亦相安。晚凉，秋气入虚堂。邓砌匠来算帐。

十八日（8月14日）

阴甚，雨如丝，凉更增也。到清明堂看油漆工，大约从容得狠。王槐翁差人来，为搭村事。斐秀来，亦为此，仍促令交价耳。作家书并致唐印云、李西台、季眉书，不得京信者将八十日矣。槐翁复遣人来，有五月粤西胜仗折底。昨夜大厅被窃装版四十余块，今日各处寻出，乃卖与邻近也。自家有如此人，奈何！夜凉更甚。

十九日（8月15日）

早起，冷。余方用白术，陈鸿方用炙芪，且试看也。杨紫卿兄寄到《宁远县志》一本。许四兄来话。白术大不妙，服药后倦怯，不适者半日，假药误人，可戒。斐秀送钱来，振常兄第二次借到二百千也。州署借来京钞十本，正、二月的。槐翁来言琦侯下狱，赛公赏黄马褂，裕馀止制府，徐松堪中丞内用。晚餐后稍适。未刻见日，余俱阴。

廿日（8 月 16 日）

早阴，而比昨暖些。晨饭不佳，白术作伪之害也。魏六爷来，为南义学扁对事。申刻不适如昨，晚餐不如昨。今日桂儿生日，久不得家书，何也？满爷为借凤洲《纲鉴》来。

廿一日（8 月 17 日）

阴晴相半，不甚凉，亦不大热。闻提督丁忧，槐翁昨日往唁之于江华。制军已到衡州，闻将回湖北，有民变事也。洪□山来话。未刻小雨一阵。螺海老表来，即去。

廿二日（8 月 18 日）

早阴，旋晴。余用桑白皮煮鸡，试吃之。两日不服药。小坪老表同搭村表姐夫来，一话去。申刻雨一阵，不小而短。晡甚适，其桑禽之效乎？

廿三日（8 月 19 日）

晴，不热，起来适。仍桑禽汤泡早饭。午饭后忽大不适，若虚极者。阅文一篇耳。晡时，士大侄为开黄芪益智等，服一道，即晚饭。晚彻夜不睡，汗多可怕。半夜煎桑叶水服之，寅刻睡有一刻，仍不睡，怪哉。

廿四日（8 月 20 日）

早起，人却好。大侄看脉，说宜疏气。余自诊脾脉坚硬，积滞显然，始知多日误服补药也。饭后，许四兄来看，意见相同，遂用香付、厚朴、山查之类。果然合式，竟日不作难。黄老表送席来，今日为表侄吉泰起媒也。陶家十妹由广西往皖去，到永州着人来，要盘川，赠十二千去。槐翁书来，言粤西贼势尚猖獗，粤东亦未靖，制军住肇庆。

廿五日（8 月 21 日）

昨夜安眠，今日起甚适。午间得子敬五月抄安庆书。忽不适。午饭不得味，少憩，仍如常。申刻，饭少许，后不大消化。天热不雨。得印云十七日书，长沙亦望雨甚□。晚餐时雨一阵即止。炒子鸭，不敢多食，久坐不适，幸夜得睡。

廿六日（8 月 22 日）

晨起，适胜昨日，脾脉积滞化矣。早餐无味，午餐好。陈鸿今日始服熟地，甚合宜。晚睡好。剃发。

廿七日（8 月 23 日）

晴，复热。午后仍不甚适，晚不得佳眠，汗多。

廿八日（8 月 24 日）

寅刻处暑节，然热渐甚，恐仍将如前也。仍服厚朴方。午餐好。许四兄来话，亦言脾滞未尽化，补未可施。晡后热剧，夜不得睡。

廿九日（8 月 25 日）

热甚，比昨似健些。晚餐甚佳。瀛四叔因病用巫，诸人凑钱。陈鸿患泄，不要紧。

卅日（8 月 26 日）

晨适，不服药。午后，王州尊来话。客去不适，少憩仍好。晡后大适，晚餐佳。夜眠，为多日来所未有。晡间雷，阴不雨，更热。安遮日版。黄金兄来。

八月

初一日（8 月 27 日）

热如昨，早间雷大不雨。闷且盼也。早□□许镜潭兄来久话，甚适。午饭后一阵不大自在。晡间食燕根。晚餐平平。夜好睡，第三晚矣。因木工迟缓，出字促之，总由自己出不去所致，无如何也。

初二日（8 月 28 日）

阴，有凉意，午后晴，亦不甚热。镐十爷今日纳妇，有酒席。荣畅叔、绍组兄俱来话。昨夜鼠食鸡，余闻声唤仆起，已殒其一。午前适，午后甚不适。士大侄来看，肝脉伏，由昨食鳖凉血所致，仍前方一付方安。槐翁赠燕菜，试之亦佳。夜得眠也。下午阴风不雨，颇凉。祭文昌，有胙肉来。

初三日（8 月 29 日）

晨阴。困甚，肝脉伏略解。早饭后不甚适，午餐后佳。丁祭，州署、学署俱送胙，殊可愧也。廖元粹兄来一话。三贤祠亦今日祭，我东门实始之，故分胙大半，学中十余人每人可得两斤。竟日阴且凉。晚餐佳，有牛肉，余不能吃。夜凉且冷。

初四日（8 月 30 日）

昨晚饮酒煎郁李仁，睡更好。晨晴，午前□□□仍不甚适，盖胃中痰饮也。晚餐却好。

初五日（8 月 31 日）

请镜潭来与大侄商量，皆谓宜香砂六君子汤。同午饭方去。谈得颇有致也。午后小不适，不甚难耳。晚餐平平。飞熊叔处谢火神，前日失火未延烧也。巫者喧喧竟夜，余仍饮郁李酒，睡尚好。小坪斐弟昨夜得双生子，舅父有三孙矣。借到振常兄钱一百四十四千文。

初六日（9月1日）

晴热，有风，竟日不作难。修园老表来，谈次颇倦耳。夜眠尚可。

初七日（9月2日）

晨阴旋晴，请许四兄来，与大侄商量，言脉气更好。午前适，午后不适至暮，盖扁豆之弊也。吃高粱烧泡五家皮、桑寄生。晚餐甚佳，乃夜间嗝、汗，不得眠，奈何。桑寄生槐翁所赠，五加则镜兄之惠也。

初八日（9月3日）

晴热有风，人委顿，不得睡所致。斐弟送到振常兄借钱五十六千，合前为二百千，合上前两次为六百廿四千矣。斐弟所得双儿殁一个焉，存其长者，为取名芝英。其大儿□英，亦辛丑年余回家时所生，为取名者，亦奇。镜潭兄送扁豆来，不知余已受其累也。晚餐佳而夜不得睡，更不如昨夜，夜太热耶？

初九日（9月4日）

仍服六君子汤，竟日相安，苦头昏足软耳。槐翁书来，言制军欲行保甲，我州团练，槐翁已行有效矣。江葵庄事不能解，如何如何。夜得睡。

初十日（9月5日）

晴热更甚。镜翁来，同大侄酌方，仍前方也。午飰后镜兄去。晚餐。连日佳，酒好故也。夜得睡，梦先公见示苏事，惠翁题长幅，止记得二句云：“卧游江湖侧，浩荡欲无古。”父其知儿意在游山乎！晡雨。

十一日（9月6日）

晴热极，三伏中所无。午前人好，午后镜翁□□□术，试用一钱，大不受用，饮神曲清□安。晚餐尚可。夜热极，睡不得甜。

十二日（9月7日）

镜兄来，以乌药易香付，谓脉已大佳矣。今日州尊在书院请酒，为保甲事。热比昨更甚。夜难睡。

十三日（9月8日）

热甚。申刻交白露节，大风雨来，惜不久，然已解炎矣。乌药不合，仍作难。晚遂去之，今日次丁祭，周子新荫生、周笃光送胙来，有羊肉。晚餐甚好，夜好睡。仍热。

十四日（9月9日）

热不解。申刻，雨一阵，苦不得透。竟日不作难，而不自在。大侄谓吃梅干菜所致，想是的，竟无菜可吃也。晚餐佳，夜睡好。仍热。

中秋节（9月10日）

足软，不敢到神堂，即在中堂叩，上供。晨作难，且噎，伤感所致。饭后渐自在，午后热甚，诸父醵，陪过节。劳人兼病，苦难支应。晚餐后甚适，大雨两阵，略解炎。□□亭子看归云入画，月意衬出。将睡，月大出如昼。夜好睡。

十六日（9月11日）

晴，大热已减，有秋意矣。安堂屋隔扇，从新屋移来者，竟日人甚适。晡时略作难耳。夜雨二次，不大，登亭看月一回。

十七日（9月12日）

忽竟日不甚适，殆由昨夜韭花作难也。晡时适，晚餐佳，比日饭味差好。阴多无雨，尚热。

十八日（9月13日）

午前适，午饭后不适，不解所以然也。士大侄移榻来相伴，夜甚凉，得睡。寅初后雨声一阵。

十九日（9月14日）

晨起，不甚适。饭后，十二叔、大侄邀游华岩，西南去十余里就午饭焉。庙修洁，东西两岩洞尚可，后山却好，借榻久憩，乏甚。饭后急回，有风可怕。申初到家，乏极，少睡方适，精神如此耶。午间改服首乌、威灵仙治疟方，因五更时麻汗，似疟根尚在也。

廿日（9月15日）

仍昨方，竟日尚适。写大字数件，笔颤甚，夜多汗，何也？

廿一日（9月16日）

竟日不适，晡服药，入天麻少许。夜热汗多。大雨两阵，不解炎意。闻乡试题："天下有道则政不在大夫"两节，"今天下"一节，"万钟则不辨理义而受之，万钟于我何加焉。""湖光尽处天容阔。"螺海表弟昨日得子。

(取名□成)

廿二日（9月17日）

人颇适，头不大昏，天麻力也。请许四兄来同酌，亦不改方，略用威灵仙通气。据云脉实无病。巳刻雨一阵，大。午后见日，旋阴。晚餐可。一夜不好睡，多汗，奈何。

廿三日（9月18日）

人不适，未得睡也，午后略好些。士大侄陪我一日，患牙痛觅药去。竟日阴风作寒，夜雨大，得睡而冷。

廿四日（9月19日）

人适竟日，难得。许四兄来诊，说无病矣。午间更适也。晡时略不适，仍用天麻少许以治头风。晚餐好，惟行期在即，诸父兄弟次第来话，为烦耳。今日冷如□奇甚。斐弟送钱来，共前后借振常兄八百廿四千文。夜得睡。

廿五日（9月20日）

先公冥寿，早晚上供，午间王槐翁来，知余将行也。然见我作难，不久坐即去。竟日屏当家中事情并行李上船，颇烦杂不可耐。晚餐甚适。亥刻同族叔侄弟兄齐来，余不能一一酬答，谦谦等强令写扇二柄，酒后尚能运笔，然不能多写也。客未散，余先睡，尚好睡。大侄牙痛亦减矣。

廿六日（9月21日）

早起催饭，饭后到神堂叩辞，以舆往，不能步也。悲且痛矣。新修神堂极开敞幽深，可敬可慰。便以舆到船，家中人送者数十人，同舟至东岳宫少泊。槐翁送绍兴酒。闻洪六、许四将来，待而不见到，遂开行。至下关，叔弟辈别去，难为情也。

天晴，有南风畅行。夜至茅江口泊。饮绍酒，虽酸而有味。夜好睡，惟午后不自在一阵。

廿七日（9月22日）

晴热。人自在。晡时食挂面后不适。夜食韭、笋□□□，睡，热多汗。可戒可戒。日在佳山水中，坐少睡多，不能领略。下半日出泷泊后，水浅，船倒行数十里。船杆洲泊。

廿八日（9月23日）

因夜热甚，起不甚适，早餠后渐适。北风行颇迟，到永州，已酉刻。上坡拜胡蔚堂大令，值其生日，有客，余不能入席，与主人同饭。遇王晓屏亲家一谈，由广西奉差来此留宿。衙斋彻夜不能合眼，闷极，止听更点而已。见差单，吕鹤田浙江正，沈朗亭江西正，蒋誉侯河南正。

廿九日（9月24日）

因夜不眠，起甚惫。主人迟出，催早饭一盂，略自在些。蔚堂出拜客。余遂出，到杨成甫处一话，知紫卿兄榜后方回。即下船，已换船，甚好，即憩息。杨家存衣书篓俱到，成甫来话去。蔚堂来捉客，余不过意，于申正仍至署，始知其请数客。王晓屏司马、江南泉、李东垣两广文、戴巽泉记室同坐，尚有趣，酒肴佳，甚适。微醉，□写联对一阵，手虽抖而尚有致。回船已亥初，即睡。蔚堂送水碗、酒、腿、米、烛并船价，杨世兄送水碗、鸭子，零陵首事送水大碗，谢前写扁字。今午两书，一寄东门，一寄省城，由官封去。秋分节。剃发。夜好睡。

闰八月

初一日（9月25日）

天黎明开船，晴，甚热。午后不甚适，晚餐酌蔚堂酒，与槐轩酸酒参和，颇佳。夜泊高溪寺前，竟日北风，故路不得多也。清出书簏，堆满床案，且可饱眼。夜好睡。丑刻风报，不久即定。夜仍热，想起刘宽夫出守辰州，京中少此良友。

初二日（9月26日）

阴，仍风。天明行，比昨日凉。东北风不顺，又多曲折。至晡，风太大，遂泊，得路少，距媳妇娘滩不远。风掀簸，竟夜却尚得睡。天明小雨，人适，未见日。黄杨司买菜。

初三日（9月27日）

风小开行，过思妇石，果如女子抱婴儿也。巳刻过浯溪，树石秋清，恰展蓬樵画册。□□到祁阳买菜。湘水至此一大曲，石湾有致，恨不得上坡一游，至柴步头舟子买菜耽阁久，复行不数里泊，不知地名。今日尽向南行、东行，不曾见日。夜雨凉。

初四日（9月28日）

早尚细雨，旋住。早饭到白水小憩，买菜，一路过荷包塘、黄泥塘。到归阳司未泊，行至让山塘泊，已上灯矣。竟日阴，不见日，久无大风。舟子行亦□快，得路不多，水小，曲折无数也。

初五日（9月29日）

晨阴，午后晴，出日，渐热，至脱棉、用扇。河渐宽，滩渐少。过黄泥塘、柏坊、粮船铺。晚至大鱼塘泊，问知距衡州尚百余里。买得大鳊鱼，今日煮，腹中物甚美。惜不敢多吃。夜热多汗。

初六日（9月30日）

晴，晨日满船，今日热可知矣。一路过常宁河口，又过耒阳河口，路走得不少，却无数目。晚泊东洲山，想到家山了。夜热极不□□被汗且不住。打铁一，梳清羊毛好作笔。打铁二，两个孩儿拍巴掌。打铁三，三根头（发）拥金冠。打铁四，四口针儿爬出刺。打铁五，羊角粽子过端午。打铁六，六月禾苗不见熟。打铁七，盘盘果子甜如蜜。打铁八，百岁公公白头发。打铁九，后花园里好饮酒。打铁十，天上落雨地下湿。打铁十一，年年打鼓找龙船，找到灵官庙，捡个破钱，爷要打酒吃，

□□讨个婆娘。讨个婆娘拜拙又□□□子三□□□个月，干也三年，湿也三年，补□又三年，□□□□里又三年，捡起来，卖□铜钱。

以上为上海图书馆藏，题名《何道州日记》

咸丰二年

正月

元旦（2月20日）

在武昌。天阴晴半，晴多些。早晚上供，竟日未出。赵德辙早出拜牌于文庙，因皇亭去年被水冲刷也。大兄、五兄来。大郎同早饭。午后，何左卿来话。晚，同静山酌。阴寒，至晡仍甚。昨夜半后爆竹声尚喧。

初二日（2月21日）

早晴见日，可快。蘅桥来酌方，兼为静山一诊。午餐后，周家两郎来。夏鹿笙来，谈及陆立夫前辈颇病。杜学使来。余至黄鹤楼，茶坐少憩。风大，不能上也。借得左卿棋子，而静山不解此。晚饭后，仍象戏一局。静山忽然止酒，余心羡之。略饮数钟而已。

初三日（2 月 22 日）

先阴，后大晴。午间写大字一阵，无客。晚同静山酌。静翁两日来甚看书也。

初四日（2 月 23 日）

晨阴，遂竟日，然不大冷。午饭、晚餐静山俱来，谈古、检书，大有清致。郭米山来，一话去。闻前两日有折差回，不得家书，甚闷闷。陈鸿得李淦书，知子敬十月十三过扬州，由浙西路走长沙。

初五日（2 月 24 日）

早晴见日，旋阴，午后复大晴。晨静。午后出谢数客，晤郭米山、王范初话，归。汤世兄来，海秋长子，由京师回家过此，问知运河中遇子敬，盗风可怕，子敬受惊也。船泊河心，盗未得上耳。米山来围棋，即同晚饭。静山复与米山象戏而罢。

初六日（2 月 25 日）

阴竟日，殊闷闷。早饭后，刘西园来话，静山尚未起也。剃发。午后出谢数客，晤蘅桥，一话，归。静山同午、晚饭。闻杜云巢升兵侍。

初七日（2月26日）

阴竟日，且冷，睡多坐少。午后，回谢汤藻臣。出东门，入东门，至陈氏义庄。义庄者，陈芝楣前辈督两江时乞宣宗赐书二大字也。藻臣不在家，即由城内路归，过蛇山之脊，高处四望，颇佳。下山后，便过岭坡回寓。张仲远持一镜来，盖唐后物。静山晚归，同饭。灯下写大字一阵。雨。

初八日（2月27日）

昨雨竟夜，晨未已，而复竟日。晡间，米头雪一阵，风仍撼窗壁也。今日静山乃翁世伯寿，虽不设寿堂，亦有数客。杜继园、张仲远、张洊山、李紫藩来我屋中看帖画各件。洊山出示贾似道刻《阁帖》初拓，甚有韵。盘桓竟日，遂同晚饭。继园借我《黄庭》去。诸君仍烛下看写字而散。雨住，风仍大。

初九日（2月28日）

晨阴，忽见日，半阴晴。风定而奇冷，炭盆、手炉复不能离矣。作字不多，不耐烦，看书少间断，然精神总不十全也。静山出谢寿，晚归同饭。饭后，到其斋中，为骨牌戏。亥初睡时见月，明日晴矣。

初十日（2月29日）

早晴便暖，竟日见日，近来奇事也。早饭后，紫蕃来话。

今日作字颇有兴致。汤藻臣来话。晡出谢客归。同静山晚饭。饭后，过其斋中，与昆玉闲话。

十一日（3月1日）

晨饭后，巳初一刻，冒阴雨出。过江至吴莱庭处，莱庭颇习分书，有朴意。园池小，结构佳，九莲池地也。看主人吃饭后，同出西门，到同善堂，遇两首事人，一揖去。坐落颇多，亦闲敞精致，惟苦风多耳。有绿萼梅一树，开未残，可珍也。又到伯牙台，无甚趣。风雨渐大，遂急穿城渡江回。莱庭备午饭，不及领矣。到寓，适仲远来，一话去。静山同饭，余少憩，何左卿来奕，静山留同饭。风雨竟日，不大。

十二日（3月2日）

晨阴甚，毛雨竟日，却不大冷。写字稍多。午后，略怕冷，一阵阴寒也。郭米山来晤，汤藻臣来别，寄回印云处《文选》及《樵阳经》去。李言斋从家来。静山同晚饭。饭后到斋中话。

十三日（3月3日）

早沉阴，风，夜间风已大矣，今日更大，雨随之，甚冷。遣人送汤大元宵于舟中，亦可念也。静山同午饭。晡冒雨回拜王子兰观察，坐次颇寒，窗纸不糊之故。晚同大兄、五兄及言斋同酌，酌后，静山归，仍过其斋话。西望复火起，相去约一里外，久乃息。睡将亥正。

十四日（3月4日）

阴雨，雪风兼之，冷可知矣，毫无春气也。寂寂颇甚。晡时，杜继园送到十二月初十日京信，家中一切如常，可慰可慰。子愚信及时事颇详也。惟此系十一月折差回信，乃十二月折差带回，而十二月折差带去之信又无回音，何耶？静山同晚饭。风雨夜歇，有月意。

十五日（3月5日）

阴竟日，有雨，时复止耳。早清书，饭后，李紫蕃来，为邀段君文波，名学海，南京人，来画小照。同紫蕃午饭后方来画，颇似拙貌也。文波、紫蕃先后去。先是，王子兰来话一阵。晚同静山酌，此间上元兴道喜，来往纷纷。夜间花炮却寥寥也。临睡时小雨。

十六日（3月6日）

阴竟日。晨静。午刻，继园学使约往刘家霭园便酌，看京钞穆荫升祭酒，大奇。徐松龛得仆少，想见闲味也。静山同晚饭。

十七日（3月7日）

阴更甚，有昼晦意。晨、午俱静。晡时常世兄懿麟由利川来，一晤。晚同静山饭，本约常君不至。

十八日（3月8日）

阴竟日，却亦无雨，真似昼晦矣。岂又水象乎？晨静。饭后出，到集成堂书店，因装订《十三经注疏》，复买得《潜研堂全集》，钱八千文，可谓廉矣。金陵公所晤段文波，将小照斟酌一回。过王子兰话，归。同静山午饭，得十二月廿六日京信，即前日折差带回者，故意迟送数日，可恶也。家中一切平适，可慰。喻寿民乃郎来晤。晚约子兰、左卿、继园便饭，偏偏静山有人请也。饭后，杜、王先行，与左卿奕，并作京信，交左卿乃郎明日入京带去。

十九日（3月9日）

早饭后出东门，到洪山，约七里。仆辈上塔顶，余看竹，坐观音堂。与老僧话，问有廿年前和尚否，则云无之。盖甲午冬初曾到此塔上，时有僧说丹田不足，不肯奉陪，可一笑也。回过长春观，客堂遇静庵道士，武当山出家，言水路可直至均州，伊曾住京师白云观，因言今日燕九，白云观正大会也。观宇颇开敞，然不及洪山寺之居高远望。回寓。午饭后，写大字一阵。晚同静山饭，有别意。今日似有晴意，然日未出。

廿日（3月10日）

早雨，正卯时开印也。静山早出。阴竟日，时复廉纤。《隶释》看完一遍。《魏书》草草看，未完也。《旧唐书》聚珍字本虽多错字，尚爽目。晡时殷小东同年来话，现任均州，序之。晚同大兄与静山饭，饭后象戏一局。

廿一日（3月11日）

昨夜雨颇大，至晨未住。早饭后雨歇，午后出太阳一阵，晴不准，奈何。王子兰来别。晡出，送子兰行。回拜常世兄。访张仲远不遇，涂泞颇甚。晚与大兄、静山同饭，静山为米山交代事，晚归也。看《范书》起。

廿二日（3月12日）

阴而不雨，时有晴意。何左卿早来话。晨、午俱静。晡出，到集成书坊回拜殷小东，遇李虎攵同年话。归，静山同晚饭。剃发。

廿三日（3月13日）

晨，大晴。早饭后过江，至四官店巷回拜刘西园，少坐，游后湖茶园，名六也，新而朴，甚广方，棹七八十，渐渐饮茶人来，下有杂技各棚，颇有春景，惜湖上光景被水以来消败至矣。入街，万安巷访仲安，仍不值。顺至五采巷大文堂书坊，买得《赵水经》，三千二百文。大堤口过江归。已未初，天复阴。李虎攵来话。晚同静山饭，饮烧酒不合，夜不好睡，切记切记。

廿四日（3月14日）

晴，静。静山过江敬神去，午后归。晤罗澹村之堂兄一话。《道藏辑要》随手翻阅，《老》《庄》《列》《武侯集》《邵子集》《阴符》《参同契》俱参入，外多不经之谈，凑至百六十本，无谓之至。晚同静翁饭。饭后倦，想睡。言斋来。

廿五日（3月15日）

昨夜好睡得狠。今日晴，晨午静。遣仆辈过江看崇福寺屋。午饭后出，回拜虎𠂤，一晤。候运谋巡捕，闻系鹿柴之子，欲便于托带京信也。集成书店少憩，归。木笔花开。写大字一阵，静山同晚饭。

廿六日（3月16日）

阴。午后渐晴，午前颇寒也。今日李先生上学，张仲远、李紫藩结姻，静山作冰去，是好日子也。翁惠农从郧西来，久话。白须飘飘有致，盖有柴桑归去意。常镜峰来，欲邀余馆其寓，亦可感。午饭后出，到青云室买对纸。拜雷震初前辈于文昌门内，知戴云帆在此过年，恨不得信，不曾一晤。云帆不复出山，难得见了。文昌门回寓四千二百步，计六里。廖云台来晤，风貌酷似乃翁。仲安着人来，约过江住。晚同静山饭。

廿七日（3月17日）

晴暖甚，然未能卸裘也。早饭后，回拜惠农，不值。米山处一话，归。憩刘园，回寓。早写大字一阵，吴莱庭来，共午饭去。金同心号宋晴初来，携到印云初十长沙来信，子敬尚未到，有何处耽延，令人悬系。又写字一阵。捡《清容集》看。晡时米山来，与静山谈，交代事，即同晚饭，奕二。

夏口至叶家洲、黄州、黄沙港、煤炭洲、武穴、九江、湖口、彭泽、东流、安庆、宗阳、大通、荻港、芜湖、黄鱼嘴、南京，仪征、镇江。以上十八站各九十里。

廿八日（3月18日）

晴且暖。装书入箱。篆《李文恭志铭》盖，即作书寄长沙，并与子敬书。午饭后过翁惠农，看驭方鼎，尚有数字不能识。归，刘西园适去。雷震初前辈来话。胡仲安来，与静山商事，仍话于余斋，酌量移居事。惠农送肴，旋携彝器三事来拓，并邀左卿、静山同晚饭。子正后狂风暴雨一阵，由太暖所致。

廿九日（3月19日）

晴暖。颇静。左卿送来胡心梅《钞法议》，盖亮生《钞币刍言》之大略耳。张溶山来话，同晚饭。惠农来，一话去。胡云樵记室粟恒来晤，江西人。静山晚出。

卅日（3月20日）

早大晴，然人不甚适，似中受凉。夜间掀被所致。徐石民太守来晤，咏之丈之子，由黔牧擢守黄州，略问悉吕尧仙、孔诚甫、胡润芝近状。午饭后，胡仲安来，候静山久不回。何左卿来，移肴酒至，翁惠农、张仲远、静山同晚饭。杜学使来，一话去。发京信，交廖云台，说明后有折差行，中有静山与小素、子愚书。夜雨不大。

二月

初一日（3月21日）

黄雾欲雨土竟日，南方少见此也。行李过江。午后出，谢数客。过鼓楼，登高台，上题南楼，盖古迹也，然无甚佳处，望不甚远也。仲远移樽来，左卿、溶山、静山共五人同晚饭。灯下作书寄子愚，交静山，并寄腊猪头一个去。

初二日（3月22日）

卯初多起，收检床案。静山卯正二刻即行，余赶至江边，静山船已开，回帆近岸，跳板不稳，余几落水，可戒也。同静山舟中话，天黄有风，不甚好渡，至下关送静山行。余由后湖进街，至沈家庙文盛堂书店，少憩，由永宁巷过渡，复上坡，不半里，到崇福寺。仲远、仲安在此相待，久话方去，一切皆两君安置也。寺中亭院开敞，几案光洁，花木方滋，游人甚众。余闭旁门，亦自静雅。吴莱庭来话去。晚独酌，早睡。午后晴，得京中正月十七日书，一切如前，可慰。子敬腊十四到杭，计此时恐方抵长沙也。

初三日（3月23日）

晴。晨静。午间仲安、莱庭来饭，莱庭携字画数件来阅。客去，余入城，候渠石臣太守、张仲远司马、吴莱庭参军。到书铺买《珍艺宧书》一部归。寻接福庵未得。回寺，厅屋装板壁。邓守之来一话。板壁亥刻始毕。

初四日（3月24日）

阴，晨静。午间出，过渡访仲安不值。东行转北，约八里，到郭家巷星垣栈内问金同心号。回候宋小山，言介山神有灵也，子推尚有后裔。归过书店聚文、聚秀、大文、忠信、又新、至德、生芸、大本各处。回寺，外厅有人请客。清书至暮。小山送玻黎十方来。晚饭后仲远、仲安、莱庭来索饭，闲话。子初后方散。仲远借到碑版九包。午间小雨。

初五日（3月25日）

先公忌辰，上供后静。竟日无客，惟左卿着人来候。仲安昨归，病矣。有人送玻黎来也。玉兰开透，海棠将谢，天太暖之故。余今日脱却皮袍，尚穿皮马褂。午后写大字多，为近日所未有。晴，夜见微月。

初六日（3 月 26 日）

阴，风不大，午间略透日。天色如许，游人略少。着人送《陶诗注》于李石筠司马，不见，亦臆来，想今日未行，日前说上船必过我也。卖帖梁氏来，无甚佳物，人尚在行。渠石臣太守来话。吴莱庭来晚饭。早着人候仲安，说已好，出门去。其咯血乃时有之，亦不可解。灯下写大字一阵。风大起来。

初七日（3 月 27 日）

早阴，风遂竟日。晨静。午间写大字一两阵。莱庭同仲安请仲远与余，先后来，同小舟游接福庵，向北少趣。归来已暮，遂入席，肴不过尔尔。饭后，与仲远奕。午间，邹、董两君来，皆镇江人。又长沙常、毛两君处莱庭馆，亦来候，游未回也。

初八日（3 月 28 日）

阴。晨静。饭后，欲渡江去，风长，不可渡，且入城至莱庭处话。回候常义门过司狱，回候毛棣华。出东门，北转，约四五里，至双街拜史銮坡前辈，屋在酱园中，齐半老屋矣。由永平守罢归。久话，闻萧翰溪亦回来。由舟回寺。午饭后，写大字一阵。风不息，阴甚，晚遂雨，园景殊胜晴日。

初九日（3月29日）

晨雨住而有残滴，阴寒颇甚。雨复廉纤，屋中黑，难看字也。與夫俱摊凉，发烧，令服神曲。竟日无一游人。郑君荣封、冯君明本公请，客有史鸾翁、胡善翁，合予五人。郑君与子敬旧交。散时戌正。

初十日（3月30日）

阴寒颇甚，写条幅两次，将廿块。安得脱裘，方足舒臂也。午餐后，过渡看仲安病，遇吴崑泉为余诊脉，言无病而中气未充，劝服白术，因即试之，仍步回寺。吴莱庭来话，仲安亦来，少坐去。莱庭同晚饭。买成石溪卷子，画三段，字一段，尚有趣。向晚天有开意。

十一日（3月31日）

早大晴，日出，午后仍渐阴起来。张涖山来，同午饭，久谈去。仲安来，少憩。晚饭后，灯下写大字一阵。仲安说有戴姓收藏欲送余鉴定，难得难得。

十二日（4月1日）

阴雨不大，颇寒。早餐后，过渡，回拜冯五、吴昆泉、胡善培，惟郑祝三得晤。又仲安处一谈，到文盛、大文两书店。归寺，午饭。寂寂成倦，由天阴，写看俱无味也。晚饭后，写大字一阵。

十三日（4月2日）

阴寒，少味，书籍三只、志石两块托郑祝三带往扬州，送邓週泰满江红船上。胡善培来晤。邓守之来话。吴莱庭一晤去。申刻，何左卿来，将由此往宜昌查川私，孙符卿大农所奏也。其实淮盐滞销，由小贩贱价所致，与川私无涉。与左卿同酌。仲远晚来共饭。饭后弈。酉正子敬由长沙普脚付信来，大慰想念，即草一纸交来人，明日早走。与左翁谈至子正方睡。

十四日（4月3日）

卯初即起，天未大明，然烛共话。天雨未止，而左卿不能不行，差事迟迟，辰初方行。风风雨雨竟日，不知如何到蔡店也。小憩后，写大字一阵。张溶山来，始知常镜峰做东，而肴酒未至。三人共午餐后，黄桂普、刘仲孚来，余同溶山游归元寺，想到净慈也。入城寻莱庭不遇，少坐，归。桂普已去，四人同酌匆匆，三君皆须回城去。余独晚饭后，写与子敬信，未毕。

十五日（4月4日）

清明节。上供，怆怆，南望增痛也。昨信写完。饭后过襄河送祝三行，尚未上船。至仲安处久坐，家信送李乘时，今日即发。回寺，午饭后写横、直各幅十余条。阴风大冷，不减冬令，有雪意。晚酌稍温耳。

十六日（4月5日）

风略小些，阴更甚。题洊山《阁帖》，忽发大论。草未毕，有贵州荔波令桐乡严铁（伯牙）来晤，解铅泊此。又乌程□□来话，乃秀才办盐折本将归者。小雨如丝。莱庭来同午饭，候仲安未至，遂同过渡至仲安处，主人已出去，遂同至宝桂庵后屋，推窗见六也茶园，即后湖也。茶园冷闭无人到，与首事黄君一话。到三元寺买纸，见壁上有琴仙画，颇有气，问系均州人姓王所画。回过鹤鸣园，未开，聚仙园楼黑，遂至万全堂王春亭处，索酒肴酌话。周福门司狱亦至，同叙，戌刻方散。然灯过河，回寺。

十七日（4月6日）

阴寒更甚，仍穿上大毛袍子。早饭后奇冷，出至莱庭处久话，遂索午饭。看京报至正月初头，翁惠农遣人来催回，遂回寺。与惠翁话，携示卷册，册为王舜耕山水，又元人画贤母图卷子，画各奇兽，不知其名。惠农定为《率舞图》。惠农饭后久坐去。卖帖人梁姓来话。莱庭送生菜来做，请周福门、郑小塘、王晓屏，从孝感来，五人同酌，戌初散。写大字一阵。借莱庭处小语画横幅挂壁。

十八日（4月7日）

阴寒甚，大毛亦不暖，真奇事也。午后日出，无阳气，奈何。王春亭来晤。

十九日（4月8日）

晴而寒未减也，风仍大耳。晨静。饭后，过渡谢客，晤晓屏，一话，归。梁姓帖客来。吴莱庭同午餐，久话去。赵德忠来，乃大姨丈之侄，回避少愚都转来湖北，现署县丞。问知大姨姊前年作古，己酉在粤尚见面也。杜继园学使出棚考荆州，酉正方到此。张仲远同饭，余亦备数肴，亥刻方散。申时，何文舫来话，病渐愈，归计似决。

廿日（4月9日）

早，学使船已开行。大晴，仍冷。早饭后，仲安来，少坐去。闵小圃、戴斗垣同来晤。斗垣闻有收藏，然本地人不知眼力若何。作书寄子敬，由李乘时去。胡栗恒秀才来同午饭。石大令（小鲁）意恭来，由浙江回，即起服入京也。进城谢周司狱、赵县佐，步到莱庭处，与塾师常君略话，归。晡时廖云台着人来问信，即作寄京信付去，明日折差行也。晚饭后，王晓屏来一话，约游三山景。

廿一日（4 月 10 日）

阴风。辞晓屏三山之约。早饭后，写大字一阵。风稍定，游思大发，遂棹小舟，西行四五里，至高庙上坡。过十里铺，又四里，到汪家园，即三山景也。三山由西来，到此结窝。园中树木幽茂，有远意，云岚深处，梅花书屋、小亭子皆佳。东南角书房尤好，惜去尘市太远。久憩而行，东北约不三里，至谷子口，即襄河。雇小舟顺流半时到寺，往远而回近也。适杨性农亲家由常德来，遂同午餐，久话去。晚饭后，步至仲安处话，颇费力气。夜路不好走，回寺亥正矣。

廿二日（4 月 11 日）

晴热。早饭后，写大字一阵。出谢客，至中马头，久耽阁，由新街一带回。刘观亭年伯之侄世杰候补府经来晤。客去，写大字一阵。晚约守之、莱庭、性农便饭，仲安未到。

廿三日（4 月 12 日）

阴，暖，是深春意思。早饭后，写字一阵。入城，回候性农，久话。莱庭接差未回。粮道开船而湖南船尚未归次也。回寺，吴崑泉来看脉，说好，去。发长沙信寄子敬。晚饭后，昏昏欲睡，由太暖故，将成雨候乎？

廿四日（4月13日）

阴，温，细雨时有耳。仲安来同早餐，携戴家帖画来阅，话后同出，先至戴斗垣茂才处，看所藏有宋板《骆义乌集》佳，旧墨亦可玩。到姚家店中，壁间画颇佳。独至堤上，看古董店，无可入赏者。回谢两客。萃华室买对纸归。写大字多。翁惠农来饭，奕。雨意作，即去。晚入城，莱庭处饭，同席者性农、晓屏及县署三友。归写大字。

廿五日（4月14日）

晴，暖。早饭后吴崑泉来话，客去即出。小船到杨柳口，约行一里余，到晴川阁下。过江至大堤口，入草湖门，郭米山一话。翁惠农处借书，开箱有水湿。各处谢步。至赵公馆午饭，与乃郎及李师同席。出晤段文波，过关庙访梁帖客，不遇，即过江回寺。杨性农、吴莱庭、王晓屏先在此，宋晓山、章仲甘、邓守之先后来。晓屏、晓山久坐去，余皆仲远所请客。主人上灯方到，入席后，香油多，余腹痛而退。席散，余自酌且饭，客亦同坐，吟奕相连，至子初方罢。今日真乏矣。写寄子愚信交性农，明日起身也。

廿六日（4月15日）

昨夜甚热，睡少。晨餐后写大字多。仲安送肴来，同午饭。并过河游灯草会馆，在后湖西南，乃湖州震泽公所，灯草生意为大宗。余先到，仲安同斗垣后来，同话，归。晚来共饭。今日身上三棉而已。

廿七日（4月16日）

晴暖，竟日未出，亦未来一客，少有也。写横直幅颇多。米山《论孟求是录》一日看毕，佳处不少也。酉刻得子敬十八日长沙书，尚望我考差也。仲云断弦，可怜。

廿八日（4月17日）

早作书复子敬去。晴。写大字多。午间莱庭、福门来，一话去。晚王晓屏来，问知李乘时信行，乃孝感人，从前顶黄安吉的，因托带长沙银信。今日买箱二只，每只三千三百，铜什件在外，又三百余。

廿九日（4月18日）

晴暖。早作书。饭后并银一百寄子敬，交王晓屏转致信行，今日即行。过四官店刘西园话，乃距此甚远，有五六里。回走后湖，至一湖春茶店久憩。西南行，乃至正街姚家盐店，仲安甫去，与王姓象戏一局而归。午餐后，写大字多，厅上有人请客颇闹。晚间仲安来，莱庭至，因同饭。饭后，为牙牌戏而散。见京钞，陈子嘉府丞休致，亦奇。

三月

初一日（4月19日）

阴。晡后晴，不如阴时较爽凉也。捡出仲远所收北朝造象重出者卅六种。写大字多。府学贺蕖塘来晤。王晓屏来一晤，即往莱庭处同晚饭也。夜热甚，汗多。有人持《宣和草虫图卷》来，有蔡京题，的不确。

初二日（4月20日）

晴，大热如夏，真怪事也。晨静。午饭时仲安来话去。莱庭、福门来索饭。冯五兄来，一话。得子敬廿五日长沙信，知粤事复扰及梧州，想仍与广东合势耳。兵与勇仇，可虑。晚饭仲安盐店内，吴昆泉、汪俊廷同坐。今日委顿，因昨夜汗多之故。昆泉看脉，说毫无毛病。

初三日（4月21日）

晴热，闷极。若此热下去，夏间还有世界乎？早饭后，困睡，仲安来，谈颇快。同午餐，话。俞同甫太守来，同宋晓山来，久话去。史鸾坡来，常镜峰来，遂同晚饭。得子愚二月十七日书，京察六部记名，满洲而外止四人，大奇。镜峰说赛相有文书与制军，永安贼窜至昭平，现今湖南防堵，故乡风鹤不免矣。奈何奈何。同甫送到子敬寄《陶诗注》两部。

初四日（4 月 22 日）

早晴，忽转风。早饭后过河至仲安处话，即往大文堂，买得甘板《十三经》。回到姚家店，将饭，张仲远来请回寺，则仲远与宋于庭翁在此，莱庭、仲甘后来，同饭。雷风有雨，未大也。申刻，于翁欲过江去，仲远送至江边，仍回。风转狂猛矣。纵谈至暮，同晚饭。常镜峰亦到，仲远早晚东也。亥初方散。半夜大风雨。

初五日（4 月 23 日）

大风雨不息。早奠释服，悲怆不自胜。回想壬寅五月释服后，尚有母可奉也，万念冰冷，尚复何言。午间寄子敬长沙信，前日所得道州满爷、箴弟信俱付去，为家祠帐目殊轇葛耳。晡时写大字一阵，冷甚。

初六日（4 月 24 日）

风雨作寒，裘复上身矣。早饭后出，欲回候于庭、同甫两翁。至江边，风大，不敢过。入东门，至县署，仲远、镜峰俱已过江去。入署，与章仲甘、邓守之、薛子选久话。仲甘案头携《望溪集外文》一本归。过吴莱庭，不值。回寺，午饭后，写大字多。莱庭、仲远先后来，同晚酌。史鸾坡午间携《石庵册》来索题，金纸条幅改册者，尚可。

初七日（4月25日）

无雨而阴，风仍冷。送于庭、同甫路菜以代回拜。有风，怕过江，而于翁前日过江受寒，今日尚未大愈。老年人虽健，亦太恃强矣。王庚廷世兄臣飏来晤，蓬心太老师之曾孙也，馆仲远县署，今镜峰接请，善画，学石谷派，言宝安门外西来寺有僧字惠然，亦能画，寺中旧藏蓬樵画颇多。迟日当访之。得子敬廿八日书，乃自十月后未得京寓信矣。戴斗垣送菜。晚冷甚，独酌稍解。

初八日（4月26日）

早晴。饭后过江，入文昌门，先至皇华馆，马头上有庚戌年所铸铁牛，盖以土制水之意也。至水乐街大公馆拜王荫之盐道，一话后出。望山门东行至西来庵访惠然僧，乃本立第三传弟子。本立与蓬心先生至好，所藏画颇多，今被水后，少有存矣。一见相得，即以蓬画一幅相赠，意在多要字耳。久话始行。过江归，有风矣。翁惠农来话，一饭去。晚饮渠石臣太守署，亥正回寺，借到京钞一看，陈兹圃中丞告病，邵又村得吏侍。赵德忠赠《樊敏碑》。

初九日（4月27日）

晨晴，仍冷。早饭后，仲安来，一话去。荫之观察来话，复邀仲安来，同谈盐务，共午饭，久憩方去。写大字多。段文波、邓守之来话。晚，吴莱庭来，同饭后，乘月影步至仲安处，主人久不回，遂归。来往过河颇乏，由今日全未歇着耳。

初十日（4月28日）

早饭后过江，入北门，唁刘子敬前辈，乃郎名辂，字公路，甲辰乡榜。住刘嘉园后准提道院，因亏案未完结，故滞此也。由书店一过即回。过江，到史鸾翁处，留午餐，饭甚香软。由佘家口过河，复过河回寺。仲安同斗垣来，久话。晚至仲安处饭，莱庭寻来，共话而罢。暖甚。夜风阴，尚不甚。

十一日（4月29日）

阴，小雨竟日，午后稍有晴意。竟日无客，渐捡行李。船家有人来问搭船，未即定也。

十二日（4月30日）

晴阴参半而甚暖。写大字极多。行李搭定，李乘时信艉子，每人四千，饭食在内。刘子敬胞弟巽山来话。晚，仲安备肴来谈，因邀莱庭共饭。饭后出寺门，看大月湖光，真好看也。

十三日（5月1日）

阴而不雨。惠然和尚早来一话。写大字极多。行李收捡齐。俞伟堂来话，即寄京信去。廖云台又着人来，说明日有折差，复寄一纸去，并寄子敬信往长沙。胡仲安来，郭米山来。今晨镜峰着人送文报，粤西贼猖獗，桂林危急。文报与赛相处不通。程晴翁来调湖北兵，又粤西来要火药、铅子、火绳各一万，真急人也。晚饭莱庭处，镜峰同席。酒后写字。先入城时，到镜翁处话。回寺，亥正矣。(彭汝璋、广福坊、耳挖)

十四日（5月2日）

阴。收拾清楚，仍作大字。早饭后，余先过河，到姚家店歇下，胡仲安在此相候。店中同事汪俊臣、余□□、黄□□、张雨农、宋厚基俱不拘形迹，可由我便也。孔秀、陈鸿押护书箱等搭信觝子下扬州。午后，余下船去，作札寄郑祝三。罗澹村观察由襄阳来，泊全隆巷下，即往晤，一话，归。与仲安、俊臣酌。饭后，到徽州会馆，看厅堂，大方宏敞，灯光如昼，有演剧者，为朱子庆寿也。邓守之、吴莱庭午间先后来晤。

十五日（5月3日）

早起，出买靴，一千八百文，甚合脚。又买纸八张，补昨画壁也。写大字多。午初到徽馆拜朱子生日，先晤首事，久始得行礼，至未初始上祭。人太杂乱无理。归，午饭后，王敦五来话，吴莱庭同饭后去。写字多极，甚烦，然有极妙笔。晚，主人同酌，有能唱曲人，题曲殊妙。孔秀、陈鸿大约开船行矣。夜月佳圆，睡时子正后矣。

十六日（5月4日）

寅正起，未卯初即行。惟江俊臣起相送。过河到莱庭处饭，饭后送我到江干，有依依意。过江至广福坊，回候彭子蕃乃郎叔玮。过赵静山公馆，与李言斋一话，乃郎尚未起也。行至洪山，杜一、王一始别去，相随年半，亦自有情，难舍也。三十里黄家店尖，巳正三刻。尖后六十里郭店宿，酉初三刻。因天色太热，舆夫歇气时多。一路苦旱，将到郭店，麦田颇好，一兜两担，一仆陈芑步从，可谓轻快。仲安说到洪山相送，竟未及晤。伊今到王荫之处，想耽阁在彼耳。竟日晴，余换羽缨帽登程，城中实未换记也。新店出江夏界，未到郭店十里。

十七日（5月5日）

寅正起，天明，未卯初也。行三十里，华容驿尖。又廿五里过江，风不小，尚稳。又廿五里，有卅里，至城外，登赤壁亭，并至山高月小亭，于清端公祠。入城，至道署，王子兰观察不在家，押护粮船十一日出门的，晤乃郎一话。至黄州太守徐硕民署，馆我于雪堂，千里江山在眼，地势宏敞，真胜绝也。未正午餐，话后收捡行李，省去一担，换兜竿。晚登快哉亭，有书启吴恒甫同坐，月色虽不十分，尚可。此间看月殆妙无比。

十八日（5月6日）

早，寄仲安一纸，蓝三带回其筹去。晨静，主人起颇迟。

早饭后，三人同出城，过江至武昌县西山，登最高处，纡曲甚久，下憩佛堂。松风阁闻已毁，石眼泉水亦少。下至寒溪寺午餐，久话。仍上九曲亭，有子由记。下山，往南行。入县西门，出北门，东转至江干，访怡亭铭，石色古重，斫痕未损。又向前看次山“窊尊”二大分书，未曾见拓本也。石、洞、笔俱奇厚。肩舆过山头，下船，对岸过曳纤行，一时许到郡城南。上坡，回雪堂，已酉初后矣。饭前后写大字极多，绫卷长三丈，对长一丈五。石民亦好奇古也，出示各画轴，有伯虎、南田画，药地字，俱佳。见赠龙友兰竹，亦妙。余题雪堂联云：“雪壁写东坡，大好江山，天与此堂占却；春樽开北海，无边风月，我如孤鹤飞来。”九曲亭云：“九曲亭幽，贤者静观天地外；一觞春暮，群山坐揽咏游间。”为硕民书“投子峰青”“十笏山房”“甘雨轩”各扁。睡时寅初矣。寅正后复起，何曾睡着。

十九日（5月7日）

早与硕民、恒甫同饭后行，一路凉润，山水重复，有湘中光景。四十里过河两次，到巴河尖。又七十里蕲水县署宿，将酉正方到。有雨点，惜太少耳。刘仲孚方审案，于十五日方由省回任也。署宏敞多树，惟仲孚离家太近，故致住满。同酌，酒佳。亥正睡，倦甚，因昨日未眠也。

廿日（5月8日）

寅正起，天已明，月色尚在也。仲孚亦起，收拾行李。候舆夫颇久，因住北门外店也。主人邀至西南凌云阁前，见层山复水，水自东来，西流至塔下，转而东阁前，俱看见山气之秀。闻数十里外有天然石庙，不及往矣。阁屋早面，汲志灵泉水佳。别去。卅里至分流铺憩，又廿里界岭尖。又卅里西河驿住。午后甚热，幸尚有风。

廿一日（5月9日）

晨凉。行卅里，清水铺尖。尖次屋极佳，看《公羊》，久始行。又卅里至广济县住。午正后耳。由黄州始，此皆硕民太守发夫送，此间另雇夫走五祖山到九江，每名一千文说定，共六名也。静梳发。饭后倦。有笋味佳。夜凉。

廿二日（5月10日）

寅初即起行，时天略明耳。四十里车棚铺尖，未辰初也。渐看峰峦叠出。午间，见南边诸山有吾州光景，众岫参差环峙也，名横当山。未正至五祖山，山高旷而少树石幽异之趣，意兴索然。老僧六也导揖五祖忍禅师像。荒凉无可游憩。一茶遂下山，住山下店中。大雨至，可喜。先是未到山已雨，但不若此大，且看书，且剥笋。六也云是山名冯茂山，四祖亦在黄梅破岸山，距此五十里，已走过。今日共行有百廿里，舆夫甚健快。雨入夜，凉甚。

廿三日（5月11日）

雨欲住未住，时复一阵。卅里黄梅县西关外尖。又四十里中路庵尖，又十五里孔龙驿宿。到店申正矣。即己酉使粤回尖处也。夜凉，雨复来。

廿四日（5月12日）

起颇迟，雷声殷殷，恐遇雨也。卯初行，一路有小雨，廿里曹家坝吃面，一饭将就止饿。路长泥烂，一片无人烟，此间气象，真大难也。尖后路短些，廿里至小市口，过江。午正，又西行，约二里入北门，城内如旷野，觅三元公馆憩。止陈太守出城接差，明日才回。陈朴园大令调南丰，已下船。郑小莱司马亦未遇。归寓，写得寄京信一纸。小莱、朴园俱来晤，信交小莱付马号去。又到关街间壁李乘时信行，问知十五日信行船已于十九日到关，廿日开行。作信一纸寄仲安，转付子敬。晚买得酒，殊佳，亦奇。夜雨。

廿五日（5月13日）

早，等引路人，久不至，因另雇一人始行。行过甘棠湖，其人遁去。至八里铺，复雇一人，带至濂溪先生墓叩谒，中间郑太君墓，先生墓偏左，碑字不好认，细审是“宋知南康军濂溪周先生墓”，问知近居皆后裔，无读书者，有武的，比吾州周家坊差远矣。西至文昌阁，大枫树二甚伟，有塾师设村馆，姓彭。复东南行，上山涧，涧流石坡陀，直入云路。至九峰禅林，约十余里，看马尾泉发源处，真峻险。困乏矣，与妙圆者僧一话。回至文昌阁午饭，不敢复向天池去。止得仍回十里铺，东南走吴章岭，岭脊北看大江，南看鄱湖，皆如咫尺，一奇境也。下山至积玉桥，住破店，荒矮，有瓮牖正圆。五更醒，月光穿入到吾枕，亦奇怪。今日共行有七十余里。午后大晴。

廿六日（5月14日）

早起，南行卅里至土龙尖，草草甚。又十五里至白鹿洞书院。由大路进去二里余便到山窝中，有枕流亭，泉名圣泽。书院文会堂与诸生略叙。将行，有吕生佐清，号定臣，闻余问紫霞真人《白鹿洞歌》，乃导至春风楼山长住处，字在板壁上，云石刻在城内爱莲池也。出至分路铺，少憩，吕生赶来，携纸笔索书一横卷去，果有奇意。一路看五老峰及水帘数处。又十五里入南康府北门，住正街路东饭店。午饭已迟，饭后拜李春史大令兆煦，甫接任，明日入署，现住考棚。问知罗椒生门人也。陈梅孙大令同年已卸事，明日登舟上省，匆匆一话。到府署旁爱莲池，周子祠已荒圮，紫霞道人石刻尚好。前有两大古树奇矫，有张南轩先生碑，知祠建于朱子，此地何可听其圮败乎，宜此邦人文之衰也。竟日晴热。

廿七日（5月15日）

早起，出西门，过大王庙，看山，见湖有气象。冒小雨行廿余里。至归宗寺，即瞻云寺也。寺场开敞深邃，后即金轮峰。东偏有右军阁，此寺本右军舍宅为之耶？舍始建者尚有洗墨池，覃溪有歌行书壁板上，又有《石镜溪记》，言山谷有石镜溪题名及洪驹父题名。寺僧云今字漫漶矣。宋鉴堂石刻似佳。出寺东行十余里，至秀峰寺，本即开先寺。心壁迎圣祖驾于江南，御赐改今名。尚有御书《心经》藏寺中。又宋牧仲捐藏《地狱变相卷子》，乃宋以前笔，牧仲以后名人多题记，余亦问定缘老和尚索笔题数行。此山即香炉峰，上有漱玉亭，不能去，因雨大也。出寺回店，已未正矣。典史王光杰号晓峰，广东人，来候两次，余因回拜，人风雅，索书多件，留便酌。醉后为作画数纸而散。

廿八日（5 月 16 日）

县令送夫，候颇久。出南门，过湖，至老爷庙，将卅里，上坡，约十里，又过河至钱公桥。船来迟，久等也。又廿里至都昌县，邱小屏兄不见数年矣。即留宿署中，同酌畅话。灯下作书画，子初方睡。两郎出见，甚清隽。

廿九日（5 月 17 日）

黎明起，未寅正也。主人迟起，又留早餐，候舆夫，辰初方行。小屏发夫七名，每名每站百卅文，三站到饶州，六十里颇大。申正到土桥住。午间仍尖一次，店屋小而黑，幸无雨。午过石牛山脊，有江文忠梓里亭。

卅日（5月18日）

日昨夜雨数阵，今早雨颇大，亦迟行。上岭甚斗且长，十余里长山坳尖，又约卅里赖家桥午尖。至赵塘村外分路，正东往饶州，东北往景德镇，余改由景德。晚住马尾涧港。今日大约行有八十里。遇雨数次，一路树木、麦气俱茂盛，秧亦将插满，此邦信饶也。人物亦多清秀气。过便民桥，有乾隆丙戌重建桥碑。过章天渡，船过水西流往饶州，未过河前，有桥甚长。

四月

初一日（5月19日）

早雨未住，少住，行，大雨，行至田坂尖。又金盆岭午尖。晚至分水铺宿。雨时止时作，树禾茂而泥路烂难行，竟日约得七十里耳。然此间路颇大也。住处园竹极盛，且富鲜蔬，属浮梁境。夜雨大。

初二日（5月20日）

雨小些，旋止矣。十里至罗家桥，一路李子树多，似吾道州光景。过桥，又八里过河，河水即往饶州去的。上坡，约五里至浮梁县公馆借住。早饭后出，看御窑厂新近造棹面大鱼缸，前此所希，此外尚照例也。大堂上有乾隆初年榷使唐英对云："榷水陶烟，濯手匠心酬万一；皇华白发，惜阴循分澹些须。"出至各画处、烧窑处，真人巧夺天工也。到瓷器街买小瓶子十个回。午热甚，洗足、剃发，一快。申刻，忽谢卓轩大令来，亦奇事。苏赓堂门生也。共谈酌颇洽，为斋匪案到此。

初三日（5月21日）

早雇船下水行，风报甚大。此水由祁门来，往鄱湖去，水长黄急，然竟日行才百四十里，大约不止此数。上半日向南，下半日向北多，晚泊丁子海。夜风，大雨，幸水浅无大浪，然不得佳眠也。今日小满节。一路山平秀。

初四日（5月22日）

黎明开行，向南，西北风顺。辰初到饶州府东门外泊，鄱阳县沈槐卿世兄来迎，到署已辰正。槐卿上府未回，候归话，同饭，留住东边新书斋，甚敞雅。午间拜邱迪甫太守前辈世兄，久话。归，见广西忠泉中丞三月初五后折子，贼到省城，城守坚固，贼已却。大好消息，可慰可慰。迪甫来话，同晚酌。张小浦学使差人通候。夜热，雨。槐卿审案至四鼓，为命案。

初五日（5月23日）

晴热。学使处借来京钞，知劳九加头品顶带。午间，槐卿审案甚久，即日前过马尾港谋死亲夫案也。男妇皆幼小，若毫无知识，而有此凶惨事。教化不行如此，可叹。看《国朝文录》。酉刻，到太守署，迪翁请晚饭，槐翁同坐。写京信交迪甫寄京。酒后索纸墨，写大字一阵。归卧，将子正，甚热。

初六日（5月24日）

早，点心后，同槐卿出北西门，至芝山寺登山亭，四面见水，风大，奇凉。下山，过止水亭，即江文忠故宅处。归，早饭，见省中来文，三月十四日郴州猝被贼破，戕害官民，占据州城。粤西未了，复扰湖南，吾州不知如何警动，兵饷又将何从筹画耶？此间即调兵往袁州一带防堵去。午间，复同槐翁出东门，至荐福寺，尚有竹木，寺宇亦深，止被水多圮剥。两人久话，午后仍热。出寺，到颜、范二贤祠。至鲁公亭下小憩，归已未正，方午餐。写大字一阵。小浦学使着人来请到考院晤话。杨雨泉同年在幕，因共酌。酌后，写大字一阵。别思畅叙，凄慰兼之。归，已子正后，丑初方睡。

初七日（5月25日）

阴。晨略静。饭后写大字。午间，迪翁请去写字，同饭。小雨一阵，未正归憩。学使仍来邀，颇倦，不能往矣。晚同槐翁酌，忽闻讹言，索饭，得不醉，亦佳也。试为槐翁、湘生画扇及小幅，以尽余兴。

初八日（5月26日）

晴热，倦。写大字不多。午间，学使来，槐卿留便酌，久话去。余作诗二首，叙此番聚首光景。槐卿欲作《芝阳话雨图》也。迪甫来话，余晚至学使处饭，学使昨得信，有渭阳之戚，故不赴府县席。酒后，仍写大字一阵。雨泉同坐。

初九日（5月27日）

晴热，为槐翁作绫卷，殊伟观。写大字，竟日不少。学使行，着人送诗扇去。迪翁来一话。晚间仍来，谢卓轩亦来同饭。昨夜见省信，郴州事已息，不要紧，惟粤西谣言不见佳得狠，想未必也。槐卿为检理一切，情意过厚，愧愧。

初十日（5月28日）

检点明白，一饭起行，已辰初矣。与槐兄别后，到迪翁处一话行。出北门，至四十里亭尖，路甚短。又卅里宝林寺农家胡姓住，门向北而后屋向南，秧青到枕，一望无际，惜阴云无好月耳。舆夫经槐卿严谕，乃半路渐稀。两仆仍徒步，余兜子夫六名，余四，包杠亦疲缓甚。

十一日（5月29日）

黎明起即行。阴风，竟日凉。一路山层田复，水竹林阴奇妙。每桥亭必有碑，所过卧龙桥、桂湖桥各处俱清幽。太西渡过小河后，仍走李子渡过河。住景德镇公馆。此番回头路真想不着。公馆正在收拾，为太守迪翁将来此。今日行有九十里。留信与卓轩，并寄槐卿信。夜有月。

十二日（5月30日）

早行二里即会大路，约十里至杨坞尖。屋如好茶馆，盐豆佳。一路水木清幽，桥亭修洁。卧龙桥不足言矣。午后大热，尖共三次。过臧家湾，甚喧闹，铺店多。又冒热，十五里至铁锁桥宿，后院有园蔬，水声树色，移案树下，酌酒看月。起更始入屋，热极，多蚊。天将变矣。

十三日（5月31日）

早起仍热，旋即阴，行十里至岭脚下尖（土名曹村岗）。尖后又二三里上岭，颇斗，而山坡甚整，共八里到山顶始渐下。下而复上，上而复下，将四十里，大路直入云际。雨来，一片云气蒙蒙。午正至前八王亭尖，看大雨一阵，屋廊甚雅，久憩始行。至溪西一带（将十里），至一心亭，溪流百折，树石随之，清深古异，非石湖所有，乃从未闻道及，由少人迹到耳。来往皆商贾。过一心亭后，约一二里，过山入祁门界。田水声如潮，至店埠滩歇，舆夫淋雨俱湿，止好住此，方申初。今日山上行有四五十里，共约八十里。雨凉，比炎热自在些。

十四日（6月1日）

早行，复过岭，名汪石山，此间山俱无正名也。约十五里板溪尖。又卅五里沙鸡殿庙东尖，庙祀九相公，真奇。沙鸡何解耶？又过程村碣憩，又过大祠堂，“楚溪世泽”扁额，汪家屋也。约共行八十里。申初入东南上元门，至祁门县署，晤唐鲁泉大令，宿于东偏书屋。晡点晚酌，畅话。己酉使粤，往来桐城，鲁泉时宰桐城，前年补此邑也。山中夜冷，今日晴。

十五日（6月2日）

竟日困惫，行路积疲，不觉也。鲁翁行香回，同早饭。午间同面，有山鸡。未正后同小篛出南门，右转至岳祠叩谒，壁间有武穆题记石刻，乃绍兴元年带兵过此，住东松庵，前往讨李成也。对联有煨芋事，未审出处。余索纸题记数行，付寺僧。同出，过东门桥，到东山书院，鲁泉新收拾者。苍浩斋久坐，到朱文公祠，颇高，眺远，惜西向斜照满堂。归署少憩，即饭，主人盛设，殊不安之至。夜月佳。

十六日（6月3日）

五更甚冷，山城景也。晨起，周行东西院署，地甚宽闲，好铺排幽雅。甘雨亭同早饭。鲁翁同午饭，饭后，写大字。岳祠写“精忠留躅”扁。朱子祠联云：“集诸儒大成，圣道炳然犹旦昼；幸此邦多士，高山仰止在乡邻。”此外写字不少。天热，苦无纸耳。晚同鲁泉酌，亥正睡。

十七日（6月4日）

五更起，鲁泉同早饭。天明行。鲁翁为备夫八名，送休宁。出东门，过桥。十里花桥，又十里双忠祠，祀张、许两公。又十里新水铺尖。又十里状元第憩。又十里楠木岭。又十里渔亭小憩，雨来，吃粥一盂（洞庭桥下），颇佳。又廿里至岩脚住。过楠木岭，即见香炉峰，以后峰峦活跳，知白岳殊秀异也。冒雨登白岳，上有十里，颇多斗坡。罗汗岩极佳，正殿对香炉峰，有奇气。由一天门、二天门、三天门，方得至。云海迷茫，树石竹泉俱妙。来往一个半时辰。回店，雨亦住矣。山中道院各分院落极多极整，进香人住处也。明朝人诗刻多极。夜饭后，与舆夫商定即从此往黄山去。着李海押行李先至休宁。

十八日（6月5日）

早凉，行十五里至山坑。又五里小溪胡家尖，此处无二姓，祠堂甚大，有“七哲名家”扁，又廿里至蓝田，地方大。又廿里渔村。又廿里过小双岭。又过大双岭，颇斗险，难上下。天气又热。至甘村午尖，已申初矣。尖后廿里至汤口，晚宿。

十九日（6月6日）

早行，舆夫迷路，行至云谷院而返，仍回汤口憩，始往汤池去。路险难行，约有十里至紫云岩，汤池一浴。入紫云庵，与老僧紫峰话。煮饭吃，为书联，并示诗曰："冒雨穿云不记程，芒鞋踏破万山轻。此身本自无无垢，无垢今从一濯生。"天云甚重，不复思登高履险，遂下山，仍由原路，过大、小双岭，至渔村已暮，即住矣。蚊蚤甚，不得眠。

廿日（6月7日）

早行，过蓝田，未至先尖，因遇大雨也。尖后过蓝田分路，东南行。一路水石俱佳。过两小岭。午正后至休宁署，吴厚存兄别七年矣。畅话。晚同酌。有书记陆月湖同坐。夜不甚适。

廿一日（6月8日）

大不适，吐泻兼来。途中积受暑湿，得闲发作，亦奇也。厚翁说此处卅里至屯溪，即可下船到杭州。唯闻宁波事未靖，甚猖獗。近日无信，南河未合龙，粤西军事未了，何堪复添此耶？夜未饭。雨至旦不住点。

廿二日（6月9日）

雨不住。人清爽，腹痛未已，时作响也。作书寄槐卿，交来纪闵光带归，一路护行，极勤妥也。厚翁出旧墨，甚有古意，兼赠书二种：《诗故考异》，朱广文《说文》。晡时写大字一阵。晚为我特设，不能畅饮，略吃些，惫甚，先睡。月湖及厚存乃弟、英山乃婿、彭子方同坐。

廿三日（6月10日）

夜冷，知将晴矣。今晨雨止，奇凉。早餐后同月湖出东城，五里至万安街，阅古董店两处，买得印石一，印合一，复堂梅一。同至古城岩一游，登高，见水曲山环，殊胜。上有正希先生试心石，惜余足软，不能上峭壁也。晚独酌，主人有客。五更三起，腹泄。

廿四日（6月11日）

人适。早饭后，与月湖由西门内外阅古董店，无所见，青藜阁书店买得明板《通典》。归，写对三付，即疲困。晚与月翁酌，不能饮，病矣。夜仍泄。

廿五日（6月12日）

人惫甚，止好吃素，两粥两饭，口中实少味也。主人屡来话，恳挚可念。天雨，数日不见日，与客同困。夜仍泄。

廿六日（6月13日）

不复泄，略适，少力。厚翁为诊脉，无甚病，稍有风湿耳。服药一剂。雨不住。

廿七日（6月14日）

天晴可喜，人亦较健。早过月湖话。午间写大字一阵。主人屡来话，仍服药，不见酒第三日矣。

廿八日（6月15日）

晴雨相间，颇冷。重棉不曾脱，可以行矣。主人固留一日，午间为侣笙、桐舫、厚翁画扇为戏。晚同主人食蒸鸭，殊佳，惟翰音无味，且必由遂安来，此间并鸡卵无之也。

廿九日（6月16日）

寅正三刻起，检行李，卯初早餐，久候主人出，卯正二刻行。肩舆卅余里，至藤溪，巳正矣。梁祥茂骨董店无可观。午饭后，至未正，行李由小船来，英山二兄亦来，约同回苏州也。余先开行，河小，下水有滩，行速，晚泊，英山未来。今日食枇杷多，腹不泄，亦不甚适。

卅日（6月17日）

早到浦口，觅小轿入歙县城，约有八里，入西南门。至天官第，程子渔未归，乃郎亦不得见，晤管事人叶寿如，一话行，回船巳初矣。午后过峡口，属徽州府管。船上每船纳税四文，上水则二百四十，未知名何关也。晚泊处距府百里。竟日阴。晡时大风报，雨一阵，雨声竟夜，盖淳安地。

五月

朔日（6月18日）

竟日东北风不顺滩，上半日多，下半日少。阴而不雨。晚泊严州府南，共得二百余里。舟子夜摊钱，颇可厌，且防小窃。

初二日（6月19日）

雨竟日，南风颇顺。巳时到桐庐，买得鲥鱼，肉细而少油，每斤八十文，后来活者止四十文，不复能买矣。舟人耽延久始行，申初过富阳后，向南行，风不顺，复向北，雨不住。至里山且泊，酉正矣。夜雨热。

初三日（6月20日）

雨不止，且行甚缓。舟人顺水，懒摇橹也。午正二刻方到江口，吴英三约同至何枢臣行内，少憩，即别去。小轿冒雨入城，至杭府署。余菊农不在家，门者拒客，可恶。厅上坐，与马司马一谈。出拜学使吴晴舫师、常南陔中丞前辈，归。知杭署无处下榻，即住徐让木钱塘署。与让木同酌，菊农亦来话。夜倦，甚热。

初四日（6月21日）

晨起剃发，冒风，头痛，遂竟日不适。学使师、中丞及梁敬叔、彭南屏、吴子厚丈先后来。南屏者，吴师之婿而咏莪之孙。问知小舫未回，南河不合龙，山东一带水散漫成灾，可虑之至。京钞知京师亢旱，夷难之奏颇多，于时事何济耶。晚饮于中丞处，兰陔少子甚颖异可喜，出示九芝龛，九芝同日出院中，各奇异，合成此龛座也。归时亥正后。

初五日（6月22日）

人略好些，腹中仍时痛。早饭后到杭府，即出清波门，到净慈访六舟，已退院闭关矣。一见，健如昔，纵谈金石，宛尔旧观如昨。写对数付，觅小舟同六公携其三侍者游湖。至圣因寺柳下憩，久之，开文澜阁入，久憩。有二铜炉，一铜鹿。六舟云系宋德寿宫故物也。楼门不得开，窥瞻书架而出。上船看龙舟，无味甚。余入涌金门回署。四禅老步归寺，六公见惠开元造像，有帝后忌辰，和私皇后何人耶？文后山住嘉兴县前桥坨下。少憩，与让木一话。晚饮学使师处，梁敬叔、彭南屏、子厚丈同坐，商行大钱以代文银。归来亥正，两夜俱不好睡，且腹泄。

初六日（6月23日）

晨起甚倦，且翻书看看。天气闷热。午刻让木回，今日提军北上送行回，同午饭。未初，余出，到汪家，致轩已往淮上，与奋斋一谈。菊士不在家。到南陔中丞处看所藏碑帖，《破邪论》《黄庭经》俱古拓；鲁公《东方赞》《鹤铭》皆明初拓，可宝。符君为诊脉，言系脾湿，为酌一方。归遇大雨，两次憩息，回署已昏暮，主人同晚餐。服药。今日寄京信交中丞，初八日有折弁行。

初七日（6月24日）

人健些，服药有效也。早写大字一阵。彭南屏来话。汪菊士来话。午间至学使师处饭。甚困，归少憩。晚出，晤李检斋话。李锦湘、陶珠泉处未晤。

初八日（6月25日）

晨请符惺园同年来看脉酌方，添用柴胡，因头痛未愈也。午间南屏来同饭。申刻同往摆子门三拨营。朱秋舫大令（子赓）处看字画，有王鹿公人物册、恽南田山水册、张择端《清明上河图》，竟古秀，张樗寮大字册，皆佳。为题上清图一段。吃面，归。南屏同饭，让木又留一潘君同饭。陶问云令亲自衡州来，湖南情形不了了，人亦少味。孙亦塘来。

初九日（6月26日）

晨写大字一阵。菊农、检斋、让木同请严庄宴集，到则严庄改潘庄楼。风大而甚热，无甚趣。同请者敬叔、南屏也。余先归，甚惫，见客少气力。晚与让木酌，谈时事颇豪爽，知道有济否。

初十日（6 月 27 日）

晨静，有送书画者，无可入赏也。午间，让木请到城隍山庙内，晤王安伯，则因新修府城隍，请让木拈香，即留看剧吃酒也。热不解，草草散，余先归。廖梓臣、王雅台先后来话。晚同让木酌。晨剃发。

十一日（6 月 28 日）

早出武林门，至孙四房，导我至新马头，约三四里方到。又说无船，余独步至马头。遇张春林如意船，遂写定而行，中人乃来，索赏可厌也。援笔作契，不复经行，十六元，写到杨州。回署已巳刻，路太远也。汪菊士、智琴和尚同话。六舟赠《石屋洞题名》，皆所手拓，百余种，又道鹿春如观察欲晤之意。客去，写大字多，且憩。晡时出，陪雅台、梓臣到中丞处看画数件，亦感冒未愈。过鹿春如话，壁间石斋字、鸿宝画皆精。遇雨归。同让木酌，尚不知余将行也。

十二日（6 月 29 日）

晨起，收检行李，让木一面，即上衙去。余久候未回，止好上船。船人有事不即发，让木赶来作别，亦好，它人皆未知也。汪老三着人送京信物来。客去，即开船，船上热。夜泊塘栖，热，通宵无安放处，苦极。天明后少睡耳。

十三日（6月30日）

半阴晴，好些。午至石门买菜，得冬瓜耳。晚泊毛家汛，热如昨，苦蚊。距嘉兴五十里。

十四日（7月1日）

阴得好，不大热。午至嘉兴，粮艘拥挤，绕道泊西水驿。步至嘉兴县前桥塘下，向北小门访文后山，老病未出，晤少桐四兄，得观《娄寿碑》，真古异，知钩本全非，以麻沙拓，不能钩也。本龚定庵物，以此及它物易赵飞燕玉印，此算二百番，可谓奇款。又梁天监小造象精，元延铜虽有名，不见精确。未正回船，即开。晚泊王家泾。由小河往盛泽镇七里，拟明日看顾子宜家书画去。

十五日（7月2日）

阴凉，北风过大，顾家不想去矣。船行甚缓，曳纤费力。过平望，颇耽阁久，晚泊八尺。有月。上船以来，今日始能看书饮酒。

十六日（7月3日）

阴晴相间，略有顺风。午刻到宝带桥，上坡流览，前添出护国寺宇一层，便少味矣。看十五年前所书碑尚无恙。登乙未亭一览。回船，行迟。申初后到阊门外泊。上坡寻吴三英，取书箱回。正谊、紫阳两书寻赵伯厚、赵子舟，都未到馆，可叹可叹。到洪家，问子香，于前日往杨州，晤乃侄郁臣，见子敬信，五月初三在芜湖，说月底可到此，甚慰。回船，晚饭后。戌正后子敬忽从北坐小船来泊。弟兄年余之别，无意聚此，真奇事也。絮语至夜分始寝。

十七日（7月4日）

早剃发，同饭后，余上坡，寻张云岩，屋宇佳。金兰坡不在家。程耕义不值。韩履卿得晤，畅话，归。午饭后，王蔼亭来，为子敬公馆事，同子敬先出。余后至江桥酒楼，同酌去。晚归颇凉。履翁处见京钞，忠泉革职，可惜。惺陔擢粤西抚。今日到处寻字画看，止履翁处看数件，亦不甚赏心，止扫叶山房买得《书画传习录》耳。与子敬话至子初睡。师子林多年不到也，还好。

十八日（7月5日）

早饭后上坡，沙皮巷程心柏处看字画，东坡《常州居住状》楷迹极佳，虎跑泉诗墨却不甚确，此外元明人墨迹多精品。至杨芸士处一话。宋于庭处话，知陈石甫不在家。沧浪亭略憩。回船，同子敬午餐后，小舟携帖画数件至虎丘白公祠，新修水阁尤妙，磨墨作书，大雨来助，仿鸿宝枯木竹石为子作，可一笑也。回船，余食枇杷后，腹不适。见酒，饮将十杯而腹痛不解，食水饺子三个后方妥帖。灯船极盛，真销金窝也。回船亥正，与子敬少坐，即睡，热不好睡，后好睡。

十九日（7月6日）

早上坡，到滂憙园买得陆《奏议》、江《尚书》，吴步蟾店中买得唐小品一本、石鼓文一本，有《黄庭经》颇佳，未到手。阅古玉数百件，竟少赏心之物。回船巳初，同子敬早饭。题程心柏读画图。写京信一纸。巳正二刻，与子敬别，此会又不知何年，能无惆惘耶？顺风到浒墅关，久候不得过，因有一船不服查而大家耽阁，可恶也。开关已申正二刻，行仍顺风，夜犹行，至无锡泊，亥初矣。夜热故，不可眠。

廿日（7月7日）

早开行，仍顺风，未初至常州西门马头泊，见龙舟华丽而笨，不生动且不行走，亦奇。上坡至常州府拜张翼南，久话，吃山东面。武进县向筠舫三兄一话，六十六矣，去年尚生一子，甚壮茁。赵伯厚、江衡甫都不在家，回船即开，翼南约便饭，止好负约，难得此顺风也。卅里至奔牛泊。今日作信一纸，交翼南寄子敬。

廿一日（7月8日）

早行，早饭后即至丹阳，以后路曲折，南风有不顺处，申正到镇江京口驿泊。步上对河，到山陕会馆，此处人呼为大会馆，访几谷上人，不遇。石莲和尚云，伊前日往杨州天宁寺。回船已酉正，移泊江口。夜热，蚊甚，彻旦未着。数日来仆子俱在船头睡。

廿二日（7月9日）

寅正二刻开船，带江二曳船行。过江入小口，未至一刻也。苇河极窄，行入瓜州城，卯正后出大河，过关后早饭。过三湾，颇费力。午饭后未刻方到钞关泊，过关亦累赘。上坡至左卫街，寻至郑祝三处，即住下。孔秀、陈鸿两仆俱无恙。出候吴平斋、洪子香兄弟，未遇。天宁寺访几谷和尚，说在莲溪和尚处，一路阅古董店归。晚同祝兄饭。热，蚊，不得睡。平斋来话。

廿三日（7月10日）

早倦，不得睡故也。祝三请到萃珍轩吃面，面味苦，色黑，不解所谓，可笑也。回憩，出至平斋处看帖画，遇袁简斋之孙，将入京引见去。午饭后归，祝三备小舟游虹桥。至平山堂一带，热不解也。归已昏黑。夜不得睡如昨夜。莲溪和上来。

廿四日（7月11日）

晨访几谷、莲溪两僧于福因庵，皆善画。遇吴熙载，一谈归。蔡润之、黄受益次第送字画看，有三百余件。写大字一阵。晡时洪子全来，知子香尚未到也。晚同祝三酌。夜得睡。有小雨，凉清耳。

廿五日（7 月 12 日）

早起，为平斋题天池巨册、石涛《溪南八景册》、万年少为沂公画四段卷、顾子怡《墨兰卷》、恽南田《旃林图卷》，吴承泌志、阎湘书、金冬心花卉卷，共七件。其王文肃字卷、祝枝山楷卷，非余所喜，故未题。平斋赠我半千画小册，止一半是半千笔。买成蔡君九德斋字画、青主册、石溪画卷、莫云卿画卷、冬心梅卷、垢道人画册、青溪画幅、王玉燕册，共七件，板桥兰六幅，议价成，而祝三必欲出价见赠。罗茗香来话，知朱朵山、吴子序、冯敬亭俱在刘心房运使署。巳正三刻，余上舟，与祝三别。作信一纸寄子敬，并存物单。到杨州不得子愚一字，甚念甚念。写对子十余付乃行。风仍顺，然拗折多。夜泊露筋祠，少凉，得睡。

廿六日（7 月 13 日）

晨阴，小雨。早饭后，巳正二刻到高邮州，上坡入南门拜默深，不见九年矣。风采如昔，兴致照旧。游山诗甚多，驰骤论议，非复从前诗境。汪梅村、龚昌匏俱在此，亦奇。刘申孙者，申受丈之孙，默兄婿，五人同饭。饭后，写对五付，默兄赠我南园先生画马，奇笔也。又有所画山水作北派，尤未经见。默兄尤珍之。回船，申初矣，即开行。大北风，不好走，至清水塘，遂泊。作书寄子坚，交默深，内有太官两信。

廿七日（7月14日）

昨夜丑后雷雨风大且久，可悸。今日晴，不甚热。顺风曳纤，夜泊宝应。三更时有江西粮船失犁来碰船，幸更夫招呼，得安静，然热，蚊更苦，不得睡。

廿八日（7月15日）

天明开船后，始略睡。顺风，颇解炎意。过淮关，略耽阁，因小船迟至也。戌初，晚饭后行，至戌正后始到清江浦杯渡庵前泊。遣李淦上坡，问汪致轩寓。亥初后，余始上坡，路有五六里，到来鹤寺已亥正后矣。与致轩话，知我道州被粤西贼来，遽至失守，四月廿七日事，可怆可怆。吾宗族、亲戚、祠堂、书房及坟墓不堪涉想。吾州风俗淳古，不应罹此厄，冀早收复也。话至丑初方睡。

廿九日（7月16日）

寅初后即起，剃发。杨石卿来话，即同饭，饭时巳正矣。石卿言严问樵处有雪浪盆，国初来诗老题记甚多也。三人同过河，至张鉴南园，寓有水风，规模嫌小，主人遣人掘藕见饷。午正后过王营，至严家行，家人辈护行李早到。问知陆路雨水，不可行，且令到杨庄看船去。与同店恩介亭抵话，知乃翁浙江织造入京，亦在此换船去。闻蒋誉侯亲家以侍讲放江西遗缺知府，大奇。五月十八日大考翰詹，余乃幸免矣。亥初，李淦、孔秀回，觅船不得。

六月

初一日（7 月 17 日）

早。今仍到遥汪看船去。午正回，写定两舱子一只，包一切并火食，共四十八千，到通州，甚妥。浙织使者今早行矣。午后静。申正往清河署拜吴仲仙同年大令，商量轿子到济南。至致轩处晚饭，遂宿焉。仲仙处晤于前峰，即前任清河，将往徐州去。星使将到，办灾委员甚多。今日起伏。未刻雨一阵，闻清江有风卷屋廿余间去，亦奇事。

初二日（7 月 18 日）

早起。石卿来话。黄小松初得景初帐构铜拓本册，有覃溪、鱼门诗，极有趣。两齐侯罍拓本册，其秋舫所藏器今归张云岩者，石卿亲手拓之，极精，难得之至。到石卿斋中小坐，雇轿过河，到店，行李已上船，惟余轿事未有消息。未初后，县中人来，旧轿架现收拾。余于申初后过河，至普应寺，寺宇宏敞，然亦热。石卿做东，汪致轩、高伯平、鲁通甫同坐。先写大字一阵。入席肴酒俱佳。余傍晚先过河，回店已戌正。开发各帐俱清。子初睡。李淦、孔秀、李海俱由船护行李去。

初三日（7月19日）

寅初起，收拾，舆夫催齐，启行将卯初矣。一轿两骡，陈鸿、陈芑随行。晨凉，十八里杨庄尖，又卅里三汊尖，热矣。午间更热。又四十里重兴宿。到店申正。涂间歇气时多也。桃源令胡廷瑞差候。夜无蚊，好睡。北方如此乎？

初四日（7月20日）

寅初起，行一二里即天明。六十里界牌尖。先是过河一次，尖后复过河，皆黄河水及雨水所冲漫也。天热路长。酉正后始到顺河集宿。夜仍少蚊，然不如昨之全无。

初五日（7月21日）

天明始行。六七里即过船，六塘桥下黄河溜冲入，水大不好走。桥孔亦有圮者，御诗亭亦渐陊落。共廿五里小尖，又卅五里峒峿驿宿，未初耳。今日半站，舆夫怕热殊甚。见月三，去三里五华山七星岩，闻说好。

初六日（7月22日）

未寅初即起，行五六里天方明，绕水处时有之，多沙路，好走。卅里汤店憩，又卅里，巳正到红花埠住，也是半站，属郯城。入山东界，面渐佳矣。联秀峰方伯住前隔壁店，往候，畅谈至暮。留酌树下，不见九年矣。秀峰同来店坐，月来去。

其人留心时事，非录录者。闻麟梅谷、邵又村入军机。

初七日（7月23日）

子初即起，舆夫忽发愤也。行四十里天始明。少憩，又十里郯城县换钱，出城，过问官处。又十里铺至倾盖桥，久憩，因骡子来迟也。又卅里马闸憩，无店，又十五里沙墩住，不成店。煮饭吃，无肴，草草甚。今日慈寿日也，怆念何极。夜雨大。

初八日（7月24日）

雨后，满路皆水。舆夫亦困，没得吃。卯初后行，行积水中，水深一二尺不等。廿里至李家庄尖，巳初矣。且憩，晒衣物，大半沾湿，昨日若到此，免得雨阻，今日便可至伴城矣。舆夫懒得可恨。误却两天，还要讨赏。

初九日（7月25日）

天明行，走东手上潍县，路好走。过石河，溜大，土人扛舆而过。又过沂河，甚宽且浑，大船均至北河迎钦使去。沂州南关外尖。闻府县俱接差去。尖后入南门，出北关，不数里，又过河，所过小河无数，共九十里，约绕道有百余里，半城湖十二里烂得狠，尚赖增公修垫后好些，然三十余年未重修也。半城宿，各店俱贴公馆条，此店亦系太守公馆，借住。

初十日（7 月 26 日）

天明行，一片入山路，少人家，多坑坡，不好走。路却不大。四十五里青驼驿尖，论路不过四十里。遇杜、怡两钦使来尖此，小钦差则赫老前辈、乔鹤侪、杜兰溪也。走访鹤、兰同话，京师尚平泰如常，总苦旱耳。大考信已有，尚无大黜陟。鼎侄妇于四月间得雄，可慰可慰。吾州失守后，尚无后文，可为痛心。尖后四十五里却不小，过河多，皆山沟水也。岱意到目矣。申正到垛庄宿，沂水管。月色好，有闲意。

十一日（7 月 27 日）

行五里天明，今日过河无数，路烂不好走。过陶丘河，至保德河尖，于大树下久憩。晚宿敖阳。共百一十里。酉正后到，天不甚热，而颇贪瓜果。邓厚甫车先发九日，尖处相遇，迟迟可想。厚兄由骡轿前行一站去。空院对月酌，甚凉。日来本不热，时着棉也。灯下作书寄子敬。

十二日（7 月 28 日）

天明行，廿里至新泰，少憩。将行，毓端卿宫詹使闽，已到公馆，行六十里矣。与一话，将寄子敬信交与。副考黄黻卿鸿少相遇于树下，立话，问吾家一切，略说说遂别。又廿五里翟家庄尖，满街槐荫阴凉，为登程来第一处。地方官不劝民种树开沟，此间何不同也。又卅五里杨柳店宿，店有后小院极敞。

燕巢于棚顶，絮话往来有致。乾房钱四百，颇贵。而晚餐莚菜炒肉佳，遂尽烧酒二两。

十三日（7月29日）

子正起，丑初行。舆夫迷路，向东北遇引路人，带向西北，然寅正方走十五里，过河多而路却干。花马湾久憩，六十里翟家庄尖，又五十里泰安南关外宿，才申初已到店。望岱意有云阴，岳顶在目，惜不得登也。晡时到岱庙一游，茶棹满地，古树垂阴，天昏黑，不及寻丞相碑等等。回店即饭。月从云中吐吞。

十四日（7月30日）

丑初起，丑正后行，舆夫迟来也。一路石径水沟，不大好走。天大明。卅里新庄小憩，又廿五里垫台尖，树下凉快。又五十五里，途间水沟乱石，皆雨水所冲，路不大，到章夏，才未正二刻。住处即做公馆处，主人相识。适陶子立有家人夏姓回家，因作一书带去。晚饭有绍酒。灯下索书数件。夜雨雷大，明日恐不成行矣。

十五日（7月31日）

雨住，卯初后行，过山河两处，溜急可怕。小河数处，沙石连路，泥却少些。三十里开山尖，尖后东北行，路好走。入济南西门，买靴。至济东道署，住花思白前辈西厅，极凉敞。

二兄及两郎均见。晚与思白、次江同饭，莲子蒲佳，酒好。看京钞，知道州失守情形，现在赛、程两公合办此。两公难靠，奈何奈何。何不令徐仲深、劳星陔来一人耶？大考兰簃升学士，吾乡孙芝房、胡光伯、周杏农、徐寿蘅俱升官，殊为增色。得军事早竣，岂不大庆。夜雨凉甚，有秋意。

十六日（8月1日）

早雨。与主人同饭后出谢客。刘鉴泉方伯及晓川太守、福元修廉访、司徒芷舲都转、冯展云学使俱相晤，话甚畅。惟廉访方过堂，未晤。学使署别将三十年，一切尚如昔，惟我兄弟读书处种竹作池者已成一片荒地。先公“瑞蓍书屋”扁额亦佚去。旧仆李得现随展云。据云此扁为西关外人偷去矣。同展云、周祝莲、叶西斋坐话四照楼。石坡尚存，少年与子毅所为也。归饭，已未初。大雨，作字一阵。复出，拜李与之太守、汪竹千刺史。到大明湖，次江到彼相候，同船至铁公祠、惠泉寺、历下亭，各处多倾圮，即有重修者，亦不如旧规之幽异，可慨也。归署已上灯，思白邀竹千相陪，次江同坐如昨。席间余不甚适。

十七日（8月2日）

五更忽大吐泻，以后吐止而泻不止，昨所谢客，今日早都来回候。芷舲谈字尤着魔。客去已将午初，少憩，赴方伯席，因晓川病盲要谈，不便辞却，饭归已未正。出西门至趵突泉、燕园两处，亦迥非昔比。回署后，水泻不止，晚遂不敢同主人饭。干饭半盂。泻竟夜不止，本欲今日行，行不得了。雨复倾盆未已。

十八日（8月3日）

早，思翁请刘君来诊，据云脉细，中暑颇重，香藿饮服后更泻，惫不能下床。杨石荡来一话，即将往德平去。夜泻到天明。

十九日（8月4日）

刘君来，仍昨方服一次，不得止，口苦且干甚，昼夜将五十起。今日无雨。

廿日（8月5日）

早，余思北方医者难商量，自知昨方误矣，请思白请南医。请来武进邹君，据云六阴脉象未改而大受削伐之伤，用六君子加减，合我意。一服后泻遂减。夜仍苦，渴甚。

廿一日（8月6日）

泻症良已，如昨方，略更易，添用川连、黄芩以袪心热。晚间不复泻而小便热极。邹君晚来诊，说仍心热耳。

廿二日（8月7日）

早良愈矣。略用清解方，轻轻服之相安，两足软甚，不能步。天阴未雨，立秋节也。连日止食粥及淡饭，不食荤，今日始食鲫鱼、火腿，美甚。主人连日关爱之至，时刻来看并闲话，余止卧而答之。又寻古董字画来看。买得未谷、板桥小件，今日晡间试出至文宝斋，看得高南阜字卷有趣，又石卷，乃摹本，亦携回来看。

廿三日（8月8日）

早雨，冷甚，未欲行也。饭后忽欲行，命车来，三空车装上，思白弟兄复设酒作别，且借衣，关爱周至。又作信寄子愚。午初行，迂道不好走。四十里齐河尖，已申时矣。冒雨行，路忽干。大路不迂，卅里至晏城住，戌正二刻，尚不大迟。惟车夫索顿饭，竟无可下咽处，可叹也。齐河过河。

廿四日（8月9日）

早起，雨如丝，旋复大，然止好行。五十里禹城桥尖。又五十里廿里铺宿，泥水甚大，车时时没毂，幸车轻，不阁滞耳，然颇兀骨疼。年逾五旬气象矣。

廿五日（8月10日）

天明行，大晴见日。一路绕道，泥水甚大。五十里曲录店尖，又廿五里黄河涯，又廿五里，天已昏暮。至德州署，汪竹翁得晤，叹叙快慰。惟连日颠兀，两足难动，止好由此换船。闻景州破堤，不可过，即不船亦不能也。李车夫责四十，为前日闹顿尖无状，顿尖顿饭，此风可恨，亦当严禁矣。睡时子初后，客屋悬天池《石坡牡丹幅》佳。

廿六日（8月11日）

晨凉午热。饭后，同竹叟出城，西北寻苏禄王墓，有永乐十六年御制碑文。复西南至董子读书台，即柳湖书院故址，颇荒狭，而台前地尚宽也。午风凉爽，饮酒，吃水饺。未刻方行。到河边看水长情形，看定船只。竹翁细心之至。入署少憩，写大字一阵，食西瓜后复写。令孙聪慧可爱。晚酌又嫌筵席气矣。饭后久话。寝看京报，查少泉调甘臬，王春厓请用钞，端王革出御前。

廿七日（8月12日）

早起收拾，与竹千谈并早酌，看石斋、得天字，俱佳。辰初揖别上船，船上一切皆竹翁预备。辰正开行，斗风不好走。下水九十里至桑园，已酉初，止好泊。西北方有雷，阴，夜雨。

廿八日（8月13日）

早开船数里，大风卷篷，可悸。兼以阵雨逾竟日，恰至决口处，浪舂撞甚，勉强移前稳泊。寒来，重棉尚怯。夜风稍定。

廿九日（8月14日）

风定些，然竟日仍未歇，皆东北对风也。止见来船张帆快利耳。冷如昨，仍重棉。过连镇堡头，人家大有。夜未泊，行至天明，已过沧州廿余里。晴有日。

七月

初一日（8月15日）

早行后有西南顺风，树桅张帆，行过新集柳河，过静海，至独溜泊，约二百六七十里。船亦稳，甚难得。晴，竟日不热。凉天食西瓜，今日复腹泄，但不甚耳。戒之戒之。

初二日（8月16日）

舟子赎当，开行少迟。微风，顺溜七十里，午刻至天津西关外泊，即入城。晤钱香士太守，留住署中。少憩，同往城外东北，至望海楼，前临南北两运河合流入海处，一伟观也。水溜浊急，离海门尚二百里。香士言海门内积蚬壳成峰，上长荆棘，特令培植，乃自然之险。此间河狭溜急，易守，可无洋患也。久话，复看荷池，日暮回署，闻王丹厓、朱小鸥从京师来。香士因邀小鸥及天津令谢云帆同饭。小鸥之晤，出于意外，谈及沈朗亭放江南正考，都中一切如常。香士与云帆为我安排明日轿马，小鸥说有晚香堂，可代购。

初三日（8月17日）

早起收拾，为香士题南园太老师与乃祖望峰太守家书卷。同饭后即别，一轿四马，过临□县署未入，出北门，绕路多。过河而左，复过河而右，皆北运河也。卅里浦口尖，多走有十五里，已未初矣。尖后卅里甚好走。申正到杨村住，蚊多，不得睡。

初四日（8月18日）

阴，时有小雨点。寅正二刻，天大明，行廿五里蔡村尖，绕多出五里，避泥水也。又卅五里河西务尖。到朝阳寺里一看，殿宇颇深，四隅多树，少古干耳。舆夫已不愿行，强而后可。又卅六里孔家马头宿，今日共得一百零五里，天色尚未暮。绕路竟不沾水。闻明日又须上船，变幻不测，闷闷。

初五日（8月19日）

昨一夜雨声，奈何。早起，冒雨出街口，上小跨子船，不能昂首，而船价至五千，真居奇也。轿子令回天津去。船行溜急，由卯正至未初到张家湾，不止五十里，入小河口后，芦、柳颇佳，水亦平而净矣。到店，雇三车，即收拾行，已未正。沙窝门走不得，仍北行十二里泥水，到通州南关，由城根行至西门外，廿里至定福庄，已晚，且住。石路苦甚，且喜晚晴。若沙窝门可走，今已到家矣。

初六日（8月20日）

寅正二刻行，幸昨夜未雨，石路略可。廿里，辰初至齐化门。辰正至前门，由城根走顺城门大街，辰正三刻到家。阖寓平安，惟无复老人可事，慰怆兼至也。子愚因赵家丧事后回，健如昔日。桂儿到馆补誊录，亦迟归。裕曾以五月初三日生，及祐曾都尚结实，大者可知矣。兰花初开，闻今年燕子亦回屋。晚饭与载芬、蒨园及侄婿吴子进同坐。孔秀忽来，知行李亦于昨日到通州，真奇事。看报，吾郡江华、永明俱陷贼，匪焰日张，督师何事？时事不堪涉想。

初七日（8月21日）

晨起，各院步步，家中人尚多早睡。清气扑人，未免着凉，天气亦骤冷矣。晨餐后，腹中不适，却不泻而多走动。午睡一阵，觉佳。晚便适矣。着常贵到务上接行李，归来，知行李未到务，想是通州起身迟了。晡时大雨一阵，蒋婿来晤，梁子恭同年来话。子愚晚仍到赵家，起更后方回。看诸稚设果酒供织女。

初八日（8月22日）

晴竟日，人不健，不可解，口味却好。申刻，行李车到，即检料书帖等出，惟道州龙爪鸡淹于运河，为可惜也。看子愚新买大小《麻姑记》果佳。问黄正斋要得印结交孙云溪去。黄□□得山东副考，昆玉俱得差，亦近来佳话。许滇翁父子典试。

初九日（8月23日）

晴。书籍检清，沈门人史云来一晤，它客尚未能见。得子敬吴门书，不知其寓何处，寓元妙观前也。今日渐健，午间日日食面，似尚合。见桂儿所买北海《灵岩寺碑》，海内有第二本矣，真奇事。家中《曹植碑》竟无有，望竹千早寄我也。

初十日（8月24日）

阴晴参半，人健不如昨，何也？蒋誉侯亲家来话，行期尚未定。作小楷，手颤，试临《道因碑》，看何如。灯下作书寄子敬，今日复有折差带吴门信到。

十一日（8月25日）

晴阴相间，午间阴甚，却未雨也。五更后腹泄二次，想湿积通乎？昨服药也。夜极好睡。早饭后边瘦石来话。午后黎越乔来，言湖南苦旱，贼破江华、永明后仍弃而回道州，可叹带兵官听其来去自如也。阅旧拓《麓山寺碑》并阴，颇有趣。课儿侄女辈，作诗好。

十二日（8 月 26 日）

晴，人倦，足比昨软些，不可解。五更泄腹一次，却好睡。渐写字，手尚颤。日来饮食甚得味，而精神未长，湿气为患如此。

十三日（8 月 27 日）

早早饭，卯正上国史馆，问魏供事一切，并子愚到馆文书，促令即办。出馆，到方伯雄处话，陆静轩因病未晤。出城至厂肆博古斋，携归孙退谷所藏《孟法师碑》，有覃溪、春湖跋，乃宋翻本耳。午饭后复出，至潘师相处，过誉侯亲家话，知行期定于廿六日，三娣将带侄儿女搭帮往苏州去，离思怅怅。

十四日（8 月 28 日）

阴，时有小雨。潘季玉来话。早饭后看儿辈清包，清理积年外来信札。龙兰簃学士来话。酉初上供，烧包。后见报，知道州已退出，贼匪南去，不知所栖止。晚，开子敬昔年带来酒坛，尚苦新而不和也。自初六日到家举杯后，七日未沾酒。

十五日（8 月 29 日）

晨起，腹泄一次，人好。出至程容伯，一话，归。午间复出，蔡鼎臣、万藕舲俱未晤。谢公祠小憩，好闲敞明亮屋子也。回家，邓厚甫、朱建卿来话。午后人倦甚。晚饭后复泄，晚至晨起七次。

十六日（8月30日）

晴。服子愚药遍数少些，人仍倦。申初下园，途中走动一次，却不泄。酉正到根云寓吐两次。未晚餐即睡。夜忍渴，未沾水米。卯初起，饮小米粥和红糖，服药一次。

十七日（8月31日）

卯初二刻行，卯正到内，候至辰正引见于勤政殿。庶子沈桂芬得讲官，初次叩见今上，恨近视不能瞻见也。足软，尚能支。出至根云寓，客来不绝。早饭后略话，根云识议大长进，不相见七年矣。午正由园回，未正到家即泻，困极，着床早睡，未晚饭。服药。夜间未起，烦渴不安眠耳。

十八日（9月1日）

五鼓起，泻一次，不是水泄，盖将愈矣。子愚看脉仍是凝滞，湿结未化，仍用通利之品，竟日未得大解。困甚，着床懒起，时时睡着，夜未饭。

十九日（9月2日）

早解一次，积秽欲下矣。今日为二娣做五十岁生日，内外略有客，有清音。李九、吴婿盘桓竟日。蒋婿早面后去。余忌口，不酒不面，足比昨更软。刻得“庐黄游人”印，不为此戏将三十年矣。

廿日（9月3日）

桂儿生日，卅二岁矣。余病已清愈，止苦倦耳。吴婿来，同早晚饭。

廿一日（9月4日）

桂儿赴监录科。天阴，时有雨。清出明刻《通典》付装。午间，邵蕙西来话，知昨日旨下，袁午桥劾奏定郡王及恒春、书元各款得实，定、恒、书俱严议。《息肩图题咏》各员俱议处。初意午桥众为危之也。此事快人意，言路不至阻塞。

廿二日（9月5日）

阴雨数阵，始服党参、熟地，尚相安也。会馆拜曾文恪公生日，令桂儿去。杨敬士来，问知龙石老兄近状如前。晚雨颇大。

廿三日（9月6日）

晴冷。题《麓山寺碑》阴，琐琐有趣。《通典》清出，付装。万藕舲来话。午后，袁午桥来话。子愚文昌馆去，晚归。吴婿来，课以南岳开云诗，甚佳。

廿四日（9月7日）

晴冷。会程容伯、李晴川两客。人渐健适，脉将复元。蔡鼎臣送到奏折片，为保举事奉朱谕：何绍基着于二十六日伺候召见。

廿五日（9月8日）

早预备折片及绿头牌。剃发。午饭后赴园，到根云处话，留晚餐后，至内阁朝房借住，屋小而静，好睡。

以上藏于国家图书馆，题名《东洲草堂日记》

廿五日（9月8日）

昨日由蔡鼎臣处送到折片，为保举事，奉朱谕：何绍基著于二十六日伺候召见。今日早预备折片及绿头牌，向来只有折片，绿头牌系此次明保，奉旨预备，以免错误。剃发。午饭后，赴园，至根云处话，留晚餐，后至内阁朝房借住，小而静，好睡。

廿六日（9月9日）

丑正二刻起。寅初一刻，宫门开，入内，至朝房递折匣，恰好寅初二刻，即出至寓处假寐。寅正三刻饭。卯初入，与翁二铭前辈、万藕舲话，旋至军机朝房处，与邓厚甫太守、程容伯话，入奏事门，至内朝房，与祁春翁、邵又翁诸君谈。辰正二刻，召对于勤政殿之东间。

蒙问：尔是那一月到京的？

对：臣是本月初六日到京的。

尔是江西人？

臣是湖南人。

是那一府？

是永州府道州。

永州是直隶州么？

是府名，道州乃其属州。

尔家乡被贼蹂躏是怎样光景了？

家乡尚无来信，实在情形，尚不晓得。

尔起身时，家乡怎样？

臣起身时，家乡尚安堵无恙。

尔到那里才听见被贼的信呢？

臣行过湖北才听见全州、道州失守的。

尔想是久在京城的？

臣从小跟着父亲在京城。

尔是京师生长的，是湖南生长的？

臣是湖南生长的。

尔父亲是做过尚书么？

臣父亲做到户部尚书。

是那年过去的？

是庚子年过去的。

是道光那年？

是道光二十年。

尔于今有几个兄弟？

臣今尚有两个兄弟。

自然都做官的了？

一个在江苏候补同知，一个现在京城。

当什么差呢？

也是个举人，现当着国史馆誊录。

尔还有兄弟么？

臣有弟二个兄弟，早已过去了。

尔的学问是经史都讲究的？

臣不过爱看书，功夫甚浅薄，不能有成就。

尔是那一科进士？

臣是丙申科进士。

是道光那年？

是道光十六年。

尔中进士是第一名么？

臣中进士是第一百名。

尔乡试是中第一名？

是。臣乡试是中的第一名。

那回主考是谁？

是现任礼部侍郎吴钟骏，前任江南藩司王庭兰。

尔出过几回试差？

臣出过三回差，福建、贵州、广东。

自然都是正主考了？

福建是正主考，贵州、广东都是副考官。

曾放过学政未有？

不曾放过学政。

尔回去这三年又用些甚么功夫呢？

家中坟墓事完，又有祠堂义学、族谱零碎等事，多年不回，不得不料理，这两三年，倒荒废了。

这个自然。中进士是二甲、是三甲？

是二甲。

二十七年大考曾考未？

考的。

考在二等、三等？

考在二等四十名。

祁寯藻至湖南时，尔曾考未？

不曾与考。

尔自然是当秀才，何以未考？

那时臣已当优贡，所以未与考。

尔今年多少岁数？

臣今年五十四岁。

尔是大字、小字都会写的？

大字、小字都学着写。

上俯躬。臣起立出。足软几不能起。奏对不甚多，然将三刻矣。出至朝房少憩，即出至翰林院花园，拜书房诸君子，遍拜祁、穆、彭、麟四枢臣，蕴大处一候，根云处午初饭。饭后，过邵又翁处，与鄢耕南一话。由土路入德胜门吊钟秀峰丈。入后门，出城回家，已申刻。祐曾孙儿周晬，同点心于上房院。吴婿来，又同晚饭，课诗。

廿七日（9月10日）

早，出门谢客。梁子恭处少憩，余俱未下车。归午饭后，复出。归。晚出至赵少言、文小岚两处吊。归已昏黑。

廿八日（9月11日）

早入城，到杜家吊。与云棠话。姚伯印丈处吊。陈寿卿处晤话，知北海《灵岩寺碑》由寿卿于前年从寺后洞中寻出，拓得百本，不为奇物矣。吴子苾《长沙帖》二本携归，子景留此属题也。穆中堂处，见尚健甚。卓相丈处晤鹤溪，遇庄卫生，同话出城。归饭。少憩仍出，见潘师一话，精采尚好。遇邵又翁，遂共谈出。顺路过树南、午桥各处，黄琴隖处话。归已暮矣。

廿九日（9月12日）

早出谢客。止与罗椒生一话，谈写字法。归饭。写大字一阵，到家来第一次也。复出谢客。止与吕鹤田一话，归已申正。即往谢公祠，张振之、陈杏江同请陪邓厚甫，酉正后散。三姊、六侄，收拾行李书箱已清楚，别怀殊惘惘也。

卅日（9月13日）

晨，静未出。游庶常来见，早饭后出。晤苗仙露，老与如昔。陈颂南、黎月乔偶晤话。一路谢客归，点心后复出。至棉花胡同一带，遇雨归，竟夜廉纤。

八月

初一日（9月14日）

早入城。汤协揆丈处话，病后不复能出门，见于上房，谭字尚有兴。廖玉夫师未值。至顺天府署，王鹤汀上库去，晤乃郎及门生庆勋同饭，时天雨，署门车拥挤，乡闱投卷，又直隶来闱中委员，来候见监临也。冒雨出城，少憩，文昌馆拜张海门慈寿，无站处，上下车极拥塞耽阁，回已晚。今日为联侄饯行，明日已不能行，雨未住也，改初八行。

初二日（9月15日）

早出，送誉侯亲家行，泥泞怎样走也。遇杨临川、刘裕轩话，归。饭，小雨未甚住。午间出，至有余兴斋，不甚适，即归。阅文诗数卷，且歇，是晚程容伯、王僧山同请在容伯处，前对烟雨佳甚，惜已暮耳。见邸钞：广西关提督荣福联遣戍，以其骄也，殊为惋惋。

初三日（9月16日）

晚间寅初起，走动后，汗出，心作难，甚不适。子愚弟起为看脉，数且伏，吃沙仁开水渐定。寅正后，复睡着。卯正方起，脉胜昨，而人倦剧，竟日未出。见数客，陈杏江、庄卫生来话，阴寒，着棉人颇多。

初四日（9月17日）

晴，晨静，阅诗卷。早饭后，王鹤汀来，复设饭，同子愚三人小酌罢，时将未初矣。出至文昌馆，万藕舲请晡饭归。夜适，看诗文片，至子初方睡。

初五日（9月18日）

晨，访冯小亭未晤。归饭。午初出拜誉侯亲家生日，食面一盂，所有请邓厚甫太守之席，移至蒋家园，因往约月乔，又寻厚甫，两次方定。至厂肆同文馆，携《法书赞》归，上有覃溪题记也。晚与子愚至誉翁处，邓厚甫、黎月乔、邹云阶共六人。后至者，宋小墅、陆东娱，则誉侯之客也。桂花盛开，子正方归睡。

初六日（9 月 19 日）

早，仍着人听宣，辰初归。考官麟梅谷、朱桐孙、吕鹤田，同考中，同乡止孙芝房。早饭后，出至厂肆，先由大街一路拜客，子愚着仆送信家中，报四川学政，由园中章京友人送信来。余仍至栗春坪处，遇丧归。知初六日内阁奉上谕：四川学政，着何绍基去，钦此。家中先道喜，今日尚不见上报，因军机散甚迟也。晚间人不甚适，倦甚。

初七日（9 月 20 日）

起折底，吴婿写得甚妥。始见钞旨，留任者三省，由考官放学政者三人。惟吴晴舫师由浙调闽，闽浙皆两任，共为学政将十二年，止此两省，一奇事也。排日递谢折，四川在初九日出到万藕舲处，看其折底。回复出，至张振之处，遇龙兰簃一话，主人未回。陈杏江处，吊其祖母承重之丧，遇陶凫卿丈一话。到王世兄处，未值归。晚试服附子散相安。根云来话。

初八日（9 月 21 日）

早，桂儿入场去。巳初，三姊携侄儿女往通州，鼎侄送往，好生凄痛也。剃发。午饭后，同子愚入城，先至贤良寺，看龙兰簃，话。亦同至根云处，子愚已先到。晚饭前后，余腹中不甚适，有廉颇之疾。夜，风雨大。冷，却得睡。

初九日（9月22日）

丑初起，丑正，根云、子愚俱送我。入东华门、景运门，即递谢折，接事。才丑正二刻，比园中早半个时辰。卯正即宣入，至乾清宫丹墀下板室内，恭亲王丁祭复命，次孙云溪、次沈经笙、次军机、次乃及臣。

辰正三刻入，召对于乾清宫之西书房。

上问：尔到京这些日子看些甚么书？

臣到京来因零碎事多，又有应酬，虽不断看书，却不成片段。

尔回去这三年，每日还有半天功夫看书不有？

臣回家后，坟墓、祠堂并修族谱，少得闲功夫用功。

尔于经、史看些什么书呢？

《十三经注疏》及本朝钦定、御纂等书都看。

注疏是那一家最好？

三礼最好。其余亦各有好处，在乎个人取裁。

尔于经、史两样，那边的功夫深些？

看经书的功夫多些。

史学自然是看《通鉴》，也还看各朝史书否？

《通鉴》是归总的，若《史记》《汉书》《三国志》等，也都看的。

尔于字学也曾用功未？（臣未及对。）

于《说文》也曾看过未？

《说文》是曾用过功的。

尔自然篆字、隶字都会写的？

篆字、隶字，都学着写。

隶字是学什么帖好？

臣只是学汉碑。

尔家眷都已来京城未？

家眷都已来了。

尔家里有些甚么人？

现在同住的有一个兄弟，又二兄弟过去后，有弟媳妇及侄儿女等。

尔的妻子呢？

臣妻室已过去了。

尔有几个儿子？

臣止一个儿子。

有了孙子未？

有两个孙子。

尔有妾未有？

有一个妾。

尔是几岁上读书的？

臣是八岁读书的。

讲身心性命的书也都看过未？

小时节父亲就教看《近思录》及宋儒各书，以后才看注疏等书的。

于朱子性理及小学等自然都看过的？

都曾看过，总之，古人的书都是说身心性命，止是得力不得力，在乎各人。

尔家乡被贼蹂躏，到底怎样了？有确信否？

现在尚无信来，总之，盘踞两个多月，糟蹋总不小了。

道州来京，走那些地方？

走湖南、湖北、河南是正路。水路则由湖北走江西、江南。

衡州、长沙都走得着不走？

是必由之路。

尔到衡州，进了城未？

臣不曾进城。

那时候程矞采在衡州未？

那时程矞采正在衡州。

程矞采到底怎样？

总是不得劲。

是那些不得劲儿？

别的不管，止如贼到永州，程矞采就从衡州回长沙，此真不可解。致省城人心都摇动，多半搬徙去了。

这自然人都害怕了。

岂止湖南省城，就是湖北省城，也都惊动了。

他后来又回衡州去呢？

后来他回衡州去，人家又搬回些来的。

程矞采是怎样回长沙的？

外间谣言却多。

他是坐小船回长沙的么？

这些闲话也不一，惟有他离开衡州时，官民苦留不住是真的。

他既然这样无用，为甚么要留他呢？

他是个总督，在衡州住了年多，自然想留住他，有所倚靠。

长沙城里，尔从前到过未？

臣每回应乡试，总要到省城的。

省城有多大？

不算狠大，南门到北门，约有七八里。

城里住底人，想来不狠多？

是个省城，民居是多的。

城外居民怎样？

北门、东门外民居还少，西门、南门外都狠多的。

现在办团练否？

听见现在办团练。

省城的团练，还好办不好办？

这却全在官，官好的得士心、民心，一线穿成，团练自然好办。若官不得民心，便不好办了，省城也狠有些尚义的人，止要官好就好了。

尔从前到过四川未？

不曾到过。

尔这回往四川去，走那些地方？

走山西、陕西。

由山西过去就是陕西么？

由山西过去，过了黄河，就是陕西。陕西过去，就是四川。

四川文风，尔知道如何？

四川古来才人多出，才藻是好的。

经史学问呢？

经、史根柢，想不如词章，自必也有些，不能狠多就是了。

学政自然要请幕友。

幕友是要请的。

家中也要有亲人帮着。

臣的兄弟及儿子、侄儿们，都可以帮得。

吏胥差役，却要管得严。

是。

不要光是诚心待人，倒要受他们的害。

是。

尔出过几回试差？

出过三回差。

不曾放过学政？

是。

尔们家乡，供的甚么佛？

南边供佛的少。

难道不供甚么菩萨的？

本地各供有雨王、雷神及文昌、关帝。

怎样供法？

书房中因取科名，多供文昌。大地方才有关帝庙，关帝不敢随便供的。

家里祠堂，供些甚么菩萨？

祠堂止供祖先，不供别的神。

也供至圣先师不供？

是书房都有孔夫子的牌位的。

湖南会匪是那些地方多？

永州、衡州、宝庆都是有的，就是长沙外县，也间或有。

会匪为何立许多名目？

名目虽多，止由太平日久，穷百姓贪几个钱就入会，会不必就是匪。

广西来的贼，自然与土匪是联络一气了。

也有联络的，也有不相干，也有受他逼迫从他的，起先想未必是一气，所以尽管闹贼，还不至甚多。

湖南各州县的城池还可靠不可靠？

外州县城墙多是好的。池是近河才算有。太平日久，贼又东走西窜，猜不着他往那一方，防兵又太少，守是不容易的。

贼到底利害不利害？

从广西过来，原是釜底游魂，全靠皇上洪福，早些荡平，原算不得甚么，若拦他不住，自然就利害了。

尔于今还做诗赋不做？

臣这几年不曾做诗赋，不过偶然替学生子弟们看看。

别的文章、诗呢？

散文章同古风诗，间或儿做做。

上俯躬。臣叩首称：谨领圣训。出巳初三刻后矣。前后语次第，记不甚清，且有闲语，记不得者。幸足软不狠，尚支得起，出宫门，仍至朝房小憩。倪海槎世兄相扶掖，出景运门，缓步出东华门，同至根云处，与子愚四人同饭。赓卿甫归，子愚先回。余亦随即出城，过厂肆市，携八大册归。睡不着，蒋婿来话。吴婿与丁祭归，同晚饭，酌数盏，好睡。

初十日（9月23日）

早入城。至何愿船处话，知石州遗书《北魏地形志》已将补成，可慰可慰。出城拜数客，归饭。饭后，谒潘师，得见一话。出赵家作吊。过王子怀侍御，久话。至松筠庵，心泉上人出示恽册、王卷、华秋岳卷均佳。唐人写经剧佳。归午饭，已申初后矣。略写大字。晚有月，同先生及儿侄与孙酌。桂儿未正后出场，尚妥。子愚弟同吴婿往通州送行去。

十一日（9月24日）

晨静作书，寄杨墨林，并联扁去。

获训早传芳，忆春晖园内，嘉树成林，截发留眉多古意。

萱龄方曼祉，怆介子山头，慈云失荫，编彤纪行待新文。

义方允著。

早饭后，入城，卓师未在家，晤王小崖世兄谈。访左景斋舍人，已南行，为家乡被贼也。廉琴舫处话，出城拜客，顺路归。饭，写大字一阵，臂尚软，奈何。晚赴黄琴隖席，未沾酒，亥初乘月归。子愚申刻回，知三娣船已开行。桂儿入二场，鼎儿送场，午初已入龙门。

十二日（9月25日）

晨，至报国寺，戒公已出，与恒德、恒亮、葆光三上人话方丈屋后。壁改窗，前后通明，假山已成，景况迥异前矣。出过圣安寺，晤杨敬士一话，归饭。饭后写大字，共三次，精神较长，可慰可慰。黄琴隖来话，程容伯来话。见京钞：长沙被围，光景可虑之至。天时人事，奈何奈何！饭不下咽矣。

十三日（9月26日）

早，至徐五兄处，并与乃侄寿蘅话。问四川路，久话。到四川会馆回拜曾、周两君，不遇归。饭后，写大字多，颇静倦。桂儿申初出场回家。晚赴吕星垣席，先过蔡小石、邓厚甫、蒋誉侯，俱未晤。至庄卫生门首，遇送潘季玉，因呼入，写对二付，殊别致。

十四日（9月27日）

早，同桂儿饭后出，过厂市，送场，至举场，西门入，遇陈颂南、杨宝林，遂入御史寓话。又遇宋莲叔、蔡八丈、周黼廷诸君话。午正送桂儿入场。出拜客，延在庵丈处久谈。此外俱未下车。出城，仍由厂市归，酌数盏，睡困早寝，虚却好月。

中秋节（9 月 28 日）

早，神堂各处叩节，家庭贺节。早饭后出，晤曾同年吟村，行三。过厂市，携《唐会要》归。温明叔前辈话。但云湖前辈尚不出京。黄树斋前辈未晤。徐杏香久候而出，止得登车行，回家已申正。检《宝真斋法书赞》。晚约黄倩园来过节，李载翁、吴子儁同酌，虽未醉，已沾酒矣，子初睡。

十六日（9 月 29 日）

儿妇生日。晨剃发，早饭后，桂儿出三场，妥帖为慰。出谢客。汪艮山前辈处话。袁午桥处索茶，主人未回也。林树南未晤，仍过厂肆，至铁厂西河沿，一路归，已申初。梁子恭同年来，久话。知昨日常南陔调山西抚，罗苏溪抚湖北，张小浦署江西抚。子敬书来，将往南京，当内收掌。

十七日（9 月 30 日）

竟日静未出。写大字两次，黄正斋来话，翁二铭前辈来话。黄家喜事，二娣及两媳先后往。祐曾发热，旋曾随母出至李家。略清书目，作书寄子敬。

十八日（10 月 1 日）

早出，至周朗山处话。过厂肆松竹斋，订红格本。博古看邢子廉册，小有致耳。当日盛名，据我平生所见，亦时有之，不甚可解也，尚不如南阜。归饭，检文稿箱。午后出，邓厚甫处话。黄家道喜，与三乃郎侄话。越乔处话。见南方信。归饭后静，根云来话，伊定初一日行。竟日阴凉，人颇倦，夜食贯线糖，遂泄腹，三起，可怪可怪。

十九日（10 月 2 日）

早大晴，精神却好，清旧文字半日，作书寄慧秋谷河帅处，杨敬士去。又作书寄张诗舲陕抚、吴子苾方伯，托其留心幕友也。题程兰川子仲钟携往建卿处出示各铜器拓本。遇廉琴舫来同话。往厂肆，装池先外舅晋人先生志，季寿叔岳所撰者。携山谷画象归。翁钱据墨林题，为李晞古画涪翁象，实无确据。门人杨留人来，同晚饭。今日伯母黄夫人忌辰，怆怆，忽已八年矣。子敬今春修墓，不知如何？晚闻彤侄女不适，同子愚往看，已平复，止吃花生一顿而回。

廿日（10 月 3 日）

晨静，清杂纸字件。得湖南信，言贼势及程制军遁回长沙事颇详，然事已上闻矣。祐曾渐好，裕曾点牛痘。桂儿到厂肆，止寻得《五代会要》而回。午间出谢客，未晤一人。吴家名人年谱书板，今早送回去，未刻。同子愚往谢公祠，贵州门人十四人，请万藕舲同坐，食而不饮，苦饱甚。晚酌数盏，便消化，受用多了。然烛。

廿一日（10月4日）

早，仍清书一阵，早饭后静，午刻出文昌馆己亥团拜。又鄂松斋前辈请吃。上朝后，同子愚至才盛馆，赴梁子恭、黄莼园之约。风雹暗昧一阵，旋开朗，一饭回。子愚晚看刘五峰，今日来也。

廿二日（10月5日）

早，五峰来，为诊脉开方，用肉桂，留早饭去。自前日起，桂儿同吴婿督同林堃、马和，清查藏书，以便交代接管人，不知何时可竣事也？黄寿臣到浙抚任，折弁带信来，与子愚结姻，尚未议过庚，余作书寄之。晚，陈颂南、何愿船、叶润臣、杨缃云公请在陈寓，有苗仙露。润臣得《李忠定全集》百余卷，写本。因钞得补宋广平《梅花赋》回。亭林先生象卷，今日交与颂南、愿船接收。

廿三日（10月6日）

昨服五峰药似燥矣。然今日精神还好。子愚送赵姻伯母殡出城。午间请门生福建六人，贵州十一人，未刻上席，散时申正矣。德州汪竹千刺史寄三唐碑来，复书中带信与联儿、祥儿去。晚出赴湖广会馆，徐云渠、刘佩泉请同辈者黎越乔、杨临川、袁漱六。漱六目录之学颇详。归。龙兰簃在子愚处话。《宋会要》在陆东禺处。赵蓉舫前辈差人送勘令来。

廿四日（10月7日）

晨，过五峰处话，为诊脉，言大佳矣。这两三天精神颇长，惟足力未复，头眩仍时有之也。归。饭后略清书。午刻，请广东门人四席，客廿四，未正未及终席。余出赴潘玉泉、顺之兄弟席，散，复过文昌馆，拜高家寿，归少憩。晚饭后，灯下写对二十付。桂儿、鼎侄同吴婿清书已完。清字画仍至夜分。见钞：向提军仍带兵至衡州赴援。赛相分剿郴州、永兴贼，及赴援长沙似有条理，而徐仲翁不见报到，亦奇。

廿五日（10月8日）

先公冥寿。去年今日，尚在道州祠堂上供也。午初入城，由顺承门内一路走前门谢客，先晤徐世兄桐，知梅桥制军将于九月入都。嗣晤刘燕庭丈，谈蜀中碑，有知之而未及拓得者，皆《隶释》所有。又有灌县一碑，的系东京物，而不知为何物，《华山碑》许携归题记，可喜也。杨简侯一话。赶城出，至文琳书坊，携《两京会要》《唐会要》归。晚服药，有桑寄生，而忽腹泄二次，岂黄酒为病耶？

廿六日（10月9日）

晨，服药后，仍水泻一次。而精神却不碍。令陈芝钩《华山碑》起手，早饭后，装得书箱四个。午后，出至才盛馆，辛巳荫生同年团拜。请值年恩锡、何恩荣、高铎、吴集禧。坐久，未设筵，遂行。至文昌馆，乙未世兄团拜，请七席，人才二十余，中外贵盛矣。晚餐未毕而出，回寓且憩。吴婿来，同饭。子愚赴刘五峰寓。

廿七日（10 月 10 日）

早，至厂肆文英堂，携回《石渠宝笈》草本、《方舆胜览》钞本。早饭后，看装书箱，每箱止准在百斤内，因过西安后，须上驮也。林树南请天和馆一饭，归仍晚饭。

廿八日（10 月 11 日）

早，雅集斋送画来看，无佳者。出至厂肆，携得《东都事略》。早饭后入城拜客，孔府与绣山话。遇高丽使臣李石帆尚书，为书一横幅。至顺天府，鹤汀不在家，与乃郎话，吃点心。王曼生处，久候不出，遂行。一路谢客，出前门，由厂肆英宝斋，《王鹿公册》《文英堂书》二部携归，少憩。至湖广馆，易问斋、陈宜亭、黄正斋、张□□、杨临川、夏阶平公请，归已亥初后。

廿九日（10 月 12 日）

晨起，忽发眩，不记事，请五峰来诊脉，无恙。盖连日烧酒为祟也。服元参一剂。同五峰早饭后，子愚进城，余渐适，写大字一阵。午初出，至东麟堂，福建门生公请，未竟席。陶凫芗丈处午饭，八十五岁人，健步好客，至暮未散，余先行回家。略憩，龙兰簃、望如请晚酌，子愚同去，同席止梁子恭，颇适意。子初回，小醉矣，近日所未有也。午间过张剑潭处话。

九月

初一日（10 月 13 日）

早，过藕舲话，托带六舟上人信物。归饭后，看收拾书箱、衣箱，何时是可也。午刻，松筠庵粤士公请，申初散。文昌馆拜周家寿（道治）。即归。晚，辛卯浙世兄公请，宋莲叔、周莲士、邵蕙西、樊子安四人到，在子安处。晚归。丑初方睡。

初二日（10 月 14 日）

早，请五峰来，仍前方。为祐孙看。苗仙露来，同早饭去，受冷颇倦。午后出，顾蔼高请文昌馆一饭。出拜客，晤沈经笙，知其十三日方行。由山下斜街回至边瘦石处，遇邵蕙西，又与伊遇羹晤，静穆学者也。遇五峰，邀归同晚酌，客去倦甚，早睡。

初三日（10 月 15 日）

晨，略静，早饭后，至顾祠秋祭，同人羞为余饯，共到十人。巳正后，另祭，仪节过繁，不谓然也。集者陈颂南、苗仙露、潘季玉、王子怀、孔绣山、何愿船、冯鲁川、杨缃芸，何寥寥也。石州配祀于右方，哭之一恸。席散已未初，与戒师一话，出，至家少憩。同乡周道源做寿，在文昌馆，一转，至才盛馆，赵星梅同年请，一饭归。

初四日（10月16日）

晨起检帖、画，至午后方静。帅逸斋、丁饴伯两门人请谢公祠，陪客徐寿蘅，皆教习庶常。饴伯散馆，改户部，有家学，可惜也。申初，至苗仙露处话。陈颂南处话。为《村谷论心图卷》，至汇元堂矣。请饭出，拜江龙门，未晤。过厂肆归。连夜同子愚谈时事，致不甚可睡。然昨有旨拿问赛督师，停止军功举人、附生，是大好消息。今日要筠堂协办，禧公同之，定王补九门提督矣。

初五日（10月17日）

伯父光禄公冥寿。晨，检束画卷，渐清石州书箱，全检出。午刻，到文昌馆丙申团拜，不到二十人，何其少也？同子愚往，两顿饭连着吃不下，日来又苦气满，酉初回。吴婿来，同戟安三人共酌，颇畅，气满亦好了。

初六日（10月18日）

画色俱齐矣，耳目渐清，看书帖有静意。未刻出，曾涤生寓吊其母丧，少坐。至晓春堂，王雁汀、林章甫同请，肴佳。

雁汀复来寓话别，晚饮陈酉峰处，颇有茗艼意。

初七日（10月19日）

早入城，拜郑画庵，甚远，不相值。穆帅处辞行，出城回。江龙门、何愿船同早饭，客去，少憩，觉倦。申刻，乙未值年何伯英、缪心如、高鉴山公请在何宅，半席行。冯鲁川处，先写字，后上席，止酒。惟仙露、子怀与主人饮。

初八日（10月20日）

早，至厂肆，携《金石苑》及《青主楷书》《药师经册》归。早饭后，蔡小石处话，风采犹昔，不觉贫窘也。归写大字，至暮，连夜得对子百零七付。刘五峰来夜饭。今日各处听报子矣。

初九日（10月21日）

桂儿又落第矣。早出至厂肆，昨携回《青主书》《药师经册》颇佳，价太贵，还之。回早饭，入城晤徐稼生同年，问四川学政光景。出城晤吕鹤田一话。归，因兰簃、子恭、酉峰、望如、五峰来集，有清音，风太大，颇冷。晚酌，心中闷闷，无甚味也。月乔、午桥信来话别。

初十日（10月22日）

写陈恪勤手植槐诗卷，作楷，迟迟甚。早饭后，写大字一阵。出至潘师处辞行。蒋家晤熊璧臣一话，又黎月乔处一话。回，候四川提塘曾靖臣，问悉一切，蜀中通家信尚不难也。题刘燕庭所藏《华山碑》，陶凫翁小照册。晚饭，吴婿、李先生同酌，殊不甚下咽。且早睡。上房收拾零星，至五鼓方静。

十一日（10月23日）

黎明起，书房清楚，且剃发。何愿船来送，现赋诗题《村谷论心图》，剧佳。王子怀、刘豫川、熊璧臣、蒋婿，福建门人、陈葆清世叔，先后来送，晤话。巳刻早饭，上房检理，午初方行。自己一轿，二娣、儿媳、侄媳、妾、女、三孙，共骡轿三乘，桂、鼎轿车各一，行李大车六，又婢妪轿车二，色马二，骑马五，骑骡一，仆十人，夫头一，厨子一。余出门至报国寺，别顾祠，与戒师一话。出城至天宁寺，广东门人设饯，儿、侄、娣妇辈俱到此看菊，余三酌先行，与子愚别，惘惘十分，匪言可罄。午正出寺，申初到长新店尖，食葱花饼二。行至良乡公馆。酉初二刻，县令薛荣差候，驮轿到时，戌初后矣。上灯许久，幸都平稳，两稚均欢适。惟念子愚，今夜怎生冷清。一席分作两处吃，也散了。

十二日（10月24日）

误将月色为天明，丑正即呼人起，点心后，久等始黎明，次第行，大车先行，次驮轿、轿车，次余轿，后行而先至，人力易施也。三十五里赛店尖，此次向不应差，尖颇久。尖后，四十五里涿州宿。未正后即到。郭忠山刺史办道差去，差人伺应，意殊简略。余住东厢，以便上房。月色好。京中轿夫回去，带信与子愚，因写对，不及多话。留对二付，赠熊璧臣观察，交办差王仆存付。

十三日（10 月 25 日）

未寅初，上房已起。黎明行，四十五里，高碑店尖。新城管，不应差，自做，白菜顿肉好。尖后行三十五里，过白河宿。定兴令周君灏子余，子俨乃弟也，差人伺应。店有土炕，无床，将就开铺。今日风大，沙土甚，早极冷，早后暖。课灯，曾读《蜀道难》诗。

十四日（10 月 26 日）

五鼓起，未天明行，行将十里，方见日出也。三十里，故城铺少憩。又三十里，安肃县城内，古道书院尖。院有古柏三，颇苍秀。署令黄宗敬（熙庭，行二，山东蓬莱人）迎送并来谒。送出城时，适有长沙省初六日亥时六百里折子递去，苏溪、石卿各一件，不可解，是何祥也？午正，余先行。二十五里，过曹河，慈航寺茶尖。架松不密，修竹全无矣。与永先上人一话行。又二十五里，至保定西关外槐树店宿，叶香士尉先来见，故门人也。周廉访启运、谭观察廷襄皆来晤，皆庶常前辈。讷近翁制军、陈竹伯方伯俱上陵差去。入城回拜，廉访、谢信斋俱来晤而返。信斋人来，问《瞶瞶斋书画记》，即作一纸寄子愚即寄来。香士题《论心图》诗，并画《秋林惜别小景》，画胜。夜月佳。

十五日（10月27日）

起得不迟，西行不一二里，即天明，骡夫闲话多也。五更不大准，过小吉店、大吉店，至陉阳驿马号尖。尖后，与管号武君（孝感人）谈及满城令陈右臣（廷钧，乙酉举人）系蔼臣同年令弟，蔼臣已于二月作古矣。满城西南八里，有抱阳山，山上有寺，有一亩石，百步栏，水石之胜。又有一亩泉，清甚也。骡轿亦尖此。此外大小车俱尖方顺桥。尖后午热，暮宿望都南关外。县令刘体中，昆明人。过县门口，对句云：地方瘠苦同新乐，差务烦难胜涿州。光景可想。写对子三十付。夜分三店住。有月。

十六日（10月28日）

五鼓行，天明大雾兼沙，路已行二十余里，共三十里，清风店茶尖。十五里过滱水，水不大深，尺余耳。又十五里，定州西关外尖，五峰在京，令侄老六名昌黎来晤，同饭，因留宿此。午后，携儿、侄、孙入城，至众春园韩苏祠，寻雪浪石，焕然一新，非复甲辰光景，乃皆宝梦莲兄前此所修葺也。唐定州刺史段公《祈岳降雨颂》，从前未见，想均拓本。过州署，与五峰乃郎及新中之婿一晤，其婿李子彦昨题诗于壁，佳者也。回公馆，写对子十付，即阁笔，不能遍应矣。文庵仍同晚饭去。

灯下作书谢五峰，并昨写寄子愚信俱去。五峰贤篴来，与儿媳叙，本吾家婢，尚老实如昔，可慰。

十七日（10月29日）

行数里，即天明，由上下俱起得不见早。又公馆门，骡轿出得难也。沙路二十五里，明月店，舆夫吃饭。又二十五新乐县南关外尖。县令李登萃，山西人，县考未来。未到县，有羲昌圣里，有庙。尖后，过沙河，颇宽，幸不深耳。四十五里到伏城驿宿。未正二刻到。正定令石元善伺，愚泉先生子也。驮轿申初后到。

十八日（10月30日）

五鼓行，比昨冷些。四十五里，到真定府，石大令来见于风动书院，书院已移置此处作公馆矣。屋甚开敞。城内买不出对子纸，换钱亦价昂。午初后方行，因先剃发也。十里过滹沱河，宽而浅。以后渐入山路，陂陀狭隘。共六十里，至获鹿东关行馆，申正矣。而骡轿到，未酉正，不可谓迟。县令华贵办道去，家人傅姓颇用心，借到县志一看，草草之至。一路南行略带西，今日尖后问，正西矣。获鹿从前未走过，真定府大菩萨，则看见多次，今日儿辈不暇去。

十九日（10月31日）

天明始行，因有山路也。入东川，出西门，渐入山，上坡下坡，上更大，渐走石坡，便荦确甚。过东天门，至微水尖。得四十里，无人应差。店院甚宽，骡轿、大小车到俱迟。余尖后，午正二刻始行。过微水，路比上半天好些，三十里，井陉县东关宿。公馆三面都有楼，驮轿来得快，而车至迟迟。县令姚蓝生，行三，名玉田，安徽乙巳即用，颇年老矣。谒话一阵，问县志，云无有。此间数十年未中举，读书人进学后，即做煤窑等生意，瘠苦使然，风气却淳朴。办差家范成，陶书樵旧仆也，不见廿余年，尚相识。大车住隔河远，且晚不便，夜天阴甚。

廿日（11月1日）

昨晚写一信寄子愚，今早交办差人寄去。辰初方行，天阴上路，雨不大而已滑。路边板桥及桃园镇、固关，俱有石关守险处，皆古战场也。固关驻参将，有兵百二十名，属直隶管。其东西皆山西管。过桃镇，即平定州界矣。五十里，槐树坡尖，无差伺者。尖后，三十里，柏井驿宿。山坡不甚斗，而大车难行，桂、鼎俱易车为驴山子，颇轻便。天阴似有雪意。平定州锡麟（见甫），前任正定守降调者。夜冷，大车半夜才到。

廿一日（11月2日）

黎明，行迟迟，辰初一刻，余方行。先十里，不好走，复渐平夷，共五十里，至平定州西关行馆尖。州城中开敞整齐，想见人物之盛，惟吾石舟已化去三年，问办差人，不知其家与墓在何处，怆甚怆甚。儿辈到已午正后，借州志一阅，惜未见涌云楼也。尖后行三十里，颇大，有四十里长。下南天门，并不甚斗，下后，一路沙石平路，时过小溪，皆东北流，益绵蔓，水之所从来，皆入滹沱，方东南去。赛鱼住，上房陶穴，止好住厢屋，墙壁坚且洁，院子宽大，无桌几，西人风气可想。南天门上有嘉庆十七年知州会稽吴安祖题扁曰：文献名邦。联曰：科名焜耀无双地，驿路冲繁第一州。过赛鱼，无应差者，自住，自食，吃鲜肉。

廿二日（11月3日）

五更起，行时亦天明矣，有月。二十里，大侧石驿尖，孟县令康永昭差伺。尖于陶屋中，颇洁，关东暖，燃炭矣。尖后，五十里，有六十里长。寿阳县东关外宿，先到二公馆，甚逼陋，不便，步至大公馆，因移寓。原办差人先给我，说是做喜事，人家可憎也。今日一路山泉多，少适，间有树色，局面渐开，多土路矣。申初到住处，申正后方定居，饭后，写得寄京信，为第五次。中有寄子敬苏州信。为《洛神赋》。

廿三日（11月4日）

寅正起，卯初行，十里天明，然阴无月。过水多次，遇两典试袁雪舟、曾芗西于途，一话，索闱墨一本而别。五十里，太安驿尖，仍寿阳管。午正后方行，又三十五里，什铁驿宿，榆次管。县主李崇蟠差伺。此处距县四十五里，距太原省八十里，省在西北，县在西。早间，将家信交旧仆毛玉（现随袁雪舟），申初到，宿住。酉初小雨霰（似小雹子）一阵，写对子十付。

廿四日（11月5日）

五鼓行，十余里，天始明，有霜意，冷甚。三十五里王胡尖，仍榆次管。行馆开敞，入晋来甫见此。尖后，又七十里，徐沟县西关外宿。中间过永康镇，颇阛溢。县境阔大。贾棣堂大令来晤。（联芳，甲午）程春亭大令（震佑）回介休过此，来晤。知郑浣翁在其署中，因劝我明日半站住祁县，骡轿要换骡子，亦求明日半站也。

廿五日（11月6日）

天大明方行，入城回拜棣堂，未晤。城内却芜寂。文庙新修焕然。三十里，罗庄尖，草草，无米饭吃。又四十里，祁县，宿西关外行馆。曹静生同年（芳溢，江夏，乙未）迎谒，请入署晚饭，入西门即到署，先过贾令镇，颇热闹，传是贾辛为祁大夫处。借志书看，无甚古迹，夜酌后，为静生写对数付。

廿六日（11月7日）

天大明行，风沙如昨，五更霜后奇冷。三十里，红山铺小憩。又二十里，平遥县西关内行馆宿。入东门，时方修城楼，城内甚大，周围十余里。万雨农大令（逢时）来晤，言东关内有尹吉甫祠墓，此间尹姓人颇多，尚有奉祀生。此外有古陶胜境，亭阁在大路上。申初才算吃早饭，饭后，至东关谒尹祠，关外看尹墓，无古碑，将台在城上高庙，其实尹吉甫时，何所谓将台也。借阅县志：有傅青主撰书《柘真庵记》《永济桥碑》。问大令，不知也。入县署回拜，菊花尚好，少憩即出。见王翰城画，殊怆忆。归寓饭，酒好而少，夜风大，不冷。写对子并为雨农大令书三件。

廿七日（11 月 8 日）

天明行，雨农来晤送，风沙大，不甚冷。三十五里，张兰镇尖，介休管。尖后行。距城五里，过槐抱椿，槐相传京东物。入郭林祠，并谒其墓。谷口青主所写两碑均在，东京石不知所往。余家有拓本，不知何时物矣。青主书法妙，堂扁佳。其子眉书联云：

尚气节底少年，多落在史云一畔。

受陶熔底学者，还荐入孟敏前边。

又茶马使许之渐诗，有“仙舟不可即，折角自纷纷”句，尚可。问祠人，此处尚有介子推、文潞公祠，俱未去。入东关，出西关行馆，程春麓来见，请入署，看字画，少佳者。得与郑浣芗同酌话，一洗渴思，为畅也。归写《为春鹿题春海师手稿册》，并《红蕉馆印谱》，子正方睡。

廿八日（11 月 9 日）

早，天大明方行，浣翁兼同春麓来送。浣翁并同我前往两渡口尖。尖后，至灵石公馆，米尧峰大令煐来迎，并谒见，伯韩堂侄也。又有王向荣莅任朝邑令，丁忧归，起复矣，来谒余。俟家中人到，即出城，十里往杨家，而墨林已骑马来迎，住张家庄杨氏家。子言及墨林乃郎俱出见，又何老五，俱同席。余忽患腹痛，泄，饮烧酒，少好些。席竟后，写大字，看帖、画。屋大颇冷，睡时丑初矣。

廿九日（11 月 10 日）

夜间腹泄两次，方自在。天明起，作书寄子愚，又寄许印林，为桂《说文》事，俱交墨林。看帖，有《心香阁集》《晋唐小楷》各种，精甚。其《破邪论传》，云本尤妙，可与南陔藏本抗也。他迹佳者尚多。写大字甚多，方早饭，巳正后方行，与浣翁别。墨林、子言送我同行，过韩侯岭，甚苦，庙中憩。墨林出属墨，索书多件。兼谒淮阴墓。儿辈因车须换轴，后行六十里，余到霍州，已亥初，以后陆续来，儿辈丑正方到。墨林又有令堂侄缋臣来，盖有他事。夜睡，草草甚，行李车太迟来，山沟路大难走也。

卅日（11 月 11 日）

早，天大明方起，骡轿行后，余为墨林写大字一阵，又看石鼓文钩本，甚旧，疑宋拓也。与墨、言弟兄作别，甚恋恋。一路仍山沟，土大，申初方尖于赵城，尖后速行，渐平坦。酉正后到洪洞县，县令郑翰，及赵城令李世琦，并昨夜霍州张映南俱未来。何晓枫太守差人来接，晚餐肴盛，而无少味，讨厌之至。

十月

初一日（11 月 12 日）

天大明始行，一路无山沟，又无风，路也不大。三十五里，天井小憩。又二十五里，至平阳府北关外击壤基，晓枫太守宗兄同临汾令周雯楼（春阳，湖北人）来迎晤。旋入北门，住试院，两君复来话去。家中人都到，才未初，大小车亦来得早。饭后，作书寄子愚，第七次。并致花思白书，为桂《说文》事，封子愚信内，带交晓枫，交骡行即发出。回县令拜，至太守署，剃发，看字画，无佳者。晚酌，话畅。

初二日（11 月 13 日）

晓枫复招饮，不复往。早行，过尧庙，甚荒陋。四十里，赵曲小憩。又三十里，史村尖，属太平县。县令章东生澍来谒，留帆之侄，本说住此，因天太早，复行。家中人往高县去，余独往曲沃。县尊王菉友，戌正方到，不见将十年，尚不觉老。谈《说文》更熟。夜大风，尚迎我于郭外也。同酌，俱薄醉矣，仍差人至高县料理。

初三日（11月14日）

同菉翁谈酌。巳初方别，由东而西三十里，至侯马驿尖。则家中人已尖后行矣。仍一饭即行。至隘口，过山坳，颇斗，土大风大，飞尘涨天。至董镇，一路无村落树木，过董镇后，略润，共得一百一十里。至闻喜，戌正，周六逸大令均来迎谒，二十年前相识者，七十一，尚健甚也。骡轿、大小车，俱先我到。

初四日（11月15日）

早冷，有霜意，天明行。六逸来送。过涑水桥四十里，水头驿尖，夏县地，县令朱春帆（德沄）同年，镜堂之胞兄，属写扇，因作书。属拓坡公书《温公碑》，皇统间重刻者，不知尚在否也？尖后，大风沙，无味之至。又五十里颇大。过一庙，有数层，张村西南也。晚至北相宿，安邑管。此县中举人多，文风向来好，惜离县三十里，无志书看。县令徐澜。舆中看菉友《文字蒙求》，亦有趣，略嫌分得琐碎。

初五日（11月16日）

子刻，大北风，怕卷篷去。早起，反清爽，行少尘土。三十里，牛杜镇尖，无应差者。茅店荒苦，地属猗氏，猗顿之富何用也。又四十里，樊桥镇宿，属临晋。署令胡杰，安徽人。此处离县十五里，自介休来，直向南走。从昨日、今日，复西南行矣。今日望中条山，在左手，盖临晋正南方也，王官谷不知在何处？公馆正屋向北，后侧屋向南，有亭院树木，可以眺远。写对三十余付，办差家人李升，持张爽斋书，要随我行，真奇想。爽斋者，名维垲，己卯相习于凤台署，酒量奇大，数月一饮，八十小杯，二十碗，四海碗，略有酒意而已，今约七十余，尚求我荐书启馆，可怜可怜。

初六日（11月17日）

天黎明行，甚冷，足趾不可耐。三十里，白堡头尖，店无屋无门，饮烧酒于初阳下取暖，妇孺辈在屋棚内，尖后行。至前十里，有预备公馆，未入，先无人探迎，若无差伺，则更不如白堡头也。尖后，四十里，寺坡底宿，永济县管。公馆大，望见普救寺塔，不知崔张好缘何在？此尘土中，想见古河东蒲，中原华整大地，今则数十里无好村落，余行路五十年，未见此两日之荒陋者。同儿侄辈往普救寺，在土山上，可眺四远，有方塔，前明修，十三层，甚高。四面嵌石，刻有显德、嘉祐、淳化各年号，皆经也。正殿有至元时宣差阿解达鲁花赤及河解总管官徐芳为月公长老刻疏，古柏尚可看。沈桂樵大令林，河南甲午。

初七日（11 月 18 日）

早，风阴，却不大冷，草树俱青，尚未霜也。五十里，行碱地多，地归河东盐务管，匼河尖，仍永济地。尖后，十五里，过黄河，溜急，水不宽耳。过河上岸，即潼关，山夹河，西起皆土壁，无石，真雄伟。朱莲夫观察前辈（庆祺）、孙琴泉司马（治）与协台文祥，并巡检孙家惠迎于郭外，有执事，入城，拜道厅，仍各来行馆晤话。余到行馆，申初，家中人到，酉初后矣。琴泉，成都人，陶问云丁酉门生。夜索书，送《华岳志》，及《潼关厅志》。

初八日（11 月 19 日）

天大明后行，司马送于郭外。风大，而不甚冷。向西行，背风也。过杨伯起墓，入谒。乃杨氏多坟，古碑无一存者。寿卿所藏《三杨碑》，意从前皆在此也。前建四知坊，享堂前扁：关西夫子。沙土大，三十五里，至华岳庙。华阴令倪府东（印垣，四川人），鹤田门人。认世谊，甚恭，先来见。午尖后，携儿辈，十五里至玉泉院，无甚趣。止无忧树二株，有古气。无忧亭尚敞朗。换兜几上山，石路为水冲坏，无容足处，勉强至焦仙洞，上约里许，无可恋而回。与儿侄集玉泉院少憩。行过古云台观，上荒落甚。回庙，遍游前后殿，至万寿阁，可眺远，惜阴雾，不见山河。各代祭告碑，少佳作。崇祯壬申《梦游西岳文》，上乃题“太祖高皇帝御制”，真不可解！唐开元题名，多未拓得。庙祝送《鲁公题名》及卢敏肃《新翻东京碑》。柏树上有周秦以下各木牌，可靠否？府东复来话，方回城去。晚餐后，为作书一阵。

初九日（11月20日）

天微明行。五里，至华阴县，回拜府东，则已出西关相送。途间，树渐茂密，时有山水。三十里，敷水尖。新修石桥，已破于水矣。尖后，四十里，华州宿。本拟住赤水，而刺史叶芥舟（椿龄）以彼处无公馆，坚请宿此。路遇徐梅桥制军，精采如昔也。芥舟来谒话，闽人，曾同席于林岵詹处。郭汾阳故里碑，在道旁。寇莱公亦此间人。沈经笙学使住间壁，来话，因同至彼，即同饭。所请友五人，赵云根、张秦孙、洪丽生，同酌，明日即别。学使署在三原，从渭南分路也。寒甚，似欲雪。夜乃有雨声，可宝之至。

初十日（11月21日）

黎明行，雨止，尚无泥泞，而风沙少静。二十七里，赤水茶尖，公馆尚可，不审昨日叶君何以坚谓此处不便也？街市亦热闹。又二十余里，走山窝小路，不大好行。路又大，共算五十里，到渭南县尖。金石舫大令（玉麟，四川戊子）迎于郭外，来谒于行馆。馆扁云是华清署象峰书院山长陈彦吾（本淦），尧农堂弟，来晤，并问儿妇，因令见面。尖后，回拜彦吾，见长沙信，知九月初，川兵到后，连获胜仗，向提军欲一鼓歼除也。出城四十里，风土复甚。临口住，行馆不大，又向北，有冷意。

十一日（11月22日）

天黎明行，颇冷，有霜兼雾。近古帝王州，乃一无所睹。过新丰，张诗舲中丞差弁持信来迎。过鸿门坂，看信，中有子愚十七、廿日两书，甚慰。湖南九日大捷，殆将平乎？共四十里，甚大，临潼县城外古华清宫址尖。浴于汤泉，泉热屋冷。汤泉凡有五六处，有气味，不如昌平及黄山之佳也。刘述舫大令（良驹）迎谒，星房前辈胞弟。尖后，三十里，至灞桥，桥甚长，道光十四年，杨宗峰中丞所修，有碑记，真壮观。水光树色夹两岸。过桥，茶尖少憩，复行。过浐桥，又二十里，到东关，首府蒋申甫与张、熊两明府出郭迎，司道以下俱差迎。入城已昏黑，至中丞处晤话，即留便酌。酌后，仍过吴子苾方伯处话，得零件金石奇异者数件。城门早闭，中丞屡差弁到将军处讨门钥，甫得入，到时子初矣。月色大佳，子正睡。蒋子潇同年来话。

十二日（11月23日）

早起，客来不歇，又早饭不得出，县中人无用，自家现起火也。陈余山学者为首令。瞿木夫乃郎在此当巡捕。子苾方伯、文晴庵盐道、陈弼夫粮道俱晤话，余不悉记也。傅提塘来谒，问知雇轿骡等事，甚费钱，而路之险可知。早饭后出门，晤周筱山前辈于关中书院，须白矣。到首府蒋申甫处赴席，客气甚，无大味。仍过徐松龛前辈话，使蜀出闱褫职，在此作归计也。归饭后，子潇来，久话去。

十三日（11月24日）

早，略静，旋出拜客，晤双、常两都统。归饭，写大字一阵。满城占东北一隅，甚空旷也。双龙园，浙江驻防，略有文理。倪明府复来。晤张百笏世兄，从陶子奇处来。诗舲中丞来话。未正后出，晤蒋子潇及彭梦九，子潇高足也。陈弼夫观察处话。至方伯处赴席，看字画及钟鼎册数件，壁间石溪、复堂画佳。《魏公先庙碑》在廊壁间。席间尚磊落，王杏农、何保如、蒋申甫三太守相陪，不拘苦。徐松龛前来话。

十四日（11月25日）

早，早饭，等子潇久不来。巳初，方同起。梦九来，即携儿侄同出南门，约八里余，至慈恩寺雁塔下，唐题名无一字，宋题名无一字，惟明题名，尚有数石，而历科乡荐，皆有题名。石室今未废，亦佳事也。褚河南写数石，尚完好。余宋人游憩题名尚多，有王晋卿题，尤佳。茶憩于佛堂，复往南，西过韦曲，无古迹。又二里，即至牛头山寺眺远，极远，而少陵原、何将军山林、皇子陂等处，俱在旷野中，子潇指点说说而已。揖子美祠，茶于横屋，有龙爪槐几树。乾符经幢在院中。阴甚欲雪，即归。将到南门，小雪飘洒，回寓少憩。出拜客，王保山前辈处话，略问蜀学使情形。回拜臬使、盐道、长安县，均未值。归饮申甫所赠酒，佳。子潇来夜话。今日同游者，尚有马星四，亦子潇好门生也。

十五日（11月26日）

早出门，至关中书院，拜吴、张两君，同住张宅。师、边、傅三君。与筱村一话而已。回拜数客，归饭，文静涵观察来谈，颇有心地，七十人，健如壮年也。乃郎德林，多艺善书。蒋申甫来话，去，写对子一阵。午后出，晤何保如话。到子苾处，同看《郭家庙碑》。先过诗舲中丞，将折底交与也。同子苾至陈弼夫处饮，王宝珊前辈与余俱醉，醉后作书，不记忆，次日家人说知。

十六日（11月27日）

早，吴子苾来话，见客数人。然有朱克敏者，持祁张石刻来见，不见也。早饭后，忽困甚，午睡少顷，不眠仍起。出拜长晴峰臬使，赴中丞席，看画册二，已暮阴黑。同席者，松龛、宝珊两前辈及双都统、长廉访也。观剧，酉正入席，子正散，有雪意。

十七日（11月28日）

早，子潇来谈，雨雪交至，不大，而路湿矣。候松龛久不至，早饭后来，同酌别去，殊难为别也。师小山、边锦川两先生移来。看收拾行李驮子，竟日未出。林门生芳蔼来写折，小雨，大风。

十八日（11月29日）

风雨住矣。行李驮子二十五骡，陈芝、马和、刘瑞三人押去。一早起行，甚爽快。早饭后，余谢客，便出西门，至金圣寺，即崇圣寺，昔名崇仁寺。中有景教唐碑，及宋、明人东朝碑，后有睡佛殿，五百应真殿，东方有园屋，花柳极幽雅。西方有毕秋帆祠像，诗舲题名刻石。有马真子安者在此，画松，朝邑人，颇有气势。入城，至子潇处送行，一话。到府学，入碑林，看《开成石经》《颜家庙多宝塔》《元秘塔》《和尚碑》《淳化帖》各多石，不能尽记。《智永千文》及《庙堂碑》《九成宫》在府学内也。桂儿写折将完。

十九日（11月30日）

移住左厢，因住处太冷也。就向南屋，而阴不见日，又奈何。折子写毕，过中丞处商量一切，小酌出。过方伯处话，看蓬心《潇湘八景册》。回拜周介夫观察，未遇，旋来回看，八十有四，尚健甚也。晡时，中丞处封折人来，名王兰，汴宁人，许久封完，已昏暮矣。写程玉樵方伯《墓志铭》，起。晚，吴寿恬先生来同饮，饭后，子潇来别，明日准归去。

廿日（12月1日）

早，拜折后，亲奉至中丞处，并咨奏事处文，俱面交。请带折人十二金，与陕甘学使同早酒点取暖。回，介翁来晤。写程《志》完。题子苾钟鼎册、蓬心册、南初《研山图》《蕉林书屋图》十三幅，即昔年所见廿四者，书旧作于上。题陈弼夫《荆阴话旧图》、文研香画《应真》、瞿木翁《集古官印考证》。晡，出拜宝山看帖，不值。筱村处话。聂雨帆处话。遇周节翁之侄，号春舫。段果山，不值。汪安斋话，初从苏州来，往永宁道任。程玉翁灵前吊，归寓已暮。饭后，为介翁作大字，字债全光，可为快事。寄子愚弟八次信，王杏农夜来话。

廿一日（12 月 2 日）

早起收拾，至辰正三刻方成行。吴子苾适来拜，同瞿京之送我行，陈弼夫遇于途，自中丞以下，均不知我行也。惟何保如到城外送。二十里，三桥茶憩，家中人先行后到，甚冷。又三十里，过沣河及渭河，俱有桥，渭河甚广，十月作桥。又三十里，咸阳公馆住，才未初耳。马桂山大令同年（晓林，辛卯），吴莲生世兄由鄠来，俱晤，莲生甫于初十到任。南去五十里，此间周文、武、成、康各陵，汉高、景陵，皆有春秋祀，各县分祭耳。到县署回拜，看顺陵碑，余四块，百三十余字。道光戊申始从渭滨移嵌于署内。又二石，无意思。有柽花馆，柽柳一根，两干鬖鬖然，殆百年前物也。回寓久憩，晚约两君同酌，酒佳，省城所未有。

廿二日（12 月 3 日）

早，冷甚，辰正一刻起身，大风沙，无味。二十五里，马跑泉，水清澈，在道右。入兴平界。又二十五里，兴平西关住。武兰浦大令（祈麟，山西，己亥）迎谒，大挑署事，孙兰检门人也。公馆左右皆竹，佳好，惜风太大，不能细赏。先生住二公馆。边锦川从家来，其母无恙，仍可同去。吴莲生送来皮靴，甚合式。蒋申甫、段果山俱着人送至此。作书寄张小浦，由诗舲信中去。借来《县志》甚好，窗前蜡梅苞多未开也。张子青（廷选）乃郎景龄捐小官入京，过此来见，知乃弟遐龄、椿龄今年俱中举，可喜之至。

廿三日（12 月 4 日）

五更起，卯正二刻行，甫黎明，尚然灯也，有月。舆夫快走，风冷甚。三十里，至杨妃墓，茶憩，兰浦送至此。又十五里，扶风镇尖，武功县管，且得酒解寒。尖后，风小些，午暖。四十五里，过漆水桥，即到武功城内宿，时方未正。县令任恩培，贵州辛巳，甲辰大挑，公出。（湛轩，行五）

绮丽香山长恨歌，儿童都说马嵬坡。
何如乐府蓝田石，颜段千秋正气多。

廿四日（12 月 5 日）

黎明行，奇冷，风大。三十里，杏林铺茶尖，入扶风界。

又三十里，到扶风，才午初耳。钟企山世兄泰，迎谒，留住，同早饭去。余因写大字一阵，已暮矣。晚到县署同酌，见赠东坡飞凤山诗刻，又明皇朱书大碑，杨国忠之文也，亦在此处。主人意甚恳挚，赠我皮甬，并边锦川皮袍，亥初归寓，今日路不过四十里。

廿五日（12月6日）

天未明行，六十里，不甚大，路平，有山坡数处，到岐山县尖。县令萧文光（福建，辛巳）。办差人皆鸦片鬼，殊草草。尖处鸣凤书院斋房，皆逼陋甚。尖后行，五十里，至凤翔行馆，大而阔落。县令黎保东（四川，戊寅）方县考，办差更草草，戌正方有饭吃。烛自买，烧酒自酌，亥正方得睡。问东湖，在东关外，此城奇大，真雄郡也。

廿六日（12月7日）

早，出东关，到东湖，树古且多，湖宽已冻，烟光雪意，果佳绝也。沿湖一走，至苏祠，前层壁间诗多，因和坡公《忆子由》韵。仍入东关，出南关，始向西南行，路仍平坦，渐有山意，多坡坨，六十里，底店尖，地方逼窄。尖后，过汧水，水边路斗，可悸。又三十里，宝鸡东关外住，宫小楣兄县考，开门后来晤，十余年作令，苍然老矣。总角时交知，如君者已少，久谈去，索书各件。晚饭后，不甚适，边锦川坐车来此。换小轿，添一马、二担，明日好上山也。

廿七日（12 月 8 日）

早，未明行，渡渭而南，草桥极长，数里后，即入山，尚平坡，十五里，益门镇，又十五里，军阳堡，十里，二里关，渐斗险，上下费力。过小河涧数次，有似吾乡泷河路。十里，观音堂尖，店极窄，草草行，已午正矣。十里半，坡甚高，煎茶坪也。数峰在右手，下坡后，渐平，且有大土路。过东河桥、江龙沟，共又五十里，黄牛铺住。比上半天路小些，申正即到，仍宝鸡地。凤阳令车汝建差人来，知明日路更大。

振策秦山指蜀山，重经清渭水潺潺。

寒曦雾破军阳戍，古树秋余大散关。

峰影转时人面黑，石花飞处马蹄殷。

曹刘战垒知何处？驿馆还闻鼓角间。

尖后过大散关，盘曲山路，树多红叶，残秋尚在山中，冰痕满地，寒胜城市矣。昨夜梦落十齿，毅弟视之，色如腐栗，是何祥乎？

廿八日（12 月 9 日）

未明行，渐入山栈，五十里，草凉楼尖，甚草草。地僻，山高，屋狭。尖后，过五星台，更斗，可悸。过石门关，逾数山行，后入大路，约平坦十余里，即夏间河道耳。水西行，入嘉陵江去。尖后，六十里，凤县住。车近芝大令（汝建）迎谒，蔡麟洲门人，即用，到省六年，甫署事，此间即用极难补缺也。

乃弟汝震，现宰保坻，亦少年进士，藕庚先生所激赏者。早间过一处，铁壁数里，古柳千株，临水成阴，大有风景，土名黑湾，何太不韵？夜同三位先生住，屋陋甚。

廿九日（12月10日）

辰初一刻方行，因昨夜县中不肯给舆夫，久始答应也。一路上山，二十里，到凤岭巅，穿县城过，将到巅，甚斗，曳夫作难，路却不狭，到巅，仅一丈宽地，有扁曰：去天尺五。“万山争地立，千树送人行。”诗舲所题。下岭渐平衍，仍有数斗坡，山势忽变起，峰峦有秀色。先是水皆西流，过岭仍西流。又三十里，三汊口尖，草草行。过庆邱关，山水萦折，此后水皆北流，大约前后水皆西行，合入嘉陵乎？一路多傍崖壁行，时行河心，水涸故也。又三十五里，南星住，昔有巡检署，今裁。留霸厅富明阿差候。

十一月

初一日（12月11日）

天大明行，路好走得很，四十里，方上柴关岭，亦不甚高险，下岭，复平坦，共五十里，留侯庙尖。庙颇大，有花厅，水池奇幽，上有授书楼，供黄石公。石栏曲折而上，庙中题记甚多，竹树茂异，庙东向，扁曰：紫柏中峰。盖此处是紫柏山也。尖后，涧水沿路有声，水复南流。又四十余里，留壩厅住，入北门，出东门住。富镜堂司马迎谒，戊寅，癸未，西安驻防即用，久于此。回避五百里，官非南山南，即北山北。将有噶箕贡差来，骡子要二百八十个，所贡有珊瑚、钢刀等。美恒官此颇久，有贤声。镜堂送湖南探信来，亦得失相半。索书大字，因快书一阵。夜为舆夫，仍累赘。

初二日（12月12日）

天大明方行，辰初矣。数里，过画眉关，至青羊铺，后有褒、斜二谷交接处石碑，又数里，有古三交城石碑，四十里，尖武关驿。公馆高敞，向北。尖后，过古武休关，不为斗险。而下半天路，崎岖厄隘，随水转折，可悸处颇多，不止廿四马鞍也。三十里，武曲铺，甚平敞。又二十里，仍狭路，过樊河桥，铁索连之，过来即马道驿住处。褒城令毛守宪差伺，申正到，共一居。有雨意。

初三日（12月13日）

天明行，坡坨沿水为高下。早间四十，不过三十里。过青桥尖。尖后，过观音碥，乱石不好走，以后路亦俱恶劣无少趣。至天心桥，乃徐梅桥川督新修者。过桥后，上七盘岭，高而有石栏，望之可怕，走上却好，曲折缘云。至鸡头关，俯瞰六朝以前石门碑刻，一字不见，不知在何处？古石门非今道矣。上至绝顶，乃白石土地祠。褒城毛令迎来。渐下岭，一望开朗，耳目改观。陈福耔观察着人持书候，入城时，毕春帆太守来迎，旋同毛令见于行馆。尖后，五十里，亦不甚大，但难走耳。春亭来，同晚酌，复陈福耔书。寄吴子苾书，中有寄五弟书，俱交春亭去。

初四日（12 月 14 日）

天明行，阴了多日，尚未晴也。一路平坦，傍沔水西南行，说五十，不过三十余里，便至黄沙驿尖。孔明作木牛流马处也。尖后，二十里，过旧州铺，沙河宽而桥太窄，且软薄可怕。余骑而渡，街颇长。又十里，菜园亦不冷落，又七八里，至孔明祠堂，入谒。有唐贞元碑，元锡书，余皆明后碑。诸葛墓，在沔南十里定军山，他日或能往也。庙中柏树，盖唐宋物。署令柳载庵（坤厚，乙酉大挑）迎谒，凤阳人，言此处尚无志书，然如昨所见《褒城志》上，殊少意味。早间寒，俱送于城外。知郡中有船行，船可直到襄阳、夏镇。县中送来《武侯祠墓记》四本，写对子一阵。彭梦九从家来，住旧州铺，言年底偕马星四同到川也。

初五日（12 月 15 日）

天明行，山坡多，时升降，然仍傍沔西南也。三十里，过沮水木桥，又十五里，至蔡坝，遇噶箕差，人马多，住却公馆，不能打尖，买糍饵食之，少憩于野，遂行。过坡，比前更多，十五里，青羊驿。又二十里，桑叶树湾。又十里，至太安驿，才申初耳，路不大也。有栈意而无石，尽过土山行，店逼陋，无公馆，宁羌州管。署州系葭州牧张景藩，差伺。阴雨，路泥泞。

初六日（12月16日）

晨，有雨，出村即路干矣。沔源百折，时时渡水，由石山行。十里，烈金坝。又二十里，宽川铺。渡水无次数。又三四里，入关口，巉险险窄，入口后，仍平土坡坨，但雨滑不便走，约十里，至五丁关。旁有小庙，无古碑记。下关后，仍土坡，将出关，又巉险矣。共六十里，滴水铺尖，店窄甚，尖后速行，路平敞，出山，入平原，三十里，不大，宁羌州北关外住，申正到。土司差，过去几起，幸不遇于此。张牧到府去。吏目张嘉猷来见。午后见日，近事所希。办差人甚可恶，开口总说主人不在家。

初七日（12月17日）

霜寒，黎明行，城西路坡坨，不好走，且冻滑，余步行一阵，觉晨景转佳也。三十里，过界牌，至涧水铺。五里，过百牢关，又十五里尖。贡坝驿，遇土司，吵闹甚，尖草草即行。上坡岭，盖即七盘岭也。岭中间有涧，入四川界，复上山，比东边岭更斗起，然土路无石，今日适大晴，好走得很。至教场坝，有广元县办差人在此，问住与否？因想时已未正，神宣尚有四十里，止好住此。行馆即新开店，甚宽而洁，写对子三十余付。先生们或作画，或洗足，皆一适也。今日共七十里，月小有光。

初八日（12 月 18 日）

黎明行，霜冷一如昨。出村即上岭，不高。过转斗铺，二十里，钟子堡，有“民之父母”牌坊，及“甘棠遗爱”碑，为昔王大令作。问土人，不知其名矣。山势开展，又二十里，神宣驿尖，即筹笔驿也。巡检孙裕渭来见，宝庆人，亦不知湖南近耗。尖后，仍上高山，至龙洞背，山脊如龙蜿蜒而西南，舆行脊上，两面视，皆悬空，但土路平稳，登降不甚斗耳。过龙门关后，渐下，共三十里，至朝天镇住，申初到店，甚逼陋，办差人亦不在意。晴整日，午后暖。龙洞买得石燕，甚小，有毛文，翅形亦奇，一钱两个。轿夫们极赌，弹压亦静，甚冷。

初九日（12 月 19 日）

黎明行，冷。出门即上山，忽平忽斗，皆傍水行处多，至望云驿尖。说二十五里，实止二十里。办差家人，常德人。言琦制军、刘方伯在川所戮土匪及嘓匪近万人，故近来安静之至。谓静翁及燕庭也。尖后，尽傍嘉陵江行，有甚斗甚狭处，飞仙岭颇高险，千佛岩，皆宋后字。佛象说是唐都督韦抗所凿，然亦后来陆续刊成。面江石壁，刻此大小多佛，金碧涂饰，殊近儿戏，少古意也。不数里，即到广元县，县令徐赓昌（乃皋，辛卯优贡同年）、游击塔方阿、两刘广文迎于城外，行馆在西门外，诸君旋来见。又徐刺史悫，少鹤年伯之侄，失官久矣，乃郎世荣，捐未入，想分府保宁也。为乃皋写直条二幅，晚饭后，仍来话。得徐新斋书，即复之。署守玉钧、署阆中令李承保、文静涵观察均有信到。并得蒋子潇潼关来书。

初十日（12 月 20 日）

黎明行，入东门，出南门，纤夫不齐，停舆候之。过河，盖白水也。乃皋送至五里外。一路傍江行，有狭斗处，四十余里，过桔柏渡，船后约二里，即到昭化。志明府（静，伯琴）、周广文应熙（缉斋，甲午）迎谒。缉斋，简州人，言《中兴颂》外，尚有鲁公书石在夜月洞，离州有四十里，前四年甫出者，未见拓本也。尖后，两君复送于郭外。出县即上山，上天雄关，极高峻，山名牛头，石岫奇峙，又过云头山，有秀特气，蜀山从此渐锋露，而路特长。今日九十，有一百。酉初到大木戍住，又名达摩树也。尖次，得胡恕堂署臬书。整日晴，早必霜，大冷，午后便暖甚。昭化有“费敬侯屯兵处”牌坊。

十一日（12 月 21 日）

黎明行，一路渐上山，石壁斗起有奇气。四十里，至剑阁，两崖中，一门登阁，却不能眺远，雄崎极矣。下关后，崖间刻石尚多，无甚古者，即文饶、义山诸诗，亦非其自书也。又五里，剑门驿尖，省署承差等迎至此，无一事也，何苦何苦，令自回去耳。尖毕，已午正，速行，柏树数十里，过青树子，天然桥直到抄手铺，树渐稀，上下坡岭路亦宽，共又六十五里。到剑州，署州葆符，行七，及广文龙瑞图、傅泰翀迎谒，一话去，天将黑矣。今日日短至，得梓潼县娄大令书。

十二日（12月22日）

黎明行，面少不够，多枵腹行者。出门即上高山，甚峻，约十里后渐平夷，过清凉桥，梁止塘讲书台，古柏苍蔚，如青树子也。共四十里，甚大，柳沟驿尖。驿丞严珎来谒，未见，天已不早，急行三十五里，武侯坡，有李世杰修路，自七盘关至此，四百余里石碑。下山约五里，武连驿住，旧县也，萧条甚，仍剑县管。早行出公馆，出南门东行，至鹤鸣山重阳亭看颜书《中兴颂》，亦自左而右，有费少南八分跋尾，惜不尽可读，盖其记师君刻石事也。又有治平题名及李商隐、康对山各记。竟日晴暖。

十三日（12月23日）

黎明行，过石桥，下即小潼水也，山不高大，有柏树，不甚多。四十里，颇大，上亭驿尖。尖后，路渐平，二十里，至七曲山。至文昌庙，前殿悬睿庙御书“化成耆定”扁额。平冉贼时，帝君显圣也。后为桂香殿，东为家庆堂，乃帝君父母，两旁又分塑男女各像，堂下风洞，塑骑马像。后有关帝庙，对面有盘陀石、应梦台，台中一床，说是帝君做梦处。庙坐东向，西有晋柏，已无枝叶，枯而极古。满山大小柏荫遍，僧宗辉云：谢果堂太守于山前后又补种六万株，在道光十八年。僧索书联幅。又行数里，至送险亭，又过剑泉，上有观音小庙，剑关至此，方有此泉，一路山，皆无泉也。又十余里，至梓潼县住。娄晓林大令钟同两广文迎谒。晓林颇有书气。公馆肴酒均精，月色差可。

十四日（12 月 24 日）

半夜起，上房丑正后已喧矣。五鼓行，一路平坦，二十余里，始天明，过罗汉桥后，上山坡，颇斗，过石牛铺，方平，共六十里。魏城驿驿丞署尖。甚闲敞，本前县署也。丞张吉斋迎谒，尖后，仍多山路，路长，而舆夫健，过涪水，船渡。署绵州音隽甫同年（音德布）、正印德恩及广文迎谒，此州局面甚体面，今年中两进士，一入词林。一路山坡，水田相间，有湖湘光景。连日接各处信禀，多是荐家人者，可嫌之至。日间过沈香铺，人烟稠密得紧，竟日阴。

十五日（12 月 25 日）

丑时醒，闻雨声，少解热气。黎明行，至州署六一堂，院大而少竹石点染。出南门，音同年及教官送于城外。昨有舅告甥，逾丧入学者，即交隽甫查问，事隔三十年，想是胡说，当惩之也。路经雨，颇滑，上山坡两三处，六十里不小，金山铺尖，罗江管。已未正，尖匆匆即行，三十里甚小，申正即到罗江。县令江受禧、教官唐贤迎谒，公馆向南，极敞大，少有也。东门外桥东玉京山，林木幽茂可爱。江东麓索书数纸，江西余干秀才。月佳。

十六日（12月26日）

天黎明行，大雾不成霜，仍晴。十里，至白马山庞士元祠墓，有春秋祭，少憩行。过小坡后，一路水田夹路，清宽天地也。鹿头关未见。五十里路大，午正尖德阳县行馆，大，有戏台。奇县令，广东人。胡汝开，教官；刘炳勋，内江拔贡，履历是其自写，字佳。福建门人林振禧来见，现在县署阅卷，将入京去。尖后即行，舆夫疾走，申正后即到汉州，又五十里矣。知州郑安仁，闽人，广文廖正笏、王光樗迎谒，将至州城，过和顺桥、石犀桥、金雁桥，俱壮丽。城内亦稠富，然风气近悍，不让路。公馆佳，后有暇景亭，两馆相连，夜月食而阴。

十七日（12月27日）

天大明后方行，路湿，似小雨后，一路水田，而无甚好景。过唐家市，人烟甚密。惜过王稚子阙，忽略未睹也。共四十里，至新都，县令饶恒，同广文迎谒。午正后饭，饭后，同出至南城游桂湖，升庵故宅，依南城为园，尽栽桂树，下为大池成湖，楼亭俱在，湖际宽约方一里，有升庵像，又仓颉祠，朱衣夫子像，实不解升庵何以有此大屋？现无嫡支矣。旋出北门，至宝光寺，并到后面紫霞山，乃平坡耳。寺院宏整，多楠树，慈竹成林，即桂湖亦全是竹子也。入北门东行，即至公馆，省中佐杂多来迎，俱不见。刘玉从省来，行李驮子倒三骡，足见此道之难。竟日阴。宝光寺方丈照峰以诗来。公馆亦有竹、木。

十八日（12月28日）

天大亮行，十里，过昆河桥，水溜甚迅，从灌县来。至天回镇，入成都县境，过驷马桥，想相如所志，亦不为高也。到武侯祠，制军以下各官迎见于此。府县各官及佐杂均来迎，稍一憩话，即入大安门，东转向南，复东，至皇华馆住。有东西两院，屋宽而冷，署制军以下均来候。未入门，支少鹤学使来，略一话。署臬胡恕堂来话，余方剃发，承送好酒一坛，果然好。检点衣物等，已暮。得子愚十月十四日书，甚慰。

十九日（12月29日）

早，苏蕉林同年署藩来话。去后，余即出门拜署制军裕集庵将军瑞、署臬胡恕堂（兴仁），成绵龙茂道马艺林（秀儒），支学使处，皆一话，归饭。见客数人，复出拜都统伊琫额、盐道清安泰、署提督万福，皆晤话，成都府李宗沆、成都县蒋若采、华阳县杨柄锃俱来晤。盐道处遇周三爷，乃吾父执也，八十三岁尚健极。天气时冷时暖，总不见太阳，好几天了。艺林来灯下话。

廿日（12月30日）

阴寒如昨，会客不歇，殊无甚可谈也。裕将军、支学使俱来晤。申初出，遇蕉林谈，看藩署，花园极敞且大，止是屋子少幽邃耳。至学政署，赴少鹤席，略周视署内，房子窄且敞，费收拾。同席者苏蕉林、胡恕堂、汪安斋。少鹤欲送我轿，用不着，此处都坐绿帷轿，学政、道台皆然，反以我为矫枉，大奇大奇。

廿一日（12月31日）

因祐曾不适，殊焦念。客来未歇，晤陆次山、沈也鲁，尚如昔也。恕堂继慈寿，往祝，将军以下皆在，看戏一出，吃面，一饭而散，可笑之至。祐曾服生地，渐佳。得子愚十月廿三信，内有子敬江南书，可慰可慰。

廿二日（1853年1月1日）

卯刻起，候至辰正，少鹤处始送印来，先谢恩，九叩首，更衣拜印，仪注开九叩，费礼唱三叩，此间书吏无章程如此。上任大吉之外，又有禄位高升条，余不批，付之一笑耳。教官参见，书吏、各役俱贺后，上房供祖宗牌位，早晚上供，大家道喜，此怀惘惘万端。桂儿写奏到任折已完，有请安及元旦贺折同发。各房呈通行告示稿，多有事理胡涂，费改动者，不知前任诸君何以都将就得去也？晚同先生吃酒。

廿三日（1月2日）

早，略见客，旋因封折不见客。下午，略有闲致，看字画，无佳者。问陆次山借去。申正见月可喜。

廿四日（1月3日）

早，大雾，奉两折行九叩后，即出门送交将军处。向来都是借伊处差官代递，每匣一个，费廿四两。此次将军谦让，止收一分。汪安斋、顾幼耕处谈，归早饭，已午初。雾散大晴，真奇事。同三位先生携儿侄及钟曾出南门，至草堂祠、杜公祠。归过二仙祠，吕、韩皆塑像，工部亦塑像也。至武侯祠，柏树好。谒昭烈惠陵，至花院，坐落稍可，亦无邱壑。有大脚莲，颇奇闻，此间饶有之。回城已暮，路来往三十余里。晚酌，兴致好。

廿五日（1月4日）

仍阴，早会数客。请顾幼耕教书，不肯来。早饭后，出拜客，出东门往南，向东南，至薛涛井。苏蕉林署藩请。井无风景，不审何以得名？惟楼上看锦江差胜，昨游路也，远得很。归发京信，交将军。

廿六日（1月5日）

陈稻孙来晤，郭古樵乃郎京铭来，知古樵柩尚未回去也。

出谢客，晚约支少鹤学使便饭，胡恕堂、苏蕉林作陪。夜看稿，睡迟。

廿七日（1月6日）

早，会客，看稿。午初出城，至真武庙，将军以下俱集，送少鹤行，未初方来，少谈即别。寄子敬苏州信，并一篓一匣，交少鹤去。入城，至学政署，同蒋少园、杨春樵周视一番，上房改作先生屋，客厅改上房，二堂改客厅，签押房东北，尚可改作小花园也。又看旗杆，向来每更换学政，即换杆，故灌县照例送大木，而木亦无佳者，以其常易也，可笑可笑。归寓，看到任本，并咨各部院文，即看典吏们封本，又看稿，用印，遂至暮。令桂桂、鼎鼎看衙屋去。周执翁花园好，有赵常山洗马池。

廿八日（1月7日）

早，拜本，开门九叩，东北向。早饭后，行升堂放告，问门前并无控告一人。午后，出拜客，到署与桂、鼎及工役等斟酌，大局更定矣。然换梁柱颇费事，欲初十移入，不知能否也？出署，仍拜客，回公馆。晚饭后，张诗舲着差赍到在陕西所发大钱疏。朱喻详婉，谓复古不易，着户部将此折存记备采摘。然絮项细极，臣岂好言复古耶！敬叩领。并得诗舲书及画。折差十日到京，耽阁五日，十日回陕，歇一日，九天即到此。兼得子愚十一月初三日信，知联儿母子于十月十二日到扬州，甚慰意。

廿九日（1月8日）

早，清四川省志，做通行告示及谕书差告示。陆次山来话江源考，自佳也。申刻出谢客，晤伊省斋都统一话，顺路归，今日静时颇多。

十二月

初一日（1月9日）

早会客不多。复张诗舲中丞书。并寄子愚十一次书，托诗翁去。为换铸关防，作咨请督院转题，照礼部例也。午后出，晤苏蕉林，因早间信来，说粤匪由长沙逃散，到益阳、宁乡，兹复破岳州，抵武昌矣。狂突如此，奈何！又晤胡恕堂，两司方，筹防堵事宜也。到署看工程，归，徐新斋来话，甫到省。陕西折差回去，明早走。今晚先生开菜单，甚佳。酒后，写大字。

初二日（1月10日）

黎明，恭谒文庙。朝服九叩首礼毕，同府、县学教官一话。庙制朴而壮丽，古柏参天，康熙二年佟制军始倡修者。归拜樊又斋令弟，徐新斋同年。回寓，请吴寿恬先生上学，鼎侄、钟曾从受业。天气晴得狠，不易得也。见数客，拟观风题，收拾通行稿，可省者皆免行，以省纸墨之烦。恕堂来话去。晚请高云澜来治嗌症，即留同徐新斋陪先生酌，颇畅。昨日因关防漫漶，咨到督署代题，系因礼部例也。

初三日（1月11日）

竟日清文案，并出廿四属观风题，恕斋、伊省斋都统，马艺林观察先后来话，又顾县丞模，棣园嫡堂兄也。晚赴恕堂约，同新斋去，家乡肉甚佳，眉州鸡好。

初四日（1月12日）

连夜好睡，而起来仍不免呃嗌。今日又阴矣，高云澜来开一方。晡出，至督署话，到署看工程，归，得杨杏农常德十月二十日书。服偏方：用枣三枚，去核，中包姜一片，砂仁一个，纸包煨透，煎水服，效。

初五日（1月13日）

母亲忌日，才三周年，家况时事，变易若此，痛切痛切。竟日不见客，写大字多，又复各处信，得十余封。惟阴寒甚，早晚上供。

初六日（1月14日）

忌辰，不见客，恕堂来话。午后，到署看工程，渐有条理，然初十日是来不及的。将军为关防事，札司详核。学政非藩司属员，此举可云谬甚。因作书问蕉林去。晚，蕉、恕两君来便酌，首府李霭山送席。

初七日（1月15日）

阴寒大雪，雪到地即化，不能积聚，想京师雪景，不可得也。作第十二次书寄子愚，要买纸笔等物，从礼部文书去。午后，将军来话，去。余至署，邀恕堂斟酌门路，同至臬署邀蕉兄，三人同饭。臬署东西间院，树竹甚雅。恕堂两郎出见，皆英俊。闻前月十三日汉阳失守，到那里，破那里，奈何奈何！回寓路甚湿。

初八日（1月16日）

大晴，见日满东窗，希有事也。从督署要回铸换关防咨文，自行办题，求人不如求己，徒耽延时日耳。杨春樵来话。又有陈伟观，福建甲午乡榜，乙未教习，世兄，候补令也，同见。又梁三亭、张牟子均晤。郑朗如师之世兄，名士元来晤。今日腊八粥，照京师做法。晚为邀锦川做生日。先不知，到，略添菜耳。张菊潭来话。

初九日（1月17日）

昨午复阴，今如之，竟日未出。苏蕉林、胡恕堂、马艺林先后来话，为墨池书院事。蕉、恕两兄颇龃龉，公事不必如此也。又见数客，俱匆匆。看蓬州字课卷二十本。申刻封题本，即请换关防事。晚饭蕉翁处，得支少鹤超山来书，言弊窦颇悉。惟于宽待书差，若知我约束之严，为缓颊耳，何也？我又何尝过严耶。

初十日（1月18日）

辰刻发本，九叩首。少停，到署祭旗竿，巳时树旗，府、县教官俱到。至署内，又斟酌一番而回。早饭后，胡恕堂来，知苏蕉林调浙臬，文煜升川臬。请盐道来话，邓藩甫来，为墨池书院事。午间，剃发，写大字一阵。晡出苏蕉林处道喜，兼回拜各客，归暮矣。公馆后唱戏，吵闹之至，致两稚夜哭不眠，早间请高云澜来为二娣诊，第二次矣，感冒，服药好些。

十一日（1月19日）

忌辰，竟日未出，清《省志》及《经世文编》，写大字，读坡文。天阴寒。二娣大愈矣。任琼甫、翰屏昆玉来，将从此入都也，留便晚饭。邀恕堂，未来，有处吃酒。

十二日（1月20日）

晨起暖甚，有春意，不甚清爽，而天色大晴，日满窗处。早饭后，恕堂来，邀一话去，同至墨池书院，拜聂蓉峰前学使文祠，与同乡诸君商量追复书院遗址。墨池者，子云墨池也。书院甚开敞，惜经费不足，昔本作省书院，今乃作县书院耳。沿路至衙门看工程，又约邓藩甫选开井地，本先井在白虎方，最不宜也，今移青龙手，俟三春后动工。回寓，办签押，写大字。晚饮恕堂处，看帖、画，有刘从训字卷，及明人国朝人尺牍册佳。酒多些，回寓，同先生们谈，看好月，方睡。

十三日（1月21日）

复竟日阴寒，未出。高云澜来，同早饭，为二娣及裕曾酌方也。作第十三次书并寄蜀物交伍琼甫弟兄带京交子愚。琼甫借百金，从恕堂转借来，未支养廉，无分寸也。晚约张菊潭、伍琼甫、翰屏、苏蕉林、胡恕堂便酌，肴不够，可笑。恕堂送酒殊佳。闻武昌解围，贼窜黄州，不糟蹋雪堂方好。大约要结民心而民不归之，惟抢银米而去。若有劲兵，迫令下海去，非妙着乎？夜暖，难晴。

十四日（1月22日）

阴寒，收拾书、物。杨春樵来，言贼至黄州，被炮击沉数船，遂遁往九江去，若都似此，将收拾毕矣，殊为可喜。看

《澹庐堂帖》，中刻承页千文，即常南陔所秘之本，伪迹无疑也。晡，至署一看。赴周执庵丈席，饮于赵常山洗马池南，八十余叟，饮啖健于吾辈，亦奇。晚，督署送京报来，知琦静翁署豫抚，同郑小山办防堵。安徽、江西俱筹防堵，添兵八千，圣旨严切之至。罗椒生为日月连蚀，疏请修省，得谕旨，皆可庆也。

十五日（1月23日）

早起，收拾一切，辰正早饭。巳初，余先至署，祭仪门及衙神、灶神，皆三叩首。旋迎二娣以下，均平安欢喜入署，先生们俱到，天气晴朗，午初已齐至矣。安神堂道喜。两县送席，胡恕堂来贺，谈及武昌两岸，贼均未入城，东下矣。

十六日（1月24日）

检字画，安波黎，客来不歇，署督、署藩、盐道、署提督、都统俱先后来，成、华两令俱来，提起佾生免府县考事。高云澜来，仍为裕曾看，上半日大晴，午后阴，夜无月。昨夜酒后，同三君子到大堂院看月，茶话近来瑞事也。今夜酒后试奕，复写得京信一纸。王澜浦前辈回省来晤。得老五十一月十七日书。

十七日（1月25日）

早起，考贡者十一人，点承差卯，见客，得晤凌棣生（树棠）从京师来，捐复知州到川，风采如十年前。成都守李霭山来，言重庆以下商船已通行，想贼氛已戢，可喜之至。渐清积稿。发十四次寄子愚书，交督署折便去，明日行也。晚为吴寿翁温居，颇有趣，夜极好睡。两娃娃亦安寝不吵，竟日阴寒。

十八日（1 月 26 日）

阴，而不甚寒，早验看芦山教官考。阁署书吏应考者六十二人，有甚通文理有书卷者。取定一等二十二人，二等十六，三等十七，皆令好好当差。四等十一人，谬甚，斥去。午后，客来，张牟子晤话，陈中铭话。晚赴裕集庵将军席。先拜蕉林夫人寿。

十九日（1 月 27 日）

寅正起，卯初封印，朝服九叩首。昨日将军说如此也。礼毕久，天始明，甚冷。会数客，看考贡卷十四本，竟日未出。晚拜坡公生日，酌于西夹厅，略醉矣。阴寒。

廿日（1 月 28 日）

奇冷，如京师寒节也，例稿看完，删去数事。午间出谢客，方伯、提军、兰浦前辈俱晤，恕堂处少坐，即回了。公事一阵，后会颖生观察书。晚出恕堂处便饭，周执翁、清秋浦同席。

廿一日（1 月 29 日）

冷更甚，人不甚适。月台前换砖动手。午出谢客，晤清秋浦观察、伊省斋都统，冷甚，沿路拜客归。杨春樵来，属连讯承差邹辅廷事，办签押朱墨一阵。裕将军来话，将卸署督事矣。

廿二日（1月30日）

天晴有趣，人有兴致，案牍全清。前日支到养廉，连今年同明年一半，作京平一千九百三十四两八钱另五厘一毫，库中止一千六百三十五两二钱，书差等工食京平一百四十一两五钱另三厘，实库平一百三十三两八钱另九厘。作书寄子敬于江苏，由蔚丰厚去，写大字一阵，清书帖，渐有条理。午后仍阴，然不甚冷，陆次山来话。晚饮清秋浦盐道处，花园水竹亦佳，不大耳。

廿三日（1月31日）

晴一阵，仍阴。蒋少园大令来话。午间写大字，竟日瘦茶，似冒寒也，晚酌后佳。

廿四日（2月1日）

略晴仍阴，大雾作冷。剃发，见数客，写字一阵。晚请周执翁丈、胡恕堂、清秋浦。执翁八旬外人，健谈快饮，我不能陪，真奇怪也。作书寄唐印云，恕堂说：有脚子去。小年了。

廿五日（2月2日）

阴寒如昨，恕堂赠冬笋来。贵州门人杨泽浦来，（济泉，辛酉世弟兄）留早饭，发十五次信寄子愚，并竹筷、眼药去。毛州同来，（祥云）晤，写大字一阵。

廿六日（2月3日）

晨晴，午后阴。恕堂来话，午间写大字一阵，清《左传疏》。晚请裕集庵将军、万署提、伊都统、苏署藩饭。作书寄锡鹤亭学使于安徽，中有吴寿恬家信。园中种树起，承差赵得蔺等带信寄少鹤。王梅溪到来。

廿七日（2月4日）

寅刻，立春，不大好睡，各衙门道春喜，有送春人来，一两人跳唱，可笑也。写敬简堂扁字。晚，周执翁处酌，同坐者，恕堂、秋浦，酒极佳。早间，督署处有廷寄到，武昌失守，川省催办防堵，事愈大决裂，奈何！把杯时惟长叹相视而已。阴寒。

廿八日（2月5日）

阴寒，东院开井动工，种竹树渐多，然竹总不佳也。各处送年礼俱不收。此间年事，冷淡可想，亦由时事不妙也。马星四、彭梦九俱到，因为三君子接风，又塾师放学，劳酌，九人同席。

廿九日（2月6日）

阴，不甚寒，公事稿渐清完，竟无了期也。午间，令儿侄陪诸位先生往城南散闷去。余写对二十付，署督有折差来取信，因寄十六次信去。

卅日（2 月 7 日）

半阴晴。午间出，至督、藩、臬、龙茂道四处俱晤。归，颇倦，辞年后，子初睡。

咸丰三年

正月

元旦（2 月 8 日）

丑初起，二刻余，到会府，则将军、都统、提督、藩、臬、道以下，俱已先到。丑正二刻，行九叩首礼，贺天喜后，坐班。起至官厅，久憩，将军往文庙，余至文昌宫拈香，又到关庙，适将军亦到，同行礼。余即归，而将军往文昌宫团拜也。归后，大汗不适，乃因劳乏缺睡致然，遂零星竟日，睡总不着，午后渐好。出拜年，一个时辰归。晚酌后，渐适，与梅溪奕，乃寝。

初二日（2 月 9 日）

请吴医来诊脉，乃大虚，令复高力参、熟地等，颇合。晚酌，未出，然尚有兴致，夜仍汗，却好睡。得子愚腊八日书，中有子敬十一月十六日后书。京师人心慌慌，奈何！

初三日（2 月 10 日）

忌辰，竟日疲困，病退致然，仍服昨方，夜免酒荤，好睡。晴难得。

初四日（2 月 11 日）

比昨稍健，略可看书，仍服昨方，高力参减少耳。师筱山、边锦川两君归陕去，因闻西安办防堵，甚张皇也。因作书与蕉林，想邀陆次山来，蕉林晡未晤。今日看书十余纸，昼寝不着。恕堂拟川省练勇稿，来酌，夜收文书不多。阴竟日，冷，请谢守备看女儿及祐孙。

初五日（2 月 12 日）

仍服昨方，添首乌、川芎。恕堂来话。午后，杨春樵来话，他客俱未能会也。阴竟日，不大冷。夜清积信，交诸位先生。

初六日（2 月 13 日）

天晴难得，却不大暖，昨方加肉桂、菊花。新井自廿八动工，今日做完矣。有驻藏大臣谆龄，今日到省，住皇华馆，照例差接，而未能躬迓。大堂前搭棚，为考试也。夜见新月。

初七日（2 月 14 日）

忌辰，阴竟日，不甚冷。服昨方。由藩、臬两署借好竹子来种些。晚饭后，不适，久始平。见京抄：罗椒生得副宪，潘星斋得阁学，梁矩亭得通参，十一月二十四也。

初八日（2月15日）

阴，略有晴意耳。种竹树尚未完。服昨方，易焦术、洋参最佳。饮后即困倦。吴医云：今日甚冷也。王姬生日，三十四岁矣。晚酌至八杯佳。

初九日（2月16日）

阴竟日。人渐健，欲约次山来署，乃不情愿。仍服昨方，焦术通阳，有效。晚于京报上见吴给谏（廷溥）请开烟禁收税，折子甚畅，想必可唯行矣。夔州办防堵起。武昌失守后，尚无消息，奈何。

初十日（2月17日）

晨起，健，午后困甚。吴医来两次，诊脉仍佳也。辰刻，鼎侄同钟曾上学。天色大晴，种竹树人迟迟，可厌。夜见月。

十一日（2月18日）

忌辰。阴晴相半，而天气冷暖兼之。明日即雨水节矣。发各处复信九十四件，并出示谕生、童。精力渐健，看观风卷四十余本，颇烦闷，少佳作也。藤花架做起。作祭新井文。

十二日（2月19日）

先室陶安人冥生日，怆怆。早堂传齐经制承差茶房，共七十四人，默写四书（为政至不逾矩）。挑二十一人入署住，向来则全行入署，多而无用。房子不够，致占客厅也。仍服昨方，而午、未间惫极，不可解。恕堂来话，知常南陔中丞殉节甚烈，为贼所敬，殡而祭之。申刻，祭新井，开井口，煮水尝之，佳。竟日大晴。

十三日（2月20日）

阴，有雨意。人健适，胜昨多矣。谢土神，用女道士念经咒，从俗也。吴荷亭医士（映川）从臬署稿来，以便早晚诊脉，带一徒弟张姓来。得联侄十一月初九苏州发信。夜小雨，至夜风。

十四日（2月21日）

忌辰，回想庚戌是日，怆痛何如也。时方住报国寺，有雪也。阴雨竟日，易药方服之。恕堂来话一阵。发各处信十七封，中有寄李舄冈亲家信。晚出至恕堂处小酌，兴致好，半月不出矣。得重庆守鄂惠信，说武昌失守，事属子虚，可幸亦可哂也。仲深奏报，因在岳州，得信不实耳。

十五日（2月22日）

上元节，风大雨细，冷不可去，为冬间所未有。服药加炮姜，颇合。脾有积寒也。出，回拜谆藏使（龄），未晤，蕉林处一话，归。

十六日（2月23日）

黎明，出谒文庙后，到明伦堂听读卧碑，后更朝服，讲书，归甚倦。午刻放告，无甚怪呈。点卯，整饬一切，遂至暮。经古卷夜方齐，仍未全到。

十七日（2月24日）

考经古，黎明点名，生、童同场，七百名，扫场甚迟。

十八日（2月25日）

考头棚生员：子谓韶章。寅初二刻起，寅正点名，卯正毕。在璿玑节，金石刻画臣能为，得“平”字。竟日安静，晓寒，午后晴一阵。未正跪接，接印。接奉朱批：地方情形，随时访察具奏。得子愚嘉平二十三日信，甚慌甚慌。点名完。天尔黎明，人不甚适，或系风大也。日出大晴，而冷不解。鼎鼎渐愈，祐曾复感冒。（子曰为命章。左青龙而右白虎。天下几人画古松，得人字。）

十九日（2月26日）

卯时开印，出经古榜，生十二，童十一，提调、巡捕俱谒见，竟日阴。颇得佳卷。观风亦有佳者。昨夜极好睡。鼎侄感首，颇重。

廿日（2月27日）

考第二棚生员……

廿一日（2月28日）

忌辰，覆试经古。早首寒，午大汗。发十七次京信，由咨文报去。恕堂信来，说我胜贼败，不道其详。

廿二日（3月1日）

考崇庆州新津县童生，夹带二名，乱号二名，且从枷号，备废。（官举逸民。羊枣所独也。梦笔生花，得才字。）大晴，甚暖，出头场生员榜。

廿三日（3月2日）

出二场生员榜，搜落，甚费心。

廿四日（3月3日）

考二棚童生，仍有乱号等弊。（温江、金堂。）

廿五日（3月4日）

出童榜。

廿六日（3月5日）

考三棚童生，甚干净。（崇宁、新繁、彭县。）

廿七日（3月6日）

出童榜。覆头、二棚文生。

廿八日（3月7日）

考四棚童生，又有查出各弊。（简州、双流。）

廿九日（3月8日）

出童榜。发文生卷箱。

卅日（3月9日）

考五棚童生。（郫、灌。）

二月

初一日（3月10日）

发童榜。覆头、二棚童。发落文生。有资州李植坊，著《周易镜心》，尚是用功人，以《宋元学案》及《大字麻姑》奖之。

初二日（3月11日）

考文棚童生。(汉州、新都。)

初三日（3月12日）

发童号，秀才誊卷。

初四日（3月13日）

考七棚童生。(成都、什邡。)

初五日（3月14日）

覆四、五棚童生。发七棚童号。先文安公忌辰。

初六日（3 月 15 日）

考八棚童。(华阳)

初七日（3 月 16 日）

覆头、二、三棚文童。发八棚号。

初八日（3 月 17 日）

考外属诗古。

初九日（3 月 18 日）

考外属文生。

初十日（3 月 19 日）

覆诗古。

十一日（3 月 20 日）

覆六、七、八棚童，发外属文生号。

十二日（3 月 21 日）

考资州、井研、梓潼童生。

十三日（3月22日）

覆文生试。发童号。

十四日（3月23日）

考松潘、理番、内江、绵州童。

十五日（3月24日）

补覆成属文童。

十六日（3月25日）

考资阳、德阳、绵竹童生。

十七日（3月26日）

发童号。

十八日（3月27日）

考仁寿、安县、罗江、茂州、汶川童。

十九日（3月28日）

发童号。发落文生。

廿日（3月29日）

覆外属头、二棚童。

廿一日（3月30日）

覆外属三、四棚童。

廿二日（3月31日）

廿三日（4月1日）

补覆文童。

廿四日（4月2日）

补覆文童。大覆内、外属文童。发内外属文童卷箱。

廿五日（4月3日）

发落文童。

廿六日（4月4日）

补覆文童。

廿七日（4月5日）

下教场，看马箭。

廿八日（4月6日）

看马箭。

廿九日（4月7日）

看马箭。

三月

初一日（4月8日）

看马箭。

初二日（4月9日）

歇教场，在城西北隅，署中到彼有十里。天已热，风大，日炎，人渐病。前吴医令多服温补药，此刻变为湿热之症，饮食不进，小便如血，甚苦甚苦。

初三日（4月10日）

看马箭。

初四日（4 月 11 日）

看马箭完。监箭者，副将。与张牟子提调同看。余病惫，少憩时，请牟兄代。填前册，今日归，更病矣。

初五日（4 月 12 日）

昨误服江西刘君药，今日不适之至。请胡君来诊脉，用枳实、厚朴等，颇合。刘君者，陈古棠提调所荐也。

初六日至十六日（4 月 13 日至 23 日）

皆调理少憩，日见痊可。

以上藏于湖南省社会科学院图书馆，题名为《西輶日记》

咸丰四年

正月

初八日（1854年2月5日）

早出，有雨。到裕集庵制军处，杨心畬方伯、周执庵通政丈、马艺林观察俱晤。方伯处晤黄琴隝一谈，支少鹤未晤。归，制军、方伯旋来，商办武监生及监照推广事，制军先不允，而旋皆答应，亦因昨日廷寄也。余十一月初七绥定发折，行走殆四十日，十二月十七方奉旨，五百里谕言“知之”，廿七已到督署，学额增加一节更不可缓也。补上新年供，与诸君子谈宴，雪雨竟日，春田润泽。领关防咨文交沙令芹生涧泉带去，明日行。

初九日（2月6日）

早出，万提军、伊都统及俞太守，桂、徐两大令，清秋浦观察，俱未晤。归，伊、清两君旋来话，周执翁亦来。今日暖，晴。

初十日（2月7日）

早，早饭。同吴寿恬、师小山、王梅溪三君子，及儿、侄、孙并汪家姻侄往草堂寺、杜公祠，幽趣胜去年，清气满怀，梅花尚烂漫，竹阴佳妙。奕、饮后，余作书，小山作画。余先回，久憩。晚饮周执庵丈处，翁健饮啖，余与心畬、秋浦、麟士皆不能及也。秋浦升湖南臬司，道喜。问云升首藩矣。酒新，半夜醒，不睡至天明。

十一日（2月8日）

忌辰，不出。复黄新甫书。沈也鲁来晤。领关防事改委督署差官顾鸿宾。作书寄子愚。俞麟士来话。

十二日（2月9日）

早，见数客，送侄及孙上学。早饭后，出门谢客，晤支少鹤，面色佳于前，有子之乐可知。晚陪吴寿恬先生酒。今日白诗桥、祁叔和、恒容斋、金香谷皆会，音隽甫、朱少江皆会。

十三日（2月10日）

晨静。早饭后，出晤制军，到清秋浦处看水竹，春色明妙，他处所无也。仍顺路拜客，归。李云生太守、钟昌勤大令皆晤。云生由陕西署嘉定守，闻其风雅，想是诗舲一路。同乡清溪令周梅森翁倬来晤，闻工诗画，人却不潇洒，画可知矣。晚饮成都守俞麟士署，同席者即初十日诸君子，酒佳甚，难遇得狠。

十四日（2月11日）

成庙忌辰，竟日不见客，写大字一阵。阴，小雨。

上元日（2月12日）

早饭后出，半个时辰即回，路泥滑甚。有候选训导陈大镛来见，言曾两次上书制军论捐输事。复汪安斋、顾幼耕书。昨日得鹤田讣，为发各处书。

十六日（2月13日）

早，大雾。荣县郑尊仁来见，送《少谷集》，其十一世祖也。早饭后，制军来一话，言南北无佳音，江西有复被围之信，奈何！午后出谢客，至周执翁池亭久话，知十三夜，制军查夜，坐小轿，为营兵出巡者所窘。此间兵横民悍，深可忧虑。回来困甚，略睡。俞麟士来话。晚赴清秋浦酌，仍前客，余疲乏不能饮，大家也就冷淡，又兼念时事故尔。午后大晴，夜阴无月。看放合子，毫无意思。

十七日（2月14日）

晨静。午间晤史书屏、琦要山话，要山者，静庵中堂乃弟，而神气朴质可喜。发各处贺年复信五十封。晚约金香谷、恒容斋、桂小山、徐笛云饭，颇畅。

十八日（2月15日）

静，未出。翁次竹来辞行，言明日往嘉定一带议增盐价，蜀中盐下游恣行增价，则国民两便，与两淮事不同也。请刘医来诊脉，黄琴隖来话。辞帖，牙痛喉痛未愈。支少鹤亦苦耳痛闭，皆春气为之耳。又发复信卅件。

十九日（2月16日）

卯初起，开印，礼成后，天甫黎明。早饭后，午间剃发，出至心畬、琴隖处话。看马艺林，未值，明日往嘉定办盐价事也。回拜数客，归。晚约朱小江、钟湘农、音隽甫、祁叔和、杨春樵酌，最后饮荔枝酒，比前日更和平香美，开坛后，烈气颇解也。闻庐州失守，江岷樵阵亡，甚惨，贼恨之甚也。失此长城，军事如何是好？却闻静海收复，差慰。得子愚嘉平廿五日书，有联儿母子平安语，不知何日得子。喜甚喜甚。盼子敬湘中信矣。

廿日（2月17日）

为子愚得子贺喜。午间复吴子芯书。与王雁汀陕抚书。晡过万提军话，赴音隽甫与钟湘农、白诗桥、恒客斋、金香谷、祁叔和、桂小山、徐笛云公请席，客有周执翁，看剧，无味。隽甫酒并不佳，不知何以得名。

廿一日（2月18日）

忌辰。天阴，午间晴。恒客斋来久话，无他客。早作札与杨心畲，为隽甫事。连日装订《全唐文》。闻南江案全获，竟是谋逆，亦奇。

廿二日（2月19日）

晨阴，盼雨得狠。早饭后出，与制军一话，闻将出省查团。不惟团难于查，不必查，且时事方殷，督、藩不宜两处也，阻之，未甚允。到南门拜客，归。晚请周执翁、杨心畲、清秋浦饭，颇畅。支少鹤、俞麟士皆辞。午后仍晴。

廿三日（2月20日）

忌辰。孔璞斋未入，（继钰）来话，句庸人，能篆书，言有嘉兴钱无定，号岱雨，前为府经令，闲居，画水墨，年七十余。午后写对廿二对。晡时，熊懋龄大令同年来晤，闻子立近状佳。又得十一月半间家信，山东地方安静。

廿四日（2月21日）

晨静。早饭后，周执翁请到教场看练勇，鸟枪、抬枪、刀、矛各技，俱有可观，然大约以火器为先。抬枪准头两人，难得齐心，颇觉无用。午间同面，两首县先去，三、九两世兄与各首事同席。又看一回，未初散。归，晴日，热。杨小海侍卫来拜，海梁丈之子，袭忠武公侯爵，年才廿三耳。

廿五日（2月22日）

静。得彭于蕃永昌守书，孙芝云带到，说芝云善画，胜杨紫卿，未必未必。发长沙守仓小坪书，中有寄子敬信，久不得安排，实深悬念。晡赴杨心畬方伯席，先与琴隖话，因执翁、秋翁后来也，谈饮畅，醉怀矣。回署已子正。尚有拦舆告状者二人，当时一讯，丑初方睡。子敬遣老鲁来，得其腊初湘潭乡中书，及李家两亲家书，甚慰。老三又得一女，何苦。

廿六日（2月23日）

竟日静。雨寒人倦，惜雨廉纤甚，无济田功也。晚请孙芝云、沈也鲁、周子容等酌。芝云送画，果非超雅。子容说钱□言画佳，且等领教再说。

廿七日（2月24日）

雨后冷甚，晨静。早饭后，回拜杨小海，不遇。晚请刘小云谈画，未来。俞麟士来一话。老鲁试做菜，风味果又不同。

廿八日（2月25日）

晨静，渐清书帖，写大字两次，寄子敬书。晚拜客，饮执翁处，秋浦、心畬俱不到，补请白诗桥、老翁及三、九两兄同坐，颇有清致，看钱岱雨画梅，尚好。菊兰嫌芜。酒后赠本地鹿尾四支，每支一钱余，冷水浸三四日，去毛，网油包蒸，切片食，闻亦似京师也。滇中寄来蕈，味亦极鲜，胜鸡枞。写寄李太母八十寿对。

廿九日（2月26日）

忌辰。甚静，检画，写大字多，人疲苶。晡时，刘小云来作画，果然熟而气清，人亦爽快，郑县人也，留同晚餐。钟湘农送酒，佳甚。

二月

初一日（2月27日）

晴而寒，不见客，桂小山来一晤耳。写赏对廿余，人乏，且恶寒。昨夜洗足冒冷矣。晡出拜刘小云、支少鹤一谈。晚仍上供，先公忌日，数日来无夜不梦矣。金香谷、音隽甫俱送食物。写寄子愚信。闻制军处日内有折。

初二日（2月28日）

卯初三刻醒炮后起，一饭，卯正二刻行。五十里，新店尖，巳正二刻矣，先餐，两先生及桂儿后至，亦颇快。午初一刻行，一路风沙，似北道上光景。申初一刻后，至赵家渡，先廿里，郑春溥同年大令迎于姚家渡，方祈雨，实在干得狠了，省垣中尚无悯雨意，奈何！清秋浦差人送于城外，此外各街俱未及知余行，尖后，次弟有人来送耳。

初三日（3 月 1 日）

黎明行，四十里，有五十里大，兴隆场庙内尖，中江管矣。又六十里，至中江，先到县署拜王雨楼。回住考棚，人乏极，昏闷不可支，久始渐佳。肴酒俱精，与两先生畅饮得睡矣。一路旱，甚于省城。

初四日（3 月 2 日）

出东门，与雨楼别。山坡多，六十里尖，三台章令来迎，未见。又六十里，潼川府，先拜太守阮七兄，登署后来衮堂，在北城上，烟景到目，甚佳。东院亦宽雅，有亭宇。回住考棚，公馆阴暗。绥定所拜折回来，奉朱批：另有旨。得子愚书，其得子乃腊月初十，五娣所生也，喜甚。得程容伯、方少穆、吴婿各书。静海贼即将肃清，扬州收复，南京亦有好消息，曾涤生练勇将东下，与吴甄甫全力灭江西之寇。

初五日（3 月 3 日）

先公忌辰。行路匆匆，悲怆而已。黎明行，约卯初三刻，出东门，过潼河而东北行，忽西北，忽又东又北，山坡回曲，荒且旱，路亦枯窄，六十里，秋林驿公馆尖，三台管。尖后卅里，入盐亭界，又卅里，至盐亭县公馆住。县令邓云生清淦迎谒，本岳州人，寄籍长安（己亥，丁未）。教官陶泽来见，言捐输告示，颇有感动者。

初六日（3月4日）

起略迟，然卯初三刻亦行矣。三十里，出三台，入南部界，山坡间差润泽，共六十里。到巡检署住西院春晓亭，时方巳正二刻，仍午尖。巡检邵维桢来见，交到朱帖舫信。屋亮且静，半日清闲，不易得也。时见梨杏，花媚春风。

初七日（3月5日）

忌辰。卯初二刻行，山坡渐平些。十里，至花牌楼，昔有张桓侯祠像。三十里，金峰寺。又卅里，柳边驿尖。尖后卅里，大桥场小公馆住。三巡捕周、胡、徐迎谒一话，令先回府城去。知一路俱望雨。

初八日（3月6日）

黎明行，北多东少，山坡多大，侯垭甚高，又小侯垭等，五十里，天宫院尖。佛寺称天宫，不解所谓。又五十里略大，阆中令范恕（谦庵）迎于廿里外，玉陶唐太守钧迎于十五里外。过嘉陵江，浮桥颇长，江由西而东。过南津关，向西北行，入东门，至试院，未正矣。守令及十学教官先后见，未到时，告状者甚多，有似疯颠人，持蓝布旗，上写奉旨钦命巫明盛，极不可解。交阅中令审去。晚餐前，彭梦九到来，同酌鸭。马星四、何伯石俱未来，星四尊人小恙也。

初九日（3月7日）

卯正方起，夜眠佳。府县祭社稷坛。辰初谒文庙，下学讲书，善人教民七年一章。早饭后，顾棣园署川北道来晤，昨晡始到，亥刻任事，午初放告，无甚刁诈之呈。王梅溪之仆举发打杂人李世春与说卖秀□□，当时讯出阆中廪生黎观美与勾通作弊情事，传到讯实，俱枷出。廪生不自爱，亦至如此，可叹可叹。县中派入杂差廿余人，挑用十人，乃俱欲出去，亦奇事，请范谦庵来申饬，始留院，此种人情之戾如此。

初十日（3月8日）

考古，生童共八百余人。《高堂生传士礼赋》，以高堂所传是谓今文为韵。《遍雨天下赋》，以不崇朝而遍雨天下为韵。公羊齐学，穀梁鲁学论。主帅须有亲兵论。拟渊明饮酒诗五首，以“田父有好怀”为韵。望雨切极，苦晴，奈何！晚阴可盼，夜有细雨。

十一日（3月9日）

岁试文生一千六百人，大雨，五更点名拥挤，辰正始毕，门口太浅，甬路亦窄，无如何也。“子禽问于子贡曰”一章。淑问如皋陶，在泮献囚，赋得以道猎众智，得“多”字。雨住。

胡恕堂不入京，本月底即到省接印。

十二日（3月10日）

雨住，尚阴，覆试古学。阆中生范遇荣赋，似用过仪礼功夫，问之茫然，不可解。《嘉陵江赋》，以源流藻记敷陈大略为韵。勤雨，悯雨喜雨论。春寒七律四首。百花生日五言十二韵。范谦庵来，商添甬道席棚及墙上添高席垣，即留同早饭。

十三日（3月11日）

考巴州文童一千二百余人。“睨而视之”两句。舍馆未定。山花向我笑，得“春”字。童生安静，点名时因礼房办卷误公，笞责锁交提调。府学生何超伟父丧未满应试，斥革，学书杖责，教官记过。

十四日（3月12日）

考南部、剑州文童。五谷不分，四体不勤。履大小同，则贾相若。红燕，得“红”字。午正后出文生榜，二等与三等前三同一等出榜，为四川向来所无，怀寒士也。得省信，鼎侄初七生女。晡出巴州童榜，尽有佳卷。到晚复得省信，子愚于腊月廿九复得子，名成官，孟氏出，可喜得极。正月初四信，静海事尚未毕也。

十五日（3 月 13 日）

覆试文童。“惟圣人然后可以践形。”长江万里情，得“长”字，七言十二韵。顾棣园来信，欲至省，余未答应。晚睡后，范令来，仍为此事，可叹可叹。川省看考试太不要紧，惟知以上省巴结为能，耻之可也。出南部、剑州童榜。剑卷无一佳者。

十六日（3 月 14 日）

考苍溪、广元、通江童生。“知礼不知礼，孰不知礼。”五更点名，忽冷热不适，退堂后，脱衣略睡始适。“知穆公之可与有行也而相之。”摘我园中蔬，得“蔬”字。得省信，中有正月十九日子愚信，知陈如松等到京有优叙恩旨，余交户部速议。静海贼窜任邱，僧、达两帅前往，与胜克斋夹击。京师至淮上千余里大雪，可喜。

十七日（3 月 15 日）

考阆中、昭化、南江文童。禅谌、世叔、行人三段。“古者易子而教之。”臣以直为忠，得“臣”字。昭化顶冒一人，查出枷号。得子愚书，张小浦、翁二铭俱补职，皆旧书房，皆因公也，殊为可叹。灯下草数纸寄子愚。发文生卷箱。

十八日（3月16日）

文生卷到甚迟，辰正后发落，极冷。等覆试，无到者，止好拉倒。

十九日（3月17日）

下教场，看阆中、苍溪、南部马箭，共一千八百童。晚间马星四同何伯石到来，伯石系辛酉世弟兄，褒城秀才。适县中送席，同酌，伯石人极静，知医，可喜。

廿日（3月18日）

看巴州马射，一千六百童。

廿一日（3月19日）

看广元、通江马射，共一千三百童。连日回来，递呈人多，而我疲乏甚，骤难料理。伯石为诊脉开方，言脾肾两部极佳，肝肺经受风，昨夜忽大汗，自解矣。今日止加清解服之，夜适。

廿二日（3月20日）

看昭化、南江、剑州马射，共一千三百童，后散与昨日同。武童大致安静。监射游击顺福，自大得狠，真讨厌。今日颇申饬之，将咨督提两署，更换潼川监射武员。剃发，小快。

廿三日（3月21日）

春分节，大晴，可喜。覆文童，“周公之过不亦宜乎”。读书声，得听字。

廿四日（3月22日）

看巴州步箭，一千一百名，从卯至酉，惫不可言。此事真无法，一年复一年，将来蜀学如何做法？与诸君子一酌后，夜眠一身痛困。查出枪手二人，皆臆揣而获。

廿五日（3月23日）

看巴州技勇，四百另八名，有八人不至。又查出枪手两名，未正出榜，武童却安静之至。

廿六日（3月24日）

看通江步箭、技勇，申初毕。夜大汗两次，亦因天气燥闷耳。体中竟夜不适。

廿七日（3月25日）

看广元、昭化步箭技勇，止四百余人，未正毕，可以歇息。服伯石清解方，所苦已愈。晡补覆文童五十余人。“徐行后长者谓之弟。”灯前细雨，得甘字。查出请枪者二人，笞枷出。折差陈如松、夏仲林回，得子愚信，以后信俱到矣。

廿八日（3 月 26 日）

武生内场，迟至午刻。范君看外场，两日方毕，认真得可笑也。夜雨达旦，凉甚，诗题之准如此。作书寄子愚，从部文去。因奉礼部由兵部火票递到二月初八日札：奉旨，嗣后宣宗庙讳第二字，悉改写作“宁”，即日通行。又领到坐名敕书，亦须通行誊黄，向来因有所属道府等误，止因司道府不行道，可叹之至。写“遍雨堂”“晞秦阁”匾。出遍雨天下赋题，次日千里雨。此处距秦近，友人皆秦人，故有此两题。又书“敬”“静”二字为诸生助。

廿九日（3 月 27 日）

看苍溪、剑州步箭，因苍溪技勇好些，致费事，申正方出榜，乏极。天大冷，各屋燃炭。

卅日（3 月 28 日）

看南江步箭，申初出榜。剃发。

三月

初一日（3月29日）

覆试文童且歇息一日。写对子廿余付。题目：未成一篑，赋得柳线。

初二日（3月30日）

看阆中、南部步箭千余人，竟日疲乏之至。胸中无甚重病，止困得不可耐。

初三日（3月31日）

看阆、南技勇，未刻毕，即出榜，真爽快。考事遂毕，未免痛酌几杯。

初四日（4月1日）

早，发落武生，大覆文童。发起马牌。早饭后，出南门，过浮桥，登锦屏山寺，眺嘉陵江，三面环郡城，好看，只局面不大耳。回城，拜范大令，及新太守鲍□，早间来见过，与吾同庚，而出老多矣。县署晤杨晋三，午后来与诸君子话，遂留晚饭。发文章卷箱。午间到桓侯祠墓，即郡守东间壁。

初五日（4月2日）

发落文童，此次始给花红，然惟阆中有银封，余俱无也。早饭后，徐瀼泉来晤，言乃翁名承庆，丙午乡榜，与芸台师同年，著有《说文注匡谬》。旋送书来阅，甚精，不可不刻也。瀼泉乃郎士荣，现充巡捕。余出东门内看铁塔，真古气可喜，惜拓不出原底字，盖由范铸出，故止余底锋，细拙非原神也。出东门，至观音寺，颇开敞。方丈法转和尚，衡阳人，颇可谈，言对面宝塔下有状元洞，尚佳。北门外滕王阁遗址可看也。寺有牡丹一丛盛开。过碧霞宫，即陕西会馆，无是处。到锦屏书院，在水坑中，现无水，风景索然，规模太小，又去城远。山长未来，生童颇抱怨，此事大抵然也。回院覆试武童，写大字。晚赴道署，棣园、善之、顺福公请，酒佳，肴劣，薄有醉意，今日热。

初六日（4月3日）

补覆武童及文童零碎毕。顾棣园、范谦庵先后来话。写大字多，收拾行李俱清。人不甚适，伯石诊脉云：有虚火。

初七日（4月4日）

昨夜汗多，今晨却能起。卯初三刻起身，署道、署游击送于桥北，诸生及教官送于桥南。至，前守次之，鲍范又次之，昨皆嘱不必远送也。五十里颇大，天宫院尖。又四十里，大桥宿。天气大热，夜不得睡，五更前，雷雨大至，快甚。

初八日（4月5日）

大雨住，小雨未歇，路滑，泞甚，却尚可行。卅里，柳边驿尖。又六十里不小，富林驿，宿巡检署也。先过花牌楼，见碑刻，相传张桓侯屯兵处，有庙像。今日山路陂陀多。晚，雨住，天冷好睡。

初九日（4月6日）

五更后起，黎明后行，巡检邵维桢见，此处止入文童一名耳。一路雨后田谷青茂，塘水方生，清气妙绝。六十里，盐亭城内书院尖，邓令迎谒一话。行又六十里，秋林驿宿。未正到三台，章令迎谒，巡捕梁丞见，老矣。知此次阮七兄真当提调，可慰也。得万提军咨，潼川监射改张照，亦可厌，比顺福安顿些。未得制军覆咨，亦奇。竟日晴又暖。闻南北二三千里均得雨两次矣。

初十日（4月7日）

黎明行，仍一路山坡，由东而西，巳正后到潼川府，过潼河，入东门，阮太守兄自当提调，真蜀中破天荒事。监射换张照来，有提军咨，无制军咨，亦可笑也。满洲人总是自大耳。各官次第迎谒。午刻谒文庙，讲书，回，“人有不为也”一章。未刻放告，呈子比保宁多多了。得省信，平安。得吴莲芬书，甚悲惨。甄翁殉难岂真乎？世事可虑之至，何日是了。得莲芬书后，示禁胸中，一格苍矣。王治平从省来。

十一日（4月8日）

忌辰。考古，童一千有零，生百五十余人。《凤凰来仪赋》《周礼仪礼相为本末说》《星有好风好雨解》，喜雨五古五首，大钱议。卯初点名，天明不久，卯正后毕。今年籍田礼，明日举行也。竟日阴，有冷意。

十二日（4月9日）

考文生一千一百余人，晨雨，尚不碍点名。莫不有文武之道焉。夫子焉不学而亦何常师之有。君子听鼓鼙之声则思将帅之臣。赋得乡校论执政，得“师”字。巳刻后，雨歇，阴寒去。夜复大雨，出古榜，生十九，童三十，颇觉可观。

十三日（4月10日）

覆试经古。《读书声赋》《郑康成所著书总论》《朱子所著书总论》《治蜀尚严论》，七律四首，子陵钓台、渊明栗里、少陵茅屋、东坡雪堂。酉时，省署承差赍到新换关防，当即望阙九叩，祗领。传铜匠磨去四角，比旧关防重五两（三十），边宽而字较窄矣。得子愚书，南京无好信。

十四日（4 月 11 日）

考中江、遂宁文童。君君臣臣父父子子。师旷之聪。赋得恒言不称老。遂宁枪犯一名，枷示。又乱号二人，笞责逐出。出文生榜。

十五日（4 月 12 日）

考射洪、监亭、蓬溪文童。亦有所不知焉，亦有所不能焉。人犹有所憾。居移气。赋得结绳而治。出昨日榜。中江文理字迹均清，因多拨一人，遂宁减却一名。教官送来《船山诗补遗》两本。

十六日（4 月 13 日）

覆试文生。苟能充之四句。赋得心正则笔正，得“忠”字，七言十二韵。交卷至二更方毕，七个时辰，做一文一诗，可谓奇缓。发昨童榜。晡得子愚正月廿八信，知因优叙，给六品顶带，随带加三级。王梅溪、彭梦九俱出贡，加按照衔。师小山出贡。马星四以副榜加按照衔。俱以教官底，八品也，而加九品衔，户部颠倒如此，尚云鼓励乎？

十七日（4 月 14 日）

考三台、安岳、乐至文童。民所得而称焉，民到于今称之，民到于今受其赐。他日至，陈子以时子之言告孟子。赋得随山刊木。查出枪犯，三人同一廪生，可恶之至，俱笞枷，革。出示剀谕而已，奈何奈何！

十八日（4月15日）

出昨童榜，三台、安岳均有佳卷。今日本系覆试，殆不成矣。

十九日（4月16日）

阴雨，旋住。出东门北转，即至教场，看马射，一千七百童，申初回。阮太守兄来提调，张照监射更恭敬。并请章晋洲同饭，人乏甚，受卿太守送菜，佳甚。

廿日（4月17日）

早，雨，迟出，令巡捕打听，雨住路净，始出。午间略晴干，不碍马射也。今日止七百余，午正后毕。接部文：赏六品顶带，余俱如前信。部议止及议叙，而于推广捐输，一语不及，信乎进言之难也。

廿一日（4月18日）

看中江、射洪步箭，未正发案。与恕堂廉访书。

廿二日（4月19日）

看遂宁、乐至步箭，申初发案。上号者多也，其实技勇平常之至，开十力弓者寥寥数人耳。不甚适，服伯石药，用升麻、苏叶，夜大汗三次。覆文童四十人。

廿三日（4 月 20 日）

汗后，人却自在。看蓬溪、安岳步箭，未正发案。退后，人疲乏。覆文童五十余。君子不以其所以养人者害人。谷雨采茶时，得“茶”字。昨日，其文则史。思乐泮水，得“芹”字。收拾谢折，写好，有夹片。午素食，夜酌好。

廿四日（4 月 21 日）

早封折子，早饭后拜折，换六品顶戴，金顶子。四十年一旦因此舍去，殊为怅怅。并寄子愚信，又带四数去。陈如松、范凤喈去。昨新定以后，经制出缺，止准曾出折差者顶补去。折费余不复给，即以补经制为奖赏，各承差皆欣然也。昨日得根云正月廿九信，言镇江贼势已衰，二月可了。杨城余匪尚未净。止南京尚无好消息。李淦、陈鸿家俱未出城，致殁于城内。李淦家存子及妇。陈鸿家存一弱弟，其母与妻均殁。然皆非被戮，可惨之至，亦尚可幸耳。旋见广元探信，又子愚京信，畿甸业已肃清。湖南岳州陷后，曾涤生败贼于长沙，大有散意。皖有午桥，豫有仲绅，山东张石卿已带兵出省，大约好事近矣。

廿五日（4 月 22 日）

看三台、盐亭步箭，内场申初发案。大南风吹倒人，困不可言。阮七兄来一谈，客去更疲下去。晚间多饮几杯，乃就健复，仍与小山围棋方睡。晚覆文童，第三次，各欲正已也。夜气，得清字。

廿六日（4月23日）

武生内场大覆。文童昨覆，童仍扣二名。此间枪弊颇多，不能悉究矣。巳刻，出北门，三里余，到琴泉寺，本是慧义寺，山半有泉出，甚清。岩畔为佛占却，可惜。寺东向，轩开得景，树色田趣俱佳，惜江远，不到眼，南边有岩，养水于池，即从此琴泉过去的。吴白华题为少商泉。阮太守、章大令约酌于轩中，甚诚恳。同志诸君子咸在。晚为梅溪饯。

廿七日（4月24日）

送王梅溪归兴安，李淦同行回扬州去，可怜之至。细雨竟夜，晨未住。发落武生、文童。李淦带去徐新斋、郑小山两信。

廿八日（4月25日）

候武童覆试，不至者尚廿七人，教官之可恶，至此郡极矣。晚赴府县席，设府署，到来衮堂，已暮。受卿兄出文达师八念诗册及王椒畦画《文选楼图》，又壁间悬浙江十六景画幅，天台、雁宕等各一小方也，皆师视学时所游历处。张叔未所刻眉寿图，则余固有之，受之所刻也。饮颇畅，两主人俱不饮。归，仍结案一起。

廿九日（4月26日）

将行，守、令俱来留，因公私俱未了也。未正方补覆，申正发落。今日雨才住，时见日，昨日换凉帽，尚服裘，天道不可解。今日作书寄何根云、黄寿臣、叶昆臣、赵静山、潘德畬、蔡小石、顾幼耕、朱啸鸥。昨得朱帖舫书，各处探报甚详，畿甸似了未了。皖、豫不见佳。楚事略好些。山东济宁可虑。六安州一带多从贼，蓄发改服制，钱粮纳半。江南封邱、陕西沔县俱因钱粮毁署辱官。西安官票、大钱均滞行，且纷纷迁徙，奈何奈何！

四月

初一日（4月27日）

黎明起，卯初一刻行，阮七兄送于城外。西北行，尽平地田亩，依潼江行，五十里颇大，巳初一刻，刘家营庙尖，章令送谒，嘱即归去。尖后行四十里，不过三十余里，午正一刻到胡卢溪住，以店为公馆。县丞施楷迎谒，会稽人，大兴籍，琴泉前辈本家也。晴暖，申复阴。竟日无大山坡，尽田稼，然仅得半收，雨过迟耳。子刻细雨一阵。

初二日（4月28日）

卯初后行，一路西北平田，路窄。卅五里，丰谷井尖，绵州管。州判李从简，署内谒，甘肃人易臣，附贡捐发，甫署事，尚有书气。盐井二百二十口，每年出盐廿二万斤，交课六百两，时价廿八文一斤，约计交课外，存二千四百两，工食、家火并支应衙门，不为敷余也。尖后看盐井，深六十余丈，竹筒曳水出，尝之咸而浑，每一斤水得盐自二两至六两不等，有极酽者，见火即清，即以其火煮其水，得盐尤多。又卅五里，绵州，入南门，西北行，至公馆住。前年十一月即住此，后有树石，彼时枯洁，今则荣蔚，别一气象矣。杨缜亭直牧玉堂迎谒，寿光，戊寅孝廉，在川廿年，年六十三，此间好官，果然是好，议论有根本。范、张两教官见。范子厚送少海丈诗集。今日署黔藩炳纲方过去。不日有南国差事来，从未曾走此，因各处路梗，蜀中添出许多差事，而此番条粮津贴第二次，民间无异言，民情厚矣。汭县，宁羌抗官滋事，俱已了结。

初三日（4月29日）

五更起，黎明行。出北门，两教官送。一路雨来风大，冷。过一长荒山，草树不生。下大石坎，即入彰明县界。又十五里尖青莲镇，共七十里，走了三个时辰，午初后矣。彰明令张邦佐迎谒，尧仙前辈之兄。公馆新修。赠所刻《揭氏兵经》，并乐山石拓数种。尖后行，田水迂曲，雨滑亦甚，路又远，未正后始到中坝场，地方极闹热，街长四五里，中隔河桥，东南属彰明，西北属江油。江油令孟云樵，乙未世兄毓勋，此次当提调，来此迎谒，即促令与两巡捕先归。巡检乔建庸见，问知星农之住。星农告病，于上年九月回闻喜，闻丧并未被贼也。绵州出麦冬，岁出二百来斤内外，春深便收苗，如细韭，每百斤十七八千文。彰明出附子，三伏天收，岁七八十万斤，二两一百斤。平武出厚朴。中坝之盛，药材多也。龙安府李清隽丁忧，署事李子蔚未到。夜雨达旦。

初四日（4 月 30 日）

黎明方起，卯初二刻方行，雨少住而路烂极。四十里不小，巳初抵江油，进东门，至考棚，孟云樵先见，各学教官见。午初下学，归。未刻放告，止杂呈三席耳，可想风俗之淳。因上层离大堂太远，移住前层，以布帷隔出堂屋上层，先生们住。后开门得园，竹木清佳。前有四松树，吴自华题为“四松轩”。风来涛起，想起泰安府七柏一松轩，忽忽卅余年不见矣。此县东南北三面俱通水路。

初五日（5 月 1 日）

考古。童二百卅人，生三十余人耳。洪范九畴赋。迎夏南郊赋。分秧词，五古五首。拟东坡石鼓诗。童生颇有秀气者，比秀才好些。收拾甬道棚及围墙，至暮方毕。

初六日（5 月 2 日）

考文生。“君子和而不同”两句。“自我不见，于今三年。”采花蜂酿蜜，得“成”字。共六百余人。寅正二炮后起，黎明方点名。出古榜，生六，童十八。

初七日（5 月 3 日）

覆古学。诵诗读书赋。试院古松歌。文王称王说。拟昌黎《谏迎佛骨表解》。说、表俱无做者。

初八日（5 月 4 日）

考石泉、彰明文童。不处也不去也，我不贯与小人乘。赋得匡山读书处，得“来”字。出文生榜，无佳卷。教官说：“取古文童彰明徐深培，少孤为僧，师父延师教之。”此次送来考，甫十三岁耳，乃粗明润字，庄重有讲究，亦奇。考古童，有府县考无名者。廪生滥保，可恶之至。

初九日（5 月 5 日）

覆一等文生。“五霸假之也。”惟古文词必己出。昨雷同全篇者七人，俱打手心四十，令覆试看。出昨童榜。石泉难得狠。七人诗多失粘，止吴焜文章较适，俱置三等末。晚雨。

初十日（5月6日）

竟夜大风撼屋，可怕。五更后得雨，风定矣。考平武、江油文童。"其蔽也荡，其蔽也愚"，则不敢以宴。骤雨旋风声满堂，得"书"字。两县各查获枪手一名。昨夜得省署信，内有王芷庭、陈能超信。周执翁托寄汪菊士信。今日得向筠舫二月十八日从苏州来信，彼间仍安堵，将升太仓州。复乐将军书。

十一日（5月7日）

阴而小雨。早，发落一等文生。传训两次，冀有感悟也。出昨童榜，江油不如彰明远矣，平武不必论。为曾淳事，请孟芸樵来一话。

十二日（5月8日）

考石泉、彰明科童。仁者乐山，智者乐水。求三年之艾也。赋得麦秋宜煮饼，得"香"字。又查出枪手二人，枷出。晚间，江油、彰明岁试童，各有检举，皆廪生保枪耳。此间多弊，不可解也。同人作试院古松歌，余亦从作。见京报，曾涤生以杨刚亭丈乃孙捐银二万，奏请刚丈入乡贤，被严旨斥责。而南北军情无一字，想涤生带兵未东下也，时事亦不得了矣。剃发。

十三日（5月9日）

晴热。脱棉，复闷，雨矣。出昨童榜。

十四日（5月10日）

考平武、江油科童。“爱其所亲，敬其所尊，天吏也。”赋得学不躐等。查出枪手二人，又卖枪买枪各一人，俱枷查出。风气如此，奈何！

十五日（5月11日）

出昨童榜。总覆岁取文童。查出枪取一人，又文理不符一人。又覆试不到，共扣四人，蔽贤者当之。

十六日（5月12日）

科考文生约三百人。恶莠恐其乱苗也。策问全蜀碑版。赋得经天纬地，得“文”字。月食，亥初三刻初亏，亥正三食甚，子初三复圆。率教官在大堂行三次九叩首礼。与京师太常寺救护轮班长跪者异。其实云蔽月亏，复俱不见也。

十七日（5月13日）

忌辰。出科文生榜。见京报：克复黄陂，湖督台涌小胜耳。此外南北无消息。

十八日（5月14日）

下教场，看武童马箭。一千八百余，实不过一千四五，申正后始毕。监射穆雅珲，叠溪游击，在松潘，言彼间瘠苦，无稻麦田，止高粱青稞耳。健锐营出身，颇朴谨。今晨出东门，绕南门，至西郭外，与考院止隔城墙耳。归，仍绕道入东门。向来学政俱如此走，真不可解。天暖而无日，人不甚疲苶。

十九日（5月15日）

覆试文生与科取文童。“先立乎其大者，则其小者不能夺也，此为大人而已矣。”赋得增广生员，得“唐”字。查出童枪一人，即令本童同差捉枪手，未到，明日再捉。

廿日（5月16日）

看平武、石泉步箭。三百六十余人，午正后毕事，放榜甫未初也。昨覆童，文理不通者二人，俱扣换。夜得子愚信：此事未了。山东临清、巨鹿俱破。镇江获胜仗。曾涤生收复岳州，得失盖相半也。孙兰检以告假省亲，被斥责。省署十六日信，一切照常。清秋浦往重庆，有退志。

廿一日（5月17日）

看彰明步箭。三百廿余人，午正后出榜发落。张超三请枪一案，耽延两日，枪手罗玉堂仍逸去矣。

廿二日（5月18日）

看江油步箭。四百六十余人，未正后出榜，爽快之至。

廿三日（5月19日）

武生内场大覆。文童发落。科取文生，令和古松诗。余稿赐彰明廪生吴琼。

廿四日（5月20日）

早，早饭后，出东门北，东行，过油江，水清澈。共十五里，至窦圌山，路斗狭，到山上，有树，至云岩寺，望天际双峰，如玉箸然。客堂小憩，坐小轿上去，过一线天，两石壁相倚，中仅通人，路上仍合也。有归宗岩光景。又上石径，树阴略幽异盘曲，过东岳庙，仍往上，渐至顶，两玉箸，乃三峰角立，中通铁索，有僧渡之，传是窦真人名圌修道处，与太白相文之窦主簿也，真可一笑。山有树不大，仍无泉，少润泽故。余先下，至客堂，老方丈本禅，字青松，邵阳廪生陈之谟之子，两岁出家来川，今六十矣。传与徒弟达空为方丈，才廿五岁，幼时割股疗亲者。余题二语云：说法最难逢孝子，看山何必问其人。下山回使院，仍过李灼三太守，吊其母丧。孟芸樵大令迎署守未归。写对廿余付，零星呈子，审审遂暮。马星四、师小山、彭梦九、桂儿俱游山，惟何伯石腰痛未去。今日芸樵本请圌山宴集，俱辞帖。

廿五日（5月21日）

早，发落武生，又发落新文生，出示痛诫各生童。午间，李子蔚署守来话，闻德安失守之信，又说湖北探报多参差，靠不住。赵迪斋解铜，说七月可到京，又似好消息也。覆武童毕，封祝万寿折子，写信寄子愚，又寄潘师及季玉比部信，遣承差夏仲林、蔡鸿德去。

廿六日（5月22日）

早，拜折后，发落武童。又传见和古松诗十二人，取六人，不取六人，与论作诗之法。其取者令写诗，将来附图卷后。小山已作一图也。子蔚接印后来话去。昨晚酒后写对廿付，今日又写一阵。晡时出至登龙书院，回拜子蔚，芸樵晚来话。夜得省信：子敬于正月廿二日得子，取名念祖，大可喜慰也，并子愚所得三雄矣。湖南贼已东窜。

廿七日（5月23日）

卯正后行，仍出东门，各官次第送。诸生童分几班，远近送，甚依依，可念也。一路山明水秀，田中麦收，秧插。回首望圌山在烟雾中，得日乃露出。卅余里，中坝场尖，子蔚送至此，与乔巡检同见即行。张大令来迎，因过河至彰明县署一憩，即出南门，走山脚沙坡，十里，至罗翰（汉）洞，无大意味。又四里，青莲场住，署中饮茶，腹痛切，适乔尉送附盐，试尝啜之，即腹愈矣，少睡颇适。有秀才洪锡画等请立太白春秋祀典，因面谕以太白非蜀人，读《蜀道难》可知矣，仍牌示知悉。惟旧祠重建求匾，乃许为题“垂辉千古”四字，用太白诗语也。

廿八日（5月24日）

早起，因办马差人迟误，吃去钱，笞责后，借钱发偿，启行已卯正三刻矣。东南行，二里余，过河，即石泉河也。一路细雨不住，田景屈曲，秧针出水，比来时大佳。七十里，未初到绵州，杨振亭同教官迎于郭外。振亭来谒，言湖南曾涤生败战，退守长沙。湖北州县多破。江西复破一县。惟胜克斋有丰县六百里来文，昨晚过去。或者临清解围，驱贼南遁耶？午面后，到州署六一堂话，庐陵曾为此处推官也。昨夜见京抄：王子怀侍郎为钞法事受申饬，建言良不易易。雨。

廿九日（5月25日）

忌辰。昨大雨竟夜，可喜。晨起，得省信，中有四月初六日子愚信，临清收复，贼大受创，往西南去，胜帅逐之，冠县尚被踞，与阜城俱不甚棘手。涤生因闻长沙复来土匪，故回援之，岳州自必去偵了。京师米少，浙漕海运已开洋，可慰。银一两换钱三千，京官半俸银，尚未发也。出大西门，向西行略南耳，幸路大，雨后尚无阻。六十里，金山铺尖，罗江管，午初一刻到，路颇大。尖后卅里，路小，罗江公馆住。未初三刻，东门大桥东，玉景山上景乐宫，供文昌，庙宇无甚趣，但东院树木多，从外望之，葱葱郁郁。有乾隆三十几年碑刻：“浙江学政鈜奏，各寺庙中檀越山主之田，有自魏晋唐宋元明传至今者，既属荒谬，甚任争讼，请令行革除，以本朝田契为凭，各归寺管，永断檀越山主之名，亦免将庙产变卖，奉旨通行刻碑也。”然则此寺亦久矣。萧世兄鹿苹署令迎谒，张教官同见。酒尚不能饮，烧刀咽坏，菜索然。

卅日（5月26日）

卯初一刻行，西南行，县署一看，西院有废厅，题“因树”匾，庚申年建，将圮矣。门者说：“不敢修，动手则出怪案，以后有古树甚巨。”此语可信邪？出西关大路，五十里，至德阳，已将午初。胡令汝开同刘教官迎谒。有汉州廪生王日中诉呈。公馆甚闳敞，酒极旧，惜早餐不能多酌。尖后四十里亦大，申初至汉州，郑小轩刺史同廖教官迎谒。有舒生员控捐输短解事。小轩出示少谷先生诗卷墨迹，伊系十一世孙也。公馆后座，有亭子佳。天气热。

五月

初一日（5月27日）

桂儿押行李及各项人役回省署。余与师、何、马、彭四君子往灌县，余亦改坐小轿，甚轻便。先过州署，颇雅洁，有字画。出西门，牧、学各送十里。桥与省分路，向西行，路亦宽，阴凉，四十里，濛阳场江西会馆尖。濛阳，古县也。彭县令吴应连同徐广文迎谒。吴号禹门，江西，辛巳，腊底由湖北解饷四川，得同知衔。尖后，巳正二刻行，渐带南行，四十里又大，比早间小些，未正到彭县，住县署西院。苍筤小憩，宇院幽旷，树石俱清，外更有菜圃甚广，院壁有道光庚寅前令毓庆修又一亭记石刻。有一石如鼓，坚细可刻字，诸君子住后栋，与客厅远。禹门及崇宁新令何小棠谒见后，广文同典史崔纶见。余剃发，看县志。古来无名人，有王子安九陇县《夫子庙碑》及《龙怀寺碑》，陆放翁《彭州牡丹谱》可看。九峰山距县太远，百六十里，闻极深妙。书院名九峰。省中新兵出省前滋事伤人，当铺四十余家歇业，现尚未开。

初二日（5月28日）

晨，饭后，与禹门别。出西门皆水田也。约四十里，金马场尖于湖广会馆。又卅余里，至灌县。县令上省未回，典史、教官迎于郭外，张式夫大令鉽旋至，即振之堂侄。毕少尉庭璜，乃雪佣之子，雪佣昔年黔闱共事，今春由黔告归，就养此间也。少憩，申初出西门，拜李太守祠，揖二郎王。班马书止有李冰凿离堆，分江水。后世沿小说家言，乃有二郎。闻《风神演义》，止有杨二郎斩逆龙，今改为李二郎斩逆龙，派做李冰之子，而此清江神庙正殿祀二郎，谓之二王，李冰乃在后殿，如启圣祠之例，咄咄怪事，当极正之。又西渡绳桥，舆夫脚步将四百步，摇摇悬空，可悸。俯见鱼嘴沙，即内外江分支处，内江又分作两股，共为三支，遂下灌，灌二十余州县。回入西门，舟出东门，南去西转，看离堆分水处，涛汹壁狭，声如百雷霆。绕至亭间少坐，出伏龙庵东行，看走马河分支处，即分江再分处也。上年走马河淤塞，致下游田失水，烦重办堰工。入城拜县令一话，至典史署拜雪翁，年才六十二，酒量精神如昔，但足力差耳，酌数盏归。写对子数付，与四君子同饭。

初三日（5月29日）

晨餐后，同出西门，过绳桥，大风摇荡甚，舆人失色。循外江南行，廿里，始转而西行水田间，又十余里，至青城山足，树色泉声，渐入佳境。入山深处，殊有斗曲者，至牌坊处，题“洞天福地”匾。少憩以后，入深处，约三里余，至山寺，憩于南堂，庙堂西向东也。陟级层，步至天师洞，看开元敕刻，下，复东行，至降魔石处，今题三岛石，上有泉源，颇清冽。山虽深而无奇奥处，惟天师洞下，古桂一株奇大，道人云：花开时，满山俱香矣。又殿门外西隅，大银杏奇古，孙枝巨发，倒垂枝多，数百年物。同令、尉一饭，午正二刻下山，舆夫疾走，过桥后，上镇夷关楼一眺，道光二十年李子蔚所修，已多损坏。过水利同知署看拓《泠风碑》，八分书，因有“泠风”二字，余以名其碑。无年月姓名。从前刘宴亭初得一纸，余从索得，许以到蜀访拓。昨闻毕尉言，仿佛相应，今果是矣。得字可数十，乃作亭记耳，非两京物矣。拓工云：昔在宝瓶口，沈司马移至此，碑脚尚在原处也。回到陕西公寓，热，倦甚。

初四日（5月30日）

起不甚早，毕雪佣、张式夫次第来话去。早饭后，巳初出北门，渐上山坡，得十里，到灵岩寺，嘉庆辛未前后，方丈圆隽、县令邵良重修建，甚闳整。有李銮宣碑文，佳，属后生拓之。东至孽母池，即白龙池，池水静谧幽深，指探之冰冷，上年省中祷雨，到此请水极灵。其北有大风洞，从前每有烟气见，则大风出，伤田稼。后以石琢大钱压胜，复肖佛镇之，而闭其洞门，然洞顶尚时有烟，出时，仍风损禾谷，但不至大为害。东北上，行至千佛塔，小石佛一千，环绕而上，上坐大佛。地方可眺远，望东南一带，惜目力不济。下至殿东小憩，谈。回城，北门乃东向，东门则南出矣。又到新建考棚，与大令、广文、少尉一话，归。有新繁人开铜矿者来呈，诉督、藩驳案之冤，且将铜片带省中去。晚同诸君赴雪佣约，小院中百花俱备，有趣之至。故人聚首，不免小醉，酒后作书，兼作诗一首。次早竟忘却曾写对子，可笑可笑。

初五日（5月31日）

卯正后行，出东门，走长街，过观凤台，一路水田畅目。三十里，崇庆场一茶，式夫大令送至此，又过崇宁境办茶尖，未下舆。又四十里，入郫县西关，郑令霖溥迎谒（沛云，行八）。公馆甚大，小雨未住，尖后好走了，未正行，说到省西关四十里，其实五十还不止。鄂容庵太守，恒、郑两大令来迎入满城，到署西正矣，一家都好，疲乏甚。各拜节后，且与诸君一酌。

初六日（6月1日）

昨夜大雨奇畅，疑是白龙池一拜带来也。暂不出，而自制军、将军以下均次第来话，遂至暮矣。惟胡恕堂久别渴想，得晤为快，又因擢粤西藩，指日将行，深为怅怅耳。乐彦亭将军爽快明白，是蜀中福乎！

初七日（6月2日）

早，连日文童坌集，寓目烦琐。早饭后出拜万提军、乐将军、伊都统。将军署园亭敞雅，坐落亦多，从前未得见也。提军署东院荷池亦佳。首府县均未面。归与王海楼一话，《诗经注》成功，求与阅定也。午饭后复出，拜制军、方伯、廉访，俱晤。因闻宜昌失守，蜀门户防堵紧要，欲留恕堂廉访了此，再往粤藩任，乃与制军不水乳已久，此言未必能从矣。方伯雄出守临江过此，特往访一话，因将汪侄儒兴托伊伴往滇，汪欲去寻史蕉圃方伯也。

初八日（6月3日）

早剃发，饭后，晤王亮庭、孙雪屏，又恕堂及提军来话，恕堂大约不能留矣。午刻放告，饭后出拜李西瓯前辈，未值。马艺林处，周执翁处皆晤话。支少鹤托病不见客，特入看之，乃出，实无病也。与史蕉圃书，交汪妇带去。夜饭半，伯雄来同酌，颇畅话。京师景况萧然甚。

初九日（6月4日）

竟日未出，而客来不歇。巳刻送汪侄行，同伯雄往滇去，殊为凄然，以其年少未老成，作此远游也。孙芝云来。高云澜带到彭县宋嘉祐彭州堋口镇塔碑，甚伟观。陈年侄显楫来。伊都统来。李西瓯前辈精神佳，耳略重听。

初十日（6月5日）

为墨池书院扁未挂出，檄府县查覆。早饭后出，至恕堂处，知已定留办堵，因商委员各章程，久话。过王海楼、吴莲芬处谈，一路拜客，归。灌县《泠风碑》送到，吾亭有石矣。夜与诸君子酌于碑畔。

十一日（6月6日）

伯父忌辰，转眼十九年矣。周执翁丈来话。郑大令来禀，墨池书院扁已自往悬挂。恕堂来话。毕雪佣由灌县来，孙芝云要从恕堂去。罗锦章见，誉侯之甥。今日见客多。晚，恕堂处便饭，畅商一切。坐席间，有娄新桥同话。冒雨归，万提军来。

十二日（6月7日）

早，周执翁来话，郑成都令来禀墨池书院匾已亲往悬挂。

恕堂来话。早饭后，往万提军处，未晤。李西瓯前辈处久话，至将军处话，归。杜姬雪琴至。申初出东门，送万、胡两君行，制军以下俱集，耗神，无味之至。晚约毕雪佣及乃郎后生饭，诸友同席。

十三日（6月8日）

早，到湖广会馆叩关帝诞辰，同城官则照中祀礼行，如春秋二祀。此事余疑之，何以八月廿七无文庙祀耶？到方伯处，见礼部文有此一节，盖部误矣。要得监照十张归，欲于放告时抬捐面给也。午刻后放告，未正携酒出城，至雷神庙饯恕堂，久话。西院即薛涛井也，改酌于舟中，两郎同坐，畅叙而别。

十四日（6月9日）

早出，晤雪佣父子，拜数客归。午间，乐将军来会。作小字竟日，送恕堂团扇并点心。陈懿欲回湘，令附舟去。雪佣乔梓来便饭，邀胡锦泉，不至。

十五日（6月10日）

早饭后，同诸友到叔堂寺，师小山，吴寿恬、何伯石、马星四、彭梦九、鼎侄、钟孙俱往。客有雪佣乔梓，又锦泉后至。晓色殊佳，邱壑仍旧，作画、作书，盘桓樽俎，午正方散。余先归矣，颇乏。陈懿又回来。

十六日（6月11日）

天闷，人同闷，见客烦。俞麟士来晤，昨日回省的。鼎侄生日。毕后生来，知与乃翁明日归去。

十七日（6月12日）

未出。有童庶常棫来拜，西桥丈之子也。晚约王海楼、吴莲芬酌，海楼先至，久谈，阅古数件。

十八日（6月13日）

桂、鼎、钟陪吴师往灌县去看江源，有毕氏父子作东道主人也。午刻放告，有捐监人来，当面给照去。胡锦泉来，南江伊令来谈郑怀江谋叛之案，真委屈，不可解。郑小轩送信笺，似佳。

十九日（6月14日）

阴，小雨，未见客。午间出谢客，晤俞麟士、周执翁。雨，未归。恤吏、二郎两折稿俱清出。

廿日（6月15日）

晨，考试本署承差，默写“食不厌精”至“再拜而送之”。取一等十二，二等十五，留着当差。余三等卅二，误卯六人，俱扣除，仍准出缺考补。制经制六名，承差二十四人，永为定数。辛斌持匡鹤泉书来见。吴湛溪来，有服，未请进。桂儿、鼎侄、钟孙同先生由灌县回。得雪佣书。祖父冥寿。

廿一日（6 月 16 日）

早饭后，回拜湛溪，未晤。乃住藩署，与吾不入署本意不符矣。赵铁珊（锦）崇庆州，乃鹿泉先生之孙，由盐大使捐升者。昨日名山县送蒙顶仙茶，每通五瓣，索然无味。

廿二日（6 月 17 日）

杨必畬来话，巳刻谢折回，夹片。奉朱批：户部查照奏阅。范凤喈回，而陈如松患足，在西安未回也。得子愚廿五日书：京师光景胜前，贼事殆将了矣。

廿三日（6 月 18 日）

忌辰。晨访湛溪，得晤话。过马艺林，不遇归。连日收拾折底。晨晤海楼。

廿四日（6 月 19 日）

热得奇怪，后院搭棚，昨日完。重门洞开，大是轩豁。艺林来话。伊令来谒，问悉南江案事。

廿五日（6 月 20 日）

昨夜骤雷，雨虽不大，颇解热意，今日清气可喜。两折俱封起，一学政事六条，一二郎神为一通。一陋规，又南江夹片为一通。写信寄子愚。又李晴川、梁子恭、梁矩亭各一信。晚借盐道署竹荷厅子请客，周执翁、吴湛溪、王海楼、马艺林，天凉客畅，亦沾醉矣。派书差钞海楼《毛诗读》，今日起。

廿六日（6月21日）

早起拜折，派祝国安、廖秉钧去。今日清爽殊常，为近日所稀，天亦不大热，看海楼书起，昨日已得一本。书吏十人，承差十一人，众擎易举也。申刻海楼来话。酉刻过执翁处，肴酒佳，艺、海同坐。

廿七日（6月22日）

寅时夏至节。昨晚大雨，妙极。晨晴，早饭后出，裕制军不会客，说有小恙。四五客拜归，同乡饶景昶来，仍谈墨池书院事。晡时，勤儒、升儒两堂弟自道州来，慰悉一切。前年贼破州城，占据吾家，未伤一人，先期俱避匿乡间亲戚处。然启暲叔与守先侄在家未出，贼亦善处之也。走四十日即到此，徒步历长途，可谓健矣，夜与同酌。

廿八日（6月23日）

昨夜雨，后园种竹，且从盐道衙门移来十余窠。李仪斋太守庄来见，复笔帖成，署理番厅回，言彼中荒苦安静，由灌县西去，距省五日。朱小汇同年来话。两弟说：鹤鸣轩门口两大桂树，为贼所砍，可叹可叹，数百年物也。夜雨大，我竹好运气。

廿九日（6月24日）

早过南门，至古梓潼庙访海楼新移居，到后，大竹园中，妙极，茶话。海楼欲得一亭，志谈《毛诗》处。昨已看完头本矣。归饭后，午间出至方伯处，并晤湛溪。回拜李太守，归。胡锦泉来，同晚饭，见示虢季盘拓本。种竹已青青矣，好在竟日阴也。两日发午节复信百件。李西瓯前辈来话。

六月

初一日（6月25日）

到藩署借竹去，不多，以其西园中皆慈竹，此刻只种得苦竹也。草堂寺竹皆慈而不苦。今日人不甚适，昨夜睡太迟耳。任后送南掌国赏品，从毕节回。

初二日（6月26日）

阴不雨，觅竹处渐少，且寻梧桐、分芭蕉看。乐彦亭将军来谈关外事颇悉，大约奢富之处，尽可省却中原剂饷。得子愚五月初九日书，直隶连镇之贼尚未清，伊于四月廿八移寓芝麻街矣。徐问山《说文注匡谬》，今日抄起。略雨不畅，忽凉忽热，患腹病者多多。

初三日（6 月 27 日）

种竹人不至，可恼。同乡袁凤修、周道源、岳兴南、蔡立石先后来见。得长沙李家四月廿二日书，知太夫人得病就愈。有信脚往天门去，桂儿写信与蒋婿。夜透雨。

初四日（6 月 28 日）

裕制军来话，病愈矣。写信，寄子敬信，有长沙脚子今日去。早饭后，拜乐将军，谈字颇有意思。携其关外奏稿回。满城中雨后风景更佳，荷竹清修，地广水洁，与本城迥殊也。俞麟士来话，赠我大蒲葵扇。今日传刘光廷、傅昌澧，舅甥互控，拟令赔礼结案。刘光廷不到。令傅教官作文一篇，无道理。今日又有竹子来。

初五日（6 月 29 日）

傅昌澧来，令当面与刘光庭叩头赔礼，仍打手心廿示警，并出示。此间士习难说，孝廉做教官尚如此。支少鹤来话，右掌肿可虑。竹子小且贵矣。

初六日（6 月 30 日）

早，启镐、启敦两族叔，绍伊弟，士模侄，螺海老表先后来。问知同来者十七人，又挑夫二人，因邀请来署，不肯，因人太多，止好听之。出至俞麟士、周执翁处，已都知吾家来十七人，昨晚已上店薄，才到须查明也。臬署并晤娄星桥。到糠市口张店看各叔弟，止四人在店耳。伍琼甫来晚饭。郑仰山生日。

初七日（7月1日）

母亲生日，怆思何极。郑仰山来晤。午间两席家宴，而到者止七人，令桂、鼎、钟俱同坐。晚供后，同诸先生酌。昨日麟士送兰花两盆。出回拜琼甫未值。

初八日（7月2日）

雅安县粟穗见，言查墨池书院事。恒容斋来话。借乐将军奏底看毕送还。仍致札，为郫县单刀会冤枉事。

初九日（7月3日）

丑初二刻起，到会府，丑正三刻，拜万寿，九叩首后，坐班，听演三剧始散，天黎明耳，何太早也？陈鸿病。杨心畬、俞麟士请晚饭，在臬署，厅屋极开敞，盛设而少味。客止余与执翁两人。尝西瓜新。夜雨。

初十日（7月4日）

早，到文殊院看竹，果然大观，惜乎太远，又尽慈竹也。

问寺僧桂芳，言叶可薪，干可作什物，僧众百卅余人，即恃此生活。寺五层，亦不小。归请胡医看陈鸿病，伤寒，在太阳经，尚浅，一药已见效，差慰。周道源署大邑来晤。方西山发贵州道员，过此快晤，精神胜前，述及召对时，问及山东运司任内，不受陋规，或官运有转机乎？夜同叔弟侄数人酌别，为写联十余付。

十一日（7月5日）

早，仍写字一阵。早饭后，启镐、启敦、启坚三叔，绍傅、绍伊、绍英、绍扬、绍振、绍兴、绍琮、绍球、绍学、绍勉、绍猷诸弟，士范、士模、士森三侄俱行，惟望一路平安也。午间，士楷赶到，因病由重庆雇轿才至，即为开轿钱，仍赶帮前去，今日不过五十里耳。出，回拜方西山不值。归写大字一阵。晚与诸君酌于后园厅中，待雨不至。为乐将军书幅，因索梅子数十枚至。

十二日（7月6日）

亡室陶安人忌辰，忽忽六年满矣。鄂容斋太守来，言常德失守，景星垣殉难，土匪横行至此。黔楚之间可虑，或者湖北可渐就清乎？赵迪斋铅船凿漏沉江，贼未抢去，将来仍需打捞，迪斋仍回夔州住。可慰可慰。此急智亦不可不知。俞麟士送绵州桃子六十一枚，甚甘。又送青神荔支八百颗。昔不知青神有此，味甘，胜嘉州。适方又山在此便酌，得分啖之。又山饮略醉。士楷病，复回。

十三日（7月7日）

早，送又山行，一话。至执翁处谈，外间瘟疫方行，正打醮也。马艺林送荔支，想亦青神物，何学政处独无耶？昨夜，悬荔支井口，今日更凉而芳。昨夜雨大，今日仍阴雨时作。慎、孟两世兄来见，祁叔和来见。特旨升武定守，不解何故。想念及其先公也。麟士又送来嘉定荔支六篓，更香美，磊磊无位置处，奈何。晡后雨，晚酌时更大。极凉，着棉。

十四日（7月8日）

凉雨，见数客，阅送岁试文童卷毕。为麟士题课诗图、抱璞图。得子敬四月初九日兜子潭书，一切平安，在湘潭围解之后，从伍云青处来，云青信中有武陵、辰州一带平安无事之语。然则常德失守，何仓卒也？乐山令送荔支来，迟了，已吃够了。

十五日（7月9日）

凉雨相属，却无大雨，惜问华阳丞借竹不即至也。傅令有霖来，言青余已由广元走重庆一路回黔，不从成都转。贾酒廿斤，将吃不完荔支泡起。竟日少闲，为试卷及海楼书忙也。

十六日（7月10日）

如昨。午间，出晤海楼，畅话。归，看书，写大字一阵。

绵州送桃子二百个，比前大佳，散与抄书之书差及家人等俱遍，连西瓜也。荔支尚可啖，但好者少耳。夜大雨，竹喜。

十七日（7月11日）

阴雨，翻卷子两阵。午间，具榼邀诸君子往盐道署看荷竹，寿恬、伯石、星四及鼎侄、钟孙先往，盘桓久之。衙屋甚深，酒半，小山、梦九出游赶到，小雨一次，余先归。写大字一阵。夜略酌罢，仍雨，旋住。拓碑人李姓携数种本地拓来，高颂碑不得佳者。半夜，起看月，无光，何也？

十八日（7月12日）

晴热竟日，从盐道署又移来竹数十枝，此后更无处寻苦竹矣。放告时，尚有告津贴钱粮多征少解者，蜀中此事殆无了期。写大字一阵，看海楼书第三本毕。晚酌于二堂过厅赏竹。五更，雷声颇远，极热。

十九日（7月13日）

晨少凉，早饭后，出与将军一谈。过鄂容斋太守话，言常德贼已窜出，或往辰州，或往荆州，尚无确信。得恕堂初五、十二两次书，郁郁甚，奈何奈何！夜大雷雨，可怕。丑初起，至天大亮未已。

廿日（7月14日）

雨住，雷静，然夜间无人能睡者。阴竟日，时复涓滴。定远令袁凤修来见，前建昌道怡昌来晤。贵州孙濂大令由打箭炉回，为金镀事销差，人颇勤干。俞麟士又送荔支二篓，补来才到者，亦优佳也。夜酌于明镜斋。夜雨。

廿一日（7月15日）

阴，亦时雨。午间出，回拜怡道，祁武定俱晤，心畬前辈未晤。麟士处久谈，旋送来小竹数竿及西瓜。王海楼来久话，留晚饭，与诸先生同酌，主人颇醉，不想海翁也把太白算做蜀人。夜雨雷。

廿二日（7月16日）

人倦，午后渐适。海楼书来，为余删削其《毛诗》，读不甚惬，足见割爱之难。杨心畬、俞麟士先后来。晚间，麟士处便饭，执翁、海楼、莲芬、恒容斋同坐。先到制军处一话，言万提军书来，有常德并未失守之说，亦奇。

廿三日（7月17日）

竟日无客，甚静，看书写字不少。复恕堂书，又谢音隽甫同年送眉州荔支，鲜香较青神、嘉定更胜。来书云：蟆颐观中树也。时有小雨，午间略见日，夜雨。

廿四日（7月18日）

晨静。午间，乐将军来话。恒容斋送来竹子十余支，太小，又无根，姑种之，未必能活。酉初出，到执翁处，鄂容斋、郑仰山、恒容斋一府两县公请也，麟士以病先去，客止心畬、执翁与余三人。天奇热，肴酒均无佳处，甚寡味。夜仍雨大。

廿五日（7月19日）

热极，果然廿三入伏后不同些。琦要山来，知须往泸州审案，乃汪安斋被控也，以州讯道事，太新鲜了。诸先生游薛井，乘船来往，小酌楼上，说得略有味。晚酌于荷池边，少凉。五更大雨，甚透，从事再来，恐将成潦矣。剃发。

廿六日（7月20日）

竟日阴，时有细雨，甚凉。制军来少憩。新选梁山曾化南教习，云年底报满，去年二月即选出，想见京师报供人少矣。池中莲花开了，难得之至。兰花二盆，将有五十箭，尤佳。不惟凉，而且冷矣。

廿七日（7月21日）

昨夜伯石兄泄腹，竟夜卅起，服药已愈矣。马艺林来久话，饶景昶晤。孙云屏来，意在请渊明入文庙，公谷改称先贤。晚出至清秋浦处话，归即饭矣。

廿八日（7月22日）

早往盐道署，又移来竹子数十支，几时才种得满眼乎？承差等演戏酬马王，余晨往拈香，诸君子俱至大门口观剧，胡锦泉来同看，即共晚饭。饭间，万寿折差回来，夏仲林、蔡鸿德，廿三天走到京，六月初二方递折，即领出。走到广元、昭化，阻山水耽阁五日，故迟迟耳。得子愚五月底信，京师气象如前，且喜浙漕海运已到五十万，又说连镇、高唐州俱算不得甚么，然何以久不决也？京师已得透雨。米四十一斤，面二十一斤，不为昂得很。吴鼎立来。陆长生补成都丞来见，诉苦可厌。作书与鄂容斋，为墨池书院事。

廿九日（7月23日）

接演舒颐部于上房院，尽有佳作。诸友咸在，惟吴塾师独出游。毕老三廷琮来，因同坐竟日。孙濂来接审墨池书院事。晚酌即以三笑为酒令。

卅日（7月24日）

热甚，早剃发。午间出，麟士患疖，未晤。心畬处竹风极妙，久谈。支少鹤假病不见客，闯入一谈，并见其两郎归。晚作书与子愚，制军处明日折弁行也。恒容斋来早饭。

七月

初一日（7月25日）

昨夜热极，去年所无，今日似更甚，京师无此气候也。五六日未见京抄，今日始见五月廿五六报，依然故我。程雨琴同年来，颇畅谈。苏世兄积崧候补未入，鲁山年伯之子，言常德并无贼到，川省实用不着防堵，扰扰可笑，然此话亦正难说。夜热甚。

初二日（7月26日）

早热矣。俞麟士、支少鹤先后来，麟士在此早酌，看兰花也，开得太烂漫，难于经久。客去，竟日闷冗，无处可逭暑，诸君子亦俱苦苦。

初三日（7月27日）

早出，制军夫人生日，拜贺。出城至关帝衣冠墓祠，有康熙年间能、岳两军重修碑文，今年制军率属重修整丽，尚未毕工。至武侯祠久坐，颇凉。恒容斋说请早饭，而影响毫无，止好归饭。杨心畬来谈。午间放告，呈子更多，亦知余将出省矣。孙濂来，知墨池书院事可定矣。诸君子同鼎侄、钟孙俱赴容斋武侯祠之席，晡始归，亦不甚凉也，今日本比昨日热得轻些。

初四日（7月28日）

早尚凉，午后热极，夜尤甚，都说多年来所无也。腰自前日闪着，今略好些。渐收拾书箱，并清字债。

初五日（7月29日）

早出，拜麟士慈寿，不进去。回拜程雨琴。入满城，晤伊都统、乐将军。先晤马艺林，将出满城，到关庙旁看荷花，亦热，归写大字多，坐花中略可憩。晚供后酌，有毕葵生至，同坐，正苦热，明日如何行邪？惟有催蚤而已。

初六日（7月30日）

子丑之间，雷雨酣畅，救活我竹子也，却遂不得睡。寅初起来收拾，上房一夜未睡。早饭后，寅正一刻，见明即行，凉甚。与昨日如二天矣。出城至武侯祠，鄂太守及郑、恒两首县俱在，谈久始别。荷花被夜雨打尽，而蚊子极多，一路阴凉，间有行潦。四十里甚大，双流县尖，杨观曜大令迎谒，草草一尖，行。午正后，极闷热，金花桥茶尖，饱啖梨藕，少解渴。共五十里，至新津，过两次河，又数里，始到城，余子方珽迎谒，言士习民风，安静可喜。公馆有后园树木，蝉声甚噪。晡热甚，夜凉。

初七日（7月31日）

五鼓，行十余里方天明。卅里，斜江尖，路有四十里大，尖后，卯正三刻行，五十里，有六十里大，到邛州试院午正矣。金香谷迎于卅里外，同茶尖于十五里店中，故人聚首，又一番情味也。试院新而敞，后有小楼，奉鹤山神主，考棚东偏即鹤山祠，看道光廿五年碑，乃因修祠而建考棚。东院友人住处，有紫薇盛开，大榴花尚存数大朵。厅宽敞，晡热甚，晚极凉。香谷及诸教官俱来见。

初八日（8月1日）

早起，谒文庙，下学讲书，为君子儒章。归饭后，放告，呈子不多。改搭东院天棚，至暮色毕，比昨不大热矣。夜大雨，睡中喜甚。五鼓更凉，天明转热。

初九日（8月2日）

考古。童五百，生六十余耳。《司马相如略定西南夷赋》《井养不穷赋》《周公召公作棠棣诗辨》《参和为仁解》。试院苦热得雨七古诗。蒲江廪生曹宪章在大堂递与童生诗稿，真怪事，当即斥革，并出示。闻此间士习不甚静，大邑最甚，今日点名却好。

初十日（8月3日）

忌辰。考生员，岁试共四百一十六人。寅初点名，点毕天未明也。“雅颂各得其所。”“为大夫累之，士亶之，庶人龁之。”赋得秋来入诗律，得“来”字。午后甚热，诸生亦迟迟，未初放头牌，才五十卷耳。晡后渐凉，出古榜，生取十七，童十四。生第一，大邑汪瀛，笔下颇老。

十一日（8月4日）

复试取古生童。《陶渊明闻田水声赋》，以此水过吾师丈人矣为韵。《封建郡县得失论》。销夏七律四首，弹琴、作画、看竹、品泉。昨夜大雨，天气忽秋矣。竟日看书不少。而诸君看老生卷，不得出手，仍若热也。

十二日（8月5日）

考大邑、蒲江童生。子曰晏平仲两章。子曰臧武仲两章。孔子之仕于鲁也，鲁人猎较。赋得秋学礼。丑正二刻起出题，未天明，亦过早些。扫场才酉初后，天好在不热，无枪冒等事。童生极安静，可慰。昨得顾幼耕书，想来我处，不知安斋案何如矣？行文陕甘学政，为襄校诸君捐输予贡，应出廪增各缺也。西瓜不能吃矣。出生榜。

十三日（8月6日）

复试一等文生卅七人。孟子曰“博学而详说之，将以反说约也”。为诸生讲，不可不情详之，故神理合在“将”字，竟有能发其旨者。《辟佛论》亦有佳作。三年笛里关山月，得“年”字，七言八韵。晚得省署信：士楷侄于初八日巳刻病逝，竟不可救，可伤之至。出昨童榜。

十四日（8月7日）

考邛州文童。子曰射不主皮两章。天不甚热。查出顶冒一人，枷出。“五就汤，五就桀者，伊尹也。”赋得东有启明，得“晨”字。阅覆文生卷，多用心之作。

十五日（8月8日）

卯刻立秋。天不甚热，颇燥闷耳。然秋气早至矣。出昨童榜。此次两童榜仍照前出混场榜，而头棚题中错字，如“棁”作“柷、祝、竹、筑”等，“谲”作“橘、诀、厥、諘”等，太不可解，出示晓谕书坊及教学生人。金香谷来晤，言外间安静知畏惧，可慰。

十六日（8月9日）

丑初大雨奇突，到寅初未住。迟至寅初三刻方点名，考大邑、蒲江科童。寅正三刻后点完。以混场榜童俱不投卷，两县仅一千人也。诗云“瞻彼淇澳”二句。诗云“桃之夭夭”二句。“拔一毛而利天下不为也。”静胜热，得“凉”字。竟日雨，不大住。同教官饭于小楼下，谈帖。

十七日（8月10日）

发落岁考文生，出昨童榜。覆试无到者，可恨。半夜，大雨如昨，雷甚。

十八日（8月11日）

考邛州科童。“迅雷风烈必变。”“亲之过大而不怨”至“亦不孝也”。买鱼勿论钱，得“钱”字。共一千零共廿五人。枪手查出四起，想未查出者尚多，风气如此，昨日严切告示，仍是如此，奈何奈何！得省署信，并王海楼诗信。

十九日（8月12日）

早饭后，香谷来话，未刻出昨童榜，文章无佳者，磨得我苦，乏甚不可耐。覆岁取童。其次致曲。蝉不知雪。文理未通扣除者，邛州大邑各一人，均即另补。今日凉甚，可着棉，昨晚睡已去席矣。

廿日（8月13日）

寅正方起，考科生，人不多也，共二百四十余，而此处学中备卷满的，致不得者有一半，真可厌。不以人废言。问历代名将优劣。赋得咨才为诹，得“诹”字。星四同桂儿生日，夜酌仍不敢多也。雨。

廿一日（8月14日）

看秀才卷，至申刻方毕，佳作颇不乏，邛州为最，蒲江下矣。邛州新近枪案迭出，廪生何事止知作弊耳？阴竟日，凉甚。

廿二日（8月15日）

本拟下教场，雨竟夜，晨不住，改覆文生。为天下得人难。赋得喜我荣日长，得“膏”字。金香谷来，与商东院外作池，借邻竹，因日开板窗，得斯妙境也。昨得子愚六月十六日京师信：时事仍旧，连镇、高唐，均未收复，奈之何哉！许信臣革职，陶问云调苏藩。骆籥门奏湖南地面肃清。官文奏荆州无贼。今早香谷谈，酉阳州秀山有民千余人抢盐店事，未散。晡晴矣。

廿三日（8月16日）

大晴，卯初二刻始到教场，每四十牌一歇，未正后毕。一千五百余，实到一千二百余，申初回棚。有布衣徐瀛海呈递战略，皆钞撮古用兵术耳，因令作《练胆论》，平平甚。与诸君子饮酒行令，颇畅。

廿四日（8月17日）

覆科童。

廿五日（8 月 18 日）

看邛州步箭，内场出榜，技勇太好。

廿六日（8 月 19 日）

大邑步箭等不如邛州。

廿七日（8 月 20 日）

蒲江步箭等。昨得省署信，知士林大侄到来。香谷来话。

廿八日（8 月 21 日）

早，武生内场大覆，文童发起马牌，发落科文生。昨夜雨大且久，雷亦久，可怕，今日竟住。出至书院，叶小锜新修，甚敞。东偏花木，小院回廊，开窗，东见稻田荷池。有沈□□题诗，颇清致。出至瓮亭，在荷花池中间。相传卓氏置钱瓮，有古瓮亭匾，有碑，乃钱香士新修。其荷花自眉州苏祠瑞运池移来，然今苏祠有菱无莲，气移旺于此耶？传枪手黄灼、车遇平两秀才来作文。晚香谷移樽至考棚，并邀刘小云、闵慎余同坐，与诸君子宴，两席九人，甚酣洽。慎余量甚大。先是到州署拜客。

廿九日（8 月 22 日）

收拾行李书箱，写大字多。晚饭于州署，仍昨宾主耳。昨得省署信，有裕制军内召之谣。昨晚折差祝国安、廖秉钧到来，前两折俱交部议后，一折留中，不知能启秘耶？子愚六月卅日书，京师窘状更甚。北师无利，而外间有江南收复之谣，不知果否。连日雨多，今日少住。

卅日（8月23日）

竟日阴而未雨，作书寄子愚，又寄顾又耕书。得蔡小石手书，王梅溪尚未回南郑也。香谷来谈，写大字，字债毕。未正始覆武童。此间武童榜后，以枪顶歧首被控者纷纷，皆敲丁锤耳，风气如此，可恨。酉初方发落。夜仍雨，不大。

闰七月

初一日（8月24日）

五更起，卯初一刻天大明即行。出南门，过南桥，极大观，有十六拱，宽长坚厚，似琉璃河桥，及卢沟桥也。香谷与学官、武员并文武生员等，俱次第送于桥之南，已距城五里矣。四十里尖，蒲江令韩一松迎谒，县在此南五十里。韩君字与余同，履卿侄孙。又五十里，百丈场宿，名山管。汪穆堂接至此，未免太远。话间仍有酒气。公馆佳，有后院，荷花池颇不小。推窗雨来，肴酒俱佳，穆堂真酒士也。

初二日（8月25日）

雨住行，尽小石子路。四十里大，至名山县尖，穆堂来话，匆匆话即行。五十里大，至桐子林，张兰台太守、王介堂署令来迎，廿里至雅安河，水流急，渡后坡陀，入东门，至考棚，坐西南，向东北，守、令次第来谒。兰台现署建昌道，肯自充提调，人亦朴雅，可敬，滋阳人也。署雅安王臣福，字介堂，黄惺甫山西门生，上年曾在省相见，余竟忘却。巡捕内外各二，共四人，又太多矣。考棚苦暗，又雨多，急令撤天棚取亮，匆匆已暮矣。夜雨达旦。

初三日（8月26日）

冒雨谒文庙，下学讲书。樊迟请学稼一章。回院，巳刻放告，尚无大刁健者，然不如邛州之简矣。教官八人进见。陈大令立畬谒晤，同乡久宦，年七十，已告休居此。言雅安全靠收税，湖北布、川中药材皆由此。今道路梗后，前可余三四万者，今交课五千及应酬万余，皆须挪借矣。忽晴，忽阴，忽雨，人身俱有霉意。

初四日（8月27日）

考古。童二百余，生卅余，共三百零耳。《孝武置写书官赋》《稼穑作甘赋》《夏时乾坤解》。樊敏、高颐两碑考。山田词，五古五首。《秀才论》。童生还将就，秀才无佳卷。碑考无人解道，经解更不用说。

初五日（8 月 28 日）

夜雨达旦。点名烦甚。考文生六百余人。威仪也。畏此简书。赋得流观山海图，得“经”字。午间略见日。昨晚酒后得一律，诸君子皆和作，今日余复次韵二首。

初六日（8 月 29 日）

覆古。《闰七夕赋》。以虫鸣秋，得“繁”字。加减盐价议。有闵生《化桢赋》，颇有致。

初七日（8 月 30 日）

考名山（迟延）、荥经、清溪文童一千余人。名山不用顺保填册，致点人迟延，而枪手得混入，当堂经廪生指出两起，场内查出三人，传名山礼房责惩，革去廪生一人。“令尹子文，东里子产，行人子羽。”“关市讥而不征。”“人贤忘巷陋。”教官说：城中为大漏天，西去卅里为小漏天，名飞仙关，地有小洞极深，通江，呼为禹漏，言禹治水下手处也。荥经瓦屋山高过峨眉，即坡诗所云“瓦屋寒堆春后雪”者。

初八日（8 月 31 日）

复试文童五十四人。其为气也至大至刚一节。凉风起天末，得“多”字，五言十二韵。阴未雨竟日，昨略见日，大约夜必雨，而不闻雷。发昨童榜。文生覆试，用心人颇多，有佳作。

初九日（9月1日）

考雅安、天全、芦山童。为之犹贤乎已。难与并为仁矣。则哀矜而勿喜。不识有诸。赋得盆桂。今日无犯枪案者，点名亦快，可慰之至。五更雨，未甚住。雅安萧教官游迹颇宽，谈及西湖之游，与六舟、莲衣、法雨诸僧俱相识。拓碑事亦留意，因托其拓樊、高两碑。芦山余自看，与前日清溪同。

初十日（9月2日）

不雨而寒。未初出榜。传昨两童卷中写魔语者，皆谬托仙神欺人，由功名迷人，文理皆混榜耳，各掌嘴四十，仍不怪也。太守及大令先后来话，府县考俱尽心，几乎全取，亦希有事也。

十一日（9月3日）

考名山、荣溪、清溪科童，大约岁混童均不来，才八百人耳。“可以怨，可以群，可以观。”一日暴之。赋得客睡何曾着，得“宵”字。查出递稿一童，枷出。受递者掌嘴逐出。竟日细雨。萧教官谈字甚有见，因出帖共赏。詹教授年七十六，亦尚健，然无所知。今日余不适，受寒，晚服石翁药，升麻、独活之类。天亦乍冷矣。

十二日（9月4日）

早，人遂适。发落文生，仍令作《威仪定命论》，要援据经传为谈，古人重威仪，不空谈心性，不知能解否。阴冷甚，连日矣，奈何！晡得省署信。作书复王海楼、士大侄。

十三日（9月5日）

科考雅安、芦山、天全童。言语宰我子贡三段。分出于己取之而已矣。日月光天德，得“光”字。因今日大晴，为到此第一日。廪生指出枪手二名，枷出，不料今日还有此。昨见京报：沈翰请郡县管武营，有十便，折子殊佳。见探报：曹艮甫想已殉节，友朋死事多多，都是赐死耳。空城，文官不管一兵，贼到即毁，可叹可惜。晚作书与麟士，为海楼、书院事。

十四日（9月6日）

雨不住，不大。覆试岁童，已暮矣，止得过半，积习之可恶如此，尚皆明白为慰耳。出昨童榜。

十五日（9月7日）

科试文生。驱虎豹犀象而远之。问蜀中古来经学。天清一雁远，得“清”字。共三百九十余人，甚迟出场。半阴晴，见日。晨酌时，靠山墙倒，一奇景也，乐得看山。

十六日（9月8日）

文生卷至暮毕，尚乏困。酉正发榜后，同诸君酌。后仍作字、下棋方寝。

十七日（9月9日）

因夜不得佳眠，晨起，疲困不可耐，勉强至西门外教场看马射。早饭后，大晴见日。又得酒，渐健适。未刻，一千二百童竣事，监射者，仍邛州监射者也。府县俱郑重考事，甚安静。回来渐复元，而辕门外递呈者十余，想不到皆他乡来控者也。得胡恕堂、俞麟士、王海楼书，麟士欲为海楼刻书，可慰之至。不知能成否。一日之晴，诸童之福也。

十八日（9月10日）

覆试科文生。“有弗辨之弗明弗措也。”葭苍露白，得“人”字，五言十二韵。新童补覆者又来卅余人，同题。服石翁药，即适，本无大感冒也。

十九日（9月11日）

考荣溪、芦山、清溪、天全步箭。申初发榜。

廿日（9月12日）

考名山步箭。内场发榜后，补覆文童。“汤之盘。”夕阳红半天，得“红”字。

廿一日（9月13日）

考雅安步箭，内场未初后发榜。府县案首俱不着一箭，矜持太甚也。廪生指出顶冒一名，笞责逐出。此三日中均无弊闹者。太守、大令俱来晤。

廿二日（9月14日）

早，武生内场。大覆文童，发落文生后，出东门，过江，至张家花园，约五里余，路小不好走。楼阁逼仄，小有花草耳。主人出见，说是州同，实武生耳。言行盐，近日窘甚，新进张肇封，其侄也。回来且憩，止过道署看竹荷，尚幽雅，房子做得低闷。

廿三日（9月15日）

发落武生后，发落文童。写大字，无气力，真是受湿，致臂胫俱软耳。早出拜府县，及陈杏农，陈翁处教书人王诏，九溪先生曾孙，因恙未得晤。过雅材书院，乃上南面山始至，与主讲张君一话，耕石师戊寅门生也。回院，候武童覆试，不可得。晚至道署，张兰台太守，王介堂大令公请，杏翁同坐。道署二堂中间有井，真不是地方，闻近日此署不甚利，或因此。夜归薄醉。

廿四日（9 月 16 日）

昨夜大雷雨，甚热，不安寝。又梦中见杀人惊醒，遂不睡，起来惫乏，服药一剂。府县及杏翁、山长俱来晤。雨不止，奈何！武童申初方覆试，又一起，上灯后始覆。仍二名不至，扣除，此间看功名不要紧也。作省署信，寄回海楼书原本，并致麟士书、海楼书。杏农送席。

廿五日（9 月 17 日）

夜雨达旦不止，止好行。发落武童后起马，已辰初矣。张太守同都司送于郭外。出南门，上山行，渐渐山大水斗，冒雨，溪声如雷，处处阻水，不好过。四十里，巴焦滲尖，介堂送至此，同早饭。行，又五十里甚大，荥经城内宿。竟日雨中行，过溪河无数，到城，仍过经河。行李半夜方齐，驮子止到五个，又一个，未到者七个，到公馆已酉正。韩署令来一话后，即晚餐。雨半夜止，可慰。遣回署之书吏承差，尚不能今日行也，因阻水故。

廿六日（9 月 18 日）

起略迟，韩令来送，辰初二刻方行。无雨路渐干，溪流亦不多，似黔州路也。五十里，午正，到界牌，即宿。且清楚一日，为昨日歇乏。公馆尚敞，胜昨处。乍有寒意，棉且思衣矣。

廿七日（9月19日）

早行，雨虽不来，路奇斗险。山水错杂，仰上者多，为生平未历之境。有小关大关及二十四盘等险处，谓即王尊叱驭处，岂当日此处能行车乎？足见班史靠不住也。五十里，有六十里大，张老坪，尖于庙内。尖后，复上山，五里余，方下山，共二十里余。斗下，渐开阳。入清溪县北门，周梅森大令迎谒，住县署内。梅翁喜谈画，亦自可。同酌间，为差人殴吾仆吏，甚扫兴。中庭传武侯手植槐，大数抱，果千年物，今夏，风折倒压厅碎，梅叟压屋下不死。因创新是屋，颇雅亮。水声佳，竟日晴。

廿八日（9月20日）

卯正行，出东门，往南行。凡入打箭炉走藏者，则出西门。此间藏差苦烦，驻藏大臣又连病殁，差事更苦，大约此差难得生还矣。三十里平坦，瀚（汉）源场关庙尖，地方比县中繁盛，有义学。今年新进文生，县书院得七，瀚源书院得六，他处止占其一耳。尖后，巳初行，路平坦，至富林场后，便高斗如昨。上半日沿山傍江，可悸之至。约十里，渡泸江，俗名大渡河，由西来，东往重庆，会大江，滩多仍不通船，南岸亦斗。又约十里，至大树堡经历署宿。入越嶲厅界，都司以下武弁俱出迎，团民几四五百人，经历吴榛，广东嘉应州人，署事。写对子十六付。壁间王元智画笔清妙，提得笔起，乃即宾缺此处经历也。

下僚有此，难得之至。

廿九日（9月21日）

早，路上山斗，比大柏岭差不险耳，殊无意味。四十里，河南站尖。尖后廿里，却平正，平夷堡宿。店不亮，又枕涛濑，声汹涌，冷复难耐，虽到得早，殊无聊也。

八月

初一日（9月22日）

卯正二刻行，山水发秀，石壁森起，泉韵亦不恶。三十里，平坎尖。又四十里，海棠场宿。尖后，路亦不恶。此处有都司署，又有土千户、土百户等迎谒。土千户王应元，自云徽州人。据都司马勋裕说：伊等云江南江西者，皆随口说，实则番子中为人所服者，便世充此职耳。未初即到店，店尚新洁，不似昨日之污。见火浣布及蛮布，火浣布闻系石浆丝所为，用作展布，有不洁，则火烧之，油污净则火灭而布如新。买得活野鸡两只。

初二日（9月23日）

卯正一刻行，四十里，路有山而不险，蓁叶坪尖。又四十里，利济站宿。路亦好走，惟晨寒午热，日色蒸人。一路兵行，及土千户、百户等均迎护不绝。越巂厅司马吕君来迎谒。东番西猓，番子渐染教化，惟猓猓尚是夷性。越巂在其西，屏山在其东北，马边峨边在其南，中间约千里。主为黑骨头，奴为白骨头，别无官长。今年三月，二三万人入越巂抢掠，杀其百余人，乃帖服散去。有兵器，无枪炮，人极朴陋，故易制也。作省信一纸。有野猪伤死一蛮人，群蛮子复打毙野猪，卖得钱一千，烧酒三斤，乃抬尸归去。

初三日（9月24日）

卯正二刻行，一路山坡，崎岖不好走。到越巂厅城内，已午初矣，尖于衙内。吕润峰司马乃杨玉生学生，谈及三十年前旧游，润峰甚能事，于此益宜。同城有参将率兵迎。润峰云：文官全靠练勇，兵不归调度也。午正三刻始行，一路山溪，景致殊佳。四十里，申刻到小哨。

初四日（9月25日）

早行，渐上山，即小相岭，斗险处不多，至山顶，说四十，不过卅里，下山四十，登相营尖，亦不过卅里，然合之已六十里矣。尖后五十里，冕山营宿，路景颇佳，观音岩为胜。冕宁宋令迎谒，巡捕亦来，俱令即回郡去。天宫寺前鲸鲵封处，系明刘綎剿夷所立石。

初五日（9月26日）

卯正三刻行，多沿河走，路尚不险，过盐井沟处，山阿有奇致。五十里，泸沽尖，地方热闹，宋令同西昌令王小榭来谒，云榭年伯之子也。公馆颇佳，即镇军驻此阅兵处。尖后五十里，溪龙宿。小榭同县丞张焜来谒，途中接土司各呈，为安平康袭贼事，因与小榭谈，略得端倪。客去剃发。

初六日（9月27日）

早行，廿里不大，古礼州尖于县丞署。张丞焜，号西山，己酉拔贡，直隶广宗人。有古城街市，不冷落，问古礼州系何时，则不知也。尖后仍南行，卅五里，渐东南行，十五里，至西关外，绕进南门，市店热闹，皆与云南通贸易也。署镇阿尔本、太守德裕（问樵）及县令各教官次第迎接，入考院已未正。署镇来晤，守令与委员吴铭斋见，谈安土司事颇折。沿途拦舆递呈者甚多，先将安氏案批交府县禀复。考院从卅年地震后新修，规模显敞，然苦斜，迤往西南。闻各衙门均同此样子。讲风水人不嫌歪斜，最可厌也。

初七日（9月28日）

晨谒文庙。为诸生讲知者乐水一章，知仁合一之旨。回院后，府县教官俱见。巳刻放告，无甚多而有紧要者。

初八日（9月29日）

考古。生卅六人，童二百五十耳。《筹边楼赋》《秋省敛赋》。水碓，七古。《志在春秋行在孝经论》。东西房推开安窗壁，木匠吵了一天，好在申刻得雨，差快人意。吴铭斋来话。申刻发制军处咨文。出晓谕各夷民告示，总要安安氏安平康早回，令安平康袭职而已。王小榭来话，伊用铭斋家人代办差，向厨房私商规礼，可恶至极。

初九日（9月30日）

岁考文生六百余人。孔子谓季氏两节。文王不敢盘于游，以田庶邦惟正之供。赋得序宾以贤。雨。出古榜。

初十日（10月1日）

覆试古学。盐源县文生曹永贤作《筹边楼赋》，极有才思，难得之至，看今日何如。《藏之名山副在京师赋》，以史公书序成一家言为韵，《非学无以广才论》。放鹤、狎鸥、养鱼、驱犊五古四首。试院秋雨排律。王小榭来，谈及钦使信系彭泳莪，还有一人，不记得。安平康已被省中锁押，可谓冒失之至，幸前日告示早出，夷巢得安静。吴铭斋今日行矣。夜雨。

十一日（10月2日）

考盐源、冕宁、会理、越嶲童文。其事上也敬，其行已也恭，其养民也惠，其使民也义。是则章子已矣。甘苦齐结实，得成字。寅正点名，卯正毕，天微明耳。盐源枪冒二名，枷责。不解此地亦有此。

十二日（10月3日）

覆试文生。可以托六尺之孤。《经术关系政体风俗论》。山水连滇蜀，得“连”字。冕宁雷同卷五本，皆传到，打手心。取古前三名曹永贤、吴钟麟、颜启华，皆佳士，令另作覆古赋。未刻出昨榜。竟日阴。

十三日（10月4日）

考西昌文童。食之者寡。“蚓而后充其操者也。”山衔好月来，得“来”字。一千五百人，混场者大约有半，何苦来？教官说，温江五在贤有王鲁之弟兄才气，果尔，何一无所闻也？且访之。竟日晴，发省信。月色可，得一律。

十四日（10月5日）

未刻方出昨榜。有文童夏在纶甚佳，因太好，传来覆试，谆谆然命之乎。颇有心思，难得。昨县中送菜，及各书差俱有月饼。今日蔚中送席。今日后阴。中秋节，早晚上供。昨夜梦子毅安席陪客。科考会理、盐源、冕宁、越嶲文童。下袭水土，上律天时。河不出图，凤鸟不至。若不相似然。月似去年今夜好。共八百八十六人耳。点名时小雨，略大者一阵。夜微月。

诸君子赏月，梦九独酌至丑时，余亦不成寐。枕上成一律。晨起遂不适，因起两次，感风寒矣。

十六日（10月7日）

早，发落文生，出昨童榜。作诗奖曹生永贤。服药，晚即愈。得省中廿六日信，又得胡恕堂、俞麟士、周黼庭信，前数日华填报今日，余拆以十六当得信，又复果然。与前次馨字拆于廿八日折差回同，俱奇中，可笑。

十七日（10月8日）

考西昌科童。五更雨大，卯正方点名，已天明矣。辰初二刻出题："各于其党"，"所以自为则吾不知也"。赋得宿雁聚圆沙，得"沙"字。共一千二百七十余，堂上翻阅混场者已二百七十余卷，西昌人不知耻，如此可叹。诸生和诗叠至，有辛酉拔贡年伯张以存亦和二首来。夜有给烛者，因早间进场略迟，故准尔尔。有皇甫成倦后交卷，已二更矣，文极佳，误字多，传明日覆试。

十八日（10月9日）

传皇甫生不到，枪手定矣。出昨童榜，复岁童。

十九日（10月10日）

科试文生三百七十余人。清斯、濯缨三句。问历代谏臣。

边山产才杰，得“才”字。剃发。

廿日（10月11日）

换戴暖帽。未刻看科生榜。自看西昌百余卷，较易了也。秋阴不解，每夜必雨。德问樵、王小榭俱来话。见探报：两湖说已肃清。高唐贼已剿尽。南京外城已攻破。果如此，真大快事。即和梦九十绝句韵，一挥而就，亦近来希有事。连日酒劣腹泄。今日小榭送来翁次竹同年留赠一坛，甚佳。夜酌奇妙，好睡。问樵送两坛，亦尚好。

廿一日（10月12日）

早，到教场，雨不住，夜竟，明未住。马道污泥，不可收拾。与监射游击文升谈一阵而归。小榭来，与商另开马道，后日再往矣。昨日安龙氏着头人回，据省信：伊有家信申斥安平康之妻，令将印交出。小榭问头人，说并无其信，乃用谎计耳。而省中大吏办事之谬，乃至此耶！

廿二日（10月13日）

晴，覆试文生。“止其重器。”魏绛和戎，得“戎”字。又覆试科童。“陈其宗器。”地阔天开，得“天”字。传到河东头人齐承察问话，官话明白，乃安平康之跟班，其头人沈良贵、彭福珍均在押未来，并无家信，止令回来探听事情耳。池兆龙之子池光葆乃入西昌学，夷童二人，隽其一，亦奇矣。池兆龙乃安安氏头人，年七十，昔充礼州典吏，满后充安安氏字议，遂为头人，凡安安氏诡计，皆其所出。安安氏在省已花八千金。昨夜为会理州文生等呈告该州多征少解，至七千解二千，如何是了？今日传两教官来问，俱为恳恩，且饬该州自将簿据申阅再说。

廿三日（10月14日）

复下教场，大晴，风甚爆。一千四百余，未刻毕。回院，递呈者甚多，陈熊氏、陈映太一案凡数纸，遂传明日自提审讯。

廿四日（10月15日）

看盐源步箭三百八十余人，并技勇，内场未刻出榜。少憩，审陈家案，结矣，有所里具各结，止将胡镕掌嘴耳。副将陈时亨故后，其妾熊氏不回家，依戚胡氏，改称胡姓，冒称命妇。控嫡子武生陈映太为庶子，欺母蔑弟，受胡氏唆串也。三年不结，两边资财，去其半矣。示以恩威，晓以大义，陈映太即日接熊氏归，永不再到胡家，案遂了。

廿五日（10月16日）

看会理、冕宁、越嶲步箭，出榜早，人少也。作告示，为陈家事通行晓谕。闻通城俱翕服，良一快事。先公生日，早晚上供，悲甚。

廿六日（10 月 17 日）

看西昌步箭，五百人，甚苦。风太大，日气炎蒸，面热足冷，而头怕风，幸尚无恙。申刻出榜。得省中十七日信，知星使十九入城。制军无回文，不暇及矣。然安家事想不能更易吾计。

廿七日（10 月 18 日）

武生内场，大覆文童，发落文生。文生公递呈，为盐源土匪事，说新有紧报来。余出拜文游击、德太守、王小榭，知盐源周令因云南永北厅来文，有土匪欲抢厂，恐滇中剿赶窜至盐源，预为筹堵耳。回院传诸生安慰，并令归与周令筹经费，周令官声颇好也。即作檄与周令，并捐百金为经费。诸君子游邛海、泸山去。余赴德守王令公请，局在府署，文静轩作陪，酒不佳，未饮。

廿八日（10 月 19 日）

发落武生文生后，出南门，东南二十里，至泸山。先到先福寺少憩，小舆上至王母殿，一路曲屈，树石幽深，至上方眺远楼，邛海在目，果清旷非凡。仍下至光福寺，看前明志草一本，山中东山寺、药师寺等处尚多，最上玉皇阁，则德中无之，乃后来国朝建也。回由水路，小船行苇间，有大明湖意。南岸五里余至北岸，仍陆路，十五里回城。控呈络绎，随手批发，或面讯结，亦苦烦矣。闻阿署镇已回，为盐源事。

廿九日（10 月 20 日）

太守同大令俱来话。余出回拜阿镇，为商盐源事，劝令游击去。拜辛酉张义门年伯，年八十四，尚健，（以存）有子年五十，已出贡，有六孙，家小康也。回来早饭后，阿镇、张丈来拜。武童覆试延至酉刻，可恶，尚有未到者。

卅日（10 月 21 日）

早，同诸君子到邛海，乘船东南行，约十里，至沈家祠。楼大有邱壑，主人有考武者，一童子读书，尚未开讲也。主家酿极佳，县差设肴面，主人亦出四肴，饮略畅，午正始归。风渐大，船上冷。补覆武童七人，共打手心廿板。三廪生降增，示薄惩也。行李检毕，字债全清。“野饮几人偕，快醉山中索郎酒。郊居随处好，又逢湖上沈家楼。”已亥过西溪夜饮，眠沈家楼上，忽忽十六年矣，沈氏送酒来，即携此联去。张年伯诗本，为题一诗。吴生钟麟和坡韵诗送行，甚佳。此间信有佳士，惜传授无人耳。

九月

初一日（10月22日）

寅正二刻起，天明未即行，舆夫少迟钝。王小榭颇聋，用家人大难也，同问樵来话。卯正二刻始行，出南门西行，阿镇与府县送于武侯祠，诸生分数起送，有依依不舍者。西北行，五十里，礼州尖，张县丞见。又廿里，溪龙住，方未初后。风沙大且寒，与昨两项天气矣，亦奇。诸夷人递呈，求令安平康早归，余想此时已在途矣。亦有一纸，说安安氏无过，归咎安龙氏者。

初二日（10月23日）

卯初三刻始行。昨子正时，隔十余家店起火，大家俱起来，旋即承差等同汛官扑灭，幸无风也。武生过考未回，家尽女，一楼上佛灯炎着所致。早行，五十里，甚平坦，卢沽尖，此水南去，安氏署在河西，隐约可见。冕宁宋令迎谒，尖后，五十里，路不甚平，未正二刻，到冕山高坡公馆住。谭丞迎谒，言广东佛山镇有土匪滋事。接夏憩亭方伯书，内有探报，不惟两湖肃清，河北俱已无事，僧、胜两公俱到江南，止怕靠不住耳。得省署十四信。

初三日（10月24日）

夜甚冷，卯初三刻始行。昨阴至今未解。五十里，尚平，渐上坡陀，登相营尖，仍冕邑管。尖后，渐上山，至小相岭，雪候颇盛，路滑天寒，舆行剧苦。下岭，路亦长，五十里大，小哨住。吕润峰迎至此，俱令即回署，时已申初后矣。初然炭盆，用火锅，有雪无风，冷尚可奈。

初四日（10月25日）

寅正二刻起，雨点未住，卯初一刻行，略有山景。观音岩对面香炉山，似永州山也。五十五里不大，辰正二刻至越嶲厅署尖。吕润峰同守备、经历迎谒，润峰呈所开官事节略，固有心人。舆夫争添夫价，吵闹不得即行，被润峰扣入卡房，十余人皆更易，未免苛矣。尖后五十里，利济站住，先四十余里尚平，后十里坡斗。午热未寒，复有雪意。按礼部议覆咨：半准、驳，有甚可笑者。得制军安氏覆咨：推在委审人未详院，想是转湾矣。越嶲山中出石胆，似空青之类，有兵取十筹献二枚。

初五日（10月26日）

卯初一刻行，细雨不湿路，五十里尚快，簝叶坪尖，时方巳初耳。二刻行，路多坡，又雪化路涩，四十里走了两个半时辰，到海棠将申初矣。风颇冷风，借斗篷，都用得着。连日见京抄，并各处信，军胜大捷，想荡平在即矣。申正接钦差载崇三十日来文，为查案事。即作覆咨，戌刻发出，马都司饬塘兵去。

初六日（10 月 27 日）

卯初一刻行，毛毛雨不歇，路不好走，廿里到煎茶坪，才半个时辰后，卅里，到平坝尖，走了一个半时辰，泥深滑足也。尖后卅里，景致佳，苦雪雨，未正方到平夷堡住。次韵答润峰。办差人复送石胆五枚。水声舂枕，比来时好些。

初七日（10 月 28 日）

卯初二刻行，山路不好走。廿里，河南站尖。匆匆行，廿里大，过晒经关，入庙，晒经石颇有古意，大至方丈，万历庚戌，武林顾汝学题诗石刻：一片晒经石，疑是唐僧留。有谁能说法，应教石点头。又廿里亦大，至大树堡经历署与王愚谷略谈画，酌之，吃面而别。所师扬州王兆祥，字非子，而甚佩梅森画，不可解。过大渡河，在中渡过，两边俱不上山，路亦不近，约将廿里，河面消歇，尽石路，亦有十里也，富林营宿，入清溪界。钦差廿七入城，廿九封门，闻之宁远府马典史，领铜本四万余两，二成搭钞票，如何用得出去？酉刻酒饮，得省署初三信。前有两信俱未到，可怪。

初八日（10 月 29 日）

行路多平，山沟隔小水处，时有周折。五十里，翰源镇尖，地本繁饶，又值场墟，尤喧闹也。文武诸生来迎，尖后，沿清溪河边行，说三十，有四十，过高山两三处，入东门时，仍高山也。周梅森同何都司、张教官迎谒，住县署，比前次清静多矣。梅翁日夜酌，颇畅。无风，无雨，无日。小世兄七岁，甚聪静。

初九日（10月30日）

早行，出北门，渐上山，即大相岭也。积雪满山未化，是一大观。廿五里，走两时辰，上山难也。过廿四盘后，张乐镇尖，有关庙、武侯祠，岳大将军有诗刻：若无七纵天威重，那有三分鼎峙雄？尖后渐暖，雪多化者。过大关小关，则地下无雪矣。一岭界南北，寒暖顿殊。下山三四里，即至界牌，入荥经地方公馆住。韩大令迎谒，言县地尚未见雪也。令即回县城去。夜酒不佳。

初十日（10月31日）

行少迟，路近也，五十里，到荥溪已午初矣。一路无大坡，算平坦矣。县署少坐，极朴质，韩令旋来再晤，知制军昨日出省，说往叙永防堵去。天大晴暖，起风。行李到甚迟。

十一日（11月1日）

早行，山坡不好走，且路大，说五十五里，到巴蕉湾尖，走了三个时辰矣。又卅五里亦大，到雅州试院住，阴阴如暮。

张兰台、王介堂及游击隆福迎谒，陈杏老、梁三亭来晤，三亭同夜饭，憨疲如故也。肴酒俱不妙，腹泄始安。补覆武童二人。又有江国正递呈，令作画，颇有秀气，令入省重看。

十二日（11 月 2 日）

早行，路平而远，午初，五十里，到名山，先入县署拜汪穆堂，有菊近百盆，有佳品。尖后行四十里，不为甚大，百丈场宿。接钦使十一日酉刻文书，知初五日覆咨尚未到也，仍即刻作覆去。穆堂送至此，同酌去。口占对句云：日煮好茶炊好米，天教名士领名山。香米极佳。萧典史来见舆车，前考一等五名，以吏目单月送用矣。

十三日（11 月 3 日）

早行过洒，五十里甚大，大塘铺尖。蒲江令韩一松迎谒。又四十里大邛州，先至州署拜香谷，菊花尚好，苦不多耳。刘小云又病未见。回试院结两案，一廪生吸鸦片，一妇人无耻。香谷来夜饭，颇畅。赠张仙弹与小山各一枚。天气甚暖。闻沈也鲁果投井，亦可惨也，何罪焉？

十四日（11 月 4 日）

卯初方行，阴有雨数点。香谷送至四十之高桥小憩一话。又十里，斜江河尖，公馆发极敞。尖后过小河，即斜江也。三十里大些，新津县住，余子方大令迎谒。前月十三，交界处贼劫驻藏大臣四骡，皆邛州大邑人也，供十九人，已缉得十一人。子方说此间民情极好，苦与邛、大接壤为累。沿途及到公馆，红呈多至数十纸。见京报：南京大捷。北事无消息，奈何！

十五日（11 月 5 日）

早行，过河两次，尚快利。五十里颇大，到双流县尖，桂儿、钟孙、士大侄均来迎，同饭，问知家中平安，得子敬、子愚两弟信，甚慰。尖后行，四十里，至武侯祠对门官厅，鄂太守同郑、恒两首令迎见，问知钦使办事大略，入城至署，已申初矣。一切如前，惟五姑病久，甫将就愈，服大侄药也。蒋申甫来晤，沿途小雨，何不大些下？

十六日（11 月 6 日）

乐将军、杨方伯、伊都统先后来晤。钦使差巡捕来，即刻带回文去。张候令搢笏由湖北解饷回来，谈及宜昌到荆州一路，已夜不闭户矣。晚出晤俞麟士，粤东土匪事极猖獗，省城新城已破，若果尔，则大可虑矣。晤周执翁一话，天已昏黑，归夜饮颇醉。

十七日（11 月 7 日）

翁次行来晤，恒容斋久谈。早到将军处，并晤都统话，回拜府县。昨夜雨不小，泥泞颇甚。晡时，诸君子饯石翁于东园。

十八日（11 月 8 日）

写大字多，半为伯石作也。阴不雨，出拜杨心畬、马艺林即归。晚饯伯石。连日收红呈极多，今日告期，多至七十八纸，各府县积案不结，致上控纷纷，深可悯虑。

十九日（11 月 9 日）

早送何伯石行，因病归，甚系念也。午间出拜藏使。蒋申甫处兼晤艺林。李西瓯前辈处话。归，案牍渐清，苦天色阴寒少味。延顾幼耕来寓，适补石翁之缺，亦有趣也。

廿日（11 月 10 日）

阴寒如昨，午间略见日耳。见数客，竟日静。麟士处送来京抄，叶昆臣剿土匪数千，粤东事或可无虑，然恐或窜至邻省也。瓜洲、泸州俱获胜仗，湖北则已有杨慰农制军来文说已肃清矣，心畬云然。

廿一日（11 月 11 日）

早饭后，大晴且暖，然早晚转寒也。钦使载鹤峰、崇朴山来，邀入贡院一话。出拜清秋浦，未晤。翁次竹一谈。支少鹤大愈，两郎亦结实，可喜。钦使厅查各件，大致已粗定矣。

廿二日（11 月 12 日）

清出岁试应解部卷，交诸君子过批圈，报考折底清出。沈州判定仪来，问知胡恕堂近况，且知夏憩亭仍须到此办捐监事。如何有济？殆借此偷闲耳。

以上藏于湖南省社会科学院图书馆，题名《使蜀日记》

咸丰八年

三月

廿三日（1858年5月6日）

开课泺源书院，病愈未健，请监院帮办李广文（锟）代□□，□日交卷二百零六本，次日卅二本。“虽曰未学”两句。遍雨天下，得“年”字。

廿四日（5月7日）

早，华慎南旋，殊依依也。寄赵静山、王雪轩、何根云、吴平斋、韩履卿及鼎侄信，内有寄杭州信，又上房寄针黹各物，俱交华慎去。小山来诊，改方，略调补。看卷八十五本。

廿五日（5月8日）

看百本。诸事不复能顾矣，精神却好也。

廿六日（5月9日）

余卷看完，写名次，晡时方清。因桂儿有客，写得漫也。阿双生日，早吃面。李种蘅来，晤桂桂话。

廿七日（5月10日）

出案，超等廿六，特等卅六，余俱壹等。又附壹等五名，皆系录旧者，照例扣除。吕秋塍学使、陈弼夫都转先后来话。朱时斋亦晤。

廿八日（5月11日）

小山来诊，略改方。□监院回，来晤。

廿九日（5月12日）

连日钩帖。汪佛（生）、□少炳来晤。

四月

初一日（5月13日）

每晨临王《圣教》一阵，生平未曾临过也。早饭后出，拜雨舲中丞生日，便过芰芗□，□笠衫目疾未见客。弼夫处话，栗堂处话。归见鲜笋，急令人买来，夜烹之甚佳，因分饷中丞一碗，又作诗为祝。儿妇去吃面，归颇晚。

初二日（5月14日）

昨日示，令诸生有欲进见者，于逢二、逢七来见。今日前后来者十二人，首取之王世修，乃王氲之监院之子也。有朱廷相副车，年六十六，似读书人，昨呈牟应震（寅同）《毛诗质疑》，因问以牟默人制艺，亦尚说得出。东昌梁竹□秀才来话，所著《大学知目序》，一狂生也。

初三日（5月15日）

卯正点名，到者二百卅七人。出题后为讲题，似有领悟者。“无以言。”东坡得见海市，得“仙”字。午出，晤中丞，谈帖久话。学使、方伯处俱话。余十余客俱片拜。回来已暮矣。得都中□日书，子愚信甚详，兼得杭州消息，津门夷议尚相持，而都中尚安静如常也。芰芗送黄花鱼六尾，虽经盐渍，□□风味。

初四日（5月16日）

看卷百本。除一晤栗堂同年外，未及它事。雨一阵。

初五日（5月17日）

看卷完，超廿八，特卅八，壹百五十七。次日交不阅者四，不列等四。雨有一阵大的。食笋第二回。

初六日（5 月 18 日）

早清名次毕。饭后写案。此间甄别后，正副课不得动，故正课潦草者极多，山长无法也。因示于不列等者扣除，中有正课出缺□□以本课超等，副课叙补。且谕嗣后有交白卷及次日交卷者俱扣除，或可少资鼓励乎？向来交白卷者听之，大不成事。□□春原来话，徐、兖一带土匪颇恣。余芰芗来，说兖州防堵，峄县现在无事。王幼石来，甫由宁海州调东平也。晡不甚适，□凉着耶？

初七日（5 月 19 日）

晨静。午后诸生来见者八人。请小山来诊脉，略用黄芪，不审能受否也。弟三次买得笋□大五斤，适芰芗送豆豉及酱菜，晚间分一碗去。

初八日（5 月 20 日）

覆试两课超等诸生，到者卅六人，不到者六人。辰初二刻方齐，完场酉正后矣，其实佳文仍在早交卷中也。吴小亭大令（树声）晨来晤，谈碑有趣。彭雪楣晡来话。诸生当面交卷，即为面指瑕瑜，亦觉困乏矣。“不顺乎亲，不信乎朋友矣。”新松恨不高千尺，得“新”字。

初九日（5 月 21 日）

夜来腹泄，盖酒不佳所致，然精神无损也。□□圃太守来话，似闻天津夷务仍已讲和，惟浙匪由衢州冲往龙游，未即扑灭，大可虑！晚酌换苦酒，果然腹愈。王幼石饷□□。

初十日（5 月 22 日）

晨静。午王侣樵来话（国均），无甚谈的。出拜十余客。晤王春舫、嵇春源、余芰芗，它俱未晤。发□□信。

十一日（5 月 23 日）

出覆试案，上取廿，次取十六。朱时斋、张师舟、郭石臣、许云生、孙翰卿先后来。见武定探报，天津□初八日开炮，击坏夷船四只，然得失未卜也。

十二日（5 月 24 日）

见诸生十余人。有高万选持杨润轩书来，问知润轩老惫状。牛仲远来话，天津炮台已被夷人占却，失利可知，督藩俱退步，不知都中如何震动也。陈弼夫来，言廷寄飞谕，登莱沿海防堵，南艘且寻妥处泊。札致芰芗，为首县借修书院为名，令外属帮办经费。又札致吕秋塍学使，交还《□□金石志》，孟雨山托作叙者，体例失宜，故还之耳。《杨叔恭碑》石在邹县马家。晚酌后写信四封。

十三日（5月25日）

卯初后即起，因吴□□方伯课期也。派张紫峰太守来点名，已将巳初矣。紫峰来一谈，屠小芸来，崇翰臣□汪孟慈之次郎仲恪来。今日写扇十一□，□未钩帖。上房收拾厢房，因桂儿、韶儿东西互移也。午后多阴，似有雨意。同蓟门酌于新厅。

十四日（5月26日）

祖父忌辰，□饭上供。朱伯韩来，初头出都，尚不知津门初八事也。得子愚初八信，尚如常，语夷人要求各事，至欲留一大臣在京办事，各省俱立天主堂，江河听其行走，无状至此，奈何奈何！浙省开化、遂昌俱已失陷。尚未至钱唐江，或犹可挡回耶？竟日热且烦闷，写大字三次，无聊之极。得芰芗处际庭覆信，据帮项尚不够所费，惟原信内有“山长眷口众多”等语，真可恶，八口之家可□□多耶？且上房何曾添屋耶？黄伯初早来话。

十五日（5月27日）

闷甚，无南北探报。芰芗来，知天津兵勇散后，城中移徙□□视派托、僧两公带京兵来津，未定主意若何。李仲衡来话。

十六日（5月28日）

热，上房院搭棚。□监院来晤，伯韩来话。未刻出，回候伯韩，拜竹如夫人生日。到中丞处看帖数十件，有山谷《伏波祠诗》《圣教序》及□□大寇牍藁，俱佳。吴小亭大令同席，谈碑及古韵，俱有条理。

十七日（5月29日）

棚搭完，据云此间风大，不能太高，理或然也。王子梅来话。陈石邻由濮州范县办赈归，在箕山镇，地居两邑之间，始知查户口之难，而劣绅包办之弊，最易听受也。诸生来见数人。晡出，由西关至太平寺后载门宝古斋少坐，过院墙后出按察司街，至陈栗堂处话。得西峰十二日家书，都中尚照常，探报天津□城搬空，夷船已靠东关矣。饮陈弼夫处，伯韩、时斋、春源、煦甫同坐。

十八日（5月30日）

新厅搭棚毕，天果热矣。吴铁琴来，老甚，年少于余五岁□。朱伯韩来，久话去。有县丞孙曜祖从□州来，得知印林病渐愈，然偏重能全愈□，旋付一信去。陶子立信来，即复之。得□□初九日书，说金、衢、严、处四郡俱被贼，但郡城俱未动，和、滁失陷后，德帅援剿已得胜仗，此间未闻也。

十九日（5月31日）

热颇甚，写大字多。许云生来久坐，无聊之至。阴雨竟夜，真好。

廿日（6月1日）

晨阴午晴，爽朗。写大字亦不少，皆江南债也。芰芗来，因余辞中丞帖，坚请定廿六日为山长上学耶。见探报，知天津夷船入北河浅阁，适僧王师至，欲攻之，上命桂香岩相国、花松岑尚书至，令通宵议和，人心□□，夷人甚情愿，此事可解矣。金乡有贼无贼，尚无确音也。桂儿、钟孙俱有人请小酌去。伯韩夜来话。晚凉。

廿一日（6月2日）

晨起甚凉。步至东西各斋一看，处处有书声，大约皆读文章。至杜惺堂处一坐，屋宇洁而不潮，案头乔树斋《玉茗斋集》及两大橱书，皆书院存书也。午后舒自安来话，中丞来同话，携吾《晋唐四种》去。到新厅看《郭有道碑》。苏炳臣从齐东来，曹子固乃郎（鉌）来。题智永《智永千文》并诗廿韵。

廿二日（6月3日）

见诸生。晡时王春舫来。晚陈达斋来，为盛曾看看，留同晚饭。桂儿府县请，未去。

廿三日（6月4日）

课期，卯正点名，共二百五十七名。“而尽力乎沟洫。”太白酒楼，得“高”字。庄小裴、汤东生来话。

廿四日（6月5日）

早发吴门信，寄赵静山信中有蔡小渔、薛觐堂并子敬、鼎侄信，由抚署官封□。看卷百廿。弼夫晡来话。桂儿赴陈石邻席。弼夫说和夷未即定。

廿五日（6月6日）

阅卷至晚毕。彭雪眉、朱伯韩先后来谈。

廿六日（6月7日）

晨凉，取定超等廿六，特四十一，不列等七。早饭后出门，候客十处，止黄立山处一话。雨意来，遂返。大风雨一阵。晡赴雨舲中丞席，同坐者嵇春原及芰芗、际庭耳。盛设饱餐，看帖看棋，回家将子初矣。饮次，风雨大，凉□。桂儿周东寅请。

廿七日（6月8日）

晴，仍凉。午出，晤伯韩、弼夫、芰芗。归，春舫先来话。见肄业生。

廿八日（6月9日）

覆试超等诸生及壹等后五名，“故人乐有贤父兄也。”武陵渔人入桃源，得“花”字。申正完场。长孙钟曾生日。风不小。

廿九日（6月10日）

晨见京钞，奉派京城办巡防各王大臣，僧王钦差大臣督办军务，盖因夷务议款未成也。旋得子愚廿四日都寓书，京中殊形惊□，饥民亦难安静，然大致尚安也。兼得子敬杭州三月底书，军务尚无起色，杭、苏可虞之至，处州失陷，子敬为塞翁矣。出覆试榜。伯韩来一话，复王雪轩书。竟日冷，又着棉矣。

五月

初一日（6月11日）

风止，大晴暖。闻东斋书声甚佳，问之是茌平廪生庞永龄，传来见，年廿二，出题“斯友天下之善士”“绿满窗前草不除”，试看如何。陈弼夫知会申刻出省，往德州会同钦差□河，因有旨令查北运河由山东归海，欲掣干天津之河以困夷艘，看山东可有此法也。恐无此理耳，九河故道尚可复耶？作七律书扇送其行。晚客朱伯韩、嵇春原、牛仲远、李仲衡、朱时斋、王子梅、吴小亭。县中送席票两月矣，今始用之，并不大佳，而庖人八，何苦。王缊之同杜惺堂来晤。

初二日（6月12日）

题张司寇奏底咨稿草字册，雨舲所藏，得记一诗。伯韩诗来，余畣之，不复和海市韵也。舒世兄来话。

初三日（6月13日）

晨静，午后风雨。韦竹坪乃郎小坪秀才（福臻）从淮安来，携丁俭卿书，将赴北闱去。题敌翁《圣教序》，得小诗。此帖余不究心，而中丞酷嗜富藏。又阅《张黑女志》，从《山左诗钞》中见成榑奚林和尚诗，成一记三绝句。藏此帖三十四年，不知奚林何人，今乃得之，快甚！上房做粽子。

初四日（6月14日）

夜风大，□静矣。王侣樵来一话。韦小坪来，遣人送至抚署去见雨翁，即当出城，明早准走，因寄子愚弟信。适于邸钞见张诗舲少宰谢御书“谊笃宗支”扁额折子，作诗一篇寄贺。各衙门送节礼。

初五日（6月15日）

晴热，贺节清佳。想起都门、杭州两处，烦恼不可言。早饭时得鼎侄廿四日吴门书，浙事甚溃散，由杭徙苏者极多，船贵难雇得□。根云奏请和帅，援浙饷源已绝，因全靠沪上夷税，津门夷事未平，致彼间受困也，闷人得极。和王子梅诗。晚约朱伯韩、陈石邻及达斋同酌，因蓟门在书房过节，故请石翁同聚，而吾与桂儿、钟孙奉陪也。甚热。

初六日（6月16日）

热。午间嵇春原、王子梅先后来，大约为余不肯写王侣樵刻诗书面耳，殊为可笑。和蓟门昨日诗。

初七日（6月17日）

闻伯韩病目。午间汪佛生来话。余出，拜数客，贺余芰芗生女满月，章师舟处一谈。邹小山来看盛曾，而祐曾乃系羊毛瘟，但轻，易治。

初八日（6月18日）

课期，卯正后点名。“能尽人之性则能尽物之性”。团扇得“圆”字。雪眉来，留早饭。今日甚热。

初九日（6月19日）

阅卷。止见芰芗一客，为雨舲乃侄英瑞讨信也。看卷百本，疲甚。

初十日（6月20日）

阅卷百本，李仲衡来一晤，借《庚子销夏记》去。雨竟日，得凉。

十一日（6月21日）

伯父忌辰。雨竟日，不甚大耳。王月川、朱啸鸥两粮道从天津来，知夷事尚无端倪，须入京面圣方定也。申刻出课案，超卅，不列等九。晚约啸鸥来饭，月川先有它约矣。

十二日（6月22日）

雨住。饭后出，回候客。朱伯韩处话，目疾将愈矣。陈立堂处、彭雪眉处俱晤，与中丞来往两相□。晚赴李育臣席。归腹泄，夜八起。两监院来，为汤饭事，甚可笑。寄京信折差去。

十三日（6月23日）

颇委顿，多眠。臬司官课，两腿出热疖六七处，贴膏药，戒酒及鸡、鱼。请小山来酌，且乐得静静。寄长沙信物，昨日交英世兄（瑞）。

十四日（6月24日）

静。吴竹如来话，作诗一篇。题雨舲第一本《圣教》宋拓，写扇为吕秋塍学使生日祝。

十五日（6月25日）

静。写对子一阵。

十六日（6月26日）

静。书扇数握。札致王春舫。连日看雨舲帖。

十七日（6月27日）

题《乾明碑》，亦雨舲物，甚旧拓。小雨一阵。见诸生，孟、姚两人耳。

十八日（6月28日）

覆试超等诸生及一等后八名。大雨竟日。“使民以时”看似容易，难做之至。“对雨四咏：评书赏画命酒看棋”，朱桐芬、张友吉颇有诗意。吕秋塍学使早来话。

十九日（6月29日）

雨住，尚阴。中丞来话，和我“霸”字韵诗。得赵静山初六日书，即书寄根云，问南事也。雨舲携坡书《金刚经》去，赠巴膏，即贴之。王子梅、刘申生来话。

廿日（6月30日）

早出覆试案。叠韵答中丞，书扇赠之，明日招饮，先谢也，大指是论书耳。陈栗堂同年来话别，可寄信物。

廿一日（7月1日）

因子愚弟五十岁，寄面百斤并银信，对十付。有寄崇朴山信，令桂儿送交栗堂，明日行也。彭雪眉来一话，余芰芗来看帖。今日两次写对子十六付。上房廊檐安栏杆，为傻瓜也。芰翁说处州发山水，将贼冲散往闽去，津门夷艘都已开行。

廿二日（7月2日）

早补一信寄子愚，为书板事，交栗堂，知酉初方行也。中丞和诗复来，旋即叠韵为答。借得《三希堂帖》来，卅二卷，少二卷。

廿三日（7月3日）

课，卯正二刻点名。"仲尼之徒至无传焉。"自从盛酒长儿孙，得"盆"字。周家驹来应课。昨日陈蓟门、李小樵及钟曾均和"霸"字韵诗。晚收卷，止二百四十七卷。请小山看祐儿。

廿四日（7月4日）

阅卷。昨夜得都寓十八日书，尚在议剿议抚未定，而此间已传和议已成，十六七夷艘次第开行，并俄夷由陆路回国，已由桂相派员护出张家口，何也？兼得敬弟及鼎侄四月底信，浙事算阁起，吴门雨多了。崇翰臣来别。

廿五日（7月5日）

阅卷。芰芗送豆豉。

廿六日（7月6日）

上午阅卷毕，午后出案，超卅五，特六十八，不列十。见邸钞，知杜太翁于十九递遗折，未见恩旨也。荣寿九十五，贵盛极矣。惟裕云台相国甫逝，又复有此，京师怆冷可想。今日热甚。

廿七日（7月7日）

热甚，雨大。写杜太翁挽联。

廿八日（7月8日）

覆试超等及特等前卅名诸生。得都信。

廿九日（7月9日）

覆特等后半卅八名。牟同年来晤（衍騄）。

卅日（7月10日）

覆壹等前六十名。杜惺堂进京去，何苦。

六月

初一日（7月11日）

覆壹等后六十八名。超特壹者即一二三等也，乃书院皆称超特壹，真多事，无谓。

初二日（7月12日）

合出覆试榜，不取者七名皆扣除，皆录旧及文理欠通者。计自开课来，以不列等扣除者正课廿九名，本来甄别时正课百九十人太多了，以致混场无耻者俱来应课，余既为淘汰，其附课取高等者即以补足，士心颇奋也。午出，晤王春舫、朱伯韩、梅竹盦、雨舲中丞、芰芗太守。甚热。二十日未出门矣。先是，黄立山来话。

初三日（7月13日）

课期，点名时极热。“子与人歌一节。”夜深闻读书，得“深”字。李晓樵来作课，桂儿亦欣然有作，交卷俱早。晚同酌于新厅。午间汤东生、王春舫来。

初四日（7月14日）

阅卷一百，遂至暮。扇不停，占手也。夜更热，难睡。夜雨大。

初五日（7月15日）

阅卷百一十七毕。此次卷少，亦因热不到也。晡时雨一阵。牛仲远送荷花两盆，一花。

初六日（7月16日）

早种竹人来。竹甚细，无甚趣，百枝分植各处。晴热。午出，晤陈弼夫，前日已回，余未知也。德州恩县之间筑一坝可通海丰，无大用也。晤吕秋丞学使。回拜数客归。出案，超卅，特五十，不列二。竟日无雨，起伏。剃发。

初七日（7月17日）

母亲冥寿，怆何极也！早晚上供。晚中丞处便饭。雨来一阵，颇大，得凉。同坐者陈弼夫、嵇春原也。午刻黄荆山来话，由武定守升东莱青道。

初八日（7月18日）

晨出，回拜荆山及吴筱亭，俱已上院去。筱亭处携《海州郁林观东岩壁纪》拓本归。至牛仲远处登平台，果佳。归饭。

午间写大字颇多，天气好，故精神健也。晚得吴平斋初一镇江书，现署郡守，书中有齐侯罍拓本十分。晚又得鼎侄吴门及子敬弟杭州书，浙事尚无头绪，而胡恕堂以甘藩命往浙，同曾涤生办军务。寿昌新失，距严州九十里，可虑之至。筱亭晡来话。

初九日（7月19日）

万寿圣节，夷事就清，都门计少安也。查《全唐文》，有海州郁林观碑文，有几处错字，当据拓本正之。连日补竹。

初十日（7月20日）

覆试超等生，并补覆前未到之特等壹等共四十人。“子游为武城宰，子曰：女得人焉尔乎？”读书破万卷，得“神”字。马东泉、彭雪眉来话，东泉乐陵教官，二次来验看。昨夜雨大，今日暂晴，仍雨。

十一日（7月21日）

晨看卷。早饭后出覆试案，上取八，次十八，下十二。午出，送王春舫行，回拜东泉未值，明月舫观察处话。鸭子湾九如山房画店少憩，居停兰花大开，厅前有桥池，屋子新敞可喜。归写大字不少，腕为之疲。余芰香来谈，说明日有折差，因发家信去，既知十四方行也。夜雨大。

十二日（7月22日）

陶安人忌辰，忽忽十周年矣，可怆也！细雨未歇，写字颇多。又添种竹，皆不大。

十三日（7月23日）

运司课书院，余写大字多。有候补县丞李鹤清（仲滋）来，说解饷往徐州，为作书与汪致轩，闻现署徐州府；又与袁午桥书，现带兵驻徐州也。陈介锡（晋卿）来见，问知寿卿一切光景，渠乃才到来，前应课者假也。

十四日（7月24日）

请小山来诊脉，因又腹泄也。明月舫来话。马东泉来谈《说文》。

十五日（7月25日）

中丞在此考孝廉方正，因而藩、臬、道、首府、县俱来一话。李小坪监场，午间出与一谈。

十六日（7月26日）

吕秋塍学使来晤。甚热。沈友竹来。写大字多。

十七日（7月27日）

见门人二人。甚热，要回从前气象耶？大字都难写得狠。闻兰山捻匪戕县丞。

十八日（7月28日）

自十四日来得晴，今日复阴雨。晚饭于厅前，因儿孙将北上也。

十九日（7月29日）

写都信，内有与张诗舲、梁矩亭信。王仲允、牛仲远、黄伯初、彭雪眉先后来。中丞来晤，携《大麻姑》去。嵇春原来话。晚酌于新厅，邀陈石邻太先生并达斋来，同蓟门、桂儿、钟曾同席，院中饮，幸不雨。

廿日（7月30日）

寅初起，寅正后桂桂携钟曾起程。小雨时来，前往弥勒巷，同先生行也。既而大雨，今日恐止住得齐河耳。自课祐曾，训蒙不易，竟不能及它事。东泉来话。

廿一日（7月31日）

时小雨，算是住了。午间李种蘅、朱时斋来话。晡时有扬州魏姓带字画来，拣下数种看，有天池花卉卷；何绶村扇面册，乃京口阿锻何铁，陈玉几题，此本家竟未之知，可怪；杨龙友兰竹石幅，俱可。丑刻得桂儿廿晚晏城信。卯初得胡恕堂昨夜齐河信，并《听禅图小照》，即题。

廿二日（8月1日）

早黄伯初来话。早饭后吴竹如、陈弼夫、黄立山、明月舫同来，邀陪胡恕堂于铁公祠。客去，恕堂来，四年之别，须发全白矣。同午饭后，即同往湖上饮，恕堂抱祐曾同往。天不大热，今年初次到湖也。谈宴至暮归，为恕兄设榻北斋，夜仍同酌一次。荐张海帆笔墨馆成就。

廿三日（8月2日）

早与恕堂一酌。恕堂会数客行。余点名开课，未辰初也。“不问马”。金石刻画臣能为，得“臣”字。客去颇倦。

廿四日（8月3日）

阅课卷止八十。疲困，因腹泄也。

廿五日（8月4日）

阅课卷百廿。今日精神大佳，祐曾读兴亦好。连日得子愚都信，一十五发，一廿日发。夷务未了，天津练军设炮台；失利之将官俱治罪，谭竹崖制军听查办；四星使不愿出都，尚在徘徊也；庆筠舫放直督，张星伯视浙学。剃发。

廿六日（8 月 5 日）

阅卷五十毕，未后方写榜。伯初来一话。发都信交折差。朱伯韩来。

廿七日（8 月 6 日）

晨写大字一阵，趁凉也。早饭后出，吴竹如、马东泉、陈弼夫、黄笠衫皆晤话。午初出，归时申初矣。中宫主簿文泰交来晤，号艮山。酉刻大雷霆击物，总在书院中，大雨倾注，竟无踪迹，内外院俱见火团落地也。弼夫得法黄山画十二幅，七十自寿作，别致整齐得狠。

廿八日（8 月 7 日）

似晴时阴，午间雷雨一阵，雨亦不小。清郭乐府汲古阁初印本，家中旧书，可爱重之至。连日写对联不少，今日写扇十来柄。得桂桂富庄信，一路好走。

廿九日（8 月 8 日）

覆试初取超等生十六人。“窃位章”。新旧笋争滕薛长，得“争”字。伯初来，诸生戌初方散尽。

七月

初一日（8月9日）

出覆榜，附课补正者九人，因此次不列等十六人中，有正课九人，故缺出多也。寄杨简侯及杨石卿书，俱交伯初带去。写大字。雷雨。

初二日（8月10日）

雷雨三阵。诸生有来见者。

初三日（8月11日）

课，《春秋三传总论》，秋阳得“成”字。晚阅四十卷。芰香送蕹菜，衙斋自种者。

初四日（8月12日）

阅卷百。王伯尊来晤。

初五日（8月13日）

阅卷百毕。未刻出，晤彭雪眉，至中丞处一话。看余芰芗□□愈，尚未销假。至牛仲远处，与子梅同请客，客有朱伯韩、梅竹龕、嵇春原。台上夜景剧佳，惟初月甚赤无光，不可解。中丞驰示前三日湖亭赏荷诗。

初六日（8 月 14 日）

晨起，和雨翁诗，五古廿四韵。仲远来谈。出案，峄县孙毓麒再冠军，真异才也！得李黼堂江西信。

初七日（8 月 15 日）

陈弼夫来，留早饭，并邀伯韩同酌，酌后看画册数件，客散午初矣。客来不歇。张升谷来查书。连日未雨，渐凉，夜棉被，五鼓直是冷。夜看上房，果酒供牛女，穿针不可得，月色红暗也。庄小裴来。

初八日（8 月 16 日）

见数客。汪佛生来，因昨带到长沙信物也。陈石邻、武理堂来话。

初九日（8 月 17 日）

丁世兄连日来，真无法也。午后出，晤佛生。到抚署饮，客有朱伯韩、嵇春原、吕秋塍。乘舟由珍珠泉至龙湾，回至澄虚榭酌，归时子初矣。发都寓信，有寄子愚扇。昨晨得桂桂初一信，廿八午刻抵都。子愚书，亦快慰甚也。

初十日（8 月 18 日）

阴，小雨。早、晚上供，接家神。午后小裴来，因出至学使处，为起游幕文书，坐索得之。过弼夫处，看黄石斋诗草卷，甚佳，宋比玉字册不过如此。归，上供后夜饭。雨遂竟夜。得履卿廿八书。

十一日（8 月 19 日）

李世兄钟泰来，将往临朐代理去。午后董梓亭来，不见二十余年，尚健甚也。次“响”字韵得二首柬中丞，因牛仲远、嵇春源皆送诗来，遂触发也。（董梓亭来，不见廿余年矣，谈兴健甚。）竟日不晴。写都信一纸，送梓亭带去，明日北上。

十二日（8 月 20 日）

小裴过午方来，神气果然惝恍，不解其故。咨文付去，仍助十金，并为札致佛生助之，说明日准行也。晡时寄季眉书，托芰香加封致齐河佛生处，十五有南归人也。姚良庵来话。今日客多。

十三日（8 月 21 日）

本道黄立山课，晨来久话去。今日仍腹泄。做得《题宋拓争坐帖》七古卅韵一篇，为雨舲作，论鲁公书不源右军也。午后写包。晚得都寓书，一切好。杜惺堂由都返。

十四日（8 月 22 日）

早写包，至午前方毕。人乏甚，腹泄未已也。酉初上祭，化包完酉正矣。见数客，吕秋塍学使来，朱时斋话。

十五日（8 月 23 日）

阴，小雨。写大字多。叶芸士廉访来话，自上年陛见回，病至今甫能出也。嵇春原来话。李鹤清由徐州回。得汪致轩书。

十六日（8 月 24 日）

昨夜奇雨竟夜。今日中丞来决科，因留便饭，点名后入座，已午初后矣。吕秋塍学使、朱伯韩、嵇春原同集，雨不歇，棋和之，酉刻散。骆籥门劾奏胡恕堂，亦奇。

十七日（8 月 25 日）

昨夜雨小些，仍达旦也。课孙烦闷。写大字亦苦墨难继。□后出拜客，晤黄渌舟，借西园画一幅。晤朱伯韩，同梅卓庵登平台，眺远景极佳。回拜姚良庵，未值。余芰香尚不能见客。寄都信并木盆，交弼夫转托饷员带去。

十八日（8 月 26 日）

竟日阴晴半，未雨耳。客来不绝，费晓春乃郎森一来。得许印林书，甚慰。惟医药无资，奈何！丁氏叔侄治《说文》，刻有篆字《论语》，欲篆写九经耶？丁心斋、黄渌舟来。

十九日（8 月 27 日）

写大字多，阴不得晴。书帖梅蠹殊甚，闷人之至。

廿日（8 月 28 日）

桂儿生日，早面。得十四日都寓信，钟钟同先生已考过到。又得根云七夕书，言江浙事渐佳也。午间出，游厚载门古董店，考具罗列市铺添了许多，携未谷字归。过仲远水轩久坐，东北皆面湖，看游船来往，蒲莲弥望，信为城中第一间屋子也。仲远适亦到吾庐，未遇。

廿一日（8 月 29 日）

寄根云信，中有赵静山、苏杭两处家信、吴平斋信；又发都信，交贡差；俱送中丞处转发。为印林事札托黄立山鸠资，为医药费也。李种蘅来。朱伯韩来辞行，姑如是说耳。

廿二日（8 月 30 日）

见客多。子梅同伊叔秋垞（作霖）来，梅卓庵同话。

廿三日（8 月 31 日）

课，"器小全章"。细筋入骨如秋鹰，"秋"。正课告假者颇多，共二百余卷耳。吴小亭来，言《岱岳访碑图》可借。

廿四日（9月1日）

阅卷百廿，尚不乏，比暑天好多了。黄笠衫来话，为印林鸠费事已有成矣。汪明叔（绍燵）从徐州携致轩信来。晚饭时孙世兄（膺福）来。乙酉拔贡世兄尚乡试者，孙与张升谷两君耳。

廿五日（9月2日）

阅卷毕，即写榜去，天黑矣。汪佛生来，言段方山邀朱伯韩南去。张滋元来。江阴六德枳（严）持天星、地舆两图来，闻名久矣，申耆丈高足，谈星象烂熟。

廿六日（9月3日）

晨出，看伯韩行止，仍是初一行。因过陈弼夫、叶芸士，因公车皆上院去。归早面，祐曾生日也。午复出，过李仲衡不遇。牛仲远水轩独坐，主人不在家，尤有趣。晚酌颇多了。连日写大字不少，支拨不开。发都信交折差，说明日走。彭雪眉来，携《六君图》两分去。

廿七日（9月4日）

天复热。初八所种大竹廿三根，多发秋笋，可喜之至。晨登几看芙蓉池，东方距墙界三四丈耳，因作书请芰香查书院界址。早间李仲衡来话。写大字多，遂至暮。

廿八日（9月5日）

午间请达斋为傻瓜看，夜发热甚，午亦有热也。晡出，至竹如处话。即到弼夫处酌，客有伯韩、春源、子梅、侣樵，看字画数件，食蟹已鲜。携石涛《蔬果卷》归。子初方睡。

廿九日（9月6日）

阴热，酿雨。课诸生诗四首：最团圆夜是中秋，“秋”；天下几人画古松，“人”；拜赐宫壶雨露香，“香”；一琴一鹤，“廉”。伯韩、竹如来话。都昌庶常黄文璧来见。晚赴梅卓庵席，陪伯韩，明早行也。客有子梅及戴友梅、赵星桥。醉矣，为半年所无。醉后写大字七八件。

八月

初一日（9月7日）

余醉至午始解。至夜看卷八十。阴，至夜方雨。

初二日（9月8日）

雨竟夜，晨未已也。发都信，从京饷差去。阅卷百卅竟，暮出榜。好诗寥寥，而失粘者至六十卷，可叹也。酉刻群鸦集前后庭树，有千万，飞鸣约半时方静，是何祥耶？夜凉甚。

初三日（9月9日）

晴。晨得都寓廿七书，说有苏杭六月底平安信。两典试未刻方入城，住后载门客店昌华馆，因设局。不腾出皇华，何解乎？可叹也！午后出，中丞堂讯，未入。至芰香处一谈，至弼夫处话，过吕学使处归。王煦甫来话。典试两君帖来候。

初四日（9月10日）

复帖候之。中丞还各借书帖来。诸生多来见者。孙予久携乃侄来谈字。杨心田福祺来，前任凤阳守者。昨日闻芰香说，胜帅招降捻首李兆寿，随降者四万，全滁凤四城俱来，庐州虽失守，尚不至决裂也。发都信，有折弁即行。六德只来两次，晚携天球来，夜与观星宿，惜老眼不能审视矣。

初五日（9月11日）

晨同德只饭，别去。余亦出，芰香、际庭请看贡院，乃狭而长，直入颇深，遍阅监临考官、同考各住处，饭于至公堂。午风大而热，归倦甚。德只复来，即别去，明日往青州寻徐子信去。写大字不多。

初六日（9月12日）

晴热更甚。孙予久、汪明叔、牛仲远先后来，同早饭，主人醉矣。院署入闱燕颇迟，申初方入闱也。写大字一阵。梁昆圃来，后王伯尊来话，知内外廉各官。夜间芰香着人告知小山留学政，可喜可喜！但不知确否耳。

初七日（9 月 13 日）

更热，有雨意。邸钞中知胡恕堂放浙抚，晏同甫内简。今日客不多，王子梅、孙星华同来话，丁老大来言苦状。

初八日（9 月 14 日）

闻贡院半夜炮声，点名甚早，午正遂毕，而雨恰来矣。晚约数客，梅卓庵、李育臣、梁崑圃、汪佛生、王伯尊，饮颇畅。自昨晚闪着腰，起坐不大便。细雨夜未止，鸦阵如初二。

初九日（9 月 15 日）

写大字一阵。牛仲远来，持示文稿一篇。得都信并子敬杭州信，仍无苏州信。学政单多旧使及典试留者，新放两侍郎两编修耳。

初十日（9 月 16 日）

风大，午正后方放头牌。吕学使来话。未后出候客，晤黄立山，看龚半千画册佳。又晤余芰香一谈。归闻捻匪在宿州被创，遽围徐州东境，滕、单俱警备。

十一日（9月17日）

进二场，封门到未正矣。拟墨一篇“子贡曰至太宰知我乎”。诗题：湖田稻熟雁来时，得“田”字。查是杜荀鹤别杨侍郎诗句，荀鹤字彦之，池州人，句是江南景，出于山东，好别致，拟诗一首。

十二日（9月18日）

清音到甚迟，祐孙生书读毕矣，时午初后。半年来不曾听曲，得此亦解闷也。亥正止，送节礼者已来。陈小农、嵇春原来话。

十三日（9月19日）

细雨。出二场，至暮尚有出者。孙予久来话，可谓闲暇。晡出，至方伯处谈，旋饮吕秋塍学使处。冒雨归，已亥正后。得雨舲中丞拟作诗三首。

十四日（9月20日）

雨竟夜。三场点名，卯正后矣。触发诗思，又拟得七首，并前为八矣。一挥而就，亦快事也。高勉斋太守（振洛）来，甲子世兄，邓州人，昨在学使处同席。晚酌后出，至仲远处，登平台看月，佳甚！见采藕船，携四臂归，主人仍不值也。睡甚迟，闻单县被围，捻匪南来也。

中秋（9 月 21 日）

晨贺节后酌，天颇冷，无雨亦不晴。草都信并文诗稿去，朱时斋、王煦甫来晤。夜微月，中丞诗来，和我奉怀一律。今日申刻即放牌，它省所无，不知那科做起。得顺天主考单，柏静涛、朱桐轩、程楞香同考，同乡止王楷一人。首题“吾未见刚者”。诗题：万竿烟雨绿相招，得“丞”字。不知出何处，右丞诗中无之。

十六日（9 月 22 日）

儿妇四十生日，作诗为贺，得一律。早面，晚酌，甚欢。适得都中初十出场信，并儿孙首艺，甚慰。惟诗题大家不知出处，都点右丞，除却右丞本无点法，止要不呆点方好。子愚信及皖事甚糟，奈何！闻单县警，黄笠衫须出省去。竟日阴，夜少月。

十七日（9 月 23 日）

晴，冷上来了。孙予久来，因邀彭雪眉共早饭，饭后余芰香来、嵇春源来。二客去，与春翁奕，罢已申正矣。今日不知如何过的，卯酒未醒，得晚酌乃解。戌正出，至仲远处，登平台看月。雪眉在此请客，予未去招呼。同仲远借邻家小船摇至铁公祠，打门许久方得入，坐得月亭久憩。今日月望才算中秋也。回到小小斜川，仍肩舆回，亥正后矣。看月至子初一刻方睡，拟作付刻去。

十八日（9月24日）

晴暖。早写大字，饭后吴竹如来话，言其孙之慧也。午到贡院赴中丞席，场内外司道学政皆同坐，知主司关防严紧，消息不通，可慰也。宴甚久，出回候客，梅卓庵处一话，归。西北方有彗星，少见即下去。

十九日（9月25日）

晴而冷。祐孙今日上书，旷功四日矣。客来多，写字多。昨知城武失守，今闻曹县失守，奈何奈何！周世兄（光辅、莲亭）来，要往浙；袁雪舟太守来，要往江西，皆可带信。得长沙李仲云八月初四信。伯娘忌日，早、晚供。

廿日（9月26日）

晴，时复阴耳。早饭后予久来谈一阵，谋馆实难，仍谋归耳。午间写大字多。未刻后出，晤雪眉，又到府署晤芰香。知城武已退出，现破曹县，袁午桥遣兵二千到单县矣。晚请客：王少珊、章师舟、葛蔼生、丁心斋、孙星华、周莲亭。星华碰来留下，舒自安请而未来，云腹泄也。主人酒多了。夜作书寄周子坚、胡恕堂。

廿一日（9 月 27 日）

早寄子敬杭州信，并昨二信，交莲亭去。昨半夜大雷雨，今日晴。腹不适，昨日不应吃月饼，今早又饮醴杏酪耳。陈晋卿携示高西园画册。晚饭时芰香信来，告曹县收复，贼窜河南考城，山东目下复静。

廿二日（9 月 28 日）

看右丞诗，三晨毕。午间出，中丞说不适，不能下床，岂真病耶？过陈晋卿谈，借程穆倩印册，板桥题，印法精古，全是钟鼎味，又非龙泓、曼生比矣；德清上人字册平平；又板桥兰竹轴亦可，非至精者。袁雪舟未值。

廿三日（9 月 29 日）

忌辰。客来止王子梅一晤，说有《法华寺碑》残本，或者是原刻耶。

廿四日（9 月 30 日）

阴雨。写大字多。

廿五日（10 月 1 日）

文安公生日，早、晚供。午出看中丞病，见于卧室，未下床。乃郎比部暴疾殁于京寓，人极敦厚，可惜！可惋！无怪其心绪之恶也。舒自庵、陈石邻来晤。

廿六日（10 月 2 日）

晴，又阴。李荔臣来晤，略问悉伯海及诚甫光景。中丞申刻督师出省。晚约杜星堂、孙予久、陈晋卿、朱时斋、彭雪眉便饭，达斋来亦入坐。连日为晋卿题《长生无极瓦拓》及《垢道人印册》，得诗二。今日写黄氏墓志毕，送仲远处。

廿七日（10 月 3 日）

写汪家志铭未完。张之寿来见，乃得吾之孙、问斋令坦。想起得吾好生伤感，长沙亲友待我未有如得兄者，每欲得其遗事存小文一篇，迄未得就也。同乡夏时来晤。

廿八日（10 月 4 日）

早孙予久、梅卓庵来，同早饭。吴竹如来谈。请邹小山来为王姬诊脉。寄江西信物交袁雪舟去，因并寄何根云、赵静山信各一，内有与鼎侄书。晚得都寓廿三日发书，兼有杭、苏两处信，儿孙不即归，奈何！浙事军情惝恍，贼又来矣。

廿九日（10 月 5 日）

耿老二来话。吕秋塍来，王子梅来。子梅《法华》残本不知何日来也。

卅日（10 月 6 日）

饭后，姚良庵来。余芰香来，携《道因碑》去。午后出，至贡院，陈弼夫留酌，见所拟作《吾未见刚者》，文极佳。兼与黄荆山一话出。回看张之寿不遇。小嫏嬛馆携钱摹石经归，也还罢了。《郭青螺集》板甚芜。晚见邸钞，江北败仗，阵亡武弁多，十一二事。

九月

九月朔（10 月 7 日）

享水公生日，上供。午饭后孙易堂来，遂至暮，晚灯送去。来数客。孙芝房母志写毕。清《粤雅堂丛书》。夜见邸钞，曾笛生已到江西，报闽兵胜仗。牛仲远来话，易世兄来。

初二日（10 月 8 日）

仍清《粤雅丛书》。写大字一阵。张升谷来，仍回泺口。高勉斋说要进京时。

初三日（10 月 9 日）

陈达斋来一话。写大字多。余芰香送示中丞泰安偶占诗，悲慰兼之。

初四日（10月10日）

暖闷。写大字多。晡时雷，大雨两阵。前后庭树群鸦飞集，数日来如此，而今日尤盛，如上月也。西北彗星渐南移。

初五日（10月11日）

伯父光禄公生日。昨夜梦见伯父母于田家舍，与子敬偕也。连日见邸钞，浙事似可无虑，胡恕堂已奏十月乡试矣；梁矩亭降三级调，计尹京未一年也，闹事之难办如此。郑吴初由天津来一话。

初六日（10月12日）

早出东门北去，稻田弥望，大似南方湖田。稻熟诗题出得不错也。转东到华不注山华阳宫小憩，山上尽黑石磊成，无路可上，亦无泉林，叹息而返。回家雨来矣。李鹤清来，又上房有丁家客，皆以雨儿不得出，后少住乃行。雨至暮未已。

初七日（10月13日）

晨颇冷。午出，送丁竹溪行，托带都信。过牛仲远处登高一望，吕学使处话。至余芰香处，知德帅江浦之败，退守仪真，维扬一空，淮清可虑，时事如何得了。耿知圃处、舒自安处话。归则陈铁庵、孙易堂、黄伯初久候矣，止得留同酌。若人固可怜，不思我为寓公，如何能为人道地乎？王子梅少坐即去。得徐寿蘅齐河来书，即复之，并寄子敬信，要寻襄校友人，难以臆度也。发榜。至子正后方寝。题名录尽错字。

初八日（10月14日）

早要得题名并闱墨来，书院中算九正五副，不为少矣，而激赏之士不与焉。竟日静冷。晡时拟出拜主司，而两主考来一话去。夜见邸钞，江西吉安于中秋收复，而廿日浦口失陷，可奈何！陈弼夫、黄荆山出闱，俱来晤。

初九日（10月15日）

竟日寒雨。早饭后出，回拜郑小山、叶正斋两典试，出拜黄荆山，未晤。弼夫处久话。欲往千佛山，雨大不得去。孙易堂遂在此销闷竟日，因留宿。

初十日（10月16日）

易堂早饭后去，苦劝其归，颇听从矣。客晤王伯尊、董梓亭，梓亭从都来也，乃郎毓葆闱作佳。陈石邻、周东寅来，适得都寓初四信，竟候榜不即回，闷极！早间得杭、苏两处信，江浦复失，六合胜仗，或扬州尚可保乎，可虑之至。赵静山说有退意，根云往上海议夷务，浙、闽俱已无事。

十一日（10月17日）

阴，时有细雨。郑小山来话。写大字多。晡出谢客，梓亭一晤，明早准行，孙翰卿未值。过贡院，小山处便酌，颇畅。王姬夜复不适。

十二日（10月18日）

晨请邹小山来诊，则已大好矣。见数客，余芰香来，知扬州于初三日复陷，各处六百里加紧不绝。奈何奈何！晚得中丞书，即复之，并奉慰一诗去。夜饮烧酒，不得睡。

十三日（10月19日）

晨起，京中报录人来，吾儿庆涵中式三十三名，可喜慰也！久困矣，然归期更要迟了。报条不准贴，而贺客已络绎，止首府县一晤，汪佛生最早一晤，余俱谢却。早道喜，晚上供，因约郑小山、余芰香、汪佛生、王仲允来便饭，颇多饮也。

十四日（10月20日）

早孙易堂来，留晨酌，欲归矣。客去，余出谢客，晤叶隽斋吏部一话，陈弼夫处久谈，各处俱未会。归，易堂又来，赠之路费，傍晚去。

十五日（10月21日）

易堂晨来，仍共饭，改水路，同张翼南之世兄往利津去，因作书与翼南并陶子立。午后余出谢客，晤郑小山、吴竹如，至牛仲远处晤乃郎，晤陈石邻。归，黄子春（上达）来晤，南坡乃郎，知县发江苏也。晚请吴竹如、叶芸士、黄荆山、陈弼夫、明月舫酌，子初二刻方散。得都寓初九信。

十六日（10月22日）

叶主典试行，昨日送家书去，今早赠以一扇。小山来话，它客未见。腹泄，因多吃红术也。

十七日（10月23日）

贺客渐少，始敢见客，然竟日亦见九客。吕秋塍来别。写大字一阵。牟云壑世兄来晤，老矣。新中孟继震乃壬午解元胞侄孙、癸酉解元之孙，年甫十八，英隽可爱。

十八日（10月24日）

早饭后出，送秋塍行。至运署少坐，主人它出。晚送家书交秋翁。

十九日（10月25日）

中丞回省，曹南一带安静矣。未刻往候，未能见客。郑小山处贺接任。今日祖母郑太夫人生日，早、晚供。晚约陈石邻、嵇春源、李仲衡、周东瀛、彭雪眉、耿知圃饮，主人颇醉。

廿日（10月26日）

雨翁早来谈。小山午后来话，说明日进署矣。扬州自初三失陷后，至今毫无消息。中丞言闻止四百人窜入城，即官民全遁，可笑，可疑。清丛书《粤雅堂》毕。

廿一日（10月27日）

写大字多，略见客。未后出，晤余芰香、陈弼夫，皆畅话。至学院署贺喜，适三太太奉三姬至署，因到上房一贺。想起三十年前住屋光景，钟楼逼眼可厌。苏州九月初四信到。

廿二日（10月28日）

早起写信两封，一寄庚子仙河帅，一邵又村漕帅，交梅卓庵去，要往清江坐探也。耿知圃以车马来，旋即至，同吃面。携祐孙共车，出西关十余里，过泺口，河风大，甚耽延。至鹊山下，山势绵延，皆磊石耳，有一二窠树。山下万善寺，康熙年间众商建，前后院树子不少，比华不注好多了。出寺过扁鹊墓，西南四里至北泺口李家当店憩，等酒席甚久。何苦！何苦！略尝尝即行，走原路过河，等船许久方得渡，赶入城已昏黑。闻扬州十五日收复，昨日苏脚子说：盐枭数百人抢掠北乡，扬州官民遽溃，其实并未入城。可叹笑也。

廿三日（10 月 29 日）

晨冷，剃发迟。送中丞乃郎星门挽联："笃行高文，正秋谳从公，蚤有嘉声香玉牒。名材促葬，怆新诗哭子，莫令老泪溢珠泉。"朱时斋来话，写大字一阵。晚上房有客，余独酌于菊花丛里。

廿四日（10 月 30 日）

竟日静。嵇春源来一谈。写大字多。得十九日都寓书，桂儿覆试二等二名。"有心哉击磬乎。"《璞玉抵鹊说》。归期在廿二廿四，何迟迟也。祐曾跌伤口鼻，儿妇出到两家去。

廿五日（10 月 31 日）

早饭后出，至中丞署哭星门，未见主人，与春源、温之及赵纯甫一话。回候数客，晤郑小山、明月舫归。发都寓书，交芰香，说有折差行也。春源说明日游龙洞，在寺宿，余不欲往。

廿六日（11 月 1 日）

风大，恐春源亦未必有游兴也。小山学使来久话。写大字一阵。吴小亭晡至。

廿七日（11 月 2 日）

甚暖且风。见新贵二人，皆齐东人。问李雪樵，殉难后家人皆未归，可叹也。

廿八日（11月3日）

看义山诗。陈弼夫来谈。李挹卿来，昨日送红蛋廿五，得子也。风大。见邸钞，桐城收复。

廿九日（11月4日）

风仍大。春源来话。朱熙芝来晤，病已愈矣。晚赴春源济南书院酌，东院长灵芝甚巨，下有老槐根也。同坐李仲蘅、牛仲远、王侣樵、王午桥、朱怡山、郑介亭。酒佳，谈少味。

卅日（11月5日）

竟日静。廷桐门（尚）来谢，中丞次郎也。见邸钞，天长大胜仗，扬州收复，邵武收复，军务将了矣。看玉溪生诗完。

十月

初一日（11月6日）

甚暖，看“班书”起。写大字，赏对十付。午间菊花全烂，绝无诗绪，亦奇。

初二日（11月7日）

早饭后桂桂、钟曾到家，正盼切也，可喜慰！道喜乍觉热闹。中丞来谈，言不公则不明，为公事不适也。晚上供后环酌，未醉。仆白玉不及送父终，我心难过得狠。问悉子愚都寓一切，极慰。昨回澜公、今一士公生日。

初三日（11月8日）

立冬，暖更甚也。早饭后拜小山学使生日即归。贺客渐来，皆桂儿事矣。谢旸谷来谈字，尚不俗气，乃骏生年伯堂侄也。李育臣晡来话。邸钞中，上谕"谕刑部"一条不懂得，札问芰香知。桂桂带来子敬九月初一日信，慰悉。

初四日（11月9日）

伯母黄夫人冥寿，早、晚供。桂儿出门拜客。晡约朱时斋、王煦甫陪先生酌。蓟门落第归，尚不悒悒。郑小山来谈。

初五日（11月10日）

桂桂仍拜客。余见数客，吴小亭、葛蔼生共谈。广东门人区士勋来见。得赵静山书，知六合陷后，溧水亦失，张殿臣又回江南营，根云同星使尚在沪也。发都信一纸。

初六日（11月11日）

早陈茂憎来，为乃翁铁庵馆事，真无法也。午间郭石臣、赵纯甫来。吴竹如方伯来谈，适有黄笠山信，滕峄一带捻事复清，现议合团坚壁为未雨计。区子祥（世熊）候令来，颇明白，士勋之兄也。中丞饷黄花鱼，谢以七律。

初七日（11月12日）

风大。自昨日起接钩《法华寺碑》，手生矣。午间出，到教场看射地球，真是儿戏，适陈弼夫派看，在棚一茶归。谢数客，刘申孙处一话，归。晚嵇春源、彭雪眉、王子梅、黄伯初先后来，因留晚饭。春源别去，言陶子立兄有凶耗。凄惘凄惘！

初八日（11月13日）

因左股生疖，贴膏药不见客，止余芰香来一晤。有吴澍椿素无一面，突来干求，可恶之至，桂桂已绝之。中丞复送黄花鱼二尾。

初九日（11月14日）

未见客，止一晤明月舫耳。昨见邸钞，德都统劾奏杨简侯革、留，郭雨三革、审，为闻风逃避也。不知彼为主帅，许逃至邵伯耶？殊不可解。桂桂赴王仲允席。

初十日（11月15日）

夜大风达旦，然亦不甚冷。早饭后叶芸士、陈弼夫来谈。问子梅索来《法华寺碑》，佳山堂冯氏故物，非原石，而较我处翻本为胜，可资对勘也。桂桂赴子梅请。

十一日（11月16日）

竟日静。弼夫送巴膏来。风入夜大。计自前月十一日来，一月不雨矣。剃发，已暮。

十二日（11月17日）

稍冷。《法华碑》补钩竣事，尚有数十字须补耳。客晤黄菉舟、彭雪眉。得都寓初五日、苏州廿九书，又陈鸿云南书。连日炸食黄花鱼，甚美。黄笠山回省。

十三日（11月18日）

晴冷，昨夜风更大也，今日风定矣。寄赵静山书，内有与子敬书，又寄胡恕堂书，又复宗涤楼书，寄都寓书。

十四日（11月19日）

竟日静。晡出候数客，过小山学使话，留晚饭，肴佳。买白菜，带根种之，浇水，临食取烹，极鲜也。

十五日（11月20日）

早出，步至李育臣处，已出，站庙班去。午间郑小山、黄立山先后来话。立山谈办西南合团坚壁，有条理，如守令不得力何。蒋守斯嶟晤。

十六日（11月21日）

午间写大字一阵，隔几日矣。汪泉孙来晤。晚过弼夫未值，院上步射尚未毕，每日看百五十人，何其少也。王幼石处话。赴小小斜川主人请，同雪眉、泉孙、春源及主人坐小船到铁祠小沧浪，晚景极佳。月初出，返酌于屋内，客又有谢旸谷、王五桥、李仲衡，肴酒均精致。醉饱后登平台看月，散。小山招陪陈子嘉，不能往。

十七日（11月22日）

写大字两阵。子嘉来话，言欲往杭州而中止，闻南边不好走也。桂桂携钟钟赴周东瀛席。

十八日（11月23日）

早汪佛生来，知齐河、禹城、德州一带近日时有抢案，可虑。今日乍冷，想是得霜。

十九日（11 月 24 日）

比昨更冷。昨夜作《济南书院看芝诗》，春源有图索诗也。早饭后出，葛蔼笙、黄菉舟、蒋斯嶟、汪泉孙、陈子嘉皆晤话，余皆谢步耳。刘老杂从利津回，得内侄信，怆悉一切。又得李叔虎江西信、邵右村淮安信。子嘉说夷船已入江，百姓齐心要劫之，不知果否。

廿日（11 月 25 日）

上房院收拾搭棚，拙得可笑。写挽子立扁联。晚得苏州鼎侄初七书，中有三弟已到嘉郡书，夷议俱照前议准，止入都一节未依，已驾火轮船入江往夏口看马头去。奈何奈何！同蓟门酌。得苏、杭家信，又李黼堂信。

廿一日（11 月 26 日）

大冷，穿上灰鼠袍矣。午初出，晤余芰香、陈弼夫。弼夫邀看花园，朱时斋在焉，移花种花，开敞欠幽折耳。嵇春源处话，灵芝已折取装理。

廿二日（11 月 27 日）

上房演剧，巳正后开场，亥正散。无客，惟蓟门同达斋同酌。见探报，捻匪大挫。

廿三日（11 月 28 日）

大风大寒，真恶作剧。晡后风少定，然遂大冷，亥初后散。得劳星陔九月初信。

廿四日（11 月 29 日）

晨拜贾中堂，未起。归，饭后剃发，而筠翁来拜，未得见，不知其即行也。晡出，晤吴竹如、郑小山，似早间往拜伊并不知道，且问及四十年前同游光景，乃缘悭一面耶？小山留酌，颇解寒，肴佳，庖人保定邵姓。

廿五日（11 月 30 日）

仍风，比昨较和。李仲衡来谈，都中闹案蔓延。朱时斋来话。

廿六日（12 月 1 日）

早发都信，有信寄贾相。写葛家太夫人寿联。甚冷。王煦甫来一话。抚署发武场榜。

廿七日（12 月 2 日）

渐暖，然日然炭盆，第三日矣。见数客。吴竹如来，谈及假银案、八字，说了一阵。杜惺堂谈及引泉事。孙星华送到周子坚信，清淮仍警，六合不收复之故。早发都信。

廿八日（12 月 3 日）

风冷，写大字不多。见日照新贵丁、李两君来，问印林回信也。印林住县南五十里河坞，再南即青口矣。

廿九日（12 月 4 日）

大风，冷胜昨日。撰何愿船母志。竟日无客。早、晚酌，嫌多了。

十一月

初一日（12 月 5 日）

晨仍大风，而冷稍减。郑小山来话。单生余庆来见，与谈刻印法，赠以归资。出拜童太翁寿，晤黄立山话，又晤余芰香话。

初二日（12 月 6 日）

静。天暖，写大字一阵。晚得吴门与禾郡家书，夷议了而未了，子敬在禾公事不无棘手，吴倩为张家钱债事纠缠，可叹！可虑！

初三日（12月7日）

风大。买皮纸，打格，临《礼器碑》（《礼》一）。早饭后出，拜中丞夫人生日，拜陈子嘉未值。归，牛仲远、王秋垞来，秋垞谈及兖州江晓堂知金石。嵇春源来，王子梅来话。晚出赴吴筱亭请，客有春源、张石渠、杜西樵、赵纯甫。筱亭言濮州新出东京碑，不知确否？复许印林书，中有《篆论语并考异》，丁少山所刻而印林纠之者，余复论之。

初四日（12月8日）

大暖，不得雪，奈何！陈弼夫来谈，都门科场案大奇也。弼夫复送到印林帮项十金，晚复一札寄印老去。

初五日（12月9日）

更暖。临《礼器碑》弟一番毕。见邸钞，柏静涛革职，朱桐轩、程楞香俱解任，京兆试从来所未有也，覆勘应查议者五十余本，奈何！朱时斋送来北海《灵岩寺碑》新得下半段，合之上半共廿一行，每行六十字，共一千一百余字，合存五百七十余字耳。

初六日（12月10日）

冷，因昨夜风大也。写大字颇冻滞。复敬琴舫书。午间与王仲允晤。晚同先生饭。寻上年所买小板《史记》未获，可惜也。

初七日（12 月 11 日）

冷，时复阴。早饭后出，贺黄菉舟署曹郡，未晤。至陈弼夫处谈，见张阁学画《溪山深雪图》，同时大老刘文定、文正、钱香树诸公题诗满幅，可玩也！郑小山处话。牛仲远处憩，主人同李仲衡游趵突泉去。渔船极多，水长未放闸，湖面转宽，鸥鹅来往作景。归得子愚都寓书。夜少月，《礼器碑》二番竟。（《礼》二）

初八日（12 月 12 日）

阴，有雪意。盼切盼切！中丞来一话，不见月余矣。朱时斋来晤，留晚酌，适中丞饷西施舌也。发都信，闻栩斋有《法华寺碑》，索钩来，不知可得否。陈栗堂来。

初九日（12 月 13 日）

冷，阴复晴，霜化为雾，可惜也。剃发。早饭后出，看栗堂同年未值。过雨舲谈，有小松分书巨幅，俟借观也。回家小憩，至山陕馆拜葛蕅生慈九十寿，前日送礼联云：“鸾诰慈徽棠阴子舍，鹊华寿色笋味江乡。”同芰香、际庭酌、面。与黄叶舟一谈。归，买新到橘子、冬笋。见探报，舒、桐复为贼陷，李迪庵方伯于前月廿日阵亡于三河，皖事复大坏矣。

初十日（12 月 14 日）

风不大而甚冷。芰乡馈冬笋四十支，甚小，才三斤，其难可知。仲衡来一话。临《杨君石门颂》竟。(《石门》一)

十一日（12 月 15 日）

冷，比昨又差些。葛灊生来谢，一话。见湖南闱墨。桂儿赴学使席。余同先生酌。月佳。

十二日（12 月 16 日）

风大，比昨冷。儿孙同先生往跑突泉。新起一会，系二七日，泺口系四九。

十三日（12 月 17 日）

忌辰，无客。六德只从青州回。想运署三扁。墨颇冻，临《礼器》第三番竟。(《礼》三)

十四日（12 月 18 日）

冷，午后雪意甚浓而不果。郑小山来话。童际庭晡至，知济宁有捻警，全无备豫，奈何！金乡、鱼台不堪问矣。夜盘桓不好睡。

十五日（12月19日）

晨大冷，早酌少解。饭后出，晤郑小山、陈弼夫。贺芰香，未晤。雪眉回家未来。到藩署同竹如在花园坐，水木之妙从前未到，较抚署尤胜也。问济宁事，似俱不甚要紧。夜酌，尝新熏出冬品，极佳。临《史晨前后碑》竟。(《晨》一)

十六日（12月20日）

冷，剃发后酌。张师舟、余芰香先后来，知中丞督师出省，尚未有定期。朱时斋晡至。夜丑初微雪，霰达旦。

十七日（12月21日）

小霰竟日，盖雪而不花，然入土甚润也。书问中丞，得回柬，知济宁平静，金乡无恙，大得团勇之力，团首任建准、王孚俱健甚，此次当又可靖下，但当思善后为要耳。得胡恕堂廿九书，子敬在嘉兴甚好，言浙省吏治太活动，丰年办歉，官无久任，此语中江浙之弊。

十八日（12月22日）

冬至节，各署差贺。细雨竟日，虽不得雪，麦田润矣。午间写大字。晚约王子梅、陈小农同蓟门、达斋与儿孙同酌，酒间不冷。《礼器碑》临弟四通竟，接《道因碑》。(《礼》四)

十九日（12月23日）

仍细雨，晨有微雪。午间出，晤仲远，正种大海棠，谈及周如城家事及朗园蜡梅。又晤嵇春原、李仲衡。泥泞甚。姜玉溪病，未晤。舒自庵处话，见磐叔禀稿，济宁贼乃长发也，然何以兵勇所向无前耶？得都寓初十信。

廿日（12月24日）

毅弟忌日，怆甚！同做四十生日以来，今我独六十矣。都寓初十日信，科案及夷务颇详悉。六德只来一话。

廿一日（12月25日）

天渐和，晴矣。余芰香来谈，张洛刑遁庐州，李迪庵说受伤未死。徐州委员左德绣见，略问南事。吴方伯来话。朱时斋催字。晚饭后德只来，看星一会去。发都信，得苏信。

廿二日（12月26日）

左目疼烂，颇不适。发嘉兴信。晡出，哭程范五。归。中丞来谈。晚赴葛蔼笙席，酒可饮，客有陈小农、王仲允，尚畅，略醉。

廿三日（12月27日）

晨剃发，水烫右手，鸡蛋黄煎油涂之，包以帛。然作字不便也，今日止好少写。新历城令吴慕衢来见，退旃先生之侄，比童庭际收敛些，然又不如其阳分也。

廿四日（12月28日）

晨起，见雪不小，不知何时下起，惜不到午即住矣。中丞午时督师出省，冷得可念。吴筱亭来，明月舫来，久坐留酌，遂至暮。

廿五日（12月29日）

晴，雪未化尽，甚冷。早酌后春源来一话。客去，余出晤王子良（添癸）、吴慕衢、陈弼翁。郑小山学使署久坐，登四照楼，它客俱未晤。午正出，归时将酉初矣。六德只夜来看星。

廿六日（12月30日）

极冷，前年无此也。晴，客来多。晤杨世兄（绍和），至堂先生之子。德只来一话，张升谷从泺口来。

廿七日（12月31日）

冷。朱时斋来，为运署对：府海官山，时协雨旸知政美；疏池补屋，趣延觞咏乐公余。弼夫重葺也可园，属题柱也。弼夫旋来久话，知都中俄人甚扰，科案亦加紧。晚同先生酌。陶家内侄（世清）来，可怜也。《道因碑》完，接《礼器》。（《道》一）

廿八日（1859 年 1 月 1 日）

早酒后，汪佛生、王伯尊先后来，晡共酌。午后舒自安来谈。晚赴明月舫请，客有嵇春园、六德只、贲卓夫。贲君命课之术甚熟，月舫好谈此。回拜数客，俱未晤。

廿九日（1 月 2 日）

大冷。葛薅生来一话，又请明日，余不愿去。晚约宋吉甫、陶廉泉、六德只、陈达斋同蓟门酌，儿孙陪客，取便也。

卅日（1 月 3 日）

冷差逊。晨剃发。佛生诸君约来午饭，不果至，仆人误传也。余出，晤杨二世兄（绍和）。春源不遇。仲远处久谈，子平极熟。余芰香处预祝明日寿，未遇。彭雪眉处一话，归。晚饭后陶侄同宋表来，为写对十三付，灯下大书，久无此兴矣。屠敦仁晡来，问孝感光景，并屠亲家家中近况，屠小如虽逝，有七儿，其三已捐官出，老七过继小可。

十二月

初一日（1月4日）

大风，冷。桂桂送陶侄行去。汪佛生来别，一话。《礼器碑》弟五通临竟，接临李北海《麓山寺碑》。得中丞汶上书，有“茵”字韵诗，和之，廿四韵。晚复由芰香处送来“淞”字韵诗，怆而和之，十六韵。（《礼》五）

初二日（1月5日）

不甚冷，大晴。然写字墨尚难和也。午间芰香来，遇六德只话。杨旭斋来，杨协卿来，颇谈诗。晚得吴门十六日书，子敬复有归田意，想署嘉兴不如意耶。吴竹如夫人昨夜逝。

初三日（1月6日）

冷。客来，屠小芸、吴筱亭共谈，邹平有湖少景致，章邱明水镇竹园极盛而无可观，乃利薮也。晡出唁吴方伯，过郑学使，并回候数客，归昏黑矣。临《麓山寺碑》竟。（《麓》一）

初四日（1月7日）

送礼者相望，徒增痛也。牛仲远来一话。写吴夫人挽联。

晚得子愚廿九书。又得江西李叔虎书，其室于十月初七病逝，可叹惋也。都中科案尚未结。晡时忽奇寒。

初五日（1 月 8 日）

母亲忌日，儿六十初度，早、晚供，怆剧矣！竟日冷。书寄胡恕堂、赵静山。静山告病一月，恐有去志，吴门不可少此人，冰冷雪淡，裨益多多也。两信俱交运署发。《礼器碑》六通竟。（《礼》六）

初六日（1 月 9 日）

临《张迁碑》起。碑拓古润，乃老友周鉴湖旧藏，丁亥同子愚在裕州署过年所极赏之本，鉴翁逝后得此于厂肆。今日临池，想起三十年前酒间摩玩郑重光景。寄张云骞、袁希肃并中丞各一函，交芰芗。旋得中丞书，即复谢。今日不大冷，舒自安来久话。

初七日（1 月 10 日）

晨冷。早饭后剃发，蔼生来谈。午正出，谢步十二处。谢旸谷处话，自刻梨版作篆分大字，有趣。归，陈弼夫、郑小山先后来。晚赴吴慕衢首县署，客有春源、仲远、筱亭，尚畅。见邸钞，邓绍良阵亡于湾沚，江南事不可问，奈何！《公方碑》临竟。（《迁》一）

腊八日（1月11日）

吃粥，小碗遂填嗌，不思饭。接临《李元靖碑》，午间写对子一阵。张升谷来谈。

初九日（1月12日）

有金氏兄弟来受业（绍言仲衣、绍庭叔寄），文波前辈之孙。屠小芸送明水米。

初十日（1月13日）

阴冷，有雪意。补钩《法华碑》字完，因遍检《萃编》及《两浙金石》《越中金石志》《复初斋集》考之。请达斋来为阿双诊视感冒，留在书房同酌。夜阴透。得中丞书。

十一日（1月14日）

不想今早晴也，清书颇冷。午后张菊潭给谏兄来话，比上年健些。湘阴吴凤棠（赟）教习知县来，携易问斋信见。写对子十付。中丞入城。

十二日（1月15日）

早写信寄王雪轩、朱筱沤、吴平斋、蔡小渔、汤鹤树，汤信中封寄鼎侄家书，又寄文星崖书。午后出，回看客，晤陈弼夫，将各信托寄，晤张菊潭一话，余俱未晤。得宗七书。小松册不真。

十三日（1月16日）

早出，陈栗堂处吊，至郑小山处话，归。晚请张菊潭、童际庭、吴慕蘧、谢旸谷、屠啸筼、牛仲远。酒多矣。

十四日（1月17日）

干冷。中丞晡时来一话，现在省境无事。胜克斋信来，江北消息尚佳。

十五日（1月18日）

从半夜大风，今遂竟日，至半夜未息。李鹤清从都回，来晤。发都信交学院折差去，明晨走，寄《法华碑跋》示子愚。《元靖碑》昨竟，凡八日，由作、辍多也。复易问斋书。（《靖》一）

十六日（1月19日）

风少息。临《礼器碑》弟七通起。左膝痛，并写字亦少精力。晚赴童、吴两首县请，在牛仲远处，客有张菊潭、茅鹭湄，无甚意味。足固不能登台，又望日不得好月，曚昽甚。复草信一纸，交菊潭带京。（《礼》七）

十七日（1月20日）

左膝疼，难伸缩，早酌后敷五倍子。嵇春源来谈。卢令（汶清）由济宁来，问悉近事，何奸细之多也。陈石邻、李育臣同来。姚良庵来，送眷至此，仍将往胜帅军营去。谢旸谷所送白菜有京师风味。得庚子仙书。

十八日（1月21日）

起颇迟，用药包搁一阵。午后郑小山学使来话。晡时王子梅、茅鹭湄来，未能送客也。余芰香晚来，留共酌。小山馈鱼。群鸦到树。

十九日（1月22日）

坡寿无人做，我复病足，少味。雪不得落，蜡梅粲发矣。芰香送陈明水米及糯米。得胡恕堂初三书，浙事极难，苏垣更可想矣。各署封印，差人贺。

廿日（1月23日）

叶芸士生日，令桂儿往拜寿，兼回拜客。临《礼器碑》弟七通竟。风大。食明水陈米佳。（《礼》七）

廿一日（1月24日）

晴，寒。足渐愈。六德只话别，要往济宁去。晤朱、徐两年侄。临《曹景完碑》（《曹》一）。

廿二日（1月25日）

晴，冷。重订《法华寺碑跋》，草一通竟。杨石卿去。晚得吴门韩履卿书，前月十八日发。

廿三日（1月26日）

风定，酷寒，岂岱下有雪耶？午间杨旭斋来谈，晚约六德只、赵纯甫、徐绍圃、朱西山酌，蓟门同坐。临《曹全碑》竟，接临《礼器》弟八通。早饭时余芰香馈香椿芽，美。（《礼》八）

廿四日（1月27日）

小年日。早，德只过门作别，带与石卿信去。今日更冷得奇。午后谢旸谷来，携所刻《颜书裴将军诗帖》细玩，此未必真鲁公笔也。临《礼器碑》，手冷甚。汪佛生、陈小农夜来话。陈寿卿送脯饧，报以糟肉、书一纸。

廿五日（1月28日）

寄李铁梅书，为北海书《任令则碑》在武功也。冷极，作字无意兴。晡时，彭雪眉来话。得吴门鼎侄十一日书。赵静山请开缺，为之怅怅，若重作南游，何从得此贤主人乎？吴婿年尾方起身，徒深盼望。

廿六日（1 月 29 日）

午饭后出，晤中丞，索看北海各碑，有《任令则》及“龙兴之寺”四大字，旋即送来。晤余芰香、黄立山、陈弼夫。到小山学使处，留晚饭。得廿一日子愚书，又得王雁汀书。夜甚冷。

廿七日（1 月 30 日）

纷纷送礼，也是年景。梅卓庵从清江回，现在无恙。吴筱亭、武理堂来话，黄立山来话。又得都寓十八日书。《礼器》八通竟，接《史晨》。(《礼》八)

廿八日（1 月 31 日）

极冷。写大字少味。彭雪眉晚来饭。得长沙十九日信，广西、贵州贼势俱披猖，吾省得安堵耶？贺丹翁、少庚俱逝。发都信。

廿九日（2 月 1 日）

似不甚冷，而物象更寒冻。写字多而全不干，可怪也。令钟钟写各处年对。陈弼夫来话。晚请朱时斋、王栩甫、陈达斋陪先生，主人颇醉。

除日（2月2日）

冷，墨冻甚。《史晨碑》前后临竟。无它事，惟一家四处过年，可念！可念！团年饭不敢醉。灯下仍作书，子初睡。上房有守岁者。接《乙瑛碑》。（《晨》二，《乙》一）

［清］何绍基　著
尧育飞　毛健　整理

何绍基日记

四

岳麓書社·长沙

湖湘文库
续编

目 录

咸丰九年

咸丰十年

咸丰十一年

咸丰九年

正月

元旦（2月3日）

晴，甚寒。早起叩阙后敬神、贺年。晨酌半醉，而学使来，复共酌，食年饺去。昨日令韶女往辞岁，知其感冒两日，甚念之，乃今早仍出拜牌、来酌，果愈矣。《乙瑛碑》夜临竟。

初二日（2月4日）

寒。接《礼器碑》。早饭后出拜年，东边各衙门俱到。最后至学院处，到上房，小山留酌。颇小醉，因早酒已多也。主人有醉意，感冒后未即健也。归不复出。申初立春。（《礼》九）

初三日（2月5日）

寒甚。忌日不出，亦无客。钟钟出南门看岳庙会。得根云十九日书，令人增叹喟耳！灯下《礼器》弟九通毕。厅上换字画。

初四日（2月6日）

早饭后出拜年，李仲衡处小憩，遇李润生（均）话，嵇春源处遇牛仲远话。最后拜花思伯于青云店，比七年前老矣，往云南粮道任，从此绕道也，谈滇黔事糟甚。归临《衡方碑》。(《衡》一)

初五日（2月7日）

不大冷，真有春理，惜阴云酿雪不成也。见邸钞，苏抚放徐君青，在人意中，查少泉赏四品顶带办粮台，寿臣钦差关防移交根云，夷务或从此要定耶？郑小山辞帖，所苦未全愈也，念甚！念甚！《衡方碑》临竟，接《鲁峻碑》。(《峻》一)

初六日（2月8日）

晴，有风复冷。《鲁峻碑》临竟，接《礼器》弟十通。晚请雨舲中丞、余芰香、嵇春源、吴慕衢、吴筱亭，中丞后到，谈颇畅，筱亭说濮州隶碑确，散时亥正后。

初七日（2月9日）

早花思白来话。午间朱时斋、杨旭斋先后来。阴冷有雪意，而仍不果，可惜哉！难望矣。得李虎堂十一月书，以初十得子，可慰！可慰！无一字及江西公事，地方渐清可想矣。桂儿携钟钟往陈石邻太先生处饮。

初八日（2月10日）

王姬生日，设面。风大，阴不成雪，奈何！《礼器》第十通临竟。苏炳臣由齐东来，杨子厚来。夜酌差畅。接临《孔宙碑》。（《宙》一）

初九日（2月11日）

晴，冷甚，似它处有雪也。临《季将碑》竟，碑阴字尤佳，惜旧本止有碑面。又接《孔褒碑》。午出回拜，看郑小山，已算全愈，尚避风不出屋。晚复出赴中丞席，不大冷，胜前年十二日光景。酉正上席，子正散。唱戏十出，无甚意味，肴差可。新得元祐刻《书谱》，似胜文本。（《褒》一）

初十日（2月12日）

临《孔彪碑》，字小而纵，惜拓本未精也。李仲衡来谈，刘申孙、王迪斋来晤。晚请司道叶芸士、陈弼夫、黄笠衫、花思白、明月舫。见邸钞，初四日恩科诏下，彭相奏举孝廉，交部议奏。鼓励人才，甚盛！甚盛！（《彪》一）

十一日（2月13日）

忌辰，无客。患腹泄，昨夜两起，今日五次矣。晨得赵静山嘉平廿六书，飘然理归棹，可怅！可怅！桂儿新得《衡方碑》

尚佳，因接临之。冷甚。(《方》二)

十二日（2月14日）

亡室生日。阴寒，午后略见日耳。竟日不饮茶水，所苦遂愈。晚约陈石邻、李春坞、郭石臣、刘申生、王迪斋酌，苏炳臣、舒磬叔俱辞帖。饭前姚良庵来一话。得易问斋书。

十三日（2月15日）

晨阴午晴，稍和煦。剃发。《衡兴祖碑》第二通临竟。邹玉溪从海阳来。夜有龙灯。

十四日（2月16日）

宣宗忌辰。临《张迁碑》第二通竟。昨见邸钞，袁午桥冏卿回京供职，改派傅镇军振邦办三省军务，以午桥日久无功也。蓟门、达斋晚来，因同酌。夜大风达旦。(《迁》二)

上元日（2月17日）

风少息，寒稍减。临《伯时碑》。蓟门早来上学。晚请邹玉溪、周东瀛、汪云皋、陈达斋陪先生，余因腰微恙，令桂桂陪客。日间金云卿观察来晤。夜龙灯来多，双龙者两次，后佳，七巧灯新鲜。云卿属觅桂《说文》寄翁药房。(《晨》三)

十六日（2月18日）

无风而甚冷，貂褂未脱，可笑！黄少谷来晤。李耘渠前辈从武定来，现修府志，查“将陵”二字。夜灯多，船灯别致。

十七日（2月19日）

奇冷。见邸钞，京师谷日得雪二寸。何东邦之枯冷也。李育臣从兖州回，果然南京奸细到此，真可恨也！李世芬、王暄先后来。《史晨前后碑》临竟。中丞送到《卢府君碑》拓本，颇精。桂桂饮春源处。早饭甚迟。晚龙灯，有狮子戏可观。接临《景君碑》，拓本模胡难看。(《景》一)

十八日（2月20日）

冷得狠。早饭后出谢客，南东北西俱到。郑小山病愈，尚怯风也，附子得无过吃乎？兼与襄廷晤，又谢旸谷处话，谈刻木之法：磨光如镜，下手如风。归，张升谷、杜惺堂先后久话。得袁午桥谷日书，尚未得召回信也，母过八旬，暂歇亦正得耳。书房开课，“取士必得”，赋得三旬万寿恩科，得“旬”字。

十九日（2月21日）

晨冷甚，后稍和。见客葛澫生、王煦甫、彭雪眉、邹玉溪。煦甫明日北上。晡作家书交徐绍圃，新年尚未得都信也。《景君碑》临竟。

廿日（2 月 22 日）

接《礼器碑》。客见耿知甫、梅卓庵、方小东。小东怀宁人，能做诗，以知州来，昨带到孔绣山信并《顾祠题名录》刻本。朱时斋携乃孙逢午来，黄笠山、金云卿同话。云卿售去桂《说文》两部，为翁药房要，因以《说文句读》并赠药房。得都寓十二日书，夷务和战并行，不知将来是何局面也。桂儿饮运署。(《礼》十一)

廿一日（2 月 23 日）

忌辰，客少。谢旸谷来看《法华碑》。董梓亭来。吴筱亭说成阳尧墓三碑有消息，本在濮州也。得汪老二书，求为少海丈志墓，此诺久矣。临《礼器》十一通竟。

廿二日（2 月 24 日）

接临《百石碑》。墨冻全化，春果大来，惟骨节发损，腰亦软疼耳。午后出，回候梓亭，遇仲远同话。归。申正出，至江南馆首府县请观剧，绝少味，未竟席归。补吃饭一碗。(《乙》二)

廿三日（2 月 25 日）

课题“舜亦以命禹”。惜花春起早，得“花”字。早间舒自庵差人来请看病，自十二日即卧床矣，以不知医辞之。未正后往看，适值属纩，入哭之，乃知早间来请有话说也，为一怆恸。年七十八，老年好学少有的。便至弼夫处，花园中看字画。牛仲远处话，遇黄少谷。送花思白行，归已昏黑。《百石碑》临竟，仍接临之。桂桂饮吴筱亭处。（《乙》三）

廿四日（2 月 26 日）

大暖，换薄裘。午间晤张云骞刺史，又董梓庭乃郎来，又门人陈鳌台来。二年客泰安，未登岱顶，殊可笑也。

廿五日（2 月 27 日）

暖如昨，腰脚未健。午间嵇春源来一话。题梓庭《冰山策骑图》，又书扇赠花思白。《乙瑛碑》弟三通竟，接《礼器碑》。桂桂饮汪佛生处。

廿六日（2 月 28 日）

早过佛生，兼与乃兄莺楼一话，谈及宜昌近年川盐东下，收厘金每日可得一万千大钱，马烟次之，湖北军饷专恃此项，东湖遂成美地矣。午间姚良庵来晤。滕县探报，张落刑战败落水。

廿七日（3 月 1 日）

昨夜大风，今晨下木冰如箸者满院，复骤冷矣。彭雪眉晡来话。《礼器》十二通临竟。（《礼》十二）

廿八日（3月2日）

“物有本末”两句。以德为车，为“行”字。甚冷。吴方伯夫人出殡，令桂桂去，兼看郑小山，知将出门。王又石来晤。接临《曹全碑》。接李黼堂嘉平廿一书。今日从董梓亭带去都寓信。

廿九日（3月3日）

忌辰，无客，冷。未刻后，儿孙同先生为达斋请上姑苏小馆。《曹碑》临竟弟二通。(《晨》四)

卅日（3月4日）

更冷过昨日。写字颇苦，接临《史晨碑前碑》竟。吴筱亭来晤。清《舆地韵编》。

二月

初一日（3月5日）

稍和。写自庵挽联。章师舟来别，将往署泰安也。屠敦仁世兄来，知为乃翁交代，未得脱身。朱时斋携孙来，从蓟门上学。与芰香书，为书院事。

初二日（3 月 6 日）

方伯早来话，不见两月矣，持妻丧服，昨始即吉也。惊蛰节，午后渐暖。清书。

初三日（3 月 7 日）

“可与共学”两句。黄金台得“昭”字。雪眉来话，仍为迪斋事，可厌。见邸钞，陕甘学政翁、景、杜三易，今放慎府卿去，亦奇。得汤鹤树书。

初四日（3 月 8 日）

大风竟日且冷。芰香来谈，署道得委多日，尚未知接印期也。得都寓廿六书，子恭以正月初二逝。慎克斋蹠夷事甚畅，主战与圣意符，然未卜将来把握也。僧王廿六带兵驻津去。《史晨前后碑》四通竟。重装《百三名家》。

初五日（3 月 9 日）

父亲忌日，二十年矣。大风，冷极。午间吴芾南来，说知陶家舅嫂正月病逝，惨极！惨极！念弱子何以胜此。临《礼器碑》才得四纸耳，冷得难下笔。（《礼》十三）

初六日（3 月 10 日）

早冷，后渐和，下半日暖。芰香送丁祭牛肉，果是去春在静山处风味。晚约汪佛生、李镜缘、吴凤堂、陈小农并蓟门、达斋酌，小醉，为近日所少有。得鼎侄正月廿五书，平安如常。子敬卸嘉兴事，暂住东门外□园，有改道长安之意。吴婿事未了，奈何。王石樵前辈来，说夷人见浙抚，要西湖做马头，可为浩叹！夜得族弟绍采黄州书，已升副将，绍贤弟亦擢都司，辛亥我在家，二人尚童生耳。吾州人年来武职大盛，多在江西、湖北军营，亦奇事。

初七日（3月11日）

忌辰，稍暖。收拾厅东室。钱香士来话，由直藩退休，将为闲游也。梅卓庵来，知派黄笠衫营粮台，甚作难，本来难也。十三通竟。桂桂饮佛生处。(早四更时地动)

初八日（3月12日）

《上苑看花赋》。春风得意马蹄疾为韵。今日暖多了，盼雨甚。粮食价已长。钞《隶辨》起。(《辨》)

初九日（3月13日）

看桂儿赋甚佳。午后牛仲远来话，所骑高丽马矮而健，四足有毛，又与川马殊。

初十日（3月14日）

沔阳庶常闵璜来拜，问知楚省好气象，甚慰！桂桂携钟儿饮陈太先生处。

十一日（3月15日）

饭后桂桂出辞各处行。周东瀛、陈石邻来晤，陈弼翁来谈。南园先生《沙上锥痕》一联桂桂带送弼夫，屡索不好意思也。题仲远《并蒂莲》，得四绝句。作书寄孔绣山、何愿船、陶廉泉，又子愚一纸。夜酌稍多。午间日重晕如轮。见报翰林院保品学兼优三人，备上书房行走，黄倬、岳世仁、杜联俱初五召见。袁午桥十八大胜仗。

十二日（3月16日）

早吴竹如来谈，德兴阿被和帅劾罢，殊快人意。巳正桂桂行，轿车一，带仆黄德往利津去。午后风冷，甚念！甚念！郑小山来，病痊而精神未复元。汪仙圃从湖北来，问知胡润芝光景，唐印云老态，周寿山侄婿得知州好，武昌气象渐复。

十三日（3月17日）

“周公成文武之德”两句。冬温夏清得“时”字。李镜缘辞行，十六走。李仲滋、彭雪眉、吴慕衢先后来，遂至暮。写字颇少。甚矣，应酬之耽阁也。《隶辨》钞毕。(《辨》完)

十四日（3月18日）

早仍冷。接临《封龙山颂》。易问斋从京来，将南归也。姚良庵来，销书事尚无信。未正后出，晤王石樵、郑小山、钱香士、黄笠衫。小山处送还吴桐云属书墓表，笠衫定十八出省，小山同日出棚。晚得子愚初十信，中有鼎侄、吴婿信。

十五日（3月19日）

渐暖，然早晚仍冰人也。午间写大字，尚苦重裘，悬臂为难。嵇春源来，知周家朗园欲售，而香士、芰乡都想得之，不知谁属也。黄笠衫来话别，为中丞给饷不敷，满腹委曲，涕叹兼之，而不能不出省，惟有勉之耳。作书寄子敬弟、鼎侄及韩履卿。上房有包匣交小吴去，小吴明日随李镜缘南行也。得吴平斋初三镇江书，军情有转机，夷酋已自粤东回沪，似将了矣。临《礼器》十四通。(《礼》十四)

十六日（3月20日）

早小吴行。早饭后出，姚良庵、梅卓庵、余芰香、福禹臣、吴慕蘧、易问斋、叶芸士、陈弼夫、吴筱亭、郑小山、吴竹如、雨舲中丞、彭雪眉。雨翁病足未晤，良庵未值，余俱晤话。归已酉初矣，点心后仍出，回拜郭石臣、周东寅。赴葛藕生席，新收东院有花木，是花园也，屋亦敞亮。同坐易问斋、汪佛生、李廉石。归来风挟雨，不得畅下，可惜。

十七日（3月21日）

大暖。陈栗堂来，因劝其赶办葬事，语颇激，好在尚能听受也。小山来作别，久话。作书寄都友，门人区士勋（銮坡）明日北上。

十八日（3月22日）

开课，住斋诸生共卅人，“其事也”四句。疏帘听雨草堂春，得“堂”字。钱香士来话，为欲买朗园事，嘱其寻嵇春源去。学院行。

十九日（3月23日）

阅卷。午后出榜，超九、特九、壹十二，批首王敬铭。接临《乙瑛碑》。晡鸦集庭树。（《乙》四）

廿日（3月24日）

早诸生齐集，为讲“冉子退朝章”。《乙瑛碑》四通未竟，屠啸筼来索者，遂强持去，因为补五纸。今日谢旸谷请，余坚辞之。晚看京报，柏相为科场案正法，八议之条何谓耶？连上年耆相，诛两相矣，然执法之严，圣意自有在也。

廿一日（3月25日）

竟日静。儿妇出，回候客。得利津来书，桂儿十五到彼，十七北行。作诗《送黄笠衫督师出省》五古廿四韵。《乙瑛》弟五通，夜临竟。

廿二日（3 月 26 日）

晴久，屡欲雨而不果，奈何。笠山行。芰乡来谈。上房有客。屠啸筼来谈字，颇入港。又临《公方碑》一通，夜竟。偶想石榴，言甫及之，而春源送来曹大榴十一枚，奇极奇极！（《张》）

廿三日（3 月 27 日）

“人皆有不忍人之心，先王有不忍人之心。”借书常送迟，得“贪”字。晨步出，与汪佛生一谈，过邹小山、姚良庵，俱未晤。葛澫生处花未发也，牡丹四百五十文一盆，枝叶已好看，说三月可见花。归，早饭后中丞来晤，言新买扇面有成榑上人及王鲁珍诗字，为吾《黑女碑》一证收藏也，携《法华碑》裱本去。良庵、卓庵先后来。上房请客。郑、丁、汪、余与先生酌于书房。接临《礼器碑》。（《礼》）

廿四日（3 月 28 日）

竟日风暖。人颇困倦，写字少力。有戴翰秋（翼健），修武人，大挑要往浙，孙兰检、林树南丙午门生，敬琴舫荐卷门生，持琴舫书来谒。从袁午桥处来，问知午桥近状，十八日胜仗，适于是日接到内召廷寄，颇失机会也。得李仲云正月廿二长沙书，陈尧农作古，又去一老友。

廿五日（3月29日）

《礼器》十五通临竟。写大字多。明月舫来话。得子愚廿夜书，知潘、陈诸公子俱入刑部狱，科案仍未即了也。月舫说蒙古案更奇。中丞甄别书院。（十五）

廿六日（3月30日）

写大字多，袭去，臂渐舒也。牛仲远、吴筱亭来话。汪佛生来别，大约月内必行矣，可羡！可羡！桐城方渊如来见，带到方宗诚信并文稿，及植之先生《书林扬觯》。渊如即植翁令孙，来寻竹如的。筱亭说，兖州、济宁均于廿三得透雨。今日忌辰。临《史晨》。（《史》）

廿七日（3月31日）

晨剃发。早饭后出，晤中丞，吊自庵。晤芰香、香士，香士急欲得朗园也。嵇春源、牛仲远未晤。仲远处看《思退斋诗》，无甚意味。李仲衡处话，病足。谢旸谷话，感冒。送汪佛生行，闻庆云舫制军殁于大沽口。中丞处见画诗册，成榑师隶字，王玙似诗字，又杨渭字，画多冯家冶园，虞翁应查之。得桂桂十七晚沽化书。

廿八日（4月1日）

大暖。阿双右手指疮肿，用猪胆包敷。张升谷来催文字。

"三月不知肉味。"望杏开田得"花"字。文题系都中覆试题。晡后阴，雨意甚厚，入夜狂风大作，达旦，雨不得一点矣，可叹！可叹！

廿九日（4月2日）

风少住，稍冷矣。韶女生日，早面颇迟。寄李仲云信，为九子山飨堂事，恨不得即回湘也。寄都寓书。晡出，候陈栗堂、王子梅、范允中、方渊如，俱未晤。学院署与郑鼎先话，小海棠初开。赴钱香士请，同坐嵇春源、朱时斋、吴筱亭。有彭星桥曾同席于梅卓庵处，才几日便忘却，可笑也！

三月

初一日（4月3日）

渐热，不雨，焦甚。为张升谷作《世泽录叙》，升谷书来，为陶家于泺口觅屋事，似妥也。于前峰（醇儒）太守由江南来，快晤，回想高邮州署欢聚疾挥时，小娜嬛馆持林汲山人杖有未谷刻铭者来，仿佛从前见过的，铭云：一干挺生，六棱天成，珍重此波罗提木叉，静相依，动以行。林汲山人作，未谷书于青州。

初二日（4月4日）

乍凉热。临《衡方碑》竟，再临之。王子梅来话。杜惺堂由滨州回。文端葬事已毕，两侍郎即回京去，何其速也。范季思（允中）候令来晤。黄菉舟前辈署曹州回。夜请邹小山来看阿珊恙。

清明日（4月5日）

早、晚供。先晴后阴，雨仍未来。钟钟同先生湖上踏青去。栗堂久话，前番话大有感动。晡得李虎堂书，又得桂儿廿五都寓并子愚书，桂桂廿四到京也。黄倩园放汀漳龙道，夷、捻各务无好准信。得道州诸君子公信，要开文社借新屋，吾所欲作为文安书院者也。《衡方碑》复竟。

初四日（4月6日）

风略小，时阴，仍不雨。午后出谢客，嵇春源处海棠、丁香大开。春源令弟文笏，子正十五，滋阳县丞所管十五泉，言丁香南一株，系廿年前手移一枝活，长成大树也。于前峰处话。藩署西园竹如请，同香士酌之，客三人，海棠古茂，不得雨，泉源不旺。登土山望署后，署与贡院相连，而后让贡院之半也。归不复酌。

初五日（4月7日）

风大极。晨剃发。得子敬嘉兴二月三日书，甚慰，言欲回湘后游秦也。栗堂送席票二，又久话去，以我为闲人也。入夜冷，有冬意。《百石碑》又临竟。今日耤田后，闻集宴于趵突泉。见报南安收复。(《百》)

初六日（4月8日）

阴，不雨。早间孙仙植（梦桃）来，浙西防同知，候升知府，昨带到子敬信来也。午间李仲蘅来话。寄胡恕堂、吴平斋、子敬弟书，俱封寄根云函内，由抚署官封去。接临《叔节碑》。前峰令人拓《进学解》。(《礼》)

初七日（4月9日）

上半日大风，后少歇。来子俊来谈。徐年侄（禄臻）来，一年不见矣。得都寓初二日书，内有苏、禾两处信，南安收复，贼窜吾省之桂阳、宜章、临武，距道州密迩，岂将回粤耶？可虑之至。江南北军情却渐好矣。苏、杭春雪寒甚，此间求之不得。儿妇、韶女、祐孙往学院署，郑太太请也，借余家车。

初八日（4月10日）

“巧言令色鲜矣仁”。风雨思君子，得“思”字。方深甫、吴篠亭来话，篠亭要钞《绛守居园池记》去。李春坞来，可怜。

彭雪眉少坐去。晚请陈达斋为阿双看，因留夜酌。散后，双忽闷厥眼，直不省事。子初余将睡，复邀达斋来看，说脉气未动，渐渐回转。余丑初后才睡。

初九日（4月11日）

仍请达斋来酌方，疗患渐散，而蔓延可厌，人却清爽，无它虑矣。杜惺堂早来，为前夜查帐，冒开山长支款毫无影响，由监院与书吏道幕通融作弊，系照例的，可叹！可叹！吴凤堂来，索书联去。嵇春源来，出示《瑞芝记》。篠亭来，为昨日托带吴小舫银信不便也。写大字不少。

初十日（4月12日）

早孙仙植来，留同便酌，热甚，谈及西湖风景，真想煞人。发都信，中兼寄李竹朋、祁叔和信。监院处课读之袁生来见。风大，燥极。闻昨日龙洞请水来，祈雨第二日矣。夜见听宣单，贾筠堂正总，赵蓉舫、沈朗亭、成琦副之，同乡无分房者。

十一日（4月13日）

盛曾生日，约达斋来，同吃面。晨无风，略阴，午风仍至，牡丹花开一朵。晚饮新厅，仍约达斋。晚甚阴，有雨意。

十二日（4月14日）

大风吹，晴矣。热，燥甚，人不适。问芰香豫捻消息，覆言南陷舞阳，邱镇军阵亡，闻有窜陕、楚之说，然军没五千人，贼所损亦当不少矣。寄郑小山书。剃发于新厅。

十三日（4月15日）

"枉道而事人，何必去父母之邦。"花之富贵得"开"字。竟日无风，使我清适，如得雨更当健快也。写对四十余付，为今年第一次。代理利津丞吴庆培（荫堂）来见，问悉陶家光景。而廉泉侄于晚间来此，送伊嫂回娘家也，行期须听豫捻消息再说。

十四日（4月16日）

风又大，日烈，难过。写字无气力。彭岱生来晤，宁乡老本色，年六十二，家住羊流店，朴实可喜也。廉泉来，一话去。晚见会试题，"色难有事""今夫天""焉能使予不遇哉"。高车高梱得"从"字。首题如何着手，大难大难！夜阴甚，而风横之，奈何。

十五日（4月17日）

仍竟日热风，无雨信。闻有星使上岱进香，想亦祈雨也。廉泉移来住小客屋。晡得都中十一日书，桂儿头场文寄来。豫捻到北舞渡，为伊帅兴阿击回皖巢。夷务津沪俱无信，搜检江西犯出一人。兼得嘉兴三弟书、吴婿书、胡恕堂书。（允等各碑）

十六日（4 月 18 日）

简在公生日。文艮生主簿来，留早酌。李仲衡碰来，不饮也。甚热，未刻风少住，雨来，快甚！廉纤至夜半，农事有转机矣。见邸钞，知皇上于十四日诚祈，果然灵应。《百石碑》竟。(《百》)

十七日（4 月 19 日）

多阴，惜不复雨。赵翰秋从长山回，说十九南行。接临《受禅碑》，俊迈可喜，然渐远东京风矩矣。(《爰》)

十八日（4 月 20 日）

课住斋诸生，“暮春者至咏而归”。公孙剑器初第一，得“孙”字。阴冷不雨，日内禁屠颇严。张升谷来话，赵翰秋晚来话，托带苏、禾两处家信去。谢旸谷、陈石邻来晤。

十九日（4 月 21 日）

阅卷。午刻出榜，超、特各十二，壹等六，林西平诗佳，取弟一。陶家内侄作起讲甚好，可喜。芰香送笠山信来。看陶美文，同夜饭。

廿日（4 月 22 日）

发落诸生与谭艺，似多领会者。廉泉内侄回利津去，可怜也。风竟日大，余不适，似冒寒，晡点后得汗似愈些。夜酌照常。午间屠敦仁来话，有意思人。

廿一日（4月23日）

早发都信。人适矣。王子梅来话，闻易问斋可选奉天同知，不知确否？余芰香来谈，与商讲堂添桌凳事，将廉泉索章棣借字托之。晡得桂儿十七书。

廿二日（4月24日）

风燥甚，人复不适。午后弼夫来谈。吴方伯加课，榜发。晚间中丞甄别，榜发。学政、方伯两处加课，超等多未取上，决得失于一夫之目，复凭一日之短长，可笑！可叹！杜惺堂来话，道署为添桌凳，要监院先具领，倒装文法，吾不解也。

廿三日（4月25日）

“其诸异乎人之求之与。”渴骥奔泉得“泉”字。两次超、特等住斋生，有未取甄别正课者，俱令补入，好在此次留四十名，预备山长升降也。乐陵贾氏弟兄来见。邹小山来诊脉，陈达斋来看盛曾。晚服药见效。

廿四日（4月26日）

阴，不雨。早饭后出，晤陈栗堂，运署看牡丹花，未见主人而走。晤吴筱亭、杨旭斋，携李亨特所刻《石经》行。钱香士处话，买园之说从罢论。牛仲远处小酌，登平台看湖。过济南书院归。见肄业生数人，有李临贤，乃竹朋堂弟，乃翁殉难于阳谷广文署，名文绶，字若甫。临《受禅碑》竟。（《禅》）

廿五日（4月27日）

早雨意甚像。首道首府先来，继之方伯来少坐，芸士、弼夫、月舫来，未及畅谈，中丞来话，即同出交揖送学。余退，中丞开课。午后方深甫来晤，将就即墨书启馆。达斋来看盛孙，并为王姬诊脉。得雨数点。临《伯时碑》。（《史》）

廿六日（4月28日）

昨夜雨不为小，惜不久耳，今日阴晴相半。诸生多来见，问沾化赵裕惇，知苏蕉林同年近状。葛蔼生来谈。夜见邸钞，李孟韶告病，黄莘农放东河督。临《伯时碑》竟。

廿七日（4月29日）

竟日多阴，不大热。晨过惺堂话。至明月舫处，久候未出，遂归饭。诸生多来见，新城王毓璋，渔洋宗人，呈家信一纸；临邑杨振董，言初到书院时事。

廿八日（4月30日）

临池学书得“池”字。春归惜落花得“归”字。目不窥园得“专”字。扁舟意不忘得“吴”字。即课住斋诸生。钟钟、祐祐往趵突泉看会去，先生为人做生日出。见诸生。

廿九日（5月1日）

看课诗。早饭后出谢诸君。步余芰香处发家信，即交折差，午刻行也。到书房同吴凤堂话。陈弼夫处话。独游古历下亭，御碑亭居中过大，殊难收拾得佳景也。至吴竹如处话，过明月舫归。先出门时先到葛澫生处。晡时王子梅同徐眉生（古）来谈，少味。徐之有《东京隶帖》《岳麓碑铭》三四百字，字方三寸大，在徐志导处，语可信耶？弼夫处见都信，胜帅军大挫，又伊帅劾袁午桥，交胜帅查办，傅军大胜。

卅日（5月2日）

晨看芙蓉池，便过谢旸谷话。归饭。嵇春源来话，出示整顿书院章程，兼欲纂书院志也。见邸钞，许、潘、杨三南斋奏请因旱求言，李梦韶作古，张星伯升少寇。夜作诗，用去年韵《望雨书怀柬中丞初度》。

四月

初一日（5月3日）

晨传诗课诸生面讲。早饭后出，拜雨舲中丞生日。过黄六舟话。访方小东谈碑，赠李刻《石经》，因携唐钩《华山碑》来。出西门至白雪楼，揖沧溟先生木主于楼上。与刘生凌云话，西与趵突泉隔一墙耳，楼前有六碑，康熙时书院尚在此也。入城过朱时斋不遇。至福德会馆，屋宇华俗，乃每日银店会价处，共有银钱铺百四十家，大者廿家，每年轮四家为首事，钱铺止老西及章邱县两处人。晡发都信，翟铭之兄带去。得郑小山沂州书，即复之。中丞和诗至。

初二日（5月4日）

大风竟日，可惜好云也。见诸生数人。朱时斋、葛蕅生先后来。王伯尊来话。

初三日（5月5日）

因钟钟不适，未出题。热甚，风大，雨意亦厚，如不下何。闽士李实夫（金庚）带都寓信来并寄物，又得廿八日都寓信，又两次吴门信，今日算得家书四封，可怪也。子敬归计不决，吴婿事仍未了，闷闷。晚约实夫同酌。夏升说回南去。

初四日（5月6日）

收检讲堂，桌凳俱移出。李仲衡来话。作书寄翁药房，并吴门侄信、物，交实夫去。章师舟从泰安来晤，得李虎堂江西信。

初五日（5月7日）

辰初点名，共二百十八人。“或曰：孰谓鄹人之子知礼乎？子闻之曰：是礼也！”水怀珠而川媚，得“文”字。诸生有不静者，可叹也。陶内侄着人来，不欲回南去矣，要俟秋再说。得汪致轩徐州三十日书，新得诸女彝拓来。酉正后埽场。

初六日（5月8日）

乡民都入城求雨，锣鼓声喧，申刻果然得雨一阵，惜不久也。中丞昨请观剧，辞之，足见其心宽矣。李实夫来别。有赵星海持和诗来见。方渊如来辞行，就即墨馆去。诸生十余人来赔礼，看耿象仪果非驯谨士，杜惺堂带来。

初七日（5月9日）

晴，凉，雨后景也。阅卷一百。有张生毓藻来见，老岁贡，谈画有门径，三王派也，未见其手笔如何，自言中丞颇赏之。晚得鼎侄吴门廿七书，中有子敬弟信，已得前月初六由根云转递信矣，粤逆势往浦口，扬、镇复警，奈何！奈何！昨日才闻赵星海说，金山、瓜洲，过江直渡也。

初八日（5月10日）

“吾斯之未能信”。甘雨得“甘”字。阅卷一百九本，至暮毕。闻兖州灵石请到，供在龙神庙，中丞率属每日两次虔祷，申刻得雨一小阵，惜不久也。钟钟感冒六七日，今甫愈，祐祐、盛孙亦俱愈矣。黄瓜尝新。

初九日（5月11日）

晨剃发。早饭后发案，超廿三，特六十六。午后请明月舫来，商酌土工事。马中和来见，去年肄业生，中副榜者。巳雨一阵。

初十日（5月12日）

大晴，无雨意。中丞以下仍两次求也。早饭后过月舫，见所录灵石上刻佛语，乃变水成甘露真言，佛咒不能解，淳化五年五月五日以石置井。问此井，离兖城廿里。陶廉泉着人来，竟不即归，无如何也。陈小农来，得三月初一湘中书，知桂阳一带俱已收复。汪佛生廿一到樊城，河南路上平静。晡同钟钟往龙神庙看灵石，一薄片石，方不及尺，刻字亦浅，即淳化时所刻真言也。见邸钞，王雁汀调两广，黄寿臣又督蜀，然命来京，恐又将内用耳。

十一日（5月13日）

寄根云信。见邸钞，江南举行乡试，十月借浙闱行，交礼部议，想必准也。凉适，它处必有雨。作灵石祷雨诗。杜惺堂来话。寄都寓书，交提塘。见题名录忘记写，补在明日。

十二日（5月14日）

覆试超等诸生，并前课临点不到之正课生，“吾斯之未能信”。咫尺应须论万里，得“工”字。未点名之先，集诸生为讲解《子入太庙》一章书，特、壹有不到者，然到者过半也。晚尝鲜笋，四百八十大钱一斤。上供荐新后，同达斋、蓟门、孙孙酌于新厅。雨意甚浓，夜乃得月。得桂儿初七都寓书。昨晨徐炳烈家报到，早饭后见题名录，湖南六人无一知者，去年新科百人不得一，山东本省联捷五人。余门生，闽三人得一人沈绍九，黔士得周麟，粤士不知有否？初九早发案，十一早到此，可谓神速。

十三日（5月15日）

卯初初刻敬土神动工，东边浚池，西窗外作篱也。覆试榜出。

十四日（5月16日）

祖父忌日，供。早饭后出，看中丞未晤，明日往岱，因喉痛不见客。晤花南村山长，丁卯孝廉，年八十，健步，眇一目，耳半聋。钱香士、李仲衡、袁雪舟俱晤谈。雪舟说虎堂午后不食，真可笑也。晚约香士、时斋、篠亭、春源酌，颇醉。陈第荣带子愚信来。

十五日（5月17日）

早吴凤堂来晤。午间花南村来，因以修志事托其采访，昨日彭雪眉言其能记旧事也。开池得泉颇旺，晨引水入书房，汩汩然来，适群燕环飞，欲名为“燕来泉”也。中丞午正出城。阴旋晴，甚热。刘生同李献芳来。

十六日（5月18日）

沟通北院，夜水更大。方伯月课，先来一话。吴慕衢大令来话，屠敦仁来别。晨阴，雨数点。送余、王两家礼，并致王石樵前辈信。

十七日（5月19日）

诸生来见。得都寓十一日信，桂儿卷落朗亭手，大白鸡公之梦奇验也！

十八日（5月20日）

自子初即小雨，至巳刻渐住，旋大晴。今日中丞祠岱默祷有灵，无如天予旱象，虽应不畅也。“王如好货，与百姓同之，于王何有？”云鹤有奇翼，得“奇”字。池工因雨停一日。

十九日（5月21日）

昨停工一日，今仍齐集。两日写扇多。闻金乡一带有警，札问芰香，旋以府县各禀来，知捻来，至单县金乡界，已击退，无非为抢粮耳。发都信，又发长沙信。晴热。中丞申正回署。《礼器碑》又毕，仍接临之。

廿日（5 月 22 日）

新厅开北窗，柏树院墙拆去，眼界一豁。方小东、葛蔼生先后来，因留晚来同酌，并邀旭斋。小东分书有工夫，东京碑大约全有的。小松画松有远神，《陆家浜探碑图》是在松江寻二陆祠碑所作。宋表哥念禄从利津南回，廉泉侄执拗不行，大不可解。钟曾出西关送行，带茶烛去。今日第二次食笋，不甚佳，短且坏，天无雨也。为屠槐生题父亲与可如丈手札册共十六通，其实屠家宜尚多有之。

廿一日（5 月 23 日）

早张升谷来共早饭，无齿矣，不食甚菜，因送乃郎来城府考，今日开考也。李荔臣来，言曲阜马跑泉之好，故米香特胜它处。雨舲中丞来话，满脸心事。晡时子梅同惺堂来看池子，东厅收拾粗了。小东赠董画册，虽蠹损尚可玩。夜甚热。

廿二日（5 月 24 日）

忽阴忽晴，竟不下一点。池工毕矣。王煦甫从都回，即当返闽去，言京师光景胜丙辰也。袁雪舟来晤。

廿三日（5月25日）

“久假而不归”两句。圯桥授书得“雄”字。方存之辑唐鲁泉遗集见示，可怆也！存之信有心人，文有根氐，有笔仗。

廿四日（5月26日）

昨夜芝麻腐梨送酒，致腹泄。午出，芰香处道嫁侄女喜。闻胜帅大挫，扬州被围，清淮警动。遇登州司马图桑阿，新从京来。陈弼夫处见会墨。杨旭斋处腹泄，可笑。至学院署少坐归。晡过杜惺堂。今日昼夜泄十遍，颇惫。夜止酒。

廿五日（5月27日）

课，“书同文”。掘井及泉得“清”字。属惺堂札代点名，写题解一纸示诸生，略言六书图文，冀有启发也。袁午桥署漕督，又翁告病。

廿六日（5月28日）

阅卷八十本。腹泄止。李仲衡来谈，知扬州围解。邯郸井请到铁牌求雨。

廿七日（5月29日）

阅卷百一十。李德懋来，作文大进，可喜。陈弼夫来话，见示《重修历下亭记》，是昨日事。连日池园种花木，渐佳妙。

发都信。

廿八日（5 月 30 日）

钟曾生日，免课，同先生出游。阅卷卅，午后出榜。浓阴，至晡得雨一片，不及分寸而止，可惜！可惜！早食面，晚邀达斋同蓟门与钟钟四人酌，稍凉。余芰香来。见邸钞，劳星陔调广东抚，署两广督，曹颖生升广西抚。星陔苦久，稍移动，甚可喜。

廿九日（5 月 31 日）

昨日酒多，今日仍腹泄，可笑！区门生（士勋）由都回，谈及粤事，省城大约不得回了。春源、雪眉先后来话，春源言胜保败守清江，中丞两日不能出房门。晡请邹小山来诊，晚服药。

五月

初一日（6 月 1 日）

仍服药，见好，总由不能戒酒及水果，真痼疾也。王子梅来话。方存之来借蜀奏底去。连日干晴，晚尤热。

初二日（6月2日）

覆试超等及附壹等诸生，“若决江河，沛然莫之能御也”。天用莫如龙，得“神”字。讲堂把卷守看竟日。今日颇凉，想它处有雨也。池工零碎尚未了。戌刻桂儿由都回，喜甚！子愚阖寓俱照昨，好。

初三日（6月3日）

精神顿清爽起来，午间出覆试案。王子梅来话。桂桂买来栩斋所收《法华碑》，即子梅本，一样木板气颇重。邹小山来，再酌方一剂，脾脉尚苦硬，用青皮槟榔。李荔臣又送香稻米及川夏布，子梅夜送菜，芰香送老米。

初四日（6月4日）

从昨日到今日，抚、臬、运、道、首府、县及明道俱送节礼。抚署两次，先一次夫人送，雨翁今日送也。各处俱有回盒，夏布、端午景之类。王仲允来，携到伯尊信并节仪。写扇数柄，颇作小楷，赏对陆续写，字兴稍长。太阳甚烈。王春崖告病，罗澹村升闽抚，庄卫生升湖北藩司，澹村得无老乎。邸钞见沧州王家舅被甥殴毙控案，牵涉济南府，臬司甚格答。旭斋晡至。

初五日（6月5日）

昨夜大风奇热，今日更甚，天日变色，人人骇闷。未刻后稍静，家中做粽子上供。晚酌畅醉，不暇问河鱼矣。

初六日（6月6日）

堂课正课生，“思而不学则殆”。喜雨此亭成，得“今”字。微雨凉澈，一改昨观，腹中气坠，竟日六七次。寄都寓并梦九书，王才明日行也。止酒。

初七日（6月7日）

课附课生，“君子之至于斯也”两句。奇文共欣赏，得“奇”字。不雨，仍凉甚，或它处快雨乎？请小山来斟方，服药一剂。夜仍不敢酌，阅卷百。

初八日（6月8日）

新厅搭篷，大风狂热又来，闷甚。阅卷百。见邸钞，湖南留馆一，新进士庶常三，传胪庶常朱学笃乃惺堂之婿也。谢旸谷、徐福臻来话。桂儿出门候客。

初九日（6月9日）

风且热，难受。吴慕衢来，说江南里下河一带干极，有贼踪，南京吃紧，旱象盖甚宽也。彭雪眉、陈栗堂、李仲衡、朱时斋、吴筱亭皆为吾儿来话。出堂课榜。晚得吴门四月廿二日书，子敬归计仍罢论。

初十日（6月10日）

风晴热亢，难过。字课久荒，今复振作，腹泄愈也。腕力尚未全回。张毓藻来，令画扇，少生趣。桂儿出门候客，陈石邻、周东寅来话。池上安辘轳、石桩。《华山碑》竟。

十一日（6月11日）

伯父忌辰，早、晚供。吴竹如、钱香士两方伯来早饭。余芰香小坐去。陈鸿从滇来，问悉滇蜀秦晋燕各光景，滇事不可问，张石卿、徐新斋可念也，官民都没得吃的。晚同蓟门酌于树下，止酒五日，今日遂两顿，然甚适也。闻雷。发吴门书，陈鸿明早行。

十二日（6月12日）

闻今日闭南门求雨。覆试诸生，“患所以立”。东坡墨竹得“风”字。阴不雨，少凉耳。吴铁琴昨、今俱来话，谈古隔壁，然亦入魔，惟说有坡公书《郁枢经》或可看看。得都寓初六书，子愚疮湿尚未大愈，阿珠化去，可怜也！所谈春明风气，果无味甚。午间雷。

十三日（6月13日）

“小人喻于利”。东坡墨竹得“成”字。出覆试案。招邹生振岳、杨生振基、翟生先篆来，同桂儿草创《泺源书院志略》，在池南书屋。明月舫来谈，谢旸谷次郎、钱香士□郎俱来见。芰香送今日祭关圣胙。竟日作阴，雨止数点，岂天意要旱，神力莫如何耶？

以上为近墨堂书法研究基金会藏

十四日（6月14日）

夜来凉甚，不知何处雨也。今竟日阴，时有雨一阵。为吴修梅题《铁琴图》，孙登天籁琴，项墨林得之，皆有篆刻款，又□□□金石拓册，则修梅在甥馆时所得。发都信，交谢旸谷乃郎去。邹杨两生来，晚春源时斋话，春源言得南信，无甚警事。苏、常米价颇贱，桂桂、钟钟陪先生游古历亭。晴，凉甚。

十五日（6月15日）

……司委点名也。谢旸谷来话。时斋昨留石庵手卷，有观剧十二绝句，甲申年计才四十岁边耳，此老兴复不浅。旭斋送看朗园物，有《郙阁颂》《尹宙碑》，拓颇佳。申正后雨，入夜□□□外更大，丑初后歇，可喜之至。

十六日（6月16日）

晴，雨后光景一新，好在不热。儿妇同女孩往学院衙，郑姑太太请，祐孙同去。陈弼翁来话。中丞喜雨“焦”字韵索和，即挥就，末句“难免走卒笑，又听新诗敲”言两人今年唱和之希也。夜饮烧酒合式。今日写大字多。

十七日（6月17日）

比昨日热，似复欲雨。《郙阁颂》张之于壁□□□意味。昨日苏炳臣、吴筱亭先后来饮，晡，方存之久话，携《肙斋集》去。拆花园东角小屋。

十八日（6月18日）

“为政不因先王之道”两句。贺雨诗成即谏书，得“忠”字。早饭后雨意甚浓，且出，出为吴竹如生日……雨一阵，苏炳臣……彭雪眉均未晤，到家，雨来。中丞叠韵诗至，即奉答二章去。复雨一阵。请达斋来看傻瓜，昨药似不甚合也。夜小雨透。

十九日（6月19日）

□□好。傻瓜不适一阵，忽新鲜喜笑，病解矣。余芰香来谈，因昨余诗三叠答之。说夷船大火轮于十三日过登州，往天津去，刻下不审如何？可虑之至。见邸钞，傅振邦大胜。团首苗沛霖以候选府升即补道。闽典试放袁希组、杨泗孙。王子梅来话，晚酌时得吴门初七书，有子敬信。芝房作古。江浙水潦。

廿日（6月20日）

□□山公生日，早晚供。昨夜得家书，作二篇，□□中丞诗来，因奉答。晚因来诗有“浮世乏赏音，谁辨枯桐焦”句，复广其意，作一篇。张海藩从浙回，问知恕堂、根云、树人、雪轩及子敬、鼎侄各近状。午后雨一阵，好……

廿一日（6月21日）

……早饭后出，晤中丞，言有明时题名录，可与吾家一士公监照同传古也。董青士不值。弼夫处遇芰香，同话。竹如处看诗。谢旸谷、葛薀生俱晤。薀生家人陶一新从长沙来，问知二□□□火药局失火，城隍庙及塔公、江公祠俱冲毁，伤二三百人，南北屋宇俱覆动，倒破者数百间，火药七千斤，分两堆同时然，冲地上坐成两大洞，真可悸也。今年奏停科，想即为此，恐有奸细也。雨意甚陡起。归，雷般至暮，竟不雨。灯下答竹如方伯一篇。陈芝白雪楼拓碑，说花局中竹子佳。

廿二日（6月22日）

□□后夏至节，午前阴晴半，午后雨，有甚大一阵。陈芝白玉，往白雪楼冒雨带竹归，亦是观音竹而高多了。写大字一阵，临《曹全碑》阴，胜碑面字也。竹如晚赠竹来，夜半雨至曙。

廿三日（6月23日）

“冉有曰”至“吾将问之”。煎成车声绕羊肠，得“汤”……竹来。今日写大字极多，兴已佳而擘尚未健，真老态耶？竟日阴雨，无大阵。见邸钞，顺天府于十七日奏深透，盖与此间同时得雨也。晡得叔虎书，知湖南贼扰甚恣，吾州已陷，衡广□□□数年安靖，援济四面，自家空虚，省垣可虑之至。

廿四日（6月24日）

临《曹全碑》阴完，字有奇气，胜正碑也。李懋德来做课："观其眸子。"邹、杨、庞三生均连日到，又朱桐芬、朱文田来，问知南城根旧屋，朱家尚有秀才六人，亦尚有藏书也。郑小山学使未刻后入城，即来话，考事平妥可□□□文中丞有叔母之丧，已多日，余竟不知。

廿五日（6月25日）

课期，辰初点名。"伯达"至"季騧"。颜鲁公书坐位稿，得"争"字。早饭后出，中丞处吊，话及夷艘十七到天津，有照会，限三日尽撤海口防桩，我未答应，以后无消息。到学使处话，旋至方……楼花局与李生父子久憩，步至碑亭，有碑六十通，多先朝康熙御笔也。到趵突泉，颇静，后院古柏佳。过正觉街与李荔臣话，其屋从前张宅、何宅，三到三易主矣。到府署晤□□□□陈弼夫，夫后来同话，归暮矣。即酌，酒饭俱不下肚，少卧，吐泻。后服午时茶，清醒后遂不眠，枕上作成小文，为弼夫五十生日。

廿六日（6月26日）

无所苦，气力少软耳。为公幛排字，与桂桂忙了半日。看课卷四十本。屠啸芸来话。

廿七日（6月27日）

写自家一文一诗共小屏八，午前毕。钱香士□□来话。午后吴竹如、陈弼夫先后来，王子梅晚至，客皆久坐。而公幛打格，晡方到，即下笔，止得四幅。

廿八日（6月28日）

晨，三幅。杜惺堂送考归，来话。早饭后五幅，午正毕。吴养云来话，痴癖好古，无……都信自十二得子愚信，后未再得，念念甚。午后阅卷至暮，得九十本。晚雨一阵，不大。

廿九日（6月29日）

竟日晴，人甚适，阅卷百余。酉刻写榜出，王伯尊来话，吴筱亭来久话。得子愚十八日信，诸稚时疹次弟清，似乎斌子未愈也。晚酌后，芰香来字说夷人不容理谕，闯入海口先开枪炮，经僧王抵御，击损夷船多只，此事或当挽回矣。此课林凸平、耿辑五、邹振岳、孙毓麒、耿象仪俱佳作。伯尊言蝗虫将飞，有虫似蝗，两头有黑点，尾长，出啮之死，则化为其虫，仍□蝗二三日，盖虫入土矣，名为“气不愤”，蝗尽，数日后即□雨，此虫不易有也。得子愚十八信。

六月

初一日（6月30日）

晴热。新种竹有欲萎者。李懋德来做课。送弼夫生日小屏并对："齐风大和欣遇管乐，古怀静揽契于老彭。"又历下亭对，当歌……中无记，想当日必有也。得欧阳信甫无锡信，乃郎带来。今日甚热，得雨乃解耶。

初二日（7月1日）

热，时阴。写大字。中丞午间来话，旋送来僧王天津击毁夷艘奏底两件，一系廿六寅□□□□刻，其火轮船十三只，毁其十二，兼有□海者。英酋提督赫某右腿受伤病卧，惟火轮一只驶出，搁江沙外。惟既树白旗后何不再放枪炮，俾其片板不存，乃仍将所生擒二夷人看守，为将来抚绥地耶？

初三日（7月2日）

"君命召，不俟驾行矣。"流观山海图，得"经"字。早饭后出，晤陈石邻，新居西邻，树阴殊佳。屠啸云未晤，钱香士满院盆荷，王伯尊处少憩。陈弼夫处拜生日，主人立明留酌，吃面两碗，酒约十杯，菜不敢多吃。徐眉生说亭林手札册尚有一本，即施愚山回信，乃前次不送阅，竟不知亭林信是寄谁的，可笑也。石庵小册佳……宝庆失陷，贼云得往蜀，衡州、长沙可虑之至，何吾乡之不幸也。粤西贼猖獗。有旨令雁汀查星陔是否老病，雁汀疏报广省城未交出，恐未能即入省接任等语，兼筹剿抚□□□□又命曾涤生由楚防入蜀之贼。

初四日（7月3日）

不大热，阴云，时作雨也。葛藕生来说，得《沧溟集》旧刻。王世兄钧韶，长清教官。梁质夫来话。陈栗堂来话。孙生毓麒从峄县来，问知邹令之好及滕县林令之拗。

初五日（7月4日）

热甚。课期。“冉有曰：夫子为卫君乎？子贡曰：诺，吾将问之。”为文宜略识字，得“韩”字。请惺堂点名，堂课改散课，为学院正考，诸生不得整日闲也。洪文耀乃子香之侄。牛仲远、李镜缘、嵇春原先后来。镜缘说江南军务不见佳，张殿臣被困，兵勇横甚，奈何！

初六日（7月5日）

吴养云早来，借《积古斋款识》手订……禀来。廿八日，夷人尚打捞，牵扯沉破船只，未即退尽，被我兵枪炮复伤多夷兵□。

初七日（7月6日）

慈寿日，早晚供。今日热极，止看得四十余卷耳。余芰香来话，旋送老鹳嘴泡烧酒一小瓶，副以鱼，今早买鱼未得，恰好也。说老鹳嘴草以四月八日采晒。

初八日（7月7日）

“虽疏食”一节。晓起竹间坐，得“凉”字。吴凤堂晨来。陈石邻午话，意以代理禹城为未足者，殊不必也。桂儿往钱香士处吊其次媳，初一日事，可叹也。今比昨较凉，晚有雨意，酉时飘洒数点。李镜缘送到鼎侄寄物，半都水渍坏矣。路上遇大雨翻车，其官物恐亦不免受损。梁质夫送酒十小坛，却之不肯。得胡恕堂五月廿日书，子敬、根云俱合意，可慰。德州探初一日僧王烧毁未沉夷船艘乃全出海门。

万寿圣节（7月8日）

晨，九叩。昨夜凉，疑别处有雨。□□日不大热，而不好过。晡见探信，初二日夷求讲和，僧王仍……完。未正出案为诗无佳作，大家混搅，出示戒之。达斋来同晚酌。夜半后，雷雨达旦。

初十日（7月9日）

晨凉，藕生来话，旋晴，竟日凉。邹岱来请蓟门及桂儿、钟孙游湖去。寄都寓书，交周家驹，明日行。陈鳌台来，说盱眙失陷，胜帅退守蒋坝，清淮吃紧之至，泰沂间土捻愈肆。张升谷同乃侄□孙来，亦乙酉世兄，选郓城县。

十一日（7月10日）

早饭后出，藕生处话。方伯处谈及送同考官单。仲远处水窗看荷，苇界成墙，湖景索然。回拜王钧韶。至弼夫处话，归。借石涛册归，不为佳品也。夜饮黄酒，大泄腹，夜五起，惫甚。

十二日（7月11日）

迟起，请小山来看脉，知无甚恙，试服破故、兔丝以治脾寒。竟日安，晚饮烧酒。今日无精神，百事懒做。陶安人忌日。梅卓庵从永城回，问□立山近状，刻苦安详，可慰。谣诼可一洗也。伊兴阿战……斤。夷人开放枪炮，我兵损五六十人，议和之说恐未必成耶。桂香翁、花松翁俱过齐河矣。

十三日（7月12日）

“知之为知之。”伏波铜柱，得“铜”字。仍委顿，不想动作。方小宋来话，乃弟方明在胜帅营，言其退守蒋坝者，防北窜也。李仲衡来言，热天不肉食，夜不贪凉，故能健。语大有理。乃侄毓珍旋来，知伯阳现居即墨，暂不回省。夜酌后稍适，半夜后极热，风奇大。

十四日（7月13日）

风大，热甚，田间望雨复急。人渐健，数日来笔墨懒也。方存之、存静庵孚来话。发吴门信。初尝子姜。

十五日（7月14日）

风定，甚热，雨一阵未大，旋晴。写字多，然手仍颤，腹泄伤筋力也。夜大雨一阵，甚益田事，子正后住。

十六日（7月15日）

雨后晴湿。午出，回拜客。晤谢旸谷，病初愈，尚畏风。晤芰香，亦不适，甫愈。福禹城吴……至鹊华桥上船，至历下亭，弼翁请客，有存之、时斋、春源、仲远。周览新亭，果然整齐，四面环水，在明湖当为第一处。日色红热，渐晚风大，席设南廊。雨意一阵不果，而月正渐大。席散后话，于水边柳下看月。子初散归，睡时子正后矣。又得一联集《禊叙》云：山左有古水亭，坐揽一带幽齐之盛；大清当今万岁，时为九年己未所修。

十七日（7月16日）

极热，晨起已不可耐。百事懒动手。贾筠堂乃侄致慎来晤，树堂乃郎，颇知余兄弟与树堂兄弟少年谐际光景，怆忆树堂与毅弟也。午后得都寓初八日信，不得信者廿余日，好生系念，平安如常也。桂儿携钟孙赴周、林两大令席。

十八日（7月17日）

“孔子于乡党”全章。热甚。方存之送历下……

十九日（7月18日）

热甚，阴有雨意，时亦飘洒，不成阵也。未初一刻后，有声似雷非雷，自此而西□震动，窗纸门板俱拆动，意谓火药局冲失也。既而打听，果然。局在会波楼下，委员正搬运火药，忽然冲起，将人、屋、车辆俱毁，□北门外东西坏屋多，损人尚不得数，游湖船亦有毙者。今日方小东、吴筱亭、存静庵公请历下亭，闻厨房震塌。余谓可从罢矣，以酒肴已齐，乃移至我斋。酒甚佳，余亦多酌，腹竟无恙。客有陈石邻、牛仲远。各衙门差人问受惊否。

廿日（7月19日）

昨夜雨畅透达旦，今日晴，热甚。写大字多，手颤，恐系老态矣。钟钟乡试，弼翁、芰老及首县、府送卷资，愧甚愧甚。未刻出，至铁□小沧浪亭，面荷千顷，风凉，大观也。火药局处一带屋子毁尽，人支体时露。……何惨之至……乃题惠泉寺匾者，款曰：“门也庄。”看图章是□□庄，字仲礼，号门也。不知何处人，□为可笑。到钱香士处，遂同到枕湖草堂，登小楼看湖，风亦凉爽也。顺路候客，归。夜与蓟门及钟钟饯，请达斋同酌。灯下写信二纸，寄子愚。狂风竟夜，可悸。

廿一日（7月20日）

寅初二刻起，天未大明，车夫迟来，本说寅行，延至卯初二刻。送钟钟同先生登车北上，共轿车二，带一仆周升。阴天被大风吹晴，甚好。吴凤堂来一话。晡有雨意，略洒一阵。竟日热，夜雨。

廿二日（7月21日）

凉适，无雨，亦宜少歇矣。张小蓬榘来晤。谢世兄友仁署曲阜教官两年，新补临邑教，甫在□接印也。此间教职数年不选人者颇多矣，□藩司之可笑如此。朱时斋来话□，转来谈。今日写大字最多，亦因凉也。晡雨。……

廿三日（7月22日）

……丈之孙来，候补□，谈及近年花马池盐务不旺，故解□运城盐事较畅。山西少河道，俱饮□水，运城内井水咸，不可饮，俱挑水于五六十里外。为弼夫书《重修历下亭记》，挥汗为之。

廿四日（7月23日）

热甚，未见一客，写对子一阵。得钟钟□安城廿一信，路尚好走。

廿五日（7月24日）

课期。“阙党童子”一章，皆有惇史，得“惇”字。正附课百七十余，以考试告假者多也。甚热。

廿六日（7月25日）

稍阴，不热。阅卷百。朱时斋来，为刻亭记事。

廿七日（7月26日）

阅卷毕。晚发案。吴慕渠来，余芰香来。淮杨消息不佳。津探米酋廿一入都，噗咈利夷尚无准信。僧王尚添炮械为战守计，炮二万二千斤者、二万六千斤者四，余□□六千斤者，共添廿座。各处添来马队，次第到……安徽仍奏准同江苏乡试，十月借浙闱办理。

廿八日（7月27日）

大热如丙辰矣。食芰香所赠瓜，大佳。而弼夫赠者俱不佳，实皆泺口瓜也。腹泄良已，瓜果不忌。夜难睡。

廿九日（7月28日）

热更甚，看书无味。明水镇竹子来，高生鉴清所觅，到约百余根，前日刨出，今午后种下，不定能活否？本令其雨后送来，岂意其不及待耶。陈文显来见，宜亭胞侄，有宜亭信。童际庭之连襟也。贾世兄来辞行。

卅日（7月29日）

热得不得睡，奈何！午后出，贺芝香昨日为乃郎缔姻，送喜果也。回候张小蓬、陈栗堂，俱未晤。发都信。明日学院署萧、曹三君北上。

七月

初一日（7月30日）

覆试超等生，“多识于鸟兽草木之名”。讲堂风大，算不甚热。嵇春源晡……

初二日（7月31日）

……昨夜丑初三刻，雨约半时许，惜不大耳。雨止，热更甚，彻旦未得睡。今日陆续雨。张海藩来，坐久。大沛一两阵，旋大风，晴，凉矣。尚有节奏。陈老六承祖来，言夷人有会长毛扰江南之信，可虑之至。得吴门六月初头信，韩履卿信，似平善，望我冬间南游也。寄到珊林木刻双钩《夏承碑》，了无意味。

初三日（8月1日）

晴凉，有秋意。杜惺堂、刘延侨、谢旸谷、方存之、高鉴清、李献芳父子、陈石邻次弟来，遂竟日少闲。写大字两次。得何愿船信，又绩溪周成信，书估徐细带到。

初四日（8月2日）

晴，复热。饭后出，晤马仞千大令鸿翔，即由吴门带履翁信来者，略问悉江南北情况，吴门甚安善，雨水过多，然不能办也。牛仲远失子，吊之，怆怆。钱香士褫职营……看画归。得雨一阵。

初五日（8月3日）

堂课，正课生百一十六人，“君子为政”一节。《豳风图》得“图”字。甚静，亦凉有风。晡出，看郑小山，精神有余，由胸中镇定。方伯处话，所苦未全愈，喉舌觉枯，不甚纳食，症非浅也。归，书一纸交马令带交鼎侄。

初六日（8月4日）

堂课，附课及住斋正附课生共六十五人，仍昨题。葛藕生来少坐，钱香士将往天津去，次郎病重，多忧丛集，运气之坏如此，可怜可怜。吴竹如、郑小山俱来共话而去。见邸钞，廿九日桂相等奏，□勒尖（即咪利坚之替字）到京，想是咪酋也。

全小汀、廉琴舫奏海运验收完竣。和帅奏郑魁士驻扎高淳东坝，盖防金陵贼□□其吃紧可知。存静庵、梅卓庵来晤。晚约小山学使便酌，凉院清樽，殊为畅适。

初七日（8月5日）

……堂、吴修梅、高镜缘、周东寅、李仲衡请。邹小山来问，昨日香士次郎病症，据云脉诒而症难转。修梅藏得天四十八直幅，有刻石，果大观也。仲衡在此看雨。

初八日（8月6日）

早访宗涤楼一话。至钱香士处，乃次郎已于昨午化去，可惨可惨。东头候客，归饭。赶阅课卷，晚出案，此次佳作甚少，殊不惬意。昨夜雨大，见邸钞，定远于六月十一失陷，翁中丞移驻芦桥，与胜帅分避皖东、西，将奈何！涤楼来话。嵇十四到省。昨得廿九京信，有何愿船及周世兄成信。

初九日（8月7日）

复热。吴肖岩广文来，亦老矣，豪气尚在也。陈弼夫晡话久，送写记润笔，愧愧。又助□船及上官岐园项。夜雨。

初十日（8月8日）

□徐铁孙同年画梅扇，七古为□作。巳正出，藕生未遇。方小东处看小松寒桥，□□□涤楼处话，郑小山处谈，钱香士……常德失守光景。吴修梅住义全店，绿阴极妙。过芰香处，见津沪探报，此次咦□甚草难为，沪上夷商所不理，来酉七人皆受伤也。夜收拾《法华碑跋》，千六百字改成八百余字，好不费力。接祖，早晚供。复初四京信，子愚尚未脱体，念念。

十一日（8月9日）

杜惺堂晨话。吴庾生岣来见，子苾兄之孙恂雅有性情，问及乃祖即泪下，真少见也。涤甫诗序脱稿去。昨日明水镇送来竹子，活者更少。下午写《法华跋》，书丹于石。张海藩、陈小农晡来话。发都信，明日学院有折差行。亥刻见邸钞，曾涤生奏收复浮梁、景德镇，江西全境肃清。

十二日（8月10日）

白雪楼送到桂树二，颇可观，不必即花也。又□利二，并前四者六矣。午出到白雪楼□李生尚在忙拔条，可笑也。各花排列满院……写大字一阵。晡出，拜梅卓庵，晤谢世兄友仁。看宗涤楼病卧，隔门数语。至陈石邻□，酌，酒不佳，而东寅揽酒，致我大醉归。眠后腹泄三次，始天明。

十三日（8月11日）

早起，尚支持。辰刻郑小山学使来，决科点名后留同早饭。客去后复泄不可支，遂卧病，竟日不思饮食，至亥刻饮粥而睡。五时茶、杏糖汤俱服过，渐解矣，多日无此苦也。夜三起，连白日十余次。夜仍热，白雪楼送大栀子二。

十四日（8月12日）

起迟，然健复矣。有毕家洼人从莱芜来卖竹子，高而少枝叶，两次得十四竿，粗种下。说有马艺林乃郎云路持乃翁信见，艺林去年九月回家，过省竟不相访，亦奇。孔绣山乃郎庆佶来见，临雍□□监生也。涤楼来别，送乃郎婴饰数事。……墓田是何景象矣，怆□。

十五日（8月13日）

……来可知矣。达斋先往滨州去，札致芰香，为张遹孙帮监院事。

十六日（8月14日）

热比昨轻些，晡雨一阵。闻高粱□粟得雨尚可，豆子已无望矣。早间陈石邻来别，即往滨州去，昨夜月食甚。

十七日（8月15日）

晨，小雨。中丞决科，司道俱来话。巳刻雨翁方到，点名未毕，即退入，令芰香代点。因留便饭，约芰香、春源、小东、慕渠作陪。午未间大雨倾盆，中丞同春源围棋。申初散，雨小矣。小东说有坡书《后赤壁》。

十八日（8月16日）

丑寅间大雷，风雨奇骇可怕。寅初二刻稍定，遂不复能睡。竹子、榆树枝俱有折损。日出复阴。午后彭雪□来。梅卓庵来，卓庵将代理临朐去。刘申生晡来，补高唐州。今日看《山海经》《穆天子传》，不得味。

十九日（8月17日）

寻出毕刻《山海经》，于水道胜郝疏，然□□甚佳处。午刻出仲远处，登台，凉甚。至学使处话……处谈，归已申初矣，热后受风……且早睡。得十二日都寓书。

廿日（8月18日）

桂儿三十九岁生日。中丞处请吃肉，到□□同英、岳两太守久坐后，始知祭关帝也。司、道齐集，行九叩礼。余后行礼，与主人一贺后，分两席吃肉，羊、豕各一，错出□多。散后至旸谷处，宝文斋书店少坐，归。晡得吴门初六信，盖隔两月余矣。子敬热疖不知何时起的。和帅到常州说金陵、江浦、六合三城两月内可一气光复。若果尔大快也。

廿一日（8月19日）

凉甚，今日写大字，手忽不颤，始知酷热伤筋也。发都信。

廿二日（8 月 20 日）

发南信，何根云、徐□青、胡恕堂、王雪轩、郭藕舲、吴平斋、韩履卿、朱伯韩、乔鹤侪共九件，由官封去。又发吴门家信。午后写大字多。吴修梅来话，果难缠。方存之晚话。

廿三日（8 月 21 日）

……写大字一阵□□□都寓中有杭州家信，殊慰。唐《豹人集》序言其为检讨，值国初命史馆修《玉匣记》及元帝书。疏言不急之□玷正□，免归。它文章不高也，词尤少味。高念东怀抱高，笔亦清甚，选绝句五十余首，令邹岱荣钞出。吴凤□来话。

廿四日（8 月 22 日）

早，清案头书，烦闷。写扇七柄。接陈晋卿书，赠王菉友《说文》两种，皆我所已有；桂联不佳，惟《蓬樵画册》精甚；续辑山左书画、桑梓之遗，似无大味，求为作叙。何不辑陈、刘、吴、李各家金石为一书乎？候补令沙小岩来，江阴人，谈福山、狼山、大闸、小闸、圌山关形势，圌山曲折出入三□里，盖如吾乡泷河耶。那年夷艘何以得进来？恐沙令之言未确耳。言江阴城内除陈氏园外，尚有豫园。漕六万五千，每石交钱五千文，县中买米三千一石，行海运以来江阴成大好缺者……

廿五日（8月23日）

……防意如城，得“坚”字。仍写扇一阵。有葛世兄惠田心甫，乙丑年伯讳宗昶之孙，登州秀才来。肄业者舒□□来，为乃翁文集叙。李育臣来话。

廿六日（8月24日）

看课卷一百，热，蚊为累。吴竹如来，嘱题成王画梅卷子。吴筱亭晚来，说有送中丞东京隶碑，后于《裴岑碑》八月，闻所未闻也。祐曾生日，吃面，时甚热，久不啖面，觉无大味。见邸钞，程楞香免死发军台，因乃郎大辟。谕云：朕心实有不忍也。余送条者均新疆，有潘木君、陈子鹤、潘星斋、李古廉诸君公子，亦可怜矣。

廿七日（8月25日）

看卷九十本完，此课卷本少。如此浅易题，竟无佳作，鞭辟近里者少矣。早饭后，吴小岩、吴修梅先后来，索酒饭。两君初遇，俱好狂谈，颇相纠缠。修梅醉矣。徐绍圃从京师回，新进士用中书也。略问春明光景。

廿八日（8月26日）

课诗题……昼日三接，“侯”。庶民惟星，“民”。在水一方，“方”。君羹遗母，“羹”。龙以为畜，“渊”字。杜惺堂来话，说即往长清□。张滋园从堂邑来，所论大进，做官肯用心。张翼南来，久话，明年欲出山也。王伯尊来，为调帘。晚得都寓廿三书。

廿九日（8 月 27 日）

阅诗卷一百卅本。发都信，由抚署折差去。连日热，小雨一阵，不济事。闻河南、山东交界有捻信。

八月

初一日（8 月 28 日）

早，剃发。午刻卷看完，共一百八十二，而失粘及出韵共九十二，可叹也。吴庾生携令祖子苾兄旧藏颜书画像赞，及梦楼题唐人写经卷来看。丁竹溪乃郎来，问知天津情形并许印林近状，病未全愈，扶行可到院中，能写字，左手废矣。其子无用，苦极。

初二日（8 月 29 日）

甚热。谢旸谷、葛藕生来话。朱时斋来，为所□□□□图求题。唯看《舒自庵遗集》……三十余篇，仍作序，以报死友也。见探报，天津、海口次弟有夷船四十只内外，大半是买卖船耳。昨见上海探信，嘆咈掳我民九百余人，糟踏无状，沪民愤极欲战，夷人自知理屈，出谕安民，尚不知下文如何。

初三日（8月30日）

甚热，夜不得睡。午出，晤吴小岩、丁蔼臣及许世兄（印林族弟）。学院处少坐。吴筱亭处道喜，补东河也。弼夫、雨舲、雪眉、滋源、昆圃、翼南、沙小岩、徐少圃候未值。中丞往贡院验垫，谓看主司铺垫也。“验垫”二字，它省未闻，实则查看贡院耳。见邸钞，宝庆解围，杀贼二万五千，荆宜道李续宜援剿神速。六月廿六至廿九事，吾乡其渐清楚乎？申正后雨，至暮大，遂彻宵风雨齐来，沾渥深透。酒多了，醉后，“无友不如己者”，草成一篇。

初四日（8月31日）

□□□□有倒折者，然活者甚多。天……交黄庭樵□□带浙。午后阴，小雨复晴。题成哲王，吴竹如所藏，为谢东墅侍郎画《宣城昼见梅图》七律二首次韵。又题陈弼夫《也可园图》二绝句。今日写大字多。

初五日（9月1日）

写大字多，而客来少暇。牛凤西林，陈桂舫兆元，卓堂次子，廪生，廿七岁。凤西，沂水人，能诗、古文。陈弼夫、张升谷、郑小山先后久话，日遂晡矣。出贺黄六舟，仍回候二客。

出西门至趵突泉，吴筱亭、嵇春源、谢旸谷，同至白雪楼花圃一游。主人吴慕渠来入席，知中丞奉廷寄内召，不觉别怀怅怅，酒不下咽矣。席散，至南门候开城颇久，回家亥正后矣。慕渠伺候关庙祭去。

初六日（9月2日）

时阴时晴，或细雨，下半日果晴矣。东抚放文星崖，由直藩擢。吴肖岩同丁、许两君来话。许，先公入学门生也。吴养云来晤。未初闻主考□□入闱，小山、芰香俱送来庆宴。楼阁……四红帽，颇蠢。今日写字多。方存之来晤。

初七日（9月3日）

写字多。吴修梅买得石田卷，果佳，价极廉，有牛次原丈收藏印，仲远可怜也。张海藩一话。得都寓初二日书。晡剃发。

初八日（9月4日）

晴，连日热矣。嵇春源来。雨舲家眷不即行，馆尚未离也。黄六舟来话。明月舫过门辞行，明早往福山去。蓝梦题候令沂华来见，辛亥举人，乃祖登州守，梦人送红幢，上题“沂华”二字，故以为名字也。今日儿妇、韶女、阿珊同游趵突泉。李家园丁家到学院衙，留饭，暮始归也。余出至修梅处，有聚一斋送看武梁祠题字粘本，甚佳。携得小松名字大印，归。又魏姓铺看取曼生大字联，未谷“賸园”二字匾，丁元躬《枯木竹石幅》《夏承碑》。贡院点名，未刻完，甚静。

初九日（9月5日）

人不甚适，极热，不静也。孔经之宪庚来晤□□□□门生，根云极夸之，眇一目，似无甚理趣，见面即托销白木耳，大奇大奇！

初十日（9月6日）

人大好，写字奇健。午正后方放牌，芰香来谈，题目："子曰：'君子欲讷于言而敏于行。'""子庶民则百姓劝，来百工则财用足。""禹之治水也，行其所无事也。"赋得两山前列似开屏，得"前"字。诗句是赵清献《游云门山》句。发都信。张怡琴侍讲放惠州府。书房连放郡守，孙琴西、曾璧光，至此而三。

十一日（9月7日）

人又不适，想是夜落被耶。吴小岩来坐甚久，陈栗堂话一阵，一字未写。

十二日（9月8日）

好了，早能写字，做拟墨诗，得三首，因中丞亦见示三首也。诗题颇板，不能如去年之生发不穷。午出候客，晤余芰香。到聚古斋晤郑小山，吃挂面。访张翼南，仍不遇。吴竹如处一谈。到济南书院看新茁灵芝，长在……比去年好。春源病复未愈，奈何奈何！问钱香士，无信回。归，酉初后矣。得都寓初六信。

十三日（9月9日）

夜间又不好睡，然起来尚适。写字多。栗堂来，为晚席事。张翼南来话。未正后出，便衣，先至白雪楼，则主人与小岩、雪眉、仲衡俱早到。登楼眺远，剧佳。仍酌于趵突泉之东厅，移案傍栏，看水呼杯，颇极清畅。赶城入，到家尚未开饭，然余不能再吃矣。各处送节礼。夜热□雨耶。

十四日（9月10日）

早，小雨。三场点名更迟，已辰初后矣。竟日阴，彭雪眉来话。申初出，晤李仲蘅。又看嵇春源病。到吴小岩处，□得《边华泉集》，到学院署饭，客有张翼南，酒尚可饮，无小菜，不能畅嚼耳。翼南亦过拘些。京闱题："郁郁乎文哉，吾从周。""鱼跃于渊，言其上下察也。""辞十万而受万。"长伴云衢万里明，得"分"字。

中秋节（9月11日）

□□雨而不果，巳后大晴且热。早间贺节后小酌数杯，午间写字一阵。今晨草成拟墨一篇，实做欲字。未刻闻放牌，恐今日即出完矣，真是奇事。晚酌时久，未醉，看孩们拜兔二爷。

睡时子初。

十六日（9月12日）

儿妇生日，早面晚酒。晚得吴门书，知鼎侄得署阳湖令，少年烦剧，殊为可念，幸与根云同城，有所禀承也。吴庾生来别，带到乃祖子苾兄行述，尚妥。张升谷久话，遇雨，雨住方去。问小岩借阅边华泉、于文定集，局面皆小，宜其名不盛也。题《唐人写经卷》《临江帖》《大令草帖卷》，皆子苾藏物，庾生携来者，明拓《颜书画赞碑》本，暂留看。

十七日（9月13日）

阴，有雨意。早饭后吴养云来，吴小岩来相晤，雨至，养云代留小岩，遂不能出。雨不歇，幸不甚大耳。晚约小岩、仲蘅、旸谷、栗堂、雪眉饮，约而不至者仲远、养云。酒阑客不能去，小岩宿东书房，得畅话。夜雨达旦，可喜。

十八日（9月14日）

雨不止，不若昨夜之大。小岩辞栗堂之约。余午出至贡院，中丞请同学使并首县共四人。携得《沙南侯碑》，永和五年，在《裴岑碑》后一年，惜字太少，莫考其为何事。余先行，过吴养云，携扇面册归。夜与小岩酌话。

十九日（9月15日）

伯母忌日，早晚供。吴□堂来，留与小岩同早饭，饭后小岩舆仆俱由吕祖庙来，适雨止天晴，遂于午后行矣。携去吴刻《史记》一部，梁阶平对联一付，崇雨舲临《凌虚台记》六小幅，余书八分小对一付，别时颇怅怅也。雪眉本约今晚酌，忽又改明日，小岩既行，此局免矣。夜阴欲雨，忽亦见月。得仲云长沙信。

廿日（9月16日）

阴冷，早饭后雨时止时落。养云来一话。写大字多。发吴门信一纸示鼎侄。作札与吴竹如，为州县教职见司道与首领，佐杂迥□□□□署令吴篠亭禀详武侯祀典事。又与陈栗堂信，劝其归营，葬事并减撤舆从。又与中丞信，因查出《苏州府志》有“江东神，姓石名固”一段，前日见问是何神也。又与余芰香字，问益都县云门山志书必有之。傍晚忽见斜阳，红滋树顶，亦佳景也。江东神，石固，秦人，高祖六年，灌婴略定江南，神现于赣城，告以捷期。后立庙赣江之东。孙吴迁于吴境，颇著灵异。

廿一日（9月17日）

早，大晴。晨出，袁雪舟处作吊。过郭石溪话，归。饭后复出。过葛藕生、蓝梦题。至养云处少坐，笪在辛画果佳，余无甚动目者。到贡院，与陈弼夫久话，归。今晨中丞出闱矣。桂儿借到旭斋新得《武梁祠象题字》精拓本，果可爱也。今日写大字极多。雪眉来话，将往江南做官去。剃发。

廿二日（9月18日）

写大字多，真、草、篆、分拉杂出手，凉趣凑合耳。郑小山来话。傻瓜不适，得两小山来酌方，意相同也。童际庭来，无故黏拢，可厌。陈栗堂来，虽似听话，仍意在留东，管不得许多。□□得叔虎江西书。学使旋送西楼《坡帖》翻本，即瑛兰坡寄到者，虽笨拙，亦自小有趣。郭石臣、牛仲远先来。

廿三日（9月19日）

晴，凉甚。发都信，付折差去。今日复临《公方碑》，天凉，又当起课矣。再请邹小山来，朱时斋同话。晡得都寓十六书，钟钟诗剧佳，可喜。起语云："万里天衢迥，澄清十二分。"

廿四日（9月20日）

晨冷。午出，中丞未晤，说已收拾行李。芰香处话，不知其小恙也。学使处回拜。同乡叶孝廉莲叶西斋□□仍与小山一谈。过后载门宝古斋，捡册卷共廿件。归饭。杨旭斋、张小蓬来话。邹小山来诊，傻瓜好了。

廿五日（9月21日）

父亲生日，早晚供。中丞来谈，有行色，言前日谈及江东神，是将为太常耶？沈乃航善济世侄来，乃翁七十九，双瞽廿年，尚康健，能课孙。晚约张小蓬、方小东、朱时斋、杨旭斋看帖画。请汪叔明未来。小蓬作画与小东□字□未畅也。老蝯颇倦矣。

廿六日（9月22日）

晴。庭前桂花重开，香甚，而正不闷人也。日前各卷册捡出，石涛、八大、松门、沈廷瑞、萧晨各画。竹君、石庵、梦楼字，不定买得成否。昨买得小松大图章，杨叔恭残石初印，亦有趣也。吴养云、汪叔明并至，张海藩、梁琨圃先后来。郝兰皋丈乃孙联荪来，秀才，现就昌道书启馆，令弟补平谷令。

廿七日（9月23日）

写字多。张升谷来，张小蓬同沈小石过话，葛藕生同话。陈明水米百四十斤，独餐告罄，乃去年坡公生日芰香所馈者。仍从芰老索之，晚送到九十余斤。书来谓：再见乞米帖，欢忭不可言。平原举家食粥，余乃意存精凿，愧甚愧甚！每日计半斤耳。

廿八日（9月24日）

静。谢旸谷乃郎北闱回，知今年场规颇宽。陈三刻《法华碑跋》竣，殊精采可喜。

廿九日（9月25日）

十日来临《公方碑》二通、《叔节碑》一通竟。午出晤郑小山、牛仲远，嵇春源未晤。到贡院，晤陈弼夫，拜吴竹如。回拜汪叔民，藩抚厅署清敞，图书雅素，大堂壁上嵌前明钱粮田亩数目，亦古董矣。归已申正，仍吃点心、饭。晚饮于弼夫处，张小峰、周东瀛同坐。寄京家信，并愿船信，交藩署饷差去。

九月

初一日（9月26日）

阴，得细雨一阵。五更不眠，复想得拟墨第二篇。晨起，卯出，因昨与弼夫论题也。晒书起手。昨日李仲衡躲生日来此间话，老太爷之苦如此□□□有女客。

初二日（9月27日）

手钩永和五年《沙南侯君题字碑》，因陈芝所钩不惬意也。萨湘林在哈密拓寄尹竹农者，吴筱亭得之济南，市以送雨舲。余因得诗一篇，适闻雨舲得阁学，即并写入诗以志别。昨日享水公生日，早供后酌，小醉，午睡，近事所希。不知泥湾洲墓田近年何景象也。郑小山来话，晡出，中丞处道喜。回拜沈乃航。看吴养云病。到谢旸谷处话，归。

初三日（9月28日）

晾书，大晴。芰香来话。自清书帖起。雪眉来，南行尚无定日。得都寓廿七书，钟钟廿八日似可出都。香侄女生女，平安。根云、雪轩预备五十万米，于冬初运津，防明年夷梗也。根云前书谓雪轩妙计出人意表者此也，果然是妙计。

初四日（9月29日）

阴风作凉，不似昨日燥热。晨雨数点。饭后方小东来，谈《沙南侯君题字》，《隶篇》有之。据子苾所得本，扇头□韩云章画笔、刻印俱脱俗。嵇春源□言盱眙复失，漕、河两帅奏请派僧王来剿，清江复警，袁庚现守蒋坝也。牛仲远、李镜缘来，仲远为郝氏销书事，□余借《快雨堂题跋》，及《筠清馆金石编》头本去。

初五日（9月30日）

伯父生日，早晚供。忽晴忽雨，雨不大耳。写历亭宴集诗于石未毕。《沙南碑》装好，录前诗于上，送雨舲处题记。晡得鼎侄廿二信，知廿日接阳湖印，同日侄妇生子，大小平安，双喜可慰，孙辈排行第九矣。

初六日（10月1日）

时阴晴，忽毛毛雨。写诗碑竟，雪眉出丙申前余所临《坐位稿》卷嘱题，因录上年七古一篇，题宋拓此帖者于后，并系小诗。昨有甲子年伯于芳之子，求帮助大钱贰千，不知真伪也。见邸钞：宝庆解围后于八月十二至廿日剪贼一万四千余，石逆大开窜回全州，而永明二贼扰及吾州小坪，不知老表家怎样了？子鹤、星斋、木君之子均准赎罪，陈庆松以赎罪骤奏论无庸议。

初七日（10月2日）

大字、小字都写不少。半阴晴。谢旸谷、吴慕衢、郝伯恺、朱时斋先后来。慕渠约九日之集。买成宝古斋石涛兰、梦楼册、松门册，而田叔竹仍不能定也。未刻钟钟同先生回家，平安可喜。兼询悉五弟都寓佳状。晚饭于书房。子正榜发，书院约得十余人，前十名二，拔二，优二，副榜解元，优贡王荣琯，乐陵人。

初八日（10月3日）

晴，风不小。杜惺堂来，要回家料理祠堂去。吴琦、吴珂胞兄弟得隽来见，皆肄业生也，真有趣。此次各府州俱有人，不偏枯，惟闱墨皆影响含胡，不得明白，都被欲字害了。

初九日（10月4日）

晴暖甚，写字健。儿孙同先生千佛山白雪楼登高去。方存之来，言泰山后石坞之幽异，从岱顶北下七八里耳，余未到过的。两主试郑九丹、辛南坡来晤，葛藕生来话。余申初出，回拜两主司，晤赵雪眉，东行候客，便过郑小山一话，由司家马头上船，至历下亭，主人与客俱未至，既而汪叔明、谢旸谷、李仲衡俱至。久之，主人吴慕渠方至，徘徊许久，上席，仍六月十六日宴处。方小东后来，饮颇畅，叔明健饮，而余拇战无敌，惜月色不佳。归，子初后方睡。宗迪甫令媛适者来话，遂饭，亦太大方矣。

初十日（10月5日）

晴暖，风热，晡后大阴，风可悸，群鸦集树。王仲允来，吴筱亭、王伯尊来，知闱中尽有佳文，而主司所取皆不要明白的，可慨也。谓讷敏不足见君子，难在一欲，岂非奇谈乎！东小阁案上一清。晡时食蟹，尚稚。

十一日（10月6日）

风略小，而颇冷，因夜来风大不歇也。早饭后出，陈石邻处话，问张滋源，已行矣。陈弼夫都转调长芦，道喜。因□厚回避，调东运也。少一看字画处矣。见《顺天题名录》，湖南隽二人，少识者。仲远算钟钟八字，今年必不中，果然准也。惟蓟门难为情耳。看嵇春源病，乃迎遇一推拿者，大见效，宁海秀才孙麟圃，号瑞卿也。因招与谈，即为余诊脉，果有理。一路候客，归。

十二日（10月7日）

晴，孙茂才来，为我推右手，馆起凤桥刘家，欲令为吾儿治耳疾，说非易易。发都信。雪眉来，有行色。栗堂来，说要送菜，何苦来？钟钟同先生出游。

十三日（10月8日）

晨，剃发。孙秀才来，颇早。写大字一阵，临《孟文碑》，愈难矣。陈弼夫来话，有别意。夜暖。

十四日（10月9日）

寅正二刻起收拾，饭后行，开车后闻鸣炮，卯初二刻矣。借芰香车马各一，出东关卅五里，韩仓尖，又卅五里龙山，又十八里新店，入章邱界，又廿二里至章城。入署晤屠啸篔，留住西斋客厅，前有元时石峰之□□可喜，有正统年题字记。令侄宗望，乙未年侄来见，晚三人同饭。

十五日（10月10日）

寅正起，卯初黎明，肩舆出东门，往南复东廿五六里，至龙泉庙，百脉泉方圆半亩，泉眼珍珠，花团锦烂。竹竿量之四边，深五六尺，中心约一丈外也。同屠、侯两世兄复西至康家竹园，行密竹中，徘徊出。又至西院，有院落亭宇，竹林亦茂。康氏叔侄衣冠出见，拔笋四枝，回至庙。早饭后归，中途绣江转湾处看水磨，声如雷霆。此后江流纳山泉，即不复能置磨矣。绣江之源即百脉泉，又合东麻、西麻两湾之水而出者。返城，不入东门，直北行西转至女郎山，石路坡坨，庙荒，索八蜡庙，新修尚未全毕，中间八蜡不壉像，左间将军像即刘猛将军。右间江东祠，相传为荞麦神，岂又非石固耶？回至石关外高印霞花园，养兰极□，园景幽敞。即门人高鉴清之叔，而其兄是先公□学门生也。入石关，至文庙，文昌阁看王寿卿篆穆氏碑，乃四面方幢满刻，顶右一面篆□一面山谷题字。西斋广文王铭三缄来晤，邀至其屋中一话，先公补廪门生。至绣江书院一看，主讲萨敬轩往省，其子此闱新隽。出石关，因啸云移席烟雨亭，与印霞同酌我，月色好，一望苍茫快目，回箸略话，子初后睡。谈及玉虹楼百一帖，共百〇一卷，可谓富矣。承赠山谷伏波岩祠诗拓。

十六日（10月11日）

寅正起收拾，卯初与主人别。肩舆出南门，西南行四十里，巳初至龙山。啸篔差邱仆备饭，巳正一刻行卅五里，韩仓茶尖，未初矣。未正行，又卅五里，尘土大风狂，轿子不好走。过王舍人庄、朱店，入东门曾家桥，走后载门芙容街，回家酉初二刻，颇困乏，久不行路耳。见邸钞：胡恕堂内召，罗澹村调浙抚，张椒云署闽藩，吴竹如降直臬，清盛升东藩，山东抚、藩、运遂同时俱更易，亦有风水耶。得□轩书。

十七日（10月12日）

钟钟拜先生生日去，面后回。孙生仍来，余似暖再治臂也。方存之来话，郑小山来，约同请雨舲。借《书谱》去。

十八日（10月13日）

晴，暖甚。饭后出，晤余芰香，谆嘱丁家事。过竹如话，气象佳，非左迁□□□也。牛仲远处一谈。至钱香士处，从天津回，谓库项有赢无绌，乃妄被劾，可叹可笑。见邸钞：胜帅奏廿八日击剿盱眙贼退，枪毙吴如孝，乃首逆也。前在兴化即闻其悍。此快事。吴养云疟尚未止。汪叔明处略话。

十九日（10月14日）

更暖，临《孟文碑》三通毕。昨日撤天棚，今乃甚热，亦奇。孙秀才来，为儿孙治疾。第二日《历下亭记》刻完，修《法华碑》，陈芝忽若有悟，可喜。发吴门书。闻崇雨舲得孙。钟钟饮林紫亭处。文星崖中丞差候，明日准可入城。旧雨重联，喜可知已。祖母生日，早晚供。

廿日（10月15日）

更暖。孙生仍来，一士公生日。见邸钞：十六日大考翰詹。自壬子至今，前后八年矣。吴筱亭来话，有荐卷，掖县□□大有才识。新传胪朱学笃来见，惺堂之婿也。写弼□□册完。王雁汀开缺，劳星陔升两广督，恽浚生升江西抚，耆龄调粤东抚。

廿一日（10月16日）

暖如昨，写字少。文星崖中丞辰时接印，住署中。崇雨舲移寓南城根，余旧居也。星崖来话，意存振作，精采殊胜。李育臣得圣像，与曲阜石刻行道像相合，不知何代笔也。刘孟涂之子继来见，道光廿三年曾见于松筠庵姚石甫处，即张亨甫病时也。学使来话，吴竹如来话。晡后再出门，文、崇两处道喜。便路回拜葛藕生处谈，遇屠啸篔，共话。得子愚十四夜都寓书，大侄女觐觐病重。

廿二日（10月17日）

昨夜睡不着，为觐觐也。吴庾生从海丰来，何地山中允从京来。暖极忽阴。闻新中丞壁垒一新，可喜慰也。昨夜□初闻雨声，以后大雨达旦，诚郁极而舒之，□人事之相应如此。老翁虽不眠，亦为官民私庆。

廿三日（10月18日）

早，晴，复暖。客来多，张□藩误传湖南警信，令人心悸。藕生晡至，始知系欧信甫崇州来信，其谬可想。却闻金陵将可收复。崇雨舲中久话，意兴尚可□□不思行，不可解。午后凉甚。

廿四日（10月19日）

极凉且寒矣。早饭后出，晤谢旸谷，知乃郎病大奇。看刘家池，有大金鱼，一方池耳，屋底皆泉，于住家盖非便也。学使处商量请客事。陈小农、方小东俱晤，未晤者何地山、刘继、陈弼夫。发都信。说中丞每日卯正后即见各州县佐杂、武官各十人，俱命坐畅谈，果然好的。吴庾生送来乃祖《襄阳唐志》二种，册中余癸巳年题诗，追念子苾，怆惘殊甚。录出诗稿，兼题数行。

廿五日（10月20日）

大晴而寒，有霜意。汪叔民送佛手两盆，菊花亦上盆矣。辛菊洲广文从金乡来晤。庾生归去，殊依依也。

廿六日（10月21日）

竟日阴，偶晴耳。仲远来，知余藕舲已撤，为福山、海口事。旸谷来。归□□不决。偕小山学使公请崇雨舲、吴竹如、陈弼夫。小山先来，久话。次弼翁，次雨翁，次竹翁。酒间听雨，秋阴所酿也。

廿七日（10月22日）

阴，午后晴冷。张小蓬、梅卓庵、张升谷先后来，小蓬为刻“东洲老蝯”印颇好，惟少味。卓庵代理临朐。回知穆陵关之险狭，青州梨出临朐北之上五井，本不多也，周围五六里出此种。卓庵能为吏，兼“循”“能”二字。

廿八日（10月23日）

芰香来，颇早，余方早饭也。余出至会波楼看城北野景，田园水木极佳妙。今日新中丞甫阅城过去。过陈弼夫，到花园与吴柯山话。山坡秋色极好。主人出，复谈一阵。至崇雨舲处，久话，承赠卢葵生制木砚，乃甘泉书办，杉木沉水中数十年所制也。邀方小东往白雪楼看菊。李献芳丁母忧。余先行回家点心。存静庵代理博平，回□□淳朴少事，钱粮不待催，难得难得。卢砚试之，不发墨。闻郭筠仙、李芸舫奉命□查山东沿海州县侵吞税务情形，若早如王□轩之查上海，何至有此。晴。

廿九日（10月24日）

晴。汪叔民来，言吴养云□□□□剧，与嵇春源同一可虑也。葛藕生来话。写大字多。霜降节，甚冷。

卅日（10月25日）

晴冷。稍检理案头物。早饭后陈弼夫来话。余旋出，至院署，与文星崖话。诸事整顿，可喜，惟每日见客四十人，未免人多。劝其爱惜精神，留意西南防务也。归，点心。申初后出，贺明月舫署臬，略问悉福山税事，夷船三支，已晓谕退去。吴竹如处话，言初六日行。郑小山处未值。钱香士夫人病重，奈何？贺叶芸士署藩。过青龙街灌蔬园，少坐，即高印霞花圃也。回候存静庵。即至谢旸谷处，酒奇佳，肴亦美。客有何地山、吴慕渠，共四人耳。

十月

初一日（10月26日）

雨舲中丞辰刻行，差从□□□间暖。朱时斋来，说有济宁新到古董客李君，即令桂儿同去看，未遇而返。□时斋、达斋同蓟门及儿多酌于新厅，赏菊。

初二日（10月27日）

晴暖，葛藕生、方小东先后来话。中丞教场看马箭。检点行李，重题□□题字钩本二绝句。寄宗涤楼书。晡出，看吴养云病，有起色矣。赴陈弼夫席，为吴竹如、郑小山、何棣珊饯，请我陪也，岂知我将先行乎。肴酒俱不佳，无味之至。钱香士断弦，可怜可怜。

初三日（10月28日）

卯初起，卯正一刻行。家中人俱起送，一轿一车，携两仆白玉、翟明，出西关候车颇久。四十里至齐河河北尖。遇王梅村同年，谈知雨舲昨住晏城，真从容也。尖后过河，直是巨渎，舟行不得疾，桥全在水中，候车同行，尖后卅里晏城住。轿竿太软，自上年从江南回未曾动过，故致此。尖次赵打杂赶送裹腿来。住处乃旧当铺，不像店屋。问□□临。马姓当铺开设三十余年□□□改店。

初四日（10月29日）

寅正三刻起，卯初行，到禹城桥午初，车到午正矣。一路绕水过小河，颇累赘。未初一刻行，无水泥，酉正到廿里铺住，菜饭比昨夜洁净。闻雨舲住平原城内。

初五日（10月30日）

卯初起，卯正行，未大亮。出□□□细雨，一路溟蒙，不碍行耳。五十里至曲录店，因雨舲尖此，遂赶至。黄河涯尖，已午正矣。未初一刻行，申正到德州南关，雨舲住此，匆匆一话。晤张云骞州牧，知觐侄女已病故，怆恸怆恸。留住，不愿，赶至刘智庙，已上灯。云骞送肴酒来。餐后作书寄文中丞、余芰香，并家信。未至曲录，道左新修关庙，共三层，后二层系佛与观音，有毗卢阁。雨舲顷恭上扁对去。夜细雨，住处已预备，雨舲茶尖铺垫。

初六日（10月31日）

卯初起，卯正行，雨住无尘好走。过景州小憩，至漫河尖，午正矣。尖罢未初一刻行，戌初到富庄驲住。然烛行约十里，一路红叶，多是梨树。今日出德州，过景□□城，入交河，百卅里不少。将到店，有勇迎护。

初七日（11月1日）

卯正一刻行。昨夜感寒，服午时茶，得汗。戴风帽走四十里，过献县城内，又十余里过河，共卅里。到商家林，赶集，白菜成山。入店。未初后雨来，不复能行，遂□□□仍两，餐，从前出史国公酒，今无复有矣。白米每斤五十文，好面每斤四十文，连年旱灾，尚能如此，还罢了。

初八日（11月2日）

卯正雨不住，竟不得行。辰正早饭后，且剃发。深州陈待诏，人粗而技尚可，说此处西南距深州百廿里，桃子到此买大钱三四十文一个。午初雨略小，遂行，涂间烂得狠。未正至河间城内，舆夫不愿行，实亦难走，绕至西关外小店泥屋中歇下。文星崖家眷住隔壁，崇雨舲住南关里，好行运也。因寄家书并附星崖一纸：闻说频年苦旱荒，商家林子气苍凉；连宵滴透深秋雨，想到明年饼饵香。山东戈什哈李姓住此店，带信去。文眷□闹至半夜方清，皆家人□□耳。

初九日（11月3日）

昨夜梦地大动，先南北后东西，母率儿及妇等悲叩向北，久始获□屋宇俱未震摇，醒大悸也。昨睡时雨□出，竟夜不雨。今日大晴。卯正一刻起，辰初方行。巳正二刻廿里铺尖，约十六七里耳，尖□□□初一刻行五十里，申初一刻任邱南□东郭店住，车泥水行后来。连日字课未荒，今尖住，特写得多，破站自在。闻雨舲尖此，今可赶雄县。道旁见大碑，乃嘉靖间三官庙，李坦、陈淮等撰书，今在野地。昨写武氏碑，有河间河阳史恢字，所住西关。乃走高阳路，大奇大奇！

初十日（11月4日）

昨夜不好睡，守更人谈家常琐碎重复，好扰人也。车越来越多，醒时丑正，熬至寅初后，遂起。车先二刻行，轿卯正行，未大亮，灯烧然，可怕。卅余里鄚州少憩，又卅余里西北漫敞，渐至赵北口，过连桥。巳正一刻，雄县南关外尖。尖后东行、北行约四十余里，孔家马头宿，仍前年住处。有□□□令同店来谈，少味。月色佳。

十一日（11月5日）

夜不眠，卯初即行，颇□五十里曲沟尖，又卅里固安憩，又五里过河两次，共廿里渔坊住。有济南车载二僧行，甚可笑。且寄第四次家信去。晡时狂风扬尘，月色逊昨。信未带去，车不回省也。

十二日（11月6日）

大风奇寒。卯正方行，沙龙不好走，廿五里庞各庄少憩，又廿五里黄村尖。步至南路，厅衙似新修饰，门扁尚未有字。费姓，浙江人。尖后行，渐见南苑围墙，卅里甚远，至税务处一话，入城到家，酉初后矣。子愚弟娣及侄儿女俱好，惟董姬已于廿七化去，为一怆怆。同子愚携保成羡季，吃广利居，菜可吃而酒则独酌。归，子初方睡。

十三日（11月7日）

仍风，比昨小些，而冷如之，果然冬矣。周看屋院，实轩敞，且有曲折，南城外当为最佳。屋子字画许多，挂出浏览徘徊，想见从前厂游之乐。子愚云今日厂中□□无此等物，即偶有之，价昂不可问矣。然收藏已多，惟古碑拓尚在意念耳。得山左初五家书。见近日邸钞，曾卓如署川督，谭竹崖署陕抚。川中被滇匪窜入，扬州六合失利，清淮警，豫捻窜曹县，东明胜□□□入京穿孝，袁午桥署钦差统剿务，各处多不得手。与广和居说定每日早晚菜饭，共京钱四千文，以银计之约三钱耳。开发轿夫帐。

十四日（11月8日）

风定，不大冷。早饭后出到蒋家哭觐侄。直隶馆与卢雨辰谈，言得二曲字，可贵。遇陈、张二君，亦俱耆古者。过后孙公园看香香侄并婿，亲家母出话一阵。看刘宽夫病，两足废，竟日在床蓐，兴致全灭，好苦趣也。子重得驴梅，奇兀甚。到厂肆观□阁内帖铺□姓，买得《鲁峻》《郙阁》《裴岑》《五瑞题字》四种，皆墨林故物，可怆也。尊古买得新青田图章九。块头友石，蔡丈旧印。余无所见。栩斋石峰极佳。瑞昌买酒一□□梁矩亭病未痊，谈兴如昔，与乃郎新侍讲话。归。蒋家鹤庄来，黄际川后至，同酌。散后写字一阵。今始知卿卿侄女上□化去，亮侄孙近夭逝，心绪作恶，夜不成寐。好长夜，奈何！

十五日（11月9日）

风又大作，冷。临《孟文颂》毕，□□时碑。午间剃发，浏阳曾姓。刘子重晡来晤，言张松屏处有《沙南侯君题字》，又

《杨淮表》旧，贵州莫汝芝，亦耆古者。开尝昨买酒，佳，尚嫌新耳。发东寓书，交陈弼夫。晚乘月至松筠庵，与心泉、意庐一话，竹增茂矣。石谷卷粗笔头好。刘青园旧得萧、梁两墓志古拓，昔与子毅钩且题者，今年入潘伯寅手。

十六日（11 月 10 日）

昨夜无风，不冷，遂得好睡，然寅正醒后不复眠矣。早起出至打磨厂聚泰店，晤康姓人，为输银事，将信交付。过冯鲁川不遇，与乃侄篠云一话出。少鹤上班。张松屏处同之，与乃弟笛仙谈。归，早饭将午初矣。写字临帖至午初。复出，与潘绂庭话。星斋来晤。张诗舲□□武闱未出场。高升店晤林勿村同年，新放临安守也。到黄霁川处，早晤伊遇善，话，归。晚，周伯荪共酌，琐碎少趣。绂庭言萧、梁二志以十六金得之，可谓廉矣。

十七日（11 月 11 日）

晴，不大冷。晨静，临帖。早饭后进城至兵马司胡同，拜崇雨舲，道候补阁学之喜，在东虽有此谣言，不想竟准也。雨舲已出门，未晤。至马家厂，晤宜春宇阁学，南花园久话，要看《娄寿碑》，而乃弟芝舫不在家。牛牌子胡同拜崇朴山阁学，病新愈，园景清佳，无水矣。笠翁旧笔，据云乃翁见亭前辈有记。出城，前孙公园少憩，与老八话。过翁蕙舫谈，梁矩亭未出，说歇着呢。归。林笏村谈，天遂昏黑，命酒。后子愚有它局出。独可看月，想到江亭也。

十八日（11月12日）

晨出，访杜继园、云巢，俱未起。孔绣山将出门上衙去，略话。与乃弟玉双，乃郎才甫一话。归饭。客来，张诗舲、潘星斋、冯鲁川、□□浦、郑九丹。问鲁川，知吴氏《蜀石经》欲售，而索值过昂。矩亭处借菊花四盆。午间写字一阵。申初出，拜王世兄敬然、吴世兄虔纛（子余，行四），俱晤。哭方少牧。蒋家有诸外孙、儿女回家。晤吴冠英，即刻回园去。早客尚有翁蕙舫，晚赵□□晤。夜饭后子愚请到文昌馆观剧。亥正后回，子初睡。见邸钞，吴婿事闷人甚，可耐何。

十九日（11月13日）

早。早饭后出谒朱致堂师。拜薛觐唐。贺蔡鼎臣放肇罗道。晤焦桂樵。拜祁春浦相国，俱晤。梁海楼、王咲山俱未值。刘穉峰放河东道，亦未晤。万藕舲学使出棚。□至尊古、博古一游，松竹定团扇。饿甚，归，点心。方子桢来会。晚赴诗舲约，为我特设，不敢当也。同坐戴丹林、曹岚樵二叟，潘星斋绂庭、程容伯。菊花俱高大，不如宜春宇、崇朴山两处精品。

廿日（11月14日）

昨夜少睡。晨冷。饭，生酌一壶，醺醺矣。临《伯时碑》竟。午间出，李竹朋处与乃郎话。樱桃街访莫子偲，不遇。过厂，东门一带畅步，无可入目者。雅集斋点□携石经幅。张云村不遇。王翰乔处话。归。鹤庄在此夜酌，阿莲来候，颇醉，久不闻此曲矣。

廿一日（11 月 15 日）

昨夜好睡。天色日短，起时□□□亮未透也。早饭后出，贾中堂病未愈，梁矩亭同之。斜街见板桥联："二三星斗阶前落，十万峰峦脚底青。"东至邵武馆，何愿船患疥，久不出，遂行。上湖南馆，晤周门人昺本一及文小岚乃郎。回至北火扇，晤赵心泉话。方子箴未晤。黄家问香香泡菜。归，未正。

廿二日（11 月 16 日）

早剃发，感寒不适。王翰乔、周幼庵来晤。饭迟，更不想吃。午间写大字手斗甚，易皮袍或可好。吴世兄子余来晤。寄东信弟二次。友石斋送看山谷书《狄梁公碑》，甚旧。黄际川来。晚同子愚赴薛觐唐约，客有二潘，酒菜俱少味，然即使佳，余不敢属餍也。闻文渭川已作古，惊悼惊悼。

廿三日（11 月 17 日）

且养息，竟日未出。写大字两阵。崇雨舲来晤，眷倚未衰也。门人王□康、何述经来见，杜云巢晚来。子愚有已亥□局。

廿四日（11 月 18 日）

尚嫌气怯，畏风，然无大不适矣。早饭后出，冯鲁川处话。程容伯未遇。郑□□晤。赵心眉未遇，昨放桂林道缺也。栩斋不在也。王蓉湘一谈。至诗舲处，才未初，留作字，晚酌，现邀潘绂庭来，肴酒俱可人意。见《西溪图》，乃高江村物，高庄归张文敏□农□庄百图亦后至，诗舲题绝句六首，清妙非凡。

廿五日（11 月 19 日）

整夜狂风，不得好眠。今晨冷矣，如无雪何。得东寓平安书，兼有余芰香、宗涤楼书。吴养云同年于十三日病殁，可怆可怆。何苦必欲复官也，所藏字画颇多，惜未得见。未正至广和居吃面，佳。何芝亭来话，蜀事省垣惊惶。早间魏门生凤仪来见。晡出至栩斋，为刻印事。回拜杨协卿。归，遂昏黑，得长沙李仲云书。

廿六日（11 月 20 日）

晨起，饭后巳初一刻行。阴□□初三刻到园，至沈朗亭处，适入城去，且就总翠轩憩，问知今夏得孙，可喜。步至池南，晤潘伯寅、许仁山，得见萧梁永治□□妃两墓志，甲□年题记宛然。想起刘子敬及吾弟子毅，毅曾有钩本也。《姜遐碑》旧极，真宋拓，比《萃编》□□百余字，惟字则习褚未成，不足深玩耳。寻到黄树皆处索饮，冷甚。上灯后方得吃，伯寅、仁山及鲍华潭、张小梅俱集，皆两斋翰林后辈。吴冠英后至，亦入席。畅饮破寒。树皆比从前平实可敬。夜眠沈寓，好睡得狠。甫宾新作，平台敞远，西山咫尺，仁山宫竹茂密。

廿七日（11月21日）

辰初一刻起行，巳正到家，冷极矣，呼酒少活，不思饭。门人唐亮丝见。午间时晌时□余正赴张诗舲慈仁寺之约，入门一恸戒公也。祁春翁、林福村、王咲山、林颖叔、王少鹤同坐，菜太多，酒佳，饱甚。回家，起更，赵心泉同子愚吃广和居，散后来说笑一回而□写字□亥初寝。

廿八日（11月22日）

早尝薛觐唐所赠酒，不过□□也就罢了，一壶已薄醉矣。觐唐来，口占四句谢之："隔墙呼饮菊花前（谓廿二），仍念萧斋看雪天。飞到江南双巨瓮（甫由津门至），老蝝茗艼入新年。"寄王雪轩、朱啸鸥、吴平斋书，俱附根云信中。又寄鼎侄书，明日折差行也。写大字一阵。白玉送东信归，似中煤气也。两次寄东寓信，附入答芰香信中。杨竹生来晤。

廿九日（11月23日）

晨出，过潘玉泉、戴昌文，俱未起。曹兰樵老翁晤话，中有梦堂篆扁，不记得何日济南题也。寻黄际川，未开门。归。同子愚携稚饮广和居取暖。午间写字会客多。戴昌文，乃胡仲安同住者，问知仲安以六年殁于宜昌，无子，柩未归，可叹也。晚饮朱致堂先生处，肴酒甚精，为之醉饱。有王子兰第三子同坐，见之怆泪。问其书版，则《广雅疏证》在天长祠堂内，恐难保存，余俱在京寓无恙，然不如《广雅》之精也。

十一月

初一日（11月24日）

晨起，冷。正命酒，而薛觐唐至，因留饮。午间写大字多。会客，张竹汀、□□□、程容伯俱晤。晡出，寻刘子重，方病目，出就医。打杂人吴大认得我，至刘宅廿五年，为引看各屋竹石，并太息宽翁病状。赴方子箴、周小田席，客多，肴酒少味。菊事已凋矣。写字一阵，颇冷。

初二日（11月25日）

晨冷。阿莲来小酌，看写□□阵。未正出，至文昌馆，丙申同年公请林勿村太守、锦堂州牧，其实止余与海楼、咲山三人为主人。梁矩亭病未至，乃郎檀甫侍讲代办，菜甚佳。昆曲多，遂至亥正方归，可云畅矣。

初三日（11 月 26 日）

晨酌后进城，祁叔和处久话，篆字甚长进。桂中堂处想看《华山碑》，即东云驹本，不得遇。崇雨舲亦不遇。至衍圣公府，孔绣山兄弟请，冷且饿，同潘绂庭、冯鲁川□四碟先酌。高丽使朴适后来，冯展云复至，潘玉泉南来得晤。申正未终席出城，至厂市一游。至赵心泉处，畅饮、畅写，颇尽欢，薛觐唐大醉。今日孔、赵两处我不知写了许多字，此京师之乐，外间惟吴门□此景耳。

初四日（11 月 27 日）

竟日未出。写字静。午后客多。沈朗亭自园寓来，直禄保知县发□吴桐云、丁颐伯、王霞举、李叔和均晤。晚酌时际川弟兄来，知乃翁寿臣十二在苏州，月半前后可到都。见邸钞，黄池失陷，乌溪窜贼，计苏□□警动，奈何奈何！友石斋送看三石阙卷子。

初五日（11 月 28 日）

晨游厂市，携《西狭颂》幅归。早饭后写字。后复酌，如初二例也。午后见客祁叔和，久坐无味。杨曾来见，问墨林、子言身后书帖各事，尚能读书者。周芝台协揆晡来话，比前年又老些。薛觐唐升江宁藩，联臬乔运。

初六日（11月29日）

晨，和寿阳相国四律写去，末首柬诗舲。潘季玉来话。早饭后出，过诗翁略话。往东头喜鹊胡同，杨氏兄弟三人俱晤，为写字一阵。用洋镜照出小影，以洋中药末擦镜背即留住，法甚奇，实则浣香《镜镜铃痴》有此法也。亭馆雅洁，惜有池无水。乾鱼胡同王□□族人。未正至文昌馆，王翰乔同年请□□归，得东寓廿五日书，有弼夫复书，言养云以初十殁，而桂儿信则十三也。晚酌时门人□芝庭来话，送川笋□□□子鹤自天津归，米到十万耳。

初七日（11月30日）

晨静。早饭后剃发。写大字多。发东寓家书。和沈朗亭“练”字韵诗三首。晡出贺薛觐唐。过潘绂庭话。归，寿阳诗复至。冯鲁川送到吴氏所藏《蜀石经》两册，见之凄惋。寇小蘅丁内艰，开吊，挽云：“内政佐鸣琴，晚来榆社传经墨帐，九秋霜叶落；词臣新赐锦，怆矣蓼莪失传麻衣，万里雪天归。”乃翁秉忠，壬午进士，山东知县，现坐省书院。

初八日（12月1日）

晨静。午间写大字。出，过诗舲，交诗卷，未值。回拜客，至铺拆市内，大慧寺晤黄太守汝楫一话，湖北人。过桂福村话。黄姻母处道喜，两侄孙隽秋试也。与香香夫妇话。赵少言处话，有春湖甲子年字一横幅，觉□和尚四幅。至祁相处话，遇段芳山，及新放□江守高倬。归，点心。张锦瑞来晤。□□□来久谈。晚饮赵心泉处，周小田、允臣做东，而允臣未至，酒肴将就。写字多而用心，故得不醉。

初九日（12 月 2 日）

晨出，□福籽、子鹤俱未起。归，未复出。昨日继芝舫信，要携帖见过也。午后贺仪仲从天津来晤，辛菊洲广文由山东来，杨昉来见。

初十日（12 月 3 日）

札致芝舫，得回信，十二日见过。写大字多。沈朗亭来，知阿哥天花不甚顺症，闷人闷人。张镕瑞来见，取了学正，湖南共取五人。晡出，回拜菊洲，带东信去。周芝台协揆处请，同坐者张诗舲、曹岚樵、方子箴及其本家翰林乃文、王朗山胞弟。豆腐头样菜，肴亦佳，免海菜，可谓用心之至。

十一日（12 月 4 日）

早过李竹朋，见彭文勤《消寒小卷》，船山画一段极佳，字除文清外无甚味，仍携小松《嵩岳访碑》册子来，前年曾题诗也。早饭后写字一阵。未刻出拜十余客。博古斋遇达□□为画兰一幅，携垢道人画小卷归。杨□□来谈。何愿船晚话，今早进书《北徼汇编》八十二卷、十六套，皆记俄罗斯，谓“俄罗斯”三字、“乌孙”二字奇确……南书房看友石斋开母卷买成。

十二日（12 月 5 日）

晨静。午间风大，不欲作大字，临《公方碑》。未刻继芝舫司马来晤，携借《娄寿碑》并碑考一册，谈碑极有理致，年方廿八，难得之至。意欲并得《夏承碑》，以皆系华氏真赏斋物也。晡至，访张松屏，不遇。鲁川处遇其归寓。昨考御史题，“田横一壮士耳，犹守义不辱”“论闽粤水师宜勤加操练策”。鲁名第四，王□鹤第五，吾乡王雁峰第六。第一者，梅启瑞也。归，饭后乘月复访松屏，见《杨君石门颂》纸□墨黑，焕然如初拓，真有神采，今日两见佳碑，快畅之至。得东寓初二日书。

十三日（12 月 6 日）

晨至慈仁寺，吊戒学大师墓。登高阁顶一望，谒顾祠，归。过陈子鹤略话。归饭。风太大，无甚趣。未刻到王咲山处，同年与沈朗亭、梁海楼公请，客有潘季玉、林福村，朗亭先入城去，上灯后散。归，仍酌两壶，饭一盂。用“鹰”字韵题芝台《阁帖》，唐突□□矣。子愚往黄家晚饭。

十四日（12 月 7 日）

晨出，看梁矩亭，与檀甫话一阵，知矩翁病状仍如前，而不得脱体为闷也。午间写大字一阵。“鹰”字韵诗送寿阳相国看去。晡见数客。晚赴何门人元嵩席，屋大甚冷，归，不甚适，己亥正矣。

十五日（12月8日）

起，怕冷，不自在。将饭，阿莲来，命酌后写大字一阵，然竟日不爽快也。寄杭州三弟一纸，寄东寓书。朗亭处取到哈密瓜。鲍子年来话。

十六日（12月9日）

晨起，钩《娄寿碑》起，好气闷人□□出至竹朋处，借小蓬莱阁刻，乃无有，略看画归。申初出至松筠庵，祁淳翁请，谈宴甚畅，客有张诗舲、陈福籽、子鹤兄弟及潘氏三兄弟，戌初散。余至吴冠英屋中，主人仍来同话一阵。归，月色好，如不雪何。灯下临帖□□今日钩帖得三纸，问心泉和尚借看画册来。

十七日（12月10日）

风大。早饭后入城，至马家厂继芝舫处看帖，《兰亭》《淳化》派极多，与余性不近也。为题数件，携《武荣》《阁帖》《坡赋》共三册归。晚诗舲招饮，同子愚去，少味。归。坐程容伯□□黄际川在此，知乃翁寿老不日可到，仍□酌一□去。

十八日（12月11日）

无风，有日。钩帖极好，午前遂钩得四纸，可喜也。李子和来话。未正出至喜鹊胡同杨家饮，肴可酒差，写大字不少，客有冯鲁川、李竹朋，余不识也。归，看月，复酌。题潘季玉《莲塘泛舟》《秋宵话别》两图，得《水调歌头》《金缕曲》各一篇，甚畅适。与子愚话至丑初方睡，近日希有。

十九日（12 月 12 日）

静，写大小字俱多。晡出李竹朋处，看法黄山画册，极妙。赵心泉处饮，子愚同往，无它客，蔬果精矣。纸墨嬉娱兼之歌咏，颇为尽欢。

廿日（12 月 13 日）

子毅忌日，连日怆泪，无夜不梦也。剃发时潘绂庭来守候，同往宴宾斋，与曹□樵、李竹朋同请我，祁叔和子闻作陪，未正散。余归，少憩，复出。黄寿臣亲家已到，方晤话，祁叔和请福兴居，仍晨间请客□□□□酉初散后，与竹朋闲话。归，仍独酌，粗了字课乃罢。

廿一日（12 月 14 日）

晨，写"鹰"字诗。送回芝揆《阁帖》。寄东寓书（由芰香）。早酒多了，略困些。寿臣字来，以侍郎□□候补，且免道途劳瘁，可喜也。昨说在杭见子敬，在常见鼎侄，母子俱适，为慰。申初出，至谢公祠，陈福耔、子鹤昆玉请客，有祁淳翁、张诗翁、梁海楼、王咲山，酒剧佳，肴亦旨。寄杭州子敬书。

廿二日（12月15日）

早过竹朋，借《书谱》一看，带香光、蓬樵画册去与看。昨夜做成《题西溪图》诗，送诗翁钩□□纸。甚静。午后到祁相处，同游息园，为改名“借园”，题写各件。老翁㧑谨，可敬之至。《消寒古味》《借园寒趣》《鸾岩图》，又斋额数方，对联数付，命酒润笔，子禾侍侧。冠英碰来同话。申正方散，复出至寿臣亲家处，同子愚饭，便酌，清谈，亥正归。

廿三日（12月16日）

昨不好睡，瑞丰酒真不好□也。晨出，过丁颐伯，未起。冯鲁川处交《蜀石经》价百金。由厂肆归。《娄碑》钩毕。写大字多。晚出，饮颐伯处，见前年题《嘉祐石经》卷，客有林颖叔、李子衡、杨协卿及仲山。归，陪客，饯薛觐唐，请黄寿臣、赵心泉，有莲秋入坐，□畅。

廿四日（12月17日）

晨出，拜数客。到潘家晤绂庭，□□归，酌。星斋赠自画花笺甚精。午同子愚出，至文昌馆拜潘母寿，观剧至夜方归，有《窥醉》《醉归》两曲，厌吾意矣。复独酌两壶才睡。

廿五日（12月18日）

竟日静。写大字多。写《娄寿碑》□诗，小楷尚可。杨竹生来话。晚赴赵心泉酌，寿臣、子愚、方子箴同坐，有笛曲人，酒前后写字极多。丑初方归，睡，臂为酸矣。得东寓十五日书。

廿六日（12 月 19 日）

早，潘绂庭来，送还《丁巳日记》，久话去。余旋出，过潘木君前辈，见《江天一笑阁图》，所谓《白门雅集图》，有程春海师□□记，主人为贺藕庚丈，葆逸舟外两人不记得。至松筠庵，吴冠英及心泉和上请，客有祁淳翁、李竹朋，先点后席，而酒不佳，余无兴会，闲话已暮，光阴可惜之□□。睡起，两壶后忽畅健，写皮纸字一阵，方寝。上灯时根云折差来，见信，南事难了，奈何！子愚书房被窃银表，越墙而遁，东邻呼告，已无及，甫夜耳，乃有此。携冠英《春水归帆卷》归，见余与石舟旧诗，不胜怅怅。

廿七日（12 月 20 日）

早剃发。早饭后静，步至张□人处一话，甚嗜学也。晡至李竹朋处，看石涛大卷，未为精品。青主诗卷携归，乃哭寿髦诗。寿臣晚来共酌，三人谈畅。见邸钞，子敬弟署浙粮道，因□□川奉旨署藩也，甚慰喜。早间甫接鼎侄阳湖书有此消息，乃见报如此快耶！晨微雪。

廿八日（12 月 21 日）

桃花馆取来得天四十八幅拓本，乃皆赝迹，养云刻之无味也。早饭后出至寿臣处看屋子，与商量一回，劝其不必另觅屋，前后互易可矣，恐未必听也。吴桐云处话。过厂肆无所见，归。写对子十余付。今日奇冷，晚酌三壶方彀，醉笔涂抹一阵。见邸钞，蜀报三县收复矣。

长至日（12月22日）

晨静□午间写大字多。题杨文云所藏《娄寿碑》，后得诗一首，即写于前日所录翁诗后。户部大火从午至酉未息。晚到松筠庵，王少鹤请客，止祁淳翁、林勿村与余三人耳。张诗舲、刘韫斋以救火不到，毕东河街内起火不到。谈虽畅，而心怆矣。

卅日（12月23日）

晨，过借园，与淳翁及子禾一谈，携《复初诗》《霜红龛集》《借园寒趣卷》《梅花书屋图》归。午初出，过赵心泉，未值。入城至□□先在大门外土堆，被小绺剪表去，一呼人□表乃在地，无恙也。入衙有大门耳，二门大堂及□□各司俱烬，东北东南各司多在，火起于库房，皆旧稿堆。此时火尚未灭，苦难得水，一望瓦砾，栋宇古木，浅焰尚炙，惨何可言。闻堂司各官，俱在三库也。过朱桐轩、沈朗亭，俱未晤。与沈郎一话。出城过厂市，翁蕙舫不值。归，将暮矣。寿臣晚来话，有局不酌。去后余同子愚酌，薄醉后，皮纸字写几张罢了。

十二月

初一日（12月24日）

阿莲来，不饮食，写字一阵去。午后出拜数客。归，写大字多。晡后寿臣来话。王曼生来晤，尚为三河令也。光景如昔，可慰。

初二日（12月25日）

晨，候客。过李竹朋。至厂市，回拜周芝翁、程容伯，未晤。饭后至松筠庵看刘文清书碑，胡云坡尚书撰记，“松筠庵”三字竟不知何人题的。回拜吴筠轩，归，发东寓书。晚出至刘子重处，同冯鲁川请我，客有李子衡、张松屏、王蓉洲，名士气□重。肴酒俱□佳。回过寿臣处，畅饮畅写。丑初方回。

初三日（12月26日）

子重早来，松屏次之，鲁川最后至。看《娄寿碑》。留早酌，颇畅。客去，余做得《次韵奉答寿阳谏草堂》诗一篇。晡见数客。李竹朋来，同赴张老人席，客有尹杏农、方子箴、周小田。酒肴俱精，不易逢也。写字颇多，闻山东沂州被捻。

初四日（12 月 27 日）

怆痛渐甚。午出拜赵兰友年伯，明日寿。寿臣不遇，与际川话，归。

初五日（12 月 28 日）

母亲忌日，儿六十一岁生日，连夜五更哭醒□□□□之蠢也。早晚供，尚不迟。题祁春翁“勤获斋”及李竹朋所收青主《哭子诗》卷各一篇。晚试写小楷。寿臣来同夜酌。白玉复发痰，蹶五次，不至如前次之利害耳。

初六日（12 月 29 日）

早，阿莲来同酌，乞酒堕瓮，为一破笑也。写大字一阵，周秋庵早来晤，昨日掣得四川，甚好。韩树年前辈晤，比前年老多了。晚赵心泉请，同子愚往，客止寿臣、子箴。听曲，酒佳。写字纸彀，归时丑初矣。

初七日（12 月 30 日）

早游厂市，携数帖归，《房□碑》颇旧，有乾隆五十七年王惕甫题记。过黄寿臣，未起，而夫人已恭敬上香，□郎生日也。到张诗舲处道喜，今日过礼。遇潘星斋一话，归。翁叔平一话。早饭迟，到午正矣。朱桐轩前辈、龙老三湛森来话。祁叔和来寻字。出至陈福籽子鹤处一谈，南漕防夷事不即载运，奈何。

子愚饮吴筠轩处。

初八日（12 月 31 日）

早出，□老四一话，略问□山东事，何伯英处□□书《乐寿图记》，有神气。吴冠英处话。归。饭后写大字极多，刘聋子来，看得出神。晡出，方子箴处送看周谷田《商城守御纪略》，为题诗一首。送还□曾笙巢不遇，归。晚酌后作诗，题祁淳翁《借园寒趣卷》，得五古四十韵。

初九日（1860 年 1 月 1 日）

本有早局，大小客俱辞，止寿臣来酌，心泉后至，一话耳。客去，写字一小阵。出过诗舲，遂留酌，并邀星斋、岚樵来，肴酒佳。上灯后，赴□□卿□请，院子大，月色好。携《坐位帖》归。

初十日（1 月 2 日）

写《借园寒趣诗》，小楷四百余字，尚不甚荒也。午出至文昌馆请客，到者潘星斋、张诗舲、陈福籽，子愚亦往，减菜不添钱，自开菜单，早晚各六肴，颇清美。客辞者，潘绂庭、玉澄、黄寿臣。散后过朱景仓侍御，索看《请弭灾祈雪》折底，平实朴□，真好。回家少憩。赴张松坪之请，来其数事，酒佳，饮后略写字，归。过寿臣与子愚饮。□□□□未回也。

十一日（1月3日）

晨静，□间写大字一阵，□至厂肆，归。晚至心泉处，作东请寿臣，子愚同往。酒后作字，遂至一点钟。归，好睡觉。来鸦鹊，噪矣。

十二日（1月4日）

早，过淳甫中堂话。带《食笋斋图》及《馒飢亭图》归，要题诗也。松筠庵访冠英不遇。归。酌后，午间出，晤竹朋。程容伯次郎完婚，道喜，张诗舲之女，贺联云："画眉京兆笔传婿，立雪门生诗贺郎。"诗舲兼尹，容伯主讲金台书院也。到厂肆。归憩。晚出，寿臣处饮，有鹿尾两支，一支佳。归，睡得暖，狠自在。发东寓书。

十三日（1月5日）

早出，至福籽处，未起。看《长文襄年谱》，潘绂庭见过，寻至福籽处，遂同来吃我的半席。子鹤侍御门班召见，归，亦来入坐，殊有趣也。客去，余作《四明本华山碑诗》。奇冷，不可耐。约寿臣来话，乃携肴酒并呼阿莲□酌，多日无此醉矣。子愚河东□□拜□□樵堂上寿，以冷未暮归。得鼎侄常州廿三日书。申刻见门生四人。

十四日（1月6日）

早拜王世兄缉甫，为房子事，未起。归酌，复往。为寿臣订，无成说，罢论可也。归。静一阵，未刻出，谢公祠江西秋园，福耔约往观剧，颇少味。酉刻□至福耔处，借车归，因车夫寻不着也。黄际川来同酌，亦薄醉矣。客去，写字一阵。

十五日（1月7日）

晨出，回拜，由厂肆归。饭后奇冷。竹朋来话。晚饮寿臣处，在前县公园与看屋子一回。伊到都多日，此屋尚未看过，一奇。

十六日（1月8日）

早起，入前门东四牌楼驴市胡同，拜刘燕庭第四郎振采，上年新中，知《华山碑》在伊兄虞采处，南河候补通判。文正、文清、文□三世皆无碑志文集，故燕翁亦无之，并行述也，说家中例无此也。到崇朴山处，写《题四明华山碑诗》，奇冷。在□□□屋内□山请训回，晤话，仍出。两郎秀慧……意思郁郁出城，至三庆园，福耔请观剧，未正二刻到申正二刻散。至寿臣处同酌，屋子事仍阁起，食鹿尾，佳。

十七日（1月9日）

冷甚。晨，大厅写字一阵。王缉甫来晤。阿莲来索书扇。

午仍写大字，腕为疲苶。刘聋子来伺候竟日，题写各件极忙。晡出至博古斋结帐。吴子余世兄处年敬。松筠庵送杨忠烈家书刻费。心泉赠小松画小幅，冠矣。一谈回，复出寿臣处，同子愚往，客有心泉及莲蘅，小醉□□。

十八日（1月10日）

晨出，候客。早饭后清字债，作《馒飤亭诗》，并题各见，止好七言绝句，然风味殊胜也，欲向谁说。晚饮心泉处。便道至子鹤处，晤福秄。又到林颖叔、祁相国、吴冠英，厂肆。回，复出心泉处，酒后作书，围绕挥毫，自凄然有别意。

十九日（1月11日）

坡寿，无人做东。晨拜崇雨舲，得常少。江东神信有灵也。连日奏事，未晤。孔啸山□□□中堂处，有心事。华山碑不□□□□回，买酒。到家，子愚醵清音，大喉咙多，吾不喜也。晚饮，得香莲雅唱，酌大畅，寿臣、心泉作客，眷眷话旧，遂至夜分，外间有知余行色者。

廿日（1月12日）

早起，写扇、清书好一阵功夫。淳甫先生早送到送行诗，云五鼓披衣草就，意何挚也。张吉人来送。午初后出，回拜胡铁庵，一话。至寿臣处，与子愚并阿莲四人，肴丰意厚，握手难别。未正二刻，回家与子愚弟娣□别。寿臣仍来送。出南星门，□不大冷。□初三刻到黄村，住刘家新店，平敞少见也。轿夫十名，每名每日一千一百文，班儿车每日三千五百文，轿车二辆，每辆十一千文到济南，炭每盆卅文，寿阳相诗送行意早。

廿一日（1月13日）

误看表，又误月明为天明，寅正即起，候至卯初二刻车行，卯正轿行，尚未亮也。路沙堆，不好走。廿五庞各庄，无尖处，又廿五渔坊尖。又廿固安河，有草桥免渡船。又卅五里曲沟住。车后□□亦到。余到申正一刻，炭每盆廿五……如昨暖。（天头：十载扬州老画师，戏将楮墨代胭脂。画成竹柏无颜色，卖与东风不合时。）

廿二日（1月14日）

卯初起，卯正行，奇寒无比。五十里孔家马头尖，手脚都不懂事了，烧酒四两解围，片儿汤两碗。午初一刻行，又四十里，未一正三刻到雄县住。车后一刻亦到。鲫鱼一个，买得一百五十文大。“春色太匆匆，飞花到处红。生来飘泊惯，不敢怨东风。蕉叶生题。”

廿三日（1月15日）

卯初二刻行，冷甚，比昨好些，夜间家信付涂间福建京差车去。七十里到□□尖，午□□矣。午正二刻行，五十里，酉初到□铺住。路大，住店冷。今日家中祭灶矣。

廿四日（1月16日）

卯正一刻天将亮行，冷。五十里至商家林□尽南头又回来，不见车，轿夫小尖复行。又廿里臧家桥赶上尖，已未初矣。尖后未正行，五十里伏城驿住，已戌初。一路土大，无雪意。晡时睡着，梦两黄羊随我。

廿五日（1月17日）

车先二刻行，余卯正方行，将明矣。七十里□□尖□□后矣，尖迟，午正三刻方行。黑路……刘智庙，今日一百卅里大也。昨夜暖，今果沉阴酿雪，午晴，晡复阴，亥初雪花飘飐，能竟夜为妙。

廿六日（1月18日）

子刻起看雪，果大畅，遂达旦。卯正起，辰初方行，一白无际，舆夫蹇步矣。巳正二刻方到德州署，张云骞签押房，早饭。雪止，渐融化。申初出，拜金云卿粮道。归，即来回拜。晚与云骞酌，命两仆先寻店住。轿夫令回京去，雪后止好坐车□戌正后□□住。

廿七日（1月19日）

卯正行，云骞差人备酒面，殊佳。一直向东，雪风甚冷，过土桥，即赵王河流，河身亦巨，共六十里。午正到陵县署，看鲁公书《东方赞碑》，碑面碑阴及两侧环刻之，碑屋北向，而碑面本南向，相拗矣。主人舒□□，下乡催粮去，委员田君、帐房郑君□□门人袁虎臣同饭，略酌罢，未初矣。促车行，往南廿五里，马家□又十八里水务住，酉正后矣。店荒凉□□□烛买。面条佳。忆刘智庙有题壁句云："今昔风光已迥殊，胭脂虽有牡丹无。剧怜一种无盐貌，辜负潘郎美丈夫。"亦可叹也。潘小咏□□处人。

廿八日（1 月 20 日）

卯正一刻行，天大亮后。一夜大雪，晨来已更大，无路可认，一直南东行。五十五里入禹城北门，望见南门，东转到县署。王石樵前辈晤话，伯尊世兄同酌，取暖。家乡寄糖蒕头来，佳，携一小瓶行，兼辱想年资。午正到未初□□出南□□车行四十五里，酉正二刻到晏城□□屋小而洁，酒两壶，稍暖。衣被多被雪□□幸有炭耳。砚冻字淡。将到禹城，见城垣新整，雪光盈望，江城如画里。

廿九日（1 月 21 日）

夜间冷甚，不好睡，一夜雪大也。卯正二刻方行，无车□，难畅行。入济河北门，出东门，过大清桥，免上船面，汉河过一小船，略耽延，尖后午正矣。向东行，风雪奇寒，衣不沾身。西关外□车久□□酉初矣。大小俱适为慰，小山学使□在□□

共晚酌，畅谈。

除日（1月22日）

晨酌后出，晤余芰香于宿官街，因乃弟藕舲事撤任也。文星崖中丞处久话，振作之意颇锐，亦尚肯听话。陈弼夫处话，借貂爪坎肩，为冷也。吴慕蘧未遇，归。中丞送酒果，有鹿尾。团年夜酌自在，好一幅燕舫消寒也。接富辞年后，子初睡。

咸丰十年

正月

元旦（1860年1月23日）

阴天，起稍迟，□初矣。望□□后神堂行礼，老小拜年，□得食饺子不到廿枚。郑小山来话，午间日出，和暖，夜圆棹团饮如昨。

初二日（1月24日）

静。新年两日已临过《西狭颂》一通，欲补都门字课也。午间出拜年，各衙门俱到。学使处话。归，冷。

初三日（1月25日）

令仆辈聚雪为山。午间李仲衡来谈，知嵇春源所苦尚未愈，久泄可虑也。又闻廿七徐州失守，□□传讹耶。发都寓书。晡出拜几□□□谢旸谷一话。由仲远处沿湖行，雪景虽佳，冷极矣。小山请便饭，肴极佳且多，两人对酌，小醉矣。

初四日（1月26日）

冷极，竟日作字，不离火与酒，不见一客。桂儿出门拜年去。《史晨前后碑》，灯下临竟。

初五日（1月27日）

天气稍和，歇一日不写字，看《昌黎集》。

初六日（1月28日）

更和，欲暖。看韩集。客见朱时斋、杜惺堂、陈达斋。竟日晴。

人日（1月29日）

临《公方碑》一通。晤吴凤堂、姚小颂，卓庵之□□在下场，可怜念也。闻新调济南府，青州守毛寿存病故于途。

谷日（1月30日）

王姬四十二岁生日，早面，夜酌。上房院有六人班，京钱五千，聊为一噱。川笋闷鸭，极佳。客见章师舟、吴筱亭、牛仲远。《公方碑》第二通竟。

初九日（1月31日）

晨静。午出，晤陈弼夫，郑小山、钱香士各处回候，俱未晤。吴慕蘧晡来话。弼夫言及姜家《岱岳访碑图册》有出售消息……画，除夕所得者。

初十日（2月1日）

早，陈□门□诸孙上学，傻瓜亦上学，读《尔雅》甚高兴也。朱时斋回信说明日姜家有消息。杨旭斋来话。王壬生来话，现在抚署馆，少年好学者。晚请杜惺堂、陈达斋陪先生。哈密瓜尚可吃，几忘却了。发都寓书，有寄寿臣信，从学院折差去，说明日行。

十一日（2月2日）

静竟日。客晤王伯尊、朱临川。临川仍馆院署，甚作难，非复雨舲时光景。

十二日（2月3日）

先室生日。张云骞来晤，梅卓庵同□□数客。晚约吴慕渠、汪叔民、吴筱亭、梅卓庵、王龙溪、孙星华酌，甚畅，主人醉矣。先约者，陈石邻、方小东、杨紫庭、张云骞、王伯尊，皆辞。今日慕渠生日。

十三日（2月4日）

戌初三刻，立春。梅卓庵、武理堂同请，客二人，我与云搴也。午间晤金云卿观察。李镜缘来谈，奉派查铁门关□税，甚苦甚苦。

十四日（2月5日）

阴沉沉，酌。午出回候客。晤吴筱亭，知其将往东河□得东武诗□□藕生处，话，归。晚饮藕□处，客皆同乡，肴酒均佳。孙星华送来云峰山郑氏摩崖刻，有从前未见者，可喜也。

十五日（2月6日）

早，检云峰各拓。天仍阴，然积雪将化尽矣。未正赴中丞席，观剧，新打戏台甚宽敞，便于武戏耳。子正二刻始散，少味。客惟清方伯、陈都转、全督粮、吴首县及余五人。家中有郑太太来。夜看龙灯。

十六日（2月7日）

清而冷甚。约葛藕生、张云搴、武理堂、牛仲远、方小东、王伯尊饮，散后同看双龙灯。客去，上房再舞。睡时子正矣。□寿泉、苏炳臣先后来晤。

十七日（2月8日）

晴，仍不暖，未见客。李仲衡来，与桂儿谈，知春源病剧，可怜也。得都寓十一日书，中有陈弼夫、彭雪眉、李竹朋□书，吴冠英画《燕舫消寒图》寄到。京师尚未得雪，亦可怪。王雪轩书中有江北近得奇捷语，邸钞中未见，想□□得涤生闻□度亦得手可□□□晚出□有□年处，写□字一阵。

十八日（2月9日）

书房开□，“宜兄宜弟，而后可以教国人”。兰茁其芽得“芽”字。申刻出候客。晤明月舫，甫从曹兖一带□团勇堤壕回，情形知悉。晚酌，云采灯带戏耍至子正方散。得鼎侄嘉平廿六书，根云公馆太常仙蝶至，果佳兆耶。

十九日（2月10日）

静，张小蓬来晤，随月舫归也。外间事难办，德都护无用□。

廿日（2月11日）

冷胜昨，墨冻甚。明月舫来晤。文星崖中丞□□公私皆无甚可谈。朱时斋来话，姜家岱碑图无影响。灯下作书寄易问斋。

廿一日（2月12日）

剃发，孺辈次第皆剃发。新来孙十颇可也。易问斋眷属忽由青州来，从此入都，往奉天去。而翟明之兄今早甫行，往青州揽个空了，可叹可怜。今日寅时开印，大雪正其时，约得将二寸。葛藕生晚来话。

廿二日（2月13日）

早，儿侄回易家，拜于大花店。今日已行，……来问悉□□桥在彼，甚得……后即可□□阳矣。晡出，看郑小山尚□□不能见客□□附子之过。陈粥夫处谈。见京信，及南信，初九、十两日，江北贼营俱被我军击夺，为近日奇捷，张□臣之力也。夷人有先议和之说，亦佳耗。

廿三日（2月14日）

“使自得之”。周诰殷盘，得“文”字。杜、文两监院来，说要禀请中丞问甄别示期也。缊之须往汶上署，嘱以《衡方碑》移□□事。张升谷来话，仍为作叙事。晚得都寓十七日书□学使折差带回。业黄梨□□带到，甚好。梁矩亭同年于十二日病殁，可惜此好人。同年凋零，连失二梁，可伤感也。浙中书同来，联侄续姻邢子尹之女，廿九喜事，亦可慰喜。

廿四日（2月15日）

晨，渐暖。饭后出，候客。晤嵇春源，病可就愈，自六月初三起，七阅月矣。与老十五共话于上房，谢旸谷□身疼，是何症耶？牛仲远处久话，□陈□□□水光已活，无点□耳。钱香士……堂请□未入。李仲衡不在家□□庵。余藕舲□移居，未寻着。午间暖甚。寄吴平斋、乔鹤侪两书，并寄鼎侄书，交陈鸿。张之寿来见。

廿五日（2月16日）

甚暖，写对子一阵。陈鸿未行，说明晨方走也。肄业诸生次第渐来见。今日仲衡请酒，辞却。

廿六日（2月17日）

余芟香处送礼，止收喜对，□娶妇。昨□□□樵家送填箱礼，亦不收。今日□□冷多□。

廿七日（2月18日）

仍冷，午后暖，吴筱亭、吴慕渠来话。晚请中丞饮，陈弼夫、明月舫作陪，亦尚畅洽。叶芸士降一级调，为失入处分。弼夫调回东运署臬事，因联秀峰调东臬，仍署漕督也。转换纷纷，各有命耶。闻夷议和，海运沙船已放洋。峄县□又退去，决湖入□蓄水御之也。

廿八日（2月19日）

《韩集》□□完。□后出，梅卓庵未晤，芰香处□□方伯□□□翁寿根泉□□因办《呻吟语》《大学衍义□□》，赏三品衔，时□实录馆提调也，病痰后不□识字，且不能说话，可谓苦趣。姚良庞处道嫁女之喜，王仲元处道嫁妹之喜，陈弼夫处道署臬之喜。吴慕渠处话。藩运两署俱遇。钱香士同话。晚汪叔民请，酒佳，颇醉。

廿九日（2月20日）

忌辰。风又冷些，昨□暖矣。午□□琴舫□□，话，来子俊不晤。梅卓庵来。

卅日（2月21日）

□点书帖，午间出看郑小山，仍□□□□出，陈弼夫处话。叶芸士、陈栗堂□□□归。张小蓬来辞行。栗堂、藕生同话去，谢旸谷请，未去，邀桂儿往。朱时斋来，说姜玉溪处借《访碑图》有消息。宝古斋送看《刁遵志》，碑阴有山谷题字，甚旧。

二月

初一日（2 月 22 日）

本拟今日往清江，因《访碑图》事，暂歇一日。又闻宿迁被捻围，恐大路梗沮也。清□□动，□□□舫来别，□壬生同话。桂儿、朱时斋□□《访碑图》仍查□。嵇春源病起惠诗□□和之，五古十六韵。

初二日（2 月 23 日）

临孟文《石门颂》起。午出访吴筱亭，未值。弼夫处问知宿迁事，已解适，乃□婿黄氏子到来也。首府汪晓堂承墉处道喜，酉刻接印。晚王家送席，因约朱临川、朱时斋、徐云樵、存静庵、李仲衡、张雁峰夜饭。嵇十五不来，昨夜其长子殇亡也。□□□来见，□□之孙，携示《紫云山探碑图》，乃模本耳。

初三日（2 月 24 日）

卯正起，辰初一刻行，巳初三刻□□店尖。午初一刻行，申初一刻□复住。一仆一车，大风奇横，昨夜更甚于前夜，两次祭典不知中丞苦何成礼也。风后极冷，晡用炭盆。寄济南一纸付便车去。石路无味得狠。

初四日（2 月 25 日）

卯初起，卯正行。石路比昨好些，六十里垫台尖，巳正后矣。午初二刻行，石路转荦确，五十里，申初二刻□未安住。问陈□台，已于初二日□省拜寿□令□玉昆振□□知兰郯□□□起□□□不□宿迁□□守之信。旋来回拜送席□可啖，酌两壶，一壶系送的，亦好。

初五日（2 月 26 日）

父亲忌日，乃不在家上供，怆切如何。早饭后，巳初登岱，渐风大雪飞，至五大夫松，望见《明皇碑》。冷甚，不可进，遂回。一路望经石峪、樱桃园，入斗母宫，下山到王府，池水澄澈，有古树。入北门回店，申初二刻矣。路滑难走也，雪更大，南车绝踪。今日舆夫□县中备□人百文耳。

初六日（2 月 27 日）

辰正行，回车冒雪。午正后至□□尖，奇冷。一路望岱，一层白一层黑，并不吉□也。有云气来往，尖后廿里□路难走□行十里，快到张夏，住三顺店，雪更大。公给有保定来车，廿余两。

初七日（2月28日）

辰初行，冒大雪，奇寒，不见车折。午初五十里到□□店尖，冷得过□，得炭酒，俱迟到，因南来车□止此一店开着也。午正二刻行，卅里。未正□□到书院，家中人亦有猜余半路回者，因雪□也。庭院积雪□□消化出进路□晚快□后，和嵇春源诗二首。

初八日（2月29日）

“援而止之而止者”两句，奉于得“封”字。昨夜雪不小，今日奇冷。葛藕生来话，弼夫署臬，月舫署运，今日接印。文星崖酒完，今晚接开张小蓬所送酒，亦清佳。

初九日（3月1日）

雪时来时止，比昨稍和些。午初松江守高西斋倬，自都来晤，廿七出都尚未见雪雨也。出示沈阳诗，甚有功□□去复□要同游□□山。申初出城，申正后到，凭栏□□云雾□兹不见城□□□雪意耳。步行□到观音堂，坐轿回，雪土明白□□近城泥□回家即邀同酌，适语同乡吴凤堂□□□、叶心泉、王纫秋、郑襄延、郑□□同坐，纫秋说捻破桃源后，连破王营、清江浦，围逼淮安，致南北咽喉阻隔，奈何奈何！

初十日（3 月 2 日）

雪，欲晴未晴。方小东来话。晡出，陈弼夫处话，乃次郎天花稳妥，令婿黄秀才乃蘅洲□□秀雅□□月□话。到古历亭，吴慕渠请客□□笑筠□旸□方小东、吴筱亭。中丞连失一小儿小女，尚有□女亦险症，怆怆。捻破清江后闻亦混走，或不攻，大决裂耶！闻胡润芝逼庐州，曾涤生逼安庆，袁午桥逼定远。

十一日（3 月 3 日）

骤暖。午晴一大阵，瓦雪俱融，复阴，不可解。高西斋来，早饭去。得都寓初五书，京师尚不见雪，亢旱如此，可虑之至。寿臣移住内城西华门，彭咏莪旧宅□南城□□了。

十二日（3 月 4 日）

阴晴□□瓦雪都化尽。文星崖中丞四月内□□一子二女也。淮安□□令黄立山前往援剿，书院现在无……

十三日（3 月 5 日）

春寒花树迟，赋□为韵。狂风斗雪，全非昨景。今日请王命为无，有枉乎？吴筱亭来话，商量昨日历亭之集。太冷了，余欲就城隍庙□道士院，似乎可坐。

十四日（3月6日）

雪止，稍和。桂桂出，辞行。李仲衡、朱时斋同话。葛藕生话。郑小山来话，十二日出棚□健适□申刻余出，中丞□府处晤话，到□□院吴篠亭、方小东、存□庵公请，客有慕渠、仲远、啸筠，福厚斋格，是初会。肴酒俱佳，平□馆庖竟不错。写大字，冷。

十五日（3月7日）

阴，不大冷。桂桂已初行，纫秋兄来候话。学院署叶、郑两君过门不下车，即招呼同行。余午间出，候客。小山处话，筱亭处话，说十八日准行。拜汪仲恪□行。晤余芰香话。葛藕生未遇，归。晤□晓堂，□□翁婿□□彝，乃兄□□□在此，候补县丞□蘅洲□□陈石邻处话。

十六日（3月8日）

阴冷，中丞甄别□院生。张□椿、周东寅未晤。

十七日（3月9日）

晨，雪不大，仍不晴，且冷。剃发，早。

十八日（3月10日）

日食志农及雪泽，得“勤”字，课钟孙。竟日阴，雪化将尽。昨日天宝斋送看板桥兰幅，题“万里江山恣远游，闺中锦字忽相投。老夫耄矣痴情在，画得兰花作并头。乾隆乙酉画于焦山”，其时此翁已老□字□□□乎兰有三□□不出并头。得桂桂□□尖次信，路上泥烂，不好走。见邸钞，浩罕额尔沁似不安静。

十九日（3月11日）

夜风大，晨有米头雪一阵，更冷矣。弼夫来谈，袁、傅两军俱分马队援东省，清江或可收复，淮安并未扰及也。王伯尊来，又送藠头，可感。张维权巽卿来，留同蓟门晚酌。陈栗堂来说，准进京□□走。高□斋自□可寄□□□□甚畅，赠京□□菜。余芰香馈□。

廿日（3月12日）

阴冷，甚于三九天□□。袁午桥书交李毓泰去，都寓书交陈鼇台。见数客。未正后出，李仲衡不遇。陈弼夫处谈。陈栗堂处送行。李毓泰说初十有克复定远之信。吴慕渠晚来，清江官去一百余，庚子仙弃印，或是讹传，淮安未失。《华山碑》殆不可问矣。昨弼夫言山谷字卷，今检《□氏书画记》，有之。

廿一日（3月13日）

晴，有□然冷不解且□甚。林紫庭来话。葛藕生来。晡时朱时斋来。晚酌后，天黑如墨，可悸。临《礼器碑》二通毕。

廿二日（3月14日）

早，雪不小，旋止而□晴，比昨暖多了，墨忽不冻。

廿三日（3月15日）

半阴晴。“知者乐”。祥开日华得“开”字。见邸钞，京师初十得雪七寸有余。因前命山东布政司访岱上香，兹复命谢降。又因三旬万寿，赐大臣□老亲寿□□□如意□□二人皆满洲，惟梁海楼同□之祖母韩氏□□如意，□□又桂中□许滇生、张诗舲均以□□七旬赏给太子太保衔□□□□来谈□□周先生之子保生已有子，今在子坚处读书。陈石邻来别，廿五往武定府查税契去。

廿四日（3月16日）

晨，剃发。午间梅卓庵来，□□钱香士来，南信尚未通也。竟日阴，而颇暖。香士说接崇厚山信，夷人仍有议和之意，或者可不作□乎。

以上出自《何绍基手写日记》

廿五日（1860年3月17日）

阴冷凝雪。吴世兄澍春从武定来，盐枭事一战而散。葛景贤从傅营来，似言其人勇健有为。李育明东昌审案回，久话去。韶女喉恙，着急，用时方：大蒜一片、轻粉三分，敷阳口，似有效。

廿六日（3月18日）

阴有雪。请邹小山来诊喉症，已就愈，服清散药。午后稍晴。

廿七日（3月19日）

阴有雪，冷甚。徐雪樵来话。

廿八日（3月20日）

春分。有荷蒉而过孔氏之门者。陆生著《新语》，得“新”字。大雪旋融，而冷颇甚。发都信。

廿九日（3月21日）

晴。仍时时阴，日光□□，故冷如昨。韶女生日，吃面。见邸钞：泾县、旌德于□月二十六失守，盖即收复建德之窜贼耳，其来去自如可想。出看嵇春源，又大病几日，现得朱姓医，见效，面色不如前次，神气尚好，做诗多，其胸次果不俗也。陈弼夫处新得黄观书《滕王阁序》卷，洪武状元，有亭林题七律一首，其人于建文之难殉节者。

三月

初一日（3月22日）

阴，微雪冷甚，午晴一阵，晡复沉阴。得桂儿二十六都寓书，二十五到都，甚慰。子愚书言夷务尚无成说，粮事尚悬之，寿臣八郎逃出十余日无踪迹，可叹可悲也。见邸钞：翁莲舫为估变彩绸事，解任入刑部。又前日工部为司官处分事由，吏部议得不伦不公，此等面上蒙胡，一望便露，不知诸老何如此愦愦？三阳公生日，上供，有三牲。留朱时斋晚酌。去家信，中有李仲云信，正月十三午时举子，遭补孝，石梧□□第二孙矣。

初二日（3月23日）

晨雪不小，午晴。傻瓜昨服小山药，尚效，前日已服清瘟解毒丸，并五时茶也。晚晴渐暖。丁大来晤。

初三日（3月24日）

早，雪，阴，午后稍晴。早剃发，晡发都信。徐雪樵请晚饭，同席斌令春（照），年七十三，六十七选蒲台令，辛巳乡榜。邹煦谷（崇明），峄令，有仁能声。梅卓庵。五人俱豪饮，入醉乡矣。

初四日（3月25日）

算是晴了，日色薄。两日看《班书》，未写，殊因右臂酸痛，由用力过也。午间，李育明来。晚赴汪晓堂太守席，客有茅鹭湄、方小东、汪叔民、汪兰浦。小东先过我，候催客已上灯后方往。丁老二来见，昨闻会试有改闰月之说，想是谣言。朱时斋来，携有桂隶。归，发都信。

初五日（3月26日）

早，欲晴，午后阴。高西斋从齐河来，久坐，看帖画，遂晚酌，邀孙星华来同话，伊欲问南路光景也。青驼寺二百四十里，便至青口，果如此直捷耶？星华所说。西斋说：齐河城内，有定慧寺，极宏丽，乃道衍弟子曾讲经住持处，永乐得其募兵之力，为建此寺。又齐河有姚广孝墓，则妄矣。广孝葬房山。

初六日（3月27日）

竟日晴暖，天气当转矣。午间，芰香送到都信，江北军情顺适，而太平、宁国、绩溪、广德俱失守，浙省戒严，奈何！夷艘自登舟，四支无动静，外奉天金山来四支，想无大扰，粮船次弟放洋。因札致慕渠，属代探子敬弟北行消息。小雨一阵。

初七日（3月28日）

早晴。饭后，李仲衡来谈，说春源利势复剧。巳正出，余芰香处话。过方小东，看《衡方碑》。高西斋未遇。谢旸谷臂痛已愈。学院前看香士新买临湖小庄，颇有致，工程早得狠。过香士寓，昨日又失少女。一路谢客归。天又阴了。晡间茅鹭湄，吴慕渠同至，知广德失守后，遂窜陷安吉、长兴、昌化，不惟湖州紧急，苏杭常全震动矣。东院种小树。得初二日都信。

初八日（3月29日）

“不知言无以知人也”。长堤种树重，得“书”字。闻中丞复丧一子，一月内丧二子二女矣，可惨之至。高西斋来，甚醉。王仲元来话，知父子弟兄捐免同省回避，将改复旧例。当日上意本来太难了。竟日晴暖，张之寿来。

初九日（3月30日）

晴暖。连日颇写大字，惟重裘未即脱，臂捥尚费力耳。存静庵从青州查城工回，青州城周围十三里余，可谓大矣。古城在今城西北二里余，尚有一城门洞，深且高，异今制。发都信。晡出，看星崖中丞，慰话一番，实令人难过。赴王仲元席，吴凤堂、陈小农、洪南陔同仲元堂弟介卿同席。介卿腊底从家乡来，清朴可谈，闻笔下亦秀致。中丞言：江浙漕船次弟出洋，毫无阻阁，此大可贺。唐子仙已回清江，行旅渐通矣。

初十日（3月31日）

晴暖。东院动工，收拾水池、过亭。午后，忽大黑，旋风从东北而西南，天昏蒙，寒霾甚可怕。清辅亭方伯适由岱归，灵怪之至。蒿庵先生七世孙启科来见，懵然无知，未刻书亦未带来。谢旸谷、汪仲恪来晤。晚赴茅鹭湄席，先过陈弼夫话方志，同坐者，汪叔民德全、汪兰甫、戴友梅，肴酒讲究，惟屋中烟气少趣。壁间翁隶联"春气遂为诗人所觉"一联颇有致。

十一日（4月1日）

阴寒甚。傻瓜五岁生日，吃面。刘岵农来，知两司上院，差人到弼夫处探问，齐河有聚众抗粮之事。前日闻升谷说：民与官不别久矣。到晚更冷。今日忌辰。弼夫送邸钞：会试总裁正周芝台，副全小汀、朱致翁、杜继园。房考半是上年春秋两闱之人，王少鹤复与焉。盼浙信闷极。

十二日（4月2日）

早，奇寒。剃发。午间黄菉舟来，从都回，都中光景如昨。雪大难出门耳。明月舫回省。

十三日（4月3日）

"自得之则居之安"。猿臂善射，得"天"字。弼夫来，得上海信，蔡小渔署臬，带兵援浙。安吉、宁国已克复，湖、杭或可稳住。得都寓初六日书，一切如昨，为慰。晴暖有春意，惟花树俱无绿意，节气迟耶？齐河抗粮事已散。蒙阴、黄县土匪亦散，匪藏蒙山中深秘，伺衅即出，恐非痛剿一番不可。

十四日（4月4日）

清明节，上供。钟钟同先生踏青去。闻湖上有青意。文中丞来，知杭州被围，是前月二十间事。目下不知如何矣？可虑之至。朱莲来晤。晡时，吴慕渠来，金陵两六百里加紧过去，溧阳亦失陷，浙事更难设想，夷事亦不见佳。黄寿臣署缺，谢恩召对。不知是何缺？想是杜继园之工侍耶。

十五日（4月5日）

晴，大风，暖。明月舫查团并办堤归，言：闻吴门亦戒严甚。方深甫信，即墨回，东方极安静也。刘岵农来，急思往浙。“大学之道”。“植其杖而芸，子路拱而立”。“定于一”。聚米为山得“波”字。好正大的会试题。发都信。夜见邸钞：寿臣署吏部右侍郎，朗亭署大农。

十六日（4月6日）

晴，大风暖。脱皮袍，换厚棉袍。借小东《虞初新志》看，无甚味，由务多也。送杜惺堂处侄孙女填箱礼。陈弼夫处填箱并赘婚礼。送黄子常兰扇一联：旧德秀钟金玉质，名园春满凤皇柯。题桂隶，批《字学举隅》，俱送去。晡出门口，遇牛仲远说：嵇春源昨日未刻作古。怆怆。到学院署上房话。回拜明月舫，过也可园，看池子中趵突泉做法，主人出见。齐河禀状：初三、初六、初八，杭州将军六百、八百里折状，又和帅六百里加紧，根云六百里俱十二三递去。安危不定，如何？恐难得守。

十七日（4月7日）

晴暖，学院工完。齐河抗粮事复起，济南守十五日去，今未回，可虑也，本来不必带兵去。晡，出吊春源，出门遇仲远又来，少坐，同去一哭。与嵇十五话，归。汪叔明处谈，携《坐位帖》归。

十八日（4月8日）

“定于一”，聚米为山得“波”字。朱时斋来话。香士弟五郎又病，念念。孙星华来说：见探信，杭州已收复，岂曾失守耶？写大字一阵。挽春源云：训士心劳，酝酿灵芝文字瑞；忧时泪苦，苍凉绝笔感怀诗。李仲衡来话。

十九日（4月9日）

连日为浙事，不得安睡。小东得石涛小画回，佳。弼夫送涪翁佛语卷来看。晡时，札询浙耗，复云杭州于二十八日失陷。初一日，瑞将军率满兵及工役人等驱逐克复，是何语言？然两日之陷，扰害不可言矣。齐河事未了，还要添兵去。

廿日（4月10日）

汪菽明来札话：齐河事已了，兵可不用。然首府来，何也？

今日颇作小楷。星华来说：南路已通，有信脚从青口至。早剃发。

廿一日（4月11日）

作书寄周子坚、许印林，交星华处带往。张升谷来，知齐河事虽了，首犯未获，不算真了也。明水镇康家送竹子百二十枝来，种成竹园矣。晡出杜惺堂处，道嫁孙女之喜，新郎尹氏，秀才，尚清雅。陈弼夫处赘婿道喜，成礼已酉正后矣。留晚酌，颇醉。也可园花都未开。见报：杭州收复，乃瑞将军及张玉良之力，和何及王雪堂轩均得奖叙，或无大要紧耳。我子敬竟无消息！夜归得都寓十六日书，慰甚。亦不知杭、常两处信，奈何！江苏粮道汤鹤树于十九过齐河，子敬何往乎？闷极闷极。今午晡发都信也。

廿二日（4月12日）

晴，更暖矣。函致慕渠，问府署石头事，因早间葛葆生来说：汪太守已答应也。差陈芝兄弟往县署探听，即将石数点明。闻晓堂亦适于今晨回省矣。齐河事虽了，而为首之郭秀才逃匿未获，年少美才，甫补廪，而有飞檐走壁之能，手下有健者数十人也。中丞送阅南禀，知子敬尚未出运。杭城破后，由江督派令署藩。旋因抚、藩并未殉难，仍缴委矣。高西斋来说，二十四准行。毛玉鸣来见，子刚次郎门人玉成之弟。子刚柩已回家，玉成柩厝云南，父子死难，幸玉成有四子耳。周东寅来话。

晚出，过仲蘅。即到运署赴黄子常兄弟席，观剧，丑初归。

廿三日（4月13日）

早，得阳湖四侄信，清明日发，中有联侄杭州信，初六发，知二十七失守，初三收复。瑞将军率满兵日日开仗，江苏援兵迅疾，故得快收复。子敬已到苏，经根云札令回杭办善后，不复赴津。三娣及全眷住城内，未移出，迁居袁酒巷，幸获安全，箱物失去，可谓有定力。即发都信，将杭常信付去。高西斋来别。查天德年号，因在张夏南十里银山见麻衣先生庙，有天德天间李显撰碑也。钱香士来话。今日诗题：疏泉补竹，造亭移石。五古四首。

廿四日（4月14日）

早，见邸钞，知浙抚罗澹村、署藩王月川、署运缪樟、杭嘉道叶堃俱已殉难，予恤。午出，吊李春醴于吕祖庙，乃郎钟英，在此候令，从来未见也。过济南书院，与嵇十五话。牛仲远处小憩，主人未在家。存静庵小屋，清池极有趣。孙星华处茶好。梅卓庵处老海棠尚未开，颇凋损。卓庵先来话，日内殇两少也。申刻，赴杜惺堂请，草草了事，非其时也。归，恰晚餐，仍酌。昨搬石头一日，今日陈芝布置起来，惟新种之竹，俱未回青，可虑。西斋带去鼎侄及韩履翁两信，寄《法华碑》初拓样本去。早寄郑小山学使书。昨日令四侄来话，有莫元述来求旧馆，说是宝斋太老师之侄。刑钱事非所敢与闻，即面辞之。

廿五日（4 月 15 日）

晴暖，大风，竟日少味。时斋来话。黄氏兄弟来谢，无改世泽。录叙，为张诗谷也。不早，酌。

廿六日（4 月 16 日）

大暖，几于不能着棉，甚奇怪。王仲元、杜惺堂、黄菉舟、汪叔民、嵇十五先后来话，大风至晡忽止。今日阿双生日。书院诸生，次第有来见者。

廿七日（4 月 17 日）

更热。明水又送竹子来，再不得雨，虚此君雅意矣。园中砌石工毕，一概平石板，突起者太少也。时斋来说：王愿庵有收藏，林紫庭自兖州回。早饭后，出西门，至白云楼，牡丹尚无信。间壁趵突泉闹甚，正庙会也。拜张师舟，未晤。入南门，看叶云士，回候莫世叔，陈石林处话。过钱香士，同至湖庄，久憩，将毕工矣。叔民送糯米来。风定，晡阴，是雨候。

廿八日（4 月 18 日）

"不在其位，不谋其政。"愚公移山得"愚"字。午间，步至卓庵处，海棠大开，云锦粲烂，骤暖所致也，于不能久何！书寄何根云，内有阳湖鼎侄一件。寄王雪轩浙抚信，内有与子敬信。俱托中丞官封去。卓庵说：谣言杭州复陷，可悸可悸。札问弼夫，说日内杭州无警报，或非确耗也。得都寓二十一日书，借到愿庵倪画卷来。

廿九日（4 月 19 日）

热，风大难过，晡尤黄昏，竟不雨，奈何！张源祁来见，发都信。得方存之保定书。小海棠开极盛，得四五百蕊，亦因过暖。椿芽忽然满街，转不见香美。

卅日（4 月 20 日）

风更狂，热，天昏彻昼夜，非好气象。石邻先生来话，蓟门早晚俱未回。晡出，至运署，弼夫患热症，未出晤。吴柯山出郯城禀云，现闻皖逆复陷杭城，苏、常一带，节节戒严等语。然日内无六百八百里报过去，或未确耳。

闰三月

初一日（4 月 21 日）

风狂如昨，不大热耳。午间，李育臣来别，初三往岳山到任去。昨彻夜不眠，今日人倦甚。申初出到中丞处，适接两江二十四文书，为夷务未定事，亦知杭州再陷，果系谣言也，大慰大慰。弼夫处送阅京信，说杭城民居，十烧其九，恐亦未必。见邸钞，全椒收复，翁、袁合折。明月舫处话。晚赴梅卓庵席，观梅与周君奕、卓庵于此道甚精熟也。见邸钞，葆生放夔州守。即往道喜，头报也。

初二日（4月22日）

风定些矣，少凉矣。葛葆生来话，九十老亲，蜀行非易也。得阳湖十九日书，内有吴婿吴江舟中信，子敬月半回杭，杭寓有六侄夫妇，侄妇被贼截两耳留命，可怜可痛，亦险极矣。三娣携念、慰等来阳湖相聚。杭城中人口伤十之二，房屋十之三四，衙署全烬。因长毛只四百余，而溃勇倍之，肇成此变。长兴已收复，或从此转机耶？鼎侄因母受惊，有归志矣。章师舟来话，比从前清楚多了，官去心清，亦奇。发都信，并将浙情札知中丞及弼夫。

初三日（4月23日）

“冉有季路”至“无乃尔是过与”。“云深不知处”。换凉帽，今日却甚凉，着棉矣。李仲衡来话。阳旭初来，尚无馆也。高印霞送粳、糯米各百来斤。晨，步至叔民处话。晡得二十八都寓书，湖南进士止五名，可叹可叹，初八出榜。都中来得浙信，计二十三日寄去信可到矣。

初四日（4 月 24 日）

阴，有雨意。剃发。写大字，臂渐轻快。方小东、陈小农来话。晡出汪晓堂太守处话。陈弼夫已愈，尚未出来，出示冬心画小册。青龙街灌蔬园久憩，归，夜半雨声幽妙。

初五日（4 月 25 日）

雨止未晴，尚可望续沛也，新种竹叶全展，可喜。两桥尚不够。明月舫来话。昨在弼夫处见根云折，夷务可虑之至，奈何奈何！

初六日（4 月 26 日）

昨晚闻存静庵忽以喉症逝，怆甚怆甚。孑然一身，真好人也。今日更凉，却得晴，午后渐暖。汪晓堂、茅鹭湄来话。从府署移大石至，势颇壁立。

初七日（4 月 27 日）

送学。辰初饭后，首县先至，府次之，署运藩臬至，中丞至，略话出，交揖后，受诸生礼毕，中丞开课。星崖颇有意振作，胜雨舲矣。弼夫病愈，尚未充实复元。高佩秋来说：明日回章邱去。发都信。夜得张滋园信，知二月二十七复书，尚未收到，亦奇。

初八日（4月28日）

“由也问：闻斯行之”至“闻斯行之”。“锦屏春晓”。昨日中丞开课题也。晡出，各处谢步，黄菉舟处话。存静庵处吊。赴钱香士请于湖庄，北风大，闭坐屋中，少味。候万少秋，久始至，客有吴琴轩、王黄庵、葛葆生。闻团首赵康侯来省，为蒙阴杀勇事，事或可解矣。肴不佳，不得饱，戌正后归，惜雨不得下。

初九日（4月29日）

阴凉，仍不雨。得都中初三日信，言东坝、高淳、溧阳连陷，为之一惊。苏常将奈何！旋见邸钞：孝丰、临安俱收复，或者贼踪混窜，不至深入耶？孙星华晚来，略谈南事。有送看未谷联：再思方省悔，轻议易招尤。十字可箴。

初十日（4月30日）

忽阴忽晴，仍不雨也。身子不甚适。得吴小亭东阿书，何愿船都下书。

十一日（5月1日）

晨剃发后。步至对门大有居看牡丹，西偏有双槐院，屋子洁净可读，章邱高家铺也。汪叔民来话，知方伯太翁入都，已行，不及送矣。未刻出，至芰香处话。过弼夫处久话，知《题名录》已到，吾儿落第。看小松画册，不精确，近来有此一种伪笔，俱充《访碑图》意。贺朱明川乃郎得隽。回家，见《题名录》，则小山学使侄孙业骏得中外，同乡俱不识得，喜蒋鹤庄侄婿中了，而侄女不及见矣。夜尝星崖所送酒，佳。

十二日（5月2日）

复暖，五更直热得睡不得。知贺惺堂乃甥王荣琯得中，去年山东解元兄也。饭后，诸生先后见二十余人，张小蓬从潍县来，税局事不好办。李家园昨日送牡丹四盆，盆才一两朵耳。

十三日（5月3日）

阴，不雨，大风作寒，午后更甚，灰鼠上身矣。仲蘅来谈，旭斋来谈。高印霞送牡丹四盆，花俱不多也，连昨共八盆，止十三花耳。晚请茅鹭湄、汪晓堂、黄菉州、葛葆生、吴慕渠、汪叔民酌，尝鹭湄所送酒，丙申年者，古厚之至，然未便多饮，仍饮昨酒也。惜席间为江南事，适得中丞字，根云、雪轩登陴待援，东省有黄笠山散勇，大家念时事，不能怡然谈酌，子初散。

十四日（5月4日）

昨夜不得睡，早起更冷，晨酌不解冷。方小东来，将随明月舫查曹沂团务去。有人从杭州来说，在宿迁遇子敬眷属车北来，为之一喜。夜，遂得醉睡。

十五日（5月5日）

辰初点名，开课，共二百二十二人。“与国人交止于信。”云深不知处，得“深”字。晨冷。午后得都寓初十书，旋查问昨日姚姓所见，乃浙粮道书吏车，并非子敬眷车也。然杭、常近无警报，或者援军已到，可站住耶？看卷二十本。

十六日（5月6日）

看卷一百，颇疲茶，心绪不佳也。陈石林来，遇朱时斋同话，时斋病甫愈，乃强步出。明月舫来别，明日查沂蒙事去。说立山已来，亦奇事。小东送来画，十四借看的。

十七日（5月7日）

早，蔵民送黄花鱼，并说有常州初七信，援军到三千，分五营，扎城外，制军以下，俱家属不出城，或可无虞。午间，又得中丞札，告知常州贼窜句容，为之暂慰。孙星华来。方深甫来。晚，黄伯祁从范县回，署典史年余矣。看卷一百余，毕。

十八日（5月8日）

“太师挚适齐。”风雨骤至得“到”字。晨剃发。文泰交来，未刻出，开课榜。朱临川来话。

十九日（5月9日）

昨夜有雷雨，子刻后矣，余睡着不知也。午间，仲衡来看竹，劝种芭蕉。午间，黄蒖舟署济东道，接印。因笠山已参劾，然何太促促。徐云樵乃郎来。

廿日（5月10日）

晴风。闲步竹间，俱茁新芽，可活十之七八。午出，贺蒖舟。至叔民处，常、苏无警信，亦无佳音。学院衙与郑老四话。到因寄湖庄，热晒少趣。过主人话，香士乃侄中进士，有报条，初不知也。陈弼夫处久坐，又见一涪老墨迹《墨竹赋》，虽不真，亦有致。黄笠衫处谈，见被劾折底，知黄勇果损甚，然笠衫才干，岂宜竟罹斥耶？葛葆生来谈。杜惺堂来看水。

廿一日（5月11日）

风大且热，时亦阴雨，无信也。上房搭天棚架，年年搭棚便雨，故复试为之。寄根云信，内有寄鼎侄信。又寄子敬信，俱交弼夫加封去。一夜浓阴，有细雨一小阵。

廿二日（5月12日）

天棚上席，又一整日方了。葆生来。门人见。牛仲远来小坐。

廿三日（5月13日）

“礼貌未衰”三句。“雨师娶妇”。天晴凉，他处想有雨。弼夫来话。高印霞从章邱来，言今年菊秧极旺且佳。南山中有稍径山庄，自号石泉山庄，欲邀我暑游。杜惺堂、杨旭斋来。昨夜上屋西厢被窃，可惜秋罗帐也。弼夫言，雪轩已到浙抚任，有折报过齐河去。晚见邸钞，根云奏胜仗收复广德，则常、苏俱安稳。雪轩奏调员往浙，吾子敬不孤寂矣。发都信。印霞说板桥画多是唐子猷笔，未必未必。旭斋说，小松刻瓦当有跋，旧拓本有趣。又说，徐眉生刻邓完白隶书佳，当索之。

廿四日（5月14日）

晨清《西河集》。午出拜张小蓬、徐眉生，皆未晤。方深甫、高印霞同之。宝古斋携未谷联归，“流传兰雪主人稿，受持般若蜜多经”。为林汲枕上得句，索书不甚佳。买得春笋。晡复出，汪叔明处遇屠啸筠同话。赴清辅亭方伯请，先游园，水木幽奇。新有疏培，更胜从前。肴酒均讲究。客有陈弼夫、黄菉舟、汪晓堂、吴慕渠。散时子初后。

廿五日（5月15日）

斋课，辰初点名，共到二百四十人。“所不虑而知者，其良知也。”将军下笔开生面，得“烟”字。剃发。前滕令林亦韩（士琦）来见，干才也。灯下阅卷二十。夜，雷雨不小，惜为时不甚久耳。

廿六日（5月16日）

晴凉，午后热，阅卷一百。晡出，再过印霞，不遇。往古历寺亭，葛葆生请，席设北厅，因四面厅有他局也。客有林亦韩、黄用之、梅卓庵、陈小农、吴凤堂。酒尚佳。亥初归。桂儿同李介生于戌初到家，平安可喜。桂儿虽落第，挑誊录第十二，凡五次誊录矣。问介生家中光景，如元年也。极慰极慰。孙大令长顺来见，甘肃，孝廉方正，去年考第一，引见，以知县分发来。

廿七日（5月17日）

阅卷百余，毕。两日坐苦也。张小蓬、沈小石来看泉去。晚酌于书房，得祁春浦先生诗信，桂桂带回者。

廿八日（5月18日）

晨，理名次，写完后，早饭。饭后写榜。张升谷来久话。仲衡来寻桂桂谈。晚酌于新厅前竹间。印霞送芍药二盆。陈小农来。

廿九日（5月19日）

连日晴暖，高印霞来。明水康家送米、笋，笋多至十五六斤，可喜之至。李晓樵来，遂留同啖烧笋。钟钟陪先生、五舅游湖归，甚早，亦因热耳。晨复张资源书。夜热，不好睡。

卅日（5 月 20 日）

早即热。中丞送阅平越峰信，和营为贼扑溃，守镇江，幸张殿臣营未动，成败利钝，其在此时乎？和帅本无用也。高佩秋来催客，未正出，候客中丞处，谈南事，为大局涣散之至。陈弼夫处话。到灌蔬园携笋脯一两，看去客，有汪叔民、庄宣之、严子云。宣之带酒，剧佳。卫生本家也。屋小闷，饮尚畅，至小醉。章邱昨夜大雨，此间寂然。中丞又祈雨，第三日。

四月

初一日（5 月 21 日）

晴热大风，晡后阴，雨意甚确，竟杳然。介生出候客。郑老四来，同晚酌，食笋。高鉴清又馈笋。晨间，叔民送豆腐干，宜下酒。惟来字云，用鸡汤炖之，卤虾焖之，乃佳。那得如许费耶？恐过做作，转无味也。

初二日（5 月 22 日）

乍阴晴，热不雨。桂桂出拜客。两司前谢神唱戏，甫出场，失火［燃］棚，遂惊散。蓟门请介生并钟钟往，即归也。陈弼夫升臬，闻联秀峰告病，王梦龄署漕督。钱香士来晤。李生洪佐，济阳人，向以蒿庵送书，言有《周易说略》刻本。

初三日（5月23日）

早，得阳湖闰初十鼎侄信，前月二十七，二、三两娣携诸稚避往江阴，复往常熟，吴婿同行。然常熟到海边，岂安稳地耶？杭州空虚可危。晚，吴慕渠、张小蓬来一话。运司放桂亮，岳常澧道也。钟钟课题“祝鮀治宗庙”。家书抵万金，得“珍”字。桂桂、介生游湖去。

初四日（5月24日）

昨晡，茅鹭湄饷园蔬黄瓜、蚕豆并酒，其园计不小也。晨静。午正出唁黄菉舟断弦，嵇宅开吊。过高印霞，屋前古柳，池光极佳，惜水流急而不清。看明月舫乃郎读书，尚听孙生说。陈弼夫处道喜。遇陈伯敏同年，看石庵字。到香士处，携两肴，并令介生同桂桂往，本说无客，乃有趣。星桥无味，酒间，桂桂等先行游湖去，余复酌且饮。轿夫不来，遂出至芙蓉街，遇小车坐归。又酌，饭，桂桂转后回也。

初五日（5月25日）

课，“古之道也”。碑版照四香，得“才”字。二百二十余人。高佩秋来话，要会桂儿。午后发江督信，内有与鼎侄信，从中丞官封去。陈晋卿来话。

初六日（5月26日）

阅卷一百，闷甚。葆生、卓庵、熙芝、小农先后来话。桂儿赴高家请，印霞送小坛酒，甚佳。天阴欲雨。

初七日（5月27日）

阅课卷毕，阴浓得雨，未畅且凉也。桂儿、钟孙同先生贤郎游千佛山去。印霞来话别，说明日回山去。夜凉。

初八日（5月28日）

晨仍阴，有细雨一阵。昨日由泰山祈水来，今日中丞仍祈雨。见邸钞，河南报肃清，皖南收复三县。早饭后，得初二日都寓书，亦未接杭、常家信，可怪也。赵心泉丁外艰。梁柡甫信，求作乃翁家传。李黼堂三月二十八寄桂桂书。发初五日课榜后，作寄都寓书。王赞庵（俊）来话。陈石邻来谈，雨落不成风又来，夜见月。闻陈达斋有信，说《衡方碑》已如吾计，移置汶上学宫，可喜可喜！

初九日（5月29日）

晨冷甚，剃发更冷。早酌后，仍不适，两棉上身，写字无力。葛葆生请铁公祠，辞不能去，儿孙同李介生去。陈伯敏同年来话。晡见邸钞，黔、蜀军事均渐清。

初十日（5月30日）

稍适，尚怯。写黄菉舟夫人挽联："露卷相夫荣，忽惊环珮无声，堂上威姑倾老泪；鸣琴悲宦远，纵有芝兰绕室，剑南贤宰怆春晖。"写大字一阵。未正出晤陈伯敏同年。沈友竹来话，即回候。茅鹭湄未晤。因寄湖庄小坐，同赵梅邻谈，主人来一话。归。当道方祈雨也。桂桂同介生往厉亭，吴凤堂、陈小农作东。夜雨达旦，岱灵也。

十一日（5月31日）

凉甚，雨遂止，嫌少了。汪晓堂、李仲衡、晏伟侯、王仲元、张升谷先后来，忙却一日，颇困乏，体中未大适也。杨旭斋晚来，谈及《余谷碑》，取从前买于周家者，少后一幅，乃即晋卿今日所得。晋卿方觅前三幅也。

十二日（6月1日）

葛葆生来话。陶赞臣来，人果朴实。茅鹭湄来，话及乃翁与成哲亲王文字交雅。今日写大字多，因介生忽欲明日行也。夜，同介孙酌。

十三日（6月2日）

晨作寄祁春浦先生书，并答崇雨舲书，贺蒋鹤庄书，又寄子愚信，交介孙。巳初行，来去自如，可羡之至。老人牵滞，回湘何日？致伤怀抱。《法华寺碑》拓寄都友二十部，长沙十部。陈晋卿来，畅话。见小松戊戌年临赵灵均双钩《娄寿碑》幅，时年三十五，已工密矣。据印林所赠《西狭颂》后小松跋，癸丑年五十，方官运河司马。又十余年，功夫入老境矣，此事非数十年不成可知。今日秋审，狂风沙可怕。

十四日（6月3日）

风定。李竹朋从利津来，留早饭，借《蓬樵画册》去。汪叔民来话。高印霞馈笋，遂邀竹朋、张小蓬、陈晋卿、陈伯敏、汪叔民晚酌。叔民未到，高佩秋辞饮。杨旭斋送到《斜谷碑》前二幅，果成全璧归我，一奇事也。金石有缘，信诸！

十五日（6月4日）

阴。闷竟日，不得雨，何也？考府考开场。昨日得方小东信，自韩庄发。说安庆光复，曾帅大军，直抵金陵，或者大功将奏乎？苏州绸缎车来了百余辆。叔民又说，闰二十后，苏、常无恙。两日来心绪颇开。乃十三见京抄后，今日见初九、初十报，中间隔了一次。闻因在平原马逸，包封遗失也。

十六日（6月5日）

晨剃发，已热。中丞往岱封山，黎明行，差送已无及。早饭后出，黄蒙舟处开吊。过汪叔明，知丹阳失守，和帅及两张退守常州，根云退至苏州，闻之心碎，东南尚可问耶！后载门晤李竹朋，回拜陶赞臣，陈弼夫处小坐，李吉甫盐库使署与晓樵兄弟一谈。过余芰香，方养鱼八大缸为消遣。归饭，晚仍出，便衣至历下亭，张小蓬、陈晋卿公请，客有叔民、竹朋、小石，无甚味。看月归，睡时子正。

十七日（6月6日）

晴热，夜失眠，心绪劣，晨起不适，午得小眠，乃适。仲衡来话，晋卿入都，带家信去。蒿庵墓志存此，吾欲为题记也。两日夜酌后，尝印霞烧酒，佳，白醋尤美。

十八日（6月7日）

“其文则史”。宜略识字，得“奇”字。梅卓庵、牛仲远先后至。张小蓬来话，张升谷、葛葆生晡至。竟日阴云不雨，可惜，可怪。

十九日（6月8日）

半夜，黎明起后，各见雨点，云阴未散，午后，乃大晴光矣。林紫庭从鱼台回，催缓征册子。两司屡驳，因屡费未饱也，委员真苦矣。竹朋晡至，留共酌。

廿日（6月9日）

阴，不雨。黄赞夫（斌）来晤。写大字。申刻出，回拜荫福，乃存静庵之弟，来迎兄丧也。竹朋处话，见戴文进为聂大年画《灵谷春云图》。高毓芹处话，因寄庄小坐。往古历亭，川中友公请，陪葛葆生，主人陈石邻、林紫庭、刘鉴堂、刘静斋、尹实君、李吉夫、陶赞臣。客有戴友梅，主人周东瀛未到，府考阅卷也。肴酒俱佳，颇畅。南京、丹阳大败，和帅自戕。张殿臣凫水久未出。根云到苏州，又往常熟，不知是何主意？中丞归省。

廿一日（6月10日）

风热，同乡黄编修毓彤从都来。中丞来话。孙星华差旋。方深甫、张升谷来话。

廿二日（6月11日）

风热如昨。连日作小楷，手觉生了。葛葆生送乃侄孙启林来上学。出谢府、县步。弼夫处话，丹阳之陷，乃侄无下落，未定阵亡也。汪叔民处一话，归，喉痛。

廿三日（6月12日）

卯初，出拜星崖中丞夫人生日。东门谢步。因寄湖庄晨景佳。竹朋处话。谢旸谷钓鱼出，湖边未寻着。归，早饭后，弼夫来说，沈友竹家信可看。旋索来乃翁云巢前辈泉州来信，有金陵收复、镇江胜战、常州被围、张玉良固守、张国梁招集溃兵等情，可慰之至。黄晓岱来说，禹城过去廷寄，有署两江督曾，然则涤生克金陵不错矣。

廿四日（6 月 13 日）

早，鹊门讲堂前。早饭后，得十八日都信：初六日云坛礼成后，皇上痛哭，次日咯血，琉黎厂陆姓进药，用生地、川芎、槐角，见效。渐康复矣。香儿婿有信回，似有转意，可慰。题高印霞《种瓜图》。写张升谷《世泽录序》。服清瘟解毒丸，饮通大海汤，啖生萝卜片，皆为喉痛也。风又大，寄都信。

廿五日（6 月 14 日）

课题："中庸不可能也"。一琴一鹤，得"官"字。早饭后，谢旸谷来话，朱时斋来，知近日大作画。明月舫来，团事大有头绪，可慰。

廿六日（6 月 15 日）

阅卷一百。甚热。仲衡来看竹，郑襄廷来，甫由都返。昨日得李介生二十日书，知在新城被劫，行路之难如此。刘直牧步云来久话。晚，张云骞、李竹朋、陶费臣先后来，同酌。张、李先看帖。桂桂学院处饮。

廿七日（6 月 16 日）

更热。阅卷百，完，颇苦闷也。午后，沉阴不雨，尤难过。杨旭斋来，昨日赞臣请办笔墨关聘，已交到。张升谷来话。

廿八日（6月17日）

钟曾生日。沉阴得雨。葛生、启林来课。早面，晚同先生酌。黄菉舟来话，知涤生以兵部尚书衔署两江督，文往宿松报；张玉良署钦差大臣，文往常州报。金陵收复，事属影响，并安庆亦尚未收复也。根云革职，来京听审，以其避往常熟，本太草草矣，奈何！安《法华碑》于壁。

廿九日（6月18日）

仍雨，苦不大耳。早饭后出，晤张云骞，到汪叔民处看园景，南屋收拾出。牛仲远处，主人病疟未出。李竹朋一谈。明月舫、钱香士俱晤。陈弼夫处花园树木，多被旱枯灾，由无水也。归已未正矣。葆生来话。有袁宗治，曹县人，孝廉方正，来得荒唐，语言不对，乃寻杜惺堂者，然大可笑叹也。根云为君青劾奏，押解来京，可怜可怜，其举动似痰迷也。

五月

初一日（6月19日）

阴甚，时有雨，昨夜奇凉。覆试超等中附课生。并特等末名吴学书，以诗有“三形史眼欢”怪句也，问之，乃能看段

《说文》，可喜之至。“其文则史”。讲堂看雨，得“文”字。“霖”字七律二首。午后晴，遂热，夜热甚。见邸钞，小传胪改二十七，大传胪二十八，皆在园。朝考改初二，想是圣躯复违和也。

初二日（6 月 20 日）

竟日甚热。梅卓庵来谈，写大字两阵。得李介生二十七都寓书，中有子愚一纸，闻状元系浙人钟姓。同乡黎君传胪。

初三日（6 月 21 日）

葛生早至，以节近停课。昨丑刻雷雨一阵，不畅，今仍晴热。发都寓书。

初四日（6 月 22 日）

甚凉，不知何处雨？阴晴却不定也。写对几二十付。郑小山学使回省，过晤，神采极佳，劳乃健耳。上房做粽，各处送节礼，想到杭、常两处，心绪劣极。

初五日（6 月 23 日）

夜不好睡，早起，上房亦早，念老翁也。贺节后，开芰香所馈酒，饮一壶，佳甚。连日知常州已失，今日王仲元来辞行，说禹城过去廷寄，薛焕补江苏巡抚，署钦差大臣，不知徐君青获谴耶？抑苏垣亦陷耶？鼎侄想已殁王事耶？几时方有确信。

杭州又如何守耶？晓过李竹朋、陈石邻太先生，并乃侄连城同蓟门酌，肴酒俱适口，主人薄醉矣。得印林书，即复。王伯尊节仪，即复谢。各处差贺，而到门贺客亦不少。

初六日（6月24日）

课，“述职者，述所职也”。屈平辞赋悬日月，得“均”字。有郑恩涛无状可恶。热不适，令桂儿出谢客，心绪恶极。得陈鸿二十四日泰州信：常州、苏州、江阴、常熟、无锡相继失陷，旗春自缢于浒墅；常州府、县俱先出城，鼎侄盖尚存活耶？钱香士来话。方深甫来。

初七日（6月25日）

早凉，汪叔民来，知常州因兵团互斗，贼乘隙入南门，遂失陷。张小蓬、梅卓庵、方小东、李仲衡先后来。黄笠衫久话。吴慕渠来。晡出，晤中丞，张璧田于十四酉刻带兵二千至杭州，由雪轩奏叛，徐君青全家殉难，镇江尚守得住。到钱香士庄上小坐，到小山学使处酌。客有香士、竹朋，尚畅，足遣闷怀。惜雨意浓而不下。今日看卷四十本耳，客多，且闷热也。

初八日（6月26日）

阅卷百，不甚热。葛生及钟钟俱令作前日题。葛葆生来，定计候秋凉奉母行，甚妥甚妥。午后沉阴，牛仲远昨申作古，病疟几日耳。运坏至此，可惨可惨！

初九日（6月27日）

早，阅卷毕。葆生来，仍活动欲先行也。午后，发课榜。昨夜雨点响一阵，今日亦有点滴，不成阵。明月舫行，往济宁结前案去。

初十日（6月28日）

早，邹生岱东携学生张云鹏来见，执挚甚恭，颇向学可喜。令桂桂到牛宅去吊。早饭后，仲衡来说：莱州来信，英夷女主殁，将开船去，果确，亦好消息也。高佩秋来别，谈醋理有致。酉初出，汪叔民处话。陈弼夫处看西园字两件，写苏诗册甚佳。钱香士因寄湖庄晚宴，客仍小山、竹朋，共四人。方深甫来，知已得清方伯处教读馆。发都信。昨得都信，黄家婿秋凉回都，可慰。

十一日（6月29日）

甚热。伯父忌辰。想到常州一屋人，好生怆痛。作书致中丞，因舆论不洽，劝其固民心，培元气，毋徒筹财利，以将就司农，大意如此。清方伯来，因深甫年轻，属为辞却，别为延老年者。夜饭时，陈小农来，即同酌。郑志斋借《宋元句选》一本去。

十二日（6月30日）

得弼夫札，知中丞昨已将余书发与诸公看。因复作书劝其亲理词讼，以陈文恭“求通民情，愿闻己过”八字为法。中丞复书言催科不得已者，昨书盖不甚谓然也。西关、南关皆有匿名帖，肆行诋毁，奈何奈何。

十三日（7月1日）

夜，风奇大，晨雨，关圣真有灵也。复书致中丞，单说税契、兵饷二事。早饭后，雨大，申初奇大，将申正晴，见日。写大字不少。喜鹊噪于上房，果然酉正二刻得第四孙，爽快无比，啼声甚宏。适中丞送阅十一日户部催京饷咨文，意在解前疑耳。如民心不固，催科得恃乎？夜见月。

十四日（7月2日）

夜雨不小，今日乡民求雨者仍入城，院署颇闹，致毁公案，因中丞先不出拜神也。此风他处所无。城外昨不得雨，亦奇。竟日阴，葛葆生辞行，明日准行矣。晡出送葆生行一话。芰香处话。笠山处未晤。沈友竹处话，乃翁云巢方伯，尚在泰州也。友竹署兖沂道，明日行。

十五日（7月3日）

早出，西关回拜史士良观察，不见十二年矣，往浙差遣，行至沂州而返，兹将绕道豫、楚去。过趵突泉，水甚浊。白雪楼与李老谈。回来，郑小山在此，留共面，候士良久不至，午时洗儿，取名泺曾，一切欢喜，毫无所苦。未刻，出谢学使步，到香士庄话，方自课种花。李竹朋来同话，因同至小山处谈酌，凉适无比，惜阴云不雨耳。二更时，同至历亭看月始散。小山夫人来贺，留面、酒。同乡各处送红蛋。得初七都信。

十六日（7月4日）

贺客颇来，陈弼夫来，南事仍无消息。乃弟贯夫，已由海船回闽去。管敬伯从常州初三避贼出城，挈眷到此，略问悉四侄阳湖守城光景，想城破后未死也。朱时斋时来话。夜见京报，常熟令周文之同年率沙勇于四月十九克复江阴，为近日快事，然则常熟未破，吾家两房人，差可放心矣。

十七日（7月5日）

晨坐小车至叔民处，见常州近信：初六城破后，平越峰太守出城被杀。赵伯厚亦为民所杀，犯众怒也。多年办团，可怜可惨。两令俱逃出。曾督已到东坝。闻溧阳一带，贼势渐散，水路多已通行。若得杭州站住，事当转头矣。归。竹朋来，留同酌。见数客。阴。时有雨数点。昨日请峄县灵石来祈雨，如上年故事。

十八日（7月6日）

“故君子莫大乎与人为善。”夏雨生众绿，得“生”字。即十五日廉访课，书院题也。葛生早来领题。方深甫来，其馆事尚无着。沉阴不雨，且得少凉耳。见邸钞，胜克斋回京，候补三品京堂；毛旭初以副宪衔，回河南总办团练。闻有廷寄，问蒙阴杀团，及黄笠山可否仍带勇？

十九日（7月7日）

早，坐小车出，到管敬伯、梅卓庵两处。归，知香士甫来此，不遇也。早饭后，写扇子十四柄。桂桂出，回候客，朱时斋时来话。时阴时晴，入夜甚凉。

廿一日（7月8日）

五鼓大凉，今遂晴开，然不大热。官民祈雨俱暂歇。写历下亭集稧帖联：“山右有古水亭，揽一带幽齐之盛；大清当今万岁，为九年己未所修。”弼夫仍欲刻之碑亭柱也。写对子数付。今日祖父章五公生日，早晚供。晡出，晤清辅亭，知杭州兵四战皆捷。军驻平望，嘉兴并未失陷。常州、无锡，俱已无贼。曾帅抵小丹阳。前荐赵纯甫，已请上学。郑小山、钱香士、李竹朋俱晤。晚约朱时斋、周东瀛、林紫庭、李小樵、吉夫兄弟并陈蓟门酌，桂儿相陪，老翁不与，恐拘束也，果然畅洽，我听见为喜笑。方伯说：早间上院，被营兵妇女们毁轿辱骂，因发饷迟短也，皆司农之过。

廿二日（7月9日）

夜复热，晨凉。叔民字来说：常州月初收复，丹阳亦已得手。饭后，请邹小山来看泺曾，颇发热少啼也。服药后，即见愈。晚请陈弼夫廉访，饯其北行也。郑小山、钱香士、李竹朋作陪。弼夫后至，知顷奉廷寄，中丞往东防堵夷情，弼夫仍奏留缓行，饯而不饯，又同上年九月二十六故事，可喜慰。谈酌至子初后方散。午间发都信。

廿三日（7月10日）

阴晴半，午后沉阴热郁，真雨候矣。王湛腴观察到省，本为署臬来，今弼夫不行，湛腴仍当回兖沂本任。腹小泄数次，昨夜多饮啖些。

廿四日（7月11日）

昨丑初后雨，先小后大，直至天明雨住，尚沉阴复雨，可快意也。早饭后，晴阴不定，高印霞饷醋十瓶，酒四瓶，酸透鼻。杜惺堂来，为门役事。写大字多。夜泄数起，起服药，服清汤三次，遂止，今日甚好。写大字多，得都寓十八日信，门牌栅兰何为者？

廿五日（7月12日）

早过中丞话，归。饭后复出，汪叔民园篱花木奇胜。郭石臣、黄蓤舟俱晤。屠棣员、李竹朋处话，归。食水饺子十余枚，不自在，盖饭点已久也。葛生得子，前日事，葛太恭人五世同堂矣。竟日欲雨不果，亦可惜。

廿六日（7月13日）

课，子曰“臧文仲其窃位者与”一节。南阳诸葛庐，得“阳”字。讲堂点名甚凉，晨饮数杯又热。叔民来话。回拜王湛余，未遇。归来，乃又在此等着，昨日已来过也，一谈，并无怪处，议论平正的，但无用耳。中丞来话别，并不因前书介意。写大字一阵。晡出葛家道喜。陈小农处话，将署禹城去。三角楼候屠世兄，陈弼夫处话。到因寄湖庄与香士谈，归发都信，交学院折差，明日行。

廿七日（7月14日）

阅卷百一十五。酿雨热。中丞东行防夷，此事太渺茫。连日请邹小山，无甚要紧也。

廿八日（7月15日）

竹朋早来话，崔静舫（澜）世兄来晤，吴凤堂将分府青州去。阅卷百，毕。名次定完。小雨一阵，不解热。今日入伏，比昨热多了。

廿九日（7 月 16 日）

甚热，黄六舟、张西圃晤话。西圃者，滋元之兄，乙未同年也。屠世兄来晤。午出候客，晤汪叔民、郑小山归。晡又出，为王桐舫镇军题主，时选酉刻，奇热。桐舫为宜斋之侄，资勇勇巴图鲁，川北镇总兵，闰三月力战阵亡于鹿邑，昨挽联云："勇略帝深资，战血裹身酬渥眷；长城民失恃，忠魂歼贼仗余威。"送席。夜酌后，狂风，迅雷雨一阵，惜不久耳。热解，好睡。

卅日（7 月 17 日）

晴热。汪晓堂、苏炳臣、张西甫先后来，皆久坐，真不怕热。写赏封十付。晡阴不雨，昨日、前日入伏。灌蔬园每日送茉莉花，今日着人取，以后日日如之。仲衡晚来，未晤。

六月

朔日（7 月 18 日）

热。午初后，阴沉沉。发杭州信，托东司。常熟信，交周文之，托历城去。署济军厅宋半村司马（钧元）来晤，有文学，可谈。与黄香铁相习，昨潮州所见吾诗颇多也。方深甫、李子青来。夜雨，清书起。

初二日（7月19日）

少凉，清书第二日。管敬伯来话，李竹朋晚至，同酌。

初三日（7月20日）

有雨不大，甚热。晨出拜弼夫生日。因寄湖庄小坐，亦热。竹朋处话，归。早饭后，更热，葛启林来见。

初四日（7月21日）

昨夜雷，不知何处雨也？今早甚凉，适孙石来，未见。午间，张编修（丙炎）、嵇十五、梅卓庵先后来。晚赴李仲衡历下亭之约，热风少味，肴酒不敢多也。昨见邸钞，薛觐唐奏收复太仓、嘉定，进攻昆、新。然则贼陷苏垣后，尚东驰也。奈何奈何！

初五日（7月22日）

课，“礼之实节文斯二者是也”。雨后行菜，得“畦”字。甚热，请悍堂代点名。章师舟来话。见邸钞，嘉兴失守，杭城危矣。

初六日（7 月 23 日）

热，闷甚。阅卷止，得七十本，已烦极。申刻，得二十九都寓书云，接李黼堂，联侄侍二、三两娣携诸稚由江西水路回湘，大慰大慰。子敬尚在杭办防，甚危紧。鼎侄无消息，可怜念。止好听天矣。大雷雨一阵。陈小农来别，即出城，已暮矣。赶初九卯时接禹城任也。竹园中榆树被风吹折一大枝，竹伤两三根，雏槐受压，未损。

初七日（7 月 24 日）

母亲生日，早晚供。雨后，不大热。吴慕渠来话。发都寓信。晚约屠槐生、管敬伯、梅卓庵、郭石臣、苏炳臣便饭，汪叔民不来，崔静舫现邀，亦未到。阴云不雨。芰香馈蕹菜。

初八日（7 月 25 日）

不甚热，阅卷毕，无佳作。题目明白直捷，而竟无清楚者，大奇大奇！酉时出案。郑志斋晚来话。三旬万寿日，晨起，九叩首。寅初雨至，寅正大，天明未止。想会府行礼，不能早也。早饭时，晴，儿孙同先生出游，至因寄庄吃四景园而返，胡小琢刺史来话，有豪气，能收藏。晚饭时，烛下得初四都寓书，中有杭州四月二十四子敬书、吴婿书，知全眷于十五日过山，四侄亦赶到衢州同行，然则午节已到湘矣。杭州兵饷皆缺，危甚。湖州有赵景贤带团屡胜，然恐独力难支也。广德、泾县复失。孙石来，昨文不佳，令重作，佳且速。

初十日（7月27日）

晨极凉，不知昨夜何处雨也？午后渐热，苏炳臣久话。晚出竹朋处一谈，济南书院已送关聘。汪叔民处，吴慕渠作东，客有炳臣、石臣、小琢，酒不佳，菜可。庭院凉敞，小琢送看帖、画十二件。

十一日（7月28日）

腹泄，酒之效也。叔民送三白瓜六，试之佳。鹭湄前送十枚，无一佳者。令桂儿看王石樵前辈，闻到省城已十余日。仲元改省山西，而伯尊复撤，无味之至。仲衡、时斋先后来。

十二日（7月29日）

陶安人忌日，早晚供。余、葛、丁、郑送满月礼。弼夫送周村瓜十，大而青皮。钱香士来话。朱时斋来，余未晤。晚同蓟门酌，余因腹泄，未敢多饮。茅鹭湄来，无非要请我吃。谈及故乡镇江城外家园秋影楼之胜，此番经贼占住，更华敞，亦怪幸也。

十三日（7月30日）

晨，出拜清方伯夫人生日。叔民处晓景极佳。嵇十五处话。谢旸谷处小坐，因其感冒也。郑小山学使处一话。归，泺曾满月，可喜，母子无丝毫恙也。写大字，热。未正后出，回拜周晓高同年。到也可园，花木枯槁，弼翁出话，属收拾乃亲家龚锡卿堂上双寿文，题得天字册签。过李仲衡归。上房有丁太太饭，余与儿孙三人，酌史国公，午后，雨一阵，不畅。弼夫说，东府夷船次弟开行北上。军机处信，说今年僧王防守周密，各处可不虞冲突。果尔，大幸也。曾涤生率兵万人抵江西，要等左季高募湘勇来齐进。松江已失，恐缓不济，有促令分路先进之说。粤逆复分窜黔中，地方失守，奈何奈何！

十四日（7月31日）

不甚热，午后风。团练钦使杜云巢及随员六人进城，早晤惺堂，尚无信也。李文园来晤。杨旭斋晡至。牛宅挽联："迹恋明湖，并蒂秋华非吉兆；魂归折木，连床梦草有余悲。"闻仲远兄亦病卧悯忠寺也，可怜。

十五日（8月1日）

学院来课，辰初二刻点名，诸生来颇迟也。宋补隅司马来伺候，可谓仅见。午间，杜云巢来晤，较客冬苍老多了，说近有恙，不思饮食。方深甫来，馆事尚虚。杨旭斋因妻病，有馆未能去，寒士之运蹇如此。韶女复患喉痹，请邹小山诊，大热，服凉剂。

十六日（8月2日）

药见效，可慰。牛宅卯正题主，兼开吊，真惨人，孤孙六岁，不甚长，仲远两叔，亦不成材也。回拜云巢于贡院，归早饭，极热，为多日所无。小山来诊，桂儿忽亦喉痛，紫肿，吃西瓜而减。晡后至芰香处一谈。

十七日（8月3日）

早，出拜黄蒙舟太夫人寿。叔民处话，荷花盛开。到竹朋处，同至灌蔬园步，过四景园小酌，丁东所开，甚敞，于今日奇热何？温拌面佳，酒亦陈。归，热极，而上房有丁太太来，至暮方去，可怜亦可厌也。晚饭时，稍阴凉。

十八日（8月4日）

寅卯间大雨，前后院水满，辰后住，阴晴相间，热不可解。沈友竹来，署道，二十日回。

十九日（8月5日）

阴闷热极。连日看《东华录》一过，乃不成书。发都寓书。邸钞，知彭咏莪以精力不及，出军机。杭州屡有折报，竟站得住邪？孙星华差回，未晤。嵇十五来话。

廿日（8月6日）

热稍退，有秋信。王蒖庵署阳谷，来别。苏炳臣、李仲衡先后来，夜少凉。

廿一日（8月7日）

阴，闷不得雨。张海帆来，久坐。又张升谷来久坐，真不怕热。葛家送满月礼，止收“五世同堂”一扁，余为太恭人书贺也。酉初刻十四分立秋。夜奇热。

廿二日（8月8日）

阴晴半，热似差，梅卓庵来谈。陈石邻来别，说明日往临清州接州同印去，即回省当差也。旋闻明日未必行。

廿三日（8月9日）

阴闷更热，细雨一阵，今日而不晴也。葛生来领题。

廿四日（8月10日）

更热。早饭后出，诗舟、石樵俱未晤。弼夫处谈。杜云巢话，归。晡复出，叔民处谈。江阴复失。早间得都寓信，松江收复，嘉兴胜仗。盖松江之贼，复窜江阴耳。杭州或尚可保。惟曾帅迟迟，欲先到江北布置漕、盐二事，以东南付之他人矣。仲云信来，以湖南单薄为虑，盖兵与将俱他出也。兼得鲁川、少言书，十七日天津北塘攻克夷匪。王赞廷请在香士处，晚凉差可。

廿五日（8月11日）

课，“君子信而后劳其民，未信则以为厉己也”。太热，免诗。午间，大雨，前后庭院洋溢，然不解热也。腹又泄，昨酒所致。

廿六日（8月12日）

雨竟日，虽不甚大，然不甚歇，已有苦雨意，剧望晴矣。阅卷一百。阴黑甚早。连日请邹小山看泺儿，其实无毛病，因晨间似厥，盖肝气耳。黄金山来同晚饭。

廿七日（8月13日）

晨，出拜中丞生日。谢茅鹭湄步。因寄湖庄小坐。到四景园，香士约叙，客仍萛廷、少秋，竹朋后来，同酌。面后，写对三付。客渐多，天亦渐热，归。阅卷六十。

廿八日（8月14日）

阅毕，午间出榜。发都信。阴雨不大。

廿九日（8月15日）

丑正后大雨至天明，遂竟日未住，大小不等耳。望晴之至。

阅《范书》起。

卅日（8月16日）

阴复晴，时有细雨。晡出，至因寄湖庄，竹朋做东，请杜云巢、钱香士、郑小山与余，本请历亭，因雨改此。酉刻酌散后，仍至惠泉寺一游，修葺未竟也。余先归，补吃面一大碗。

七月

初一日（8月17日）

大晴可喜。仲衡来话。赵饴山前辈从利津来，为团练事，前办武定团数年，乃熟手也。谓团而不练，可守乡闾，而免筹经费，无警之府县，此计可行也。方深甫来，知阳谷馆事，尚不知，即遣人往问王赞庵，知已去拜，赞庵晚来，已定局。王荣柏来见，鲁之兄令孙也，捐盐场，居此，未到过四川，光景尚过得去。黄伯初来话，看杜惺堂，患痢已愈，郑小山久话去。

初二日（8月18日）

晴，稍热。午间，梅卓庵来晤。王秋垞从兖州来，言子梅两足病痿，奈何！晡出，回拜赵饴山，回候他客归。饴山处遇杨协卿谈，见邸钞，石逆窜贵州，湖南兵收贺县。闻夷人占住天津北塘，距大沽三十里，不知僧王何无动作？孔经孳来。

初三日（8 月 19 日）

阴晴半，静，闷不大热。晚约杜云巢、郑小山、钱香士、李竹朋、袁雪舟酌，颇畅。亥正二刻方散。睡时将子正。

初四日（8 月 20 日）

方深甫来，知阳谷已下开，未能即行也。昨买得朱莲所代销碑帖零件，有朱拓长《武荣》《衡方》，拓尚旧，可爱。杨旭斋送阅傅青主诗卷，小有致。

初五日（8 月 21 日）

课，“以意逆志，是为得之”。含饴弄孙，得“饴”字。辰初二刻方点名，渐迟迟矣。午间，赵星海来话，谈诗何必《秋兴》八首乎？杨协卿来谈，少风味。闻天津夷匪窜扑，吾军大挫，有提军阵亡，京师警矣。夜雨。

初六日（8 月 22 日）

雨竟日不住点，甚忧潦也。阅卷百二十。汪佛生晡至，因留酌，问悉湘中光景，联侄辈于五月二十日到湘，住马家巷一租屋；易念园、黄南坡、胡恕堂诸老友俱适也。联侄及仲云均无信，亦奇。

初七日（8月23日）

雨住而阴，午间偶见日。黄立三来久话。申刻阅卷毕，酉刻出榜，孙生毓麒文奇佳，旷代才也，何识者之难遇乎？昨得都寓二十九日书，津警方迫，南军平望再失，杭事又紧。

初八日（8月24日）

大晴可喜，而客至者多，颇扰清课也。夜来不好睡，今日亦乏，郭石臣辞行，将往昌乐去。屠槐生来话。黄质夫、朱熙芝、郭梅庵同话。熙芝谈南事，惨闷惨闷。

初九日（8月25日）

晴，方深甫辞行。杨旭斋亦将就馆益都。朱时斋晚来，得都寄初三信。

初十日（8月26日）

迎家神，早晚供起。汪叔民来话，旋饷沧酒一瓶。晡出，香士请因寄湖庄，客止余与筠巢、竹朋三人，小山说有感冒，不能出。湖边晚景殊佳，入醉乡矣。到香士上房，多丽藏匿，可笑。竹朋处新纳姬，已先睡矣。月色好，子初方寝。

十一日（8月27日）

晴，稍热。仲衡饭后来话。陈弼夫来，言得德州探，津门和议将成，且暂慰，月前到。

十二日（8 月 28 日）

早，文东交来，余未会。午间，旸谷、石林来话。暮，呼位东观察来晤，从潍县税局回，因烟台为夷据，由中丞奏请撤局，不允也。闻天津为夷陷，奈何！

十三日（8 月 29 日）

晨，小车过叔民，知天津于初八日被夷人侵入，不伤官民，如广州例，分治之意。惟和约过于无状，已由中旨全答应，天朝体统，得无替乎？食常州茄饼。看庭花，秋景转佳。新罗大画，亦稀见之品。归饭。梅卓庵、章师舟、刘晋珊先后来，绵缠遂至暮间。闲谈访要，非余所愿也。月下坠阶，伤右膝，不打紧，却且一惊，可警也。

十四日（8 月 30 日）

裹药，露青，幸未伤筋骨，竟日静。先出看郑小山归，与伯尊一话。申正后上供，烧包后，梁昆甫来晤。晚赴弼夫约，席设也可园，看月，酒佳，得小醉。归迟，将子初矣。发都信。晨剃发。

十五日（8 月 31 日）

天气燥，竟日静。止张海藩来一晤。夜月佳。黄菉舟月课，来晤。

十六日（9月1日）

晨出清方伯处话，秋堂槲影，水声极佳。杜筠巢处话。李竹朋感冒，已渐愈。归，巳初后矣。午间静，晡出，黄笠衫处话。茅鹭湄处请，不敢多饮，同席客：钱香士、黄莱舟、汪晓堂。席间，出小洋盒，中间时辰表，两旁各一小娃，一弹琵琶，一拨阮，有声态，亦奇玩也。闻天津和局将成，又可将就过去。筠巢买得葛家书，交存我处。

十七日（9月2日）

静，写对子一阵。桂桂赴郑篠翁席。屠啸云来谈。

十八日（9月3日）

晴，燥热甚，竟日静。晡时，李竹朋来，忽大风雨，雨大而不久，夜仍滴沥。

十九日（9月4日）

阴，雨未已。携儿孙同蓟门先后到四景园，晨酌颇畅。写字一阵。带三孙往钱家庄坐船游古历亭，至鹊华桥上车，至汪叔民园馆小坐，归，仍未晴也。晡时，明月舫都转来晤，前日甫由南路回省，说外间农收极丰，省境一律安静。

廿日（9月5日）

桂儿四十岁生日，天晴，不甚热，有贺客十余人，老翁却静得好。晚间半席，出陪客，畅叙，蓟门外，止同乡张海帆、汪佛生、郑氏叔侄，酒多，不大醉。得都寓十四日书，都中尚不大惊荒。中有联侄长沙来信，沈家姑爷到湘不久，病殁，可怜祥侄女也。钟曾聘室亦病殁，怆怆。

廿一日（9月6日）

李仲衡来一话。孙星华来，将许印林书价十五金交其寄往。桂桂出谢客。杜钦使昨今皆审案。吴婢江萍遣往东关外徐家为养媳，相依两年半，亦难为别也。

廿二日（9月7日）

白露节，竟日静。

廿三日（9月8日）

早出，汪叔民处话，知二十、二十一两日审案光景，博守交首府，区令交首县看管。学院衙拜夫人生日。出，至钱家庄小憩，回候明月舫一谈，归早饭。午后，韶女及阿双往拜寿。小山约晚酌，同坐有汪佛生，颇醉，清辅亭来话。

廿四日（9月9日）

徐绍圃从京回，知大概安静。惟圣躬咯血复发，户、工两案严紧将结。小山学使来辞行。昨余得十八都寓书，知郴、永后被贼扰，奈何奈何！发都信。

廿五日（9月10日）

课，"三戒章"。陆憩五岳，得"游"字。午间出晤余芰香、王伯尊、陈弼夫、钱香士、郑小山，归。晡复出，汪叔民、胡小琢同请，客有吴慕蘧、杜西樵、屠啸云、姚子良，肴酒俱佳，亦薄醉矣。发都信一纸，交慕渠，说明早有捷便入都也。小东送阅顾南原钩《华山碑》，郭元伯本。

廿六日（9月11日）

阅卷一百。热，蚊难耐。祐曾十岁生日，早面，夜酌，先生邀看戏，吃四景园去。

廿七日（9月12日）

阅卷毕，申刻写榜。比昨少凉，而蚊子仍毒。桂儿拜石邻先生生日，钟曾吃面复回。

廿八日（9月13日）

竟日静。邸钞，知江沔大水，湖南滨湖各县俱成灾，抚恤。

前闻亳州蛟水，淹毙捻巢万余，又江北大水，淮、湖并涨，已见钞报。前京信说，廷寄令骆籥门往蜀，而无明发，兹命署抚文格办赈恤，则骆中丞往蜀确矣。张海藩晡至，将往郯城查案去。桂桂赴陈太先生请。

廿九日（9月14日）

晨甚凉，午后晴，亦不如前热。

八月

初一日（9月15日）

《范书》阅毕，距六月二十九起算一月，中间阅课卷空四日耳。隶课久歇，今日临《樊敏碑》起，写大字，渐有力。

初二日（9月16日）

临第二通，写大字多，腕更健，入秋湿气敛也。张虎头之次郎仲虎来见，其兄小虎阵亡于金陵，弟叔虎阵亡于高唐，尚有弟季虎。晚赴屠啸篔请灌蔬园，客有叔民、西樵、小琢、慕渠。酒不佳。散后，到四景园，写大字不少，惟遇黄用之泥酒搅兴耳。邸钞，两斋俱递联衔封奏，不解何事？和夷尚未成议耶？慕渠说汴梁戒严，杭州被围已解，上海止北门未被围，似闻已陷，奈何！

初三日（9月17日）

临第三通。早饭后出，方小东处借《三巴舂古志》。《樊碑》释文多确，惟东京各碑多摹刻原字，而此及高、欧止录释文，矜惜板片，甚可惜也。灌蔬园王伯尊请早酌，热颇甚，肴酒不佳，余更不思食。客有叔民、紫庭、常笏臣（庚）、徐子信（顺昌）、丁蓉村（堃），皆初见。子信面有书气。归，人颇倦。复问叔民索沧酒来。

初四日（9月18日）

晨凉。闻汴梁被捻窜入，庆中丞退保怀庆，大可惊谬，胜克斋未被劾入都，毛旭初归办团，所办何事乎？北五省都震动矣。连日闻夷兵至通州，廷议主战，尚未有动静，蒙古兵到了二万也，焦急之至。发都信。回湘之计，岂竟不成耶？且盼汴捷耳。晚见邸钞，豫抚报全境肃清，贼遁老巢，为一慰，汴陷盖谣传耶？

初五日（9月19日）

课，"焉用稼"。孝弟力田，得"京"字。临《伯时前碑》一通，夜竟。

初六日（9 月 20 日）

早出，至历亭，拜叔民生日，本先有公局之约也。不见一人，遂至钱家园，香士来话。过陈弼夫谈，知都城光景，夷兵逼近通州，圣意主战，而尚未决期也。沈云巢前辈处话，知暹道由海船往浙，系六月底事，此时吾子敬想已卸粮道任矣。归饭大迟，阅卷数十本。晡仍出看清辅亭，病愈。知圣意初欲幸热河，因百官谏阻而止，归晚矣。午间晤屠槐生、陈石邻、戴心斋。

初七日（9 月 21 日）

阅卷竟日，毕。早饭时，得子愚二十八日都信，有停止热河行幸之旨。都中尚粗安，内城多抢案，城上尽兵棚耳。

初八日（9 月 22 日）

临《伯时后碑》，接临《叔节碑》，久别殊生疏矣。昨都信说，松江收复，上海解围，于潜、昌化、临安收复，杭州稳住，且差慰盼。

初九日（9 月 23 日）

晨凉，人竟日不甚适。卓庵来话。陈弼夫来话。连日查缉东关外庙僧谋滋事及盐匪谋劫狱两案，可虑可幸也。寄乔鹤侪书，中有与陈鸿书，由臬署去。

初十日（9月24日）

临《叔节碑》竟。写大字多。朱载基由常州回，东贼势方炽。各郡县有团，皆白布包头，贼亦非不惮。乡间尚多安静处。敬琴舫、茅鹭湄同话。琴舫将往德州，同李芸舫查四女寺筑坝，欲汤水以困夷船也。

十一日（9月25日）

阴静，无客，写字多。邸钞中见初六日上谕，为夷酋逼近通州，赫然震怒，务在歼旃，通行晓谕。大哉王言也。

十二日（9月26日）

晨凉，午热。早饭后，出贺梅卓庵生子。贺陈弼夫乃孙入学。贺钱香士开复藩司。吊朱临川断弦。汪叔明处闲话，归。邸钞见骆中丞报郴、桂、永、宝靖同时告警，而中丞将入蜀，左季高助曾军，吾湘军事，将谁恃乎？

十三日（9月27日）

晴，更热。李世兄（淳），日照人，带到印林信。李系父亲入学门生，戊戌进士，江西铅山令。庚戌，余奉讳过其境，上船祭，余竟想不起，可叹也。叔民送到昨晚探报：初四日逆夷两千余逼通州，经载垣、穆荫理谕不服，决意入都城，穆君忿怒，立将夷酋巴亚里等生擒九名，械送京师，戌刻入城，因有昨旨。是日僧王兜剿夷人二千人，无生还者，真一大快事。

十四日（9月28日）

阴雨可喜。巳刻闻决盐匪十名，去秋武定盐枭要犯，因此次擒获，谋欲劫狱匪犯，故今日出决，亦大迟迟矣。送节礼纷纷，果饼酒多多。发都信。

中秋（9月29日）

竟日雨，静甚，且多写字也。豆已旱，得此可救。各处差人贺节。见邸钞，浙兵收复广德，李若珠丹阳胜仗。孙纪堂同年乃郎汝贤来，知由皖回，住邹县。

十六日（9月30日）

儿妇生日，早面晚酌。明月舫署运来课，钱香士来，皆谈及逆夷逼都门，仗互有胜负，都城紧急。初九日，无直日及召见，奇事可忧也。阴雨复竟日，陈蓟门移行李去，明日就章邱馆，于孙辈四年师弟，转瞬不觉。梅卓庵早来，未及谈。孙汝贤（子乔）来见，年轻捐官，可见纪堂之谬。晡抱涿曾过惺堂话。筠巢差人入都回说：各城门俱闭，开者止三门，每日亦不过开两时许。

十七日（10月1日）

雨竟日，无客。夜无邸钞，可忧之至。买马两匹，一廿七千，一四十八千，皆京钱，价相悬，仆辈说驽、骏囧殊也。今日临《西狭颂》，得两通，转无主意。夜间方伯专人请，中丞回省，有何紧事？

十八日（10月2日）

雨止。晨出至叔民处，惊闻圣驾初八日往热河，惠王监国，恭王统帅六师，胜克战于沙窝门外，得胜受伤。早饭后，出吊明月舫叔母之丧。据云，得乃弟十一书，圣驾于初九日銮旋。至弼夫处，据吴慕渠得都友书，并未回銮，胜帅受伤殒命。皇后于驾行后带阿哥回宫，此社稷之福也。余事不尽确，大约都城尚粗安耳。晚复出，至谢旸谷处谈。申刻后，装书箱行李，至二鼓方毕。

十九日（10月3日）

卯初起，卯正，车次第行，至辰初方毕，共二把手，四十三辆，派陈芝、陈三、姚夔、王顺四人押运，县派役四人护行。陈弼夫来久话，疑余即同行也。早饭后，李仲衡来话。申刻，见十四邸钞，虽无上谕，然按期至东，想见都中尚静也。

廿日（10月4日）

更大晴。午间，团练局齐集于讲堂，齐后，往贡院，请钦使阅视，仍回讲堂，一集而散。安平康乐和亲六团，共二千余人。王湛余来话。昨复宗涤楼书。为孔诚甫墓铭篆额，附去。

早间，叔民来。晡时东寅来。

廿一日（10月5日）

何世兄诒孙来晤，赓卿之子。上房收拾忙扰，而丁太太尚来缠，无可如何也。幸其四郎来，即劝令促归。申刻，出晤弼夫，问都信，无所闻。因顷得五弟中秋书，言僧、瑞军俱溃，夷兵扎江察门，城内十室九空，伊与寿臣亦欲往涿州也，大局散漫矣。子敬义槁办饷及盐，在宁、绍之间，甚闲雅自在，亦为之一慰。晚用四景园菜上供，团话，清行李至半夜。

廿二日（10月6日）

上房收拾至辰正方成行，二妾、一女、一儿、一妇、四孙全行，共轿车九辆，四系鼓棚，四家人，翟融、王春、冯发、李打杂。四鼓棚每辆京钱百千五，轿车四十三千。前次二把手每辆京钱十八千，不算贵。余肩舆抱泺曾送出西关，上土路，交与娘，一路安眠，可放心。此儿未百日，已见书即唱读，左右展步。夜见灯烛，即安睡通宵。见酒，即踊跃要吃，是公孙也。巳初后回书院，觉冷冰冰的。陈石邻来送行。午后，客有沈云巢前辈、朱时斋、王伯尊、苏炳臣。夜成独酌矣。桂花大开。得陈芝刘家集信，安妥。

廿三日（10月7日）

昨夜尚好睡。黄伯初早来。葛启林来领题，同早酌，颇热。

桂花齐放，一丹一银，皆极盛。午后，谢旸谷、杜惺堂、王缊之先后话。缊之从汶上学来，赠我《封龙山》《三公碑》，知上年小松《三公山移碑》《曲阜图记》皆伪矣。得儿孙齐河信，上路平安，可慰。邸钞到十八日。

廿四日（10月8日）

昨夜不得佳眠。天阴，桂香，更闷。早雨数点。饭后出，晤黄六舟、汪叔民、苏炳臣、郑老四、茅鹭眉，知方伯得十八日家信，内城尚静。郑处张仆接老墙报家信，亦无事。惟峄县有捻警，曹、单团有口舌，费调处。归憩。晡复出，晤吴慕渠、陈石邻，石翁处见王令片，有十七日伊都统开仗获胜，僧王由黑字截杀，夷人退至八里桥之说。晚得方小东札云：团使处有二十日都信，和议已成，为之甚慰。即札问杜侍郎，复云无之，又不可解矣。酒后，写对子十八付，燃烛作书，笔情超异，自喜，谁其解赏之？课题“管仲且犹不可召”两句。偶有名酒，得“名”字。

廿五日（10月9日）

父亲生日，早晚上供。竟日阴，午后雨，不甚大而未住，晚乃晴，见星。约客晚酌，因得云巢信，说得二十日京信，和议已有八分，恭邸权主一切，心为稍慰也。方小东、梅卓庵来。汪叔民、胡小琢俱有他局不至。今日写大字少力，不可解。

廿六日（10 月 10 日）

阴，细雨。走至卓庵处换衣，至朱临川处，吊其夫人，于无锡失守后，在长安桥自缢也。陪客至午初方归。早饭后，阅卷。黄六舟前辈来话，得二十三日儿孙酉刻到庄平书，一路好走。

廿七日（10 月 11 日）

阅卷，闷甚。客有彭锳、董毓葆，董世兄从京来，十九日出都，亦言和议将成未成，恭邸推让，不肯作主，奈何！鬼子无入城者，巴里亚高庙养病之其议耳。胜帅伤愈，仍督帅，可慰，未死也。

廿八日（10 月 12 日）

午正，阅卷毕。早间奇冷，三棉上身矣。申刻出榜，并写题解示之，因诸文多痛骂夷吾也。晡出，晤杜筠巢，知和议尚未成。而二十四日有夷人突至圆明园，烧大宫门而返，如入无人之境，奈何！二十五日定将巴里亚还之矣。出至叔民处，遇胡小琢，索饮酒，不佳。归不适，冷凄凄的。午间，写大字。今日极冷。

廿九日（10 月 13 日）

晨写扇，比昨暖些。午间，写大字极多，文星崖横幅奇大，费力之至。星崖申刻回城，闻不日带兵北行。辅亭署抚，弼夫署藩，筠巢亦令。赵康侯带勇三千赴援北行。今日邸钞见上谕两条，自初八日圣驾往热河，久不见矣。吴慕渠晡来话。

九月

朔日（10月14日）

写大字、小字俱多。文中丞来话，即辞行，说初六北行也。仓子仪候令来（景长），小平嫡堂兄，嗜学书，言左臂书熟，亦可如右臂。朱时斋来话。陶廉泉信来，问桂儿行期，约同路走也，何迟迟乎？即复书去。

初二日（10月15日）

写字亦多，连日未临隶帖矣。陈弼夫、明月舫先后来，知都事不可问。邸钞中有上谕，自热河行在发。孙星华来，将往江南接眷去。张升谷来。张海藩从郯城查重坊案回省。

初三日（10月16日）

昨夜雨，五更大觉，不寂寞也。晨起小雨，出拜方伯太夫人寿，叔民处话。回抚军拜，因客多，未拜会。回拜陈栗堂同年。归，得子敬七月五日杭州书，来往省垣、义桥间。杭城仍紧急，吴婿信甚详。又得子愚二十六日涿州书，不日又往保定去，可怜可慰。都中迁徙一空，止六卿实缺者未徙耳，眷属亦俱出矣。即作复子愚信，带交弼夫即发。弼夫处久谈，遇笠山同话。出南门，晤王石樵前辈。回至余芰香处话。归，写大字一阵，遂昏黑。竟日阴，时有雨，亦偶见日。鸦噪庭树，甚喧。梅卓庵子满月，贺以二诗，此事久歇矣。

初四日（10月17日）

昨夜后凉，今日晴，大风更冷。卓庵、仲衡来话。见二十七、八邸钞，都城尚无恙，有谕旨数条。江北贼酋洪佃一、薛成良俱擒获正法。未刻大风，奇狂，鸦飞涨天，庭前老树枝柯，带叶坠满地。阅道言《内外秘诀全书》，无解悟处，从石邻借来者。

初五日（10月18日）

"子曰吾十有五"一章。天骤寒，免诗。午间出晤中丞，昨日未接明年关书，实因主讲烦闷，松楸念切也。明月舫处话。钱香士处青金石镜，见竹树皆红叶，天色正蓝，亦怪事。过杜筠巢话，都事无佳耗。回来则叔民、栗堂、小琢同到此，未值，皆从济南书院来，因嵇春源祠告成，今日升主也。中丞送酒二坛，佳。

初六日（10 月 19 日）

阅卷百，烦极。朱时斋来谈，陈石邻、屠槐生来谈。旧被添新棉，甚暖，昨日、今日白天俱冷，盖已有霜矣。

初七日（10 月 20 日）

阅卷，午初毕。筠巢处送到德州禀云：得都信，于二十七日和议已成，先给银二十万两，夷人退至通州，余尽至天津海口再议。官商士民，次第搬回，衙门已照常办事，大慰大庆也！梅卓庵、王五桥、张海藩先后来话。出案后，出至清方伯处，据云：德州探属子虚，今日尚有六百里加紧至钦差及巡抚处。因往杜筠巢处问，则云：初四日曾接有六百里文，方伯误看报单也，然则都中事可信矣。回换便衣，至四景园，算是卓庵做满月酒，同席汪叔民、胡小琢、张海藩、王五桥。酒后，写对二付。

初八日（10 月 21 日）

晴暖，作霜也，晨写扇一阵。午出，晤黄六舟。陈弼夫处，见小松隶联："退一步行安乐法，道三个好喜欢缘。"字亦别致。过黄笠衫，不晤。李仲衡，不晤。今日无京报，可怪之至。晡后，写册子有兴趣。弼夫申时接藩印，星崖亥时交抚印，辅亭寅时拜抚印，湛余明日接臬印。

初九日（10月22日）

昨五更大风，今日阴冷，千佛山不好登矣。六舟前辈送到冬修并程仪。午刻接桂儿初一日尉氏信，知二十九渡河，往汴城南门外，初一至尉氏，一路平安，樊城路极好走，甚慰甚慰。杜筠巢来，知都中和议尚未了当，须恭邸见面方定也。中丞带兵北行，未正后方起身。冷闷殊甚，闻千佛山登高人不少。

初十日（10月23日）

写字奇多，然埽不清楚耳。午出，晤清辅亭，至学院署，晤郑次垣，回与余芰香话，归。郑姑太太送四肴，邀李仲衡来酌，方小东来，亦入坐。

十一日（10月24日）

仍清字债。王湛余、清辅亭、钱香士先后来。陈弼夫来久话。张海藩略话去。晚出至灌蔬园，陈栗堂同年请，同席汪叔民、杜石樵、吴慕渠、梅卓庵、胡小琢、王五桥，肴佳，酒劣，不敢多饮。而诸君豪饮，自愧不如。

十二日（10月25日）

夜不好睡，寅正遂起检点，卯正二刻，方放醒炮也。晨出至四景园，买山楂糕。宝石斋借《圣教》，为弼夫补足，因前年竹纸戏临本，为弼夫攫去，今装成册，极可观，少后一叶也。

有容堂买对纸十付，归饭后，写赠诸公：清辅亭、明月舫、黄六舟、黄笠衫、王湛余、汪晓堂、吴慕渠、茅鹭眉。又弼夫家祠联，又胡小豚一联。又写“法华小舫”“玉琴山馆”“燕来泉”三扁。申初出辞行，俱不拜会。惟杜云巢处一话。然周转后，到弼夫处，已昏黑，客惟钱香士、黄笠山，颇畅适。酒间，筠巢送信来，说闻都中宴夷酋之日，僧邸暗计，醉夷兵而杀之，二千名无脱者，痛快可浮一大白，恐未必有此事也。酒后为弼夫写大字一阵，亥正后归。余芰香在此相待话别。吴慕渠来话。李晓樵来晤，睡时子正矣。馈赆者：弼夫五十，月舫三十四，慕渠二十四，六舟二十四耳。

十三日（10月26日）

五鼓起收拾，天明全清。杜惺堂、李晓樵、葛启林及书院诸生送行，甚依依难别。辰初一刻行，余由西关迁至丁家，送其归资三十金，打门久之，方得丁老大一见。至灵官庙候仆辈来，方同行。四十里，杨家台尖，长清管，离历城界二十里。尖后三十里，至长清，入东门，出南门住。昨为弼夫写《题坐位帖鹰字韵诗》，今到店复为写去年《题《阁帖》用鹰字韵诗》，以成全璧也。然弼夫亦过贪矣。一轿共夫九名，每日京钱九千文，二轿车每两价京钱四十一千。带翟明及贺恩行，陈芑舍不得，无如何也。白玉不愿远游，且今照应陈芑，故亦不带去，而荐与月舫、芰香。又韩厨子荐与弼夫。在筠巢处草一信，托寄保定与子愚。杜眷亦全至保定矣。晴暖甚，夜有月。

十四日（10月27日）

卯初起，卯正一刻天明，方行二十余里，归德街，共三十里。翟家庄，然无一翟姓人，盖古庄名也。共五十里，水里铺尖，潦草之至。小村店，车在街上歇息。尖后，渐入石路崎岖，又值雨，滑甚，共五十里，入平阴东门，出西门，路南店住。住屋向南，门有石榴树。到店将酉初，阴黑，车后至，亦言石路难走，甚于泰沂间也。夜小雨。

十五日（10月28日）

卯正二刻方行，仍阴渐开，有雾颇大。二十里，王好店小憩，又十里，站里尖。尖后，二十里，至小泰山一看，乃天齐庙在坡上，非山也，况小岱乎。吴筱亭差人来迎，入东门，到东阿县署，与筱亭同年饭。即出示所著《六书微》，探根蹶窟，意根钟鼎，虽傍许书，实空其科臼，但时有过于斧凿处，恐成功非易也。诸城丁小仙住此，亦治六书，年七十，健谈，晚饭同席。又有筱亭乃弟竹侯，临清州判，以无事居此。又陈启周（文显）在此就征比席。署宽而荒，茅屋土院，树木亦不多，后园种菜，佳。粥夫专为递信，话别情挚，仍索书未了。子初后睡，亦不甚安眠。

十六日（10月29日）

晨起，出北门东转，至黄石公灵显观，塑象白发老人，有唐大历分书碑，颇有古意。碑阴叙裴公序修祠，李卓后名栖筠。文后篆字一行，则题裴平书。分书写碑，而小篆题衔，亦别致。又有宋咸平分书碑，亦可观。余则明后碑，古柏数株，佳。归剃发后，同筱亭兄弟早饭，巳正后矣。余出东南门，十五里，到洪范池，池二丈见方，澄碧水旺，如明水池然。西边有小书院，为洪范书院，言左山有东流书院，亦有池水，两池水俱入狼溪河，其溪正源，则去此尚十里，合流入城，出城归盐河也。未到池所，先三四里，有于文定公（慎行）墓，万历年间，御碑祭文，极宏伟，石人、马、虎、羊、华表俱高大，墓前方碑，题资人之墓。尽前有“恩光泉壤”“宠溢松楸”两大碑，分立左右。闻此间于家人不少，无显贵者矣。回署将申正。筱亭今日开廒，廒两处，一在城内，一在五十里外七级地方，先到内廒，即往七级去，今日不能归。晡时写大字一阵，晚饭同小仙、竹侯、启周酌。灯下看丁小仙（大椿）《论语》，极有识见；谓《学而》《为政》等各章次第俱有意，说“千乘”“多能”“雅颂”俱精，惟不喜朱子，致有嫚骂处，不可不可。夜雨好睡，五鼓，仆人说，自廉泉有警，距城十余里，署中颇空空，而筱亭未归也。

十七日（10月30日）

卯初起，收拾候筱亭，至辰正不来，止好行矣。东北至桃源，风雨大，不敢过河，仍行至王好店庄小憩。问得西北行十余里有滑□可过河，未刻后过河，到庄家屋，车后至，不愿行，遂住此，方申正也。闻平阴亦有抢盐店事。昨日教书先生黄寅谷来见（聂），丙辰归班，云南人。

十八日（10月31日）

卯初起，大月，对面屋向西也。卯正三刻方行，避积水，二十里，铜城驿尖，属东阿，有管号人，鲍姓，现煮饭吃。尖后，向西行，至邢庄，舆夫又吃，许久方行，共五十里。到东关，过运河闸桥，阛阓嗔咽，街有四五里长，系水陆之冲也。饭后，写信一阵。燃灯，过鼓楼西，访王子梅，病两足，废不能行立，苦甚，谈尚可。余寝后，差人赠砚及高丽信筒。无大米饭，而面殊佳。换钱一次。

十九日（11月1日）

卯初起，卯正三刻行，至西关，候至辰初二刻方开门行。护城河水大，由运河漫入者。西南行五十里，一坦平阳，至沙镇尖，东阿两役遣回，带去吴筱亭信，又复陈弼夫信，内有致清辅亭、明月舫、文星崖、郑小山、杜筠巢信。并寄子敬杭州家信。尖后，三十里颇大，到莘县南关外住，从前随侍时，住城内书院，南北应试，却未曾住过此处也。晨寒，午后稍暖，车夫因无班儿车，索每日加钱一千。大沙镇有灵芝亭。

廿日（11月2日）

卯初起，卯正三刻后，月未落，天明迟也。四十五里，朝城北关外尖，土城荒凉甚。尖后，入北门，出西门，又四十五里，观城东关住，今日路不小也。天阴早寒，午后暖。遇汴来车，说路途平静。

廿一日（11月3日）

卯初二刻起，卯正二刻行。阴有细雨，遂竟日，不碍行也。五十里，关庙街尖，清丰县管。又四十五里，开州壮关外住，一路西南，麦田弥望，走至州城内荒凉，想必有热闹处也。绍兴邹玉樵来话，又村族弟，将往京接家眷去。言八月烟桥溃后，袁帅、翁抚俱失势，在汴似闻有九江失守之说，或不确耶？换钱二次。玉樵名蕲，乙卯乡榜。

廿二日（11月4日）

天阴，后晴，有月，起早行迟，辰初方行，为月所误也。西南行五十里，大北道口尖，滑县管，空阔匆促之至。未正一刻行，又五十里，滑县东关外，借余姓店住。屋中堆积秫柴，打扫东南一角，设榻，仆子卧草地，因南关大会，屋占满也。地入中州，土膏滋润，梨、柿成林，红黄溢目。竟日阴晴相间。尖次遇东来海味大车。

廿三日（11月5日）

辰初方行，舆夫疲得讨厌，天大明方起也。西南行四十里新寨尖，潘县管。尖甚久，又六十里大，西南卫徽府，过大桥，西关住。走黑路，戌正方到，尚有一车后至。桥下河即卫河运粮者。店俱为兵差所占，中丞将带兵北行也。前月滑县出案，镇、臬、道俱往，拿二十余人，解省审办。

廿四日（11 月 6 日）

天大明方行。向东南入城，拜何圆溪太守，丹溪同年之兄也。久始出谈，甚朴，问知都中和议，尚未定局，奈何奈何！两湖无事，安庆无克复信。留酌，吃面，巳正二刻行。向正西二十里，至山彪小憩。又行约五六里，至潞王坟，圆城巨工，碑大，字题“敕封潞简王墓”，中有妃合葬。万历、天启俱有赐祭碑。西不数百步，有护国万圣庵，中有三教同源各殿，内为潞王次妃赵氏坟。前朝香火地五十余顷，今归入书院，尚存四顷余，养活和尚耳。地属新乡。又西行三十里，入辉县东关，署令姚鉴冰迎谒（锟），即入署一话，十八日甫接任，从滑县来，庭有唐槐古傲甚。出西门，西北行，将七八里，至百泉住。蒙泉坐南向北，殊可惜也。近夜，无所见，水光滉漾。流广西南为卫河，东入府城。鉴冰来同晚饭，酌尚畅，客去睡已子初。

廿五日（11 月 7 日）

五更起看月，仍睡，睡不着。辰初后起，步向西行，过石桥，至二分屋清辉阁，有楼，居水中。由西门出，至孙夏峰祠、邵子祠、喷玉亭、灵源亭、涌金亭。看东坡“苏门山涌金亭”六大字，镵迹如新。吾旧藏古拓，不解后来新拓，何以模胡？

元遗山《太行元气诗碑》寻不见。东过圣庙，周、程三夫子祠，耶律文正祠，有前明邑令张克俭木主并立，看碑，则本系张祠，后祀文正也。池东沿，石峰殊胜，似有亭址，由思贤亭回。点心后，阅县志，衙餐不来，现寻米煮饭吃，巳正后矣。午后，坐小船，支幌如吴舫，至涌金亭，觅得遗元诗刻，在亭外西墙下，完好之至。步至“子在川上”处，并登啸台，在山顶上，山本不高也。然已一身汗出。回写信一阵，姚鉴冰来话，旋别去。余写大字一阵。夕阳佳妙，登舟沿溯，晚趣尤胜。今日立冬，换皮袍。

廿六日（11月8日）

巳面又饭，巳初一刻方行，过县西关，绕南关，西南行二十余里，成填小憩，入新乡界。又十八里，入新乡北关，拜县令，无衙门，住公馆，未值。出东门，住路南店，刘香轮大令（前轸）迎见，癸卯乡榜，大挑，南海人，满面书气，难得，到店未正耳。晴暖。一路柿林、麦田，将到县，过桥，桥下即百泉，下流入运河者。每年春夏，水灌稻田，河干矣。稻收后，始通运，商船云集，水本不甚大，卫河亦不尽靠此。阅《新乡县志》，为自明以来至国初，欲以沁入卫，议屡不敢行，沁水浊且大，入河助河害，入卫又为卫害，即丹水分出济卫，而正流入沁，不能令入卫者，以卫河势弱小，不堪受巨流也。治水之难如此。为香轮写联幅。

廿七日（11 月 9 日）

黎明起，饭后，辰正一刻方行。向南二十余里，福兴集小憩。又东南行，一路沙卤，不生草，共算六十里。入小北门，仅容肩舆，别有大北门也。到县署，与林令锦堂一话，地方简苦，无人来往。林令，北通州人。出至西门街路北店住，刚未正二刻。车于申初二刻方到，沙路难行也。林令来回拜，一话。晚餐白菜妙甚。自带绍酒，罄。阅县志，张苍、陈平，皆阳武人。

廿八日（11 月 10 日）

天明后，辰正方行，沙深不好走。出南门，向东南三十里，赵口渡河，闹事口憩，吃面两盂，车到方行。东南二十里，东张住，中牟管。阳武家人王姓护行，颇朴实。帮儿车每日京钱三百二十文，轿夫每日一百大。此间无驿站，止预备河督、河道查勘差事，故有大公馆。余住东头路北店，亦不小。过河后，大暖，几不能裘。

廿九日（11 月 11 日）

天大明方行，三十里不大，回回寨尖。又三十里，沙路不好走。入汴城西门，新调祥苻令瑞徵出迎，闻说圣驾有已回昌平州之信。入城后，东南转，至臬署，住边袖石南厅，甫未正后。阴，风定后，雨。晚酌，客有同馆李志和，甚无味，谈至子初方睡，雨未大住。见邸钞，黄寿臣补吏侍，万藕舲得总宪，沈朗亭得兵尚，陈子鹤调吏尚，许滇生冢宰引班也。山东济宁捻扰，由曹县一带窜回巢。中丞处有折差，附与寿臣及子愚各一纸。

卅日（11 月 12 日）

夜来不好睡，因酒不可饮也。天明始少眠耳，不过一刻。辰初二刻起，天晴矣。写山东各信，黄六舟、余芰香、黄笠衫、钱香士、吴慕渠、陈石邻六件，俱封入陈弼夫信内。又寄李仲云信，内有与儿孙书。又寄子敬杭信，俱交袖石官封去。门人傅青余来见，归德守，被毛旭初劾，事已明白，可回任。未初出拜客，罗蔼人太守得晤（景恬），漳浦人。费润生方伯、瑞祥符均未晤。到铁塔上方寺一游，回忆三十四年前游迹，可为怅惘。晨写对子一阵。夜酌，始得见袖石《健修堂诗集》，精警有骨，见所未见。

十月

初一日（11 月 13 日）

青余家人朱万昌来伺应一切，因于西行洛阳一带路熟悉也。午间，罗蔼人太守、瑞馨兰大令及青余同来晤。胡以人有煌，改名廷桢，号苏龙来见。福建世侄高庆政来见。晨午写对联不少。申正出，过相国寺，欲出，门已闭，无乃太早？过陈小坪话，总角之交，相对悲慰，其家运儿孙凋落，可惨也。至青余处，同席罗首郡及胡、何二门人。何鼎今年即用到此，亦黔士。又同馆后辈孙、蓝两君。酒佳甚。先写数扁，方入席，归时亥正后矣。为蔼人题《董临圣教册》。晨剃发。

初二日（11月14日）

晨稍静，傅青余来话。早饭后出，至王春绶帅处，须发皓然，老病颓唐，尚无子嗣，家叠被焚掠，近侨居省垣，俱有伤感。出南门，至白塔，塔仅两三层，宽方别致，有碑，言塔之年岁苦无考。国初时，桂山和尚始修葺，本石繁塔寺。桂山本前明广东举人也。一砖一佛，中空如寺，故不能甚高。傅、胡、何三门人俱在此，乃回。此繁台即吹台，即禹王台也，似比三十年前整齐。禹王殿、三贤祠（太白、子美、尧夫，又益以何仲默、李梦阳，又高子业同祠）、水德祠（历代诸公治水者）。罗蔼人诗在东庑，客有孙子珊及黔士三人。酒后，写字一阵，即入宋门，到署酉初矣。夜与袖石酌，出示近集。青余来，致游山资与筱亭信，交翟升，明日回去。

初三日（11月15日）

卯正后起，辰初三刻行，主人未起，不及面别。出西门，西南行，沙路软，却难走。四十里，包店尖。青余来送，并携庖至，而予已先打尖。午初一刻到，未初一刻行。又三十里，到中牟，入东关，出西关住，青余亦至。鲁子高大令（奉尧）来见，知县城曾被捻破，故荒凉如此。何梦庐后至，写大字一阵。晚与两门人同酌畅话，信难遇之大缘也。一轿、三骡、二车、二仆，又添青余护送一仆，尖时，袖石差人送诗并游资，诗即和去。昨在繁台写百泉对联，付青余刻之："半岭啸声长，苏门山知在何许？东坡题字古，涌金亭或是真源。"上题《吹台访古图》额。今日题《嵩游饯别图》额。鲁令送席，有甘蔗，鲜美。青余庖人，治具佳。

初四日（11 月 16 日）

与傅、何两门人别，怅怅。鲁令送行。四十五里，圃田尖。又三十里，郑州西关外住。城甚大，学政考开封，分八县，在此考也。署牧方恩植（仲培）来见，南京人，望溪先生元孙。望溪后人至今余十余人，上元籍。店屋宽敞，写赏对一阵。饭后送席，未收。临睡有东安席春生、易占元来晤。席为唐敬轩妻舅，易则敬轩之婿。敬轩在省，竟不能来看我，而袖石、蔼人、青余俱云敬轩在州幕交代，无此一面，不可解也？半夜，复来送礼物四包。

初五日（11 月 17 日）

略早，辰初少五分即行，天亦明矣。一路山沟狭路，三十里，卅里铺小憩。又十五里，须水镇。又二十五里，荥阳县西关尖。县令刘志绩（菊麓）来见，送席，即留共饭，山东清平人，乃兄志隽，甲辰孝廉。换夫车，即行，又四十里，汜水东关住。县令刘定榖，县考未来。郑州《荥阳志》，书不成书。午后，路尤狭。成皋、荥阳，古战场，乃如此险狭，不知古时车战，如何容得？今日风沙大。菊农说，曹州此次捻氛甚恶，曹团伤千余人，团首纪熙禄伤亡，可惜。赵康侯之势孤矣。今日行一百一十里。

初六日（11 月 18 日）

辰初行，东关外绕南而西，过汜水船，波清可爱。过水，即虎牢关，有村壁，不险。以后，土岭上行，纤夫四人，肩舆而上，宛然黔、蜀光景，皆狭路。三十里，出汜水界，入巩县界，堡墩颇整齐，见交让路碑相望。费运生作守河南时，因路狭不能容两车，隔一段，令作土坎，可容三车，每车一丈宽，真仁术德政也。咸丰元年巩令聊城王恩泰撰碑文。又三十里，巩县西关尖。县令袁修翰（子骞），乃希肃胞弟。华亭消息杳然，言西府安静，而办团颇得人心也。未正后始行，二十五里，黑石关，渡洛河，早间即见此于东，占在巩县东，煤驮所聚，煤出南山，由舟运汴也。至此，始渡洛而西，孙家湾未住，尖后，又六十里，偃师公馆住。县令邓乐复，子久嫡堂弟。走黑路五六里。阅县志，巩县多北宋诸帝陵，自宣祖至哲、钦。钦宗陵，万不可信。偃师多商陵及唐陵。苌宏墓、杜甫墓，至夷、齐墓，可信邪？谓即首阳也。《偃师志》乃孙星衍、汤毓倬同修，每段有星衍按、毓倬按云云，亦可笑。毓倬当时为县令。《金石志》武灵谷所纂，皆六朝以后石墨耳。每高处辄见河洛水影不远。

初七日（11 月 19 日）

一轿一马一挑夫，仍出东门，东南行，过鲁庄，有姚公井，又忠烈世家祠堂，过侯庄赵城，共五十里，至参驾店尖。路极大，皆土山坡沟。妇女成群，晨出拾棉花，盖遗秉滞穗也。尖后，入石山，路险峻，交界处尤甚，约有二十余里，以后渐平，说三十五里，有四十里还不止。到登封县署，章爱堂大令延住，后院内屋三间，设酒肴俱佳，绍兴人，果有乡味。前厅演剧，本地班，主人请出看，亦别致。今日一路大风雪，雪又化雨，衣服被枕俱湿。携仆翟明，骑马相随，余行李，由车往洛阳，朱万昌、贺恩押行。登封路不通车，故不能同来也。桑店尖次，见两嵩岳石，奇古有趣。据店主人说，少林寺多蓄此。

初八日（11 月 20 日）

竟日阴风细雨，一事不能为，庭院空阔，西院有菜畦，屋院足资游涉，主人殷勤，早晚共酌，出南糟菜，尤妙。阅《登封县志》，毕秋帆抚豫时，洪稚存常博所修，登封令陆君同修。其上浮邱峰、黄盖峰、青童峰、老翁峰、玉人峰，玉女峰有大篆七字，世莫能识。子晋峰、科斗岩，张芝获科斗古书处。郜成山即古阳城地。三涂山入登封界，为缶高山，又东为箕山。

石淙在县东南三十里。颍水出登封西阳乾山颍谷，是为右颍。东流鄢水注之，为中颍。又东左颍，水注之，即洞水也。又东，少阳五渡水，平洛溪水注之。平洛即石淙，即勺水，即龙渊。大狂水出大非青山阳狂水。又西，八风溪水注之，入伊水。小狂水出半石山，亦入伊。洧水出阳城山，入颍水。休水出少室，北注洛。焦水出太室，东南入颍。周公测景台、观星台在告成镇，古阳城。唐姚元、南宫说，元郭守敬俱于此立表，以窥极星，守敬作量天尺处。

初九日（11月21日）

雨冷。巳正二刻，同爱堂出东门，约十里，至中岳庙，由西门入，先看古神库，四铁人守库者，甚古。西北角者，背有阳文字“治平元年三月二十八日”，余字多，不尽可辨。入正殿，丹墀下古柏林立，唐宋各碑，不及细读。仁庙“嵩高峻极”扁。上有楼，为御书楼，最后，万岁殿，殿后黄盖峰，高宗登顶御道，即从此上，闻今不可行。出前门，见赶会者，次第方来，每年三月、十月俱有会，昔盛今衰。向南不二里，看太室石阙，分左右，高丈余，广六七尺，厚尺半，巨方石叠成，中通路，盖为岳庙头门。惟阳文篆中岳泰室、阳城石阙，及小篆字为正文，背面分书两方，乃诗两铭。余石俱有花文，无字。有阮师“嘉庆十三年来观”题字，更无他人，此处来游不易也。回过迎仙阁，小憩，即回署。雨仍来，今日不负，甚快意也。晚同酌，主人先饭。

初十日（11月22日）

早仍细雨，霭堂令爱夜发惊风，今早愈，五鼓尚闻前面人语也。晨酌暖。午初二刻出北门，至嵩阳书院，即古嵩阳观，古柏大将军、三将军，大将军奇巨。两墙有宋题名，有石幢，宋题名满。大门外西隅，唐嵩阳观碑，甚巨。前书义学，内有孙秀才青莲，字子明，曾登峻极峰，说徒步可至，不过二十里。会善寺僧智水，号可亮，诗书画俱佳。东行约四五里，至万福宫，止有元、明碑，庭宇颓仄。又步行，东一里余，看启母石阙，惟西阙有字，篆迹可扪，东阙尽花文，往北半里许，即启母石，从上颠堕落，高丈五六尺，堕迹显然。何云启母？想到飞云岩也。东京人喜谶纬，建庙立阙，庙久圮尽。嵩阳宋题名，有捧砚人刘天锡一石，题名人张杲，字类米颠。回署索看药方，用黄连、酒军等不错，都止数钱，即令如重服之。霭堂请入一看，面色白，鼻不扇，尚非惊风。夜遂独酌，主人不得出陪。

十一日（11月23日）

早点后，与主人两面，仍为酌方。辰正二刻出东门，十里新店，又五里黄刘，又五里纸坊，又十里告成镇，泥泞甚，午正二刻始到。尖后，未初三刻，冒雪行。向北不半里，即周公测景台，有石表，后观星台，高约三丈，拾级登之，下去有量天尺，乃砖石砌成，宽二尺，南北长将三丈。后有尧庙、前有周公庙，无古碑。古迹有古于此者乎？工程尚整固也。又东行，泥，大约六里，到石淙，果奇观，石峰岫错列，淙流其中，声满山谷。武后刻诗在石上，一方一方，吾不能往看，令仆辈看之，上有架眼，想见拓之不易。然薛曜字并不高，吾向不甚爱也。一路山涧清绝，夏间殆难步。回至店，申正二刻，将暮矣。店北向，冷夜微月。

十二日（11月24日）

卯正起，辰初三刻行。夜雪，早大风，奇寒，路冻可行，而舆夫被风吹欲倒。十五里小憩，手足僵矣。又行五六里，至中岳宫前，会盛。入殿，与霭堂晤，今日会首请县官拈香，即酌面于此。风中孺妇，可怜可笑。布棚买卖颇多，天中街摆满，回署已午正。命酒仍冷，风竟日不息，有月，有大月，不解冷。晚有火锅，主人因女病，闷闷然。昨服药太轻，似不碍。寻毛、黄两朋友话。毛心泉，桐城人；黄，祥符人。

十三日（11月25日）

早，风定些，主人同酌，其女渐愈，昨为加川朴也。因谋即行，写对子一阵，未正方成行。西北至会善寺，局面甚展，左手泉声，层叠而下，好听。西行渐出大路，过十里铺，又五里，步看少室石阙，坐申向寅，明少室朝供太室也。字在右阙，高不易识。又西约十里，路渐好，土润，积雪中水声汩汩汩汩。暮至少林寺，燃烛始得入，设榻东客堂里间，知客僧某某，略通文。知寺事荒寂，拳棒亦少习者。寺官不在家。夜酌草草甚，办差王姓，老病无用也。屋小尚暖，看《少林寺志》，无味。

十四日（11月26日）

卯初二刻起，天明后，与一老僧步至后殿，看达摩影石。西配殿紧闭，王僧剿红巾贼画壁，颇绚伟。次后殿中，尚安高宗宝座儿。又西墙看唐太宗柏谷坞、庄田两碑，宋后碑多不暇寻，诸僧送至立雪亭而别，二祖传初祖立雪处也。出山林东行，雪景佳。渐向北，归大路，西行至轩辕关出，登封境。下行，石盘路共三东三西，转环相望，轩辕所由名也。下入平路，参驾店，过双盛店，携石而去。又十五里，府店尖。尖后，过缑氏故县，今呼沟子。至桃花店，有碑，颂孙令均市之法，乃"万历四十三年乙卯正月二十九日长至"，"长至"不可解。陶化镇与大屯镇争市斗殴，孙君均之，"陶化"讹为"桃花"矣。过洛河，有大草桥，至田庄，入店，教书先生周姓占住，茫然无识之童生。无处安身，大月行泥水中，又过桥一次，到南关，马头街极长，积水，一路拖拖沓沓，舆夫甚苦。至顺兴店，已子正三刻，一酌便睡，丑初后矣。朱万昌迎至尖次。店则初七由偃师到此赁定，每日房钱二百文。

十五日（11月27日）

晨剃发。登南城楼一看，即周南楼也。早饭后，樊玉农太守同年（琨）来晤，客去，余即出入南门，东转至县署，游聊园，主人任馨斋大令（桂）往省未回，园中有梅一株，有八尺高。至东门上城周览，至北门、西门、南门楼，城四方约九里余。到府署，先与玉农话，旋回拜德研香（林），前署府事者，因玉农补穿孝，回任交卸后，未即行也。好古嗜书画，出示帖画，有倪鸿宝为相如侄画石并题绝句幅佳；《西狭颂》有“惠安西表”篆额拓本好。文衡山画《玉女潭图》，乃宜兴景物，画变化有趣。寻智水和尚来话，即共酌，肴酒算讲究的。研香自称世侄，前过陕时，乃翁为盐道，出研香字画属观也。惟名士气重，与玉农难相得。借到府志，而无县志。夜得雷鹤皋留书，拳拳久别之思。见邸钞，和议已成，见谕旨。贵州田兴恕奏，思南、石阡次第肃清。

十六日（11月28日）

晨酌后，至东门访可亮和尚一话。即东门北转，又东往南，至存古阁，前令马介山（恕）搜得六朝、唐、宋碑幢等七十余种，林立棋布，古气塞屋。庭院小有花竹，西南行，转正南，过洛桥，十五里，至关圣墓林，极闳伟。又十五里，龙门街，前半里，至龙门宾阳洞看《伊阙三龛记》，褚碑刻太浅细，宜拓本总嫌瘦也。大小石佛，高崖低壁都满，却少有字者。恐暮，未到香山寺，一饭即返，到店已酉正，三十里不少也。天复益短，故砚香赶至，半路请其回城。

十七日（11月29日）

晨写赏对一阵。早饭时，可亮来话，托其雇小轿，欲出，而玉农来，知其六郎戊午乡榜，与桂儿同年。出至迎恩寺，寺院深敞，僧香海、宣印辈俱知书，亦能写作，大有苏杭风气。智水同来，即同往，小坐，门口大觉寺碑，似北魏额，而碑面字少，又难识别。文庙看《王基碑》及《鲁公殷夫人碑》，马图、龟书两石像，真是河南府学也。有打碑人马姓，年七十九，住西院小屋。因送我《王基碑》《殷夫人碑》《高公碑》《三龛碑》各拓本，余许送钱一千，而渠意嫌过多，再三推辞，可谓廉介。回店，而星甫来，属书，甫得一联，乃叔砚香来，苦求作书不少，叩头两次，谓见所未见，癫趣可笑，其用功亦深矣。命酌，又备肴来，畅饮后，复作字不少。智水亦后至，亥初二刻散，检点行李装车。又二仆出浴，丑初方归。砚香酒后作画一幅。

十八日（11月30日）

早，樊玉农来送行，看升舆而别。辰正行，五更已来，余未起也。过天津桥，至大王庙一看，到时午初，下榻宾阳洞前厅屋。饭后，未初出，南行过九间房，老君洞佛象，题字四面、顶上俱是。北魏、北齐，至唐后，不足谈矣。过桥至看经寺，登香山寺，有白香山祠木主，汤西崖祔焉。此寺西崖所修，有碑记，在康熙戊子。石坡上去，三四屋，逼仄，无味之极。乐□□乐，必不在此。墓在北里余，土堆高立，亦不似也。仍回龙门，僧如楷尚清朴，亦好写字。智水来同晚酌，酌前后写大字多。夜看月，大妙，清旷非常。东望香山，黑闷闷的。玉农差人伺听，砚香亦有仆至，县中不管了。

十九日（12月1日）

天明起，已辰初矣。为砚香题所临《青藤画册》，补完前夜横幅，和智水诗一律，伊欲刻石此山也。家信一纸，托玉农寄长沙。畅酌畅书。午初一刻行，过彭婆镇，彭祖妻乡里也。一路有沟坡，四十里大，到白沙，申正矣。店北向，间壁有书房，南向雅敞，惜先未看彼屋，草草即入此。

廿日（12月2日）

辰初行，过白沙坡，一路石盘陀，不好走。三十五里，临汝尖，甚喧哗，多肉架子。尖后三十里，庙下。又二十五里，汝州牧舒芙峤出迎，入城，东关内住，屋是旧家，书房敞洁华丽，有花木石台，惜北向耳。芙峤乃王百期壬辰分房也，奉化人，夜同酌，酒量大。言润芝退守德安，严州失守，为闷闷。砥柱上游，踌躇之至，止好歇想。

廿一日（12月3日）

早过芙峤处，即出东门，北转将二十里，至玉带桥，入风穴寺，步上白云寺方丈处，庭有白皮松二。东至山高处，看泉出处。下至观音堂，降水母处，中为喜公池，左右各有泉，清激可听。吴公洞乃吴辨叔读书处，现尚有义学，有本地童生杨高，字松亭，字意殊佳。“当年石洞隐吴生，苦探琅嬛有令名。

剩得松涛深夜响，萧萧犹似读书声。”乃石颖琇禅师八景诗之一也。喜公池后，竹子盛极，满山柏树，黏石即生，屈折离奇。舒芙峤同周敬客、余蕺园两友后至，同饭于揽胜亭。申初下山，过竹园内一憩，归。昨日车中酒瓮倾泼，衣书浸润，今晾一日，俱干矣。夜独酌，写字一阵。芙峤饭后来话，苦留未允也。

廿二日（12 月 4 日）

辰初一刻行，芙峤来送。出东门，东南行四十里，长福尖。所过苏楼、西赵楼、东赵楼，此间村落，俱以楼称也。芙峤差人应尖。尖后东行，五十里，郏县住。署令王廷炜考试未来，肴颇鲜。有送朱朵山乃郎往秦之家人李成来见，那年过宝鸡，在□□处曾见我。言此次由樊雇船，与桂儿船同至□溪。始知陈芝辈行李赶到同行，甚慰甚慰。作书寄李铁梅，交其带去。剃发，轻。

廿三日（12 月 5 日）

辰正方行，小溪涧时有之。三十里小憩。又三十里，由襄城西关绕至南关，过大石桥，向西往南一住，钱品卿大令（增鸿）迎谒，己亥乡榜，香士堂弟。说庄卫生病住在此，步往看之，乃病水肿，腹腿俱壮，面透黄，症不小，然尚健谈，苦留同饭。县差人送席来，余取酒同饮，为写对一付，回店亥正矣。仍为品卿书联，睡后，卫生信来。汝水绕城，商船所聚，桥上牛车走不通。阅县志：黄甲云，字唱韩，二十余，诸生，顺治戊子明经，任乐安令。请行邱田法，作图以献。因设屯田使，查勘，旋撤屯田御史。甲云罢归，居家孝友，教养二弟，年七十余。所著有《楚游草》《潍阳草》《椒馨堂文集》。晚年专以画名。从前戚小蓉所藏画册，予奇爱之，为装池，而不知其人，今为一快。

廿四日（12月6日）

晨，回候品卿，入署一看，甚清雅，有古柏、梅花。又庄卫生处话，为写维摩堂扁，近看《华严》。同行□□陆，始知吾家行李、眷属俱会齐，于初二日两麻阳船回湘矣，甚慰甚慰。合论说：大有悟，故不愁病也。品卿先到店，又送于村外。四十里，汝坟桥尖。又二十里，叶县小憩，换夫。又三十里，旧县住，新作寨围之，圆十五里。今日两次过河，曰沙河，曰香水河。

廿五日（12月7日）

夜来阴，晨细雨，辰初三刻行，天甫明，路烂甚。三十里，保安尖，候车许久方到，翻其一车也。换夫行，颇健。三十里，扳倒井久憩，仆辈来方行。三十里，至裕州东关住。郑观察（元善）阅兵，带勇看团，店都占满，幸得正房一大间，且大啖酌，黄闷鸡有味。州署忽送席，余已将醉矣。署牧孙宣泗（溥泉），直隶，乙卯。家人李姓，德州人，在京与吾仆辈王贵等往来，曾见过我。今日大雪节，阴。路难走，泥水深辙。

廿六日（12月8日）

辰初二刻行，换夫甚快，路大平。入东门，有四五里，出西门，想起周鉴湖也。四十里，赵河小憩。又三十里，博望驿尖，阳县差伺，鱼甚佳。又三十里不大，新店住。路□□而天……行。晨阅《裕州志》，极草草，乾隆五年修。今百二十年未重修。张释之、贾复，皆堵阳人，即此境。酉初到宿处。

廿七日（12月9日）

辰初三刻行。天阴。望见独山上有祖师殿，遂忻然往，舆夫升峻颇费力，山寺无趣，而四望空洞。下山西南行，共三十里，入南阳东门，出南门，又东拐，到店，吃白水面两碗。就原夫，西南八里，至卧龙岗，有草庐、躬耕处、三顾堂，最后宁远楼。高处眺望，见独山、紫山、丰山，白河回抱，平原万顷，烟雨蒙蒙，极有画意。回入南门，拜顾湘坡一话。金稚园太守（梁）看新从南乡移到《李孟初碑》，存字更少，而有古意。县令曹孜，未晤。出北门，元妙观深幽，有花木之胜。绕由西门外，走南门外到店。湘坡在此，即留共酌。县署送席，半醉。湘坡复拉入城，至考院再酌，肴尚可，意甚勤勤，归来，子初后矣。曹信之先来回拜，南京人。今日始知涤生祁门大挫，徽、宁俱陷于贼，涤生退守饶州，可为浩叹。九月二十日事。

廿八日（12月10日）

□□方行。顾湘坡送礼物，收其筷子两把，南召县出竹。过白沙桥，至卅里屯小憩，始合大路，又三十里，瓦店，临水驿尖，炙鱼殊佳。南阳家人伺应爽快。换夫即行，已未正二刻，一气六十里，入新野北门，出南门长街，入公馆，无支应，自寻店住。下车后，至公馆中，有办厘金委员吴其翥，候补典史，桐城人，一见。今日沿河行，见小船有意致。

廿九日（12月11日）

晨初三刻行，县令胡其沼差人来应夫马。三十里，新店铺尖。尖后，过石桥，为河南南界。又四十里，吕堰驿住，申初到。早间过白河两次，霜后大晴，同店张药农，陕西，候府入都，家住重庆，问知川事，尚纷错未靖。葛葆生已到夔任。据云，粤西已擒获石大开。

十一月

初一日（12月12日）

五鼓起，作书寄黄寿臣，并示子愚，交张药农去。辰初二刻，黎明行。三十里，野鸡店尖，门前空旷，望见油房，又阴天欲雪。尖后三十里，颇大，许多人筑土营，又培筑樊城土城。入西门，至魁茂店住下，向北可厌。坐小轿渡江，拜毛寄云观察，新由皖臬升苏藩，候谢折回即行。徽州之失，李元度阵亡。溆浦事无所闻，或是谣言。雇定湖广筏子。遇黄星农六世兄由都来，雇湘扁子三只，回江西，即下船去。李顺同刘升来，要桂儿在此借银四十八两，即付之。李顺，本旧人也。晚酌正酣，忽然常泰来见，知子愚亦到洪山头矣。真天外飞来，无怪一连梦三四夜。

初二日（12 月 13 日）

辰正后即行，小船三十里，巳初二刻，到洪山头，子愚尚未来，过船，船上枯坐，等到申初二刻，五弟始来，喜可知也。略话彼此情绪，即肩舆回店。陆行止十五里，在船上饥甚，吃豆腐一碗，殊有味。知香云侄女于九月初二生男。毛寄云来，未得晤。

初三日（12 月 14 日）

雨竟日，且静，子愚船事粗定，雨且路远，不得见。晚间字来，为马事，出都带马，本属累赘也。清诗稿数首，睡颇迟。

初四日（12 月 15 日）

晴，到街口，知夜雨不小，托寄云带骡马各一，往济南交吴慕渠，送张云骞处，都交庄家侄婿。寄云即差人来牵去，并吴信交清。见川□□□，不免思蜀也。轿子交常太。过船。

初五日（12月16日）

晴，早饭后，往跨鹤楼，甚无趣，以在西北不见江也。子愚处无人来，念念。

初六日（12月17日）

早饭后，下船午初矣，午正即到洪山头。舟人收柁急，遂搁沙上，久不得动，未初二刻始拢至子愚船同泊。五娣以次俱见，侄儿女都文静可喜。夜同子愚酌，有钩月。都门近事，说来可叹，总之无正经人才耳。闻张石卿病退，邓子久黔抚。刘鉴泉滇督。陈弼夫移臬去山东，应叹老蝯先见也。

初七日（12月18日）

艑子船候考榜，未刻勉强行，十五至董家湾憩，忽行，约得七八十里泊，似乎非马头也。

初八日（12月19日）

丑刻，大风起，舟子俱起，下锚打锨，然不得当也，遂竟日未开行，闷闷。无处买菜。

初九日（12月20日）

风未定，开出不十里而泊，地名小河口，有菜买，距宜城县城陆行十五里。

冬至日（12月21日）

仍阴风，开出约三十余里泊，与子愚船隔数船。送来保定香肠、榻儿菜，独饮小醉，填词不就。

十一日（12月22日）

早开行。买得鳊鱼。梳发。行过石山，可观，问舟人，不知其名。夜至里河口泊，等子愚船，至酉正二刻，上灯许久未到。

十二日（12月23日）

开更早，巳初二刻至安陆府马头，方伺应庄方伯差，上坡，拜黄虎卿太守，乃乙丑春谷年伯（承吉）之胞侄孙。问知绥宁收后，骆籥门仍留湘；闻有夷船三十，到鹦鹉洲勘马头；祁门曾营危窘；城内被长毛焚府县署，止余白壁，府住书院，县住公馆。虎卿旋来回拜，久谈去。子愚船到来，同泊此，即同酌，并保儿、成儿两侄同过船饭。虎卿送礼，有冬笋，煮尝，不见得味。此间面斤十二文，烧饼一文一个，好吃。

十三日（12月24日）

早开行，四十里，石簰。又七十里，马梁集泊，尚早，而候扁子不来。风雨大至，寂寂甚，阴多日了。

十四日（12月25日）

风大，巳正二刻，说艑子过去，余未见也。且开行，未初二刻到沙洋，与扁子会，因买菜人迟回耽阁，遂泊此。朱万昌棹筏子落水，可警。夜与子愚同酌，见月。

十五日（12月26日）

竟日行百二十里，泽口泊。扁子船后至，同泊。与弟、侄酌。今日无大风，晚风不顺，上水船，驶行快意。阴不见月。早大雾，晨醉后，方见岸。

十六日（12月27日）

阴竟日，午后雨，六十里，岳家口。又四十里，彭石河住。艑子不泊，雨行未必能远也。岳家口、彭石河俱天门县管。想到蒋家婿，吾大侄女亡逝也。

十七日（12月28日）

阴，细雨。午后，偶见日，仙桃镇买菜，即尖刀嘴，别名耳。过麦芒嘴、分水嘴，至半河口泊，剃发。闻瀚川、沔阳水灾，田没十之六，船家父子回家去。夜，两艑子不知泊何处？

十八日（12月29日）

船家长回船，辰初后开，有五子二女，到船四子，随两老一媳，好喧聒也。六十里，到翰川县，船夫失手，碰扁子，阳桥落水，可悸，遂同泊。午后复行，三十里余，至杨家嘴同泊。子愚耳际湿气发，不敢饮，雨竟夜。张篠浦已早走过去，船次未遇，为怅。

十九日（12 月 30 日）

雨不住，不开行，未刻后雨住风起，仍不行。……陈绍酒罄，饮烧酒。

廿日（12 月 31 日）

雪雨交至，冷甚，挥毫无兴。晨、午饮酒，与弟、侄一开笑口耳。怆念老毅，二十二年矣，夜梦无日不见。亥正三刻起看月，朦胧露现。

廿一日（1861 年 1 月 1 日）

寅初三刻开船，即起，辰初二刻饮酒，辰正二刻饭，巳初到蔡店，大晴见日，更冷。扁子船过载耽阁，遂泊此。上坡小步，泥烂甚，夜有月。

廿二日（1 月 2 日）

天明开行，卯正二刻矣。渐有顶风，未初二刻到夏镇马头泊。扁子后半时方至，米头雪冷，落至夜。省垣各官俱差迎，可笑也。闻曾帅营大胜后，不得手，可虑之至。闻河南三宣俱动。此间严渭春方伯升豫抚，唐义渠廉访升方伯。烧酒渐不甚合，不得佳眠。子愚上坡。

廿三日（1月3日）

仍阴雨。黎衡甫大令来见（秉钧），宿松，辛卯，人朴甚。知胡润芝不甚适，书来，望余往也。刘冰如太守（齐衔）晚来久话，燃烛，冒雨而去。江夏令送绍酒冬笋，酒佳可饮，夜遂得眠。

廿四日（1月4日）

为子愚换船事，且耽延。早饭后上坡，过当□□，化为平壤，并石山洞亦杳然。一路□□□□所为月湖堤茶馆铺面俱荡然。入西城门，拜黎衡甫，登会仙亭看江，又刘冰如处话，回船。子愚午后亦往候二客。竟日阴，且细雨。本月尚未见晴天，时事不佳可想。衡甫送席，昨日馈贶。见邸钞，江北军情有起色，江南皆败陷事。山东屡有捻氛，俱击退。弼夫升滇藩。黄金山升东臬。边袖石升豫藩。迁擢愈烦，办事益难。圣驾明春再议回銮，解饷均送行在，奈何！

廿五日（1月5日）

小寒节，阴冷甚。午后，船事甫定。冰如送肴酒。熊韵楼来晤。

廿六日（1月6日）

晨，上坡，见叶东卿丈，说昆臣被夷人载去，不食，七日而死。乃地方官不肯据奏，止以病故上闻。欲余为作传。并晤笙林世讲，昆臣、润臣，共此一儿也。过徽国祠，尚不甚残毁。上船早饭，巳正矣。午正后，小满江红始来过载，申刻方竣。今日风奇大，不能过江了。

廿七日（1月7日）

起，即上坡，过衡甫处一面。至冰如处，即同坐红船，过江，止一刻抵岸，有小顺风也，然江心已浪矣。到黄鹤楼，余山址耳，被贼烧尽。仙枣亭修起一小屋，惟阁笔序茶话处未毁，无乃为太白留笑话耶！入汉阳门，拜李午山太守，未遇。至公馆，即旧之府署，客来多晤，汤敏斋太常、唐义渠方伯、张仲远观察；聂东湖司马（光銮），四川门人；又候州李修梅（雪芬），郴州人；两首县；夏芸舫（锡祺），钱唐人；黎衡甫、李介孙同话。申正，出见制军官中堂。出文昌门，到船上看娣侄辈。年鱼套水窄，船泊近江口矣。回寓晚饭，半酌，子愚来，拜客将毕，同酌去，将亥初矣。城门早闭，招呼可开。晚晤唐义渠。

廿八日（1月8日）

一早出，拜顾子山，苏城破后，其眷属尚无确信。又晤厉伯符，署粮道，已放岳常澧道，未往也。至抚署，看胡润芝夫人，陶文毅十四幼女，思往事怆然。与丁果臣、汪、张同饭于多桂堂。过庄卫生话，归。晤盛旭人观察，吃大鱼一碗。晚出，赴卫生请，汤敏斋同坐，诸郎索书。卫生十儿四女，嫡出十儿三女。肴佳，酒平平。

廿九日（1月9日）

早，孙世兄宝田、贺同年懋櫺同来，皆己亥也。子愚来同早饭，鲢子头、野鸡。熊韵楼后至。子愚回船。文宗欧，灌县人，距吾州甚近，今年即用到此。邓公武（嘉绳），子玖胞侄，蕲水杨炳岳同来。杨君在鼎侄处书启，于常州危急时逃出，略坐。鼎儿守城，官声甚好也。丁果臣（取忠）、李氏兄弟来见。李氏四川入学门生，乃翁雪香太守映芬，有能名。晚出至熊宅，韵楼尊介生公请。回拜巴玉农都统（扬阿），杨雅林司马（兆琼），汤敏斋太常，俱未晤。午山处少坐，写对子十五付。

卅日（1月10日）

连日雨夹雪。早酌，午山送酒极佳，适顾子山来，遂同酌。午后出文昌门，至子愚船上，交与免单，少坐言别，欲明日开行。一月之聚，别仍怅怅。府学宫晤陈秋门，监修学宫工程。秋门为涤生管案两年，脾气比从前好多了。回寓，略憩即出，唐方伯，厉、张两观察同请，席设厉处，肴酒均可，谈亦适，不多饮，夜雪大。

十二月

初一日（1月11日）

雪更大，奇冷，着人上船，知子愚未能行也。连日闻常州、丹阳收复。嘉兴亦有好音，未甚确。河口舟行已通。自湖口守住，彭泽收复后，浮梁、景德、饶州、都昌、德兴次弟收复。杨厚庵、彭雪琴、左季高之功也。昨闻田军门兴恕（年才二十三，短小精悍）克复镇远，直至贵阳省垣驻扎，处处同捷，信为奇快。晚至府学宫，陈秋门、彭味之同约，适昨日官协撰送席，即送往同餐也，还可吃。郭观察前辈同席，谈饮畅。朱万昌托渭春中丞带回汴书，与傅青余。乙丑世兄何荔泉（元凯）司马来话。

初二日（1月12日）

雪止，晴，可喜。徐慕韩来同早酌。吴辛农司马来晤，莱庭堂弟，知莱庭捐同知，往广东。午间写大字，手仍僵也。未刻出，贺唐义渠接藩印，入署略坐。回拜十余客，晤郭观亭、庄卫生。到抚署，丁、汪、张三君同酌，果臣讲算法，梅村讲《水经注》地理。闻常州复失，可叹可叹。天色忽阴忽晴，泥水冻烂，舆夫苦之。借《广武碑》《魏石门铭》二种归。

初三日（1 月 13 日）

晴了，可喜。盛旭人来晤。厉伯符赠裘。李香雪太守来话，即小石、又珍之乃翁也。同乡龙伟（珥臣）、赵恩溥（润生）、王书墀俱见。午正后出，上黄鹤楼，至平湖门、文昌门，皆西门也。东转至望山门、保安门、新南门，皆南门也。新南又名中和。北转至宾阳门、忠孝门，为东门。正北为武胜门，向西过烟波楼，向南仍至汉阳门回寓。惟东北缺角一转步，下百步坡，途虽融烂，尚好走。北西南三面大江，城内外湖名颇多，盖水乡也。城中蛇山、凤凰山、胭脂山、狗头山，实一山绵延耳。晚饮徐慕韩处，赵润生、李介生、唐惺垣、李氏两门人同席。肴佳，酒亦可，小醉矣。写对子将三十付，为近日酒后所无。

初四日（1 月 14 日）

半阴晴，雪止矣。晨出，回拜何荔泉、张仲远，又答各处拜，冷且饿。归约介生来同酌。吴熙载乃郎来人，□□可怜。未刻出晤李午山、汤敏斋、官中堂。署臬文友石五兄，星崖胞兄也，神采相似，而安详胜之，归已暮矣。奇冷，复阴，夜偶见星，或可晴耶？

慈忌日（1月15日）

儿六十二岁生日。客中泣奠，百感怆集。昨介生得湘信，说子敬回来，老矣。想今日儿孙同奠也。午出谢客，至贡院，登明远楼，四面雪景大观，然不见大江，止见帆樯。直到后层，厉伯符寻来，约明日便酌，见示咏芝来信。余即东行拜客，至卫生处，写《人生归有道》一篇。抚署与果臣谈，知咏芝拟初十移营太湖，比英山远两站，悔不早往也，军情复紧，奈何！今日时见太阳，晡时，贺月樵来。祁阳唐子寅太守（协和）由秀才带勇，战功保至候补知府，年甫逾三十，谈历年战事，以吾上四郡勇及湘乡勇为最劲，武官至副参者甚众。沈明来说武昌三次失陷事颇悉。

初六日（1月16日）

大晴，然日仍有阴时，午间，日色满窗，分三次写对子五十五付，晴之可喜如此。汤敏斋、陈秋门、熊韵楼先后来。发长沙家信，从方伯加封去。晚赴伯符席，顾子山同席，尚适意。闻中丞移营英山，日期尚不甚定。夜见月，不冷。

初七日（1月17日）

早，至教场看阅兵，呆板迟顿，殊无味。巳正过臬署，上望江亭，为城中最高处，三面见江，文廉访在教场，而备饭相款。过顾子山同年，看画数件。登署后小亭看江。携朱酉生词及子山春水词本回，赠我蓬心幅。李香云送席，彭味之同年适来，遂同酌。申刻，得胡润芝初三日书，词多危苦，想见其难。李午山来一话去。

初八日（1 月 18 日）

起迟，因有雪，且小不适也。忽然欲行，遂于巳初起行，过方伯未遇，抚署与果臣一话别。出忠孝门，过长春观，过红山，过关桥，过文德铺，雪泥透烂，昨夜雪大且远也。申正六十里，至土桥住，江夏有管号人支应。如此大雪不住，长毛贼定当冻死。夜寄书厉伯符。

初九日（1 月 19 日）

风雪竟日，不好走，下午后，尤奇冷，郭店尖，华客驿庙中住。

初十日（1 月 20 日）

起迟，辰初方行。三十里，黄木山过江，以顺水过也，到岸都费力。入黄州府南门东转龙神庙尖，极草草。余以不适，口无味甚。周励庵太守来晤，旋回拜，看新修雪堂，非复旧观，念徐石民不置。出南门东南行四十里，巴河住。临到过小河两次，巡检孙循质来见，问宫保移营事，俱不了了。

十一日（1 月 21 日）

卯正二刻行，昨东南，今东北。二十五里，巴水驿尖。又四十五里，蕲水县宋家饭店住。城被贼毁，未修也。晤蒋文若大令照，言润芝近体日佳，饮食复元，甚慰。由英山直至太湖，不走蕲水矣。探报，有“四眼狗”谋占枞阳，现筹防剿等语。江北健将李熙庵、多礼堂，江南则鲍春廷、彭雪芹，又水师杨厚庵提军，大好。

十二日（1 月 22 日）

仍不适，文若早来晤，余服药一剂。午后，来迎至署，索书，即移襆被入，夜共酌，谈亦可，而饮食无味。夜见月，常州刘芷民同话。

十三日（1 月 23 日）

比昨似好些，天大晴，可瑞也。主人在考棚，为劝捐请乡绅。同晚饭，写大字一阵，腕软无力。文若系辛卯优贡同年，一快。夜月佳。

十四日（1 月 24 日）

晴见日，且暖。考棚仍请客，主人未去，写字仍不见有力。有候令林心培来，同夜饭。心培，历城人，名基，辛酉世兄弟，幸遇幸遇。连日报命案，可怪。

十五日（1 月 25 日）

雪，主人下乡验命案去，闻往返须三日，有百多里也。早晚与芷民同餐，心培自有人请。午后暖，雪化雨，甚沛。连日略写大字，无处寻纸。

十六日（1 月 26 日）

头痛不解，无如何也。竟日阴雪，雨不大，心培一早回省去，未面别也。连日芷民学执笔，能领会大意。今日两次喊冤，大约年尾索债耳。

十七日（1 月 27 日）

阴暖未雪，芷民昨夜不适，今仍好。午间，略写字，出至考院一看，与教官、捕厅、把总一话。今日尚请客，五乡分五日也。城内屋烧尽，止余断墙满眼。考棚新修，有二千余童应试。暖，写大字不多，无处寻纸也。夜同芷民酌，知主人明日方回。

十八日（1 月 28 日）

起行，天不雨而泥水烂，南门过山河，一路东南行，三十里尖，蔔头脯有味。又十五里，少歇，尖后，共五十里，浠河驿住。蕲州李榆差伺（俞山，四川人）。驿屋开敞，向南佳。

十九日（1月29日）

竟夜雨。天明，欲懒起。辰初二刻方行，三十里尖，舆夫叫苦，本来十名，昨午止六名，自讨苦，可恶。中丞差戈什哈四人迎于尖次。又三十里，广济住，方菊人大令（大湜，巴陵人）迎出，即回拜于水北公馆，从前至此有衙门，已毁矣。公馆在考棚，号舍开敞，菊人来同晚餐。往太湖有三条路，以走黄梅路为差近，今日若由西河驿往张家塝，可少走一日，惜无人先知者。菊人者，稼轩胞弟，夔卿大两辈，雪浦丈大三辈，颇奇。日想起去年乐事也。

廿日（1月30日）

辰初二刻方行。方君来谈，即送三十里。路可，金竹铺尖。又三十里，双城驿少憩，大风雪来，奇冷。又三十里，路大且烂，申正至黄梅。覃令翰元（石仙），藤县人，初八从太湖回，言中丞尚戴风帽见客。晚酌后，又来见。捕厅龙霖，常德人，问知竹伯、杏农近状。

廿一日（1月31日）

竟日晴，大风之效也。午间暖，早晚冷。石仙来话，送行。四十里大，辰初行，至未初，到宿松城内，松滋书院尖。黄春山大令（开元）同饭，江西金溪人，五十八岁，而须发俱白。中丞轿夫来，遂行，县中止发夫一班耳。说三十五里，有五十里大，酉正二刻到凉亭驿住。走夜路约六七里。

廿二日（2月1日）

大晴，晨冷，未辰刻即行。路冻，舆夫踏冰，格格有声。三十五里不小，入西门城内，一片荒凉，午初到中丞公馆，与润芝相见，尚有病容，神采如昔，脉细而长，可慰也。族弟绍采来见，年未三十，已至副将，绍贤闻已回家，也罢了。溧阳陈作梅、澧州邢星台、益阳夏古彝、姚桂轩，次第来见，即同早饭。午后剃发，公馆屋新造，朴甚。润翁删尽官气，可敬之至。惟精神未复，余颇以多服补药为疑。谈次人才难得，无如何也。让床便夜话，古谊笃挚。

廿三日（2月2日）

晨过子文弟帐房所，中丞亲军文喜叔、李忠住及东门孙、朱俱见，各哨官俱见，一话，归。早饭后，写对子两阵。庄小眉世兄及陈庆涵世兄俱晤。连日中丞盼酒不至，所饮皆吾所携，余可为一笑。今日半阴晴。

廿四日（2月3日）

阴，时有雨雪，雪即积庭白矣。写对子三次，约四十付。周寿山侄婿由青草坝军……侄女殁状，渠已来鄂后矣。夜片札与荆州守唐守云。与中丞话至子初后方寝。

廿五日（2月4日）

丑刻立春，雨声打枕，好消息也。卯正二刻起，辰正早酌，巳初启行，与中丞别。子文弟率队候送于西郊。三十五里，凉亭小憩，又二十五里，二郎河，看马队占屋俱满，欲住不能。复行二十余里，亭前驿忠节祠住，酉正二刻。然烛行五里，行李又迟，至戌初二刻方到。今日得晴，路已有干处，过木板桥，颇多有担心处。三日联床清话，颇涉无解，其实平平也。

廿六日（2月5日）

辰初行，四十里，黄梅石家祠堂尖，覃石仙迎谒同餐。他客俱未暇见，即行，又六十里，清河铺住，路大，阴雨复来，止昨晴一日耳。今日过岭坡，听田水，殊饶清致。向西行，不由宿松矣。夜住无供应，屋陋且小。

廿七日（2月6日）

夜大雨彻旦，余竟不成眠，剔灯四起，似受寒也。天明后睡着，有二刻。辰初起，辰正行，冒雨过田水，舆夫可悯，幸尚不甚冷。三十里，午初至广济，方菊人迎谒，留同饭，仍住考棚。雨未歇，大家沾透，止好住此，仍邀菊人夜话。

廿八日（2月7日）

雨住，祀神饮福。候舆夫不至，辰后方行，候仆辈甚久。

易马为舆，又缺夫，菊人甚打算盘，殊少味。尖后三十里，至西河驿。又二十里，文石桥住，可将就，然不好睡，四壁嘈杂。西河驿过河方到。

廿九日（2月8日）

卯正二刻行，不大亮。三十里，李店铺尖。又三十五里，南门外河顷渡船，山水长大也。至署，与文若同年、芷民世兄话，迟迟方行，肩舆出而复止，申正方行。大家过年，雇夫大难。酉正到枣儿刺岭住，文若差人伺应。食荍儿炒肉丝，甚鲜，说自省带来者。包竿到迟，因无夫故。店家张姓，几案俱洁。

除日（2月9日）

卯正三刻行。二十里，巴水驿。又二十五里，巴河尖，巴河街极长。尖后，过河两次，蕲水夫俱回去过年。后三十里，中丞所派四夫一气肩到。入清源门，拜黄冈令薛云锦，未晤。到府署，晤周立庵，即住雪堂。薛君来见，仍由县支差，屋高寒，宜炭火。立庵自有家宴，余独酌，与仆辈及老兵谈，乐得且睡。立庵送祀灶果品。

咸丰十一年

正月

元旦（2 月 10 日）

黎明起，彻夜不好眠，炮竹声喧甚，好个气象。北向拜阙，南向拜墓。立庵拜牌回，补睡，出颇迟。晨酌后，午间为写对十余付。觅工拓坡刻。晚，府县公请，燕菜、烧烤，潦草无味。今日始知立庵为先公取一等门生。

初二日（2 月 11 日）

黎明方起，等夫役，至辰初二刻，茶泡饭，行。立庵尚未起，与袖石一样，可叹也。出清源门，西北行，约三十里，唐家渡过江，晴而微有风，一刻许过。又三十里，华容驿尖。又四十里甚大，新店住，昏黑矣。今日得百里。天阴偶晴，路渐干。

初三日（2月12日）

卯正三刻行。二十里，土桥尖，看佳。一路坡陀，路不好走。又六十里，到小东门，即忠孝门也，至抚署，与陶妹一话。出与果臣、梅村谈，坚留晚饭，酒极佳，熏菜好。戌正后回公馆，果臣出十八日长沙家信，有子敬及桂儿书，知子愚十五到家，大慰大慰！不及鼎侄一字，如何如何！

初四日（2月13日）

早，果臣来，留同早饭。同乡候补苏笙楼、罗稷臣、易莲舫诸君同来拜年。余旋出拜年，唐方伯、官中堂、达和笙观察、厉伯符观察、庄卫生方伯、李午山太守俱晤，余未晤。和笙言前在升如亭处同席，我竟不记得。其人看书颇多，论议亦正，差见考耳。回寓已酉初，而文友石与义渠、伯符次弟来拜年，同赴太守席也。介生夜来同酌。

初五日（2月14日）

早，汤敏斋、阎丹初同时来，遂留早饭，开方伯所送酒，极佳也。晨见客，唐时雍。午初出拜客，晤陈石珊、郭观亭、李介生、赵润生，余未晤。回寓后，达和笙、何荔泉、顾子山、聂陶斋、邓嘉绳、李雪芬次弟来话。晚出饮庄卫生处，敏斋、子山同席。

初六日（2月15日）

庄卫生早来话，同饭，甚赏鲜银鱼。李午山、唐义渠、盛旭人，又叶德同李氏廉孚兄弟、熊韵楼先后至。写对子横帔十余件。天冷冻，晚饭时，微雪。连日灯下看江慎修注《近思录》及施虹玉集注《近思录》。江本简明，王文恪师刻于江南者。施本颇繁，添入薛、胡、黄四先生语多也。

初七日（2月16日）

雪冷。义渠、旭人，往太湖去，和笙由水路去。何荔泉来话。刘思浩（养吾）来话。周志甫来谈，古气旁薄，但口音难懂。问知郑浣香于四年作古矣。写对子二十余付。

初八日（2月17日）

晴见日，可庆也。黎衡甫同年来商行程事，庄卫生来缠，携我诗本去。官中堂来话。文少叔来，略谈粤西事。曾少谷一话。李介孙、徐慕韩、唐惺垣便服过话。熊韵楼来别，仍将往沔阳州去。写对子三十余付，午窗难得也。晚，文友石、厉伯符公请，唐、盛两君亦与东，同坐者，卫生、午山。酒后看扇面百幅，画多佳者。

初九日（2月18日）

昨夜醉归，作家书，晨交介生一语，记不得了。厉伯符来，送到清单，集腋之惠，可愧可愧。夏芸舫来，有嘉兴收复之信，或者是真。曾少固来闲话，写大字极多。晡出访午山不晤。文友石一话。到官秀峰节相处饮，同坐止庄卫生，主人意甚拳拳也。回仍过午山处，客未散，又谈一阵，回寓。写对子十五付方歇。荆州玉泉山景佳，智者师道场。沙市有十三行会馆。

初十日（2月19日）

晨，至五凤楼看纸，回，少固又来，早饭迟，饭不得熟。午间，写大字多，字债全清。苦送纸者未已，随到随涂。未刻出，晤厉伯符。又庄卫生处取回诗本，回寓。又写字，汤敏斋来。傍晚同至午山署，看西园射堂，登署后山，望江佳。阎丹初至，同酌于东厅，谈饮畅，酒间，写对子一阵。子初回，介孙、慕韩来，知余明日过江淮，是衡夫漏信矣。收拾行李，丑初方睡。

十一日（2月20日）

早起，辰初一刻，肩舆先独过江。二刻多，入至朝宗门，拜刘冰如太守，未起。至县署，黎衡夫同年亦似未起，起来，一贺即谈，连早酌，登后山会仙亭，有其乡亲郭仙波住其上，怀宁人，能习完伯篆隶书。丁果臣书来，中丞夫人馈熏菜、酒多。号房送各处字卷俱清楚。晚回坐，夜月佳。看放花炮，有“鼠偷蒲萄”，别致。

十二日（2 月 21 日）

阅《列仙剑侠传》，生气勃勃。周志甫同洪琴西（玉奎）来话，琴西云，丁未曾在吕鹤田处同席。欲木刻《开成石经》，志则大矣，募金何从耶？早饭后，衡夫邀至夏口沈家庙观剧，遇郑祝三同坐，从前在此及扬州姚家行，皆朝夕见也。李朴臣司马（殿华），渭南人。识师小山、刘秉恬、车南舫，皆本地人。子初回衙。来往过河，路亦不近。

十三日（2 月 22 日）

写大字几阵。刘冰如来谈，仙波同夜酌。

十四日（2 月 23 日）

阴且雨，晡仍晴，夜月佳。写大字多。郑祝三来谈。衡夫赠《江陵集》，忆达和笙属觅此，因属转赠之，事亦巧也。夜酌仍邀仙波，言邓守之日内当从湖南来，守之乃郎现在曾营，涤生课其读书，亦别致事。

上元日（2 月 24 日）

衡夫早拈香，即过江去。晨习字一阵。早饭后，游后湖宝林庵，开小茶馆，中有命相馆及玩艺数处耳，无可游，即回。谒徽国祠，新葺出龛主一小院，余尚空着。从五显庙过河归，入西门，至考棚，甚敞，整南楼城楼，归与衡夫谈。又写字一阵，阅《阳明集》。晡邀过捕厅署观剧，不久，匆匆散，地狭人喧，考相公要挤进也。看烟火两架，若“锦绣春城”“百鸟出窠”“七层宝塔”，俱新色。寄润芝书，交衡夫。

十六日（2月25日）

昨夜小雨，晓未晴。卯初起，辰初二刻方行，主人伺应府考，归送。阴雨向西带北，过小河一次，六十里，蔡店尖。尖后，雨渐大，船过浪头湖，共三十里。又二十里，过襄河，至翰川县公馆住。过湖后，大风报，风雨奇横，过河可怕。高小泉大令，顺德，壬辰副榜。闻悉龙兰簃、苏庚堂、罗椒生近状，并广东省城情形，可叹之至。办差人有徐石民旧仆，知石民死状。夜，风雨更大。

十七日（2月26日）

雨住，而风极大。催夫不得至，少泉来久话，守至巳初方行。雨后路烂，大风掀轿顶，落田中，又田埂路窄，摇播可虑。午初到崇皇涧尖，无菜买，饭甚好，出腌白菜，吃两碗。行，路渐干，风亦少息。十五里大，十五里小，飞水口憩，舆夫又尖。又十五里甚大，至小里潭巡司署住。巡司胡权智，光山人，进省去。想是扶山本家，家人全懵懵。今日得六十里，意外事。大风几不得走，风是少有的。昨住处有姜仲子、张二水字幅，系书办家，乃有此。小泉送广东□□四。仆子说，星、明月出，吾怕冷，懒起了。

十八日（2月27日）

昨夜梦与涤生议儿女姻，面订，甚奇。行十五里，蔡湖垸过湖，四五里，又上坡，二十里至田河尖。尖后十里，乾镇驿。又十五里，汴湖口。又十里，豹山口下船，说三十里，有四十。小河小船，水不流，荡桨，二鼓到天门县住四衙公馆。县令孙福海，荣成人。

十九日（2月28日）

早，辰初后方行，催夫不齐也。出西门，过河，即昨行船处。二十里，桔河。又二十五里，过襄河，鱼花洪尖。又四十里泥水路，入潜江县北门，城中仍尽是水，曲折至县公馆，与宋海楼（文光）说蜀事。衙中水泡透，寓我于庙，来回拜，饭不烂，而肴颇鲜，四川泡菜太辣。今日一片湖光月，不忍睹。

廿日（3月1日）

早起，不得行，夫迟甚。步至县署，候海楼出，久话，吃面，辰初二刻方成行。出南门，路好走，四十五里，高家场尖。尖后，四十五里甚大，过河过湖数次，七里湾，点灯笼行。将戌初，到了角司公馆，街上遇龙灯两次，极拥挤，然景象可喜也。管号人备饭。有夜航船，余欲睡，行李有上船者。阴而不雨竟日，夜雨。白伏驿何解？在潜江城内。

廿一日（3月2日）

小雨未息，夜风奇大，晨稍定。小船共三只西行，得东北风，一时许得四十里，至陟屺桥朱家店尖。余先不知桥名，店中小老榜曰：陟彼屺兮，瞻望母兮！想是儿想娘处。尖后三十里，入小河，似苏、常风景，穿桥下过亦如之。冒雨，沙市张家院上坡，三四里至街，颇热闹。拜周笠西司马（乐）话次，舆夫全逃，笠西为觅各夫，始得行。冒雨，不十里，入荆州府东南门，先过城河，入城后，正西行，又北转，东北至府署，晤荫云，快甚。方病风湿热，头面肿，消未全愈，然精采如十年前，但须已尽白耳。唐鹤九亦住此，由监利县任来，住西园大厅。花木多腊梅，香甚。夜风大，五更冷。

廿二日（3月3日）

阴冷，晨剃发。周笠西来，早饭后，出拜栗仲然观察同年，张见山大令俱晤。看荆南书院，登楼，上年新修者。出西门，至太晖观，殿宇多，无佳景，月大宫、么西宫等，不免邪气。晚酌后，写大字，与鹤九谈，睡不早。

廿三日（3月4日）

仲然、洊山俱来回拜。有沅陵汪捕厅来见，与仙舫亲戚，问知仙兄在家办团，精力尚佳可知。写大字数次。晚见川探报，似军事不大要紧，屡有胜仗。太湖邢星槎来信，初三日枞阳一带贼全窜去，往无为、庐江矣。骆中丞有往川信，带勇万人，由荆、宜入蜀，船何处寻起？

廿四日（3月5日）

早，写字，复独酌。见山来同饮，后与荫翁久话。午后，写对子极多。晚，主人请客，鹤九、见山、钟朗泉同席。朗泉者，即安陆上坡时所途遇也。肴多，过甜。客去即想睡。今日晴。

廿五日（3月6日）

晴更佳，晨午俱写大字。吴仲回江夏去，此番甚得其力。书寄夏云舫、黎衡夫。晚饮道署，栗仲然、周笠西、张见山三主人，荫云避风未能出。客有一满城一卫官，饮话殊畅。归与荫翁谈，子初方睡。连日荫云以鸡蛋运头面风肿，大见效，余所说也。

廿六日（3月7日）

晴阴半。晨写寄胡泳芝、葛耦笙信各一件，托荫云去。写大字一阵，纸填交不可清。早饭后，出西门，南至龙山，一小山堆耳。落帽亭余空墩，寺宇两层，不大。南门外息壤，有禹王台，新修靠城面隍，故不能深，息壤说是泉源之穴，有乾隆年间碑。吾永州亦有息壤，柳子有文，与此是二也。入南门，至考棚，横排似不顺眼。左有龙山书院，屋址开敞，有大方池，芜敝矣。考棚内有冯展云联云："树蕙滋兰，五载荆湖传使节；扬风扢雅，千年屈宋溯词源。"回署大写字。晚酌时，洊山来，知余明日行也。与荫云话至亥刻睡。

廿七日（3月8日）

寅正起，卯正二刻方行，役夫迟至也。一轿一包杠一挑子，翟明及李四坐兜子。荫云情文肫挚，与咏芝相似。出西门，二十余里等齐，共一马船过江，不及一刻，由□口抵岸。舆夫吃饭后，十五里，梅家崦尖，殊草草。又三十里，至李家口马号，地属江陵，号属公安。换夫不即得，申初即住。李四者，曾事我兄弟于长沙，今在府署当轿夫头，荫云令护余行。留下衣包菜裹等交贺恩暂留，两日内有专仆由水陆回湘，可同行也。昨日葛启林由沙市来见，问悉山东近状，僧王尚在东境，捻氛尚炽。葛家眷属来了大半，余劝其回湘，不必往夔州，果当听否？昨见十二月初一至初五邸钞：恭王作为总办各国通商事务大臣；薛焕办理各海口通商事务；邵又村奏团练得胜，收复富阳等县；见和约刻本；有西林县令张鸣凤将传天主教头杀死，应革职，不得复任。此公差强人意。此语乃夷人口气。住处名"孱陵驿"，古甚。

廿八日（3月9日）

五更雨大，天明住，得行，有泥烂。十五里，过河两次，至马场港尖。又十五里，入公安县东门城，衙被水冲，尚存构架。清仲余大令，留面，乃伊克精阿之侄婿。道余所劾南江案□坐，伊令开复后补苍溪，遂殁，无子，可谓无福。行五里，过河。十里，登陆，松黄驿。又三十五里，界机桥住。店中妇女喧，而男子不管事，可恶。屋亦逼仄将就，不能开卷。桥系分界处。

廿九日（3月10日）

寅正三刻行，卯正三刻二十五里，至顺林驿尖，补雇夫，略耽阁。尖后六十不大，入澧州东门，两仪客栈住。街上赌风颇盛，官吏何不问也？竟日阴，不雨，大柚子多。遇驰马小人，几被践，警之慎之。早行起身过桥，即入湖南界，松竹苍苍，便觉秀色。城市亦热闹。今日见杏花大开，有两处皆有竹林书声。雇定夫十三名到常德，每名八百文，算三站，每站六十里。

二月

初一日（3月11日）

早行，出东门北转，过大石桥，转东南过河，河往津市去。又过小河，共三十里，东山铺尖。尖后三十里，新化驿憩。又四十五里，鳌山住。今日频过黄土山坡，高高低低，却不甚斗险。矮松林时时遇之，不见大树。鳌山热闹，有公馆，在新住黄家店对门，龙灯两条来往。今日之晴，为新年所未有。

初二日（3月12日）

夜来所住，两旁皆妇孺嘈杂难睡。黎明即行，山坡路三十里，大龙驿尖。走访公馆双桂轩，桂茂。尖后三十里，至三十里铺后，下小船，约十余里，复上岸，辰江发大水，漫至大道也。前行西南十余里，过七里桥，进小西门，实是北门偏西耳。到朗江书院，陈竹伯未上馆，至其家，又不遇。遂往五省栈房，鸦烟难受。出至县署，新到令孙春皋（翘泽），乃兰皋之胞弟，遂移寓署中后层。出拜恽次山太守，东厅园景雅敞。次山官声奇好，归同春皋酌。戌正后复出至竹伯处谈，面目老些，精采尚好。言滇省于腊初失守，张石卿、徐新斋俱死，果尔，奈何奈何！竟日阴，未雨。

初三日（3月13日）

阴，不雨如昨。阅《永顺府志》。早饭后，竹伯来话，问以粮银中丝忽微尘纤渺漠茫沙漂灰，如何分辨？云为藩司时，少见此等数目，亦不能识也。恽太守来同话。有刘承溥（春帆）来见，乃禹赓嫡堂侄，在此刑名馆。又胡光伯之子□培（子厚）、余祚赓（蓉初）同来见，写对子两付。春皋请观剧，未正一刻入坐，与大兄兰乃、主人三人耳，大致文雅胜他省。酉初命酒，谈宴至亥正散，子初睡。

初四日（3 月 14 日）

阴又雨，时大时小，叶心樵来晤，老尚健。陈大璐来见，子敬门生，晨写对子一阵，且读各家诗。申正出，回拜各客，至府署，次山太守欲邀住东园，不欲又移，园中竹木亦太少也。亦观剧，同坐陈竹伯、姚彦士（湖州文僖公之孙）。子正后方散。以入席已迟，睡时丑初后，一梦哭醒，不复睡。

初五日（3 月 15 日）

先公忌辰，不及赶回同奠，悲梦连日矣。午间写字一大阵。晡出至朗江书院一看，非复甲辰年局面，竹木亦疏。偕竹伯、心樵至竹伯处便饭，先到东间壁，令三弟屋写字，仍回入坐，同坐者有秦茗生、余蓉初共五人，酒佳，而肴则官样。

初六日（3 月 16 日）

早出西门堤上，行二十里，至河洑山太和观，登高看江，有丛竹，地颇幽秀，下山二百余级，汗浃衣矣。过仙源关，至木关署，访仓少平同年一饭，酒佳甚，为城中所无。园池竹水之胜，大约为吾省所少，山泉流处，尤清妙也。木关闻将移回辰州，此屋若空出，吾欲居之。午初回，未初二刻到城，雨不止。申初出至府署，黎星甫不见二十余年，尚健甚，大我三岁。陈少海亦同坐，先写字一阵，并姚彦士及次山共五人，清谈颇醉。次山得宋本王《圣教》《圭峰碑》，俱精古。从竹伯借《灵寿县志》一阅。

初七日（3月17日）

阴且雨。府志匆匆阅过，寻河洑太和观，乃无之。晨剃发，早饭后，久候春皋，先上船来邀，巳初出下南门，与次山、春皋同坐麻阳船，南行十余里上坡，至德山乾明寺，竹木多，厅堂大，无甚奇致，雨中亦不得畅游。谈宴作书，申正后渡河而东，至德山街，肩舆回城，至署早上灯矣。春皋又出拜客，回审案。余仍酌饭方睡。

初八日（3月18日）

阴不雨，早饭后出，至竹伯处，先是竹翁来谈也。至考棚，过元都观，兔葵、燕麦俱无。府署话，至大善寺，遇峨眉寺僧禅定，话及前游峨眉时，看我饮酒写字、扁对各件。金顶殿前后寺于上年二月天火全烧，五百余僧，逃散各处，募化重修，求再写旧日长联及直扁“玉毫光”三字，带归重刻。禅定本吴县人，在峨眉出家，今年甫三十二岁，谈次不胜凄惘。大善寺局面开敞，乃为近城所无。出东门约五里余，至楼贤寺，问明笛园所在，前往一看，乃南京义山，旁有小园，有玉兰、牡丹、芍药、紫薇、橙、桂、秀球等十余种，想见春夏间可观也。回城，万寿宫一憩。回署小憩，仍出至府署酌，笋及豆腐，做得别致。归来三鼓。次山得乃郎都信，一切安静，食物贵耳。

初九日（3 月 19 日）

晨过竹伯，为蓉初事，带瓶去，盛酒归。早饭后，仓少平来，知其部文已到，即当赴岳常澧道任。春皋拜客未回，少平往府署去。春皋请来，兼请次山来共酌，有剧。申刻少平回木关去，席散，次山亦去，余与主人再命酌，至亥正方散。今日晴，佳。

初十日（3 月 20 日）

卯正即行，春皋社稷坛未回，大兄送行，意殊拳拳。出东门，过青皮港，竹子多。二十里，有二十五里大，社马铺尖，武陵差人伺应。尖后七八里，梅家湾过河，即新兴，雨来行不歇。又三十里过苍港河后，风报奇大，可悸。一路淋湿，入龙阳县西门南转东转至周莲丞广文署住。送席来同酌，因预备公馆一切，余初不至，遂亦不欲移也。散后，黎星甫、陈少海来话，睡时亥正矣。夜风渐定，仍无月。

十一日（3 月 21 日）

晨出拜县令梅同年震荣，未起。万寿宫小花园一看，客厅好。厘金局晤星甫、少海话。出东门，至龙池书院，有芙蓉山馆，园宇无花木，水漫坏也。回候刘厚甫广文，未起。归饭，厚甫、星甫、少海及易笏山同席，笏山与桂儿同年同房。公局中又晤严吉吾，亦嗜学。午间写大字甚多，入后书兴颇佳。笏山将同罗惺四大令往蜀。晚饮县署大公馆，署被贼毁，未修复。两席上席迟，余已与莲丞酌得半方往也。星甫、少海、笏山、惺四、莲生共坐一席，右席错杂，不尽记得。余坐席困甚，先归自饭，仍候莲丞回，一话后方睡。今日闻川为渐解，李端已擒获正法，不知果否？竟日未雨而阴，夜有星月。

十二日（3月22日）

五更起，卯初行，莲丞赶上送行，煦庵送于城外。一路东南行，鸭子铺过河，共二十里尖。尖后六十里，青山铺住，甫申初耳。所过小塘、肉头铺、龙塘、大公馆，树木苍秀，田水汩越，值大晴，竟日殊惬眼。

十三日（3月23日）

寅正二刻行。二十五里，迎丰桥尖。尖后三十里，入益阳北门，出西门，北转至胡七丈处奉访，下乡去为怅。绕至南门之东收厘局，前过资江，有资江神小庙。距县二十三里宁家塘，有牌坊。又十里，猪婆塘住，店屋陋，而南窗对菜畦竹林，窗不糊纸，宜夏夜也。午前晴，午后阴，有微雨一阵。闻益阳西门外保上最闹热处，近因厘金增倍，遂罢市未开。过河后，见龙州书院，竹木盛。

十四日（3月24日）

早行。二十里，苍水铺尖。尖后四十里，过宁乡县城，入北门，出南门，街道齐整，衙门向北。县中闻备公馆数日，余故未敢停。过南门，桥甚长。又三十里极大，行山坡田洞，有幽趣。两中田水汩汩，黄土黏，不碍行也。油闸铺住。日间过衡龙桥亦长。夜遇陶章胜，谈及曾营招勇，宁邑前后出勇二万余，近日复招九百人去。言李九大人之败，二万人仅有存者，可伤也。

十五日（3月25日）

早，细雨行，二十里，白箬铺尖。又五里，雇引路人，往东北，过罗围坳、石冲、黑鱼坝、童家冲，雨大歇息。乃陈氏家，介卿出见，云，余与乃翁植三有交情，乃翁去年殁于粤东矣。我全不记得。颇谈粤事，官夷相安已惯，省外却无夷人占据也。留饭辞之，仍冒雨行，午正后，至毛家坝。叩父墓，十年一归，悲思罔极。雨中遍视周围，树木长盛，飨堂修葺后尚好，治供，复泣祀于堂。雨不住点，傍晚欲晴。夜闻大雨且雷。

十六日（3月26日）

早行，仍雨，渐欲止。十余里，全寿庵少憩。又十里，望城坡尖。尖后，路烂，且有断处难走。十里，龙王市过河，第二次因长水过跳，难行，浪亦不小。上坡北转，入大西门，东行，过东牌楼、息机园，至理问街到家。三、五两弟各眷次第来，侄儿女辈俱团聚，直数十年所未有。惟二娣、鼎侄一房在元丰坝母墓侧，未即见面耳。夜饭，客有李仲云及塾师毛小峰，弟、儿侄同饮，余不觉醉矣，得能不喜邪！惟闻黄州有失守信，樊城又闻为苗练占踞，楚军可危；润芝尤可念，移营太湖，大为失计矣。夜见月，下半夜雨雷大。

十七日（3月27日）

晨剃发，汤藻臣来晤。午出至小瀛洲子敬弟处，化龙池子愚弟处。至李季眉三亲家处。步至待石园，辛亥年居此。友朋诗酒之乐，真如远梦。至芋香山馆，园景妍茂，变化大殊昔观，先晤老七，步至东头，晤西台二亲家，话于涩芰圆荷之馆。仲云拜客回一晤，十郎亦出见，憩赏久之，归。晚酌于子敬处，肴有田家味，酒后，为祥云侄女写字，凤姨磨墨，唱曲悦然，戊午初春杭景。雨竟日。

十八日（3月28日）

早至子敬处，方回鼎侄信，鼎侄昨日由元丰坝寄信来，侍母乡居亦佳。至子愚处，同至吴子备处。回至化龙池，子敬亦来，商量居城居乡之计，定暂移子愚处同住。归，早饭后，出拜客，至胡恕堂处，因僻得阔，信与李园并妙也。值其新婿徐老九回门，留饮观剧，久坐，上灯后，困倦，未终席归。子愚适来，同酌一壶，一饮方睡。竟日偶晴而阴多，夜雷雨。

十九日（3月29日）

早过黄南坡，兼晤鹤汀同年，裕时卿廉访在坐同话。亭池甚幽敞，新柳雨中摇曳。小酌。先归饭，饭后，出晤汪佛生、王敬一。至两浙馆，熊雨胪同年未遇，前后院清佳。忆昔年两次寓此，如在目前。晤丁伊辅前辈，尚健。唐介吾静谈如昔。到子愚处斟酌书房，吃粥两盂。回看易念园，两足不能动，尚能谈，病五年矣，苦趣可悯。回家已暮，子愚来同饭。今日李家有满月酒，请女客，妇孺等俱往。子敬一早下乡去。雨竟日。夜闻松滋一带有土匪起事。

廿日（3 月 30 日）

竟日雨，未出。客晤王敬一、胡恕堂、黄庆光。午间写大字一阵。李家补孝来，晚饭酒后，为写字一大阵，指间勃勃。

廿一日（3 月 31 日）

晨至化龙池寓，与子愚商定收拾书房一切。过小瀛洲，侄辈俱未起。回，早饭后，搬动家具，弟二日不得静。晚李仲云请，同坐者熊雨胪、子愚、西台二亲家。酒后略写字，先遍历各胜，石峰英多，磊落有气势，园亭中为大观矣。到上房，如如出见疑问，回忆十年前姻伯母在时，不胜怆怅。天晴。

廿二日（4 月 1 日）

次第搬运，午初，率儿孙妇孺移住化龙池，与子愚同寓。天色晴暖，人事顺适。子敬处妇孺亦均至，亲丁老小，四十余人，欢聒称贺，果为佳事。惟二娣及侄三房在乡未来耳。晡出晤黄南坡，池中举网得鱼，登楼眺麓，命酌，谈时事。湖北胡咏芝、李希庵俱统大兵，至成镇军败贼于松子关，戮三千人。曾、左两军于正月初九、十俱大胜仗。仲云说道州失陷。南坡云无之。回，上晚供后，与弟侄欢饮。屋宇敞洁，处处通亮，洵佳构也。大晴。

廿三日（4月2日）

早饭后，出北门，至骆驼嘴，等船不得，折回，半路遇应差渡船。水程十里，至瑶岭方上坡，斗长大水。过高岭右转，共二十里，至元丰坝，叩谒母墓。违离十年，伤感何极！过张家屋，昔年住庐，七老相七年逝，老妪十年逝，儿孙尚耕田，能自给。过垄二里，至刘家湾屈家屋，二娣及侄、侄孙辈均适，话及常州由死得活，全家生还，真可悯之至。到子毅墓一哭，别我二十三年矣。回屋憩时，祥云亦来，沈婿柩尚停此间也。与鼎侄遍阅庄屋，右手两层，吾大可住。侄妇泣述乃翁昺冈亲家殁于滇南开化府署，因多年军务赔累，焦急所致。

廿四日（4月3日）

早，看竹园，吾欲作小斋其间也。早饭后行，至瑶岭，坐义渡船，至骆驼嘴上坡，看铁佛寺，铁佛三大尊，上有屋，余尽毁。入北门东转，至荷花池，过表忠祠，至求忠书院。祠曰表忠，书院何为不题表忠耶？过李园，仲云他出，与云衣一话。过小瀛洲，子敬未回，回家憩。晡出胡恕堂处晚饭。先过彭于蓄处话。

廿五日（4月4日）

见数客，熊雨胪话。王揆一将往署龙山去。前日有福林铺土匪滋事之谣，乃影响俱无。晡出回拜豫时卿廉访、郑锡侯盐道。时翁处见左季高信，知曾、左两军俱动，李希庵收复黄州，胡泳芝回住武昌；南路江华、永明之贼，亦被我军击窜；二月十三日有圣驾回銮之信，又闻三月仍回避暑山庄。锡翁情意拳至。同览西园，甚小且荒矣。

廿六日（4月5日）

清明节，早供，午后，供点心，吃肉。晡出晤贺仲肃，家况落莫。过芋园，汪佛生做东，为熊雨胪称祝义。西台、季眉、仲云同坐，园花趁暖多开，然晴不准。今日太热，恐又将有风报。酒后，为补孝写字，字之曰“补梅”。午间亦写大字一阵。小瀛洲小话，凤姨生日。

廿七日（4月6日）

风雨竟日，未出。子愚同桂儿往河西，风雨俱归，然归后无大雨也。书上架已齐，甚快心目。郑锡侯送席，约金竺虔、李西台来酌，敬、愚及仲云俱在坐，先约雨胪、季眉，俱已吃饭不到，肴尚可。桂儿、钟孙又去李家饱酒。老七来。

廿八日（4月7日）

尚静，少客，写字多，隶课动笔。晡出至金竹虔处话，汪老七处话，王敬一处送行。赴彭于蕃席，同坐惟雨胪、鹤汀。路远归迟，日间有小雨。

廿九日（4月8日）

大晴竟日，韶女生日，设面。裕廉访来谈，知北路军情稳住，咏芝坚扼太湖未动，故安庆、桐城仍围定。东路抚州、建昌俱解围，南路贼败回广西。罗研生同贺仲肃来，研孙有老态，仍谈古韵未厌也。晚因廉访送菜，添肴请客，王敬一、胡恕堂、李仲云、汪佛生，适补孝来，令同坐，酣嬉畅洽。酒后，为客作书一阵。鼎侄上城来。

卅日（4月9日）

晨至小瀛洲，子敬已出门，联侄感冒。接吴婿杭州正月二十三日书。到李家园，仲云已出门，看补孝书房归。早饭，季眉亲家来话。因晴天，李家请看花，三家皆有往者。子敬信来说，明日下乡，即往与商话，同坐芋园一话，归。过火药局，看罗研孙，不值。遇陈伯符一谈，归。夜与鼎侄酌，颇醉，王敬翁送菜。

三月

初一日（4月10日）

去年是日，三娣与妾女辈在杭州贼中自缢吞金俱不死。惟宝姨之母缢死。祥云侄女之女勒死。六侄联儿被砍项后八九刀不死。侄妇被割一耳，仍痛骂，又割一耳不死。城破七日收复，不死者俱得出。余今日始闻之，为之怆痛。二娣在常州，已将孙托老妪存后，姑媳俱誓共死，乃俱得不死，真一家之幸。余连年作客，不曾见贼，并不曾见兵，何其幸之至乎！鼎侄午间回乡去。子敬一早下乡，料理梅花涧小桥住屋。汤敏斋来晤，知由武昌避难至此。晚至仲云处酌，子愚同往，客有敬一、恕堂。阴，小雨。

初二日（4月11日）

早，陈芝、翟荣、王顺、王春、老李五人俱回山东去，此番护行南来，十分勤妥，临别依依。敬一丈亦于今日下船往龙山任去。写大字多。晚饮黄南坡处，郭意成、熊雨胪同席。李家□生日。广西庶常周冠来见，濂溪子裔。

初三日（4 月 12 日）

趁晴早起，出浏阳门，五里，河弥岭尖。又五里，大桥。又五里，粟塘。又七里，东山铺憩。又七里，绵羊山。又八里，冬斯港尖。又七里，雷田坪。又七里，团头河。又五里，渡头市。又五里，百家田杨家看田，屋尚可，惟向东而水左行，不甚惬意。一路多傍河走，冬斯港、渡头市俱有船，下水，出大河，坝多，不宜上水。未至东山，有王家、黎家争托，经长沙赵令断为官托，立谕碑，在道左。托者，大塘也，所溉田极广。乃乾隆晚年事。阳家四兄弟皆见，三老相耳聋而人老实。晚肴过丰，田家风味，夜雨达旦。

初四日（4 月 13 日）

晨起即行。一路未断雨，尚不甚大。渡头市早尖，东山铺午尖。多小憩处。入城，至小瀛洲，子敬尚未回。到家，申正二刻。子敬旋回来，一话去。与子愚酌话，得杨杏农书。

初五日（4 月 14 日）

仍阴，小雨竟日，甚冷，多雪。侄女生日，子敬处长姨生日，贺喜纷纷，两边俱吃小意思。余晨怕冷，小酌方解。晚饮胡恕堂处，汤敏斋、左景乔、陈心泉（芝湄前辈之子）、皮小林、陈饴孙同席。客散为恕堂、敏斋写字一阵。

初六日（4 月 15 日）

阴，竟日未出，人倦甚，怕冷。子敬晨来，汪老七一话。

初七日（4 月 16 日）

阴冷，狐裘复上身矣。彭太守（庆钟）来晤。赵太守焕联见，湘乡孝廉，现带勇防城，言永州、郴州连得六胜仗，贼遁江西，湖北州县零星有贼踪，左季高尚站得住。晡出至桂花井，罗研生他出。与易念园话，看诗。《贺仲肃石城送别图卷》，汤雨生画，余题卷，看竟全不记得了。到子敬处夜酌，菜极得味，联侄手庖。酒后，写字一阵。午间彭太守庆钟来话。

初八日（4 月 17 日）

晴，早剃发。饭后出，回拜客，晤禄晓舫世兄（廉）、赵雨班廉访、蔡渔庄阁读（琼）。筹备仓看石，磊落奇怪。左景乔未值，而来拜我，两相左也。回家，沈晓帆来话，多年之别，家中殉难三人，可悯可悯。罗研生来话。赴李季眉亲家请，子敬、子愚同坐，无别客，有仲云。夜小雨。

初九日（4 月 18 日）

阴晴半。子愚处请毛先生上学（寿淞，号兰陔）。午间，陶少云来晤。晚席，李仲云、云衣君，敬陪先生。东塾师毛小峰，即兰陔从堂兄也。毛寄云放湖南抚，仓少平升臬，翟公被骆中丞劾奏，内召。

初十日（4月19日）

大晴暖。二娣由小瀛洲来，昨由元丰坝乡居携侄孙儿女来城也。上房请女客二席。余晚饮仲云处，牡丹已大开，太暖所致。早间作书寄陈竹伯。

十一日（4月20日）

忌辰。大晴大暖。子敬下乡去。盛曾生日，娣、侄儿女多集。晚请汤敏斋、左景乔、邓公武、罗研生、汪勋伯、吴子备酌，联侄来管厨。皮小林来晤。

十二日（4月21日）

晨静。午出晤黄南坡、舒仲和、沈小帆、陶少云。少云言润芝日内尚有手书回，外间传言病重者，讹也。屠燮斋与小可、小如为服内弟兄。大晴。

十三日（4月22日）

寅正起，饭，候舆夫至，卯正方行。出浏阳门，东北过杨家山、花桥至兰陵过河尖。尖后，过麻塘，左转至蚌塘，叩谒伯父光禄公墓。树木不旺，看坟人周家亦凋敝，奈何！回至兰陵，约十二三里，午尖，回城酉初。至仲云处，遇徐慕韩，从湖北来提饷。问知润芝吐血，症险。江北贼情蔓延，彭雪琴水师住阳逻，扼其渡江之路。李希庵住聂口控制。骆中丞大兵由宜、荆折回援鄂。成败利钝，关系大矣。晚酌后，困惫早睡。

以上藏于湖南省社会科学院图书馆，题名为《法华小舫日记》

十四日（4 月 23 日）

晨阴，旋大晴，写大字好几阵。周韩城阁学来。金竹虔晡至，知日前所看朱照仿高江村画已为人买去。竟日未出，夜月佳，为近日所仅见，未出。

望日（4 月 24 日）

晨剃发。阅订诗稿，起汗浸不易了也。禄晓舫来别，将往鄗县任去。杨小园来，梦园先生之孙，尚说及住扬州署谈宴光景。邓公武来辞行。有吴祖煃来，说是平斋族弟，并似同陈硕甫来的，硕老可悯也。未出。

十六日（4 月 25 日）

晴热不能着棉矣，客有吴子敦编修，子序堂弟也。张辅垣六叔老尚健步。刘子衡姨侄来，尚读书，有三子未进学也。恕堂来话，子敬来，未出。

十七日（4 月 26 日）

晨出至子敬处，因念侄等感冒，未都愈也。罗研生处略看字画，归饭。本期往九子岭，因风大怕难过河，令陈三去看庄屋如何收拾。吴子备来说，嘉兴投诚，松江克复在即。李仲云来说，左季高打通乐平，连行胜仗，而景德复失。彭丽生来话。午后写大字多。饮仲云处，晚归，说徽州克复，今日好消息何多也。

十八日（4 月 27 日）

大晴热，陈三归，沈小帆同陈君来，徐慕韩同李云□来。斐秀表弟从道州来，知二月长毛到州，被官兵击败，投诚者四千余人，现在州境安静。晚出，舒仲和处饮，奇热，夜风雨。

十九日（4 月 28 日）

雨竟日，不大倾。辜滢来晤，子敬来。夜过芋园看雨后景，饮子敬处，颇醉。雨后新凉，甚适。

廿日（4 月 29 日）

晨饭，卯正出浏阳门北转，东北行五里，过怀夕渡，过鸭子铺，至十字铺尖，尖后水度河，又过船入杨子冲，至铜壶塘饶家。彭丽生同年来，同观山场屋舍，嫌案山逼仄，不惬意，饶思泉年伯之曾孙出见，系过继的，亲儿孙俱殁，凋翅可叹。又至三里外彭家老屋，拜谒两峰丈墓，早晚两餐，酒浓，醉矣。

廿一日（4 月 30 日）

早饭稍迟，主人太费事，其实卯不饮，何苦多肴。饭后行已辰初，仍尖十字铺，余不复尖。未初入小吴门，张辅垣丈处一话，至小瀛洲与子敬谈。鼎侄夜从乡间来，二娣昨日回去。今日不雨而阴，路好走。回家有辜家昨日送菜，即片约徐慕韩、李仲云两位，毛先生晚酌。兰陔未回，子敬客散后来，肴尚可，酒佳，余倦甚。

廿二日（5月1日）

晴凉。裕廉访来谈，知靖州会同有黔贼窜至，檄调周提军，湘勇恐缓不济急。昨闻萍乡、醴陵有警，问南坡，说无其事。子敬晨夜俱至，因百家田事有成也，晨剃发。

廿三日（5月2日）

晴凉，早饭后出，晤杨小园、唐介吾，介吾说骆中丞尚驻沙市，因蜀事已清，徘徊欲援鄂，而官相未奏留也。候客俱未遇，回家季眉、研生、星海正与子愚看祝枝三字，顷至季眉处，未晤也。子敬今日同鼎侄往元风坝，为沈侄婿卜葬地。

廿四日（5月3日）

晴热。忽腰痛难伸，脚亦烂痛。张三丈、六丈同来话，汪勋伯来别。作书与荫云。吴子备来说乡间之好。南坡送探信，黄州之贼已遁。

廿五日（5月4日）

晴，更热，盼雨，田间已有旱意。淮扬镇黄翼升（号昌歧）来见。四月往淮扬一带去，水师健者，好在不斯文也。晚同子愚赴西台亲家之约。酌于涩庆圆荷之馆，肴清佳，苦热困不能多饮耳。汪佛生同席，言得山东信，僧王尚驻济宁，劳师縻饷，奈何！羡云侄女生日。子敬来。

廿六日（5月5日）

晴，热极，不可解，叶东卿丈来话，因夏镇受惊，扁舟到此，老人流离可怜，何晚运之苦也。阿双生日，小瀛洲凤姨及侄儿女均有来者。子敬今早下乡去，苦热可念。

廿七日（5月6日）

子愚早下乡去。阴热，午后雨不大，有凉意。金竹虔晚来，同小酌。今日写大字，从午至酉最多矣。

廿八日（5月7日）

雨时止时作，有大阵，遂甚凉适。李季眉早来同酌。吴子敦来，赠《谈天》三册并药照小行书册纸，其人自是聪慧。季眉邀看画，见商宝意诗，又季眉初稿本，大有性灵。罗研生同酌，对雨饮木香花架旁，有趣，亦薄醉矣，腰痛渐愈。

廿九日（5月8日）

阴雨冷，写大字多。研生填《金缕曲》，记昨日，灯下次其韵得二阕。昨研生说，曾在星海处见余赠刘雨赓词，乃己卯凤台时事也。子敬、子愚都由小桥庄屋回，尚无头绪，闻江西临江失陷，袁州惊矣。徽州克复是真的，而浙事仍不佳。湖北军情尚可，靖州贼仍窜回广西去。晨剃发，恕堂、于蕃同至。

卅日（5月9日）

阴雨更冷，写大字多。昨日出南门回拜，韩不值。入城晤叶东卿丈，衣箱书箱俱湿透，摊亮满屋，船破漏也。晚饮恕堂处，客杂无味。

四月

初一日（5月10日）

阴雨竟日，亦有小晴时。子敬晨至。午间吴子备话。晡时李季眉同陈心海、汪啸霞来，留共酌。汪君能刻石，然看所带烟壶上小字，亦苦未生动。看帖画数件。心海说假令颜培鼒处有石溪、石涛两大手卷，何日得见之乎？南坡送《大英国志》，杨篠源还《四书字诂》《群经字诂》，此等书何用？龙一来。

初二日（5月11日）

雨住欲晴，未即开也。子敬由浙抚奏守杭城功，赏戴花翎。昨日札知到来，聊复尔尔。南坡处看各处探信，时事不佳之至。桂儿由百家田回，似难就绪。练饴孙来说有燕子山屋庄价廉。过研孙处，兼同念园谈，精神比前长些。

初三日（5月12日）

雨竟日，惟昨夜颇大，易念园和《金缕曲》来，即次韵答之。妇孺辈往小瀛洲贺花翎之喜。前后院十七八人，俱在彼晚饭。余往看则子敬另自制肴，大是乡间光景。贺仲斋请晚饭，丁石臣、张力臣先致。石者果臣之兄，力者少衡之子。石臣谈及求忠书院太有名无实，余同研生、心海及主人畅酌话。归仍冒雨。

初四日（5月13日）

雨，欲往九子山竟不能。左景乔来别，即日往石鼓书院去。此番为季高大郎娶妇事已了也。仲云来话，咏芝已离太湖，距贼营止廿里，可危之至。夜同子愚往芋园酌，因徐慕韩明日回鄂。汤藻臣复来。竟日未住雨。

初五日（5月14日）

未住雨，无大阵，人不甚适。子敬来为田事。晡写大字，手软。晚尝廉访所赠酒，甚佳，同两先生酌。梅煦庵乃郎来晤，解地丁到省。

初六日（5月15日）

得佳眠，早起甚适，雨不住，更大矣。饭后看子敬感冒，服子愚方。到芋园周览一遍，看雨，极静，不似吾庐浅闹也。见联侄近作诗文。晡后仍不适，湿闷所致。夜偶见月。

初七日（5月16日）

雨止未晴定，夜不好睡，热闷多汗，晨起不适。百家田田事有成，桂儿在子敬处写契去。陈心海来到，将坐船往广东。此间巴篷船可到瓦窑潭换船，九十里至郴州起坡，九十里到乐昌，雇滩泷船到韶州，换鹤头到广州，粤游何时遂乎？想阳朔、桂林一带也。买得大鳊鱼，晚同子愚酌，夜看年前瓢儿姑诗有云："百顷良田可卜居，河东幽境好摊书。"何其验之巧也，足见凡事数定。

初八日（5月17日）

晨阴。到子敬处，已愈矣。早饭后雨。因清诗稿，致课久歇，今重肄之，手生矣。黄月崖来话，晚饮黄坡处，同坐者恕堂、玉班、仲和、子愚弟也。水阁谈宴颇畅，亦小醉矣。今日人好了，夜来梦往百嘉田，一路皆蜡梅花。写扇数把。

初九日（5月18日）

阴小雨。晨看子敬尚未下床。到研生、念园处话。词事方盛，余不欲再作矣。《史晨》临毕，接临《余谷》，看《定庵词》。念生送肴来酌，无它客可请，与子愚及儿孙同坐，两塾师从岳麓回，亦同坐畅话。好月色，客去不早矣。儿妇携深子李家去住。今日午后大晴，子愚说，昨在南坡处见英国书，有开气行者，其气可架空至云上，气要钱买。

初十日（5月19日）

晴热。陈三从九子岭回，知水大长，由瓦店铺坐船，直至大西门也。禄晓舫来，尚未即行。沈晓舫来，尚未即行。沈小帆回河西，不同往鄜县，七十远游，本非计也。心海词佳。胡恕堂、熊雨胪同至一话。汤藻臣一话，李老四同补孝来便酌。见月。午间仲云来，瑞州贼未散。子敬来，能出门是全愈了。

十一日（5月20日）

阴雨竟日，《余谷碑》接临第二通。子敬晚来同饭，为圭塘田事。螺海邓表弟来。

十二日（5月21日）

邓表弟来一话，付盘川可即回矣，知其家岁科俱有人进学，可喜也。竟日阴雨不住。未申间狂云猛雨骇人，屋楼多漏。钟曾往李家叩其外祖文恭公忌辰。儿妇携泺孙归，初九日往娘家去的。夜酌后，填词三阕，子正矣。

十三日（5月22日）

阴雨复厉，伯符书交仲云，晨剃发，闻大小西门俱湘水浸入。午后开晴，为心海写小横幅。子敬来早饭，已午刻矣。晡出与黄月崖一话，《余谷碑》三通竟。

十四日（5月23日）

祖父忌辰，早晚上供。午间子敬来，小病后觉老些，可念可念。季眉来谈，邀同往远香斋画铺，《圉令赵君碑》，即小本，芑堂所赠双钩入小蓬莱阁者，拓本古得可爱，字非精品耳，向分易小屏家物也。张三、六两世叔来话。晚出研生处，遇月佳。季眉、心海同话，饮于芋园，三、五两弟偕往，并桂儿、钟孙同坐，补孝请客，仲云相陪。看月听歌，船行亦曲折入夜景，可云畅矣，散时子正了。

十五日（5月24日）

夜来闷热，仍不得好睡，寅正醒，卯初即起。寄劳辛皆书，由研生交心海带去。午间出，晤师笙陔，问知仓颉庙系胡蔚堂捐宅所修，蔚堂晚得子，去年夭化，十六岁矣，可怜可怜。汤敏斋晤，胡恕堂晤，楼上凉，然闷甚，恐是雨候。同到古荷花池看屋，现欲添屋为我书院地，乡人谊可感，然屋子不易合式。

坐小楼上，大雨来一阵，候雨住归。熊雨胪、胡湘舲、彭子普俱未晤，小大雨相续。

十六日（5月25日）

昨夜雨大，今仍不小。早饭后出，晤唐介吾，言江西贼忽不见，骆中丞于三月十七由荆州往蜀，廿日奉旨东旋剿江西之贼。看其西偏屋少味。子敬处一话，归。《余谷》四通竟。子敬来话，晚间子愚同桂儿往饭，吃米粉肉。曾儿昨往，今回带顺姑来。枇杷渐熟，黄公入品，蕉芽先后得十支，生气不小。

十七日（5月26日）

算是晴一天，不大热。云衣来说《圉令》事，又言姓钱人由贼中回家事，十六去，今廿五岁，其母在家奉定湘王神，神示梦于城步唐叟，收救得回，事殊可谈也。出至南坡处，值其宴客，王楚田、吴子登、怡堂、赵玉班、郭意诚，网得雄鱼甚美。客去，索余书数纸。闻贼在万载，被万载、浏阳两处团民击遁，贼大股全聚安庆，日内当有大战决利钝。归复酌，又吃雄鱼更美。

十八日（5月27日）

未雨而阴，从今日起，官府三日祈晴禁屠。早饭后同子敬、桂儿到荷花池一看，在子敬处点心，归。马肯堂来晤，王纫秋来话。晡间罗研生、陈心海、李季眉、贺仲肃同至，留便酌看画。心海因水大溜急，尚未能开船也。课钟曾“王赫斯怒”两节，昔欲居南村，得“村”字。

十九日（5月28日）

午前阴晴半，午后雨至夜达旦。早饭后到荷花池，等肯堂来，同至墙北菜园，丈量地址，归，遂雨。临《叔节碑》。晡出，季眉看画，昨日之约也。然不能扰矣。子敬处因翎赏上供家宴，与子愚及儿孙俱往，苦瓜尝新，殊美。

廿日（5月29日）

晨，雨后渐歇。子愚同桂桂到小瀛洲洗府，子敬先来一话。贺县林年侄来。颜及庭太守来谈，帖画俱有讲究。汤敏斋来，辜滢守庵来。写大字极多，腕为之疲。及庭所藏石溪、石涛两卷子，乃买之心泉和尚者，想我从前必看过的。

廿一日（5月30日）

阴，时有微雨，算是半晴。子敬送鲜鱼来，午间复带瓠子瓜来。汪佛生送园中枇杷，也是酸的多。郭意城来话，梅世兄受峰来到。早饭后写大字至暮，为最多。晚子愚饮南坡处。子敬亦往，余未去，怕热也。见探信，四眼狗由安庆逸至黄州，贼有由黄州夜渡江破武昌县者，狼奔豕突，无人扼之，奈何！

廿二日（5月31日）

阴，小雨不住，无大阵。子敬处请吴亲家母、五娣、王姨，儿妇俱去陪客，夜始归。看《三国志旁证》殊佳，以时有论断处也。所引潘眉，未曾闻见其何书。

廿三日（6月1日）

细雨竟日，湘江水消而复长，河东西俱不得往。李家有生日，儿孙辈先后往。子愚酌于恕堂处。“躬自厚”一节。醉乡得“安”字。

廿四日（6月2日）

雨竟日，晨接到壬戌年精经堂舍关聘（余改为古荷池精舍）。文式岩署抚及司道首府，俱有名帖。不解下关何如许早也。饭后出谢客，到小瀛洲，子敬已出。马肯堂来晤。罗研生、易念园处久话。南坡处看大雨，意城来话，回拜颜及庭太守话。过意城寓，仍回南坡处。王楚田来，又延余一鳌来，上年在无锡被贼掳，顷从庐江逃出者。言及贼中情形，难以久支，孙葵心以痢亡，龚瞎子在麻城被官兵戳毙，四十余伤，毛、捻果合为一，然势不相洽也。晡餐不算顿，归饭免酒。南坡得左季高、曾沅浦月初书，甚整暇，及庭处籓石兰竹佳。

廿五日（6月3日）

阴雨竟日，时有大阵。子敬午间来，子愚出拜客。《余谷》六通竟。泺曾母子从李家回，前日去的。

廿六日（6月4日）

雨竟日，偶有开意，仍不果也。官祈晴，禁五荤，都说是鸡鸭鱼肉蛋。午后，子敬来嘱致陈竹伯信。晡出至恕堂楼上看水，湘江黄浊，龙王市一带俱弥漫。回到芋园，同补梅闲游，晚归。仲云在此，因留共酌。恕堂先送黄家男庚来。临《公方碑》，与《孟文碑》一气。

廿七日（6月5日）

雨竟日，荷池精舍动工，桂儿晨往，寂无人焉，本订辰刻不准了。午间雨更大，子敬来，晡出，署抚文式岩方伯未晤，闻已告病，体中不适。郑锡侯盐道、裕时卿廉访俱晤，时翁说湖北水并不大。骆署抚今日不到，不定几时方接任，水陆两途无定准。晨剃发。

廿八日（6月6日）

雨竟日，钟曾二十岁生日。忆在南京初生时，满月后即有夷变，后继以粤逆，转眼廿年，烽烟未息，可慨叹也。送礼及贺客纷纷，外间方祈晴禁屠。子敬早来，三兄弟同一面。后李家女客来，侄儿女辈来，遂竟日。老翁更静，好写字也。郑锡翁来话，夜酌有补孝。

廿九日（6月7日）

阴雨有晴意，钟曾出谢客。晚陪两先生饭，明日放学回沙平也。李芥孙从武昌因差回，桂儿往酌。《公方》第二通起。寄胡咏芝、恽次山、孙春皋书，从廉访官封去。恕堂来话。

五月

初一日（6月8日）

晴矣。晨看芥孙并问乃翁屋墙压倒光景，湖北军情，照常可虑。仲云留早酌，有大鱼头。水阁东向热矣。归写大字极多。谢筱庄从武冈州回，来晤，别十八年矣。沈小帆从河西来，说田事尚不至淹坏。金竺虔晡话。昨晚受凉，今日不甚适。

初二日（6月9日）

晨阴，旋晴，闷热。候补道张嘉福来晤，颇谈蜀事，余在蜀时，渠为按经历也。子愚出，闻苗沛霖果叛。袁午桥退守徐州，淮南北益警动矣。奈何。酉刻阴甚，戌初细雨不住，渐大遂竟夜。

初三日（6 月 10 日）

晨，犹雨，午间大晴，遂热。《公方碑》三通起。李家十郎同补孝来。晚间念、慰两侄来，子敬先来话，今日裕曾侄孙十岁生日，遣人买物下乡去。

初四日（6 月 11 日）

晴热。上房做粽子，各家亦送礼。罗念翁乃郎萱号福宜来，所居石潭，距湘潭县七十里，一直由涟水可到省。桂儿、钟孙饭于子敬处，余同两小孙酌。

初五日（6 月 12 日）

大晴。敬神贺节。子敬来甚早，余早饭后往子敬处即归。李家有人来贺，此外多差贺。晚酌，三翁同群稚一圆桌，研生来同坐话。署抚毛寄云同年未刻入城。

初六日（6 月 13 日）

兴曾生日，想起在兴化落地时，忽忽六年，而伊母逝已久，可怜可怜。儿妇携孙往李家拜节，王姬、阿双俱往小瀛洲，前层上房寂寂。写大字竟日。晚与子愚及桂儿酌，妇孺晚回，韶女住三爷处。大晴热，张六爷来话。

初七日（6月14日）

五更雨。子愚起得早，同子敬往小桥，桂儿往百家田，冒雨径行。雨遂竟日。写大字多。

初八日（6月15日）

“居简而行简，无乃太简乎？”寡欲罕所阙，得“恬”字。雨得住又热矣。晚约李家昆玉、仲云、云衣、介生、君若、季秦、硕臣及补梅便酌。仲云带京邸来阅，山东青州及长清俱被捻扰，又窜及大名属县。胜帅带兵到景州、德州防堵。彭蕴莪署兵尚书，真起病矣。四月十五保合殿考试，封卷至行在，派大臣阅看。河曲捻氛，亦纷纷可虑。

初九日（6月16日）

晴，时有雨意。念侄母生阿双带祐曾去，钟钟晚去，陈姊亦带斌侄去，儿妇带泺曾往，即往李家去，夜俱回矣。子敬、子愚、桂桂俱从乡间归，水又大长，田多被淹，闻有两鬼子由湖北来，住静乐庵间壁。夜酌见月，通城初三失守，周提军带兵往堵，巴陵、平江俱警也。毛寄云署抚来话，欧阳信甫来晤，去年由苏州回。

初十日（6月17日）

大晴热，子敬晨来。写大字至多，接临《西狭颂》。丁伊辅晡话。

十一日（6月18日）

伯父忌辰，早晚供。午出回拜署抚，见咏芝、涤生近信，咏芝每日吐血百余口，可骇。温药之有害如此。篠庄、恕堂俱不遇。张积田观察处话，乃尧仙之侄也，即租南坡屋。旋晤南坡，兼晤曾老四国潢，涤生乃弟。吴子登亦在彼，水阁极热，回寓点心，晚过子敬处，邀研生、季眉、竺虔同酌，席设水边，得风有月，差解炎蒸。归，至子初方睡。

十二日（6月19日）

昨夜奇热难睡，今晨即热不可耐，过子敬处早饭，昨肴多余，然亦不能多吃也。归寓苦热甚。曾澄侯四兄（国潢）来，涤生之弟，共五兄弟，涤生、沅圃、季鸿俱在戎行，其三弟与李迪庵同战死。澄侯在家未出，勤肄篆书。晡出，季眉它出，客屋树阴凉适，研生处话，念园亦强出，话，归。入晚少凉，罗伯宜、李补梅同对月小酌。

十三日（6月20日）

昨丑正奇雨可悸，今日尚阴，得凉。弟四孙溗曾周晬，一年来无毛病，去年今日尚在济南，然归计实定于今日。午刻抓周后，余出至荷花池看工，适丁果臣昨由武昌回，问知咏芝近状，吐血症复发，可闷可闷。归不大晚，酌客有硕臣、补梅，上房有女客，子敬同早面，晚未来。

十四日（6月21日）

夏至节，晴而凉。子敬来午饭，余已先饭矣。午间叶东翁来。清泉令刘凤仪来。张声长来，文裳之弟，问起湘潭张家事，凋零可怜。毛小峰、兰陔两塾师同到馆，晚邀仲云陪先生，谢筱庄同年适来，遂同坐。初六日蒲圻失守，北省军情更紧矣。闻咏芝渡江而南驻鄂垣，盖因病剧又贼肆也。见邸钞，陈弼夫告病，萧香泉升滇藩，毛震寿川臬，葛藕生升成绵龙道。

十五日（6月22日）

晴热，城中士民学宫议事，闻为鬼子传天主教，设法严禁也。张六爷两次来话。柳七星之孙秀来见，能读书，可佳。胞兄弟四人，尚有令伯一子。子敬拜客来此憩。夜饮冰梅酒，不佳，想到柳陶家醉酒时也。

十六日（6月23日）

大晴大热。上房邀小瀛洲各妇孺饭，因三弟一家将下乡也。清晨，余过子敬一话，未免有离合之感。过芋园，主人未起，午间写对廿付，奇热。闻金华失陷，建德又失，季高仍退至饶州，时事如此，奈何奈何。晚饭时，研生寻子愚话，子愚同桂儿、钟孙夜往子敬处。

十七日（6月24日）

寅初往子敬寓看月，久始敲门，大小次弟起，收拾吃饭等轿夫，延至卯正二刻，子敬带念、慰两儿母子行，余即归。子愚后回，早饭后复出。为陈三住荷花池，往南坡处告知。见探报，通城、通山、蒲圻、兴国、大冶俱陷于贼。咏芝前队到蕲水，武昌县贼惊惧退去。咏芝病剧，回省调理，未必向南杀贼耳。过研生处一话，回，风大，稍解炎酷。

十八日（6月25日）

"仁智至"。临冰愧游鱼，得"游"字。大晴热，上房约三娣携群孺来聚。午回，余至研孙处写字，兼与念园话，归。晡仍出，同子愚往恕堂处吃时鱼，乃赝鼎耳，谈尚畅。回家，女席未散也。先出门时，过叶东卿丈处一话。早间，何考翁来谈，可怜也。

十九日（6月26日）

晨凉出，回候八客俱未晤，归。李仲云来，又仓少平廉访来晤。早饭后，写大字，苦热，不能多也。小瀛洲各孺子恋恋难别，其实先后要下乡的，上房又前往看看。晚酌时，方次弟回。陆心农太守，午间来晤，上年七月以殿撰放废还府，腊月出都。闻粤西有梗阻，中丞已奏留暂差遣，不定能邀俞允不。

廿日（6月27日）

三娣率稚孺下乡，子愚护送去，桂儿卯正后回，总不能早也。福姨以恙未同行，且要人去相伴。今日奇热，酉刻骤雨乍凉。祖父章五公生日，早晚供。适南坡饷鲥鱼二尾，候两先生同酌，不归，仍家宴耳。

廿一日（6月28日）

昨夜凉甚。早饭后回拜仓少平，未晤，已于接任移上院也。陆心眉得晤，住等子桥新屋。到荷池久憩，将所临《伯时碑》交陈三。登小吴门城楼，晤赵玉班，过南坡，未值。芋园与西台兄话，移住巴蕉厅甚佳也。归，鼎侄从元丰坝来，久不见，念念甚。欧阳甫来话，临湘、平江城内，搬移将空，奈何！补孝晚来同饭。

廿二日（6月29日）

晴热。桂儿同鼎侄往百嘉田，余因夜泄四起，不得同往。唁文方伯丁父忧（廿午），知宾者仲云同往，即归。饭后写大字，如汗大何。午初陈三往毛家坝，酉初子愚从小桥回，联侄晚来话。

廿三日（6月30日）

联侄下乡，子愚钟曾往送，子敬全眷算俱往，然不能不怅怅，反是一别数年浑浑的。李家八小姐生日，上房往贺，钟钟作文后亦往，可谓不怕热。“务民之义至知矣”。池荷将花，得“花”字。黄南坡来话，鲍春霆得大胜仗，而咏芝到省，尚无信，不可解。子愚说，闻湖北夷人伤百姓，致动众怒，欲毁之，方伯弹压不下，转为夷困。不知确否？雨一阵，更闷闷。桂桂从百家田回，鼎侄往小桥去。

廿四日（7月1日）

晴热。写德静挽联，方伯属仲云转索也。“治谷得名臣，福备承欢，美荫三湘瞻戴遍；论文怀旧史，心惊永诀，清尊廿载别离多。”汤勉斋来索早饭，余已吃过，子愚相陪。过李家园，久憩，回。

廿五日（7月2日）

五更雨，壬子破好难也。闻中丞奏停乡试，因湖北、江西军务皆紧也。早饭后过南坡，阅北省各信片及探，军情奋利，有聚而可歼之势。悍贼俱在武昌县，现已合围，安庆亦得手，咏芝专攻黄州，亦正办，三处着力，令贼不能相援也。过季眉看箨石画两件，石涛和尚画双兔。遇子愚来话。余冒雨先回。雨至暮转大。

廿六日（7月3日）

阴雨竟日。临《公方碑》一通，静之效也。黄月崖来一话，仲云、介生先后来，子敬处有人来，乡居粗适。

廿七日（7月4日）

阴雨，有晴意。曹西垣来。晚间邀刘五峰、金竺虔同叙，说京都旧事也。汪福生、李介生俱未来。西北慧星傍北斗，芒指太微垣，可悸。鼎侄来说，元丰坝蛇常夜见，不伤人，小孩亦不怕。

廿八日（7月5日）

大晴便热，午后甚难耐。鼎侄回乡去。临《孟文碑》。小桥有人回，带信物去。

廿九日（7月6日）

晨，写字一张后，步至桂花井，为研生作篆、隶、真、行共五纸。念园邀谈，留早饭，遇棣楼之弟彭实夫话，已热。至荷花池，于秦君谈工程尚早，地界颇宽。过求真书院，与丁石臣、张雪庵同遇邹季深，季深者，叔绩之弟，讲地舆。果臣未在家。回寓极热，想起补孝生日，书一扇为贺，兼缀小诗，儿妇携两孙往，桂桂带钟曾，太热，恐少味也。

卅日（7月7日）

更热，晨过唐介吾，见直幅字画，皆季寿丈双款，念甚。午间写联幅，无热多蚊。常德陈大璐来见。陈三仍移住荷池，因毛家坝不得即动工也。闻停乡试尚未出奏，或者军情大佳，尚可办。

六月

初一日（7 月 8 日）

更热，辰正后日食，闻止四分，未巳初即复元矣。过南坡，方与客饮，真不怕热，赵玉班来同话，柳下风多，亦不解炎。北军无探信。过芋园话，略可坐，吃水饽饽，佳。回寓。西垣晡来话。

初二日（7 月 9 日）

热。写大字。苦阴一阵，无雨。

初三日（7 月 10 日）

“文王以民力”至“曰灵沼”。清风来故人，得“清”字。张六爷来久话。李懋斋太守逢春来晤，人亦爽快。刘五峰晡话，老病闷人。

初四日（7 月 11 日）

晨过西垣话。午间，族弟绍现从家乡来，言灌阳、永明胜仗，剿贼三千，降贼八千，皆民团之力。江忠谊颇憎，邓光成颇勇，然亦非帅才。汤勉斋来话。马肯堂晡话，商量书院工程。

初五日（7月12日）

晨，致书中丞，为停科及粤西守委管厘局事。赵玉班来谈，仲云来谈。晚至荷花池陈三夜酌。得中丞复书并探报，希庵中丞遣兵来剿蒲圻之贼，而安庆、黄州尚无捷音，何也？

初六日（7月13日）

五娣生日，早晚有李家客。晡间子敬由乡来，邀子俊来共酌，共两席，女客一席。止席后幸不大热，早间则难过之至，不能作一字也，乡间早晚俱凉，可羡。十□说东门何家，近年未逃往乡间，故石路、环秀亭皆好，是上年回家所修也，近年秀才不断矣。贼往来数次，未到城边。

初七日（7月14日）

母亲生日，早晚上供。子敬一早往元丰坝墓庐去。早饭后，丁逊卿、果臣兄弟来，想起河西旧游也。其时逊卿为沈家塾师，常常相见。武昌、通城两城收复，想确。咏芝宫保已回鄂垣绸缪湘事。客去，余往荷花池，今日卯刻已上梁树架，与肯堂商量东院书房。又到贡院，与乌云庄话，看西云路之北，添建新号舍，昔年辛苦地。见陈榕门先生题联，云庄说至公堂匾反面当是“湖湘书院”四大字，未分闱前本是书院也，此语不定确不。回寓，热。张星楼晚来话。

初八日（7 月 15 日）

免课。出诗题五古四首。桂桂晨出谢客。余晨步至子俊弟处话。午后热甚，子敬从元丰坝回，申初复行，夜住琅陵，明日回小桥。傍晚似不甚热，东方见电。

万寿日（7 月 16 日）

晨向阙九叩后，步访张星楼。早饭后出，易念园、罗研孙处，见四月半至五月半京报，山东捻务次弟肃清，差慰差慰。广西开科，广东开科缓至十月，吾省乃改明年，何苦何苦。李季眉疮疾已愈，出示董册。黄月崖处，绿阴无蚊，六岁儿作五言诗，平仄不错有心思，大奇大奇，黄鹤汀处借回《赵圉令碑》，将与易家本对看，又《英光帖》两本，亦借来看。下午后热。

初十日（7 月 17 日）

晴热。考《英光帖》，不耐烦，写字少。晡出，汪佛生处话。到胡恕堂处，与汤勉斋遍历亭台，平台高旷多风，然不能久憩也。留晚酌，酒尚佳。雷电不雨，略有飘洒，回家子初矣。薄醉，闻徽州十三日克复。

十一日（7月18日）

晨出，长沙府李茂斋未起。衡永道冯春皋昆晤话，六年道州，甚得民心也。芋园与补梅一话，归。午间热，申刻往荷花池，欲看书写字，而西厅有王朴山之弟暂寄焉。与肯堂看做屋工程，久憩归。午间曹西垣来话，绍现弟说（按绍现即子俊）今日行未果。夜，雷电欲雨，有数点不成阵，可惜田家将苦旱矣。昨误食蟮鱼片，今日腹不适。

十二日（7月19日）

内子忌日，怆怆。腹泄十余遍。辜守庞来晤。有孙第培来见，说在洪山见过，亦奇。仲云来话。

十三日（7月20日）

五弟补生日，早面晚酒，余皆不敢沾，泄次少些，或可愈矣。傍晚，奇雷快雨一阵。

十四日（7月21日）

胡恕堂晨来，为请媒事。午间饷西瓜壳蒸羊肉，食之，晚大泄一次，可叹也。裕时翁来晤，并晤子愚。晚雷雨，昨日漏伏或有据邪？

十五日（7月22日）

好。起来早出，看杨晓山先鸿，海樵之子，问《易注》，云存宗涤楼处，久归。晓山系其遗腹子，年卅八矣，想起海翁，殊难得也。

十六日（7月23日）

昨夜泄一次，今竟日好。午出至研生处一话。晡，阴雨不透，疲困甚，李仲云，□□□先后来，易少微尚有收藏可看。

十七日（7月24日）

时阴晴，尚不大热，惜未刻洒雨不果。王吉甫州牧来晤，赵玉班来晤。胡恕堂来，为明日送庚事。晚，研生、壬秋来话，月出方去。补梅同酌，昨得寿臣五月十五书并京报，知圣躬大安，可庆颂也。扬州大捷，郡境肃清，镇江胜仗。邓子久在曲靖府署被盗戕，大奇怆事。见香云夫妇信，甚喜慰。

十八日（7月25日）

“一贯”章。峨眉雪水，得“川”字。大晴热，赵玉班馈茶腿酒蛋，本云送园茶耳。何苦多多，园茶并不见佳。昨寻得双窨茶，百九十七一斤，但少花香，茶味不劣。

十九日（7月26日）

早，送男庚到李家，仲云、老七俱晤，归。饭后出，晤南坡，知义宁贼退，可慰。仲云兄弟来谢步，曹西垣来话。阴有雨意，忽数点。裕时翁饷蟹十九，木箸一副。蟹分送张三爷、六爷各四，李老五来话，带四支去。

廿日（7月27日）

早，送念生三蟹，止余四耳。晚间作羹上供，尚可吃。张六爷来话，知三爷于十六断弦。晨过荷池，所造书房，逼仄可厌，书问南坡，此事大概难做也。念生晚来话，夜雨细。

廿一日（7月28日）

阴，南坡送探信来，安庆、芜湖大胜仗，毙贼八千余，洪逆由金陵分二万援皖，德安、黄州、随州俱可望收复。杨石芳来晤，知永州一带果肃清，乃翁达夫逝后，已去年服阕，紫卿之子，尚可支持。晡，雨畅，晚又雨且雷电，然仍未得透也。今日隶课复开，热似少解。

廿二日（7月29日）

晴热，小桥有人来买菜。

廿三日（7 月 30 日）

卯初起身，出浏阳门，至兰陵尖，尖后过庙，南转东行，过高岭寺，戚家桥，不过桥东行，总共约七十里，至小桥，已申初矣。子敬一家均自在，屋宇修洁，左右手均有环抱，屋后新辟小圃尤佳。侄儿女读书静奋，比城居为胜，止苦少友朋耳，亦苦热。子敬云，颇不想进城也。夜热，且多蚊。

廿四日（7 月 31 日）

甚热，寻出《石渠宝笈》廿四本，甚喜，吾以为失之矣，岂料子敬带出，仍未毁于贼耶。欲往游佗庄，竟以热不果。

廿五日（8 月 1 日）

丑正起，寅初行。十二里方大明，是后便热，到家未初矣。走五个整时辰也，腹又泻，至暮共九次。邓小耘来，所刻《双梧山馆文集》六本，难为了，好在质实畅达不做作。周寿山侄婿之续配熊氏，荷亭兄之女也，来拜见，遂留晚饭，恋恋甚，然适增吾怆耳。

廿六日（8 月 2 日）

西台二亲家生日，家中妇孺俱往祝。子愚吃面初回，余因腹恙未往。昨与恕堂同送戏不收，以三人同庚也。余晨出吊张三婶，回，与罗念生话，并晤易念园而归。竟日大风，奇热。

三更时，西长街起火，不久熄，闻在路边井一带。

廿七日（8月3日）

晴热。写扇二诗为西台寿，为近日希事，昨夜并不好睡也。金竹虔来话，阴一阵。

廿八日（8月4日）

“公明贾对曰”一节。晨出南门，看文方伯，谈，正派难得，惜其将去也。过洪恩寺，毁得可惨，中栋为余柱瓦耳。城南书院山长周韩城又不在家，即归，热蒸难过。

廿九日（8月5日）

晨出，拜客七，俱未晤，多是未起也。梅生夫人生日，妇孺儿孙，俱有往者，又是一天耍子。曹西垣来话。竟日阴，有雨意，仍一滴不落，奈何。

七月

初一日（8月6日）

晨出，金竹虔处道喜。李仲云处少坐，水阁有清气，归热。陈雪庐来晤，不见多年，尚有书味。世镕由安庆来，家在五十里外乡间。帅小舟宗楫来，仙舟丈之三子，流落可念。自课傻瓜，先生昨日回乡去。

初二日（8月7日）

晨出，晤南坡、荷汀久话，知各处夷船俱遁，是真？或者本国有变？竹虔来，尚未奉加运同衔，知谭静寄来前做神令同游三元洞者。黄晓岱来，新从乡间至。

初三日（8月8日）

课“孙叔敖”三字。邓小耘来别。余中暑不适，服六一散阴阳水冲两次，得解，先不汗，夜睡，透汗。

初四日（8月9日）

早陈葵心来，乃郎拔贡也。午间易佩绅从龙阳来，将招勇入蜀，人果有用，似无偏见而肯任事者。同府四拔贡，有贺运隆，吾州人，同来见略谈。竟日少精神。晚出看季眉恙，尚未全愈。研生生日，茗话，乃欲我赠诗。

初五日（8月10日）

晨得诗赠之。汪佛生来。午间，余如新拔生来，鹗蓉初堂弟，出杨性农书，此弟四次，余尚未复，厚愧厚愧。

初六日（8 月 11 日）

晨出，回拜雪庐、笏山。上小乌门，晤赵玉班，甫销病假，见中丞批驳团练禀，有“决不可行”之语，可诧可诧。见昨晚探报，伪忠王从瑞州欲伺湖南，亦殊可虑。回家，子愚处孟姨生日道喜。午间奇热，又出，过恕堂吃水果，闲谈，园池酷热，不如归。

初七日（8 月 12 日）

早，恕堂来话，周韩城来话，研孙和诗至，陈少海来话。恕堂在南坡处来邀往小酌，有雪炉、小耘共话，携兰花一盆回，主人不知也。到家，则仲云适送兰花来，可谓巧矣。夜间，上房供牛女，余早睡了。

初八日（8 月 13 日）

“可与立，未可与权。”晨出拜数客，未一晤，归。奇热，酉刻风雨略见，亦扫炎氛也。昨日夜初起例的，李芥生来同晚酌。

初九日（8 月 14 日）

陈葵心晨话，曹西垣话，李仲云话。儿妇回家去，七日老七生女也，陈三钩《圉令碑》完，前所借易小坪收得小松藏本，已取去，尚有辛楣先生本，今归荷汀者在此。风雨一小阵，比昨日早些。

初十日（8月15日）

迎家神，早晚供。奇热。赵玉班来话，曾沅圃廿五来信说，廿二日有安庆贼谋投诚内应，谋泄不果，仅率百余人逃，降献出头目，数人正法也，算小胜。罗研荪来晚酌。风雨少凉，夜雨稍大。

十一日（8月16日）

陈少海来别，不日即回去。广东门人李毓瑛进京过此，来见。少海说，接蜀友信，说圣驾有太原驻跸之信。表里山河，如可迁都，乃奥区也，但要卑宫菲食耳。有云阴，隐雷一阵。

十二日（8月17日）

晨，至荷花池一看，归饭。李季泰来谢，送三朝礼。今日更热，桂儿、韶女、钟孙俱不甚适，皆受暑耳。晡，出至研荪处，兼与念园话。又到芋园坐，研荪亦至。索仲云备酒，并邀西台来酌。有雷一阵，无风无雨，月色赤热。亥刻始散，竟不得凉。归，仍吃西瓜方睡。子敬处有人来买物，明日回去。

十三日（8月18日）

晨，过丁伊辅前辈话。前日中丞请过河来，问书院生贴字照墙求开科者是何人？谓是刁风不可长，“刁风”二字，如何安法？且字上有姓名，的不可解也。而五月廿九停科之折，至今未回头。后六月初五日驿递件，已于七月初五回来矣。周梧冈候镇（凤山）来话，短小精悍。吾州出勇二万余，惟伊官至候补总兵，吉安一败，褫职归。前年在州带勇歼贼，未录功，此番官中堂饬令回州募勇也。钟钟写包，人已愈。未出题，检点书厅，合阴取凉，比敞晒为佳也。

十四日（8月19日）

仲云晨来晤。申正上祭化包，酉初方毕事。傍晚雷雨，夜亦雨，惜不大耳。

十五日（8月20日）

寅初多起。往南坡处，水槛茏爽。与子襄话，子愚亦来，南坡出话。点心后，同子襄出大门，上长龙船，看水操。中丞来，卯正后矣。舢板船五十余支，每支十五六人；每一阵放炮一次，尚生疏，不见迅疾。少味，巳初后方散。主人刘子梅副将国斌招抚，送点心三次，可谓烦文。回家极热，不如河面有风也。陈世兄来见，岱云乃郎，前曾见于少平木关署，今乃臬署书启。奇热，至暮稍解。刘昌黎来说，乃叔病重。

十六日（8月21日）

丑正起，寅正看韶女、钟孙，往元丰坝去，二娣十九日六十寿也。泺曾竟夜哭炒，想是惊着了，起来仍尚好的。午后李雨门来。南昌对河卅里贼至，黼堂来书，尚安然如常。晚饭时丁果臣、王纫秋、罗研荪同来话。念园、研荪皆和我初五日诗。蘖庵诗是伪托无疑。

十七日（8月22日）

晨剃发。仲云来话。午初出，晤刘午峰，未即死，病当可愈，见我大哭，为一叹慰。仓少平廉访处话，郑锡侯盐道处话。裕时翁处未晤，今日销假上院矣。稍阴凉，有雨意。

十八日（8月23日）

阴而热。锡侯、少平俱来晤。黄月岩来，为写志铭事。未刻，出看李季眉，尚未全收口。看《伯时前后碑》。到桂花井与念园、研荪谈《金石篇》，尚未和我也。贺仲肃未在家，黄南坡处，又值请客，饮数钟遂退，坐桥上取凉。薄暮归，承馈双鱼，子愚制之，甚佳，惜饱甚，不能多啖。裕时斋饷苹果九枚，茶叶两匣。夜雷雨，闻瑞州贼退往南昌去。

十九日（8月24日）

雨后凉，题《圉令碑》，得三篇，兴勃勃为近日所少，凉意可宝也。曹西垣、金竹虔来，相与久话。钟钟午后回。

廿日（8月25日）

桂儿四十一岁生日，令换冠服，新由通判捐双月郎中，才用七百余金，李仲云黼堂帮的。聊复尔尔，亦乐得做。书房面，先后两席，上房三席。午后，仲云送戏，演普庆班。申正开场，子正止，皆昆曲，虽不精，亦自雅正。余先睡，以热不得眠。联侄由元丰坝来，亦入席。有衡山拔贡何夔来晤。晚客李仲云、云衣、季秦、芥孙、补梅、黄觐臣、毛先、素峰。今日晴而尚凉，夜大热。

廿一日（8月26日）

胡恕堂早来，竟日热。桂儿出谢客。子愚往西台处，道得孙女之喜，十九辰时，慰情良胜，吾西翁尚未得孙也。芥孙出，夜同联侄酌。午间，夏世兄献云来晤，小军机，丁忧。

廿二日（8月27日）

联侄一早回小桥去，乡居难见面，殊怅怅也。恽次山观察来晤，安得省中有此明快人，庶官绅通气乎。奇热，后阴，小雨不解暑。

廿三日（8月28日）

晨出至芋园，与仲云话，遇长沙事，李秀才一话。步往芋香山馆，到蕉厅听婴啼声，即西台孙女也。到研孙处话，旋晤念园。归，饭后极热。至暮，研孙同仲肃来话。

廿四日（8月29日）

夜少凉，晨仍热。早出拜恽次山、豫时卿，时翁足恙甫愈也。回，饭后，仲云来，约客。午间陈葵心来话，此次拔贡会考，通省分名次，可见学使用心。姚世兄开布来晤，伯昂先生胞侄，候补县。晡时，大雷雨一阵后，得凉。

廿五日（8月30日）

仍晴热，闷甚，时亦阴。夜，仲云处陪恽次山，子愚同去，共四人。凉院不见凉。

廿六日（8月31日）

晨出。晤罗研荪。回候数客，南坡处话。至恕堂处，登楼眺望。早饭许久始出，酒甚佳，惜晨热，不能多饮。回家，裕曾生日，李家做洗儿酒，上房出贺，夜始归也。

廿七日（9月1日）

阴。研荪来谈久而且畅，论古韵入声止一部，大有理。但谓一部，尚不如不分部之妥也。如水之海为尾闾，音之穷则为入，因沈分四声，以此为入，亦甚妙也。共早饭，胡恕堂来话。午间，客有彭器之，毛绍瑸赠湘妃竹、水晶石，皆九嶷山中物，其家在州南桃花井，距九嶷卅里。山极幽深，舜陵无人见过，太深险，无人迹也。周莲丞广文来。晚赴黄月崖请。今日闻莲丞说，族弟绍彩克复黄州。午后细雨至夜，仍未解暑氛也。

廿八日（9月2日）

陈三到毛家坝，看工程局势，知河西尚忙收获，无闲人也。午出，回拜江渭耕观察忠义，珉樵族弟，由文童带勇立功，升至记名道，左目受炮伤，足受杆子伤，身躯亦瘦小。赵玉班处话，知江右贼全过章江，扰抚、建一带，或浙或闽，吾省暂安枕矣。陶少云来话，晚约恽次山便饭，彭器之、周莲丞、李仲云、子愚俱同坐。晴热竟日。

廿九日（9月3日）

戚少云同年太守来，知恽次山署藩司，可谓天从人愿，奇快无比。仲云来话，胡恕堂早来。晡，过研荪，并与念园谈。归，作书寄胡咏芝、杨性农，胡信送少云处。罗小苏来晤。

卅日（9月4日）

晨出，次山处道喜，遇仓少平廉访同一话。回拜戚同年话。过陈雪庐，携其诗稿回，自是才人也。归，饭后，曹西垣来久话，奇热，有哭而已。次山送团练告示看，应酬文字，不过为前番斥驳团批转脸耳。

八月

初一日（9月5日）

卯初起，甫黎明也。卯初二刻，乃出小西门至大西门码头，无渡船，雇舣子过河。水漾进，尚不好走，望城铺、长善庵俱小憩，又途间大树下歇。巳初二刻，到毛家坝坟屋，已热矣。仍住前次房间，墓前叩告。因看林屋，晚看两边竹木，即饭于田畔，得凉。

初二日（9月6日）

卯初三刻，叩山神动土，仍到墓叩告，并看杏侄墓回。西北行，约有三里，到沈小帆兄家，即留早饭。乃郎善臣侄孙，塾师龚君同坐，酒两杯。天大热，回庄已午初。晡间，小翁同令侄孙来纸墨索书，为挥两幅，留晚便饭，颇畅谈也。今日风大解热，先腹泻，午后止。

初三日（9月7日）

寅正起，将卯初行，过河风大可悸，到家巳初矣。有风，不甚热。申初仲云来，持示抚署接奉吏部七月十九日咨称蓝印，十六日行，朱笔宣：长子已立为皇太子。着派载垣、端华、肃顺、穆荫、匡源、杜翰、焦祐瀛尽心辅弼，赞襄一切政务。特谕。惊痛伏泣。前闻圣躬痊愈，岂料有此变邪？辅政者无亲王、宰执，何也？罗研孙晚来话，丁伊辅来话。

初四日（9月8日）

早，哀号成服。早饭后，周厚庵军门在宽来晤，由岳州回，议裁遣无用兵勇也。出到南坡处，知当道现着命不挂珠服信，哀诏到日成服，齐集左右，俱不足于理，且自听它耳。昨日吏部文到，另有知照，准赞襄政务王大臣咨称，嗣后各督抚、学政、将军等，拜发折报，另备印文开明折件若干，封片单若干件，封交捷奏处，以便王大臣查核，再本王大臣拟旨缮递复请皇太后、皇上给用图章发下，上系“御赏”二字，下系“同道堂”三字，以为符信。昨夜雨，今日凉，仍雨。陈雪庐、曹西垣、方臻大来晤。

初五日（9月9日）

雨时止时作，大凉，天气斗变，炎氛扫尽，盖新天子之福耶。午间写对子五十付，刘功杰来晤，盛堂同年之子，苦甚苦甚。周莲丞、陈葵心来话。过仲云处话。与西台看吐绶焉，园景秋深矣。

初六日（9月10日）

阴凉。写对子卅五付，客至搁笔。张星楼、彭子蕃先话。

赵年侄瀚来见（宁乡人，辰州局务）。胡庶堂来久坐，候南坡来共酌，谈捐事颇龃龉。开恕堂所赠酒，佳。李仲云来晤。

初七日（9月11日）

晨出。文石岩方伯来晤，明日下船矣。哭刘五峰，尚未成服，逝四日矣，可诧也。午后，阴雨竟日，恽次山来话，赵玉班同晤，出拜数客。

初八日（9月12日）

仍开课，“爱之能勿劳乎”两句。仍开隶课，搁两月矣。酷暑之为害如此。写大字条幅。出，晤彭子蕃、胡恕堂，子蕃言乡居之适。恕堂北上，劝其速行。丁果臣弟兄话，雨意促归。夜雨。

初九日（9月13日）

阴雨。写条幅多。晡时，仲云送信来，定于十一日迎诏成服，官在贡院，绅在报慈寺，侨寓者在浙绍馆。易世兄仲咸来晤（屏山师之孙也），仙舫信来，嘱为吾师家传。闻知仙翁在家健适，但露老益聋，今年七十七矣。善化拔贡潘宗寿来（垣兄之婿也）。陈三运木瓦灰，为雨阻而回。

初十日（9月14日）

阴雨，时有晴意。仲云来同早饭。谭静庵来，尚欲往川候令去。姚世兄恩布来话。恕堂来话，北上事有阻梗矣。夜雨不小。

十一日（9月15日）

雨住。卯初黎明起，往詹王宫候齐集。先九叩首，伏听宣。新君嗣位谕旨后，举哀，哀止又九叩首，礼毕。大行事乃七月十七寅时，立皇太子则十六日子时也。绅士到廿四人，本说在报慈寺，改刘猛将军庙，又改詹王宫两处，俱无空也。散后，到家辰初矣。恕堂来一话去。临《余谷碑》。申初一刻，又到詹王宫齐集哭临，到者十四人，子愚俱同去。未刻先到易念园、李仲云两处查《会典》，皆不全。馔品之设，要非《会典》所有，人臣所不敢也。相沿之误，与南坡、仲云商节之。闻骆吁翁升川督，文□□升江西臬。夜晴有月。

十二日（9月16日）

仍阴雨，卯正后，催齐集。昨本定辰集，而同人早来也。九叩举哀。散时到家方辰初耳。日未出而雨止，陈三为灰瓦事去料理，不知能运到不。昨日中丞行文与恕堂，索捐万金，蛮勒可骇。写大字极多。申正齐集，又略迟。闻安庆初一日克复，军务殆将肃清矣，大慰大慰。竟日未雨，晚晴。夜，月色好。

十三日（9月17日）

齐集，甫辰初，更早矣。余旬甫来谈诗宣，未免浮气。申初即往候齐集，申正方行礼。长沙县令来招呼。晚，研生、仲肃来同酌，有月。彭于蕃信来，约明日之游。

十四日（9月18日）

卯初行，出东茅巷浏阳门，至东市港，打尖后，过班竹塘，乃萧家屋场，竹子盛极，可羡也。未初，到大禾冲彭家屋，山势环抱，水多树古。与施叔卿话，惜屋向西，当移向南方好。于蕃酉初始来，晚同酌后，步至塘边看月，极为闲妙。

十五日（9月19日）

磨墨索书来不及，早饭后已巳正矣。向东北行，过渡头市河。过贯冲，树木大好，未正后到小桥，子敬一家都好，入秋已复山光水色，更淡远矣。惜夜阴无月，本忘为中秋也，侄儿女辈夜仍拜月，供果点。

十六日（9月20日）

早饭，换乡夫行，有雨。约将三十里，至老河坡，遇吴子备于杂货铺，云："何不游九溪洞中？"遂属铺中觅山夫，到子备处饭，山夫雇不出，且看马家园，云庄长郎小庄之别业，有泉林之胜。其长工欣然为雇山夫，久候始齐，乃同子备东行将二十里，一路水声雨声，山路坡陀，尚不甚险，景渐幽奇，到九溪洞口，乃众溪合为一，由西北口入，穿洞从东北口出，洞中约二里，有数转，水声隆隆，需燃烛，可深入，余以得大概遂止，仍沿旧路归。过刚沙岭，出平大王岭，斗且长，到吴家已大昏黑，燃灯行将里余方到。治具小酌，候月不出，方寝。

十七日（9月21日）

早饭后与子备别，亲家母意甚殷勤，山居数月颇适，亦苦岑寂耳。涧泉冲在大王岭下，本为欲往，看见乌冲一路，山不开秀，遂不复看。直到小桥憩，与弟侄嬉半日，山坡塘侧踏遍了。夜畅酌，适有人送野鸡来，塘鱼现罾得，芋头现掘出，鲜美异常。久坐，仍无月。

十八日（9月22日）

寅初起，寅正行十余里，方天明也。榔梨尖，刘家铺四名夫换班，行甚速，到家未未初也。刘文庵来晤。吾乡廖纯斋明经从家乡来，问悉历年情事，可悲可慰。闻安庆克复后，初三遂克桐城，事机甚顺。

十九日（9月23日）

伯母忌日，早晚供。午间出看黄南坡，病已愈，未尽痊。恽次山来同话，言狗逆屯蕲水，欲直犯武昌，鄂垣颇警戒，来索饷，需火药甚迫。胡润芝病亦剧，闻之闷闷。过罗小苏话，华东卿丈处话，李仲云处话，余处俱未得晤。晚约廖纯斋、贺紫澜、余我如便酌，五弟、桂儿同坐。

廿日（9 月 24 日）

写条幅竟日，惟曹西垣、周莲丞来话，耽阁一会。李季眉来话。

廿一日（9 月 25 日）

晨出小西门，卯正一刻起身，由望城坡尖，到毛家坝，与陈三斟酌屋工，约半时一刻，即行，回家申初矣。回来过河有风，闻说广东考官，昨日往宁乡，今日未必能到省。陈二醉闹。

廿二日（9 月 26 日）

因监工人少，向仲云处借刘七来，同陈二往乡。临《公方碑》有得。晡过研孙话。昨到刘家看画，可羡。都中传信，一切平静，总理丧仪，派留京王大臣，夷人亦成服举哀，皇太后垂帘听政。

廿三日（9 月 27 日）

隶课后写大字极多，臂为之痛，将来能保不左手书乎？时有阴雨。

廿四日（9 月 28 日）

收拾门窗，得向南小窗，殊佳。竟日无一客，仅有之事。大晴。

廿五日（9月29日）

父亲生日，早晚供。甫见冬笋一斤百廿八文，尚迟味也。子愚往九子山墓庐去。晚约罗研生、李芥孙及两塾师同便饭。晴热，复将秋燥耶。

廿六日（9月30日）

晴热，写大字多。

廿七日（10月1日）

晨出，回拜王人树，昨已行矣。回候余旬甫，前日送来诗话片，非不用心人，苦务外也。仲云处话，看补孝文字归。午后曾澄侯四兄来，言涤生信来，安庆、桐城克复后，连复宿松、广济、黄梅，止黄州未即复，亦当在即矣。可喜慰也。鼎侄携捷曾从元丰坝来。

廿八日（10月2日）

昨夜雨，惜未酣透，城中苦干，井水、池水俱竭。晨出，晤研生，回拜澄侯，兼晤南坡，又知庐州克复，庐州可得手矣，其破竹之势乎？回来同仲云早饭，来寻子愚看脉也。阴，小雨。桂、鼎上街去，冬笋八十文一斤。子敬人来买物。晡闻毛寄云实授湖南巡抚，华日新升□藩，蒋益澧升粤西臬，七月廿二日部文。

廿九日（10月3日）

早，鼎侄携儿往小桥去，可念可念。小雨旋止，余身子不甚适。晡出至季眉处一话。刘春溪、罗小苏先后来，新署道州赖古愚史直来拜，正经官也，可慰可慰。汤敏斋来谈。补孝来同钟曾作课，“修身则道立”。翰墨小神仙，得“仙”字。

九月

初一日（10月4日）

半阴晴，服元参麦冬汤去湿热，黄同云亦劝多吃，黎明头目眩晕也。春溪又来话。

初二日（10月5日）

晴热，又有伏意，午出贺中丞实授，回拜赖父台未晤，裕时卿处话，卸藩后，侨居草潮门内，北臬有阎丹初奉旨署理，又不能即往也。西长街观音寺刘春溪处话，署藩恽次山处久话，兼晤姚彦士，同吃点心。归，甚热。

初三日（10月6日）

“尊贤则不惑。”满城风雨近重阳，得“租”字。昨大热，今遂大阴且风。姚彦士来谈，说昨夜官制军来文，黄州于廿二日克复，仲云来诊脉。

初四日（10月7日）

制蓝布衫，一日就矣。汪佛生来谈，湘乡刘氏兄弟来话（霞仙弟兄也）。今日人又困，胡恕堂来说，有消息。

初五日（10月8日）

伯父光禄公生日，早晚供。今日适，早饭后出，晤陈雪炉，谈经义殊快。郭筠仙、丁果臣处话，又过东边，兼与石臣话。胡咏芝竟于廿六日亥时作古，不胜骇叹，直为温补药所误，鄂省失此人，官民兵心将何所系乎？过研生不晤，与念园一话，归。子敬信来，知鼎侄说杨梅段田有成矣。吴子备来城晤。研生夜来，邀小峰围酌。风大冷至，客去后得五古一篇。折差回，见京报，一切安静。陈子鹤命至行在，恭邸闻有密旨至行在，以明年为祺祥元年。钦天监奏，八月朔日月合璧，四星聚张。

初六日（10月9日）

阴雨不大。仲云来话。谢子愚一品锅。晓岱来，将北上矣。得性农书，有见怀和陶韵。

初七日（10月10日）

季眉五十七岁生日，作诗柬之。过研孙一话。恽次山来话，见孙辈李家去。

初八日（10 月 11 日）

卯正天明后行，出小西门，河好过，巳正后，到毛家坝，看工程。午初二刻回，过河有风，申初二刻到寓，晚饮季眉处，子愚、研生同坐。今日脱白换元青，明日换季。

初九日（10 月 12 日）

阴，旋晴。孙辈随母拜二舅娘生日，王姬亦往。余往马王庙同研生话。广厚和［尚］所葺幽室，曲折有致，梧竹亦清。久话，仍过念园一话，归。子愚定计挈眷入都，都中未了事颇多，恐不得即归也。候补通判汤君健中来晤，言有南京买卖人于七月十六逃出，洪逆伪天王于七月初已伏冥诛，伪忠王、世王争位斗争，贼多遁出，城门大开；有典花丞相住妙相庵，管理花事，各园亭不糟踏，督署为天王宫，柱壁皆金饰，各伪府俱坚丽非常也。

初十日（10 月 13 日）

龙一来，因初八日瓦未到也，遣问荷花池毛一，则云瓦无处得，须十七出窑，十八可到山，止得依之。午间，出过南坡话，过藩署，恽次山未回，仲云处久坐，仍得晤次翁，话，归。晡又出寻研生，讲子平，先与念园谈，研孙同星楼看地回，一话，归。舒家火烧大厅。

十一日（10月14日）

蔡家有人看百家田去，小桥、元丰坝俱寄信去，鼎侄买杨梅洲田有成也。研孙示二律，九日马王庙，十日看山，即和其韵。黄南坡来晤。

十二日（10月15日）

金竹虔、张星楼先后来话，研孙晚来话。临《公方碑》第十六通，夜竟。

十三日（10月16日）

《红叶赋》，念园见钟曾和我“井”字韵诗，又惠和一篇夸贺，愧愧。胡恕堂从乡间回，余我如带乃胞侄清源来见，新得优贡，与乃叔为同年矣，亦佳话也。出门拜两客回。张伯鸿同来一话。子愚看船未就，旋往元丰坝去。午太暖，夜阴，望雨不得，奈何！

十四日（10月17日）

晴，更热矣。临《公方碑》十七通竟。张三六丈来，赵玉班来。彭于蕃来，知为劝捐事，将田屋全卖，可怜！徐芸渠来，别多年矣！有老态。周药舲之子宝典来，现馆藩署课读，想起乃翁憨状也。子愚申刻回。

望日（10月18日）

早出拜季眉夫人四十岁。看舒叔和被火，客厅书塾俱烬，余无恙。余氏叔侄一话，汤曙村话，归，早饭。午间，写大字。胡恕堂来。郑春农同年本玉来，在此四五年，署益阳回，当是好官也。龙老三湛霖来，将会试去。问知桡农亲家老境好。欧阳材生来，知葛藕生丁母忧，其太夫人九十二岁，四月到夔州府，六月去世，尚得奉养两月，可谓有福。子敬弟从乡间来，夜，弟兄同酌，为希有事，适鼎侄亦从元丰坝来也。

十六日（10月19日）

鼎侄一早从元往小桥去看杨梅段也。子敬出拜客。彭器之来，携乃翁于蕃信，为刘豫生之女，说蔡家姻事。舒仲和来，邵右清世兄承湿（丹溪师之子）署沅江回省。黄子冶世镕世兄来，问知冯鲁川尚未出都。辜镗来。《公方》十八通竟。研荪晚来同酌，研孙将入忠义录局，廿六日开局于又一村，从此桂花并吟事将歇矣。日间，乃郎伯宜来。

十七日（10月20日）

子敬往毛家坝谒墓，兼看长虹冲田也。早饭后，至马王庙，为研孙桥梓作书，广厚上人备馅面，久谈乃散。晚，胡恕堂邀同子愚看菊，酒极佳，同坐有黄月崖、陈花农，颇酩酊矣。园景清旷，池苦渴。

十八日（10月21日）

“子张问行”章。昨归，偶想起此是子张为远行来求夫子教训，“书绅”盖即行也，参前倚衡，虑其才高志广，以为平平无奇，而忘忽之耳。为钟孙谈及，故令作文。唐艺农、斐泉兄弟，李季眉处，道添第三孙之喜，皆晤。徐云渠晤吉祥巷老屋，记初见云渠时，伊年才十四岁，堂室宛然，怅慰兼之，时两代科第，尚未发动也。子敬由河西回，仲云送菜，圆桌一话。刘春溪晡话，恽次翁来久话，将上灯去。

十九日（10月22日）

祖母郑太夫人冥寿，早晚供。午出，回拜客，晤黄海华、刘企南，企南者，霁南之子，余忘却乃翁久作大人也。刘家杰从武昌回，带回我所寄咏芝信，怆怆。补梅夜来同饭，子愚处陈姨生日（是昨日），唐艺农来话。

廿日（10月23日）

招云侄女生日，子愚船看定，议价。龙老三来。李西台一话。易世兄仲咸来问家传，记得记得。郭筠仙来，请子愚看脉。晡，过研孙话。

廿一日（10月24日）

子敬回乡去，亦恋恋。丁伊辅、胡恕堂、金竹虔，皆为子敬来者。余辞退精经书院关聘。研孙晚来话。

廿二日（10月25日）

连日晴，苦热，无秋意，欧阳信甫、汤敏、王壬秋先后来，壬秋从江西回，言浙路未通，雪轩过钱塘江救绍兴，浙事甚不佳也。庆源、庆淙两侄从家乡来，带有十二叔信。余旬甫来谈，少味之妄人耳。鼎侄来住。

廿三日（10月26日）

子愚发行李，午初作别上船，未即能开行也。姚彦士、唐斐泉、李仲云、芥孙先后晤。郑锡侯观察、恽次山署藩久话，为余辞书院事，要斡旋，不知我之难处耳。儿孙辈多上船，忙个不了，余晨看两侄。

廿四日（10月27日）

早到船，后过南坡，看所致曾帅信，言疏通淮盐以济军，自是良法，然余意湘勇远攻江浙，怕难恃，孰无乡土之思？且父子兄弟难于更替，得饷银难于寄家，若江北有健者，募勇渡江，岂不得力耶？龙汝翼来晤，湘乡解元，极言刘子迎好官难得。晚，恽次翁、钱子愚于仲云处，余同彦士俱同坐，菊有千盆，大观也。子愚头炮别去，留城乃可出，两族侄来便饭，联侄来。

廿五日（10月28日）

晨，致恽方伯书，仍为书院事。子愚上坡了余件，未申间始去，儿孙孺妇辈分日上船去闲话，今晚都回，鼎、联两侄亦回矣。和研孙“台”字韵七言律得十首，夜薄醉后又得六首。

廿六日（10月29日）

晨阴，到船与子愚一话，说如不开行，仍上坡也。午初字来，说已开行，黯然凄泪，老兄弟何堪远别耶！鼎、联于申刻俱回元丰坝去。王吉士父台来说，折差前日已回说，新君已奉梓宫回京。今廿六日升殿，果尔，真普天大庆也！李仲云来说，无此信，亦无折差回。雨夜大，诗共得廿首。

廿七日（10月30日）

雨，未刻，子愚又上坡，昨风大，对河住，今仍回泊柴马头也。余到船，与弟妇、侄儿女辈一话。入城，过次山话，过研孙话。雨入夜更大，写翼堂十二叔对联并家信，家中人总以宦归为多金，不知拙人之窘也。回家，子愚早上船去，研生说，闻龙山失守，或不确。得雨，五古。

廿八日（10月31日）

早，着人到江边，说子愚开船行久矣。怅怅然。有雨无风，自得安行也。两侄回州去。晚邀姚彦士、吴子登、黄月崖、徐云渠、罗研生酌，适李季眉馈蟹，郭筠仙上席后辞，黄晓岱下乡不至。夜雨甚大，年侄万星榆政襄来晤。

廿九日（11月1日）

阴，时有雨。午间，刘子迎司马来晤达善，与子容、子豫为从堂兄弟，家风宛然，又能吏也。从湘乡署事回，所作游丝四律，颇牢骚，殊不必。胡恕堂来话，夜酌时，黄月崖赠诗，灯下和之，得五首。夜有小雨。子迎得衢州信，说常玉山路通富阳，石门有贼，杭州危急，苏州有克复之信。

卅日（11月2日）

阴雨竟日，写大字多，客有孙宗锡芝房乃郎，已知向学，然可怜悯。问起刍论之刻，滁生序谬，可叹可叹！川中人门人敖喆贤见。晚，芋园看菊，仲云请偕花农、研生、月崖、西台、季眉，两老菊盛开。雨未住，归时戌正后。子敬有信来，陈三从九子山巢付信来，甚烦恼，其心境益不开也。

十月

初一日（11月3日）

阴雨且大，毛中丞晨来话，坚约主古荷池精舍。知樊城捻子，被勇击退，并未入土城，龙山两胜仗，败贼遁去，骆帅绵州大胜是真，豫事不甚佳也。余我如来话，黄南坡晡至。夜雨，书屋漏。晡过研生、念园话，夜和念园四律。

初二日（11 月 4 日）

李家魏太姨四十生日，妇孺偕往，兼看菊也。雨尚不甚大，黎月乔次郎福保来见，念乃翁，怆怆。

初三日（11 月 5 日）

想起古人竹简得书之难，诵《诗三百》为得全，周、鲁或有之，然一诗即得一诗之用，观赋诗及引诗者可知。令钟曾作“子曰诵诗”一章。文公饮孙，得“孙”字。蒲萄名也。雨未甚住。李家老十生日，桂桂携祐曾去。

初四日（11 月 6 日）

晴，旋雨，大雨是第九日了。午间欲出，而恽方伯来，久话去，余仍出，回拜中丞，冒雨归。写大字一阵。伯母冥寿，早晚供。晚约赵玉班、欧阳信甫、李季眉、罗研生、唐艺农、张老六便酌。

初五日（11 月 7 日）

酉时立冬，大晴可喜。写大字多。晚饮仲云处，客有陈雪庐、汤敏斋、斐斋、胡恕堂、黄南坡，席间见月，菊花开透矣！

折差带来京报，并寿臣、鹤庄信，董侍御元醇竹坡奏请垂帘听政，添派亲王襄政。有旨驳，然亦壮言官之气也！江味根放黔抚。

初六日（11 月 8 日）

晴且暖。早饭后出，至恕堂处话，彭于蕃未来城。归收拾书厅，添后一层为画舫。陈松心之子英墀从浏阳教官来，夜阴，题黄月崖《秋山补读》，回得七古一篇。

初七日（11 月 9 日）

雨又来，竟日不住。彭器之来，出乃翁于蕃诗，即和之，七古十六韵，补叙九溪洞之游也。晚，恕堂处菊饮，姚彦士来别，旋同席。小醉后，写大字一阵，来去俱冒雨。

初八日（11 月 10 日）

晨过南坡话，知无为州于前月廿日克复，夏口夷船，于十六全遁去，是真的。园池雨景殊佳。午又出拜数客，上海由薛抚派一滕副将来湘募勇万二千，访之不值。至何太翁处，知根云无信来，然颇可悉上海消息也。夜陪先生，而先生不回，与芥孙酌，先生藩署本定初九上学，今改十六。郑春农来说有《易经浅说》，送阅。有张清鉴来拜，说是星白之叔问起《文贞日记》，说抄有十六本，在广东寓所。

初九日（11月11日）

写大字多。黄晓岱来辞行，刘春溪来话，出至研生处一话。

初十日（11月12日）

雨大竟日。黄觐臣、余我如俱晤，李仲云来，知今日公请裕时卿廉访，余遂于午正后到南坡处，尚无一人先到者，直候至酉初后上席，亥初散，菜香斋菜太不佳。一客十三主人，惟丁伊辅未到，而夹入李茂斋、胡听泉两地方官，无味无味。

十一日（11月13日）

不甚适，不见客，不出门。恕堂处担菊来。

十二日（11月14日）

同人适矣，且养静一日何如？陈三从九子山巢有信来。天有晴意，雨已住点。

十三日（11月15日）

卯正一刻行，辰正一刻，望城坡尖后行，巳正二刻到毛家坝，看□堂回，至庄屋，工程有八分了，与陈三商量门，止须天晴常□□也。回来过河，亦平静无风，水大，闻永州冬笋船于昨日到两只，回家申正，果然笋价落至四十，前日尚百文一斤也。少憩，复出回拜五人，归，补梅在此做课，张六爷昨日来，绍魁昨日来，从绍彩处回，回道州去。恕堂和谢菊诗七古。整晴一日，夜月。

十四日（11月16日）

复阴，午间出回候客，晤江又涛，乃岷樵胞弟，谈及怆怆，味根其出服弟。晤研生、月崖，归。晡又出晤恽次山话。过仲云，菊更盛矣！闻根云奉帮办军务恩旨，可喜可喜。

十五日（11月17日）

细雨时落，然有晴意。午间，出贺何太翁，见根云九月十九日来信，于十六日奉旨，现在办理抚事，借其暗中维持，着即赶紧妥办也，不及罪名事，或可邀恩矣。胡恕堂处话，恽时翁处止好差送，明日开船也。晚同小峰、兰陔两塾师酌，何翁旋来谢步。

十六日（11月18日）

卯正一刻行，朗梨尖，申正到小桥，夜月大佳，晴得可爱，足补中秋之缺。韶女、钟孙同往。

十七日（11月19日）

子敬六十一岁生日，偕老，可庆也。早面晚酒，甚欢。稚等上山游耍两次，山中兰欲开，掘得三窠来。鼎侄从元风坝来，早面未毕也。

十八日（11月20日）

卯正十分行，甫黎明耳，十里长子桥，十里高岭寺，十里易家段，十里朗黎，尖后到罗裕升栈，壁间书联，廿年前笔矣。觅人东北行，约五里，至宋家大屋，少味得狠，憩一茶，西行五里至前塘，过张公岭，过怀夕渡，入浏阳门，到家申正二刻后。朱眉君从广东回，过此宿，并同兰陔酌。兰陔十六日上学，接小峰之席，小峰荐至恽次山处课读，十六日上学去。夜得子愚初十日武昌书，初九到武昌，甚慰。施堂紧急，未失守也。酒后看眉君近诗，愈奇丽。

十九日（11月21日）

晨阴，旋晴。早饭后，桂儿同眉君芋园看菊。余出过南坡，兼晤荷汀，知李希庵调鄂抚，彭雪琴擢皖抚，吾省二督四抚，盛哉！滕副将已募得勇四千，于廿一日东行，何其速也。鼎侄、韶女、钟孙从小桥回。晚饭后，鼎侄与眉君酌话，五鼓后方歇，眉君被酒矣。胡恕堂来话。

廿日（11月22日）

早饭后同梅眉君出，到陈雪庐处，遇邓守之游荷花池。小憩，至胡恕堂处，索饮，半饮间，叶东翁来同话，聋老殊甚，不似前月之健，酒佳肴旨，小醉矣。写大字一阵，方别。回家，补饭一碗耳。黄荷汀来晤，罗研生来话，鼎侄回元丰坝去。

廿一日（11 月 23 日）

早，眉君赴恕堂之约，游岳麓去，余未暇往。午间出，候张石卿制军，四年之别，憔悴可念，现奉旨痊后入京，不往滇矣。粤西正考官洪调律一晤，郑锡侯处话，归。杨世兄江、陈姻兄玄恩来晤。杨子春从石卿由鹤峰州来此也，候选道矣。何镜海应祺来谈，生长粤西，略谈彼间事，亦知朱伯韩尚在浙也。晚又出，黄家贺三朝，绂卿之孙也。仲云处看菊，盛极，回，做《白菊诗》五首。

廿二日（11 月 24 日）

早，出小西门，寻邓守之，船泊在柴马头之南，颇费力。小舟尾一话，付我默深诗一卷，朱眉君船同靠，眉君未回也。归，饭后收拾书籍，将东间打通。张辅垣丈、黄荷汀、丁石臣先后来，张石卿来谈，宁乡陶家内侄二人来，眉君来别。晚，毛小峰来，知藩署之馆相安，邀兰陔同酌。

廿三日（11 月 25 日）

“子贡问曰”至“未可也”。午间李季眉、金竹虔共话颇久。郑春农来话，将其所著《易注》带去。郑锡侯来话，梅根来晚酌，适陈姻兄送道州冬笋，又公鸡二只，亦州产，乡人情意可感。

廿四日（11月26日）

外间俱道抚谕剃发，未满百日也，不可解。早饭后，出候客，郑春农处得晤彭于蕃。到又一村，晤吴南屏，晤王吉士司马，陈立恩言赖古愚州尊到任之好，悬锣于大堂，讼怼者不必写呈，真快人也。写大字多，南屏名敏树，巴陵学者，壬辰科。

廿五日（11月27日）

晨过刘子迎话，携《恽子居札记》一本归。李受堂杜、吴南屏、胡恕堂来话，恕堂诗兴勃发，廿三日从岳麓回。余夜作诗，叩其有诗否。黄训埴来晤，绂卿第三郎也。写大字在东屋。

廿六日（11月28日）

晨过芋园看石，奇诡百出，果大观，菊半过矣，大雾，不见水树。仲云出话，归。饭后，清出字画，四壁秀色，顿还泺社旧景。午间出，贺仲肃不遇，至研孙处，写大字一阵，与念园略话，归。恽次山送宁乡鸭十只。

廿七日（11月29日）

晨剃发，白者五茎耳。柳舜臣、贺仲肃来话，舒仲和来话。雨不小，遂至夜，连日午暖，宜有此。回拜尹湜轩继美不晤，因雨即回。

廿八日（11 月 30 日）

晴得好，晨出拜曾沅圃于曾子庙，说在南坡处，寻至南坡家则未来，旋相遇于前厅。问知涤生近状，惟因安庆、无为克服，而曾沅圃、杨厚庵、张恺章三帅，同时告假回家，大不可解。据云兵勇分守，收复各城，尚须另募六千勇，方能前剿，奈何！晚约李仲云、芥孙、黄子厚、觐臣、补梅同酌，因芥孙初一赴鄂也，兰陔同坐。日内清出字画，悬挂曲尺屋中，极幽致。午间，戚少云、王吉士、刘子迎、梁质夫先后来，质夫太翁从山东回，谈春间东昌汶上兵事。

廿九日（12 月 1 日）

晴冷，看湜轩所著《诗管见》，谓三百篇皆入乐，风、雅、颂特乐章部分之名，音节各异，无正变之说，即有正变，亦是各国俱有正变，大小雅俱有正变，非关时代，直是以乐证诗，可谓名论不磨。早饭后，湜轩来晤，永新口语，不尽懂，然谈亦畅矣，欧阳信甫来话。

十一月

初一日（12月2日）

卯初起，卯正行，出北门两次过小河，到元丰坝庄屋，巳矣。二嫂以下均适，惟屋潮且暗，令人意不适，住久已相安也。午初饭，三刻行，到家申初。大风寒，衣薄，感冒矣，夜不适。黄月崖索作留菊诗，灯下草得二首。

初二日（12月3日）

起稍迟，骨疼也。午间出，晤彭于蕃、胡恕堂、张石卿。石翁赠大理石屏二方，烟云诡异可喜。晚出，研孙不值，芋园酌，仲云请，陈海阳、熊雨胪、季眉同坐，余未能畅饮。归，怯寒，服神曲，早睡。祖母郑太夫人忌日。

初三日（12月4日）

“我善养吾浩然之气。”尹湜轩来别。常世兄豫来晤，言及乃翁文节公恤典，乃兄尚未见恤典也。晚约雨胪、海阳、季眉、恕堂、张定庵酌，定庵者，第蓉之子，恕堂乃不速之客。

初四日（12月5日）

写大字多。学使胡筱泉来晤，知白兰崖学使尚无消息，殊不可解。张六叔来，三叔又同师笙陔来。刘子迎同赵慧甫来，略谈律吕，子迎谓浦田人祝凤喈桐君传此绝学，京房后一人也。晚饮胡恕堂处，酒极佳。晨和月崖留菊二律。

初五日（12月6日）

晨过季眉，看王而农先生书扇，为思宜作三绝句，书意古拙可爱。又过研孙一话，归。早饭后剃发，午间，罗研孙、吴南屏来，久话，吃挂面去。晚赴月崖席。

初六日（12月7日）

晨暖，午后寒。清书，欲先送下乡也，黄世兄教容来晤，知乃叔海华太守常德查事未归。晡出，回拜胡学使，遇毛寄云中丞来谈山东事，济南四乡被扰，未至城厢，遁至章邱，为民团所歼，大快大快。并无返者，东关外马家庄被焚，贺恩即其村人，遂悲切欲回东去。

初七日（12月8日）

清书。张润晨从家乡来，十余年之别，已候选道运司衔，皆带团战守功也。午间出，拜中丞未晤，旋晤恽方伯，辞却荷池精舍之席，因外间议论纷纷也。晚赴唐艺农席，肴酒均不适口，饮糟烧数小杯而罢，同坐雨胪、恕堂、仲云。夜雨不小。

初八日（12月9日）

装书于箱。李家嫁女于向家，今日过礼，儿妇携三小孙去，阴雨竟日。熊秋白来晤，说有折差回，都事更新矣。鼎侄同吴子备晚至，子备将奉母移与鼎鼎同居也。

初九日（12月10日）

晨出，易念园娶妇道喜，研生亦都未起，看东茅巷屋归，同鼎侄早酌。清零本书，竟日颇烦疲。仲云送京报来看，圣驾于九月廿九日回京，恭亲王作为议政王，沈兆霖、桂良、曹毓瑛入军机；载垣、端华、肃顺，俱拿问治罪，以其跋扈不臣也；杜翰、穆荫、蕉祐瀛、匡源，均退出军机，以其附和也。自夷人窥至都门，淀园被毁，先帝壮年，皆端、肃之罪案，此举大快人心，国家之庆，中兴有象矣。现命廷臣详议垂帘事宜。黄南坡、胡恕堂来话，恕堂奉到批不入京，何苦具折耶？

初十日（12月11日）

晨阴，仍清书。早饭后出候客，得晤张润农及何太翁，余未晤。周凤山来话，奉官督札回乡募勇，而毛中丞不之许也。早间毛云岩来。

十一日（12 月 12 日）

卯正二刻行，过江两次俱平静，有风不觉，巳初到山巢。陈三未免爱体面，且费亦不支矣，然已无可如何，白粉院墙，起轿棚，做大甬路，皆无味无用，余尚妥固，上房院已种柚树，带果不定能活成不？晡过沈小帆，留饭，菜园饶广茂大，倚山傍塘，得此佳囿，住此六十余年，有此成就，然留宿恐不便，仍回山巢住。夜雨。

十二日（12 月 13 日）

竟夜雨，晨住。一饭即行，泥泞甚。到望城坡后，遇兵勇络绎西行，说有千余人，颇觉诧异，疑常、宝有警。过江风大可悸，午正到家。晡，又出候余蓉初亲家，昨日到来，大慰大慰。据云初四在常德上船，闻江味根兵勇溃于会同，不知确否？与李仲云说，似无甚警，书问恽次翁，无回信。熊雨胪明日回乡去。

十三日（12 月 14 日）

"吾与点也。"阴雨。早饭后，过南坡，告以辞荷池书院之意，借来百金。余蓉初来拜，张润农来，久话，左景乔来，黎简堂庶常培敬来，谭静亭来，将往武冈厘局去。方伯回信说，西路无虞，然云江味根住沅州，不防其东来，而防其西窜，无乃懦而败乎。仲云来同早酌。

十四日（12月15日）

恕堂送到□金，旋来晤话。上房忙起来。龙一来。陈三惫甚，因帐难结也。工程事，总宜五日十日一结帐，若敞着手去浩大，费收拾矣。鼎侄信来，子敬晡至，比前壮健，可喜。

十五日（12月16日）

着翟明同龙一下乡去。仲云来，族弟绍现从湖北回，余老十祚基来见，张六爷家树来，为重刻《陶园集》事，殊可不必。晚，张石卿请便饭，客有汤敏斋、周蓉帆、胡恕堂，席间，出示白乌，从滇带来，乃瑞物也。夜归，雨大，补吃酒点，与子敬同话，子敬吃□□□亦未饱也。

十六日（12月17日）

雨大且寒，闻年号改“同治”，以登极年岁，与世祖同也。周蓉帆太常来晤，老籍祁阳，明季迁贵州，科名仕宦不绝，而老家乡不发，往往如此。出晤罗研生，兼与念园一话，赵玉班它出，与其友文君话，知西路贼势颇可虞，江军不得力，赵席兵军辰州，戒严。左景乔两相遇于途。

十七日（12月18日）

为钟曾行聘，并过礼于余家，大冰请唐艺农、陈子初。子初者，竹伯堂侄，同蓉初来省。午时，写庚过礼去，申初方回，两拜匣，六捧盒，八抬盒，两冰人夜来酌，陪客李季秦，上房有李家两姑侄，子敬不肯陪客，与孙辈酌。雨未绝而尚不甚大，赵玉班来谈，知初七八九，黔阳一带俱胜仗，贼可无虑矣。仲云在此半日，因家有客未晚饭。

十八日（12 月 19 日）

余蓉初亲家同陈子初来谢，桂儿出谢冰人去。毛寄云中丞来，意尚欲吾勉就精经之席，不知吾意决辞也。昨夜雨大且雪，今日奇冷似北方，子敬早回乡去，正大冷时候。

十九日（12 月 20 日）

早，题“桂井寻秋图”五隶字，并得七律一首。冷比昨稍和。易世兄仲咸来别，明日回黔阳去。仲云来话。雨雪未已，夜分见月，复阴。

廿日（12 月 21 日）

早，复严仙舫书，交易世兄去。早饭后出，回拜周蓉舫太常，住陶少云屋，少云回安化不来矣。蓉帆处有《古今绝妙议论》十余本抄本，略一看，忘为何人所辑。至黄南坡处，加布政司衔，道喜，值其请客，遂入坐，肴酒佳，颇畅。客有张润农、张小石、舒仲和、江幼陶、张老六（小石之弟）、石卿兄两郎也，谈五禽法，有豪气。园景寒寂，雪意尚浓，回家已暮。得念园、研生和“逋”字韵诗，辄答三首。

廿一日（12月22日）

冬至大晴，可庆也。早饭后出，余蓉初处话，至胡恕堂处，值其太夫人寿辰，拜寿留面，两人同酌，有张润农、罗研生、徐虞臣后来共坐，面后散步登平台。余先归，被风不甚适，饮五时茶，佳。夜同补梅酌。方伯处送到同治元年《时宪书》四本。

廿二日（12月23日）

晴。早饭后出，唐艺农未晤，黄月崖、李季眉俱晤，胡恕堂来谢，一话，周梧冈夜来。

廿三日（12月24日）

写大字多。复阴雨。昨晤左景乔，为欲与研孙、月崖议姻，无如月崖不肯也。绍现来，仍为梧冈事，余意不至刻薄至此。蓉初来话。

廿四日（12月25日）

阴晴半，写苍颉庙联云："上古结绳，惟轩辕史官察见蹄迒克继庖牺而圣；新祠释奠，望湖湘群彦诹稽钟鼎勤研洨长之书。"匾云"四目灵光"，用熹平《苍颉庙碑》语也。常仪庵来话别，余我如来，张六爷来说，闻子愚已回。研生来久话，同夜酌方去。

廿五日（12月26日）

阴，不雨，余家午时送奁，余陪两冰人及仲云小酌，奁有鱼缸，北方风气，长沙无之，而常德乃有。鼎侄从北乡来，夜方酌，得子愚初十日襄阳来信，北路前未通，现已通行。闻肃顺弃市，载垣、端华赐自尽，天津夷船遁去，果如此，真中兴矣！夜作一字寄子敬知悉。

廿六日（12月27日）

晨过恽方伯久话，留面，出，子愚寄伊书，北省学政，已到襄南，省学使亦不远矣。西路军务未得手，贼踞浦市，离辰州近，幸汪守尚不忙乱，龙山王敬一招降朱凤贼，湖北则一意用剿，此股或将平耶？蓉初、我如来，知余老十已回，恐常德警也。陈谷堂来话，一别廿四年，老矣，说我尚如昔。候选知府，因卡务解钱来省，剃发。

廿七日（12月28日）

晨，回候谷堂，与润农同店，润农留早饭，酒肴俱好，为小醉也，劝作粤西游，正合吾意。回过研生，一话，归，何镜海、陈俊臣、常仪庵同来话，李季眉、金竹虔同来话。彭于蕃来说，明日回乡去。鼎侄去，联侄来，新房铺设渐忙，送礼者纷至。润农、俊臣、仪庵俱为办团修寨来省，中丞俱不谓然，天有权人无劳也，可叹可叹。今日有晴时。

廿八日（12 月 29 日）

阴不雨，葛子澧及葛启林先后来，知藕生尚滞夔算交代，太夫人柩已回，可慰。二娣从乡携裕曾、凯姑、捷曾来。新房安床。晚为长曾、钟曾设席，行伴郎礼。胡恕堂来话，吴子备来，钞得新旨，整顿严肃，乾纲大振，惟经筵日讲，不知如何办法。午后雨，夜雪。

廿九日（12 月 30 日）

阴，幸不雨。辰正带钟曾拜祖，命行发轿行亲迎礼，巳正后方回。余自拜喜神，长沙风气，说喜神不得入大门也。上房行礼毕后，行庙见礼，分大小，亲族俱集，宴内外高亲。余自邀各老友宴于厅，恕堂、南坡俱先贺去，张石卿少坐即行，正经吃酒客八人耳。它客饮于西书房，则儿侄相陪也。得七律一首，赐钟曾，项联云："湘上更添归隐乐，钟山回忆抱孙年。"孙生于南京钓鱼台寓。上房仍有暖房宴。一日内外安静，不吵闹，可喜。余早睡。

（按，此篇日记写得最得意，字亦婉丽，余尤爱其语序得有味，使他人为之，不有骄矜，便有俗气。）

十二月

初一日（12月31日）

阴，两会女亲，余出谢客。至念园处，闻念园新娶妇于昨夜病殁，可谓奇惨。一路行至胡恕堂处，与饶海珊三人，同吃素酒饭，打醮，全家吃斋也。过张石卿处，遇看相人，数语而别。回家，女客才上席，余与桂儿、联侄、钟孙酌于厅，亦畅。寄子愚一缄，明日尚有折差。

初二日（1862年1月1日）

晴，见日，会舅亲。余出谢客，晤张润农，仓廉访少平言，汴梁以南，现在清静。夜客止两席，余畅饮行令，客亦雅兴，有醉者，数年无此佳致矣。蓉初亲家，已辞半席来，归计或可少缓。钟钟携新妇回门，归，将上灯矣。

初三日（1月2日）

晨出，看易念园，与罗研生同话。念老尚吟诗，算想得开，甚无奈何也。归，早饭后出。出谢客，辜守庵处小坐耳。黄荷汀从乡来，陈俊卿来别。周凤冈来，前事已解。黄子冶来，知海华已由水路回，常德防堵之事札未接着，西事闻不大要紧，然越看轻越可虑。二娣回元丰坝，六侄回小桥，颇难为别。吴子备亦回去，邓家老表行。

初四日（1月3日）

写《赵君碑》诗于荷汀轴上，字多，不得完。金竹虔、余我如、罗伯宜先后来话。晚约客黄荷汀、张润农、罗研生酌。酒间，李仲云送京报来，陈子鹤革讯查抄，黄寿丞褫职，皆肃党也。李文园、王雁汀、刘□岩俱内召。梅谷、沈朗亭出陕西郡，闻亦为肃事。朝廷清明，大好大好。寿丞亲家何苦，根云由江督派员押解，以招抚无成效也。胜客斋请垂帘并亲王辅政折，可谓大言炎炎矣。

初五日（1月4日）

母亲忌辰儿生日，怆极怆极。竟日未见客，写昨轴毕。命桂儿往元丰坝谒墓去。昨日书箱下乡，夜雨达旦，想小车费事也，今日却又半阴晴。

初六日（1月5日）

时阴时晴，北风大。余蓉初下船，早来别，留小酌。闻常德迁移者，俱言贼走乾州一路去，非黔即川耳，余出谢数客。归，写大字多，舒宅喜对，苏桥前辈长孙兰生完姻也。“画眉家有蓬山笔，咏絮春生凤沼波。”次句以郭意城之女也。桂桂从元丰坝回，小寒。

初七日（1月6日）

桂儿到河边，蓉初因风大未开船也。月崖、恕堂先后来，万年侄政襄来晤。鼎侄初六丑时得女，为取名瑞云。上房往李家去，明日嫁八小姐于向家也。宋念禄来晤，署醴陵典史回。

初八日（1月7日）

冷甚。午间出，唐家、李家贺嫁女，舒家贺娶妇，南坡处一话，归。汪佛生来晤，李茂斋太守来贺。孙辈仍往李家送八姨，晚饭后回。腊八粥尚可。

初九日（1月8日）

奇冷，盆中添炭矣。柳舜臣来长，父台（明）从吾州回，来晤罗研生、胡恕堂同话，吃汤饺子。今日舒家请酒，余未去。午出谢茂斋，步润农处一谈。

初十日（1月9日）

早，作字问次山方伯假贷。午间润农来话，定于新正往粤西，不入都矣。饶海山同令弟来（琪琳），乃弟有诗见赠。何太翁来话，知初七日新移府园后。今日甚冷，夜成诗赠张润农。

十一日（1月10日）

早饭后，少出即回。儿妇携孙妇谢客五处。研孙来谈，仍劝我就精经讲席，真不厌烦也。

十二日（1月11日）

晨，写大字多。有晴意。午间出，彭锡之补岳州守，道喜，未晤。张润农来晤。何成老未晤，与乃孙一话，新居尚适，价亦不贵。欧阳展青（骏）来送宁远板鸭，夜送酒佳。

十三日（1月12日）

雨，微雪。“敬事而信。”相戒以养，得“陔”字。展青来晤，约桂儿同北上也。雪风大冷，儿妇仍携孙妇谢客。夜，饭于芋园。盐道郑锡侯来谈，订城南书院之局，下午送关聘来。

十四日（1月13日）

阴，细雨，寒气比昨减些。午后润农来别，即上船去。仲云来言辰沅军事，散漫可虑。润芝逝后，满地散钱矣，止靠天了。

十五日（1月14日）

早，中丞来话。阴，细雨。午饭后黄正斋太守来，铜仁府告老养，由辰州回，言陆子奇观察好官被劾。晡出，至研生、念园处一话。

十六日（1月15日）

早饭后，出贺金竹虔嫁女，又一村晤丁果臣话。胡恕堂处坐禅未出，可笑之至。盐道郑锡侯处、恽方伯处俱晤话，中丞处谢步。晚，同小峰、兰陔两塾师酌。桂桂往毛家坝去，兼往石龙冲。奉答沈小帆十二绝句，交桂桂带去。

十七日（1月16日）

有晴意，仍不果。午出，回拜黄正斋，到南坡处话。先是赵玉班来话，西路军情，仿佛闻来凤贼出至永定界，可虑之至，益与桑植、澧州通路也。

十八日（1月17日）

“叶公问孔子于子路”一章。景星庆云，得“祥”字。丁果臣来晤，将回西乡去。张子衡来，斗峰丈之子。饶君送诗片，欧阳展青来晤。桂儿收拾行李，有行意。

十九日（1月18日）

金竹虔话，吴子备来晤。作书寄唐荫云、叶仲然、周笠西，交桂儿带去。桂饮李家，归同酌。

廿日（1月19日）

送行客早，桂桂午刻方下船，余亦到船，鼎侄恰好赶来，不知其即行也，同钟曾往船上。余敬候张鹤帆来一晤，久候不至，乃其仆来说，在大西门上船，难伺候的。钟钟回说，未初开行矣，雨不大。

廿一日（1 月 20 日）

余出谢客，晤唐艺农及乃婿谭茂才，回拜德衡斋未晤。芋园看腊梅，大胜。张子衡处话，中丞处话。回拜阳、向两姻兄，俱未得晤。归，黎世兄来，□□□第三郎也。补作寿坡诗，要念园、研生和。

廿二日（1 月 21 日）

写大字一阵，冷得少味。研生晡来话，属题衡山《赤壁图》，并所书前、后赋，陈恪勤公书唐诗卷子。

廿三日（1 月 22 日）

五鼓起，卯初二刻行，卯正方出城，浏阳门迟开也，朗梨尖，申初后到小桥，弟姪等均佳，适宵酌，小醉。今日天晴矣，夜祀灶。

廿四日（1 月 23 日）

早饭后，往东南过田心桥、盐水桥、五美云山庙，小步涧过河，即兰陵河上流也。又五里到铁炉冲屋，狭山亦无味，主人卢三相公家，已移去，难起火，烧草煮水，泡带来饭吃一碗即行。到小桥，已申正，来回六十余里，亦因风雨大冷。夜酌，仍嫌多了，子敬新作小楼，佳。今日过小年，念老五也。

廿五日（1 月 24 日）

黎明即行，一路向西，北风，雨不甚大，然亦冷矣。蓝林尖后，陶真人庙一看，西晋竹林，萧梁茅港，不知何神仙也。到家将申正，尖时吃硬饭，晨吃馊饭，晚吃茅芋头，腹中不甚适。又出晤丁伊辅，明日接诏，伊畏风不去也，问莘晋升借朝帽。

廿六日（1 月 25 日）

巳初饭后，出浏阳门，北转，至教场坪，府县已到，同话于官厅，以后司道来，两学政来，中丞最迟来，方遣员往北门外请星使，中丞邀一话，旋于帐房内跪接，诏使骑马，手捧黄卷袱，一人控马，官绅先入城，至皇亭恭候，诏使转由南门入，又跪接恭奉，行九叩首礼后，跪听宣读后，又九叩首，礼成。宣读时闻，恩诏中叙及七月十七事，曷胜悲怆，不入北门，而入南门，岂非谬乎？城不跪接，官十四人，绅止余一人，宣读处添四教官及张石卿、汤敏斋、胡恕堂三君耳，拥挤之至，余几为闲人挤出，可叹可叹。善化学广文、欧阳星若炳文来晤，明年城南监院也，辛卯同年。

廿七日（1 月 26 日）

昨夜雪，今竟日。晨，回拜白兰言学使，十月初三出都，昨二十四日方到，其仆赵姓于吕堰北遇常太押车，是子愚已由河南北上。桂儿二十三日卯刻尚在湘阴，有信到小桥人带回信。

廿八日（1 月 27 日）

雪大，午出贺李西台移新屋一话，步至芋园看雪，信为奇观。到胡恕堂处酌话，过张石卿话。归，雪大且滑，舆夫难走，李季眉来一话。

廿九日（1 月 28 日）

雪大，李老四生日，儿妇回去，钟钟去吃寿桃，晡间，写对子一阵，手墨俱有冻意。

除夕（1 月 29 日）

昨夜雪仍大，今早住，果如人意也，令聚雪为山，仆辈各处送礼，不得成。夜，团年饭，圆桌，老小十一人，惟都信、荆州信未到，小桥元丰坝亦因雪阻，无人来，算是五处过年，为怅怅耳。钟钟先在李家吃中饭回，老翁不解年味，与缄墨作伴耳。白学使来久话，为朋友未得也。

同治元年

正月

元旦　壬戌元旦壬寅甲申日（1月30日）

晨起，向阙九叩首后，家堂拜年，稚辈各贺年，酒面颇适。出拜年，李家进屋，南坡处看池水，此外俱未下舆。三夫抬轿，路雪厚难行也。回家，点心后，又出一阵，回吃元旦酒。晴得好。

初二日（1月31日）

拜年二十余，并昨六十余耳。阴寒甚，雪山小成，亦有致。

初三日（2月1日）

忌辰未出，门口仍有贺客也，仲云处送信来。十八日，廷寄，沈葆桢升江西抚，李桓升江西藩，幼丹告终养，此番恐不能不出，黼堂升藩兼署抚。皆由道员超擢，真破格用人也。闻上海失守，或不可确。作书贺黼堂。

初四日（2月2日）

早饭后出，李家贺喜。仍补拜年，愈补愈来，许多不识面者。恕堂处少憩，邀同看西头屋子，无味之至，路滑且冷。夜作书寄小桥，又复余蓉初书，冷极不可耐。

初五日（2月3日）

小晴。奇冷又胜昨日，可怪也。西台处一贺，看园景归。西台适在此，一话去。晡，有龙灯来。

初六日（2月4日）

辰初初刻十三分立春，京师则一刻十三分也。默斋公生日。大晴且转暖，合之冬至、元旦之晴，可为三瑞矣。晨到小西门看定小巴竿船往永州去，十八千文，一切在内。仲云来话，知黄晓岱半路归，龙皞臣撤曲沃任。晡时，白学使来久话，借蜀奏底及稿簿各一本去。

人日（2月5日）

忌辰。阴晴相半。季眉、艺农来话，出送胡小泉学使行，一话，恽次山方伯处久话。归遂昏黑，雪融路烂，难走。鼎侄来。

谷日（2月6日）

王姨生日，念其从前善事两亲，不胜悽怆。仲云来共面，午出，回拜长沙学黎、杨两君，回候数客。黄月崖、李季眉、易念园俱晤话，路滑跶坠舆数次。晚，上房共两桌。早间肴佳，溜菘肝卷尤佳，陈三手也。

初九日（2月7日）

早起，收拾行李，昨日全清，辰刻下船。扁衣箱、书箱、拜匣、枕匣各一，小书包二，酒奩等琐琐甚。辰正早饭，巳初行。到船二刻开，大晴，南风幸不甚大，尚可撑篙曳纤，带仆翟明打杂。叶大检书，知《辛亥回州日记》忘却，着叶大回家去取，同一水手去，时已申正后，赶不到矣，乐得住着，泊清龙港。

初十日（2月8日）

移船泊包爷庙，上坡，步至庙中一揖，甚新整，旁有万寿宫竹园。庙中僧名绍基，可叹也。有熊雨胪、周韩城字。午初二刻叶大取日记回，得钟曾信，兼得郑小山书，又孙石来书。石来得拔贡，而邹岱东仅得优贡，吴学书止补廪耳，泺社三英小山也算优。小山卸事后暂住钱香士因寄湖庄，说清妙非凡。接余泺源讲席者为傅秋坪中丞，余所种高竹，被人删尽。今日北风，船行忽东忽西，似顺不顺。申正到湘潭，榜人要买物，遂不复行。夜月。昨日批《班书》，临《公方碑》，今日未临帖，止能看书耳。

十一日（2月9日）

早，开船，所过湘乡河口，所谓涟水也。古山洲少憩，夜泊朱洲，约行七八十里，舟人未曾歇，篙纤接连。

十二日（2月10日）

早行，所过小麦塘、大赤尾，水面宽，有石岩。过渌口，至三门滩泊，有庙有街。今日不过六十里。泊后，起大风。渌口进去到醴陵、萍乡，有宜春县船从此去。

十三日（2月11日）

晨过昭陵滩，无所谓滩，石林葱蔚。一路过龙泉港，朱亭司，至汪洲泊。向西行处多，西北风不得顺也。连日晴，今更暖。

十四日（2月12日）

早，风不顺。巳午后向南行，风顺利可喜，此番第一日也。过黄石畔，由渐见南岳，到衡山县，申初后矣。过雷家寺，有小船来查厘金者。始将初十日湘潭所写家信，嘱其交陈鹄堂寄省去。夜泊迟，盖戌正矣，风月佳，鸦里栈泊。

上元日（2 月 13 日）

五鼓即行，过大铺，少憩。七里滩有小滩，想到七里泷，不知是何景象也。樟木寺小泊，晚泊白马，料尚早，上坡看狮子，乃一四方纱灯为狮，首后二人，支布随行，止是费鞭炮耳。问衡州府，尚有二十里，坡上唱花鼓戏，皆土话，听得“如切如磋”两句，可笑。

十六日（2 月 14 日）

晨作家书。巳正后到衡山府，上坡，进铁炉门，即黄道门，向西往南即正街，又向西，到府学。晤王芷庭，一别廿三年矣，精采如昔，须发白了，剃头于菜园中。往拜冯春皋观察，得十二日省寓书，中有桂儿初二日岳州书，甚慰甚慰。闻劳辛陔入都，广督放耆九峰，在省时未闻也。回芷庭处，观察来回拜，将家书面交与芷庭处。晡酌，两郎同坐，酒可肴朴，未毕出城到船，此间城关得早也，补饭一碗。大月。

十七日（2 月 15 日）

着人到芷庭处取酒，芷庭旋来船同酌话，开船至东洲卡而别。冯观察亦送酒及糟鱼，今晨邀饭，余不能领也。整天曳纤，夜泊茶港，约得六十里耳。阴复开，月上迟。

十八日（2月16日）

竟日阴，有冷意。上半日北风大顺，后路绕不好走，所过香炉山，崇洲松柏，惟大鱼湾大回湾也。夜泊聊港，走有八十里。无月，后半夜晴。

十九日（2月17日）

阴晴无定。过八方鲤鱼湾，常宁河口，颇热闹。然口内水小解船挤，又过梁泉步教化渡，夜泊何洲，买肉。两日俱上灯后方泊，水浅滩多，舟人却赶路。

廿日（2月18日）

晴，过伍家围大铺，复有滩相连数里，费力，想是九九滩也，而舟人不知。过让山塘萝卜洲，买萝卜，过归阳，买菜，小泊唐家祠下，仍行五里，至龙家铺泊，夜矣。

廿一日（2月19日）

昨丑刻，有人来要船，说是周勇也。天明后，又来两次，入舱理论看视而去。盖因所雇船人太挤，到处掳船送往前途也。午间，遇周梧冈副将，过来一话，知所募勇，共三千三百名也，此是头起一千七百名也。告以早间闹船事，因将其船尾永保营五色小旗，移插我船，并托带省上去，问知家乡无事，甚慰。夜至白水河口泊，不知此小河往何处去，春陵在吾州，故祁阳有白水。雨水节乍暖，脱却皮袍，夜不好睡。

廿二日（2月20日）

路曲滩多，观音滩尤宽漫难过。过滩便住，滩声如沸。夜更不好睡，却遇顺风。

廿三日（2月21日）

晨行四五里，由北而西。遂抵祁阳驿马门，步上坡，拜县令于桐轩，丹徒秀才，从翁中丞军营得官，款洽出于意外。移行李上坡，住客厅之西小屋。舟子疲玩可恶，尚欲送永州也，不过怕勇耳。一饭后，同游浯溪。《中兴颂》新作亭覆之，山谷诗刻在下手，遂不及覆庇，且受雨溜，可叹也。峿台、唐亭俱到，回坐元颜祠，茶憩。由船回署，写大字不少，夜酌后，又写。桐轩同杨少秋相陪，扬州、镇江、常州诸老友，俱能述之，甚畅也。夜，子刻后方睡。

廿四日（2月22日）

与主人晨餐后，肩舆行。出南即过河，十里一塘，路甚大，共行四十五里。过山坡不少，至孟公庙住店，敝陋，且孙儿整夜哭，又不得睡，奈何。

廿五日（2月23日）

早行十五里尖，又四十里，进北门，司马塘一带，被贼后，一片荒凉。到府署，与杨海琴快晤，文字之乐，得未曾有，未刻一餐。夜间，海翁请客，同坐零陵县梅诩庵同年，才到任数日也。有沈厚轩大可谈，又黄淑元同话。夜作大字，过迟，将丑初方睡。府县镇迎恩诏，已暮矣，天气忽阴风作寒。

廿六日（2月24日）

风，大冷。早饭后，出候零陵县及府县四广文，梅诩庵、郭粹庵两同年，黄淑元己亥同年，黎、刘两君，俱晤。粹庵兴趣如昔，惟道州黄老师立未晤。过碧云庵小憩，海琴小收拾。归写字于东园，字画多佳者。夜酌，诩庵、粹庵、淑元、厚轩同坐，谈至夜深，雪花一白矣。

廿七日（2月25日）

昨夜好睡。雪已数寸，日出融溜，的答不已。晨餐后，主人邀同过浮桥，至厘金局，访王子甹。子甹乃百泉之弟也，百泉久殉难矣，子甹回冷水滩去，壁间悬毅弟山水，见之怆怆，因携归家中，想子甹归来，不我怪也。至朝阳岩，新添亭阁甚妙，看洞后回至四贤堂，写字饮酒，夕阳西下矣。过柳子庙，后山园高敞，可构亭榭，树木亦萧萧有致，杨紫卿联云："才与福难兼，文字潮儋同万里；地因名转著，江山永柳各千秋。"有余款伪联，写撰俱鄙愚。步至愚溪，梯探深处，无所见，见一大浑字而已，溪水正当拗异处，然十年前与紫兄溯洄造奥之乐，不可复得。紫兄作古人，余亦老惫失健步矣。回城，入考棚，新修敞整。回衙后，有绍坤弟同本家济川来话，问及东门街光景，於邑而已。绍坤从军得都司衔，济川老廪生，来送府考武童也。诩庵借郡斋做东，同坐者黄立录、龚谱香、沈厚轩。谱香者，临桂庚子孝廉，侨寓此间，殊风雅。夜寄省信，交诩庵。

廿八日（2 月 26 日）

晴而仍冷。早饭后与海琴、诩庵别，两兜外两包杠，共夫十人，每人四百二十文到道州，诩庵送的。出太平门，河南津渡，石路平坦高低。至淡岩，新建山谷，初未毕工。石坡路亦新修，洞中正椎山谷诗碑，拓碑人汪姓，在郡署吃工食，乃索其已拓者，不肯与，拘谨可叹（按，此人尽心职守，不愧有司，谓之拘谨，□□可也。未见可叹，若论可叹，公乃吝此区区，向它横索，是真可叹也）。至窝家铺尖，酸咸佳，才走二十五里耳。又走十五里至五里牌，乃是正尖处，树石泉流，处处入胜，瀑水岩、溧溪亭尤好。泷泊南头住，尖后共三十五里，今日六十里，申初二刻到。在永州不得省信，颇为可怪。曾涤生协办，左季高抚浙，严渭春调鄂抚，皆海琴说，有省信。

廿九日（2 月 27 日）

阴，有雨意，旋雨，时大时小，不碍行也。十余里尖，复入麻滩，前州牧冯春皋立有“楚南天险”牌坊，因在此御贼也。麻滩对河山路即通宁远、平田。麻滩往南路俱平坦好走，皆陈叙堂二兄倡修者。过木垒，沈将军祠毁矣，铺西俱灰，可惨可惨。又行三四里，到濂渏湾，山势愈开，水形曲折。入门，见余十年前题“啸云山馆”扁额。叙堂姻二兄留住，令弟士，行十一，令郎亦出见，皆秀才得广文者。肴丰而酒辣，余与叙堂饮我酒。夜，小雨未住。

卅日（2 月 28 日）

晨，作大字几件，早饭后行。冒雨看山，开展秀发，竹木一路葱翠，吾州气象大佳。过□板桥，至赤源铺尖，过斜皮渡浮桥，潇水东南流，濂溪水来会也。渡后荒凉少人家，竹木俱少极，至五里亭，少憩。细雨，到家申初矣。先寻贤儒，新屋不好住，寻至西园馆前书房，可住。叔叔弟侄次第见，祥翼堂叔寿。夜陪王吉士州尊，客两席，戌初后散，余因思眠矣。问州尊吾家无省信，怪甚。

二月

初一日（3 月 1 日）

晨餐于翼堂叔，更晚酌于雨亭叔处。午出拜赖古愚、王吉士两州尊。古愚贤吏，勤断无比，因王君亏四竿，不能揭出，又不能代任，求张石卿，钦使带往滇办事，并不可留，非吾州之福。游击左光藻晤话。王宝翼广文世兄见，亦老矣，两亲俱八旬外，故作令即告归改教。余俱未拜会。归，客来，多戚友宗族，面额难辨者多，两眼实钝也。晚酌，夜深颇醉，雨未住。

初二日（3月2日）

晨，同忠弟饭后，即同往甘吉铺去，由桥背至小江口到铺。忠偶走得快，舆夫落后，反谓忠弟未来，遂来回寻觅。到思子岭叩拜曾祖度昭公墓。复至前头案山，有人前开明堂，幸忠弟、贤弟及绍采辈，带勇防守而罢。张家外甥来迎，即饭其家，酒饭饱暖，问知案山即张家业，被人盗卖与陈代柏，刘占葬，以欺压吾祖茔也，情愿相让，山价九两耳，甚慰甚慰。回过周四姑爷一话，年八十矣。吃年果鸡蛋，又受风冷，归不适。夜间，士桢弟兄请饭，余不能下咽，勉强了局而已。竟日雨大，奇冷。许镜潭四兄、洪伯七兄同来，商作书与方伯留赖州尊，明知无益。

初三日（3月3日）

夜来好睡，今晨起亦迟，甚自在。与忠弟同饭后，午间出候许四兄，将家信交仲郎春涛，内有寄恽方伯书也。周家坊晤修园表兄，老甚，家运亦不佳。回谒元公祠，二程夫子从祀，东院有圣祖书“道州濂溪书院”六大字碑，又有康熙年间祭告使臣巢恭谒碑。遇□哲表兄乃郎一话。过湾里黄表兄，乃郎吉泰，去年入庠也。过浮桥至水南洪七兄处话，尊嫜年八十八矣，孙四，两入庠，今年可五世同堂。入城送拔贡贺运隆，顷来辞行，今日即上船。回过三贤祠，冯春皋添入翁蓼野，改四贤祠，虽然良吏，何得与古名臣千载参列，将来五贤六贤，殆无限量。宜还旧观为是。回家，绍魁弟来，与绍忠商量甘溪铺坟对案山，可以成契，明日即写契，付与一草稿，山价九两，乃钱七千二百文耳。夜，庆宗侄请饭，未多饮。得钟曾二十一日书，大慰大慰。

初四日（3月4日）

晨饭后，同八弟过水南。东行，至虎子岩，又至平塘，到龙江棉公公岭叩谒高祖简在公墓，山涧泽有树木，较十年前为胜。饭于庄屋，冷甚，余就火炉头取火，不思饭也。冒雨回家，便看绍魁弟，方写昨日契。又过启培五爷，嘱其追陈代柏盗买坟山契。王宝翼学师送丁祭胙牛羊豕，交十二爷处，晚就饭，余不能多饮啖。今日又得永州杨海琴太守信，内有钟钟十六日信。夜酉后，雪雨交作，冷极，窃意天将晴矣。（按，公昨今之不适，不思饮啖，系前日受风冷兼通吃年果、鸡蛋之故，圆整鸡蛋、家鸡多吃，幸天天吃酒，故滞积不甚。）

初五日（3月5日）

父亲忌日，神堂上供，怆念十年中劫数，家乡被患，祠堂神主俱毁，可为痛泣也。竟日未出，客来不绝。黄蕴山三子日永来，家余伊父子二人，日华孙被贼人掳去，未回，家运极坏。有熊姓来，为周家说卖古砚，即从前所见子昂砚，要数百金出售者，实一钱不值也。英儒弟从白泥溏来，三婶娘寿八十七，尚健甚。又得钟曾二十五日省信，由永郡初二发来，平安足慰。祭社坛及四贤祠，送胙肉。夜，绍忠弟请饭，适闻族叔启櫟作古，移酌吾斋，酒后见星，果然晴耶，不出所料。

以上藏于湖南省社会科学院图书馆，题名为《东洲草堂日记》

同治十年

七月

廿六日（9月10日）

晨起，写大字一阵，因夜不好睡，手力不够也。得吴门家书，又得贾耘樵书，皆有新酱，尝之果佳。梦园得女，不甚喜。昨日令孙有补廪之喜。

廿七日（9月11日）

晨，写大字，比昨多。杨石卿来谈，携董竹枝《竹枝词》册，乃扬州八怪之一，殊少味。发吴门廿一次书。晚得吴门书，有七夕都信，孟姨病重，说有转机。桂儿及儁郎书，皆无主意。周寿珊侄婿于五月十五日殁于巩昌军次，以藩司恤，赠阁学，荫一子。年未五十也。

廿八日（9月12日）

治轩交功课。遂一气阅毕，错字转多矣。阮南江来话，绍端来别，明日往苏州去。写大字多，日气蒸郁。昨夜不好睡，今日不大自在，饭味却好。

廿九日（9月13日）

昨夜极好睡。早起，出吊次垣，一哭后与老丈谈帖画，极有致。到会馆，友林才起。到荫亭处早饭，有冬苋菜。饭后剃发，写对子两付，出。回拜阮氏叔侄，杨石卿、朱显廷，俱不遇。东关外看船，归已午正后。

卅日（9月14日）

治轩来交功课，黎友林来。检点书箱，扫清字债，题襟馆对云："画舫缵清游，贤使君宏奖群才，不负平山风月古；儒林珍朴学，遍行省精镌秘笈，何如大字注疏尊。"交汤敦之付刻。杨石卿来话，为都转作画。早晚俱至热极，不可耐，无雨意也。（廿二次吴门信，并银洋交门上莫姓，内有诗稿。）

八月

初一日（9月15日）

卯初起，候挑夫久不至。今日上街，夫役不闲也。辰初方成行，出东关上蒲鞋头船，即运署伺差船，管船人张德，并水手八人，无家眷，厨子高姓。十里湾头，十里瓦窑铺，湖河一片，水面宽矣。廿里邵伯，又露筋祠，早未知，未及泊。又车逻坝至高邮州，皆小河矣。误至北门，小轿入城，到杨同知公馆。鼎侄往清江未回，见二太太及侄孙男女辈均好。公馆亦深静，有树，有三四十间也。点灯回船，夜酌，饭。今日写字不少，借以傲暑。顺风竟日。扬州十里湾头，十里瓦窑铺，廿里邵伯，卅三里露筋祠，廿车逻，十八里高邮，卅里清水潭，十里马棚湾，十里大前闸，廿里界首，廿里泛水，廿里刘家浜，廿里宝应，十里□□镇，十里黄浦镇，十里戴家湾，五里金门镇，五里平桥，廿里二铺镇，十五里扬家庙，五里淮城，十里成□，五里板闸，至清河水关。

初二日（9月16日）

五更后开行，顺风，时有时无，曳纤时甚多。天气奇热，不能写字，收拾《朱翁志铭》。至泛水，遇鼎侄由清江回，略问袁浦光景，带白醋、甜酱各一瓶去，为母尝乡味也。夜至平河桥泊，热极，不得睡。舟人未五鼓即起。

初三日（9月17日）

得风甚少，曳纤行。午刻，至淮安府西门外泊。入城，访丁俭卿，不值。南至二帝庙，在蒲葭巷内，与俭翁不见十五年矣。健胜昔年，七十有八，惟齿落，语音不甚清，耳微聋。志局昨日少开，与三郎叔居，及韦竹坪之侄，又提调范月槎共话。

俭老设席一餐，面葭芦烟水，大有江湖远意，城中不易得也。回船即开三十里，行至二鼓，至清江河南泊，两岸灯光樯影，为渡江来第一次佳观。惟苦热，奈何！

初四日（9月18日）

晨拜张西山漕帅，略谈修志事，势不可却。丁仲山同话。西园竹石清森，不觉暑热少□。出拜郑小山大寇、路礼门司马。刘受亭观察（金门先生之孙），谈及《五代史补注》事。欧阳健飞处剃发甚适，厅堂开敞。清河县万君一谈，回船，则礼门、仲山俱在。客去，移船过闸，傍北岸泊，即礼门署前也。礼门、健飞同夜酌，不热，见新月。小山有病容，再请开缺，得允，即回湘矣。

初五日（9月19日）

昨夜凉，得睡。晨起，礼门早至。有候同知朱澧（旧日史馆供事）来见，呆得无味，偏耐久坐。客去，早饭。田鼐臣恩来求见（健飞门人）与礼门，居副将候升总兵。辰正后出，张西山漕帅请，颇冗长，然谈尚适也，丁仲山同席。出看郑小山。日内腹泄。到健飞处已过河，回船略憩，甚热。上坡，晤钱楞仙山长，年五十六，老且病，非复归娶时少年佳貌矣。到田家，健辉、礼门请观剧，客有刘寿亭淮道。有兰笙唱《瑶台》《思凡》两曲，颇文静。戌正回船食粥，即寝。棕床易木板，真好睡，礼门之力也。

初六日（9月20日）

礼门早来邀，旋上坡至其署。周历园亭，花竹水石，极有布置。同饭后，梳辫小憩。即同出，西行约廿里，至惠济祠，寻昔年所见鳑鱼肋骨，昔长三丈，置架上，今才余四五尺耳，不知兵燹干它甚事。想起庚子年在此灌塘停先灵时，如何心悸也！盖夜半塘中起火，烧尽北岸柴垛，幸先请灵入龙王庙，而呼号之惨异常。幸南风北吹，未伤塘中船也。点心后，东北行，过草闸，见昔年做涵洞过塘各处。复小憩，遂东行，至西坝，乃海州运判公所。主人于少香，藤阴立话，吃饺子极好。热不解也，行看王家营店铺尚如昔，惟行中无一车一骡，因直隶、山东大水，行旅断绝耳。回船略憩，天已晚，即至礼门处听曲小酌。酌后写大字，有兴会，为今年第一次。先是（在早饭后）游陈季平（暤）园，绍兴人，侨居于此。园基甚宽，土木工尚未完也。大雨润笔，书势得雨飞动。雨住回船，已亥初后矣。

初七日（9月21日）

雨后奇凉，避客。步上坡，至礼门署同早饭，见其乃弟乃郎，及梁海楼同年之孙，俱从师在学堂读书，年俱未成者也。与主人同渡河，至禹王台、普应寺两处，皆昔年旧游处。台仅余一层，备祭祀。寺宇开敞闳深，仍旧，大门东向，中栋两层皆南向，有画者光州乔子参文彬寓其中。回署，并邀欧阳健飞总镇小饮听曲。两君相得，无尘俗气，余昨为题“鸥鹭盟心”

扁者也。回船甚冷，炎氛涤尽矣。寄吴门弟廿三次信，托健辉加封去。

初八日（9 月 22 日）

晨起，礼门来看下闸方去。余入东门到漕帅、郑大寇、刘观察、欧总镇处辞行。健飞处少坐，吃点心，即回船解缆。行不一里，张西山漕帅赶至，久话方去，意为淮南府县志事，恐余不愿纂办也。午初方别去，开行，未正到淮安府西门外泊，遣人约丁叔居来船，同上坡，至北门漂母祠一看。韩侯祠在城内，闻坍圮未及修也。回入西门至丁家，晤俭卿老兄，即留饭。适次郎仲山亦由袁浦回，俱述漕帅勤邀之意。提调范月槎同席，约明日志局早集，余志在修书，不耐虚文酬应，力辞之。回船，已二鼓，兰生送行，意外得其被人攫去白翎雀，二月余矣，复归主人，事亦别致。同酌，饮粥而罢。张菊垞从吴门来，将回南皮嫁女，大小五舟，遣人问讯，乃不相答。夜有月。

初九日（9 月 23 日）

昨夜奇冷，两被又觉太暖。邀叔居来船共饭，略酌。叔居云，可为预赏重阳也。同上坡，至东南隅龙光阁，阁三层，楼级共四十七，贾勇登之，林岚森润，一望豁然，至此始知淮安府气局之大。下阁，叔居回城，余登舟即开行。昨日所赠俭老全集《真石亭记事》一本，皆历年修桥、庙、修城、浚河各事记录。此老为善于乡者数十年，宜乎诸郎蔚起，孙曾蕃衍，而封翁健强，转胜昔年也。顺风，过宝应，夜至界首泊。船头看月，佳。惜薄醉思眠矣。

初十日（9月24日）

黎明开船，顺风。午初至高邮泊。肩舆东北约五里，至承天寺，过泰山庙，登文游台，瞻十贤祠，主为东坡、少游、王定国、少仪、少章、黄鲁直、孙文安……魏默深题联云："先天下忧后天下乐居江湖而怀廊庙，今人与居古人与稽若邱垤之仰泰山。"墙壁间刻石颇多坡迹。昨在丁家拓本，盖非真迹也。回船点心，复出，至善因寺，即昔年眷属自兴化小舟至高邮暂泊处。僧默然，知书画，壁间有复堂画，惟焦理堂小字，气韵极佳，向未见其字也。入北门，拜姚小梅州牧，诸暨人，说话明白。至鼎侄同知公馆，二太太以次均好，而鼎侄前两日往绍伯查新工，又往扬州去也。小梅来回拜一话，塾师刘笏卿年才廿三，甚文雅，闻耆学可喜。出南门，上船，申初后矣。笏卿者，缦卿堂弟也。过露筋祠，入庙瞻眺，近暮矣。看庙者系老尼姑，山门匾曰"流芳今古"，前层贞应夫人，后层佛殿，四周有树木。上船又行，至荷花荡，遇鼎侄船，因泊。同酌话，亥初回船去。河工官日日以堤防为虑，少有休息，真无味也。

十一日（9月25日）

黎明，鼎侄来略话去。令即开行十里至邵伯，风雨俱大，过此水宽岸远。向西南行，一瞬廿里至瓦窑铺，仍小河。又廿里，过五台山下，由东城外向南转南门，约廿里，至三叉河。入高明寺，与老僧紫福一话，佛宇两院尚好，余俱瓦砾。有高宗御诗碑，仆地未竖起。地方官无至者。望前院有两诗碑，未及往看。东边小院，竹林、石峰尚佳也。回船，曳纤费力，午正行，至申初到钞关门。起坡耽延一阵，肩舆入署，与主人梦园一话回。住屋风冷甚，留主人共酌闲话。得曾侯书、贾耘樵书，看邸钞。睡时，亥初后。不得吴门家书，何也？

十二日（9 月 26 日）

裱糊前后窗纸。风不息，几无坐处，主人处客来不歇也。王治轩来交功课，未免堆积矣。方小东来，亦欲入书局，梦园似亦应允，然才高志广之流也。晨至题襟馆，始见余所补题匾。到汤敦之屋中一话，方为主人纂书画录。复贾耘樵书，内有家信，廿四次。

十三日（9 月 27 日）

昨夜甚冷。晨出至小东处，劝其慎默。访欧钦斋于徐宁门口，派查此门，每晨至酉归，亦辛苦。子正九弟于廿八往苏州，尚未回。到魏荫亭处，值其请客，遂留同酌。客为狼山镇王百禄，衡阳人，徐仁山观察，宁国人，又荫翁令侄同坐。肴佳，有旱笋奇美。醉矣，遂先返。然回衙已午初，食粥，少睡。钦斋、杨石卿、陈纶阁同话。吴芷生来话，曾侯今日由金陵起程，说到焦山，中秋看月后，方来扬州阅兵，不知确否？都转已一早出迎，至瓜洲去。

十四日（9月28日）

雨不大，亦不住，无风便住。看《毛诗》写本，苦错脱多。汤敦之、方伯融、许叔平先后来话。孙阆青从泰州回，所携长子，殁于泰州，可惨也。吴介臣十二日殁，许家郎十三日殁，天时不正所致耶！

中秋（9月29日）

阴雨如昨，校书竟日，错落更多，闷闷。客多差拜见者，刘缦卿、王治轩、欧钦斋。绍端从吴门回，带到初八日钟钟书，并腌蒜、浙卷棉小袄裤，问悉家中安状，甚慰。钦斋昨赠毡子，夜眠得暖也。曾侯相改于十六日出省，主人未回，一切收拾厅堂，已忙个不了，其实何必。

十六日（9月30日）

晨发吴门信第廿五，由局去。阴雨，看注疏多错字，闷闷。

十七日（10月1日）

鼎侄从高邮来，为迎曾相至，即回船去。

十八日（10月2日）

治轩来，因注疏写得潦草，恐此事难成功也。杨石卿来一话，曾相今日到扬州，船驻徐宁门外码头。适荫亭招食菌子，午餐小叙，荫亭要拜中堂去，余遂回署。梦园晡回署，自十三日步至瓜洲，在吴朝杰镇署耽阁五日余，又值阴雨作寒，可念可念。

十九日（10月3日）

略见日，仍多阴。闻曾相上坡，午刻到此。照例盘库后，来晤一话，比夏初见面加丰润，可慰也。旋在西厅入席。申刻，又来看余写对子。主人廉舫同来，邀往西边入席看戏，同坐，酌不得多，亦倦而先退。食粥即睡，甫戌初。两日看浙孝廉堂卷七十四本毕，尚有佳卷。鼎侄回高邮，有祀事赶回也。得丁叔居信，淮安志局甚有条理，可慰可慰。寄来《张亟斋遗集》一本。

廿日（10月4日）

中堂看操，在西门外三里余，余起早往看。久候，涤侯始至，略看一阵，少味，即回。城西北一片青芜，教场亦新收拾，武事似尚不如去年杭州之齐整，此间人性浮滑，亦不易弹压也。饭后，东台令门人李双南来见，东台今年得翰林，陈宝所学可观，亦破天荒也。申刻出，过悔余一谈，魏荫亭不遇，本会馆问黎友林、竹林，皆它出。竹林从曾相来也。出徐宁门，回候曾相，已回船，得晤，颇畅谈。回署，与主人酌话，酒味似进。

廿一日（10月5日）

主人仍早出陪看操。余写大字两阵。昨夜甚冷。请汤敦之来，商量屋壁法。又见饭不思食，似喜麦食也。陈纶阁又从泰州来一话。黎竹林来。有病容，盖病泄也。今晚悔余处公请曾相，闻主人于席后，即上船住，明早送行，遂今夜不归署矣。夜独酌，尽一小壶。

廿二日（10月6日）

早，闻炮声络绎，盖曾相启行去矣。此次两番晤话，劝其撤盐务督销局，江北添谳局，以免隔江招解之难，恤灶丁之苦；高邮、邵伯一带河工，岁修保固；扬州河道，宜大疏通，以利南北咽喉等情。俱辱听纳，可谓虚怀矣。石卿来一话。夜不甚适，冷。早间发吴书廿六。

廿三日（10月7日）

治轩来交功课，一气看完，颇困。汤敦之来商量收拾屋壁。主人夜归同酌，颇畅。适得吴门家书，极慰。不解钟钟何意，知我往淮安，便将家信疏阔，使我望眼欲穿。夜梦不祥也，本拟即日归吴门，得此信，可少缓。

廿四日（10月8日）

治轩来酌药方，说受寒滞食。孙阆青来话，敦之来谈，道及方小东把持情形，可怪也。仍补看功课一卷。致浙抚杨石泉书，将七月孝廉堂课卷寄去。

廿五日（10月9日）

父亲百岁寿日，上供，怆恻怆恻。治轩、友林、子典、敦之来话。怕冷甚，更不适，恐须服吴萸也。呕逆，竟夜苦甚。

廿六日（10月10日）

一夜不安静，好难过。晨起，决计即行，主人为呼船，并邀治轩同行。服吴萸，果好起来。友林、敦之、伯融来送。知竹林未愈，而金陵相府等它去看小儿，奈何奈何。申刻上船，主人来送，畅谈，直候治轩到来，主人方去，可谓情挚。治轩仍上坡料理，二鼓后方来也。余于戌初一粥即睡，避却冷屋，便自在，可笑。屋三间，上下通厢玻璃，每一间玻璃八十块，共二百四十块。奇想天开，夏热秋寒，非老人所耐也。

廿七日（10月11日）

丑正后开行，红船后来，今炮船去催方到，已辰正后矣。过江，小东风，半个时辰抵金山下。作书致梦园，交红船带回。曳纤行，午正方至都天庙，是庚戌年久泊五日处，时都天会跨河搭板，来往行船，俱不得过也。今破败止余一层，系新修者，参将周良才对云："孤守睢阳忠烈直超李郭；职司水府威灵永镇江淮。"尚妥，吾湘人也。问僧人，知现尚动工未完。晡间，胃脘作难一阵，盖面条难化耶？治轩看脉，说已好，胃气觉弱耳。夜到丹阳，遣人问县中要纤夫。治轩复来谈，说从前署宜兴与荆溪共城，风物极美，橘柚如山，有张渚山寺中荔枝二树，距城七十里，年年衙门中有吃，不知今尚在否？又铜棺山，上有铜棺天池，祈雨最灵。丹阳令赵秉镕差候，想起去年三月过此之累赘，可为一笑。睡时子正，亦奇。“联吟韵事记西砖，忽判云泥二十年。钟鼎圭璋公不朽，江湖图史我犹颠。要扶文教培元气，窃附经心翊圣权。一点灯花长不落，试看光焰烛江天。”制府曾涤生侯相以阅武至扬州，见余校刊大字注疏已有端绪，为之甚喜，赋呈一律。灯花云云，昔年戏语也，尚记得否？

廿八日（10月12日）

五鼓开船，午间到常州，由西关至东关，纤夫不见到，遂行。舟人发愤，不住行，丑正行至无锡泊，尚有寅卯两时睡也。炮船哨官王立勋勤朴，此次教场中箭六支，得马褂料赏一件。两日服药，今日去吴萸，有炮姜。

廿九日（10月13日）

天明方行，至惠泉山泊，上岸略眺望，见高忠宪祠及廉子祠，不及深入，即上船行。买泥人玩意归。无锡令蔡敬熙发纤夫来，王哨饷蒸鸡，殊美。到治轩船上小坐，看脉，谓鹿茸可服。申初三刻，过浒关，破坏情形，可为酸鼻。从此直至虎阜如此矣，两岸略有人家耳。过枫桥，已大黑，转阊门，小船拥挤，戌初方抵胥门码头。冒雨雇轿入城，到家老少平安。廿六寅刻，得弟七孙，可喜之至。灯下絮话，小酌。睡怕冷，寅正后，方得小睡耳。雨遂竟夜。知桂儿出都，因子愚处孟姨病殁，为送柩回湘。由运河南下，过扬州时，不得与余遇矣。

九月

初一日（10 月 14 日）

九曾生日贺喜。行李到来。治轩来酌，面。韶女同来。儁郎由海道，不日可到。叔文塾师用功。贾耘樵来话，昨日已卸臬篆，光景更健，可羡。

初二日（10 月 15 日）

吴子备来看。治轩来酌方，服药，且商注疏、功课，一月包封两次，或者可行也。带来三人钞本，余逐日校勘。

初三日（10 月 16 日）

顾竹臣、汪耕余来话，皆□老人未疲也。吴仲英来话。治轩出拜客，夜仍回船。粤门人桂皓庭文灿来见。

初四日（10 月 17 日）

应敏斋来话，何子永来谈，留同午酌，仲英、治轩同酌，颇畅。冯小渠、李笙渔，晡话。

初五日（10 月 18 日）

伯父寿日，早晚供。吴广庵来见，气甚静而病目。罗少庚来话。夏间断弦，面色清减。韶女回。治轩来晚饭，一切交清，并赠程仪，兼致梦园书。与治轩为注疏事，同事五阅月，今日难为别也。

初六日（10 月 19 日）

治轩早开行，钟钟早起送行，已无及。洪玉泉来，晨酌一畅。李质堂军门来话。曾仰皆、吴仲英来话。高邮董策三农部对廷来见，大有静气。

初七日（10 月 20 日）

又服百益膏，起，人困甚，未见客。

初八日（10 月 21 日）

未见客。看浙课卷三日，毕。

初九日（10月22日）

李薇生同年来晤，精采胜前也。德静山、李质堂先后来谈。晚赴耘樵重阳会，饮啖俱少味，勉强之至。

初十日（10月23日）

童际庭来话，吴平斋来话，瘦得古怪。汪岚坡来晤，问知吴冠英现在中丞处画画也。

十一日（10月24日）

耘樵晚来话，连日写对子，手力尚未复元，奈何！吴家三太太生日。

十二日（10月25日）

吴子备来谢步。昨日王姨与钟钟俱往吃面。六姑子发烧，不适，由饮食夹杂所致。罗少庚来别，代理南汇去。方子听丁母忧也。竟日夜雨。

十三日（10月26日）

晴。韶女来，知儁郎尚未归，不可解。昨日赵心泉送菌子，连日饱啖。今甫又尝新冬笋，却少味，未长开也，甚不必。

十四日（10月27日）

阴雨，夜大雨。卧房处处漏。许信臣来话，好谈佛乘，果有得否？吴子备来。

十五日（10月28日）

雨不住，奈何！阅《史记》，疑团转多，书不可尽信，果然。笙渔来话。

十六日（10月29日）

雨不住，且冷。仲英来一谈，得绍端大通书。杭州孝廉堂秋脯寄到两次，寄去课卷都未收到也。夜酌，桶子鸡甚鲜。雨更大，住房漏甚。

十七日（10月30日）

大晴，五更冷。巳正出门，德静山处话，住抚署。到贾耘樵处，收拾园屋，更敞朗矣，极有丘壑。李薇生苏州府，未遇。花街吴太姻母处，道儁郎之喜。韶女煮油茶泡炒米，极美。儁郎在上海尚未归，亦奇。潘玉淦、吴平斋、李梅生均未在家。吴县高□□未值，仲英处小坐。汪炳斋它出。知张子青中丞于九月初十日军机处廷寄擢浙闽总督，太夫八十四岁，如何能去耶？闻此间替人系何小宋，由晋抚调来。仲英馈鹿筋。笙渔来，将返浙，复秦澹如书，带去。夜得儁郎消息，甚慰。

十八日（10月31日）

午刻方出门，中丞处道督浙闽之喜，谈及入闽道路，侯军门已往扬镇迎曾相去。何子永处一候，元和、王令、童际庭、江小云俱问候。王小霞、冯少渠俱回候。回寓饥疲，可笑。耘樵来话。（静山馈烧猪及各点心俱好）

十九日（11月1日）

祖母冥寿，上供。苏松镇腾嗣林一话，吴子备来一话，如贯九同年，浙粮道，甫由天津回来一话。笙渔来别，说今夜下船。

廿日（11月2日）

晴。有雨意而不果。耘樵来话，张子青制军来话。外边有告养之说，却未提及也。鲟鳇鱼、野鸡俱尝新，新开酒亦好，惟饭味仍不佳耳。

廿一日（11月3日）

晴第五日。早饭后出，许信臣处话，见坡公自画小象册，山谷题，可为一笑。回拜贯九，不遇。拜恩竹樵方伯，诗魔又甚于梦园。潘玉泉又不遇，平斋方请客谢客，与岚坡一话，沈闰初不遇。归，俞荫甫处略谈，饿甚。归剃发，得扬州书局各信，甚妥。都转回书。知郑小山已过邗，曾侯尚迟迟来也。芸香来小酌，余竟不能多饮，连日好睡。十八日课钟钟，《忆菊》《梦菊》《访菊》《画菊》四律，甚佳，有静气。

廿二日（11月4日）

平斋送菊百盆，处处都有了，虽细琐，亦有趣，今年菊本不佳也。赵心诠话，俞荫甫话。

廿三日（11月5日）

王小霞、邹蓉阁话。蓉阁补长洲尉，半年尚未咨部。潘玉泉来话。

廿四日（11月6日）

课钟钟《乐天下保天下》，昨日忘却，我说是廿二也，胡涂够了。

廿五日（11月7日）

夜，前檐堕落，可骇！一片瓦砾，赶紧收拾，此屋太旧，奈何！今日看《毛诗》工课起。

廿六日（11月8日）

随曾满月，唤清音，唱曲竟日，价四洋，是鸿秀班，尚值得。耘樵来贺。送礼者俱璧谢。魏半农、吴桐云来话。午后不甚适。早陪先生酌。晚未出，韶女来竟日。

廿七日（11 月 9 日）

吴作轩秉衡来见，笙渔相好者，曾仰皆话，恩竹樵方伯来话，沈润初来话，魏盘仲同话。晡得湘中信，知三娣陈恭人于初十日告终于小桥乡庄，怆怆。

廿八日（11 月 10 日）

早，设奠成服，早晚奠。曾侯相到，住湖南会馆。作书候迓，即求为三娣表扬也。

廿九日（11 月 11 日）

忌辰。晨至曾相处谈，甚悉，风采更佳。午间，来回步，久谈，叹旧雨之稀也。李之郇伯益来见，年才卅一，恐书本亦荒矣。竟日雨，检屋者停工。注疏课毕一次。

卅日（11 月 12 日）

雨冷。李勉林来话。耘樵来话。

十月

初一日（11月13日）

沈云麟来见，朗亭胞侄也，知朗亭乃郎殁于贵州，柩不得归，可悯之至，幸尚有二孙耳。吴朝杰来话。吴子儁婿归，来见，身子好，可喜也。即留同夜饭，问悉都中气象，并子愚光景。

初二日（11月14日）

同乡公请侯相看操，大风冷，抵暮方回。夜，奇风冷，被窝中如冰矣，老得狠了。宗湘文太守来话，出示北齐《兰陵王碑》，所未见也。竟日怕冷，着灰鼠袍矣。送侯相□蔬四色，又三娣陈恭人行略。

初三日（11月15日）

闻侯相准行，差帖送行，闻送行者多，赶不上。因阅水操即问淀湖走松江水程，处处通不知所向，昆、新两县办差送席俱脱却，可笑。

初四日（11月16日）

伯母生忌，早晚供，三太太供撤矣。夜，僑郎来同酌。适韶女回家煮油茶。吴家馈羊肘，甚美。手炉脚炉俱出，火锅不得合式，聊复取暖。连日晨，俱写字一阵。

初五日（11月17日）

阅钟孙昨日课作，甚佳，可喜。竟日冷，未写大字。得江宁府蒋侄婿信，好难得也。

初六日（11月18日）

何子永、贾耘樵先后来话，知侯相行后，中丞亦往上海看塘工，方伯亦同往。

初七日（11月19日）

僑郎来话。看孝廉堂课卷。

初八日（11月20日）

看孝廉堂卷毕。鲁云生来见，水巡差颇苦也。李春生太守不见多年，仍然如故，问及粤中情形，及潘德舆近状，殊慰。僑郎来同夜酌。

初九日（11月21日）

孝廉堂卷封寄杨石泉中丞去。课钟钟《展重阳赋》。书局送到《张杨园先生集》重刻本，与前刻《明纪》，同一少味，何苦耗费帑项乎？菊花烂开，可玩。

初十日（11月22日）

慈禧太后万寿，因不便补服，未敢行礼。得扬州书局王治轩包封并信，并都转信，杨石卿信，知桂儿初一日已到邗上。无一字来，何耶？迟迟不见来，好生挂念。昨夜不好睡，孩孙亦不安靖，又猫儿叫跳可厌，致妨安寝也。阿双患牙龈肿痛。吴平斋来话，儁郎来，仲英来。

十一日（11月23日）

阮南江从扬州来，为求补撰文达公师神道碑文，老病未敢应也，然有难却处。

十二日（11月24日）

晨，回拜南江于娄门船上，未起，不肯迎入，止好回来。过平斋索借《研经室集》，旋过花街吴家一叙。归则值六姑痰症发作，幸而韶女回来，与姨姨等灌药扭痧，获解。又为阿双画符，又平斋处治牙痛方，都不见灵也。颜半山来话，吴子备来话。南江晚来，仍为昨事。汪岚坡同顾世兄来，余气满，不得晤矣。顾世兄号乐全。

十三日（11 月 25 日）

耘樵来话，言得江北灰面及葱。儁郎来同晚酌。阿双服生地黄，恙得渐愈。得桂儿镇江上轮船信，于初六日径往湘中矣。

十四日（11 月 26 日）

课钟钟《窃位章》。药裹颇忙。余又病饱胀，不自在，每日

茸三分，不知可合式也。

十五日（11 月 27 日）

服茶饼似适，由风寒引动湿热耶？自十三日起，看注疏功课。试耘樵送面，甚佳也。

十六日（11 月 28 日）

上房院安茶灶，较便也。风大而不甚冷。

十七日（11 月 29 日）

许信臣来，为三娣事来唁也。沈韵初一话，李质堂来话，吴子儁、子备先后来。今日平斋六十一岁生日，客皆从彼来，言因不便补服，故未往。今日甚冷。

十八日（11 月 30 日）

甚冷，霜大复风。

十九日（12 月 1 日）

课钟钟《三顾草庐赋》，不限日交卷，或竭其才，得佳篇也。冷如此，奈何！注疏课，此册复了，愈形烦闷矣。阮南江来别，寄蒋鹤庄书。

廿日（12 月 2 日）

常州守吴禹臣同年鼎元来晤，云梦人，六十三岁矣，由御史截取特放，人苍莽明白可爱，与此间官场风味别也。与李薇生首府得两乙未，与江宁蒋鹤庄得两安陆。寄湘中书。

廿一日（12 月 3 日）

耘樵来话，知孙琴西盐道被部驳，本可不必也。署事已七八月矣。

廿二日（12 月 4 日）

仲英来，今日应敏斋五十一岁生日也。儁郎晡来，同晚酌，归去颇迟，王姨夜发寒症，子丑间方得睡。临时痧药苏合丸，亦尚见效也。

廿三日（12 月 5 日）

梁敬叔来晤，从杭州来。

廿四日（12 月 6 日）

吴子备话。

廿五日（12 月 7 日）

儁郎话。

廿六日（12 月 8 日）

子永来话，芸樵话。

廿七日（12 月 9 日）

金梅生来拜，未晤。余病矣。

以上藏于湖南省社会科学院图书馆，题名为《蝯叟题襟日记》

附录一 何蝯叟日记钞

道光十五年（1835）乙未记

七月

廿一日（9月13日）

谒吴中丞丈，借观东坡二帖最妙，帖杂刻坡自书诗文，奇恣各出，不知是何刻本。杨桂山丈石庵六幅大楷行书殊为罕见，款署子佩者，桂山丈之太翁也。

九月

廿八日（11月18日）

到吴中丞师处谢谢并还《十七帖》，前从中丞索坡帖，中丞未允而以此帖塞望，不敢受也。（此言《西楼帖》与帖后蝯跋异，据此则帖本吴藏，蝯叟乞之未得，而跋则云帖为蝯叟所购，吴强索之去。可怪也。瓶注。）

道光二十一年（1841）辛丑记（是时方扶文安公柩归葬道州）

三月

初十日（4月1日）

过应云处，遇苏州马姓者持鲁公竹山联句墨迹来，可想见之。陶世兄来求书文毅公入祀贤良祠碑。

五月

初二日（6月20日）

到沈小帆处观香光字卷甚佳。生纸涩墨，难于圆熟，惟无平日习气也。手扎册多梁冲泉、百菊溪先生与小帆尊人雪友先生者，亦可珍也。

六月

廿六日（8月12日）

书文安公碑第一石，伏石面书，颇觉疲苦，真无用之至。到应云处看画数十轴，有王绍廷、马、董山水各种，佳。有持陶密公楷迹来售者，给价未成而去。观朱年伯所藏各古董，存画多佳品。夜携方正学、王叔明、董香光三画幅归。

七月

廿二日（9月7日）

书陶文毅贤良碑。

八月

初六日（9 月 20 日）

写神道第二碑。蓟门遣人持来文、董各迹为求题，有董玄览师一轴。吴匏庵游穹隆、玉遮各山诗记一轴，皆暂留玩，以其别有风趣也。许家洲近出元隆三年墓志一石，惜未拓本，遂复埋之矣。

九月

十三日（10 月 27 日）

自昨日恭书谕祭文碑未完，今日接写，并御碑文均缮毕，字大，颇费力也。

十四日（10 月 28 日）

写神道碑第三石。

十月

初三日（11 月 15 日）

泊浯溪，冒雨拓得颜碑十余字，因碑石湿透，择干处拓之，止得“匹马北方独立，及盛德之兴”也。

十六日（11 月 28 日）

写字竟日，约联百余副也。

廿四日（12 月 6 日）

到月岩，见淳祐、至正各碑，多古气。嘉定八分碑极佳，有仆石在地，有云“两君徐步前行”者，字颇好也。梦中书对云：“新冷欲将花迸发，闲居且与竹为邻。”不甚可解。

十二月

廿八日（1842 年 2 月 7 日）

应云处为写对子数付，赠我王孟津直幅。

廿九日（2月8日）

上船离湘。

道光二十二年（1842）壬寅记

二月

初一日（3月12日）

至南京。

初三日（3月14日）

移前厅，铁梨木长案来，案底有字刻云康熙戊子阃署置，计一百卅五年矣。一古董也。到子坚处看邓石如墨迹。子坚携石斋、青主书字卷，俱精妙。子坚来作别，勒写对，为写“曾从古佛国中过，又坐大鱼身上行”，甚雅切。

初七日（3月18日）

到妙相庵祠，见石庵联云：“花底振衣清似鹤，灯前书字小如蝇。”字甚佳。

初十日（3 月 21 日）

至状元境吴孚吉书铺，得扫叶山房“廿一史”，速装订四十二千文，抱梓堂刘松亭古董铺得板桥画兰竹横幅，周忠介画竹一幅，共三千三百文。皆奇妙也。

十七日（3 月 28 日）

作《周忠介画竹石记》。

十八日（3 月 29 日）

检蔡友石丈所刻陶贞白《馆坛碑》以校集中，多所是正，并补脱句。“搔痒不着赞无益，入木三分骂亦精。”板桥联，汪三说。

廿七日（4 月 7 日）

画小照人吴一峰来，不得似也。张容原宝德家看孙渊如校订《金石萃编》，又所得宋板《说文》半部，即平津馆覆刻底本，笔法行数一切肖之，不易一处。底本乃分为二，起半部闻在苏州也。元大德二年建康路造铜权有古意。

三月

初三日（4月13日）

买得《天发神谶碑》，尚佳。

初十日（4月20日）

与方伯雄至甘氏津逮楼，见宋本《金石录》甚佳，《李太白集》春陵杨子见注，不知春是那一个也。“有兮中钟”作“大舩钟”，大字下一字不可识。释者谓是夹字，恐未的。中平二年大篆字，《府君碑》颇旧。

十四日（4月24日）

到伍诒堂处看渊如，《随园诗札》之类颇多，恨无碑拓。据云曾以《华山碑》卖与张古愚，海内第四本，真奇闻。未闻此碑有第四本也。不知子实曾携去否，当索问之。

廿一日（5月1日）

检理金石拓小件，分排安顿付装池，遂致竟日。皆徐问蘧、六舟和尚、曹秋舫、吴圣俞、吴康甫所赠，旧所蓄赵晋斋本及汪孟慈、何夙明所赠均未带来，不得一例装池也。（此册藏瓶

斋）

廿七日（5月7日）

张容园处见孙氏重刻徐鼎臣《许长史井记》，篆书颇佳，云从赵晋斋处得旧拓者，又孔彪、李孟初二拓均精。

四月

十三日（5月22日）

到状元境，买得桂未谷《印考》《仓颉碑》《武荣碑》。

十八日（5月27日）

至蔡年伯处见伍元谋龙严，金时人，书韩公秋诗卷子，纵横奇妙，胜《古柏行》。《古柏行》相传为宋人，不知实伍君也。祝书《金刚经》精妙，鲜于《张公神道碑》稿极肃穆，其怀素、二米则赝鼎也。仇十洲《东园观弈图》清气非凡，板桥《兰竹十二幅册》厚逸可爱。到抱梓堂，有黄石斋画最好，留蓬心、石斋、孟津三件。刘松亭言有太清楼、星凤楼《家庙碑》各古拓，当送阅。与渊甫书索《元靖碑》。

廿一日（5 月 30 日）

作《裴岑考》一篇，真破空独得，与前日作《司徒残碑考》同也。

廿二日（5 月 31 日）

松亭处看太清楼拓，佳而太少。文《楚词》小楷精绝，而余又素不喜其笔也。

五月

十九日（6 月 27 日）

刘松亭送《星凤楼帖》来看，旧而不精。

廿四日（7 月 2 日）

得龙石书图章四方、王妙晖造像一卷，比《萃编》所录多出一二十字，且足证其误，真古拓也。

廿六日（7 月 4 日）

钟曾剃胎发。（按，钟曾为何诗翁小字。瓶斋记。）

六月

初二日（7月9日）

甘石安得《娄寿碑》旧拓来告。往牛制军丈、蔡友丈处观新得米札二，甚妙。

初五日（7月12日）

下船行，初九到瓜洲，十二到淮安。

十五日（7月22日）

早为石卿题《说文统系图》《秋林诗思图》《齐侯罍拓本》。《说文统系图》者，两峰为未谷画而石卿临写者。

七月

初五日（8月10日）

过夏镇杨庄，初七到济宁州。

初八日（8月13日）

上坡，到渔山书院晤许印林、杨漱云，看所拓冈山《鋴山碑》，真古妙异常，又所得黄小松各拓本约百本，俱旧，欲分之而不能也。其为我拓者携归，有洛阳董氏所拓魏浮图碑，当访其石也。同至安居看古刻蚩尤画象，在墙脚，甚完善，以外别详录于《临碑册》中。

八月

十二日（9月16日）

到京寓西专胡同。

廿二日（9月26日）

至谢方斋处，女儿酒坛甚大。

九月

初二日（10 月 5 日）

翁玉泉处携雩门横幅归。

初三日（10 月 6 日）

晤叶东卿丈，谈新得金石，所言虢季盘即尧仙所言者也。

初四日（10 月 7 日）

游厂肆，得阁版《旧唐书》，周鉴湖刺史旧物也，故人手迹宛然。

初五日（10 月 8 日）

李宝台持金石拓本来，未留。

初八日（10 月 11 日）

到罗六湖处，言有《澄清堂帖》三本在一友人处，明日当代借来一观。据云若见此帖，天下帖无足观矣。

初九日（10 月 12 日）

宜珍斋看米性父《珊瑚木难》手稿本，真清妙绝伦。

十一日（10 月 14 日）

颜东里处看未谷书，字甚不似，观其卅年后自跋乃信也。

十二日（10 月 15 日）

到石州处，见其魏延昌《地形志》，精窍华妙，不朽之业，见《永乐大典》一本、《水经》一本，幸幸。

十三日（10 月 16 日）

写秀年伯（秀楚翁）寿屏序作。

十四日（10 月 17 日）

六湖借到《澄清堂帖》甲、丙、丁三册，孙退谷旧藏者，其题跋有“帖至此，天下之能事毕矣”云云。细观之，锋芒顿折，变化无耑，多露八分体势，此所以高出《淳化》《泽》《绛》也。南唐李后主刻石，信为帖祖矣。

十九日（10 月 22 日）

到冯桂山处看桂隶，搓纸为之，殊不惬意。两宜轩携董画归，杜兰溪处板桥石竹兰大幅妙绝。

廿日（10月23日）

六湖处看董画、米字，奇妙。又《吴中往哲图志》皆明朝人，真大观也。

廿四日（10月27日）

晤绂庭，言黄雨生有翻刻大字《仙坛记》。

廿九日（11月1日）

检《和靖集》，乃知六湖所藏和靖梅花二十绝句皆本集所未收也。

十月

初六日（11月8日）

练明府廷璜来谈，字甚在行，所藏有孙退谷石经阁藏帖四十八种，从两京至唐，旧碑拓皆具，真奇宝也。惜我不得见，伊得之蒋伯生大令家。

初七日（11月9日）

写陈家寿屏未完，朱建卿来，借去钟鼎拓二册。石州借

《和靖册》去。晚赴篠珊席。小松隶联云："人间忠孝相关处，天意江山有夙期。"甚浑成有致。八大画山水妙。

初八日（11 月 10 日）

写寿屏仍未完，初九完。陈秋榭母寿也。

初十日（11 月 12 日）

往周荫芝处看坡公《九歌册》，审是匏庵笔耳。

十二日（11 月 14 日）

陈寿卿处看桂字，观所得白淮父敦及内者灯，古色清润，可爱。刘耽印亦佳。李季云处看戴道庵山水卷，长五丈，竟到宋人矣。黄鹤山樵、洪谷子幅俱奇，董幅明媚，乃其次矣。

廿五日（11 月 27 日）

庚堂处见朱竹垞联云："竹屿坐垂钓，草堂新著书。"八分殊有致。博古斋见张宗苍画册殊佳，又桂岩蓉挂桂小帧上有纪晓岚、云台、俪生三相国诗，又翁阁学诗。

廿六日（11 月 28 日）

古香楼见《隶韵》原本，甚佳。

十一月

初四日（12 月 5 日）

王翰城来作画。蕴珍斋宋拓《争座位》有翁程题跋。

十一日（12 月 12 日）

潘绂庭来，以翻刻《大麻姑》索题，略有规模耳。

十五日（12 月 16 日）

游厂肆，得文清一联归。

十六日（12 月 17 日）

到刑部看牛镜堂丈，出示《智永千文》《九成》《圣教》，俱佳，惟《蜀素》墨迹系双勾本。

十七日（12 月 18 日）

为陈叙堂题董思翁《王子廓家传》，临《自叙帖》、赵松雪自书诗，共三卷。张石州处见黄陶庵先生书。《羊叔子让开府表》墨迹端楷。

十九日（12月20日）

杨介亭处见米书《海野图诗》甚精妙，乃知前所见得天迹系临米书也。董卷亦佳，郭河阳卷用意甚奇，然不能定其真否。见过廷章画松大幅好。

廿日（12月21日）

六湖处看董迹，有《孝经》楷册极精。仇实父人物故事册精美殊剧。

廿三日（12月24日）

到吴次平处观东库本二王帖，是乙未年曾观，余有跋语，今视之，更益神明矣。董画、石斋字俱佳。六湖处见国初颜氏所收尺牍册，即皃卿观察旧物，今归六湖，画作姓氏考甚详核。次平处携蓬心画册归。

廿四日（12月25日）

辰刻到翰林院，敬中堂到任也。与星白、印潭、简侯同看《永乐大典》，共二十四架，架上下皆满，仍苦尘堆，当有以整理之。

十二月

初六日（1843 年 1 月 6 日）

到厂，倪梅生处看钱字。

十三日（1 月 13 日）

至陈寿卿处看两《杨公碑》及《智永千文》。《千文》者，即前到吾处而未收者也，有孟津为弟镛宪副题签，然不能胜吾家本也。李季云处看董字、董画，有横幅分段者极佳。傅青主画《夜雨图》甚奇苍也。宋复古画卷妙甚，有王铎、倪迂诸跋俱精，即《庚子销夏记》所收本也。又到六湖处看石谷大卷，奇观巨宝，因携归玩。

十八日（1 月 18 日）

写曾太年伯寿屏（曾涤生祖父）。

廿日（1 月 20 日）

晚饮吴次平处，观老莲画轴，松石间有道者三人，有一瓶中出小儿，不可解。

廿六日（1月26日）

作《虞文靖训忠记碑》跋并诗，为李季云。

廿七日（1月27日）

厂肆买得八大、板桥、蓬心、簳石画，殊有趣。

廿八日（1月28日）

牛镜丈处见小楷《黄庭》拓，极旧。

道光二十三年（1843）癸卯记

正月

初三日（2月1日）

赴倪梅生便饭，有持宋帝《邠风卷》来售者，遂并蓬心卷携归。

初九日（2月7日）

写白折三开。

十一日（2 月 9 日）

杨墨林家看《家庙碑》，尚好。板桥、复堂画有佳者，从前曾见《皇甫碑》，今日未得见也。

十七日（2 月 15 日）

杜兰溪处看董画、沈画、唐画，均佳，子畏迹尤妙。

十九日（2 月 17 日）

至阮世兄处王臒轩看张令晓告身，有鲁公书名押。

廿日（2 月 18 日）

阮师处拜寿八十，赐寿也。余送对句云：“如日星河岳在天下，合望奭伏郑为一身。”

廿四日（2 月 22 日）

六湖借阅《邠风卷》兼示晋唐小楷帖。

卅日（2 月 28 日）

朱建卿处观竹垞《烟雨归耕图》、《王渔洋、王蛟门谈诗图》、朱昆田《月波吹笛图》，俱禹慎斋笔，清妙无比。叶丈得宋南渡六印见示。

二月

初一日（3 月 1 日）

闻刘子敬藏有鲁公中字《麻姑坛记》，未见。

初四日（3 月 4 日）

得《时帆学士移居图》。

初六日（3 月 6 日）

饮韩小亭处，见陈居中《女孝经图》，精古之至，《顺治十八年缙绅》亦极朴茂可喜。云台师相跋云“有家藏《嘉靖缙绅》”，尤当可宝也。叶东卿丈说藏有明《会试录》数本，法时帆有《顺治三年齿录》，皆此类矣。

初八日（3 月 8 日）

至厂肆，见《控山图》，甚奇，竹虔携去矣。

十二日（3 月 12 日）

刘子敬见示《女真进士题名碑》、“恭”字古泉。

廿四日（3月24日）

牛镜翁处见得天《枯树赋》册及条幅，甚佳。李芝舲师处借来《鹤铭》二本，有“鹤寿”二字本与他本迥异，乃从宋翻本凑入作旧拓者。还是梦楼所题放下斋一本字少而可宝，的是水拓也。

廿八日（3月28日）

杨墨林处见八大画猫、柳甚佳，文衡山《二妃图》、倪文正书手卷俱精。携两峰《鹫峰寺卷》、李复堂《牡丹幅》归。

三月

初一日（3月31日）

绂庭处见笪江上画，甚佳。翁跋褚行书《阴符经》可取。

初二日（4月1日）

雅集斋取《开元占经》，博古斋看法时帆《诗龛向往图》，殊有趣。所画渊明居中，旁立王、孟、韦、柳，画己像持卷于前也。

初四日（4 月 3 日）

题钱南翁手札册，为窦兰泉吏部所藏。

初六日（4 月 5 日）

古香楼见《兰亭》五种，略可耳。朔平吴道子画、查池北《偶谈》。

廿日（4 月 19 日）

六湖邀往看董画二卷、沈石田《耕织图卷》。

廿五日（4 月 24 日）

昆峰处见钱南园先生诗草一本，诗是真的非先生手笔也，而法梧门祭酒定为南园手稿，盖不甚能辨其笔迹耳。

廿八日（4 月 27 日）

写《粟恭勤碑》。

四月

初四日（5 月 3 日）

到六湖处看宋拓《庙堂碑》，拓甚旧而字多残，是王彦超刻本也。

五月

十五日（6 月 12 日）

与韩季卿谈，知《樊敏碑》石尚在巴县也。

十九日（6 月 16 日）

游厂肆，买得宣德大墨归。

廿一日（6 月 18 日）

根云处看米册，系惠邸物也，不为精品。董临《自叙》极佳耳。

廿三日（6 月 20 日）

根云处看高丽研，系中华唐景云间物也，甚有趣。

廿八日（6 月 25 日）

王翰城来，索写寿屏。

六月

初八日（7 月 5 日）

带程木庵钟鼎手卷至寿卿处。寿卿说有新汉碑，东卿丈说《开元占经》有全本。寿卿借我金拓册去。（按此册今归余藏，中多簠斋题记，即是时笔也。瓶斋记。）

七月

廿九日（8 月 24 日）

到寿卿处看柳书《神策军纪圣德碑》，宋拓，从来所未见，真可宝也。

闰七月

初六日（8 月 30 日）

过报国寺见黄君，为杨墨林临写傅雯佛象图，直高一丈八尺，横长三丈六尺，先用油纸百张分段针签影出，再用素纸临之，可谓好事矣。

道光二十四年（1844）甲辰记

七月

廿六日（9 月 8 日）

起，廿八日至贵阳。

九月

十二日（10 月 23 日）

至苏溪处，见傅青主画二、马远画直幅一，俱奇妙。

十月

初三日（11 月 12 日）

为篠庄书联幅十余件并玉笋堂诗。

十一月

廿日（12 月 29 日）

定州行宫看东坡雪浪石、雪浪盆铭。雪浪斋铭真古妙也。

廿二日（12 月 31 日）

至保定，谢信斋诚钧赠我孟津画，甚佳。又倪文正书亦妙。

廿七日（1845 年 1 月 5 日）

到京。

十二月

初二日（1 月 9 日）

得青主“梦楼”两字卷，甚佳。

初三日（1 月 10 日）

黄琴隖处遇周朗山，看石田卷，《关河旅行图》朴厚润胜，绝胜它作，真可宝也。石谷卷亦佳。

初八日（1 月 15 日）

晤春湖丈之孙翊华，见《魏栖吾》《丁道护》两种，从前曾见《孟法师》，《李元靖》则今始见。纸墨之旧、翁跋之精，信为至宝也。

廿六日（2 月 2 日）

过杨墨林，看方正学画，无可与言，图奇古厚润，生气凛凛，真神物也。除日买得石斋小简册，甚妙，梦楼联一付。

道光二十五年（1845）乙巳记

正月

初四日（2 月 10 日）

竹朋处看石胜《焦山归隐图》，甚佳。

初六日（2 月 12 日）

陈寿卿处见天池画卷，有覃溪题诗剧佳。得天书《鱼枕冠赞》极有神韵。南阜画《弄孙八珠册》别致得很。

初八日（2 月 14 日）

厂肆得沧州幅、东坡《金刚经》。

十二日（2 月 18 日）

作小楷六百字。

上元（2月21日）

韩小亭处见方正学《仁虎图》，当查《台州府志》，信奇伟也。文五常、顾汝和园亭册，覃溪题均佳。宋板《礼记》精妙。衡山《豳风图》大笔头甚厚润。（作小楷五行。）

廿三日（3月1日）

平仲处见山谷草书剧妙，生平未见。涪老真迹，此乃确耳。为牟一樵写小楷册并题其青主《乾坤一草亭轴》。又题名图，字大豁，号君猷所书册，似曾做台谏，明人迹也。

廿五日（3月3日）

观梁平仲藏《鹤名》、石斋册。

二月

初三日（3月10日）

厂市得正学画，甚喜，小字亦佳。过金伯看颜书《干禄字书》，拓本甚旧。过石州，见菉友寄来锡叔液彝字及翁祖庚所赠之冯姑昏鑃，鑃盖印铫字，器形奇而字极趣。

廿八日（4月4日）

林章浦蕉林处见坡书“苏门山涌金亭”六大字，《涌金亭诗》覃溪题咏殊佳也。送姚伯昂对：“老圃看花编，一品集高风。”脱帽写八分书。李寄云处，石斋画松信厚劲殊特也。

四月

廿九日（6月3日）

厂市得八大《苦瓜画》，甚惬意。石溪白汤画、蓬心画、梅道人墨竹卷子。

七月

初一日（8月3日）

上官蓉湖以《寇莱公墨迹册》来，以不确，不敢题也。

十月

初二日（11月1日）

刘宽夫处观谢文节树亭卜赴砚，有程文海铭刻者，又字画册八十大开，有青主《食枣帖》最佳。

廿二日（11月21日）

周容斋处看坡书《九歌》。归，本三堂买得北监板《廿一史》甚佳。淳古斋携二董迹归，板桥兰竹八幅颇佳，价贵难得。

廿四日（11月23日）

蒋锦秋观察来晤，惜刘熊《祭侄文》未带来也。李小庵处看《庙堂碑》。

十二月

廿八日（1846年1月25日）

阮赐卿以《泰山秦碑》及宋拓《华山碑》押银，亦韵事也。

道光三十年（1850）庚戌记

四月

廿一日（6月1日）

石卿赠我《小松访碑图》（杨石卿也）。

廿七日（6月7日）

到扬州，同周子坚至袁门桥一带字画古玩店流览，见明时龙香御剂蓝绯朱三锭，索价太贵，未买成。平山堂间（尚署六一款），十六年前板桥巨画已为前方丈失去。挽阮太傅师联："大清二百年来，更谁儒术事功，包罗万有；夫子自千古矣，从此经生才士，景仰何人？"阮世兄来，为阮师神道碑事。阮氏欲余撰书而署汤、祁两协揆款，与吾师十年前面托语意不符，且余不能为人代笔，故力辞以心绪烦杂，无能为也。季子为买得前日所看三龙香饼子来，五元半，真古得有趣。此次扬州所得，止此及子坚赠青主字卷耳。展阅青主书，陈右元诗卷，为右元评改秋诗卅首，殊有趣。后有包慎伯跋，乃妄贬青主书，云前见其数帧，擢居能上，若早见此卷，当处以下等矣，真谬诞也。青主书意岂慎翁所能解耶？竹林寺有曼生联云："孤竹瘦于尊者相，野云白似道人衣。”甚佳。《竹林寺图》，张崟画，有洪稚存、曾宾谷诸老题记。余题字数行，劘笄而去。得默深书，颇谬。金兰坡处看傅青主题邢琬画册与陆朗夫先生佳，然必须与其家书大册同售，故难到手。到朱筱驱处，谈画甚适，为我留得孟津画卷，又石涛小景卷，俱精绝。

五月

十三日（6月22日）

早过韩履卿，看李西涯篆隶行草诗卷、董香光画册、黄忠端《孝经》册，俱佳。问碧山银槎杯，乃兄桂舲先生以殉葬矣。然闻尚有一器在浙也。到顾湘舟处看吴中画派册。吴中墨妙册十余大册，所见将百件，略有赏心，即索题跋，腕为困矣。于兰坡处看颜书《元静碑》，未买就，石涛画册及唐高公佛堂碣均买成。过湘舟处，看宋元名贤尺牍卷，精极。倪鸿宝画梅竹寒雀直幅，乃奇迹，恨不夺之也。

十七日（6月26日）

兰坡处《元静碑》买成。湘舟处买成《大晚香堂苏帖》《郑板桥兰花卷》《黄孝子画轴》，题蜀石经《左传》一册，借兰川处《诗经》册此次不得见也。《石斋先生画花卉卷》奇韵未成，得未曾有。

十八日（6月27日）

到阊门。

十九日（6月28日）

早至陈硕甫处，见王渔洋夫人画册、柳如是题诗，诗画俱精奇。恽南田《深柳读书堂图》，吴渔山补成者，皆珍异。湘舟赠杜东原画轴，聊以为别，非我所激赏也。许珊林得晤。看宋拓《夏承碑》，真宝物，亦湘舟家藏，珊翁双钩刻本。

廿日（6月29日）

访杨龙石，见赠《鹤名》初印本，山谷《浯溪诗》为题。《义熙铜鼓铭》，铜鼓字真希见。又《萧忠武碑》旧拓本。

廿五日（7月4日）

到杭州，六舟上人见示六一撰《王文正墓志》草稿卷。炼丹台展瑛梦禅所画图，有石庵、芸台诸老题咏，后有姚伯印师画《感旧图》。六舟说有米南宫翻刻鹤桥在焦山米、陆题石之间，曾手拓之，出手拓，《国山碑》下半截露出字颇多，知此碑亦磨古碑而刻者，有瑞字、廿字、炳字，极明了也。为六舟题《佛祖三经注》，宋人墨迹，复见米刻《鹤名》。又见吴云壑焦山石上刻诗，均从前未见者。梁敬叔携石斋先生撰书《张天如墓志》楷卷来。晡至敬叔处，有山谷墨迹尺牍佳，又郭允伯《西岳华山碑》，由朱笥河家归梁氏者，十五年前曾见于京师，时尚属朱氏也。松颠阁见箬庵、天隐两法语卷，卷后皆崇祯间题，甚有书家意矩。城隍山文昌庙看大字《麻姑坛》，系翻本。文衡山《拙政园图三十二景册》甚佳。

六月

初十日（7月18日）

起。（扶柩归，过杭州，经江西入湘。）

十二日（7月20日）

题黄石斋撰书《张天如墓志》，黄南雷撰书《汪氏母寿文》。□山方丈谈，□字念依。“虎移泉眼趁行脚，龙作浪花供抚掌。”虎跑泉亭联廿年前见，今已无矣。

十七日（7月25日）

到灵隐西院，借秋阁看宋咸平三年七月十九日进之贝叶经，有龙泓诗并七次稿卷，其贝叶似木皮，梵字不可识，题跋于丁册后，归。

廿七日（8 月 4 日）

安伯家看《九成宫》，借石涛卷，荚公册归。

卅日（8 月 7 日）

至梁敬叔处看董画卷极佳，盖纸好且厚，故能用劲得沉着，平常所见多有墨无笔也。携石庵小册归。

七月

初二日（8 月 9 日）

到瞿颖山处看唐伯虎《毗陵萧寺图》，墨笔纸本极佳，沈石田写所到山水卷未为超诣，所藏铜器拓本册内有晋侯壶。

初三日（8 月 10 日）

过六舟处，作书二帖，因论学字宜写六朝，不当习唐碑也。

初四日（8 月 11 日）

过春甫丈之子孙菊泉，欲观所藏翁氏石墨耳。从前春丈在京，覃溪家物大半为孙氏所得，故欲观之。六舟手装金石大册内有一种撰书云：开元十五年和私皇后四月七日忌，高祖神元皇帝五月六日忌，太穆皇后五月廿一日忌，太宗文武皇帝五月廿八日忌，又开元十六年昭成皇后正月二日忌，和私皇后四月七日忌，高祖神（下盖脱落）……后仍横列传主宿杜立封将作令。宋云骏尉李思贞、赵成琪，云骑尉王信孙、容房方，地仁昉王元、王虔贞、辟安，知什宾行果故殿中侍御史妻魏氏一心供养。此造象题字也，而记国忌先后后帝，和私皇后，何也？夜问六舟，亦不解。

初七日（8 月 14 日）

王安伯处看两峰、陈玉几小册甚佳。安伯自临唐六如《毗陵萧寺图》甚细。陈伯阳、文休承各画《前后赤壁图》并书两赋，休承比伯阳高多了，笔下有静气也。《茶罗汉象卷》程孟阳为得岸上人画，并有明清间各老题，而香光题四大字于首。

初八日（8 月 15 日）

六公来，为我作小印二方。晚至芷湘、以能处学画兰竹。

初九日（8 月 16 日）

孙菊泉（同准）约看帖画，青主幅，未谷、简斋、石庵等尺牍皆雨村、晴村物，尹家物也。最后见翁氏《天际乌云帖跋记》四册，极有趣，然中有摹刻“乌云”二句，知苏斋所得墨迹非真，此迹在南海叶氏，去年使粤未得见，今见刻字，殊不懊矣，而覃溪极言冯氏所据本为伪，真不可解。詹景凤画卅六应真并题诗，草字甚佳，余不悉记。

廿五日（9月1日）

方养田持张樗寮墨迹廷札卷，前有覃溪题首，后山舟跋，惜价太昂，不能留。

廿八日（9月4日）

到孙菊泉处看翁氏各碑帖，大约头等物俱不知所往，所收者次、三等耳。《庙堂碑考订》草本有趣，《张迁碑》两本一套，而所谓两峰所赠古拓本，仅余覃溪跋记及两峰所画《赠碑》《赏碑图》耳。

八月

初三日（9月8日）

题殳舫师《雁山卷》、六舟《米书老人星卷》、朱伯兰《拙政园图册》。

初七日（9月12日）

瞿颖山仲瑛处阅鼎钺碑版字画，其《潭帖》真希有之物，古劲生动，非同《绛州帖》尚圆美。余谓《潭帖》出于官帖而实过之，此帖常南陔访之未得，后归瞿氏也。余旧本物颇多，少人间常有者。《香光画稿册》江村题赏珍重，余问颖翁肯见赠否，遂以赠余。夜题《董稿册》。

初八日（9月13日）

至安伯处，携中明和尚画《西园雅集图》归。

初十日（9月15日）

为六公题元版《莲华经》精装小本，项墨林旧藏本也。

九月

初六日（10月10日）

往徐廉峰之壶园，看其《九成》《智永》《绛帖》皆佳。

十六日（10月20日）

到汪时夫学署，有兰竹群花。看矩亭画兰，余作字，两人互奏，而时夫与张赠陶旁观。

十七日（10月21日）

与矩亭互为书画，比昨尤酣恣。矩翁为作两丈横卷兰花，信杰作。余为书集《争位》《禊叙》各联。矩亭亦诧为希有。

廿四日（10 月 28 日）

到长沙，住洪恩寺。

卅日（11 月 3 日）

李石梧处，仲云出各藏物，阅《黄石斋尺牍册》佳甚。《董香光临自叙卷》两字一行，殊遒峭，异常迹。《沈石天画册》奇纵，亦希见者。

十月

初一日（11 月 4 日）

沈彦珍来，知栗仲丈精神尚健，今年七十九。劳辛皆处与石梧、问鸥及主人同饭。

十三日（11 月 16 日）

湘桡送阅南园先生幅，墨将脱尽，略存笔路耳。近日钱迹极少矣。挽李双圃丈云："济时未了，出处超然，七十年鹤戏鸾翔，倏从兜率乘真去。衔恤遄归，典型邈矣，五千里山回水折，空向渔樵问渡来。"

廿一日（11月24日）

到石梧亲家处，写大字于听雨轩，天忽大暖，始裘难耐，字歇，晚饭。（按，此书屏风八幅，写苏《石鼓诗》，今藏瓶斋。）

卅日（12月3日）

宝墨斋春湖书联："仙墨法书分桂上露，清言妙理来松下风。"想是春翁自占句也。

十一月

初三日（12月6日）

李仲云来看帖画并携《石斋尺牍册》来要题。

廿二日（12月25日）

罗一憨子来，为我寻钱南园先生字颇多，今殊希矣。

廿七日（12月30日）

过李家，晤西台、季眉，因至季眉处看徐天池花卉五段，极佳，查二瞻两山水幅迥异恒笔。钱南翁书幅有"酒倾一榼鸢肩客，醋设三杯羊鼻公”句，不知谁人绝句也。（按，此书杨诚斋诗，瓶斋记。）

十二月

初一日（1851年1月2日）

仲云示钱对：“书非药物能医俗，家近云山亦养年。”

十七日（1月18日）

至贺仲肃处看钱字对，久谈。

咸丰元年（1851）辛亥记

正月

初三日（2月3日）

打格子，写墓志，得十余行耳。客来不住也。

初四日（2 月 4 日）

鲁莲初赠《临淮王北齐碑》，拓尚旧，齐吉货一枚，亦青州新出大甕装者，盖古隧中物，古人铜器送葬，后世所忌。

初五日（2 月 5 日）

志石第二块，一早写完即送去。

初八日（2 月 8 日）

题石斋先生册，仲云所藏，与陈无技、无涯兄弟及仲治各尺牍也。

初九日（2 月 9 日）

题石天翁画册、鹤铭幅、邹衣白草字册，俱还仲云去。

初十日（2 月 10 日）

至子敬处篆志首。

廿日（2 月 20 日）

写墓表，作篆，两石即动手刻。

二月

初一日（3 月 3 日）

季眉处看童二树画山水轴，气魄未充，不如昔在蔡小石处所见小册也。

初八日（3 月 10 日）

写大字一阵，钱星处取回《晚香堂帖》一套。

十二日（3 月 14 日）

栗翁说刻大字《麻姑记》人名唐继桐，新化人。

十三日（3 月 15 日）

写贺蔗翁墓志。

十四日（3 月 16 日）

写贺静轩丈墓志，笠云尊人也。

十五日（3 月 17 日）

至季眉处观陈恪勤公象卷。

十八日（3 月 20 日）

至南坡处遇一山西人，能言青主字，希见之至，其人梁姓。

廿一日（3 月 23 日）

写对扁十余件，石崖先生自题句云："六经喜我开生面，七尺从天乞活埋。"船山先生自题句云："到老六经犹未了，到头一点不成灰。"邹叔勣代王半溪索书志。

廿三日（3 月 25 日）

上船。

三月

初一日（4 月 2 日）

到衡州。

初四日（4 月 5 日）

起阅《柳子厚集》，紫卿新到本，三日半，今午毕，俱有加墨辨订矣。舟中之静也。

初六日（4 月 7 日）

过祁阳。两仆读书学诗，亦专勤之至。

初九日（4 月 10 日）

到永州。

十八日（4 月 19 日）

泛览郡志，东京碑惟吾州蒋、熊二碑耳，而不可得一字，不知尚有可访否？洪、欧、赵皆著录，不应此时拓本全无也。

廿四日（4 月 25 日）

到道州。神堂屋对："日月光华清明广大，诗书俎豆富寿炽昌。"书房对："秀气经台阁，名村蔚栋梁。"

八月

廿七日（9 月 22 日）

离道州。

九月

初六日（10 月 29 日）

到衡州。

咸丰三年（1853）癸丑记

四月

廿八日（6 月 4 日）

起。（在四川学政任，多考试事。）

十一月

初四日（12 月 4 日）

县童金傅培写分书，问知习《冯君碑》，有七八百字，或即

《冯绲碑》耶？令取来看，余未见此拓本，即前人亦不见，惟《隶释》有之。

十二月

初三日（1854年1月1日）

到成都。

咸丰四年（1854）甲寅记

正月

初四日（2月1日）

至射洪。(后数叶浥烂。)

咸丰五年（1855）乙卯记

考文生共百四十余人。经界既正，分田制禄可坐而定也。问马、班、范三史大意。赋得“小儿学问只《论语》”。取生古十六，童古廿七。查杜句乃“大儿子问只论话，小儿结束随商旅”。小儿如何便作贾乎？恐误也。正场策问“历代石经”，乃作石头说者卅八人，今早皆传到教斥，仍出榜愧厉之。其中间说石头而前后夹杂说经者尚不在此数。覆试文、童六十余人，非择而取之，不得已也。

沿辋水东行，虽曲折而山枯石乱，毫无润泽。至湘子洞下，余意倦，不欲复上，遂回。夕阳满山，差有画意，不必辋川也。天下有名无实有如此者。子敬已捐浙守，或为老兄菟裘地耶？也要世界清平，才好说安身之计。王海楼、陆次山来便饭，好磨人也。团练劝捐事尚未由府出示，我心闷甚，致夜难成寐，可谓蠢矣。

未言心相醉，得“朋”字，谓吾与老寿也。题方山寺联云：“万叶发双桂，诸峰同一云。”

昨日献县店壁上有楚澴李蓉镜黼臣题诗，颇有致。“只有同尘真妙法，世情谁喜太分明。”上两句言风沙大也。“若说风流真个事，圣狂一念苦分明。”上六句言多妓也。“三上应无宰相书”，上三句言逐功名也。不记得全，漫录于此。

齐河县东门外店茶尖，店内见邳州女士芮蓝玉题壁，略云：“妾本儒家女，以贫卖为李侍卫妾，携至京，大妇不容，遂见逐。侍卫遣老仆送回沛县，誓以破镜重圆，自矢相守以报侍卫。时己酉重九后二日。”其诗有云：“照镜剧怜尘满面，临妆无复婢梳头。”余平平。

抵扬州城，到康山哭阮太傅，送奠仪、挽联。“大清二百年来，更谁儒术事功，包罗万有；夫子自千古矣，从此经生才士，景仰何人？”与五、七、八三世兄一晤，相向哭也。到玉清宫，同集者孟瞻，阮氏五、七两兄。季子后来，茗香作东，为阮师神道碑事。阮氏欲予谬书而署汤、祁两协撰款，与吾师十年前面托语意不符，且余不能为人代笔，故力辞。以心绪烦杂，无能为也。

夫子宫看阮师所存中殿廿七八两石，又一石字更奇古，不可识。又师所刻《石鼓》，从天一阁本摹出者。恐当较杭州本为胜耶。

小玲珑山馆石树清奇，惜无水耳。缅想全谢山、厉樊榭、金冬心诸老游集之盛，而马氏兄弟儒雅好事，真为神往。

展阅青主书，陈右元诗卷，为右元评改秋诗卅首，殊有趣。后有包慎伯跋，乃妄贬青主云：前见其数帧，擢居能上，若见此卷，当处以（原阙）矣，真谬诞也。青主书意岂慎翁而能解耶？

焦山看《瘞鹤铭》石刻，别来复十年矣。仰止轩拜椒山先生像，观阮师所存轩中椒山诗字卷，复题记于后，因及松筠庵刻疏稿书也。旧题联集《鹤铭》，字云吾志未遂，上荡真宰，其词不朽，留表此山。尚悬像傍，无恙也。

竹林寺有曼生联云：“孤竹瘦于尊者相，野云白似道人衣。”

湘舟处看字画，仍留饭。宋元名贤尺牍卷精极。倪鸿宝画梅竹寒雀直幅，乃奇迹，不夺之也。

至本觉寺东坡三过题诗处，石刻在东屋之壁，内有空翠亭，外有咸通经幢二，阮太傅师联云：“寺中惟唐代二幢是峨嵋山人生前物，壁上有宋贤三律乃空翠亭僧初梦时。”

灯下阅定庵诗，可删者盖多矣。（绣君案：谭氏钞本本年漏列月日，且哭阮太傅等数条与庚戌年日记重复，显有错误，恨不得原本校正之。）

咸丰六年（1856）丙辰记

正月

十三日（2月18日）

大帮往潼关，余独至玉泉院听水看竹，颇胜昔年情景，无忧树古奥甚。新亭子佳，现在修功未毕也。换兜子，两人舁之，一人前曳，行乱石中，五里一憩，共廿里至青柯坪，本意至此而返。舆夫怂恿之，遂鼓兴前进，不数里上千里疃，高险窄斗，屡歇始到。过百尺峡，度二仙桥，过犁沟，窄险。胡孙愁处有山庙，塑胡孙，左右小者各一，皆作愁状，渐至北峰，足力乏极，且歇，横卧道士榻，久始转适。登上天梯，斗甚。日月崖、阎王桥、苍龙背上行，入金锁关，松柏渐多，不似下方之枯立也。望见东峰、中峰，有西峰道士来迎，向来多住此，寺宇佳也。余决意直上南峰，至金天王殿少憩，踏积雪上落雁峰，看仰天池日落月上，看下面万山如莲花环抱，方知华岳全向北，南面无好峰峦矣。回宿于山门口之右首小屋，寺宇窄小，夜月佳甚，风起云涌，半夜天宇复清旷，兹游出意外。唐花有白牡丹奇淡艳绝，生平初见。过涧河聚瑞桥，见碑，是刘姓一家所建，用银二万余两，长五百七十余丈。水波新柳，时时到目。

三月

初九日（4 月 13 日）

午正，携联侄、钟孙上山，未初一刻至斗母宫听泉山房茶憩，泉声尚好，一路过玉皇阁、玉掌崖、五大夫松，陟南天门至碧霞宫，登岱山结顶处古登封台，看武帝无字碑，已酉初后矣。结顶石浑圆，元气与天同寿，而一路庙宇路径多倾圮，树木泉石亦枯槁。忆自癸未、乙酉两次登岱，今卅年外矣。彼时多少精神，不胜今昔之感。碧霞宫殿前铜碑四，不如峨眉集字刻。归途快甚，舆夫疾走如飞，此山兜子为他处所无也。

五月

初十日（6月12日）

探报张国梁连得胜仗，贼扮商贾，欲分窜江北各小口。因想前日梦出诗题课士：风正一帆悬，得“帆”字。恰是张字意也。此公益将成功乎？晚酌有熙载，谈书法大贬包派，熙载无如何也。

七月

十六日（8月16日）

到禹舲处看所得宋拓《争坐位》，真瑰宝也。为我生平所见第一本。此外看数件，无可敌此者。

廿二日（8月22日）

至宝古斋，携板桥批稿册归，皆作令时传讯，手批字迹尚可，而文理无甚趣也。

廿八日（8 月 28 日）

朱时斋来，言姜玉溪处藏小松《嵩岳廿四图》及唐拓《武梁祠画象册》。此册昔年在京，余曾作长歌题上，闻归陈佛堂师，今闻在玉溪处，恐未必也。

八月

廿日（9 月 18 日）

玉溪来，携嵩岳诸碑，乃无佳者，其收藏甚秘也。

九月

初五日（10 月 3 日）

写《陈公神道碑》。(陈公竹篴弼夫之父。)

十二日（10 月 10 日）

写王子槎令堂墓志。

十三日（10 月 11 日）

拜陈弼夫，面交《神道碑》也。（按，此碑原迹今藏瓶斋。）

十六日（10 月 14 日）

买团扇画兰，贺汪云皋吉礼。

廿四日（10 月 22 日）

得李孟初碑，小松装藏者，尚有趣也。

廿五日（10 月 23 日）

见香光画诗册，有覃溪、未谷题跋。香光书实无味，画甚佳。

廿七日（10 月 25 日）

晨静，写《进学解》起。弼夫处看石谷画、文清字大幅。

廿九日（10 月 27 日）

写《进学解》毕。

十月

初四日（11 月 1 日）

朱清华言：西关外十方殿地方有东京画象，说不出所以然。

十六日（11 月 13 日）

移家南城朱家屋。

廿四日（11 月 21 日）

看石庵字两卷子，皆伯雨丈家物，不知如何出来。

十一月

十一日（12 月 8 日）

买得姜居节画一幅，又石涛买马，甚佳。

十二月

济宁州人押画，有倪鸿宝《万柏云泉图》极佳，在卷石山房，旋着人问，说无是事。

十八日（1857年1月13日）

《说文》钞毕，仍日课篆字三四百。

廿日（1月15日）

子良处看杜耀南堇《应真白描卷》，成化宫人，昆山顾琇黎《花双燕幅》极精。

廿五日（1月20日）

连日钞《酒诰》《大诰》《禹贡》，篆字写，有趣也。

卅日（1月25日）

连日桂儿从古董店买得《韩敕碑》《封龙颂》《魏受禅碑》，俱甚旧，与前买《李孟初碑》皆可玩也。又《百史》《卒史碑》亦甚旧，未买成。

咸丰七年（1857）丁巳记

正月

十六日（2月10日）

阴寒之极，忽想起钟鼎古文自来无人寻出门类，皆由籀斯而后大小篆削易，古文遂失传，此一大缺憾也。然欲整比之，从何处着手？与桂儿谈此，怅怅。

二月

初四日（2月27日）

弼夫处看画，石涛画《武夷一曲图》佳，《黄鹤山樵幅》焕然如新，可宝。

十五日（3月10日）

海藩持南园先生联来，惜磨灭几尽矣。

卅日（3 月 25 日）

为芰香写诗册，今日忙联幅，缘中丞索书要多也。

三月

初一日（3 月 26 日）

自沛南起程入京，初九到京米市胡同。

十五日（4 月 9 日）

竹朋送阅黄小松《嵩岳访碑廿四图册》，精古无比，画、题俱妙甚。知《岱游二十四图》在姜玉溪处，而玉溪之閟不示人，为可怪也。

廿七日（4 月 21 日）

为寿蘅乃祖做寿文一篇，颇别致。

廿九日（4 月 23 日）

为意庐上人题《杜鹃花幅》，余闻讹传化去者九年矣，故有“叹余一掬怜才泪，容易当场死错人”之句。然缅想旧游之感，怅惘之极，故云“无限伤心满杜鹃”也。

四月

初一日（4 月 24 日）

赴寿蘅处看所得徐星伯丈手拓《裴岑碑》，“四”字直拓成“二”字，余字亦皆多用意填出者，致少味也。凡事不可着意如此。

初三日（4 月 26 日）

晨写徐家寿文屏，手初颤甚，昨夜酒多了，后渐稳。（按，此屏今藏瓶斋。）

初四日（4 月 27 日）

午写王子怀祖父墓表。

初七日（4 月 30 日）

早写钱小蓝太夫墓志。

十三日（5 月 6 日）

与李季云谈画，出示黄太痴《江山揽胜卷》，信为奇作也。纯用钩勒，不填皴，而厚险似蜀中山水，旧有云林题本，是为云林而作，今只存邢子愿一题。又香光《寄眉公山居图》长卷，画云处多景树，皆精微妙远，索吾题之，苦惫未能也。

十四日（5 月 7 日）

胡扶山属题孙过庭所藏鲁公三帖及《秋红山馆图》。

十九日（5 月 12 日）

余写钱小蓝墓志，计为太夫人书志未二十日也，可为怆怆。

廿七日（5 月 20 日）

买得《史晨碑》《子游碑》初拓，有覃溪题字，在蕴珍处。胡扶山作古，挽云："书律细评论，谁期山馆秋红，把卷邀题成永诀；老怀同淡荡，正好庭阴夏绿，隔篱呼饮怆无缘。"

闰五月

十八日（7 月 9 日）

访雨舲，看成王临《绛帖》全册。崇朴山处见石经残字，似宋刻佳者，远出近日钱翁诸刻之上。石涛画册亦佳，有流云木槎，古气可爱。查《扬州府志》当可得其详也。

六月

十六日（8 月 5 日）

写墨林兄弟志铭。

十七日（8 月 6 日）

题《王文成疏稿册》，为翁黄舫作洋洋洒洒得四十韵。

十九日（8 月 8 日）

昨为严仙舫写《辰沅会馆记》。

廿一日（8 月 10 日）

往慈仁寺拜欧阳文忠生日。

廿三日（8 月 12 日）

夜酌新买酒，甚醇，亦醉人。且画兰数事。

七月

初九日（8 月 28 日）

游厂肆东门，无所见，《武梁祠画象拓》尚佳，且携回看。

十三日（9 月 1 日）

至文昌庙看达理上人藏字画，有蒋谦画《三虎图》极浑厚，且园画龙不及也。赴徐寿蘅席，看画，两董卷、范华原大幅佳。

十六日（9 月 4 日）

早为王筱佺楷书座右铭。如此秀色何从画得，蝯叟醉余偶然着墨自题画兰扇也。诗舲催作檀香扇诗："绪风吹到扇儿香，忘却新秋一味凉。宝帐初垂来晚色，缓祛蚊蚋殢檀郎。"嘲老舲也。而老舲欣然书之。

十七日（9 月 5 日）

游厂肆，张桂岩幅佳。

八月

十二日（9 月 29 日）

丁颐伯带来乃翁俭卿兄《宋二体石经考》，亦新得。《二体石经》四大册，从来未见如此多者，大奇大奇。

十三日（9 月 30 日）

看俭卿《考》，谓此石俱久佚，误也。余曾于祥符、陈留两处学宫见之，适桂儿从翁叔平借还余《乙未年日记》，中即有祥符访宋石经一段，足证俭兄之误。

十四日（10 月 1 日）

写完周允臣卷子，为论永兴书，欹侧作势，楷法之坏实因之。允臣得旧拓《庙堂》，方属余题，故发此论也。

十六日（10 月 3 日）

至厂肆看周鉴湖跋帖手迹大册，不好收来，怕难带也。回忆丁亥旧游，尚在眼前。《马湘兰书册》，翁题精。

十七日（10月4日）

写贺诗舲对："宝碗珍毫，仙诗对几；丛云藻露，佳实盈园。"又吴亲翁双寿对。

十九日（10月6日）

至松筠庵，心泉出《忠烈尺牍卷》属题，大奇大奇。

廿日（10月7日）

丁颐伯谈乃翁所得汴石经家信，是三百七十余纸，记中是七百七十九张，不审何处误也。一人手笔而可笑如此。

廿四日（10月11日）

题吴子肃所藏蜀石经《周礼》《公羊传》二册。

廿五日（10月12日）

题杨忠烈两札卷，一叙一诗。

卅日（10月17日）

翁叔平来久谈，果是好学人，全无习气。

九月

初六日（10 月 23 日）

楷书吴氏蜀石经册诗。

初七日（10 月 24 日）

题郑士允藏蜀石经《左传》十五卷册。“冷趣重阳吾辈饮，同心三子慧根多。”上句诗翁、下句蝯叟，“慧根”二字诗翁所谈也。

初十日（10 月 27 日）

扶山颜帖题云“怆怀古人”也。

十一日（10 月 28 日）

晨题《子产庙碑》残字，润行藏物。

十二日（10 月 29 日）

写《黄孝子传》兼题陈子鹤董幅。厂肆得翻本鹤铭，式古堂郑老见赠。

十三日（10 月 30 日）

题《张文敏折臂诗册》，应诗舲少宰之属。

十四日（10 月 31 日）

写《黄孝子传》毕，共小楷三千六百余字，又题各卷册并条封等，尽一日之力。祁老十来，将各件交付。《石经》古色可爱，乃不欲留赠，无如何也。

十六日（11 月 2 日）

未初起行，到新店。

廿一日（11 月 7 日）

过献县，打尖处有题壁云："一句杭州一句扬，教人难识我行藏。近来又把京腔撇，便道都门是故乡。武林胡酒鬼同燕中剑客尖此。""山人蝯首镇追随，巷隔鸲飞步屧宜。幽事半年成画稿，闲园无日不花枝。金英酒碗耆英会，棠棣秋风送客时。归咤鹊华无别物，奚囊满载老舲诗。""奉约闲中删乐事，免教别后忆当时。云龙追逐知何日，惭愧昌黎荐士诗。"

廿六日（11 月 12 日）

到齐河，入济南城。

廿八日（11 月 14 日）

出东门，游佛峪龙洞。

廿九日（11 月 15 日）

到泺源书院。

十月

初六日（11 月 21 日）

过县署陈弼夫处，看董字卷。

十六日（12 月 1 日）

灯下做得《节孝赞》一篇。

十七日（12 月 2 日）

为童际庭乃翁寿屏及《陈节母赞》挑格式甚烦琐，写大字一阵。

十九日（12 月 4 日）

晨写《陈母赞》三幅。

廿一日（12月6日）

为童际云写乃翁寿屏，中丞撰文，共十二幅，字过大，颇费力。有容堂打格子陆续来，可厌，至暮毕。文章系府署朱熙芝记室所拟，气尚清。（按，此屏今藏瓶斋。）

廿三日（12月8日）

搬箱物往书院，写红纸对及赏对。际庭送冬笋、《廿四史》。

廿五日（12月10日）

移入泺源书院，全眷俱先后至，甚轩厂吉祥也。

廿六日（12月11日）

弼夫处看板桥《兰亭》三通，得天行楷册，俱佳。章邱穆君篆碑有山谷题字，小松所刻唐拓《武梁祠画象》木板由沂州携归。

廿八日（12月13日）

中丞来，久话，偶谈及字典中“但”字、“伹”字误混合。

十一月

初一日（12 月 16 日）

雨舲得《天瓶奏稿》，说甚好。

初二日（12 月 17 日）

元遗山《涌金亭诗》石刻有“觱沸泺水源”句，而《水经注》《说文》：“泺水在历城，无济源县之泺水。”明日寻出《遗山诗笺注》再查。屠啸云送所刻屠纬真（鸿苞）两套，又王寿卿篆书《穆氏先茔记》，有山谷跋者，可珍也。

初六日（12 月 21 日）

为李种蘅写诗册完。

初八日（12 月 23 日）

起行。

廿日（1858 年 1 月 4 日）

到淮安。

廿二日（1月6日）

过高邮。

廿五日（1月9日）

过丹阳。

廿八日（1月12日）

到苏州。

十二月

初二日（1月16日）

赴静山中丞席，余口占云："甲洗江南，瓜镇先传得胜令；樽开雪后，梅花开遍近山林。""近山林"者，即席处扁也。

初七日（1月21日）

梁平仲带来《桐柏庙碑》，旧的。

初十日（1月24日）

中丞处面，看作《东洲诗草序》。

十一日（1 月 25 日）

收拾行李。

十二日（1 月 26 日）

筱沤船中看画后酣嬉涂抹，真乐事也。两峰《十丑图》小册诡异，距末拓本小册有翁、阮、孙、宋各题。

十三日（1 月 27 日）

到江阴，至陈寄舫花园，看书画佳者：石涛《武夷九曲图》、香光山水册，南田粉本两件全用笔尖，余尤赏之。此外麓台巨册亦好。帖有《玄秘塔》致佳，余平平。

十五日（1 月 29 日）

到常州，到制军公馆晤平越峰太守，喜谈字，然余不解其写何字也。

十六日（1 月 30 日）

竟日作兰竹并题各件。

十七日（1 月 31 日）

罗两峰令嗣介人画梅册，有翁、阮各家题记，余亦作七古一首。

十九日（2月2日）

泊无锡，起坡，访秦澹如，看黄石斋书画册，石涛、南田、龙友、石溪、渔山、青主、三桥、顾横波、八大、子愿各画，奇趣。又有托销各件，余取鸿宝画石幅归船。往游惠泉山。历游竹罏庵、听松轩，看纯庙御题王孟端《溪山高隐图卷》，因《竹罏图》被回禄，以内府此卷补之也。

廿二日（2月5日）

到苏州，梁平仲处看《石斋先生册》，是我旧题者。兰修馆春联五字尚不大劣。戟台送小松隶对。

廿五日（2月8日）

到嘉兴。文后山《娄寿碑》已归前嘉兴守钟君。张家藏名人尺牍自宋元至本朝共廿四册，在黄霁青处。

廿八日（2月11日）

到临平，到杭州金刚寺巷寓。除日王安伯处看帖画数件，《皇甫碑》佳。醉后作楷扇。

咸丰八年（1858）戊午记

正月

初七日（2 月 20 日）

戚小容来，邀同至朱庄，与醇士、邵位西、方少牧同请我，胡次瑶、许芷涚作陪，亦皆先公门生。次瑶携来官僚雅集银杯十，渔洋杯最小，潜庵杯最大，余饮潜庵杯，次第八觥，颇醉。

谷日（2 月 21 日）

到一指斋看瑛梦祥画《弢光图》，乾隆乙酉作，有刘文清、吴兰雪、阮文达师及诸人题记已满，余有庚戌五月第三次至弢光题名，因复题一绝于上："海光遥射炼丹台，此日登临第四回。浩浩江湖归一览，真疑跨鹤有仙来。"

初十日（2 月 23 日）

赴瞿颖山席，阅帖画，有东坡《定惠院诗》墨稿，涂改处想见古人用心，覃溪跋亦佳。

十一日（2 月 24 日）

收拾行李发杭州。出把子门，北至安平泉，看坡诗刻：“闻道山根别有源，拨云寻径兴飘然。凿开海眼知何代，种遍菱花不记年。煮茗僧夸瓯泛雪，炼丹人化骨成仙。当时陆羽空收拾，遗却安平一片泉。”

十三日（2 月 26 日）

过苏州。

十六日（3 月 1 日）

静山来久话，知前夜酒后写四句：“白公祠畔月，圆到不知寒。顾得十分满，千家对酒看。”

十八日（3 月 3 日）

赴王雪轩席。平斋半席要，写字一阵，歌者来，复大写字一阵，笔墨皆成酒气，真畅甚也。

廿日（3 月 5 日）

赴韩履卿席，得见李北海书《秦望山法华寺碑》原石拓，借归。

附录二　蝯叟日记摘钞

原载于《学海》月刊1944年第1卷第5期，第36—44页。日记末有谭泽闿附记一段：“乙亥春，余曾摘录所见蝯叟日记中之有关谈艺及风趣语，付之《青鹤》杂志刊布，忽忽十年矣。今夏有友人出四巨册见示，盖已改装，乃叟晚年游粤赣苏杭时所记，惜中有阙佚。因仍如曩例，摘录于册。适太疏先生有《学海》月刊之辑，录副奉寄，以续前钞。甲申白露，谭泽闿记于沪堧赁庑之饮梦宧。”

同治元年（1862）壬戌

十月

初十日（12月1日）

彭丽生母志书毕。

十一日（12月2日）

彭子邵取志册去。

十九日（12 月 10 日）

季眉处《郙阁》拓，颇佳。

廿日（12 月 11 日）

检出《武荣碑》，有覃溪红字，云未谷所赠。胜今拓。有趣得紧。

廿二日（12 月 13 日）

《公方碑》到九十七通矣。尚渺然也。

廿八日（12 月 19 日）

季眉处看墨卿款各扇面。

十一月

初六日（12 月 26 日）

《公方碑》百通临竟，不知长进何在。“新咏玉台聊雪砚，重闱兰膳约春监。”赠人昏事联。

十一日（12 月 31 日）

临《衡方碑》第四通起。

十三日（1863 年 1 月 2 日）

《衡方》第四通竟。

十四日（1 月 3 日）

临《武荣碑》。接《礼器碑》。

十七日（1 月 6 日）

客有叶清甫、王壬秋，自鄂回。知督抚不和，诸事不顺手。

十二月

十七日（2 月 4 日）

题蓬樵《潇湘廿四图》，为学使作。

廿八日（2 月 15 日）

晤兰言学使。看新得郭河阳画卷。“竹林快接蓬山路，兰膳欣添谷日春。”赠人寿联。

除夕（2月17日）

吴平齐寄鸿宾竹石幅来。

同治二年（1863）癸亥

正月

初七日（2月24日）

恽次山处看南田松石大轴，颇有奇气。吾素不喜恽、王，若此何可轻视。

十三日（3月2日）

学使处看画，李晴江竹卷、杜旭初兰卷俱有趣。

廿三日（3月12日）

借来《仓颉庙碑》，郭兰石大理旧藏本。大理跋云胜兰泉本，然以《萃编》校之，字尚少多了。“天地有情如此酒，江山何处着吾舡。”席间偶占句。

廿六日（3 月 15 日）

书《欧阳寝堂记》毕。

二月

十一日（3 月 29 日）

到杜公祠。《九真太守吴碑》在西廊。有打碑人，令连额拓之。阴侧皆无字。

三月

初十日（4 月 27 日）

往顺德关。主人出字画，两峰《鬼趣图》画不多而题记及诗甚精。乾嘉诸名手大约皆在。

廿三日（5 月 10 日）

伍紫垣送阅《西楼贴》。苏书石刻上有己亥在福州为吴荷屋师题记一段，本在又一村所得，帖客寻我，遇荷老半路窜去。

迄今展转数家，归于伍氏。昔价卅金，今三百金矣。徒增涎慕。

廿九日（5 月 16 日）

许山琴处看字画。歙县人，有豪气。其古画集锦册有八大、天池、薛素素，各画俱妙。

卅日（5 月 17 日）

德畲处看《化度寺碑》。又赴小琴，看石涛、板桥、曼生各幅，俱精妙。倪文正幅云“枯木有根如弱晋，征禽无字不先秦”，真怪话也。湘梅乃仪墨农之婿，闻少陵《赠卫八处士》诗墨迹在其处。墨农昔揣至京师。我曾激赏之，今如得见，不知眼力如何。岭外名园海山仙馆，江南春景烟波画船。南雪巢伍氏水亭。

三月

初四日（4 月 21 日）

借达夫山谷《水头镬铭》拓本，非真迹也。

初七日（4 月 24 日）

至达夫家看少陵墨迹，昔年激赏之，今阅之，一无意味。

计昔见时，我才廿余岁耳，彼时眼光乃如许谬耳。《元靖碑》《岳麓》《鲁峻碑》《李北海》《曹娥碑》《大麻姑坛》皆送还，坡贴皆勾完两册了。

四月

廿八日（6月14日）

闍侄送来六舟旧藏素师《智永千文》，今归萧山陈氏；并砖塔铭，并有余题。六舟化去后，所收藏或未毁于兵火耶？

五月

十二日（6月27日）

紫垣送阅宋拓《兰亭》十二种，及《郎官石壁记》、张长史楷书。有余己酉题诗四句。盖木刻翻本也。《兰亭》少味。荔枝名阿娘鞋。

十七日（7月2日）

雨。杜兰生出示《虞恭公碑》。果佳甚。

六月

初五日（7 月 20 日）

县署看柳翁《九成宫》宋拓，即玉泓馆本也。

同治四年（1865）乙丑（《疑礨日记》）

正月

廿二日（2 月 17 日）

题朱子《易义系词残稿》，不唯与今本有异同详略，分章亦不相同。闻华亭张氏有《谦随残稿》，不知乱后无恙否。系张古虞所说。

二月

廿一日（3月18日）

起。题秦公铚钟，《石鼓文》翁题诗。

廿九日（3月26日）

香圃出示吴墨井《琵琶亭图》。水木萧远，笔墨气韵生动。顾子山赠。果佳迹也。子山属书志。

三月

初二日（3月28日）

写顾公志毕，并篆额。文太冗，费力耳。

初五日（3月31日）

见名人尺牍册及文清卷。贾云樵好不阑康。（瓶按：阑康，湘俗语言，累赘也。）

初六日（4月1日）

写香山《琵琶行》小楷。吴墨井卷画极超妙，顾子山赠香圃者，为书此诗。昨日开单托买物，今日送来，即为润笔，愧其厚也。

初七日（4月2日）

芸樵处看字画。有石涛《桃源图》、丰考功《千字文》草字卷，俱妙。余不过尔尔。金香圃来。

初八日（4月3日）

龚定庵长郎获遇，亦出意外。

十八日（4月13日）

金兰生处看字画铜器。郭忠恕画卷精绝。借得杨子鹤册来。

廿二日（4月17日）

晓帆处看《澄心堂贴》一本，极佳。明人及国初扇面，多至七八百。大观哉。

廿五日（4月20日）

孝拱带来《耿勋碑》，吾所未见，竟无意趣，不似东京迹。

廿七日（4月22日）

写大小对联至七十，为近日最多矣。

廿九日（4月24日）

澹如说马氏买得张叔未碑帖等石。此怎得一见耶？

四月

初三日（4月27日）

拓本阅毕，检出十种，领主人雅意。《仓颉碑》似胜吾本也。孝拱携示石涛《长江万里图》，真而未妙。陈朗亭甚喜收藏，所得帖画不少。闻仪征师铜器，除齐罍归平齐，俱为朗亭所得。

初四日（4月28日）

香圃来取《襟江书院记》，因于昨夜酒后灯下写之，将七百字，楷书一笔到底。唯寄赠小松画册是伪迹，且癸巳年小松不过弱冠，何至作此老态，且题字多误。可笑！玉件虽小尚润。今日写字少力，想昨夜写碑苦了手耳。

初六日（4 月 30 日）

孝拱携小松画兰幅，真而少味。韬光炼丹台。有祁止祥书“楼观沧海日，门对浙江潮”一联尚在。台亦未圮。

初七日（5 月 1 日）

考《耿勋碑》，多后人重开之字，然本刻亦少古刻隶意，大似后来楷字，何也？《高颐碑》之类耳！孝拱持《石鼓》颇旧。又《西狭颂》亦佳。

初九日（5 月 3 日）

草《絜园记》，为雨生作。一挥竟了。

十一日（5 月 5 日）

为雨生写《絜园记》六幅，每幅六行，行廿字。又写陈氏祠堂大扁、小扁及雨生絜园及百兰仙馆两扁。手力惫得支不起。“江海波恬功归荻画，园亭景丽养备兰馨。”丁雨生母寿联。

十七日（5 月 11 日）

为孝拱画《南唐五百字》。乃翁定厂昔年索书，隔卅年乃了此债。可笑叹也。

廿日（5月14日）

重写《絜园记》。雨生欲刻置道署，乃另属云樵打方寸格纸也。然我不耐烦矣。王壬秋来，话上年游北岳真定府，二百八十里至曲阳，又六十里出倒马关，又七十五里至岳下。层山叠岭，无树木，亦不能至顶，望其雄厚而已。舆马俱绝，徒步乃至。想吾即刻到彼，亦不能陟险。而壬秋好游，今亦罕矣。是可以与蝯叟抗矣。

廿七日（5月21日）

吴仲吴昨赠明石盘卫夜巡牌，乃温州备倭物。有蒗谷、覃溪、十兰、瘦同诸题记。

五月

十六日（6月9日）

严滩舟中写《李文瀛附祀记》。前守严州殉难，颐伯以附祀严祠方元英、范文正、谢皋羽之侧，作记属书。舟中摇兀，时写时停。过龙游而我不知，可笑可笑！夜酒后，写兰竹，滩更多耳。

七月

廿四日（9月13日）

海珊说杨海琴以百廿金买得王渔洋《五容图》，禹鸿胪笔也，覃溪以下题跋多。连日钟钟写书眉，静得可喜。

廿九日（9月18日）

看《两当轩诗》一遍。才气虽好，成章者太少。选出七十余首耳，有余戊寅秋读过题记。今乃六十年矣。当时不过赏其才语耳。刻志铭事，已与傅八说定。三十文一字，实不为多。而邓守之吝之，完白先生志盖空写了。

八月

初九日（9月28日）

季眉来，催示索靖《月仪帖》，极旧，有梦楼、姬傅题跋。此等假古董非余所解耳。

廿九日（10 月 18 日）

今日写彭锡之太夫人墓表。

九月

初一日（10 月 20 日）

写《邓完白墓志》毕。

初八日（10 月 27 日）

早饭后。写吴亲家志铭，至暮毕。约有千字也。

十一日（10 月 30 日）

王海珊携《祭侄文》拓本二种去，乃为海琴钩摹。

十月

初八日（11 月 25 日）

翁盐道处见寿门画梅十二幅，可谓精品。

十一日（11 月 28 日）

题南园先生为慎重斋画马幅，得诗一篇。

廿四日（12 月 11 日）

子栗带来井底松根节，泡酒吃，可治右手中指不能屈伸之症。今日试炖酒服起。

十一月

初四日（12 月 21 日）

为研生篆《慎齐先生重宴鹿鸣图》首。夜酒后作《重宴鹿鸣图诗》。“先得图成六十年，画外无一字两句。”就此衍曼得四十韵，又添八韵。可笑。

十四日（12 月 31 日）

刘子云处云得宋板《文选》甚精，乃为毛穹云要去。不必不必！

十五日（1866 年 1 月 1 日）

蔡老大赠药酒。鹿衔草泡的，有虎骨。余不敢饮。乃又赠鹿衔草膏，可泡酒也。松节酒服已廿日，手指无效，徒致夜少眠耳。

廿四日（1月10日）

陈绍竹有鑫，由常宁回，去年为书乃尊神道碑者。人尚轩昂。

十二月

初五日（1月21日）

北监板《廿一史》封面题完，共装二百六十四册，便于寻讨也。

腊日（1月24日）

东坡《腊日游孤山赋》以“名寻道人实寻娱”为韵。钟钟作，颇有才思，但未到西湖，不能尽切人物景耳。鼎太酒前买十坛，今又买十坛。因陈绍难得，偶然遇之，只好多蓄。是年六十七岁。

十九日（2月4日）

麻竹师携米迹来看，《甘露帖》乃化为大字。

廿七日（2 月 12 日）

南坡馈熊掌、果子狸。无法以治之。

附录三

无园日记[①] 丁卯

五月

初四日

复阴，北风，有雨意。各衙门、公馆送礼并省外书信。饭后，过南坡，知湘乡复有哥弟会滋闹事。刘霞仙书致□□，调高连升提督在靖港军往剿。过芋园，晤黼堂，则所说事甚小，官场并有粉饰，大约不至大猖獗耶。回寓，□易来见，在周生瀛处带信回。知左军在往寓，西征尚须饮云，因与曾沅圃各奏俱称暂留鄂剿捻也。杨鼎勋、刘铭传四月均败仗，止鲍春霆得胜，而荃帅病重，传闻曾涤侯请至金陵养病。有温江人吴浴德来见，到江西、湖南探亲，仍即回川乡试去。晡，恕堂来，同至南坡处，一话，归。苦瓜尝新，少味。

---

① 题为《何蝯叟日记真迹》。《青鹤》1936 年第 4 卷第 19 期，第 1 页。

初五日

大晴。敬神贺节。李家兄弟来，蔼仙一早回，□湘潭亦正拿人，差仆各处贺节。桂儿出贺节。夜，与理卿、蔼仙及儿孙酌于轿厅，蚊略少些。

初六日

恕堂来话。晡，同酌于南坡处。归，仍酌，饭外间。酌皆以昼，与吾往往不便也，闷时亦时一赴耳。光甚逼人。前日者吕缆承□味。昨日晤丁俭卿第四郎，□岁，文静，乃兄颐伯遗集、刘□□泸州集，颇可观。

廿五日

忌辰。屋顶安板竟日，得两间。观《说文通训定声》，亦无佳处。午后□憩□，钦斋同子正九弟来话。九弟从高邮来，□侄已往清江去。晚，得张节山差人送到修志关堂□聘书，势将一面商再看。夜不好睡，多食生冷小果也。五更好后乃寝。慊之。蒋世□昨日已回，而不见送来贾松樵信物，亦奇。

补忘日记[①] 庚午九月起

庚午自己未十一月，辞长沙至武昌，坐轮船，遇大风报，□险□奇冷。十二月初，至安庆，因英西林中丞专弁续修省志而来，不想一切全无章程，虽开局一年，局中人已课薪水未曾到手。余知其无成，力辞去。而主人不解修志之次第，强留度岁。因于正月廿日买舟，携眷至南京。鼎侄在粥厂，又孙女六姑子痛风，耽延半月。坐船碰坏，幸黄昌岐军门借舡，至瓜洲换小船数只。入丹阳后水涸。有冯少渠县令照应，得至苏州。吴婿子镌先为安顿金狮巷屋。于二月廿七日住下。与中丞丁雨生相得，颇有论字之乐。故人中，黄芸樵、吴平斋及黄仲英、沈闽初、李笙鱼、龚孝拱诸子有金石文字之乐。怕先者梅雨，继以酷暑，最后短衣蒸热，体中湿热不解，起居不甚自在。致虎邱、木渎，都不曾一游。忽然欲作杭州之行，遂行。

十五日

晨出，回拜数客，归。未，复出王雨农处，子常同来，□丽孙来，印芸晚来，为子敬酌。方□女回。

---

① 题为《何蝯叟日记真迹》。《青鹤》1936 年第 4 卷第 22 期，第 1 页。

十六日

学政平安早行。天气不冷不热，此番喜事熨贴，弟病渐痊，真大慰意耳。午间出，子冶招婿过喜。拜南老□夫人生日，略同话，久憩始归。时卿旋来拜，一话去。连夜月佳，如何能有雨雪。鄂省廿五日火药局轰塌，所坏人屋无数，河中舟舫亦多破坏。火药失毁到六十万斤，官员无下落者五十余人，民人可想矣！南坡说剿捻大胜仗，惜未得其详。

十七日

钟钟过河西谒，差黄子冶来话。仲云来话。毛兰陔来，谈邹云阶屋被焚，服物书帖俱烬。若果然，其可悯叹。子敬信来，田乡平……

图书在版编目(CIP)数据

何绍基日记/(清)何绍基撰;尧育飞,毛健整理. --长沙:岳麓书社,2024.12. --ISBN 978-7-5538-2249-5

Ⅰ. I264.9

中国国家版本馆 CIP 数据核字第 2024FZ5832 号

HE SHAOJI RIJI

何绍基日记

作　　者:[清]何绍基
整　　理:尧育飞　毛　健
出 版 人:崔　灿
出版统筹:马美著
责任编辑:李郑龙　张丽琴　牛盼盼　蒋小涵
责任校对:舒　舍
封面设计:格局创界文化传播

岳麓书社出版发行
地址:湖南省长沙市爱民路 47 号

版次:2024 年 12 月第 1 版
印次:2024 年 12 月第 1 次印刷
开本:640mm×960mm　1/16
印张:108
字数:1112 千字
书号:ISBN 978-7-5538-2249-5
定价:798.00 元

承印:长沙超峰印刷有限公司

如有印装质量问题,请与本社印务部联系
电话:0731-88884129